孟华戏剧文集

5

MENG HUA'S
DRAMA COLLECTION

孟华／著

中国戏剧出版社

目 录

卷 五

电影文学剧本

卷五 / 君往何处

Jun wang he chu

DRAMA COLLECTION

时代背景

用以下镜头交代：

1. 临潼华清池门外。

枪声陡起——

枪声中，颗颗弹洞跳上华清池匾额。

匾额一边脱钩，悬空摇荡。

一队东北军迅疾涌进华清池。

2. 骊山林莽间。

荷枪实弹的东北军搜索前进。

一位指挥官挥手南指，士兵们朝着一座岩洞口跑去。

3. 中外报纸与电台对“西安事变”的报道。

纷至沓来的原报纸资料组成的画面上，叠印着黑发、金发与各种族发式的广播员的各种播音姿态。

嘈杂的音波在空中合成古怪的轰鸣。

画外音：“一九三六年十二月十二日，中国发生了震惊世界的‘西安事变’。”

4. 国民党情报部密室。

身着缁衣的情报官“亲日派”焦急徘徊。

日本若衫参事馆特务头子小岛仰坐于沙发悠然吐雾。

小岛："西安事变发生，贵政府慌了手脚了？"

情报官："不是慌了手脚，是为蒋总裁的安全担心！"

小岛："还是你们副总裁比你们聪明，丢了龙泉剑，换把双凤枪嘛！"

情报官："你的意思是？"

小岛呵呵一笑，起身踱至悬挂蒋介石头像的地方，抬起文明棍，猛地向头像戳去，镜框坠地，玻片飞崩。

情报官愕然。

小岛："旧的不去，新的不来嘛！去个姓蒋的，还有姓汪的嘛！凭我天皇陛下的圣意，也盼望贵政府能来个更换则更好！"(从怀中取出一折子递过)

情报官：(展阅)"组阁名单？……那么，将置蒋总裁于何地？"

小岛走向地图，在"西安"处打了个大×。

小岛："你们何总裁已下了命令，三天之内将把西安炸为平地。因此，蒋总裁也有地方安排了！哈哈哈哈……"

5. 一组"剿西讨叛"的镜头：浩浩荡荡过潼关的国民党平叛大军。

西安关外滥施轰炸的飞机划空而过。

惊恐四逃的难民。

画外音："日寇推行'以华制华'的方针，在实现了'让国民党打共产党'的阴谋之后，又拟订'让国民党打国民党'的计划，策动亲日派借'西安事变'之机，妄图一举炸平西安，置蒋介石先生于死地，以便取而代之，另立汪精卫汉奸政权，亡我华夏。"

国家危急！民族危急！下面的故事，也正是发生在这种危机时刻……

6. 推出片名：《君往何处》。

字幕衬底：

一只大手打开了密柜,抽出两份文件。

警灯闪亮。

警铃骤响。

一个迅速潜逃的身影。

夜幕下的南京城,四面八方响起警车的尖叫声,烟绕雾锁的古城飞恐流怖。

一个鸣叫的大警笛占据整个画面。

7. 胡同口。深夜。

两只眼睛从隐蔽处朝大街窥伺。这是一双机警的大眼。

大街上,警车尖啸而过。长长的宪兵摩托队轧轧追随。

警车远去,留下一片死寂。

“眼睛”走出来,他叫江侠,三十来岁,一个大块头男人,星眼剑眉,英武俊豪。穿大衫,戴礼帽,步履沉稳而敏捷。

突然两个“黑影”从暗中走出,迎头一喝:“不许动!”

江侠规规矩矩站住。

一道电筒光柱射向江侠脸庞。

警察甲:“证件!”

警察乙:“举起手,要搜查!”

江侠乖乖地举起手。

二警察逼近江侠。

突然,江侠那两只高举的手从空中猛烈劈下,两个警察随之倒地。

江侠跃身飞奔。

二警察从地上爬起,鸣枪追击……

8. 一组追捕镜头。

在呼啸的枪声中,江侠急骤地奔逃着。他串弄堂,跳栅栏,钻树丛,闯酒馆,钻天入地,神出鬼没。

身后的追捕者却一直甩脱不掉,并且人数不断地增加,增加……

9. 火车站角落的小吃棚下。夜。

江侠隐蔽在一座熄了火的土灶旁边,探头张望。

10. 火车站前广场。夜。

警察们迅速集结,慌张地穿梭追踪。

各个出入口均被封锁,所有来往行人,依次遭受盘问和搜查。

几位大块头男人被作为嫌疑对象,铐上手铐,推上囚车。

11. 小吃棚下。夜。

江侠缩回身,贴近在土灶根儿愣神。

12. 画面闪回。

一间古玩店后室,青灯闪烁。

地下党领导人章炎谨慎地把一封密札递给对面的江侠。

章炎:"这是刚从南京情报局搞到的日伪组阁名单和'进剿'西安的战略图。党中央急等着这些情报,以便彻底揭露亲日派和东洋鬼子'围西杀蒋'、乱我中华的阴谋,促成国共两党合作,和平解决'西安事变',释放蒋介石,团结抗日。可是,我们的地下党联系不上,情报转不出去,只有派人送往延安去。江侠同志,难为你了! 你看,三天可以送到吗?"

江侠把文件贴身藏妥,说:"我争取两天!"

章炎:"你的行动代号007,过了黄河,有人接你。"

突然,一位老板娘打扮的女人进来,神色慌张地递给章炎一张条子后又走出去。

章炎展开条子后，皱紧眉头，就火烧掉。然后对江侠说："你……先不要走了。"

江侠："为什么？"

章炎："保密局已经发现他们丢了这份文件，正全城戒严大搜捕呢！"

江侠："让我走吧！时间不等人，也不等国家！"

13. 火车站角落小吃棚下。夜。

江侠拧身站起，像一头犀利的猫贴着墙朝另一方向蹿去。

猫也逃不出巡警那狗一样的眼睛，他们发现了江侠，一阵呼哨鸣枪追击。

14. 旷野里铁轨旁。夜。

一列火车高速驶来。

江侠从道旁一堆枯草中站起身，把大衫拦腰扎起，猛地一跃，像壁虎一般贴身在列车车厢上。一大群警察赶来，举枪朝着远去的列车拼命射击。

车窗玻璃内一对女人的眼睛闪了一下。

15. 飞跑的列车车厢外。夜。

几颗流弹打在车厢棚顶车皮上，迸射出紫色的火花。

紧贴车厢的江侠被一颗子弹擦破脖颈，他抹了一把，咬紧牙关。

16. 画面闪回。

古玩店门口。

章炎和"老板娘"把江侠送出来。刚拉开门，门外一对警察巡逻车呼啸而来,带起一阵零乱枪声。

“老板娘”赶忙又把门闩紧。

江侠:“狗日的!好钢好铁不拿去打鬼子,都使到了中国人身上!”

“老板娘”:“我这辈子,不知道能不能看到‘中国人不打中国人了’?”

章炎:“江侠身上挑的担子,就是为这个目标铺路的!”

“老板娘”:“是吗?”

17. 飞驰的列车车厢外。夜。

江侠艰难地朝车门门中移动。强大的气流,吹得他睁不开眼睛。

满脸豆大的汗珠纷纷垂下。

河流、悬崖从他脚下闪过,闪过……

两只几乎是悬空的脚的特写。

峡谷、陡坡从他身旁擦过,擦过。

一双抓着铁扶手的大手的特写:那是一双颤抖的、渐渐松动的手。江侠的咬紧的腮肌,耸起一个紫石般的大包……突然间,车门打开了。绝处逢生的江侠用尽最后一点气力,爬进车厢,瘫倒在甬道的地板上,大口大口喘着气。

18. 车门外。

狂风大作,雪花翻飞。

列车在大雪中穿行,犹如银龙飞舞。

19. 车厢门内甬道。

昏黄的灯光下, 喘息方定的江侠, 注意了一下身边的开门人,他怀着感谢救命之恩的心情,向恩人抬起眼睛。

他的眼光先落在对方那一双高筒皮鞋上，这使他略有一震——那是一双警察才穿的皮鞋，他紧张地从脚到头看上去，糟糕！果然又碰上警察，国民党警察！

刚脱险境的江侠，骤然意识到又进入了另一个险境。

警察："喂！你干吗要扒车？"

江侠听到是个女人的声音，缓了缓气。

江侠："没钱买票。"

女警："刚才朝你放的枪，换一百张车票也用不完。你好阔气，那么多人欢送你！"

江侠缓缓撑起身，抬头坐在地板上打主意。他瞟了一眼车门，车门没闩紧，随着列车的颠簸而摇晃着。

江侠猛地腾起身，推开女警，拉开车门，向外冲去。

女警早有防备，跳在江侠之前把门关上，回身同扑上来的江侠扭扯在一起。

女警显然训练有素，颇通擒拿之道，同耗尽了气力的江侠有一番不相上下的较量。

两名列车乘务员赶来，帮助女警把江侠扭起，举拳欲打。

女警："不要打！"

二乘务员停住，惶惑地望着女警。

女警："他是我带来的人！"

乘务："那么，长官，他怎么敢打你？"

女警："我们做擒拿练习！"

她把车门钥匙扔还乘务员说："愣着干吗？准备早点！"

20. 卧铺包厢内。晨。

女警和江侠对面坐着。江侠的帽子拉得很低。

乘务员送来一盘面包和咖啡，然后走出。

女警看了一眼偎在铺角的江侠。

女警:“堂堂男子汉打不过一个女人。要不要吃点东西再打?”

江侠:……

女警拿起一块面包,撞在江侠怀里。

江侠犹豫一刹。

女警:“混蛋!愣什么?没有毒!让我先吃给你看!”

女警咬了一口面包,喝了一口咖啡。

江侠饥肠辘辘,忍不住大口大口吃起来,一边吃一边从眼角瞭望四周……

女警:“跟着我有吃有喝,想逃跑不可能,车厢两头都是我的人!”

江侠:……

女警忽然凑近江侠耳旁,用另一种腔调问他:“告诉我,他们为什么要追捕你?你是不是共产党?”

江侠一怔,突然傻笑起来,笑得很怪。

江侠:“那是他们怀疑我偷了银行的钱!(忽露苦穷之相)他们冤枉我!我身上一个子都没有。”

女警听后一怔,骂一声:“狗屁!你骗得了谁?”

江侠:(傻态毕现)“谁骗你谁是活眼赖孙!”

女警伸手夺过江侠正喝着的咖啡杯,“砰”地一声摔个粉碎。

江侠趁隙仔细端详了一下女警发怒的脸。

女警脸的特写。脸上下颌部一道伤疤的特写。

江侠大吃一惊,伸手把帽檐拉得更低,蜷曲在铺角。

21. 画面闪回。

浩荡前进的罢工游行队伍。

游行队伍中,江侠和金娣(女工)高呼口号,走在前列。

22. **十字街头。**

森严守待的警察群。

罢工队伍涌进街头广场，与警察遭遇。

强大压力的水龙头喷向游行队伍。数不清的警棒飞舞着砸向游行队伍。

有的工人流血倒下。

警察群中，有我们前面见到的女警，佩警官绶带，居高指挥。

金娣："江侠！注意那个女警察！她叫兰天，我小学的同学，父亲是个国民党少将，她刚从警官学校毕业。看来这场镇压是她的指挥！"

兰天指到哪里，警察抓到哪里。

兰天指向金娣。

警察扑来，把金娣扭起。

江侠捡起半截折断的警棍，趄于兰天背后，猛地抡去——

兰天倒下，鲜血从下颌部渗出。

23. **卧铺包厢内。**

戛然而止的火车把江侠摇出回忆。他又偷眼望了一下女警那副给他留下深刻印象的脸和下颌下那道明显的疤痕。

江侠的声音："她是兰天。就是那个恶棍！一点不错！"

24. **小火车站站内。**

轨道两旁布满了荷枪实弹的警察。

旗令指挥发出紧急停车信号。

高速行进的火车戛然而止。

警察们分头持枪涌进各节车厢。

25. 卧铺包厢内。

兰天从车窗向外张望。

江侠向窗外斜睨。

混乱的警察群在窗外来回奔跑吆喝。

兰天用疑虑的眼神盯视江侠。

江侠埋着头,若无其事地摇晃着身子。

26. 硬座车厢内。

持枪警察涌进车厢,封锁各个出口。

乘客一片混乱,大呼小叫。

一名小胡子警察:“谁也不许动！谁动打死谁！”

小胡子警察指着谁,警察们就对谁查证件、搜身、翻行李……

小胡子挑出“嫌疑对象”,许多大个头男人被警察们铐上手铐,押出车厢。

27. 卧铺包厢内。

江侠那咬紧的嘴角肌肉扭动着。(特写)

兰天:“大概又是抓小偷喽！”

江侠:……

兰天:“好气魄的小偷,动用老子们五百警察也不止！你不欣赏欣赏？”

江侠猛地站起。

兰天:“你要干吗？”

江侠:“上厕所。”

兰天:“别急,警察局里有的是厕所。”

江侠:……

兰天忽又换成另一种语气,小声而急迫地问:“告诉我,你到底是不是共产党的007？”

江侠忽然拔出手枪。

兰天猛扑上前,二人拼命争夺。

扭结一起的二人撞向门口。

两位乘务员闻声赶来,站在一旁不知所措。

兰天:“快把他的枪下掉。”

二乘务员一人扭着一只臂膀,兰天夺掉江侠的手枪。

兰天掀掉江侠的帽子抡臂欲打,忽然又住了手,此刻她方才看清了这张似曾相识的脸。

江侠脸的特写。

给她印象最深的，是那厚唇下前伸的方下巴和额头发际一条长长的疤印。

28. 画面闪回。

镇压罢工队伍的现场。

江侠抡起半截警棍,向兰天打去。

兰天倒下的同时,望见了江侠这张脸。(特写)

兰天被警察救起。

兰天:“抓那个方下巴,大个子!”

29. 刑讯室。

江侠被牢牢绑在柱子上,周围站着几位打手。

下颌处兜着绷带的兰天走进来,逼近江侠。

兰天:“告诉我，这场罢工是不是你组织的？你是不是共产党？”

江侠怒目而视。

打手们递过来鞭子。

兰天:“不,还用打过我的家伙,敲他的脑袋!”

她从腰里拔出江侠打她用的那半截警棍，朝江侠额头抡去——

江侠顿时满脸鲜血。

30. 卧铺包厢内。

兰天急急捡起地上江侠的帽子，塞进硬皮包内。

兰天："放开他！"

二乘务员："长官，他？"

兰天："没你们的事了，去吧！"

二乘务员惶惑相视，不解其妙地离去。

江侠瞪了瞪兰天，转身欲走。

兰天："等等！你不能走！"

江侠并未回头，依然走去。

兰天追赶江侠。

门开处，小胡子警察闯进包厢，身后带着一大帮警察。

江侠站住。

小胡子瞪着鹰鹞似的眼睛，向江侠走来。

31. 江侠的幻觉。

警察们扭紧江侠，搜出了情报，小胡子捧在手里。狞笑着："哈哈哈哈……孙猴子逃不出佛爷的手心！"

32. 小胡子瞪着鹰眼，向江侠走来——

33. 江侠的幻觉。

地下党领导章炎捧着情报。背景是密密麻麻的日本飞机和硝烟卷裹下的太阳旗。

章炎："党中央等着要这份情报。江侠同志，难为你了，三天可以吗？"

34. 现实。

小胡子瞪着鹰眼,向江侠走来。

35. 江侠的意念。

江侠突然夺过小胡子的手枪,把他击毙。接着击毙小胡子身后所有的警察。

又掉转身,一枪打死女警兰天!他打开车窗,从车窗里飞出去,东奔西突。但疯狂的警察群从四面围来。密密麻麻的枪口对着他,拼命射击。终因寡不敌众,自己被击毙在站台上。

36. 现实。

小胡子瞪子着鹰眼,向江侠走来。

小胡子站在江侠面前盯视,脸上现出狞态。

小胡子:"带走!"

兰天:"住手!"

小胡子:"这位小姐是?"

兰天掏出证件,扔给小胡子。

小胡子:"哦,失迎!警察总署的兰天女士。(指江侠)那么这位是?"

兰天:"我带的人。"

小胡子:"对不起,请允许我把他带走做一番审查。"

兰天:"不成,他是我案子上的人。"

小胡子:"兰小姐,你我都是同行,难道不知道我们这些下边人交不上差的苦楚么?"

兰天:"请问,你们这鬼地方发生了什么事情?"

小胡子:"不是我们这鬼地方发生了事情,是你们南京。"

兰天:"南京怎么了?"

小胡子:“两份中央紧急会议的绝密材料被人搞走了，他们要去卖大价钱。”

兰天:“什么人搞走了？到哪里去卖？”

小胡子:“对不起,我只知道这么些。我们的差使是搜查这趟列车。”

兰天:“你断定罪犯在车上吗？”

小胡子:“不是我断定,是南京命令。必须扣住这趟列车,一个人毛儿也不放许放过,要彻底搜查！”

兰天:“罪犯什么特征？”

小胡子:“一个三十多岁的男人……”

兰天:“戴一顶毡礼帽？”

小胡子:“对！”

兰天:“个头很大？”

小胡子:“对对对！这么说……？”

兰天:“刚才有这么个人，鬼鬼祟祟在卧铺车甬道里过了几遭,推开几间包厢的门左看右看的。”

小胡子:“人呢？”

兰天:“朝后车厢去了。”

小胡子一挥手,过来几个警察。

小胡子:“到后车厢去,再严密搜查一遍！”

七八名警察朝后车厢跑去。

小胡子:“不过,兰小姐！他(指江侠)也有嫌疑,请把他交给我们两个钟头吧？”

兰天:“这不行！他是南京直接办的案子牵连人之一。”

小胡子:“南京在东,你怎么往西？”

兰天:“怎么？连我也怀疑吗？”

小胡子:“不敢。但我奉的是副总裁的命令,只好……”

兰天:“老子办的案子是总裁的命令！”

小胡子:“可总裁现在在西安押着。”

兰天伸手给小胡子一巴掌。

兰天:“押着就不是总裁了吗?可恶的东西,我毙了你!”

小胡子揉着脸颊,欲怒又止。

小胡子:“谁在龙庭谁为君。南京现在坐的是谁,我就听谁的命令。你就是毙了我,我也不放他走!”

僵持,剑拔弩张的僵持。

兰天:“乖乖!你可真是只认奶头不认娘啊!……好吧,你可以立即打电话向你的上级请示,问清楚这个人该我带走,还是该你带走!”

小胡子:……

兰天:“怎么?信不过老子?好,陪你去!”

小胡子:“请!”

37. 车厢外。

小胡子警官带着江侠和兰天走出车厢,在由警察和刺刀排列的夹道里穿行。

38. 车站电话室。

小胡子带着兰天和江侠走过。

小胡子进入隔音室,抓起电话呼叫。

几名警察持枪监视着江侠。

兰天拍拍腰间手枪,说:“这儿有我!电话内容是国家最高机密,请暂回避。”

持枪警察退出门外。兰天闩门。

兰天掏出从江侠手中缴下的那支手枪玩弄着,暗暗撞了一下江侠。

江侠趁势一把夺过手枪,朝小胡子开了一枪。小胡子倒地。

江侠又掉转枪口，瞪着疑虑万端的眼睛，把枪口对着这个猜不透是神是鬼的国民党女警察！过去仇杀的情景——兰天被江侠击倒，血！江侠被兰天打昏，血！在江侠眼前轮番闪现。

二人对峙，可怕的对峙……

39. 电话室门外。

聚集在门口的警察们听到屋内的枪声，拼命撞起门来。

40. 电话室内。

江侠仍拿枪逼着兰天。

兰天："混蛋！你还等死？快从那边跑！"

江侠丢开兰天，拉开另一扇门，窃身潜入。

41. 车站播音室。

一位妖艳的广播员正在播音。

播音员："由于本次列车潜入了共匪分子，警察局正在搜捕，因故临时……"

江侠从套间门跨进来听到播音此处，举手朝音箱开了两枪。

播音员恐怖大叫。

江侠从前门冲出去。

42. 车站前广场。

杂乱的摊贩横陈，骚动的人群奔撞。

江侠在人群中疾速穿行。

江侠在奔跑。

43. 电话室内。

兰天倒在地上，头发散乱，脸有血迹。

门外警察破门而入。

兰天撑起身,举枪朝套间门射击。

兰天:“抓罪犯! 他跑啦! 快追!”

两名警察把兰天扶起。有的去抬小胡子的尸体,其余警察鸣枪涌进套间。

44. 车厢播音室。

播音员瘫倒在地上,昏迷过去。

警察们涌进来,抓起播音员问:“罪犯往哪个方向跑了?”

播音员说不出一句话,呆瞪着眼睛:“呕! ——呕! ——呕! ——”

45. 车站一角。

一排松柏平头短篱旁边,拴着一头高头大马,离马不远处,停着一辆警备摩托车。有两名警察持枪守候。

江侠溜着短篱敏捷地踅过来,猫着腰解下马缰,跳过短篱,纵身上马。

二警察发现江侠,拉栓举枪射击。枪未打响,早被江侠反手两枪,击倒在地。

江侠猛挥皮鞭击马,马似强弩离弦,转瞬即逝。

警察成群涌出车站,追赶过来,朝着远去的江侠拼命放枪。

群众四散奔逃。

一名摩托警跳上车子,踩响马达。

兰天赶来,纵身跳进摩托卧斗,朝天“砰”地一枪,大喊一声:“追!”

46. 摊贩拥挤的小街。

枪声传来,人众如炸。

数辆骤逃不及的小贩摊子横卡于小街当中。

江侠飞马而至，他顾不得绕行，急中生勇，便提马挟镫，猛加长鞭，大马腾空跃起，从空越过。

摩托遥遥追来，收刹不住，猛冲狂撞，摊贩杂物果品酱水四下飞崩。

47. 城门口。

两名岗哨兵哼着小曲，浪荡东西。

江侠伏于马背疾驰而来，如奔雷滚过哨卡，冲出城门。

半晌才清醒过来的岗哨兵，乱拉枪栓，朝着远去的闯禁者盲目射击。

尾随的摩托疯狂冲出城门。

48. 奔马上的江侠。

山庄、树林、白云、雪谷……向马后飞逝。

江侠匍匐前身，频频挥臂，犹如冲刺碧空的雄鹰。

49. 飞车上的兰天与摩托手。

山庄、树林、白云、雪谷……向车后飞逝。

摩托手的脸被强大压力的气流挤压得变了形。

车后卷起漫天雪尘。

车前，与江侠之间的距离在缩短，越来越近，越来越近。

摩托手："开枪！快开枪！"

兰天举起手枪，手臂摇晃，连击不中。

50. 奔马上的江侠。

子弹在江侠耳畔啸叫。他回头一看，摩托追来，节节逼近。

江侠掏出手枪，略一瞄准，向后开枪射击。

摩托手中弹歪下，车子疯狂旋转，冲进田野，把那具尸体甩出丈远。

江侠策马远奔。

51. 摩托车旁。

兰天从翻了车的摩托下爬出，重把车子翻正。她跨上驾驶座，踩足油门，摩托冲出田野，拐上大路，又向江侠追去。

52. 深山谷口。

江侠纵马穿进。

兰天飞车追来。

群山在马嘶和摩托的轰鸣中颤抖。

53. 林莽之间。

惊鸟腾空。

惊獐奔逃。

一群饿狼躲在乱石之间，瞪着惊惧的眼睛，望着山下的车马追奔。

54. 飞马上。

江侠伏于马背，朝后瞭望。

兰天的摩托风驰电掣般追上来。

飞车上，兰天在用力呼喊："等一等！"

江侠掏出手枪，瞄准，射击——"砰砰"！

55. 飞车上。

摩托轮胎与油箱中弹，车把剧烈摇颤，扭摆，车速渐渐慢下来，终于停下。

兰天望着渐渐远去的飞马，掏出手枪，瞄准，射击——“砰砰”！

飞马中弹，狂啸一声，前蹄高高腾空，随之扑倒在地。

兰天呼叫：“等一等——！”

56. 山谷道旁。

江侠从草丛中爬起，用力拉了拉马僵，伤马挣扎嘶鸣，站立不起。

江侠用愤怒的眼光回头望去。

兰天踏雪践泥地追赶上来，口里不住喊着：“等一等——！”

江侠憎恨地举枪朝她瞄准。

瞄准，很久的瞄准……

57. 画面闪回。

火车上卧铺包厢内，兰天拿起一块面包，撞在江侠怀里。

兰天：“没有毒，我先吃给你看！”

兰天咬一口面包，喝一口咖啡。

58. 火车站电话室内。

兰天支走持枪监视江侠的警察：“这是国家最高机密，你们回避！”

兰天掏出手枪，暗暗撞了一下江侠。

江侠夺枪，击毙小胡子。

59. 山谷道旁。

江侠高举的手枪又放了下来，掉头向大山深处奔去。

兰天赶来，望着逃走的江侠，嘴角闪过一丝神秘的笑。她抹了一把汗，继续追赶。

60. 山腰石路。黄昏。

江侠吃力地跑着,喘着大气。

兰天艰难地追来,上气不接下气。

61. 陡峭的山涧。夜。

一条独木小桥横架于两崖之巅。桥下是万丈深渊。

江侠奔来,利索地缘木而过,然后回手把木桥掀起,撂入渊底。自己隐身于涧畔的密林之中。

兰天赶来,焦急地临渊踟躇,长声呼叫:“大个子!等等我!”

江侠在暗处听到兰天那绝望的喊声,得意地舒然长吁,掉头走去。

62. 崖腰间羊肠小道。夜。

蚰蜒似的小石路缠绕在嵖岈峰腰。

江侠攀藤附葛,摸索前进。雪光隐耀之下,像一个蠕动的幽灵。

63. 嶙峋怪石环抱的山巅平台。夜。

石罄间,露出江侠那两只挂满伤痕的手,接着露出他那汗泉如注的头,微弱的月色下,雪光中,晶明闪亮。

江侠最后用力一纵,抓住一条树根,勉强把硕大的身躯拖上平台。

他疲累已极,倒在一块大石旁的雪窝里。

静静的十二月的山夜,隐隐传来几声饥豹饿狼的嗥叫之声。

江侠依着一丛枯树,昏昏睡去。

64. 梦幻。

陡峭的山涧,独木小桥。

江侠拆掉独木桥,扔进渊底。

兰天赶来,失足坠入深渊。她的尸体挂在半空的枯藤上打转转。她的额头血迹斑斑。

江侠忽然发现她的脸色是那么清晰,那么中看。额头的血迹变成了一环桃花,花瓣纷纷飘落。她明明死去,嘴里却不断叫着:“等一等!救救我!”

江侠盘脚搭膝坐在崖边观望,轻轻嗫嚅着:“哼!谁叫你是国民党的狗警察呢!”

深渊中的兰天:“没良心的!我首先是个人哪!”

江侠:“人?人以群分,物以类聚,我们是两个阶级,死对头!”

兰天:“对头可以变朋友,朋友可以变对头。拉拉我,朋友!”

说着,警察服从兰天身上化掉,代之以雪白的云朵似的轻纱,她的全身闪着水晶般的奇异光彩。

江侠不由自主地站起身,抓起那根长藤往上提拉,由于用力过猛,两人一起跌下深渊,坠落在一条扁舟之上。扁舟之下黑潭无底。无数毒蛇吐着长信,漂浮在扁舟两侧。只有远远的彼岸,竖着一座高塔,塔窗里透出微弱的灯光。

二人合力朝塔光划去。江面越来越阔,光明越来越多……

兰天忽然瞪着复仇的眼睛,指着自己下颌的伤疤问道:“姓江的!请问这是谁给我留下的?”

江侠陡然来气,指着自己额头的伤疤反诘问:“姓兰的!请问这是谁给我留下的?”

兰天:“哼哼,今天这笔账该算了!”

江侠:“一切反动派的本性是决不会改变的!”

兰天举起船桨,朝下打来,口里说道:“你上当了,快把情报交出来!”

江侠躲过船桨,扑上前去,二人扭打。

扁舟倾斜翻于潭中。

二人溺于黑水，发出长长的呻吟。

65. 山巅平台。夜。

江侠从梦中醒来，那种长长的呻吟仍在耳畔回响，他仔细一听，吓了一跳，经验告诉他，这是饿狼的嗥叫。他扭头一看，一对闪着寒光的狼眼出现在石隙之间，接着，出现两对，三对……他明白，碰上了秦岭山脉隆冬季节惯常出现的狼群！

狼在嚎叫，此起彼伏地嚎叫。有的像婴儿的啼哭，有的像病人的呻吟，有的像狗崽的尖嘶，合成一群野兽大合唱……

它们在往前移动。江侠四周那由“眼睛”形成的包围圈在慢慢缩小。

江侠头上渗出了汗珠。

他用力折下身旁的枯树枝杈，撕下一片衣襟，划着火柴，点起火来。

火光熊熊。

狼群呜咽着后退。

江侠身旁的树枝折斫殆尽，他往四周寻找，只有嶙峋怪石。

火堆上的木柴焚烧完了，明火渐渐熄灭，变成一堆暗红的炭灰。

“眼睛”的包围圈又渐渐变亮，渐渐缩拢。

江侠拔出枪，朝最近的一对“眼睛”射击。一声惨叫，那头倒霉的猛兽滚下山去。

然而，余下的饿狼，丝毫没有退却之意。它们的阵容略微乱了一阵之后，立即重整旗鼓，带着复仇的敌意，发出比前高亢得多的嗥叫声，再次围了上来。

江侠翻转着身子，前后左右准确地射击。

饿狼们随着枪响，一个个倒下。未倒下的，依然顽强地围来。

江侠朝着一头龇着獠牙的高大母狼举起枪，扣动扳机。

然而，枪未打响，子弹打光了。

他举起一块石头，朝母狼拼命砸去。

母狼躲开石头，匍匐一下前腿，更凶猛地向江侠扑来。

66. 疯狂的腾空的母狼。（特写）

“砰”！一声枪响，母狼中弹，凭空摔下，死在江侠的脚前。

江侠惊异地向四周寻望。

兰天手握着枪，从一处石壑口露出头来。她伸出另一只手，喊着：“伙计！帮忙拉一把！”

江侠迟迟地走过去，把手伸给她。

67. 山巅平台。夜。

兰天在山头兜着圈子射击，一边打，一边骂：“鬼东西们！怎么比老铺上的臭虫还多！我叫你凶！……你给我趴下吧！……你也该上西天啦！”

江侠：（粗暴地）“别打啦！节省一点，子弹打完，你就是它的馒头！”

兰天：“你呢？”

江侠：“都一样！”

兰天：“对啰！都一样。既然你也是馒头，还凶什么凶？”

江侠：……

兰天：“伙计，认识吧？”

江侠：“剥了你的皮我也认识，国民党的狗警察！”

兰天：“我这国民党的狗警察是明的。你呢？你到底是什么玩意儿？有种的说出来！”

江侠：“我崩了你！”

他拿枪对着她。

兰天：“浑蛋！忘性太大了，你那枪里没有子弹，要不要我借给你几颗？”

她果然从腰间摸出一夹子弹，扔给他。

江侠咬紧的腮帮。扭曲的脸。（特写）

兰天：“愣着干吗？快捡起来呀！胆小鬼！哈哈哈哈！”

江侠：“我掐死你！”

他在逼近她。

她毫不躲闪。

兰天：“总得先说个名堂，为什么掐死我？没良心的东西。我救过你的命！”

江侠：“可你也要过我的命！”

兰天：“两笔账正好对消，总该行了吧！可你一直在暗算我！大丈夫光明磊落，英雄汉不杀无辜。你可是瞎长五尺之躯！无情无义！”

她迎着他走来，走得很近很近。

她的脸上泛起野性美！（特写）

兰天：“来呀！掐死我吧！你掐呀！”

走得太近了，江侠甚至感到那种女人的呼吸。他忽然意识到什么，远远躲开了她。

兰天突然大喊：“注意！那边有狼！”

江侠抬头，一只大灰狼向他逼近。

江侠无准备地后退。

兰天开枪把狼击倒，并顺势把自己的枪塞到他的手里。

兰天：“拿去！用我的枪崩我吧！”

江侠下意识地接过她塞过来的枪，揉了揉那发烫的枪管。

兰天捡起地上的弹夹，夺过江侠的那只空手枪，替他装子弹。

兰天：“别打肿脸充胖子。你姓江的看看，给你装上十发，九发打狼，一发打我。我算过命，断定我这一辈子要死在没良心的男人手里。不过我讲究个清楚明白,在你朝我开枪之前,一定要告诉我,你到底是不是共产党?现在要去干什么?车上要抓的那个‘情报贩子’是不是你?也就是007?”

江侠:“我只能告诉你,你是个大笨蛋!从上次逮捕我算起已经八年了,你还没弄清楚我的身份。”

兰天:“认清一个人不容易呀!”

江侠:“认清一个敌人更不容易!真邪门!你这样穷追我到底想干什么?”

兰天:“干什么!结伴同行嘛!我有预感,现在你和我走到一条路上了!”

江侠:“你要往哪儿去?”

兰天:“你要往哪去,我就往哪去。”

江侠:“你难道没听说过‘仇人相见,分外眼红’这句话吗?”

兰天:“我还听说过‘打出来的朋友磨出来的刀,不打不磨不成交’这句话呢!”

江侠突然大喊一声:“小心后边的狼!”

江侠开枪,兰天身后一只花斑狼应弹倒下。

兰天:“我背后有狼,你背后也有狼,你我处在相同地步,你替我打狼,我替你打狼,咱们是朋友啊!你我不是在合作嘛?”

江侠:“我从小就喜欢交朋友,相信依靠朋友,后来上当多了,才知道朋友中,很少是真朋友,很多是假朋友,还有一些装成朋友的敌人,他们更可恶!”

兰天:“一个人疑心大了不好,你没听说过曹操因为疑心大错杀了多少好人!”

江侠:“我还听说过曹操轻信老黄忠的苦肉计,假投降,损失了精兵八十万!”

兰天:“怨不得说共产党不好交往,心眼太多!”

江侠:“心眼不多,早被你们杀光了!”

兰天："你承认了，你是共产党？"

江侠："我说过，你是大笨蛋！你永远也找不到共产党！"

兰天："找得到，就是你！"

江侠："凭什么？"

兰天："凭我的感觉，凭我的经验，凭你参加过罢工，凭你被警察追捕，还凭你的无情无义，冷若冰霜，铁石心肠！"

江侠："共产党原来的心肠很软，情义很重，肺腑太热，全叫你们逼硬了，逼少了，逼凉了！真正无情无义的是你们，是你们这些自食其言、不守信义、欺骗百姓的剿共'英雄'、民族败类！"

二人同时举起枪，同时瞄准。同时开枪。

他和她背后不远处，同时倒下两只饿狼。

68. 山头周围莽丛。深夜。

饿狼们馋涎欲滴的嘴巴，贪婪的眼睛，可怖的嗥声……

69. 山巅平台。深夜。

他和她反脸而坐，默然无语。

各人的面前，都躺着不少狼的尸体。

他和她由于过度的疲劳，都向下躺去——他们的背靠在了一起。

这是很不情愿的依靠。

长久的沉默。

70. "眼睛"的包围又在靠近、缩拢。

江侠："喂！再借几颗子弹。"

兰天："对不起，我只剩一颗了。你呢？"

江侠："一颗。"

沉默。

兰天:“你那一颗,留着打狼,还是打人?”

沉默。

兰天:“如果舍不得,我这一颗再借给你?”

沉默。

兰天:“(指指狼)看见吗?我真羡慕它们的团结!”

沉默。

江侠从怀里摸出一块锅贴饼,送往口边。然而,他没有咬,拿在手里掂弄了一阵,却轻轻地放在兰天支撑身体的右手背上。

兰天吓了一跳,把手抽回说:“哟!什么东西?”

然而她很快又伸出手去,摸到那块锅贴饼,拿来闻一闻,叫了一声:“好香啊!”

她张口欲嚼,忽然又停下,仍旧送回原处。

江侠:“不敢吃?老子可没有面包牛奶!”

兰天:“我是国民党的警察呀!给我吃东西,犯不犯原则?”

江侠闻言,劈掌一击,把兰天手中的锅贴饼打落在地。两人又同时去抢,他的手紧紧按在她的手上。

两只手叠合在一起。(特写)

谁也没有很快把手拉开。

兰天:“我们也学他们吧,团结的人对付团结的狼!好吗?”

江侠:“我真想挖开你的胸膛看看,是黑心,还是红心!”

兰天:“挖吧!反正早晚得挖。不叫人挖,就叫狼挖。”

江侠:“镇压群众,你比狼还凶!到了狼面前,你反倒等着死。你到底算什么东西?”

兰天:“等我知道你是什么东西之后,我再告诉你。”

71.“眼睛”包围圈越来越小。

看得见,那“眼睛”包围圈之下,出现了“白牙”的包围圈。

一只独眼公狼匍匐着前爪,龇着獠牙,望着兰天,急不可耐地尖叫着。

兰天决斗似的举起枪来。

江侠:“住手！省下那颗子弹,留着它你自杀吧！”

江侠大吼一声，上前抓起一条死狼的尸体，抡着向狼群冲去,一边抡一边喊:“要死就死,不想死跟我来！”

江侠:“冲下山去。”

兰天紧紧追随着江侠。

身后传来饿狼的追叫声。

72. 一架陡峭的山坡。深夜。

江侠从山坡上滚下来。

兰天跟着从山坡上滚下来。

江侠迅速爬起身子,仍然抡起那挺狼尸开路。

兰天摔伤了什么地方,痛楚地蜷曲在地上。

狼群向她围过去。

江侠大吼一声冲回来,击退狼群。然后跑过去扶起兰天。

江侠:“怎么不摔死！摔死省事了！”

他一边骂,一边张开左臂把她挟在腋下,右手抡着狼尸,艰难开路。

73. 山坳树林。残夜。

一大堆枯木树杈在熊熊燃烧,散布着许多小火堆。

生性骇怕火光的狼群远远躲开。更远处,传来野兽们拼搏撕咬的惨叫,那是他们由于分吃同伴尸体而引起的格斗。

江侠在中央火堆上头架起支架，把那只作为武器用的肥大野狼挂在火上烘烤。油汁顺着肉块淌下,发出嘶嘶的响声,浓香扑鼻。

兰天面色苍白,眼睛紧闭,一动不动地躺在一边。

江侠攥住一块烤熟的狼腿，大口大口地吃起来。

江侠："喂！没死的，请来吃啊！"

兰天毫无反应。

江侠："要死吃了再死，免得当饿死鬼！"

兰天仍无反应。

江侠迟疑了一下，又叫道："喂！国民党！警察头子！听见吗？"

兰天仍无反应。

江侠一怔，慌忙扔掉手中东西，跑向火堆对面，站在兰天身旁，弯下腰，大声喊道："喂！你醒醒！你听见吗？"

兰天仍无反应。

江侠猛地扑下身，把兰天托在怀里，边摇晃边呼叫："你怎么啦？喂！姓兰的！兰天！兰天！"

直到这时，她才慢慢睁开眼睛，嘴角挂上一丝不易察觉的笑意。

兰天："谢谢你，你并不是真心要我死。姓江的，江侠！"

江侠见状，面露尴尬之色，猛地松手，想把她甩下。兰天却紧紧把他抱住，把头埋在他的怀里。

兰天："我们是生死之交了，何必再那样冷酷？"

江侠："你在装死啊！"

兰天："我在设法看看你的心。"

江侠："狡猾！"

兰天："随便你说。可我……离不开你了！"

江侠："你不怕我杀死你？这很容易，也很可能。"

兰天："经书上说，男人是庇护女人的。一个女人只要全心全意依靠一个男人，她就会得到庇护。"

江侠："可是，你不是你，我也不是我。"

兰天："我知道。你是说，我是国民党，你是共产党。"

江侠："你我的相逢，也不是你我之间的相逢。"

兰天:“是敌人与敌人的相逢！对吧。”

江侠:“从这个意义上说,咱们之间只能存在一个,不是你死就是我活。”

兰天:“可是,现在的敌人,不是永远的敌人;现在的朋友也不是永远的朋友。用共产党的话说,事物都在发展变化。”

江侠:“我多么希望快点变哪！敌人变成朋友，对头变成同志,中华儿女、炎黄子孙皆成兄弟姊妹,共御外侮,共治神州,共振华夏浩然正气！……可是,每次希望,每次落空,而且都要吃大亏,上大当。就说昨天晚上,我就差一点死在你们这些穿黑衣服的中国同胞手里！”

说到这里,他激动地把她从怀中推出,甩倒在地。

兰天啜泣了。她显得委屈。

兰天:“他们是他们，我是我。你为什么要把我和他们画等号？”

江侠:“都一样,一丘之貉！”

兰天:“可我救了你的命,你就一字不提？怨不得人家说‘女人记恩,男人记仇’,一点不假！”

江侠瞪了她一眼,走回火堆对面,朝她撂过来半条烤熟的狼腿,说:“记下咯！要不,我怎么会两次朝你开枪,两次都扣不动扳机呢！”

兰天:……

江侠:“怎么会结交上你这样一个冤家！”

兰天:……

江侠:“这一回我彻底饶了你。天一亮,狼群一散,你就回去。以后别再让我碰见,否则……”

兰天:“可我饶不了你！我要跟你跟到底。”

江侠:“野东西！前边就是解放区！”

兰天闻说,忽地坐起身来。

兰天:“到了吗?”

江侠:“(惑然地)什么到了吗?”

兰天:“解放区呀!”

江侠:“怎么?你想去见识见识?”

兰天:“想,很想!”

江侠:“(讽然地)一个国民党警察,要到解放区?”

兰天脱下全身警察服,顺手扔进火堆。

兰天:“只要我跟着你,就没人敢当道。带我去吧,江侠!”

江侠:“你到底是什么人?”

兰天:“我?还是我,国民党警察,身份不变。你应该相信我,咱们是朋友!”

江侠:……

他用直勾勾的眼光盯着她。

她用期待的眼光望着他。

江侠:“朋友,可你知道我是谁呢?”

兰天:“你叫江侠。”

江侠:“我的身份?职业?何处来?何处去?我的行动目的?”

兰天:“我一路就在问你,你总不愿告诉我。”

江侠:“那是没到时候。”

兰天:“现在呢!”

江侠:“到时候了。”

兰天:“快告诉我。”

江侠:“我是‘协和会’会员!”

兰天:“什么?”

江侠:“‘协和会’会员!”

兰天:“你胡说什么?!”

江侠:“日本人的密探。我没有胡说。”

兰天惊愕得瞪大眼睛,说不出一句话。

江侠:“我受若杉参事馆的派遣,到延安执行一项任务。”

兰天:……

江侠:“老蒋被抓了,汪精卫主席就该回来登基了。现在出把力,将来有好处!”

兰天:“(突然笑起来)混蛋!别骗我了,你根本不像那号人!”

江侠:“最混蛋的是你!你是国民党南京警察署保安处的一名警官,竟然这么幼稚,这么轻信,而且口口声声要找共产党交朋友,你到底打的什么主意?你不懂我们的军法吗?!”

兰天:“(失声大叫)不!你不是日本密探!!”

江侠:“你说我是什么?”

兰天:“你是共产党!!”

江侠:“何以见得?”

兰天:“你参加过罢工!”

江侠:“可后来我才懂得,给日本人干更有利可图。”

兰天:“你是被追捕的人!”

江侠:“那是假打真掩护,送我上路。”

兰天:“你说了很多共产党的话!”

江侠:“那是为了试试你的心。”

兰天:“一个日本特务是不会随便暴露身份的!”

江侠:“我没随便暴露,你是南京警察署保安处的警察官,对你应该说实话。咱们是一家嘛!”

兰天:“(发狂地)不,不,不!你是共产党!你就是共产党!!”

江侠:“你这样急于找共产党到底要干什么?告诉我,你去延安到底执行什么任务?是行刺?是策反?要不要我帮帮你?”

兰天:“你这个流氓!流氓!!”

江侠:“你怎么连自己人也骂起来了?”

兰天急掏手枪——

江侠:“别找了,我替你保存着呢!”

江侠拿出两把手枪玩弄。

兰天没命地追过去。

两个人围着火堆兜圈子。

兰天突然纵身越过火堆,直扑江侠。二人交手,扭打在一起。

她在拼命。

他在招架。

好一场拼杀!腿与腿踹跺,拳与拳撞击,火堆周围偌大的山坳平地,被两个窜扑滚爬的身子轧成了光坡。

74. 余焰明灭的火堆旁。黎明前。

满脸伤痕的江侠抱起一捆木柴,加进中央火堆。将熄的火苗又向空中吐出长长的赤舌。

火堆另一边,精疲力竭的兰天,被反剪手绑在一棵树根上,闭目喘息。

江侠脸上泛着狡黠的喜色。但他也显然被方才长时间的拼搏耗尽了气力,喘气带着颤栗。

江侠:"看来,你学过几天八卦拳!打得不错!不过,你那个'飞燕抄水'式,用得不到家,老叫我拿住。你为什么对一个密探这么凶呢?'本是同根生,相煎何太急'哟!你想交结共产党,到底为的哪一宗?你说!日本人来帮我们'开拓',帮我们'发展',帮我们进'东亚共荣圈 ',多好的事儿!我们和他们的目标是一致的,你这个国民党警察官是怎么搞的?唔?"

被绑在树根上的兰天抽搐的脸。

75. 兰天的回忆。

奉天小街道上。黄昏。

一个衣着华贵的女人,散乱着头发,拼命奔跑。

后面,一群烂醉的日本兵杂沓追来。

76. 一条死胡同。

散发女人失常地踉跄跃进胡同。

日本兵追来,狂笑着涌进胡同。

女人凄厉地惨叫!

女人的紧身旗袍和内衣,被日本兵撕得粉碎……

77. 兰家灵堂。

散发女人的尸体陈放在正堂灵台。

兰天扑在尸体上痛哭:“妈妈!妈妈呀!”

一个国民党军人——兰天之父,望天而立,怒眼泣血。

兰天扑向父亲:“爸爸呀!我的手里也有枪,为什么偏要受日本人这样的欺侮?你说,你说呀!”

兰天父亲眼底生火,拔枪在手。

旁边一位老军官近前急阻:“兰师长,日本人已经再三道过歉,他们不知道是兰公夫人。再说,触犯了日本关东军,我们都完了!还是大事化小,小事化了,弃一夫人,保一社稷为妙。”

兰天怒不可遏,望着穿衣镜里的老军官举枪射击!

一声枪响,玻片横飞。

众吊唁者大惊失色。

78. 山坳火堆旁。黎明前。

被紧缚在树上的兰天,从紧闭的双目中滚出热泪。

江侠的声音:“日本人来帮我们‘开拓’,帮我们‘发展’,帮我们进入‘东亚共荣圈’,多好的事儿啊!”

兰天的嘴咬出血来。

江侠边收拾火堆,边叨叨不休。

江侠:“日本人是我们朋友,共产党是我们的对头。宁叫日本人管中国,也不叫共产党管中国。前天,东北军把蒋介石扣到了西安,南京城有些人惊惶失措,大惊小怪,准备和谈。真见鬼!这怕什么?这正好!日本人早就讨厌姓蒋的,嫌他碍手碍脚。早就想请回姓汪的。你等着看吧,三天之内西安就要炸平啦!新总裁就要登基啦!我们的希望就在前头。你听到这些一定会很高兴吧!”

兰天利剑似的眼光直射江侠。

79. 画面闪回。

国民党南京政府一间议厅里,正开着紧急会议。各派系隔桌对垒。

一西服官僚(亲日派):“西安犯上作乱,劫持统帅,张扬不忠不孝不仁不义,应严申国法,急起剿除!”

一国服官员(亲美派):“张汉卿乃蒋委员长门生,不至于绝情于此,无非兵谏抗日而已。”

一主座官员(亲日派):“西安已是充满着血和火的赤色恐怖世界。决心已定,三日内务必炸平西安,根绝赤患!”

国服官员:“如此妄动,将置蒋委员长于何地?”

西服官员:“讨逆除叛要紧,不惜玉石俱焚,顾不得一个人的死活了!”

一鼠头官员:“听说老蒋已经死了,嘻嘻……”

数军官拍案而起,怒目相对。

一军官(黄埔派):“你们名为剿除叛逆,实为内讧自戕,假借根除赤祸,意在谋杀蒋委员长,卖国求荣,僭权夺位。”

主座官:“放肆!”

一只玉杯掷地而碎。

警卫在角落里的兰天瞪大惊愕的眼睛。

80. 兰家内室。

兰师长手捧一文,就灯而读。

文章题目的特写:《中国共产党致中国国民党书》

兰师长:(念)“东北四省的沦亡,日本特务机关的遍设,敌机在我领土上的无限制飞行,日本浪人的横行无忌……许多爱国人民,爱国军人,爱国警察,爱国记者,甚至许多贵党要员与贵党官吏,无不遭受不堪的侮辱。”

数名围坐两侧的国民党军官屏息静听,间或点头。

一年轻军官:“共产党这话说得不错!”

一老年军官:“千条仇,万条怨,只要抗日爱国,皆我同德兄弟!”

站在旁边的兰天,眼含晶莹之光。

一中年军官:“听说西安张、杨已向延安发了邀请电。”

年轻军官:“我们能不能求共产党帮帮忙,劝说张、杨早日释放蒋委员长,实现联合抗日?”

兰师长:“我也有此想法,但苦于联系不上。”

一老年军官:“眼前就有个机会。据情报局报告,今天夜里共产党有一个007行动。”

兰师长:“什么内容?”

警官:“共产党掌握了南京亲日分子同日本人勾结的新罪证,要送到延安去公诸于世界。”

兰师长:(拍案叫绝)“好!”

警官:“现在他们正布置全城戒严大搜捕呢!”

兰师长:(担心地)“噢?”

兰天:(思索地)“007行动?要能找到他就好了。”

81. 山坳篝火旁。黎明前。

被紧缚的挣扎不已的兰天。

江侠的声音:“三天之内西安就要炸平啦！新总裁就要登基啦！你听到这些一定会很高兴吧？”

兰天:“狗汉奸！我怎么没挖了你的心！”

江侠嬉皮笑脸地脱下自己的外套,披于兰天身上,被兰天愤怒地甩掉。

他得意洋洋地坐于兰天对面,盯视了一阵,随手掏出几个香烟盒,拆开后铺在膝头,摸出半截铅笔,沾沾舌头,匆匆地写着什么。

挣扎的兰天。

疾书的江侠。

字条写妥,他把它放在兰天面前不远处,掏出一把手枪压在纸条上。

江侠:“再见了！兰天警察官！”

他掉头扬长而去。

兰天:(声嘶力竭地)“我怎么没宰了你这个狗汉奸！”

她昏厥过去。

火苗熊熊。

82. 早晨的山坳。

晨曦万缕,鸟雀啁啾,狼群灭迹。

篝火熄灭,余下一堆灰烬。

满身伤痕的兰天,终于挣脱了绑缚。她精疲力竭,扑在地上,隐隐啜泣。

忽然,她抬起头来,望着那把手枪和枪下压的纸条。她抓起手枪,捡起纸条展视——

江侠的声音;“委屈你了,兰天警察官！我不得不用这个办法试试你的心。尽管你我从前是对头,尽管我一直没弄清楚你追踪我的目的,可是我看出来了,你爱祖国,恨日寇。只要有这点爱国之心，咱们都可以前仇不记，引为朋友。我不是日本密探。正如你的猜想，我是个共产党员，我有重要任务要到延安去。一路上，你帮了我不少忙，很感谢！特别是昨夜与狼群一战，咱们结下了战斗友谊。我有点离不开你呢。但是，我的任务十万火急。前头就是解放区，无论如何，我得甩掉你。请不要怪我多心，你毕竟是国民党警察呀！但我对你的安全，已作了妥善安排：篝火堆上的柴，足够烧到天亮。只要有火，野兽们就不敢靠近你。天亮之后，狼群自会消遁，你也会把绳索挣开脱身。为了避免你回去不好交差，这把手枪还给你。归路寒凉，那件外衣，你就披上挡挡风吧！”

泪水模糊了兰天的眼睛。

一丝微笑印上了她挂满泪滴的嘴角。

她把信条折起藏妥，略扎腿脚，急急朝前赶去。

83. 山村马厩。

兰天向牧马人打探路径。

牧马人牵过一匹马。

兰天翻身上马，扬鞭疾驰。

84. 山道上。

驾马长驱的兰天。

85. 莽野里。

逾越飞鸟的兰天。

86. 乡野大道。

江侠急急趱行，忽然，身后隐隐传来一声马嘶。

江侠回头望去。

兰天的骏马出现在远远的地平线。

江侠按捺不住的兴奋之色骤溢于表。

他回头,迎着兰天走去,跑去,飞去……

突然,他又停下,敛起了深思的眉头。

江侠的声音:“她又追来干什么? 难道……? ”

87. 江侠的幻觉。

山坳篝火堆旁。

兰天读完江侠的字条,撕得粉碎,撒在空中,仰天地笑。

兰天:“哈哈哈哈! 这个共匪间谍分子,他到底忍不住说出来了! 哈哈哈哈! ”

88. 乡野道上。

江侠打了个寒噤,警惕起来。他重又掉回头,向黄河奔去。

89. 奔驰的骏马上。

兰天伏于马背,快马加鞭。

兰天抬头,远远望见江侠的身影在前方地平线上时隐时现。

兰天大喊:“江——侠! 等一等——! ”

奔马犹如箭儿离弦,向前冲去。

90. 黄河堤畔。

沟壑纵横的十字路口,堆满护堤的大石头。

江侠失急慌忙奔来。

身后,兰天的飞马迅疾驰近。呼叫声在天际回响。

江侠忽然闪身,潜入堤侧石堆下的一洞沟壑处。

兰天飞马而至,她勒马在十字路口旋望了一阵,夹马朝另一方向奔去。

沟壑里,忽然反悔的江侠。

江侠的声音:“我为什么要向她暴露自己的身份呢?我怎么能轻易相信一个国民党呢?混蛋!”

91. 画面闪回。

江侠被牢牢绑在刑讯室的柱子上。

下颌处缠着绷带的兰天走来。

兰天:“告诉我,你是不是共产党?”

打手们递给鞭子。

兰天:“不,还用他的家伙敲他的脑袋!”

她从身后抽出半截警棍,朝江侠抡去。

江侠满脸鲜血。

92. 黄河堤畔。

江侠钻出沟壑,向黄河滩跑去。

93. 黄河滩。

白沙漠漠,黄土漫漫。无边无际的河滩犹如沙漠,浪涛汹涌的河水浑似火海。

远远滩心河流边沿,泊着一叶扁舟。

江侠奔下河滩。

兰天的飞马出现在高高的堤岸。

兰天:“江侠!我来了!”

94. 渔舟旁。

江侠向渔舟奔来。

淤泥流沙拦道——这是古怪的黄河中最凶恶的陷阱。

谙熟黄河脾性的江侠来到淤泥流沙滩旁,倾身躺倒,就地打起滚来——这是唯一的逢凶化吉之法。

江侠滚到水边,翻身登舟,摇橹拨水,驶离滩头。

兰天纵马奔下河滩,呼叫着:“等等我!”

95. 渔舟中。

江侠推桨拨浪。

兰天的呼叫声:“混蛋!等等我!”

江侠俯仰之际,从腋下望见马上愤怒的兰天,他悔恶地咬紧牙关。

96. 江侠的幻觉。

冷眉倒蹙的兰天站在江侠对面,持枪相逼。

兰天:(揶揄地)“你怎么会相信国民党会和共产党合作呢?大笨蛋!我们这是天罗地网一巧计呀!哈哈哈哈……拿出来,快把情报拿出来!”

她狂荡地把手枪抛在空中转了一圈,然后接住。

兰天:“伙计!这颗子弹再还给你!”

“砰”地一枪,射向江侠。

97. 渔舟中。

江侠的身子不自主地一晃,汗渗额头。

他奋力向江心划去,

98. 淤泥流沙滩。

兰天快马冲来。四只马蹄深深陷进淤泥流沙之中。

大马痛楚地仰头长啸。

兰天翻身下马,徒步向江侠追去。刚刚迈步,便双足入泥,拖拽不出。

兰天望舟呼喊:“江侠!带我一块儿去!”

99. 渔舟中。

江侠充耳不闻，飞桨疾驶。

100. 淤泥流沙滩。

挣扎的兰天。

泥沙吞没她的双膝。

101. 渔舟中。

江侠猛力摇桨，小舟节节加速。

102. 淤泥流沙滩。

挣扎的兰天。

淤泥吞没了兰天的胯部。

兰天从怀中掏出一蓝皮信夹，举向空中，向江侠招摇——

兰天："江侠！把这个带去吧！"

103. 渔舟中。

江侠头也不回，猛烈蠕动着的宽大的脊背。

小舟急急远去。

104. 淤泥流沙滩。

兰天沙哑着喉咙呼喊。

兰天："江侠！再不等我，我开枪了！"

兰天呼喊无声，耗尽了余力，她垂下了头，垂得很低。

忽然，她又抬起头，慢慢掏出那支仅余一颗子弹的手枪，吃力地举起来，向着远去的江侠瞄准，瞄准——

(特写)手枪准星中心，绕着江侠的身影转了一圈，最后落在他的左小臂外侧固定——

扣动扳机。

枪响了!

105. 渔舟中。

江侠随着枪响,身子剧烈晃动了一下。他扔掉桨把,捂起了左手臂。

鲜血从指缝间流出来。

江侠愤怒地回头。

106. 淤泥流沙堆。

兰天两行热泪滚下。

她高举着蓝皮信夹向江侠摇晃着。

107. 江侠的眼睛喷射着火焰。

他用染血的右手拔出了枪, 这也是一支仅余一颗子弹的手枪。

他举起枪,朝着深深陷于泥滩中的兰天瞄准,瞄准——

(特写)手枪的准星中心固定在兰天的头部,瞄准,瞄准——

扳机孔里颤抖的手指……

108. 画面闪回。

山巅平台上。

"砰"然一声枪响,腾空的母狼倒地。

兰天从石壑处向平台上的江侠伸过来一只手。

兰天:"伙计! 帮帮忙,拉一把! "

109. 渔舟上。

江侠移动手枪。

手枪的准星从兰天的头部移向胸部,固定,瞄准,瞄准——

扳机孔里颤抖的江侠的手指。

110. 画面闪回。

山巅平台上,兰天拾过江侠递来的锅贴饼,大口大口嚼着说:“好香啊!给国民党吃东西,犯不犯原则?”

江侠劈掌击落兰天手中的锅贴饼,二人同时去抢。

江侠和兰天的手,紧紧叠合在一起。

111. 渔舟上。

江侠又调整瞄准位置。

手枪的准星中心移动在兰天的腹部固定,瞄准,瞄准——

扳机孔中颤抖的江侠的手指。

112. 画面闪回。

山坳篝火堆旁,江侠把兰天托在怀里摇晃着。

江侠:“你怎么了?喂!姓兰的!兰天!兰天!”

兰天慢慢睁开眼睛,脸上露出一丝微笑。

兰天:“谢谢你!看来你不是真心让我死啊!”

113. 渔舟上。

江侠放下了手臂,闭起了眼睛。

然而,他终于又举了起来。

手枪的位置中心固定在兰天的肩胛外侧部。

扳机孔里抖动的手指猛地收缩——

枪响了。

114. 淤泥流沙滩。

随着枪响，兰天痛楚地大叫一声，身子颤栗，抽搐，埋头于泥沙之中。

泥浆的颜色，变红，变紫……

突然，她又猛撑起身，举起那个蓝皮信夹，在空中拼命摇晃……

115. 渔舟上。

江侠颓然跌坐船中，目光呆滞，冒着青烟的手枪从他手中滑掉。忽然，他发现了兰天那意外的动作，那摇动的蓝皮信夹。

他凝视了一刹，单臂摇橹，向着兰天驶来。

116. 淤泥流沙滩。

渔舟靠岸。

江侠抽出舟中几块舱板，铺在沙滩上，走近兰天。

淤泥中的兰天长舒口气，颓然扑倒。

江侠拿过那个蓝皮面防水信夹，打开后抽出一封信来。

信封的特写：(遒劲的行楷笔迹)上写“周恩来先生敬启”！

江侠吃惊地展信——

画外音：“周恩来先生阁下：数番敬读贵党致我党书信，言辞诚恳，秉意精良。救国热忱，感我肺腑，御敌决心，堪为率表。今值大敌当前之际，贵党能不计前嫌，尽抛宿怨，一奔‘兄弟阋于墙外御其侮’之族训，挽吾党齐心协力，共同抗日，即铁石心肠者，亦恸于衷矣！

愤顾东北沦亡，时逾五载，国权凌夷，疆土日蹙。‘淞沪协定’屈辱于前，‘塘沽协定’继之于后。尤其上海爱国冤狱爆发，世界震惊。举国痛心，爱国获罪，令人发指。

西安张、杨二君，悯国危亡，扣留我蒋委员长，意在强谏统帅,逼其痛下抗日决心,忠心可谅。然而日皇倭寇,却视我拘蒋之机为亡我之隙;久怀僭越野心之内贼,则更欣然窃喜,渴谋替代之术。故今南京,日特内奸狼狈为祸,大演戏中之戏。他们力主‘不管玉石俱焚’‘不管蒋公死活’兴师讨伐,决令轰炸,夷西安为平地,置蒋公于死地,以达乱我中华,亡我国种之罪恶目的。

值此危机重重之时,惜我等力薄难挽巨澜,特急书告于贵党。诚望谋助西安张、杨,维系蒋公安全,促成合作,早释东归,以粉碎敌奸阴谋,保我统一抗战之大业。”专此布奉

五位黄埔旧生(签字)

117. 读信时的一组画面。

数名国民党黄埔派官员聚集在兰家客厅,室内帘幕低垂,气氛肃穆。

众人的眼光集中在兰师长身上。

兰师长时而回身征询,时而伏案疾书。

老军官审慎地指点。

年轻军官激昂的陈词。

门外,兰天严密地警戒了望。

把信折起套进信封的一双大手的特写。

兰天从父亲手里接过信札,装进蓝皮面防水信夹,妥藏于怀。

兰天父女驱车于戒备森严的街道和车站广场。

兰天登上火车,隔窗与父亲颔首告别。

118. 淤泥流沙滩。

兰天艰难地抬起头来。

兰天:(痛苦而又兴奋地)“多亏这颗子弹,到底把你请回来了。”

江侠扑跪在兰天面前,向她伸出手去。

江侠:“你,为什么,不早说?”

兰天:“你,也一样,说得很晚。秘密,重于,生命。你懂,我也懂。何况,咱俩,又是对头!”

江侠:“对头,现在干的一样事,走的一条路啊!”

兰天:“江侠!我们之间的隔膜、怀疑、猜忌,什么时候才能除掉呢?”

江侠:“现在!兰天,现在就除,彻底除掉,好不好?”

兰天:“好!是时候了!”

江侠满眶热泪,用颤抖的手臂,紧紧托着兰天。

江侠突然发狂似地在兰天周围扒着泥沙,他要把她扒出来。

扒过又淤平,淤平又扒开。扒不完的泥沙,淌不完的热血。

兰天:“别管我了,快把信送走!”

江侠毫不理会,不停地扒,扒,扒!

兰天:“不分轻重的——混蛋!救我一个,只是一个,救个中国,是四万万!”

毫不理会的江侠,不停手地扒,扒,扒……

兰天抖擞最后的气力,扬起那只还可以扬起的手臂,照着江侠劈面一个耳光。

兰天:“信送不到延安,你救了我,我也要把你,宰了!”

江侠扑上去,把兰天紧进搂在怀里,热泪纵横。

他们身后远远的天隙,响起寥落的枪声。

兰天警觉地抬头寻望。

119. 通往黄河的大路上。

一群警察鸣枪追赶,涌向黄河。

120. 淤泥流沙滩。

兰天:“你听见吗?他们来了!”

江侠：……

兰天："你现在不走，待会儿想走也走不了了！"

江侠："我想和你一块走，想给我们延安带去一个好国民党！"

兰天："好国民党多的是，我也很想去好好瞧瞧你们的延安。可现在不行，我会拖累你，耽误你和我任务的完成！"

江侠："我不能丢下你不管！"

兰天："混蛋！你丢下我，追来的人丢不下我，他们会格外管我、救我的。你忘了，我们都是国民党，是同志。你赶快走，快去告诉延安，救救西安，救救蒋委员长，救救团结，救救中国吧！"

江侠痛决地站起。

121. 原野里。

江侠噙着热泪，在土路上拼命奔跑。

122. 丘陵间。

江侠骑着大马，风驰电掣般地飞奔。

123. 飞马上。

江侠没命地纵鞭。

马蹄扬起浓烟。

头顶，霞光、流云、孤鹰、群雁在飞旋，流逝。

124. 江侠昏卧马背，但两手紧紧扣进马背。

大马长嘶，狂纵急驰。

125. "西安事变"和平解决。

（新闻片剪辑）

欢呼的人群……

叠飞的报纸……

《六条协议》的特写……

震惊绝望的日本侵略军,在枪炮轰鸣中缩避,遁逃……

126. 一匹大马驰向黄河堤岸。

江侠在马上勒缰伫望。

空空的淤泥流沙滩头,黄浪轻溅,金光闪耀,阒无人迹。

徜徉流连的江侠。

江侠的心声:“她活着,一定还活着。终有一天我还会见到她!”

一九八二年五月写于上海戏剧学院

20集电视连续剧

卷五 观音菩萨

Guan yin pu sa

DRAMA COLLECTION

本剧乃为私人订制之作，写于20世纪80年代。是时，改革之潮初起，极“左”观念尚浓，文艺之箍仍紧，但订制者（大连一船业业主）是位大孝子，高堂老母礼佛，孝子敬母献寿，率性决定拍摄制作十八集电视连续剧《观音菩萨》，以作为向其八十老母贺寿之礼。此事由中央电视台导演王扶林先生作伐，约定由我撰写剧本，素材资料由彼提供，情节大纲依从佛教典籍 ，着意制作既具经诵教义、又寓娱乐功效的家居禅事供品。于是乎，深受文艺极“左”思潮浸泡、无神论观念钳制的孟氏写手，得以遍访观音道场、佛教圣地、“人间第一清净境”的普陀山神乡仙域，饱览汉传佛教有关观音菩萨家宗身世的叠叠册籍，沐浴梵音涛声、幽雾禅影五月之久，终于诞生了这部洋洋十余万字的孟氏电视剧《观音菩萨》文本。这应当是全国最早一部直写《观音菩萨》的电视剧，也是首部佛教宗教剧。当然，作为居家供品的私人订制之作，在当时的时代背景下，依然不存在生长的环境。它自然终止于案头一堆手写文字。然而，如今翻出来再看，仍然有沐心澄气的感受。趁着愚作集束付梓之际，《观音菩萨》借个方便，以电视剧文本原始面貌撩纱露面，虽不入大作要目之列，亦录记早年笔墨际遇，岂非一功德善事欤？

片头:

汪洋大海:红日出水,浮光耀金,彩波千顷,如幻似梦。

普陀洛迦山:汪洋中的浮舟,草木葱茏,云蒸霞蔚,庵寺点点,紫气升腾。

灵隐寺外:虔诚朝拜的人群,青眉皓首,碧眼金发,黄袋缁衣,泥腿赤足。

灵隐寺内:大雄宝殿影壁后,"善财童子五十三参拜观音"的群塑,观音菩萨手托柳枝净瓶,立于鳌背,形体苗条,婀娜多姿。

普陀山普济寺观音塑像,庄严肃穆,韬涵深邃。

隆兴寺(河北正定县)千手千眼观世音铜像,体态纤细颀长,比例匀称,衣纹流畅,质感清晰,美不胜收。

(以下跳切或叠印)

印度阿旃陀古石窟壁画《持莲观音》,衣薄透体,非男非女,安详闲适。(拍复制品)

山东益都驼石石窟少女观世音,长裙曳地,亭亭玉立。(仿拍)

广西桂林观音峰摩崖观世音,乳肩裸露,袈裟轻飘。(仿拍)

敦煌莫高窟观世音壁画。(仿拍)

唐吴道子观音绘像。(仿)

宋牧溪绘观音像。(仿)

元阕名画绘"鬼怪观音像"。(仿)

明仇英绘"观音送子图"。(仿)

四川大足北山摩崖观世音造像群:净瓶观音、玉印观音、日月观音、准提观音。

在上述画面中，穿过一曲音乐，带出一首似吟似唱而又禅味十足的歌：

观音菩萨梵天尊，
庄严宁静慈悲心。
趺足尽踩不平路，
慧目遍观凄苦音。
净瓶洒处旱逢雨，
柳枝挥时冬著春。
三十二座应身寺，
上古佳话说到今。

一、赴难

天宫。外。日。

宫阙巍峨，云雾缭绕。

一座飞光流彩的金殿跳出众宫之上，檐宇间闪动着三个巨字："天地宫"。

天地宫。内。日。

栋宇斑斓，万物晶莹。

光亮耀眼的龙案周围，坐着天帝、王母、佛祖释迦牟尼和兜率天净土世界教主、胖得喜人的弥勒佛。此时，天帝正聚精会神地翻看着一本叫做《佛界秘档》的册籍。

当画册翻至"观世音档"时，停了下来。"观世音"名下，画着三档图画：第一幅是一对孪生小驹；第二幅是马头人身的的"马头观音"；第三幅是一位伟岸英俊的男子，金盔罩顶，玉珠环项箭衫鎏金镶饰，一派王子打扮。

三幅图下一行隶文："观世音三世转生。"

趁镜头浏览图画的机会，且为观众作个引导：

画外音："也许，对大多数人来说，这是一个既非常熟悉，又相当陌生的话题：'观音菩萨'。说到熟悉，是因为观音菩萨几乎家喻户晓，人人皆知。千百年来，她和人们相处得犹如亲人、师长、朋友、知音。'家家念弥陀，户户拜观音'的景象，一度渲染过人类的历史。然而说到陌生，那是因为又有多少人能把观音菩萨的出身来历转生履程说个清清楚楚原原本本？甚而不少人直到眼前，连观音菩萨是男是女，也不敢慷亮一答。'三世修造志，万劫砥砺身；苦海为人度，千古一观音'。愿本片为您带来智慧，带来欢乐，带来观音菩萨的殷殷之情。"

天帝此时依然手捧画卷，爱不释手。他指着画幅问道："这么说，他就是释祖举荐的西天极乐世界佛主了？"

释迦牟尼："正是此人。"

天帝："何故叫'观世音'而不叫'听世音'呢？"

释迦牟尼："天帝所问，正为本教义理所在。吾教重在达观，薄于侧听。有道是'耳听为虚，眼见为实'。据实法度，永占真谛。鉴于人世间声音万种，真假难辨，非但耳听之，且要眼观之，方可趋真声而恤实苦，故取名'观世音'也。"

天帝颔首，注目于手头册籍中"伟岸男子"的画格。那男子英姿勃发，器宇轩昂。(可处理成活动画幅，抠入演员)

天帝："倒是一表人才！"

弥勒佛："这可是我们祖师爷的心尖子！从三世转生五千劫难中，选出这么个西天净土的当家和尚。"

王母："我看你是怕跟你这个兜率天的胖当家的唱对台吧！"说着，接过册籍端详，不禁哑然失笑地叫起来。

王母："哎呀！这不是我那一对小马驹吗？"

王母手指指处，画格中的孪生马驹活蹦乱跳，仪态万方。

弥勒佛咯咯咯地笑起来，笑得很响。

弥勒佛："我的王母娘娘，想不到你也有失物之惊啊！"

王母："快告诉我，这是怎么回事？"

弥勒佛指着画幅，侃侃而谈。

画幅中的"双马驹""马头观音""伟男子"，随着指点而相应动作演变。

弥勒佛："王母眼力不错，这对马驹，就是你当年妆台上那对钟灵玉马。感天宫之造化，秉乾坤之灵性，念凡世之疾苦，于一万七千年前投生于人间兹纳古邦，它们善良慈悲，神力宏大，能使盲人复明，病人康复，公牛产乳，朽木开花。所以被后世的天竺婆罗门奉为'善神'，誉为正为名为'观世音'。"

画格中的孪生马驹放声鸣叫，喷出响鼻。

王母："哦！我可爱的马儿，你们为我争光了！干得好啊！"

弥勒佛："三千年前，这对马儿转世再生，投奔恒河东岸迦毗罗伟国寻找知音，遇上了净饭王的皇太子悉达多，也就是目下坐在你面前的这位释迦牟尼佛祖，成了他的'马头观音'。——喏喏喏，就是这时候！"他指着画格中的马头人身图。那图中的马头观世音也立即活泼地动起来。

王母望着释祖，撇了撇嘴说："我的佛祖宗，想不到你还拉我的人哪！"

释迦牟尼佛："人才难得呀！吾教之中唯一的善神非他莫属啊！"

天帝："可您的梵天佛界之中，如今并无什么'马头观音'了呀？"

弥勒佛："马头换人头，观音变王子，三世转生，越转越俊，如今已是天下人间一位仪表堂堂、光彩照人的美男子了！看这里——"说着，弥勒指着册籍中那格"王子"画幅。

画幅中,大王子精神朗彻,眉宇含情。

王母喜不自禁地捧着册籍画簿，画格中的王子眨巴着眼睛望着王母,似有不尽话语要说。

王母:“可怜见的,他现在在哪儿？”

弥勒:“人间天竺末罗帮第一大公子,转轮王是他老爹！”说着,他掀过几页册籍指给王母看:“喏,就是他。”

王母惊呼道:“啊！这不是你们的西天圣尊阿弥陀佛吗？”

画格中,阿弥陀佛——现在的转轮王,结跏趺坐,两目微启,轻轻颔首,向王母立掌行礼。

王母(话外音):“他怎么又到人间去当转轮王了？”

弥勒佛一阵大笑，然后指了指释迦牟尼佛道:“这都是我们佛祖宗的安排,让西天老佛……”

释迦牟尼佛:“等一等！启奏天帝,从双马驹到大王子,观世音三世转生,历经九千九百九十九劫,劫劫悟透,功德无量。然而,一劫之差,不足万果！”

王母:“‘一劫之差不足万果’？你的意思是还得让他遭受一劫才算了结吗？”

释迦佛:“一劫度过,万劫悟彻,苦业修满,便达佛圣圆觉涅槃之正果也！”

王母:“但不知这最后一劫是个什么劫？”

弥勒佛:“天旋地转,火烧水漫！”

王母:“我的天！我说你们就趁早免了吧！”说着把圣旨摊在天帝面前。

天帝:“你是光知道心疼你的小马驹，可我怎么好破人家梵天佛界的规矩呢！释祖亲自下凡带出个西天新佛主。一帮一,上天梯嘛。哈哈哈哈！”

王母:“可真有你们的！”说着她又把册籍翻至“王子画幅”,“我巴不得见见我的小马驹啊”！

弥勒佛:“我们的王母,你别忘了,小马驹是没有了,小马驹转生成的王子,倒还有一个!”

王母:“成,见见我的王子也好。”

弥勒佛:“是不是应该说见见我们的王子更好?”

王母:“油嘴胖和尚!”

释迦佛:“请王母放心,待您的小马驹、我们的观世音入主西天净土之后,他会时时来看望您老的。”

弥勒佛:“只差天帝大笔一点,圣旨一颁啦!”

天帝挽袖润笔,挥毫而下。

人世间。末罗帮原野。日。

赤日炎炎,四野空旷。

远远的地平线上,有几个人点在蠕动。

镜头推近:原是几个农夫在拉耙耕耘。走在前边的是位高大的男子,宽大的脊背上汗水淋漓,两只赤脚深深陷进稻田里,周身溅满青泥,他吃力地拽着犁耙前进。

走在后边的,是两位孱弱的老翁老妇。两人扶着犁耙,累得气喘吁吁。

大道上,一匹快马奔驰而来。马上骑着一位宫廷卫士,他边跑边喊:“大王子!大王子!”

卫士奔近稻田,翻鞍下马,朝田中躬身跪拜:“禀大王子,君王请大王子速速回宫!”

男子闻禀,扭转身来。这是一个英俊而又年轻的脸。这张脸,我们已从天宫的《佛界秘档》中见过多次。不过现在的这张脸上,多了些汗水、泥巴和劳动后的泽光。

“禀大王子,圣上请大王子速速回宫!”卫士催促着,走下来扶王子上岸、擦洗、整装。

二老人惊愕地望着王子良久,突然扑通一声跪在水里,大呼道:“帮我们耕地一大晌,不知道您是王子啊！谢谢王子！”

沼泽畔草径。外。日。

王子骑马奔来。

突然,一只飞雁从空中栽下,跌落在地。

王子急忙勒马;奔马凌空竖立,长声嘶鸣。

王子翻身下马,奔向落雁,只见落雁腿羽间尚且穿挂着一支竹箭,竹箭杆上流淌出殷红的鲜血。

王子疼怜得匍匐下身子,抱起伤雁,小心地拔出竹箭,为伤雁治伤包扎。

一位挽弓背箭的猎人朝着王子奔跑过来, 大声呼叫着:“放下我的雁,放下！”

王子看到猎人,把伤雁抱得更紧。

猎人见王子无意放雁,便扑过去抢夺。

王子一手护伤雁,一手抓住猎人的手臂,轻轻一扭,疼得猎人大声呼叫起来:“哎哟！好疼好疼！快松手快松手！”

王子也惊讶地急忙松开猎人。

猎人:“哟嗨！看不出你小子还挺有劲呢！”

王子:“连我也奇怪怎么突然有这么大的劲？这,这恐怕是它的劲,用在了我身上！”说着,他指了指怀中的伤雁。

猎人:“它的劲儿？笑话,一只孤雁,小小畜生,有什么劲？我一箭就把它从天上射了下来！”

王子:“雁儿生长于川泽湖泊之间,与人无争,有什么罪恶,要受到你的残杀呢？要知道,人若杀生害命,乃是罪孽深重的业障,如不自拔,报应将如影随形,就在眼前。”

猎人:“什么？报应？射杀一只野畜生也要遭报应？”

王子:“世上众生平等。人类畜生,本无差别,都有活的权利。若物物相侵,则报应轮回无穷。报应分现报、后报、善报、恶报、当世报、隔世报、隐力报、显力报、同类报、转类报……你射伤大雁，大雁转‘怒信’与‘隐力’于我，我便产生无形之力作用于你，你便感受到疼痛难忍的报应。”

猎人：“好新鲜哪！这么多道理我还是头一次听说，好吧！”

猎人半信半疑，呆了一刹，然后从背着的葫芦中取出药来：“这是我家祖传创伤药，特灵验的，抹上一刻便好。”他边说边为落雁治伤敷抹包扎。然后放归于泽边茅丛之中。

那大雁似有灵性，望着王子不忍离去，眼中淌出几滴泪水。

王子翻身上马，扬辔欲奔；猎人拦住马头，高声问道：“兄弟留个姓名！”

王子：“台不琚！有空荷花寺来，我等您！”说罢，策鞭远去，留下一行烟尘。

猎人愣了一刹：“台不琚？”突然明白过来，狠狠地砸了一下自己的脑袋，高高跳起，大礼一拜，呼喊道：“大王子！我忘不了您的话！”

村头道口大榕树下。外。日。

台不琚王子的奔马穿林跨坡，朝村边驰来。

村边树林中，突然跑出一位老婆婆，望着奔来的快马，拦路跪倒，连呼：“救命”！

王子急忙勒缰住蹄，滚鞍下马，跪在地上，双手搀起老婆婆，恭敬问道：“老妈妈！何事惊慌如此？”

老婆婆哆嗦着朝身后指着说：“我儿子……要杀我！”

说话不及，果然从老婆婆身后的林子中窜出一个壮汉，横肉满身，毛连胸鬓，手握一把锋利的戒刀，满脸杀气。尤其令人惊怖的是，他的脖颈上挂着一圈用皮线穿起来的人耳朵，血淋淋地在胸前抖动。

壮汉窜出林子，跳跃着追赶他的母亲。

老婆婆一边喊救命,一边绕着王子躲转。

王子一边遮护老婆婆,一边劝说着汉子。

王子:“这位汉子,你为什么要杀害你的母亲?”

壮汉:“我不是要杀她,我只要割下她的两只耳朵!”

王子:“为什么要割耳朵?”

壮汉:“我要成神!”

王子:“割人耳朵能成神?荒唐!”

壮汉:“我老师说的,到中午时,能割下六十六只耳朵做成项链,戴上就能升天成神!”

王子:“这种话不能听!”

壮汉:“你别打岔!眼看就到中午了,只差两只耳朵就够数了。要是过了中午,前功尽弃,这六十四只耳朵要白割了!”说着他跳起来,更加凶狠地追抓母亲。

王子:“这是你的母亲!你良心何在?”

壮汉:“管她谁呢!只要能凑够六十六只耳朵让我升天成神就行!我找不到别人了,还不兴我找我妈?闪开!”

王子:“不行!你不能这样做!”

壮汉:“你他妈真是多管闲事,你再不闪开,我就……嗨嗨!我怎么忘了你也有两只耳朵!好!这就可以省下我妈的啦!”

壮汉抡起屠刀,直扑王子。

王子用大榕树做掩护,围着榕树同壮汉兜着圈子。

壮汉扑捉不住王子,累得大汗淋漓,他抬头望日,那日头已到正午。

壮汉急得火冒三丈,一声霹雳似的呐喊,使尽全身力气,抡刀向前砍去,那戒刀深深劈进榕树之中,再也拔不出来。

日过正午。

壮汉技穷,失望得捶胸顿足,仰躺于地,放声嚎啕。

王子走过来,蹲在壮汉身旁,说道:“你哭什么?你不也有两只耳朵吗？怎么不早割下来凑数，赶上正午升天成神呢？”

壮汉急捂起自己耳朵，住了哭声。

王子：“教你割别人耳朵的师傅，不是也有两只耳朵，你割下来了没有呢？既然你生身母亲的耳朵割得，你师傅的耳朵不是更割得吗？”

壮汉“噌”地从地上坐起，拧身欲奔。

王子横臂轻轻一拦，壮汉便踉跄卧地。

王子：“你干什么？”

壮汉：“找我师傅去！”

王子：“我是打比方，谁叫你真去要他耳朵？他叫你杀人，人叫你杀他，如此循环往复，何时为终？你这个凶手充当到什么时候？如果割耳朵能够成神，我的耳朵早给你了！”

壮汉瞪大眼睛盯住王子的耳朵。

那耳朵上齐眉峰，下垂双肩，出奇地大。

王子：“你真想试试，我就成全你！”

王子说着，走近树身，抓住那把深深嵌在树中的戒刀柄，轻轻一拔，便把刀拔了出来，掷于壮汉的面前。

壮汉望见，为之瞠目。

壮汉：“你……你是神人？”

王子：“我不是神人，我也是肉身凡胎。你真想成神人，就先做好人，再做完人，再做真人，再做无上觉人，然后功德圆满，神人无二。似你这等妄想杀人成神的人休道成不了神，即便成了，也是妖精。”

壮汉打个寒战，跪地求救。

王子：“你投拜邪师，伤生害命，舞刀惊母，造下无边罪孽，竟然妄图成道升天？真乃天大的愚昧啊！”

此时，壮汉的母亲，那位可怜的老婆婆，手执一根细长的竹棍，正神情专注地捅捣着榕树枝丫间的一蓬鸟巢。巢中老鸟惊飞，而鸟蛋都被她一个一个地捅下来，落下地，摔得粉碎。蛋壳里那些已经孵化成形的幼鸟，还在地上艰难地挣扎蠕动着。

王子见状，急跑过来制止。

老婆婆却满意地笑着，望着地上狼藉一片的惨象，高兴地拍着手。

醒悟过来的壮汉见母疯癫，跑过去抱住母亲的腿，喊道：“妈！你醒醒，醒醒！”

老婆婆神秘地“嘘”了一口，然后指着地上那些破碎的蛋壳和蠕动的幼鸟，悄声说道：“这样好，这样，它们就不会长大后，吃它妈了！”

壮汉失声痛哭，抱着母亲的腿摇撼着：“妈！你醒醒，我上当了！我不敢杀妈了！”

老婆婆目光呆滞，似无所闻，她推开壮汉，步履蹒跚朝前跨迈，踏着节拍，念念有词：

人耳朵，穿成串，
我给娇儿做项链。
天快塌，地快陷，
我跟我儿都完蛋！

老婆婆消失了。

老婆婆的声音却越来越大，四野嗡鸣。

壮汉项间的人耳朵串，闻声似在蠕动。

壮汉恐怖地大叫，抓下耳串，远远抛开。接着捡起地上的戒刀，奋力砍向自己的右臂。

王子急忙拦阻，然而为时已晚，一条血淋淋的臂膀横落于地。

王子痛楚地闭起了眼睛。

转轮王宫。外。日。

雕墙耀日，拱楼耸空。（一派藏式建筑之貌）

王宫“说法堂”。内。日。

银台高照，木香氤氲。

文武臣僚济济一堂，围坛而坐，恭听僧人说法。

转轮王高坐紫檀木太阳背王椅之上，盘膝叠掌，二目微闭，神态安详。

法坛上主讲者是位中年僧师，袈裟斜披，右臂外袒，神采飞扬，侃侃而谈。

僧师：“诸位贤人，释祖圣尊为我等出世，教示以‘四圣谛’。其首谛者为苦谛耳。苦谛何云？乃为之生苦、老苦、病苦、死苦、怨憎会苦，爱别离苦、所求不得苦、漯五盛阴苦。苦谛无穷尽，烦恼无始终也。”

此时，台不据大王子走进法堂，寻一蒲团盘膝坐下，合掌闭目，聆听法教。

转轮王抬眼望了望大王子，又闭上了眼睛。

坐在对面的四王子尼萨瞪了瞪大王子，翻了翻白眼。

僧师继续滔滔说法：“世尊告诸比丘，欲得免诸苦者，当思维四法本。何谓四法本？其一则谓世为恶源，万行无常。汝当出世归隐，净意修行，物我两忘，以求度脱。其二则为……”

大王子听到此处，站了起来，向僧师恭敬一揖，问道：“恕我不恭，可否请教一句？”

众臣扭头注目。

四王子尼萨又翻一个白眼。

转轮王睁开了眼睛，略略颔首：“讲！”

大王子：“有人成佛，有人杀人。但问佛管不管杀人之人？理不理杀人之事？”

僧师："这个……"

大王子："一边是明智得不啖鱼、不食肉、不饮酒，洁糠为饭，净草为床，追求个无因无缘的大清净世界；一边是愚昧得割人耳朵、迫害母亲，祸害乡里，而且反以为是向天神邀功请赏之举的大混沌天下，试问作为佛陀忠实的阿罗汉，当务之急的是入清净求长乐呢还是治混沌除愚昧呢？"

僧师："这个……"

"休得造次！"坐在台不琚王子对面的尼萨四王子喊了一声，站了起来："我说大哥！父王每次请僧师进宫说法，都是你在这儿问天问地问古问今问个没完没了，好像僧师是专为你一个人请的似的！"

转轮王听此，抿嘴一笑。

尼萨："那好，我也问你个问题：你为什么来晚了？父王的宫禁威严，法不毫爽，你为什么要违犯？"

转轮王故作姿态："是要说一说原因！"

台不琚王子："我到民间造访，又遇到那么多烦恼人生、凄苦世界……"

尼萨："行了，我知道你又被那些'烦恼人生、凄苦世界'缠住了，又扮演了救世主的角色。"

台不琚："我只想到救世，没想过当主。"

尼萨："师讲出世寻清净，你却入世找麻烦；师讲灭苦，你却燃苦；师讲修身，你却修人；师讲解脱，你却跳入。说到底，你是既想管天，又想管地；既当人尊，又当佛尊！"

台不琚："管天管地，何罪之有？人尊佛尊，何耻之存？四弟所非薄处，正是愚兄毕生所慕求处。须知只度自我，不度众我，不为真超度；人不解脱，我自解脱，非是真解脱。佛典早有教诲：佛法在世间，不离世间觉。离世求菩提，恰如觅兔角。而'化人间为庄严净土，变地狱为极乐世界'，才是佛的本旨。"

群臣闻之轰然。

僧师激动地唱喏:“真知灼见,字字谛音!大王子真有罗汉之识,菩萨之明!君有此子,国之大幸也!”

转轮王反闭目入静,立掌诵念,当众禅定。

突然,一使臣推门闯入。

使臣:“禀君王:兴林国紧急牒牌送达君王!”

转轮王仍然入静之态:“当众一读。”

使臣:“这?”

转轮王忽然瞋目:“读!”

使臣:“是!”他打开牒袋,抽出牒书,当众读道:“末罗国转轮王并满朝臣宰悉知:吾国铁羽公主不幸英逝,举国悲痛。为慰亡灵,兹议定选点三千奴隶入墓陪葬。”

众臣闻此,惊呼如潮:

“好大的排场!”

“何等残酷啊!”

“一个公主,竟要三千奴隶陪葬,真真地狱之国呀!”

转轮王:“诸卿少安毋躁,请把奇文听完才是。”

使臣继续读牒:“无奈本国奴隶逃逸过甚,目下仅余千名。有鉴于此,特请贵国捐送两千名男女青壮陪葬公主。如蒙照办,永结睦邻;如遭抗拒,刀兵相见耳!兴林国王恭礼昭示。”

使臣读罢,牒书滑落在地,“嘭”然有声。

众臣面面相觑,哑然良久。

转轮王依然神态自若地:“众位爱卿听清楚了吗?兴林的铁羽公主死了,要我国送去两千奴隶陪葬。答应则罢,不答应刀兵相见。你们什么主意呀?说说看!”

突然间,沉默下的群臣议论轰鸣……

“凶残何极!欺人太甚!”

“刀兵相见就刀兵相见,无非殊死一拼!”

“兴林兵多国强，掠杀成性，与其交兵，无疑以卵击石！”

“是啊，国破家亡的必然是我们哪！”

“识时务者为俊杰，以我说，送给他两千庶奴，平息战事为上策！”

“庶奴也是人哪！就让他们白白活埋？”

此时，台不琚大王子神态肃穆，独见在胸，挺身一呼：“父王！儿有话讲！”

众声尽敛。众目回视。

二、涅槃

转轮王宫“说法堂”。内。日。

满堂公卿臣僚面对兴林国索要两千陪葬奴隶而方寸大乱，莫衷一是。

台不琚王子挺身一呼：“父王，儿有话讲！”

转轮王似在意中：“台儿，我想，也该你说话的时候了！”

台不琚：“兴林国素弃农桑不施教化，野蛮荒暴，依仗人多势众，穷兵黩武，掠杀成性，早对我国富饶之地垂涎三尺，今借口索要两千庶众陪葬，意在对我兴兵吞并。倘我公然拒之，则正中下怀，不日将祸及国民，亡临国土矣。此为智者所不取之策。然而，俯首帖耳，唯命是从，遣我两千善民填作墓中白骨，更为惨绝人寰之罪，此亦为智者所弃之策。”

转轮王：“如此说来，答应他不好，不答应他也不好，如之奈何？”

台不琚：“既不答应，也不全答应。”

转轮王：“你是说……”

台不琚：“只用派遣一人出使兴林，既当两千庶众，又可弭兵消灾。”

一少卿:“派一个人去?于事无补,送死而已。”

台不据:“舍一己之命,救两千众生;捐一人之躯,保国家平安。”

转轮王:“何人堪当此任?”

台不据:“君不可离国,臣不堪重任。请派一名王子!”

众臣惊诧:“王子?”

众人你看我,我看你,有人把目光注视到尼萨四王子身上。

尼萨看到众人的眼神,越来越紧张害怕,最后恐怖地大叫一声,奔向转轮王,跪地求救:“我不去,我不去,父王救我!父王救我!这是老大设计害我呀!”

转轮王鄙夷地望着尼萨。

台不据温和地走向尼萨,俯身相慰道:“四弟,你只想到你是王子,怎么就忘了我也是王子呢?更重要的是,你还忘了兴林国的铁羽公主当年还向我求过婚呢!我拒绝了她,她一直耿耿于心。如今,她死了,由我去给她陪葬,什么条件他们能不答应吗?”

全场寂然。

众臣之中,悲壮的眼神在闪烁。

凄楚的泪花在闪烁。

哀悯的嘴唇在抖动。

尼萨缓缓抬起头来,望着哥哥,脸面抽搐,泪如泉涌。

台不据大王子亲切爱怜地为四弟拭了拭泪水,而后走向父王,果决地请命:“父王!让孩儿我去吧!”

转轮王用深邃的目光望着大王子,慢慢站起,徐徐后退,突然朝着大王子跪地一拜:“儿啊!末罗国群臣百姓,谢谢您了!”

满堂臣众齐跪:“谢大王子!”

台不据大王子与父王扑抱在一起。

兴林国王宫。外。日。

一座建筑古怪的王宫，坐落在山腰之间。

宫外一条多级落差的甬道，两旁阙门层竖，石林参差。阙门石柱之间，插满白幡。

甬道两旁站满夹道卫士，骨甲兽衣，赤胯裸胸，手执各式兵器，气氛森怖。然而每个卫士和所执兵器头上，均裹白绫。

一声长喝远远传来："大王有令：请末罗国台不据大王子进宫喽！"

台不据大王子骑在高头大马之上，气度威严，神色安详，一副从容不迫之态，缓缓行进。

兴林宫廷的夹道卫士，逐段逐段做出各种色彩浓烈而又恐怖的欢迎仪式，欢迎从他们面前经过的台不据大王子。

兴林国君婆伽王迎出宫门，接迎来使。此王年方少壮，毛长肉横，鹰嘴鹞目，一派罗刹之相。然亦白绫复冠，为国举丧，为妹致哀。

台不据大王子从容离鞍下马，立于殿阶。

婆伽王迎上来，目光直勾勾地注视台不据大王子许久，然后大礼一拜，挽起大王子手臂，并肩登阶，跨步入殿。

兴林国王宫正殿。内。日。

轰然擂击的鼙鼓。

仰天嘶鸣的筚篥。

瞋目呼喊的甲士。

台不据王子坦然迈步，似登无人之堂。他从容坐于王坐旁的客位，盘膝竖掌，闭目诵持。

婆伽王眼露凶光，看着台不据大王子，突然仰天大笑："哈哈哈哈！真想不到此时此地能见到孤家久久仰慕的台不据大王子！幸甚，幸甚！哈哈哈哈！"

台不掘:“多谢铁刹王抬举如此!”

婆伽王:“不错,果然一表人才!怪不得我妹妹,也就是我老父王最宠爱的三公主,爱你爱得死去活来!可是,你拒绝了,拒绝了她的求婚!就连要求见上你一面你也没有赏脸!”可如今,她死了,你却来了,真他妈较劲儿啊!”

台不掘:“诚感公主美意,小生颇怀歉疚!”

婆伽王:“歉疚管什么屁用?反正人是死了,歉也歉不活了!收起来吧你!当然,她的死,是打猎坠涧摔死的,可不是想你想死的,你还没那么大份儿!说吧,我要的两千陪葬奴隶带来了吗?”

台不掘:“没有。”

婆伽王:“什么时候带来?”

台不掘:“他们不会来了。”

婆家王:“什么?你说什么?!”

台不掘:“佛陀有言:世上万种生灵,彼此平等,有类无别,何况于人?世上亿万人众,只有百业劳作之差,无有等级之差。奴隶与贵族,同心同血同肝同肺同苦同命,理应彼此相敬相爱,不应彼此相欺相残。要活人为死人殉葬,乃上古野蛮人愚昧残酷的遗留,大王怎肯因循沿袭?铁羽公主在天之灵若知此事……”

婆伽王勃然大怒,拍案吼叫:“闭口吧!少拿你们祖师爷的大话来教训我!我可不信那一套!”他接着缓了口气,狰狞一笑,说道:“我说末罗国台不据大王子,我可告诉你,你的命是值钱的,你那个转轮王老爹的接班人就是你。你不把那两千奴隶送过来,我就先砍了你的头祭我妹妹的英灵,让你体无完尸!”

台不掘:“体无完尸可不大好,那要把铁羽公主吓坏的。依我说,还是给她个活人为好。”

婆伽王突然一怔:“活人?你?你是说,你愿意为她殉葬?”

台不掘:“那就要看你还回的条件了。”

婆伽王急不可待地:“只要你为铁羽公主殉葬,什么条件我都答应你！说吧，什么条件？”

台不琚：“立即停止向我国索要两千奴隶！”

婆伽王：“可以可以！”

台不琚：“永不兴兵掠土，侵犯弱小邻邦。”

婆伽王：“答应答应！”

台不琚：“从此以后，倡扶农桑，兴业恤民，善施教化，尊敬佛陀。”

婆伽王：“好好好好！”

台不琚：“空口无凭，立字为据；广出榜文，宣示万众。如有违犯，天人共诛！”

婆伽王：“全照你说的办！不过，该我问问你了：你若反悔呢？”

台不琚：“我不是就在你手里吗？”

婆伽王：“噢！说的倒也是。那么，从现在起，你就是我妹的陪房驸马了，她是多么想见到你呀！生不同床，死得同穴，她该瞑目了！”

说到此，婆伽王那凶光闪闪的眼睛里滚出了两滴泪花……

继而又目视台不琚大王子，放声狂笑。

铁羽公主陵墓。内。

一道石砌阶梯瀑布般泄入墓葬。

四名粗壮的甲士抬着台不琚大王子缓缓走下阶梯。

大王子盘膝坐在一个珠翠环饰的蒲团之上，闭目入静，面含微笑。两手叠放于两膝之间。

婆伽王、太后、皇后以及宫廷仪仗紧随其后，拾级而下，走入陵寝脏腑。

哀乐阵阵，灯影幢幢。

灯影里，隐约可见这座地下宫殿建造得规模宏大，柱石林立，幽深莫测。

铁羽公主的灵柩停放在陵寝正中，灵柩的下面是一座白玉砌就的灵台，上面雕饰着各种祈福图案以及这位美人的猎狩扑射、征战杀伐、横劫纵掠的生前铁骑生活。灵柩周围围着金裹银镶的刀枪架，上面挂满弓箭斧钺刀枪剑戟。

白玉柩台的左边右边和后边，拴着七匹高头大马，那都是这位公主生前的爱兽，现在它们也要随它们的主人一起升天而去。

最使台不琚大王子吃惊的是，他看到陵寝四周，麇集着各式各色的奴隶，有的执旌，有的执戟，有的佩剑，有的挂瓢，有的执帚，有的捧盂，有的捧镜，有的拿梳，有的抱被，有的抱衣，有的扛粮，有的烩菜，有的端茶，有的送水，有的牵狗，有的抱猫，有的捧鸟笼，有的托鹦鹉……凡女主人生前生活中所有所用所喜所爱之物，这里应有尽有。这些都是这次的牺牲品，是活生生的陪葬。

台不琚大王子一一看到，他顿生恻悯，重重地敛起了眉头。

司仪一声长吆。婆伽王、太后、王后以及宫戚大臣们，鱼贯绕灵瞻容，与铁羽公主的遗体拜别。

铁羽公主金缕玉衣罩身，满头珠翠，仰卧于深深的棺椁之中，益显得无比美丽。

王后哭得哽咽不止。

太后哭得身冷气绝，被众妃嫔呼唤救回。

这恐怖的人间地府一片刺耳的、变音的号啕之声更加显得恐怖。

司仪又一声长吆，众人敛声。

婆伽王站于灵柩前面，奠酒三祭，庄严致辞。

婆伽王：“恨天神失佑，地神失职，致令皇妹英年早逝，玉蕾早折，国失栋梁，王损肢体。所幸铁羽公主福缘不绝，获得生前爱慕之友——末罗国转轮王驾前台不琚大王子允意陪葬，永伴玉体，了生前之苦思，遣地府之孤寂。此祖灵得慰！父灵得慰！汝灵得慰哉！”

念到此处，司仪又一声长吆，甲士们高高抬着台不踞大王子，走向灵柩，把大王子放于灵台前一座青玉砌就的莲花蓬台之上。

蜡台尽燃，地宫通明，大王子凛然高坐，如冰凝银铸。

婆伽王继续念读祭辞。

婆伽王："公主仙逝，王子陪葬，至隆至圣，万古辉煌！"

众国戚臣僚一片怪叫。

婆伽王继续念读祭词。

婆伽王："……为张扬铁国之威、皇宫之富于地府，特为皇妹精选陪葬奴隶一千，训教有素，百艺齐全，同葬陵宫，永受驱使。呜呼尚飨！"

司仪又一声长吆。

如雕塑般麇集于四周的陪葬奴隶，如泄闸之洪，突然发作，狂呼乱叫，左冲右撞。……然而，在这些奴隶的脚腕部，人人都被一条锁链牢牢地套着，任凭如何挣扎也逃脱不了。

疯狂的奴隶。

笼中的奴隶。

脸上无泪的奴隶。

笑着哭的奴隶。

哭着笑的奴隶。

凝定于莲花宝座上的台不踞大王子，却为这些变态的、扭曲的、麻木的奴隶们的祭祀歌舞而动容：他淌下了为人不易觉察的泪滴。

婆伽王拔剑在手，一声大吼："封棺！"

数祭祀工快速将铁羽公主的灵柩盖棺封钉。

婆伽王又一声大吼："封陵！"

皇族人众、宫廷臣僚纷纷向洞口撤离。

妃嫔婢女大呼小叫着向洞口奔逃。

卫士甲兵裹护着皇亲国戚们退向洞口。

正当婆伽王转身欲撤之时,台不琚大王子突然跃起,旋身跳下莲台,一个箭步追上婆伽王,一手夺下婆伽王手中的利剑,一手揽腰抱紧婆伽王,把锋利的剑刃搭在婆伽王的脖颈上。

婆伽王一声恐惧的大叫!

整个地宫顿然凝冻:声音静止了,人静止了。鸡鸭禽兽高头战马都惊得瞪大了眼睛。

婆伽王:“怎么?你……你要行刺?”

台不琚:“不,我要救人。”

婆伽王:“救谁?”

台不琚:“救这些殉葬的奴仆们!”

婆伽王:“我已经免掉你国的两千奴隶,还不知足吗?”

台不琚:“普救众生,永无止境!”

婆伽王:“这一千奴隶可是我们国家的!”

台不琚:“放生度难,不分国界!”

婆伽王:“你一个陪葬的奴隶也不给我留吗?”

台不琚:“只留一个,就是我。我是王子,不是奴隶。你的悼词说得很好:‘公主仙逝,王子陪葬,至隆至圣,万古辉煌。’一个王子陪葬就够了,其余众生一概放掉!”

婆伽王:“你,你为何不要求连你也放掉呢?”

台不琚:“因为世上有你这种魔王存在,那种要求不可能实现。我很想救自己,时时在救自己,可又时时发现,众人救不完全,自己也救不彻底。”

婆伽王:“你会不会……连我也杀掉?”

台不琚:“当然不会,请你放心,有时候,众生还得通过魔鬼去救!快下命令吧!你说过,只要我答应为公主陪葬,无论我提什么条件你都会答应的。”

婆伽王那滚圆的眼珠子，从台不琚大王子的脸上滚到架在脖项间的剑锋，又从剑锋滚向他的那些缩为一堆的皇亲国戚王公大臣，又从王公大臣滚向无所适从、六神无主的卫士们，接着，他大喝一声："放人！"

司仪闻声呼应，放声高喊："放——人——！"

甲士斧钺起处，奴隶们身上的锁链纷纷斩断，落地。

惊喜得发呆的奴隶的眼睛。

激动得颤抖的奴隶的嘴唇。

高兴得泪涌的奴隶的脸颊。

夺路奔逃的奴隶群。

最后一个奴隶哭叫着，爬上长阶，消失于洞口。

最后一个女奴，艰难地腆着怀孕的大肚，颤抖着登上最后一级台阶，消失于洞口。

最后一个苍老的盲奴，一级一级爬上台阶，瘫卧在洞口。

然而，台不琚大王子依然仗剑挟持着婆伽王，毫不松手。

婆伽王："兄弟，该放开我了吧？"

婆伽王身后的宫廷臣众一齐下跪乞求："求大王子开恩：放了国王吧！"

台不琚："你们说颠倒了。还是请你们的国王开恩，彻底放了众生吧！"

婆伽王："这……"

台不琚："那些马，那些狗，那些珍禽异兽，都还在殉葬台上，我替它们求情：开开恩吧！"

婆伽王朝着卫士甲兵大吼："放！统统放掉！"

卫士甲兵们砍断绳索，那马，那狗，那猫，飞奔着冲向洞口，冲向生命！那鹦鹉，那黄鸟，那猎鹰，箭一般射向洞口，射向蓝天！

一切生命都跑尽了，飞尽了，逃尽了。

这座原本要吞食三千人的地宫，如今空得出奇，静得可怕。

只有婆伽王和他的宫廷臣宰、皇亲国戚、甲兵卫士留在这座地狱内，提心吊胆地等待着、猜测着最后的结局。

突然，台不据大王子撒开婆伽王，飞奔着冲向洞口。

这突如其来的动作，把婆伽王一伙惊呆了！他们傻着眼看着大王子，不知如何是好。

大王子奔上阶梯半腰，突然停下，伸开两手，接住一只不知什么原因受了伤、挣扎飞不出洞去的黄鸟，抱着它送上洞口，高高举起。那黄鸟感激地望了望大公子，然后抖擞余力，振翅腾向天空。

大王子长长嘘了一口气，然后整冠掸衣，款步下阶，走向洞内，走向地府，走过仍在呆愕着、却又是这座地狱的缔造者们面前，走回原处，走向青玉莲台，合掌三诵，盘膝趺坐，闭目凝定，俨然一尊阿罗汉像。

好久才转过劲儿来的婆伽王，恨得咬牙切齿，他抓起地上的长剑，吼叫着奔向大王子，举剑劈下。

然而，他的长剑终于没有下落，它静止在空中。他还记得大王子说过的那句话：

台不据画外音："……体无完尸可不大好，那会把铁羽公主吓坏的。以我说，还是给她个活人为好。"

婆伽王神经质地苦笑着，大笑着，狂笑着走向洞口。

皇亲国戚、文武大臣、卫士甲兵狼狈地尾随婆伽王撤离陵宫，奔向石阶，走出洞口。

洞口处，余下一束明媚灿烂的阳光。

陵墓洞口。外。日。

婆伽王威风重振，跃上高坡，大吼一声："封墓！"

一扇巨石落下，盖向洞口！

又一扇巨石落下，又盖向洞口！

第三扇巨石落下，把洞口严严盖住！

一层层的累土压向洞口。

一排排的夯石砸过洞口。

洞口消失了。起来了一座丘，一座岗，一座山。

陵墓洞内。

洞口的最后一丝光线消失了，变成一片黑暗。

陵墓四周的大蜡烛，一个熄灭了，又一个熄灭了，最后一支挣扎抖动了一会儿，也熄灭了。四周也跌进了黑暗。

欣赏黑暗吧：这是真正的黑暗。

欣赏寂静吧：这是真正的寂静。

突然，一缕仙乐徐起，一轮光环亮起，那光环紧贴台不琚大王子的项背，越来越亮，越来越亮！渐至于发出辐射的炫目的七彩之光。

光，点亮了眼睛！

光，点亮了额头！

光，点亮了肢体！

通体透亮，俨然金身。

一阵发自宇宙的朗朗笑声响起，地府轰震，万籁共鸣。

空中云端。夜。

如来佛、弥勒佛、天宫传旨官以及阿弥陀佛——也就是台不琚大王子的父亲转轮圣王，此时都高站云端，望着地面上的那座大冢——那座掩埋台不琚大王子和那位公主的铁羽陵墓，高兴地期待着。

那硕大的陵墓穹隆，投射出闪烁之光。

弥勒佛咧开大嘴，朗朗大笑！

如来佛朝着陵顶抛下一叶莲瓣，一道闪电划空，一声霹雳炸过，那陵墓轰然开裂。裂缝中，光环照顶、满身金光的台不琚大王子悠悠升起，扶摇直上，兜转盘旋，然后达于三佛面前。

台不琚大王子端庄宁静坐于云台，似在沉睡之中。

释迦如来佛打开手中金盖紫体钵盂，手蘸琼脂，朝着台不琚大王子轻轻点洒。

弥勒佛急不可耐地拍了一个响响的大巴掌，凑近台不琚大王子的脸儿，直直地盯着，嘻嘻地笑着。

台不琚大王子似从梦中渐渐醒来：他长长地嘘了口气，微微开启双目。

“醒啦，醒啦，我们的观世音醒啦！哈哈哈……”

台不琚大王子睁开眼睛，望到眼前的肚儿滚圆、笑声阵阵的弥勒佛，盯视有顷，然后惊喜地叩问：“敢问尊师……莫非弥勒大圣？”

弥勒笑声更响：“不错不错，正是洒家！那么，这一位你可认得出来吗？”他指着释迦佛说道。

台不琚盯视释迦，顿然惊叫道：“啊！这不是佛祖释迦牟尼如来佛吗？”

如来佛慈祥颔首，掌抚其额：“弟子受苦了！”

弥勒佛指着阿弥陀佛，故作正色道：“你可认得此人是谁？何方人氏？家有儿子？”

台不琚抬眼一看，不禁跃然惊呼：“父王！”他扑上去同父亲拥抱在一起，泪如雨下。

转轮王——也就是眼下的阿弥陀佛，捧起儿子的脸，为他拭干泪水，四目深情相对。

台不琚意识到个中蹊跷，抬起惶惑的眼睛望望弥勒，望望释迦，望望那位尚不认识的威严无比的天宫职官，问父亲道：“父王，我……我不是被铁刹王埋掉，圆寂了吗？怎么又能见到你？我这又是在哪里？又怎么能见到弥勒佛圣、释迦佛祖的真身？这……到底怎么一回事？”

弥勒佛忍俊不禁又大笑起来。

弥勒佛："你呀！你是聪明三世，糊涂半生，愣被他给蒙住了。他可不是人间凡体那位天竺末罗界的转轮王，他是西方极乐世界教主无量寿阿弥陀佛！为选一个称心如意的继承人，他早就盯上你啦！哈哈哈哈！”

如来佛："汝原为天宫王母妆台一对玲珑马驹，久钟天庭灵气，降于天竺，为世祈福救苦，被我收纳为徒，赠号'马头观世音'。”

弥勒佛："为了去掉你那个马头，佛祖才派阿弥陀佛走下凡界，将你胎型三转，才幻生出你现在这个漂亮标致的台不踞大王子！”

阿弥陀佛："儿啊！兴林国为救三千生命而入陵殉葬，乃是你最后的一劫。如今功德遍满，无上圆觉，你已经息幻归真，从化返体，尽达不生不灭之涅槃圣境了！”

三佛共语："天帝派使臣来为你下诏书啦！”

天帝司职官展纸宣读。

司职官："秉天承运辖星荷月天帝诏曰：欣闻天竺国末罗邦台不踞大王子久皈佛门，转世修炼，历经万劫，六根清净，彻悟透达。行三皈，远五戒，精四谛，谙八识，融通十二因缘，修臻般若真如。其品节高亮盖世，其善行情重绝古。经释祖弥圣惠荐，着即册封为西天极乐净土世界正法明观世音！钦此。”

台不踞大王子："这个？”

阿弥陀佛："儿啊！发什么呆？还不快叩拜谢恩？”

台不踞大王子微微一怔，赶忙匍匐在地，叩拜圣旨。

三位佛圣与司职官热忱满怀向台不踞祝贺。

远远一股乐音传来，无比美妙动听。

弥勒佛："听见了吗？十八层梵天之上，极乐世界之门，可是早已摆好了排场，那是为迎接你这位莅任的新佛主，特意举办的盛大欢迎仪式啊！”

司职官旨卷一摆，一尊青龙驾着一乘天宫锦车旋然而至。同时飞来一凤一鹤一鸾。

司职官："二位佛尊，速上梵天！"

转轮王："台儿！"

弥勒佛："大王子！"

如来佛："我们的观世音！"

三佛圣同出手势："请上龙车！"

台不据惶遽还礼，欲登龙辇。

突然，从天穹之下，传来一声女人的呼喊："等等我！"

陵墓冢头。夜。

月光下，裂开的陵墓沟壑之中，一道蓝光划过，隐约可见铁羽公主之魂徐徐升起，挣扎腾空。然而，刚刚离地三丈，便又跌回地面。如此反复数遭。当最后一次落入豁缝而再度挣扎升起之刻，那裂缝两壁突然合拢，把铁羽公主的下身紧紧夹住，埋在土里。

铁羽公主哀声呼救："大王子！等等我！带我走！"

空中云端。夜。

台不据大王子听到呼叫，凄然回首。

司职官拦住大王子，朝着天穹之下，正色对女子道："汝国王室不修善果，作恶多端，杀生无数，岂得仙升？望汝于阴曹洗心革面，潜心修炼，或有来日！"

陵墓冢头。夜。

铁羽公主继续求告道："禀天神悉知：大王子与我已是同穴

夫妻,怎能弃我而去?”

空中云端。夜。

司职官闻女子之言,哈哈一笑,答道:“权宜之计,岂可为凭?大善大恶,无缘联姻!起程!”

司职官挥动花杖。如来佛、弥勒佛和司职官,分乘凤、鸾、鹤腾空而起,直上九重。

青龙载着父子二人,亦升腾而去。

然而,龙辇上的台不据大王子,禁不住撩开帘幔,向下喊了一声:“五百年后我来接你!”

陵墓冢头。夜。

墓头夹缝里,本来已耗尽气力而彻底绝望的铁羽公主,听见大王子这一声喊叫,又眼巴巴地抬起了头。

三、凡恋

长空仙道。外。日。

玉宇碧透,祥云缭绕。

一尊青龙驾着一乘瑙红翡绿宝蓝玉紫的天宫锦车,在长空纵驰升腾。

锦车通体晶莹闪耀。

锦车的帷帘上,依稀可辨八个金子:“西天极乐净土龙辇。”

锦车辕头,青龙拖着长长的牵绳,汗水淋漓,鼻喷气团,播云吐雾,奋力向大千世界飞升。

飞升的锦车内。日。

神秘氛围浓重的车厢内,金碧辉煌,流光飘逸。玲珑的窗口之外，日月星辰或旋或跃或横或纵地向后飘失。

转轮王（阿弥陀佛）与台不据大王子（观世音）相对而坐于车中临窗的两尊莲台之上。转轮王结跏趺坐，闭目入静。而台不据大王子虽在静坐，却显然心绪波动，意有牵挂，时不时挑帘望望窗外。

窗外，山川湖海、田野村落在飞掠纵逝。

一切人间景物，由近变远，由大变小，由清晰变模糊，终于融入茫茫宇宙的太空大无之境。

台不据大王子放下锦帘，莞尔一笑，自己对自己的这种缱绻情愫也报以一个无可奈何的讽讥。

然而，刚刚入静，台不据王子的耳畔便捕捉到一个声音，那么熟悉，那么亲切，那么动人。他撩开锦帘，循声下望，茫茫空无之中，渐渐隐现那声音源头的景物：

（人间）转轮王宫内外。日。

越来越近、越来越清晰的转轮王宫轮廓。（俯拍）

“说法堂”高悬的匾额。

说法堂内，济济人众，正在听僧师讲法。

讲法的僧师还是大王子见到过的那位僧师，只是更年迈，更苍老。

坐在僧师身旁国王位置上、也就是当年转轮王坐的那个位置上的人，却是一位年轻的国王，他……那么熟悉似曾相识——啊！那不是台不据大王子的四弟尼萨吗？他怎么穿着王服王冠而主坛诵经呢？

更使台不据大王子惊讶的是：那法堂的正中，高高悬挂着转轮王和台不据大王子的巨幅画像，正被众人顶礼膜拜、颂声入云呢！

空中云端升腾的龙辇上。日。内。

台不据大王子看到地面景象，惊讶得瞪大了眼睛，几乎把半个身子都探出了窗外。

“不错，你认出来了。”老转轮王，也就是阿弥陀佛微微一笑，向台不据大王子解释着地面上被他看到的一切：“那是你离开不久的故乡，不过，那里已经过去了十年。那是我们的王宫，那就是你四弟尼萨，他继承了我的王位，是不是显得老了一些？他干得不错，他学着当年的你，访贫苦，助农桑，倡礼仪，施教化。他和从前相比，多了聪明才智，少了嫉妒心。你看，他把我们两个画像当神敬呢！”(处理为画外音)

台不据王子听了，欣然闭目，默然为之祝福。

转轮王替儿子拉合了身后的窗帘。

转轮王伸手前指：“儿啊，你看前边，十八层梵天，已走过一半了！”

隔窗前望：翻滚的日月，弹跳的星辰，淼淼的银汉，风光奇异，美不胜收。

然而，台不据大王子的耳畔，突然又传来一阵苍老而沙哑的悲号：

人耳朵，穿成串，
我给俺儿做项链。
天快塌，地快陷，
我跟我儿都完蛋！

台不据王子闻声跃起，急忙拉开锦帘朝下张望。他又看到了那熟悉的老人，熟悉的地方……

(人间)村口道头榕树下。外。日。

从远到近、从模糊到清晰的村落、道路、大榕树以及那曾经熟悉的两个人物：那位老婆婆和她那割人耳朵的壮汉儿子。——这些景物如同幻影似的显现在大王子的视线之内。

老婆婆更老了，形态佝偻，瘦骨嶙峋，发稀齿落，然而那几句疯话她依然记得很清楚，念得更熟悉。她跛着身子边唱边跑，从榕树下奔过，消失在树林之中。

她的儿子——那位掉了一条手臂的壮汉——也老了，鸠面鹑衣，形态委琐，踉跄追赶着他的母亲……

玉宇中行进的龙辇。内。日。

凭窗下望的台不琚大王子，心酸地敛起了眉头，眼角隐隐挂上一滴泪水。

转轮王再次替儿子合上窗帘。

转轮王："台儿！龙辇已过十三层梵天了，你该准备一下见到西天净土的比丘们的讲答之词了。"

台不琚大王子长长嘘了一口气，对父王点了点头。

然而，刚刚闭上眼睛的大王子，那灵慧的耳朵又捕捉到另外一种异常声音，一种追杀声、奔逃声、围捕声和求饶声相互掺搅混杂的声音大汇。

大王子忍耐不住，又挑起了锦帘探身下望。

(人间)荒原战场。外。日。

从一片白茫茫的空旷中渐渐显现出荒凉的战场一角：那是一队骑兵，正在追赶十数人溃败的对手。

溃败者逃入到一方凹地，陷入沼泽。

追击者堵在两岸，挥戈呐喊。

溃败者举起了双手，抱起了头，投降求饶。

追击者中走出一人，毛长肉横，鹰嘴鹞目。这是台不琚大王子熟悉的人物——兴林国君主婆伽王。他勒马岸边，望着束手就降的战争对手，哈哈大笑。继而指挥他的骑手，把俘虏驱赶在一起，下达命令："统统砍掉！"

一个个人头滚落。

一股股鲜血飞溅。

玉宇中飞驰的锦车上。内。日。

台不琚大王子看到此处，痛楚地捂起了脸。

俄顷，他忽地站起，拉开龙辇后舱，跨步欲往下跳，却被老转轮王一把拉过，捺于莲台之上，反手关上后舱门，复又合上所有窗上锦帘，三分嗔怒、七分抚慰地劝说大王子。

转轮王："你已经涅槃成佛，位列圣尊，而且马上就是西天极乐世界佛主了，怎好擅离龙辇，违背天旨，延误人界圣会呢？"

台不琚："父王，我……"

转轮王："你什么也不要说了。你看——"他指着窗外五彩斑斓的天景说："这里已是十七层梵天，再过一道天门，就是十八层梵天最高净土极乐圣境，你该收收凡心了！"

台不琚："可人世间还有那么多的苦难，那么多的邪恶，那么多……"

"隆隆"霹雳响过，天门大开，青龙辇驰入十八层梵天，漂浮在琼阁玉宇之间……

然而，大王子依然情有所牵，意有所系，下意识地回头张望。

画外一曲歌儿唱起：

涅槃归圣成佛尊，
难收凡恋拳拳心。
离地一丈三回头，
升天十里九转身。
仙乐不听听长叹，
天景不观观世音。

人间苦难似沙海，
独赖“有情”点绿茵。

西天极乐世界界门。外。日。

这是一座造型奇特、装点幻妙的天庭梵界建筑物。

彩莲式的高大门楼上，汇万草，擎松柏，摇菡萏，缀百花。远远望去，宛如琼花玉树流光泛彩。两扇朱红界门宽大无比，门上镶满硕大的金帽驼钉。界门紧闭，威武庄严。

界门镂刻着一副金字对联。

上联是：十方虚空空空空空无限苦；

下联是：一步入界界界界界有极乐。

门楼正中高悬巨幅匾额，上嵌六个流彩水晶大字：“西天极乐净土”。

界门内外，是花径、花圃、花山、花水、花洋、花海……

界门后边的背景，广厦高耸，塔楼林立，远处犹如玉笋排排，芦笙簇簇。

这是一片云缠星耀，紫气蒸腾，飞花浮玉，铄金销银的世界。

守门的四大金刚，犹如金铸银塑般地站在左右两侧，威严雄壮。

一阵金铃响起。

青龙金辇翩然旋至，飘然落下。

四大金刚轰然打开界门；界门高处的旌旗急骤摇摆。

顿时，天鼓擂响，仙乐奏鸣，千树婆娑，万花纷飞。

一条宽大的彩带横空垂下，倏然展开，彩带上一行金光闪闪的大字，写的是：西天极乐世界新陟教主入界大典。

界门两侧，无数条幅彩旆，迎风摇曳。其中有两幅写的是：三世转生，一朝成佛；光明大王子，无量观世音。

鼓乐响处，一群圣沙弥和比丘尼从界门哗然拥出，把锦车围在中间，一片山呼。

此时，释迦如来佛、弥勒佛与传旨官，随着欢呼人流走出界门，迎向锦车。

锦帘挑处，阿弥陀佛（转轮王）和台不琚大王子（观世音）走下锦车，与迎上来的释迦如来、弥勒和传旨官行大礼拜。然后五圣同登典台。

众比丘一片欢呼。

弥勒佛主持仪典。

弥勒佛："嗡嘛呢叭咪吽：'西天极乐世界新陟教主入界大典'，开典啦！"

又是一片欢呼。

弥勒佛："一拜佛祖！"

台不琚大王子伏拜释迦佛。

弥勒佛："二拜佛师！"

台不琚大王子伏拜转轮王阿弥陀佛。

弥勒佛："三纳佛衣！"

数名阿罗汉捧衣而前，把台不琚围起，为其披挂。转眼之间，一身大红佛衣换毕，更显得英俊庄严。

弥勒佛："四受赐号！"

台不琚面向释祖，恭敬跪下。释祖以手抚其额，嘱赐佛号道："感彼天帝，悯我西土。遣我佛子，继我教主。秉我佛意，遵彼天旨，特赐号：'西天极乐世界观世音正法名如来佛'者也！所余俗号，自今废止。南无阿跋致！"

众阿罗汉、圣比丘尼听罢赐号，连连呼颂："观世音正法明如来！观世音正法明如来！"

佛祖佛圣司职官均近前为之祝贺。

仙乐萦绕，雅音娱耳。

然而，新赐号为观世音正法明如来佛的台不琚大王子，却像什么也没听到，他怔怔地愣在那里：敛着眉头，瞪着眼睛，聚精会神地听着另一种声音——那是从十八层梵天之下的人间传来的声音——痛苦的呻吟，悲哀的啜泣，可怜的乞讨，求生的呼救，凄厉的呐喊，揪心的号啕……这种种人间疾苦之声的大汇奏，虽然那么遥远和微弱，但在大王子听来，却是那么鼓噪，那么撼动心灵。

“发什么呆？都在向你祝贺呢！”老转轮王向儿子喊了一声。

台不琚大王子一怔，赶忙起身还礼。

此时，一群化了妆的圣沙弥和比丘尼，在界门前载歌载舞，欢迎莅任佛主。但见云袖蔽天，雨衣拂地，星弹月跃，彩光纵飞，银泉玉花，金碧辉煌，祥云濡面，香雾沁鼻，好一派极乐世界的极乐风光。然而，观世音大王子并没顾得观看为他晋陟佛籍而铺设的排场。他在低头下看，用他那满含菩提慧光的特殊眼睛在往下边看，透过十八层梵天，清晰地看到地面上那么多令人哀怜的画面：

人世间。荒野泥径。外。日。

一个佝偻曲背，举步艰难的老妇人，身背一个骨瘦如柴的孩子，孩子头上插着草标，老妇人一边踯躅蚁行，一边用沙哑的喉咙吃力地喊着：“谁要孩子！”观世音大王子观像闻音，顿生痛怜之情。

极乐世界界门。外。日。

圣沙弥和比丘尼们的歌舞花样不断翻新，翻转腾跳，美不胜收。

几个比丘尼向观世音大王子撒来一把把五彩花瓣。

然而，观世音大王子的眼睛，不由自主地又垂向底下。

人世间。一座茅屋。内。日。

一张肮脏的病榻上，躺着一个病夫，面色凄苦，形容枯槁，手执破碗欠身索水。而他的儿女们似乎闻所未闻，在一旁开心地玩着爻牌。病人那揪心的呻吟声远远传入观世音大王子的双耳，令他顿生郁怖之情。

天庭极乐世界。外。日。

界门前的欢迎歌舞达到高潮：比丘尼们的《飞天舞》和圣沙弥们的《遁地舞》，看得诸贤们眼花缭乱。

一位比丘尼向观世音大王子献上一杯天宫琼浆。

观世音大王子接过，然而却忘记了品尝，他又不自主地把眼光注视到地面去。

人世间。村边水塘。外。日。

塘面上，一溺水儿童正在拼命挣扎。

一妇女跑来惊呼着向路人求救："救命啊！我儿子掉水了！"

路人望见，畏缩观之，匆匆躲之。

偶有一青壮甩衣欲跳水相救，被一妇人拉住。反过来对落水儿童之母相讥道："是你儿子，你怎么不救？"说罢，挽起青壮走去。

母亲呆愣一刹，和衣走向深水……

天庭极乐世界界门。外。日。

舞停了，乐歇了。然而，观世音大王子却仍愣在那里。

突然，空中响起一声清脆的话语："哎哟哟！我可是来晚了！"随着话音，一辆天宫凤辇降下，挑帘走出一位金冠霞帔的圣夫人——她是王母娘娘。

王母一下凤辇便喊着说："我的小马驹在哪里？快让我看看！

它变成什么样儿了？”

弥勒佛向王母指了指大王子，使了个眼色。

王母一见大王子，惊喜地高叫一声，走向大王子，抚住大王子的双肩，瞪大眼睛仔仔细细地端详，好大一阵子，才说：“变得好，变得好，是个英俊男儿了！不过，我还是想念我的那对小马驹啊！”

大王子向王母倒头大拜：“谢王母见爱！求王母恕罪！”

王母：“快起来，快起来！你有什么罪？你是为了下凡救苦救难办好事，记功还记不过来呢！他们不是早给你封成‘马头观世音’了吗？可惜呀，如今没有马头了。”

弥勒佛：“难道人头没有马头好吗？我们的王母娘娘！”

王母：“那是自然，人头是比马头好看，可惜，马头是我的，人头就是你们的喽！”王母说完，捧着大王子的脸蛋呵呵地笑。

王母：“没有马头了，现在叫什么来着？”

阿弥陀佛：“禀王母，佛祖参照天帝旨意，刚刚赐号‘观世音正法明如来佛’。”

王母：“‘观世音正法明如来佛’！哦，好听，好听。我说我的观世音正法明如来佛，为祝贺你入主西天极乐净土世界，我送你两样小东西。”

站在王母娘娘身后的侍女，闻声捧过一方托盘，举于王母面前。

王母揭开上盖的羽纱，琉璃托盘上发出璀璨耀眼的光芒。定睛看时，上边放着两件东西：一件是一个白玉净瓶，一件是一枝嫩柳。

王母拿起净瓶，说道：“这可是件古老的天宫之宝：早在混沌初开的时节，天河水狂放不羁，汹涌泛滥。天帝凿星山之石，雕成此瓶，把天河多余之水，一股脑都装到这个瓶里啦！经千百亿年的储存酿炼，如今已变成圣水琼液。一滴水可润三江之枯，可解旱魃之虐，可治万病之苦。”说着，王母伸指尖向瓶中蘸了一滴水，向界侧涧畔轻轻一弹，那涧畔顿时出现一条飞瀑，汹涌奔泻。

正法明如来激动地接过白玉净瓶，捧在掌心，百般珍爱。

王母又拿起那条青嫩的柳枝，说道：“这是当初十日巡天时节，我从太阳山下那棵长青柳树之上，采得的一枝嫩柳，它青丝长驻，永不干枯。它钟天宫灵气，宇宙造化，既可扫云拨雾，又能招风降雨。对邪瘴，挥之摧枯拉朽；对善域，抚之驱疫除灾。”说着，她手握柳枝轻轻一挥，霎时清风徐起，雾霭尽散，空中悬起一条七彩长虹。

观世音大王子更加喜爱，他伸手去接，王母娘娘却把柳枝编成一环，仔细地挂在他的脖子上。大王子隆重谢恩，五体投地。

王母见状，急忙说道：“拉倒吧，拉倒吧，何必那么多礼？只要别忘了常来看我就行了。”说罢，登上凤辇，飘然逝去。

然而，我们的观世音正法明如来佛，并未觉察王母已走，也忘了收起大礼，他一动不动地保持着那个跪拜的姿势，而两只耳朵，却捕捉到十八层梵天之下的声音；两只眼睛，也望到了十八层梵天之下的场面。

人世间。村边水塘。外。日。

一位衣服褴褛的老婆婆，颤颤悠悠地走来，她边走边呼喊着：“狗儿！狗他娘！狗儿！”

她又从塘畔颤颤悠悠地走过，走往别处。她仍然边走边呼喊着：“狗儿！狗他娘！你娘俩到哪去了？”

她消失了，而那呼喊的声音，却留在塘面。

塘面上，漂浮着那娘俩：儿子赤裸着脊背漂浮在水面；母亲只露出水面那长长的头发。

水面风平浪静。

天庭。极乐世界界门。外。日。

观世音如来眼望人世，止不住热泪滚滚，难过得抬不起头来。

司职官走过来搀起王子。

司职官："如来王子，你的谢恩大礼施得也太长了。来来来，快随我进界入位。走进这座大门，你才是名副其实的西天极乐世界之尊——正法明如来佛！"

大王子步态逡巡，神情迟疑：那天底下的种种声音和景象，总在他耳畔眼前萦绕。

转轮王："台儿，你怎么了？"

大王子："父王，孩儿总觉得人间的事情没有办完，还有好多好多……"

转轮王："我儿独善其身，潜心修炼，彻悟圆觉，已达般若波罗蜜真如彼岸。何事未做完？"

大王子："自己的事做完了，可滚滚红尘，芸芸众生的事……"

转轮王打断儿子的话，说道："众生的事，得靠众生去做；每个人的事，得靠每个人去做。释祖曾晓谕世人'人人皆有佛性'。但到底能否成佛，全靠每个人自己去修造。"

大王子："禾不浇不青，烛不点不明。每个人有每个人力所不及的苦痛、疾病、磨难和灾殃，需要我们这些梵天的成功者去帮助，去点化，去解救。如果光知独善其身，独享其乐，不顾度化天下人众，消除世间不平和疾苦，则成佛又有何意哉？"

转轮王："孺子出言不逊，曲解经义，非议常典，难道不知梵天界律之森吗？"

司职官："大王子，迈进梵天，即为佛圣，你这位正法明如来佛该管的是这块天，而不是凡界了。有道是'千年滴水积成湖，万年菩萨熬成佛'。你好不容易成佛了，反倒老记挂着下边！我可告诉你，这极乐世界的大门，是为了接收新佛，才准许一千年开上一个时辰。大门一关，想进去可就得再等上个一千年啦！”

释迦佛、弥勒佛早已走入界门。

转轮王也径自走进界门。

大王子在司职官与数名阿罗汉的推携簇拥下，也走进界门去。

高大的极乐世界的界门，随着仙乐仪仗的结束徐徐关闭。

四大金刚恢复了惯常的态势，横起了守门械器。

正在此时，突然间传来一声凄厉的呼救之声：“救命啊，救命啊！”

大王子闻之一震，赶忙蹲身下望——

脚下，十八层梵天之下，一幕野蛮相杀的世间惨剧历历在目。

人世间，一洼水塘。外。日。

四面密林围裹的水塘里，一位女子正在洗浴。

一个头发蓬乱、眼冒欲火的莽汉，从荆棘丛中突然钻出，冲进水塘，向正在洗浴的女子猛扑过去。

女子尖叫着在水里躲闪。蓬头男人疯狂地在水里捕捉。

飞溅的浪花堆中，不断传出尖厉的叫声：“救命啊！”

女人的尖叫，更激发了男人的凶狠，他在塘里穷追不舍。

女子挣扎着爬上岸，顾不得着衣，撒腿没命地奔跑。

蓬头男人也跳上岸，朝着女子奔跑的方向，跃身追去。

女子边跑边呼叫：“救命啊！”

四、厄唤

塘畔泥径。外。日。

被“蓬头”追赶的洗浴女，狂呼尖叫，没命地奔跑。突然，她一脚滑倒跌入泥土之中。

“蓬头”追来，向着躺在泥土中的女子猛扑过去。

女子尖叫着在泥土中滚了几个转身，挣扎爬起，继续奔跑逃命。

“蓬头”由于扑得过猛，摔疼了什么地方，他爬在土中喘了几口气，又翻身跃起，继续追赶女人。

满身裹着青泥的女子一边奔跑，一边仍没忘掉呼喊：“救命啊！”

林莽草径。外。日。

呼救的喊声远远传来。

一位正在挽弓伺物的猎手听到呼救声，翘首张望。

远处，逃命女子狂奔而来。

女子身后，“蓬头”紧追不舍，渐渐逼近。

猎手隐在一丛灌林之间，举弓搭箭，朝着奔来的“蓬头”瞄准。

“蓬头”眼看追上了女子，他的手几乎抓到了她的头发。

女子高声呼叫：“救命啊！”

“嗖”地一支冷箭，从林木深处射出。“蓬头”大叫一声，中箭倒下，身子在地上痛楚地抽搐着。

猎手哈哈大笑着，从林深处走出。

女子吓呆了。她僵立在那里，看着向她走近的猎手。

猎手：毛茸茸的脸，毛茸茸的胸，毛茸茸的手，毛茸茸的腿。他向女子走来。

女子眨动着感激的眼神微微施礼。然而，当她意识到未着衣服时，双手掩胸索索后退。

走近的猎手，望着眼前青泥裹身的女子，瞪大了眼睛。

女子泥体斑斓，水渍淋漓，犹如一尊精美的动态泥雕。

猎人的眼睛里，渐渐燃起火苗，他朝着眼前颤抖不已的这个泥水精灵咧开了大嘴："哈哈哈哈……"

猎人重复起"蓬头"的动作：他向她扑过去，扑向这位孱弱的女子。

女子又重复着刚才的自己，如躲"蓬头"一样地躲着毛身猎手。她掉头狂奔，尖声呼叫："救命啊！"

猎手抹一把嘴边的垂涎，像追赶射中的猎物一般地追赶起逃跑的女子。

岗头崖口。外。日。

三个卖路刀客正在一块开阔之地操械演习，转跳腾挪。

其中一个麻脸刀客，时不时地停下来，为另外的两个同伙——黑脸和疤脸——指点刀势、姿势和套路。

远处，逃命女的呼救声隐隐传来。

三刀客登高寻望，遥遥望见那位披发女子边呼叫边没命地奔跑。

女子身后，一毛腿大汉紧追不舍。三位刀客迅速隐蔽在道侧。

女子奔上岗头崖口，发着尖叫，从三刀客面前跑过，然而却被碎石绊脚，扑然倒地。

猎手追来，望着在地上裸身爬行的女子，站在一旁欣赏，发出得意而又狰狞的笑声。

猎手喘息甫定，甩下腰间的兽皮围腰，凶猛地扑向地上的女子。

突然，三刀客从猎手背后窜出，其中两人扑向猎手，把他反转扭起，掀翻在地。

另一刀客抡起锋刃，朝着猎手一刀砍下。

随着一声惨叫，猎手的左腿脱落，滚离身体。猎手的躯体疼痛得抽搐成一团，发出惨烈的嚎叫。

殷红的血汩汩流出，溅洒满地。

那条被砍掉的腿，被刀客们吊挂在一枝树杈上，血浆淋漓。

三刀客发出狂笑。

腿：那是一条粗壮的毛茸茸的腿！

当三刀客笑闹尽兴时，才想起那个女子。

三人围转寻视，已不见人。

登高四望，才发现远远的地平线上，那个披散着头发的单薄的身子，在艰难地挣扎、蠕动、逃亡。

刀客们一声呼哨，共同跳起，向着那女子逃跑的方向追去。

天庭极乐世界界门内。外。日。

对十八层梵天之下那一幕幕人间惨剧看得真切实在的台不琚大王子——西天极乐世界的新莅佛主观世音正法明如来佛——此时情动于心，哀发于衷，额头渗出星星细汗，二目怔怔地滞留于凡世，怎么也抬不起头来。

极乐门内，雅音畅扬，百鸟鸣和。极乐园中，香花颔首，佛光摇曳。

众佛陀、阿罗汉已围坐于七宝池周，金纱布底的池中涌出大如车轮的青黄赤白四朵莲花。释迦、弥勒、阿弥陀三佛圣已在莲花台上就座，余下一台白莲，等待观世音正法明如来佛入座。阿弥陀佛在向“正法明如来佛”招呼。

两座巨型“西天极乐净土世界”的界门，差不多已经关闭。

“救命啊！”又一声撕心裂肺的呼喊从十八层梵天之下传来，如同突然放大的霹雳似的在观世音大王子耳畔炸响。

大王子跳了起来，不顾一切地向“极乐世界”的界门外冲去。

转轮王的呼喊，阿罗汉、圣比尼们的拦阻，终挡不住王子的决心。他在那两扇巨型界门仅仅余下一道狭缝时用力挤出。

四大金刚见了,横戟相诘。

观世音正法明如来挥动柳枝,四大金刚一番趔趄,戟戈落地。

观世音:“凡世危机,来不及细讲。四位大士,回来赔礼!”

说罢,观世音王子驾起云头,直坠人间。

转轮圣王见状,痛惜得连连跺脚:“十万功德,弃于一旦哪!”

释迦佛倒是肃然站起,跃于池畔,手扶菩提,目送他的新如来,眉宇微露欣喜:“倒是难得一片大慈大悲之心哪!”

人世间。柳堤上。外。日。

满身泥污的裸身女子仍未逃出虎口,她仍在奔跑,仍在呼救。她穿过禾田,钻过草丛,跑上柳堤。

三个刀客呼啸着卷来,左截右堵,穷追不舍。

女子的呼喊声已经喑暗、沙哑,孱弱无力。但她仍在拼命地喊着:“救命啊!”

沙河畔。外。日。

逃命女子从柳堤之上,跌跌撞撞滚进河水里,扎进去,又钻出来,扑爬翻滚,挣扎上岸,继续朝前逃命。

三个刀客赶上河岸,高高站立,望着河中那个即将到口的羔羊在水里挣扎、颠扑、冲呛,他们发出凶险而又满足的笑声。

瓜田茅庵。外。日。

瓜田废置,茅庵空空。

逃命女子奔来,四顾无助,筋疲力尽,一头撞入茅庵,埋入草堆之中,昏了过去。

三刀客赶来,围向茅庵。

站在前头的是个黑脸刀客，他甩掉箭衫，淫欲大发，赤膊裸臂，冲向茅庵。

另一个疤脸刀客横刀拦在庵门口，挡住“黑脸”，逼“黑脸”步步后退。然后，疤脸突然扭转身，要第一个冲进茅庵去。

然而，茅庵门口，另一位麻脸刀客拦住了进路，他逼着“疤脸”和“黑脸”节节后退。

麻脸、疤脸和黑脸轮番相逼，轮番后退，又轮番抢先，最后，三人同时拔出刀来，锋刃相向，反目为仇，在庵门好一番拼杀！

格斗后的现场一片狼藉：

黑脸刀客被砍掉一只左臂，左半身满是血污，呻吟不止地跪在庵门左边求饶。

疤脸刀客被砍掉一只右臂，右半身满是血污，呻吟不止地跪在庵门右边求饶。

麻脸刀客是这场火并的最后胜利者。他把血渍斑斑的刀在黑脸、疤脸的脖子上来回蹭了几遭，直直地戳在地上，然后，他捡起黑脸脱落的那条手臂，抡起来，朝“黑脸”的脸上狠狠地抽了一掌，再把手臂甩在黑脸的面前。抽转身来他如法炮制，捡起疤脸脱落的那条手臂，抡起来，朝“疤脸”的脸上狠狠地抽了一掌，再把手臂摔在疤脸的面前。

那一左一右的两条断臂，分别在“黑脸”和“疤脸”面前的地上抽搐、抖动。

麻脸开心地笑了，笑得嘎嘎作响。

折磨同伙，打足骂够，落得个心满意足的麻脸刀客想起了女子，盯住了茅庵，他急不可耐地甩掉衣服，满目燃烧着疯狂的欲火，朝着茅庵扑进去。

恰逢此时，空中一声啸响，观世音正法明如来云头落下，他抽出柳枝，朝着即将闯进茅庵行凶的麻脸刀客轻轻一挥，但见一道闪光当空划过，那麻脸刀客应声身子一抖，便死死地凝定在茅庵门口,如同钉子钉在地上一般。

正法明如来顺手将柳枝向庵门两旁挥了两下,那黑脸、疤脸二刀客,顿时停住了大呼小叫,牢牢定在那里,如同两尊青泥塑就的泥胎一般凝固在庵门左右两旁。

茅庵内外。日。

庵内。那惊恐已极的女子,已昏死过去。飘然而入的观世音正法明如来,撮取云霓数片,弹指一挥,一袭羽衣飘然落下,覆盖于女子的玉体。而后望隅轻嘘仙气,那女子渐渐恢复呼吸,慢慢苏醒过来。

女子轻悠悠地睁开了眼睛,此时,我们才看清了,这是一双镶嵌在匀称秀丽的脸庞上的动人的眼睛, 这是一个长得挺好看的女人。显然,这双眼睛在回忆,在疑问,在思索,她怔怔地望着眼前这位不曾见过的男人,竭力在弄清楚这是怎么一回事。

突然,她尖叫了一声,恐怖地往后躲闪,退向屋角,抱着一堆秸草,把自己身子埋住。

正法明如来把衣衫服饰推给女子,背过脸向门外走去。

那女子惊恐地跳起,抢在正法明如来前头,夺路冲出茅庵。

然而,庵门那三个一动不动的鬼怪似的刀客,又把女子吓得退回庵内。

正法明如来笑了笑,走出庵去。他站在庵外,抽出袖间柳枝轻轻一摇,那茅庵便如同漂浮在水面的舟船一般,悠悠然掉转了一个头,把三个入定的刀客甩在庵后。

俄顷,庵里的女子探出头来。她已穿戴齐整:那是一身霓裳羽衣,顿现绰约。

她探头窥伺,战战兢兢。见无动静,撒腿就跑,跑出茅庵,跑过田野,跑进荆丛,跑上堤岸,她跑,跑,跑……

然而,她忽然又不跑了,停下了,站住了,她疑虑万端地扭回头,远远望着那个人,那个赐她衣服、帮她逃跑的陌生人,那个相貌不俗、精神朗彻、威仪有度而又慈悲可亲的男子:“这是一个什么人？他要做什么？”

望着女子异常的神态，台不琚大王子——也就是新赐法号的观世音正法明如来佛——微微一笑，向着已经拐回来的女子迎了上去。

柳堤上。外。日。

凡间的苦难女子与仙界的慈悲如来四目相向,默持有顷。

如来:“骇怕吗？我送你回家。”

女子:“不,我没有家。”

如来:“父母在吗？”

女子:“父母不是家。对于女人来说,男人才是家。”

如来:“……”

女子眼里含着泪光,含着寄托,含着感激,果敢地走近如来,恳切相求。

女子:“要了我吧！我愿意跟你！”

如来:“为什么要这样？”

女子:“因为,你是男人,我是女人。”

如来:“你是女人,就一定要被男人要吗？”

女子:“可惜你刚才没有看到,那么多凶恶的男人,都是要要我,差点没把我吃掉。我早晚都是男人的。”

如来:“别这样,你是属于你自己的。”

女子:“我也希望这样,可是没办法,从我们的老祖先,从祖先的祖先的祖先,传下来的就是这规矩:女人就是男人的,不是男人的爱,就是男人的恨;不是躺在男人的身下,就是躺在男人的刀下。”

如来:“那么,刚才那么多的男人,你为什么逃跑？”

女子:“那不是逃跑,是选择,我要选择一个我喜欢的男人。老天仅仅给了我们女人这一点点权利——选择。我碰上了你!”

女子说着,动手脱她的衣服。

如来:“停下!”

女子不理会,继续脱衣。

如来严厉地:“停下!”

女子依然不理,依然继续脱她的衣服。

如来背转身去,轻念咒语。

女子一件件地往下脱自己身上的衣服。到后来,她几乎被她自己脱下的衣服埋住,身上却依然穿着紧紧的装束。

女子挣扎不脱,动弹不得。她哭了起来,哭得很伤心。

如来转回身来,望着女子笑了笑,轻轻嘘了口气。

女子身边的衣纱堆,顿时消隐。

她破涕为笑。

她又惊讶万分!

女子:“你……你是法术师?”

如来望着她微微一笑,摇了摇头:“不是法术师,你就可以随随便便为一个陌生男人脱衣吗?”

女子:“当然,只脱给我喜欢的男人。”

如来:“那男人要是不喜欢你呢?”

女子瞪大双眼,诧异地盯着眼前这位男子汉:“不,不可能!你没见刚才那么多男人,他们喜欢得发狂,喜欢得发疯。这是人的天性!”

如来:“不是天性,是欲望。欲就是苦,就是难,就是劫。比如你,不该脱衣时,却脱得一丝不挂,招了祸,招了难,是苦,是劫;想脱衣时,又脱不逢时,脱不逢人,招讨厌,惹没趣,也是苦,也是劫。”

女子:“谁说我脱不逢人?我遇见你了,找对了!”

如来:“你应该先找回你自己!”

女子:“我自己?”

如来:“你自己!你没有自己。”

女子:“我?我不是在这儿站着吗?”

如来:“那不是你,你没有你。”

女子睁大眼睛:“真奇怪了!我不是我,又是谁呢?”

如来:“你是男人的一个影子,就好比这棵树的这只影子一样。你看:影子是依靠树的存在而存在,影子并没有自己。你也一样,心里只有男人,没有自己。不是怕男人,就是想男人;不是躲男人,就是找男人;不是为男人逃跑,就是为男人脱衣;不是为男人活,就是为男人死。可是你呢?你在哪儿呢?”

女子听罢,沉默有顷,叹道:“你……也许说得对。可是,生在这块地方的女人们,似乎都与虎豹结伴,豺狼为友,养就一方风俗:女人只有别人,没有自己,不被男人要,就去要男人。可是男人只有自己,没有别人,不去杀别人,就被别人杀。”

如来:“阿弥陀佛!善哉善哉!”

女子:“看不出公子原是一位僧人?”

如来:“姑娘可识佛门之事?”

女子:“耳有所闻,眼未所见。”

如来:“姑娘可愿一知扼要?”

女子:“不必不必!佛门之事,也是男人们的事,与女人无缘。”

如来:“何以见得?”

女子:“师傅可是明知故问了。圣堂佛陀成百上千,有几人是女人修成的?各路菩萨成千上万,哪一个是黄花闺秀?就连你们这些游方僧众,也尽是五尺汉子,银髯老翁。偶尔有个死不得也活不了的绝路女子出家上山拜佛,也只能坐老尼庵,逝于抔土。有哪个能修得个宏德正果的?”

如来听了女子一番话语,深有触动。

女子:“等到我下辈子脱生个男人之后，一定学你，拜佛为师。”

如来:“可是,为什么现在不呢？现在我和你一样,也是个女的！”

女子:“师傅,别逗我,我无心开玩笑。”

如来:“你不是爱脱衣服吗？那么,我也脱给你看！”

如来把他身上穿的缁衣袍袖递给女子,挡住她的眼睛,然后抽身一转，缁衣滑下，一个亭亭玉立的红妆淑女出现在女子面前,宛如纤柳临风,袅娜多姿。

女子惊叫起来:“天哪！这是九天仙女下凡了吧？”

女子惊羡得围住红妆如来欣赏、赞叹不已。

女子:“真标致啊!真是个女的?刚才我怎么一点也看不出来呢？”

如来:“那是因为你眼里根本没有女人的地位。”

女子:“我明白了:你定是哪路天仙下凡,来人间风光一趟,溜达一番,以解天宫之闷。要不,刚才变那么多衣裳,现在又由男变女？嗨,定是无疑！”

如来:“那么,你喜欢哪路神仙？”

女子:“难说呀！哪路神仙都是光顾自己,不管别人。七仙女光管她的董永,织女光想她的牛郎,嫦娥仙子又光知道跳舞。哎,要是有像你这样一位女神仙我就喜欢了。赠给我衣裳，帮我脱险,又这么漂亮,这么美丽,这么温柔。什么时候人间才会出现像你这样一位女菩萨,那才是天下苦难妇女的福音呢！”

如来:“会的,会有女菩萨的,而且还会有更多的女子成为菩萨的,比如说你！”

女子:“我？天哪！我这只配下地狱的人,还会成为菩萨？”

如来:“放下屠刀的人,亦可立地成佛。只要弃贪欲,断恶根,修善性,求度脱,自会顿悟法门,见性成佛。”

女子闻言,激动地向如来深深一躬:“师父,受小女无佳一拜,收了我吧!”

如来双手扶起女子,关切相嘱:“无佳!你眼下还有一劫呢!”

部落处决场。外。夜。

荒漠的旷野。

孤冷的土丘。

土丘之上,一株枯朽的老树,枝叶凋尽,腐杆横空。

树身上一盘大绳拴住村女肖无佳——那位被五个强人追逐,又被观世音正法明如来佛搭救的孱弱孤女——她双手反剪,两脚悬空,口中被塞着棉团,周身伤痕累累。

紧挨她的脚下,堆着一堆堆将被点燃的劈柴棍棒。

树的周围,站着一圈焚刑手,他们手擎松脂火把,凶相毕露。

火把照射下,女子肖无佳满眼泪光。

火把照不到的地方,那土丘的周遭,围满了部落男女人众。夜光下,那一张张风雨雕饰的粗糙的脸膛如同木刻石凿,毫无表情。

一位长髯垂胸的部落酋长,手举图腾鬼符,威严登丘。

四周一片鼙笳轰鸣。

酋长挥摆图腾,全场顿然敛声。

酋长野声蛮调地宣判。

酋长:“虎狼为山川之恶神,蛇蝎为领宅之孽障,瘟疫为天下之灾殃,女人为世间之祸水。兹查:本土村女肖无佳,人本私生,劣根自来,佻达淫荡,久伤风化,竟于烘冬五年六月初七日午时三刻,赤身裸体,露于村野,挑风卖浪,引发情杀,先后致使三青两壮五名男子争风夺色,刀斧相见,重伤一个,断腿一条,失臂两只,僵死三人。量其罪,罪孽深重,毁帮败族;察其恶,恶贯满盈,死有余辜。为捍帮规之严，族训之威，社风之纯，兹决定：着即将淫女肖无佳处以火刑，当众烧死，以儆效尤！”

酋长宣布完毕，扭转身来，举起图腾鬼符，对着焚刑手连挥三下。

焚刑手齐声喊威，高举火把，向着中心围拢过来。

火把下，焚刑手那鬼怪似的脸，更显得恐怖可怕。

火把围着枯树和枯树上被紧紧捆绑的肖无佳女子从上往下移动，一齐指向干柴堆，送向干柴堆。

肖无佳闭起了眼睛。

此时，忽然响起一声长吆：“住手——”

众人扭头看时，红妆如来出现在人群之中：红巾结，红袈裟，红璎珞，红僧鞋，红光四射，光彩照人。唯余手中那枝纤纤柳枝青翠欲滴。

红妆如来拨开众人，走上土丘，走向枯木，走近酋长，走入火把圈中。焚刑手被这从天而降的红女儿给搞懵了，不自主地退缩着。

酋长：“来者何人？”

如来：“是你要烧的这位犯法人的亲人！”

酋长：“……”

如来：“我是她姐姐，她是我妹妹。”

酋长：“此女私生独身，从未听说过有什么姐姐！”说罢，向他的火把手猛一挥手。

众火把手如群狼一般，应势一齐冲上来，举火欲燃。

红妆如来见状轻挥柳枝，那火把手们踉跄倒地，烧了眉毛，烧了胡子，一片嚎叫。

酋长呆在那里，眨巴着疑惑的眼睛。

如来一把拉掉堵在肖无佳口中的棉团。

肖无佳“哇”地一声痛哭起来，连连呼喊如来：“姐姐！好姐姐！亲姐姐！快救妹妹呀！”

酋长:“既为她的姐姐,当避淫妹之耻,为何反来喧闹刑场,扰乱刑规？”

如来:“就要杀人了，还不兴来祭奠祭奠快不在世了的亡魂么？但问尊驾何人？”

一火把手:“这是我们部落的酋长！”

如来:“噢呀呀,酋长大人,失敬失敬！不过,一个害怕女人的酋长,恐怕也只能带出一个害怕女人的部落。”

酋长:“你……”

如来:“请问,我这个妹妹犯了什么罪？”

酋长:“方才已经宣布,不必重复。”

如来:“我来为你重复:‘虎狼为山川之恶神，蛇蝎为领宅之孽障,瘟疫为天下之灾殃,女人为世间之祸水。’在酋长眼中,女人和瘟疫、蛇蝎、虎狼都同了辈分了。可惜的是,我们人人都是女人所生,人人都躲不开要摊上一个‘祸水’的母亲,当然也包括我们的酋长，真有点难为情。这岂不是说,‘人人都打祸水中来吗’？”

酋长:“放肆！”

如来:“少安毋躁。我妹妹的罪状还在后头呢:‘兹查:本土村女肖无佳,人本私生,劣根自来,佻达淫荡,久伤风化’——酋长大人,你把劣根归结为她是一个私生子,可为什么不顺便追一追那个躲在暗处制造私生子的人,那个男人,那个父亲,那个劣根的劣根？”

酋长:“我看该把你轰下去了！”

酋长一摆手,一群刀斧手呼哨而起,扑向红妆如来。

如来信手轻弹柳枝，那围上来的众刀手如触重墙，嘭然蹲地,似夯落土,都大睁着眼睛动弹不得。

五、女叹

酋长惊愕得瞪大眼睛呆在那里。

如来:“酋长大人,犯女罪孽尚未述尽,酋长大人稍作宽容:‘此女竟于烘冬五年六月初七日午时三刻,赤身裸体,露于村野,挑风卖浪,引发情杀,先后致使三青两壮五名男子争风夺色,刀斧相见,重伤一个,断腿一条,失臂两只,僵死三人。’请问酋长大人,这是不是我妹妹的全部罪状了?”

酋长:“正是这样!”

如来:“现在姑且不论是女人的裸身引发了男人的情杀,还是男人的欲火点燃了族人的火并,我只须问一问,你说我家妹妹断了人家的腿,砍了人家的臂,害死了人家的人,证据何在?”

酋长指着土丘下站着的一排人说:“现在有被害人的眷属在此,请他们出证!”

证人甲跳上土丘:“我作证,我说!”

(画面闪回)

女子在塘中洗浴。

“蓬头”在暗中偷窥。

“蓬头”向塘中正在洗浴的女子扑去。

女子在林间草径奔跑逃命。

“蓬头”紧追不舍。

一支箭射出,“蓬头”中箭倒地。

证人甲画外音:“我儿子一向安分守己,不近女色。那天他正在打柴,这个女妖精赤身裸体在他面前挑逗,把他迷惑着,引他上当,叫她的同伙用毒箭穿背,至今昏迷不醒!”

(闪回完。画外音在画面进行中叙述)

处决场。夜。外。

证人甲愤愤的脸。

酋长得意的眼神。

场内窃窃议论的人群。

肖无佳怒目相对证人甲,欲呐喊痛斥。

红妆如来用眼睛安慰肖无佳。

证人排中,又跳上来一汉,这是证人乙。

证人乙:“我作证,我说!”

(闪回)林莽草径。外。日。

猎手从被他射翻在地、颤抖不已的“蓬头”身上跨过,走向女子。

女子周身泥水淋漓,索索后退。

猎手眼里燃起火苗,向女子扑去。

女子掉头狂奔。

猎手凶猛追赶。

女子扑然倒地。

猎手甩下兽皮围腰,扑向女子。

三刀客窜出,将猎手掀翻在地。

一片闪光的钢刀劈下,一条毛腿应声脱落。

证人乙的画外音:“我家兄弟忠厚老实,只知道打猎谋生,不知道世间还有男女苟且之事。可偏偏遇着这个狐狸精,她在我兄弟面前脱得一丝不挂,搔首弄姿,把我兄弟骗到西岗头,让她的另外三个搭档把我兄弟的一条腿砍断,还挂在树上哪!”(闪回完。画外音在画面进行中叙述)

处决场。夜。外。

听众一片唏嘘,交头接耳。

证人乙斜睨他眼中的“狐狸精”意犹未平。

肖无佳听罢“诬良为娼”的证词,气得几乎昏厥过去。

红妆如来再抚女子,再示忍耐。

证人排中,同时站出两男一女,同时陈词:“我们作证!我们也要说!”

(画面闪回)瓜田茅庵。外。日。

散发泥女狂奔而来,一头扑进茅庵。

三刀客呼哨追到,把茅庵围住。

“黑脸”淫欲大发,甩掉箭衫,赤膊裸臂,冲向茅庵。

“疤脸”横刀拦住,逼退“黑脸”,扭转身向茅庵冲去。

“麻脸”横刀拦住“疤脸”,转身冲向茅庵。

“黑脸”“疤脸”“麻脸”同时持刀相向,反目为仇,在庵门口展开一场拼杀。

“黑脸”一招不慎,被“麻脸”一刀砍下右手,鲜血淋漓。

“疤脸”一招不慎,被“麻脸”一刀砍下左手,血溅黄土。

三刀客僵立在庵门口。

【在画面进行中,出证三人的画外音:

证人丙:“我儿子少年老成,很本分。”

证人丁:“我孙子平时见女人就脸红。”

证人戊:“我男人是有名的大好人!”

证人丙:“他们三人亲如兄弟!”

证人丁:“根本不认识这个浪娘们!更不是她同伙!”

证人戊:“全是这个小淫妇死皮赖脸地追逐他们弟兄仨,脱光衣服在他们中间挑逗!”

证人丙:“她把他们迷住了!”

证人丁:“他们发疯了!”

证人戊:“我男人硬叫她淫鬼附体,成了僵尸啦!”

证人甲:“我儿子叫她弄掉了右手!”

证人乙:“我孙子的左手也掉啦!”

(闪回完)

(以上三段闪回,系“声画背反”,即画面内容和叙述内容不一致,意在揭示“诬良为盗,人心叵测”。也可改用另一种方法,即画面完全按照画外音的内容演拍,处理成叙述人(证人)的主观镜头,强化对无辜女子肖无佳歪曲、诽谤、诬陷的视觉撞击,以引起观众更清晰的爱憎和同情心。供导演斟酌。)

处决场。外。夜。

三个证人说罢,愈加激烈,同声声讨:“我们要叫这个女妖精偿还我们亲人的血债!”

全场哗然,群情昂愤,一片怪叫之声。

焚刑火把手、刀斧手张牙舞爪,凶相毕露。

酋长仰天大笑。他指着红妆如来,恶声质问道:“我看你还有什么话说?!”

女子肖无佳朝天大呼:“冤枉!冤枉啊!”

此时,红妆如来已登上丘顶,向着全场人众深鞠一躬。

全场目光汇拢来。

全部火把汇拢来。

红妆如来:“诸位父老乡亲!刚才这几位证人的话,把我这位妹妹肖无佳说得真是罪大恶极、死有余辜了。如果罪名成立,我也将亲手点燃这焚烧邪恶之火。但是在这之前,我要请大家见一见我为这桩案子请来的几位证人。”

随着如来手势指处:那曾经追赶肖无佳女子的五个男人——“蓬头”、猎手、“黑脸”“疤脸”“麻脸”——相继亮相,络绎登场。

全场人众自动形成一条长长的人群夹道,惊奇万分地观看这死而复生的五条汉子。

五条汉子从人墙夹道中穿行。

五个人身体完好无损,健壮如初。

五个强梁之徒走到土丘前,面向红妆如来,腼腆如仪,恭敬有加,一齐向红妆如来倒头大拜:“多谢仙姑重生再造之恩!”

红妆如来向着五个强徒问道:“请你们来主持个公道:是这位女子挑逗了你们,还是你们追侮了她?”

五强徒:“我们追侮了她!”

红妆如来:“你们互相残杀,是受这位女子的唆使,还是受自己嫉妒心的驱使?”

五强徒:“自己嫉妒心的驱使!”

红妆如来:“是你们亲人的证词真实,还是你们的证词真实?”

五强徒:“我们的证词真实!”

全场人众,一片惊奇,惊疑,惊呼,惊叹。

五强徒和他们的亲人(证人)拥抱在一起,不尽地倾诉释疑。

酋长丈二和尚摸不着头脑:“这,这到底是怎么一回事啊?”

五强徒齐向酋长说道:“酋长,我帮遇着神仙了!”

(闪回)一间森林草屋。内。夜。

“蓬头”背上的箭伤红肿、溃烂、惨不忍睹。他爬在绳床上,颤抖,抽搐。

昏迷中,“蓬头”手握那支毒箭,歇斯底里呼叫:“哪里跑!”

一个白发苍苍的盲媪,面如枯槁,毫无表情,守在绳床边,喃喃自语,一筹莫展。

红妆如来踅至,向着“蓬头”轻抚柳枝。

“蓬头”背上的伤旋即痊愈,完好如初。

“蓬头”清醒过来,精神恢复,高兴地向老母呼叫。

"蓬头"拉母亲,双双跪地,向着红妆如来磕头。

红妆如来已飘然不见。

"蓬头"画外音:"是女神仙救了我的命!"

(闪回)药铺门口。外。夜。

一面"药"字大布幌,高高挑在店铺门外。

一副担架停在药店门口。

担架上躺着断腿猎手,昏迷不醒,气息奄奄。担架上洒着一摊血迹。担架旁摆着断腿。

一位药店郎中仔细查看伤情,又看了那条断腿。

断腿血肉模糊,已肿胀变形。

郎中频频摇头,走进药店,反手关上店门。

门外,猎手的亲人们拍打药店的门,呼喊乞求,门内终无应声。

此时,红妆如来踅至。她朝着担架轻抚柳枝——奇迹出现:

担架上,横在猎手身旁的断肢突然滚动,自动对准猎手的残腿部位,阖然相接,完好如初。

红妆如来朝着猎手轻嘘气缕——

猎手顿然恢复神志体力,跳下担架。

猎手与家人惊讶得瞪大眼睛仰望如来,朝如来下拜。

然而,如来已倏忽不见。

猎手画外音:"是女神仙接好了我的腿!"

(闪回)瓜田茅庵前。外。夜。

三副棺木分别放在三个刀客的僵尸旁。

白幡幢幢,黑纱条条,丧锣声声。

几个收尸人正在张罗着收殓三刀客的尸体。

此时,红妆如来踅至。

红妆如来朝着三个僵死的刀客分别挥了三下柳枝——奇迹出现：

黑脸刀客的断手，从地上忽地弹起，跳到“黑脸”的左臂创伤残肢部位，与残肢阖然相接。

疤脸刀客的断手，从地上忽地弹起，跳到“疤脸”的右臂创伤部位，与伤肢阖然相接。

红妆如来朝着三刀客轻嘘气缕：

黑脸、疤脸、麻脸三刀客顿然恢复元气，忽地从地上跃起。

收尸人吓得四散奔逃。

三刀客同时大礼跪拜红妆如来。

三刀客画外音：“是女神仙再生重造了我们弟兄三人哪！”

处决场。夜。外。

听罢五强徒的讲述，满场人众一片唏嘘之声。

酋长也被充满神秘的氛围所打动，诚服地叹道：“果真如此，实为奇闻！”

红妆如来：“酋长大人，真正的奇闻，倒是你方才那一道宣判令。在你的宣判令中，无辜的弱小女子成了杀人凶手，而强力施暴、争风斗杀的凶悍男人反成了受害者。善良变成了邪恶，邪恶变成了善良；谎言变成了真实，真实变成了谎言；美变成了丑，丑变成了美。这种真假是非的颠倒都来自你的偏见：女人是祸水。在你和你的祖先为她们编织的这张弥天大网的笼罩下，女人们动辄得咎，处处逢祸，永无平安清净之日。你看，甚至于在这酷暑炎夏天气，她们洗个澡也是罪过。露露皮肤也成了淫荡。明明是男人们想看女人的裸体，反怪女人的裸体碰了男人们的眼睛。”

酋长：“依你说来，真正的罪人是这几个男人了？”

红妆如来：“那么依你说来又该如何呢？”

酋长：“这……这是他们咎由自取，罪有应得。可是请问，你为什么又救了他们？”

红妆如来：“肢体无罪，救生为本；其罪在心，治心为上。”

酋长：“治心为上？”

红妆如来：“世间万物都有生的权利，放生，救生，护生，养生，乃世间一切仁人志士奉行不二的准则。”

酋长：“对恶人也放生吗？”

如来：“人本性善，天赋无恶。恶人起于后世，恶行发自后心。真正的罪孽之种，深藏在那些不曾修炼、骄奢淫逸、贪欲无穷的心里。是那些野蛮放纵的荒凉灵魂中，生发出饥渴难耐的贪婪之欲火，把他们自己的肌肉肢体燃烧得焦灼失控，干出那些令善良之人想象不到而又令人发指的罪孽：杀人放火，强暴弱女，嫉妒同类，砍杀情敌……他们最终伤害的还是他们自己。贪欲是什么？是自己的痛苦，自己的灾祸，自己的劫难。因而，叩启人心，敛息贪心，洗涤污心，还其洁心，是世间佛事僧众的重任！”

酋长闻言，惊讶抱揖，以肃然起敬的口吻问道：“倾闻仙姑有‘佛子僧众’之议，莫非您是从迦毗罗卫圣地来我荒域的比丘尼大师？”

红妆如来合掌：“揭谛揭谛！波罗揭谛！波罗僧揭谛！菩提萨婆诃！”

人群中一老者闻言突然向着酋长高叫——

老者：“大王！倾闻仙姑所诵之揭，乃为《般若波蜜多心经》之谛者，莫非善佛观世音降我荒域，点化愚蛮来了么？”

酋长大礼参拜：“佛光普照，敝土幸甚！”

人众一起参拜：“佛光普照，敝土幸甚！”

“蓬头”、猎手、“黑脸”“疤脸”“麻脸”同向红妆如来跪拜：“大师慈悲！恩重如山！我等永记教诲，誓做好人！”

红妆如来望着五人微微一笑，又轻轻摇了摇头。

莲花池畔。外。日。

红妆如来临池而坐,合掌垂目,说法诵经。

女子肖无佳赤脚趺跪在红妆如来面前,仰望师父,神情庄严,态度虔诚,随师一句句诵读经法。

莲花池内,青轮摇曳,红萼点首。

菩提树下。外。日。

大片大片的妇女徒众围坐于法坛周围,态度虔诚,神情肃穆,随师听经说法。

法坛上结跏趺坐、执意授经的,却是肖无佳。她仪态威严,肃穆端庄,令人肃然起敬。

红妆如来站在一旁,满意地颔首,嘴角挂着会意的笑容。

善提飒飒,金风送爽。

忽然,空中传来阵阵爽朗的笑声:"哈哈哈哈……"

红妆如来举目望去,只见云端之上,站立着阿弥陀佛、弥勒佛和天宫司职官,正望着这里发笑、招手呢。

红妆如来急忙升腾相见。

空中云端。外。日。

红妆如来旋然飘至,朝着端立云头的圣尊大礼参拜。

红妆如来:"阿弥陀佛!不知父王与二圣尊驾临穹谷,有失迎迓,望乞谅恕!"

弥勒佛绕着红妆如来仔细看了一圈,不禁哈哈大笑。

司职官也望着亭亭玉立的红妆如来左右端详。

弥勒:"我们的观世音正法明如来佛,你完全成了一个闺阁秀女啦!哈哈哈哈……"

司职官:"真不错,真像,俨然一美女呀!"

弥勒拉过红妆如来,把他推到阿弥陀佛面前,打趣地说:"来来来，快请你的父王、我们的西天佛尊过目，看看是你的王子，还是你的公主？”

红妆如来望着威严的阿弥陀佛叩拜：“父王！孩儿执恋人间，未听劝阻，擅降荒域，有违圣命，甘受梵天规罚！”

阿弥陀佛默然有刹，继而双手扶起儿子，嘴角渐渐露出欣慰的笑意。

阿弥陀佛：“是要罚你，你的佛位已经被取消了！”

弥勒佛：“别听你老爹吓你！那是释迦佛祖和天帝商量着，按照你的意思爱好，重新作了安排，这一回呀，可真叫你去当女儿啦！”

阿弥陀佛打量着儿子的一身装束，也止不住笑出声来：“哈哈哈！看来我们选对了，佛界唯一的女菩萨，非儿莫属了！”

司职官展旨宣读：“正法明如来听旨：秉天承运辖星荷月十八层梵天圣会诏曰：兹谙知新晋西天极乐净土世界正法明如来佛，悯心盈溢，慈悲满怀，不恋至高之佛位，唯思人间之疾苦；天堂仙乐，不为所动；尘世悲音，斯闻斯观。经梵天佛祖圣会议决，报呈天帝首肯，依照卿之意愿，暂寄西天佛位，授于‘观世音菩萨’法号。有鉴于佛界女性菩萨尊位空缺，即着令汝顶戴观世音法号投胎转世，以女儿真身入僧修道，为世人示范品行，为佛徒树立榜样。人间苦难不靖，观音使命不尽；地上天堂降临，观音归期始至。般若波罗蜜嘛呢咪吽！”

红妆如来摇身恢复男相，望旨喏喏三拜。

司职官搀起如来，往前指给他看，说道：“你看，那雪峰之下，鲁水之滨，山岩夹峙的地方，就是你再度投胎转世之处。”

大王子：“那不是我离开不久的兴林国吗？”

司职官：“正是兴林国。前世涅槃之地，今世投胎之所呀！”

弥勒佛：“这可是佛祖有意安排的地方！”

转轮王：“儿啊！一年之后，你就是兴林国婆伽王的三公主了,那可是个暴君,你可要受委屈了!”

弥勒佛:“儿女情长!佛祖安排他到那里投胎,就是叫他去治那个暴君的愚昧,换那个暴君的心,拯救一国百姓的!多大的好事啊!”

转轮王:“可是……”

弥勒佛:“没有‘可是’!哦,当然,只有一个‘可是’,那就是还得给那个暴君当女儿,还得受他的管教。”

观世音菩萨:“诸位圣尊不必担心!那是个盛产牛羊的地方,我会经常带着酥油茶回来瞧看你们的!”

空中一片笑声。

人世间。松岩上。外。日。

赐号“观世音菩萨”的红妆如来恢复了男身,站在松下石上,伟岸的身躯壮美无比。

村女肖无佳向背而立,似有委屈。

如来:“无佳!”

肖无佳不应。

如来:“无佳!”

肖无佳仍不应。

如来:“既然如此,那就分手了!”说着,他驾起云头,腾空而起。

肖无佳急忙转身,追上去伸手扯拽,无奈远远不及。她望着飞逝的如来,伤心得号啕大哭起来。

如来的云头在空中旋转了一圈,又落回原地。他像哄逗孩子似的走到肖无佳身边,撮云为巾,替她拭泪。

肖无佳既发泄又撒娇地拍打着如来,哭着嚷着:“你不是女的吗?你不是姐姐吗?我要你还变成女的!我要你还我姐姐!”

如来一任肖无佳发泄拍打,然后以长兄的口吻说:“无佳,我很快就会成为一个真正的女子,到那时候,我会回来看你的。”

肖无佳:“我才不信呢!又要骗我!”

如来:“我何尝骗过你?”

肖无佳:“当初,你明明是个男子,为什么要变成一个女的?当菩萨的也不能骗人哪!”

如来:“不是要骗人,是要去救一个姑娘。”

肖无佳:“谁?”

如来:“肖无佳!”说着,刮了一下她的鼻子。

肖无佳破涕为笑:“那么,你就不要再变过来,还当女子,还当我的姐姐,还教我念经、坐禅、修道,发展我们的比丘尼信徒。留下来,好吗?”

如来:“无佳,还有更多的人更多的苦难,需要去帮助解救啊!”

肖无佳:“那就把我带去吧!不当姐姐,就当哥哥,好哥哥!妹妹求你啦!”说着就要跪地叩头。

如来扶起肖无佳,恳切地说:“无佳,无佳,你已经有家了,你的家就在这里,这里需要你,离不开你了。”

肖无佳:“这里不需要我了,经过你半年的教化,野蛮人少了,文明人多了,民风朴正,道德彰明,君子扬眉,恶人敛迹,连对我追赶施暴的那五个强盗也大变了,变好了,变乖了!”

如来:“你想的太好了吧?人心的修造,绝非朝夕之功啊!”

突然,山下传来一阵阵呼救声:“救命啊!”

这阵呼救声,让人联想起前头一幕里肖无佳的呼救声,那么相似,又那么撼心。

山下栈道。外。日。

一个强盗正在追赶一个女人。

那女人衣冠华丽,满头珠翠,从一辆花篷推车上连滚带爬地溜下来，掉头就跑，边跑边呼喊："救命啊！"

那强盗抡着大刀在后追赶。

推车的车夫抱头鼠窜。

女人一边奔逃，一边不断往路边抛掷着身上的金簪、玉镯、珍珠、玛瑙……

追赶女人的强盗，是我们前边见过的麻脸刀客，他边追赶女人，边不时地弯腰捡拾路边那些女人抛下的饰物。

山脚厄口。外。日。

女人呼叫着奔过。

"麻脸"紧紧追来。

突然，从厄口两侧窜出两人，猛扑"麻脸"，把"麻脸"打翻在地，然后二人同时抽刀，同时砍下"麻脸"的两只手来。

"麻脸"惨叫着倒在路旁。

二人夺过"麻脸"抢来的财物，接着朝着女人追去。

腾腾的杀气。

疯狂的追逐。

两个凶手挥刀呐喊，一前一后冲上厄口。

前边的凶手是黑脸刀客。

后边的凶手是疤脸刀客。

六、转世

山涧石林。外。日。

怪石嶙峋，道险径窄。

那位逃命妇人尖厉的呼救声传来，谷峰为之共鸣。

耸立的石垛间，抬起一支冷箭，箭锋锐利，冷光闪闪。

妇人呼叫着、踉跄着从石垛下奔过，不断抛扔着身上的饰物。

疤脸、黑脸二刀客紧追过来,他们边追边捡,不放弃路上任何一件女人抛下的贵重饰品。

突然,“嗖嗖”两支冷箭射出,疤脸、黑脸二刀客相继应声倒地。

箭手窜出石垛,他是我们熟悉的曾被黑脸、疤脸三刀客砍掉一条腿的那位毛身猎手。

他走过去,夺过麻脸、疤脸、黑脸三刀客抢来的珠宝饰物,向两个中箭倒地的强盗踢了两脚,像接力赛般地往前追赶女人,当起强盗。

躺在地上的两个强盗疼痛得颤抖着身子,却不忘狠狠地瞪了瞪那熟悉的又长又结实的毛腿。

一堵绝壁下。外。日。

逃命的妇人气噎力竭,走进绝路,陷入绝境,倒在石壁之下,抖成一团。

毛腿猎手追至,他狂喜不止。

猎手把大刀衔于口内,腾开双手,把妇人周身所戴的贵重饰品搜罗净尽,缠裹停当。

而后,凶相毕露的猎手抡起大刀,劈向妇人。

那妇人闭起了绝望的眼睛。

然而,正当猎手举起屠刀,朝着妇人将劈未劈之际,突然一把利剑从其背后猛然刺进,血红的剑锋从猎手前心钻出。

猎手未及喊出口,便倒于血泊之中。

持剑刺杀猎手者,又是我们熟悉的一个人——在追赶女子肖无佳时被猎手暗箭穿背的“蓬头”。

妇人吓得泥一般地瘫痪在地,昏了过去。

“蓬头”四下收罗,捡尽被女人抛扔的以及被“三刀客”和猎手抢走的所有金银珠宝饰物,走近妇人。

“蓬头”摇醒那吓昏了的妇人。

妇人睁开眼睛，望见“蓬头”，尖叫一声，双手抱起自己的头，连呼饶命。

“蓬头”把金银珠宝饰物，捧还给妇人。

“蓬头”：“给，这都是你的东西。看看还少什么，我再帮你找！”

妇人吓得连连摆手：“不不，那都给你，都给你，我什么也不要，只要一条命！”

“蓬头”把那些金银珠宝饰物打点在一起，挽成一串，挂于妇人项间；然后至诚而恳切地向妇人说：“不要怕，我是被菩萨搭救过的人，我也要学着救人。看在菩萨的面上，请让我送你回家！”

妇人瞪着惶惑的眼睛望着“蓬头”。

“蓬头”蹲下身，把这位浑身颤抖、无力支撑的女人，背在自己宽大的臂膀上。

山巅松岩上。外。日。

恢复台不琚王子身的观世音菩萨，与已经出家的村女肖无佳，看清了山下发生的一切。

肖无佳长长叹了一口气，说道：“强盗到底还是强盗！”

菩萨：“可毕竟有一个强盗变好了。”

肖无佳：“五个强盗才变好一个，太少了！”

菩萨：“不过，会多起来的。”

肖无佳：“五个减一个，还有四个。眼下这四个可怎么办？”

菩萨：“离别之前，四个人的伤，还由我来医治，可离别之后，就由你来修补善化了。”

肖无佳：“四比一呀！这么久，这么难，这么费功夫！”

菩萨：“所以，四比一呀！无佳，留给你的事还多着呢！”

说罢，菩萨从舌下取出那个小小的净瓶，轻轻一摇，立时放大许多。她抽出瓶中的柳枝,蘸着净水向山下撒了四下——

山下奇迹出现,奇迹使肖无佳惊讶得瞪大眼睛。

山脚厄口。外。日。

被砍掉两只手的"麻脸",一边打着滚,一边像猪一样地嗥叫着。

一阵雨露淋上他的额头、鼻尖、伤口……

翻腾的身子顿时平静。

两只断手自动滚上他的身子,与残肢阖然相接,伤痕顿消。

"麻脸"苏醒,欠身坐起,用目光搜寻着什么。

山间石林。外。日。

乱石堆里,身中毒箭的"疤脸""黑脸"蜷曲着身子,痛苦地抽搐着。

一阵雨露洒向他们的额头、鼻尖、伤口。

抽搐的身子顿时平静。

两人身上的毒箭自动脱落,伤口转瞬间愈合如初。

二人清醒,欠身坐起,用目光四下搜寻着什么……

绝壁下。外。日。

毛腿猎手的尸体横卧在血泊之中。

一阵雨露洒上尸体的额头、鼻尖、伤口……

那血水回流,伤口愈合,生命复苏。

猎手长长嘘了一口气,醒了过来。他欠身坐起。用目光四下搜寻着什么……

山巅松岩上。外。日。

历历在目的奇迹使肖无佳看傻了眼,她呆呆地愣在那里。

菩萨:“无佳,不必看那些,那些人的体伤好治,可他们的心伤,治起来就难了。弄不好,他们还会去当强盗,还会去杀人。”

肖无佳:“这责任,弟子可承担不了啊!”

菩萨:“无佳,你能行!”

肖无佳:“师父教我的太少了。”

菩萨:“够用了,最难得的是你那一颗善良的心,哪里有了它,哪里就是一片净土。”

肖无佳突然跪倒在地,眼泪汪汪地说:“师父,请您不要走,再留一段时间,再教教我,我学的太少了!”

菩萨从怀中取出一本书来,递给肖无佳。

肖无佳捧书在手,注目细看,那扉页上发出夺目的光彩,上印三个金字:《法华经》。

菩萨:“需要我时,念诵即来!”

说罢,菩萨驾起祥云,盘旋升腾而去。

肖无佳追至崖头,急得大呼:“师父!想你了我怎么找你去?”

空中回音:“到兴林国!”

肖无佳:“我找谁?”

空中回音:“观世音!”

“观世音”三个字在空中回响。

山巅,肖无佳合掌相送。

山下,“麻脸”“疤脸”“黑脸”和猎手,闻声抬头仰望,又倒头相拜,齐呼:“菩萨恩典!”

长空。外。日。

观世音菩萨驾着云头,在万里长空行进。

法冠璀璨,袈裟飘飞。一轮瑞光在背,焕发出七彩神光。

流云似水,漾漾然向后飘逝。

彩霞万束,谲谲然幻隐幻出。

苍山越过。

雪峰迎来。

长河逶迤。

大海澎湃。

在以上的画面中，响起一曲歌——

勇猛丈夫观世音，
而今投胎换女身。
佛陀不做做菩萨，
净天不恋恋红尘。
三生已化三千劫，
四海再度四亿魂。
仙路遥遥凡路近，
低眉便是新国门……

兴林国王宫。外。夜。

云头下，灯火点点，阙楼森森。

菩萨的云头，在阙楼之上巡游。

王宫后。夜。

灯火阑珊，夜深人静。

宝德皇后已恬然入梦。

门外两个侍女，尚在挥扇捕捉流萤。

空中，菩萨轻拂柳枝。

二侍女歪倒椅中，酣然入睡。

菩萨倏然落下，又跃然升空，旋转腾挪，左右翻飞，最后一个滚身，化为一颗金星，飞上高空，闪射出璀璨夺目的光芒，直坠宝德皇后帐中。

乾清宫外。日。

——“大王班师回朝喽！”

阙门外传来一声长长的吆喝。

阙门内，一片呼应之声：“大王班师回朝喽！”

宫前、宫后、宫左、宫右，成群的妃嫔蜂拥而出，集结于殿前阶旁，准备迎接大王的归来。

仪态端庄的宝德皇后，在众宫娥的簇拥下走出宫门，迎出阙外。

娇红、翠红两名御前彩女，各抱着一个小公主，紧随宝德皇后之后。

两个小公主，一个一岁，一个两生，在两个彩女的哄逗下，咿呀学语，咯咯大笑，活泼可爱。

宫外，号角仰天，鼙鼓震地。

华盖举处，走来婆伽王：铁盔铁甲，征尘封身，依然暴烈的颜面上透出苍老，疲惫不堪的神态中又现出胜利的喜悦。

婆伽王登上殿阶，端立丹墀。

侍卫们帮他们的大王卸下周身甲胄。

众妃嫔宫人向婆伽王叩拜：“迎接皇上！”

宝德皇后携二位抱着小公主的彩女并排跪于婆伽王的脚下。

宝德皇后：“臣妾与二位公主恭迎陛下凯旋归来！”

婆伽王纵声大笑：“哈哈哈哈……凯旋，凯旋，都是凯旋！只要寡人亲自出征，没有不凯旋的。”说着，他伸开两只手臂，一手揽起一个小公主，把她们紧紧搂抱在怀里，亲昵地说：“我的公主，我的乖乖！你俩知道为父这一仗，杀了多少人吗？三万三千颗人头落地，血流成河！你俩知道这一仗夺来了多少地盘吗？千架山河湖川，万顷林木良田，都是咱们国家的啦！哈哈哈哈……这都是为了你们呐！为了我的子孙后代，为了祖宗社稷，为了将来能让你们继承一个金瓯天下，强大国度，威风皇帝！哈哈哈哈！你们会威风吗？你们能威风吗？你们谁能把你老爹这份威风、这份气魄继承过去？谁能？谁能？谁能啊？”

两个小公主被婆伽王的吼声吓得齐哭乱叫起来。

婆伽王被两个小公主的哭声激怒，他恨从中烧，火燃双眉，双手如鹰抓雏鸡似的把两个小公主搦于掌心，高高举起，瞋目裂齿，大吼一声——两个小公主如弹丸似的被远远抛开。

众妃嫔臣僚侍卫从众一片混乱惊叫之声。

数名身材高大的侍卫奔扑相救，把两个小公主接在怀里。

众宫人一齐倒头跪劝：“陛下息怒！”

瘫坐在龙椅上的婆伽王冲动已过，怒火渐息，惯常凶暴乖戾的脸上反而显现出丝丝凄楚和悲哀。他弯下身，搀起已被吓昏了的宝德皇后，然后坐下来，爱抚地说：“我的好皇后，休怪寡人无理！我是想要太子想疯了！宫中上下妃嫔成群，彩女成堆，可只有你一人给寡人生了两个公主，多谢你了！可是，公主，到底是公主，她们不能接替寡人的王位继承江山哪！我还得要太子啊！我堂堂婆伽王骁勇盖世，威镇四海，天下无敌，可为什么就没有太子呢？”

说着说着，婆伽王又来了气，他愤然跃起，冲在众妃嫔面前，破口大骂：“你们都是木雕泥塑的废物！穿金银绸缎，吃山珍海味，竟然给我生不出一个儿子！要你们何用！来呀——”

众卫士举戟呼应：“喳！”

婆伽王：“统统埋掉！”

众卫士：“喳！”

众妃嫔大哭小叫，乱成一团。

宝德皇后急忙站起，喊了一声：“住手！”

殿前众声尽敛。

宝德皇后走近婆伽王，在他耳边轻轻说了几句什么话。

婆伽王那凶神恶煞的脸上,渐渐现出丝丝笑意,缕缕希望。

坤宁宫。内。夜。

银灯高挑,华幔低垂。

婆伽王把数名御前彩女支出寝宫,亲自掩上宫门,急切切地回身与宝德皇后挽臂而坐。

婆伽王:“适才爱卿对孤王言讲,我们有获太子之象。快告诉我,是怎样一个‘有获太子之象’?”

宝德皇后故作嗔态道:“我说陛下!以妾之见,你不必先听‘有获太子之象’,倒是应该先查一查、找一找、想一想‘不获太子之国’了!”

婆伽王:“这还用查!三宫六院无能,七十二妃不生嘛!”

宝德后:“不!恕妾直言,我说责任在于陛下。”

婆伽王:“什么?你竟敢把责任推给我?”

宝德后:“妾今冒死以进忠言!既然二位公主陛下就不愿要了,妾一老命何惜乎?”

婆伽王:“嗯——好好,日间之事怪我,寡人想起,也颇后悔。不管如何,你总算给我生了两个公主,比什么都没有强多了。可是,日后继承江山还得靠太子啊!我今天急的是三宫六院七十二妃竟然……好好,我不说了,你说责任在我,讲个明白?”

宝德后:“有道是‘和气致祥,乖气致戾’。我王虽然骁勇异常,然而不善教化,嗜好穷兵黩武,东征西讨,杀人无数,此为播祸酿灾之象,久而久之,势必殃及国祚,累及后裔矣!”

婆伽王:“我才不信这个呢!”

宝德后:“正因为陛下不信,不思,不悔,才致年过五十,尚无一子呢!”

婆伽王:“这么说,你很信喽?”

宝德皇后:“正因为贱妾相信,才为王求得了两个伶俐公主呢！可是日间差一点儿又被你把她们摔死了！”宝德皇后说着，又伤心得流下眼泪来。

婆伽王走近宝德皇后，拢住她的双肩，觍舔着脸说：“好了，好了，别哭了。从今以后，寡人也信，少打仗，少杀人！那你可要继续给我祈求‘伶俐公主’，不，给我祈求太子啊！”

宝德皇后：“此事何须陛下相嘱，实不相瞒，日间所要告诉陛下的‘有获太子之象’，便是臣妾殷切祈祷的最新征兆！”

婆伽王：“快讲，什么征兆？”

宝德后：“昨天夜里，臣妾信步走到一处地方，白白茫茫，无边无岸，波推浪涌……”

(闪回)梦境。

身着轻纱的宝德皇后似飘似浮，信步流连。

她走过草径。

她穿过松林。

她登上岩岸。

她站在了海边。

一片茫茫大海，波涛汹涌，浪堆雪山。

一声霹雳响过，云开雾散，霞光万道。

海面上，涌出一朵金色的莲花。那莲花初出水时，与寻常莲花大小相似，浮于水面。

然而，转眼之间，金色莲花愈长愈高，愈展愈大，耀目生花，照得人睁不开眼睛。

宝德皇后急忙用双手捂起了双目。

怀着奇异心情的皇后，忍不住睁开眼睛，从指缝间偷看——

然而，使她吃惊的是，兀立在海中的已不是莲花，而是一座仙山，山上重重叠叠的亭台楼阁闪烁飘渺，宝树参差，百鸟啁啾，天龙驰骋，白鹤亮姿……

山顶上,横空拔起一座浮屠。

浮屠顶端,嵌着一颗明珠,放射出千万道奇异光彩。

岸边的宝德皇后看得怔怔出神。

突然间,浮屠上的明珠冉冉上升化作一轮旭日,渐渐逼近海岸。

宝德皇后举目上望。

那旭日忽然一声响亮,隆隆下坠,直落宝德皇后的胸怀。

宝德皇后惊叫一声醒来。

二彩女奔进寝宫,掌烛呼唤。

月光入窗,更漏声声。(闪回完)

坤宁宫。内。夜。

婆伽王听罢宝德皇后的述说,高兴得拍桌击盏:“好,好啊!这个梦可是有点来头!寡人要请星相师来批点批点!”

乾清宫。内。日。

精神矍铄、银须垂胸的星相师,听完宝德皇后的讲说,伏地一拜:“恭贺陛下!恭贺皇后!”

婆伽王:“不必不必,快快讲给寡人听来!”

星相师:“皇后梦中所见,分明是佛国极乐世界,凡人难遇。此乃是大吉之兆!”

婆伽王一怔,说:“佛国?你可知朕是不信佛的,而且与佛国末罗帮素有怨恨呢!”

星相师:“佛法宏大,虚怀无量,从不记恩恩怨怨恨恨仇仇,而是有困则助,有求必应。皇后梦中所见浮屠之上那颗明珠,乃是佛家舍利。化为旭阳,是为阳象;落入怀中,是为投胎孕育之兆。此番陛下皇后必得子嗣无疑了!可喜可贺!”

婆伽王:“你给我说清楚!你说这个子嗣,是女子,还是男子？”

星相师："明珠化阳，玄机深藏，无论男女，皆为栋梁！”

婆伽王："不，我要男嗣，我要太子！”

星相师："从梦象看来，此子嗣兼具男女之身；以易理预推之，阳盛则嗣为阴，阴盛则嗣为阳。陛下为长远计，眼下似应多做一些抑阳济阴之善举，拟或于祈求男嗣有益。”

婆伽王："说清楚，怎么个'抑阳济阴'呢？”

星相师："陛下于今应偃旗息鼓，停止征战，废止酷刑，抚恤百姓。此其一。”

婆伽王："这二呢？”

星相师："改年号为'妙庄'。以新年号之阴柔，平老年号之阳刚；以'妙庄'二字之敦善，召唤泰胤垂降。此其二。”

婆伽王："还有没有三？”

星相师：久闻西岳圣地十分灵感，凡有祈祷，皆获果报。陛下当于此山广建罗天大醮，求嗣继后，致诚格天，当获圆满。此其三。”

婆伽王："还有没有四？”

星相师："冗言已尽，罪叟告退！”

宝德皇后望着星相师深躬拜谢："多谢大师指点！”

星相师急忙陪拜："折煞老奴了！”

婆伽王瞪着疑惑的眼珠望着二人，点着头，又摇着头。

祈年殿。内。日。

大殿正中，一方巨额冉冉升起。

额面雕着两个斗大金字："妙庄"。

十人大鼓轰击，震耳欲聋。

七尺竿篥长啸，撼天动地。

已改号"妙庄"的婆伽王端坐龙椅之上，仪态肃穆。

众大臣仪仗齐整山呼叩拜："妙庄王万岁！妙庄王万岁！妙庄王万万岁！"

赈济棚。外。日。

龟裂的土地。

枯焦的禾稼。

村边的赈济棚上，挑着醒目的额帘，上写："皇家赈饭场。"

成群的灾民衣衫褴褛，手拿陶碗土瓮，在棚外领取赊饭。

妙庄王站在巨大的粥锅旁，亲自为灾民们盛着赊饭。

西岳庙内外。日。

一座威严的西岳山庙堂屹立于山巅。

庙堂正面的飞檐斗拱之下，悬挂一方立额，上书："西岳圣殿"。

庙堂门外，露天陈供着排排祭案。

祭案上摆满水陆珍馐，时鲜百果。那些太和鸡、令支猪、曲江鱼、木线荔、密云枣、洞庭橘……在日光下泛油溅蜜。

四脚大鼎中，香火浓艳，烟柱腾空。

掌坛道士击磬祝祷。

妙庄王抱拳揖拜。

宝德皇后与众大臣站于妙庄王身后，齐施跪祷大礼。

月下皇宫。外。夜。

静谧的夜空。

如水的月光。

月光下的皇宫，高墙环套，殿阁栉比，阙门兀立。

更鼓三响，万籁俱寂，一切都在沉睡之中。

忽然，隐隐约约，有一声婴儿啼哭之声，远远响起，细如游丝,遥似风飘。

乾清宫。内。夜。

龙寝间里,月光如银,洒满一地。

紫檀雕镂的龙床上,妙庄王拥衾而卧,酣然入梦。

忽然间,那声婴儿的啼哭之声传来,传进窗棂,传进纱幔,传入妙庄王的耳朵。

妙庄王慢慢睁开了眼睛。

婴儿啼哭声越来越响,越来越近,越来越大。

妙庄王眼睛突然一亮,霍然坐起:“生啦!生啦!太子降生啦!”

他从龙床上跃然而起,胡乱抓弄着衣服,口中不断喃喃着:“太子降生啦!快,太子降生啦!”

一群宫娥彩女奔进来,失急慌忙地帮妙庄王穿戴束扎。

皇宫大院。外。夜。

婴儿的啼哭之声越来越大,越来越响,穿檐绕梁,拍窗叩扉。

一扇窗灯亮了。

又一扇窗灯亮了。

全宫的窗灯都亮了。

宫监侍卫燃亮了所有大宫灯,满宫灯光通明,喜气洋洋。

“太子降生啦!”这种呼喊之声,如涛似浪,此起彼伏。

乾清宫。外。夜。

妙庄王衣衫不整,半趿着鞋,兴致勃勃地爬上停在门外的龙辇,大声吆喝着:“快,快到坤宁宫看太子!”

侍卫们推起龙辇,朝前飞奔。

宫院里。外。夜。

龙辇在宫道上飞奔。

龙辇中的妙庄王,连连催赶:“快跑,快去看太子!”

殿角甬道。外。夜。

龙辇猛折大弯,继续奔跑。

龙辇中,传出妙庄王的喊叫:“寡人有太子啦!”

众人呼应:“陛下有太子啦!”

坤宁宫外。夜。

妙庄王的龙辇飞奔而来。

妙庄王与众侍卫的狂喜喊叫之声呼啸传来。

坤宁宫门开处,彩女翠红冲出来,迎着龙辇拦道跪下。

龙辇陡然煞住。

妙庄王跳下车子,一把抱起翠红,呵呵大笑。一边笑一边摇着彩女:“翠红,我都听见了,太子降生啦!太子哭啦!不,太子笑啦!太子在唤爹哩!走,快带我去看太子!”

翠红不动,不答,怔怔地望着妙庄王。

妙庄王:“怎么?不是生了吗?”

翠红点头。

妙庄王:“不是皇后生了吗?”

翠红点头。

妙庄王:“不是太子出生了吗?”

翠红轻轻摇了摇头,又摇了摇,再摇了摇:“陛下,是公主,还是个公主,是三公主!”

妙庄王倒抽了一口气,僵立在那里,呆了许久许久,然后,怔怔地,扭转身,向回走去,走去,步履蹒跚,身影踉跄。突然间,他暴烈地跳起,发出撕心裂肺的狂叫,反身奔回,飞起一脚,把那龙辇踢上天空,摔个粉碎。

七、惊婴

乾宁宫内外。夜。

渴慕太子几近痴狂的妙庄王,听说又生了一个公主,顿时转成疯癫,那压抑了好一阵子的暴虐凶狠的习性大发,一脚踢翻了龙辇,发出霹雳似的狂吼。

然而,由于用力过猛,沉重的龙辇也碰伤了他的脚,他倒在地下,抱起那只脚,疼得汗水淋漓。

众禁卫急忙围拢来,抢救他们的帝王。

妙庄王却突然拔过卫士佩带的长剑,"唰"地抡了一周,惊退周围的卫士,然后,他撑起身,跛着足,握着长剑,一步一步逼近跪在地上的可怜的已经被吓呆了的彩女翠红。

妙庄王:"我,我叫你给我报这样的坏消息!我,我非杀了你不可!"

望着步步逼近的妙庄王,望着妙庄王目眦皆裂的脸,望着那寒光闪闪的剑峰,彩女翠红闭起了眼睛。

妙庄王举起长剑,劈向彩女翠红……

"住手!"一声断喝,使那将劈下而未劈下的长剑停在了空中。

星相师跨步而出。

星相师:"陛下!生男生女,宫人无罪;擅动杀伐,岂非旧孽新添乎?"

妙庄王:"好哇!我正要找你是问呢,你倒挺乖巧,自个走了出来。是我听了你的话,改了年号,停了征战,吃了农桑之苦,还千里迢迢朝拜了西岳华山上的天王庙!可是太子呢?太子呢?"

星相师:"改年号,废征战,倡农桑,拜西岳,均为陛下无量功德，望陛下万勿反悔。只因陛下以往恣纵太久，杀伐太多，积孽过甚，故天圣一时难应其所求。但观皇后梦象，此次所生之婴，必主惊天动地之业！”

妙庄王：“哈哈哈哈！寡人再也不会受你的骗，上你的当了！你看，眼下清风朗月，寡人宣判你个欺君罔上之罪，我要开开杀戒了。来呀！把这个星相师投入火鼎，烧成灰烬！”

众禁卫一声呐喊，扑向星相师。

此时，一声细嫩的似乎发自天籁的呼叫声突然传来：“不可！不可！万万不可！”

众人停住了，凝住了，似乎被这奇妙的声音锁住了手脚——这声音是那么遥远，又那么贴近，发自天边，响在耳边，既柔情感人，又威严摄心。

随着这声音的起落，奇迹出现：

一个通体光亮的乳婴出现在坤宁宫的门口，她腰系一线羽纱，项挂一个小巧玲珑的玉瓶，手中握住一芽青嫩的柳枝，迈着蹒跚乳步，向妙庄王走来。她边走边蠕动着小嘴，重复着那句响彻宫宇的仙音：“不可不可，万万不可！”

她的项背处，亮着一轮祥光。

她的乳足走过的地方，每一步都出现一朵莲花。

妙庄王惊呆了。

众侍卫也都惊呆了。

一群宫廷侍女跟在乳婴身后，惊颤着，忙乱着，不知如何是好地扶持着。

宝德皇后在两个宫女的搀扶下，紧随其后地走出坤宁宫来。她一把抱起乳婴，举于妙庄王面前，高兴、激动得泣不成声：“陛下！这……这就是咱们的三公主！刚生下来……她就会说话，会走路……你看哪：她还从胎里带来这……这柳芽，这玉瓶！这满身的香气和亮光！陛下，上天给我们送来神女啦！”

此时，小公主身上的亮光映及四周，宫里宫外如同白昼，七彩照耀，美轮美奂。

此时，笙磬鸣响，仙乐和奏，天籁皆鸣，妙音缭绕。

此时，空中出现了成群的仙人，有的执管，有的弄弦，有的摇鼓，有的抚琴……

一对对广袖仙女翩翩起舞，长裙曳地，羽纱飞天。

阿弥陀佛、弥勒佛出现在云端。

阿弥陀佛欣慰地笑着。

弥勒佛畅怀大笑着。

二佛圣手擎花篮，大把大把地往下撒着莲花瓣——

偌大的宫苑，飘飘洒洒，纷纷扬扬，弥天盖地，一个芙蓉世界！

芙蓉飘在小公主的头上、身上。

芙蓉飘在宝德皇后的头上、身上。

芙蓉飘在哑呆着的众人头上、身上。

芙蓉如波澜壮阔的海潮，把人们埋了起来。

芙蓉海里——

小公主在天真地笑着。

宝德皇后在甜甜地笑着。

妙庄王在瞪着眼珠诧异着、吃惊着……

乾清宫。内。日。

御寝间里，妙庄王躺卧在御榻之上，额头上敷着纱巾，双目紧闭，面色颓唐，呻吟不止。

而御塌之旁，坐着宝德皇后和赵震、褚杰二位文武丞相。三人只说话，谈到兴处，眉飞色舞，与妙庄王颓唐之色形成鲜明对比。

宝德皇后说着，捧出一个精致无比的镂金宝匣，打开来，一阵异香沁脾。

宝匣内，那尊玲珑剔透的白玉净瓶和那条青嫩欲滴的纤纤柳枝，放射着奇异的光彩。

赵震、褚杰二丞相不禁惊呼起来。

褚杰："好香啊！"

赵震："太奇妙了！"

褚杰："这竟是三公主胎里带来的吗？"

赵震："实乃神赐之物啊！"

褚杰："吾王江山吉星高照，社稷洪福啊！"

妙庄王厌烦地嚷道："什么福？这也算福么？一只瓶子一根柳条，算得了什么？又能怎样？除此之外，还有什么？还不是个丫头？"

皇后："丫头跟丫头不同，三公主一落地就能直立行走，就会喊爹喊妈，满屋子奇香，满院子光明，仙乐合奏，花雨缤纷，诸天神人齐来赞颂！"

妙庄王："我看那都是星相师搞的鬼！"

皇后："不，不可能！他没那么大的神通！"

妙庄王："妇人之见，亡国之喜！再大的神通，也救不了寡人后继无人之危啊！"

宝德皇后满怀喜悦，被庄王这一句话噎了个净尽，顿时涌出了眼泪。

妙庄王怒道："哭什么？我真想杀人哪！"

二丞相扑地跪谏。

赵震："生儿生女，纯系上天排定，非人力所能为。陛下宜平息肝火，善保龙体，万勿郁愤伤身哪！"

褚杰："三位公主，聪明伶俐，且待她们长大成人之后，陛下用心选择三个驸马，挑拣可以托得江山者，把万岁指挥的社稷付诸于他，依然是传世之策，千年大计。"

赵震："养子为着承先继后，无子而委之于女婿，陛下依然得享世世代代宗庙祭奉之福,亦如有子一般,何必多虑?”

褚杰:“何况古之圣贤皆轻嫡庶,唯重社稷。前尧后舜皆择贤而荐,美名永存,香烟永继,岂非另番兴国之举乎?”

皇后:“二位丞相所言极是。尤其是这三个公主,钟天地之灵秀,将来配得一个……”

妙庄王听此,本来闭着的眼睛越瞪越大地望着皇后,欲要发作。

二丞相急向皇后使眼色。

宝德皇后打住话头,捂起眼睛。

妙庄王又合上眼帘,长出一口气。

御翰宫。内。日。

一位须眉皆白的翰林师翁,端坐于授台之上,为三位小公主讲授书经。

三位小公主在团团彩女陪伴下,分坐在三张华椅之上,聚精会神地听着讲。

师翁捧着书典,向大公主提问。

大公主摇摇头,答不上来。

师翁向二公主提问。

二公主亦摇摇头,无以回答。

师翁复向三公主提问。

三公主站起,翕动着小嘴唇,流利地回答着。

师翁满意地点着头。

彩女们拍起了巴掌,一齐围向三公主,向三公主祝贺。

御乐宫。内。日。

三位小公主鼎足而坐,每人面前摆着一张琴台,台上放着筝琴,他们在乐师指导下,用心学习弹奏。

唯有三公主的面前,摆着一高一低两台筝琴。她手弹高琴,脚抚低琴,叮咚有序,强弱有致,犹如行云流水,珠落玉盘。

围观的宫娥彩女望着三公主拍起手来。

琴师也赞叹不已地注目三公主。

大公主、二公主亦停了自己的练习,无比钦羡地看着三公主的出奇演奏。

坐在一旁看女儿们学习琴艺的宝德皇后,望着三公主的绝妙表演,频频地点着头。

御翰宫。内。日。

妙庄王在宝德皇后的陪伴下,步入御翰宫,观看三公主的书画表演。

已入童年的三位公主,各临一案,润墨挥毫,向他们的父王母后表演数年来学得的书法绘画技艺。

大公主笔文潇洒。

二公主布彩艳丽。

三公主双手握管,挥毫自如,左点右画,落笔出彩,游龙飞凤,山河翻转。转瞬之间两幅妙品书就画成。

妃嫔彩女群中一片掌声。

随驾臣宰一片唏嘘。

宝德皇后示意,四彩女把三公主画的两幅字画提起来,呈于庄王面前。

那画似云似雾似山似水似幻似梦。

妙庄王勉强颔首捋须。

角落里,大公主、二公主冷冷侧目。

御乐宫。内。日。

妙庄王与三公主隔案对弈。

朝臣阁老拥在庄王身旁,捧场助威。

棋势已入中盘,黑白卷裹,形势险峻。

妙庄王眉头紧皱,凝目棋盘,举棋不定。

三公主若无其事,嘴角挂笑,等着父王的杀手。

左右二大臣为庄王指点套数,窃窃私语。

妙庄王决然投出一子。

周围臣众自以为得计,洋洋自得。

但见三公主扭转座椅,背转脸去,弹指向空中抛出一子,那枚又扁又圆的白玉棋子在空中翻转了几个来回,然后砰然落下,不偏不倚,正好落于要目位置。

众大臣定睛一看,不禁大惊失色。

妙庄王失了此局,只好交子认输。

惊悟过来的众臣僚们,有的鼓掌,有的伸出大拇指,盛赞公主的聪明。

妙庄王亦十分满意地捋着胡须,向着女儿不断颔首。

三公主莞尔一笑,向着父王歉意地鞠躬施礼。

角落里,大公主、二公主瞟过乜斜的眼神。

王宫正殿。内。日。

钟鼎庄重,仪仗森严。

两班文武臣宰朝贺已毕。

妙庄王高坐帝座之上,须眉苍苍,喘声阵阵,已显得龙钟老态。

坐在妙庄王身旁的是三公主,此时已是妙龄少女,她妆饰得体,雅而不艳,一层轻纱垂面,端庄妙美。

妙庄王一阵咳喘之后,对众臣发话。

妙庄王:“朕,近觉体力不支,两眼昏花,年龄不饶人哪!可是,叫朕焦心的是,庙堂烟火欠旺,祖先宗脉乏继,至今无有子嗣。上对不起列祖列宗,下对不起群臣百姓,朕是兴林国一代罪人哪!”

赵震:“陛下何必伤怀?你身旁坐着的,不就是我兴林国未来的栋梁之材吗?”

褚杰:“三公主天资聪慧,机智过人,琴棋书画,六艺俱精;诗书典赋,过目成诵。实为绝古匡今之天下奇才也!”

一老臣:“陛下何不就带之以理朝,教之以问政,委之以诏帛旨纶,三公主必出我侪之右矣!”

妙庄王:“三女固然聪敏,只是……”庄王说到此处顿住,拿眼望着女儿。

褚杰:“臣知陛下欲说三公主是个女儿。女儿担当天下大事者,亘古有之:天柱绝,西北倾,女娲炼石以补苍天;娥皇女英辅佐帝尧,成就开天一代帝业。”

赵震:“陛下不必犹豫,应当立刻恩准三公主随王左右,临朝辅政。祖宗大业后继无虞也!”

众臣齐声相求:“乞请陛下恩准三公主辅政!”

三公主:“多谢诸位大臣的好意!我父王是一副胸怀,两副心肠。既想让我辅政,又不敢要我辅政;既要带着我入朝,又不敢要我临朝。原因就在于我是一个女子。可老天又偏偏不给我们家送来一个太子!父王既然带我来了,不好就白白回去。”说到此处,忽然正襟危坐击案显威,高声令道:“阖宫上下文武诸卿听真:有事出班呈奏,无事离班退朝,钦命乃尔!”

——户部吏出班奏曰:“启奏陛下:南部州百日无雨,万亩良田龟裂,颗粒无收,饥民嗷嗷待哺,望圣上昭示于下!”说完呈上奏折。

三公主快目扫过,提笔批复。

三公主:“着即命汝押运国库皇粮十万担,即日启程,送往南部州赈济灾民。放粮必到户,取粮必按人。克扣灾粮者,轻者革职，重者入狱。此本阅处已毕，敬请父王定夺。”说罢，把批复旨文呈于妙庄王。

妙庄王接过旨文，望了望那龙凤笔迹，又望了望果敢麻利的女儿，又用眼神征询他的文武大臣们。

臣僚们用肯定的眼光回答妙庄王的征询。

接着，一礼部出班奏曰：“启奏陛下：明年春月望日，为陛下八十寿辰，寿乐宫建造方案已规划就绪，征地四百顷，耗银七千万，规模为七宫八殿十二景苑……”

三公主接过奏疏，撒目览过，挥笔而批。

三公主：“年景不好，五谷欠收，民不果腹，改七宫八殿十二景苑为一宫一殿一大景苑，削银六千万，还地三百顷，以赈庶民，聊度荒岁。”

妙庄王听了三公主的话，登时瞋目相向，眼看就要发作。

三公主似未看见父亲的反应，依然娓娓而论：“自古英明帝王，皆以国事为重，民望当先。国寿方为君寿，民乐才是君乐。父王乃一代英君明主，岂不知此理乎？”

本想发作的妙庄王，听了三公主这几句话，反倒被噎，点头称是。

三公主：“何况我家父王龙体尚健，余勇过人。待到一百大寿的时候，再举行国寿大庆，天地同贺，岂不是得享更大的伟荣吗？”

三公主说罢，把批就的奏疏呈于妙庄王面前，说道：“此奏章阅处已毕，敬请父王定夺。”

妙庄王极不情愿地接过奏章。他嘴里有话，咽不下去，又吐不出来，不满意地哼哼着。

此时，一兵部吏书出班奏曰：“启奏陛下：藏凉国为报往日之仇，乘我灾荒之年，联合十国之兵，日日操练，蠢蠢欲动。”

三公主：“怎么个动法？”

兵部吏："集结十国使团，四处寻衅挑逗制造口实，掠我疆土！"

妙庄王闻之火起，怒拍龙案，叫道："王八羔子们！三天不挨打，上房就揭瓦！朕命诸卿立即调遣全国兵力，四面出击！"

三公主："父王不可！"

妙庄王："有什么不可？你爹我九岁跨马打仗，一直打到七十九岁，整整打了七十年哪！眼下这座江山，就是马蹄子奔来的，刀头子砍来的！当年我跺跺脚，他们这些弹丸之国就翻几个个儿！"

三公主："当年你翻他，如今他翻你，一报还一报。"

妙庄王："你休长他人的志气！"

三公主："你已无昔日的威风！"

妙庄王："拼他个你死我活！"

三公主："不能拿性命作赌！"

三公主："你……"

三公主："父王陛下！雷霆之怒伤身，情感用事误国。父王年近八十，今非昔比。往日掠杀愈猛，今日积怨愈深，树敌愈多。藏凉国集结十国兵员，大超于我，与之硬拼，岂是对手？众国联兵犯我，无非雪洗以往战败之耻。我可以礼相迎，以和相邀，笑脸晓大义，玉帛化干戈。此为智者所为也！"

众臣僚窃窃相议，备见赞赏之色。

三公主挥笔述旨，则说则写："钦命礼部遣使臣分赴十国，王柬相请，国礼相邀，于我国联谊会盟……"

凤鸣宫。内。日。

一只紫玉茶盏"当啷"落地，被摔得粉碎。

摔盏者是妙庄王的大公主妙青，她蛾眉紧蹙，余怒未消，继续发着火："好像这个兴林宫里就她一个人是公主，我们都是无用的下人、多余的泥胎！就她聪明，就她能耐，我们都是傻子了！"

二公主妙音见姐姐发火，一边弯腰捡拾地上的茶盏碎片，一边劝说道："姐姐何必发这么大的火？三妹先我成就，早识经历，能帮父王事政，也是好事嘛！"

大公主："她帮父王事政，把我这个大公主置于何地？纵然我不中用，还有你这个二公主呢！怎么就轮到她？"

二公主："三妹的天分是比你我都强。"

大公主："我才不信呢！帝王宝座把谁往上一放都是圣人！我这个大公主只要健在，就不能轮到她！走，找母后说理去！"

大公主说着，拉起二公主便走。

忽然间，一位缁纱裹头、黑衫罩身的首陀罗打扮的女人，出现在二位公主身后，弯腰捡拾着地上那些未被二公主捡拾完的茶盏碎片，嘴里不停地嘟囔着。

老女人："瞧瞧！多锋利，多可怕！这些东西留在身边，早晚都要伤人的！"

二位公主闻声吓了一跳，扭回身来，才发现地上蹲着一位老妇人。

大公主："你？……你是什么时候进来的？"

老女人："公主目中无人哪！老奴早就进来了，见大公主正发脾气，不敢吱声，倒是欠了恭敬。给二位公主请安啦！"

大公主："你是何人？在何宫支事？我怎么从来未见过你？"

老女人："久闻大公主机敏心细，今日可见一斑矣！老奴乃御花园中新来佣人，整日与草木为伴，难得见公主一面。今日御园槟榔新熟，特请二位公主尝新来啦！"说罢，她信手一举，托出一盘挂满露滴的槟榔，呈于二公主的面前。

那槟榔青中透紫，水色晶亮。

二公主高兴得拍手跳跃，她接过槟榔，抓起一颗填进口中，酸甜得眯起眼睛。

大公主对老佣人说："好啦，你可以走啦。"

老女佣站着不动。

大公主见状，拿出一把碎银塞在老女佣的手中:“你可以回园子里去啦！”

老女佣仍然不动。

大公主:“怎么？你还要什么？”

老女佣:“什么也不要。我只是看一看,怎么没见三公主？”

大公主:“哦！要找三公主啊？那你得上金銮殿！”

老女佣:“怎么？三公主不和二位公主在一起？”

大公主:“人家眼看就成二国王了,还能和我们在一起！”

老女佣扑然跪地:“奴才该死！我把送给三公主的槟榔也放在这里了！”说着就要去取。

大公主横身一挡,厉声道:“不准动！既然送到我这儿了,就没她老三的份儿啦！”

老女佣:“刚才大公主不是还在说来着？三公主眼看就成二国王了,谁不孝敬都可以,可不敢不孝敬三公主啊！”说着便上前强取槟榔。大公主一见,怒从中烧,跳起来冲向桌案,抡起手臂,一把将满盘槟榔打散一地,然后边用脚踩,边狠狠地说:“叫你孝敬去！叫你孝敬去！叫你孝敬去！”

大公主踩碎槟榔犹未解恨,遂大喊一声:“来人！把这个老婆子给我赶出去！”

老女佣:“不必费事,我这儿就走。”说罢躬身一拜,向门外走去。然而走至门口,又折回身来,神秘地说了一句:“启禀公主:要想夺回属于您大公主的崇高之位，一不能靠母后，二不能靠父王,只能靠您自己！”说完,继续向门外走去。

“回来！”大公主厉声命令道。

老女佣站住,回身俯首。

大公主:“你,到底是什么人？”

老女佣:“御园中新来的佣人。”

大公主:“你到底要来干什么?”

老女佣:“给公主呈送槟榔。”

大公主:“你刚才说的话什么意思?”

老女佣:“为大公主着想的意思。”

大公主给二公主递个眼色。

二公主走过去掩上房门。

大公主为女佣端上一杯茶,让下一个座。

大公主:“看来,我和二公主刚才说的话,你都听到了?好吧,那么你说说,你为什么要为我着想?”

老女佣:“鸿蒙宇宙,有序则生,无序则亡。天大于地,君大于臣,父大于子,长大于幼。有道是‘长兄如父,长姊如母’。大公主位居接代承嗣之首,老奴当然要为大公主着想了。这是顺乎天命之道,遵其宗法之规耳!只可惜眼下国君皇后一味溺爱三公主,把大公主、二公主忘诸脑后,远远抛开,实实令人痛惜呀!”

二公主:“老人家言过其实了,父王忘了我们,倒落个清清静静,安安稳稳,有何不好?”

老女佣:“怕就怕个清静不了, 安稳不得呀!今日能把你忘掉,明日就会赶你出宫。‘宫廷无信义,落权如落井’。自古以来骨肉相残、胞裔火并的惨案,宫廷里发生得还少吗?”

大公主突然向这位老女佣跪了下去:“老妈妈!快告诉我,我该怎么办?”

老女佣:“靠您自己!”

大公主:“我自己有何办法?”

老女佣:“让三公主把位置还给你。”

大公主:“不,我开不了口!”

老女佣:“不用开口,让她离开。”

大公主:“离开哪里?她怎么离开?再说,离开之后,她还会回来的!”

老女佣:"让她永远离开,就回不来了。"

大公主:"她会永远离开吗?"

老女佣:"会的。只要你把她请到井口。"

"井口……"大公主、二公主同时惊讶得瞪大眼睛。

"井口,御花园外那口千年古井的井口。"老女佣依然不紧不慢地"点化"着两位公主。

二公主意识到了什么,不禁失声尖叫。

大公主赶忙扑过去,捂住二公主的嘴。

老女佣不紧不慢地走过去,附在大公主耳朵旁轻声窃语。

大公主瞠目结舌,瘫坐在地。老女佣鼻尖上那颗红痣因笑而抖动,而且抖动得厉害。

八、胞劫

王宫花园。外。夜。

孤零零的月亮挂在中天,清冷的月光洒满这座皇家花园的亭台水榭、花草树木。

草木蓊郁,秋虫鸣叫。

老树怪枝,氛围悚怖。

老树旁边,一眼水井露在月光之下。

那隆起的井台上,出现了两只脚。

随着脚步的蹉动,一张芦席掩盖了井口。芦席之上,又压上了泥土。

两只脚走掉了。

随之而来的,是一个飘然幻现的黑影,那影子围住井台滑了一周,从井口上面的泥土上轻轻滚过。

井口的泥土上,顿时长出一层青草。

旷野驿道。外。日。

尘土卷裹的驿道。

飞扬的尘土中,一队人马轧轧行进。

队列的前头，挑起一杆旗帜，旗帜上写四个大字:“十国使团”。

十国使臣,分骑十匹高头大马,盛气凌然,威风尽显。

十国使臣的装束打扮千奇百怪:

有的箭袍花甲,闪金跃银;

有的兽皮围腰,赤肩裸臂;

有的雉翎插帽,狼尾垂耳;

有的银圈挂项,金环穿鼻;

有的毛头、毛脸、毛胸、毛腿;

有的纹额、纹颊、纹肩、纹背。

跟随使团的百人卫队,金盔银甲,长矛短剑,前开路,后轧尾。

最引人注目的是,在这队人马之中,开路的是一头大象,体格巨大,威风凛凛。那杆使团的旗帜,便是由一旗手骑在大象的脊背上高高挑举。

在这支人马队尾,却是另一番景象:一个周身黝黑的大汉,赤裸着上身,两臂挽着两条五花蟒蛇,阔步而行。

队中一匹大马上，骑着一位王子打扮的青年使官，体魄魁梧，风度洒脱。细心的观众会发现：这是一副似曾相识的面孔——在本片开头末罗国的王宫里，与台不据大王子当庭争辩的那位四王子尼萨的面相,与他酷似。

他是此行的使团之长。他身着末罗国转轮王宫那种太子们的惯常装束,挥队前进。

皇宫花园。外。日。

微波荡漾,翠枝摇曳,百鸟啁啾。

天趣亭中,三公主手捧书简,盘膝坐于石墩之上,静心阅读。

石墩之旁,放着厚厚的简竹。

彩女翠红捧着香茗,轻轻放于三公主身旁石几之上。

三公主目不离书,轻声吩咐:“翠红,放下茶来,就没你的事了,还是老规矩:不叫你,不要来打搅。”

“是!”翠红应罢,悄然离去。

青竹沙沙,似吟似读。

几束晃动的光斑,照在三公主的凝定的面部,益显得端庄而俏丽。

乾清宫。内。日。

妙庄王半躺在卧榻之上,嗽喘阵阵。

数宫女在旁照料,有的捶背,有的捧盂,有的递巾递水。

宫门外,兵部吏匆匆奔进,撩衣端带,急急禀报。

兵部吏:“启奏陛下:十国使团已达我国,现在宫外候见!”

庄王闻言,陡然欠身坐起。

“他们,果然来了?”

“果然来了,十个国邦,十个使臣,一个也不缺。”

妙庄王:“可知都是些甚样之人?”

兵部吏:“据说多是这些国家的文阁谋府之仕, 看来要和我们斗智了。”

妙庄王撑身站起,颁下口谕:“文武公卿,一起出迎!”

兵部吏:“是! 微臣这就去传谕。”

妙庄王唤住兵部吏,特别叮咛一句:“别忘了告知三公主!”

兵部吏:“是!”

皇宫花苑。外。日。

天趣亭中,三公主妙善仍在凝神阅读。她身旁左边的简堆,已经翻到了右边。

日影匝地,万籁沉寂。

突然,一声女子尖尖的呼叫声远远传来:“啊呜!啊呜!”

三公主顿然一惊,起身寻望。

那声音从粉墙外围传来。

三公主跳下亭阶,向粉墙月门走去。

皇宫正阳门。外。日。

迎接十国使团的仪式在正阳门外摆开。

旌旗遮天,戈戟如林。

一排排长颈号角仰天吹奏。

一阵阵鼓铙锣镲撼天敲击。

禁卫甲士排列的队列蜿蜒山下。

文武大臣两班肃立,恭谨相迎。

十国使团的使臣们,在末罗王子的带领下,昂然穿行在欢迎的人墙夹道之中。

皇宫花苑。外,日。

那一声女子的呼叫声越来越紧迫,越来越危急:“救命啊!救命啊!”

三公主侧耳辨声,不禁大惊:“二姐!”

她抽剑在手,寻着声音传来的方向,急步跑去。

她穿过月门。

她跳过篱笆。

她越过假山。

她看见了:在那棵老藤树下,她的姐姐二公主被一只“黑熊”

堵在那里。二公主吓得脸色青紫，左右躲闪，恐怖地呼叫着："救命啊！"

三公主跳下假山，高呼着："姐姐别怕，我来啦！"她边呼喊边跑过去。

她跨过棘丛！

她越过花栏！

她踏过泥圃！

她眼看奔近了黑熊，她举剑欲刺——就在这一刹那，她一脚踏空，踩上了那蒙着芦席、掩着泥土、苫着青草的老井井口，坠入深深的井底……

井，随之崩塌！

地，随之颤抖！

花，随之垂首！

晴空一声霹雳！

王宫大殿。内。日。

妙庄王在侍卫的搀扶下，轮番接见十使臣。

十使臣鱼贯从妙庄王面前走过，每人留下一句话：

第九使臣："我是羌支国使，三十九年前，你侵我百亩国土。"

第八使臣："我是肉氏国使，三十八年前，你掳我国民三千。"

第七使臣："我是巴拉国使，三十七年前，你占我林山一座。"

第六使臣："我是滇岭国使，三十六年前，你烧我民房百间。"

妙庄王有耳倾听，无言以答，老手哆嗦，大汗淋漓。

第一位使臣此时走至庄王面前，二目炯炯盯着妙庄王良久："你家皇陵的墓穴里，还埋着我家皇叔的遗骨！"

妙庄王哆嗦着嘴唇，嗫嚅着说："你，你是……？"

一使臣："我是天竺末罗国转轮圣王的世孙。五十年前，他的大太子——台不琚大王子，也就是我的皇伯父，被你活活埋到了铁羽公主的坟墓之中！”

妙庄王闻之一抖，眼前立即闪现出那久久逝去的往事。

(闪回)铁羽公主陵墓。内。

一道石砌阶梯瀑布般泻入墓葬。

四名粗壮的甲士抬着台不琚大王子，缓缓走下阶梯。

台不琚大王子盘膝坐在一个珠翠环饰的蒲团之上，闭目入静，面含微笑。两手叠放于两膝之间。

婆伽王(妙庄王)在宫廷仪仗的簇拥之下，随之走入陵寝脏腑。

婆伽王站于铁羽公主的灵柩前面，奠酒三祭，庄严致悼。

婆伽王：“所幸铁羽公主福缘不绝，得遇生前爱慕之友——末罗国转轮王驾前台不琚大王子允意陪葬，永伴玉体，了生前之苦思，遣地府之孤寂。公主仙逝，王子陪葬，至隆至圣，万古辉煌！”

众国戚臣僚众一片怪叫。

正当婆伽王转身欲撤之时，台不琚大王子突然跃起，跳下莲台，夺下婆伽王手中的长剑，把锋利的剑锋搭在婆伽王的脖颈上。

婆伽王：“你？你要行刺？”

大王子：“不，我要救人！”

“救谁？”

“救这些殉葬的奴隶们！”

“我已经免掉你们国家的两千奴隶，你还不知足吗？”

“普救众生，永无止境。”

“这一千奴隶可是我这个国家的呀！”

“放生度难，岂分国界！”

“你你你，你一个陪葬的奴隶也不给我留吗？”

“只留一个：就是我。”

“你，你为什么不要求连你也一起放掉呢？”

“因为，世上有你这种魔王存在，那种要求不可能实现。我很想救自己，时时在努力救自己；可又时时发现，众人救不完全，自己也救不彻底。”

婆伽王被迫之下，大吼一声：“放人！”

甲士斧钺起处，奴隶们身上的锁链纷纷落地。

夺路奔逃的奴隶群。

（闪回完）

王宫大殿。年。日。

被脑际闪现的画面激荡得气喘不止的妙庄王，突然两腿发软，颓然欲倒。

随身侍卫急忙搀扶起庄王，紧张地唤叫。

妙庄王定过神来，摆了摆手，站直身子，朝着末罗国王子微微一笑，说道：“常常往事不堪回首。不过，从那以后，咱们可是亲戚了！”

末罗王子：“亲戚欠账也要还哪！但愿你是真正的妙庄王，而不是从前的婆伽王！”说完，他拂袖带领使团人员走出殿门。

妙庄王颓然坐下。他忽然想到什么，着急地四下望着：“三公主呢？她怎么还不来？”

端然站在庄王身旁的却是大公主。她似乎被什么事情所激动，微微颤栗，满脸潮红。

大公主：“启奏父王：宫人已四下寻找多遍，哪里也找不到三公主！”

妙庄王有些生气地说：“擅离宫禁，临阵脱逃，不堪大用！妙清，今日，是你显一显才智的时候了！”

大公主激动地应道：“是！”

王宫大殿前。外。日。

仪官一声长吆:“十国使团献贡喽——”

妙庄王在侍女的搀扶下走出殿门。

他的公卿臣宰阁僚谋士也接踵拥出。

大公主妙清紧傍父王站立,大有“天降大任于斯”的神气。

然而,当他们抬头看到眼前十国使臣所献的礼物时,不禁吃了一惊。

但见,旷阔的殿前高台上,停放着四件礼物:

左边:一只大象。

右边:两匹大马。

中间:一对花蛇、一根木棍。

面对这奇异的贡品,妙庄王的大臣们一片交头接耳、窃窃议论之声。

妙庄王的眼中也充满了惶惑。

此时,只见使团长,也就是末罗国小王子走出使团队列,向着妙庄王抱拳一揖,激昂慷慨地陈词。

使团长:“尊敬的妙庄王陛下:站在你面前的这十位使臣,来自您并不陌生的十个国家。这十个国家的国土,或曾被您的戎马铁蹄所光顾,抑或被您的浩荡战火所吻掠。印象铭刻至深,感情寄存至厚!为不忘这份历史的交往,十国帝王联手操办,特为陛下送来四件稀世珍宝以作纪念:大象一头,宝马两匹,花蛇一对,木棍一根。”

听到此处,兴林国的朝阁臣僚、宫林眷属们嗡议阵阵,唏嘘声声。

妙庄王的脸上也频频掠过乍红乍紫的愠怒之色,几欲发作。

文丞相褚杰看到妙庄王的神色有异,即凑近悄悄劝谏道:“陛下切切忍耐!十国此来专为寻端生事,万勿落入圈套。小不忍则乱大谋啊!”

妙庄王听了文丞相之话，方趋理智。遂向使团长拱手一揖："多谢惠赠！"然后挥手大喝一声："接宝！"

一群礼宾宫人应声走上前去，接收象、马、蛇、棍诸样礼物。

"等一等！"使团长喊了一声，拦阻礼宾人众。然后以挑战的口吻继续发话。

使团长："妙庄王陛下：要想接宝，必先识宝；不识其宝，安获其宝？"

妙庄王："尊下何意？"

使团长："十王送宝之时，附带送上了四则令题。陛下答得这四则令题，宝物留下，余事不提，永结金友玉昆之交。如这四则令题答不得，十国之王将亲自率军联阵进围兴林讨还旧账积怨！"

妙庄王听到此处，气得浑身哆嗦："你……你欺人太甚！"

使团长："你说颠倒了！真正欺人者乃是你妙庄王！曾几何时，你穷兵黩武，称霸四方，掠他国之土，杀他国之民，冤债累累，铁证如山，你还有何话说？"

妙庄王愤怒已极，他抽剑在手，逼向使团长："我，我杀了你们！"

十国使臣与卫队士卒均拔剑相向准备自卫。

宫院四隅的兴林禁军甲士，一齐举戈挺矛，节节进逼。

妙庄王的大小臣僚们也纷纷刀剑出鞘，噙嗔衔恚相向。

大公主吓得面色如土，牙骨碰响，躲在庄王身后打着哆嗦。

那年轻的使团长却神色自若，面带鄙视，乜斜着眼睛望着妙庄王。继而却突然仰天大笑："哈哈哈哈……果然不出十国君王所料，几道小小的令题，便把你的宫廷上下吓得一塌糊涂！如此愚陋之君臣，何以教得聪慧之苍生？实堪悲哉！我十国使团本是受你之请，而今反倒刀剑相待，成亦妙庄，败亦妙庄，如此出尔反尔之国君，何以取信于国民？诚可哀耳！我十国使臣自受命赴任之时，即无奢望归日。唯愿以十颗义士之头颅，换得十国大军踏平凶土，铲尽顽劣，惩霸除恶，我辈则九泉含笑瞑目矣！”

使团长一番激昂陈辞，使得剑拔弩张、一触即发的偌大宫院登时凝冻下来，万物静止！

好大一阵子僵持、沉默。

文丞相褚杰扯扯妙庄王的衣角，再度进谏曰：“陛下！十国使团不足百人，挥戈即除；然而身后有百万大军，如兴兵亡我，如沸汤泼雪。万不可擅开杀戒！”

武丞相赵震亦悄悄进言曰：“陛下！他们的什么鸟令题还没说出，怎么就断定我君臣解答不出？休长他人志气，灭自己威风！”

妙庄王听罢二臣之谏，望着使团呵呵一笑，收起锋刃，说道：“和使团长开个玩笑，怎么就当真了？来来来，朕这厢有礼了！”

妙庄王果然望着使团长深鞠一躬。然后挥了个手势，禁卫甲士尽皆退出。

妙庄王：“使团长！就请出示您的令题吧？”

使团长：“但愿你刚才不是开的玩笑！”

妙庄王：“……”

使团长：“令题一出，就要解答。”

妙庄王：“那当然。”

使团长：“解答不出，依然挡不住十国之兵。到那时候再来杀我们，可是既显得言而无信，又暴露了愚蠢无能！”

“你……”妙庄王又欲发作，但望见二位丞相的眼神，便转而哈哈大笑：“你也太小看我兴林国满宫智士能人了！什么‘蛇马棍棒’之类婆经童语，竟想来难倒我堂堂兴林，真叫好笑！”

使团长向着他的使团伸手一举，高喊一声：“出——令——题！”

但见站在那头大象身旁的二号、三号使臣跨步出列。

第二使臣：“尊敬的陛下！”

第三使臣:“聪明的臣宰！”

第二使臣:“请您把这头大象的重量称出来！”

第三使臣:“称得出来,永远友好！”

第二使臣:“称不出来,讨还旧债！”

接着,站在两条花蛇旁边的四号、五号使臣,跨出步列,指着两条蛇问道:

四号:“尊敬的陛下！”

五号:“聪明的臣宰！”

四号:“请分辨这两条蛇:哪是雌？哪是雄？”

五号:“哪是雄？哪是雌？请把它们挑开！”

四号:“若挑得开,永结友好！”

五号:“若挑不开,讨还旧债！”

接着,站在木棍旁的六号、七号使臣,跨步出列,指着那条两头一样粗细的木棍问:

六号:“尊敬的陛下！”

七号:“聪明的臣宰！”

六号:“请指出这根棍:哪头靠近树根？哪头靠近树梢？”

七号:“哪头靠近树梢?哪头靠近树根?尽管这根棍两头粗细相同。”

六号:“指得出来,永结友好！”

七号:“指不出来,讨还旧债！”

接着,站在那两匹同样大小、同样毛色的母马旁边的八号、九号使臣,跨步向前,指着两匹母马问道——

八号:“尊敬的陛下！”

九号:“聪明的臣宰！”

八号:“这两匹大小、毛色完全一样的母马,一个是子,一个是母,请把它们鉴别出来！”

九号:“请尽快指出:哪个是子？哪个是母？”

八号:“指得出来,永结友好!”

九号:“指不出来,讨还旧债!”

使团长:“日中为限,鉴答开始!”

妙庄王带着他的大臣宫眷们绕着四种“礼物”巡看,鉴别,众说纷纭,莫衷一是,争论不休,但每次解答,都得到鉴答使的否定摇头。

空中,日影已中。

大殿前,“马蛇棍象”周围,一片蚁团似的人群,急急撞撞,吵吵闹闹。

焦急地猜测着、蠕动着的阁僚宫眷们的红嘴白牙。

频频摇晃着、摆动着的鉴答使臣们那拨浪鼓似的脑袋。

无可奈何的、涨红的、大公主的脸。

紧张密谋的、咬耳磋商着的文丞相褚杰、武丞相赵震的脸。

使团长不知何时跳上了大象的脊背,此时他以藐视的眼神,鄙夷的神色望着妙庄王而仰天大笑:“哈哈哈哈!哈哈哈哈……尊敬的妙庄王陛下,事到如今,看你还有何话说?!”

所有使臣们也都极尽蔑视地仰天大笑。

妙庄王羞恨得满面通红。

二丞相与妙庄王紧急交递眼神。

赵震向妙庄王做了个围杀的手势。

妙庄王的长剑缓缓出鞘。

四周卫士们缓缓挺戟举矛。

在这千钧一发的时刻,突然传来一声响亮的、清脆的呐喊:“我——来——解——答!”

众人扭头看时,只见三公主妙善出现在前殿丹墀之巅。

“三公主!”

“三公主!!”

“三公主!!!”

文武大臣们一片惊喜呼叫。

“她……怎么又回来了？”大公主望见三公主，大为震惊，目瞪口呆，哆嗦着嘴唇嗫嚅着。

三公主神色安详，仪态端庄，步履潇洒，穿过长长的眼睛形成的夹道，走下前殿丹墀，又走上大殿丹墀，在十国使团的众目睽睽之下，踱至大象跟前。

三公主：“不是要秤它的重量吗？”

二号使：“怎么称！”

三号使：“快回答！”

三公主：“这好办：把大象牵到大船上，刻上下沉的水线。然后换上大石头，当船下沉到同一水线时，再称出船中石头的重量，这也就是大象的重量。”(最好用画面处理)

二号、三号使臣瞪大眼睛，惊讶地点头。

三公主又踱至两头花蛇的旁边。

三公主：“不是要分辨出雌雄吗？”

四号使：“快说，哪一条是雌？”

五号使：“哪一条是雄？快说！”

三公主：“这也好办：请摊开一条细软的布！”

一侍卫摊布于地。

三公主：“把两条蛇放于布上。

两使臣放蛇于布上。

三公主莞尔一笑，指着一条蛇说：“这一条是雌蛇，雌蛇沉稳安静；那一条是雄蛇，雄蛇骚动不安。”

四号使、五号使无比惊讶，连连点头：“你答对了！”

三公主又踱至木棍旁边。

三公主：“不是要指出哪头靠树根，哪头靠树梢吗？”

六号使：“快答：哪头靠树根？”

七号使：“哪头靠树梢？快答！”

三公主:“请拿水来。”

两个侍卫抬过一澡盆水,放在当院。

三公主把木棍放于水盆之中,指着说道:“看见吗?向下沉的一头靠近树跟,往上翘的一头靠近树梢。”

六号、七号鉴答使吐着舌头,十分佩服地点头:“答对了!又答对了!”

三公主最后踱至两匹马旁边,绕转一周。

三公主:“这两匹马选得真好,个头一样大,毛色一样花。”

八号使:“哪一匹是母马?快说!”

九号使:“快说!哪一匹是子马?”

三公主:“请抱一把嫩草来。”

侍卫抱过一堆鲜草,扔于马前。只见一匹马用嘴把草推到另一匹马的面前,然后自己再吃。

三公主笑了笑,指着马说:“这匹马是母马,那匹马是子马。因为母爱子,所以先推草给子马吃。”

“哇!”八号、九号鉴答使惊诧地跳了起来,拍着巴掌,连连说:“答对了!全答对了!”

“哇!”整个宫院的人们都跳了起来,不管是本国的、外来的,统统都为三公主欢呼!

九、业潮

王宫大殿前。外。日。

三公主意外的出现与对令题的绝妙解答,使得十国团大为震惊,使得兴林国君臣大为振奋,顿时掀起一个欢呼的沸腾的场面。

“三公主——”东边声浪涌起。

“三公主——”西边声浪呼应。

“三公主——”阖宫上下一片欢呼之声。

一群宫娥彩女潮水般涌向三公主，把她托脚抬起，举向空中。

三公主如出水芙蓉，亭亭玉立，在欢腾的人海海面上飘曳、滑行。她眉目生辉，光彩照人，沉鱼落雁，闭花羞月。

妙庄王拈须喟然一叹：“三儿救了朕矣！”

武丞相赵震畅声赞道：“真奇女奇才也！”

文丞相褚杰欣然和道：“吾国振兴有望了！”

使团长眼光紧紧盯在三公主身上，看得如痴如呆，喃喃自语：“太美了！”

只有大公主躲在远远的大殿花窗之后，不愿抬头正视，垂着眼皮思索着什么。

在以上那些纷纭的画面中，响起一曲歌儿来。歌曰：

小弹玉指解大难，
一场干戈化笑谈。
铁甲有时似泥软，
荆钗偶尔如钢坚。
绝路往往含生路，
祸缘常常藏福缘。
人生谁无苍凉海，
智慧便是超度船。

坤宁宫。内。日

妙庄王虽然步履蹒跚，却热情备至地挽着女儿三公主的手，兴高采烈地走进坤宁宫来。

宝德皇后迎于门口。

宝德皇后：“妾臣恭迎陛下大获全胜而归！”

妙庄王喜不自禁地扶起宝德皇后：“哎呀呀！梓童免礼！”然

后突然转成神秘地轻声问:“怎么?你也听说胜利的消息了?”

宝德皇后:“全听说了!”

妙庄王一把抱过三公主,把女儿推到皇后面前:“多亏养了这么个聪明女儿啊!要拜嘛,今天你该拜你的三公主,不要拜我!”

三公主:“父王取笑了!”

妙庄王:“什么取笑?为父可是正儿八经的!你解了我的危难,露了咱的才智,长了兴林国的志气,灭了十国使团的威风。这是天大的功绩!来,你请上坐,为父说一不二,今天一定要拜你几拜!”

妙庄王说着,拉过宝德皇后,就要向三公主叩头。

妙善急忙先向二老跪下,行额叩之礼。

妙善:“折煞女儿了!”

皇后一把把女儿搂在怀里,动情地说:“妙善儿!你父王能有今日之话今日之情,也算为娘没白养女儿一场!你就了他一怀真情,让他拜你一拜!”

妙善:“不不不!”

妙庄王:“我是拜天才,不是拜女儿。一定要拜!”

三公主急忙拦住庄王,望着父亲说道:“父王!女儿能听到父王这几句肺腑之言,愿已足矣,怎敢再受父王之拜?日后嘛,女儿惹父王生气的日子还多着呢!但愿今日之功,能消来日之忿,是儿至望也!”说罢,旋然躲进屏后。

妙庄王与皇后听了三公主后头几句话,似不明白,莫解其意,两人茫然相视。

正当此刻,二公主妙音衣履不整,满面泪痕,跌跌撞撞走进门来,二话不说,朝着妙庄王和皇后倒头跪地。

庄王和皇后吓了一跳。

皇后:“这,这不是妙音吗?”

妙庄王:“怎么成这样了?”

彩女娇红、翠红赶忙过来搀扶二公主。

然而,二公主悲怆失声,额头触地,匍匐不起。

皇后:“妙音,你这是怎么了?”

妙庄王:“出了什么事?”

妙音:“孩儿请罪来了!”

皇后:“我儿何罪之有?”

妙音:“杀人之罪!”

妙庄王、皇后为之一惊,忙挥退左右。

妙庄王:“你,你还能杀人?”

皇后:“你杀了谁?”

妙音:“杀了三——公——主!”说完,放声号啕大哭。

这时,三公主妙善从屏后走出。

妙庄王与皇后大笑。

妙善默默走过去,弯下身去搀拉姐姐。

妙音却双手抱头,痛不欲生,连连呼叫:“我害了三妹!我害了三妹!你们处死我吧!”

妙庄王和皇后笑得更甚。

妙庄王:“妙音!你不是杀了三公主吗?可你抬头看看,眼前这是谁?”

妙音听了这句话,缓缓抬起头来。当她看清眼前站的果然是三公主时,吓得她大叫一声,昏了过去。

妙庄王与皇后既莫名其妙,又惊慌失措。

数彩女闻声赶来,一片烦乱地抢救。

坤宁宫寝妆间。内。日。

二公主妙音已被救过来,她躺卧在寝床上,依然满面泪痕,泣不成声。

三公主妙善在旁照料，她手捧莲羹，一匙匙为姐姐喂饮。

妙音："三妹，我问你多少遍了，你为什么不告诉我，你是怎么得救的？"

妙善依然笑而不答，继续喂羹。

妙音："告诉我：你真的没有死吗？"

妙善似未所闻，走过去拿来湿巾为妙音拭嘴。

妙音："难道……你果真是个魂灵？"

三公主忍俊不禁，噗然一笑，说道："二姐，不该你明白的时候，怎么说你也不明白；该你明白的时候，我不说你也就明白了。"

妙音："三妹，天下没有比你再善良的人了。可是，你原谅了姐姐，可姐姐原谅不了自己。我一定要请求父王惩罚我！"

妙善："不用再说了，过去的就让它过去吧！"

妙音："你能过去，我过不去！我要让天下人都知道在这高墙深宫金顶玉檐之内，还有这么丑的人、丑的心、丑的勾当！"说着，她翻身跳下宫床，向外奔去。

门外，正堂内，妙庄王与皇后直直站在门口，似乎守候了多时，二人目光冷峻，神情严肃。

二公主望着父母，对视刹那，扑然下跪，痛哭道："孽女有罪，罪该万死！"

（闪回）

凤鸣宫。内。日。

大公主妙清与二公主妙音傍桌而坐。大公主眉峰高蹙，面色愠怒，不断激动地徘徊。

二公主却仪态安详，手拿绢块习玩针工。

一使唤彩女端来香茗，在大公主耳边说了些什么。妙清益加愤怒。

一只紫玉茶盏“当啷”落地，被摔得粉碎。

妙清：“好像这个兴林宫就她三公主一个人是公主，我们都是无用的下人，多余的泥胎！”

二公主妙音一边捡拾地上大公主摔碎的茶盏碎片，一边劝解说：“三妹先我成就，早识经史，能帮父王事政，也是好事嘛！”

大公主：“她帮父王事政，那把我这个大公主置于何地？纵然我不中用，还有你这个二公主呢！怎么就轮到她？”

二公主：“以我看，三妹的天分就是比你我都强嘛！”

大公主：“我才不信呢！帝王宝座谁坐上都是圣人！我这个大公主只要健在，就不能轮到她！走，找母后说理去！”

大公主拉起二公主便走。

一位缁纱裹头、黑衫罩身的首陀罗打扮的女人，出现在二公主身后，弯腰捡拾着地上的茶盏碎片。

大公主：“你？……你是什么时候进来的？”

老女人：“大公主目中无人哪！老奴早就进来了，见大公主正发脾气，不敢吱声，倒是欠了恭敬——给二位公主请安啦！”

大公主：“你是何人？在何宫支事？我怎么从未见过你？”

老女人：“老奴乃御花园中新来佣人，整日与草木为伴，难得见公主一面。今日御园槟榔新熟，特请二位公主尝新来啦！”说罢，她信手一抽，托出一盘挂满露滴的槟榔，呈于二位公主面前。

那槟榔青中透紫，水色晶亮。

二公主高兴得抓起一颗，咬了一口，酸得眯起眼睛。

老女人：“怎么没见三公主？”

大公主：“要找三公主，得上金銮殿。人家眼看就是二国王了，还能和我们在一起？”

老女人扑身跪地：“奴才该死！我把该送给三公主的槟榔也放在这里了！”说着就要去取走。

大公主：“不准动！既然送到我这儿了，就没有她老三的份啦！”

老女人:“刚才大公主不是还在说来着，三公主眼看就成二国王了！谁不孝敬都可以，可不敢不孝敬三公主啊！”说着便上前强取槟榔。

(现实)

坤宁宫。内。日。

听到此处，皇后愤愤地说:“这个老奴才怎么能这样说话？这不是挑拨她姊妹不和吗？”

妙庄王:“这个老大也是，性子太强，度量太小，说话太难听！”

皇后:“还是这个黑衣老奴才鬼道，谁把她搞来的？”

妙庄王:“我正要问你呢？园子里怎么能要这样一个人呢？”

皇后:“查一查！”

妙庄王:“是得查一查！”

坐在一旁的三公主，却眼望窗外，深思不语。

妙庄王:“一盘槟榔，送来就送来了，还要拿走！”

皇后:“即便拿走，也不能那么着讲话呀！什么‘谁不孝敬都可以，可不能不孝敬三公主’？”

妙庄王:“我的三公主就是该孝敬，就是有能耐！”

皇后:“谁说不是哪！可我的意思是……”

妙庄王:“你先别说你的意思，我倒要听听这后头的意思。妙音，你往下说！”

(闪回)

凤鸣宫。内。日。

大公主怒火中烧，跳起来冲向桌案，抡起手臂，把满盘槟榔打散一地，然后，她边用脚踩，边狠狠地说:“叫你孝敬去！叫你孝敬去！”接着大喊一声：“来人！把这个老婆子给我赶出去！”

老女人：“不必费事，我自个能走。”说罢躬身一拜，向外走去。但走到门口，又折回身，神秘兮兮地道：“要想夺回属于你大公主的地位，一不能靠你的母后，二不能靠你的父王，只能靠你自己！”

（现实）

坤宁宫正厅。内。日。

妙庄王听至此，拍案骂道：“可恶！这个女人太可恶！”

皇后亦愤从中来：“是啊，她的挑唆越来越出格了！”

妙庄王：“什么一不能靠母后，二不能靠父王？她竟然非议尊堂，褒贬朕躬，何等放肆！”

皇后：“而且煽惑姊妹之间争权夺利！”

二公主突然抬头，恐怖地喊了一声：“不，是煽动我姐妹去杀人哪！”

皇后：“你……你说什么？”

二公主：“她向我姐姐指明御花园角门外有一口千年古井，水深无底。只要把三公主引上井台，就就就……”

皇后：“就怎样？”

妙音：“就可以让她永远离开宫廷，再也回不来了！”

皇后：“这……这不是教唆杀人吗？”

妙音：“可不就是教唆杀人嘛！”

妙庄王愤怒地喝问道：“你们就听她的教唆吗？”

妙音：“当时听到这里，我已吓得半昏半死，只记得那个黑衣女人附在我姐姐妙清的耳朵边说了些什么，嘀咕了好久。”

皇后：“你姐姐呢？”

妙音：“我姐姐也被吓得瘫坐在地上！”

妙庄王近于咆哮地：“后来呢？后来？”

妙音:“后,后来……”

(闪回)

御皇花园。外。夜。

孤月清冷,林木阴森。

鬼火点点,草径幽幽。

黑衣女人带着大公主、二公主在草径上穿行。

二公主两腿发软,迈不动脚步。

大公主扯着二公主的手臂,用力地朝前拉拽着。

黑衣女人在前头摆手召唤,挥手催促。

三个黑影在青光下、树影里、亭榭间、雉墙根、石径中穿行。

二公主颤抖的双腿迈得越来越慢。突然,她从大公主手中抽出自己的手臂,扭转身撒腿就跑。

然而,刚跑了几步,便被黑衣女人追上拦住。她似乎看到黑衣女人是飘飞过来,倏然落下,拦住她逃回的归路。

二公主看到黑衣女人的脸变得非常可怕!

二公主尖叫一声,捂起了眼睛。

(闪回)

花园老树下井台旁。外。夜。

一双脚踟蹰着走到井口旁——那是大公主的脚。她颤栗中碰落井沿一块石头,那石块撞击着井壁向井底坠落,很久很久才传回落水的轰响。

大公主也吓得坐在井台旁。

对面,传过来黑衣女人犀利闪烁的目光。

大公主只得又站起来,接过黑衣女人展开而掷过来的芦席,两人一起把井口盖严。

黑衣女人还掷过来一把木铲,两人向芦席之上抛着泥土。

瘫倒在树根下的二公主,看清了这一切,眼珠子恐怖地颤栗着。

(闪回)

花园老树下井台旁。外。日。

晨曦穿枝,金光万缕,鸟雀鸣叫。

仍处于恐怖之中的二公主,独自向御花园中跑来。沿着夜间走过的老路,她几乎是在狂奔。

二公主的画外音:“我一夜未能入睡,那孔陷阱好像就在我的脚下,逼得我要发疯!不行,我要拆掉它!我不能陷害自己的妹妹!我要揭露这场罪恶!可是,当我跑到井口正要动手时,突然,在我的与前出现了一个怪物!”

(闪回)大树下,井口旁。

二公主飞跑过来。

她找到那眼被隐蔽的井口,蹲下身狠命地扒土:一块席角露了出来。

她用尽全身力气,抓起芦席角,准备往上掀时——

眼前,一个怪物出现:红眼绿鼻,周身黑毛,似熊似魈,状极可怕。它张牙舞爪,向二公主扑来……

二公主发出恐怖的尖叫——

“救命啊!救命啊!”

远处,三公主闻声急急跑来:她跨过棘丛,越过花篱,踏过泥圃,一边奔跑,一边高喊:“二姐别怕,我来救你!”

三公主眼看奔近了怪物,举剑欲刺——然而,一脚踏空,踩上了那眼蒙着芦席掩着泥土的井口,坠入深深的井底。

二公主撕心裂肺地一声呼喊:“三妹——”

远处的山石后边,透过来大公主的一双眼睛。看到这一切后，便缩了回去。

（现实）

坤宁宫正殿，内。日。

二公主悔罪地叙述讲完，伏地请罪，等父惩处。

妙庄王、皇后如雷轰顶，半晌无话，一阵惊怖的沉寂。

由恐转愤，由愤转怒的妙庄王一掌拍下，满桌器皿应声而碎。

“来人哪！”——庄王狂暴地吼了一声。

内侍、家士应声而至。

妙庄王：“速到后宫把大公主给我锁起来，让她省罪候审！”

内侍怀安：“喳！”

妙庄王：“再由二公主带路辨认，到御花园把那个黑衣女佣捉进宫来，我要亲手剖她的心，挖她的肺，揪她的肝！”

众卫士：“喳！”

二公主遵父吩咐，抹泪而起，带领甲士奔御园而去。

妙庄王盛怒不息，激烈地当庭徘徊。

皇后却似乎想到了另外的什么，现出异常诧异之色。

皇后：“陛下！依照二丫头所说，三公主不是坠落井下了吗？可是，她怎么又出现了呢？而且救国于危难之时，解君于窘困之刻。难道……”

妙庄王：“难道？”

皇后：“难道回来的不是三公主？”

妙庄王：“你是说？她……她是个精灵？”

皇后紧张得哆嗦起来。

他们忽然发现三公主不在身边，不在屏后，也不在两侧寝宫。

皇后：“三公主她……她刚才不是还在这儿吗？”

妙庄王:“是啊！而且还在这里坐着,脸朝西,背朝东！”

皇后:“还喝了两口茶！”

妙庄王:“怎么转眼就不见了呢？”

皇后:“难道？”

妙庄王:‘难道？”

皇后:“难道？”

妙庄王恐怖地大吼一声:“来人哪！”

一群内侍和彩女闻声奔来。

妙庄王:“快找三公主！”

皇后:“快找三公主！”

妙庄王:“快把我的三公主找回来呀!!”

铁羽公主陵墓。外。夜。

月光下,嘤嘤风旋,飒飒草动。

一只影子飘然而降。借着青蓝的月光,可清晰辨出黑衣女人那丑陋的面容。她依然穿着那身缁衣,顶着那面黑纱,沿着两排石雕巨兽夹起的墓前甬道,向那座偌大的坟冢走去。

坟冢前的石砌牌楼上,依稀可辨六个大字:“铁羽公主陵宫”。

黑衣老女人飘然走过牌楼。当她举足登冢时,一个声音喊住了她。

“请君留步!我等你好半天了。”说话的是陵前石雕卧象上坐着的一个影子。

黑衣女人闻声停步,却并未回头。

“谁在说话？”黑衣女人问。

“人在说话！”影子答。

“跟谁说话？”

“跟你说话。”

“人行人路，鬼行鬼路，两不相干。”

“人不找鬼，鬼自找人，防不胜防啊！”

“你！……”黑衣女人从对方声音里似乎听到了什么，她幡然转身，两道磷火似的眼光直射石象——

石象之上，盘腿端坐着三公主。她二目微闭，神态安详，冷艳无比。

黑衣女人看到三公主，高兴得“哇”地叫了一声，颤声唤到：“三公主，不，我的台不琚大王子！你让我找得好苦啊！”

三公主：“你不找我，我也要找你的！我曾经说过一句话：‘五十年后我来找你’，你还记得吗？我的铁羽公主！”

铁羽公主：“记得，记得！”

三公主：“已经四十九年了！”

铁羽：“我等不及，不，是我不相信你真的会来接我。”

三公主：“为什么？”

铁羽：“因为，你是天堂的神，我是地狱的鬼。”

三公主：“你这是拿鬼的心肠去猜度鬼之外的一切。”

铁羽：“不过，谢谢你真的来找我，谢谢您还能记得我，认出我！”

三公主：“你变得太丑陋了！为什么要这样？”

铁羽：“就这一变，还是积了四十九年的阴功才换得如此一招啊！”说着，她由“黑衣老女人”的形象摇身一变，恢复了铁羽公主当年葬埋时的形象：金缕玉衣，满头珠翠，虽光怪陆离，亦不失妖艳。尤其鼻尖那颗米豆红痣，毕现当年的野性。

她围着三公主翩翩起舞：或舞刀，或舞剑，或挽弓射月，或掷镖追星。偌大的荒凉坟场，飘闪着她的妖踪鬼影。

俄顷，她停下来，发泄尽了激动，浮泛起了惆怅。

铁羽：“真抱歉！本该以盛大的仪式欢迎你的归来！可是，你瞧，偌大一个铁羽公主陵，前前后后就只有我一个鬼！”说到此处，她似乎哽咽，她突然爆发地尖厉地喊道："我的三千陪葬都叫你放跑了！连那些随身战马、鹰鹞、狗猫你都给我放跑了，放生了！放满世界了！！"

随着铁羽公主的尖厉呼叫，四十九年前的场景顿时闪现。

(闪回)

铁羽公主陵墓内。

随着一声"放人"的呐喊，满地宫的奴隶如洪决堤，呼喊着、狂奔着、冲撞着……冲向狭窄的陵墓洞口。

最后一个童奴哭叫着，爬上长阶，消失在洞口。

最后一个女奴，艰难地腆着怀孕的大肚子，颤抖着登上最后一级台阶，消失在洞口。

最后一个苍老的盲奴，摸索着逐级爬上洞口。

台不据大王子依然仗剑挟持着婆伽王。

婆伽王："该放开我了吧？"

众臣一齐跪求："王子开恩，放了国王吧！"

大王子："你们说颠倒了，还是请你们国王开恩，彻底放了众生吧！"

婆伽王："这……"

大王子："那些马，那些狗，那些珍禽异兽，都还在殉葬坑中。我替他们求情：开开恩吧！"

婆伽王朝着卫士大吼："放，统统放掉！"

卫士们砍断绳索，那马，那狗，那猫，向洞口奔去；那鹰，那鹞，那鹤，向洞外蓝天飞去。

大王子长长嘘了一口气，整冠掸衣，走上青玉莲台，合掌三诵，盘腿趺坐，闭目凝定，俨然一尊阿罗汉雕像。

整个地宫走空了！

洞口盖上了！陵墓封顶了！一片漆黑。

然而，高坐莲台之上的台不踞大王子却突然周身闪烁着七彩之光,照射得这座地府如同白昼。

铁羽公主的鬼魂飘然而起,飘离棺椁,漂浮空中,在地宫的中心,在大王子的周围飘浮缠裹,极尽无比缠绵之意。

莲台上的大王子,仪态俊朗,光彩照人。

(闪回完)

铁羽公主陵外。夜。

石象上的三公主,同样仪态万方,光彩照人。同样的姿势,同样的神态,同样的风韵。

所不同之处,一为伟男,一为淑女。

铁羽公主注目端详良久,喟然一叹。

三公主:"怎么,你后悔了?"

十、鬼探

铁羽公主陵前。外。夜。

幻觉中,铁羽公主对面盘坐于石雕卧象上的三公主,不断被台不踞大王子的形象所替代,所叠合,所化解。

三公主:"怎么,你后悔了?"

铁羽:"不,那时不后悔,现在更不后悔。用万千生灵换你一个大王子我是心满意足的!遗憾的是,现在,迎接你归来的仪式太冷清,太简单了。"

三公主:"你说错了,我不是大王子,我是三公主!"

铁羽:"你是三公主的躯体,大王子的灵魂!"

三公主:"躯体和灵魂是不可分的。"

铁羽:"不,你说的是生前,我说的是死后。生前,躯体和灵魂是不可分的;而死后,躯体消灭,灵魂复归。我的大王子该回来了！”

三公主：“你不觉得你对三公主太残酷了？”

铁羽：“那是因为我对大王子太思念、太挚爱了！”

三公主：“三公主是你的宗亲，你的侄女，应该叫你姑姑。”

铁羽：“不，我不要侄女，只要王子！”

三公主：“可是，来到你面前的，还是三公主！”说着，她站起身，离开石象，在铁羽面前袅娜踱步。

铁羽：“放心吧！等那井下尸体消融之后，你就得乖乖儿地给我变过来，变回我的大王子！”

三公主不禁大笑：“你虽然狠毒，却十分粗心。你只管把你的侄女陷落井下就算完事，却想不到检查一下那井下到底有没有尸体！”

铁羽公主一怔，向三公主射出疑惑的眼光。

三公主：“你光知道‘落井下石’就意味着一个生命的终结，可不知道井下另有一派洞天等待着蒙难的无辜者。”

铁羽：“这么说，你没死？”

三公主：“我来就为告诉你：三公主还活着！”

铁羽：“这不可能！那么深的水井，人掉下去还能活着上来？”

三公主：“我再说一遍：三公主她没死！”

铁羽：“不不，我不相信！”

三公主：“请握住我的手：这是最好的证明。”

三公主把手伸出。

铁羽公主拉起三公主伸来的手。

两只手叠在一起，握在一起，但见：

一只手柔和、红润，一只手僵硬、铁青。一只手葱指玉段，纤巧可爱；一只手利爪尖尖，望之可怖。一只是人的手，一只是鬼的手。

铁羽知道三公主未死，鬼性大发，凶相毕露，顿时披头散发，满脸青紫，口吐獠牙，目射蓝光，紧紧抓住三公主，恶狠狠地说："你好难死哟！你好能活哟！你一日不死，我的大王子一天不归呀！你还我的大王子！你还我的大王子！"一边说着，一边伸出利爪猛扑三公主。

三公主一反文静之态，快闪即躲，从容应招，与铁羽公主展开一场坟场交手。

三公主显然胸有成竹，数个回合过后，她从自己项上取下一挂多环石珠珠串，挥手朝空中抛去，但见空中电光纵驰，雷声轰鸣，那多环佛珠变成石索大网，从空中落下，正正地套于铁羽公主的颈项，把她的鬼魂重重地压在地上。

被石索套住的铁羽，挣不出，遁不走，挣扎了一阵子后，精疲力竭，气喘不休，泪如雨下，她敛尽狰狞之相，恢复了女子之态。

铁羽："三公主，你，你究竟是谁？"

三公主："究竟还是三公主。"

铁羽："不，不！"

三公主："还是您的侄女，但您始终没应我一声姑姑。现在能答应吗？姑姑——"

铁羽泪流满面地点头。

铁羽："你……你真的没死？你为什么不死？你难道……"

三公主："姑姑，你对死的看重、追逐和滥施滥用，已使你深深堕入地狱的迷茫，寻不到超度之路。对于凡间世俗来说，生死之间有一道令人恐怖的鸿沟；但在梵天佛界看来，生死本无异差，生源于死，死源于生，生则即死，死则即生，有则常生常死，抑或轮死轮生。姑姑是已死之人，却固执流连于死地，而且以死乱世，以死害人，以死伤亲，网结起一条自造的锁链，紧紧套住自己，让你逃不脱孤独，逃不脱怨恨，逃不脱这块荒凉寂寞的坟茔。请看你身上这挂石索大网，它不是我的，是你的，是你自己垒结起来的！"

铁羽公主惊愕得瞪大眼睛。

三公主:“现在我来告诉你我落井不死的原因!”

(闪回)

御花园井口旁。外。日。

二公主奔近井口,蹲下身扒土,扒出席子的一角,使尽全身气力往上提拽。

突然,一个怪物出现,红睛绿鼻,全身黑毛,似熊似魈。它张牙舞爪,向二公主扑来。

二公主发出恐怖的尖叫:“救命啊……”

远处,三公主急急跑来,她边跑边喊:“二姐姐别怕,我来救你!”

三公主奔近了怪物,举剑欲刺——就在此时,一脚蹬空,踩上了那眼蒙着芦席掩着泥土的井口,落入井中。

二公主撕心裂肺地一声呼叫:“三妹!”

那个怪物悄然恢复原形:原来是铁羽公主!她暗中一笑,飘然而逝。

(闪回)

井下。内。日。

三公主踏破井口掩盖之物,从上坠下,直落井底。

然而,当她接近水面,将入水而未入水之刻,从井壁四周忽然伸出无数手臂将她接住。

三公主一阵恍惚,抬眼一看,竟见井壁旁有一洞门,向着她轰然打开,里面透出亮光来。

接她的人是一群圣沙弥,其中一人引路,带她进入洞中。

一段行走之后,洞壁开阔,灯火通明,山转水环,亭阁无数。一座“法轮殿”出现于眼前。

忽然,一阵呵呵大笑之声,朗朗动听。但见一位伟岸丈夫,头戴塔冠,身着赤袍,肩搭一方绿边皂巾,满面堆笑,迎出殿门。望着走来的三公主迎头大礼相拜:“阿弥陀佛! 地僧等候圣驾久矣!”

三公主急还礼:“这……?”

引路圣沙弥忙介绍道:“此乃地藏王菩萨,专候公主到来!”

三公主复大礼相拜:“承蒙圣尊相救,铭感菩萨之恩!只是弟子德行浅薄,何缘得遇地藏菩萨相救,诚惶诚恐耶!”

地藏王哈哈大笑, 说道:“公主乃西天极乐世界观世音菩萨转世之身,不恋佛位,轮回三度,志在普救尘世众生,久仰慕耳!今又秉佛祖之命,投胎兴林国妙庄王宫闱,再度修造女身,为天下女徒建树楷模,宏愿感天也!只因公主三世之身为天竺末罗国转轮王之台不琚大王子,与兴林国铁羽公主有一段冥劫之缘;为此又引出一段同胞姐妹相煎之劫。敝宫奉佛祖之命,特来帮助公主超度劫难!”

三公主:“哦? 哦!”

一童儿手托茶盘,送过来一杯香茗。

地藏王:“三公主请用茶!”

三公主捧盏一饮而尽。

地藏王:“设计陷害、诱你落井者,乃是你的姐姐、兴林宫的大公主!”

三公主惊诧万分:“我姐姐? 怎么竟然……是她?”

地藏王:“你会感到意外,但又是难逃之劫。”

(闪回)

御花园井口旁。外。夜。

冷月孤悬。

月光下,大公主拖过一条芦席,盖上井口。

在“黑衣女人”的指点下,她们向席子上压土。

大公主既恐惧又凶狠的脸。

御花园。外。日。

日上三竿。

二公主失急慌忙地向大树下井口旁奔跑。

大公主发现二公主的异常,为之一惊。

二公主跑到井旁,蹲下身拼命扒土,很快扒出席子,她拉住席角,奋力掀拽。

大公主望见,勃然大怒,跳起身来冲向二公主。但是刚跑了几步,便见绿丛中冲出一个怪物,拦住二公主,扑向二公主。

二公主拼命呼叫:“救命啊!”

大公主得意地躲在暗处观望。

只见三公主急急奔来,从大公主眼前跑过,奔向怪物,举剑欲刺。然而,踏上了掩盖着的井口,坠落井下。

大公主长长嘘了一口气,转身走去。

[在以上闪回画面中,插入地藏王菩萨的画外音:

地藏王:“这是一段同胞相煎之劫。此劫四宇皆无,唯人间专有。男女老少,均在劫难逃:兄弟相煎,姊妹相煎,父子相煎,母女相煎,夫妻相煎,姻亲相煎,长幼相煎,宗族相煎,同类相煎,同种相煎……滚滚红尘,芸芸众生,都陷在这沸沸扬扬的相煎之海而不得超然度身。”

(闪回完)

法轮殿外。

三公主听了地藏王的叙述, 一阵感叹, 说道:“同胞相煎之劫,其根何在?”

地藏王:“根在妒心。”

三公主:“妒心?”

地藏王:“嫉妒之心,人皆有之。痈疽乃皮肉之毒,嫉妒乃心灵之毒。大公主即因嫉妒您的聪明才智,才起同胞相煎之意,阴谋杀妹之心。”

三公主:“聪明遭妒,才智受忌,这不是人类之灾吗?”

地藏王:“公主所言正在禅机之精髓!世人难脱愚昧,皆为妒心沉重,智慧难起耳!公主可曾听到‘不患寡而患不均’的说法吗?此话乃世人信守不悖之行为规范!”

三公主:“不怕贫穷,就怕不一样贫穷;不怕愚昧,就怕不一样愚昧!”

地藏王:“故而富裕、才智皆在嫉妒之列。偶见独富,必瓜分之;偶见独慧,必毁摧之。

三公主:“可怕!可悲!可怜!可哀也!”

地藏王拊掌赞曰:“公主有此四叹,佛祖之望尽得矣!实不相瞒,天帝、佛祖之所以令圣尊亲尝人世之苦,亲受妒毒之害,以便折臂成医耳!”

三公主:“阿弥陀佛!善哉善哉!”

地藏王:“好了!佛祖之嘱转述到此,这里急告公主:地上兴林宫妙庄王有十国联伐之灾,只有靠公主去解救,恕不久留也!”

三公主耳中尽闻十国使团与兴林宫君臣仕众议辩喧闹之音;眼中尽见以往尔来天上地下之事:

——一双马驹在云雾中奔腾。

——台不琚大王子策马而进。

——陵墓中横眉怒目的婆伽王。

——棺椁中铁羽公主的死尸。

——圆寂涅槃、飘然飞升的大王子。

——被陵墓裂缝夹住而哀唤王子的铁羽公主。

——男身观世音菩萨(大王子形象)凌空而降入兴林宫转世

投胎的奇景。

四世往事,如闪电飞纵,目不暇接。

地藏王在旁笑道:“适才请公主喝的那杯茶,乃‘通灵遍觉返苏茶’,是天上王母托小僧带来,专候公主到来奉饮。喝了那杯茶,便可尽知往事经络,来世阡陌,促君牢记使命,勿恋浮华,知真辨伪,早成入主南海、救世度人之大果!”

三公主合掌一拜,转身欲去。

地藏王:“公主稍稍留步!”说着把公主领入旁边一座挂着“鬼籍阁”的旁间,指着画着铁羽公主图形的画说:“此鬼想你已经记起,她就是当年要你陪葬的兴林国铁羽公主,生前杀生众多,死后也少悔悟,而且久恨你“大王子”弃她而去,未尽同穴夫妻情分。此番为大公主出谋陷害你的‘黑衣女人’即是此鬼。”

地藏王说罢,从画旁取下一副多环石珠珠串,说道:“你看,这是业报珠串,作孽一次,增石一颗,彼已累累不堪数计了!正欲把她发往铁围山无极间流火地狱,永受磨难。此鬼总算和您有段业缘。今交付与你,悉听发落!”

(闪回完)

铁羽公主陵。外。夜。

石索大网下,铁羽公主痛哭失声,形极哀婉。

铁羽公主:“真要把我送往铁围山无极间流火地狱吗?”

三公主:“你说呢?”

铁羽:“那可是个可怕的地方:四面铁壁万丈,毒海火狱重重,刑法多种多样!或滚汤浇头,或拔舌抽筋,睡火床,抱火柱,骑火驴,抛蛇海……我,我的罪孽就这么大吗?你也忍心把我送到那个地方去吗?”

三公主沉默着。

铁羽公主泪如泉涌。

套在铁羽公主身上的石索大网嘎嘎作响。

三公主默念咒语，那套压着铁羽公主的大石索，渐渐变小，最后缩成佛珠般大小的项链挂于铁羽项间。

三公主搀起铁羽，为其拭干泪痕，宽慰地说：“姑姑！佛界有偈说：‘苦海无边，回头是岸。’只要姑姑改恶从善，多积阴德，常修阴功，脱离地狱苦海是有指望的。”

铁羽：“不，我不去铁围山，不去地狱！”

三公主：“姑姑愿去哪里？”

铁羽：“哪里都行，就不去地狱！”

三公主：“侄女做主了：那你就随便哪里找一个投胎转生之处，多修善事，莫近恶业，会有出头之日的。”

铁羽望着三公主，感激涕零。

三公主托起铁羽项间的石珠串，说道：“这本是一挂业报串珠，它都是碎石穿起。等到你把它修成了玉，我再来接您！”

铁羽：“这？……这可能吗？”

三公主：“铁棒磨绣针，功到自然成。姑姑保重！”说完，她转身走去。

铁羽怅然若失，呆愣有顷，忽然向三公主追去，飘然而起，拦住三公主。

三公主：“怎么？难道姑姑反悔不成？”

铁羽：“小女子岂敢！”

三公主：“那你要干什么？”，

铁羽：“小女子只有一愿相求！”

三公主：“姑姑请讲。”

铁羽：“别再喊我‘姑姑’。请以大王子的身份，喊我一声‘妹妹’！”说罢，捂起脸来。

三公主又好气又好笑，欲申不能，欲罢不休，顿起怜悯之心，真的拿出当年大王子的姿态与口吻，热切地喊了一声：“妹妹！再见了！”

铁羽热泪奔涌，扑进三公主怀里。在铁羽的幻觉中，大王子真的出现了，在拍她的肩，在抚她的背……

兴林宫午门外。日。

大公主项锁长枷，被囚于刑桩之上。刽子手赤膊袒胸，手提大刀，站于大公主两侧。

刑队排列森严，戟杖如林，呼威不止。

妙庄王坐在监斩台上，怒目相视。

一群臣僚跪在妙庄王面前，为大公主求饶不止：

“饶了大公主这一回吧！”

“毕竟是陛下的骨血，何必动此大刑！”

“惩罚宜从重，处置宜从轻啊！”

“诚望陛下三思！”

宝德皇后在侍女的搀扶下，踉跄奔至，跪地泣奏：“陛下！纵然是大公主做出了谋害三公主的恶行劣迹，亦当留她一条命啊！如这般一怒之下杀了大公主，又丢了三公主，哭坏了二公主，吾王后事可托于何人哪！”

大公主昂然抬头，说道：“母后，不必求他！要杀要剐悉听尊便！”

妙庄王闻言，勃然大怒：“忤逆贱婢！你死在临头，还敢嘴硬！看你还有何话说？”

大公主：“无话可说！”

妙庄王：“三公主可是你害死？”

大公主：“是我所害，但并没死！”

妙庄王：“她人在何处？”

大公主：“鬼知道！”

妙庄王：“我看你就是鬼！”

大公主:“你是鬼的父亲!”

妙庄王:“你?”

大公主:“我谋害妹妹,天良丧尽,甘愿伏死!可天下谋害亲人、虐杀同胞的那么多恶人都得到惩罚了吗?你手里的帝王之位不是谋杀了我的皇伯父、皇叔父才夺得的吗?你穷兵黩武杀了那么多同胞不是罪孽吗?我们皇家祖宗的坟墓里陪葬了那么多冤魂他们能饶了你吗?”

妙庄王暴跳如雷:“放肆!”他气得面色煞白,哆嗦不止,抽出长剑想亲手把大公主劈死,但脚迈不动,臂抡不起。只好指挥刽子手:“快,快把这个贱人劈死……劈死!”

刽子手举刀欲砍——

忽然,三公主传来一声呼叫:“刀下留人!”

众人扭头望去——三公主骑着一匹雪白的骏马,驻蹄于天门的高阶之上,朝这边摇手呼喊。

“三公主?”

“是她,是三公主!”

“三公主回来了?”

“三公主回来啦!回来啦!”

众人一片惊异、唏嘘、呼叫之声。

三公主跳下骏马,穿过刑队,拨开刽子手,走上刑台……

两位公主四目相对,久久无语。

三公主复又走向妙庄王,大礼叩拜。

妙庄王与皇后见三公主归来,早惊喜异常。今见叩拜,急迎上搀扶:“妙善儿啊!你到哪里去了,叫朕好找啊!”

三公主不及答话,便指着被长枷锁着的大公主,向庄王说道:“父王,如果是因为我的缘故,请放了大公主吧!”

妙庄王:“你也替她讲情?可她对你……”

三公主:“儿已尽知,父王不必再说。”

妙庄王:“谋害骨肉同胞,罪在不赦!”

三公主:“念其骨肉至亲,赦了吧!”

妙庄王:“攻讦父王,诽谤圣躬,罪不容诛!”

三公主:“念及骨肉之情,容了吧!”

妙庄王:“你……你太菩萨心肠了!”

三公主:“菩萨心肠有何不好?倒是由于菩萨心肠太少了,才有同胞相煎、骨肉相残,兄弟姐妹猜忌无度,仇恨不已。父王!您是一国之君,做君王的应该向每个臣民倡导一个‘到此为止’:让嫉妒到此为止,让仇恨到此为止,让罪恶到此为止!让善良从此开始!这样下去,兴林国的每一个明日,总会比每一个今日要好!”

说着,她走近大公主,夺过刽子手的快斧,一斧劈开大公主项间长枷。

两位公主再度四目相视。

大公主心头哆嗦,脸面抽搐,泪如泉涌。

突然,大公主一声高叫:“三妹!”倒头扑进三公主的怀中。

画外一曲歌起——

歌曰:

丢了恨,丢了仇,
大姐三妹从开头。
人心本是一块肉,
嫉妒却如百叶稠。
走着长路憎长路,
住着高楼望高楼。
恩恩怨怨无中有,
浩天空空看云流!

乾清宫。内。日。

十国使臣正向妙庄王辞行。

妙庄王命使臣怀安分别向十使臣赠送礼品：那是些各种各样的金玉品玩。

妙庄王："承蒙十国使团千里造访，朕深感荣耀之至。行前匆匆，聊备小玩相赠，望笑纳之。愿我诸国之友谊长此以往天长地久。"

怀安一声高唱："鼓乐送宾喽！"

宫门外，鼓乐齐鸣。

妙庄王、皇后与文武诸臣以礼相让，请十使臣起程。

然而，十使臣情有流连，意犹未尽，左顾右盼，不肯举步。

怀安："车马已备，请十使臣起程啦！"

十使臣仍踟躇逡巡。

妙庄王："诸公有何流连，有话请讲？"

使团长："启奏陛下，此次十国使团连纵东来，设题刁难，意在挑衅，图谋以雪往昔战败之仇。不料遇到贵国三公主，聪颖旷世，机敏奇绝，把我等费尽心机所设之疑难令题迎刃而解！吾等甘愿认输，五体投地耳！贵国有如此聪明的智人，江山永固矣！我等走前别无憾事，唯愿再见三公主一面，以便深刻瞻记公主仙容，回报十国君王！"

妙庄王："这个……"

皇后："此为何意？"

妙庄王："有无使臣要公主送行之先例？"

赵震："列国未闻。"

褚杰："古制亦未有。"

正当君臣议论纷纭，左右为难，拿不定主意的时候，三公主焕然出现。

侍臣一声长吆："三公主到——！"

众人闻声仰望……

三公主雪衣雪衫雪裙雪带,宝冠扎顶,秀发披肩,额垂璎珞,项挂珠玑,翩然出现在乾清宫后堂门口。

十一、拒赘

乾清宫。内。日。

“三公主到——！”内侍一声长吆。

众人闻声寻望,三公主出现在后殿门口。

庄王诧异地望着女儿。

皇后意外地望着女儿。

十国使臣激动、兴奋地望着三公主。

三公主:“父王！母后！但问召见女儿有何吩咐？”

妙庄王、皇后尴尬的眼神。

妙庄王:嗯？哦哦,儿啊！十国使臣行将离宫回国,朕想请儿替父代劳为诸公送行,你看可好？”

三公主:“遵旨了！”

说罢,朝父王大礼一拜,转身款款云步走向十使臣。

十使臣见三公主走来,慌忙整衣整冠,齐刷刷站成一排,注目相迎三公主。

三公主与第十使臣相对——

第十使臣是个五短身材,然而箭袍花甲,闪金耀银。见了三公主,眼睛就呆了。

三公主微微纳福:“一路平安！”

十使臣受礼若惊:“谢……谢公主！居楼国向公主……致敬！”

三公主与第九使臣相见。

第九使臣面色黧黑,兽皮三匝围身,赤肩露臂。面对三公主,眼珠暴凸。

三公主微微纳福："一路平安！"

九使臣沙喉轰响："谢公主！狼神国君臣都……都希望见见三公主！"

三公主莞尔笑答。

三公主与第八使臣相见。

八使臣面皮白皙，鼻高珠黄，衣裤紧身。面对三公主，喜笑颜开，眉目传情。

三公主微微纳福："一路平安！"

八使臣："谢公主！很荣幸见到您！更希望再见到您！尤其会永远想到您！"

三公主依然莞尔一笑作答。

三公主与第七使臣相见。

第七使臣面色棕赤，膀大腰粗，金裙朱冠，笑态宜人。面对三公主，二目迷离。

三公主微微纳福："一路平安！"

七使臣："多谢啦！安息国为公主祝福，盼公主莅临！"

三公主依然报以"莞尔"。

三公主与第六使臣相见。

第六使臣毛脸毛臂毛胸毛腿，一条赤色长巾在身上横缠竖裹，以为礼裳。他面对三公主，目光如火。

三公主探身纳福："一路平安！"

六使臣："谢……谢公主！还，还想见您三公主！"

三公主一如前例笑而相答。

三公主与第五使臣相见。

第五使臣方脸大口，两颊潮红，雉翎插帽，狼尾垂肩。见了三公主，气喘吁吁。

三公主探身纳福："一路平安！"

五使臣:“谢公主！得见公主金面,不枉今世今生！”

三公主依例莞尔。

三公主与第四使臣相见。

第四使臣锦缎华衮,图腾满身,玉镯套腕,长髯飘胸。他以深邃的目光望着三公主。

三公主:“一路平安！”

四使臣:“公主万福！公主珍重！月氏仰望公主！公主勿忘月氏！”

三公主深情颔首谢答。

三公主与第三使臣相见。

第三使臣矮而粗,白而胖,银圈挂项,金环穿鼻。面对三公主,身首百摇。

三公主:“一路平安！”

三使臣:“太、太、太美啦！”

三公主与第二使臣相见。

第二使臣箭衣箭裤,纹额纹颊,毛首毛臂,龇着白牙望着三公主。

三公主:“一路平安！”

二使臣:“哈哈！哈哈！哈哈哈哈！谢啦！谢啦！”

三公主与第一使臣相见。

第一使臣年轻英俊,体魄魁梧,潇洒倜傥,周身锦衣金冠的王子打扮。当然他就是王子。天竺末罗国的王子,十国使团之使团长。他已与观众多次相见,相当熟知,然而,他与三公主的相见,却要见出新鲜,见出情致,见出波澜。

二人凝定,四目相对。

在第一使臣的眼里,他面前站着的是公主,是美女,是有着倾国倾城之貌的绝代佳人。她的艳丽令他吃惊,她的倩姿令他渴慕,她的聪明才智令他景仰——他眼前闪现着她在“令题斗智”

场中那段令他惊讶不已的表现。

（闪回）

——她意外地满宇生辉地出现。

——她傲然的旁若无人的神态。

——她在使团挑衅者面前穿行。

——她在“象、蛇、棍、马”诸样挑衅物面前神情自若，流利地解答着……

她彻彻底底征服了这位王子。

被征服的王子面对这位美丽的征服者，眼中流泻着火，流泻着情，流泻着爱……

然而，在三公主的眼里，特别是在已经饮了地藏菩萨捧递的“通灵遍觉返苏茶”之后的三公主眼里，她看到的是一张熟悉的脸庞，一张勾起前世“乡情”的脸庞：

——眼前这张脸，明明是转轮王宫中四太子尼萨那张脸。

——那张在转轮王宫说法堂同台不据大王子激烈辩论着的脸。

——那倔强又胆小的四王子尼萨的脸。

——穿戴王衣王冠、承继了王位的尼萨王的脸。

（转回现实）

沉浸在“乡情”回忆中的三公主泪花闪闪，如醉如痴地闭上了眼睛。

二“痴”久久相对，体态凝冻。

整座乾清宫的目光均在二人身上相聚：

妙庄王惶惑的目光。

宝德皇后疑虑的目光。

众臣宰诧异的目光。

使臣团里亵谑的目光。

目光焦点处,使团长突然向着三公主单膝下跪。

使团长:“天竺末罗国转轮王之后、尼萨王之子——念东王太子叩见三公主!”

三公主热切相搀:“太子少礼!”

念东王太子以轻盈的、热切的、急骤的语调,在三公主耳边悄然求告:“自从见了公主一面,小生痴望顿悬,睁眼是三公主,闭眼是三公主,日日夜夜眼前尽是三公主!‘踏遍混沌世,知己终相逢’。小生斗胆向公主剖心求婚:答应我吧!嫁给我吧!我将如同爱护眼睛一样爱护您!如同崇拜神灵一样崇拜您!如同景仰日月星辰一样景仰您!今日兴林之公主,明日天竺之皇后!求您啦——三公主!”

说完,念东王太子再次向三公主叩拜。

三公主半嗔半笑、似怨似怜地也在念东王太子耳边悄然说道:“念东儿!你还记得你有一个大伯父吗?我就是他!”

念东王太子听了这句话,一个寒噤,哑然失声,趔趄欲倒……

三公主急忙双手托住念东王太子,揽于臂弯之间,二人旁若无人地穿过殿廊,穿过仪仗,穿过众人目光织起的网,走了出去。

二人且走且说,状极亲密。

三公主:“你该向我叫姑姑,不,叫伯父,大皇伯父!”

念东:“……”

三公主:“你的父亲尼萨是我四弟,天资聪明,精明能干,就是小心眼!当然,继承王位,非他莫属。”

念东:“……”

三公主:“我要到这个国家来殉葬,他哭了,哭得很痛!这才是我真实的四弟!”

念东:“……”

三公主:“你敢于向敌国公主求婚,这很好。但是,我是你姑姑,你伯父,你长辈!"

哑然失色的众人,望着那并肩悄语、信步徘徊的"一男一女、俊男美女、痴男怨女"惊愕得瞠目结舌。

妙庄王颤抖的手,把一只玉盏捏了个粉碎。

碎盏刺破庄王的老手,鲜血直流。

宝德皇后惊叫一声,托起妙庄王的手。

众侍卫、嫔妃、臣相惊趋庄王。

妙庄王不知疼痛,侧目外看——

殿外,丹墀下,三公主与念东王子依然窃窃密语,挽手而行。

坤宁宫。内。日。

妙庄王指间包扎着白布、气咻咻地躺卧在玉榻之上。

皇后与赵震、褚杰二丞相守在榻旁。

皇后:"陛下何必生这么大的气呢!伤了身子,还是自己吃苦头!"

妙庄王仍然忿忿:"我,我怎么能不生气,他一个小小末罗国小王子,竟然大庭广众之前,众目睽睽之下,挽着我的女儿,那么着嘀咕,那么着亲密,这……这成何体统!"

皇后:"以我看,那个小王子,还是挺不错的。"

妙庄王:"什么?你说什么?"

皇后:"我是说,他好像在向三公主求婚!"

妙庄王:"啊?你的意思是三公主可以……嫁给他?"

皇后:"人家也是个王子呀!"

妙庄王:"可他是我们的敌人!你别忘了,我家陵园里,曾经活埋过他家的人哪!使团刚来那一天,他还和我算这个账呢!"

皇城城门口。外。日。

十国使团仪仗轧轧而行。

队列之后的马车上，三公主与念东王子并肩而坐。

三公主似有不尽之言相嘱，而念东小王子此时则俯首帖耳，恭敬相听。

三公主："冤仇宜解不宜结呀！过去的，就让它过去吧！"

念东王子："那么，我伯父就白白让他活埋掉吗？"

三公主："没有白白，活埋了一个，救生了三千。何况，埋而不死，还活着。"

坤宁宫。内。日。

妙庄王与皇后、二丞相说到激动之处，气喘吁吁，咳嗽不止。

赵震："陛下，以臣之见，趁他们出城不远，我带人马追去，把那个末罗国小王子杀掉算了！"

褚杰："不可，万万不可！十国遣使本为挑衅而来，多亏三公主智解令题，平息刁难，化却十国连纵之险。如果追杀末罗使臣，必将再次触怒十国，其险更大，其祸更迫，亡国即在眼前矣！"

皇城外。外。日。

使团队伍行进，尘土飞扬。

轧后的马车上，三公主与念东王子的话别临近尾声。

三公主："代我向你父亲问好！并且转告他，行善不死，积德长生。他的大哥台不据大王子依然健在，活得很好。"

念东王子："这……，这不可思议的事，怎么才能让他相信呢？"

三公主："不可思议，则不必思议；心中有信，则自会相信。"

三公主说罢，走下马车，又登上跟随的宫辇，与念东王子挥别。

十国使臣驻马回送，挥拳唱喏："公主保重！"

坤宁宫。内。日。

妙庄王与皇后及二丞相的宫议还在继续。

妙庄王:“此人不除,终为一患。”

皇后:“患不患还在咱的女儿,只要女儿有主意,谁人勉强得了?”

妙庄王:“我就怕她没主意!瞧她一见那个小白脸儿,眼睛直呆呆的,话就多多的,送得远远的。她失尽了体统!丢尽了我妙庄王的脸面!”说着说着,庄王又上了火,他推被下床,激烈地徘徊。

褚杰:“陛下,难道我们都没有发觉,公主们都长大了吗?”

妙庄王:“你是说?”

褚杰:“红鸳思对,青鸾怀春。鸟儿尚且如此,何况人乎?”

赵震:“公主们是该允婚的年龄了。”

妙庄王:“怎么?依二臣之见,就让她们出嫁吗?”

褚杰:“大公主、二公主均可允婚出嫁。唯三公主只可纳入,不可聘出;只可入赘,不可出嫁;只可招守宫驸马,不可作他国后妃。”

赵震:“只要留住三公主,兴国振邦,就有希望。”

褚杰:“陛下应当从速入选驸马,以拴三公主待飞之心!”

皇后望望二臣:“那么,选驸马?”

二臣:“选驸马!”

皇后望望庄王:“选驸马?”

妙庄王:“选驸马!”

王宫大殿。内。日。

御案上,一道“广选驸马”的圣旨已经草就。妙庄王挥笔写下“钦命”二字,当廷颁下。

传旨官领旨而出。

司马府。外。日。

大司马手捧“广选驸马”的圣旨，站于令台，威严宣读。

台下，一排令官骑在马上，聆听圣旨，整装待发。

大司马读毕圣旨，激昂挥手。

一排大马齐头窜出，四散奔去。

街市。外。日。

扛着“选招”旗子的令官骑着大马，在人群中招摇穿行。

“选招”旗子过处，人们交头接耳，议论纷纷。

丞相府。外。日。

成队的“应选者”从赵震、褚杰二丞相面前走过。

二丞相审视、挑剔的眼睛。

文试场。内。日。

一排排“应试者”趴伏在一排排书案上，吃力地写着应试文章。

丞相褚杰高坐监台，目不转睛地监视着考场的动静。

武试场。外。日。

“应选者”操刀持枪，两两对垒，在场下拼杀得热火朝天。

丞相赵震高坐于校师台，主持着考场，审视着筛选着每个应选者。

[在以上画面中，掠过一首歌。

歌曰：

一道圣旨往下颁，
驸马挑出上百千。

除掉胖来去掉瘦，
减了窄兮裁了宽。
英眉秀目拣十遍，
文比武试过八关。
沙中淘得真金子，
王宫领进两状元！

王宫阙门旁。外。日。

两匹高头大马之上，骑着两位文武状元。朝靴锦袍，周身崭新，授帽之上插着耀眼的金花极尽魁中之派。他们在赵、褚二丞相的带领之下，穿过阙门，向宫中走去。

路人望之伫立，投以极羡的目光。

分坐在两乘敞帘宫轿中的赵、褚二丞相，面挂微笑，洋洋得意。

乾清宫。外。日。

两位入选状元驸马与两位丞相双双挽臂，老少相搀，向乾清宫走来。

宫门外，夹道的宫娥彩女瞪大眼睛望着这两位从全国上千美男中挑选出来的驸马坯子，一片惊叹唏嘘。

乾清宫。内。日。

两位丞相在前，两位状元在后，朝着妙庄王大礼参拜。

坐在妙庄王身旁的宝德皇后亦忍不住欠身打量阶下跪着的两位新人。

褚杰："启奏陛下皇后！"

赵震："兹奉圣上之旨，"

褚杰："历三百三十日，"

赵震:“过一百一十郡,”

褚杰:“选两千两百精壮少男,”

赵震:“经四十轮武场比试,”

褚杰:“五十场文场考试,”

赵震:“才选得此二人文武状元。”

褚杰:“现带进宫来,”

二人:“谨望陛下过目!”

妙庄王与皇后激动地走下阶墀,走于四人面前,喜不自禁地将四人搀起。

妙庄王与皇后轮番盯视二位入选状元。

二状元各作仪态承受浏览。

皇后看得痴痴发呆。

周魁:“文状元周魁!”

何彪:“武状元何彪!”

二人:“叩见圣上万岁、万岁,万万岁!”说着,又要倒头下拜。

妙庄王、皇后急忙分别拦阻。

妙庄王:“免了,免了,免了!”

皇后:“快,快请三公主!”

侍臣闻之纷纷呼喊:“请——三——公——主——喽!”

清风阁。内外。日。

彩女娇红、翠红失急慌忙地跑来,撞门而入,呼喊着:“三公主!三公主!万岁召见呢!”

然而,室内空空。

银凤阁。内外。日。

彩女娇红、翠红气喘吁吁地跑来,跨步入门呼喊着:“万岁有旨:招驸马啦!招驸马啦!”

室内，组织临案演习刺绣的二公主，听到呼叫，扔掉手中的活计，飞快地迎了上来。

二彩女见无三公主，四下寻望："哎？三公主呢？圣上叫三公主招驸马哩！可就是找不到她！二公主见三公主了吗？"

二公主刚刚笑开的脸儿又挂上了愁云。她望着二彩女摇了摇头，怫然走回针工台，又练起了刺绣。

二公主的随身侍女冲着娇红、翠红伸伸舌头，刮刮腮帮。

金风阁。内外。日。

彩女娇红、翠红汗水淋漓地奔来，闯开阁门，呼叫着："圣上有旨：招驸马啦！招驸马啦！驸马都等急啦！"

室内，大公主神色颓唐地躺卧在床上，听到二彩女的呼喊，顿然来了精神。忽地从床上坐起，翻身下床，鞋子来不及穿上便迎着二彩女跑去。

二彩女见无三公主，四下寻着："哎？三公主也不在这里？圣上急着要三公主相驸马呢！她没来这里？大公主见到她了吗？"

刚刚吊起胃口、来了兴趣的大公主，听两个彩女又如此说，顿时泄了气，来了愤，顺手抓起桌上的茶盏，兜头向二彩女泼去。

娇红、翠红惊叫着退了出去。

御园荷花池。外。日。

三公主面临荷花池，盘膝趺坐，二目微闭，默然入静。

膝间，一本《阿食经》临风扉页簸动。

娇红、翠红两位彩女飞跑过来，上气不接下气地吆喝："我的老天爷呀！可找死我们啦！宫廷上下都在找你。可你倒好，蹲到荷花池边打起瞌睡来了！你……"

看看三公主不应声，不转头，毫无动静，二人正诧异间，但觉异香扑鼻，令人陶醉："好香啊！"二人止不住深呼吸起来。又只见三公主周身七彩祥光闪耀，一轮金光罩顶，通体透明。那放射的光，似乎具有吸力，使得二人不知不觉获得一种精神的超然飞升，忘掉了一切，在三公主身边缓缓跪下，闭目合掌，陷入纯净的无念的世界。

接着，又跑来了两个彩女，又一阵“三公主，三公主”的呼叫，又如此这般喊着：“好香啊！”也不由自主地在三公主身边陶醉、跪下、闭目、合掌、陷入……

又跑来两个老的……

又跑来两个小的……

又跑来两个男的……

又跑来，又跑来，又跑来……

一会儿，荷花池畔，三公主周围，密密匝匝地跪了一片，人们都那么深深陷入无念无虑、无忧无惧、无他无我、莫名其妙而又奇幻无比的静态之中。

突然，传来妙庄王的声音：“这，这到底是怎么了？这到底是怎么了？这到底是怎么了？”

三公主闻声而起，她翩然跳过众人之围，朝着轧轧而来的龙辇迎了过去。

龙辇上，坐着妙庄王和皇后，二人一脸的不快。

三公主：“参见父王母后！”

妙庄王：“不是你参见我，是我来参见你了！你好难请啊！”

三公主：“儿已知罪了！”

妙庄王：“这群奴才也实在可恨，让他们来叫人，他们倒都陪着你赏起荷花来了！来人！把他们都给我推下湖去！”

三公主急拦：“不，父王！不怪他们，是他们见我不去，便跪下死死相求，倒真是难为他们了！”说着，她起身走过去，挨个儿摸了摸他们的头。

那些跪地入静的宫娥彩女及内侍们，纷纷打着哈欠，伸着腰

肢,大梦初醒似地喃喃自语:

“太舒服了!”

“好一场美梦!”

“我简直忘了我是谁啦!”

“我是不是成仙啦!”

三公主见庄王脸有怒色,急忙掩盖众人的超然吐露,作态呵斥道:“圣上在此,怎敢信口开河!还不快快谢罪!”

众人闻言,看见妙庄王,大吃一惊,一齐匍匐在地,叩求道:“圣上恕罪!”

三公主:“还不快快退下!”

众人纷纷躲开,溜掉。

妙庄王憋了半天的火,终于发作了:

妙庄王:“你翅膀硬了!成精了!管不了你了!”说着他陡然跳出龙辇,冲着三公主大吼一声:“到底我是国王你是国王!”

三公主俯首受责。

十二、灶役

御园荷花池。外。日。

妙庄王一阵发火,累得气喘吁吁,咳嗽不止。

三公主急忙上前搀扶,为之抚背。

妙庄王依然不息怒火:“走开!谁还敢劳你的大驾?”

三公主向父匍匐。

皇后挥退左右,走上来扶起三公主。

皇后:“儿啊!你知道你父王为给你挑选一个称心如意的驸马,费了多少心吗?”

三公主:“历三百三十日,过一百一十郡,选得两千两百精壮少男,历经四十场比武、五十场文试,才得到两位完美无缺的文武‘状元’男儿！”

皇后：“怎么？你知道得这么清楚？”

三公主：“父母之心怎敢冷落？”

皇后：“既然如此，今日两位状元来了，我儿为何迟迟不去相见？惹你父王生这么大的气？”

三公主：“火本自燃，气本自生，非儿所致。”

妙庄王：“什么？还敢犟嘴？”

三公主：“儿不讲话如果息得父王之火，我将永不开口。”

妙庄王：“你听你听，她多会狡辩！”

三公主：“说也不是，不说也不是，启奏父王母后，究竟要儿如何？”

妙庄王：“我要你听话！我要你忠君！”

三公主：“忠君者未必听话，听话者未必忠君。”

妙庄王：“我要你在两个状元中选一个驸马，快给我成亲！”

三公主：“状元中，选不出驸马，无儿的缘分。”

皇后：“儿啊，你说些什么呀？”

三公主：“母后，孩儿身心主意不同，各有所志，望父王母后见容。”

皇后：“你的主意志向究竟是什么？”

三公主：“孩儿不愿婚姻，只愿修行学道。若得果证菩提，不忘养育之恩。”

妙庄王：“胡说八道！朕为一国之主，万姓之尊，倒养个女儿去做尼吗？”

三公主：“这有什么不好呢？昔日佛祖释迦牟尼身为王子，不恋宫廷奢华富贵，出家修行，终证大果。”

妙庄王：“他是男人，你是女子，女子！懂吗？未见到哪个女子出家修行成得大器！”

三公主：“父王！就让成大器的女子从孩儿开始吧！”

妙庄王:“不行！一人出走,全家倒霉。释迦牟尼一人修行成神,可他亡了家,亡了国！我不能让兴林国被你带上灭亡之路！”

三公主:“看似亡家,实为兴家。君不见普天之下善男信女皆为万众一家么?亡国之议,更为无稽。君不见围绕佛祖圣灵之地,已是禅光普照,众邦一统了么！父王强国之愿甚佳,但是只靠黩力,不知修善,一旦力竭之时,便是国衰之日,这才是亡国之象也！”

妙庄王:“放肆！乳臭未干,竟来教训我了！”

皇后:“儿啊！你父王就指望你招个驸马继承江山社稷呢,你可不能伤了他的心哪！”

三公主沉吟半晌,喟然一叹,说道:“好吧！”

妙庄王上、皇后以为三公主回心转意,顿时一喜:“我儿答应招婿了?”

三公主:“父王、母后既然执意要儿招婿,那就给儿招个医士来吧！”

二老诧异道:“医士?看病的?”

三公主:“对,儿就要个行医看病的驸马！只要他医治得天下无倾颓之相,无寒暑之时,无病老之苦,无高下之分,无贫富之殊,无贪婪之心,无妒忌之恨……让天下百姓尽得佛果菩提,女儿自当不择时日与此人结为夫妇！”

妙庄王听罢,火冒三丈,大发雷霆之怒,吼道:“这个妖精越来越在人前说鬼话！成心对朕故意刁难。来人哪！”

一帮值日内侍跑来。

妙庄王:“这个贱人忤逆拂旨,朕命你们将她锦衣剥下,换以布衣,囚禁于荒园,贬为清道杂役。如无反悔,冻死饿死无报朕知！”

内侍们一声应喏。

宝德皇后痛哭失声地扑向三公主:“儿啊！你为什么要如此执拗呀！……”

三公主反倒如释重负，嫣然一笑说道：“母后，不用伤心，这都是劫数。我和父王的业缘才刚刚开始。往后，回合还多着呢！这都需要苦，需要泪，甚至还需要命！”

皇后惊愕地：“你……你都说些什么呀？”

三公主不再搭话，她脱下身上的锦衣，留下一身缟素，望着父母一拜，跟着押送侍卫，转身向园林深处走去。

皇后望着远去的三公主，伤心地捂起了脸面，几声呜咽。

妙庄王望着远去的三公主，气得浑身发抖，无力支撑身子，两腿一软，颓然倒下。

就在妙庄王将倒未倒之际，大公主、二公主赶来，两边搀住他们的父王。

愤怒已极的庄王，看了看搀着他的大公主、二公主，朝着走远的三公主狠狠地吼叫道：“你死去吧！老子还有两个公主呢！！”

后宫院。外。内。

一挂挂爆竹燃起，一阵阵惊天动地的轰鸣，烟雾蔽日，纸花遍地。

一面面大鼓擂响。

一只只喇叭吹响。

大红“喜”字高悬低挂。

二位公主与二位驸马的结婚典礼正在举行。

文状元周魁与武状元何彪金冠朱衣，容光焕发，二人手拖红绸，分别牵着蒙着盖头的大公主和二公主，翩然登场，在宾客中穿行。

众人一片欢腾。

御花园水塘畔。外。日。

三公主布衣高挽，赤着双足，在一架木制水车上踩轮戽水。

晶莹的水花,舔舐着三公主的双脚。

池塘里,锦鳞游泳。

池塘岸,鹭鸶翔集。

满池荷花迎风摇曳,向三公主点头致意。

三公主眉宇之间挂着天趣自展的甜笑。

后宫院。外。日。

婚礼喧闹的高峰。

文状元与大公主相对;武状元与二公主相对。

司仪一声长吆:“揭盖头喽——”

文武状元分别揭开二位公主的盖头。

二位公主羞得捂起脸面。

众宾狂呼不止。

司仪官:“一拜皇天后土!”

新郎新娘跪拜天地。

司仪官:“二拜父王母后!”

新郎新娘跪拜高坐龙台之上的庄王皇后。

司仪官:“夫夫妻妻对拜!”

新郎新娘相对施礼。

司仪官:“入洞房喽!”

在宾郎宾娘推拥下,新郎新娘双双相挽,走进金镶玉嵌的芙蓉宫。

众宾山呼海叫。

然而,端坐于龙台之上的皇后,突然哀发于心,泫然泪下。

妙庄王狠狠地瞪了皇后几眼。

御花园。外。日。

三公主扛着锄头,赤着双脚,跳在花圃间松土剔草,引水灌溉。

三公主周围，蜂飞蝶绕，百鸟鸣唱。

芙蓉宫。外。夜。

夜色幽幽。

两座遥遥相对的新房内，却宫灯高挂，明烛遍燃，照得如同白昼。那轩敞的雕窗之上，清晰地透射出新房内新人们的缱绻情态：

二公主与驸马何彪隔案相对，二公主临案抚琴，何彪执牙击节，幽雅的琴声隔窗传出。

大公主与驸马周魁双双携手，臂臂相偎，倾吐不尽绵绵情话。

绣窗外，星光下，站着庄王与皇后，他们望着窗上那两对新人的剪影，喟然而叹。

皇后："要是三公主也这样，该多好！"

妙庄王："……"

皇后："三儿才是你社稷的希望。可你对她太狠了：冷落的荒园，凄凉的夜，让她一个人……"

妙庄王怆然阵咳……

御花园。外。夜。

荷池畔，榕树下，青石上，端坐着三公主，她时而展卷诵经，时而合掌入静。

闪光的流萤聚成飘动的光团，绕于三公主周围，照得通明闪亮。

青蛙翘首。

草蛇围望。

鸱鸺注目。

百虫围拢朝拜三公主。

在上述画面交替中，响起一首歌。

歌曰：

你那边是鸳鸯双影，
他这边是孤树临风。
你那边有情话喁喁，
她这边有青卷黄经。
你留恋个富贵宫廷，
她喜好个明月萤灯。
你讲究个金银万鼎。
她崇尚个静悟穷通。
人生百味，百味人生，
你有所钟，她有所钟；
你我都有个“乐在其中”！

你爱见个雕梁画栋，
他满足个绳床茅棚。
你希图个耀祖光宗，
他乐于个隐姓埋名。
你追求个步步高升，
他陶醉个暮鼓晨钟。
你巴望个不老长生，
他道了个万般皆空！
人生百味，百味人生，
你有所钟，他有所钟；
你我都有个“乐在其中！”

御花园。外。夜。

寒星寥落，雾霭朦胧。

夜深人静，百虫入眠。

然而，三公主依然结跏趺坐于塘畔树下青石之上，闭目诵经，神情益沉静，仪态益端庄。

不知何时，妙庄王与皇后已出现在三公主身旁，悄然伫立。

值班侍臣怀安欲上前唤醒三公主，被皇后拦阻，挥下。

妙庄王的咳嗽声惊醒了三公主，她急忙起身迎接父母。

三公主："深更半夜，有劳父王母后荒园看望女儿，深为不安！"

妙庄王叹了一声，喟然道："妙善，儿前时不听朕言，被朕贬下，囚禁于后园。思想起来，朕也有狠心之处。'猛虎不食子，毒蛇犹护儿'，自家骨肉，何至于此？而今你的两个姐姐已经招赘佳婿，独留三儿荒园受苦，朕心何忍？"

皇后："圣上牵挂我儿，辗转反侧，不能入睡，你两个姐姐的花烛喜庆，也宽慰不了你父王悬儿之心。"

妙庄王："为父膝下无男，只有你姐妹三人。然而老大刁钻，老二懵懂，唯有儿天资聪颖，智慧过人，非一般男儿可比。前次智辩十国使团，即可见我儿才华惊人盖世。实指望我儿早日招选佳婿，监朝听政，代父掌管万里江山，朕方平心瞑目矣。望我儿勿再执迷不悟，固蹈泥途。"

皇后："妙善，快快随圣上回宫去吧！怀安！辇轿伺候！"

侍卫们在远处一声呼应。

三公主："慢！怀安，服侍陛下、皇后登辇回宫。至于我嘛，你们就不必费事了！"

皇后："怎么？难道你还不回宫吗？"

妙庄王："你要在荒园安家吗？"

皇后："你不怕冻不怕饿吗？"

妙庄王："你死不回头吗？"

三公主："前程有路，何必回头？心如明镜，岂是'执迷'？"

妙庄王："你……"

三公主："父王、母后，千万别为囚禁女儿于荒园而悔愧难当。女儿倒要感谢父王的遣送，这实在是美好的赏赐呢！绿树，香荷，明月，清风……这是儿梦寐以求的归宿，是修行悟道的好去处。修行是儿夙愿，招赘非儿本心。"

妙庄王："修行，修行，又是修行！你是公主，再不许你说这种荒唐无稽之言！"

三公主："荒唐无稽言，奥妙玄机理。世无久尊贵，高山是海底。"

皇后："天哪！她生生是被僧道之雾给迷上了啊！"

三公主："人眼自有雾，互看相生疑；迷者形似醒，醒者浑似迷。"

妙庄王："但凡为僧道的都是那些懒惰、孤贫、疾苦、下流、求食度日之辈。你是皇家闺秀，决不许堕落到此辈之列！"

三公主："上流生龌龊，下流孕清新；居高不思卑，悲夫真迷津！"

妙庄王欲大发火，又看到三公主俨然不动，盛威难撼的样子，无奈挥了挥手，对皇后说道："罢了，罢了，咱们回宫去吧！管她作甚，不听她这些疯话，说不定我还能多活两天呢！"

妙庄王说罢，扭头便走。走了两步，突然又转身，咬牙切齿地喊道："来人哪！"

侍臣怀安带着一群人跑来。

妙庄王："从明日起，把这个贱女发往灶下，充当执火婢女。不准穿鞋，不准衬肩，每日挑满十七缸清水，劈碎两担硬木柴，一切淘米烧火之事，都要她一身担当，不准他人帮忙。每天夜间要编织三十三双草鞋，不得有丝毫偷闲！"

妙庄王说完，抓过怀安手中的一条鞭子。

妙庄王："黑嫫听旨！"

侍人群中，走出一个高大粗黑的女佣。

妙庄王："朕派你为执鞭监察，紧紧随三公主，日夜监视，督察责任，稍有差池，即用皮鞭责打！"说罢，把皮鞭扔给黑嫫。

黑嫫龇牙咧嘴地应了一声："哈！"

井台旁。外。日。

三公主鹑衣百结，双足赤裸，吃力地摇着一架大辘轳。那辘轳上的井绳，似乎永远也摇不到头。

三公主满头满脸的汗珠。

三公主满腿满脚的泥浆。

三公主的身后，站住虎视眈眈的黑嫫，她手中紧紧攥着那条鞭子。

碎石路上。外。日。

三公主挑着满满的两桶水，摇摇晃晃地走着。

石路上那尖尖的石子，刺得那双嫩嫩的双脚肌肉抽搐，血渍斑斑。

娇弱的双肩承受不了沉重的水担的压力，身子一个踉跄，水桶里溅出几滴水来。

跟在身后的黑嫫，一鞭抽下。

三公主咬紧牙关，闭起眼睛。

细嫩的脖颈上，顿起一道鞭痕。

御膳房。内。日。

烟雾缭绕，铲勺叮当，厨子们一片繁忙。

三公主挑着水担，艰难地走来。

碾盘粗的水缸又高又陡，一溜摆开。

三公主提起水桶往缸中倒水，然而，缸高人矮，身单力薄，抖抖索索中,提起的水桶又渐渐滑下……

一位叫永莲的灶女看见,急忙跑过来,帮助三公主把水桶提起来,举上去,往水缸中倾倒。

突然,一顿皮鞭落下,把永莲打得尖叫不止。

发怒的黑嫫,仍然不停手中的鞭子。

三公主急忙上去抱住永莲,替永莲遮挡抽来的皮鞭。

膳房院。外。日。

烈日炎炎,蝉声阵阵。

烈日下,三公主汗流浃背地劈着木柴。

一段段圆木迎刃而开。

而三公主身后,还有一堆堆圆木。

高高挥起的斧头,在空中抖颤了一下,落下时,劈在了圆木的边沿,猛地滑了下去。三公主随之歪倒在地。

身后,黑嫫发出了野兽般的叫声:"哈!哈!"同时,抡起了她那御赐的皮鞭。

三公主急忙挣扎起来,抓起斧子,继续劈她的木柴。

御膳房灶头。

三公主在灶前烧火。

灶下,塞得满满的劈柴没有燃起,却煸出团团浓烟。

三公主爬下身子,用嘴对着灶门,奋力吹气,那灶中的灶灰猛地反弹喷来,把三公主裹了个满脸满身。

三公主成了个灰人。

灶灰迷进了三公主的眼睛。

三公主痛楚地揉着两眼。

"不能揉眼睛,三公主!"一位老妇喊了一声。

黑嫫的鞭子,落在了老厨妇的身上。

“快来用清水洗，三公主！”一位胖厨工喊了一声。

黑嫫的鞭子，又应声落到了胖厨工的身上。

“不能用嘴吹，用旁边的风箱，三公主！”永莲说着跑过去，帮三公主烧火。

黑嫫的鞭子，又随着跑动的永莲抽落。

厨工们骚动了，一圈愤怒的眼睛。

一位大个头厨工，一个箭步跳过去，一把抱起了黑嫫，把她推到墙角。

一群厨工围上去，夺下她的鞭子挥鞭欲打。

三公主大声呼叫：“不能打！”

愤怒的人群又停了下来，望着三公主。

三公主：“她没有错，她在执行圣命。”

三公主用恳切的目光劝说众厨工。

她把被厨工夺走的鞭子又夺了回来，再交给黑嫫。对黑嫫说：“也不怨他们，都是因为我，才触犯了你。请你遵照圣命，惩罚我吧！”

黑嫫接过鞭子，呆愣愣地瞪着三公主望了一阵子，果然又抡起了皮鞭。

三公主又闭起了眼睛。

一声鞭响划过，三公主嘴唇一阵抽搐。

厨工寝房。内。夜。

一排排大通铺上，个挨个地睡着辛劳一天而疲惫不堪的女厨工们。

鼾声阵阵。

然而，在房屋的一角，亮着一支蜡烛。

蜡烛旁边，坐着三公主，她衣衫不整，鞭痕累累，嘴角挂着血渍，然而手头仍在干着活——编织着草鞋。

身旁，编起的草鞋堆了一堆。

身子另一旁，堆着大堆大堆的草鞋。

窗外，更鼓三响，月挂中天。

坐在一旁、紧紧盯视着三公主的黑嫫，也疲乏得朦胧起眼睑。

三公主舒展了一下身子，然后结跏趺坐，捧出经卷展诵。

黑嫫的眼睛突然睁开，她看到三公主停了手里的活，顿时怒眼圆睁，倏然站起，抡起皮鞭抽下——

然而，就在此时，一股蓝雾吹来，迅速掠过黑嫫的鼻尖：这高大的奴仆忽然浑身瘫软，顺墙滑下，登时酣然入睡，鼾声阵阵。

蜡烛即灭，禅光燃亮。

地藏王菩萨从地下倏然涌出。

地藏王朝着三公主大礼一拜：“观音娘娘受苦了！”

三公主看到地藏王菩萨出现，不禁一喜，忽而又向着地藏王嘘了一声，悄悄说道：“地藏王菩萨何以来此？”

地藏王：“特来拯救娘娘！”

三公主：“菩萨何言拯救？”

地藏王：“娘娘身陷厨灶，受尽折磨，怎能不救？”

三公主：“这……这算什么折磨？”

地藏王：“庄王残忍无情，黑奴穷凶极恶，娘娘遍体鳞伤，这还不算折磨吗？”

三公主：“地藏王难道不知仆此次投胎转世所负之命吗？”

地藏王：“转生女儿之身，修造女界之榜，填补梵天久久空缺的女菩萨之位。”

三公主：“既知仆命如此，焉敢动辄躲逃苟安？况且是宫内贬谪，厨灶之役，小苦小累，不足挂齿。有道是‘苦殃无尽，功德无量’，吾今吃一分苦，来日建一分功。小苦小功，大苦大功，苦无尽日，功无限界。仆转生于兴林国皇宫之初，曾祈请佛祖追加七七四十九大劫难，以增添观音浮屠新面之清辉。而今刚刚开始，地王便来遮护，岂非帮我倒忙乎？”

地藏王：“大师志怀高远，仆深为钦敬！然而妙庄王这个暴君，前半生穷兵黩武，妄杀无辜，已恶贯满盈。而今晚年不思悔改，对亲生女儿也如此残忍暴虐！以我之见，不如早投地狱，以惊醒世人，乃儆效尤。”

三公主：“此更不可！当初佛祖着仆投生兴林国妙庄王膝下，即有意试我弭凶化顽、收恶度人之功。如果连一个暴君也善化不了，仆还有何颜登临来日菩萨之位？”

地藏王：“可此君之凶心至今未敛。”

三公主：“但地王应当看到，庄王的恶行已经收敛不少了。”

地藏王：“他如此这般虐待你，怎么说收敛不少？”

三公主：“他只顾虐待我，就忘了虐待人，只顾凶恶向内，就忘了凶恶向外；只顾惩治女儿，就无暇惩治百姓。久而久之，暴君变成了暴父，在社会上的暴行不就大大收敛了么？”

地藏王：“可是你，你却受苦了，我们的观世音！”

三公主：“我说过了：这消了我的劫数，添了我的功德，值得呀！”

地藏王：“说到底，暴君不惩，于世不祥！”

三公主：“会惩的，让他自己惩自己终有一天，我会把一个完整善化的妙庄王送往您的领地！”

地藏王望望三公主，钦敬地叹了口气，然后走向墙根，抓起熟睡中的黑嫫的手臂。

地藏王：“那么，对于这个恶奴，倒应该断了她的手指！”说着抽剑在手。

三公主急忙走过去，护起黑嫫：“不，黑嫫既没罪，也无错，她无非是个上司指令的忠实执行者。她并不因为我是公主而徇情怠命甚而讨好献媚。我……我想收留她呢！”

地藏王苦笑地摇了摇头。

地藏王:“难道,我白白跑了一趟吗?您总得让我为您做件事、帮个忙吧?”说着,他向空中挥了一下手。

一群牛头、马面、鳖精、蛇怪、鸟王应招而至。

十三、厨靖

厨工寝房。内。夜。

地藏王挥手之间,一些牛头、马面、鳖精、蛇怪、鸟王应招而至。

牛头、马面摇摆着尾巴等候命令。

鳖精、蛇怪扭晃着身子等候命令。

鸟王、飞枭飘浮在空中等候命令。

地藏王:“牛头马面挑水,鳖精蛇怪劈柴,鸟王飞枭衔草编鞋,三公主每日之活,皆由汝等完成,只准提前,不准拖后!”

众精怪一声应叫:“喏啦!”便要分头去做。

三公主急忙唤住:“等一下!”

众精怪停住,望着三公主。

三公主:“多谢地藏王菩萨和众位大仙对我的呵护和帮助。可是,仆既转世轮回四度,即为踏劫修炼。在果证登乘之前,尚有无数业缘要我亲历亲尝。只有尝尽人间疾苦,方能救得人间疾苦;不曾经得万种艰难,如何除得万种艰难?这些挑水、劈柴、打草鞋诸般役劳你们替我做了,反倒是免了我的功课!”

诸怪面面相觑。

地藏王:“依您之见?”

三公主:“依仆之见,我的事还让我来做。诸家大仙倒可以帮一帮这些长年累月辛劳不止的厨工们,替他们做一些分内之活,苦重之差,家务之事。这样一来,倒添我们梵界的济世功德!”

地藏王向诸仙怪命令道："来呀！都听公主的吩咐！"

众仙怪齐俯首："请公主差遣！"

三公主："牛头运粮！"

牛头："喏！"

三公主："马面拉菜！"

马面："喏！"

三公主："鳖精淘米、发面，包揽面案！"

鳖精："喏！"

三公主："蛇怪选菜配料，包揽菜案！"

蛇怪："喏！"

三公主："灶工永莲家房漏雨；赵大妻子临产；黄嫂家宅失盗；黑嫫母亲疯瘫。今着鸟王、飞枭前往这些厨工之家，有难解难，有疾除疾，全力相助，来日我当酬报！"

众怪精一齐唱了喏，立即四散支差而去。

御膳房操作间。内。夜。

牛头、马面、鳖精、蛇怪带领着各自的随从，在灶间进进出出，紧张忙碌。

储藏间，一袋袋米面堆满了房间。

淘洗池，一网网鲜菜堆在了池旁。

面案上，簸箩里的大米淘洗得干干净净，雪白透亮。

菜案上，择洗得干干净净的五色菜蔬整整齐齐地摆满了案台，鲜美诱人。

精怪们施出各自的魔法，各逞其能。

魔法下：

笤帚在地上不停地飞舞……

碗盘自动地上架归类……

抹布自动地在各种器物上拭揩……

豆荚、白果、核桃、花生……自动地在笸箩里跳跃、翻滚、炸开……

厨工寝房外。晨。

金鸡三唱，晨曦熹微。

第一个起床走出来的厨工，睁开惺忪的睡眼看了一眼，不禁惊讶地叫起来！

听到叫声的厨工们纷纷走出寝房，他们抬眼一看，也都禁不住一齐惊叫。

临着宫墙的台基上，整整齐齐摆着长长一溜洗脸盆，脸盆中盛满清水，搭放着布巾。

御膳房操作间。内。日。

走上各自岗位的厨工们，都吃惊得瞪大着眼睛：望着整洁的地面、整齐的器皿、淘净的豆米、择净的菜蔬……他们无事可做了！

你问问我，我问问你……

你抓挠着脖颈，我搔动着头皮。

“这是谁干的？”

“谁有这么大的气力？”

“谁有这么好的心肠？”

“出神仙了？”

“哪家神仙会来怜悯咱们这一号？”

……

此时，灶工永莲气喘吁吁地跑来，涨红着脸告诉大家一个奇迹：

永莲：“师傅们！我家那破烂的房顶，一夜之间，竟，竟然全给补好啦！谁能告诉我外，这是哪位恩人干的？我要感谢他！”

此时,厨工赵大跑来,喘着气又告诉大家另一个奇迹:

赵大:“我的天!我老婆刚把孩子生下来,哪位善人就送去了五斗米面、八斤红糖,外加一篮子红鸡蛋?想不到还有爷们看得起俺赵老大!”说着逢人作揖。

此时,洗工黄嫂跑来,又咿咿呀呀地告诉大家另一奇迹:

黄嫂:“我的娘哎!可出神仙喽!俺家被贼偷走的那个首饰匣子,丢了一个多月了,都想着没望了。没料到昨天夜间它,它,它竟然飞回来啦!只听见‘哐啷’一声,把我惊醒了,我睁眼一看,嗨!那匣子端端正正摆放在我面前的柜子上。神啦!”

此时,一位老婆婆战战兢兢地跑来,满脸奇异之色,口中连连喊着:“嫫儿!嫫儿……”

人群中有人认得老婆婆的,边迎上去搀扶着老婆婆,边惊异地议论起来:

“这不是黑嫫的妈妈吗?”

“就是她。可她是个瘫子呀!”

“是啊,瘫痪三年啦,屙尿都在床上!”

“她怎么能走路啦?”

此时,黑嫫听到母亲的呼叫,失急慌忙跑来。一见母亲,惊叫地扑了过去,一把把母亲抱起,托在怀里,愧然地说:“妈,女儿半个月未回家侍奉您老人家了,女儿不孝,女儿有罪,惹妈妈生气了!”

嫫母:“乖女儿!多亏你积德好,感动了天神,给妈带来了福音!”

黑嫫:“妈!你是说?”

嫫母:“把妈放下,妈能走路了。”

黑嫫惊愕得瞪大眼睛。

嫫母:“看你那个呆样!难道你还不相信?”

黑嫫:“……”

嫫母："放下，快把我放下！"

黑嫫试探着把母亲放下。

嫫母直直地站立在地面，整了整衣衫，理了理头发，步履端正地往前迈起步来。

黑嫫看呆了！

呆过来的黑嫫惊喜得狂跳起来，跑上去把妈妈抱住。

黑嫫："妈！妈！这到底是怎么回事？你瘫痪几年的病就这么自己好了？这不是做梦吧？"

嫫母望望女儿，望望围上来的厨工人众，恳切说道："你们觉得奇怪不是？妈也觉得奇怪呢！说来你们更不相信，还真是一场梦把妈妈的瘫痪病给治好了呢！"

嫫母眼里闪着异样的光，回想着那个梦境："昨天夜里，妈做了一个梦。"

（闪回）

黑嫫家。夜。

黑嫫的母亲瘫卧在一张病榻之上。

床沿下，摆放着便盆、马桶以及那些药罐、汤碗之类的东西，龌龊不堪。

另一张小床上，黑嫫爹呼呼大睡。

嫫母画外音："我这个瘫痪病，一害就是三年哪！三年来没有下过床，把一家人折腾得死去活来。老头子是个酒鬼，喝了酒就蒙头大睡，只有黑嫫对我好，夜里照管得殷勤。可是，近个把月没回家，说是皇上让她照顾三公主，跟随三公主，没法照看妈了。昨天夜里，我浑身疼痛得难受，想翻翻身也没人帮帮我，老头子也叫不应。正在这时候，窗外忽然响起叮咚之音，我恍恍惚惚中，看到窗外院子里，树枝间，墙头上，落满了七彩凤凰。"

窗外，百鸟翩跹，彩凤满枝。

盈耳的鸟鸣之声，犹如仙乐美妙。

转眼之间，黑嫫母亲的房间里，也飞进了无数的鸟儿来。

在鸟王的指挥下，几只凤凰展开翅膀，用柔软的羽翎，抚弄着嫫母的额头、脸颊、颈项和四肢。

嫫母舒服得闭起了眼睛，陷入梦境。

嫫母画外音继续："老身从来没见过那么多颜色、那么多种类、那么美丽的鸟！转眼之间，它们飞到了屋里，飘在头顶，落在床上，用它们那柔软的羽毛，轻轻按压我那干瘪的四肢。奇怪啦：我这么多年来毫无知觉的双腿感到了发热，胀灼，针扎一般红痒。"

此时，飞枭翩跹而来，口中衔着一只药葫芦。

鸟王一个翻身，幻化成一个女子，伸手接过飞枭噙来的葫芦，打开盖子，把里边的药汁倾倒在一个碗中。

嫫母画外音继续："更奇怪的是，不知从哪儿出来一位仙女，她打开一只葫芦，倒出里边的药让我喝。"

女子："老妈妈，请来用药。"

嫫母顺从地喝药。

女子："老妈妈，请伸手！"

嫫母试着伸手，竟然伸出了手！

女子："老妈妈，请抬脚！"

嫫母试着抬脚，竟然把脚抬得老高！

女子："老妈妈，请坐起身来！"

嫫母试着撑身，她居然坐了起来！

女子："老妈妈，请下床走路！"

嫫母试着下床，挪步……她居然走出一步、两步、三步……十步、百步！成功啦！她能走路啦！她在惊喜、兴奋之中，竟然走出屋门，走出院门，走向重重夜幕。

当她想起鸟儿们并匆匆赶回家来时，鸟儿们一个也不留地都飞走了。

怅惘之中，她看到桌上留下一片桐叶。

嫫母："是这群鸟儿治好了妈的病，让你妈重新走到人间来！可是，我没来得及说声谢谢，它们都消失个无影无踪，只留下这么一片桐叶。"（闪会完）

御膳房院中。外。日。

嫫母说完，众人唏嘘不已。

嫫母小心翼翼地从怀中掏出那片桐叶。

众人争相观看。有人惊叫道："有字！有字！"

一老者接过桐叶，仔细辨识，果见叶片上似被鸟喙啄出的几行字迹。字曰："帮厨助众，诊疾治病。欲问缘故？妙善之令。"

"妙善之令？是妙善叫这样干的！"老者身旁一位厨工说。

"妙善？谁叫妙善？"一青年厨工问。

"妙善就是三公主，三公主就叫妙善。"永莲抢着解释。

"三公主？三公主有这么大的能耐？能支派动神灵？"一胖厨工问道。

"可她连自己也保不住呀？被皇上贬到灶头，受这种虐待，她怎么不保保自己呢？"一瘦厨工问道。

"这叫'真人不露相，惊雷不闪亮'。今日来到厨下受难，那是为了将来入主大千神台！"读牒的老者煞有介事地说。

众人闻之，肃然起敬。

永莲："看来，我家的房屋也是三公主让人修补的！"

赵大："俺家的米面、红糖、红鸡蛋，也是三公主派人送的吧？"

黄嫂："不，不是派的人，是派的神！要不我那个被贼盗走的首饰匣子，咋会能平白无故地飞回来？"

嫫母激动地向天揖拜："三公主！三公主！三公主啊！是您给

了我两条腿，给了我一条命啊！黑嫫儿，你不是在侍奉三公主，跟随三公主吗？算咱母女俩有福。你可要侍奉好三公主，伺候好三公主，让三公主高兴、快乐、永远年轻！”

那位曾经遭受过黑嫫皮鞭抽打的老厨工，侧着眼睛，瞪着黑嫫。

挨过黑嫫皮鞭的永莲也唤起了记忆，她也狠狠地瞪着这位黑宫人。

此时，三公主出现在众人视野之内：她鹑衣百结，双足赤裸，肩上挑着满满两桶水，踉跄不迭地走在石子路上，汗水淋漓，衣衫透湿。

众人不约而同地惊呼："三公主！"

黑嫫呼天抢地大吼一声："三公主！"边喊叫边迎着三公主冲过去，只见她接过三公主肩上的担子，一下子甩出好远，然后扑跪在三公主脚下，放声大哭："三公主！我对不起你呀！你狠狠打我吧！你杀了我吧！三公主！"哭着哭着，黑嫫突然抡起她那条御赐的皮鞭，狠狠地抽向自己的脊背和四肢。

皮鞭落下，黑嫫的衣衫开裂。

皮鞭落下，黑嫫的脊背一片血肉模糊。

皮鞭落下，黑嫫的双腿血水流淌。

三公主揪心地一声呼叫："黑嫫！"扑向黑嫫，将她紧紧抱住。

黑嫫亦伸手抱住三公主，把头埋在三公主的怀里，号啕大哭。

嫫母走上来，望着公主："您，您就是三公主？"

众人一齐围来："三公主！"

嫫母："谢公主！"

众人："谢公主！"

三公主："别谢我，应该谢菩萨：阿弥陀佛！"

众人模仿三公主，一齐颔首合十，肃穆诵唱："阿弥陀佛！"

三公主寝间。夜。内。

深夜,万籁俱寂。

一切都在沉睡。连星星也闭上了眼睛。

困乏的三公主,终于合上经卷,闭上双眼,歪在了床头。

然而,黑嫫倒醒了。黑暗中,她轻轻抬头望了望昏暗的烛光下睡着了的三公主,蹑手蹑脚披衣下床,鬼魂似的飘出门去。

厨工寝房。内外。夜。

黑嫫轻手轻脚走来,对着窗口向屋里学了一声猫叫。

寝房的大铺上,立即有人应声欠身。

一个人醒了。

又一个醒了。

一群人醒了。

一阵阵穿衣穿鞋的窸窣之声。

御膳房操作间。内外。夜。

黑暗中,一副副空桶被人挑走。

黑暗中,一担担满满的桶水被人挑来。

黑暗中,泛着幽光的水,一桶接一桶地倾入水缸,犹如拍岸的涛声。

膳房院。外。夜。

黑暗中,一阵"噼里啪啦"的声音此起彼伏。

微弱的灯光下,一个个厨工挥动着一把把斧头,在院中劈着一堆堆硬木。

利斧在星光下飞纵。

木头在斧头下碎裂。

操作间。内。夜。

一支蜡烛在静静地燃烧。

围绕着蜡烛,坐着十数位男女厨工:他们都在无声无息而又紧紧张张地编织着草鞋。

十数双手中,麻草翻飞。

默默的人圈,鼻息相闻。

一堆堆鞋草,变成一堆堆草鞋。

三公主寝间。晨。

更鼓五响,锦鸡三啼。

三公主从睡梦中醒来,一骨碌爬起身,抓起扁担水桶,向外走去。

操作间。内。晨。

三公主挑着水桶,匆匆穿过。

当她走近那一长排大水缸时, 她愣住了: 每一口巨型水缸里,都灌满了清澈的水。

膳房院柴场。外。晨。

三公主跑向柴场,大瞪着眼睛愣住了:所有的段木都劈成了碎木头,整整齐齐地堆放在柴场。

操作间。内。晨。

三公主气喘吁吁地冲进门来。

门里房间中央,三公主曾经编织草鞋的地方,麻没了,草没了,全变成了编织成的草鞋。

草鞋,一堆挨着一堆,堆得老高老高。

三公主寝间。内。晨。

三公主气咻咻地推门进屋，奔向黑嫫的床边。

床上，黑嫫在沉睡，鼾声如雷。

三公主喊着，摇着黑嫫，黑嫫不醒。

三公主揪住黑嫫的鼻子，把她拉了起来。三公主："黑嫫！黑嫫！你醒醒！我问你，是谁把我的活都干了？你说！"

黑嫫一边摇着头，一边打着呼噜。

三公主："缸里的水是谁挑的？"

黑嫫摇头。

三公主："场上的柴是谁劈的？"

黑嫫摇头。

三公主："草鞋是谁编织的？"

黑嫫摇头。

三公主无法，捻起一根草，捅了一下黑嫫的鼻孔。黑嫫吼天呛地地打了一串喷嚏，终于醒了。

三公主着急万分地问道："黑嫫！你是皇上派来的监察，我没活干了，要拿你是问呢！"

黑嫫打着呵欠说："是问就是问吧！"

三公主："我干我的活，是日常功课。别人替我干活，是添我的罪过！"

黑嫫："那就添呗！"

三公主："不！你快说！都谁干的？"

黑嫫："咋咧？要跟人家算账不是？"

三公主："不，你说出来，我……谢谢他，也谢谢您！"

黑嫫学着三公主的腔调说："不用谢我，应该谢菩萨：阿弥陀佛！"

三公主忍俊不禁，一把把黑嫫揽在怀里。

井台旁。外。日。

辘轳飞快地旋转。

满满的水桶一字排开。

钩担队迎着朝阳,挑着水担,欢快地行进在石径上。

三公主也挑着水担,走在他们中间。

灶头。内。日。

三公主蜷着身子,在灶前吹火。

永莲过来,一把拉开三公主,自己伏下身子去吹。

黑嫫跑过来,一把拉开永莲,举起手中那根长长的竹筒,对着火灶猛吹。

火灶里,滚滚的浓烟“嘭”然燃着,变成熊熊烈火。

操作间。内。日。

黄嫂在水池旁洗碗刷盘。

三公主走过来,帮黄嫂洗碗刷盘。

另一女厨工赶忙跑来,替三公主系上一条围裙。

三公主在与厨工们一起淘米。

三公主与厨工们一起择菜。

三公主与厨工们一起揉面。

夜间。还是那块编织草鞋的室内空场。

一支蜡烛高挑,众厨工围灯而坐,听三公主说佛讲经。

三公主手捧经卷,娓娓而述。

众厨工频频点头。

永莲:“启禀公主!经您一讲,我明白了:这佛嘛,就是行善,对吧?”

黄嫂:“我觉得,佛就是修行。”

黑嫫:“佛是当好人,办好事!”

老者:“佛是彻悟,超脱,圆觉,果证。”

赵大:“佛是见怪不怪,大度海量!”

胖厨工:“佛还是不杀生!”

……

三公主听着众人议论,嫣然一笑,频频颔首。

三公主:“都说得是,说得好。不过,诸位师傅说的都是佛相、佛行,习佛者还需知道佛旨佛意。佛旨是空,佛意是无,大空大无,乃为之佛也。”

永莲:“大空?大无?”

三公主:“大空者,空即是色,色即是空。大无者,无我,无你,无他,无人,无高无低,无贵无贱,万有无中来,还归无中去!”

永莲:“启禀公主!眼下,不是明明有你,有我,有他,有人,有高有低,有贵有贱吗?”

黄嫂:“是啊!还有个乱糟糟的世界呢!要不,我那首饰箱子能被人偷走!”

三公主:“有必还无,无则生有。一个乱糟糟的有,归入安安静静的无;而安安静静的无,再生成清清洁洁的有。如此往返递进,即是大归佛境!”

永莲:“太玄妙了!听公主讲多了,我也想出家啦!”

黑嫫:“你可别忘了带上我!”

三公主:“心有慈悲,随地皆为道场;胸怀虔诚,未必不是礼佛。只要心地敬佛向善,即使不出家,不诵经不礼忏,也会得到感应。如果胸无善念,意远虔诚,心口不一,这样即使衣钵袈裟,日日念佛,也是无济于事的。”

众人点头合十:“阿弥陀佛!”

宫墙柳下。外。日。

柳树枝头，一只全身沾满水珠的蝉，羽翅沉重难飞，它在空中旋了两圈，一头栽在地上。

三公主跑来，小心翼翼地捧起鸣蝉，用自己的纱巾慢慢揩干鸣蝉身上的水珠，吹干蝉的羽翅。然后慢慢举过头顶，伸开手掌，送向天空。

那蝉无限感激地振了振羽翼，“吱”地一声飞向天空。

三公主欣然念道：“阿弥陀佛！”

站在三公主身后的永莲与黑嫫，看清了这一切，也感激地念了一声：“阿弥陀佛！”

膳房后院。外。日。

厨人赵大赤着膀臂，衔着钢刀，双手抓着一只肥大的白鹅，正要拔毛屠宰。

永莲和黑嫫赶来，制止赵大，急切而又恳切地向赵大讲着什么，二人双手合十向赵大鞠躬。

赵大放掉了白鹅。

站在远处的三公主，看到了这一切，她欣然闭目，双手合十。

膳房屠案。内。日。

屠案旁水盆里，盛着无数水鲜：龙鱼、团鳖、生虾、活蟹……

胖师傅正在案旁磨刀霍霍，准备屠宰。

赵大走过来，急切而又恳切地说着什么。

永莲、黑嫫跑来，与赵大、胖师傅抬起水盆就走。

水塘边。外。日。

胖师傅、永莲、赵大、黑嫫，小心翼翼地把龙鱼、团鱼和虾蟹，放入塘中。

那些小东西似乎通灵人性，回过头望了岸上人一眼，摇摇摆摆钻进塘水深处。

御膳堂。内。日。

“呼”然一声响，妙庄王一掌拍在宴筵桌面上，桌上的壶斝杯盘被震得东倒西歪，一只玉盏震落于地，摔得粉碎。

对面和两旁坐着的皇后与大公主、二公主及两位驸马，都被吓了一跳。

妙庄王切齿道：“鬼东西！我没治住她，反叫她治住我了，害得我连一口肉都吃不上！”

桌上，果然一席青蔬瓜果。

妙庄王吼叫：“来人哪！”

内侍怀安带一群执戟禁卫应声而至。

妙庄王：“把御膳房百名厨人统统杀掉！”

众禁卫：“喳！”

十四、奴业

御膳堂。内。日。

妙庄王喝令把御膳房百名厨工统统杀掉。众禁卫一声呼应，怀安领众卫士冲出。

皇后急忙制止：“慢！”

众禁卫停下。

皇后：“陛下！难道你不觉得，你的肝火太旺了？”

二公主：“为了几口饭菜而诛杀下人，与人君德义不称，望父王三思！”

皇后：“何况，这怨不得厨人。这倒是三公主的一片慈悲之心所感召，使得他们不忍杀生，乐于放生，善行堪佩！”

二公主："依儿臣看，这倒是替宫廷、替王宫、替父王积德行善呢！"

妙庄王："住口！我看你们的腔调越来越像三公主了！什么叫'慈悲之心'？什么叫'积德行善'？寡人从来不信这一套！漫说吃几条鱼鳖虾蟹飞禽走兽，连人我也吃过！朕的江山就是杀出来的，吃出来的！朕的子孙后代也得会杀，也得会吃！三公主不让我吃，我就吃了她！"

皇后听了庄王的吼叫，掩面饮泣。

二公主也背过身去暗暗拭泪。

两位驸马也吓得目瞪口呆。

只有大公主在一旁哧哧发笑。

妙庄王停下怒狮一般的徘徊，瞪着大公主，问道："你笑什么？"

大公主："我笑我的母后和妹妹真以为父王会吃了三公主呢！"

妙庄王："怎么？你说朕不敢吗？"

大公主："让儿臣怎么说呢？论父王的胆量，吃过人肉，杀过成千上万的活人，一个小小三公主，岂在话下。"

妙庄王："哼！"

大公主："但是，你却舍不得呢！"

妙庄王："嗯？"

大公主："因为父王还要三公主选贤招婿继承兴林江山呢！"

妙庄王："……"

大公主："父王是不是又要说我嫉妒三妹了？儿臣不敢！前次因为嫉妒，差点丢了性命，差点被父王吃掉；还是三妹宽容，不计前仇。当姐的怎么能忘掉呢？何况同胞姐妹，龃龉相向，非是兴国之象啊！"说罢，她又笑起来。

妙庄王："你又笑什么？"

大公主："我笑父王治不住三公主，却要杀厨人。"

妙庄王："不杀他们，难道叫我永远吃素吗？"

大公主："让三公主离开御膳房，肉，自然还会吃上的。"

妙庄王："离开御膳房……让她到哪去？"

大公主："让她回宫来。"

妙庄王："回宫？"

大公主："让她回心转意，甘心情愿招赘驸马，辅佐父王，继承您百年之后的金瓯江山！"

妙庄王："她会听吗？"

大公主："会的，一定会的，只不过父王得依儿臣一件事！"

妙庄王："哪一件？"

大公主神秘地望望左右。

妙庄王挥退近卫侍从。

大公主附在庄王耳边窃语。

妙庄王转着眼珠子，点了点头。

大公主把大驸马周魁、二驸马何彪和二公主纠集一起，向他们面授机宜。

两位驸马听着听着，发出尖利的怪笑。

只有二公主敛起眉头。

膳房三公主寝间。内。日。

三公主临窗趺坐，对镜贴黄，认认真真地收整着头发鬓眉。

二公主悄悄推门进屋，站在三公主背后，用哀怜的目光打量着妹妹。

"是二姐来了吗？"三公主头也没回便猜出了来者。

二公主看着三妹那鹑衣百结的衣着、消瘦的身肢、赤裸的双足，不禁潸然泪下。

三公主："二姐姐，快来告诉我，蜻蜓结是怎么挽的来着？"

二公主:“……”

三公主孩子般地撒着娇:“快过来嘛!当姐的连这点小忙都不帮,这么吝啬!”

二公主一把抱紧三公主,禁不住哭出声来:“三妹!”

三公主拍了拍姐姐那紧紧箍着自己的手臂,挣转过来,顺手递上一条丝帕,说道:“我知道你来了要哭,所以,手巾都给你准备好了。”

二公主拍了妹妹一掌,破涕为笑:“死丫头!都什么地步了,还是没正经!”

三公主:“什么地步?不是上升的地步吗?小妹马上要给大姐二姐当侍女了,由灶房升到了驸马宫,地步还坏吗?”

二公主吃惊地:“怎么你知道了?”

三公主:“姐姐还不就是要告诉我的吗?”

二公主:“可我还没告诉你呀?”

三公主:“口未告诉,可心已经说了。”

二公主:“妹妹?”

三公主:“要不,怎么叫心心相印呢?姐姐,你看,我已经收拾打扮好了。圣旨一到,马上上任。”

二公主:“三妹,这都是大姐的主意。我猜不透她的葫芦里又卖什么药!所以来告诉妹妹,早点有个提防。”

三公主:“不要把人往坏处想,更不要把亲人往坏处想。”

二公主:“可前一次……差点把你给……她那么狠!”

三公主:“妹妹遭一难,姐姐吃一堑。现在的大姐,可不是前一次的大姐!”

二公主;“可她又提出让你当婢女,而且伺候她,伺候我,还要伺候两个驸马!”

三公主:“长兄如父,长姊如母,伺候二位姐姐,不是小妹分内的事吗?”

二公主:“不!自家姐妹,怎么能互相奴役?我想都不敢想,亏她能提出来!”

三公主:“我还真得谢谢她提出来!”

二公主:“三妹呀三妹!与其受奴役,何不当公主?只要你答应父王招个女婿,王位就是你的!你的聪明才智无人比得上!”

三公主:“二姐呀二姐!三妹想的不仅仅是王位、江山,还有天下,天上!”

“圣旨下!”门外一声高叫。

三公主整装出迎。

内侍怀安宣旨:“妙善听旨!查汝自贬灶婢以来,悔改无意,奉邪有心;执迷僧道,惑众乱厨。致使御厨几成素院,宫院浑似斋场。旧罪未赎,新罪又添。敕令着即迁贬驸马宫,为二位公主及两位驸马作床前侍婢,供其驱使,打骂遣派,一任其主。不见反省之象,永无出头之日。钦此!”

三公主:“谢主隆恩!”

二公主扑向三公主:“妹妹!”

怀安:“错了!她不是妹妹,她是你的床前侍女!二公主!”

三公主:“床前侍女叩见二公主!”

二公主急忙俯身搀扶:“妹妹不听姐姐的话,姐姐也就帮不上妹妹的忙了!“

三公主:“不,眼前就有一个忙,急等姐姐来帮!”

二公主:“快说,什么事?”

三公主与二公主低语。

二公主:“你是说,那个小瓶子,和那根细柳枝?”

(闪回)

坤宁宫门外。夜。

人群中,一个通体光亮的乳婴出现在坤宁宫门口,她腰系一缕羽纱，项挂一个小巧玲珑的玉瓶，手中握着一芽青嫩的柳枝。

玉瓶，玲珑剔透。

柳枝，青嫩欲滴。

（闪回）

乾清宫。内。日。

宝德皇后捧出一个精致无比的镂金宝匣。

赵震、褚杰二丞相探身观看。

宝匣内，那尊玉瓶和柳枝，放射着璀璨夺目的光彩。

二丞相惊异叹赏。

半卧于龙榻上的妙庄王，瞥来不屑的眼光。（闪回完）

（接前）

三公主寝间。内。日。

二公主："那些胎水卷裹之物，要它作甚？"

三公主："胎水卷裹之物，脱胎换骨之凭。它们是我身体和生命的一部分，帮我取来吧！"

二公主："既是身体和生命一部分，早先为何不要？"

三公主："那是因为有母后看管！"

二公主："那就还让母后看管着呗！"

三公主："不，她管不了啦，它们也被皇上陛下赶出宫来啦！"

乾清宫。内外。日。

随着妙庄王一声吼叫，那个装盛玉瓶柳枝的匣子从窗内飞了出来，摔在地上。

宝德皇后紧追出来，拾起金匣，心疼地抱在怀里，埋怨道："陛下！难道你疯了不成？这是三公主降生时胎中所带的宝物，难道你忘了不成？"

妙庄王:“什么宝物?我看它是那个星相师作弄出的怪物!寡人刚才在睡梦中,忽然觉着满身疼痛。抬头一看,原是那条柳枝变得好大,不停地在抽打朕的身体。那只小瓶子也忽然倾倒出滔滔大水,把朕淹在了里边!这,这不是预示着灭顶之灾吗?”(此梦境可画面处理)

妙庄王说罢,又从皇后手中夺过匣子,恶狠狠地再次抛向窗外。

窗外,匣子散开了,那玲珑的玉瓶和青嫩的柳枝被弹上了空中。

玉瓶柳枝落下,落在了恰巧赶来的二公主面前。

二公主吓了一跳,赶忙捡起玉瓶柳枝,拂去灰尘,藏在袖中。然后又拾起那个匣子盖上盖子,恭恭敬敬捧匣进殿。

妙庄王:“你来干什么?”

二公主:“给父王母后请安!”

妙庄王:“这里无安可请,倒是有气可生。我问你,三丫头接旨了吗?”

二公主:“接了。”

妙庄王:“当婢了吗?”

二公主:“当了。”

妙庄王:“干活了吗?”

二公主:“干了。启奏父王:儿臣以为,姊妹之间,互为主仆,有伤手足之情,还是不让三妹做奴为好!”

妙庄王:“你怕伤手足之情,就不怕她伤我这父女之情、君臣之情吗?她违背圣命、辜负圣望、忤逆不孝、犯有当杀不赦之罪!让她当你们的床前侍女,还是太宽容了呢!你们要毫不顾忌、恣意纵乐、极尽奢靡,对她严加驱使,让她看个清楚,弄个明白:到底荒园灶头好还是宫廷朝廊好?到底是荣华富贵好还是青灯黄卷好?到底是罗帐锦被好还是孤庵冷衾好?”

皇后背转身，乘庄王说话间，悄悄把那个匣子从二公主手中接过，慢慢向外走去。

妙庄王："皇后！请把匣子放下！"

皇后不禁怔住。

妙庄王走过来，夺走那只匣子："如今看来，满宫乖戾之气，都在这口匣子里！怀安听旨！"

怀安应声而入。

妙庄王："速将此匣投入鬼头山万丈雪谷，让宫中永绝此物！"

怀安："喳！"他接过此匣，率众禁卫急急奔出宫去。

妙庄王嘘了口气，如释重负。转脸对皇后说道："说不定，这样也就好了！"

皇后不胜哀痛，几乎滑倒。

二公主急忙搀起母亲，边安慰边走去。

芙蓉宫。内外。日。

宫院里，绳架旁，三公主腰系围裙，袖笼高挽，与宫娥彩女们一起，晾晒着洗好的各式各样的锦衣绣袍绫裤罗衫。

东宫室，西宫室，三公主汗水淋漓、气喘吁吁地与宫娥彩女们一起，打扫着地面、屋角、墙上、床下。

水池边，井口旁，三公主与宫娥彩女们一起，有的灌水，有的执帚，冲刷着那公主驸马们使用的高大又华丽的马桶。

芙蓉宫西宫室，三公主与宫娥彩女们一起，在一片笑声中抹桌掸椅、铺床叠被。

身着华衮贵服，满头珠翠，通体闪金耀银的大公主走进来，翩然落坐。

宫娥彩女们一齐向大公主迎拜。

三公主与宫娥彩女们一样向大公主迎拜。

众宫女:“大公主万福!”

一宫女捧过一盏香茗,呈于大公主。

大公主没有接,似乎并没看见。

一年长宫女奏道:“禀公主,三公主来啦!哦,不,圣上新派芙蓉宫的床前侍女妙善来啦!”

大公主:“她来啦,你们都该走啦!从今往后,你们干的这些活,都由她来接替啦!”

众宫女闻言,目瞪口呆。

大公主看了看一直等在身旁的捧茶侍女,说道:“你干的这个差事,也该交移啦!”

三公主走过去,接过捧茶侍女手中的茶盘,恭恭敬敬地呈于大公主:“大公主用茶!”

大公主抿嘴一笑,接过茶盏。

众宫女见状,面面相觑。

大公主:“你们还愣着干吗?该走了!”

众宫女纷纷退去。

大公主拿眼乜斜着三公主。

三公主垂手伫立,等待吩咐。

大公主:“我该怎么称呼你呢?”

三公主:“悉听公主尊便。”

大公主:“你不也是公主吗?”

三公主:“如今是公主的奴隶。”

大公主:“你说,当公主好呢?还是当奴隶好呢?”

三公主:“该当公主的时候当公主,该当奴隶的时候当奴隶。”

大公主:“我问你的是:现在想当什么?”

三公主:“启禀公主:奴婢没有现在,也不要现在。”

大公主:“哦?那么,你有什么?要什么?”

三公主:“奴婢只有过去,只要将来。”

大公主:“你有什么样的过去?你要什么样的将来?”

三公主:“我有回首无愧的过去,我要圆觉无碍的将来。”

大公主笑了笑,摇了摇了头,说道:“看来,三公主已成佛门秀士了,说出话来叫人懂不得啦!那么,你就要你的‘过去’和‘将来’吧,而我只要‘现在’!来,请你抬头看着:我要现在的琼楼玉宇,我要现在的宫廷富贵,我要这象牙床、龙凤被、琥珀枕、麝香巾;我要这檀香桌、楠木椅、紫樟箱、红松柜;我要这珍珠、玛瑙、水晶、翡翠……和我现在的一人之下、万人之上的公主之位!当然你会记得,我曾经谋害过你,想除掉你,那是因为我怕你夺走我的‘现在’。可父王为了你的‘现在’,又差一点把我杀掉。多亏了妹妹的宽宏大量,不计仇恨,以德报怨,再送了我今天的余生!妹妹是姐姐的大恩人哪!可是,天下事就这么古怪:我的大恩人,当了我的奴隶;我要用奴役我的大恩人,报答恩人的恩情。这,这倒是说明个什么?”

三公主:“四极互换,六道轮回,世事无常,不足为怪。”

大公主:“可有一件事就奇怪了:像妹妹如此善良恭顺、品高德馨,甚至逆来顺受、唯命是从的人,竟然上抗圣旨,下违父命,至死不嫁人,唯愿念孤经。这,又是一种什么征候?你能逃得了不忠不孝荒国悖民的罪孽吗?”

三公主:“忠有百类,孝有千种;电光万闪,雷听一声。公主孝在现在,婢子孝在将来。千条大路都通天,你趟河水我翻山。何必求一改?不过,婢子要说的是,但愿公主实忠实孝、大忠大孝、长忠长孝,而不要短忠短孝、愚忠愚孝、假忠假孝,更不要忠其昏、孝其愚;忠其暴、孝其恶;忠其淫、孝其奢;忠走兴盛之象,孝来亡祸之机!”

大公主越听越上火,抡起一掌,重重地打在三公主脸上:“臭丫头!”

三公主一动不动，面呈微笑，恭敬地说了一声："谢公主！"

此刻，二公主及两位驸马出现在门口。

二公主看到三公主挨打，惊叫一声："大公主！"

大公主："你们来得正好，我来介绍一下。"

二公主扑过去，拉住三公主："三妹！"

大公主："不！这是皇上陛下给我们派来的床前侍婢！圣旨上说，要我东西芙蓉宫随意驱使，打骂遣派，一任其主。"说着又打了三公主一掌。

二公主愤然地："你？！"她上前护住三公主，拉起三公主就走。

大公主："等等！二公主怎么连个长幼之序都不懂吗？既然皇恩浩荡，为我芙蓉宫精心选派了这床前侍女，我这当老大的可得要恭恭敬敬先试用三天呢！"她眼盯三公主，踱了几步，发出了指令——

大公主："为大驸马爷上茶！"

三公主手脚轻快地捧茶给周魁："大驸马爷！"

周魁瞪着色眯眯的眼睛盯着三公主那妩媚的脸儿。

大公主："为二驸马爷上茶！"

三公主飞快地捧茶给何彪："二驸马爷！"

何彪一边接茶，一边却瞄着三公主那楚楚动人的腰肢。

大公主："为二公主上茶！"

三公主恭恭敬敬地捧茶给二公主："二公主！"

二公主趁接茶之机，迅速与三公主交换着眼神，打着手势，告诉她拿到了"柳枝和玉瓶"。三公主向二公主挤了挤眼睛，表示感谢。

大公主见二公主与三公主有亲密之色，妒意十足地喊道："为大公主打扇！"

三公主急忙双手执羽扇，为大公主扇起扇子来。

周魁也大喊一声:“为驸马爷捶肩!”

三公主急忙放下羽扇,奔过去为周魁捶起肩背来。

周魁舒服得摇着二郎腿。

二公主忍耐不住,愤然说道:“你们……你们太过分了!”

大公主朝着二公主乜了乜眼睛撇了撇嘴,说道:“哟嗨!还没放箭呢,二公主倒收弓了。过分了吗?不,过分的还在后头呢!我就是要让这位佛门修女见识见识,人间还有些什么样的缠绵情种、温柔之乡!”说罢,她走过去,一把搂起大驸马周魁,两人肩抱肩、鬓贴鬓地躺于一张靠椅上,高高翘起四条腿,同时命道:“为大驸马、大公主捶腿!”

三公主闻声赶忙跑过去,依然笑容可掬地蹲下身,为两位主子捶起腿来。

二公主气得狠狠地跺了一脚,扭身走去。走至门口,又转回身来,向着搔着脖子望傻眼的二驸马何彪喊道:“走!”

何彪一惊,醒过神来,舔了舔嘴唇,随着二公主走出。

芙蓉宫外廊庑下,夜。

月明星稀,宫灯明灭。

宫外回廊暗处,两个人在低声细语:她们是二公主和三公主。

二公主从袖间取出那尊系着红绳又小巧玲珑的玉瓶和那枝纤细而又青绿的柳枝,递于三公主。三公主望着两件宝物,双手合十,轻轻念了声:“阿弥陀佛!”

但见那玉瓶通体透亮,发出一阵阵海涛澎湃之声;那柳枝一阵摇摆,发出一派风摇银铃之音。

二公主惊奇得几乎跳起来:“啊!真是宝物啊!可它差一点被父王投进鬼头山雪谷了!”

“好姐姐!我要替天上的王母娘娘谢谢您!”她一边说,一边接过宝物，把柳枝插向玉瓶。那本来长长的柳枝，却像卷尺似的缩入小小瓶颈，只露出两片叶芽于瓶口。然后，三公主把它挂在自己的项间衣领之下。

二公主看得眼花缭乱，惊奇地问："你替王母娘娘道谢？难道你是？"

三公主自知说漏嘴，急忙掩盖："哦，我是说，我们都是女人，王母娘娘是女人的头儿，所以，她也应该感谢你！"

二公主："都是女人就好啊？可是——"她指了指大公主的西芙蓉宫窗上的剪影："这个女人你可当心点，我怕今天晚上你就……"

突然，窗子内传出大公主的吼叫："三婢子！马桶伺候！"

三公主向着二公主深深一拜，说道："二姐姐放心！"然后，高应一声："马桶来了！"向二公主扮了个鬼脸，提起马桶，跑进宫室。

芙蓉宫盥洗间。内。夜。

又高又宽的盥洗盆里，热气腾腾。

大公主、大驸马一丝不挂地浸在深深的澡盆里，夫妻同浴。

三公主屋里屋外来回穿梭地侍奉着她的主子。

大公主："三婢子，加热水！"

三公主急忙提取来热水往浴盆里倾倒。

大驸马："哎哟哎哟！烫死人了！加凉水！"

三公主急忙提取冷水往浴盆里倾倒。

大公主："好了好了！该死的，又凉了，再加热水！"

三公主又提着热水桶，步履踉跄、汗流浃背地出去又进来，往澡盆里加着热水。

"哎哟！你真想烫死我呀！死丫头！"大公主随着骂声，伸手一掌，把三公主打倒在地。

大驸马:“坐着干嘛?添茶!”

三公主急忙爬起来,跑出去抱来茶壶,为周魁的茶杯里续水。

大公主:“一杯水还能续到天亮?拿毛巾!”

三公主急忙放下茶壶,跑出去取来毛巾。

“三婢子,为驸马爷搓背!“周魁喊了一声。

三公主浑身透汗,湿发乱鬓,气喘吁吁,她咬紧嘴唇,闭着眼睛,走向大驸马。

“三婢子,为大公主洗头!”大公主喊了一声。

三公主一愣,又端起皂角水,走向大公主。

“先搓背!”周魁吼叫。

三公主急忙往这边。

“先洗头!”大公主吼叫。

三公主急往那边。

鸾凤阁。内。夜。

灯影迷离,纱幔低垂。

浴后的公主与驸马,并肩躺在雕饰华丽的象床之上,一个水渍浸浸,一个娇喘吁吁。

三公主侍奉在象床之畔,一会儿为驸马爷揩身,一会儿为大公主捏背。

大公主睁开惺忪的媚眼,瞟了瞟正为她按摩的三公主,说道:“三姑娘!现在你再说说,是当公主好呢还是当婢子好?”

十五、戒淫

鸾凤阁。内。夜。

象床上,躺着刚刚出浴的大公主,一方绛纱半裹。烛光下,半裸的身子泛着粉色的玉光。

大驸马周魁躺在大公主之旁，依然青巾半掩。他那魁梧的躯体、健壮的肌肉，透射着一种力的韵律。

三公主傍床而立，为大公主揉按着腻粉凝脂的身子。

额头挂满汗珠、双手娇软无力的三公主，已是疲惫不堪，气喘吁吁。

大公主："使点劲，再使点劲！你怎么啦？睡着啦？一点气力也没有啦？"

躺在里边的周魁，急切地说："我还没按呢！没劲可不行！你快点成不成？"

大公主拍了一掌丈夫，侧转身来，把肥肥的腿递给三公主，继续享受纤手揉搓的乐趣。

她舒服得闭上眼睛。

大公主："我说三千金！我问你的话，你还没回答我呢！嗯？到底当公主好呢还是当婢子好？到底空守荒庵当尼姑好呢还是睡这鸳鸯帐、做这缱绻梦好呢？"

周魁星眼迷离："三妹儿，天底下还能找到比你再傻的人吗？"

大公主："'世间风流事，无过鸳鸯情。'只要你答应父王回宫招婿，那么，这床、这帐、这铺金盖银的芙蓉宫、鸾凤阁，都得让给你了！到那时，也就有人来为你摩面、捏脚、揉腿、搓身，也会有一个俊俏郎君来陪伴着你啦！"

周魁："'人生一场梦，为欢能几何？寄言颦眉女，勿忘解丝罗。'"……周魁翻身扑在大公主身上。

大公主情涛涌动，紧紧拥抱周魁。

两头厮磨中的零乱的鬓发。

四条弹动着的张力的裸腿。

嗲声嗲气的呻吟。

猛兽似的喘息。

大公主边呻吟，边用梦呓般的语调说："三婶子！往这儿看！我叫你往这儿看！我就不信你不动心！我不信！"

垂手站在床畔的三公主，神态自若，情态肃穆，她低眉俯首，默然自诵。

她的双手抚到了挂在胸前的玉瓶、柳枝。

她的眼光触到了挂在胸前的柳枝、玉瓶。

她的耳畔听到了一种天庭的声音。这声音顿然引她触发梦幻般的感知，唤起她隔代的久远的记忆。

（闪回）

天庭极乐世界界门。外。日。

台不琚大王子与王母相对而立。

王母捧住大王子的脸蛋儿，呵呵地笑着。

王母："我说我的观世音正法明如来佛，为祝贺你入主净土，我送你两样小东西。"

站在王母身后的侍女，捧过一方托盘。

王母揭开方盘上的羽纱，一片光芒四射。托盘上放着一个玉瓶，一弯柳枝。

王母拿起玉瓶，说道："这可是件古老的天空之宝，里边装满圣水琼液。一滴水可润三江之枯，可解旱魃之虐，可治千病之痛，可驱万邪之惑。若以滴水点眼，则目光即能穿墙透木，辨假识真，拨表见本，前生后世一览无余。"

正法明如来激动地接过白玉净瓶。

（闪回完）

鸾凤阁。内。夜。

三公主托起袖珍净瓶，抽出里边的纤纤柳枝，带起一股水花:登时,那小小的瓶中,竟响起波涛澎湃之声。

她拿起沾满水珠的柳芽,在自己的眼睛上抚了两抚。

顿然间,眼前金花乱飞,光轮旋转。

她慢慢抬起头,睁开眼,再向她对面的花雕象牙床、金丝罗帷帐里那一对颠鸾倒凤的夫妻看去——她不禁打了个寒战,捂起了眼睛,浑身索索颤抖。

罗帷帐里,依然传出大公主那处于浓情之中的带着颤栗的声音:“三……三婢子!你,你不能走!你要看!你是我的床前侍女,就要守在我的床前,听见了吗?”

三公主:“听见了。”

“走了吗?”

“没,没有走。”

“看了吗?”

“看,看了,全看了!”

“你,你,你看见了什么?”

听了这句话,三公主悲情难禁,突然放声哭了起来。

罗帐里,传出大公主得意的声音:“好,哭得好,你,终于后悔了,是吗?”

闻到哭声赶来的二公主,见此情景,愤慨万分。她朝着以如此下流的手段诲淫胞妹的大公主狠狠暗骂:“无耻!鄙俚!荒淫!”

二公主边骂,边拉起妹妹就走。

三公主愈加悲怆,痛哭失声。

二公主:“怎么?你,你真的后悔了?被她用这种可耻的手段制伏了?天哪,难道……”

三公主强忍悲伤,抬起头来,用无限怜悯的眼神望着罗帐说道:“二姐姐!难道你还不了解小妹?就是天大的灾难临头,小妹也不会流泪的。”

二公主:“那你这是?……”

三公主:“我之所以如此伤心,是我看到了大姐的本相,也看到了她可悲可哀的末世!”

二公主惊讶地:“本相?末世?它们是什么?你又是怎么看到的?”

三公主托起胸前玉瓶,抽出柳芽枝,使其在二公主眼睛上轻轻抚了两抚,说道:“二姐姐,你再看哪!”

二公主睁开眼睑,抬眼望去——天哪!

罗帷帐里,翻腾着两副骷髅。

拥抱着的骷髅。

交颈的骷髅。

腿脚踢腾的骷髅。一副骷髅变成了一只硕大的黑猫;

另一只骷髅变成了一条长长的白鳗。

黑猫和白鳗,依然在罗帷中撕扯翻转,纠缠不休。

二公主被眼前景象惊呆了!她恐怖地叫了一声,捂起了眼睛。

罗帷帐里,传来大公主心满意足的哼唱声。

大公主:“老三!三丫头!三婢子!你在哪里?”

三公主急应道:“禀大公主:奴婢在这里!”

大公主:“好啦!只要你回心转意,咱们还是姐妹相称,什么奴婢奴婢的?父王喜欢的还是你,将来江山指望的还是你,今天你伺候我,说不定明天我就得伺候你啦!最后再伺候大姐一次:拿香巾来!”

三公主:“是!”

三公主托起香巾欲往里走,被二公主扯住衣角。

二公主:“三妹!难道,我刚刚看到的,就是你说的‘本相’‘来生’吗?”

三公主点头。

二公主:“那么,‘本相’是骷髅喽?”

三公主点头。

二公主："那么，那只猫，那只鳗，就是他夫妻的来生喽？"

三公主点头。二公主激动地捧起妹妹胸前的"瓶柳"，景仰万分地说："太奇妙了！太神了！可是，能不能让她也看看自己？看看本相？看看来生？"

三公主望望象牙床里边镶嵌的镜子，冲二公主点点头。

二公主接过三公主捧着的香巾盘，又拉过妹妹项间悬挂着的玉瓶，向香巾上倾倒瓶中的净水。那净水汩汩洒洒，把一帕香巾浸了个透。然后，她捧着盘子奔进榻间，奔近象床，撩起帐幔，拿起浸满净水的香巾，不由分说地在大公主脸上擦起来。

那净水淌满了大公主的眼睛。

大公主猝不及防，忿忿地叫着："老三！你干嘛，干嘛，干嘛？"

二公主："不是老三，是老二。老二要叫你看看你自己的本相、来生！睁开你的眼睛！往镜里看！看你自己！"

大公主慢慢睁开眼，顾不得发火，扭身朝床里镜中一看，不禁恐怖地尖叫……

镜中，两具骷髅，活跃的骷髅。

镜中，骷髅化为黑猫，骷髅化为白鳗。

大公主惊悸已极，无力自持，昏了过去。

廊庑下。外。日。

一张竹编躺椅临庑摆放。

大公主少气无力地躺在椅上，身裹素单，额搭湿巾，呻吟不止。

周围几位侍女殷勤伺候。然而，奉汤不进，递盏不接，她们似乎不知如何是好。

二公主、三公主走来。

侍女们一齐礼迎："二公主！三公主！"

大公主听到二公主、三公主来到，倏然起身相迎。

三公主对众侍女："我不是公主，我也是侍女，我们都一样。大公主由我来侍奉，你们去吧！"

众侍女退去。

二公主问大公主："还吃不下饭吗？"

三公主捧出一把红果："吃了这个，就会好的！"

大公主眼睛直瞪瞪地盯了三公主一刹，忽然抓住三公主的手，问道："镜子里看到的，真是我和他吗？"

三公主点点头。

大公主："为什么？为什么我会变成一条白鳗？他会变成一只黑猫？这是为什么？"

三公主："天网有秩，六道轮回。今生修下世，下世造将来：或上天，或下界，或降恶鬼群，或堕畜生阵，或入铁网地狱，都由今生因缘与善恶作业所决定。所谓'善有善报，恶有恶报，黑有黑报，白有白报'之定份也！"

二公主："'沉湎淫逸，作业趋下；清心寡欲，得善升上'。悟警修持，为时不晚；执迷不醒，惩在来生！"

大公主惊讶地望着二公主："老二！你也懂？"

二公主："惭愧！随着三妹刚刚学了一点。"

大公主一把搂起三公主："三妹，救救我！"

芙蓉宫宾主厅。内。日。

大公主、二公主、三公主分宾主而坐。似在设坛授经。

三公主坐于上位，手捧经卷，且诵且讲。

二公主、大公主坐于两旁，恭谨相听。

鸾凤阁。内。夜。

罗帐内，大驸马周魁呼呼大睡。

罗帐外,大公主手持经卷,端坐蒲团,闭目默诵,状极虔诚。

芙蓉宫正堂。内。日。

一群宫娥侍女席地盘坐,围着大公主,听她讲着什么。

大公主手执经卷,侃侃而谈,状极严肃。

大公主诵之,众人齐诵之,声震屋宇。

乾清宫。内。日。

大发雷霆的妙庄王,一脚踹翻龙几,困兽似的徘徊吼叫。

大驸马周魁、二驸马何彪,俯首帖耳地垂手而立挨着骂。

皇后吓得躲在一边,不知如何是好。

妙庄王:“反了! 反了!! 她把我的芙蓉宫变成尼姑寺了! 他指着两个驸马,狠狠地骂道:“你们这些无用的东西! 本来要你们去开导、训教、制伏那个不听话的三丫头回心转意招赘纳婿,可如今倒好,你们没制伏她,她倒制伏了你们!”

周魁:“不! 她没制伏我们俩,我们俩紧跟父王,坚定不移!”

何彪:“肝脑涂地,死不变心!”

周魁:“就是两个公主……”

何彪:“经不住三妹的诱惑……”

周彪:“屈膝投降!”

何彪:“拜倒佛门!”

周魁:“整日礼禅诵经!”

何彪:“聚众说法!”

周魁:“就连我们两个……”

何彪:“也差一点被她们……”

妙庄王怒发冲冠,抡起手臂,朝着周魁、何彪两人的脸上,狠狠地扇了一记巴掌。

妙庄王:“无用的奴才们! 连自己的老婆都管不住,将来还能管理国家吗？苍天哪！难道你真的要灭绝我兴林之国吗”

皇后："陛下息怒，珍重龙体要紧！我看看三公主一心修行，心如铁石，再难回心转意。既如此，不如索性送她到白雀寺剃度为尼，断了与宫中的干系，权当没有她这个女儿！你我只要把心思寄托在大公主、二公主身上，让她们摈绝非念，与二位驸马一起勤理政事，辅佐陛下，以备陛下万岁之后承继江山之托，陛下以为如何？"

妙庄王徘徊良久，伫步望天，忽然眼露凶光，说道："不！既然天要绝我，我也要抗命绝天！既然佛陀叫我后继无人，我便叫你宫中无佛！来呀！"

怀安率众甲士卫队闻声而至。

妙庄王："把大公主、二公主立即锁进冷宫石窟，责令其筛身思过，写出悔文。何时断绝修行慕道之念，何时放归宫廷！"

怀安："遵旨！"

妙庄王："着令三宫对宫人悉皆普查，凡有信佛慕道思恋修行者，立即断粮三日，杖责七十，逐出宫廷！"

怀安："遵旨！"

妙庄王："把三公主即刻打入死囚牢，明日午时，赐白绫三丈，缢死正阳门楼！暴尸警告世人：有忤逆不孝、违背王命者，与此贱女同样下场！"

怀安："遵旨！"说罢，摔众奔出。

皇后大惊失色，颓然跌坐。

芙蓉宫院。外，日。

内侍怀安率甲士卫队奔进敞院，东寻西找，搜捕三公主。

宫娥彩女一片混乱，惊恐万状。

芙蓉宫东宅。内。日。

怀安率甲士闯进宫室,东寻西找,搜捕三公主。

一番搜索之后,众甲士摇头摊手:三公主踪影不见。

芙蓉宫西院,内。日。

怀安率众闯进西宫室搜捕三公主。

一番搜索之后,依然踪影不见。

廊庑间。外。日。

怀安等人搜不到三公主,悻悻然相觑无着。

忽然,一叶纸片从空中翩跹飘下,落于怀安面前。

怀安捡起纸片,惑然展视,只见纸片上有字迹显现。

字曰:

父王欲赐死,死期未到时。

暂避白雀寺,剃度上丹墀。

乾清宫。内。日。

妙庄王看完纸片,气得浑身打战。

怀安与卫队甲士屏息敛声,等候责令。

妙庄王:"白雀寺,白雀寺……你上天我也要把你找回来!"

由于这一声吼叫用力过度,庄王竟突然噎住气,颓然晕倒。

众人一片呼叫之声。

旷野。外。日。

一匹骏马在道路间奋蹄奔驰。

马上,骑着素衣简披的三公主,她英姿飒爽,扬鞭策马,迅疾前进。

奔马过处,扬起一道尘浪。

山道间。外。日。

奔马驰入一道水草丰盛的谷口。

三公主翻鞍下马，扔掉手中的鞭子，留恋地拍了拍马的后部,那马一个响鼻,向着那水草深处走去。

三公主徒步穿过草凹,登上石岭,没入崎岖的山径中。

黄泥岗下。外。日。

两脚如麻,泥水流淌。

雨中,三公主踩着滑溜的泥路向岗头攀登。

河畔棘丛。外。日。

三公主从厚厚的棘丛中穿过,眼前一片开阔。

一道河水从眼前流过。沙白洲绿,鱼翔浅底。一群群白鹤、一群群浮鸭沿江嬉闹。

云翔天朗,万物清新。

深山石路。外。日。

高耸的山峰。

葱茏的林木。

悬梯般的石径。

三公主沿着石径阶梯,步步登高。

脚下,草鞋残破,血迹斑斑。

山上,一座高塔耸立山顶,伟严壮观。

山门。外。日。

三公主登上最后一阶石梯。举头望来,一座寺院出现眼前。

门额上,斗大三个字:“白雀寺”。

三公主抹了把汗，长长嘘了口气，快慰地笑了。

在以上“三公主出走”的一组镜头里，插入一支伴歌。

歌曰：

翻一道土岭草凹，
踩一脚青泥黄沙。
穿一坪荆蓬棘杈，
望一群野鹤闲鸭。
这是出家？
还是回家？
出家回家，
究有何差？
恍惚惚出家如回家；
朦胧胧他家换自家！

了却了红尘牵挂，
迎来了七层佛塔。
远离了万般喧哗，
走近了净土幽刹。
这是出家？
还是回家？
出家回家，
究有何差？
恍惚惚出家如归家，
朦胧胧他家换自家！

大雄宝殿。内。日。

三公主身着“僧伽梨”百纳田相僧衣，头戴郁多罗僧帽，足蹬芒鞋，面向庄严慈悲的旃檀佛祖圣像顶礼膜拜。

大殿两旁，整整齐齐肃立着尼僧徒众，为新徒僧的“剃度”仪式祝颂。

白雀寺掌管老尼僧夷优，坐在法座之上，手持戒牒，主持剃度仪式。

香案两旁，数名当值尼僧，分别敲击着木鱼、钟鼓、铃子和铛，为叩拜者虔诚祈贺。

和乐阵阵，香烟袅袅。

整个大殿一片颂祝之声。

夷优念诵“赞佛偈”之后，以手抚摸三公主额头，说道：“汝来皈依了佛！”

三公主：“皈依诸天佛，吾身愿出家，乞望慈悲怜念，恳求教示点化。”

夷优：“汝来皈依了法！”

三公主：“皈依清净法，吾身不染尘。愿向空门恋道心，受想行识依法轮。”

夷优：“汝来皈依了僧！”

三公主：“皈依大众，息诽修慈。勤加策励，出坡勤作。”

乾清宫。内。夜。

妙庄王头裹巾帻，半卧御榻，呻吟不止。

皇后在旁暗暗拭泪。

妙庄王：“哭什么？老子还没死，你就哭起来了？我，我告诉你，要哭哭你自己，别哭老子。你们这一群后妃姬嫔，没给朕生一个儿子，反怪老子杀人太多，苛政太酷，得罪了上苍。可你们积德那么好，为什么上苍不怜悯你，给你个儿子呢？好不容易生了三个女儿，又都尼姑的尼姑，修女的修女，这不是我的亲生女儿合伙要断我的后、绝我的继吗？”

皇后:“依照佛经所说，女儿们吃斋修行，倒可以蠲父母罪孽,免祖宗的灾祸。”

妙庄王:“放屁！好啊！连你也和三丫头一个腔调啦！”

皇后又哭。

妙庄王:“好吧！我索性叫你们哭个够。既然天要绝我,我也得好好绝绝天,我要把你的信徒统统都杀光！咱们就来个同归于尽吧！”

此时,周魁、何彪二驸马慌慌张张跑进。见庄王正发火,皇后正哭,不敢说话,又悄悄退回去。

妙庄王:“什么事？快说！”

周魁:“启奏陛下:大公主她……”

皇后闻报,急拭泪探问:“大公主怎么啦？”

何彪:“她疯啦！”

妙庄王与皇后当顶一声霹雳:“啊?！”

地下冷宫。内。

大公主和二公主被囚禁的地方:青灯闪烁,阴森潮湿,蛛网遍布。

宫室正中，搭着一张木台方铺。两位公主坐在各自的铺位上。二公主依然闭目诵经;大公主却拿着那一块曾经浸泡过三公主的玉瓶圣水的方巾,不时地在眼睛上面揩拭和眨望着。

大公主又用方巾拭了一下眼睛，然后定睛望着二公主:“太好了！二妹,你的心是纯红色！是好人的心！你的来生也好,是一个头戴陀冠、身着龙衣的王子！可姐姐不好,姐姐的心带有绿颜色。姐姐的来生还是一只鳗鱼。”

门锁响处,周、何二驸马带着妙庄王和皇后走进来。

内侍怀安长喝一声:“陛下驾到！”

然而,二公主似未听见,仍然闭目诵经。

大公主却用方巾拭了一下眼睛，盯住来人观察，状极郑重严肃。

皇后见了，止不住失声涕泣。

怀安："二位公主！陛下来看你们了，还不快快起迎！"

"早已知道，何必多嘴！"二公主头也不抬地应了一句。

皇后："儿啊！快快见过你家父王！"

"见过父王母后！"二公主依然不睁眼、不抬头地回答。

皇后："儿啊！你父王早有圣谕，只要你姐妹二人断绝修行慕道之念，就可以回宫里。依为娘看来，只要你姐妹向你父王认个错，事情不就……"

二公主："我姐妹无错，错的是我父亲！"

大公主突然干笑两声："哈哈！没错，错的是咱们这位父亲。你瞧：他的心是黑色的，黑色的心，可不是好人心！哎呀！他的来生更糟糕，他将来要变成一只秃鹰，被人乱箭射死！"说着，她哭了起来。

妙庄王、皇后扑过去，抓住大公主摇晃着："儿啊，难道你真的疯了？！"

十六、剃度

地下冷宫。内。

妙庄王、皇后与周、何二位驸马，围着一阵哭一阵笑的大公主，惊慌失措，不知如何是好。

"难道，难道她真的疯了？"妙庄王与皇后相互顾盼着，紧张地窃议着。

"不必担心！我姐姐很正常，很清醒。"二公主仍然闭着眼、合着掌答了一句。

何彪急躁地对着二公主嚷道："你搅和什么？大公主明明疯

疯癫癫,胡说八道！你还来替她遮掩……”

二公主:“再说一遍:我姐姐很正常,很清醒。清醒的人,常常被说成疯子;真正的疯子,倒看着很清醒。”

何彪:“你也胡说八道啦！”

二公主:“说我是胡说,你才真胡说;胡说不再说,才能没胡说。”

皇后惶恐又哀伤地抱住二公主,摇着叫着:“妙音儿啊！你睁睁眼,睁睁眼！为娘来看你来了！”

二公主:“母后！儿知道母后来了,谢谢母后！儿睁着眼睛的时候,迷迷茫茫,糊糊涂涂,懵懵懂懂,什么也弄不明白;现在,儿学会了闭眼睛,反倒什么都看清楚了！所以,请母后允许孩儿多闭一闭眼睛。”

周魁附在二公主耳边,切切地说:“二妹,父王来了,说几句好话求求他,说不定就放你们出去了！干吗你老这样呢？”

二公主:“我说的话,没有不好的话。我们就是因为跟着三妹说了几句好话,才被关到这个地方来的。所以,好话不敢多说了！”

周魁:“三妹的话,不是好话,听不得,害得你们闹到这步田地,连她自己也……”

此时大公主双手扯着那条大红方巾,一会遮着眼睛,一会露出眼睛,把眼前的人们看了个遍。忽然,她用她那从方巾后面刚刚露出的眼睛,怔怔地盯住了周魁。

大公主:“周魁周魁,来世变谁？你的心,可是青色的,那是一条青泥！”

果然,透过那方巾后边三公主的眼睛,周魁变得萤光透亮,一颗青黑色的心在跳动着的不是血,而是泥浆似的浊状物。

大公主:“你的来世,你已经知道了！”

周魁:“知道知道,要变成一只黑猫！”

何彪噗然作笑。在他眼里,大公主是疯了。

可是在大公主那面方巾后的眼里，周魁果然化成一只黑猫，一只龇牙裂嘴、张牙舞爪的黑猫。

大公主："我的状元，我的驸马，你为什么会变成一只黑猫呢？有什么办法逃脱这个厄运呢？这只有去问老三，只有我们的三公主才会知道怎样解救你。"

白雀寺禅院。外。日。

三公主妙善一身尼僧装扮，坐在一株大松树下的青石上，闭目诵经。项间，那只玲珑剔透的玉瓶放射着毫光。

一位叫做惠明的小尼姑，蹑手蹑脚走至妙善身后，乘其不备，一把取下挂在妙善项间的玉瓶，掉头就跑。

妙善唤道："惠明！师姐正做功课，你又来打搅，快把玉瓶还我！"

惠明站在菊坛之上，调皮地逗妙善："我们做功课都要挂佛珠，你为什么偏要挂个小瓶子？没收了！"

妙善着急地求告："好师妹！什么都得玩，唯有这个瓶儿玩不得，快还我！"说着起身去索要。

惠明一边跑一边嚷嚷："有什么玩不得？我偏要玩，我偏要玩！"她嚷着嚷着，顺手抡起那尊玉瓶来。

但见：那旋转的玉瓶，在空中划出炫目的光轮。

汹涌的涛声响起。

怒吼的风声响起。

树木摇摆，山岳摆动。

震撼魂魄的一声霹雳炸顶，兜头栽下瓢泼大雨。惠明一声尖厉的惊叫，昏倒在雨水之中。

白雀寺禅院。外。日。

僧尼们惊慌万状地跑过来，围着、议论眼前发生的奇象。

此时,雨过天晴,风和日丽,似未发生过任何事情。尤为奇怪的是,只有惠明周身湿透,身下尚存一泓清水,而妙善未有点滴之水湿衣。她把惠明托抱在怀里,轻轻唤叫:“惠明!你醒醒!惠明!”

寺院住持夷优也早发现了这场奇象,她一会儿观天象,一会察地征,一会望人貌,现在她终于发现了那尊玉瓶。她颤抖着两手把它捧起,仔细观察起来,看着看着,不禁哑然失声:“天哪!这,这,这尊净瓶是谁的?”

妙善:“启禀师父:是弟子我的!”

夷优:“你的?那么,又是谁给你的?”

妙善:“此物非人所赠,乃是弟子随胎降生之物!”

夷优:“什么什么?”

妙善:“是弟子胎中带来的。”

夷优:“妙善!你说此话可是当真?”

妙善:“弟子不敢撒谎!”

老住持瞪大眼睛望着妙善,突然倒头便拜:“菩萨降临,敝寺幸甚!”

妙善急忙搀扶:“师父请起,折煞小尼了!弟子凡胎肉身,俗人一个,投奔白雀寺,是来跟随师父修行的。”

老住持摇了摇头,依然仔细观赏玉瓶。当她发现瓶中那枝柳芽时,再一次哑然失声。她把玉瓶高举过头,向众徒弟喊道:“王母神器在此,还不叩拜!”

众徒尼闻声,齐向玉瓶叩拜。

夷优:“此瓶乃西天王母镇宫之宝,瓶中尽储天河琼液。一滴水可润三江之枯,可解旱魃之虐,可治千病之痛,可驱万邪之惑。用瓶中滴水洗目,则目光可以穿肤见心,透假见真,前生后事,一览无余!”

尼众中一人发问道:“此宝何以坠落凡间?”

夷优:“非也!此乃天宫王母特别赠予我下界菩萨,以解民间疾苦,人世灾殃。普天下佛界高僧,均知此宝即将降临,都在寻找携宝菩萨,想不到此番荣幸竟能轮到我白雀僧尼寺院,阿弥陀佛!”夷优说着,即向妙善公主下拜,并双手过顶,把玉瓶捧还妙善。

众尼僧一齐向妙善叩拜:“阿弥陀佛!”

昏迷的惠明突然跳起,惊讶万分地说道:“我做了一个梦,梦见我飘飘摇摇到了梵天之上,见到了弥勒佛。弥勒佛腆着大肚子说,你这个小惠明,观音菩萨到你们白雀寺啦,叫你和她做伴呢,你跑这干啥?'我说:'谁是观音菩萨?'弥勒佛用指头点了点我的脑门,指着我手里的小瓶子说:“这个挂在谁的脖子上,谁就是观音菩萨!”(此梦境可用画外音镜头处理)

众僧尼听后,面面相觑。忽然不约而同地向着三公主妙善行顶礼膜拜大礼:“嗡嘛呢叭咪吽!”

妙善惶恐不迭,忙用柳枝蘸瓶中琼液向众洒:“妙善的到来,怕还要惹出一场大灾呢!”

地下冷宫。内。

大公主仍在提着那块偌大的方巾,拭拂着双目,观察着诸人。

大公主:“糟糕了,我这面巾上蘸的玉瓶水快干了,你们的真面目也快看不清了。我再说一遍,你们都得记住自己来世的形象:周魁!你是一只黑猫!”

周魁幻化为“黑猫”。

大公主:“何彪,你是一只老鼠!”

何彪幻化为“老鼠”。

大公主:“二妹,你是一个头戴驼冠、身着龙衣的王子!大姐真羡慕你!”

二公主幻化成一位英俊的王子。

大公主："可是，大姐下场不好，来生却是一条白鳗！"

皇后望着大女儿的异常神态，痛哭失声地说道："儿啊！你醒醒啊！你这样子可要把为娘吓坏了呀！可别再胡说了啊！"

大公主："母后！从前儿爱胡说。现在不啦，现在跟着三妹学会了实话实说。你别害怕。'实话实说，天宽地阔'。"她又向母亲扯起了那面方巾："哎呀母后！你的来生不错，成了一个会飞的人，哦对，这叫做逍遥神仙哪！"

皇后幻化为一个飘然腾飞的女神。

可是，在众人眼里，什么也见不到，一切处于正常。唯一不正常的是：大公主确确实实地疯了！

妙庄王颤抖着身子，哆嗦着嘴唇，自语般地说道："疯了，疯了，真真白白地疯了！"他嗫嚅着徘徊，徘徊着嗫嚅，而后突然大吼道："好啊，你们都疯去吧！死去吧！跟着老三跑去吧！"说完，他掉头往门外走去。

"等一等！启奏陛下：您的来世很不好，竟然会是一只老鹰！而且……一箭、两箭、三箭——身中数箭，坠崖而亡！可悲，可叹！"

随着她的叙述，妙庄王果然幻化成为一只鹰隼，凌空翱翔。突然冷箭数支，坠涧而落。

大公主："尊敬的父王！快接受儿女们的祈祷吧！快改恶从善、戴罪修行吧！快到白雀寺找你的三公主许愿降香重修来世吧！"

妙庄王怒火大燃，他转回身来，一把夺过大公主手中的方巾，登时扯个粉碎；又抡起手臂，狠狠地抽了大公主一记响亮的耳光。

妙庄王："朕是要去白雀寺看看。不过，老子我不会降香，只会点火！"

这一声，吼叫得山摇地动。

白雀寺山门。外。日。

晨钟悠扬，朝霞熹微。

小尼姑惠明肩荷水担，口哼小曲，朝山门走去。

曲声中，更显得秋晨的静谧、超尘。

了却了红尘牵挂，
迎来了七层佛塔。
远离了万般喧哗，
走进了净土幽刹。

当惠明拉开山门的门闩，拽开山门高大的门扇，抬眼向门外一望——她傻眼了吓呆了——门外，黑压压站满了层层叠叠的官兵，把白雀寺围了个水泄不通。

刀枪闪耀着寒光。

战马扯拽着长嘶。

阵列预伏着杀机。

惠明呆愣了半天，才“哐当”甩下肩上的水桶，尖叫着向后院狂奔。

礼佛堂。内。日。

济济一堂僧尼们，结跏趺坐于蒲团之上，“依正庄严、清净三业”地“观想念佛”。

钟磬叮咚，香烟缭绕，佛音阵阵。

突然，惠明跌跌撞撞奔进佛堂来，进门便大叫：“不好了！官兵围寺啦！官兵围寺啦！”

全场哑然，静持良久。

继而，哄然骚乱起来，尼僧们惊慌万状，东奔西撞。

住持夷优猛击香儿，大叫一声：“肃静！”

众人又唰地静下,都呆愣在那里。

夷优:"慌什么? 乱什么? 成何体统! 几个大兵围寺,便把你们吓成这个样子,汝等还说什么修行、谈什么正果? 惜身重命,贪恋未除,全难达道矣! "说罢,她走下法坛,穿过人丛,向寺门走去。

三公主妙善拦住夷优,朝着夷优伏叩于地。

夷优:"活菩萨何必行此大礼? 快快请起,有话请讲! "

三公主:"小尼给白雀寺招了灾祸了! "

夷优:"此话怎讲? "

三公主:"门外大兵,为我而来! "

夷优:"? ……"

妙善:"那是妙庄王的八千兵丁,来讨伐他的一个公主。"

夷优:"? ……"

妙善:"这个要讨伐的公主就是我。"

夷优一把抱住妙善,激动地把她托起,用意外而又兴奋的目光看着妙善。

妙善:"你不怪我说的太晚了吗? "

夷优摇着头说:"不,太好了! 我早听说妙庄王那个暴君生了个慈善奉佛的三公主,想不到就是您! 看来,这是梵天佛祖的有意安排:让杀人如麻的暴君养一个怜虫惜蚁的善女;让佛堂唯一的女菩萨来度化顽劣不化的暴君。"

妙善:"可是,持进维艰,劫度不显,吾深感抱愧! "

夷优:"窃闻妙庄王身旁大公主、二公主,也已洁身修善;皇后国母偷习佛经;满宫嫔妃彩女崇事斋素;就连他的御膳房火头班,也养起了罢宰放生之风。这些不都是活菩萨度化之功吗? 公主何愧之有? "

妙善:"治暴有如伏虎,囚之逾紧,反扑逾凶。而今千里兴师,兵围寺院,灾祸殃及净地,实为弟子招惹之罪! "

夷优:“活菩萨不能这样说！佛祖为度化一个暴君，不惜遣派大士下凡，经受千难百劫，以化其心。老衲与全寺尼僧有缘参与其业，实为高累道行。”

远远的寺门外，传来了兵丁喧嚣之声。

夷优迎着喧嚣走去。

妙善拦头一拜:“有师父的见谅，弟子死而无憾了！”叩罢头，转身奔赴寺门。

白雀寺山门外。日。

一道森严的人墙紧紧围着白雀寺。

戈矛如林，铠甲如箍，呼声如雷。

呼声中，三公主妙善稳步走出庙院，出现在山门的层阶之上:田相袈裟，紫云道冠，俨然一尊梵天菩萨。

“士兵墙”中的眼睛闪烁着惊异的光。

为首的一头高头大马之上，骑着兴林国的丞相褚杰。见了三公主，抱拳一揖说道:“参见三公主！”

妙善:“此处没有三公主，只有白雀寺新纳尼僧妙善在下！”

褚杰:“这……难道你不是三公主？”

妙善:“若是三公主，有你这个参法吗？”

褚杰滚鞍下马，望之再拜。

妙善:“不必做样子了。大兵压境，矛头相对，不是马上要开杀戒了吗？”

褚杰:“公主圣明！臣奉庄王之命，驱兵尽职，实出无奈，公主恕罪！”

妙善:“说吧，叫你来干什么？”

褚杰:“臣奉旨上山，旨意有三:其一，陛下龙体有恙，想念女儿，盼公主回宫。”

妙善:“父王病了么？”

褚杰:“是病了,病得不轻。”

妙善:“儿臣诚望恪尽孝道,只怕见了父王,反惹陛下生气,于病情无益。这二呢?”

褚杰:“其二,三公主擅离宫廷,私潜荒野,此为背亲叛君之罪;出家为尼,委身法门,此为玷污宗庙之罪。二罪蠲免,既往不咎。唯望三公主回头是岸,忏悔前愆,决绝佛事,招赘纳婿,秉承社稷之托。”

妙善:“妙善此生,千喜百愿,唯有二不情愿:一不情愿男女之恋,二不情愿江山之争。‘招赘纳婿、秉承社稷’之责,诚难允诺。这三呢?”

褚杰:“烧毁白雀寺,铲除佛法僧!”

妙善:“这才说到丞相此行的根本上!”

褚杰:“老臣食君俸禄,听君差遣,实出无奈,望公主谅恕!”

妙善:“但问丞相:如果我答应同你一道回去,这白雀寺还烧不烧呢?”

褚杰:“烧!一定要烧!”

妙善:“再问丞相:倘若我一切条件都答应,这白雀寺还烧不烧呢?”

褚杰:“烧,必须要烧!”

妙善:“倘若有人不让你烧呢?”

褚杰:“无论何人,斩杀勿赦!”

妙善:“倘若这个人是我呢?”

褚杰:“公主?”

妙善:“你说呀?怎么样?”

褚杰:“也要……斩杀!”

妙善:“这就是了,这就与你带着八千刀斧手登山围寺的阵势相称了!”

褚杰:“老臣食君俸禄,听君吩咐,实出无奈,乞请公主谅恕！”

兵阵中，一通战鼓擂过，火把纷纷点燃。

妙善向褚杰大礼一揖，恳求道：“本公主请求一死，但愿换得佛寺平安！”

褚杰还揖道：“陛下有命：佛寺必烧！”

兵阵中，又一通战鼓擂过，火把纷纷高举。

妙善向褚杰匍跪，乞求道：“妙善情愿以命换取五百尼僧平安！”

褚杰亦跪于地，说道：“陛下有命：僧尼必斩！”

兵阵中，又一通战鼓擂起。

妙善慨然喊道：“褚丞相！难道你不知善恶报应吗？”

褚杰不答，翻身上马，挥剑前指，大喝道：“烧！”

众甲兵挥舞火把，冲向寺院，点燃树木、房舍、檩椽……

院内，五百尼僧东蹿西躲，一片号啕。

四面火起，狼烟飞腾。

但见，此时妙善，站在佛塔之上，眼含热泪，向天诵咒。而后，取项间净瓶在手，那净瓶忽然放大，发出汩汩滔滔之声。她抽出瓶中柳枝，蘸着瓶中净水向天挥洒。

空中，顿时道道闪电划过，霹雳炸开瓢泼大雨倾泻而下。

刚刚点燃的椽檩、廊柱、殿宇以及花草树木，顿时熄灭，而且完好如初，烟痕皆无。

那举着火把到处点火的甲兵，一个个被罩于雨柱之下，利箭似的雨柱冲得他们抬不起头，直不起腰，晕头转向，呼爹叫娘。

风雨中，火把一折三截。

风雨中，甲兵深陷泥水，倒卧一片。

丞相褚杰从深陷于泥浆中的战马旁挣扎而起，捞出水中的战盔戴在头上，拔出泥中的长剑紧握在手，使尽全身力气再下命令：“甲士们！遵旨行命：斩尼杀僧！”

倒卧在雨水中的甲士兵丁,又渐渐蠕动。

一双双眼睛在泥浆中睁开。

一副副铠甲在泥浆中蜷曲。

一只只手臂又攥紧了刀枪剑戟。

一个个身躯又从风雨中挺起。

一群群甲兵追杀无辜尼僧的惊叫声又阵阵传来。

塔楼上,妙善再度向天诵咒,再度抽取柳枝,蘸取玉瓶之水,向空挥洒。

一阵更大的狂风骤雨再度卷起:

风雨中,一把把枪刀剑戟纷纷折断。

风雨中,一阵阵甲兵的大哭小叫。

风雨中,一副副铠甲从甲士们身上剥落,在空中打着旋转。

风雨中,一个个甲士兵丁在泥水中打着翻滚,滚下殿阶,滚过甬道,滚出山门,滚向山坡。

山坡上,被风雨卷裹来的兵丁甲士,如同泥石流一样整齐排队、夹泥裹水,齐刷刷打着翻滚,往山下流涌而去。

山外驿道。外。日。

驿道上,风干了的泥泞龟裂成纹。

龟裂的干泥道上, 齐排排躺着昏厥中的甲士兵丁: 有的打鼾,有的梦呓,好一场大睡。

酣睡的人排中,有一人醒来:头发蓬乱,满身干泥,两眼肿红。他欠起身,伸了个长长的懒腰,难驱困意,再次闭上眼皮。这是丞相褚杰。

当褚丞相再度睁开眼,想清楚是怎么回事时,旁边有人同他说话。

“褚丞相，你睡醒了？”

褚杰一怔，抬头看去，原是三公主妙善守在他的身边。

此时的妙善，披枷戴锁，一身囚徒打扮。

褚杰望之愕然：“？……”

妙善：“褚丞相！带我回京吧！拿我交差，你会免去杀头之罪的！”

褚杰吃惊地呆住。

妙善诚恳地俯乞。

褚杰的眼睛盯住妙善脖间悬挂的玉瓶：那玉瓶光焰炫目，使他惊心动魄！

“瓶！瓶！瓶……”褚杰尖叫着，索索地往后退躲。

横躺一地的甲兵渐渐苏醒。闻听主子呼叫，纷纷爬起。两个副官冲过来，扯下妙善项间玉瓶。

“抛下山涧！抛下山涧！”褚杰恐怖地叫着。

副官抡臂把玉瓶向山涧抛去。

那玉瓶飘然而起，在空中好一阵盘旋翻飞。当它缓缓下落之时，一只丹顶白鹤飞来，衔住下落的玉瓶，奋翅升腾，向遥遥天际飞去。

兴林宫午门。外。日。

高大的门扇开处，庞大肃杀的刑队轧轧走出。

长长的筚篥仰天长啸，悚人毛发。

轧轧的鼙鼓入地滚动，摄人心魄。

警戒阵斧钺插天，枪刀斜横，汹涌开道。

刀斧手赤臂袒肩，怀依宽刃，汗光闪闪。

刑队的中间，一辆刑车轧轧驶出。车上，站着身披枷锁的三公主，她的身后插着一块亡命牌，上写两个朱笔划点的大字：“处死”。

然而，从“犯人”的脸上，却看不出丝毫的恐惧、痛楚和哀伤，相反，她是那样安详和泰然。

她的无所谓和略带神秘色彩的脸，与如临大敌和充满凶怖的刑队，形成鲜明对比。

大道上。外。日

惊天动地的刑队，从远远的城郭涌来，又向着遥遥的刑场涌去。

大道上，卷起团团烟尘。

烟尘中，有一张微挂笑意的三公主的脸。

刑场。外。日。

一处山角，一面石台，两列蒙面刀手夹道而立，刀耀冷光，道涌寒气。

石台上，监斩官褚杰临桌而站，秉旨把剑，目视远方。

褚杰身后，两条石路分别通向左右两面山坡：左山坡上，搭起一座彩楼，旒金销玉，花团锦簇，楼中琴瑟悠扬，红袖翩跹。彩楼前，一排紫袍金冠的美男沿街而站，殷殷双目翘望远方。

右山坡上，却是一座嵯岈高耸的火刑刑台，刑台上，猛柴堆砌，乱木摇曳，火舌吞吐。

筚篥声中，烟尘阵里，刑队驶来。

刑车在山脚停下。

一片呼喊声中，三公主跳下刑车，眉目含笑，向着监斩台走去。

监斩官褚杰望着三公主，展旨宣读。

褚杰：“兴林大圣皇帝妙庄王诏曰：国祚倾衰，子嗣无继；帝宫式微，孽女叛逆。尤可恨者三公主妙善，性聪敏而不报国，行惠达而不忠君。抗王命，违父旨，悖母愿，忝祖望。拒绝纳赘，荒我后继;宁不招赘,断我香烟。更有甚者,执迷空门,沉湎经咒,身陷虚妄,性至戾乖。致使我宫廷上下,几成焚香拜佛之地;皇亲国戚,一片阿弥陀佛之声。累累前罪未及清算,泱泱后孽惶遽又加。竟于凄凄惨惨之夜,孤孤凉凉之身,潜出宫闱,擅自出家,投奔白雀寺,剃度入尼僧。损我国威,毁我宫誉,伤我声名,辱我祖宗。其不忠、不孝、不节、不义,罪不可恕,咎必严惩。着令丞相褚杰点招刑部大典,于午时三刻,押服孽女妙善,推送断头台,架起百捆硬木,火刑处死!”

刑队士众齐声呐喊,山抖地颤。

十七、火升

刑场。外。日。

褚杰宣读“火刑处死”旨令之后,刑队兵众发出呼威呐喊之声。

筚篥号角仰天吹啸。

斧丛戟林朝天举刺。

蒙面刀手旋风般张开阵势,撒布一地刀光剑影。

三公主妙善听罢旨文,微微一笑,向着圣旨拜了两拜:“谢陛下!谢父王!”然后扭身朝着右边走去。

“慢!”褚杰喊了一声。

几个刀斧手横械拦住妙善。

褚杰跳下石台,走向妙善,挥开拦路的刀斧手,说道:“别急,三公主!圣旨还没宣读完呢!”说着,他亲为妙善卸去项间长枷、身上铁锁,恭恭敬敬一揖。

褚杰:“公主!请您抬头一看:这边——顺着这道石阶走上去,便是烽火台,是刑场,是地狱。那上边,堆着百捆干柴,千束火把,正等着您的光临。”

妙善举头仰望。

高高的火台上，柴木堆砌，火苗闪闪，烟雾腾腾。

褚杰："走进那面火台，除了几缕青烟之外，您将不会留下任何痕迹。"

妙善："阿弥陀佛！"礼毕，欣然举步登临。

褚杰急忙拦住，复把妙善搀回左边。

褚杰："公主再看这边——顺着这道石阶走上去，看到吗？那可是另一番景象：那上边是彩楼，是行宫，是天堂！你的父王，你的母后，你的姐姐，你的满宫亲人，都在上边呢！特别是陛下为您挑选的十名候招驸马，也在彩楼上殷切候驾！"

妙善举头张望。

彩楼上，大公主、二公主、皇后凭栏垂望，泪眼婆娑，频频招手。花篮两旁，果有两排紫衣金冠、眉清目秀的美俊男子，向着公主遥相拱手。

红袖翻云，笙磬落雨，彩楼如空中楼阁。

褚杰："沿着这条道走上去，你就又解脱了！等待你的，是你的亲人，是你的荣华富贵，是你的承继无愧的主宰江山社稷之权位！"

妙善："阿弥陀佛！"

"妙善继续听旨！"褚杰突然又展开圣旨，再度宣读。

褚杰："兴林国大圣皇帝妙庄王诏曰：妙善之罪，罄竹难书。量历刑法，凌迟醢尸不足泄朕胸中之恨；念父女亲情，惋叹悲凄难遣恻隐之心。死罪纵恕，活罪难免，兹定于幂山刑场设路两条，设坛两座：一生一死，一凶一吉，一荣一枯，一暗一明。命尔临场抉择，自行选投。天堂地狱，一步之差；举足错迈，万劫不复！钦此。"

随着褚杰宣读圣旨的结束，左边的石阶上，一卷大红绒毡瀑布般地从天而泻，由彩楼直垂妙善脚下。

两排身着五颜六色彩服的宫娥彩女，从彩楼翩跹而下，齐齐整整地排在阶梯两旁，行夹道恭迎之仪。

丝竹悠扬，笙歌旖旎，宛然仙境。

而另一旁：左边的石阶上，却是荆棘蒺藜签板碎石从天而降，由梵尸台直铺到妙善足侧。从下迈上去，那是蒺藜的阶梯，尖石的阶梯，竹签的阶梯，荆棘的阶梯……

两排蒙面刀手，从山脚下直排到高高的梵尸台，两面的刀枪剑戟斧钺叉铛，形成一条密密麻麻的夹道，凶焰慑人。

挽乐阵阵，丧鼓声声，俨然地府。

此时的妙善公主，在“仙乐”“鬼乐”、花丛刀丛、毡道荆道、天堂地狱的夹携下，显得无比从容和超然。她先向君王的圣旨拜了一拜，再向彩楼上的亲人拜了一拜，又向烟火缭绕的火刑台拜了一拜，最后向刑队黑压压人众拜了一拜。

一切都静了下来，这是“死一般的沉寂”。

天地间所有的眼睛：母亲的、姐姐的、侍女的、奴仆的、臣宰的、刽子手的、惊疑的、紧张的、含泪的、颤抖的……都集中在一个点上，那就是刑场中心的三公主身上。

三公主仪态沉静，面含微笑，眼睛里闪烁着兴奋而奇异的光。她望了一眼天空，然后合十，低眉吟咏起她那澎湃于胸声：

五蕴皆空，舍利弗！
色空故，无恼怀相；
受空故，无受相；
想空故，无知相；
行空故，无作相，
识空故，无觉相。
色不异空，空不异色；

色即是空，空即是色。
诸法空相，不生不灭，
不垢不净，不增不减。
空法乃非法：非过去，非未来，非现在；
空法乃无法：无眼界，无意识界，无无明，
无无明尽，无老死，无无老死尽。
胸有般若，心无挂碍；
心无挂碍，身无恐怖。
离一切颠倒梦想苦恼，究竟涅槃！
得阿耨多罗三藐三菩提！舍利佛！

（以上所引经文为记述观世音菩萨修习般若功夫的原始经咒《摩诃般若波罗蜜大明咒经》，此处基本依照原文录用，以表现观音的四度托身的三公主得道涅槃时的肃穆、庄严、神秘和空无崇高的气氛。不宜翻译为白话或现代词语。建议画外低吟轻唱并伴以多声部大气势的鼻音伴唱处理）

咏唱声中，三公主妙善脱下囚衣，向空抛飞；踢却鞋履，光其双足。旋身施一圆揖，款步踏上荆藜之阶，向着火刑台攀登而上。

殷红的血，从那细嫩的脚板下渗出……

“妹妹！等一等！”大公主一边呼喊，一边扑了过来：

“好妹妹！你，你果真要走这条路吗？”

妙善闻声驻足，慢慢转回身来，望着大公主嫣然一笑，向她恳切地点了点头。

大公主拖住妙善的衣袖，蒙在自己的脸上，抽泣着说：“三妹，你知道……我在想什么吗？”

妙善：“一半在想我，一半在想你。”

大公主：“你真聪明。我在想，我曾经想害死你，可现在，我真想替你去死！”

妙善："好姐姐！一句话足矣！再说就多了！"说罢，转身踏步向上。

"妹妹！等等二姐呀！"二公主衣发不整、气喘吁吁地奔来。

妙善闻声止步，再转身来，满目含情地望着阶下的二公主。

二公主满面泪水，拽住妙善的裙角，哽咽着说："三妹，你……你是不是走得太急了？"

妙善微笑着摇了摇头："这是早就定好的日子。"

二公主："三妹！到将来，我会跟着你去吗？"

妙善："你不怕吗？"

二公主："有点怕。可我知道，怕的后边是什么！"

妙善："那么，是什么？"

二公主："是一片无怕的净土世界！"

妙善："那么，我就在怕的后面等着姐姐。"说罢，替二公主揩了一把眼泪，转身再度踏阶向上。

脚下，那是一层蒺藜。

"三公主！三公主！三公主！"众口呼唤三公主的，是御膳房的那群厨工：黑嫫、永莲、黄嫂、赵大、胖子、大个子……

厨工们一齐跪在阶下，悲怆呼号："三公主，你下来吧！回来吧！"

妙善闻声驻步，转身下望，望着那一片厨下结交的朋友，亲情顿发，感动得热泪盈眶。那些担水、劈柴、烧火、编草鞋的场面，不断在眼前跳闪。

众厨工："三公主，下来吧，走那边，那边的路好走！"

黄嫂："那边的路上有红毡，不扎脚！"

永莲："那边的顶上是彩楼！"

赵大："那是陛下允许走的一条路！"

众厨工:“是条好路啊！”

妙善感激地向众厨工鞠了一个躬,然后抬眼垂望,无限深情地说:“谢谢诸位师傅！不过,好走的路,不一定是好路;不好走的路,也不一定就是不好的路！”说罢返身欲上。

“公主！三公主！好公主！一直低头跪着的黑嫫,此时突然跳起,赤着双足,踏着蒺藜,‘腾腾腾”地奔上阶梯,扑跪在三公主的脚下,泣不成声地说:“三,三公主！你,你还欠着我的账,没还我呢！”

妙善惑然地拉住她,问道:“欠你什么？”

黑嫫:“鞭……鞭痕。我一直等你抽我呢！”

妙善一把把黑嫫抱在怀里, 说道:“黑嫫, 你有一颗欠账的心,就可以走遍天下了！就能体恤下情,安抚万民。”她捧起黑嫫的脸看着说:“黑嫫黑嫫,你的脸黑心红,为人直正。两千年后,你是东京开封府的一个清官！”

黑嫫愣住了,眨巴着惶惑的眼睛。

妙善返身踏刺继续向上。

腿下,那是滴滴鲜血……

“三公主留步！三公主省身！三公主三思而行啊！”

妙善闻声返身,阶下,拥来一群文武大臣,他们恭敬侍立,声声呼唤,意极诚恳。

赵震:“公主有经天纬地之才,济世匡时之略,国祚望之,民愿归之,何必要走此绝路？”

妙善:“赵丞相！你不常说:‘绝处逢生’吗？”

赵震:“可是,那上边是一团火！”

妙善:“火后呢？”

赵震:“这……”

妙善:“我就是到火后边去,那里才是新生。天下原来也是一团火，火烧过了，才出来个滚滚红尘，喧闹人生。”

一老臣：“公主天赋便有仙圣之像、帝王之才。当今社稷如有公主辅佐，定会再度振兴。何故不惜玉驾，执意轻生呢？”

妙善：“多谢国公夸奖！然而，国公只见妙善之长，不知妙善之短。如此择仕，必误国无疑。”

老臣：“公主究有何短？”

妙善：“时天下之天下，乃崇尚争斗、弱肉强食之世界。为君主的，除有帝王之才之外，还要有龙凤之爪、虎狼之心、鲸鲨之欲。这些都是妙善所不具备的。我不是这个世界的人，让我走吧！”

褚杰：“陛下为公主设下一生一死之路，意在赦死放生。公主为何不体领圣情，回头是岸呢？”

妙善：“‘回头过早未离岸，度达彼岸再回头’。褚丞相，再见了！”说罢，转身举步继续登高。

“妙善儿，妙善儿！等等为娘！等等为娘啊！”宝德皇后喊喊叫叫、跌跌撞撞地奔了过来。搀扶她的，是那一群新选来的候招郎君。妙善听到母亲的呼叫，驻足回望。

宝德皇后踉踉跄跄奔到阶下，推开众人，厉声喊道：“妙善儿！你要是不下来，就带着为娘一道走吧！”说着，拨开两旁武士们架起的枪枪棒棒，不顾满阶的签板蒺藜，没命地向上扑爬……

妙善见状，不顾一切地奔下阶梯，托起母亲，母女扑抱在一起。

一阵抽泣过后，皇后捧起女儿的脸。

皇后：“儿啊！你不原谅你的父王，也该原谅你的母后；你不原谅你的母后，也该原谅你自己呀！你为什么要如此折磨自己、轻贱自己、毁掉自己呀？”

妙善：“母后！”

皇后："不，为娘不听你说，也说不过你。我只要你知道，你的父王是爱你的，舍不得离开你的！他处死你是假，要你回心转意是真。你来看——"她摆了摆手，那十个候招郎官立即站成一排，一片璀璨。

皇后："这是他最近为你挑选的十个候招驸马郎君。儿啊！哪有一边处死女儿，一边挑选女婿的道理？"

妙善："母后！"

皇后："不，我还是不要你说！只要你在他们中间挑上一个驸马，就什么都过去了！金瓯江山、银盆社稷，都是你们小夫妻的了！"

十郎一个个喜形于色，眉目含情，心殷意切地巴望着三公主的垂青。

妙善亦果然仔仔细细、认认真真地对十郎君审视了一遍。

妙善："真得谢谢父王母后的美意了！果然是个个英俊，人人潇洒，堪为人杰精英啊！不过，挑的可是太多了，儿臣不是只能要一个嘛？一个，一个，选谁好呢？"她一边说着，一边似做认真挑选状。

喜得皇后泪眼婆娑："儿啊，你答应了？"

妙善："儿不答应，母亲不依呀！"

皇后破涕为笑："儿啊你回心转意了？"，

妙善："儿不回心转意，母亲可就要随儿投火殉道了！"

皇后："我的孝顺女儿啊！为娘给您叩头！"说着就要下拜。

妙善急搀扶，说道："儿臣担待不起呀！"

皇后紧紧抱住妙善："儿啊！你真叫妈高兴啊！"

妙善："可是，母亲的高兴，代替不了父亲的高兴。"

皇后："不，能代替，他一样高兴！"

妙善："儿臣的回心转意，也代替不了君王的回心转意。"

皇后："不，都一样，他早就回心转意了！"说罢，她大声吩咐道："来呀！速速奏禀陛下：三公主回来啦！"

彩女翠红应声奔去。

皇后复高声吩咐左右："打道登楼！"

一片呼应山摇地动。

笙歌骤起，彩袖翻舞。

戈矛骤倒，旌旗高举。

三公主在十郎君的高高抬举之下，踩着那条铺着大红绒毡的左山道拾级而上，向高高的彩楼走去。

抬椅上，妙善闭目合十，急诵咒语。

彩楼上。

头裹明巾、半倚龙榻、咳嗽不止的妙庄王，听罢彩女翠红的奏禀，突然振作，眼睛骤亮，他来不及着鞋，赤裸着双脚向门外窜去，边跑边喃喃地喊着："三公主回来啦！她回心转意啦！她回心转意啦！"

彩楼上，卷起一阵风，所有的宫娥彩女甲兵卫士一齐随着庄王拥出彩楼，拥下山去。

彩楼外。

妙庄王甩掉头上的巾带，如癫如狂地冲下猩红的石阶，向下奔跑。他边跑边喊着："我女儿回来啦！三公主回心转意啦！"

陡峭的阶梯上。妙庄王癫癫狂狂地奔下来，边奔跑边重复着那两句话："我女儿回来啦！三公主回心转意啦！"

山脚下，十郎君抬着衣衫不整、血渍斑斑于足的三公主拾级而上。

三公主结跏趺坐于抬椅之上，双手合十，闭目入定，庄严肃穆，俨然一尊美佛。

宝德皇后在侍女的搀扶下，走在前边，她满面欢喜，容光焕发。

迎着三公主狂奔而来的妙庄王，向着抬椅扑了过去。他激动得满面通红，喘息不止，口里仍不断呼叫着："我的好女儿！我的三公主！你到底回心转意啦！你到底回到朕的身边啦！"

然而，当他站在抬椅前，抓住裙裾之摆，定睛向上看时：这哪里是三公主？哪里是妙善？哪里是他的女儿？坐在抬椅上的，俨然是当年被他活埋了的那位台不琚大王子！

妙庄王惊呆了，呆愣愣地站在那里。

台不琚大王子活了：他把妙庄王带进了陵墓，带进了地府，让妙庄王又看到他当年亲自布置的场面：(主观幻觉)

一群粗壮的甲士抬着台不琚大王子走下陵墓的阶梯。

十郎君抬着"台不琚大王子"走上铺着红毡的上山的阶梯。

"台不琚大王子"向他睁开了眼睛，这是一双充满复仇火焰的眼睛。

"台不琚大王子"旋身跳下抬椅，抽出一把利剑，直逼妙庄王。

妙庄王恐怖地大叫一声，滑倒在地，双手抱头，撕裂着喉咙拼命喊嚎："拦住他！拦住他！他是鬼！他是鬼！他来报仇哪！他来报仇啦！"他一边呼喊，一边掉头往回躲逃。他像一只被追扑的老熊，四肢着地在阶梯上疯狂地爬行。

侍臣怀安急忙跑去搀扶庄王。

妙庄王惊恐未尽，把头深深埋在怀安的怀里，声嘶力竭地往后指着喊着："快，烧死他！烧死他！！烧死他！"

一国之君的惊恐，把天下也带入惊恐之中：

山呆了！树呆了！一切陷于沉寂。

王公大臣宫娥彩女们呆了！众人屏息敛声，不知道究竟发生了什么?

甲兵侍卫刑队刀手们呆了!他们不知道是国王疯了?还是三公主果真是“复仇之鬼”?

宝德皇后瞪着惊愕又诧异的老眼,望望身边恭敬站立、向父王叩拜的三公主;又望望恐怖万状、把头深深埋在侍卫怀中的妙庄王,无限悲戚地喊道:“圣上!你糊涂啦?这是咱们的女儿三公主啊!她好不容易回来了,在向你参拜呢!你再抬起头、睁开眼仔细看一看!”

妙庄王不敢抬头,只从两个侍卫的身体缝隙间略一睁眼窥视,便更恐怖地大叫:“不!他不是三公主,他是末罗国大王子!那个被我活埋了的大王子!他是鬼!他来报仇啦!烧死他,烧死他,快烧死他呀!”

在庄王的眼里,站在阶前三公主,果然变成了“台不琚大王子”:伟岸躯体,端严仪容,凌厉逼人的眼神。

然而,在皇后和众人眼里,她依然是姣好堪怜、纤弱无比的三公主。

皇后突然仰天呼叫,泪如雨下:“天哪,这……这到底是怎么一回事啊!?”

妙善面含微笑,凝重端庄地朝着皇后深深一拜说道:“母亲保重!孩儿该起程了!”

皇后死死地拖住妙善,说道:“不不不!你父王他疯了,他疯了!”

妙善:“他没疯,他醒了。眼下,他是最清醒的时候:他看到了他过去作下的恶业,想到了将要遭到的报应,感到了报应降临的可怕。他醒了!醒了就好了。我来兴林国,庄王宫,当公主,做奴婢,‘因缘凑泊,识相续流’,为的就是等他一个‘醒’啊!”

皇后:“这,这么说……你果真是那位台不琚大王子?你……投胎报仇来了?”

妙善："天门无暗，地门无明，佛门无恨，净门无仇。孩儿前生虽遭父王活埋，却不知道复仇为何物。唯秉承上天悬意、佛祖慧心，入世劝善，化难化之恶，释难释之孽，消难消之祸，度难度之人！"

皇后："这么说，你为度化布道而来？那么，你又何故处处违着你的父王而行事？"

妙善："洪波肆虐，当固其堤；暴风滥涌，宜厚其墙。父王生于枪戟之丛，长于战马之背，一生崇尚杀伐，惯于施暴。岂是小劝小导可使其回心转意更脾换性的？只有引暴性于宫眷，移杀戮于至亲，方可消除外域争战之祸，免却涂炭百姓之苦。数年来，父王一个心思只在女儿身上施暴，罚奴婢，充伙夫，关牢狱，行劓杀……而宫外万千百姓，却在不知不觉中，免却了七场兵燹之苦、八度徭役、九度饥荒。孩儿歉中有慰耳！此所谓'引火烧自身，一身救万人'，父王一身焰火，终有一燃，便只好让它在女儿身上燃起来，烧红了，烧旺了，烧透了，也就烧没了，天下明亮了，社稷平安了！母亲，你看：那火，又点起来了。点起来的火，是不会空烧的——无我而不燃，舍我又烧谁？告辞了！归去了！"

妙善向着阶上躬身一拜，转身走下台阶。

皇后扑了一把，拖住妙善长袖，老泪纵横地说："我儿忍心抛开无继的江山，无托的父母而独升九天吗？"

妙善："父母有托：大姐二姐慧德日厚，孝心愈增；江山有继：文武朝臣忠勇俱备，待君慧眼。女儿不升九天，不入地府，还留在这个明亮亮活灵灵闹嚷嚷乱糟糟的世界上，儿会经常回来看望母亲的。"

妙善说罢，转身而去。

皇后再扑，却把衣袖扯下。那衣袖忽地翻然飘起，横于皇后面前，成了一道障碍，任凭皇后怎么冲撞，也越它不过。

远处，妙善在呆愣愣的千百双眼睛夹道中，走下左阶梯，登上右阶梯；走下柔软华美的红绒毡毯，登上蒺藜签钉的荆棘之道，向着那高耸山脊的火刑台攀登。

火刑台，火舌吞吐，烟尘卷飞。

妙善登上台巅，回首一望，神采飘逸，朝着父母胞姊嫣然一笑，复返身向着熊熊燃烧的火丛走去。

火丛砰然起射，光焰万丈。

妙善步入火堂，周身被火点燃。

火舌，火牙，火涛，火山……

火衣，火被，火冠，火人……

望着火龙扑卷的火台和火台上被大火吞没的三公主——

皇后苦嚎一声："妙善儿！"遂滑倒于地。

妙庄王亦瘫坐于阶上，咬紧牙，闭起眼，眼中滴出血来。

永莲、黑嫫、黄嫂、赵大痛哭失声，呼喊着"三公主"，跪地倒拜……

文武大臣、遍野将士一齐放声垂首。

唯有大公主、二公主抬起含泪的眼睛，驻望着那高耸入云的火台和火台上那红澄剔透的琥珀色的火光，二人喃喃对着话：

大公主："妙音，你还能看见三妹吗？"

二公主："当然能看见：她在火里。"

大公主："地水风火，四大皆空。"

二公主："她从空中来，还回空中去。"

大公主："来了，是去了；去了，是来了。"

二公主："是呀，她是要去一个人人都看得见的空空之地，到一个人人都挨得着的遥遥之处。"

大公主："金焰灭度！"

二公主："凤凰涅槃！"

大公主："大无妙有！"

二公主："菩提萨垂！"

高处，火台上，漫天大火里，一尊金菩萨冉冉升起：火冠璀璨，火裙飘飞，火带舒卷，金焰燎天！

火中的女菩萨，尤见惊人的美丽！

十八、狱探

空中。外。

一尊金身菩萨冉冉飘升。

飘升的女菩萨周围，火涛涌泄，火龙翻飞，火雨漫洒，火云蒸腾。

火云掩映中，菩萨形象若隐若现，游移变幻：忽儿是"三公主"，忽儿是"大王子"，忽儿是"马头观音"，忽儿是"双马驹"……忽儿又是一团火，一朵云，一片霞。

霞光中，菩萨形象凝定：霞云透体，宝冠晶莹，璎珞环颈，长发垂肩，手持一朵五彩莲蓬，闪射着耀眼的金花。

这就是三公主，这就是大王子，这就是古往今来无所不在的观世音菩萨！

长空，飘起一曲歌——

歌曰：

十方劫难砺禅心，
四世轮回造尼身。
二度涅槃登证果，
一天大火洗净魂。
梵宇迎来女菩萨，
三界升起观世音！
悲哉观世音！

美哉观世音！

伟哉观世音！

天下自尔有净土，

佛班自尔有女神。

人间自尔有慈悲，

人心自尔有善根。

人性自尔有道义，

人情自尔有纯真。

悲哉观世音！

美哉观世音！

伟哉观世音！

歌声中，观世音菩萨——也就是火中涅槃的三公主，凌空盘旋，极尽流连。然后，驾起彤云，飘然而去。

忽然，空中传来响彻寰宇的笑声："哈哈哈，哈哈哈哈！"观音抬头一看，只见释迦佛、阿弥佛、弥勒佛及天宫司职官站立云头，迎接着她。地藏王菩萨也站一旁，向她含笑打躬。

弥勒佛向她迎上来，他的笑声最响。

弥勒佛："啊呀呀！这简直是一只火中凤凰啊！"他一边嚷着，一边绕着"公主"端详。

司职官："这？这就是当年的大王子吗？"

观音："天宫司职官大人，别来无恙？"

司职官："我是好的，你可是瘦多了！"

观音："……？"

司职官："由一个七尺之躯的伟丈夫，'瘦'成个小巧玲珑的美娘子了！哈哈哈哈……"

释迦等诸佛相继飘来。

观音恭敬迎拜。

观音："见过释祖！见过父王！见过地藏王大师兄！"

释迦对阿弥陀佛说:“你还能认出你的儿子吗?”

阿弥陀佛:“不,我要女儿!这不明明是我的女儿吗?”

父女扑抱在一起。

释迦佛:“是啊,我们泱泱佛界,终于有了女菩萨了!”

司职官:“女菩萨观世音大士听旨!”

观音:“弟子在!”说着俯跪聆听。

司职官取出诏书,展开宣读。

司职官:“秉天承运辖星荷月天帝诏曰:‘咨尔佛天骄子观世音菩萨,功德耀日,不矜不持;天地三返,唯念人间。历苦海九千度,经浩劫十万番。已炼就空空心、妙妙体、无无思、净净意,与宇宙大融合,同星汉共游弋。尤堪嘉许者,宁舍伟男之身,再赋妙女之体,填补诸佛菩萨仙位女性之缺,激励人间慈妇善女信心之坚。功乃大成,志乃大就!经释祖推举,佛会共荐,兹册封汝为南无闻声救苦大慈大悲观世音菩萨,入主南海普陀山紫竹林一品莲台,目观天下善恶,耳听人间是非。上至重霄,下至层地,生灵万物,皆为汝灵光普照之属!天此。”

司职官读完天旨,诸佛皆大欢悦,齐向观音祝庆。

众佛圣:“恭喜观世音!贺喜观世音!”

观世音跪而未起。

弥勒佛:“我们的南海佛主,快向天帝谢恩哪!”

观音:“谢天帝隆恩!”说罢,依然跪而不起。

释迦佛祖一挥手,飞来一只白鹤。那白鹤项间悬挂着柳枝、净瓶两件宝物,落于释祖面前,

释祖取宝在手,对观音说道:“物归原主了。”说罢,把插着柳枝的玉瓶小心翼翼地佩挂于观音的项上。

观音感动地望着释祖,眼前又浮现出白雀山失二宝的场面……

(闪回)

白雀山驿道旁。外。日。

妙善披枷戴锁,一身囚徒打扮,向褚杰说道:“褚丞相,你睡醒了?”

满身泥浆的褚杰睁开眼睛,盯视妙善脖间悬挂的玉瓶:那玉瓶光焰炫目,那柳叶似铁甲作响,使他惊心动魄!

“瓶!瓶!瓶!……”褚杰尖叫着,抖索着往后退。

横躺一地的甲兵渐渐苏醒。闻听主子呼叫,纷纷爬起。两个副官冲上来,扯下妙善项间的玉瓶。

“抛下山涧!抛下山涧!……”褚杰恐怖地叫着。

那副官抡臂把玉瓶向山涧抛去。

但见那玉瓶飘然而起,在空中盘旋翻飞。当它缓缓下落时,一只丹顶白鹤飞来,衔着下落的玉瓶、柳枝,奋翅升腾,向遥遥天际飞去。

(闪回完)

长空玉宇。外。日。

观音向着释祖举掌相拜:“多谢释祖相助!”

释祖:“不,这是王母的安排!你在凡间的一举一动,王母都瞪着眼睛盯住你哪!”

观音向空摇拜:“谢王母!”

阿弥陀佛:“儿啊!这只帮你衔宝的白鹤,便是王母座下宠爱的惯骑!”

观音闻言,激动地把丹鹤搂在怀里。

释祖:“此次南海落驻,王母送你的礼物,就是这只丹顶鹤。它可是银翅一展,鹏程万里呀!”

观音朝空再拜:“谢王母!”

司职官举节长吆:“鼓乐饯行!”

顿时,天鼓叮咚,玉磬琅当,琴瑟弥空,笙笛遏云。飘飘洒洒落下五彩飞花。一队队天宫仙女展裙舒袖,绕着观音翩然起舞,放歌送别。

诸佛圣也列起送行之仪。

然而,观音却意犹迟疑,跪而不起。

司职官发现观音神态异样,随过来搀扶。

诸佛圣也投来各样洞察的眼神。

司职官:“观音菩萨! 该起程赴命了! ”

观音:“……”

司职官:“大士百炼丹成,正果得道的大喜日子,天诏封赏、入主南海的荣耀之刻,何故蹙眉敛颜、忧愁至甚乎? ”

观音:“乞请天官恕罪! ”

司职官:“大士能否说一说呢? ”

观音:“请退了歌队舞班。”

司职官向舞队挥手,天女们倏然撤去。

观音:“请罢了鼓乐丝竹。”

司职官向乐队挥手,鼓乐手们顿然消失。

司职官:“好了,说吧,到底怎么了? ”

观音尚未开口, 弥勒佛便呵呵笑出声来, 随向司职官说道——

弥勒:“你呀你呀, 你这玉皇大帝的吏部大臣, 只知道管头衔,不知道察心曲。你和我们的观世音菩萨打了多次交道了,还不知道这位大孝子的所思所想:她是想爹想妈了! ”

司职官手拍额头,恍然大笑:“哦! 哎呀呀! 我把你这父女之情忘掉了! ”他把阿弥陀佛与观音拉在一起,说道:“来来来,给你们一个时辰的话别机会,你们父子,不,你们父女好好说说心里话! ”说罢,他便要躲开。

阿弥陀佛:“不,你错了,我这个爹,她早就忘掉了。难道你不知道，他还有个爹，还有个妈呢！”

司职官：“你是说？地面上，兴林国国王，妙庄王那个老儿？”

弥勒佛点头道：“然哉然哉！”

司职官：“我的菩萨娘娘，你当真还挂念着他们？”

弥勒佛拍手道：“当然当然！”

司职官：“不，我不相信你已经是‘举目观善恶，侧目辨是非’的超世主宰了，却还怀念妙庄王那样的人？忘掉他罢！那是个恶人，是魔王，是凶神！他一生穷兵黩武，烧杀掳掠，鱼肉百姓，有八万条人命的血债！你竟然怀念他？”

观音：“我怀念他，是因为我还没来得及把他感化。”

司职官：“化不了啦，顽石一块！”

观音：“精诚所至，金石为开。”

司职官：“就是你把他化开了，也抵消不了他一生的罪孽！”

观音：“只要放下屠刀，便可立地成佛。”

司职官：“什么？什么什么什么?！”他瞪大眼睛看了一圈，寻求支持，不料诸佛圣都对观音的回答，做出满意的首肯动作。

司职官频频摇头：“你们佛界的道理……不可思议，不可思议！可是，你上一世，他活埋了你；你这一世，他火烧了你！你就不恨他吗？”

观音：“嗔恚怨恨，道之大哉；原恕宽容，修之常法。何况恨则生苦，哭则生灾，哭灾缠身，无疑自堕地狱耳！此皆佛祖阐释之道理，在下无非学舌罢了。”

司职官点着释迦佛说道：“哦！我说你们都不帮我的腔，原来，你是在考你的学生啊！”

释祖：“善哉善哉！我是说出来的道理，她是做出来的道理，青出于蓝而胜于蓝也！”

司职官：“好好好！我不管你青胜蓝还是蓝胜青，有一件事我得告诉你：你们妙庄王家族可是保不住了！我来的时节，天宫刑部判官正在对妙庄王量罪定刑，惩罚报应马上就会降临到他的头上！”

观音:“已经降临了！”

地藏王:“庄王已病,皇后已死。”

阿弥陀佛:“二女已逃,宫廷已乱。”

司职官:“这么说,我的时辰走得太慢了！”说着,他站起身,同诸佛一起向下眺望。

人世间陵墓旁。外。日。

一座新土封掩的高大皇陵拔地而起。

墓前供龛里,憔悴不堪的彩女娇红、翠红,神情呆滞地上着香,烧着纸。

透过缭绕的烟雾，一块巨石青碑上阴文大字清晰可见:“天慈兴林国母宝德皇后之墓”。

秋风阵阵,落叶飘零。

兴林宫乾清殿。内。日。

妙庄王躺在病榻之上,呻吟不止。

“水！水！”妙庄王连连呼叫,无人回应。

室内空无余人。几只寒蝇在榻边的茶几上空盘旋。

妙庄王伸出疮痍满臂的手,去端茶几上放着的茶盏。一不小心,茶盏溅出水来,泼在自己的手臂上。疮口遇水,一阵巨痛,疼得他浑身痉挛,放声呼叫。

两个小丫头跑来,不知如何是好。

妙庄王抓起茶几上其余的茶盏,没命地朝两个侍女摔去。

茶盏破碎,磁片飞崩。

两侍女带伤哭叫着跑出,吓傻在门口。

芙蓉宫。内。日。

琴瑟弥漫,笙笛绕梁。

白手击节,红口咏唱。

一群群舞女袒胸露脐,扭晃摇摆,跳着怪模怪样的舞蹈。

周魁、何彪二驸马,坐在看台之上,各搂着两个陪女,无遮掩地调笑着。

陪女端着酒壶,捧着果盘,或往嘴里灌酒,或往嘴里填水果,逗得二驸马哈哈大笑。

二驸马捏着拧着陪女的脖颈、腰肢,激起阵阵尖叫。

白雀寺经堂。内。日。

济济一堂尼僧齐整整地盘膝趺坐,朗声诵经。

老住持夷优面对两个尼僧抚额诵祝。

二尼僧虔诚随师习诵。

镜头推近:二尼僧原来是妙庄王的二位公主:大公主妙青、二公主妙音。

玉宇云端。外。日。

看罢了人间的几个场面,诸佛各有触动:有的微微摇头,有的略略皱眉,有的合十默诵。

观音闭起了眼睛。但眼角淌下两行泪水。

只有司职官似乎不为所动,反而快意毕现。

司职官:“真是天上一眨眼,地下几千年哪!老庄王病了,皇后死了,两个公主跑了,宫中乱了。真是现事现报啊!好!好!”而当他看到观音的两行泪时,又转而宽慰道:“我的观音娘娘,收起你的菩萨心肠罢!你本来就不是庄王家族成员,无非是借腹投胎,换一女儿之身。此乃因缘凑泊、天机汝成,恩在昊天之上。况且二十六载的禁宫生活,您的付出够大了:你日日为国祈福,时时代君受过;冤枉加于自身,平安放于父母。尤其是你为庄王社稷免除了十八国瓜分之祸,使其国祚寿限延长至今。你真够对得起他了。忘掉他吧！你看,南海金霞满天,紫莲遍地,等着你去呢！”

观音:“大人！你听,那是什么声音?”

司职官略一侧耳,接着摇了摇头:“什么声音也没有。”

观音:“请大人再听啊！拜托了！”

司职官再侧耳,半晌说道:“风声?雨声?风雨声呗?”

观音:“风雨之声后面呢?再听啊！”

司职官再侧耳,果然听到几声隐隐的哭声。

司职官:“几声哭泣而已。”

观音:“请问大人:天地赐我的封号是什么?”

司职官:“大慈大悲闻声救苦南海观世音菩萨嘛！”

观音:“今有声而不闻,有苦而不救,何以赴南海耳?”

司职官:“哦,在这儿等我哪！来呀！”

二天将应声至。

司职官:“速查明何来哭声?什么人啼哭?”

二天将:“是！”

地藏王拦住二天将,禀道:“这是宝德皇后的哭声。”

司职官:“宝德皇后?她不是死了吗?”

地藏王:“正是。此哭声从地狱传来！”

司职官:“哦?鬼的哭声啊！这么说,观音的耳朵,上听梵天,下听地狱,比我的耳朵好使多了！不过,地狱的事,管它做甚?还是料理人间为重,快快起程！”

观音:“司职官大人！地狱之声,乃我母所发,母有所哭,必有所苦;儿不救母,何以救他人?况我母宝德皇后生性贤淑,懿德博厚,善良慈悲。而今沦落地狱,全是受我父王孽债的拖累。恳请大人允假半辰,让我略尽孝道,探一探我的母亲吧！”

诸佛圣此时一齐合掌进言道:“孝道如天,人神共勉。观音探母,光耀大千!”

地藏王:“阎君旨下,地狱门开,铺展菩萨席,但等观音来!”

一群青衣童子倏然而至,手执长幡,毫光四射,齐跪而喏曰:“奉阎君敕令:恭迎观音菩萨游我一十八重地狱!”

司职官望了望这些突来的青童,望望躬身请愿的观音,望望一脸赤诚的地藏王,望望抿嘴而笑的三佛圣,禁不住噗然一笑,说道:“原来,这场观音菩萨探地狱的戏,你们早就安排好了!那又何必要给我说呢?”说罢,返身欲走。

观音起而相拦:“开启地狱之门,尚须报奏天庭,请大人代为辛苦了!”

司职官摇摇脑袋耸耸肩,笑道:“费这么大的事,到了就让我当个传达员哪!”

地狱甬道。

一团漆黑中,急速地沉降、坠落。

四周的壁间,无数急速滑过的萤光、鬼火、狼眼、蛇目……

斑驳的黑暗中,时不时传来各种千奇百怪的声音:飓风般的呼啸、山崩似的撞击、屠猪般的嘶鸣、轧金碾玉似的啮齿声……

地狱界门。

一阵沉雷似的隆隆声滚过,两扇高宽无际的铁门打开。几柱青光照射下,可见地狱那高大的铁门上,布满了长钉。长钉上挂满了人的鼻子、眼睛、耳朵、牙骨、头颅、肚脐、手脚……

悬空四个磷光闪射的大字:“地狱鬼门”。

观音望罢,不禁埋首念道:“阿弥陀佛!”

地藏王见观音闭着眼睛,微微一笑,说道:“娘娘慈悲!只怕你不忍看的还在后头呢!”

青衣童子们一阵呼喊："观音菩萨到！"

只见典狱官带着小鬼、判官、牛头、马面及各狱禁卒统领，纷纷跑出，望着观音跪地迎接。

锉首地狱。

观音菩萨在地藏王、阴司典狱及鬼判们的簇拥下，向地府深处走来。

一阵揪心的呻吟，使观音停下了脚步。

抬头望去，迎面一座拱形狱门，上嵌三个大字："锉首狱"。

观音："何谓锉首狱？吾母何在？"

地藏王摇了摇头，说道："锉首狱内，集中关押那些生前不忠不义、背信弃义、坑害朋友的伪君子、假道学。这些人生前都有一副假面孔、伪皮囊。如今鬼监们要用锉刀一点一滴把他们的假面伪皮锉掉，故而叫锉首狱。

正说间，狱中传出似前的呻吟声。

观音从铁窗望进去，只见拴马槽似的一长案上，齐刷刷拴着两排罪鬼。数名鬼监正把一貌似忠厚的老者捺在铁案上用锉刀，有的锉头，有的锉脚，有的锉手指。

老者发出揪心的呻吟。

"阿弥陀佛！"观音不忍相视，埋首喏喏。

火梁地狱。

观音一行走来。

地藏王指着一间架满了烧红的铜柱铜梁的狱室说："这是火梁地狱，专关押那些潜宅偷盗、拦路抢劫、杀人越货的恶人。阳世的罪孽，死后在这里偿还。"

说着，狱中传出阵阵惨叫。

烧红的铜柱上，绑着一个强盗，赤裸的肚皮和四肢，被火柱烫得嗞嗞作响，油烟直冒。

他的脊背上烙着四个字“拦路抢劫”。

通红的房梁上，吊着一个壮汉，脊背贴着火梁被紧紧捆绑在上面。肚皮上烙着四个字“邪念杀人”。

壮汉的脊背上，往下淌着燃烧的油珠……

“是他？”观音望着梁上的壮汉，记起末罗帮村野那个把人耳朵做项链的杀人狂来。

（闪回）

末罗帮村头道口。外。日。

台不琚大王子愕然勒马。

一个手握械刀、满脸杀气的壮汉，脖颈上挂着一圈用皮线穿起的人耳朵，跳跃着追赶他的母亲。

王子拦住壮汉。

王子绕着大榕树兜圈子。

壮汉性起，一刀劈下，那刀深深砍进树干，再也拔不出。

壮汉急得号啕大哭。

（闪回完）

观音认出壮汉，遂合掌诵经。

地藏王看出观音悯心度人，遂道：“娘娘且放心！待我奉过阎君，脱度此人投生则可！”

观音：“阿弥陀佛！”

蛇蝎地狱。

观音一行走来。

这是一处满道满地满墙满屋都布满毒蛇、蜈蚣、蝎子的狱所。

一群罪魂横七竖八地躺在地上，身上脸上爬满毒蛇、蜈蚣和蝎虫，咬得他们满地打滚。

地藏王："这是蛇蝎地狱。关押的都是那些在阳世围捕射猎、杀生害命、啖食活虫的人，或者放火烧山、投毒鸩鱼、污坏自然的首犯。"

正说间，忽然从蛇蝎窝中传来一声凄厉的呼叫："三公主救我呀！"

观音抬头一看，见蛇窝里躺着的，却是庄王宫中御膳房里那位主管屠宰的厨工。

观音眼前闪现出这位厨工在宫中御膳房杀猪宰羊、屠鸡剥鱼的场面。

厨工："公主作证，我宰杀生灵是执行皇命，迫不得已，我可是光杀不吃啊！"

观音："杀生即作孽，作孽即报应啊！"

厨工："公主一到御膳房我就改啦！下辈子我要重新做人，不但不杀生，还要救生、爱生、放生！"

观音："阿弥陀佛！"念罢，她从项间掐下一片柳叶，纤指轻轻一弹，一方蒲团飘出，落于厨工身旁，那些毒蛇、蜈蚣、蝎子一见蒲团，远远避开。

厨工急忙蹲于蒲团之上。

地藏王："等着吧！待会儿会有人来超度你的。"

厨工感动得热泪盈眶："阿弥陀佛！"

血湖地狱。

一面湖泊旁竖着标牌：血湖地狱。

湖中的血水，泛着紫红色的光。

血水中露出一个个人头，有的张着嘴，有的闭着眼，有的喘着气。一个个有气无力欲活不得，欲死不能。

湖泊岸边,围满了吐着长舌的恶狼,虎视眈眈地望着湖中的“头”们。

“菩萨救命！菩萨救命！”一声凄楚的呼叫传来。

观音闻声,驻足相望,不禁一怔:她看到那呼叫的人,是一张熟悉的麻脸。

麻脸的画面,在观音面前急骤闪现。

(闪回)

麻脸带着疤脸、黑脸二刀客在追赶裸女肖无佳。

麻脸、疤脸、黑脸三刀客在庵前火并。

麻脸向着“红妆如来”低首悔罪。

麻脸在山道上追赶“珠宝”女人;女人一路抛洒着珠宝。

(闪回完)

观音:“你？……”

麻脸:“是我！我认得你！你救过我！”

观音:“你的那两个兄弟呢？”

麻脸:“他俩听了肖师父的话,改好了,超度转生了。就我没听,一直作恶,落到这步田地。死不了也活不成,血水泡着,永无出狱之日啊！我后悔呀！后悔呀！”他哭着捶着头。

观音默然有许,回眼望望地藏王,说:“后悔也是善,回头应有岸嘛！”说着,她又取下一片柳叶,弹入湖中。那柳叶立即变做一叶扁舟。麻脸急忙爬上小舟,望着观音连连叩头。

地藏王向麻脸喊道:“待奏过阎君后, 自有狱监来度你超脱转生！”

麻脸泫然失声:“阿弥陀佛！”

十九、度阴

地狱世界。

在众鬼神的簇拥下,地藏王陪同观音菩萨在地狱世界穿行。

越来越繁多的狱界牌号鳞次栉比:夹山地狱、习刀地狱、铁衣地狱、木驴地狱、烊铜地狱、拔舌地狱、啖眼地狱、火狗地狱、火床地狱、剥皮地狱、剜心地狱、饮血地狱……

地藏王边走边向观音介绍:“地狱世界共有大地狱十八层,小地狱三千所。”

观音:“太大了,太大了!为什么不小一些呢?”

地藏王:“本来地狱没这么大的,这是因为世间的恶人、凶人、歹人、贪人、奸人越来越多,所以地狱就越来越大。随着人质的退化,犯罪的增加,地狱还得扩大。”

观音:“善哉!为什么要让人质退化,而不是使人质优化、净化、善化呢?”

地藏王:“这要去问人类喽!”

观音:“不,应该问问我们,我们帮助了他们什么了吗?”

地藏王:“我的公主小姐!你刚从人间来,倒‘我们我们’地问开了!难道你从你那位妙庄王父亲身上,还看不出人类已经变得凶狠、残忍、贪婪、自私、毫无人情到何种程度了吗?”

观音:“是啊,可这又是为什么呢?”

地藏王:“这……这又得去问人类。”

观音:“连我们都搞不清楚的问题,去问人类又有什么用呢?”

地藏王:“我的仙姑娘娘!不是我在问,而是你要问嘛!”

观音:“是啊,我是要问,我问的是自己啊!”

观音一行继续在地狱中行进。

越来越森怖的牢狱。

越来越可怕的刑具。

越来越凄惨的叫声。

一个罪人像青蛙一般趴在地上,四肢四下展开,四肢上,钉着长长的钉子。

两个鬼监抬着一副大锯,在罪人的脊背上来回拉送。

罪人身下,一摊殷红的血。

罪人凄惨地呼叫着。

地藏王(画外音):“这是在阳间仗势欺人,恃强凌弱,以大压小,以贵压贱,受这些钉钻锯裂之刑。”

一座高大的铁架上,垂下无数四爪形的铁钩,铁钩上挂着一个赤裸身体的罪人。那铁钩深深地刺进罪人的脊背和四肢,使他面朝下悬在半空。罪人的舌头被另一支铁钩拖出口外,坠着一只大秤砣拖向地面——那舌头被沉重的秤砣坠得好长好长。

罪人发出狼一般的呻吟。

地藏王(画外音):“这些人在阳间利用口舌作恶,或诬告陷害,或诽谤伤人,或谗言谮控忠良,或巧舌惑乱人主。他们死后便在这里受拔舌断喉之苦。”

观音(画外音):“阿弥陀佛!”

一口雕饰着饕餮和虎头的巨大的鼎镬,里面翻滚着沸油:油星飞溅,黑烟弥漫。

鼎镬周围,站着一群小鬼,手执着戟叉矛杖各式刑具,一齐指向罪人。

那罪人被一挂长长的铁索高高挂在空中,朝着鼎镬徐徐下落。

罪人的双脚入油,发出“哧拉拉”的响声,浓烟骤起。

撕心裂肺的叫喊。

叫喊中,沸腾的油浆吞下罪人的下肢、腰身、上肢、脖颈……

接着,又一挂铁索垂下,又一个罪人入镬。

地藏王(画外音):“这些人在阳界,都是无恶不作的杀人凶手、人命债主、血债主谋。他们死后就要受这种千次油炸、万次枪挑之刑。如果罪人能被油炸炸死,或被枪挑挑死,倒是他福气。但绝不可能,必须让他清清醒醒、真真切切地遭受这种千生万死、欲死不能、欲活不可的痛苦。这就是种因果缘、善恶业报!”

“啊!妈呀!痛死我啦!”鼎镬里,传来罪人的干嚎。

观音:“阿弥陀佛!”

一声母亲唤儿的呼叫,超越一切嘈杂之音,那么轻柔,那么悱恻;又那么凄厉,那么响亮:“儿啊!妙善儿啊!……”

这是母亲再一次的呼叫。

妙善闻声而起,寻声向前奔去。

地藏王及众鬼监随之追去。

循声找寻:拐了又拐的暗道。

循声找寻:跌了又跌的狱层。

循声找寻:跃了又跃的阶梯。

挤过三丈狭道,闯过一面洞门,突然间,观音面前豁然开朗,灯火通明,宇庐轩敞,迎面一座高台,宝盖幢旗,黄罗锦绣,洒金栏杆,四面围绕。高台上端坐着一位贵妇人,仔细一望,却是宝德皇后。

观音一跃扑了过去,痛彻一呼:“母后!”

皇后见是妙善,喜出望外,一把抱住观音:“妙善儿啊!想煞为娘了!”

母子相拥,涕泗交流。

一阵痛苦平静之后,观音抬头望着母亲华贵的穿戴,整齐的打扮，安详的笑容，说道：“母后！你没受苦吗？”

皇后：“没受苦！”

观音 ：“这地方，还算不错！”

皇后：“岂止不错？好得很呢！”

观音：“没想到，地狱还有这么好的地方！”

皇后：“一开始，我竟怀疑这不是地狱！”

观音：“看了前面的残酷刑法，我真替母亲担心。”

皇后：“我比你看到的还早呢，我是打那儿过来的。仅仅走了一趟，为娘的就掉了七魂三魄，你看：铁绳索就套在娘的脖子上了！”

观音：“什么？你受刑了吗？”

皇后呵呵笑了起来，说：“按照你父王的罪行，为娘也要戴罪连坐，所以就发配到地狱来了，还要剥一层皮呢！可是，当阎君一听到你的名字，听到娘叫女儿，听说我是三公主妙善的老娘，便又马上放了我，而且送我到这么好的一个地方，既安静，又舒适。想不到，地狱里也有天堂！

观音：“方才母亲的呼叫，我真以为母亲受大苦了呢！”

皇后：“那是因为我太想念我的三女儿了！孩子，你受苦了吗？”

观音：“母亲看呢？”

皇后端详一阵，捧着观音的脸蛋儿说：“倒是也不像！”

忽然间，一阵朗朗大笑传来：“哈哈哈哈……”

观音与皇后循声望去，只见阶下齐刷刷站立着一排排地府君臣，为首的阎君拱手施礼，后边的十王随阎君齐齐礼拜。

阎君：“我们的皇后殿下！你只知道你家养了一个三公主妙善，却不知道你家还出了个观音菩萨！”

皇后：“什么？观音菩萨?!”

十王一齐下拜同声呼喊：“参见观音菩萨！拜见观音菩萨！”

观音:“十王不必多礼!承蒙阎君与十王相顾,家母得免地狱之苦,诚感激耳!”

阎君:“敝界得遇观音菩萨临察,冥司幸甚!吾侪幸甚!”

呆愣愣傻在一旁的宝德皇后,此时方醒过神来,她一把拢起女儿的肩膀,两只飞滚的眼珠把女儿疾速打量,结结巴巴地说着:“你……你真是观音菩萨?……观……音……菩……萨!”说着,她突然冲着女儿跪了下去:“给观音菩萨叩头!”

观音慌忙搀扶:“母亲!”

皇后喜泪纵横,初相识般地欣赏着观音:“我的乖乖儿!想不到咱家出了个菩萨!怪不得生你的时候满地红光,满天飞花,你落下地就会走,张开小嘴就会说话,还从胎中带出这玉瓶柳芽……”

(皇后叙事时,画面跳切闪回,叙述改为画外音)

(闪回)

坤宁宫外。夜。

一个通体光亮的乳婴出现在门口:项挂玉瓶,手握柳芽,背上亮着一轮祥光。

空中七彩闪耀,群仙起舞。

纷纷扬扬的莲荷花瓣从天落下。

皇后画外音:“多奇妙的景象啊!可是你父王却说那是星相师……搞的鬼!”

——少年的三公主,同时弹奏着两台筝琴,手弹高琴,足抚低琴,如行云流水,珠落玉盘。

——少年的三公主,双手握管,挥毫自如,落笔出彩,游龙飞凤,画幅山河翻转。

——少年的三公主,与父王对弈:她背对着棋盘,向空中抛出一子,那白玉棋子在空中翻转了数个来回,砰然落下,正在要目。众臣僚齐鼓噪喝彩。

皇后画外音:“怪不得你幼年时代就那么有天才,有能耐,有神气。你脚手能弹双琴,你双手能画丹青,你与你父王下棋,竟能抛空投子,使得满朝震惊不已!”

——青年的三公主,神色沉稳,步履潇洒,从容不迫地解答着十国使团的难题:她绕着大象解答难题;她指着两条蛇解答难题;她指着木棍解答难题;她指着子母马解答难题。

十使团人瞠目结舌,惊叹不已。

满朝臣宰宫眷皆大欢呼。

皇后画外音:“怪不得我儿千般聪明,万般智慧,面对十国使团所提出的极尽刁难的问题竟能信口破释, 对答如流, 迎刃而解。大长我国威风,大灭十国志气,避免了一场遭受十国围攻的战争,保住了我们的国家!

——兴林皇宫花园。

三公主听到一阵呼救之声,向着大榕树下急急跑去。一步踏空,落入井中。

隐蔽的荆丛中,露出大公主得意的笑容。

三公主完好无损地又出现在大公主、二公主面前。

惊愕得发抖的大公主。

痛悔失声的二公主。

芙蓉宫中,大公主、二公主手捧经卷,潜心诵读,旁若无人。

白雀寺内,大公主、二公主双手合十,俨然菩提。

皇后画外音:“怪不得我儿能够落井不死,遇难呈祥。用宽恕化解了嫉妒,用佛谛启迪了禅心,使得你两个姐姐幡然悔悟,皈依修身,遁入净门。”

(闪回完)

地狱明堂。

皇后追忆不止,滔滔不绝。她似乎忘记了周围的阎君十王阴司鬼判，忘记了自己已经谢世做鬼，忘记了身处森严可怖的地狱，继续高声说道："儿啊！你为什么不早说你是观音菩萨呢？好教为娘高兴，早离俗，早修行，也好教你那个凶狠暴戾、缺少人性的父王早点收收恶行、养养善心呢！"

阎君："老人家，天机不可泄露，命运岂可更改？"

地藏王："明知轮回报应在，偏有陷沼落井人哪！"

皇后："这么说，我家老公，兴林国妙庄王陛下，就不可救了吗？他也是一代国君哪！我的阎君！"

阎君："你说的都是地面上的事情，我管的都是地面下的事情，在我这里，只有罪人，没有国君陛下。"说着，他从司命主簿手中接过一份《生死簿》翻着："我只知道你的老公他是有八万条生命的债主，他死后的位置在十八层地狱最底层的剥皮狱！"

皇后："天哪！他，他可也是观音菩萨的父亲哪！"

众神听后都笑了起来。

观音忍不住也笑了。

阎君："他是她的父亲，可也是她的债主、仇人！"

地藏王："我们的观音菩萨两次都死在他手下！"

皇后吃惊得瞪大眼睛："两……两次？"

阎君："一次活埋，一此火烧！"

地藏王："火烧是你亲眼目睹了！"

皇后："可这活埋？"

阎君呵呵大笑："哦！那段历史，对老人家来说，倒还是个秘密。"

（闪回）

兴林国王正殿。

婆伽王（妙庄王）拍案怒道："我说末罗国台不据大王子，你的命是值钱的。你不把两千奴隶送来，我先砍了你的头！"

坐在对面的台不据大王子从容应道:“那将会把铁羽公主吓坏的。以我说,还是给她个活人为好。”

婆伽王:“活人?你是说,你愿意为她殉葬?”

大王子:“那要看你还回的条件。”

铁羽陵墓内。

四名粗壮的甲士抬着大王子走进陵墓。

婆伽王狰狞的笑容。

年轻的宝德皇后凄楚的神态。

陵墓洞口。

婆伽大吼一声:“封墓!”

(闪回完)

皇后听完,仍瞪着惶惑的眼睛:“这,这到底是怎么回事?”

阎王:“老人家,还没弄懂啊?当年你家老公妙庄王亲自活埋的那位台不据大王子,就是你家后来的妙善三公主,也就是如今站在你眼前的观世音大菩萨!”

皇后:“天哪!这是真的吗?”

观音望着母亲,泪汪汪地点了点头。

皇后抓住女儿,又丢开女儿,又抓起女儿,呆愣愣地闭起眼睛,向后倒去。

几个女侍抬起昏厥中的宝德皇后,悄然逝去。

陷入哀凄中的观音欲随母而往,阎君躬身施礼相拦。

阎君:“恳请观音菩萨节哀!令堂超度之事已安排妥当,念其生养一世菩萨之恩,免却半生伴随暴君之罪,经阴司议案议决,即行放生超度。九日之后,你的母亲便是蓬莱山一位翩然飘飞的逍遥大仙啦!”

观音："多谢阎君玉成之恩！"

一阵天鼓声传来，狱间为之震颤。

阎君与十王为之一惊："何以天鼓作响？"

一旗牌官匆匆奔来相报："启奏阎君，天宫金鼓催令，命观音菩萨驾临南海普陀山莅任，速速起程！"

阎君、十王一齐拱手："送观音菩萨！"

观音颔首还上一礼，说道："等一等！等一等！我的事还未办完呢！"接着，她向地藏王说道："大师兄，你可别把我的事忘掉啊！"

地藏王向阎王耸了耸肩，阎王呵呵大笑。

阎王："还真是差一点要落埋怨！可是你这位大师兄，比你还精细，早把大菩萨的指示说给我听了！你看——"说着，他伸手朝前一挥，应召鬼魂轮番出现：

弑母割耳的壮汉出现于阶前。

屠鸡剥鱼的御膳房厨工出现于阶前。

杀人越货的麻脸强盗出现于阶前。

三人一齐匍匐顿首："谢阎君免刑放生之恩！"

阎君："别谢我，要谢就谢大慈大悲救苦救难的观音菩萨！是她放了你们！"

三人一齐向观音顿首："谢观音菩萨救生之恩！"

观音走至三人面前，抚额相送。

三人头上均已戴上转生之物的标志。

壮汉额嵌驼头标志，他迎着观音说道："奉阎君之命：罪仆来世投生一只骆驼，渡风沙之灾，经荒漠之难，洗赎前生之罪，修造来世功德，以报菩萨！"

观音手抚其额："阿弥陀佛！"

麻脸额嵌龟形标志。他迎着观音说道："奉阎君之命：罪仆来世投生一只海龟，受惊涛锤锻，遭雷电轰击，洗赎前生之罪，修造来世功德,以报菩萨!”

观音以手抚其额:“阿弥陀佛!”

厨工额嵌医字标志。他迎着观音说道:“奉阎君之命:罪仆来世投生草医世家,做一名牛马郎中,毕生为百兽千禽行医治病,救来世万种性命,赎前世杀生之罪,以报菩萨!”

观音以掌抚其额:“阿弥陀佛!”

阎君笑问道:“不知以上差遣合不合娘娘之意?尚请赐教!”

观音向着阎君一拜:“阿弥陀佛!”复转身向着三人,口诵一偈:

寄语入世者,
务需空其怀。
达道见自性,
修善即如来。

念罢,观音微摆纤手,三鬼魂倏然飘逝。

又是一阵天鼓声传来,其音更响更急,狱间震颤更甚。

旗牌官更惶遽地奔来相报:“启奏阎君:天宫金鼓又催,命观音菩萨南海莅任,火速启程!”

阎君、十王与满堂侍众一齐拱手:“送观音菩萨!”

观音:“再等等!再等等!我的事还没办完呢!”

阎君:“……”

观音:“你的十八层地狱,三千座大牢,一万种刑具,我还没领略完呢!”

阎君:“断魂大狱、催命酷刑,非人间旖旎风光可比,有什么好看的?还多请菩萨速速登程南海!”

十王齐躬:“送观音菩萨!

观音:“哎哟哟!难道十位殿王要撵客不成?”

阎君:“岂敢岂敢!他们是怕挽留菩萨久了,会招来怠慢天令之罪呀!”

观音:“请放心,一切由我担待,与诸位王爷无干!”

阎君:“娘娘!地上美景千般,何必留恋地下?”

观音:“阎君!地下酷刑万种,哀声揪心,你叫我怎么看得下去那地上美景啊!”

阎君:“娘娘!难道你连地狱的罪人也怜悯不成?”

地藏王:“阿弥陀佛!阎君说对了,观音大士留恋之意尽在于此!”

阎君愕然不解:“地狱所押鬼魂,无一不是恶行累累的罪人,罪行累累的恶人哪!”

观音:“罪人、恶人,难道不可怜悯吗?”

阎君:“地狱之旨,尽在惩罚,非酷刑不可以惩其恶,非残酷不可以讨其罪!”

观音:“酷刑惩其恶,怜悯苏其心;惨痛讨其罪,宽恕救其魂哪!”

阎君:“娘娘之意是,对地狱之中这些作恶多端、罪大恶极的人魂,也要怜悯和宽恕吗?”

观音:“怜悯慈悲,无所不在;宽恕救度,天地共存。上行下化,返妄归真;地狱度空,方见佛门!”

阎君呵呵一笑道:“菩萨慈悲心肠,诚堪敬佩!然而,凡入我地狱者,便是永久罪鬼。地狱之中千门万门,尽是牢狱之门;千路万路,全是送死之路。谈什么怜悯宽恕?讲什么地狱度空?”

观音:“福无久福,祸无久祸;功无久功,罪无久罪。地狱千门万门,当留一方便之门;阴曹千路万路,当留一放生之路啊!”

阎君:“娘娘语焉动人,议喻在理。可惜呀,可惜,可惜我这里绝无悯鬼放生的先例!”

观音:“难道不能从阁下这里开个头吗?”

阎君:“这?”

又一阵天鼓传来,其音更响更急,狱间震荡更甚。

阎君与满庭僚属急急拱手:“送观音菩萨!”

观音:“马上就走!马上就走!可是,走之前,请允许我为十八层地狱所有在押罪者诵经求佑、解厄超度一二哉!”

说着,观音颔首合十,真经诵动:“揭帝揭帝,波罗揭帝,波罗僧揭帝,菩提萨婆诃!”(此处如氛围需要,可将《摩诃般若波罗蜜大明咒经》之前部分一并诵念)

观音菩萨此时诵念之声由小到大,由轻到重,由弱到强,渐渐形成威严而又恢宏的轰鸣。

——牢房在诵念声中摇晃。

——狱地在诵念中颠簸。

——披枷罪囚在诵念声中,脱落了项间长枷、身上锁链。

——油锅中惨叫的罪人,在诵念声中,火熄烟灭,身子浮出。

——锯割着罪人的大锯,在诵念声中,锯条脱落,化做绵纸。

——钉在墙上的罪人,在诵念声中,长钉折断,罪人飘下。

——诵念荡漾,血湖化做莲池。

——诵念声中,蛇蝎狼豹为之侧耳聆听。

——诵声荡宇,天花乱坠。

——诵声荡宇,地狱大放光明。

——诵声荡宇,脱掉刑具的罪人们带着血、带着泪、带着伤、带着悔、带着希望,纷纷从牢狱间走出、跑出,寻声而奔。

狱间明堂里。

阎君与他的十王僚属们,均被观音的经声所震慑,都目不转睛地恭听观音念诵经咒。

此刻,那些获得解脱的罪魂罪鬼,纷纷云集而来,匍匐一片,望着观音顿首谢罪,回报救赦之恩。

观音手指阎君与十王臣僚们说:“是阎君宽赦了你们,要谢就谢你们的阎王爷!”

众囚齐声高呼:“多谢阎王再造之恩!”

阎君猝不及防,不知如何是好。

十王却惊慌失措,议论纷纷。

牛头王:“乱了地狱,这还得了?”

马头王:“罪人就是罪人,只能镇压,决不能宽容怜悯!”

虎头王:“入地狱就是叫他受罪的!”

豹头王:“无休止地受罪!”

鹰头王:“千百亿劫地受罪!”

龙头王:“进入地狱的罪人恶鬼,从来没有再出去过的!”

蛇头王:“地狱处处是门,就是没有往回走的门!”

蝎头王:“地狱层层是路,就没有回头路!”

阎君瞪了十王一眼,说道:“地狱处处是门,就不兴开个方便之门?地狱层层是路,就不兴留个放生之路?”

十王一齐说道:“启奏君王:地狱之中从来未有这种先例!”

阎王:“难道就不能从我们这儿开个头吗?大赦十八层!”

阎君挥手,狱门大开。

无数解脱了的鬼囚四散奔逃,挟力超生。

阎君寻望观音,观音已不见。

空中。外。日。

蓝天白云,霞光万道。

观音菩萨驾起一朵云头翩然南飞。她回头望了一眼四散超生的鬼魂,嫣然一笑,逝入云山雾海之中……

二十、普度

碧空。日。外。

蓝天,白云,金光,紫霞。

观世音菩萨鎏金宝冠束顶，十缕秀发垂肩，雪白长衫裹体，大红披风罩身，戴项饰，挂璎珞，托净瓶，执柳枝，踩一片红莲，绕一腿青云，乘长风，驾紫霞，陪金鼓，伴仙乐，盘旋翱翔向南海飞去。

云头下，青峰、雪岭、高山、长河……向后疾速飘逝。

云头前，一片汪洋大海腾跃而来：浩波连天，惊浪万叠，龙腾鱼跃，鸥燕翔集。

忽然间，一片莲花洋面出现在观音的面前：莲叶接天，万顷碧绿；荷花映日，无边红白。

荷花洋中，突兀出现一座山来：层峦叠翠，巨木参天，千林玉笋，万派绿波，高壑挂瀑，悬崖垂花，岭缠鹰鹫，涧藏群鹿。

"超世一方仙苑，人间无俦胜境。"

在上述画面中，贯穿一支歌。

歌曰：

别了地，离了天，
大千世界挂了单。
云下水上落了户，
莲花洋里普陀山。

普陀山，海中山，
不着地来不挨天。
浮槎一方清净土，
天赐道场菩提庵。

普陀山，观音山，
牵着地来连着天。
举头咫尺唤天庭，
低眉方寸看人间。

看人间，念人间，
别了人间住人间。
人间未了苦与难，
菩萨没有回归天！”

普陀山紫竹林。日。外。

海浪。白沙。山岫。紫竹。

紫竹，葱茏茂密。挟风卷涛，遮天蔽日。

竹林深处，傍山一龛石壁，天工饰就，庄重威严。穹顶金星闪耀，龛壁七彩斑斓。正中一尊偌大的金刚宝座，宝座之上，是一蓬盛开的丈径莲台。

莲台之周，数支纤香氤氲而起，袅绕升空。

空中，观世音菩萨循着香烟，按落云头，翩跹而下，降于普陀山紫竹林金龛莲台之上。

一位皓髯老叟冒地而出，伏地便拜。

老叟：“小神参见天封帝敕南无寻声救苦大慈大悲观世音菩萨娘娘！祝娘娘入主南海普陀山紫竹林一品莲台宫耀广宇、寿比天高！”

观音微启秀目，看了看眼前的老叟，嫣然一笑，问道：“莫非山岳土地到了么？”

土地：“然也！在下就是山岳土地，恭候娘娘多时了！”

观音走下莲台，搀扶起土地，以礼相还。

观音：“有劳公公关照，紫竹林 金刚莲台收拾得如此之好，真太感谢啦！请公公尽早返家，勿虑此事，由弟子在此清心涤虑，孤身修习便了！”

土地：“啊呀呀，好一个谦心虚怀的菩萨！娘娘转生四世，天地三返，历苦海九千度，经浩劫十万番。早已炼就空空心、妙妙体、无无思、净净意。尤其是菩萨舍伟男之身，赋妙女之体，成为佛界仙班唯一的女菩萨，功德耀目，佛心感天哪！今天帝赐君无边法力，不惟三千大千世界菩萨由彼指挥，而且三千大千世界众生亦由彼掌管，上至重霄，下至凡地，凡有血气，皆汝所属。”

观音："公公之话，令余惶遽汗颜！余来此山，唯愿与众共修菩提，以了超度众生之望。所谓‘掌管’‘指挥’之事，非我志耳！”

土地抖出袖中文榜，激动地说道："天宫诏书旨文俱已在此，娘娘何必辞让？你来看——"说着他挥手外指：

但见洞龛之外一方莲池周围、茂林修竹之间、巉岩峭壁之上，密密麻麻站满了各路神仙，齐向莲台方向拱手祝贺。

众神仙："恭贺观世音菩萨驾临此山！"

观音慌忙不迭喏喏还礼。

土地呵呵笑道："娘娘不必客气，他们都是奉天之命从四面八方赶来，为娘娘入主紫竹林莲台喜贺志庆。你看：那是四海龙王！那是五岳圣帝！那是一百二十仁人！那是三十六员天将！那是太岁！那是神煞！那是风伯！那是雨师！那是雷公！那是电母！那竹林深处是三官、五显！那峭壁之上是八仙、十王！"

观音见状喏喏连声，四方礼拜："阿弥陀佛！"

四方神仙齐向观音回拜："唯菩萨命是听！祝菩萨达观自在！"

土地："启奏娘娘：今日是十月十九日，天定娘娘入主普陀山紫竹林金刚莲台之盛日，普天同庆，四宇共祝，人神齐拜，木石同参！呐喇哦——"

土地扯出一面旗幌，举天挥舞。

顿时，云蒸雾卷，天花乱坠。

群虎仰天长啸。

群鹤引颈放歌。

百色鸟翩跹起舞。

孔雀王锦屏大开。

猿猱儿捧盘献果。

鸾凤鸟衔篮供花。

竹林摇曳,滔声如吟。

海浪澎湃,吼声似歌。

风伯摇羽扇,清风中花瓣飘舞。

雨师洒喜雨,横空里架架彩虹。

雷公擂天鼓,震荡起排天舞阵。

电母掣光带,天地间七彩斑斓。

一队队飞天仙子从天而降,凌空翱翔,毕献仙歌妙技。

整个普陀山头,一片神乐仙姿的世界。

观音亦被欢乐之涛所卷裹,撩衣舒袖,翩然跃入雾阵之中。

紫竹林荷池畔。夜。外。

观音菩萨送走最后一起大仙,长长舒了一口气。

空中,月明星稀。海面,风平浪静。

紫竹林中,隐隐响起几声秋虫。

观音身后,只有土地还守在那里。

观音:“土地公！你也该归去了！”

土地:“娘娘不歇息,土地怎敢离开。”

观音又长出一口气:“我没有歇息的时刻呀！”

观音神色凝重地走向山峰。

土地:“娘娘哪里去？”

观音:“我去迎接一位客人。”

土地:“客人们都走了。”

观音:“老客人走了,新客人该来了。”

土地:“他是谁？在哪里？”

观音:“看见吗？它是一只鹰！”

岩畔枯树下。夜。外。

一只被乱箭穿身的秃鹫,架在篝火之上。篝火熊熊。

秃鹫挣扎着,惨叫着,身下的羽毛在燃烧着。

两个巡山夜叉怒目圆睁地监视着对秃鹫的火刑。

土地出现。

“住手!”土地呵斥一声。

两个巡山夜叉并不停手:“土地老儿,关你什么事?”

土地:“何故擅开杀戒?”

夜叉甲:“此鹰擅闯菩萨道场,久赶不去,故而烹之。”

土地:“鸟兽恋山,本属常情,何必灭杀?”

夜叉乙:“此鸟额头刺黥,实为阴曹极刑要犯,人人尽可得而诛之。”

土地:“额头刺黥?我看看,我看看。”土地凑近篝火——吊于篝火之上的秃鹫额头上,果见清晰四字:“万劫不复”。

土地:“万劫不复?这……”土地接过鹰鹫,眨巴着惶惑的眼睛:“娘娘的客人,不会就是它吧?”

此时,观音飘然而至。

当观音注视秃鹫之时,秃鹫两行热泪扑簌而下,同时发出惨烈的鸣叫……

土地:“娘娘,这就是你说的客人吗?”

观音点头。

土地命令两个夜叉:“放开它!”

夜叉甲:“这……”

夜叉乙:“不敢放开它,它可是头一个硬闯普陀菩萨道场的凶物啊!”

(闪回)普陀东山。日。外。

丝竹阵阵,红袖翻飞,万仙祝贺的场面。

场面上空,一只凶鹫凌厉地盘旋,时而俯冲,时而掠坛,引起一片惊恐之乱。

夜叉乙:“自从普陀道场封禅以来,空中便出现了一只凶恶的秃鹫。”

(闪回)普陀西山。日。外。

钟磬荡漾,檀香缭绕,信众膜拜的场面。

场面上空,那只凶鹫仍然在盘旋,时而穿林,时而掠地,信众们惊惧地躲逃。

夜叉乙画外音:“这只凶鹫驱赶不走,轰撵不退,搅乱了普陀山菩萨道场的庄严圣境。”

(闪回)紫竹林莲台。日。内外。

金碧辉煌的殿廊。

庄严肃穆的诵经场面。

忽然间,那只鹰鹫俯冲下来,飞入殿堂,横冲直撞,吓得众人四散躲逃……

空中出现天兵天将,令旗展处,万箭齐发,射向秃鹫。

夜叉乙画外音:“恶鹰的行为惊动了天神,天兵天将飞箭惩凶,秃鹫落到了如今的下场。”(闪回完)

岩畔枯树下。夜。外。

箭穿翎翅、泪水盈眶的秃鹫,望着观音号叫,状极悲哀。

观音柳枝蘸水轻轻挥洒,奇迹出现:鹰鹫身下篝火熄灭,身上箭镞脱落,伤口愈合,羽毛复原。

夜叉:“启禀娘娘,此鸟为阴曹极刑要犯,额头刺有‘万劫不复’,阎君敕命人人得而诛之。”

土地:“它是菩萨的客人,放了它!”

夜叉:“这……”

观音:“没错,它是我的客人,更是我的亲人。”

夜叉、土地均吃一惊。

只见观音再洒圣水,秃鹫瞬间转化为人形:身着囚衣、状貌狼狈的妙庄王,瘫卧于菩萨面前。

观音:“父亲!”

众愕然。二夜叉试探着上前搀扶妙庄王,妙庄抬头看到二夜叉的狰狞面目,吓得抱头惊叫。

观音:“你们下去吧!”

二夜叉与土地消失。

趴在地上的妙庄王从指缝里看到夜叉们走开了，才慢慢抬起头来,可怜巴巴地望着观音娘娘。

观音伸手搀起妙庄王:“起来吧!”

妙庄王突然号啕大哭——“妙善儿啊!可见到你啦!好难哪!”

观音:“见儿何用?”

妙庄王:“救救你父王吧!”

观音:“一生一世都在救你,可是,你拒绝了一生一世。”

妙庄王:“现在救救你父王吧!”

观音:“现在,能救你的只有你自己。”

妙庄王:“我儿不认父王了?”

观音:“只怕父王不认女儿了。”

妙庄王:“你可知道父王遭受的苦难吗?”

观音:“愿闻其详。”

(闪回)兴林国皇宫。日。外。

龙椅上的妙庄王,突然抽搐晕倒。

幻影中,四个索命小鬼抛出绳索,套就妙庄王的魂灵,飞速坠落。

妙庄王:“你们要把我带到哪里去?”

小鬼:“十八层地狱!”

(闪回)深层地狱。夜。内。

满池的蝎子、毒蛇、蜈蚣,蠕动着,叠压着。

蛇蝎池中,身上爬满毒虫的妙庄王挣扎着,惊叫着,痛苦地呻吟着……

妙庄王的画外音:“他们把我打入十八层地狱,让我和蛇蝎毒虫为伴,千叮万咬,无休无止。”

岩畔枯树下。夜。外。

妙庄王涕泗滂沱地述说着。

观音:“这是你诛杀三千士兵生命的恶报啊!”

妙庄王:“后来,又把我变成一只恶鹰,关在铁笼之内……”

(闪回)地狱。

一只鹰鹫在铁笼子里翻飞、挣扎。

铁笼四周满是尖尖的签刺,刺得鹰鹫周身血迹。

地上蛆虫遍布。

妙庄王画外音:“饿了,吃蛆虫;渴了,喝尿水。铁笼四周的尖刺,扎得我浑身滴血。”

岩畔枯树下。夜。外。

妙庄王哆哆嗦嗦地述说着——

观音："这是你推行暴政、戕害无辜的报应。"

妙庄王："好不容易盼到菩萨巡查地府、大赦地狱，为父以为重生的机会到了……"

（闪回）地狱的前场面。

观音："请允许我为十八层地狱所有在押罪者诵经求佑、解厄超度！"

观音颔首合十，真经诵动："揭谛揭谛，波罗揭谛，波罗僧揭谛，菩提萨婆诃！"

——诵念荡漾，血湖化做莲池。

——诵念声中，蛇蝎狼豹为之侧耳聆听。

——诵声荡宇，地狱大放光明。

——脱掉刑具的罪人凶类们带着血、带着泪、带着伤、带着悔、带着希望，纷纷从牢狱间走出、跑出，寻声而奔。

——那只地狱里飞出的鹰鹫（妙庄王）看到观音，扇着翅膀停在空中，向着观音张开大嘴喊叫——然而发不出一点声音。

妙庄王画外音："阎王封了我的喉，刺了我的额，判了我个'万劫不复'之罪，纵然我逃得出地狱的折磨，也逃不出六道轮回的宿命啊！"

（闪回）岩畔枯树下。夜。外。

一只被乱箭穿身的秃鹫，架在篝火之上。篝火熊熊。

秃鹫挣扎着，惨叫着，身下的羽毛在燃烧着。

两个巡山夜叉怒目圆睁地监视着对秃鹫的火刑。

妙庄王画外音："阴司判我——帝王变鹰鹫，鹰鹫变山猪，山猪变地鼠，地鼠变蟑螂，蟑螂变蛆虫，蛆虫变粪渣——这就是我的六道轮回。"

岩畔枯树下。夜。外。

观音:“阿弥陀佛！你终于有了一点佛性了！”

妙庄王:“我有佛性了么？”

观音:“懂得六道轮回,就是佛性之果。”

妙庄王:“我懂轮回了,可我最终要做蛆虫粪渣了！不,我不做蛆虫粪渣！”

观音:“轮回定数来自于人生的业造，你的业造是你自己作就的,怎好改变？”

妙庄王:“不,我就要改变,我相信能改变,因为我有一个观音菩萨女儿，又有一个法力无边的普陀山道场，你要为父王我……”

“哈哈哈哈！这才是它这只秃头鹰鹫冒死三闯普陀山的真正原因哪！”随着一路笑声,阎君飘然而至。

观音:“阎君大安！”

阎君:“不安！凶鹫大闹普陀,惊扰菩萨净境,岂得苟安？”

观音:“快来见过阎君！”

妙庄王:“我认得他,我头上的‘万劫不复’就是他给我刻上去的。”

观音:“你的六道轮回,也是他给你排定的程序。”

妙庄王:“请阎君高抬贵手啊！”

阎君:“请国君高抬贵手啊！”

妙庄王:“请我？请我为谁高抬贵手？”

阎君:“为被你的侵略战争留下的累累白骨高抬贵手；为被你陪葬活埋的三千将士高抬贵手；为被你架火焚烧的妙善公主高抬贵手！”

妙庄王:“我的阎王爷啊！你说的晚了,这累累罪恶我已经犯下了,高抬贵手也没用了,世间没有卖后悔药的呀！”

阎君:“有,地狱有的是后悔药,就看你愿不愿吃了。”

妙庄王："药在哪里？怎么个吃法？"

阎君："就在你身上，一劫一吃。"

妙庄王："我的阎王爷，你快告诉我该怎么办？"

阎君："你想怎么办？"

妙庄王："改一改我的六道轮回，别叫我变成蛆虫粪渣，让我在我女儿身边守候，即使把我变成一撮香灰，我也知足了！"

阎君与观音交换了一下眼神，两相会意。

阎君："妙庄听真：查尔人世为王，不行善政，暴虐成性，作恶多端。屡兴侵略杀伐，留下累累白骨；活埋三千将士，为其眷属殉葬；尤设燎坛炬刑，火祭亲女，断情绝义。故着尔变就庙前香火鼎炉一只，履万劫不复之判，遭火烧焰炙之刑，风雨不得躲，冰霜不得避，雷电击其身，锈蚀剥其皮，千业无尽，万劫不复。"

阎君述说过程中，妙庄王应声变成一只庙前香火鼎炉。

鼎炉里插满了各式各样、粗细不等的燃香，烟雾缭绕。

鼎炉的前面燃烧着香裱火纸，火光熊熊。

鼎炉的腿脚和炉肚被一条条伸卷的火舌卷裹着、舔舐着。

鼎炉疼痛难耐地忍受着。

阎君的画外音继续着：

——"念尔曾与菩萨父女一场，地狱有觉，化鹰有悔，兹将尔六道轮回之序缩减，固化此尊鼎炉，矗于普陀山观音庙寺前，虽受火刑永炙，却可与圣相伴，日日瞻仰菩萨，时时眷顾亲情，聆听佛音真谛，戴罪履劫修身。

在以上画外音中，出现以下画面：

火焰中的香火鼎炉。

妙庄王的身形叠印入香火鼎炉之内。

从香火鼎炉特写，拉出普陀山观音庙全景：巍峨雄浑的观音殿。

观音殿里威严又淑美的观音像。

观音像前,蜂拥而又虔诚叩拜的信众。

庄重而舒缓、优美而润心的诵经之声。

诵经声中,观音与阎君交谈的画面。

阎君与观音揖别的画面。

观音飘然巡游于普陀山海之间。碧波万顷,浮光跃金。

观音飘然巡游于普陀庙宇之间。祥光普照,祥云飘飞。

观音按落云头,靠近香火鼎炉,取出柳枝轻轻挥洒。

香火鼎炉显现出妙庄形象。

观音:“但问大人是何感觉?”

妙庄王:“我的女儿啊!阴司负罪之人谈何感觉!”

观音:“这已是顾念亲情、法外施恩的极限宽宥了!”

妙庄王:“缩减六道轮回,免我蛆虫粪渣,化做香火鼎炉,日日瞻仰菩萨,同受香火礼拜,这对于我这个万劫不复的恶人,十分知足了!”

观音:“知足即生佛性,你又修进了。”

妙庄王:“我在修么?”

观音颔首。

妙庄王:“一个万劫不复之人,修也难得正果!”

观音:“万劫之后呢?”

妙庄王:“万劫之后?”

观音:“一万多一劫时我等你!”观音说罢,飘然而逝。

妙庄王:“一万多一劫时菩萨等我?一万多一劫?一万多一劫?我的好女儿,我开悟了!”

烈焰卷裹中的香火鼎炉。

鼎炉中叠印出妙庄王的笑脸。

莲台上庄严趺坐的观音菩萨。

云雾翻卷的紫竹林圣境。

气象万千的普陀仙山。

在以上镜头叠换中,飘来一支歌曲——:

歌:

菩萨修自人,
良人修成神。
善恶终有报,
回头都有门。
何处净世界?
孰有好灵魂?
举目仰普陀,
问我观世音!

[全剧终。

图书在版编目(CIP)数据

孟华戏剧文集：1–5 卷 / 孟华著.
— 北京 ：中国戏剧出版社，2019.11
ISBN 978-7-104-04813-8

Ⅰ. ①孟… Ⅱ. ①孟… Ⅲ. ①戏剧文学–作品综合集–中国–当代
Ⅳ. ①I230

中国版本图书馆 CIP 数据核字(2019)第 119362 号

孟华戏剧文集

责任编辑：曹　静
特约编辑：李红艳　李小红
责任印制：冯志强

出版发行：中国戏剧出版社
出 版 人：樊国宾
社　　址：北京市西城区天宁寺前街 2 号国家音乐产业基地 L 座
邮　　编：100055
网　　址：www.theatrebook.cn
电　　话：010–63381560（发行部）　010–63385980（总编室）
传　　真：010–63383910（发行部）

读者服务：010–63387810
邮购地址：北京市西城区天宁寺前街 2 号国家音乐产业基地 L 座

印　　刷：河南瑞之光印刷股份有限公司
开　　本：710 毫米×1000 毫米　1/16
印　　张：108
字　　数：1357 千字
版　　次：2019 年 11 月北京第 1 版第 1 次印刷
书　　号：ISBN 978-7-104-04813-8
定　　价：598.00 元（全五卷）

项目单位：郑州市艺术创作研究院
项目主持：孟丛笑
书名题字：孟　华
装帧设计：韩　雪
排　　版：张东青

孟华戏剧文集

4

MENG HUA'S
DRAMA COLLECTION

戲劇文集

孟华／著

中国戏剧出版社

目录

卷四

新编历史故事剧

卷四 华佗与曹操

Hua tuo yu cao cao

DRAMA COLLECTION

人　物　华　佗　东汉末年名医,字元化。民称“神医”,史称“外科始祖”。

曹　操　汉献帝时丞相,时已策命“魏公”。

樊　阿　华佗弟子。

青　女　黄巾女兵,后为华佗弟子。

玎　妹　黄巾女兵,后为华佗弟子。

张　燕　黄巾军帅,玎妹之兄。

荀　彧　汉献帝时侍中,曹操谋士。

吉　平　汉廷太医令。

伏　后　汉宫皇后。

董　承　汉宫国丈。

卞　氏　曹操夫人。

巫　师　民间巫道主。

吴押狱　许都狱卒。

老翁、老媪、春娃、邻人李——山庄求医者。

病汉、民夫、患者甲、乙——许都求医者。

门候、门监各一人,巫徒二人。

侍卫、侍女、宫娥、村民、黄巾军、男女兵各若干。

第一场

[东汉末年。许都太医院太医令吉平的私邸。

[一间暗堂,帷幔低垂。

[侍女手执拂尘,匆匆掸扫。

侍　女　(向内)有请太爷!

[吉平上。

吉　平　(唱)鬼在地狱神在天,
鸿蒙夹着人万千。
生死贵贱天注定,
吉凶祸福命相连。

侍　女　禀太爷,打扫已毕!

吉　平　退下!

[侍女下。吉平战战兢兢四下环顾,然后拉起中堂的假壁垂帘,一龛神龙白虎之巫符图露出。

吉　平　(焚香三炷,拜之舞之蹈之)
(唱)诸神邈邈听八方,
弟子吉平诉苦腔。
自从出了曹阿瞒,
天下祠堂断烟香。
绝望之中找指望,
脱掉巫衣挂青囊。
改头换面一世医,

欺世盗名卖草汤。
多亏遇见董国丈,
赐我宫廷太医郎。
叩谢诸师护佑恩,
且待时机报庙堂!

[侍女急上。

侍　女　禀太爷,伏皇后驾到!

吉　平　(大惊)什么?

侍　女　伏皇后驾到!

[吉平慌忙收敛香火咒符。

[伏皇后上,四宫娥执羽扇、如意随上。

[吉平慌忙跪迎。

吉　平　臣吉平叩见皇后娘娘千岁!千千岁!

伏　后　(巡视一周)吉平!你在此作甚?

吉　平　精研方药,炼制膏丹,为曹丞相治病去疴。

伏　后　怎么满屋子香火味呀?

吉　平　此乃制丹的熏烟。

伏　后　那么,墙上这些丑八怪,也是为制丹所用么?

[吉平这时才发现巫符图没有遮盖,惊慌失措地跑上去拉下垂帘。

伏　后　住手!(奚落地)好一个皇家太医,竟是跳神能手!

吉　平　微臣死罪!

伏　后　哼哼,你要知道,曹丞相对巫觋之类一向恨入骨髓。难道当年曹丞相在济南郡扒倒六百座祠堂宗庙,杀死千把个鬼神马子之事,你竟不知?

吉　平　(匍匐于伏后面前连连顿首)微臣知道!皇后娘娘开恩!娘娘千岁饶命!

伏　后　本后纵然饶尔不死,可是,曹丞相倘若知道他的随身太医令乃是个神鬼马子出身的骗子,定会把你剐成肉酱!

吉　平　(叩头如捣蒜)求娘娘千岁赦免奴才一死!

伏　后　呸!我赦免不了!

吉　平　啊!(软瘫抖索于地)

伏　后　无用懦夫!(向宫娥)请董国丈!

宫　娥　国丈见驾!

[董承上。

董　承　参见皇后娘娘千岁!

伏　后　哼!这就是你物色的救世雄才。

董　承　(见状大笑)哈哈哈!吉太医请起,伏皇后乃万岁知心,是我等同路之人!今日特来相看于你。

吉　平　(始悟过来)噢,噢……皇后不弃,愿效犬马!

伏　后　凭你这份胆量,岂能成其大事?

董　承　吉太医外似孱懦,内包梗骨,深藏公叔之志,堪慰燕丹之愿哪!

(唱)皇后慎静睁慧眼,

刺秦荆轲在眼前。

伏　后　(唱)索索荜荜一软蛋,

腐麻哪堪作弓弦。

董　承　(唱)外似腐麻内藏剑,

忠于汉祚恨曹奸。

伏　后　(唱)虽怀忠恨空长叹,

懦夫无胆也枉然。

董　承　(唱)乞皇后,施恩典,

他是汉家一忠犬。

生乃汉家复仇剑,

死是汉陵招魂幡。

伏　后　(淡淡地)请起来!

[吉平始爬起。

董　承　吉太医,皇后此来系秉承圣上之意招募良才,今施宠于你,你荣幸了!

吉　平　谢娘娘圣恩!

伏　后　吉平,实不相瞒,本后与曹操有杀父之仇,不共戴天。而你,倒是曹丞相招贤纳士提携入宫,唯知感恩不尽,怎甘心与本后同谋大事,反戈伤主呢!

吉　平　娘娘免臣一死,方敢实言。

伏　后　讲吧!

吉　平　太后容奏:曹贼孟德三十年前在济南杀死巫师觋老千余口,其中就有微臣亲戚家属三十人,我的生身父母就是在那次浩劫中祭了曹贼的屠刀!我与曹贼不共戴天哪!

(唱)我原籍济南本姓黄,
　　世代为巫主祠堂。
　　千庙奉祀我执掌,
　　万宗宅事定阴阳。
　　百姓膜拜寄信仰,
　　王孙尊我“半仙黄”。
　　不料来了曹阿瞒,
　　他不信鬼神信群氓。
　　毁烧祠堂六百座,
　　一千巫觋刀下亡。
　　我亲族掉头三十颗,
　　逃出我一人到洛阳。
　　改名埋姓换行当,
　　脱掉巫衣换青囊:我把草医当。
　　我只说今生再无出头日,

天有眼着我幸遇董国丈。

从洛阳，到许昌，

今又荐进汉宫墙。

我这从头到脚、里骨头外肉、薄魂贱命，

全是国丈赏，

娘娘哇！我结草衔环剖肝肠！

伏　后　（唱）听罢言来喜吟吟，

董　承　（唱）吉太医实为自己人。

伏　后　（唱）三载方得一心腹，

董　承　（唱）要报宿仇靠此人。

伏　后　快告诉我，曹操这两日病情如何？

吉　平　头风发作，疼痛至甚。昨天他的小儿子曹仓舒满脸淌泪地告诉我，曹丞相把遗嘱都写好了！

伏　后　（猛跪于地）苍天有眼，我终身难报之仇，你眨眼工夫就要替我报啦！到时候我要杀尽仇人，用血湖血海来祭奠上苍！

吉　平　娘娘慎言！那曹孟德，他，他还死不了哇！

伏　后　（抓摇吉平）为什么死不了？是不是你在真心给他调治？

吉　平　娘娘！我在真心巴他升天，可是天不收曹，也无可奈何呀！

伏　后　吉太医，吉巫师！我要你送他升天！

吉　平　送他升天？

伏　后　药内下毒，毒死曹操！

吉　平　药内下毒，毒死曹操？！

董　承　吉太医，皇后你我，既有君臣之分，又是同舟之友，敌忾同仇，命运相济，有曹无我，有我无曹。如今曹操独霸军权，钳制朝纲，挟天子，令诸侯，总督百万军马，势大齐天。你我若靠几挺剑戟，些许猛士而复仇锄奸，无异于以卵击石。千计百策，唯有靠你的太医身份，一剂汤药，这么一掺一兑，神不知鬼不觉地小拿轻取，这一功你不就立下了么？

伏　后　事成之后，我奏明天子，封你为丞相，食邑三万户，济南侯的牌子也挂上你家门楼。吉爱卿，你以为如何？

吉　平　如此重赏，微臣岂敢承受？

伏　后　(从袖中取出衣带诏)吉太医请看！这是天子亲授衣带诏，命我等联谋除曹，你的名字早在其上，你已成天子股肱之臣，还有何疑？如今就看你这碗"药"了！

吉　平　(长揖跪地，行顿首大礼)谢主隆恩！

(唱)天子密旨召吉平，

董　承　(唱)杀曹赖尔建奇功。

三　人　(唱)毒药一碗送曹命……

[侍女上。

侍　女　禀太爷：(唱)曹丞相已经到门庭。

吉　平　什么？！

侍　女　曹丞相来了。

[三人大惊。

吉　平　哪、哪、哪、哪个曹丞相？！

侍　女　当朝只有一个曹丞相，难道还有几个曹丞相不成？太爷想是糊涂了？

吉　平　滚！……回来！传谕下去，恭迎丞相！

[侍女下。

伏　后　真见鬼，他的头疼病这么快就好了么？

董　承　难道是他的魂灵来了？

吉　平　我的爷！别争鬼了魂了，快躲！快躲！

[三人慌作一团，伏后、董承躲起。

[曹操上。旬彧、四卫士随上。

曹　操　(潇洒作笑)哈哈哈哈……

(唱)十万兵马难攻恙，

一服草药复安康。

国家难得神医降，

常常能人在草莽。

吉　平　(匍匐于地)伏惟丞相！

曹　操　哦嚯，太医令，快快请起，(扶起吉平)你怎么对我行此大礼？还有什么“伏惟丞相”，大可不必！

吉　平　是，吉平罪过！

曹　操　又来了！此等繁文缛节，着实令人生厌。荀侍中，能否拟一令文，就此禁绝？

荀　彧　丞相所言极是。

曹　操　太医令，你在忙什么？

吉　平　正在为丞相配制方药膏丹，以赶往相府为丞相调疾，想不到丞相……

曹　操　想不到我竟跑到你的太医院来了，是吗？

吉　平　是，想不到丞相的病好得如此神速！

曹　操　连我也没有想到！

吉　平　看来，我昨日开的方子对了丞相的症啦！

曹　操　你那个药方么……

吉　平　是，我那个药方，是我汇集了太医院的五十名太医，穷三昼四夜，精思妙断，百推千敲，凝毕生之医技，聚五腑之心血，才成此一方。今见神效，果不负我……

曹　操　你那个药方，我还在放着呢！……哈哈哈……

吉　平　啊？！

曹　操　我吃的是另一药方！荀侍中，拿出来让太医令开开眼界！

[荀彧取出一个药方交于吉平。

吉　平　(接笺在手)只有四味草药?

曹　操　妙就妙在它只有四味草药,却治了大病!

吉　平　但不知丞相服了几剂?

荀　彧　昨日一煎,今日病除!

吉　平　竟有如此神效,丞相洪福,真乃天降仙方!

曹　操　天降仙方?哈哈哈哈哈!

(唱)既非神,又非仙,

药方来自百姓间。

黄角小儿口上念,

耄耋老人手头传。

吉　平　敢问开方之人是哪一朝代的神医?

曹　操　(唱)生在汉,长在汉,

行在万千百姓间。

吉　平　他叫什么名字?

荀　彧　(唱)姓华名佗字元化,

吉　平　他人在哪里?

荀　彧　(唱)蓬蒿之中岭之巅。

吉　平　原是个山乡土医!

曹　操　土医?我的太医令!

(唱)休把土医小觑看,

伟材偏长土山峦。

民众呼神真神验,

苍首称贤真英贤。

古来圣哲藏闾巷,

爵禄圈中多庸员。

帝王宫,太医院,

当收天下真能贤。

莫豢庸辈耗俸禄,

当把那方技日日开新端。

太医令，多承荀侍中具有慧眼，注目于民间，为我发现了这样一个人才——华佗！此人据说是生于沛国？

荀　彧　沛国谯郡城南华庄人氏。

曹　操　唔！便是我的同乡了！可惜我当初未曾见过。

荀　彧　兖豫一带百姓称他为神医华佗。

曹　操　我历来不信神鬼，但百姓说的这个"神"我是信的。只看这一张方子，足见其神了！

荀　彧　据说这位华佗年近百岁而貌有壮容，不但精通药方，而且针灸刳割，没有治不了的病疾。

曹　操　如此方技，世上少有。

荀　彧　更懂得养性之术，倡"五禽之戏"，教人锻体魄、炼身心，防病于未然！

曹　操　健身自强，更是难得！

荀　彧　但此人有一怪癖，只串村野，不入市肆；只恋布衣，不就禄位。当初沛国相陈硅举他为孝廉，前朝太尉黄琬也荐他为官，他每次都是躲进深山，渺然而逝！

曹　操　（激动地站起）我曹孟德定要把他请到！不得此人，死不瞑目！太医令，我今天找你，就是请你和荀侍中一道，立即去寻找这位神医华佗，说我曹孟德殷切邀他屈尊就许。一月不来半年，半年不来三载，华佗不到，你们就不必回来见我！

吉　平　丞相之命，效死必达！

曹　操　我恭候二位佳音了！（下）

[侍卫随下。

吉　平　送丞相！

荀　彧　吉太医，你我即刻起程！

吉　平　荀大人先走一步，吉平略嘱家事即便赶来！

荀　彧　如此请！

吉　平　送大人！

[荀彧下。

[董承、伏后遑遑然从屏后出。

伏　后　华佗一来，你必失宠，我们还有鬼的指望！

吉　平　这便如何是好？

董　承　皇后、太医莫要急躁，待我们另谋他策！

[三人聚首耳语。

[灯暗。幕闭。

第二场

[荒村。一座敝庐，茅檐蓬门，一片萧瑟。四处悬挂白联纸花、丧楣鬼符，堂屋正中置一棺木，四周蜡燎香薰。棺木后边置有神案大椅。

[幕启时，一巫师叉坐于神案大椅之上。二巫徒侍立两侧。三人执符诵咒，呆若泥塑。

[棺木两旁站立一翁一媪放声痛哭。

老　翁
老　媪　春娃！娇儿！我的儿呀！

老　媪　（唱）我的儿先我一步入鬼门，

老　翁　（唱）闪撇下老父老母靠何人？

老　媪　（唱）这才是严冬单打独草根。

老　翁　（唱）无情河专翻孤船浪下沉。

老　媪　（唱）回头来且把苦命恨几恨，

老　翁　（唱）为什么老手先添少年坟？

老　媪　（唱）灵堂上血泪哭干气哭尽……

老　翁　(唱)盼阎王快来收我这老朽魂!

[俩人半昏厥于两旁。

巫　师　诸人退避!——诸鬼就序!——诸神莅临!

[二巫徒把二老人拖至两侧。

[巫师披头散发,执符舞剑,开始跳灵。

[巫师在前,巫徒在后,围绕棺椁狂跳数圈。

巫　师　(念念有词——此词只为表演者提供跳灵时的参考,不必唱念得很清楚,应含糊其辞)

(念)天门,地门,

开开门,收鬼魂!

跳一跳,叫一叫,

小鬼判官都知道。

跳二跳,到狱东,

饶他跳过烂魂坑:金子许一升。

跳三跳,到狱南,

饶他跳过无底潭:玛瑙许一篮。

跳四跳,到狱西,

饶他躲过斩魂戟:绫缎许一匹。

跳五跳,到狱北,

饶他躲过钉魂锥:银子许一堆。

(作祈神送鬼状)

赫赫炀炀,热热凉凉,

口吐神荼火,眼飞郁垒光。

送怪找阎王,送善上天堂!

[邻人李上。

邻人李　(念)瘦草抢先败,穷人死得快。(把老翁招于门外,大哥,侄儿今天就要埋了?

老　翁　正是今天下葬!

邻人李　(哭)侄儿！生娃！可怜的大侄儿啊！

老　翁　李贤弟不必啼哭，快帮为兄收拾抬杠系绳，午时出殡。

邻人李　是了。(欲下忽返回)我差点儿忘了，回大哥，院外有位先生求见于你！

老　翁　什么先生？

邻人李　看病的先生。

老　翁　找老朽作甚？

邻人李　给我侄儿看病。

老　翁　唉！这是什么时候，还要取笑为兄，你侄儿已死两天，还看的什么病哟！

邻人李　是呀！我也说，人都死了两天，还看的什么病哟！可那位老先生听咱村人言讲，侄儿病得匆忙，死得慌张，尸首柔瓤，还有活的希望。

老　翁　纯属奚落，岂有此理！(返回灵堂)

邻人李　纯属奚落，岂有此理！(下)

巫　师　(抽剑在老翁、老媪头上边乱砍，念)爹非爹，妈非妈。鬼儿子，快离家！

巫　徒　(喊)午时已到，准备出殡！

[邻人李上。

邻人李　(念)怪鸟吃白云，怪医看死人。慢点出殡！我说大哥，那位老先生一定要见见侄儿的尸体！

老　翁　何以苦苦捉弄于我，贤弟快替我辞走！

邻人李　辞走就辞走。……辞不走，他来了！

[华佗、樊阿上。

华　佗　烦请老人家快快领我施诊！(急急奔向灵堂棺柩之旁)

巫　师　呔！何人闯灵，毁我神规！

华　佗　救人要紧，顾不得你们的规矩了！

巫　师　你是何人？

华　佗　一个医生。

巫　师　欲救何人？

华　佗　棺中少年。

巫　师　怎么？要救这具死尸？

华　佗　尚有一线希望，愿做一试。

老　翁　老先生，我儿死了两天，行将合棺殡埋，你何苦无端捉弄于我！

邻人李　是啊，盘古开天，鬼魂万千，没听说死人能治活！

老　媪　老头子，咱那可怜的春娃已是黄泉的人了，就请这位先生一看又有何妨！

邻人李　也是，反正看不看都是个埋，看看也没啥划不来！

巫　师　嘟！好一个大胆妄为的草医老，擅闯神坛，不肯悔罪，反逆神道而行，危言耸听。（向老翁、老媪）丧家主人听真，这老儿坏我规矩，撞了天神，破了灵气，你儿子到十八层地狱变牛变马，本师就管不了了！

老　翁　（向华佗）你，你你你给我走！

老　媪　（拉华佗）先生，真的还有一线希望？

华　佗　老人家，方才我听村人言讲，你儿子是遇虎受惊，骤病乍死，可是真的？

老　媪　正是如此。

华　佗　请把详情告诉于我。

老　媪　五天前我儿子上山打柴，突遇猛虎，虽未伤身，却受惊吓，卧病在床。（指巫师）这位大仙看过，说是撞了白虎星，刀劈斧剁，水喷烟呛，前天到得半夜，春娃忽然惊叫三声，就绝了气了！

华　佗　如此说来还有三分希望。

老　媪　果真可治？

华　佗　待我诊视！

[老媪催邻人移开棺盖,华佗与樊阿对尸体慎细诊视。

华　佗　(唱)白睛虽吊目未陷,

樊　阿　(唱)唇虽青紫透微丹。

华　佗　(唱)肌肤虽怔肢还软,

樊　阿　(唱)再把两分希望添。

邻人李　三分加两分,五分希望了!

老　媪　我的天!

华　佗　(唱)起死之穴露红点,

樊　阿　(唱)回生之穴有润斑。

华　佗　(华佗点穴)

(唱)轻弹经头络尾颤,

樊　阿　(唱)再把两分希望添。

邻人李　五分再加两分,七分希望了!

老　媪　(扑跪于地)这不是在做梦吧!

老　翁　这……我却不信!

巫　师　徒儿们,把这两个妖医捆下!

邻人李　巫神大仙息怒,是陀螺,是蛋壳,看到底,咱再说嘛!

华　佗　(唱)叫樊阿递过银针与火罐,

再拿出猝死起生七神丹。

配一剂太上万胜追魂散——

(递药于老媪)葱汁化丹,滴入鼻内;童便和散,斡口灌下!(取银针徐徐扎下)

轻悠悠慢送银针探命关。

惊蛰动气生血暖脉复燃……

邻人李　(惊呼)啊嗨!又会出气啦!

[村民闻讯赶来,各样惊呼。

华　佗　(唱)老人家,快把你的儿子搀!

[二老激动地抖索着搀起棺材中的儿子春娃,众人把春

娃扶在椅上。

春　娃　(似深睡中,微睁双眼,望见父母,失声地——)爹,妈!

邻人李　活了!真活了!

(唱)开天辟地谁曾见,

众　人　(唱)死了的人儿又活还!

邻人李　(唱)住了两日阴曹府,

众　人　(唱)今朝又回阳世间!

[巫师与二巫徒暗中溜下。

邻人李　(唱)千求神,万求仙,

众　人　(唱)果然神仙下了凡。

老　翁　(唱)叩问仙翁名和姓?

仙体来自哪重天?

华　佗　(唱)是褒言,是戏言,

何见神灵天地间?

我与父老一模样,

咱同是:

凡体俗人、土生土长、共食五谷、有生有死无二般。

樊　阿　(唱)我师本住谯郡县……

邻人李　谯郡县?敢是沛国的谯郡县吗?

樊　阿　正是!

(唱)城南华庄有家园。

老　翁　他姓甚名谁?

樊　阿　(唱)姓华名佗字元化,

众　人　怎么,他就是神医华佗?!

樊　阿　对!

(唱)专攻医道五十年。

二　老　(激动地扑向华佗)华先生!

众　人　华先生!

（唱）神医华佗到荆边，
惊走神来吓跑仙。
起死回生亲眼见，
醒了水来暖了山！

［众人围起华佗。

［幕后合唱：
千家炊火一齐燃，一呀一齐燃；
陈年老酒齐开坛！齐呀齐开坛！
红泥火炉紫木炭，
华先生，来家吧，蓬门茅舍驱驱寒！

［众人争相扯让华佗。

华　佗　（对老翁老媪）二位老人家，春娃刚刚病复，不可张罗于我，可去熬出米油一碗着他喝下，一月之内日日如此，助他康复。这是葛玄百补丹一包，每服一丸，早晚两遍。两个月之后，他会再上山给你打柴的！

［众人一片唏嘘之声。

华　佗　众位乡亲！承蒙热情相待，深铭肺腑。我乃行医之人，年逾七十，余生不多，只盼有生之年多治好几个病人，才是我的心愿。恕不逐家叨扰了，谁有病人，请即说出，咱们立即前往！

［玎妹上。

玎　妹　请问哪位是华佗先生？

华　佗　敝人便是。

玎　妹　（扑上）华先生，可找到你啦！快救救命吧！

华　佗　（扶起玎妹）不要急，请讲清楚。

玎　妹　有一病人，命在垂危！

华　佗　现在哪里？

玎　妹　青峰山上。

众　人　(纷纷议论)“青峰山？那可是条险路啊！”

“悬崖峭壁，深涧万丈！”

“老百姓都叫那段路为‘摔死猴’啊！”

“华先生怎么上得去？”

玎　妹　华先生，请你在此等候，我回去把病人抬来也就是了！

华　佗　不，垂危病人不敢颠簸折腾。(挂起行囊)姑娘，请你带路上山！

[一侍卫飞马赶上。

侍　卫　请问！方才可曾来过一个华佗华先生！

樊　阿　这便是我师傅华先生！

华　佗　你是何人？

侍　卫　(下马)哎呀！华先生，可找到你啦！我乃许都命官旬大夫和吉太医的随从，特来访邀于你，走遍青、徐、兖、冀不曾相遇，想不到今日在此幸见。请速上马。旬、吉二大人随后就到。

华　佗　但问，邀我作甚？

侍　卫　皇宫做客，许都扬名，你老福分来了！

华　佗　多谢官长谬重。请转告二位大人，华某要去治病，恕不奉陪。(对玎妹)带路上山！

樊　阿　老师，既是许都相邀，定有用我们之处，进京也是治病，何必非上青峰山不可？况且老师这么大年纪，走危险的山路……

华　佗　官场非你我，乡野知音多。不可犹豫，随我上山！(扬长走下)

[玎妹、樊阿随下。

众　人　送先生！

侍　卫　竟有这样的人！

[幕闭。

第三场

[山道上。林木参天，怪石嶙峋，崖峭涧陡，山花簇簇。

[华佗内唱：真真巍峨数荆山！

[华佗、樊阿、玎妹上。

华　佗　（唱）真真巍峨数荆山！

樊　阿　（唱）山庄行医多险艰。

玎　妹　（唱）心急只嫌步儿慢，

华　佗　（唱）小女气概不一般。

玎　妹　华先生，过涧了，让我来搀扶着你！

华　佗　不用了。姑娘，我赶得上你！

[华佗蹚过。

[樊阿趔趄，玎妹扶之。

樊　阿　这一女子，你的病人在哪里呀？

玎　妹　前边就是。

樊　阿　（唱）苍林森森嶂峰暗，

华　佗　（唱）穿洞越壑绕深潭。

玎　妹　（唱）元帅病床把医盼，

盼望神医解危难。

二位先生，越溪了！（欲扶华佗）

华　佗　不用了，姑娘，我摔不倒的！

[华佗越过。

[樊阿趔趄，玎妹扶之。

樊　阿　姑娘，你怎么住这样险恶的地方？你的病人到底在哪里？

玎　妹　前边就是！

樊　阿　又一个前边就是，再前边，就到天边了！

玎　妹　(唱)越过鹰鋆上天堑……(玎妹腾挪翻越)

樊　阿　(唱)嵯岈陡峭登临难。

[华佗、樊阿随玎妹翻越。

华　佗　(唱)满山草木药、药、药——

紫苏、杜仲、山牡丹。

(惊奇地)樊阿,你看那是什么?

樊　阿　山人参?

华　佗　对,是棵野山人参,快采下来!

[樊阿攀缘上崖,不至而颓然滑下。

[玎妹抡去外衣,飞跃而上,抽出腰间短刀,娴巧地剜出人参,捧于华佗。

华　佗　(欣喜尝之)叶阔茎紫,身肉肥硕浓白,足有一百七八十年的寿命,堪称佳品,不可多得!

樊　阿　(忽然发现玎妹胸前的黄巾军佩符)你,黄巾!?

[玎妹急急披衣掩遮,怯怯后退……

华　佗　樊阿,不要这样,是黄巾又便怎的?姑娘,不必害怕!

樊　阿　老师,如今黄巾为贼,朝廷缉讨,我们为黄巾医病,有当诛之罪呀!

华　佗　医人天职,救死扶伤,分什么黄巾白巾,管什么当诛当剐!

樊　阿　黄巾以妖术惑众,祭天祀鬼,与我们行的是两条路,他们是不相信医道的呀!

华　佗　姑娘,我且问你,你究竟是什么人?邀我来为谁治病?你当实说?

玎　妹　华先生、大师兄,容禀了!

(唱)我是黄巾一女兵——

樊　阿　她果然是黄巾!老师,我们还是离开她吧!

华　佗　(制止樊阿,向玎妹)姑娘,你说下去!

玎　妹　(唱)我是黄巾一女兵，
名字就叫张玎玎。
黑山军帅名张燕，
他是我的大长兄。
三日前荆西打一仗，
五千弟兄尽丧生。
元帅哥率领余部突虎口，
一把斧砍翻敌尸三百挺。
血泊中逃出半条命，
颠沛辗转到青峰。
可怜他一支毒箭射胸内，
如今大毒已酿成。
一卧病铺难再起，
生命垂近酆都城。
华　佗　(唱)求你们的黄天？
玎　妹　(唱)天不应！
华　佗　(唱)求你们的黄地？
玎　妹　(唱)地不灵！
祷祭咒拜不见效，
无奈何，四方出动访先生。
今日村野幸相遇，
山寨内，断魂之灯盼再明。
恳请神医施恩惠，
救救阿哥度灾星。
华　佗　(唱)听罢姑娘诉真情，
虽为寇女却真诚。
医生天职医人病，
不管黄白青紫红。

　　玎妹速速引路径，
　　救死扶伤上青峰。

[玎妹引华佗下。樊阿无奈随下。

[改装了的巫师从草丛中探头而出，瞭望华佗去向；闻人声，复隐入。

[侍卫上，四处寻路。

[荀彧、吉平上。

侍　卫　启禀二位大人，路径断绝，华佗去向不明。

吉　平　（暗喜，佯怒）你们这些庸辈、饭桶！

荀　彧　吉太医不必急躁，你我两厢寻来！

[荀彧领众侍卫寻下。

[吉平疲惫坐于石上。

[巫师从草丛中钻出。

巫　师　吉祠主！

吉　平　（大惊）你是谁？

巫　师　祠主升了官，连小巫徒善本都不认识了？

吉　平　善本？……啊，你怎么会跑到这荆北野岭之地？

巫　师　还不是和祠主一样，为躲曹丞相的刀子。但不知祠主来这穷乡僻壤作甚？

吉　平　住口！休要祠主祠主地喊！我如今是汉家天子的太医令！

巫　师　是。但不知太医令来此作甚？

吉　平　请华佗！

巫　师　怎么？请华佗？祠主……太医令是真请还是假请？

吉　平　鬼知道！

巫　师　太医令，这华佗老儿万万请不得。他是我们巫家的大对头哇！

吉　平　可曹丞相要要他，我有什么法子！

巫　师　何不将他除掉！

吉　平　谈何容易！

巫　师　天赐良机就在眼前！

吉　平　你是说……

巫　师　烧……

吉　平　(急制止)来人了！

[旬彧等人上。

吉　平　旬大人，华佗可有去向？

旬　彧　(摇头，指巫师)这是何人？

吉　平　当地百姓。

旬　彧　这位仁兄，你可曾见一位老人路过此地？

巫　师　你问的可是那号称神医的华佗？

旬　彧　正是，你见到他了吗？

巫　师　青峰山给黄巾军治病去了！

众　人　(大惊)什么，此处有黄巾贼寇？！

[侍卫纷纷出械。

巫　师　有，但是不多，伤兵残员三二十人，黑山贼帅也在其内。

吉　平　来呀！放火烧山，消灭恶贼！

旬　彧　慢，华先生亦在其中，不可鲁莽。

吉　平　是通贼助奸，有何可惜，烧！

旬　彧　太医令，曹丞相思贤若渴，华先生医术伟就，国之奇宝，纵然放掉十万黄巾，也不可触伤华先生一线皮毛。侍卫军！且在路口暗扎营盘，慎谧留守，恭候华先生下山。(下)

吉　平　咳！(失望地坐下)

巫　师　太医令！欲除华佗，还有一计！

吉　平　说！

巫　师　(与吉平耳语)如此这般……

吉　平　(点头)嗯！徒儿小心才是！

[巫师上山,吉平诵咒。

[幕闭。

第四场

[青峰山巅,元帅帐内。

[帐中置一木床,床顶悬挂纱幔。

[幕启时,数黄巾军士并肩站立,面向纱幔,垂手合掌,诵咒祈祷。

众黄巾　(唱)黄黄祖！黄黄祖！

黄黄徒子何其苦？

苍天既死黄天立,

黄天漏了谁来补？

黄黄祖！黄黄祖！

救我元帅脱阴府！

免我元帅十八难,

还我元帅劈天斧！

[张燕忽然破帐而出。

张　燕　(失常地)还我妹妹！还我黄巾！众将官！

众黄巾　(急搀扶)元帅！

张　燕　跟着我,杀！——哎哟！(忽又痛楚地倒下)

众黄巾　元帅安静！元帅安静！

[众扶张燕入帐,回头纷纷拭泪。

黄巾甲　(向天祈祷)黄天爷呀！保佑元帅度过这场灾星吧！

黄巾乙　别祷告了！咱们祷告了三天三夜,黄天爷也没睁眼,元帅的伤势反倒越来越重,昏昏迷迷,眼看就……(拭泪)

黄巾甲　我要能替元帅去死多好！咱黑山军不能没有元帅呀！

黄巾丙　玎妹怎么还不回来？再晚了，恐怕连元帅最后一面也见不到了！

青　女　但愿黄天爷开开恩，指指路，让玎妹访到神医华佗，也不枉苦妹子冒死奔跑一场！

黄巾甲　只怕是一场空跑！那华佗乃是涡河边的名大夫，岂能跑到这荆边山旮旯里来？

青　女　可我前天逃回来的路上，听一个老乡说他亲眼见到的！说那华佗可神了，比那个前朝的扁鸟……

黄巾甲　什么扁鸟？扁鹊！

青　女　对！比那个前朝的扁鹊还神哩！聋子能治聪，瞎子能治明，断腿能接，断胳膊能捏，望着死人吹口气，叫他活他就活。朝你脸前一站，就知道你肚里长有几条虫。你的心有病了，也能取出来洗洗修修再给你安上……

黄巾丙　（惊呼）不好！元帅又昏过去了！快拿水！水！

［众人无措地围呼。

黄巾甲　我看……还是准备个木头吧！

［众人啜泣。

［帐外忽然传来玎妹的歌声："请来华佗入深山！"

［玎妹上。

玎　妹　（唱）请来华佗入深山，

树木花草也翩跹。

急入军帐把哥见——

众　（喜出望外地迎来）玎妹回来了！

青　女　华佗访到了吧！

玎　妹　访到了！

黄巾乙　快抬元帅下山就医！

玎　妹　不用，华先生他亲自上山来了！

众　（惊喜）什么？他亲自上山来了？！（纷纷拥向上山路口）

众　(唱)擦干泪眼迎神仙!

[青女急下。

[华佗、樊阿上。

玎　妹　(率众恭迎)黑山军迎接华先生!

众　(行黄巾跪礼)迎接华先生!

华　佗　啊呀不要这样,华某担待不起!玎妹,病人在哪里?快领我诊视!

玎　妹　哥哥!华先生来看你了!(哭着撩开帐幔)

[华佗、樊阿急依床诊看。

樊　阿　师傅!这是毒芯箭伤吗?

华　佗　正是毒芯箭伤。

玎　妹　毒芯箭伤?

樊　阿　他的腋下还深深埋着一支毒箭头。

玎　妹　不,他中的那支箭,三天前就拔掉了!

华　佗　拔下了毒箭,留下了箭核,这是诸葛亮最近创制的一种毒芯箭。名曰"金蝉脱壳"镞。箭一中身,毒核脱壳而入,深藏肌肤,再也拔它不出。

樊　阿　箭伤已延误三天,核毒蔓延,达于骨骼,恐怕实在是……(摇头)

玎　妹　(凄楚地)华先生!樊先生!我一家十口,被乡佐杀死八口,只留下我们兄妹二人相依为命,求你们一定想办法,救救我哥呀!

众　华先生!樊先生!救救我们元帅吧!

华　佗　樊阿,敷清伤口,扎上麻针,切肤取镞,刮骨疗毒!

樊　阿　是。

华　佗　(唱)先灌三钱救生散——

[樊阿灌介。

华　佗　(唱)再刺麻针入穴间。

［樊阿刺针介。

华　佗　（唱）手执术刀剖伤面——

［张燕触刀大叫，于昏迷中在床上扑转翻滚。

［华佗再落刀，张燕再次翻滚。

樊　阿　此人针麻无效，昏癫狂躁。

（唱）看来生路已渺然……

玎　妹　什么？

樊　阿　病人灵性不强，针麻无效，经不得刀，取不得镞，生机已断矣！

玎　妹　（扑于病床上痛哭）哥——

众　　华先生！

（唱）日盼神医望穿眼，

夜盼神医梦千般。

盼得神医眼前站，

神医为何露为难？露为难？！

华　佗　（唱）面对病床束手站，

呼声如沸煎心肝。

只恨自己医道浅，

再无良技救危难！

［场上出现逼人的呆静。

［青女肩搭一只野山羊欢快地上。

青　女　众位师兄师姐！你们看，黄天爷给我们送来一只肥肥胖胖的野山羊，让我们款待华先生呢，这可是天兆吉祥，元帅的伤一定会好啦！（忽然发觉氛围僵滞）这是怎么了？（走向玎妹）玎妹，怎么了？

玎　妹　姐姐！华先生治不好哥哥的病了！

青　女　什么？（奔向华佗）华先生，华神医，人都说你是天上朱雀星下凡，能招阴还阳，起死回生。实指望你能救下我

家元帅，我要为你烹羊作馔，盛款神医，想不到你也救不了他的命。那，这只羊是黄天爷送错了！（饮泣）

华　佗　（手扶羊身，忽然发现了什么）姑娘！这只羊还没死？

青　女　它睡着了。

华　佗　是睡着了。周身尚温，呼吸均匀，心搏有律，睡得好深沉啊！（仔细又激动地查看）姑娘！这只羊你是怎么猎取的？

青　女　黄天爷送的。

华　佗　不，快告诉我，你是怎么猎取的？它身上并没有伤口，你如何让它睡得这样麻木不醒？

青　女　华先生！你……

华　佗　好姑娘！快告诉我这个方法，如果也能让你们元帅睡成这样，他也就得救了！

青　女　（忽悟其意）是这样吗？

华　佗　姑娘！快快教我！

青　女　这只羊是吃了一种草！

华　佗　什么草？

青　女　本地叫羊踯躅，淮南叫黄杜鹃，我家叫闹羊花。

华　佗　闹羊花？

青　女　我小时候给孙三老放羊，就被这种闹羊花毒死了五只羊羔子，换来这满臂伤疤！

华　佗　（激动地）这闹羊花什么样子？出在哪里？

青　女　（唱）羊踯躅，闹羊花，

荒岗野岭把根扎。

牧羊童子碰到它，

太阳落山难回家！

华　佗　（唱）草药医生碰到它，

打开一片新天涯！

(昂奋地挎上药篮,提上药锄)樊阿,好生守护病人,我去寻寻它来!

青　女　寻哪个?

华　佗　闹羊花!

青　女　我给你带路!

[俩人飞下。

[幕闭。

第五场

[夜。景同前场。

[樊阿一手拿着一束闹羊花仔细端详，一手执笔伏案写描。

[纱幔后隐隐传出张燕昏迷中的胡言乱语声。

樊　阿　(边说边写)闹羊花,又名黄杜鹃、羊踯躅。初夏开花,漏斗状五裂合瓣花冠,色淡黄,有柄,短总状花序,性大毒。(欣然地)嗨!

(唱)又一项新发现奋心喜人,
闹羊花意外中闯入药林。
看医经扉页累增超扁鹊,
比硕见高成伟就胜桑君。
华老师方才亲登采药岭,
为探索新药性能伤自身。
采摘中边尝边嚼边细品,
毒得他口僵舌麻大昏沉。
有道是贵人明智知自珍,
华老师医圣偏偏不惜身。
为此事樊阿常常轻纳闷,

这便是大智若愚清中浑？

[玎妹两臂夹两只羔羊上。

玎　妹　樊先生，按你的嘱托，我用闹羊花熬水试灌了两只羔羊。

樊　阿　（走过去察看羔羊神态）这一只？

玎　妹　灌药三分。

樊　阿　心跳稍快，神态如常。看来，三分药力太小。（查看另一只）这一只？

玎　妹　灌了一钱。

樊　阿　怎么？它竟死了吗？

玎　妹　是死了，身子都僵硬了！

樊　阿　看来，一钱的药力又过于大了。三分太小，一钱过大，那么六七分的药量当是正好。用于人身当加一倍，钱半闹羊花可矣。

[玎妹送羊下，与青女同上。

樊　阿　（称出一撮药递于青女）按一钱半的药量再煎出两剂，准备为你们元帅灌药开刀。

玎　妹　樊先生，华先生能做手术吗？

樊　阿　老师尝药太多，毒未消尽，恐怕一时起不得床的，你们好生照料，手术由我来做。

玎　妹　你……能做得了吗？

樊　阿　哈……除了你们这些山丫头，天下人谁不知道我樊阿是华佗的大弟子，开膛破肚，接肠换骨，我做过无其数……

[屏风后传来病人癫狂的呼叫声。

樊　阿　把药滤出，给病人灌下！

[青女捧药，欲灌病人。

[华佗蹒跚上。

华　佗　樊阿！

樊　阿　老师？你怎么起来了！

玎　妹
青　女　(急相搀扶)华先生！为救我们元帅，你受大苦了！

华　佗　(轻轻摇头)樊阿，现在病人怎样？

樊　阿　状况如前，依然于昏迷中癫狂呼叫。

华　佗　闹羊花剂量试验如何？

樊　阿　遵老师的吩咐，试了羊羔。三分者无效，一钱者死亡，由此看七分者正好。

华　佗　用于人体……

樊　阿　(自炫地)用于人体，当比羊羔增加一倍，则取钱半为妥。

华　佗　(约略颔首)唔！

樊　阿　所以我命青女煎了两服，就要给病人灌下。

华　佗　(惊)啊？你灌下无有？

樊　阿　正要去灌，老师起来了。

青　女　药尚在此。

华　佗　(缓缓地接药于案)先不要灌。

樊　阿　病人相当危险呀！

华　佗　无妨。给病人再灌三钱救生散便可。

樊　阿　是。

[樊阿取药，化药于盂，被玎妹、青女接过。

玎　妹
青　女　我们来！(捧药到屏风后)

华　佗　(从案上捧出闹羊花煎剂亦嗅亦尝)

(唱)闹羊花啊难得的宝，

不期相识在今宵。

我久久盼制麻沸散，

你姗姗来迟为哪条?
多年来麻药主将寻不到,
今日里见面便领真风骚。
若能靠君了夙愿,
将使那手术天地大广袤。
回头来且把樊阿叫,
闹羊花非比他种药。
药力猛烈味辛暴,
麻醉迅速毒性高。
用得好时有奇效,
稍有差池命一条。
虽然做过羔羊试,
人羊差异难估较。
因此上务必再做人身试……

樊　阿　(唱)老师啊,你采药品尝已数遭!

华　佗　(唱)品尝仅仅知味性,
剂量还须试汤熬。

樊　阿　(唱)一试再试已知晓,
三试四试怎吃消?

华　佗　(唱)昔日神农尝百草,
昏卧乌头醒苦蒿。
秦时医缓吃信石,
命换砒霜入丹膏。
没有前人勇开道,
何来后世路千条?
不怀舍生忘死志,
怎得医经叠叠高?(端药欲饮)

樊　阿　(急阻)老师,你不能再试了,刚才你中毒晕倒,是大伙儿把你抬下山的。你还要给他们治病,你不能……

华　佗　那……也好。樊阿,这杯药你把它喝下去,我在一旁观察药效!

樊　阿　(大惊)我?

华　佗　新药临床,必须做人身一试,贤契,你试服了它!

樊　阿　不不不,不必要在我们身上试来试去的!老师!

(唱)病人危重已将死,

何不可连试带治合一遭?

华　佗　(惊、愤)啊——

(唱)樊阿之言刺耳壳,

岂可视病人如介苗?

良心不备难为医,

品德不好技难高。

没有怜贫惜苦心,

难创神效丸散膏;

不试剞肤刮骨疼,

难掌起死回生刀。

罢罢罢,我来试药你观效……(再捧药欲服)

[玎妹从屏后急出,夺下华佗手中药杯。

玎　妹　(唱)这杯药,请让我来试一遭!(猛然喝下)

华　佗　姑娘!

樊　阿　玎妹!

玎　妹　(安详地)华先生!你的话说得太好了,跟着你短短半日,使我明白了,要成良医,得有良心;欲救人命,先舍己命。这便是舍己救人的道理了。(将剩余之药一饮而尽)

华　佗
樊　阿　(吃惊地)玎妹!喝多了危险!

玎　妹　“不怀舍生忘死志，怎得医经叠叠高”……华先生，我想，一个人的体格，三倍于羔羊，那么药量也当三倍于羔羊。既试，就试个明白！

华　佗　嗯！玎妹，你觉体内如何？

玎　妹　我觉得头开始转了，身子开始麻了，真是好药！！

樊　阿　(匆匆书写)“服药一钱半，服下即有麻木之感……”

玎　妹　华先生！我们黄巾不是贼，是好人！是被逼得活不下去的好人！你千万要救活我哥啊！华先生，我真愿做你的徒弟，你，你就收下我这个徒——弟——吧！(倒下)

华　佗　(含泪观察)深度昏迷……瞳略散……呼吸平……脉频数……

[樊阿速记于案。

[青女上。

青　女　(扑向玎妹)玎妹！

华　佗　(果决地)樊阿，开方下药：闹羊花钱半、当归五钱、白芷三钱、干草三钱，定名麻沸汤，立即煎出，灌药取镞！

[灯暗。屏风后人影幢幢，映出手术繁忙景象。

[幕后合唱：

麻沸汤，麻沸散，
横空出世放灿烂。
两千年前开麻醉，
神话切实起平凡。

[屏风后映出华佗手术剪影特写。

[幕后合唱：

外科始祖圣手显，
金刀银剪救元元。
竟于神天鬼地夜，
独撞晓钟醒大千。

[暗转。天大明亮,百鸟啁啾。

[黄巾甲奔上。

黄巾甲　元帅真的救活了?

黄巾乙　嗨!正坐在床上跟华先生聊天呢!

黄巾甲　天哪!还是黄天爷有眼,我的祈祷显灵了!

黄巾乙　去吧!没有华先生,你把天捣烂也救不了元帅。

[青女兴高采烈地上。

众　哎!青女,你快讲讲华先生是用什么神术救的元帅?

黄巾乙　是不是吹口仙气吹活的?

黄巾甲　他是不是朱雀星下凡?头上有没有光圈显灵?

青　女　众位弟兄!

(唱)他不是神,不是仙,
同咱世人一般般。
惟多才智有慧眼,
方使他:生在俗凡超俗凡。
闹羊花,黄杜鹃,
和我相识十八年。
十八年,它不关我我怕它,
哪料得,到了医手成草仙。
制得麻沸散,
元帅成梦眠。
金刀剖伤处,
剔出箭芯丸。(示丸于众)
刮骨疗深毒,
湔洗缝复原。
再施红膏与白散,
元帅他如梦大醒展春颜,
如今他,正拂伤痕作笑谈!

[众欢跃议论。

青　女　众位弟兄,还有一件大喜呢!

众　快讲!

青　女　华先生已经收下玎妹和我做他的徒弟，马上就要拜师呢!

众　真的?

青　女　可不真的！元帅还要亲自主持拜师仪式呢。

众　好啊!

(唱)闻得华佗收黄巾,
神医更多怜悯心。
若得妙技传军阵,
血戈疆场添福音。

[老翁上。

老　翁　华先生！华先生!

众　大伯!

老　翁　华先生呢?

[华佗、樊阿上。

华　佗　哦！原来是村伯伯,你儿子的病又有返化吗?

老　翁　不不,我儿子是大好了,可是你倒是进了险境!

华　佗　何出此言?

老　翁　许都来了官军,已把青峰山围住,说是“不得华佗,死不回都”。

樊　阿　哎呀师傅！他们若知道我们在为黄巾军看病,岂能饶过你我?!

老　翁　他们已知此事了!

众　只有和官军决一死战,保华先生下山!

黄巾甲　不行,咱们人少,拼死咱们倒没啥,伤了华先生,如何使得?

老　翁　山后有条小路,官军不会知道,请华先生随我下山!

黄巾乙　逃了和尚逃不了寺,以后他们会找华先生麻烦的!

[张燕从屏风后出。

众　(急趋扶)元帅!

张　燕　华先生!是我黄巾连累了你,玷污了你的清名,请把我绑缚解京,愿以我微躯残命为君洗雪!

华　佗　张元帅何出此言?诸位弟兄姊妹!请勿为我担心,官兵围山,为索华佗,只有华佗能解其围。华某不管黄、蓝、白、紫,但有疾困,均为救治,其性固然,海枯难移。我华佗在世一日,一日是你们的朋友医仆。官军侯伯,岂奈我何?(长揖)张元帅!珍重了!我若活着,定会再来为你治病的。告辞了!

[华佗下,樊阿随下。

众　(呼求)华先生!愿皇天保佑你!

[闭幕。

第六场

[丞相府春秋阁,雕画素雅,陈设简朴。

[数侍女、侍卫引曹操上。

曹　操　(唱)山无林木一片荒,
国无将帅难振邦。
民无清官多冤鬼,
世无良医蔓灾殃。
念天下豪猾凶乱十数载,
倚仗俺三尺青锋定四方。
至如今魏天略见承平样,
惜乎哉治国深感缺贤良。

缺猛士、缺巧匠、缺方技、缺智囊……

缺少天文地理医，

金木水火七十行。

为此我三颁求贤令，

盼天下能人贤才聚许昌。

我曾遣旬彧、吉平把华佗访，

数月来不闻回马报京厢。

难道说曹某非比周文王，

空叫人被褐怀玉钓渭塘？

[门候上。

门　候　禀丞相，旬侍中、吉太医回来了！

曹　操　你说什么？

门　候　旬、吉二大人回京了！

曹　操　现在哪里？

门　候　府外候召。

曹　操　快请，快快请！

门　候　有请！（下）

[旬彧、吉平上。

旬　彧　（念）明驮千里得神医，

吉　平　（念）暗设阱窖陷华佗。

旬　彧　吉太医！

吉　平　旬侍中！

旬　彧　见了丞相，只讲华佗为百姓行医之勤奋——

吉　平　莫讲华佗与黄巾之牵连！

旬　彧　倘或丞相知道此事——

吉　平　只怕华佗有性命之忧！

旬　彧　照！照！照！

吉　平　旬大人，这件事你给我嘱托了千遍万遍，我能忘得了么?

荀　彧　这就好了。

二　人　参见丞相!

曹　操　二位大人辛苦了! 快坐快坐!

二　人　谢丞相!

曹　操　二位大人,华佗可曾访到?

荀　彧　已经访到。

曹　操　现在哪里?

荀　彧　行辕候召。

曹　操　来人呀!

众侍卫　在!

曹　操　打轿行辕,我要亲自迎接这位山野来的奇才! 二位大人,随我一同前往!

[曹操带荀彧、吉平欲下。

[门候上。

门　候　禀承相! 车骑将军董国丈求见!

曹　操　回话改日再见,今日只会华佗!

门　候　董国丈说,他正为华佗而来。

曹　操　哦! 那么,请!

门　候　(向内)有请!

[董承上。

曹　操　董老将军有何赐教!

董　承　卑职来得唐突,惊扰丞相尊驾,诚惶诚恐!

曹　操　还是简捷一些吧! 门候言讲董老将军要向我讲述有关华佗之事?

董　承　正是。

曹　操　想不到董老将军对华佗早有所知?

董　承　耳闻而已。

曹　操　听得些什么?

董　承　丞相!

(唱)华佗性狂傲眼翻,

曹　操　哎,人有才能,纵然傲一些,何致大惊小怪!

董　承　(唱)千请百邀不居官。

曹　操　哎,他是医生,你硬要他当官,岂非斫玉为砖么?他不干得好!

董　承　(唱)游串江湖结莽汉,

居心不良须防范。

曹　操　游串江湖,好结朋善,何谓居心不良?董老将军我实在不愿听下去了!(下)

董　承　(拦曹)丞相!

(唱)他为那黑山贼帅把病看,

曹　操　什么?!

董　承　(唱)联结黄巾上贼船。

私通反寇罪当斩,

吉　平　不可血口喷人,国丈有何证据?

董　承　(唱)有证来自青峰山!

带证人!

[侍卫押村民装束的巫师上。

董　承　丞相请看,这便是来自青峰山的良民。据他告发,华佗私通黄巾,救活贼帅张燕,并且收了两个贼军徒弟!乃是他亲眼所见。

曹　操　哦!好一个青峰山的良民!你倒是比华佗来得还快呀!

巫　师　拜丞相万福千寿,千寿万福!

曹　操　你叫什么?

巫　师　死罪!小的姓赵名福。

曹　操　华佗与何处黄巾相通?

巫　师　黑山贼寇。

曹　操　何人为首?

巫　师　贼帅张燕。

曹　操　敢是那当年独闯函谷、突破重围的张燕么?

董　承　正是此贼!

曹　操　他何时逃入青峰山?

巫　师　一月之前。

曹　操　人马多少?

巫　师　残兵数十,败将二三。那张燕已经中箭丧命,反被华佗又救活了!

曹　操　哦?

[门候上。

门　候　禀承相,华佗到!

曹　操　嗯?!

门　候　华佗门外候召!

[众人神色各异。

曹　操　请!

门　候　丞相有请,华佗进见!

[华佗上。

华　佗　(唱)早闻知曹魏公礼贤下问,
旬侍中吉太医相待更亲。
离青峰驾驿马三日京进,
却心中常悬挂深山病人。

敝人华元化叩见丞相!

曹　操　华先生,你来得正好!

华　佗　请问丞相千里相邀有何见教?

曹　操　有人告下你了!

华　佗　这个?不知告我何罪?

曹　操　赵福君,你讲!

赵　福　遵命!

(数)华佗非安分,

老而起反心。

结交江湖盗,

勾连贼黄巾。

新收二徒子,

便是黑山军。

救了贼元帅,

妖术活鬼魂。

心怀险恶计,

丞相要当心! 要当心!

旬　彧　(拔剑)一派胡言,推出斩首!

吉　平　(惊)啊! (故作态)哎,当斩! 当斩!

董　承　赵福句句是实,丞相明鉴!

曹　操　(略作沉吟)嗯!(转向华佗)华先生,赵福所言可是真的么?

华　佗　大半是真。只是,他对华佗究竟知之不多,尚须我来作些补充。

曹　操　你讲。

华　佗　丞相!

(唱)此君之言大半真——

董　承　推下斩首!

曹　操　董将军,少安毋躁,让人把话说完嘛! 华先生,往下讲来!

华　佗　(唱)可惜他只知浅来不知深。

我华佗二十行医把病问,

挂药囊走遍齐鲁楚燕陈。

叩打过千村万落穷门户，
亲闻过千家万户苦呻吟。
调治过千男万女疮痍病，
串访过十起百起造反军。
公孙举、东郭窦、长沙蛮、九真人……
南阳黄武昆阳季，
还有那张角天公大将军。
也曾为关羽刮骨疗过毒，
他也是丞相一大对头人。
前不久救了黑山张燕帅，
收下了青女玎妹作徒人。
张燕帅病未痊愈待调治，
二徒女盼我归去望眼昏。
华佗生而不问政，
只向病人献全心。
你来他来都调治，
左禁右律不问津，我一概不问津！

赵　福　华佗年迈通寇，其罪当诛！

董　承　旬、吉二人知情不报，欺骗丞相，亦当治罪！

［旬、吉二人扑地伏跪。

曹　操　（纵声大笑）哈哈哈哈……华佗救了一个黄巾，就该杀头，那么，我曹孟德收留了十万黄巾青州兵，不就该千刀万剐了么？（搀起华佗）有知之士尤其真诚坦荡。华先生，你直爽无虑，坦白无私，志向无邪，堪为我师。且受我阿瞒一拜！（躬身屈膝）

华　佗　（陪躬）岂敢！谢丞相恩垂！

曹　操　（转向旬、吉）二位大人，知情不报，足见爱才惜贤之诚，访贤有功，更当嘉奖，快快请起来！

荀　彧
　　　　谢丞相！（起而坐）
吉　平

曹　操　董老国丈，你耳目聪敏，迅披隐情，堪当嘉誉。而墨守旧法，谩辱贤才，轻议取舍，倒应杜才是。

董　承　（赍恨地）谢丞相点拨。

曹　操　华先生，方才你说赵福君的话“大半是真”，而其余“小半”却是如何？

华　佗　赵君说我“结交江湖盗，勾连贼黄巾，新收二徒子，便是黑山军”者是真。而“妖术活鬼魂”就假了。

曹　操　假在哪里？

华　佗　丞相，夫医者，技也。我救治张燕，无非用的草药丹膏刳割刀剪，哪有什么妖术？尤其二位女徒，新荐草药，冒死试身，方得制成麻沸汤，开手术医疗之阔地广天，岂是巫术妖伎之流所能比拟？而所谓我“心怀险恶计，老而起反心”则更是强奸人意了！

曹　操　赵福君，华先生所言，可曾有假？

巫　师　这个……

曹　操　（厉声）讲！

巫　师　不不不，不曾有假。

曹　操　那么，说了假话的还是你了！荀大人，董国丈，自我秉戈征凶，谨治汉事以来，最信一个“诚”字，最恶一个“假”字，最恨一个“巫”字。谣言毁誉，嫉贤妒能，此等丑恶之风，不可不整！

（唱）昔日楚王信谗言，
　　毁了屈子一大贤。
　　王凤擅权称良善，
　　王商忠议却戴奸。

似此等诬白为黑欺天罔上实可厌，

常令金玉蒙尘帘。

此风不除我为羞，

诬陷者反坐理当然！

荀　彧　丞相所言极是，合当即张正义。

曹　操　以我之见，律法当增一条：诬陷贤良者，轻者反坐，中者断足，重者斩首。

荀　彧　此律深合众望。

曹　操　来呀！把赵福且压监下，待查明来历，公布慝端，而后集议处治！

［众卫士捆绑巫师。

巫　师　（惊怖）啊！？……丞相饶命……董国丈，吉大人，救救我呀！你们不能不说话呀！你们……

董　承　（一剑刺去）看剑！

［巫师死。

曹　操　啊！董国丈，这是何意？

董　承　如此刁钻鼠辈，蒙骗于我，险伤大才，实痛恨耳！

吉　平　是是是，是应立即处置。

曹　操　（愠愤拂袖）哼哼！处置得如此慌促，实实令人不解。

董　承　老朽昏聩！老朽该死！

曹　操　那也不至于该死。但凡言过其实，人便为虚。这就是你的致命痼癖！（转而挽起华佗）华先生，我们找个僻静处所，好好叙谈叙谈如何？

华　佗　丞相！

曹　操　我知道你还挂牵着你青峰山新收的两位弟子，请放宽心，你便不说，我也要请他们来的。张燕是一员猛将，我思之久矣！可惜无有牵线之人。

荀　彧　丞相，何不请华先生修书一封，臣愿带书上山。接迎张燕来京，就此治病？

曹　操　华先生，你以为如何？

华　佗　如此甚好！

曹　操　旬大人，速作准备，再度登程，接纳张燕和二徒女来京！

旬　彧　遵命。（下）

曹　操　华先生，随我来！（从另一侧下）

［幕闭。

第七场

［三个月后，太医院门前广廊，华佗授医坛。

［晨雾朦胧。玎妹正在洒扫庭除。

玎　妹　（唱）太白隐玉兔坠晨雾迷离，

菊丝晃桂蕊摇清露滴滴。

许都城五更鼓人人早起，

演五禽操拳路处处生机。

俺自从被丞相接进京里，

随师傅学医术仨月有余。

曹丞相待我等果然仁义，

迎如宾处如故信用不疑。

我看尽丧乱年百姓流离，

唯有这魏国天可民生息。

减徭役免赋税百废兴举，

行屯田奖耕战民有食衣。

扬清官惩污吏法孚民意，

起贤能用贫贱人才云集。

更可喜神医大有用武地，

华老师广设医坛除民疾。

调百病著手成春春千里，
降安康瘟疫退敛敛了迹。
百随心偏有一件不如意：
曹丞相头风发作渐渐急。
华老师近日夜夜守相邸，
汤水药只能缓解难永逸。
为此事玎妹满心都焦虑，
盼老师再施绝技拯救丞相根除痼疾为国降福祺！

[张燕、青女边操演五禽戏边上。

玎　妹　妹妹恭候安国亭侯早安！

张　燕　阿玎，你怎么也这样称呼我？

玎　妹　安国亭侯是曹丞相给你的封号，我当然得叫哇！

青　女　哦，你是光问候当官的，不问候当兵的！

玎　妹　青姐姐福安！

青　女　(拿捏架子)罢了！一旁站过。(笑)

张　燕　阿玎，多亏华先生这套五禽戏，才使我康复得这样快。(边操演边说)真乃健身至宝也！

玎　妹　哥哥的拳路越来越精了！

青　女　你还不知道呢，咱当年的大元帅如今成了华老师五禽戏的得意门生，连曹丞相也跟着他学过几次拳呢！

玎　妹　曹丞相真是平易厚道，爱将惜才，任人唯贤，不念旧恶。实在不同于刘家昏君和那帮酷虐王侯！

张　燕　更可佩的是他行的策令、造的律法、定的规章，和黄巾当年的愿望甚相符合。黄巾遗志，在曹营已成现实！

青　女　咱就跟着曹丞相好好干吧！

张　燕　惭愧的是我张燕无功封侯，总盼有缘报效才是！阿玎，近几日丞相病情如何？

玎　妹　头风发作日频，华老师昨晚在相府守护，一夜未归。

张　燕　难道神医也没办法了么？

青　女　别发愁，华老师还有一个绝招哩！

玎　妹
张　燕　什么绝招？

青　女　开颅！

张　燕　开颅？是劈脑袋吗？！

青　女　嗯！

（唱）华老师精细诊断寻根头，
曹丞相头颅之中有毒瘤。
因此上汤石针散不奏效，
必得要劈开脑颅除病由！

张　燕　这，这使得么？

青　女　使得的！

（唱）开颅术并非今日初试手，
十年前已有先例在前头。
樊阿兄本患脑瘤已半死，
多亏得华老师他巧运利刃、劈脑取瘤、
救活一命——因此他才学医求道把师投。

［樊阿上。

玎　妹　樊师兄回来了！

张　燕　樊阿，快让我看看你的脑袋！

樊　阿　怎么，你们也知道了么？

玎　妹　樊师兄，这劈脑袋治病有把握吗？

樊　阿　有把握！曹丞相的头风病确是疣物在颅，必须劈脑取瘤，方得延寿，舍此则性命难保。昨夜华老师向曹丞相毕陈脑疣之危，最后，丞相终于答应做开颅之术了。

三　人　曹丞相答应了？！

樊　阿　答应了。

青　女　樊师兄，他哥儿俩想知道你的脑袋是如何劈开的。

樊　阿　（唱）十年前我患头疼病，

百家医生都计穷。

棺木已备就等我断命，

天有眼引来了神医华先生。

他不下丸散不灌汤，

三支银针刺耳中。

闪闪金刀破头颅，

只吓得举座惊逃父母发呆全家跪地祷神灵！

霎时间取出肿物如桃大，

缝合膏摩复原形。

我樊阿好似重生捡条命，

从此我感恩拜师习医工。

［院外传来一片求医之声。

青　女　接诊时刻已到。（向门外）请按序就诊！

［左右各置一桌，樊阿、玎妹各坐于一张诊案旁。

［二患者上，樊阿、玎妹分别接待病人入座切脉。

患者甲　（唱）鼻子塞，

患者乙　（唱）鼻子塞，

患者甲　（唱）耳朵鸣，

患者乙　（唱）耳朵鸣；

患者甲　（唱）浑身发烧头又疼。

患者乙　（唱）浑身发烧头又疼。

患者甲　（唱）筋骨酸困嗓子苦，

患者乙　（唱）浑身酸困嗓子苦，

患者甲　（唱）半夜咳嗽到天明。

患者乙　（唱）半夜咳嗽到天明。

［华佗暗上。

樊　阿　(唱)受了凉，

玎　妹　(唱)受了凉，

樊　阿　(唱)伤了风；

玎　妹　(唱)伤了风；

樊　阿　(唱)一剂汤药就减轻。(开处方)

玎　妹　(唱)一剂汤药就减轻。(开处方)

青　女　(分别接过二人处方，看)

(唱)两个人害的一样病，

药同引同分量同。

随我取药来！(欲下)

华　佗　且慢！但观二人神色，虽病状相同，而病根绝异。(指患者甲)此君乃内实外感，头重项强，尿赤便结……

患者甲　对对对！正苦如此！

华　佗　当加缓下药：去紫苏、桂枝，加枳实、大黄。(指患者乙)此君乃内寒外感，肢体冷痛，蜷卧四逆。

患者乙　对对对！真知我者华先生也！

华　佗　当用发汗药：去藿香、石膏，加葱白、生姜。

[樊阿、玎妹各改其方，交青女下。二患者随下。吉平暗上。

张　燕　啊呀，我的华老师，你治病实在不同常医，因人制宜，察其要害，该明攻则明攻，该暗杀则暗杀，对症下手，稳操胜机呀！

吉　平　好一个“该明攻者明攻，该暗杀者暗杀。”安国亭侯不愧有识之士，一语道破其中奥妙哇！

华　佗　不知太医令莅临，迟候躬安！

吉　平　元化兄不必客气，自你到京之后，我太医院名声大振。如今又开了这爿华佗授医坛对外行医，曹丞相倍加赞誉，声望传千里，盛名贯中原，我这个太医令也大帮先生的光了！

[张燕下。

[一民妇扶一病汉上。病汉神态沮丧，困惫无言。

民　妇　哪位是华先生？

华　佗　在下便是。

民　妇　（倒头便拜）先生啊！快救救我夫之命吧！

华　佗　何出此言？

民　妇　（唱）华先生，你请看，

我夫之病已经年。

百医诊治不对症，

千剂汤药不对缘。

华　佗　何处不适？

民　妇　（唱）怪只怪他内无痛楚外无疮，

不咳不烧不伤残。

却只是：腹内空空不思饭，

极度疲惫难入眠。

他看日发愁望月叹，

见人厌恶见鸟烦。

一年不曾一欢笑，

只怨人生似梦幻！

眼看他生命萎萎如霜苋，

奄奄一息近黄泉！

恁老救救俺吧！

[民妇唱时，樊阿、玎妹、青女、吉平轮流切脉。

华　佗　你们意见如何！

众　还是请吉太医示教！

吉　平　这……（勉强凑之）我看此君为阴虚血亏，当用大补药方好。

樊　阿　观其委顿如此，似虫邪寄身，当用驱虫辟邪药。

玎　妹　我看有热毒之状，是否可用清热解毒药一试？

青　女　像是久有痞积，可用芳香化滞药！

病　人　（微弱呻吟）让——我——死——吧！

华　佗　此病只宜开方，不宜吃药。

众　不吃药？！

华　佗　（开处方）请拿去一试！

［樊阿、玎妹、青女、吉平四人传视药方，皆愕然。

华　佗　交于病人即可！（隐下）

［民妇交于病汉，病汉再三摇头不看。最后勉强抬眼一瞥，顿时拍案火起。

病　汉　啊！王八蛋！华佗贼！

民　妇　啊？你怎能骂华医生？

病　汉　你看你看，他都写些什么（念药方）："伤天害理，男盗女娼，刀劈头颅，斧剁肝肠"……这就是华佗开的药方！呀呀呸！好你个贼医华佗，不治我病也罢，竟敢如此恶骂于我，我我我……我要跟他拼了哇！！

［病汉欲冲进里堂，被上来的张燕挡住。病汉顺手扯过张燕的佩刀，吼叫着大挥大抡，左合右捭，但终被张燕挡住不得前进。他怒发冲冠，暴跳如雷，猛然呕吐黑血数口……

［刹那的消停之后，病汉反倒退坐一旁，扔掉药方，舒然一呼——

病　汉　呃！（对民妇）此刻倒好受多了！

［华佗上。

华　佗　请为病人备饭，他该饿了！

民　妇　（问病汉）想不想吃？

病　汉　（精神立见振作）嗯！倒真有点饥肠辘辘了！

华　佗　(接过刀)怎么忘记和我拼了！

病　汉　咦,倒真忘了！你何故这样辱骂于我？

华　佗　不骂先生,恶病难好啊！

(唱)你患的精神抑郁症,

忧怨怅惘久结胸。

久结怨块成大病,

神经萎惫临灾星。

此症百草不见效,

必用骂方激君情。

宝刀一抽动大怒,

赶走了瘟神解枷绳;

你将是个老返童！

病　汉　此刻痛快得很！真乃神医也！

[内喧嚷:“让我们会会神医吧！请神医为我们治治病吧！”

华　佗　众位贤契,摆案于门外,当众施诊！

[众下。场上只留吉平,伏后、董承上。

吉　平　吉平见驾！

伏　后　吉太医,天子要我问你,你活着还有什么用处?！

吉　平　微臣无能,合当即死。

伏　后　那就死吧！

吉　平　然曹操不死,我死不瞑目！

伏　后　有华佗跟着他,他长寿着呢！

吉　平　不,曹贼死机到了！

董　承　怎讲？

吉　平　曹贼头中长了一个恶瘤,华佗要给他开颅取瘤。

董　承　这一取,他更能活了。华佗那位大弟子也是开过颅的人,瞧他何等健壮！

吉　平　老将军所言不差:“开颅曹有救……”

伏　后　“死曹莫开颅”?

吉　平　对,死曹莫开颅!

董　承　然而开颅之事曹已同意,定在明日!

吉　平　我自有一法,让那曹贼中途反悔,自断生路!

伏　后　卿有何法?

吉　平　(拿出骂方方单)娘娘千岁请看!

伏　后　(读笺)“伤天害理,男盗女娼,刀劈头颅,斧剁肝肠”。这是何物?

吉　平　乃是华佗亲手所写一笺骂方。

伏　后　有何用处?

吉　平　把它呈给曹丞相!

伏　后
董　承　(渐悟)……哦!真乃宝贝!妙计!

吉　平　不过,还要请华佗弟子帮帮忙。正好,他来了!(与伏后、董承耳语)

[樊阿上,取针欲下。

吉　平　樊阿君,伏皇后和董国丈来看你了。

樊　阿　(急拜)伏惟皇后娘娘千岁!

伏　后　樊阿,听说你们要为曹丞相开颅?

樊　阿　是,皇后陛下。

伏　后　曹丞相很不放心……

樊　阿　禀皇后,昨晚曹丞相已经同意!

伏　后　你不知道曹丞相是个疑心很重的人?他让我再来问问你,人的脑袋劈开之后 该如何活下去?

樊　阿　开颅术是我师所创,数试有效。我樊阿当年曾患脑瘤,华老师为我开脑取瘤,才健活至今的。

伏　后　这话哄别人则可,岂可哄住曹丞相?

樊　阿　我本人刀口犹在,便是活证。

董　承　曹丞相不信刀口,他要劈开你的脑袋,捧着看个究竟!

樊　阿　(大惊)啊! 这,这使不得!

伏　后　为了解除丞相疑虑,只好委屈你了!

樊　阿　啊呀不可! 皇后饶命!

伏　后　樊阿君实为俊才,可惜爱莫能助哇!

董　承　休要啰嗦,带走!

樊　阿　(跪地)求皇后、国丈救救奴才!!

伏　后　无法可救!

吉　平　臣倒有个主意。

伏　后　讲。

吉　平　要保樊君之首,必靠樊君之口!

樊　阿　靠我之口?

吉　平　只要你在曹丞相面前不承认你当年开过头颅,也就万事大吉了!

樊　阿　这!!

[灯暗。幕闭。

第八场

[二幕前,吉平上。

吉　平　(念)挑拨离间天生才,

借刀杀人祖传法。

想俺吉平今生最大仇人就是那曹……(四顾)就是那曹孟德! 原本想一剂毒药将他害死,一场头风把他疼死,谁料他招来华佗,日夜守护,寸身不离,光吃他的药,不尝我的汤,这毒是毒不成的了。亏得鬼王爷有眼,让曹操脑内生瘤，得下绝死之症。实乃天助我灭曹也！没想到华佗老儿，又会开颅取瘤之术，他这一取嘛，就好了曹贼的病，短了吉平的命啊！不能！不能！不能让这老儿开刀！昨夜与伏皇后、董国丈精划谋算，设下连环妙计，管叫他劈颅不成反捆手，取瘤不出自亡身。

(唱)休骂吉平丧天良，
人心不毒寿不长。
老虎长牙蛇长信，
天生此物造死亡。
自古有恶方显善，
没有羊羔谁喂狼？
倘使蝎子无螯刺，
早被童子当青蝗，
捕净捉光绝种亡！

[樊阿踽踽踱上，一脸惘然。

吉　平　(唱)樊阿君不须再惆怅，
为保命全靠你三寸舌簧。

樊　阿　(步步退缩)是，是，是……

吉　平　哦！他来了！

[华佗上。

华　佗　(念)针石汤丹安排定，
丞相府中救魏公！

吉　平　华先生，这厢有礼了！

华　佗　吉大人为何在此？

吉　平　我奉丞相之命在此恭候先生！

华　佗　好！速到相府，为丞相开颅。

吉　平　华先生，曹丞相今日不开颅了！

华　佗　啊？

吉　平　天子宣诏丞相入宫议事,开不成了!

华　佗　这……曹丞相病情危重,怎能拖延?待我面见丞相相劝于他。(欲下)

吉　平　朝廷大事,怎好相扰?丞相特命我向先生代致歉意。不信,请问令徒樊阿。(向樊阿示意)

樊　阿　……是,是丞相命吉大人转告老师,开颅之术,改日再做。

华　佗　唔!果真如此么?(茫然)

[张燕上。

张　燕　华先生留步!

华　佗　安国亭侯到此作甚?

张　燕　特来向先生辞行。

华　佗　君欲何往?

张　燕　俺张燕报效丞相的机会来了!只因北贼乌桓,兴兵犯境,曹丞相任命俺为平北将军,命俺率兵十万北讨乌桓,克日起程。

华　佗　将军荣耀,华某恭候凯旋之音!

吉　平　以将军神勇,定能旗开得胜,实国家之幸也!

张　燕　多谢谬勉!

华　佗　将军使命在身,恕不远送了!

张　燕　何敢劳先生远送,原知先生今日要为丞相开颅除患,俺张燕谨祝先生神手著春,大获成功!

吉　平　丞相今日不开颅了。

张　燕　却是为何?

吉　平　天子宣诏入宫议事去了。

张　燕　唔——

吉　平　张将军,你与华先生可谓命交好友,出京之前,当叙别离之情,趁眼下无事,就请便吧!

张　燕　啊——吉大人真乃知我心肠，俺正盼先生赐嘱于我呢，哈……华先生请！

华　佗　呃——请！

[二人下，吉平挟樊阿从另一方下。

[二幕开。丞相府。曹操卧室。一张并不奢华的卧榻居中，床前设一木盂。两旁一对篆联："冲静得自然，荣华何足为。"

[幕启时，曹操在庭前徘徊，荀彧、卞氏及诸卫士在侧。忽然曹操托额摇步，头疼阵发，卞氏及侍女急扶至榻上。

曹　操　什么时候了？

卞　氏　已交巳时。

曹　操　荀大人，你昨日与华先生如何相约？

荀　彧　面传丞相口谕，约定卯时进府，辰时动术取瘤。

卞　氏　过了一个时辰了！

荀　彧　难道他忘了不成？待我前去唤他！

曹　操　不，他不会忘记的，华先生从不失约。眼下未到，想是遇到大急病人急待处理。不要催他，我们再等等也就是了。

卞　氏　丞相，以妾之见，还是不做这种手术为好！

曹　操　你怕吗？

卞　氏　是有点儿怕！

曹　操　我的好夫人！

（唱）有病不可讳良医，
　　一个怕字怎去疾？
　　既是恶瘤在脑际，
　　要忍得小疼短苦方能得益。

卞　氏　（唱）岂是小疼和短苦，

开颅劈脑世太稀。

闻之揪心心怵惕，

扁鹊再世也惊疑！

曹　操　(唱)我道今人多胜古，

古无此技今人辟。

我看华佗胜扁鹊，

开颅成功定不疑。

君不见华佗身边大徒弟，

十年前头颅两分又合一。

至如今神智聪敏体格壮，

似此等高医妙术天下孰几能与匹？

——你等我的好消息！

[忽又头疼，卞氏扶曹躺下。

荀　彧　(唱)丞相头风发作频，

华先生何故迟迟不来临？

却偏偏紧要关头大失信，

此事真真急煞人！

夫人，华先生至今未到，不知何故，待我寻他快来！

卞　氏　去吧！

[荀彧下，门候上。

门　候　禀夫人，太医令吉平到。

卞　氏　丞相吩咐，今日除了华佗，谁也不见。

门　候　是，除了华佗，谁也不见(下)

卞　氏　唉！

(唱)丞相府三千人丁如列阵，

齐望着魏公术后除病根。

神华佗千方百法他都有，

却为何偏选破颅惊煞人，惊煞人！

曹　操　痛煞我也！(托额)

卞　氏　丞相,华佗不到,还是寻寻他去！

曹　操　好吧！速去寻他！

卞　氏　来！

［二侍卫上。

卞　氏　速去寻找华佗！

二侍卫　是！(下)

［门候上。

门　候　禀夫人,吉太医再次请见。他说他知道华佗的去处。

卞　氏　丞相？

曹　操　命他进来！

［门候下,吉平上。

吉　平　叩见丞相！恭候丞相钧安！

卞　氏　吉太医,华佗哪里去了？

吉　平　华佗么！……他与那张燕,并马联辔,漫游西园去了！

卞　氏　你说什么？

吉　平　夫人！

(唱)清早起爽风浴身晨曦铺地,
华佗他伴着张燕去遛马蹄。
辔挽辔微微相笑窃窃私语,
膀靠膀轻松愉快直往正西。

曹　操　(忽地坐起)他,他竟然游西园去了吗？

卞　氏　难道他真的忘了丞相的手术？

吉　平　(故作吃惊状)手术？

卞　氏　你也不知？

吉　平　不知,实在不知。要不然,我一定拦住他,抓住他,拖住他,不让他与那张燕……

卞　氏　那张燕可知此事？

吉　平　那张燕与华佗好似一个脑袋，情投意合，不知此事才怪呢！

卞　氏　既知此事，为何不顾丞相病笃而拖走华佗，西园游欢？

吉　平　夫人！那张燕毕竟贼寇出身，恶性难改，对丞相岂有忠心？只不过他……

曹　操　吉太医！张燕为人，豪爽任侠，坦荡直诚。昨已应命北讨乌桓，匡扶汉室，你不可背议非辞。

吉　平　丞相！

曹　操　不要说了！

[门候上。

门　候　禀丞相！伏皇后驾幸相府！

曹　操　（自语）她来作甚？

卞　氏　奏明皇后，丞相头风不支，请驾幸东阁，我去接驾！

门　候　皇后言讲，禀有天子圣谕，亲见丞相方好！

卞　氏　这……

[伏后上。

伏　后　丞相哪里？丞相哪里？

曹　操
卞　氏　臣接驾！

伏　后　不不不，我乃奉天子口谕来探丞相病情。好生息卧，不可移动！

曹　操　天恩垂念，臣深感圣德！请皇后回宫，小疴不日即愈！

伏　后　哎呀呀，何谓小疴？眼看就要劈脑……

曹　操　送皇后回宫！

众侍卫　皇后回宫！

伏　后　这……（向卞氏）贤姐姐，你看我禀有天子圣谕，话还未传尽呢！

卞　氏　丞相，还是听皇后把话说完为是。

伏　后　(唱)汉天子闻知丞相要劈脑，
　　　　吓得他龙颜踌躇不安宵。
　　　　丞相国之栋，
　　　　江山一担挑。
　　　　何必冒大险，
　　　　将头试医刀？
　　　　倘若有个好和歹金龙断了腰，
　　　　社稷仗谁渡飘摇？

曹　操　(唱)多谢天子垂恩教，
　　　　臣曹自当思圣诏。
　　　　怎奈臣之病，
　　　　久积成痼痨。
　　　　不作非常治，
　　　　难收非常效。
　　　　因此上开颅决心不动摇，
　　　　皇后代我奏当朝。

伏　后　(唱)常言道方技多暗窍，
　　　　丞相你太信华佗令人焦！

曹　操　(唱)君出此言不曾料，
　　　　华先生何曾不规越律条？

伏　后　(唱)我看他开颅取瘤有鬼道……

曹　操　(忽然立起)伏皇后！你我位重皇阙，出言须要慎重！

卞　氏　丞相！
　　(唱)伏皇后有谕尽当听根苗。
　　　　我也想神医有技千百种，
　　　　何必要选定利斧把头敲！

伏　后　照照照！
　　(唱)开颅取瘤尽是假，

真阴谋想害丞相反汉朝!

曹　操　(逼视伏后)你……如此中伤他人,有何凭证?

吉　平　(扯出字条)丞相请看!

曹　操　(捧条读之)"伤天害理,男盗女娼,刀劈头颅,斧剁肝肠"。(怒眉紧锁)

伏　后　此乃华佗手笔,丞相是认得的。

卞　氏　从何而来?

吉　平　张燕书斋。

曹　操　(忽又纵声大笑)哈哈……你们真真附会穿凿得很。这上边又无我曹某姓名讳号,怎知骂的是我?

吉　平　下官亲见张燕捧读此笺,眉飞色舞,读完之后,还说了一句暗语。

曹　操　(抓住吉平)讲!

吉　平　他说道:"华先生果然不同常医,因人制宜,察其要害,该明攻者明攻,该暗杀者暗杀,对症下手,稳操胜机!"

曹　操　吉太医、伏皇后!本相明言相告:诬陷好人者,定要反坐,且罪加一等!

[伏后俯首,吉平扑地。

伏　后　丞相明鉴!

吉　平　忠胆敢对日月!

曹　操　(忽逼二人)我,甚觉奇怪!你二人是来看我病的,还是来指控华佗?

伏　后　指控华佗,为救丞相之病!

曹　操　我头瘤不除,后果如何,吉太医难道不知么?

吉　平　头风之病,另有良法,而头瘤之说,甚为荒诞。且华佗千计百法,不施与丞相,独独诈言破颅,急恶之心毕露也!

卞　氏　吉太医言之有理,丞相谨防才是!

曹　操　尔等休得妄言,十年前华佗为其徒弟樊阿破颅取瘤之事,堪为明证,何谓诈言?

吉　平　嘿嘿,此乃华佗张燕骗得丞相之诡计耳!

卞　氏　原来如此?

伏　后　是真是假,可提樊阿一问便知。

吉　平　丞相,那樊阿我早已带于门外。

曹　操　(严厉地)带樊阿!

吉　平　(到门口)丞相有命带樊阿!

[樊阿上。

樊　阿　叩见丞相!

曹　操　(步步逼近樊阿,樊阿索索后退)樊阿君!十年前你到底劈没劈过头颅?取没取过毒瘤?你要与我明言!与我实讲!

樊　阿　(吓得颤抖)我劈……不不不,没劈过头颅……

曹　操　胡讲!你,你头上明明有这么长的伤疤,它是从何而来?

樊　阿　这……那这是我小时候被荆棘挂破头皮,并非开颅之刀口!

曹　操　(拍案)捉张燕、华佗!

[二侍卫上。

二侍卫　禀丞相,董国丈已把张燕华佗抓到!

曹　操　带上来!

[董承押张燕、华佗上。

华　佗　丞相,董国丈如此肆虐无理,华某不知律犯哪条?

张　燕　俺老张何罪?

曹　操　(怒出骂笺扔于佗前)这可是你亲笔?

华　佗　(看笺)是我亲笔所写!

曹　操　(对张燕)你,可曾看过?

张　燕　(看笺)哈哈哈……当然看过!

曹　操　看过之后你说了什么?

张　燕　我说过什么？(想介)哦！我说："华先生果然不同常医，因人制宜，察其 要害，该明攻者明攻，该暗杀者暗杀，对症下手，必操胜机……"

曹　操　(对张燕)你……(对华佗)你……(气得抖索，忽然头刺痛)啊！(仰于椅上)

华　佗　丞相！你面有危色，病已深重，何以耽延手术日期？当马上开颅！

曹　操　你，你一心要劈我的脑袋呀！(怒起)押下去！

[董承抽刀指挥，张燕、华佗愕然；伏后、吉平乐祸。

[曹操头疼难忍，仰于椅背……

[幕闭。

第九场

[二幕前。

[老媪内唱："闻说华佗下了狱——"

[老媪、老翁、春娃、邻人李上。

老　媪　(唱)闻说华佗下了狱，

邻人李　(唱)冤枉竟把神仙欺。

老　翁　(唱)自古官廷无信义，

春　娃　(唱)恨不得扯起造反旗！

四　人　华先生，你在哪里？(四人下)

[患者甲乙、病汉、民妇上。

患者甲　(唱)监牢乱将医仙囿，

患者乙　(唱)长枷错把良善拘。

民　妇　(唱)华先生！你救了俺来俺怎救你？

病　汉　(唱)恨不得：抡起斧头砸大狱！

四　人　华先生，你在哪里？(众下)

[青女、玎妹上。

青　女　(唱)宫廷寒暑变换急，

玎　妹　(唱)朝穿紫袍暮囚衣。

青　女　(唱)华老师无故入囹圄，

玎　妹　(唱)张燕哥一旦蒙冤屈。

青　女　(唱)看起来官场难以存正义，

玎　妹　(唱)倒还是三尺宝剑堪凭倚。

青　女　(唱)召来了东江西湖众兄弟……

[青女、玎妹召引，民众持械过场。

玎　妹　(唱)救出来华师燕哥重把旗立！(与青女下)

[二幕启。许都牢狱。有一单案置中，上陈笔砚纸卷。华佗正伏案著书。

[更鼓三敲。

华　佗　(唱)望窗外月影冷横霜似烟，
钟鼓楼又送一个三更天。
华元化老来却将牢狱伴，
倒使我奔波之腿稍安然。
入狱来至今不知犯何款？
更可笑平白无故获罪愆。
曹丞相一腔怒火好突然，
众臣宰何意百种怪眼翻？
堪叹我虽谙医理知病变，
却无能透心过腹辨忠奸。
自古来盛朝难免出冤案，
恰似那清年总有糊涂天。
元化我今秋年逾八十半，
行医路纵横如网织中原。
历尽这山河破碎丧乱苦，

看尽这民遭疫疠无医难。
一生来呕心沥血攻医理，
尝百草大死小活无数番。
经多少山重水复荆棘道，
出多少柳暗花明翡翠掩。
当此时身陷囹圄老将眠，
恨不能尽把医术授元元。
连日来奋笔走毫著书卷，
写下了《青本》《中藏》十余篇。
待贤徒携出狱外暗抄转，
但愿得：
留于后世、传遍华夏、活人救命、授技教徒，
不枉我碌碌此生三万天！

[吴押狱上，打开牢门。

吴押狱　华先生！

华　佗　吴押狱！

吴押狱　我母亲吃了您开的药方，五年的头晕病，一朝之间就好了！

华　佗　再吃两剂才好。

吴押狱　是。华先生，这是我母亲亲手为您缝的一件夹衣，天凉了，请您收下，聊御寒意。

华　佗　多谢你母子好意。

吴押狱　华先生，您这样没明没夜地写书，小心身体呀！

华　佗　华某余年已经不多，身体倒不可虑，唯毕生所习技艺，不传诸后世，死而有愧呀！

吴押狱　像您这样心连民众为民造福的名医实在少有。可是，有人偏偏要加害于您。

华　佗　你指何人？

吴押狱　我指的是那些称您朋，叫您友，笑脸相迎的将与侯！

华　佗　难道是他们？！

吴押狱　伏皇后、董国丈，还有吉太医，他们叫我严密监管你，连你写的这些东西也不准到任何人之手，只许交给你的樊大弟子……

华　佗　难道樊阿他也？

吴押狱　他恐怕是个靠不住的软骨头！他……他又来了！（避开）

［樊阿上。一内监在后暗中监视。

樊　阿　（凄怆地）老师！你受苦了！你无缘无故受此不白之冤，真叫弟子心肝俱碎呀！（走向案头，捧起书稿）哦，《青囊经》《中藏经》《华氏枕中灸刺经》……老师如此勤奋，又写出这么多宝贵著作，真乃民众幸甚，国家幸甚！……加上前时转出的几部，共有十部之多了。……待我快快转出狱外，抄誊珍存才是！（抱书欲下）

华　佗　且慢！樊阿，你把我的书稿——都交予了何人？

樊　阿　我……谁也没交，我保存得很好呀！

华　佗　我要你实说！

樊　阿　老师，你怎么连我也不相信？！这才是……

华　佗　（怒呵）樊——阿！

樊　阿　（畏缩地）老师，我我我……

［内监暗中钻出，夺去樊阿手中书稿，奔下。

华　佗　他是何人？

樊　阿　他……他他他是伏皇后、董国丈、吉太医派来的内监！

华　佗　书稿抱于何处？

樊　阿　抱于后宫。他们为了不让你挽救曹丞相，连这些书稿也怕曹丞相得到，所以就逼着我来拿走。老师，他们和曹操有仇，不关我们的事。只要你不再给曹操看病，他们就放了你，就……

华　佗　(近狂)你,你快把书稿给我追回来!

樊　阿　不,追不回来了,他们全——烧——啦!

华　佗　(猛击樊阿一掌)

(唱)软骨贱种不成器,

贪生怕死如虫蛆!

书稿是我心血铸,

指望它长存后世逐瘴疫。

奴才你饮我心血焚我命,

可教我老魂何颜对华裔?!

恨上来我一头撞死你!

[华佗猛撞樊阿,樊阿躲闪,华佗昏倒于地;樊阿狼狈逃下。吴押狱上 。

吴押狱　(唱)狱墙外,万千民众呼神医!

华先生! 许昌城炸锅啦! 老百姓要砸监狱救先生呢!……华先生,你怎么了! (抱佗呼叫)

[伏后、董承匆匆带亲兵上。

董　承　大事不好!

伏　后　(唱)毒曹不成阴谋垮,

董　承　(唱)吉平上了断头枷。

伏　后　(唱)株连你我祸天大,

董　承　(唱)下毒手,除掉华佗终可把曹杀!

提华佗!

吴押狱　没有丞相之命,不能提人!

董　承　众亲兵! 砸开牢房,把华佗抢走!

[众亲兵砸牢,与吴押狱交手,刺死吴押狱,抢华佗下。伏后、董承随下。

[荀彧率侍卫上。

荀　彧　(唱)丞相信谗成遗恨,

吉平谋泄见伪真。
可叹神医含冤愤，
急入牢房救华君。

［侍卫入牢，寻华佗不见。抱起吴押狱。

侍　卫　华佗在哪里？

吴押狱　被伏后……董贼抢走……（死）

荀　彧　众将官！追拿伏后、董承！（率众下）

［青女、玎妹率众百姓上。

青　女　华老师不在牢内！

众　华先生！华先生！！

玎　妹　众位弟兄，地剜三尺，房揭露顶，不找出华老师张燕哥，誓不生还！

［众纷纷寻下。

［董承叛军与荀彧军交锋，开打。

［玎妹等救出张燕。燕率众与董承军交锋，开打。

［张燕活擒董承、伏后。

［曹操急上。

荀　彧　禀丞相，华佗已被董承杀死！

曹　操　（走至张燕、玎妹、青女与众人面前，突然单膝跪倒）我曹孟德有罪，害了国家一大奇才！（仰天长啸，然后拔出剑来，挥剑自削，一绺盘发散扬空中，飘落满地）曹某以发代斩，痛警后世，莫效曹操！……押上叛逆诸丑，斩头祭奠华佗英灵！

［刽子手押上伏后、董承、吉平。

［愤怒的群众纷纷举械指向三个恶人。

［幕后合唱：

神医出世两千年，
可惜临终圈不圆。

后悔药儿何曾有？

华氏医经无字传！ 无字传……

[幕徐闭。

[剧终。

后　记

这个剧本写于27年前。

27年前，我的老母亲沉疴囿身。为了恪尽孝道，我整日串游于医院医生医药之间。那是一段医乡寻梦的生活。那时候生活条件不大好，经济条件相当差，只能一门心思梦想着医学的神奇呈现，梦想着遇见一位神医，一粒丹丸起死回生，一指落脉着手成春，小拿轻取赶走缠绕我母亲的病魔，归还我一个健康的老娘。

那时候毕竟是那时候，真神医没遇着，假神医也碰不到，只落个碌碌无为的串游和奔波。然而，在这个串游奔波的过程中，却使我长期浸泡在药风药海之中，着着实实感受了一番。医药之奇昧，医理之深邃，医经之厚重，医史之玄邈，深深触动了我这个蜷曲在戏剧界混饭吃的二半吊子编剧。尤其值得怀念的是，那阵子我结交了很多医界的朋友。他们听说我是搞戏剧的，都把我当作剧作家尊敬。那时候戏剧独霸天下，加上“伟大的旗手”抓出来的样板戏正流行，戏剧这玩意儿似乎已经上升到反修防修、治国固邦的政治工具的高度而被国人所仰视，所以连我们这些沾着戏剧边儿的人似乎也带有尊贵之气，受到人们的高看，得到人们的礼遇。为此我沾了不少光，获取了不少便宜。就连为我母亲看病也不挂号，取药也不排队，住院也不等床，而且还能开到高级干部才能配给的内控药物，因而使我母亲的寿命延长了数年也未可知。至今想起此事我尚有幸尽孝道之慰。

正是在那时候，我结交的一位医院朋友，撺掇我写华佗。

也正是在那时候，我盼望华佗再世的愿望最最强烈。我怀着宗教的憧憬与祈祷的虔诚开始了我的第一部新编历史剧《神医华佗》的创作。现在重读剧本，我眼前满是往日情景的再现：那简陋的桌案，肃穆的氛围，庄严的姿态，神圣的幻觉……我认认真真在写一尊神。那时候普天下都在造神,但我写的神和外边造的神不大一样,我这个神只对我富有希望,只对我母亲藏有寄托。是我私有的神——这也便是《神医华佗》当年写作的背景。

我一直觉得,华佗是个值得一写的人物,《神医华佗》是个值得一演的剧本,华佗的正直无私与恤民,是值得倡导的医风。尤其是华佗的医术,几乎前无古人后无来者。华佗仅靠中医先生的望、闻、问、切,便可诊明现在 X 光机、B 超机、心电图、脑电图甚至核磁共振之类的先进仪器才能诊明的疾病。华佗早在两千年前便能“破腹背,湔肠胃”,实施开脑手术;华佗发明的麻沸散,是世界上最早和最好的全麻药物。华佗创造了导引之术“五禽戏”,“熊经鸱顾,引挽腰体,动诸关节,以求难老”,是古代最早的养生术之一,与古希腊岩壁上神秘的文字“生命在于运动”有异曲同工之妙。华佗不但“精于方药”,而且“兼通数经”,知天文,晓地理,是一个大知识分子,然而他却厌弃官场,数度拒官不就,这对于中国文人概莫能弃的“官本位”思想是一醒目的反动。华佗又是精神病最早的发现者和施治者,用“骂方”治疗精神抑郁症是中国医疗史上最卓绝最奇特的开创性医疗病例。华佗对中草药药性药理的认识和掌握已达到出神入化的程度。他的药方一般只有四味药,“合汤不过数种,心解分剂,不复称量,药到病除”。华佗于针于灸均达熟稔精到、炉火纯青的地步。华佗对于那些突发危急病症,常常能创造阎关夺命、起死回生的奇迹。华佗的“神医”“医仙”之称,是他的同时代人封赐的,而且这个封赐者不是封建皇帝,不是达官贵人,是千千万万苦难的大众。

华佗是个旷世奇人,却也留下一连串旷世奇案,反使得华佗的历史存在充满扑朔迷离、虚无缥缈之色调。华佗是如此大的一个知识分子,历史记载中也说他写下无数著述,甚而连书名都说得有鼻子有眼(诸如《中藏经》《青本经》)。然而社会上却未留下华佗的一页纸、一个字,甚而一张药方也没有。何等奇怪!《后汉书》《三国志》均说“佗临死,出一卷书予狱吏,曰‘此可以活人’。吏畏法不受,佗亦不强,索火烧之”。此记载疑点甚多。华佗这么聪明的神人,而且家庭观念极强,正是因为他恋家“托妻疾数期不返”才得罪了曹操,他明知去路凶险,却不把书稿留在家里,反而带在身上,这可信吗?狱吏对于华佗这样久负盛名的神医,当是顶礼膜拜,华佗交给他“可以活人”的药书,他更该知其价值,而且仅仅是一本极易藏匿的书,何至于“畏法不受”?再说了,即使狱吏“畏法不受”,华佗也不至于“索火烧之”,因为它不是造反宣言,也不是反曹纲领,它只是“可以活人”的药书,狱吏不接受,华佗完全可以再交给别人,甚至交给曹操也符合华佗的性格。而“索火烧之”与华佗秉性悖谬至甚,更不足信。华佗无只字传世,是后汉医史的一大悬案。与华佗同时代的张仲景和晚于华佗很久的李时珍,都是因有一部著述而成为切切实实的医圣、医祖而万世扬名,可惜盛名远在其上的华佗却显得简约和空洞。

华佗当然写得有点正,有点“豳”,有点呆。那是什么年月呀? 前边说了,那年月戏剧的属性是防修反修、治国固邦,是阶级斗争之工具。我与这位两千年前的神医摽在一起,绞结纠缠了两年之久。在这场绞结纠缠过程中,排遣了不少文艺洪荒时代的寂寞。

中国历代的名医不少,我与华佗逐渐相识,逐渐熟悉,逐渐成为幻觉中的好友。

凡能查到的史料我都查到了,结果是有关华佗的文字少得可怜。《后汉书》《三国志》《资治通鉴》《二十五史》等这些所谓的正史上,能找到的有关华佗的文字,都是那么千儿八百字,也都是那么几句大同小异的叙述,一看便知都是相互抄录的。在资料不足的情况下,只好索取于民间。我和我的朋友们一起飞马扬尘奔赴华佗的老家。

现代社会之所以缺少华佗,是因为华佗当年的丰厚著作未能有一字传世。

华佗死得太可惜!

华佗死得太可疑!

华佗的著作未能一字真传于世太不可理解!

华佗在医学理论与医术造诣诸方面,远在张仲景、李时珍之上,然而却因为未能留下传世著作而使其显得飘渺虚无。

华佗,是我国古代医学宝塔之巅的一颗璀璨明星。他在医学上的高成伟就历千年百代而不泯灭。“神医”之名越国渡洲,早已活于世界人民心中。

华佗,是中华民族的骄傲,华夏文明的豪标,中国医学的史峰。把这样的历史人物搬上文艺舞台,是我们戏剧工作者义不容辞的使命。

在各方领导和同志们的鼓励支持和帮助下, 今天终于写出这个剧本初稿来,虽不具成品之貌,终可作引玉之砖。这里,谨向安徽省亳县文化局、博物馆、华佗中医院的王进铨、李灿、张彦、李立杰同志,向郑州市图书馆、文化馆张万钧、王进美和其他诸同志致以谢意!

由于时间短促,资料缺乏,水平低下,所以剧本从思想性、艺术性以至于历史内容诸方面难免存在这样那样的问题。希望所有看到这个本子的领导和同志们,不吝赐教。提出宝贵意见,以备再次修改和提高。

2005 年 4 月

古装小戏

卷四 / 三娘教子

San niang jiao zi

DRAMA COLLECTION

人　物　三娘　孟哥　老薛保

古人爱演《三娘教子》，现代人不演了。不演了的原因是现代的娘不会教子，不敢教子，有时候子比娘还厉害，常常子教三娘。然而我相信不管社会发展到哪一天，三娘教子都是美德的再现。所以，我很认真地改编了这出戏，并且很认真地向社会推荐。演演吧，看看吧，娘需要教子，子需要娘教，古老的国粹依然焕发着时代的异彩。

［三娘上。她神态安详，坐于织布机前织布。

三　娘　（唱）千金香茗采雨前，
　　人生希望在少年。
　　贤人都从苦中秀，
　　英才出泥青胜蓝。

［风声。

三　娘　噢！天将落雨，孩儿的衣服该收了。（下）

［孟哥上。

孟　哥　（蹦蹦跳跳抡着书包）你妈好，他妈强，只有我妈是后娘。（把书包甩出好远）老薛保，老薛保！人上哪儿去了？（急急地翻箱倒柜，没找出东西，抱起织布机上的布匹就走）

［老薛保上，见状急拦。

老薛保　少东家，你抱布匹干吗？

孟　哥　卖钱，看斗鸡！

老薛保　看斗鸡要什么钱？

孟　哥　哎,看斗鸡,押柱子,一赢能赢几十串钱呢!

老薛保　押柱子?那要是押输了咋办?咱家指望这点儿布换米吃饭呢!

孟　哥　尽说丢人话!(抱布欲下)

[老薛保抓住布匹,二人争夺。

[三娘收衣回来,见状嗔怪老薛保。

三　娘　薛保!你一个七旬老人,怎好招惹小孩子呀!

[二人僵持。

三　娘　还不放手!

[老薛保松手。

孟　哥　(洋洋得意)哎,哎,美美得,美美得,打你屁股你才乖!

三　娘　儿啊,没到放学时候,你怎么回来了?

孟　哥　我,我饿啦。

三　娘　灶头有块炊饼,快带上返回学校!

孟　哥　娘,我又不饿啦。

三　娘　小孩子怎能说谎?

孟　哥　是隔壁二狗子叫我回来哩。

三　娘　他叫你回来作甚?

孟　哥　他叫我去看斗鸡。

三　娘　你怎么能听他的?

孟　哥　不听他的他就骂我。

三　娘　他怎么骂你?

孟　哥　"你爹死啦,你妈嫁啦,剩个后娘没人怕啦!"

三　娘　岂有此理!二狗子怎能如此说话?

孟　哥　娘,你真是我后娘?

老薛保　胡说八道,真真可恶!

三　娘　儿啊,为找一个好邻居,咱们搬了两次家了,看来还得搬家呀!

老薛保　我去告他家大人去！（下）

三　娘　儿啊，千万莫听流言，莫交恶友，专心读书才是。

　　　　[孟哥抱布欲溜。

三　娘　我且问儿，今日功课可曾会背？

孟　哥　都会背了。

三　娘　背来我听。

孟　哥　（挠头）想不起来了。

三　娘　既说会背，怎又想它不起？

孟　哥　脑筋不好使了。

三　娘　哎！小孩子家，怎说脑筋不好使？

孟　哥　这么着娘，你给我提个头，我顺着就石头堆里倒核桃——噗啦啦全下来了！

三　娘　“曾子曰……”

孟　哥　噢，“曾子曰……”

三　娘　念！

孟　哥　念！

三　娘　“吾日三省吾身……”

孟　哥　“蚊子光咬我身……”

三　娘　“为人谋而不忠乎……”

孟　哥　“我吃馍你剥葱乎……”

三　娘　胡扯！

孟　哥　胡扯！

三　娘　往下背来！

孟　哥　往下背来！

三　娘　娘叫你背你叫谁背？

孟　哥　娘叫你背你叫谁背？

三　娘　嘟！

孟　哥　嘟！

三　娘　你你你，你还不给我跪下！

孟　哥　跪就跪。

［老薛保上，趁机把孟哥夹着的布卷拽跑。

孟　哥　（立即哭闹着撒起泼来）哇！（边哭边追上去夺布；老薛保把布举得高高的，孟哥夺不到布，便朝老薛保又踢又打）你个老东西！你个老东西！

老薛保　少东家，这是你娘辛辛苦苦织下的布匹，可不能换钱看斗鸡呀！

［孟哥终于把老薛保推倒，骑在老薛保背上捶打。

孟　哥　（打着说着）你个老东西！你算老几？你是俺家的奴仆，你欺负本少爷，我打死你！

三　娘　（忍无可忍）奴才住手！

孟　哥　（一愣，停下来）娘，你喊谁奴才咧？

三　娘　娘喊你个奴才！

孟　哥　我是奴才？他倒是主子了？他欺负我，你倒护着他？看来你真不是我亲妈，是后娘！

三　娘　（惊得踉跄）哦——！

老薛保　少东家，不可胡讲！

三　娘　奴才你怎讲啊！？

孟　哥　我说你不是我亲妈，是后娘，后娘，后娘！

老薛保　住口！

三　娘　（气得浑身打战）喂——呀！

（唱）一句“后娘”我浑身抖，

手脚冰冷双泪流。

这才是喂虎反被虎咬手，

养龙反叫龙抓头！

亲娘抛子改嫁走，

遗孀三娘守孟楼。

孟家孤子年纪幼，
养来养去养出仇。
这真是贞妻良母不好做，
倒不如一潭浑水随波流！

老薛保　三娘，三娘？你可不能想不开呀！你别难过，让我来替你出气！（举手佯打，反被孟哥推了个坐蹲）吔，我是让你哩，你倒兴叉得不是你了！（抓起一根鸡毛掸子）看打！（追赶孟哥，反被孟哥夺过鸡毛掸，抽了三抽，然后孟哥抱起布卷欲下）

三　娘　奴才站住！

［三娘突然从孟哥手中夺下布匹，拿过剪刀，狠命划剪。

孟　哥　啊？你把布划烂了，咋卖钱哪？你赔我，你赔我！

三　娘　你等着，我来赔你！（她掂起斧头，走向织机，砸向机杼）

孟　哥　啊？你把织布机也砸啦，你咋织布啊？

三　娘　不织了！不过了！

孟　哥　娘，你疯了？

三　娘　你娘我就是疯了！（继续砸机杼）

孟　哥　（吓得尖叫一声扑到老薛保怀里哭起来）老薛保！我娘疯啦！？

老薛保　你娘叫你气坏了！

三　娘　（伏机号啕）我的——早死的夫君啊！

老薛保　（哭喊）我的——早死的老爷呀！

孟　哥　（亦哭喊）我的——早死的亲爹呀！

老薛保　你还有脸哭啊？你对得起你死去的爹爹吗？

孟　哥　（跟着哭起来）哇——你别叫俺娘走，你别叫俺娘走！

老薛保　来！跪下。

孟　哥　跪下干啥？

老薛保　跪下给你娘赔罪！

孟　哥　我不。

老薛保　你要不跪下,我也要走了。

孟　哥　你往哪里走?

老薛保　从今往后一根讨饭棍就是咱主仆的全部家当,少东家,跟着老奴讨饭去吧!

孟　哥　我不,我不,(扑通跪在地上)我不去要饭!

老薛保　(把鸡毛掸放于孟哥头顶)三娘,请来教子!

[三娘不理。

老薛保　三娘请来教子!

[三娘仍不理。

老薛保　(迎着三娘跪下)三娘请来教子!

三　娘　喂——呀!

(唱)老薛保陪儿跪忠心耿耿,

(搀起老薛保,孟哥跟着站起。老薛保哼了一声,孟哥又赶忙跪下)

小奴才喊后娘娘心揪疼。

胎毛湿乳牙嫩翅膀未硬,

却学会听教唆怀疑亲情。

我就是你后娘啊——后娘我还没敢改嫁换姓。

老薛保　三娘,你可不敢再改嫁呀!你要再一改嫁,我主仆可怎么活呀!

孟　哥　(站起来欲扑娘身)娘,我不让你改嫁,我不让你改嫁!

老薛保　(喝叫)跪下!三娘请来教子!

三　娘　(唱)你亲娘早嫁人更换了门庭。

房卖光地带走家业都卷净,

只扔下你赤裸裸一条孤婴。

为养儿以血代乳娘累病,

为养儿衣服首饰变卖空。

为养儿四邻米面都借穷，
为养儿三间瓦屋换茅棚。
为养儿娘喝清汤儿吃羹，
为养儿娘穿葛麻儿穿绒。
为养儿冬天儿睡娘暖被，
为养儿夏天儿睡娘驱蝇。
十年树苗长成栋，
十年牛犊拉套绳。
十年我儿长半大，
你嫌娘、怨娘、气娘、恨娘，眼看你要把后娘扔！

孟　哥　娘，我不气你了，你就是我的亲娘，亲娘啊！(扑抱娘腿)

老薛保　三娘请来教子！

三　娘　(唱)大禹王儿时就有打虎勇，
仓颉儿少年就造文字经。
郑子产十二为宰参国政，
齐小白十六用计收管仲。
我的儿今年已满十岁整，
贪玩耍学赌博不知用功。
我的儿啊儿！
书中自有富贵鼎，
书中自有黄金钟。
书中自有颜如玉，
书中自有福禄星。
读书好比攀山岭，
步步艰苦步步升。
耐得艰苦升到顶，
无限风光在峻峰。
贪玩好比做噩梦，

噩梦醒来万事空。
逃学好比钻黑洞,
黑洞钻多瞎眼睛。
撒谎好比掘陷阱,
自掘陷阱断前程。
惰落好比长毒痈,
毒痈养大毁终生!
我的儿若听娘的话,
快回学堂捧五经。
我的儿不听娘的话,
后娘我:毁布机,焚茅棚,别孟门,奔荒岭,
逢山入庙,遇水投江,了此残生!

孟　哥　(抱住娘腿)娘,亲娘,我听你的话,我不跟坏同学玩了,我要读书!

老薛保　这就好了,这就好了!

三　娘　老薛保,你我一起送孟哥上学去者!

[三人相携下。

[完。

现代戏

卷四 “老转”俱乐部

Lao zhuan ju le bu

DRAMA COLLECTION

人　物　梅淑娴　一个公务员，一个母亲，一个进修归来的研究生。她的工作安排，是全家人关注的焦点，而安排的结果，又叫全家意外。故事就从此处开始。

赵春波　一个工厂的厂长，梅淑娴的丈夫。

周大成　一个企业军转干部，下岗者。

赵奶奶　一个退休老教师，梅淑娴的婆婆。

赵翎燕　一所中学的体育教师，旅行爱好者，梅淑娴的小姑子。

小如蛟　梅淑娴的儿子。

梅　峰　退休军官，梅淑娴的爷爷。

余明山　东城市委副书记。

吴大成　解放军某部连长。

宋　萍　赵春波的秘书。

转业兵甲、乙、丙、丁。

一

[赵春波的家。一家人正在为小如蛟准备生日宴,奶奶像个总指挥,指手画脚地招呼着别人摆放着什么;爸爸赵春波勒着围裙端着盘子进进出出;小姑姑赵翎燕插花吊彩点燃蜡烛;小如蛟一身崭新的衣服,像个小王子一般蹦来蹦去。

赵翎燕　(唱)小如蛟过生日全家忙乱,

赵春波　(唱)大厂长为儿子炒菜端盘。

赵奶奶　(唱)大蛋糕先摆好蜡烛莫点,
　　　　等淑娴回来后图个团圆。

赵翎燕　(看表)我嫂子是咋回事?下班时间都过半个小时了,她还不回来?

赵奶奶　今天是组织部找她谈话,要为她调整工作呢!

小如蛟　我妈为什么要调整工作?

赵奶奶　因为你妈进修毕业了,拿了个硕士文凭。

赵翎燕　哎哥,这回我嫂子该分个好单位了吧?法院?税局?或者市长办?

赵春波　不知道。我又不是组织部长。

赵翎燕　可你是大企业厂长,市里谁敢小看你?你说话谁敢不听?

赵奶奶　是啊,你也该替淑娴打打招呼啊!

赵春波　妈,你还不了解你儿媳妇?她那人有点别扭,牵着她不走，打着她后退，在安排工作问题上，我俩缺少共同语言。

赵翎燕　你不打招呼也没啥了不起，嫂子是硕士研究生，属于引进人才，谁敢把她放到赖单位？

赵奶奶　那可没准儿，现在的事可是很难说。

赵春波　蛟蛟，看爸给你的生日礼物！（出示一包）

小如蛟　哇！手机！（高兴得蹦起来）

赵翎燕　蛟蛟，姑姑也有礼物！（出示一兜）

小如蛟　苹果牛仔服？我也喜欢。

赵奶奶　奶奶礼物最薄气，钢笔一支。

赵春波　妈，孩子们都用电脑写字了，谁还用钢笔？

赵奶奶　谁说呀？我看你这个厂长是越当越傻，将来考大学还靠一支笔呢！

赵春波　拉倒拉倒，闲话少说，宴会开始！

小如蛟　我妈还没回来哪！

赵翎燕　（看表）再晚我也等不及了。

赵奶奶　我的旅行家，你又要到哪儿去？

赵翎燕　这个周白云山，下个周石人山，下下个周桐柏山。我这个暑假就是转山。

小如蛟　我长大也当旅行家。

赵春波　蛟蛟，今天是你的生日，以你为主，不必等你妈了。

小如蛟　没有我妈，哪有我呀！

赵春波　（生气地）没有你爹，也不会有你！你爹饿了，等不及了！（说着点燃蜡烛，开酒斟酒，举杯就喝）

［梅淑娴内唱："七月荷花出水鲜——"

小如蛟　听！我妈回来了！

［梅淑娴上。

梅淑娴　（唱）七月荷花出水鲜，

新调单位头一天。
初识同事挨着见，
领导谈话一二三。
讲罢性质讲意义，
说过职责压重担。
工作量大任务满，
耽误了儿子生日于心不安。

小如蛟　妈妈！(扑过去)给我带什么生日礼物了？

梅淑娴　真抱歉，妈妈只顾开会，没顾得上街为儿子买礼物。

奶　奶　(赶紧替儿媳遮掩)奶奶的钢笔，是我跟你妈妈一块儿买的！

小如蛟　俩人送我一支笔，真小气！

奶　奶　你爸送的手机，也有你妈妈的一份在里边呢！

梅淑娴　什么？送孩子手机了？不行，不行，蛟蛟，手机不能要，玩那东西耽误学习，在同学中间影响也不好。多少农村孩子连学费都交不起哪！

小如蛟　我不，我要要。

梅淑娴　蛟蛟听妈妈话，是好孩子，快把手机给妈妈！

小如蛟　不嘛不嘛，我就要要，就要要！

赵翎燕　没事，小帅哥就得配个小帅物！

梅淑娴　绝对不行，快交给妈妈！

小如蛟　就不交，就不交，就不交！(抱着手机盒子哭着进里屋)
[有点尴尬的冷场。

赵春波　大家都在等你，可你一回来，就是一盆冷水，多热闹的生日宴会叫你报销了！

奶　奶　我去劝蛟蛟！

梅淑娴　妈，还是我去！

赵春波　拉倒吧，谁也别劝了，孩子用个手机咋的？少见多怪。

(坐下喝酒吃菜)你先别管孩子手机,你先管好你自己的工作分配问题就行了。我倒急切想知道,你的工作安排没有?组织部去了一大晌,你到底分哪儿了?

梅淑娴　企业军转办。

赵翎燕　什么什么?

赵春波　企业军转办?

赵翎燕　什么叫"企业军转办"?

梅淑娴　东城市企业军转干部工作领导小组办公室。

赵翎燕　我的天哪!闻所未闻哪!东城市企业军……军什么?

梅淑娴　企业军转干部工作领导小组办公室。

赵翎燕　上帝呀,累不累呀!企业军转干部工作领导小组办公室!(突然大笑,笑得喘不过气来)天下竟有如此长的单位名称啊!那就是说,你以后要整天和企业的军转干部们打交道!是不是这样?

[梅淑娴点头。

赵翎燕　那有什么意思啊!企业军转干部有什么交道好打呀!哥,你的企业有没有军转干部啊?

赵春波　不但有,还不止一个。你哥谁都没怕过,就怕这种人!

赵翎燕　那你还叫我嫂子来干这种工作?

赵春波　怨得着我吗?你问她。

赵翎燕　完了,一点意思都没有了。

奶　奶　我倒觉得这工作蛮好。军转干部都是解放军的精英,同这种人打交道有品位。

赵翎燕　妈,这是在家,不是在你们学校让你讲课。

奶　奶　在哪儿我都得这么说。春波说他就怕这种人,那是他思想有问题。多亏他没去托人情打招呼,否则……

赵翎燕　哎呀妈!你退休的人少掺和我们的事好嘛!我不知道这管分配的人什么原则,一个硕士生,竟然分配到这样的单位！

梅淑娴　翎燕，春波，我很满意。也许是跟我出身军人家庭有关，军转干部工作对我很有吸引力。仅仅半天接触，我就爱上了！

(唱)泱泱华夏兵员稠，
　　转业复员如水流。
　　人在部队出优秀，
　　返回地方入熔炉。
　　前方后方都是家，
　　民生军生都要筹。
　　淑娴我从小随父军旅走，
　　熟悉了军风军纪习相投。
　　此单位本是淑娴自选就，
　　盼只盼全家人为我加油！

赵翎燕　我的嫂子，你要想干这个，何必进修研究生呢？我哥一个电话，十个八个也把你安排了！(坐在桌边吃饭去了)

赵春波　得了，我本想去趟组织部帮你调调，既然是你自己挑的活儿，那你就好好干吧！(推开碗筷欲下)

[忽然，门外传来一声吆喝："赵春波！"一位粗壮汉子气呼呼地上。他叫周大成。

周大成　赵春波！你，你，你好歹毒的心哪！

赵春波　周大成，闹到门上了不是？坐，坐。(递过来一把凳子)

周大成　(一脚把凳子踹开)坐个龟孙！我连饭碗都叫你端了，还敢往你这儿坐呀？

赵春波　周大成，你在部队好赖也是连级干部，说话文明点好不好？

周大成　没法同你这号人文明。你口头怪文明，怀揣杀人刀，连声招呼都不打就叫我下岗了！我在前线流血卖命，回来受你这号人的气！我怎么得罪你了，你说，你说！

赵春波　这怎么能说得罪不得罪呢？国企转制，深化改革，机构合并，人员压缩，从中央到地方都是这个干法。下岗名单是集体研究确定，我这个厂长想留你也留不住。

周大成　我不信！你这个人就是对军转干部有成见，我早就看透你！

赵春波　你胡说！如果说有成见，那是你自己造成的。你有什么特殊的？现在讲人才讲学问，那么多大学生、研究生、博士生都等着上岗，我们无才的该让就得让。

周大成　你先让一个我看看！我看你最无才！不但无才，而且缺德！

赵春波　（强硬地）你给我出去，出去！你再闹下去，我就叫保安！（说着就要打电话）

［梅淑娴抢步上前，夺下电话。

梅淑娴　春波，不能这样。

周大成　好，好，我上省里告你！（欲下）

赵春波　请便。上北京我也不怕，不叫我干才省心呢！

梅淑娴　（拦住周大成）等等，同志，你在火头上，不能这样就走。

周大成　（愤怒地）是你们撵我走的呀！

梅淑娴　我不撵你，我想留下你，平心静气聊一聊，好吗？

［奶奶悄悄地端来一杯热茶，放在周大成面前。

赵春波　那好，既然她留你，我就得走。（愤然甩门下）

赵翎燕　（碗一推，伸个懒腰，背起双肩包）世风日下，噪音太大。妈，我去的地方都是清净世界，别老打电话干扰我！（欲下）

奶　奶　哎哎，你要到哪去？

赵翎燕　不是说过嘛：白云山、石人山、桐柏山。

奶　奶　又是一个人去呀？

赵翎燕　妈还想叫天下噪音伴我行吗?(亦甩门走下)

[小如蛟背书包从里屋出,他边走边揉着眼睛。

奶　奶　如蛟,你还没吃饭哪!

小如蛟　气都吃饱了。你们往后再别给我过生日了!(照样甩门下)

周大成　(愤然站起)你们这门,都是甩给我听的!告诉你们,我周大成甩起门来,一个顶你们十个!(说着他气哼哼地走过去要甩门)

梅淑娴　(突然站起,用逼人的目光看着他)那好,你要真想甩,你就甩吧。我还真想听听连级干部的甩门声音呢!

[周大成望着淑娴的目光,他停下了手,一阵僵持后,他扭头下。

梅淑娴　站住!周大成同志,你不要走,我一定要跟你谈谈话。

周大成　跟你们这号家庭的人有什么好谈的?(愤然欲走)

梅淑娴　这是我的工作!我是军转干部办公室的工作人员!

[周大成一愣,用疑问的眼神看着她……

梅淑娴　你不相信吗?我今天才报到。往后我们就是经常打交道的朋友了。

(唱)椅子一把您请坐,
热茶一杯您请喝。
军转办新添一个我,报到过,
您有意见尽管说,我记着!

周大成　(唱)你的态度还不错,
你的话语还温和。
你的丈夫太冷酷,好可恶,
对你说终究是白说,我何必啰嗦!

梅淑娴　(唱)夫妻关系是不错,
责任分工各管各。

军转办工作党委托，相信我，
你有苦水往外泼，我接着！

周大成　（唱）那好！
工厂改制一把火，
下岗令一刀把我割。
我八年军龄九年干，一笔抹，
天坠石头砸断脚，叫我咋活？

梅淑娴　（认真地记录）大成，你平静下来，对我说详细一点！

［周大成长出一口气，掏出一支烟。梅淑娴替他点着。她摊开记录本，拿着钢笔，诚恳地等待着。

周大成　我是六八年参军，七三年提干，八九年转业……

［收光。

二

［周大成家。简陋，清冷。

［大成妈坐在矮桌旁，摸摸索索剥着花生。

大成妈　（唱）一生辛劳一生穷，
老来眼瞎耳又聋。
都说贫富命注定，
苦了我儿周大成。

［梅淑娴上。

梅淑娴　大成，大成，周大成在吗？老人家，这是周大成家吗？

［大成妈不应。

梅淑娴　（发现对方眼耳有障，拍拍大成妈肩，大声地）大娘，周大成住这儿吗？

大成妈　大成？大成上班了。你是谁？

梅淑娴　我是他同事。

大成妈　同事？同事你咋不上班？

梅淑娴　大成他不是下岗……(急捂口)

大成妈　香港？他会去香港？他的购销任务老重，哪有工夫逛香港？老厂长说，他那个科全指望他哩！可他说，新来这个厂长不咋样！

梅淑娴　(眼中含泪，掏出手机拨号)春波，我已经在周大成家，请你一定过来看看。我求你了！(关上手机，四下打量周大成的屋子，寒袭心头，她不由得动手收整清扫起来)

(唱)旧旧屋老老宅清清冷冷，
窄窄桌独独柜落落空空。
多年来已少见这贫寒家境，
却住着我们的退役英雄。
望墙壁戎装照威武英勇，
数奖状一张张累累战功。
似听见当年枪炮震山岭，
似闻见当年火药溅血腥。
似看见当年低矮猫耳洞，
似望见红旗猎猎卷长风。
骄人的血染喜报嘉奖令，
为家乡挣足体面添光荣。
周大成转业不减当年勇，
供销科任科长照显才能。
原料拿下三基地，
销路打开五条龙。
成本降了四分一，
利润提高六七成！
似这般能人良将百中一碰，
一朝间下了岗真叫人心疼！

看当前市场经济风劲猛，
优胜劣汰无人情。
有多少热门行业一朝冷，
有多少富庶单位瞬间穷。
有多少计划经济遭兼并，
有多少国有企业改私营。
有多少世代工人下岗走，
卷裹上军转干部、昔日功臣、沙场好汉、一批英雄
都如同眼前周大成！
大成他遭遇下岗如掉井，
沙滩水浅困蛟龙。
工资骤减生活窘，
孤儿寡母怎营生？
盼只盼春波来到被感动，
满怀同情帮大成！

[又掏出手机拨打。

梅淑娴　春波，你应该说话算话，你答应过来看看大成，为什么还不露面？(提高嗓门)你多点同情心好不好？

大成妈　谁？

梅淑娴　还是我，大娘。

大成妈　还是大成那同事？你是没走，还是又来了？

梅淑娴　我没走，大娘。

大成妈　吔！你看我多没成色。连个凳儿也没给你搬，连碗水也没给你舀……(忙着起来张罗)

梅淑娴　(赶紧扶住大成妈)大娘，我已经坐着了。我不渴，不用倒水。听大成说，您已经七十了？

大成妈　谁说哩？交腊月才六十九。我通硬实着哩。你给大成说，别叫他老操心我，好好上他的班。

梅淑娴　大娘，媳妇呢？

大成妈　媳妇……？去年得个癌，没了。

梅淑娴　几个孙子，大娘？

大成妈　还几个？就一个孙子，还叫大成送他姨家，说在这儿影响他工作。

梅淑娴　（心酸不已，掏出手机再拨）厂长大人，我实在难以忍受你这种慢待一切人的官僚态度！如果你今天不来，我一定要……

［在梅淑娴打电话之间，传来刹车声——赵春波上。

赵春波　（边打手机边走）来了来了，我这不是来了嘛，姑奶奶！

［二人照面，互瞪眼睛，互合手机。

梅淑娴　你终于来了。就这，我也要谢谢您！（鞠躬）

赵春波　你到底叫我来干什么？

梅淑娴　叫你来看看周大成的家。

赵春波　（顿时上火）你这不是胡闹吗？我的厂七八百工人，我一个一个挨着看家，我还能工作吗？何况，何况周大成已经不是我的人了，他下岗了！

大成妈　谁又在说大成去香港了？他在厂里上班！

梅淑娴　我求你别冲动，小声点好不好？大成母亲还不知道他儿子下岗，她是个又聋又瞎的孤寡老人，又是个好母亲，她硬撑着支持儿子上班工作，可是你看，家中一贫如洗，这哪里像一个曾经驰骋疆场的英雄的家呢？

赵春波　我表示同情，但我没办法，市场经济就是这么无情，它可以叫英雄沦为乞丐，也可以叫流氓成为富翁。

梅淑娴　不，他是我们的军转干部，你是上级派下来的领导干部，你要对他负责！

赵春波　我要负责的是产值、效益、利润，懂吗？虽然你是硕士生，但你读的是政治，你不懂经济，更不懂管理。我的产值上不去，工厂要倒闭，资产要瓦解，我也要下台！

梅淑娴　说到底，你只对你自己负责，怕你自己下台。你就不想想工人的死活！

赵春波　我的工人活得很好，在岗有工资，下岗有低保。生命无虞。

梅淑娴　你的原则是只叫工人活命吗？每月 180 元的下岗生活费能叫像周大成这样的下岗者活命吗？你想叫我们的军转干部沦为赤贫穷人吗？

赵春波　既然允许一部分人富起来，也就允许一部分人穷下去。你不必大惊小怪。

梅淑娴　赵春波，你是个可怕的经济魔鬼！我好像刚刚认识你！

赵春波　还不算晚，你不必遗憾。

梅淑娴　（唱）一番话听得我心肺收紧，
赵春波同情心半点不存。
满口的大道理纵谈横论，
轧干了真感情冷气逼人。

赵春波　（唱）想当年淑娴她贤淑和顺，
少口角无是非感情恒温。
三年的研究生读成愚蠢，
钻牛角认死理拗断牛筋。

梅淑娴　（唱）夫妻间有怪癖尚可容忍，
领导层偏执狂就成瘟神！

赵春波　（唱）娶老婆要贤惠莫要学问，
免得生高档气憋肺挠心！

梅淑娴　（唱）为大成求厂长作揖恭谨，

赵春波　（唱）纠不清缠不完趁早抽身。

梅淑娴　等等，春波！
（唱）周大成下岗之事请再酌斟，

赵春波　(唱)决策出令行如山难变毫分。

梅淑娴　(唱)春波春波你心肠狠,

赵春波　(唱)你婆婆妈妈操透心!

梅淑娴　(唱)你不是领导是闷棍,

赵春波　(唱)你少见多怪蠢到了根!(愤然下)

[远去的汽车声。

[梅淑娴望着绝尘而去的丈夫,突然捂住脸哭起来。

[余明山上。他发现梅淑娴在哭,慢慢走过去。

余明山　上班第五天就哭,那往后就得平均五天一哭喽!

梅淑娴　(发现是书记,不好意思地)余书记,你怎么来这儿了?

余明山　兴你来,不兴我来?你们军转办都知道,我们新上任的硕士生一上班就打上了遭遇战。是不是火药太猛了点?

[梅淑娴突然又捂脸抽泣。

余明山　小梅,你看我给你带来了什么?(出示一文件)

梅淑娴　(接过看)市委开专门会议了?

余明山　企业军转干部会议,市委年年开,月月议。这可是构建安定和谐社会的一项重要工作。你写的报告常委们都看了,一个周大成,抓得很典型啊!

梅淑娴　余书记,周大成问题我没解决好。

余明山　不能现在下结论。你还在解决嘛,你还来周大成家了嘛,你还在为周大成的事哭着嘛!小梅,不要急,咱们虽是个县级市,可光企业军转干部就有五六百人。要是每见一个人哭一次,那还得了?

梅淑娴　(破涕为笑)我实在没办法了。

余明山　你会有办法。那硕士生是白当的?你好好看看那份《纪要》,上边把企业军转干部工作的几大问题分析得很透,针对社会上对军转干部工作轻视、忽视甚至无视的现象提出了具体解决办法,要求各级组织认真落实。市委是你的后台,你还怕啥?

梅淑娴　赵春波是摆在这项工作前头的顽固堡垒!

余明山　哈哈哈哈……当妻子的攻击丈夫,可没有好果子吃噢!再说,攻堡垒,有硬攻,有软攻;帮周大成,有近帮,有远帮。你是研究生,会有主意的。

梅淑娴　余书记,你既然相信我,就答应我一个要求。

余明山　说吧,什么要求?

梅淑娴　把赵春波降级使用。

余明山　什么什么?

梅淑娴　赵春波思想偏执,执政能力差,随意性强,同情心弱,缺乏民本意识,又固执任性,不适合当一把手。

余明山　哈哈哈哈……妻子要求罢丈夫的官,这是我做书记以来碰到的唯一一例!哈哈哈哈……

梅淑娴　你别哈哈,我绝不是开玩笑。我是以一个共产党员的身份在向组织郑重建议:尽快把赵春波降职使用,否则民众遭痛苦,干部受连累,党的名誉也受莫大损失!

余明山　我佩服你的勇气,你让我看到新一代干部的无私精神与超越性思维。这样吧,到你们办公室,跟其他同志一起,再碰碰其他一些情况。

梅淑娴　好。(欲走,又回头)余书记,你在车上等我一下,我马上来。

[余明山下。梅淑娴走到大成妈身边,从袋内取出一信封,拉过大成妈的手,把信封放在大成妈手里。

梅淑娴　大娘,这点东西你收好,等大成回来你交给他。

大成妈　(摸索着)这是啥?

梅淑娴　是信。叫大成看看就知道了。(下)

大成妈　这么厚的信?怕是钱吧?哎同志,(喊)同志!这闺女是哪儿的?也没问人家个名字。

[复原兵甲、乙、丙、丁上。

甲　(喊)周连长,周连长!

乙　(窜里窜外寻一圈)不在家!

丙　(蹲在大成妈面前,大声地)大妈,老辉、大愣、臭蛋、王博,来看你啦!

大成妈　又是你们几个小兵娃子!

丁　(大声地)还小兵娃子?都成老兵娃子了。

大成妈　在大成面前,你们还是小兵娃子!

甲　大妈,俺连长呢?

大成妈　上班了。

丙　都下岗了,还上什么班?

大成妈　啥?你们也说他往香港了?

丙　不是香港,是下岗!

大成妈　啥叫下岗?

丙　下岗就是失业,没活干,没……

[丙还要往下说,甲狠狠拍了丙一巴掌。

大成妈　啥?你说大成失业啦?

[众人无声。

大成妈　那大成他……(突然从椅上撑身站起,哆哆嗦嗦地)大成,大成!

[周大成上。

周大成　(跑上去搀住妈)妈!我在这儿。

大成妈　儿啊,你失业啦?

周大成　谁,谁说的?(拿眼瞪瞪四人,无奈地)妈,我是下岗。

大成妈　下岗就是失业,大愣都说了,你还瞒着我。你不告诉妈,自个儿憋闷着难受,还对妈说去上班,你上个鬼班哪!(抽泣)

甲　老连长,俺哥儿几个都是你当年接的兵。听说你也下岗了,俺都气爆了!

乙　你们那个厂长处理问题不公,有偏见!

丙　他无视军转干部的资历,是个愣头青!

丁　听说他两眼盯着效益,盯着利润,盯着钱,就没一点人情!

甲　咱们去告他,上访去!

众　“俺们来找你就是为这个!”

“咱往省里、往北京告他!”

“要上访,我安徽的战友也参加!”

“走吧连长,别犹豫啦!”

“连长,连长,你说话呀!”

[一片激愤喧嚷之后,四个复员兵都盼望着周大成一怒。

[沉默中的周大成从裤兜里掏出一瓶酒,用牙咬开盖,自个先仰起脖子灌了一口,然后把酒瓶子竖在矮桌上。

周大成　刘大愣,李文辉,肖丹,王博,你们在这个时候来看我,说明你们够哥们。按照咱在部队的规矩,我先喝为敬。余下这酒,是你们四个的。

[四位复员兵果然轮着把那瓶酒喝掉。

周大成　你们为我的下岗抱不平,我感谢;你们要随我一起上访,我理解。我的脾气你们还不知道?我已经到我们那位厂长大人家大闹了一通,连他家的椅子腿都叫我踢断了!可事后我一路想来是越想越觉得大可不必。你想啊,我就是把他赶下台,新上来的厂长不还是要搞改制、搞缩编、搞合并、搞下岗?国家政策,大势所趋,谁都得搞,不搞没饭吃。既然都得搞,那谁下岗不都是一样难受?即使把我留下,官复原职,空出那个下岗指标不还得找人填?填谁谁难受。与其叫别人难受,还不如让我继续难受下去。我是军转干部，在部队，随时准备为人民利益牺牲生命；到地方，还不能为别人顶替点难受吗？咳，你们老哥我其实就难受了五六天，现在就不怎么难受了。你们看——（从裤兜里掏出一把工具）我在街头摆了半天修车摊儿，就挣了这一瓶酒钱。咱出路多着哩！我想啦，咱这儿劳动力过剩，想打工没地儿去；我沿海一带的战友开公司雇劳力又找不来。咱就成立个劳务输出公司，怎么样？你们要同意了就都是股东，每人先出一千，就算铁股份。

甲　这……

乙　营长说的倒在板眼！

丙　干就干，可我身上只有五百块钱　。

丁　我连一百也弄不来！

大成妈　大成，你看这是啥？（拿出信封）

周大成　（接过信封，露出一叠钱）这哪儿来哩？妈，谁给你的？

大成妈　刚才有个妇女来找你，说是你同事。等不着你，就留下这个纸包。

［周大成从信封里又找出一张纸条，展开。

梅淑娴　（画外音）“大成同志：你的情况引起军转办全体同志的同情，我们正在谋求更好的解决办法。这五千元，是全体同志的集资捐助，意在帮你下岗的紧要关头搭个扶手。”

周大成　是她，是她——梅淑娴！

（唱）霜不冷，冰凌薄，

夜虽黑，星不落，

独木小桥也能过，

天下还是好人多！

军转办送来一盆火，

虽遇寒冬有暖月。
虎背熊腰七尺个，
岂让麻绳捆手脚！
这钱全当咱暂借，
筹备粮草置口锅，
千重困难咱不躲，
闯过险峻是巍峨——再奏凯歌！
[收光。

三

[赵春波家。赵春波正收整着提包，他显然要出差。

赵春波　（唱）博览会议季季开，
风景区里出长差。
一辆别克三年坏，
一趟征途三爆胎。

[汽车笛声。秘书宋萍上。

宋　萍　赵厂长，车已经来了。（提起厂长的提包便走）

赵春波　小萍，车上礼品一共带了几份？

宋　萍　八份。

赵春波　不行，这次部里去人多，再多带一些。

宋　萍　十份够不够？

赵春波　十三份吧！

宋　萍　是！我去准备。（急下）

[赵奶奶上。

赵奶奶　春波，你这次开会几天哪？

赵春波　十天左右。

赵奶奶　你不跟淑娴说一声？

赵春波　有什么好说的？我这开会就像喝茶吃饭，司空见惯，说多了人家还嫌烦呢！

赵奶奶　你俩还在别扭着？

赵春波　妈，你老照管好自个儿身体，别操那么多闲心，就会长寿。

赵奶奶　不是妈操心，连小如蛟都看出来了，说你俩出现了感情危机。

赵春波　这是如蛟说的话？

赵奶奶　可不是嘛！

赵春波　（突然大笑）哈哈哈哈……这个小东西，不得了他啦！

［小如蛟上。他手拿一份打印纸，认真地看着。

赵春波　说曹操，曹操还真来了！小蛟，爸去海南出差，给你带点什么？

小如蛟　爸，什么叫“降职使用”？

赵春波　什么？

小如蛟　什么叫“降职使用”？我不懂嘛！

赵春波　“降职使用”？小孩子也研究政治术语？

小如蛟　快说嘛，快说嘛！什么叫“降职使用”？

赵春波　降职使用，就是把职务级别给你降下来，但不免你的职，还照常使用你。比如说，你是班长，叫你当组长；你是组长，叫你当组员。

小如蛟　那要是厂长呢？

赵春波　那就叫你当副厂长，当班组长，当（发现如蛟手里那份材料）这是什么？（接过来看，念出声来）“关于对赵春波降职使用的建议”……这，这是哪儿来的？

小如蛟　是从妈妈电脑里打印出来的！

赵春波　（越看越气，血管暴涨，一把砸到桌子上）可恶至极！

小如蛟　爸，妈妈为什么要叫你降职使用？

赵春波　她混账，她作践，她嫉妒！

小如蛟　妈妈为什么嫉妒你？

赵春波　她混了张臭文凭，自以为了不起，她想把你爸踩下去！

赵奶奶　我不相信，那会是淑娴写的吗？

赵春波　不是她是妖怪，落款署着她名字哪！

小如蛟　爸，妈妈为什么要踩你？你和妈妈的感情破裂了吗？

赵春波　不要叫她妈妈，她以后不是你妈妈！（愤然奔进里屋）

小如蛟　奶奶，妈妈为什么嫉妒爸爸，踩爸爸？

赵奶奶　我也说不清楚。

小如蛟　我有点恨妈妈！

赵奶奶　如蛟，奶奶也糊涂了，不知道向谁了。想恨你就恨吧！

［祖孙俩抱在一起拭泪。

［梅淑娴上。她带回来一大包鲜草莓。

梅淑娴　如蛟，快看妈妈给你带的什么？草莓！刚刚摘下来，个头又大又红，甜得很，一点也不酸，妈也来吃吧！快呀！（发现气氛不对，走过去观察）哟，都哭啦？咋回事？谁惹你们了？

小如蛟　（恨恨地）你！（跑进屋去）

梅淑娴　妈，您老也咋啦？到底出了什么事？

［赵奶奶翻了梅淑娴一眼，也走进屋去。

［梅淑娴懵懂地望望二人的背影，寻思着原因。她忽然发现桌上那张打印材料，抓起来一看，顿时明白了许多……

［赵春波从里屋走出，他手里拿着另一张材料。

梅淑娴　春波，我正要同你说这件事，这几天一直见不着你。

赵春波　不用太辛苦你，我已经亲自欣赏过了你的大作。你只用告诉我，你这材料一共寄出去了几份？都寄给了谁？我要亲自找他们去请罪，求他们赶快把我拿下来，满足你的要求。

梅淑娴　我刚写好,一份都没来得及往外寄呢!

赵春波　是不是我来帮你寄?

梅淑娴　我是要往外寄,但寄出之前,我必须同你谈妥。春波,我们结婚已经十一年,生活上、性格上、人品上,我们都能协调相处,互相包容,你能成为好父亲,也能成为好丈夫,还是母亲的孝顺儿子。可在事业上,在领导岗位上,你不称职,通过军转干部周大成下岗问题的处理,暴露出你素质上的弱点,你不适合当一把手。我的看法都写在这份材料上边,我也已经向余明山书记谈了我的意见……

赵春波　(前面强压怒火听梅淑娴讲话,听着听着憋得满面通红,一脚踢翻梅淑娴买的草莓,大吼一声)闭嘴!你这个女人无情无义心狠手辣,你连你的丈夫都拆台,还有什么人性可言?我真后悔,十一年来我怎么没有看透你!(扯出他写好的那张纸)签字吧!你走你的阳关道,我走我的独木桥。签哪!

梅淑娴　(接过一看,撕碎)春波,你曲解我了。我不会嫌弃你做我的丈夫,你是不错的男人,我不会离开你。

赵春波　(怒吼)我要离开你!你给我走,马上给我走!

[宋萍上。

宋　萍　赵厂长,礼品备好了。海南来电催你出发呢!

赵春波　告诉海南,我晚到一天。宋秘书,我今天办件事,明天出发,咱俩一起走。

宋　萍　我也去?

赵春波　对,我心烦,你陪着我去。

宋　萍　我……一点没准备呢!

赵春波　现在就去准备!

宋　萍　(高兴地)是！(下)

赵春波　梅淑娴,你要知趣了,离婚协议上签个字,咱们好合好散。要不然我就……

梅淑娴　春波,你这是拿离婚威胁我,掩盖你的虚弱。

赵春波　(歇斯底里)那我就给你来个坚强！(他狠狠扇了梅淑娴一巴掌)天下没有女人挖自己男人的墙脚的,你是独一无二！我要你走,你给我快走！你要不走,那我就走,我们一家都走！(发疯似的收整东西)

梅淑娴　赵春波，你太让人失望，你打人的行为把你衬得很渺小！好,既然如此,那我走,我走！(走下去又走回来)在走之前,我想把话说清楚……(突然流出眼泪)春波,我希望你耐下性子听一听,我再次求你了！

(唱)既然叫走我就走,
不愿留人不强留。
走前我把话说透,
听与不听你当水流！
十一年相识相爱相携手,
十一年风霜雨雪双同舟。
咱也曾拥肩指比燕剪柳,
咱也曾挽手互约鹤白头。
咱也曾琴瑟相谐丝丝扣,
咱也曾唱和一致拍拍投。
咱相约前进路上勤追求,
咱相约你追我赶不停留。
我愿你节节登高执政路,
你送我学院深造再进修。
三年的江南江北暂分手,
却换回陌生之感如鸿沟。

人都说夫妻相识在婚后，
真正的彼此了解在床头。
自从你出任眼前一把手，
你好像换了脾气、变了秉性、少了怜悯、多了虚荣、
随心所欲、缺乏同情、固执己见、一意孤行、
变成个封建大诸侯！
周大成在军在厂均优秀，
你却是顺水推舟不挽留。
军转干部军民一体情深谊厚，
你反倒轻视无视放任自流。
军转工作如筑长城加砖递篓，
关乎着军心安定、人民团结、国家强盛、事业兴旺、
构建那和谐社会一大头。
你冥顽不灵眼光短，
大事要事缺运筹。
你不纳忠言固步守，
优当劣来劣当优。
你飘飘然、昏昏然、翘翘然、汹汹然，
浑噩噩唐突了一把手，
我只好盼组织把你职权收！(扭身扬长而去，下)

赵春波　(气得咬牙切齿，拎起梅淑娴的手包，远远向她掷去)你永远也别回来，永远！

[他喘着粗气，疯狂地踱着步，然而，梅淑娴的一番话，毕竟使他的心灵受到冲击，他不得不思索。

赵春波　(唱)梅淑娴气得我牙根发肿，
梅淑娴呛得我耳根生疼。
梅淑娴造乱子乱我心境，
梅淑娴造伤害伤我威风。

难道说我真的变了脾性？
难道说我真的少了人情？
难道我升了职添了专横？
难道我掌了权长了虚荣？
难道说我是在唐突执政？
难道说我心中没有长城？
难道我赵春波被她言中：
当这个一把手就是不行？
看起来时代浪潮荡诟病，
执政人领导艺术讲水平。
水平不够就得让，
政绩不出把位腾！
赵春波一阵缭乱一阵醒，
一阵脸青一阵脸红：我无所适从！

［他的手机突然响起。他打开手机接听——

手机声　你是赵春波吗？

赵春波　（对手机）我是赵春波，你哪里？

手机声　我是石人山景区医院。赵翎燕是你妹妹吗？

赵春波　不错。什么事？

手机声　她出事了！

赵春波　出什么事？

手机声　她跌落山谷，正在抢救。快派家属过来！

赵春波　什么什么？跌落山谷？！（对方已挂断电话）

［赵奶奶闻声上。小如蛟随上。

赵奶奶　春波，谁跌落山谷啊？

赵春波　翎燕，翎燕！

赵奶奶　（大惊失色）燕子？

小如蛟　姑姑？

[切光。

四

[景区医院病房。赵翎燕躺在病床之上。她的额角有擦伤,腿上、臂上裹着绷带。医生在旁认真又仔细地研究着 X 光片。然后过来扶起赵翎燕,让她试探着走步子……

医　生　走一步,再走一步……把手伸开。举起来。举高一些。赵翎燕,你真命大,像你这样跌落山谷挂在峭壁上还能捡回命来的是天下第一人。而且全身骨骼完好无损。你应该感谢那帮解放军,他们为救你,可是摔伤了好几个棒小伙呢!

赵翎燕　他们摔得重吗?

医　生　相当重,其中有一个正在重症室抢救呢!

赵翎燕　医生,他们是哪个部队?什么番号?救我的解放军叫什么名字?

医　生　这个你别问。问他们也不说。他们都是一样服装,一样笑脸,一个腔调说话,景区一有事,他们就出现;危险一排除,他们就消失。我同他们打了这么多年交道,也叫不上一个名。

赵翎燕　我能去看看为救我而受伤的伤员吗?

医　生　那我得帮你问问再说。

[吴连长与几位战士上。吴连长与周大成相貌近似,可用同一个演员扮演。

医　生　你别看他们,他们来看你了!

吴连长　医生同志,这个姑娘伤情怎么样?

医　生　只是擦伤了几处,骨骼、内脏均无大碍。

吴连长　这我们就放心了。那好,那我们就准备撤了。请你来帮我们把手续交接一下。

医　生　好吧。(与战士们下)

赵翎燕　(上去抓住吴连长的手)你们往哪撤?

吴连长　(笑)撤是当兵的行话。我是说,我们该回部队营房了。我们就驻扎在景区附近。

赵翎燕　你们不是还有为救我而受伤的战士在这儿住院吗?

吴连长　一起撤,撤回部队医院。首长指示:不能打扰地方。

赵翎燕　您叫什么?受伤的战士叫什么?你们部队什么番号?

吴连长　(又一笑)都叫解放军。(下)

[望着走去的解放军背影,感慨万千。

[赵春波、赵奶奶、小如蛟上。小如蛟向赵翎燕扑去。

小如蛟　姑姑!

赵奶奶　我的乖女儿!(抱住翎燕哭起来)

赵翎燕　妈,我没事,我担心的倒是救我的人,他们要是有个好歹……

赵春波　翎燕,你到底咋回事?咋出的事?

赵翎燕　(唱)老君峰下飞云涧,

葱茏叠翠万丈渊。

峰顶风光美无限,

一枝木兰出奇鲜。

兰花诱人我将身探,

身体失控我坠下山!

多亏了一棵大树半空展,

我手抱树枝壁上悬!

呼天不应信号断,

心想着翎燕今天该玩完!

料不到绝望之中被发现,

调来了部队战士抢救团。
岭头上兵系绳索从天降，
山谷底军扯大网把我拦。
救下我探险勇士赵翎燕，
却摔伤解放军数位兵员。

赵奶奶　谢天谢地，咱家又遇着神仙了，解放军出现的真是时候！

赵翎燕　其中一位战士摔成重伤，还没脱离危险！

赵春波　这是哪个部队？你记住他们姓名没有？

赵翎燕　他们一概不说，都是一个回答：解放军。

赵奶奶　这就是解放军哪，孩子！

赵春波　不行，一定得问出来。他们的伤号不也在这个医院吗？

赵翎燕　可他们马上要撤回部队了。

赵春波　为什么？

赵翎燕　他们的规矩：不打扰地方。

赵春波　我现在就去找他们！（欲下）

［吴连长上，与赵春波碰个照面。赵春波吃惊地盯着对方。

赵春波　你？

吴连长　（发现对方的诧异）你好！

赵翎燕　解放军同志，他是我哥哥，这是我妈，这是我小侄儿。他们都来看我了。

吴连长　太好了，你们一来，我们更放心了。手续已向医院交接，人该向你们交接了。我是来告别的。

赵翎燕　您总得给我留个姓名，要不，我都没法向他们介绍。

吴连长　解放军。其他不用介绍。

赵奶奶　你们是翎燕的救命恩人哪！

吴连长　老人家，不能这样说，保卫人民安全，是我们神圣的使命。

[一战士上。

战　士　报告连长:撤离准备完毕,等候命令。

赵春波　(恍惚地)你也是连长? 周大成……

战　士　我们连长是叫大成,不过不姓周,姓吴。

赵春波　哦,吴连长,对不起,我走神了,想到另外一个人了。

赵翎燕　(耳语)哥,他真有点像你们厂那个周大成。

赵奶奶　像极了! 这难道是老天的有意安排?

吴连长　(取出几样东西)这是战士们清理战场捡到的几样东西:身份证——赵翎燕,没错,是你的;发卡,这么漂亮,可惜有点折断,肯定也是你的。金项链? 这可要认真鉴别了,游客那么多,谁知道……哇,刻有名字——又是赵翎燕。好了,统统物归原主。交接完毕。那就再见了!

赵翎燕　吴连长,这条项链是新加坡朋友送我的,请允许我把它转送给你!

吴连长　这可不行。再见! (欲下)

赵翎燕　(急得大嚷)那要是我把它丢了呢? 你们为什么还要把它还给我?

吴连长　(笑)同志,那是另外的问题了。再见! (再次欲下)

赵奶奶　(大叫一声)不行,不能这样就走! 春波,留住解放军!

赵翎燕　为了救我,你们摔伤了好几位战士,还有一位重伤员正在抢救。这都是因为我,我应该为你们承担医疗费。你们这样匆匆走掉,我能安心养伤吗?

赵春波　(紧紧握起吴的手)吴连长,谢谢你们救了我妹妹。我代表我全家向你们致敬! (从公文包里取出厚厚一叠钱)这点钱,作为感谢费、作为我妹妹赔偿受伤战士的医疗费,请你收下!

吴连长　什么什么? (一字一蹦地)不——存——在! 再见!

[赵奶奶一把拽住吴连长,拖住不放。

赵奶奶　(唱)同志啊,你停一停,
　　这样就走俺心疼!

赵翎燕　(唱)官兵救了我的命,
　　翎燕不能无人情。

赵春波　(唱)为救我们您受伤,
　　不理不赔礼不容。

赵奶奶　(唱)官兵之命也是命,
　　手心手背都是疼。

赵翎燕　(唱)战士伤情比我重,
　　我有责任报恩情!

赵春波　(唱)两万元钱您收下,
　　全当我拥军爱国保长城!

吴连长　(唱)你们的心意我全领,
　　由衷的感谢道十声!
　　你们的分文不会动,
　　因为我是中国兵!
　　军装在身膺党命,
　　心灵躯体都是公。
　　只懂奉献,不懂索取,
　　只懂献身,不懂亏盈。
　　保民安全是使命,
　　当兵就是为尽忠。

[病房门口出现一位老人,他精神矍铄,声音高亢,一身退了颜色的军服不戴军徽,一看便知是位退役军官。他是梅峰。

梅　峰　吴大成在吗?

吴连长　(意外地)老师长? (赶快行军礼)报告老师长:吴大

成在！

梅　峰　你们师部说，你们救了一位叫赵翎燕的姑娘，我来看看真假。

吴连长　报告老师长：一点不假，这位就是。

梅　峰　（走近赵翎燕观察）摔得怎么样？要紧吗？

赵翎燕　一点不要紧。可是，老师长，你怎么知道我？

梅　峰　（笑了）有人介绍嘛！哈哈……（向门外）梅淑娴，你躲着干吗？还不快进来！

［梅淑娴走进。

赵奶奶　（惊喜地）淑娴！？

赵翎燕　嫂子！你怎么这么没跟我哥一起来看我？

小如蛟　妈妈！（扑入妈妈怀里）

赵春波　淑娴，你……来啦！

梅　峰　（对赵翎燕）姑娘，通过她，我才知道你赵翎燕，而且知道你们是姑嫂至亲。她本来早要来看你，是我挡了挡她。我对她说：你是叫人家赵家撵出来的，你再回去，人家欢迎你吗？

赵翎燕　这是怎么回事？

赵奶奶　翎燕，这事全怪你哥！

赵春波　淑娴，原谅我，你回来吧！

小如蛟　妈妈，你这几天都在哪儿住啊？

梅淑娴　在妈妈办公室。

梅　峰　你妈妈的办公室很好，一天到晚都有转业兵进进出出，叫我这个老转业兵恍如归家之感。转业干部们都说，干脆这里叫"老转俱乐部"好了！

梅淑娴　蛟蛟，这是我爷爷，是你的老爷爷。妈，翎燕，你们听说过，可谁也没见过他。晚年他一直在边疆服役，也在边疆退休。是最近过来看他的老部队，顺便来看我。

梅　峰　看巧就让我碰上你们要离婚。这大概是现在社会流行的一种时尚吧?

赵春波　爷爷,我就是你的孙女婿赵春波。

梅　峰　我看出来了。不过一离婚,可就当不成我的孙女婿了。孩子啊,你是一厂之长啊,能不能不带这个头,不要离婚呀?

赵春波　爷爷,我该向淑娴认错。这几天我回想了很多往事,特别是今天我接触抢救翎燕的解放军官兵,他们的无私忘我行为深深触动了我,使我自惭形秽。他们把身家性命都交了公,为人民大众可以牺牲一切。可是我却对他们关心太少了,有时甚至是忽视。刚才我看见你们的吴大成连长,就想起我厂里的周大成连长。这个大成带兵救了我妹妹的命,那个大成却被我的官僚主义作风弄下岗了。我没尽到责任哪!

梅　峰　唔!有这几句话也不错。淑娴,你也不要那么任性,春波不愿让那个一把手,你就等等嘛!说不定等等他就愿意让了;也说不定等等他就变好了,变得你舍不得叫他让了。

赵奶奶　淑娴他爷爷,我能问您几句话吗?

梅　峰　(也注意到对方有点面熟)嗯,你说!

赵奶奶　三十七年前,你来过东城市吗?

梅　峰　当然来过。

赵奶奶　你来东城干什么?

梅　峰　当军代表,支左呀!

赵奶奶　你在哪里当军代表?

梅　峰　东城第二中学。

赵奶奶　那个学校有个扫地工你有没有注意到?

梅　峰　她是个优秀教师,但被打成了右派,天天扫厕所。

赵奶奶　她背上老是背着个孩子……

梅　峰　有一次造反派批斗她,五黄六月天,非要她背着孩子在太阳下曝晒三个小时。

赵奶奶　那是因为造反派说她脑袋里有霉菌,必须强光照射。

梅　峰　她求造反派饶了孩子,造反派说,孩子是黑五类,同样需要红太阳照射!

赵奶奶　她哭着说,三个小时,孩子晒死了啊!

梅　峰　可造反派说,死了也比成为右派接班人强!

赵奶奶　这事叫那位军代表知道了,他勃然大怒,赶到现场,解救了那母子二人,还叫那个造反派头子晒了一个小时的太阳!

梅　峰　这么说,你是赵老师?

赵奶奶　你就是军代表?!

[二人扑在一起,激动地握手。

[众人均被这场奇异的邂逅感动了,大家一齐拍起了手。

赵奶奶　(拉过赵春波)军代表,这就是我当年背的那个孩子啊!

赵春波　(激动地抓住梅峰的手)老首长,爷爷!

[幕后合唱:

转眼三十又七年,
故人相见是天缘。
军民恩情饱又满,
风雨江海同舟船。

赵奶奶　(唱)三十七年不算远,
批斗声浪响耳边。
不是恩人军代表,
可怜母子无今天。

赵春波　(唱)奇异邂逅奇异见,

奇异经历扣心弦。
谁知当年右派子，
原是老兵救危难！

梅淑娴　（唱）天不打转地打转，
人生际遇如魔幻。
军民故事连成片，
激励后来彪史传！

梅　峰　（唱）一家不吃两家饭，
前针走过后线连。
三十七年老旧事，
注定如今结姻缘！

众　人　（唱）阳光明媚春无限，
军民情谊深如潭。
翻过老史写新传，
冲过艰难是灿烂！

［收光。

尾声

［大成公司门前。

［大成公司成立剪彩仪式热闹非凡。空中高悬“热烈祝贺大成公司成立”的横幅。祝贺的人群欢呼雀跃，锣鼓喧天。

［剧中所出现过的人物几乎全部在场。周大成身披绶带，容光焕发，高兴地应酬着一切。

［梅淑娴居中主持。

梅淑娴　诸位来宾！大成公司成立仪式，现在开始！

余明山　再等等，还有位贵宾没来呢！

梅淑娴　余书记,还有谁呀?

余明山　还用我说吗?

梅淑娴　你是说赵春波?他在省里开会,赶不回来了,不等他。

余明山　一定能赶回,一定得等。(拨手机)春波,你到哪了?

[赵春波一边接听手机一边上。

赵春波　我到会场了!(同余书记握过手后,跑过去紧紧抓住周大成)大成!我没给你买花篮,也没有送匾额,只给你带来一份聘书。经过厂党委认真研究,决定聘请你回厂,出任国际市场营销部经理。请你赏光。

周大成　谢谢,谢谢厂党委对我的信任。不过,你看,下海没有回头路了。

赵春波　余书记,你说说话,大成听你的。

余明山　嗯,一边是国际市场营销部大经理;一边是转业兵五人小公司。一边实力大,风险小;一边实力小,风险大。这问题么……还是听听淑娴的。淑娴,你说话,我知道,大成最听你的。

梅淑娴　我也没了主意。以我说,还是听大成的。大成,你表态。

周大成　赵厂长,党委的决定如果早下,也许我就去上班了。可是,通过下岗这些天来的折磨煎熬奔突碰撞,我好像开阔了好多。我再去当经理,只是我一个人衣食无忧;我来开公司,却能承担我们一批老转弟兄改变命运的使命。相比之下,这边风险更大,也更有吸引力,更能激发一个退伍战士重振斗志、回归沙场的征战精神。余书记、淑娴同志,有你们的关心支持与鼓励,有党的精神指引、政策铺路,你们就让我在一条新路上试一试、闯一闯、干一干吧!

余明山　好,淑娴,剪彩仪式,开始吧!

梅淑娴　同志们!

（唱）大成公司大鹏展，
扶摇直上搏云天。
喜看老兵写新传，
东城故事谱新篇。

众　人　（合）大成公司大鹏展，
扶摇直上搏云天。
喜看老兵写新传，
东城故事谱新篇。

[幕闭。

[剧终。

戏曲电视剧

卷四 / 桃花庵

Tao hua an

DRAMA COLLECTION

月牙如钩。山林绰约。万籁寂寥。

一座青檐粉墙围裹的尼庵,在月光下朦胧隐现。朦胧中,山在睡,林在睡,万物在睡。

突然,一声细如游丝的婴儿啼哭隐约响起。

哭声越来越大……

越来越大的哭声……

哭声中,庵院粉墙上的花猫,陡然惊醒,窜逃。

哭声中,庵门匾额下藏着的蝙蝠,陡然落下,挣扎腾飞。

山道上,一位蹒跚行走的老妇,被这越来越大的婴儿哭声惊呆了:她望着传出哭声的尼姑庵,眨巴着惶惑的眼睛——她叫王桑氏。

王桑氏拉过挂在腰间的酒葫芦,往嘴里倒了两口,抿了一把嘴,朝尼姑庵走去。

借着清冷的月光,寺门下的匾额字迹跳入眼帘:“桃花庵”。

一双皱褶叠砌的手,叩响了桃花庵的青铜门环。

门环的铿锵声伴着婴儿的哇呀声,奏起一曲山寺月夜的神秘音乐。

山门终于开了,一位老尼姑出现在门廊之内。

老尼姑手秉青灯,凑前审视,认出王桑氏。

王桑氏满脸狐疑,盯视着老尼姑。

二人四目相对,一言不搭,只用眼睛说话。听任那近在咫尺的婴儿啼哭之声掠过耳畔,四面飘飞,惊星闹月,荡漾八荒……

禅房内。

一位神色沮丧、满面泪痕的年轻尼姑妙善，半卧在禅帐内，支撑着产后的虚弱身体。她用颤抖的纤纤手指蘸着婴儿滴血的脐带，在一件蓝衫上写着什么。

老尼领着王桑氏走进禅房。

妙善看到王桑氏，先是一怔，接着挣扎坐起，向着王桑氏扑跪下。

王桑氏赶忙把妙善搀起，扶上床去。

青灯明灭，钟声数点。

如泣如叙的音乐声中，妙善清癯而隽秀的脸庞上挂满晶莹的泪珠，凄凄楚楚、委委婉婉地向王桑氏说着什么。

临窗的月亮也似乎既回避又娇羞地躲进云层。

王桑氏同情地抑或点点头，抑或摇摇头。

妙善说完话，依依不舍地捧起那件血书蓝衫，递给王桑氏。

王桑氏接过蓝衫注目观望——蓝衫衣领间，一个锦绣篆字"恩"十分醒目。

王桑氏更加吃惊地抬起头，瞪圆两只老眼望着这个年轻而俊俏的尼姑妙善。

妙善嗫嚅着向身旁的老尼姑说了句什么，老尼姑走上前去，把一捧碎银子递给王桑氏。王桑氏略作推辞后收起。

妙善再次向王桑氏倒头下拜。

王桑氏用血字蓝衫把哭闹不止的婴儿裹起，抱起婴儿，向外走去。

悲痛欲绝的妙善扑上去，扒开蓝衫襁褓，没命地与婴儿吻别。

山道上。

王桑氏踏着月光露草，怀中紧紧抱着蓝衫襁褓中的婴儿，匆匆走下山去。

襁褓里，婴儿的哭声轻如蚯吟，甜如蛙鸣。

庵院上空，冷月凄清。

画外音：（唱）

尼姑庵里小儿啼，
小儿生母是小尼。
小尼乳水染净地，
一番风流演传奇。

（字幕）十二年后。

恩公府府邸。

宅院气派非凡，但一片冷落萧疏之象。（俯）

然而，春色毕竟来临，绿染园圃，红点绣窗。

窦氏晨起，临窗梳妆。

丫鬟春红走来，帮窦氏梳妆。春红精心地为窦氏绾盘发髻。

窦氏突然把春红一推，生起气来。

窦氏："春红！你家老爷总喜欢我把发髻往这边盘，可你为什么偏偏要给我往这边盘呢？"

春红："以我看，往这边盘更好看。"

窦氏："小蹄子犟嘴！今天，等你家老爷回来，我非叫他治治你不可！"

春红："好，好，往这边盘，往这边盘！我马上改过来！"春红重新帮窦氏盘绾发髻，时不时背过脸擦擦眼泪。

恩公府客堂。

窦氏怔怔地坐在茶几旁，陷入沉思。

春红托着一盏香茶走来，恭敬地举在窦氏面前。

春红："请夫人用茶。"

窦氏刚要用手接茶，突然又停住，陡然生气："春红，我每每交代你：送茶要送两盏，我一盏，你家老爷一盏。你这一杯茶，叫我们两个谁来喝？"

春红委屈地："老爷他又不回来。"

窦氏："混账！谁说你家老爷不回来？说不定今天他就回来！"

春红："好，好，这一盏是你的，我再去给老爷打一盏来。"

窦氏："胡说！先给老爷，然后再给我才对。"

春红："是，是，这一盏是老爷的。我再去给你打一盏来！"

春红把茶杯摆在窦氏的对面，偷偷搌了搌眼睛，匆匆离去。

窦氏的对面，座椅空空。

茶盏里冒出热气，袅袅上升……

恩公府书斋。

窦氏半依书案，在一方砚台里认真磨着墨锭。

窦氏："春红，为你家老爷打座！"

春红搬来一把黑漆木椅。

窦氏："你怎么偏偏搬把黑漆木椅来？你不知道你家老爷喜欢红漆木椅吗？"

春红："夫人，黑漆也罢，红漆也好，还不都是空摆着？老爷他啥时候能回来？"

窦氏："说不定今天就回来。"

春红："今天，今天，盼了十二年个今天了，还是不见人影儿。你还盼！"

窦氏："小蹄子，你总和我犟嘴！"她一时火起，掂起一只鸡毛掸子追赶春红。一不小心，把书案上一尊青瓷画轴插瓶弄倒，当啷一声，摔碎在地上。

窦氏怔住。

春红扑过来，抱着窦氏的腿，跪在地上，失声痛哭："夫人！

你打我吧！狠狠打我吧！只要你不生气就好！我是心疼你呀！老爷出门游玩，一去十二年，人影不见，音信不给，他都不想家，不管家，不要家，你为啥还那么想他，那么痴心呀？你这样下去累坏了身子，有个好歹，我可靠谁呀？恩公府可靠谁呀！”

窦氏冷静下来，捧起春红的脸，替她擦着眼泪："春红，平常我总把你当成女儿看待，你看我……是不是变了？变坏了，变傻了……”

春红："你是想老爷想的了。夫人，你要保重身体，才好等老爷回来。你应该想办法高兴，快乐，笑，啊！”

窦氏挽起春红，苦笑着："好，笑，我笑……”

春红："今天是三月三，咱恩公府大花园里桃红柳绿，往上一看，满天的风筝！夫人，散散心去吧？”

窦氏："就依你个小蹄子！”

春红高兴得跳起来，冲出门外喊："小郎们！夫人有命：打道恩公府大花园……”

恩公府大花园。

亭举廊回，水清石怪，新绿斑驳，嫩红数点。

假山旁，一篷轿子落下，窦氏掀帘走出。

春红引着夫人登上假山，欣赏春色。

窦氏在一株并蒂树下，抚弄着叶芽的新枝，一声长叹。

窦氏：

(唱)九尽春回杏花开，
鸿雁飞去紫燕来。
鸿雁紫燕来去快，
只去不回是张才。
A)张才夫出门十二载，
十二个春秋未回来。

B)十二年牡丹已开败，
十二年青竹变黄柴。
C)十二年红颜颜色改，
十二年新房成老宅。
D)十二年员外世家无员外，
恩公府邸阳气衰。
E)荒废了世袭五品位，
F)冷落了豪门大家宅。
G)忘记了新婚窦氏女，
丢下了巨富大家财。
你万般大事不牵挂，
可也该，挂一挂，你独苗单传，张门无后，
咱夫妻还没生个小呀小张才！

［在以上唱段中，相继闪回以下画面：

画面 A：

恩公府大门口。

窦氏送张才出门，夫妻新婚宴尔，恩爱异常。张才风流倜傥，跨马策鞭，频频回首。

画面 B：

恩公府绣楼。

窦氏临窗翘首远望，愁堆眉山。

画面 C：

梳妆台前。

窦氏散发垂肩，无心梳理，潸然泪下。

画面 D:

恩公府府门。

皇题“恩公府”巨匾高悬,威严无比。

门口,数名官绅叩门。

门开处,探出一个婢女的脑袋,说了两句话,又哑然合上大门。

官绅们失望地摇头叹息。

画面 E:

恩公府堂。

正堂供着一尊紫檀御雕,上写:“圣旨:钦赐世袭五品。”

画面 F:

恩公府全景鸟瞰:

高院大宅,院落环套,气势巍峨。

画面 G:

张才洞房内。

张才身穿新郎红衫,容光焕发,激情难抑地猛地揭开新娘的盖头。窦氏妩媚万态,羞得捂起脸儿……

张才捧起窦氏的脸蛋儿,四目相视,脉脉含情,甜蜜地抱在一起……

(闪回画面与窦氏唱段同时结束)

现实:

窦氏抱着孤桑,满面泪痕。

突然,一只断线的风筝飘然落下,挂在窦氏面前的桑枝间。

花园围墙外,一个少年翻墙而过,来寻找他的风筝。由于用力过猛，墙头上的几片青砖红瓦，被他扒落。

小郎跑过来，大声呵斥："何处狂徒，胆敢在此撒野！"

少年不予理睬，径直登上假山，攀树折枝去取风筝。

小郎追上，一把抓住。不料少年反手一掌，把小郎推倒，滚下假山去。小郎大喊："来人哪！把这个狂徒抓起来！"

几名家丁应声赶来，把少年围在中间。

正在此时，墙外又跳进一位师爷模样的人，慌忙跑来护住少年，拱手赔礼解围。

师爷："诸位息怒，诸位息怒！俺家小公子年龄尚小，不懂规矩。看在他爹的面子上，多多原谅！"

小郎："他爹是谁？"

师爷："本县太爷高宝坤。"

小郎："哈哈哈……我当是王孙公子大脸国舅到了，原来是本县小小芝麻官的一个狗崽子！伙计们，给我抓起来！"

众家丁一哄而上，欲扭少年。但见那少年抽出一把匕首，怒目相向。

师爷赶忙跑过去抱住少年。

师爷："不得无理！你知道这是何地？这是恩公府大花园，五品官宅，皇封宝地。当年万岁爷还在这儿躲过灾，逃过难呢！"

少年一愣，吃惊地眨巴着眼睛。

师爷："你爹每年都要来这儿拜三拜呢！"

少年瞪着惶惑的眼睛，巡视着围着他的家丁，最后，他的眼光落在站于高处的窦氏身上。

窦氏和少年四目相对，互视有顷。

窦氏的眼里，放射出炙热的光彩。

小郎一声呼叫，众家丁拥向少年，把他扭起。

窦氏："小郎，放了他！"

小郎和众家丁怔住。

窦氏:“放了高家小少爷！”

众家丁撒手,远远退开。

师爷匍匐跪地,然后又拖过少年——

师爷:“还不叩谢恩公夫人宽恕之恩？”

少年向窦氏倒头跪拜。

窦氏望着少年,缓缓走下山坡。她走近少年,围着少年审视、欣赏、察看。她眼前不断闪现着张才当年的形象:张才的形象和少年的形象相互叠印——那么相像,那么酷似。

——洞房里,窦氏面前:张才那甜甜的越凑越近的笑脸。

——妆台旁,张才举着眉笔为窦氏描龙画凤的笑脸。

——府门口,张才跨马出游,回眸一笑的脸。

张才的脸和少年的脸合而为一,那么熟悉,那么一致。它唤回了窦氏的热烈情思。

窦氏:(唱)

一模样的脸儿,
浑似这身材,
真好像我当年的丈夫回家来！
也是这么匀,
也是这么白,
活脱脱十二年前小呀么小张才！
手也那么摆,脚也那么迈,
肩并肩花间草径踏青苔。
春红儿留住少年稍等待,
夫人我有话还没问上来！

在以上唱段中,窦氏火辣辣的目光盯视得少年怯怯后退。

师爷示意少年向窦氏倒头三拜,然后退出,向花园门口走去。

春红赶忙追上去叫:“喂！小孩,老头,我说你们站住！”

师爷与少年站住。

春红："我说你们回来呀！"

师爷与少年迟疑地走回。

春红："俺家夫人光顾看小孩哩，还没顾上跟这小孩掰徊掰徊呢！"

少年眨巴着眼。

师爷："掰徊？"

春红："掰徊都不懂？掰徊掰徊就是喷打喷打，拉呱拉呱。"

师爷："喷？"

春红："哎呀！干脆这么说吧：我家夫人要和这小孩说说话哩！哎，你还愣什么？我说小孩，你能跟恩公府五品夫人说说话，这是多大的福分！"

师爷俯身于少年耳旁，切切地嘱咐着什么。

师爷："我们懂，我们懂！少爷，快给夫人叩头！"

少年向窦氏膜拜。

窦氏弯下身去，把少年托起来，然后双手捧着少年的脸蛋儿，望着、想着，想着、望着……

师爷向少年使眼色。

少年："我叫高小攀。高低的高，大小的小，攀登的攀。我爹高宝坤，是本县小小芝麻官儿！"

窦氏："我还没问你哪！"

高小攀："没问先答，免得劳您大驾。"

窦氏："多聪明的孩子！"

高小攀："我爹常对我说：方圆千顷土，都是恩公府。珠宝……"

师爷赶紧接上去："珠宝大把抓，恩公手中沙。恩公不当官，说话能通天。要想升官快，常把恩公拜！"

春红："呀！你师徒俩还长着一副卖当嘴哩！"

师爷："谁不知道这恩公府张员外是当年真龙天子洪武爷的

救命恩人哩！”

窦氏:“小攀,你弟兄几人？”

高小攀:“就我一棵独苗。”

窦氏:“家府如何？”

高下攀:“父母双全。”

窦氏:“年龄几何？”

高小攀:“一十二岁。”

窦氏:“一十二岁？好一个一十二岁！”她忽又走神,自言自语地:“我的张才夫如不出外,我们的孩子也该有这么大了……”

高小攀:“你家也有我这么大的孩子？”

窦氏:“这……”

高小攀:“是男孩是女孩？”

窦氏:“是男怎么讲？是女怎么说？”

高小攀:“是男,我跟他认兄弟;是女,我跟她认兄妹。”

窦氏:“男孩女孩都没有呢？”

高小攀:“那……”

师爷又紧接上:“那就认给你！”他看到窦氏不但不怪,反而喜笑颜开，便接着说:“只要你不嫌弃，你就是我家少爷的干妈啦！”

高小攀机灵地上去就喊:“妈！”

窦氏激动得几乎晕厥过去,满眼热泪地答应:“哎,哎……”

窦氏:(滚白)我聪明的乖伶俐的儿亲亲的嘴孝孝的心——

你可真真说到你娘我心窝里了啊！

(唱)一声妈喊出我热泪两行,

十二载没盼来个小儿郎。

盼断了希望盼断了梦,

盼断了相思盼断了肠！

青春盼旧天盼老,

人盼痴呆眼盼盲！
小攀儿一声娘亲喊得响，
霎时间为娘满眼是辉煌。
手挽起我的儿咱回府上——

(夹白)“儿啊！”

高小攀：“娘！”

窦氏：“我的儿！”

高小攀：“我的娘！”

众人拥来，一番张罗，一番欢欣，前呼后拥地扶窦氏、高小攀上轿。

窦氏：(接唱)认干亲娘为你杀猪宰羊！

群情激昂，府轿高闪。窦氏在轿中紧紧搂着高小攀，她已弄不清，也不需要弄清她亲热的是丈夫张才还是干儿子。

恩公府客堂。

认亲仪式正在进行：鼓乐高奏，鞭炮齐鸣，宾客满堂，供奉丰沛。

窦氏端坐于正堂之位，满脸喜祥。

高小攀锦紫满身，向着窦氏行认亲跪拜大礼。他每拜一次，便高喊一声：“娘”！

满堂宾客齐声喝彩。

唯有高县令夫妇疑虑难释，忧喜参半。他二人一旁嘀咕着。

高夫人：“你看他小东西拜多真，喊多亲！往后，怕是只认干妈，不认亲娘了！”

高宝坤：“你本来就不是人家亲娘。”

高夫人：“你个老东西，你揭老底哩不是？那你也不是亲爹！叫人家抢走你可别心疼！”

高宝坤：“放心吧！线跟梭、勺跟锅，好处总比坏处多。跟恩公府攀亲,能轮着咱吃亏？有你高兴的时候！”

司仪高声呼喊:“敬天地！”

高小攀举杯向天地洒酒。

司仪:“敬宗族！”

高小攀举杯向堂神洒酒。

司仪:“叩拜义父义母！”

高小攀向坐于正堂的窦氏叩拜。

司仪:“向义父义母敬酒！”

高小攀捧着酒盘,酒盘上托着两个金盏,他恭敬地向窦氏敬酒。

窦氏笑容满面,喜滋滋地端起托盘上的一杯酒,慢慢送往口边。

高小攀突然问:“……干妈,我干爹呢？”

窦氏闻言一怔,酒杯停在嘴边。

高小攀捧着余下一杯酒的酒盘,四下环望寻找:“我干爹呢？干爹！”

窦氏本来的满脸笑容凝固在脸上,泪噙眼角,呆在那里。

高小攀:“干妈,我干爹咋不见我呢？我要给他敬酒哪！”

窦氏好不容易回过神来,强忍着悲伤,激活笑脸,温柔地说:“你干爹他公务在身,秉旨远行,还没赶回来呐！”

高小攀:“我干爹什么时候才能赶回来？”

窦氏有点语塞:“快了,快了……”

高宝坤觉察到儿子在纠缠一些令窦氏不快的事情，赶忙向高夫人使眼色,二人趋至窦氏跟前,嗔儿子道:“小宝,在你干妈面前，只有俯首帖耳听从教诲的份儿，哪兴你贫嘴饶舌问东问西？真真少调失教！”

窦氏见高小攀的父母走过来,急掩去心头凄楚,笑脸相迎,说道:“亲家,小攀很懂事,很聪明,我十分喜欢这孩子。原谅我分享你们的宠爱了！”

高宝坤："哪里哪里！能得到恩公夫人的喜爱，是他小子的天大造化！”

高夫人："搁平时巴结还巴结不上呢！”

高宝坤暗中拧了夫人一把。

窦氏热情地邀让："亲家！”

高宝坤："哎！”

窦氏："亲家母！”

高夫人："哎！”

窦氏："请来入席！”

三年后。（字幕）

龟裂的土地。

汹涌的洪水。

被蝗虫咬秃的田野庄稼。

逃荒的人群。

市井街道。

老态龙钟的王桑氏一手拄杖，一手提着包袱，在萧条的街道上艰难地行走。

喘气间，她举起腰间的酒葫芦往嘴里倾倒，然而，酒葫芦里控不出一滴酒来。

王桑氏叹口气，苦笑一下。

王桑氏唱：

一年旱，二年淹，
三年蝗虫啃塌天。
针穿黑豆长街卖，
河里杂草上戳盘。

饥荒年月人命贱，
饿死鬼儿满腿缠。
老身我家业田产都当尽，
翻出来蓝衫一领换酒钱。
这蓝衫十二年前裹肉蛋，
肉蛋儿出自桃花庵。
桃花年年依旧绽，
肉蛋儿，长成了：一表人才小少年；
他本是：七品知县的心肝肝。
蓝衫虽旧是绫缎，
当铺之中换酒钱。

市井当铺。

王桑氏把包袱递上高高的柜台。

店铺内，老店主漫不经心地打开包袱看着那件旧蓝衫。突然，衣领间一个绣金的“恩”字映入眼帘。

绣金的“恩”字大特写。

当铺店主兴奋的眼神。他故意把衣服推出柜台：“不值钱，太旧了，不好卖。”

王桑氏：“行行好，积积德，换两个月的酒钱吧！”

店主：“你贵姓？”

王桑氏：“王桑氏。”

店主：“哪里人？”

王桑氏：“桃花山芭蕉镇。”

店主：“以何为生？”

王桑氏：“打更捉贼，牵线说媒，啥都干。”

店主：“这件蓝衫从何而来？”

王桑氏：“咦！查户口不是？当货换钱，捉鸡换盐，换罢就完，少说闲言。这生意愿做就做,不做拉倒!”说罢,她抓着衣服欲走。

店主夺过衣服,推出一把钱来。

王桑氏抓过钱,数了数,露出笑意:“今儿个该去喝四两!”

画外音(唱)

一件蓝衫换酒钱,
十二年悬疑露倪端。
灾荒逼出个“蓝衫案”
恩公府牵连上桃花庵。

恩公府客堂。

高县令带着儿子高小攀,正在向窦氏辞行。

高宝坤:“下官高宝坤送子进京赶赴科场,特来辞行。”

窦氏:“亲翁,你太客气了。”

高小攀:“妈!我这就走啦!您老还有啥交代的!”

窦氏:“我给儿准备了纹银五百两,挑夫两个,快马一匹。祝儿文思机敏,捷足先登。”

高小攀高兴得一蹦:“谢干妈!”说罢,扭头就走。

高宝坤:“哎,回来回来!大事还没办哩!”

窦氏:“还有何事?”

高宝坤:“咱这儿子平时娇惯坏了,书不多读,笔不常提,状元爷的位置能轮着他吗?”

窦氏:“依亲翁之意呢?”

高宝坤:“托托洪武爷打个招呼,照顾照顾。”

窦氏:“你是说……”

高宝坤:“这事在别人不容易,在夫人则易如反掌。只用把当年洪武皇帝赐给恩公府的御牌让小儿带上,向主考官这么一递,再这么一塞……事情可能就成啦。”

窦氏:“为儿求功名,何惜舍家宝!”她取出藏于正堂金龛中的御牌，交予高小攀。

小攀激动地扑跪："谢干妈！"他忽然又抬起头，认真地发问："可是，我把这传家珍宝带走，俺干爹回来，他愿意吗？"

高宝坤暗中捏了儿子一把。

窦氏掩面拭泪："你干爹怕是不要这个家了！你们走吧？"

高宝坤与高小攀悄悄退出。

恩公府客堂。

窦氏扶几而坐，望着对面摆放的那盏热气蒸腾的香茶发呆。

春红领着当铺老板走进客堂。

张店主一躬到地："禀太太，老爷有信了！"

窦氏似未所闻："张店主，你不在店中操持，来此何干？"

张店主："给太太报喜：老爷有信儿了！"

窦氏怔怔地回头："张店主，本太太待你不薄，何故开这种玩笑？"

张店主："奴才岂敢，没有太太的关照，哪有奴才的生意？太太请看！"

窦氏："什么东西？"

店主："一件衣服。"

窦氏："难得你一片好意，春红，取五两银子给张店主。"

店主："五两是不是太少了。"

窦氏："取十两。"

店主："十两也不多。"

窦氏："你……"

春红："张老儿，你那个店也是太太帮你开的，一件破衣服，竟要十两银子的红头，还有良心没有？"

店主："正因为老儿感谢太太之恩，才送来这件无价之物。"说着，他打开包袱，把那件蓝衫摊于窦氏面前。

窦氏此时拭干泪痕，才慢慢转过身来，定睛一看，不禁目瞪口呆！她浑身战栗着，摸索着，翻看着，那熟悉的一针一线一嵌一饰和那个绣锦的“恩”字，使她无力自持了……

窦氏：（喃喃地）：“这是张才的衣服，这是我夫的蓝衫啊！”看着看着，窦氏不禁失声。

窦氏：“此衣从何而来？”

店主：“有人送进当铺。”

窦氏：“送衣者何人？”

店主：“一个老婆婆。”

窦氏：“姓甚名谁？”

店主：“桃花山芭蕉镇王桑氏。”

窦氏：“此人做何营生？”

店主：“只怕是个什么都干，又什么都不干的女光棍。”

窦氏抖起精神，重摆棋阵：“小郎！”

小郎应声上。

窦氏：“准备轿子一顶，立即奔赴桃花山芭蕉镇，把老婆婆王桑氏接进府来！”

小郎：“遵命！”

窦氏寝阁。

那件撇开主人独立回归的蓝衫，被端端正正地挂在一副紫檀衣架上。

窦氏怔怔地围着蓝衫审视，抚弄，揩灰，掸尘。

画外音：（唱）

那天你出门走，
柳芽刚露头。
A）你穿着这件衣，
匆匆过门楼。

B)你衣服扣错了扣，
丝绦结错了头。
C)鬓发也没有整，
依然那么风流！
D)我帮你结丝绦，
我帮你整领头。
我帮你扣衣扣，
我帮你打发油。
E)我嘱咐你转悠几天早呀么早回头，
F)你答应我转不了一天就呀就回头，
G)哪料到你一十二载不呀么不回头！
人不回头衣回头，
穿衣裳的人儿你何处留？
你留不足来留不够，
想不起家中也有绣花楼！
——楼上堆满愁啊！

在以上唱段中，闪回以下画面：

A：风流倜傥的张才，把蓝衫像斗篷一般地甩开，他打着旋子，边走边穿着，他掠过花丛，穿过柳道，跑过门楼。

B：窦氏迎面拦住张才，娇嗔地责怪着什么。张才左闪右躲，不服“管教”。

C：张才与窦氏一对小夫妻在红绿斑驳的庭院中、山石间、水池旁追逐，嬉戏……

D：窦氏终于捉住了张才，帮他整衣领，结丝绦，扣衣扣，拢头发。

E:窦氏妩媚的脸庞,深情的眼睛。

F:张才漂亮的相貌,潇洒的仪态。

C:小夫妻越凑越近的肩,越挨越近的腮——一个呢喃相嘱,一个诺诺肯首。

H:(叠入现实)窦氏摸索着蓝衫,紧紧地攥着蓝衫衣角,终于无力自持地把头埋于蓝衫之中。

窦氏寝阁内。

陷入悲痛的窦氏,仍把脸埋在张才穿过的那件蓝衫之中。

春红进门来,轻声相禀:“禀夫人,王桑氏接来了。”她见窦氏不应,遂走近前去,轻摇起夫人,递过一只手帕替夫人揩泪:“夫人,你要找的那个卖衣人,她来了。”

窦氏欠身回首,只见门口站着一位龙钟老媪。

二人目光相遇,许久无话。

王桑氏突然下跪:“给太太请安啦!”

窦氏:“这位敢是王乡邻么?”

王桑氏:“劳太太知道我这老不中用的贱姓,真叫我光彩!”

窦氏:“一乡之亲,何必见礼?春红,快把王乡邻扶起来!王乡邻请坐。”

王桑氏:“这万岁爷封的恩公府,岂有我老婆子的座位?”

春红:“叫你坐你就坐,何必啰嗦!”

王桑氏:“谢坐!”

窦氏冷峻的目光,看得王桑氏忐忑不安。

王桑氏:“敢问太太,找我这老朽来,不知有什么变犬马、替生死的差遣？你尽管吩咐，我老婆子万死不辞！”

窦氏：“王乡邻言重了。听说你老人家是桃花山一带乡间名流，想请你来认识认识，交个朋友。”

王桑氏：“你可折死我了！太太看得起我，就让伙计叫喊一声，来回十里地我赤巴脚一天跑三趟来孝敬太太我都高兴。你叫我坐你的大官轿，压你的夫人席，不知道折了我多少寿限哪！”

窦氏：“王乡邻不必客气。今天请你来，是想请你帮帮我的忙啊！”

王桑氏：“咦！我这人最爱帮忙，敲铜锣卖糖，绕扎鞭放羊，和泥巴糊墙，说吧，叫我干啥？”

窦氏：“帮我买样东西。”

王桑氏：“成！买丝绸，上苏杭；买珠宝，下南洋；桌椅板凳往吕梁。只要给我一碗饭钱，老婆子我能跑着呢！说吧，叫我买啥？”

窦氏：“已经买来了，只用你帮我看看货色。”

王桑氏：“买来了？什么货？”

窦氏：“一件衣服。”说罢，她把王桑氏引向挂在衣架上的蓝衫旁。

王桑氏边说边走：“看衣服，那又是我的行活，我跟过王麻子，拿过大剪子，裁过锦缎子，缀的珍珠成串子。我看看是啥衣服，我看看，我……”

当王桑氏看清了这件她熟悉并存藏多年的蓝衫时，她大瞪着眼睛呆住了！她眼前急骤地跳出那些有关蓝衫的记忆：

——小尼姑陈妙善用蓝衫卷裹着婴儿；

——紧紧抱着蓝衫匆匆走在山道上的王桑氏；

——县衙鬻婴时，王桑氏把婴儿递给衙皂，把蓝衫藏起；

——当铺前，王桑氏把蓝衫送进柜台，取出银子。

(现实)

王桑氏傻愣愣地站在那里。

窦氏:“王乡邻,你可要仔细看了!”

王桑氏:“仔细!仔细……”

窦氏:“这件衣服如何呀?”

王桑氏:“好衣服、好衣服……”

窦氏:“它好在哪里?”

王桑氏:“它好在……这花儿,这叶,这云,这水……”

窦氏:“还有这个锦字,你可认得?”

王桑氏:“这个锦字么……不认识不认识。”

窦氏:“我来念给你听,它读‘恩’。”

王桑氏:“恩?”

窦氏:“恩。你可知它的意思吗?”

王桑氏:“不知道!”

窦氏:“我来教你:它是我们恩公府的标志。”

王桑氏:“恩公府的标志?这么说,这件衣服是你家的?”

窦氏:“它当然是我家的。可不知怎么,它跑到当铺里去了!”

王桑氏:“难道说……招了贼?”

窦氏:“这个贼又是谁呢?”

王桑氏舌头发硬:“不……不知道。”她急打一躬:“告辞了!”扭头就走。

窦氏:“王乡邻,你太急了吧?——唤当铺店主来见!”

“是”——门外众家丁齐声吆喝。

王桑氏扑通跪倒:“不不不!别叫别叫,我说我说!这件蓝衫是我送进当铺换饭钱的呀!”

窦氏:“这蓝衫是我丈夫张才所穿,如何到在你手?我丈夫人在何处?何以蓝衫离身?你给我说!你给我讲!”

王桑氏浑身战栗,脸色发青,岔声干嚎:“这身蓝衫是桃花庵小陈师父施舍给我的呀！她让我换口饭吃，兑壶酒喝，其余一概不知。要问你就去问小陈师父去吧我的大奶奶呀！”

窦氏：“桃花庵？”

王桑氏：“桃花庵！”

窦氏：“小陈师父？”

王桑氏：“小陈师父！”

窦氏：“小尼姑？”

王桑氏：“小尼姑。姓陈名莲法字妙善！”

窦氏：“陈妙善？”

王桑氏：“陈妙善！”

窦氏：“小郎！”

小郎应声进门：“在！”

窦氏：“准备酒食盒笼行头，佛帘锦轿一顶，桃花庵降香去者！”

小郎：“是！奶奶去桃花庵降香啦！”

众家郎呼应声声。

窦氏：“春红，你陪着王乡邻先到桃花庵送个信儿，就说苏州城恩公府张才员外之妻窦玉珠虔诚朝觐，进庵降香，同时要拜会陈妙善师父，请她留个座位！”

春红：“是！”

王桑氏：“我？我……”

春红：“你老老实实跟我走，你‘我’啥哩！”

桃花庵禅房。

女尼妙善师父盘坐于蒲团之上，闭目合掌，默然诵经。她头绾逍遥髻，身着山水八卦衣，腰系金丝罗，怀秉檀柄拂尘。昏暗的灯光，更勾勒出她的轮廓美。

她朱唇轻嚅，韵律般的吟咏隐约传出。

桃花庵经堂。

香烟缭绕,钟声萦耳。三五香客在菩萨像前虔诚祈祷,躬身叩拜。

佛案前,妙善师父端坐侧位,闭目吟诵,她手执经锤,随着香客的跪拜节奏,叩击着磬钟。

素巾遮不尽美丽,宽袍挡不严倩姿,庄严掩不住苦愁哀伤的情怀……

桃花庵院门内。

妙善送走最后一位香客,反手掩门,仰靠于门上吁叹,一珠青泪从眼角滚出。

她踏上回廊,穿过耳门,走进后院:满院桃花如火如荼,桃花的风,桃花的雨,桃花的浪,桃花的海……

妙善心不在桃花,她踱至一座坟冢边,焚香三炷,燃纸一叠,默祷有顷,然后倚在一株桃树上,悄然饮泣。

妙善:(唱)

露水人生铁宇宙,
萤光欢情磐石愁。
荒冢渐肥人渐瘦,
爱缘尽失恨尽留。
净门偏令浊人守,
佛灯却受孽徒油。
尘劫千载都依旧,
四大皆空是尽头!

妙善悲伤不已,无力自持,颓然扑倒于坟冢上。

远处,传来喊声:"妙善师父!妙善师父!"

妙善慌忙站起,拭去泪痕。远远望见王桑氏急急寻来。

妙善:“王山主！何事惊慌？”

王桑氏:“苏州城恩公府世袭五品进士员外夫人窦玉珠要来桃花庵降香啦！

妙善:“恩公府……窦玉珠？那不是张……？”

王桑氏:“你张的什么？看你张着嘴,瞪着眼,张皇失措的样子,你咋啦？”

妙善:“恩公府？窦玉珠？……”

王桑氏:“就是恩公府的掌柜婆,他男人就是张才！”

妙善惊得失声:“哦——张才……”

王桑氏:“可不就是失踪了十好几年的张才嘛！他夫人就叫窦玉珠,她上山降香来了,少不了给山上一大笔捐赠。可她指名道姓特别要会会你,你可要小心了！”

妙善:“这个……她特别要会我么？”

王桑氏:“可不是特别要会会你嘛！我说妙善师父,十二年前你给我包孩子的蓝衫咋会是恩公府的？那张才是不是还藏在你这儿？那个孩子是不是你和张才生的？……好好好我不再问你了,你和张才的风流韵事可是你俩的事,与我无关。在孩子这档子事上,你托我帮忙,我去打饥荒,为你跑断肠,这早晚你可别啃住我脊梁骨啊！”

妙善:“都是小尼一人所为,与山主无干！”

王桑氏:“那好,那好,你准备一下吧！”

妙善沉静自若:“孽债有主,法轮常转,尘劫终尽,无所流连！不过,不知山主能否再帮小尼了却一桩心事？

王桑氏:“你还有心事呢？说吧！”

妙善:“敢问山主知不知道我那苦命的孩子现在下落如何？”

王桑氏:“下落嘛,两句话:土坯变金砖,一步登上天。不过,你不必细打听,也不必知道他的下落。知道了也没用处。小师父,认命吧！”

桃花庵庵门外。

一顶四人抬轿子在门口落下，门帘起处，雍容华贵的窦氏走出轿门。在春红的搀扶下，朝着这方勾留她丈夫的庵门拾级而上。她边走边看，边看边寻，边寻边妒，她要洞察有关吸引和隐藏她丈夫的一切蛛丝马迹。

突然，一人肩搭拂尘，手合禅掌，头饰逍遥冠，身着八卦衣，恭谨相迎于庵门，向着走来的窦氏闭目念道："阿弥陀佛！"

窦氏定睛看时，不禁一颤：她恍若看见一尊九天仙女！她惊异这山隅庵院藏得住这般俊美无比的妇人！

窦氏盯视良久，方才近前搭话。

窦氏："看来，你就是这桃花庵的师父了？"

妙善："小尼妙善，恭迎施主。但不知施主贵姓？来自何方？"

春红："苏州城恩公府世袭五品进士员外夫人驾到，你还迷瞪啥哩！！"

妙善："员外夫人驾到，庵院有喜，蓬荜生辉，小尼恭候了！"说罢大礼拜见。

窦氏："听说，此庵有一姓陈的尼姑，她可在庵？"

妙善："此庵只有一个小尼，在下便是。"

窦氏："你就姓陈？"

妙善："然也。"

窦氏："你就是陈妙善？"

妙善："正是。"

窦氏："这可真是闻名不如一见，一见胜似闻名啊！"

妙善："愿听夫人赐教。"

窦氏：(唱)桃花庵香火庙佛乡净地，

却藏个芙蓉面狐媚小尼。

张才夫十五载无处寻觅，

却原来在此处脱下蓝衣。

妙善：(唱)窦玉珠名门女端庄秀丽，

恩公府赖此人扛鼎掌旗。

叹只叹张才男断了福气，

空留下富贵妻独守孤寂。

窦氏：(唱)看此人神慌张目光躲避，

究竟她有多少隐情秘密？

妙善：(唱)看来者气咻咻目光凌厉，

想必是冤孽案露了端倪？

窦氏：(唱)我这里且冷静慢查就里……

妙善：(唱)我这里谨设防小心警惕……

窦氏："方才师父说这个桃花庵只有你一个人，怕是不对吧？"

妙善："原有师徒二人，相依为命。去春吾师寿终圆寂，魂归西天，只剩小尼一个人了。"

窦氏："那么，还有没有其他人和你相依为命呢？"

妙善："饥荒年月，香火萧条，僧少徒稀，后继无人，只留小尼一个人了。"

窦氏："比方说，这偌大一个庵院里，除了尼姑，还有没有和尚？除了女人，还有没有男人？"

妙善："不知施主是来降香，还是来找人？若为降香，小尼恭谨伺候；若为找人，恕不奉陪，告辞！"说罢，拂袖而走。

窦氏急使眼色，春红追过去急拦。

春红："哎哎哎！你这个人脾气还挺大哩！员外夫人说句玩笑话，你就使性子？俺家奶奶不为降香施舍，扛供品，抬十盒，挂佛帘，爬山坡，跑这么远来干啥哩？"

妙善低眉合掌，高念："阿弥陀佛！"然后礼让三巡，向经堂走去。

桃花庵经堂。

妙善端坐佛案一侧,闭目诵经。

恩公府家郎院公搬抬供品,进进出出。

春红点燃大把佛香,插于炉鼎之中。

供品累累,香烟缭绕。妙善被团团烟雾卷裹其中。

窦氏向众家丁挥手示意,众家丁两厢退出。

众家丁在廊房间搜寻……

众家丁在禅室内搜寻……

众家丁在庵院中搜寻……

众家丁在桃花海洋中穿行、搜寻……

众家丁聚在一起,失望地摇头摊手,向小郎回禀。

经堂内。

窦氏手执三炷高香,正往香炉内插放。

小郎走进,在窦氏耳边嘀咕了几句,窦氏手中高香落下,滚在脚上。她急急闪身跺脚,恚恨愈加,狐疑更甚。

窦氏拿眼狠狠地瞪着妙善。

妙善重锤击磬,磬声绕梁,口悬经文,琅琅有声。

窦氏不得已,只好依着磬声的节奏作揖叩头,向佛膜拜。

妙善每击一下磬,暗中瞟一眼窦氏。

窦氏每叩一下头,抬眼斜睨一下妙善。

画外音(唱)各怀城府万千事,

尽在目光流泻中……

窦氏:(唱)桃花庵果然是迷宫暗阵,

妙善:(唱)恩公府主与仆来势逼人。

窦氏:(唱)张才夫究竟在何处匿隐?

妙善:(唱)她焉知员外郎已成亡魂!

窦氏：(唱)陈妙善好一副倾国人品，
难怪我张郎君忘了家门。

妙善：(唱)窦玉珠多端庄威中含韧，
为张才理家业亏了此人。

窦氏：(唱)夫不见君不出我心收紧，
水不落石不现疑窦更深。
不卷旗不收兵经堂坐稳，
抻到头扽到底要她交人！

妙善：(唱)员外府无员外有椽无檩，
十二载硬支撑活得艰辛。
将我心比她心顿生怜悯，
打一杯清明茶奉君提神！

妙善捧过茶盘，恭敬献给窦氏。

窦氏接盏在手，仔细观看：那白玉茶盏内，有一圈清晰而又整齐的茶痕。

窦氏："好漂亮的茶杯呀！"

妙善："此杯为唐传珍品，庵祖遗留。"

窦氏："陈师父经常用它待客吗？"

妙善："小僧生性孤僻，从不待客。偶有挚交贵友，方才一献茶茗。"

窦氏："看来，我是桃花庵的挚交贵友喽？"

窦氏眼前出现鲜活的张才……

(闪回)恩公府书房。

张才在一张琴台旁乘兴抚琴。

窦氏托着茶盘，送至张才的身旁，举茶齐眉。

张才扭头欣赏着新婚的妻子，故意不接茶杯。

张才："给本丈夫沏茶，有个标准：水既不能多，也不能少，碗边要留三分。”

窦氏:“恭请郎君验过。”

张才端起茶杯,掀开杯盖一看,碗中一圈清晰的茶痕与水相平。

张才高兴地托起妻子的肩膀:“刚刚过门,你便知道本丈夫的嗜好了?”

窦氏:“未有过门,我便受过训练了!”

(闪回完)

经堂里。

窦氏看着茶碗中那清晰的一周印痕,望着妙善微微一笑:“能用陈师父的唐传珍品喝茶,我的福气不小呀!”

妙善:“只要夫人高兴,小尼之幸也!”

窦氏:“陈师父,适才院门相遇,言语多有冒犯,还望海涵!”

妙善:“我本来就准备好要受你的气哩!”

窦氏:“噢呀呀!这……却是为何呀!陈师父怎么知道我来要给你气受的呀?”

妙善知道说漏了嘴,忙改口道:“不不不,我是说,小尼不懂礼仪,来降香的又是恩公府的五品进士员外夫人,我得准备好多听教诲呀!”

窦氏托起妙善的脸庞,不无揶揄地:“好一副灵巧的舌头啊!”

(幻觉)

窦氏托着妙善的肩头逼视,她望着望着,似乎看见在妙善面前的是张才,那张才托着妙善双肩,深情相视,喁喁相语,二人的脸越拢越近。

（现实）

窦氏身子一颤，眼前一晃，几乎歪倒。

妙善急上前搀扶，轻轻唤叫："施主！夫人！"

窦氏清醒过来，微微一笑："谢谢你，我的漂亮的小尼姑！"

妙善："你身子不好，我叫你的人来吧！"说着欲出门喊叫。

窦氏："不，不用他们来！我还有话，要单独和你说。"

妙善迟疑地走回，搀着窦氏，缓缓坐下。

窦氏："陈师父，我有一言出口，不知道惹不惹你烦恼。"

妙善："夫人请讲无妨。"

窦氏："我想和你结拜为仁义姐妹，你可愿意么？"

妙善："哎呀！夫人把话讲到哪里去了，你在那步天堂，我处这么贫贱，可不敢高攀哪！"

窦氏："我这讲出口的话，如同倾水在地，你若不从，我便无地自容了！"

妙善："夫人真要不嫌弃我，小尼斗胆从下了！"

窦氏："我多谢了！"

妙善："我高攀了！"

窦氏："我今年三十二岁。"

妙善："小僧已二十八岁了。"

窦氏："咱拜个少姐老妹吧？"

妙善："还是大者则大，小者则小。"

窦氏："如此说来，你是妹妹！"

妙善："你是姐姐！"

窦氏："没有进庵的时候，我就知道你是我家妹妹！"

妙善："你没有来的时候，我就知道你是我家姐姐！"

窦氏："噢！看来，妹妹和我们恩公府是素有情缘，灵犀暗通啊！"

妙善自知又说漏嘴，遂无言以对，提起茶壶为窦氏续水。

窦氏:“妹妹这茶杯沏出茶来真是好喝呀！”

妙善:“妙就妙在只发原茶汁味,保持天然纯香,沁人心脾,久储不馊。”

窦氏:“方才妹妹讲到,此杯系唐传珍品,只用来款待挚交贵友。你能否告诉姐姐,你用它,款待过几个人哪？”

妙善:“云台大师、峨眉高僧、八府巡按,再就是我的父兄了。”

窦氏:“还有没有人呢？”

妙善:“还有姐姐你呀！”

窦氏:“除了姐姐我,恐怕还有一个人吧？”

妙善:“你是说……”

窦氏:“还有咱家那个喝茶讲究,沏茶严格,茶叶子只准漂到这个位置的冤家公子张才吧？”

妙善:“这？”

一石击水,万千涟漪,妙善眼前旧景飞纵。

妙善:(唱)

她那里张才二字说出口,
我这里脸红心跳心如揪。
转瞬眼前见密友,
万千往事涌心头。
浓情炙爱已成旧,
风流云散万事休。
六道隐情无奈守,
自尝果报再回修……

(以上唱段中,出现如下画面):

——张才举杯要水,醉眼迷离。

——妙善提壶沏茶,茶叶翻滚。

——张才佯装不满,背身挺项。

——妙善举盏相送,被张才搂住。

——张才、妙善共饮一杯清茗。

(现实)

窦氏:"你快说呀,你快讲呀!"

妙善:"我说什么?我讲什么?我……听不懂姐姐的话了!"

窦氏:"妹妹听不懂姐姐的话,姐姐可懂得妹妹的事啊!你一个出家人,怎么就鼓起了胸脯,发起了奶子,这是生儿育女之象啊!"

妙善:"这……"

窦氏:"你我已成姐妹,理当有福同享,有难同当,推心置腹,肝胆相照,纵有天大隐情,妹妹说出来,姐姐也可替你承担一半,原谅一半。你这般吞吞吐吐、隐隐藏藏,姐妹之情何在?诚意忠心何存哪?"

妙善:"姐姐!夫人!你你你……你叫我从何说起呀!"

窦氏一挥手,春红便跨步进堂,她两手托着一个大托盘,托盘里堆放着厚厚的衣物,衣物上覆盖着一方绫缎。她走近妙善,两眼放射着愤怒的光,猛地把托盘送到妙善面前。

窦氏走过去揭开绫缎,露出前边出现过多次而最初是从她这儿出现的那领张才穿过的蓝衫来。

妙善一见蓝衫,身子一颤,两眼发直,她抓起蓝衫,泪水涌出。(定格)

窦氏:"妹妹,依我看,你就从它——说起吧!"

妙善:"它?!"

窦氏:"它。"

妙善:"衣?"

窦氏:"衣。"

妙善:"还是这件蓝衫衣!?"

窦氏："对对，还是从你手里送出去的这件蓝衫衣说起吧。"

妙善："它它它……它怎么又回来了？"

窦氏："是啊，它可是又回来了。"

妙善："这可是他……他穿的蓝衫衣呀！"

春红大喝一声，吓得妙善的哭声戛然而止。

春红："喂！'他'是谁？谁的蓝衫衣？你可要说清楚，讲明白！"

妙善禁不住放声痛哭："我的张——！"

春红："张什么？还是你的'张'？你说话不嫌牙碜，张嘴不怕掉牙，你挨得住吗你？"

窦氏："春红，休得多嘴！她想怎么哭就怎么哭，想怎么叫就怎么叫，夫人我就是来听她哭听她叫的呀！"说着，止不住也潸然泪下。

妙善："我的张——才——哥哥呀！"

春红忿忿地跺了一下脚。

窦氏听了妙善一声"张才哥哥"，也经受不住刺激，几乎晕倒。但理智使她强力支持，勉为大度地打手势制止春红。

窦氏："春红，不得无礼！既然我是妙善师父的姐姐，那么你家老爷当然是妙善师父的哥哥了。喊得对，喊得好，妹妹，你继续喊来，你往下说来，哈哈哈！"

妙善：（唱）

见蓝衫梦蓝衫蓝衫梦断，
呼蓝衫叫蓝衫蓝衫无言。
蓝衫去蓝衫回十五年半，
蓝衫孽蓝衫债丝丝团团。

春红："哎呀我说你少在那儿'红薯地里挑桑杈，不刨红薯，光扯秧子'。光个蓝衫扯了半天。你快说这件蓝衫咋会跑到你这姑姑寺？俺家老爷张才咋会把蓝衫脱给你？！"

窦氏:“唔——休得多言！妹妹,别跟丫头一般见识,想说什么就说什么,想怎么说就怎么说吧！”

妙善:(唱)

桃花庵远红尘未逃尘染,
尼姑庵修女室藏下儿男。
出家人绝七欲反遭欲乱,
妙善女求超度反堕情渊！

春红:“我看你是念着经,跑着心,装着斋公偷着荤！”

窦氏:“奴才住口！”她真的发怒起来,抄起一只掸子追打春红。春红跑出门去。窦氏回身挽起妙善,拢肩踱步:“妹妹,你,说下去,说下去！”

妙善:(唱)

小女子宦门后家运中断,
母亡故父罹祸女送尼庵。
少小心看破红尘绝凡念,
孤苦人寄身空门结禅缘。
只望个参禅悟道了夙愿,
不承想遇个冤家惹情澜。
三月三迎春会张才出现,
我的姐姐呀！
你那员外郎,他可是一个:
见不得的、躲不开的、甩不掉的、挣不脱的大呀大麻缠！

窦氏:“噢……这么说,你真的遇见张才了?”

妙善:“真的遇见张才了。”

窦氏:“果然遇见张才了?”

妙善:“果然遇见张才了。”

窦氏:“大路那么宽,小路那么多,庙会上人山人海,那张才怎么就偏偏叫你遇上了?”

妙善:“我也说不清楚他就偏偏叫我遇上了!”

窦氏:“既然遇上了,那就大路朝天,各走一边。你看你的风景,他看他的热闹。那你们怎么就说起话来了!”

妙善:“可不是我们就说起话来了!”

窦氏:“一定是你先说的!”

妙善:“是他先说的。”

窦氏:“你先说的!”

妙善:“他先说的!”

窦氏:“你先说的!”

妙善:(哭)“喂呀……”

窦氏:“好好好,就算是他先说的。那么,他——究竟是怎么说的?你——究竟是怎么答的?”

妙善:“不说也好。”

窦氏:“一定要说。”

妙善:“很不好说!”

窦氏:“一定要说!”

妙善:“姐姐!那你就听妹妹说来!”

画外音:(唱)

十五年前三月三,
迎春庙会虎丘山。
师徒二人去寻善,
化缘求施设茶庵。

(闪回)十五年前庙会一隅。

小茶楼前,布置一座斋棚,案香氤氲,钵盂叮当。一尊菩萨像的两旁悬着一副善联,上款是“舍铜惠己,积千年功德”;下款是“馈金为汝,免一世灾殃”。横额是:“化缘求施。”

老尼姑道远手执木棰站于香案一侧,随着众人的跪拜、投钱节奏，不断敲击着铜钵。

妙善头蒙薄纱遮巾，肩倚拂尘，双手合掌，在香案另一端默默诵经。

熙熙攘攘的善男信女，纷纷向盂钵里投着钱币，叩拜祈祷。

人群中，闯过来一匹高头大马。马上骑着一位英俊青年，他是张才。他穿着我们前边见到的那件蓝衫衣，头顶束发锦冠。风流倜傥，光彩照人。辔铃响处，众人躲闪让道。

张才骑马走过茶楼，瞥见斋棚，伸手从腰间抓了一把小钱，交给马童投于钵盂之中。

老尼姑道远致谢，口颂："阿弥陀佛！"连连击磬。

张才意不在此，策马欲进。恰在此时，一阵旋风陡过，吹起了罩在妙善头上的薄纱，露出一副天生丽质真容貌来。

张才一见，顿时望呆了！

被风吹起的纱巾在空中打了几个旋儿，飘飘悠悠落在马头上。

妙善赶来取她的纱巾，那马喷了个响鼻吓了她一跳。

张才失魂落魄似的怔怔地坐在马上，两只眼睛怎么也不能从妙善身上移开。

妙善抬眼看到坐在马上的青年，也忽然心有所动。

四目相碰刹那，妙善转身走进茶楼。

张才溜下马来，抓起那条纱巾揣进怀里。唤过马童，嘱咐道："把马送回府去，三日后再来接我。"

马童远去。

张才直进斋棚，倒头长拜。然后从怀中取出三条金锭，投入布施钵盂之中。

道远师父定睛一看，登时惊呆了！她望着这位肯于重金施舍的年轻施主，感激得流出了眼泪。

道远："阿弥陀佛！施主一人代百家之舍，垫万人之资，慷慨解囊，重金布施，我庵经楼建造、斋堂修葺，指日可待了！阿弥陀佛！”

张才：“些小捐赠，不足挂齿。但不知贵庵何址何名？”

道远：“敝寺桃花庵是也，距此五十里外桃花岭南庐之下，便是小庵所在。”

张才：“桃花岭？桃花庵？”他忽然瞥见妙善在茶肆内为其他施主提壶斟茶，遂叫了声：“哎呀！口好渴呀！”

道远：“施主如不嫌简陋，何不就请进茶肆饮茶？小楼上有一清净所在，老苦正要请施主留下尊号款题呢！”

茶楼上。

张才被让进一张临窗的乌漆茶桌旁。

道远师父向楼下一声喊叫：“贵客落座，上茶！”

张才正襟危坐，等着他盼望的人儿给他送茶来。然而，楼梯响处，上来一位浑身珠光宝气的胖女人，声音粗壮，哮喘急急。这是茶肆女主人。她在张才面前放上精美的茶碗，提壶沏上滚烫的茶水，然后笑容可掬地凑在张才面前，亲切地说道：“欢迎官人光临敝肆饮茶，小奴不胜荣幸！往后，可得常想着我点儿！”

张才吓得连连后退。

道远：“这位是茶店女掌柜刘美娘，见施主到来，特意亲自执壶款待。”

张才：“……多谢，多谢，我自个儿喝，你请便！”

道远：“施主好生歇息，我去取来文房四宝，请为小寺题字留名，我要把您的大名刻上碑文呢！”说罢，随店主同下楼去。

张才无心喝茶，一个心思在于妙善。他扒着窗口寻望妙善；

——他临着楼梯口寻望妙善；

——他从楼板缝里寻望妙善；

——他见道远走上楼来，又赶忙正襟危坐，一副道貌岸然的神态。

道远把纸笔铺展于另一桌。

道远:“请施主留下墨宝!”

张才:“茶喝不好,无心写字。”

道远:“你看老糊涂,我就忘了续茶。——刘美娘!”

张才慌忙阻止:“哎呀,别喊别喊!这个刘美娘的茶?”

道远:“乃是上等雨前龙井,只招待上等嘉宾名流。”

张才:“那……楼下那位小师父的茶?”

道远:“哦,你是说妙善么?她送的都是白开水,只招待那些白来白坐白吃白喝的散客。”

张才:“哎,老师父,我天生一个习惯,只爱喝白开水!”

道远:“施主何不早说?也怪老尼未问清楚——刘美娘!”

张才惊慌失措:“不要刘美娘,要……”

道远:“噢噢,要白开水!”她高叫一声:“妙善,提水来!”

楼梯响处,妙善款步登楼。

张才看到妙善走来,顿觉满楼生辉。他从未见过这般清婉可人、美丽动人的女子,他看直了眼珠子。

妙善斟茶便走。

张才赶忙捧起茶碗,不管冷热,一口气灌下肚,朝走去的妙善急喊:“白开水!白开水!”

道远:“妙善!续水!”

妙善复走回给张才续水。

张才未等妙善走远,便又把杯子喝干。

道远再喊妙善续水。

如此往返数遭,妙善哭笑不得,遂道:“这壶水干脆就放这儿了,你自个儿倒着喝吧!”说罢便扭身下楼。

张才大失所望,杯水从手中滑落,溅洒一身。

道远唤来妙善:“徒儿!侍候施主题字留名,磨墨展纸!”

张才又大摇大摆地走向放着纸张笔墨的桌案,盘腿高坐,拿腔拿调地:“磨墨侍候了!”

妙善不情愿地走过去为张才磨墨，看着张才那种洋洋得意之态,她赌气地狠磨墨锭,一不小心,墨汁溅起数点,落在张才脸上,墨花斑斓。

妙善望着张才的花脸儿,忍不住大笑起来。

道远师父本要责怪妙善,但见张才那样高兴地笑着,便也忍俊不禁地笑起来……

(现实)经堂外。

窦氏与妙善边说边走,已踱至桃园草径之间。

窦氏听说到此处,责怪起妙善来

窦氏:“笑,笑,笑,你笑什么?张才那种人,你是不能对他笑的!你不对他笑,他还那般看你;你这样一笑,他还不吞了你!”

妙善掩面呜咽:“姐姐你说对了,真是‘知路莫过车,知夫莫过妻’啊!”

窦氏:“一个女儿家,‘眉不轻挑,唇不轻开。一颦一笑,包含祸灾’。我倒要问你:你冲他笑什么笑?咹!?”

妙善:“我看他的花脸,实在觉着好笑!”

窦氏:“好笑也不能笑!”

妙善:“我忍不住了!”

窦氏:“忍不住也得忍!”

妙善委屈地哭出声来:“我说我不说吧,你非要叫我说。我可说了,你又怪我、恨我,我可咋办哪……”

窦氏:“好好好,我不怪你,也不恨你,你往下说,你笑就笑了吧,可笑了之后,张才脸上的墨汁怎么办?”

妙善:“擦洗过了。”

窦氏:“哦,是得擦洗擦洗。那么,我来问你:是谁帮他擦洗的呀？”

妙善："我帮他擦洗的呀！

窦氏："什么？你帮他擦洗的？一个十五六岁的小尼姑，捧着脸，抱着头，帮一个大老爷们儿擦脸，你你你，你成何体统?！”

妙善再次呜咽："喂呀！……我磨墨溅了他的脸，对不住他，我总该有个道歉吧？我哪就捧着他的脸，抱着他的头了？”

窦氏："那你怎么帮他擦洗的？”

妙善："我帮他拧出个湿毛巾，然后递给我的师父，我的师父又递给张才，是张才自己擦的呀！”

窦氏："自己擦的？自己擦的倒还可以。好好好，你往下说来，擦了之后，又怎么样了？”

妙善："擦了左边，擦不净右边；擦了上边，擦不净下边。最后，下巴上有个黑痣，怎么也擦不下来……”

(闪回)茶楼上。(十五年前)

妙善捧着脸盆；老尼道远在一旁指点；张才按照老尼姑的指点擦着脸。

道远发现下巴上还留一点墨汁，指点给张才擦拭。

张才擦了半天没擦掉。

道远夺过毛巾亲自为张才擦拭，擦来擦去也没擦掉。

道远："唉！我这老眼昏花，不中用了。徒儿，你来帮施主擦！”

妙善接过毛巾在张才下巴上狠狠地揩了两下，也没揩掉那滴墨汁。她奇怪地凑前一看，不禁讶然失声："哎呀！黑痣！”

张才趁妙善凑近看他的黑痣的时候，用嘴唇亲了一下她的额头。

妙善触电似的跳起，闪开，把毛巾狠狠地摔到了张才的脸上。道远未知何故，责怪妙善："徒儿不可无礼！怎能如此对待大施主呢！”

妙善有口难言，转身欲走，被道远喊住。

道远："徒儿。奉笔展纸，请施主款题了！"

（现实）禅房外。

窦氏听得越来越投入。

窦氏："道远师父说的极是，这就是你的不对了，你怎么能那般态度对待我家老爷、你的姐夫哥呢？"

妙善："什么?你也说这话？"

窦氏："不管怎样，你不能拿毛巾摔我家老爷的脸。"

妙善："道远师父老眼昏花，你也老眼昏花了吗?"

窦氏："我……我何曾看见？"

妙善："我摔他之前，他拿嘴唇碰我的额头！"

（闪跳：张才吻妙善额头的场面再次闪现）

窦氏："什么？这……可能么？"

妙善："他趁我替他擦脸，他就……"

（张才吻妙善额头的画面再现）

窦氏："噢——天哪！你你你——你方才还说是张才自己为自己擦脸，可这到底还不是你替他擦了吗?!"

妙善："那是我师父让我替他擦的呀！"

窦氏："你不但为他擦脸，而且你的脸还离他的脸那么近，这不明明是故意拿自己的额头去凑张才的嘴唇吗？这不明明是你故意挑逗勾引我家……"

妙善闻说到此，无比委屈，呜咽着跑进禅房。

窦氏跟进房内，走近妙善。

窦氏："……当然，那张才也不是东西！你堂堂一个世袭恩公府员外郎，怎么能拿嘴唇去碰别人的额头呢？你是碰了皇后？碰了公主?还是碰了名门官宦的千金小姐?你是碰了个尼姑庵的小小尼姑子。你值当么你?!"

妙善号啕大哭。

窦氏感到失言，遂对妙善拢肩相慰："好妹妹，别哭了，那……后来呢！"

妙善："我不敢说了！"

窦氏："大着胆说。"

妙善："我没有那个胆。"

窦氏："姐姐给你壮胆。"

妙善："一个尼姑庵的小小尼姑子，怎敢和世袭恩公府员外郎的夫人说话呢！"

窦氏："姐姐这厢赔礼了！"

妙善："不敢承受。"

窦氏："妹妹原谅了。"

妙善："不敢担待。"

窦氏："难道要我与你跪……"

妙善扑向窦氏："姐姐，你听妹妹往下说来！"

（闪回）茶楼上。（十五年前）

老尼道远执意要张才题留。

张才挨了妙善一毛巾，故意摆架子赌气。

道远："请施主赏赐墨宝。"

张才："老师父，你想要我写字，可有人不一定要我写字啊！"说着他眼瞟妙善。

妙善："请施主赏赐墨宝。"

张才："这么说，你也要我写字？"

妙善："施主赏光。"

张才："可是真心？"

妙善："真心。"

张才："可是实意？"

妙善:“实意。”

张才:“那么,小师父,笔墨伺候!”

妙善走到桌旁,濡笔展纸,恭敬侍立。

张才:(唱)

久不润笔指腕怠,
诗情突发叩砚台。
欲言之意在字外,
张才毕竟是张才。

张才恣意挥洒,游龙走凤,写下五言一绝:

桃花红入寺,
庵院香浸怀。
是非皆无地,
家家朝圣来。

落款是:“姑苏游士　张学富”。

(随画面运笔书写,四句诗在纸上蜿蜒游走,同时形成四句画外伴唱)

(现实)禅房内。

妙善指着墙上悬挂的一幅字画给窦氏看,那字画正是张才十五年前在茶楼上写的。

窦氏:“这首题字诗,倒写得老老实实,规规矩矩的。”

妙善:“最不老实,最不规矩的,就是这首诗了!”

窦氏:“你待怎讲?”

妙善:“他离家之念由此而起,恋庵之情由此而生了!”

窦氏:“何以见得?”

妙善:“姐姐请看句首四字!”

窦氏:“什么?藏头诗?‘桃庵是家’?!”

窦氏惊叫一声,突然歪倒。

妙善呼叫着“姐姐”,扶窦氏于禅床之上。

春红闻声奔入,扑于禅床边,急切地呼唤着:“夫人醒来！大奶奶醒来！”

窦氏睁开眼睛,眼中含泪,嗫嚅着:“……桃庵是家,桃庵是家……怪不得张才他从此再也不回他的家了！我是白等一场啊！”

春红气愤地把妙善推到一边:“还不都是因为她‘狐眉偏能惑主’嘛！”

窦氏:“春红,这也不能全怪她。这字,可是你家老爷亲手写的呀！咱这个家可是你家老爷亲自决定甩开的呀！……事已至此,不要再埋怨这位小陈师父,我是要弄个清楚明白就好。春红,你且退下。妹妹,你接着往下讲,难道他张才定个‘桃庵是家’,你们就让他进来落户安家了吗？”

妙善:“不！不!!”

(闪回)茶楼门外。(十五年前)

门前斋棚已拆掉。庙会已罢,游人稀疏。

一辆马车上,坐着道远、妙善师徒。刘美娘及茶肆伙计等在车旁送行。车夫举鞭,马车驱动。

突然,张才从旁闪出,跳上车来。

众人为之惊讶。

道远:“施主何干？”

张才:“师父何往？”

道远:“庙会已罢,我等返回尼庵去者。”

张才:“我正要到贵庵降香祈祷去者,正好一路同行,搭个便车了。”

道远:“我等回归,要稍事休息,桃花庵将闭门三日。施主可待开庵之时再降香不迟。”

妙善:“请你下去吧!”

刘美娘闻之上前,一把将张才从车上拖下,紧紧抱住张才的胳膊,亲昵地说:“依我说公子就在我这儿住上几日,好好玩耍玩耍。待到上香日,我亲自送公子启程,你看可好?”

张才吓得急挣脱刘美娘,匆匆逃走。

桃花庵山门。(十五年前)

道远师徒二人下车,马车离去。

妙善搀扶道远师父,登阶开锁,走进庵院。道远回头嘱托:“关好庙门,小心一二!”

妙善送师父入禅房,回身到山门关门上闩。当她将关未关、将闩未闩之时,张才出现在门外。

张才深鞠一躬:“小师父,久违了!”

妙善意外得倒抽一口气:“阿弥陀佛!你……你怎么又追来了?”

张才:“我并非在追,我一直在前头,恭候您多时了!”

妙善:“你等我干什么?”

张才:“送还您丢失的东西!”他取出妙善在斋棚前被风吹走的纱巾,恭敬递上。

妙善:“你倒真是个精心的人哪!”她接过纱巾,说了句“多谢了”,反手把门关紧。

此时,张才一脚门里,一脚门外,一只脚被厚重的山门挤在门槛下。

张才:“小师父,你发发慈悲让我进去吧!”

妙善:“非香火时刻,山门不留闲杂人等!”

张才:“我不是闲杂人等,我乃苏州城内恩公府皇封世袭五品进士员外郎张才是也!”

妙善:“既是员外郎,就该懂得山门规矩。”

张才:“我我我……顾不得规矩了！自从见你之后，抬眼是你,闭眼是你,醒着时你,梦里是你,一日不见你,便犹如丧魂失魄,痛不欲生！你你你,你让我进去吧！”

妙善:“小女子已是修行之身,佛门之人,岂可为尘秽所染?我劝你死了这份心吧！”

张才:“不！不！不！”

妙善:“请抽走你的腿！”

张才:“不不！”

妙善:“如果坚持不抽,就休怪我无情了！”

妙善用力合拢两扇硕大厚重的木门，那夹在门槛间的张才的腿疼得抽搐着,殷红的鲜血从被门棱挤压的脚腕部慢慢淌出……”

这只受伤的脚终于抽了出去。

厚重的山门终于轰隆一声关闭了。

(现实)桃花庵山门前台阶上。

说到此处,妙善惋悔地流出了眼泪。

窦氏反倒异常激动:“好妹妹,你挤得好,挤得好啊！对这种追蜂弄蝶、拈花惹草之辈,就得狠狠地挤！”

妙善指着山门的下沿给窦氏看,那上边还留着陈旧的血痕。

妙善:“每当我看到那残留的血痕,便揪心地愧恨。”

窦氏:“妹妹不必悔恨,不忍切齿痛,怎疗骨上毒?你不把他挤出去,他倒真敢在你这桃花庵落户安家了！”

妙善:“纵然把他挤出去,也终未能挡住他安家桃花庵哪！”

窦氏:“你你你,你说什么?”

妙善:“姐姐你往下听啊！”

桃花庵内外。(十五年前)

月光下的桃花庵烟笼雾罩,一片朦胧。

老尼道远的窗灯亮了,她在傍烛打坐。

小尼妙善的窗灯亮了,她在就灯夜读。

忽然,一阵悠扬清婉的琴声传来,如石溪滴水,风摇竹枝,雨落芭蕉,鱼滑浅塘……那琴声摄人心魄,袅人情思,勾人神往……

道远、妙善都被琴声所吸引,不约而同地走出各自的禅房,朝着琴声的方向走去。她们穿过回廊,绕过经堂,走出山门……

山门外,石阶上,坐着一位周身尼姑打扮的女子,正抚琴奏乐。

一曲终了,道远秉烛近前一看,发现是一盲女,青巾半遮,神态凄苦。

妙善:“阿弥陀佛!请问师父何寺僧尼?何故在此?对敝庵有何相求之事?但讲无妨。”

女尼不予回答。

妙善忽然发现盲尼面前摊着一块方巾,上写:“吾为游方僧,眼瞎耳又聋。若得慈悲济,即添浮屠层。”

妙善:“原来是一位盲哑僧尼。难得她弹这样一手好琴!”

道远眉敛疑云,仰天一呼:“阿弥陀佛!”

妙善:“吾庵正缺一位诵经乐师,权留此处,为经堂增添玲珑清音,岂不甚好?”说着,妙善搀起盲尼,收起琴瑟,引入寺院。

道远伫立良久,默默捻珠数巡,遂又长吁一声:“阿弥陀佛!”

妙善画外音:“……从这天起,桃花庵添了一位盲尼,多了一份琴声。”

诵经堂。

三五香客在焚香叩拜。

盲尼在旁抚琴弄乐。

道远铺展法轮图,正在问佛求偈。

盲尼的琴音四厢萦绕。

寺院桃园内。

月光下,妙善倚树遐想……

盲尼的琴音凌空飘飞。

妙善画外音:“盲尼带来的短暂神秘,转眼即过。琴声勾起的久远情思,滔滔不息。我那熄灭了的激情,失去了的记忆,忘掉了的恋人,干涸了的血泪,一起复活了——在这勾魂摄魄的琴声的诱激之下,统统都复活了!”

妙善:(唱)

琴声唤回一个人,
此人也有一把琴。
青梅竹马少年伴,
两座家宅门对门。

(现实)山门外小溪旁。

妙善与窦氏谈踱至此。

窦氏:“哦!原来妹妹也有过相好哪!那么,姐姐就要多几句话了:此人姓甚名谁?现在何处?妹妹又何故走上出家这条路呢?”

妙善:“姐姐!”

(唱)对门儿郎吕文进,
痴情种子多情人。
A)两小无猜鬓贴鬓,
B)六岁上便操相思琴。
C)七岁上见面手携手,

D)八岁上见面脚相跟。
E)九岁上面见眯眼笑,
F)十岁上见面脸红晕。
G)十一岁见面懂约会,
H)十二岁见面想媒人。
十三岁见面商嫁娶,
十四岁见面不离分。
十五岁……
I)十五岁我家遭恶运,
老父亲商船海里沉。
为偿债家业当卖尽,
走绝路卖女为妾高宝坤!

(在以上唱段中,出现以下画面)

画面A:妙善倚窗凝思。叠化成吕文进临窗抚琴,妙善和琴为唱。

画面B:幼年吕文进,跷着小手指熟练地弹着琴,小妙善在旁拍手叫好。

画面C:两个孩子手携手在草径奔跑。

画面D:两个少年在花园里互相追逐。

画面E:少年吕文进做着鬼脸,小妙善捧腹大笑。

画面F:少年吕文进向妙善耳语,小妙善羞得捂起脸来……

画面G:陈妙善的父亲衣衫褴褛,神色沮丧,头发散乱,在桌边写着卖人契约。数个逼债人在旁横眉竖眼,气势汹汹。陈妙善扑在父亲膝下痛哭。

陈父在契约上捺下指印,逼债人架起妙善就走。妙善撕心裂肺地哭着喊着。

吕文进追上来护住妙善,拼命反抗。逼债人围打吕文进,一恶奴猛推吕文进,吕头触石壁,淌出血来。

画面H:知县高宝坤披红戴彩,喜不自禁地迎接从花轿出来的陈妙善。妙善一见高宝坤满脸横肉,惊叫一声,向轿杆撞去……

(现实)

窦氏与妙善二人沿溪而上。两岸嫩绿遍布,新红数点。

窦氏:“高宝坤?是现任知县高宝坤么?”

妙善:“正是此人。”

窦氏:“你做了他的妾了?”

妙善:“是我可恨的父亲拿我抵押了九百两纹银的债务!”

窦氏:“你的吕文进答应吗?”

妙善:“可怜一个热血男儿,只身闯衙,以孤救孤,被高县官问了个打劫行刺之罪,发配西凉……”

窦氏:“那么妹妹你呢?”

妙善:“我一怒之间,挥起剪刀,大闹高家府衙,高宝坤断我个疯癫恶症,驱逐在外。”

高宝坤府邸。(十五年前)

妙善披头散发,手执利剪,追赶高宝坤。

数家奴扭起妙善,一顿恶打。

乡间小道。(十五年前)

满身血污的妙善,在荆棘间踉跄,在湖水边踯躅。

化缘归来的道远,望见妙善,追了过去。

桃花庵禅房。(十五年前)

道远在台前帮妙善亲切地梳发。

桃花庵经堂。(十五年前)

道远在佛案前为妙善讲经说法。

画外音:“当我走投无路的时候,遇到了桃花庵的道远师父。她是我的救命恩人。她一面让我寄住尼庵,带发修行;一面派人四处寻找我的吕文进。哪知道我那孱弱的吕文进不堪凄凉,绝境无望,早已投水自尽了!”

(现实)

窦氏与妙善倚柳傍石,促膝相谈。

窦氏:“妹妹遭遇堪可同情,不过,你还得给我说张才呀!”

妙善:“此事正和张才有关。”

窦氏:“什么?你是说……”

妙善:“吕文进很像张才!”

窦氏:“像像像像像?……哎!吕文进是你的吕文进,张才是我的张才,他两个就是再像,也不能混为一谈,张冠李戴啊!”

妙善:“我一时糊涂,就……混为一谈了!”

窦氏:“什么?你你你……你混为一谈了?”

妙善:“也也也……也张冠李戴了。”

窦氏:“啊?!你你你……你竟是这么个自轻自贱寡廉鲜耻的人哪!”

妙善:“……姐姐,骂我吧!打我吧!我是个早就该你骂该你打的人哪!”

窦氏无力自持,瘫坐在一块青石上。妙善扑跪在她面前抽泣。有顷,窦氏搀起妙善,揩干妙善的泪水,问道:“你给我说明白,那张才不是被你赶走了?他后来怎么又进庵来的?”

妙善:“他早就进庵来了。”

窦氏:“早就进庵来了?那么……他藏在哪里?”

妙善："他没有藏，天天在我身边。"

窦氏："不可能，桃花庵不只有你们三个人么？道远师父，你，外加个盲人尼姑……你是说，盲尼就是张才？"

妙善点头。

窦氏猛地站起，浑身血液上涌："我差点忘了，张才就是个弹琴的能手，当初他就是用琴声打动了我。"……忽又觉到失言，遂改口道："好你个张才！你又假扮尼姑，又装聋作哑，恩公府祖祖辈辈的人都叫你丢尽了！"……她激烈发作，急骤踱步，然后又压下怒火，逼视妙善："可是，我的话又说回来了，张才是个薄情坯子，无义郎君，浪荡孽种，采花里手。可是你，我的好妹妹，你面对高知县时那种凛然正气，令人钦佩；而面对张才的秽心邪念，引诱调情，你怎么就那样轻易地屈服就范了呢？！"

妙善："与其说是对张才的屈服就范，不如说是对那派琴声的折服陶醉，对我初恋郎君的追忆向往，对旧时情景的迷乱认同！"

窦氏："好！我倒要听听怎么个折服陶醉，追忆向往，迷乱认同的！"

妙善再度陷入那使她难以自拔的回忆。

妙善："……自从那派琴音在宁静的桃花庵响起之后，我便时时陷入对往事的回忆，少时吕郎的言谈笑貌时时在我眼前浮现。特别是我想起吕郎当初自编自唱的一首歌，时时情不自禁地从我口中哼出，吟唱……

（闪回）桃花庵妙善禅房。（十五年前）

妙善听着悦耳的琴音，呆呆地怔怔地想着，情不自禁地哼着：

　　你望我，我望你，
　　你我同穿破烂衣。

脚无屐，头无笠，

相对无语笑嘻嘻。

妙善入神地哼着。

黑衣盲尼在窗下偷听着。

寺内桃花园。(十五年前)

妙善踩着满地落红踱着步，口中仍悬着那首初恋的情歌：

你用冷眉量世界，

我用白眼看高低。

黑衣盲尼躲在树后偷听着。

寺外涧溪旁。(十五年前)

妙善痴迷地坐在溪边遐想，口中仍哼着那首小曲：

你用烟云拟富贵，

我用蜃楼比官级。

黑衣盲尼躲在崖上偷听着。

妙善禅房内。(十五年前)

漆黑的夜。

妙善倚在枕畔读经。

一阵琴声响起——这琴声从未有的柔情、委婉、动人。它混合万籁之音，划破夜空，在空中回荡。

伴着琴声，响起了一副甜绵浑厚的男人歌喉：歌声起于窃窃私语，承于娓娓倾诉，转于昂扬抒发，合于销魂摄魄。

歌：你望我，我望你，

你我同穿破烂衣。

脚无屐，头无笠，

相对无语笑嘻嘻。

你用冷眉量世界，

我用白眼看高低。

你用烟云拟富贵，

我用蜃楼比官级。

今生只识两个数，

我是二来你是一。

天下只有两个人，

我是夫来你是妻。

你是我，我是你，

你我本是梦中侣。

你亦无，实亦虚，

朦朦胧胧甜蜜蜜。

你用沉默谈遭遇，

我用无声说今昔。

你用梦幻编来世，

我用疯语定归期。

今生只识两个数，

我是二来你是一。

天下只有两个人，

我是夫来你是妻！

(在以上唱段中，出现以下画面)

画面 A：

耳房内。

盲尼临案抚琴，恣意挥洒，挑揉拨弹，情涛奔涌。

我们吃惊地发现，盲尼放开了喉咙！她在倾吐，她在歌唱！她在抒发！她在呼喊！

画面B：

禅房内。

妙善被那突发的男声歌唱惊呆了，她停下了哼唱，侧耳倾听。

那可亲的旋律，热耳的情调，优美的唱腔，在空中缭绕，顿时令妙善激动不已，止不住心驰神往。

她似乎看见了她的吕文进，他在唱，他在唤，他在摇手，他向她走来……

（现实）

妙善："当时出现在我眼前的浑然是我的吕文进……我不能自持地倒下了……我清醒之后，才发现他是张才！"

窦氏发疯似地抓起妙善，狠命地摇晃着：

"那好啊！你怎么不嫁过来呀？嫁过来呀！嫁过来给他做妾呀！你为什么不！？"

一场发作过后，窦氏又颓然滑倒在树旁。

妙善急来搀扶。

窦氏突然又满怀温情地捧起妙善的脸，用无比怜悯的口气讷讷地说："好妹妹，当时，真把你娶回来倒好了，我也不会苦等苦熬这十六个春秋了！"

妙善："那时，离开桃花庵，我只有一个心思放不下：师父失踪，庵寺无主，奉香护院，义不容辞。"

窦氏："怎么，你师父失踪了？"

妙善："我师父失踪了！我一面托人寻找师父，一面替师父主持寺中香火。一旦师父回归，我就要……"

窦氏："你就要随张才出嫁了不是？"

妙善说到此处，突然停住，满眼含泪，声音哽咽："我万万想不到，就在师父回归前夕，张才他，他他他……”

窦氏紧张地追问：“张才他怎么样了？”

妙善：“他竟然一病不起，日重一日，求神不应，求药不灵，他他他，他就一命呜呼了哇！”

妙善放声大哭。

窦氏猛地抓住妙善肩膀：“你你你……你说什么？”

妙善：“我说……张才他，他就死了啊！”

窦氏呆住，半晌，又突然疯狂地摇撼妙善，失声狂叫：“我不相信，我不相信！我的丈夫年纪轻轻，身体那样好，什么病也没有！难道……难道是你把他害死的不成！”

妙善：“你让我讲完，我情愿陪他去死！”

窦氏：“你说，你说！”她猛地一推，把妙善推倒在地。

（闪回）山门外溪水畔。（十五年前）

张才与妙善沿溪追逐嬉戏。

妙善踏着溪涧石头跑过河去。

张才追来，欲踏石而过，刚刚踩上溪中石头，忽一阵旋风吹来，黄沙卷裹。张才大叫一声，跌进水里。

妙善见状，惊呼着跑回来，搀扶起水中的张才。

张才冷水淋漓，打着寒战，脸色铁青。

禅房内。（十五年前）

张才躺在禅床上呻吟。

妙善焦虑万端地在旁照料。

一口鸡汤刚刚喂进张才之口，又被他猛然呕出。

妙善画外音：“公子病倒了，病得那么突然，那么奇怪，直到今日，我仍然忘不掉那一阵既神秘又可怕的旋风。”

市镇药店内外。(十五年前)

妙善匆匆走进药店。

妙善在坐堂大夫面前急切地寻问。

坐堂大夫专注地倾听妙善的诉说,认真地书写药单。

妙善提着大堆药包从药店走出。

妙善画外音:"……我走遍了周围大小药店, 访遍了多少高医名手,却始终治不好公子的病。"

一座山洞内外。(十五年前)

洞口簇拥着人群,香火缭绕,人们争相进洞求药问病。

洞口旁张贴一联:"菩萨再世,妙手回春。"

妙善便装打扮登上山来,急不可待地拨开众人,挤进山洞。

山洞里,一老僧头裹法巾,面壁而坐。身后石案上摆着各色药包。求医者鳞次望着神僧叩首,投诉病情。神僧默默祈祷,然后击磬一声,求药者取药而去。

妙善走来,虔诚跪诉:"慈悲菩萨在上:我家相公卧病在床,久治不愈,药不能进,饭不能吃,病情日重一日,乞求大仙指点:我家相公他害的什么病? 怎样才能治好? 求大仙赐给神药。"

老僧默祷有顷,突然说道:"那不是你家相公,你本无家,未空是本。所言相公,只是外遇。"

妙善惊愕。

老僧:"你所言病人之病症乃无名天疾, 飞来之祸, 无医可医,无药可药,无期可期。"

妙善恐极:"难,难道……"

老僧:"命运之旅,已到尽头了! "

妙善刚要喊出,老僧忽然转身,望着妙善,拉下挂巾,现出面目:原来是道远师父。

妙善激动地扑上去:"师父! "

道远:“徒儿!”

妙善:“你找得弟子好苦啊!”

道远:“师父也甚念徒儿!”

妙善:“师父何故悄然外出,不告徒儿一声呢?”

道远:“劫数所至,孽缘所定,无可挽回,只好躲开。”

妙善:“师父,你都知道了?”

道远:“自从桃花庵第一声琴声响起,我即觉到有孽将生。后经参悟佛偈,便得知徒儿禅路之中,有百日孽缘。本当以戒除孽,助徒儿超度,无奈那恩公府卦象气数已尽,世袭员外郎张才仅余百日寿限,此人又捐资慷慨,不忍相逐。于是师父只好躲开了。”

妙善听到此处,猛地抓住师父双臂,发疯似地呼喊:“师父!师父!难道张才就没有救了吗?你想想办法呀!救救他呀!”

道远:“功可测命,不可变命。三界铁限,天意难违,如之奈何!”

妙善失声痛哭,跌入师父怀里。

(现实)桃花园坟冢前。

窦氏听罢妙善的讲述,浑身颤抖,悲痛欲绝,她环绕坟冢踉跄转望,摸索着坟头那块写着“大施主张才之墓”的石碑,语无论次地问道:“依你说来,这就是张才?”

妙善颔首。

窦氏:“这就是员外?”

妙善噙泪。

窦氏:“这就是我家相公投宿之处?”

妙善饮泣。

窦氏:“这么说他就这么死了?”

妙善掩面抽搐。

窦氏终于放声大哭:“张才呀张才!为妻找遍天涯,寻遍海角,你却在这块地方睡得好香啊!”

(唱)寻天寻地寻得苦,
铁鞋踏遍不见夫。
桃花庵里一抔土,
原来便是郎的屋。
郎在土下年年住,
妾在土上年年哭。
土上土下一步路,
不捎口信不招呼;
好无情的张才夫!
柳下别时多英武,
桃下再见成白骨。
白骨也该归故土,
何故冷园葬朽木?
你忘了御赐恩公府,
你丢了琴棋万卷书。
你空了世袭进士位,
你抛了结发窦玉珠;
好狠心的张才夫!
你赚了窈窕一只狐,
你送了一命入酆都。
你断了祖先大家谱,
你绝了皇封万年福!
好薄命的张才夫!
恨上来:一腔热血溅债主……

窦氏愤然向妙善撞去,妙善急扑抱窦氏。

妙善:“姐姐!姐姐!”

窦氏:“你还我的张才!”

妙善:“姐姐！姐姐！”

窦氏:“你还我的丈夫！”

妙善紧紧抱住癫狂中的窦氏,放声大哭:“我的姐姐呀！”

窦氏怒呵:“谁是你的姐姐！”

妙善忙改口:“我的张才……”

窦氏更怒:“你有什么资格哭我的张才？”

妙善忙又敛口，但情感的宣泄遏制不住，遂再次改口大哭道:“我的……张门之后可怜见的小娇儿啊！”

(接唱)苦命女只配把儿哭！

窦氏听妙善这声哭，一怔，撑起身，拢住妙善双臂道:“你……你哭的什么？”

妙善:“我哭……哭我的娇儿！”

窦氏:“你和谁的娇儿？”

妙善:“我和张才的娇儿！”

窦氏:“当真？”

妙善:“当真。”

窦氏:”果然？”

妙善:“果然。”

窦氏一把揽过妙善,双手捧起妙善的脸蛋儿,用闪着奇异光彩的眼神盯着妙善,说:“好妹妹！这么说,咱姐妹也有了张门之后吗？”

妙善点头,泪如泉涌。

窦氏亲切备至地为妙善拭着泪水:“快告诉我，咱的儿子……他在哪里？”

妙善:“交给了王桑氏。”

窦氏:“哪个王桑氏？”

妙善:“桃花山芭蕉镇王桑氏。”

窦氏:“又是她！来人！”

小郎、春红及一干家丁应声而至。

窦氏："立即备轿，把王桑氏再接恩公府！"

小郎："呲嗨！这老婆子福气真不错，轿来轿往，心里常想！"

窦氏："春红，服侍你家妙姑奶奶蹬鞍上马，恩公府去者！"

春红："服侍她？哼！"

窦氏："是！"

妙善："姐姐，我……我更更衣服才是。"

窦氏："咱家有的是衣服，到家我替你更换。"

妙善："姐姐，我一个出家之人，怎好骑马？"

窦氏："姐姐陪你骑马。"

妙善："这……？"

春红跺一脚，吼一声："上马！"

妙善下意识地一颤，急应："是！"

恩公府客堂。

三只金镶玉杯碰在一起，叮当作响。

三个女人酒过数巡，话锋渐紧。

窦氏："王干娘，你真是海量啊！"

王桑氏："啥海亮天亮，无酒不亮！"

窦氏："你好喝手啊！"

王桑氏："这辈子啥都没学会，就学会喝点酒！"

妙善也执壶灌酒："王妈妈，你可要喝好啊！"说着给王桑氏灌下一杯。

王桑氏酒至半酣，醉眼惺忪，满意地咂巴着嘴，说："你放心！饥荒连年，兜里缺钱，两三年都没喝着这宝丰进贡酒了，今儿个碰上了，能饶它？"说着从腰间取出酒葫芦，掂起酒壶往葫芦里灌。

王桑氏："丢了张掌柜，认了干姐妹。是我把你姊妹俩拉到一堆儿,你们可不能忘了我……”

窦氏一把抓住王桑氏的手腕，逼视地:“你还没把我的儿子还我啊！王桑氏？”

王桑氏:“你的儿子？”

妙善:“我的儿子！”

王桑氏:“你的儿子？”

窦氏、妙善异口同声地:”我们的儿子！”

王桑氏:“你们的儿子？”

窦氏:“十五年前，陈师父交给你的血胞婴儿，你发落何地了？”

王桑氏闻言,目光直呆,张口结舌。十五年前的情景急速跳闪。

(闪回)禅房内。

王桑氏用血字蓝衫把婴儿裹起。

悲痛难支的妙善扑上去与婴儿吻别。

窦氏画外音:“陈师父交给你的婴儿现在何处？你说呀!？”

(现实)

王桑氏手中酒壶落地,酒醒过半。

王桑氏:“大太太,我……我可有点听不懂你的话了！”

窦氏:“你听不懂我的话,该听懂陈师父的话了吧？妹妹,你过来问她！”

妙善:“王妈妈,十五年前,我交给你的那个儿子,你寄养在哪里了？”

王桑氏吃惊地瞪着妙善:“谁……谁的儿子？”

妙善:“我的儿子。”

王桑氏:“你跟谁的儿子？”

妙善:“我跟张才的儿子。”

王桑氏惊呼:“张大太太!她说她跟张才生了儿子!这这这,这成何体统!”

窦氏:“王干娘,她的儿子,也是我的儿子,我的丈夫,也是她的丈夫。姐妹同室,儿女同亲。你休要大惊小怪。我家儿子寄养何处,速速讲来!”

王桑氏:“小陈师父,想当初你二两银子买我一个口紧。我还没说呢,你俩倒成了一家啦!我还替谁保密呢!我的大奶奶呀!”

王桑氏:(唱)老身我家穷嘴偏馋,

小娇儿我换成了打酒钱。

妙善:“什么?你把他……卖掉了?”

王桑氏:(唱)老寡妇生计常常断,

抱儿容易养儿难。

窦氏:“你把娇儿卖到哪里了?”

王桑氏:(唱)苏州城外瘦湖岸,

高家门楼大家园。

窦氏:“难道是那高宝坤么?”

王桑氏:(唱)高宝坤来高知县,

有钱有势没儿男。

妙善:“天哪!你竟把我的儿子卖给那高宝坤了!这,这真是不是冤家不聚头啊!”

妙善眼前急速闪回:

知县高宝坤披红戴彩;妙善从迎亲花轿里被人拖出来;妙善一见高的满脸横肉,惊叫一声,向轿杆撞去……

(现实)

窦氏:“那高宝坤一共有几个儿子?”

王桑氏:(唱)

高宝坤他不积善，

五房太太不产卵。

窦氏："你什么时候把我们的儿子卖给高家的？"

王桑氏：(唱)

十五年前三更半，

陈师父产子桃花庵。

血胞婴儿托给俺，

A)我披星裹月下了山。

B)回到家里就灯看：

我的小乖乖，

我的心肝肝！

胖嘟嘟的脸，

肥嘟嘟的肩，

红里透着白，

白里透着鲜。

翘拜拜的鼻子忽灵灵的眼，

屁股蛋子一拍呼扇扇。

C)宝贝儿送给了姑苏县，

高宝坤他赏我：

纹银十两，铜钱九串，咸盐八斤，牛黄七钱，珍珠六颗，绸衫五件，香油四瓶，虎肉三盘，手镯两只，鸡蛋一篮，额外送我好酒一呀一大坛！

以上唱段中，插入以下画面：

画面A：

桃花庵门外(十五年前)

王桑氏抱着婴儿，走出山门，四下望望，匆匆下山。

画面B：

王桑氏家(十五年前)

昏黄的灯光下,王桑氏打开蓝衫包,抱出婴儿,放进温水澡盆中洗浴。

光光的婴儿在水中蠕动着、挣扎着,像一个滚动的肉团。

水气蒸腾,青灯明灭。娃娃哭着,王桑氏笑着。

画面C

高知县宅邸(十五年前)

王桑氏把婴儿交给高宝坤。

高宝坤夫妇抱着婴儿,欣喜若狂。

县衙外。(十五年前)

一辆马车上装满礼物,王桑氏坐在车上,怀里抱着一樽大酒坛,满脸堆笑。

酒坛上贴着醒目礼签:“宝丰贡酒”。

高知县夫妇站在衙门石阶与王桑氏挥别。

知县夫人怀里的婴儿甜甜地笑着……

(现实)恩公府客堂。

妙善听了王桑氏的叙述,异常痛心。

妙善:“王施主!王桑氏!为了一点小利你就值当把我的儿子卖掉吗?”

王桑氏:“小陈师父,当初你可没讲不让卖呀!”

妙善:“即便你卖,也不能卖给高宝坤这样的人哪!”

王桑氏:“除了高宝坤,别的人家怕还买他不起呢!”

妙善:“你是唯利是图,为嘴伤亲!”

王桑氏:“你是事前吴用,事后诸葛!”

妙善:“你……”

窦氏:“住了住了,你们不要吵了。好妹妹,咱的儿子找到了,已经认了娘了!”

窦氏想到“花园认子”“府门送行”那些场面,不禁喜上眉梢。

妙善莫名其妙:“姐姐,你是说……”

窦氏:“既然高知县只有一个儿子,那么高小攀便是咱的张门之后了!”

妙善:“高小攀?”

窦氏双手过额,向天祈祷:“张郎啊张郎!你在天之灵可以瞑目了:员外郎有了后代了,恩公府有人续香了!”

妙善:“姐姐,这个高小攀你见过了?”

窦氏:“见过了,见过了!”

妙善:“他长得像我吗?”

窦氏:“更多的是像他爹!白净子,细高挑,丹凤眼,活脱脱一个小张才!我……已是他干妈了!”

妙善孩子似的妒忌:“那,那我呢!那我呢?!”

窦氏:“你,当然是他亲娘了!”

妙善:“他认不认我呢?”

窦氏:“那还不是王干娘这个见证人一句话吗?”

妙善亲昵地求王桑氏:“王干娘!王妈妈……你,你可要说话呀!”

王桑氏:“我唯利是图,为嘴伤亲,不会说话。”

妙善:“刚才是我不好,我给王妈妈赔个不是。”

王桑氏:“不行!”

妙善:“给妈妈作揖!”

王桑氏:“不行!”

妙善:“这……”

窦氏:“给妈妈斟酒!”

王桑氏高兴地叫起来:“哎——这才说到我心窝上!”

妙善送一大碗酒，王桑氏接过，满脸堆花。

县衙二堂。

高宝坤躺在靠椅上养神，一使女在旁为其捶背。

一侍从急入，俯在高宝坤耳畔急语。

高宝坤一怔，猛地坐起："什么？尼姑子是他亲娘？"

侍从又急俯耳窃语。

高宝坤挥退使女，坐于台案，奋笔疾书。

驿道上。

阵阵长锣警鸣，一队人马涌来。人马簇拥中，高小攀披红戴花，帽插金翎，身着锦服，骑在高头大马之上，威仪摄人。

县衙二堂。

报子风风火火闯入，高声喊叫："禀老爷、夫人，大喜！大喜！"

高宝坤夫妇从屏后奔出："什么大喜？"

报子："少爷高中了！"

高宝坤："怎……怎么讲？"

报子："少爷高中三元，衣锦还乡啦！"

高宝坤大声吩咐："快，十里长亭迎接！"

恩公府客堂。

小郎急急忙忙奔进，一声高叫："禀夫人，少爷高中了！"

窦氏奔出，惶问："你说什么？"

小郎："少爷高中了，衣锦还乡啦！"

窦氏惊喜之余，一揖到地："多谢上苍怜悯，恩公府有继了！"转身吩咐小郎："速告知陈师父和王桑氏，十里长亭去者！"

小郎："是！"

十里长亭。

高宝坤及夫人、窦氏等人在亭畔伫立，不断远眺，等候状元的归来。

妙善和王桑氏坐于另一桌旁，各怀心事。

高夫人不断拿眼乜斜陈妙善和王桑氏，对这两个不速之客充满狐疑。

欠身眺望、翘首期待的妙善。

躲躲闪闪、遮遮藏藏的王桑氏。

信心重燃、激动不已的窦氏。

怀疑猜测、忌妒难抑的高夫人。

泰然自若而计谋在胸的高宝坤。

远处，马声嘶嘶，锣声阵阵。彩幡旌旗簇拥下，高小攀一马当先，直奔长亭而来。

迎接的人众一阵骚动。

高小攀大马奔至，翻鞍下马。环视人群，然后朝着高宝坤夫妇倒头下拜。

高小攀："叩见父母亲大人！"

高夫人："好，好，起来吧，娘的状元公！"

高宝坤："我儿鞍马劳顿，路途辛苦，速速打道回衙！"

高小攀："且慢！待我见过干妈！"

高夫人："什么干妈湿妈！此处不是讲话之地，还是速回衙内！"

高小攀："此次进京赶考，多亏干妈所赠恩公府皇封御牌，主考大人特予关照，破格录取，儿才有今日啊！"说罢，他撩衣端带，跨至窦氏面前，扑地而跪："干妈万福！"

窦氏两行热泪顿下，急忙搀起高小攀："天公有眼，我儿荣耀，恩公府有望啊！"

高小攀："干妈十里相迎，儿愧不敢当。请干妈随儿过府一聚！"遂一声吩咐："打道！"

窦氏："慢！"说着，挽起高小攀，向一旁引来："我儿只拜了干妈，还没拜亲妈呢！"

高小攀惶惑地："亲妈？我拜过了啊！"他指了指高夫人。

窦氏："那是养母，不是亲妈，你的亲妈在这儿呢！"她把他引到妙善面前，指给他看面前素服简装、风韵旖旎的这位陌生女人。

妙善闪着火辣辣的眼神看着他。

高小攀眨巴着莫名其妙的眼神看着她。

高夫人一步跨于窦氏面前，咄咄逼人地质问道："恩公夫人！张亲家！你可是身居名门，知书达理，可不能随随便便就开玩笑啊！什么养母干妈亲娘？小攀是我高门所生，高门所养，谁人不知，何人不晓，你怎么能信口雌黄呢！"

窦氏："高夫人高亲家，请您不必生气。常言说：'不知生身母，非为人间君。'小攀已是皇封仕宦，若说不清宗亲裔系何籍，生父生母何人，怎做万民楷模呀？"

高夫人："谁说说不清？高知县是他生父，我是他生母，上古帝王高辛氏一脉相传到今。你无非是他押名寄姓的一个干妈，如不念及皇封恩公家德，我早把你这个干亲家辞掉了。"

窦氏："正为念及皇封恩公家德，我才保住这一脉单传的张门亲生之子！"她紧紧拉住高小攀："儿啊！恩公府员外郎张才才是你生父，这妙姑是你生母，你是咱张门的亲生之后啊！"

高小攀惊讶得瞪大着眼睛："有，有何为证？"

王桑氏拨开众人，走到高小攀面前："老身为证，老婆子便是你降生临产床前的接生婆！"

高小攀："我何年何月何时所生？"

王桑氏:“宣德丙午年二月二十八子时三刻降生。”

高小攀:“生母何人?”

王桑氏:“陈氏妙善。”

高小攀:“生父何人?”

王桑氏:“恩公张才。”

高小攀:“何故寄养高门?”

王桑氏:“你生父已死,你为生母遗腹之子,托老身代养。是我家贫无力抚养,遂送于高知县作了螟蛉义子。”

高小攀:“空口无凭!”

王桑氏捧出那领当年裹婴儿的蓝衫:“少爷请看,这就是当年产床前包裹你血胞童身的蓝衫。”

高小攀接过衣衫展看:领间“恩”字映入眼帘。

高夫人抓过衣衫,甩在地上,扯过高小攀:“我儿万勿上当!他们是看你中了状元,争儿作继,一件府衫,只说明是张才所穿,怎说明包的就是我儿之身?”

妙善噙着泪水,款步走出:“物记纵不为凭,胎记当为铁证:我儿脐间一片红痣,项右两颗黑痣,左手指被我咬下一截,以表生离死别!”

高小攀下意识地用手急捂脖颈,脖颈间的两颗黑痣异常醒目(特写)。

高小攀哆嗦着抬起左手,左手小指尖一层断痕。(特写)

高小攀寒颤顿起,气息倒抽,望着妙善,目呆语结。

妙善捡起蓝衫,哧地一声扯开衣襟衬里,露出一片血字:“状元公请看,这便是用你的鲜血书写的《母子别离诗》!”

高小攀抖索着双手捧起观看:

诗曰:

妙善其母,
张才其父。

恩公后裔，
寄养无处。
君子代哺，
螟蛉待渡。
成人归府，
做鬼归墓。

高小攀读罢血衣，紧紧抱在怀里有倾，突然爆发地冲着妙善大呼一声“妈妈”，扑在妙善怀里。

久未搭声的高宝坤，突然仰天大笑：“哈哈哈……哈哈哈……”他走近高小攀，说道：“儿啊！既然找到了你的亲妈，就该问上一问，你亲妈是何种身份？怎么认识了你亲爸的？又是在什么地方生下了你？”

妙善笑脸如慰，热泪如注：“儿啊！这些事纵使你父不问，我也要向你讲清楚的。我本是桃花庵带发出家的一个寄住僧尼，十五年前与你父张才偶然相识，庵院相聚，禅床边生下了你。为娘身在佛门，违禁犯戒，自有难逃之劫等待于我。可怜你父张才早死，留下皇封御赐五品进士员外郎的世袭封号和千顷家产无人承继。今日长亭迎驾，拦路认子，非为掠人之美，夺人之爱。只为替恩公府接续一个继承香火之人。高大人、高太太对我儿养育之恩，山高海深，自当恪尽孝道，侍奉终生。为娘出家之人只求与儿见上一面，了却尘缘，一别永逝。唯独这位张才结发夫人、你的亲亲大娘，孤身无靠独守空门，为你父张才那条不回归的亡魂哭干了眼泪，耗尽了全部青春。只望我儿在孝敬高家父母的同时，一年抽半月，一月抽半日，回到家来叫声娘，跪在坟头叫声爹，节日一杯酒，忌日三炷香。你罪孽深重的亲妈也就心满意足了！”

妙善说完，人们半晌无话，一片抽泣之声。

高小攀摇撼着妙善哭道：“妈妈，我的可怜的妈妈！你不能走，哪也不能去，你就留在状元府，我一定养活你到老！”说罢，他又扑向窦氏:“干妈,我的亲亲大娘！我一定听我亲妈的话,天天回家看你,恭恭敬敬孝敬你,接续张家的香烟,让恩公府家业再兴,威风重振,让你成为福如东海、寿比南山的老太君”！

窦氏激动地托起儿子,止不住热泪纵横。

妙善感动得合掌高诵“阿弥陀佛”！

王桑氏高兴得泪花闪闪地抿着酒葫芦。

众人喧哗,一片唏嘘之声……

忽然,一声:“圣旨下——”的长呼传来。众人抬头,只见数名禁军簇拥的传旨官勒马亭外。

传旨官:“苏州知县接旨！”

高宝坤急跪。

传旨官展读圣旨:“汝呈奏折,朕已尽知。苏州城恩公府世袭五品进士员外郎张才,身披皇恩,不思报效,放纵淫宄,伤风败俗。犹堪憎者,竟勾引庵院尼姑,践踏佛门净地,沉湎色河,葬身欲海。毁尽先帝圣谕,败尽一方风化。今着令撤销恩公府世袭封号,九族眷属贬为庶民。念高宝坤举报有功,即封汝为苏州五品知州,张才所遗田园家产尽归高宝坤所属。钦此。”

高宝坤眉飞色舞,叩拜谢恩。

高小攀呆愣许久,又幡然趋于高宝坤身旁看圣旨。高宝坤瞪高小攀一眼,拂袖躲开。

传旨官看到高小攀,遂礼仪相揖:“有幸与状元公家乡相遇,不胜欣喜。状元公亲属众多,还望作一介绍。”

高小攀跑过去拉起高宝坤:“这是小官生父！”

高小攀跑过去拉起高夫人:“这是小官生母！”

高小攀环指众人:“这些都是小官家中差役闲杂人等！”

窦氏颓然倒下,昏厥过去。

妙善、王桑氏紧急呼喊、抢救。

高小攀欲进不能、欲退不忍的犹疑拙滞之态。

高宝坤、高夫人洋洋得意的眼神。

曲曲山道。

一身素衣的妙善,挽着一身素衣的窦氏,慢慢地、艰难地、坚定地向山上走去。

桃花庵山门外。

一身素衣的窦氏,挽着一身素衣的妙善,坚定地、艰难地,慢慢地向走进山门……

画外歌:

风流短暂羞辱长,
有了乌纱没亲娘。
希望之地多失望,
凄凉之处最清凉!

(全剧终)

卷四 / 论文随笔

Lun Wen sui bi

戏外几句淡闲话

——《劳资科长》前后想到的

编辑部嘱咐我写篇创作体会。我很少看别人的创作体会，因此我断定别人也不看我的创作体会。创作体会之类的文章之所以不吸引人，大凡有两个原因：一是“体会”是属于自己感受，由于人与人之间的“个性动力”结构不同，你感觉是要义，他感觉是闲言；二是创作是形象思维，而“体会”却常常以逻辑说教形式出现，索然无味。因此，本文不按“体会”的面目来写，仅把几张日常笔记略作加工拼凑，没人看也不心疼。下边就先来个——

至今难找“长寿药”

有个问题经常使我困惑：怎样才能使作品寿命长一点？也就是说，怎样避开作品短命的厄运？

同行之间常以惋惜和惶惑的口气谈起某某作品如“过眼烟云，稍纵即逝”，“昙花一现，印象不留”。闻者为之寒心，提笔为之怵惕。1980年，我在上海戏剧学院编剧进修班参加过一次学术讨论会，专题就是《英雄人物为什么“短命”？》，研究当时舞台、银幕上的正面英雄人物为什么缺乏感人的力量，给观众留不下深刻印象，作品因之少有经久的生命力。当然，会议并没有豁然发现一个“长寿”良药。然而涉及面的广泛、探讨的深度、观点的丰富、分析的精辟，给我留下了长久的思索。

在写《劳资科长》的过程中，我贯穿着这种思索。我绝不认为我找到了此中三昧，也绝不认为这个剧本就摆脱了短命的厄运，但我可以说这种思索是有用的，它可以使“写作技巧”之类的干瘪的根须触到水分，就好比汉桑城里那棵久已老死枯朽的桑树干上，意外地抽出一枝纤细的青青的芽枝，表明它那倒下的躯体曾经活于尘世。

还是“活人”寿命长

这话近于废话。但具体到戏剧人物，还是有点意思。

易卜生死了，娜拉活着；关汉卿死了，窦娥活着；俄狄浦斯、杜丽娘、阿Q……都比塑造他们的作家长寿几百年到上千年。诀窍安在？回答这个问题，当然不是如我这样的凡夫俗子所能讲得清楚的。但有一点我们还是看得明白，那就是他们笔下这些人物都是“活人”，即我们常说的富有个性的有血有肉的活生生的“这一个”。

生活中完全相同的人几乎没有。为什么一经我们写进作品就出现那么多叠影，那么眼熟，那么具有“模具”感？模具的发明，对铸造业是发展了，对戏剧创作却是灾星。

我经常在铺开的稿纸前逡巡，停滞不前，其中一个原因，便是怕跳进“模具”。

有位大师指出了一条绕开“模具”、克服停滞不前的路子。他说：“性格描写是剧作者从停滞不前走向更高境界的开脚第一步。”这位大师叫贝克，美国著名戏剧理论家。他把性格描写强调到“走向更高境界的开脚第一步”，并且下过一个著名的论断：“性格就是情节。”这实在是醒人耳目，颇有见地。它引导我们从性格出发去结构情节，而避免让设计好的情节去支配人物。没有阿Q的独特性格，便没有比赛吃虱子、斗洋鬼子的独特的“精神胜利法”的情节；没有奥赛罗的勇武、自负、多疑的性格，便没有掐死爱妻苔丝德蒙娜的悲剧情节；顾仲彝先生假想把《红楼梦》中的林黛玉和《望江亭》里的谭记儿来个对调，那么无论如何两出戏的情节要从头改写。法国“佳构剧”的创始人斯克里布是戏剧结构的天才，但他的戏只是昙花一现，现在不再有人演他的戏或读他的剧本了。因为他的戏中人物都是“受结构支配的人物”，没性格，不真实。而《奥赛罗》能够击败近五十个同样题材的剧本而独延其“寿”，也正因为它有“生动性格的人物”。

在《劳》剧创作过程中，我比较多地注意到把眼睛盯牢在人物性格上，一个动作，一个细节，一句台词，都力求出自人物的方寸，符合人物的性格。特别是创作冲动的时候，理智让开得很远，自己完全陷入人物的性格彀囊之中而难以自拔。说到这里，我想起南宫科长钻在沙发背后睡觉的情节。它的产生，连我也感到意外，却又是根据性格逻辑的发展顺理成章而出现的。处在亲人们的层层包围、节节进逼之中的南宫九，他性格中的隐忍、恕让、委曲求全、苦中作乐的成分，决定他只能这样做。有人觉得钻沙发场面不好处理，建议改掉，但至今还没有找到更好的代用情节，可见它有深刻的性格根基。我不敢奢望《劳》剧活得很久，只希望在它倒下的躯干上，也能抽出几片青叶子便可以了。

学学钻“铁扇公主”的肚子

《劳》剧第一幕中，当罗云和山老爹为争指标吵得不可开交时，焦头烂额的南宫九说了这么一段话：

“三叔！你不能走啊！……罗云！你也别闹了！这是下班时间，亲人团聚，应该叙叙天伦之乐，和和气气的（突然大吼一声）好吗?!（罗云被镇住，南宫又低下嗓音）和和气气的，亲亲热热的，就像我没有当劳资科长以前那样，你们见面时候那个和气，那个亲热，多好啊！……三叔，说点……家乡风景，庄稼收成，芝麻叶打了多少？……罗云，说点东河边上的月亮，头发梢上的露水珠，或者说说砂锅炖豆腐也行啊！说吧！说吧！（咆哮般地）说吧！”

有一个演员在演这段戏时，把这段话删掉了。他问我同不同意。我说：“你删掉了这个人物的心。”

南宫九这个人物，外表和内心是极不统一的。从外表看，持重自负，节奏拖沓，踌躇满志，而内心却是矛盾交织、问题纵横，有一种被终生包围的恐惧心理。周围宁静的环境，在别人看来，是世外桃源；在他看来却到处是漏洞，是眼睛，是要挟，是榨取，是无法对付而又必须对付的“八阵图”。这种明意识、下意识、隐意识多重扭结的心理状态，靠平静的外部动作提示是无法表达的，那么有没有一种像孙悟空出入铁扇公主肚子的好办法，捕捉人物的心灵，开掘人物的精神世界呢？

英国戏剧理论家亚却，把剧作家分为两种：一种是“性格描写家”，一种是“心理分析家”。并且说“性格描写是一般规律”，而“心理分析才是见功力的更进一步、深刻一步的高等技巧。”当然，这种把“性格描写”和“心理分析”截然分开，并在其间划分高低等级的论点，科学程度究竟如何，另当别议。但我十分欣赏他把对人物性格的描写引向对人物心灵世界的开拓。准确、生动、惟妙的心理刻画，不但可以深化主题，加强作品的思想性，而且可以使人物性格更加丰富翔实，令人难忘。上述一段戏，南宫九处在亲朋的夹击围攻下，按照性格设计，他可以晓以大义，批讲政策，把亲朋劝走；也可以虚与委蛇，把亲朋哄走；或者埋头睡觉，把亲朋晾下。但这样的处理，总觉肤浅单薄。当亲人们为一个指标撕破脸皮，争得面红耳赤，恩情消隐，敌意增生的时候，南宫九第一个心理活动是什么呢？是骤然产生的“丢失感”！丢掉了母爱，丢掉了妻爱，丢掉了亲人之间互敬互爱互谅互援的人类间可贵的感情。所以他焦灼，发怒，渴望补救，渴望归还，归还那种“家乡风景，庄稼收成”，“河边的月亮，头发上的露水”，甚至“砂锅炖豆腐”这种亲人间的真情实感。

意在言外，音在弦外，字面上未提不正之风，却有力地抨击了不正之风——这大概算是“心理分析”的一点长处吧！

我写的到底是谁

朋友问我：“你交了几个劳资科长好朋友？”

我回答：“一个也没有。”

“那你怎么会写一个《劳资科长》？”

“不对，我写的不是劳资科长。”

这段对话看似玩笑，实为真心话。我接触的劳资干部不少，打交道也很多，但有意识地为写他们去接触他们，却一次也没有。我和他们的接触，都是办公事时的接触。这种接触，没有好结果，往往印象不佳。他们那种傲慢、冷漠、无情的神态令人气愤。有一次，我在一位相识的劳资干部面前碰了钉子，回来便以他的“脸”为题写了一篇日记。摘几句如下：

××× 的脸
很像秋天
更像冬天
满脸封冻的壕堑
老百姓从这张脸前经过
不寒而栗
如临深渊
但它也有开冻的时候
见了火——
那点燃大中华之火
配上团团青烟
……

似这种已久的成见，决定我写不出由衷地赞扬他们的戏。

然而结果却是如此，何以解释？

我依然只能说，我写的不是劳资科长，而是和这位“劳资科长”具有相同境遇、相同特质的善良、正直又尴尬的许许多多各级干部。他们之中不光有科长，也有局长、处长以及小小的办事员……

我不相信“灵感”的神奇力量，但我相信作者的生活感受积累到一定程度，会爆出火花，会产生冲动，会凝聚成一种忘不掉、驱不散的“情结”，迫使你非写不可。

这里，我想谈一谈与这个戏的立意有关的一位小人物。她称不上“模特儿”，但与形成“情结”有关。

她是位打字员（恕我不直说她的名字），兼管这个要害部门的公章。当然，她只有保存这枚公章、奉命给别人盖章的权力，没有使用这个公章的权力，实际上是个活机器。但正因为她和公章放在一起，人们对待她也像对待公章一样客气，她也像公章一样和四面八方的人发生联系。她很忙，也很能吃苦，公而忘私，影响家务，常吃爱人的拳头，却忍气吞声。爱人常揽一些情面大事托她去办，她差不多都办成了，靠的都是公章的情面。她五百里外的农村老父亲，听说女儿“掌了大印”，先把大儿子派来要她给安排工作，果然就安排了；接着老父亲又把小女儿派来，也要她安排。以后凡是老家买砖头盖房，上煤窑拉煤，或者撕几尺处理布，都要让挨着公章的女儿开后门解决。可这位女儿是孝女，虽然自己忙得焦头烂额，舍着脸面到处磕头求情效忠高堂，表面上却从不向父亲叫苦。后来，办公室增加了管章的新人，她可以减轻负担，专管打字了。正在这时，老父亲为争一寸宅基地，跑到五百里外来找女儿走后门打官司。她哭了一场，但说不出哭的原因。从此，父亲、哥哥、妹妹都认为她得了神经病。

上述故事使我想了很多很久，郁结心头，说不清是个什么，却又总想说点什么。

后来，我看到一幅画，叫《教皇英诺森十世肖像（习作）》，是英国著名画家培根所画。英诺森是一位至圣至尊、不可一世的人物，可在培根的画笔下，却变成了孤零瑟缩、恐怖呼叫的可怜形象。是作者的误笔吗？不，他把笔深入到了人物的心灵，至圣至尊者也有孤独感，也有痛苦，也盼望解脱。

一个故事，一幅画，一个劳资科长的躯壳，就是这个戏的母体。

不好捉摸的时代感

一个作品有没有“时代感”，也是和“寿命”有关的事。

《劳》剧开始写作时，我很不自信，总觉着它“土味”太大，人物不“摩登”，格式也陈旧（四幕式）。而当时正在上海学习，观摩过很多富有现代特色的话剧演出，接触过很多现代流派的戏剧理论和作品。可是一旦坐下创作的时候，我的构思转来转去仍然转不出我这块“土”地盘。戏里没有曲折的爱情，也设计不出国际间的男女相思。配不上奇装异服、电子音乐，又加不上那些充满魅力的港式会话和欧式台词。山老爹、南母土到家了！罗云想洋又洋不起来。宋大毛、王司机，一个流气，一个油气，俱是小城市的三级土“光棍”。好歹有两个大学毕业生夏亮、文玉博，却又可怜巴巴，穷得叮当响。就连剧中两位最重要的官员董如涛、南宫九，也是满口土腔土调，缺乏现代派头。仅仅有一个稍稍具有现代风度的关小青，可惜又无潇洒之地。

本剧写成后，我是只准备应付考试，然后一压箱底了之。意外的是我的班主任在这最后一份考卷上，批上了最高分数。提交戏文系通过，呈报院庆办公室。苏堃院长亲自三审其稿，并主持修改，定作三十周年院庆剧目投入排练。公演之后，上海市委和专家热情肯定，特别是《上海戏剧》主编、剧作家郑拾风倍加鼓励。他说：“此剧写了权力的苦恼，很有现实意义。你要把他写成坚定的光辉形象，就不感人了。就写他在苦恼和牢骚中前进。比如当前生活中，人们发议论发牢骚多了，但这是积极向上要求变革的情绪，是三中全会以来的一大特点。”后经中央实验话剧院演出后,《人民日报》给以“饶有新意”的评价。特别出乎意料的是曹禺和赵寻这些戏剧界富有威望的老前辈亲自撰文,以《一面镜子》《一曲进军号》为题给予肯定和赞扬。这样一来,使我重新回来思索“时代感”的问题。是否可以说,时代承认和接受的作品,就具有时代感?就戏剧本身而论,除了形式上的新颖花哨,手法上的出色变换,诸如戏剧结构“老三式”(开放式、锁闭式、人像展览式)的打破与创新,多场次、无场次戏剧的出现,舞台时空观念变革与扩充(心理时空、物理时空的交叉对比运用等),演出形式的调整与个性化(倾斜式舞台、半岛式舞台、全方位中心舞台)等,体现时代感最主要的方面,还在于真实地反映时代,塑造时代的真实的人物。我们是说实话的时代,就不要在舞台上说空话、说瞎话;是充满革新、充满障碍的时代,就不要让人物在舞台上遇到问题三言两语迎刃而解;是人类认识生活、寻找自己的位置和价值的时代,就不要在舞台上用陈旧的观念、肤浅的说教充塞观众的视听………总之,如实地写时代,才是真正的时代感。

(刊载于《河南戏剧》1984年第3期)

创作话剧《劳资科长》的几句话

这个剧本，是我在上海戏剧学院学习时的毕业创作。在创作、修改、排练过程中，有许多领导同志热情鼓励，推心置腹地讲了很多自己的亲身感受，使我坚定了写作信心。比如上海戏剧学院院长苏堃同志，就同我谈了很多。在毕业分配时，他的门随时会被敲开，来找的有学生、好友、大名人。问题一摆，却之不恭，受之有愧，左右为难，饭吃不香，觉睡不好。他的老家在河南沈丘，亲友们盖房、嫁娶、招工、就业，大小事都找他帮忙。就连家乡想请省豫剧团去县城唱台戏，也找他解决。苏院长曾把一封家信交给我作创作参考，那是他的老嫂子写来的。信中有这么几句话："你侄女在农村十四年，啥苦都吃尽了。你们说给她安排工作，可到现在也没影。只要你能对起她死去的爹。你还是光玩嘴吧！"我当时看了这封信，感触尤深。所以修改本中南母的几句台词，就是从这封信中得来的。我还听说有一位干部，他的妻子非让他办一件事，这个干部比较正直，就是不答应。结果他妻子不让他睡觉，她丈夫一闭上眼，她就用手去把他的眼撑开，再闭上，再撑开，不答应就是不让他休息。掌管权力不容易，单说家庭这一关就不好过。所以掌管权力的领导同志，并非事事得意，心里多多少少都有苦衷。该剧在上海演出后，《上海戏剧》的主编郑拾风同志说:“要表现南宫九的痛苦和牢骚。你要把科长写成时时处处坚持原则的光辉形象,就不真实,不感人。就写他在牢骚中前进。比如现在开会学习不如以前了,发议论、发牢骚的多了,但这是积极向上的情绪,也是三中全会以来的一大特点。”上海青话导演胡为民说:“人有不满,不是可怕,而是可贵。世上任何创造、改革,都是从‘不满’开始。堪称伟大的‘不满’,神圣的‘不满’。”

下面我谈一下生活的原型。由于特殊原因,我在外地深入生活期间,接触了一些劳资人员。乍一看,管劳资真是个热门,不少人都想揽这个权力,是一份春风得意的职业。如果深一步看这个问题,就发觉他们有时有许多烦恼。指标总是少的,需要者总是多的。这种矛盾并不仅仅凭着善良的愿望就能调和得了。有个管调动的同志,我们在一个食堂吃饭,谈过很多话,可后来每次路上见面我和他打招呼,他总是不认识,我每次都得自我介绍。看来找他的人太多了,他的思维是习惯式的处于停滞状态。还有一位熟人,关系还不错,我们正在说得有声有色,我问他指标之事,他马上低下头去看报纸,一言不发。我一直盯着他,等着他回应,可他就是不吭声,好像突然忘掉了我的存在。我又追问一遍,他才说:“不行!今年没了!”“明年呢?”“明年再说!”脸色很难看。只要一问到这种事,他就神经性地过敏。我所写的南宫的脸很少笑,那种精神状态,生活中的确是这样。

以上说的是初步了解,如果再深一步接触,会有别的发展。有位劳资干部房子已经很宽敞了,可他又在偏僻处搞了一套房子。我原来觉得他不像话,太腐化。后来和他接触多了,知道他经常失眠、脱发。营养不错,可就是瘦骨嶙峋。我去他家,院里凳子上坐了一排人,等着他回来。办公室里更是里三层外三层,夏天电扇的风都吹不进去。上个厕所,也有人“盯梢”,跟着他乘机说几句话。劳资人员工作时间一长,都摸出了一套经验,特别会搞平衡。有的抽斗里有一大堆上边批的条子,他尽管办不完,也能让你对他没意见。他的领导不停地换，可他总是稳稳地坐在那里，因为他的工作别人实在应付不了。有的比较正直的劳资干部,对送礼之风很头痛。在水果奇缺的季节里,有位女同志给一位劳资干部送来从外地带来的大蜜橘,放到屋里,被推出来,再放进去,再推出来,反复三四次,女同志感到无望了,坐到门口哭了起来,无奈他收下了。一个月后,那位女同志去了,一看,蜜橘筐还在桌子上,原封未动,但橘子却烂了。从此她不敢再提东西了。生活中的事,往往不是那么简单。礼物送来了,如果硬性拒绝,以“抗腐蚀,永不沾”的高度予以痛斥,送礼人会失望,会绝望,甚至精神崩溃,生出意想不到的结果。他们在不得已中摸出一套办法,乍一看还有些古怪。和劳资干部交情深了之后,会发现他们有许多难处,有摆脱不了的苦恼。他们同上级的关系,同亲友的关系,有很多难以解决的矛盾,使他们苦恼。

我再说说民风方面。党中央在提出党风问题的同时,也提出民风的问题,应该引起我们足够的认识。鲁迅写阿 Q,“哀其不幸,怒其不争”,是针对民族性,很大成分也是民风。现在时代不同了,但民风又以另外的形态表现出来。明明大门开着,偏走后门;明明有办公室,偏要去家中。群众中流传着一个故事:有位采购员去搞钢材,当时钢材是紧俏物资。一打听,无货。后听说某仓库里有,是老张控制着。这位采购员便观察老张,也不和他接头,下班后盯梢,认准以后也不进去。说来也巧,没几天老张出差了,老张的母亲却病故了。这位采购员便买了一顶孝帽,自称是老张的表弟,前去吊孝,进门就掏七百元往桌上一放。然后帮助张罗,把丧事安排得停停当当,乡亲们无不夸奖老张的这个表弟。待老张回来后，绞尽脑汁也想不起来这个表弟是谁。这时这个采购员来了,老张一看并不认识,顿时明白了,说:“你有啥事直说吧。”采购员说想要些钢材。“别管了,几天之后发货”。果然,钢材比人回去得还快。再说一件小事:有个小店早上炸油条,排队的人很多,这位油条老师傅只是大把地卖给自己的熟人，顾客排了半天却买不到，又不敢吭声。有位军队干部看不过眼，提意见："哎，同志，按着顺序来吧。"谁知老师傅却说："我这就是按着顺序呢。你有你的顺序，我有我的顺序，今年我儿子参军，你们就是按照你们的顺序给我顶了！"由此可看出不正之风是相互影响，相互渗透，交叉感应，不根治是不行的。

这个剧本在塑造人物方面，我有些想法，作一些尝试：1.遵循现实主义的创作方法，人物形象力求真实，从长相、性格、心理状态等方面尽量逼真。避免以往的正面、反面、中间这三种简单的人物模式。像南宫这个人物，看似中间人物，实际不是中间人物。剧作法把人物分成"类型化人物""性格化人物""心理分析型人物"。创造"心理分析性人物"被认为是最难写和作者应该追求的最佳目标。易卜生的《娜拉》，由开幕时的"玩偶"到剧终时"叛逆"的心理分析、变化、发展过程，是这种"心理分析型人物"的范例。在南宫这个人物身上，我有意作个尝试，注意这个人物的多侧面，尽量使之立体化。同时着重人物的心理分析、变化、发展。2.有意用形象探讨一下在特定环境下人物关系的扭曲现象。像南宫科长这种人物，手里有权的时候，亲人们对他那种真关心、真体贴、真照顾，都奇怪地变成了假关心、假体贴、假照顾。愿望很好，效果很坏。口口声声要他注意休息，实际上是不让他休息；口口声声要他注意身体，实际上是摧残他的身体；眼睛里似乎看见的是儿子、丈夫，实际上看见的仅仅是那一点点权力、利益……可是，"一旦我丢掉了权力，你们便恢复了亲人的本来面目"，真情实感，立即复苏。我想把这种现象摆在观众面前，或许能引起人们一点思索，警惕这种"饶利而争，亲人成兵"的旧习侵蚀我们的当代生活，让共产主义的新风尚更快地普及于民众之中。

鲁迅说过："例如乌里扬诺夫(列宁)所说，他是将风俗和习惯都包括在文化之内，并且以为改革这些很困难。但是，如果不将这些改革，则这革命即等于无成。如沙上建塔，顷刻倒坏。”现在党中央提出改变党风，同时提出改变民风，我觉得极为重要。希望我们大家共同商量，搞好这个戏，为改变党风，改变民风出一臂之力。

（原载《戏剧艺术》1984 年第 3 期）

让绳索在笑声中抖落

——电视剧《生儿子大奖赛》创作意图简描

英国的马尔萨斯断言：人口的增长将以几何级数增加。每25年，人口将增加一倍。

这位生在200多年前的英国老先生因此被批判了一个多世纪，被斥之为“庸俗经济学家”，“其理论露骨地为剥削制度辩护”。一百多年后，中国又出了个马寅初先生，他对人口的无节制生育发了几句牢骚，大概因为他也姓马，和马尔萨斯有“姓氏”牵连，因此也挨批了几十年。

不管这两位马老先生的人口理论孰对孰错，对多少，错多少，姓资姓无，谁姓资，谁姓无，而中国的人口，从解放初的4.5亿，增长到了12亿，几乎翻了3倍，而时间仅仅用去了不足两个25年。

这种增长是温柔的、甜蜜的、无声无息的，充满着对社会主义的无限感激和对新生活的美好憧憬！

然而，正是这种温柔、甜蜜的人口增长，给社会主义的航船增加了三倍的负荷量，多少次“水位过线，沙触船底，浪溅机舱”……

因此，宣传人口的危机，警报危机的人口，让危机的人口从

“温柔、甜蜜”之乡醒来，确认自身的危机处境，是先进人类迫在眉睫的义举。

问题是，以“地大物博，人口众多”而自豪了几个世纪的中国人，突然说“人口多了是一种祸患”，这种“陡转”叫人懵不过来。

尤其是中国的农村，“多子多福”“儿孙满堂”“传家继业”“延续香火”“养儿防老”……这种“配套成龙”的宗法性家族原则，缔造了几千年几百代几乎遍布全球，却又是一个模式的千千万万的中国式家庭。然而突然之间说“只生一个好”“有女无男依然传代”……这种“突转”亦无法不令炎黄子孙们瞠目。

所以，尽管党说计划生育是“基本国策”，尽管“人民大救星”叫人民实行计划生育，尽管政府制定了严格的人口纪律，然而多生、超生仍然不止，人口警戒线不断被突破，甚至“黑人一条沟”“黑人一条街”不断涌现。有人为要一个“延续香烟”的男孩，不惜房倒屋塌，倾家荡产，隐踪异乡，甚至不断发生悲惨的血案。

生儿育女，繁衍后代，在甜甜蜜蜜喜喜祥祥的和平外表掩盖下，存在着观念与观念的尖锐对立：旧的生育观、家庭观、宗族观与新的计划生育的尖锐对立，古老陈旧的人口文化观与当代世界先进性的人口文化观的尖锐对立。

计划生育：你计划你的，我超生我的。

计划生育的戏：你“瞎编”你的，我不看我的。

天下的编剧们肩负神圣使命，承托基本国策，放眼世界人口，面对人口失控、膨胀、爆炸的危急局面，忧心忡忡地写出一篇又一篇宣传计划生育的唱词、戏剧、影视作品，可是拿到老百姓面前，往往招徕的是白眼和鄙弃。你演戏他不买票，你发票他扔掉，你看戏“考勤”，他应了卯就溜走。“多情反被无情恼”“风地烤火一边热”。

这种尴尬情态，我的编剧朋友大半都体验过。

这是一个“题材黑洞”吗？写计划生育的戏注定要“栽”吗？老

百姓彻底拒绝计生题材的戏吗？

我准备也“栽”一下，因为我接受了郑州市豫剧团关于“计生题材戏”的稿约。

他们把张金海同志的姚剧本《传孙楼》摊在我的面前，要我改编。

我准备着和我的观众搞“对立”。因为如上所述旧的生育观、家庭观、孝悌观，有着几千年的根须，而我要改编的戏是宣传计划生育，是崭新的生育观、家庭观、人生观。一边是“多子多福”，一边是“只生一个好”；一边是“唯男继香火”，一边是“男女都一样”。恐怕没法不对立。准备着“遭白眼”，准备着“没人看”，准备着“彻底失败”“为国捐躯”——这叫往最坏处着想。

然而，与观众为敌没有好下场。何况我们是“化干戈为玉帛”的时代，多少宿世冤家、生死对头都坐在谈判桌上了，难道我们和我们的“上帝”——观众就不能在这个“生育观念”问题上由“对立”变为通融、谅解、共识、划一吗？

要寻找“时间隧道”，让古老的生育观与现代的人口论靠拢、沟通；要寻找最佳情感“化合剂”，让他们忘掉“对立”，放下“武器”，心甘情愿而且有滋有味地走到我们面前，来欣赏对立面的美丽。这叫往最好处努力。

“往最好处努力”的最佳途径，只有艺术这条道路。

艺术中的“仇恨”也是美的。

曾作为“人民公敌”的希特勒、蒋介石，其政治形象在百姓心目中是记忆犹新的，可一旦作为艺术形象出现在银幕、屏幕、舞台上时，观众忘掉了“仇恨”，津津有味地欣赏起来，充分博取审美的愉悦。

说教的戏剧影视作品，倒尽了观众的胃口。但一旦把宣传说教的内容完全化解融合在艺术作品之中，不但讲究宣传的艺术，而且追求艺术的宣传，那么结果应该完全两样。

我们实践了：在原著的基础上，从五个方面大下功夫。

第一点：拼命找戏。戏的本名是“嘻”。嬉戏、游戏、儿戏、调戏……凡“不正经”的都是“戏”。只要是戏，人们就愿意看。所以，要让观众失去“警惕”，消除紧张，产生兴趣，首先必须把说教成分换成戏。如第一集的“客厅排戏”，第二集的“瞎子吃蛋”“乡政府会议”（用调侃破坏严肃），第三集的“理疗环”（增加了王继香与改花两个人物，用计生干部帮助群众解决不育问题作反衬，增加计划生育的甜蜜成分），第四集的“多多逗夫”，第五集的“雨中训子”……都是“以戏化嫌”，解除提防心理，拉近了与观众的距离。

第二点：塑造活人。人物，是戏剧的核心成分，一部戏的成败，关键取决于戏中人物刻画成功与否。观众要看的是活生生的“人”，讨厌的是死板板的说教。在原著基础上，以拓展的笔势，浓格调刻画杨富康的财大气粗，任性倔犟；杨母的宽恕贤淑，庇夫护子；李乡长的平易随和，耿直无私；翠翠的聪明活泼，痴心敬业；张瞎子的机警诡诈，得理不饶人；大媳妇的刁钻乖巧，爱占小便宜；二媳妇的喜文善读，端庄随和；杨小三的调皮撒娇，纵惯顽劣……让人物一个是一个，十人十面孔地走向观众，结识观众，让观众完全把他们看成活人看成朋友，而不是看成政治思想工作传声筒而记忆在心。

第三点：让戏“近人情”。计生题材戏之所以引起观众反感，一个重要原因是戏写得不近人情，硬性说教，板面指责，枯燥阐论。《生》剧在改编中，汰尽一切指责性话语，在人物关系之间找“人情”，掘“人情”，发现“人情”。杨富康再骄横不规也是爹，翠翠再坚持原则执法不阿也是女儿，一切矛盾冲突都在人物关系和性格关系中，饱含着浓浓的人情味呈现出来。就连乡长吃“百子宴”一场戏，大段唱词无一指责批判性语言，均为家常攀谈，明喻暗况，听则听，不听则已，把观众紧紧拉进“人情”旋涡里，潜移之，默化之。

第四点:堆“风趣”,砌“幽默”。原著为正剧,《生》剧为强化喜剧因素,以适应“喜剧时代”的现代观众的审美渴求。诸如“闹新楼”“买气枕”“瞎子算卦”“枕肚戏夫”“借儿夺标”等,全方位提汲喜剧因素,重彩浓抹,增加可看性和娱乐性。

第五点:美化语言。戏曲的语言是戏曲的灵魂。戏曲是唱着诞生的,戏曲的观众是听着走入剧场的。听戏是中国观众的传统欣赏习惯。多少戏失传了,唱词留了下来,可见唱词语言的生命力。遗憾的是现代人写戏往往忽略其重要性,草率应付,致使白词、水词、闲词以及大量语法不通的顺口溜等等充斥舞台屏幕,赶走了不少观众。《生》剧在改编中,力戒草率,唱词百分之九十重新改写,一词一句严格追求性格化、风情化、幽默化、韵律化、心理化,总而言之:戏曲化、豫剧化。

向人物心灵采掘

——试析杨兰春新作《家里家外》

人皆有家，家分内外。有谁注意过发生在家里家外那些日常生活流程中大量的平凡琐事、喜怒哀乐，并从中捕捉品味它们的社会脉象、人生哲理以及广泛的启世意义呢？最近，郑州市豫剧团上演的现代戏《家里家外》，便是这样一台令人开心、耐人寻味、意蕴深刻的好戏。

《家》剧是我省著名戏剧家杨兰春的新作。这是他继《朝阳沟内传》之后八年沉默中匠心独运之力作，也是他深入观察、体验、理解、思辨当代生活而熔炼出的艺术新晶体。

一

《家》剧是一部含有意象底蕴的现实主义作品。戏的故事几乎全部发生在返乡干部李冬清的家里家外、出门进门之间。李冬清，这位当过几年解放军的转业干部，本来在城市安排了工作，但由于他“适应不了城市种种复杂情况”，主动要求离城回乡，当了个乡长。就因为这么一个“弃城从乡”的举动，在他的家庭内部引起了轩然大波。养父老秋来对儿子这种“官越干越小，路越走越窄”的“反常”行为不理解，甚至怀疑他“犯了错误，贬家降级”；母亲、妻子、女儿也对李冬清持怀疑态度。在家外流布的风言蜚语卷裹之下，家内的父子之间、夫妻之间、公媳之间、爷孙之间，滋蔓着不和与冲撞，似乎有一种无形的情绪感染病菌，在这个家庭里流传，生出无尽的烦恼与焦虑。而家外的人们呢？来找乡长告状的，伤心抹泪的，闲侃瞎骂的，寻死觅活的，也都是为着一些说大不大、说小不小的事情而陷入焦虑烦恼的旋涡之中。家里烦恼多，家外风波稠，家里家外，因果勾连，冲突迭起，龃龉丛生。动情处令人落泪，诙谑处叫人捧腹，生动地勾勒出一幅村舍风情画卷。

杨兰春同志堪称“性格大师”，他笔下的人物，极富个性，都是活生生的“这一个”，不管怎么“摆弄”，都不走样，不跑神儿。如忠实孝顺、贤妻良母式的惜梅；耿直正派、难随俗流的李冬清；倔犟刚烈、固执恋旧的老秋来；善良本分、疾恶如仇的秋来妻；特别是豁达乐观，又刁钻流气，并富有正义感的“兵痞”留成；讹诈成性、偷掠成癖的泼妇“红烙铁”；甚至仅有几句唱、几句台词的田大婶、小娟、小牛、秀娥等等。这些人物的一举一动一言一行，都给观众留下了深刻的个性化印象。“有如春天在大自然里一样，看不到两片叶子有相同的绿色。深红浅绿，变化无穷”。（狄德罗语）。尽管《家》剧有很多“悬念”“惊奇”“突转”等所谓戏剧情节要素的技巧显示，然而戏仍然有声有色，跌宕有致，非常饱满。这使我想起法国剧作家贝克说的“性格就是情节”的格言。一个精于人物性格刻画的剧作家，无异于把握了戏剧的中枢命脉，轻拨慢点，横摆竖放，上下颠抛，都是好戏。

二

《家》剧除了性格塑造成功之外，我认为值得特别注目的是作家对心理分析手法的准确把握和成功运用。《家》剧不是情节剧，不注意戏剧情节的精巧构筑、多向铺陈与叠级推进，而是避轻就重，舍简就繁，运用高难度的心理分析创作技巧，把笔锋伸向人物的时代心理深层，把握心理潜藏，组织心理冲突，创造心理外化意象，对作品的主题立意作强化处理。

“家”剧写的是80年代末的农村，表现主题是一个拥有四名共产党员的五口农民之家。对于这样的时代背景下的这样一个家庭，作家是怎样把握他们的特定社会心态呢？一方面，改革开放给农村带来了巨大变化：粮食上去了，副业兴旺了，农民富裕了，百姓安居乐业了，这使他们兴奋、鼓舞；另一方面，面对传统秩序的变革（如阶级观念的淡化，私有制的复兴，“一切向钱看”对“艰苦奋斗”优良传统的冲击等等），又感到极不适应，甚或有难以招架之感。加之社会上资产阶级自由化以各种形态粉墨登场，举着改革旗号干扰改革，造成信仰失控和价值观、道德观、人生观的混乱，这又使这个“家里”乃至“家外”的人们出现眼花缭乱的迷茫、怀疑、忧虑和焦急，久而久之，便凝定为一种“灼躁”心态。在剧中看到的，便是这种具有共性的“灼躁”心态普遍外化的戏剧冲突。戏一开始，舞台上便弥漫着一种烦恼与焦虑的基调，人们的情绪都绷得很紧，不管男女老少，好像背有芒刺，头有躁火，一触即发，一点就着。一家之主老秋来就是在大幕拉开的同时，冲着观众撵鸡子骂狗地发脾气，他“听见猪哼骂三遍，听见鸡叫投一砖”。对眼前的人，更是没有一个不烦的。他是一个老土改、老党员，按照性格逻辑，他对儿子李冬清由于看不惯城市机关那种“小胳膊也能把大腿拧弯”的腐败作风而离城回乡的举动，应该理解、同情和支持。然而从心理分析角度出发，他又不能，他没这份冷静，他这个在土改时期“叫谁尿醋他不敢尿酱”的老革命权威，实在不能容忍眼前这“全乱了套”的秩序，甚至他以前的专政对象现在也比他过得好，说不定地位还在他之上，他窝火、愤懑，寻求发泄。儿子的回归，无非给他作了个炮架，其实他这个装满火药的炮筒无论搭在谁身上都会发射轰鸣的。其他家庭成员呢？本分勤谨的秋来妻，也是和老头一搭话就动火，有时甚至动剪刀抡扫帚。就连贤惠孝顺、知书达理、作者心目中的“标准东方女性”惜梅，也是食不甘味，席不安枕，口角不断，陷入无休止的忧虑烦恼之中。特别是纯真幼稚的小女儿婷婷，却也难得幸免这种“灼躁”旋涡的卷裹，处处来气发火。请看她第一次登场父女相见的一段没头没脑的发泄：“人家的爹是啥爹？自行车换成皇冠车，开会赴宴坐上桌。我这个爹也是爹，到现在还是自行车，一步一步走下坡。人家的爹把官做，先把儿女心中搁，不能上学也上学，不能及格也及格，不能及格有工作。你这个爹当的真不错，不管俺姐不管哥，现在轮着不管我。你革命先把女儿革，快把我个革成老太婆。”这种无名之火，正是特定的社会心态的惟妙外现。

家里如此，家外的人们呢？一个年过六旬、善良忠厚的田大婶，为了自己的两棵被人砍倒的桐树，陷入半癫狂状态，逢人便磕头，进门便哭告；田大婶的女儿小娟和儿子小牛，在全剧中的贯穿动作就是告状、诉苦、发泄；就连“兵痞”光棍汉留成，竟也被一个既非官又无权的泼痞女人红烙铁闹得六神无主，不断跑来找乡长诉苦……

舞台上这种作者精心营造的艺术化的“灼躁”氛围，强烈地感染了观众，引起共鸣，激发起观众的审美移情效应，调动自身生活阅历的记忆和联想，对舞台上、生活中甚感自己的家里家外发生的那些类似的、大量的，说大不大、说小不小，看似容易解决，实际又解决不了，看似不该存在，实际有大量存在的诸般事实，作一番认真的审视、鉴别、咀嚼、思辨，从而悟出一个明晰的意念：呼唤稳定，呼唤秩序，呼唤优良传统的回归——这也便是作品的主旨。

三

另有几点感想。

红烙铁这个人物，是个“一子出手，全盘皆活”的人物，她的戏既饱满又出彩。然而从整体构思看来，她又是个“意象”人物，象征一种社会现象，一种看似不该存在，却又顽强存在；看似应该解决，却又解决不了的社会现象。她的出现，会引起观众更多的联想。但在表现中，应尽量避免用“真实”的尺度来衡量她，对她越计较真实，越显得不合理。

结尾窦氏的出场，亦是“意象”成分很大的戏，表现了古代人的忧伤、企求与现代人的忧伤、企求之间的承继性、延续性和可比性，同时辛辣地讽刺了那种以红烙铁为代表的不合理现象仍在企求延续、绝不轻易退缩的历史性固执。但在戏收场时，却让窦氏恢复演员身份，向红烙铁索取演唱费，这种大跳跃，损伤了上述的意象情境。

第三场戏是颇见功力的心理分析格式，后三场戏又像一般的风情喜剧。这是一种不无遗憾的风格反差。平心而论，我更喜欢前边的戏，而观众可能更喜欢后边的戏。据说作家杨兰春正在“骑虎”修改。究竟改出来谁最满意？眼下唯有等待。

（原载《河南戏剧》1990 年第 6 期）

杨式唱词试析

初看杨兰春的戏,并不觉得有多少惊人之笔。戏中浓郁的生活气息,质朴的生活语言,诙谐的生活机趣,倒是扑面而来,令人陶醉。除此之外,似乎再没有什么艺术上的诱发性启示和审美上的待解性蕴藉。然而,有一点感受是许多观众所共有的,那就是杨兰春的唱段,听了一遍之后,还想回过头再听一遍,甚至是越听越上瘾。这使我想起河南有一种胡辣汤,初次品尝并不觉得有多么好喝,不过还想喝喝而已。然而越喝越想喝,越喝越上瘾。我亲眼见到过那简陋的胡辣汤小店里人头攒动、咂声如风的胜景。有行家说那是汤料锅里放了“米壳(qiao)”的缘故。米壳者,“大烟壳”也。大烟是毒物,而提走了大烟的壳,却被医家用来入药,高明的医生出神入化,点石成金,借此调理出治疗疑难病症的神药来。随着对杨兰春作品的熟悉和了解,尤其是对杨式唱词的广闻和熟稔,我越来越觉得这里边是否也有一种“米壳”类技巧呢?杨式唱词从字面上看,并无华丽的辞藻、严谨的格律,也不怎么讲究修饰和润色,然而唱起来却朗朗上口,音韵舒展流畅,即便不打字幕也耳熟能详。尤其是根据杨式唱词谱写的唱段,便于记忆,便于咏唱,富有感染力和煽情作用。最大特点是让人喜欢听,听了能上瘾,千人传唱,广为流传。随着电视、电影、轻音乐、流行歌曲以及诸类音像制品等高科技娱乐品对市场的拥挤和抢占，戏剧的地盘越来越小，其竞争力越来越弱，“不景气”“危机”的警灯频闪。年轻观众对剧场越来越生疏，有的甚至不知戏剧为何物。然而正是此时，我们又常常从电视里、收音机里、休闲场所、田间地头的戏迷堆里以及高消费的戏曲茶座里，频频听到戏曲的脍炙人口的流传唱段，感受到戏曲的生命之力。在这些百听不厌的戏曲流行唱段中，杨兰春的唱段占有很大比例。尤其难能可贵的是杨兰春的唱段大都是现代戏唱段，表达的是现代人物的感悟，刻画的是五彩斑斓的现代生活，贴近时代，贴近人民，审美价值尤异。细心的研究家们注意到，总体考察流传于今的戏曲唱段，那些传统戏曲段子的作者是有名氏或者是无名氏可以统计出一大批，而现代戏曲段子的作者几乎只剩下个杨兰春。或者换一个令包括敝人在内的一大批“当代剧作家”汗颜的说法：名大才高的衮衮诸公所写“精品”“名著”成千上万，可是有几人作品的唱段能够像杨兰春的唱段那样被众人爱不释怀，广为流传呢？

敝人搬弄戏剧文字三十余年，在写作唱词方面，也颇得杨兰春老师的赞许。窃以为论文学功底与师较莫输文采；论修辞、韵律、遣造诸技巧与师相较无逊风骚。然而，唯独在写出的唱词寿命方面，几乎无法与老师相比。杨式唱词是长寿的，或者说杨兰春是“唱词寿星”。而我辈不少人的唱词却如过眼云烟，大幕落下，呕心沥血写就的唱词也便寿终正寝了。

我曾下功夫琢磨过杨式唱词的个中三昧，寻找里边藏着的“米壳”类的东西。然而，总是越琢磨越懵懂。我也曾当面留心聆听杨兰春言谈话语中的“真经传授”，然而也总是不得要领。杨兰春不是个保守的人，其人心直口快，乐于辅教，尤其对同行中的后来者总是循循善诱，耐心引导。他肚里有一，便恨不得倒给你个二。有时为了帮助一个作者上戏，他跟作者摽着干，有时甚至亲自捉笔上案，挑灯熬夜，替作者示范改戏，直至成功。他这种付出完全是无私无偿的，从不在别人的作品上添上自己的名字。杨兰春这种人品是有目共睹、人所共知的。然而，杨兰春的一大欠缺是不善于运用理论系统化、条理化地总结他的创作经验。而有些天赋的、先验的、单体独具的悟性，也的确是只可意会不可言传的。

仗着我和杨兰春老师有过一段传帮带式的接触，凭着我滞钝的悟性，权且试析一下杨式唱词的写作特色，作为一块引玉的砖头。

> 要写牛魔王，先当孙悟空，钻进人物的肚子里，
> 观察、体验、把握人物五脏六腑的颜色、气质、
> 秉性、欲望……环境情绪化，语言个性化。

杨兰春写唱词，不用生僻的字，不用艰涩的词，从字面上看，通俗流畅，乡土味十足，近似大白话。初接触者，往往觉得缺乏文采，过于简白。然而，味道就在这种简白之中，需要你慢慢"品摸"。当然，并非任何简白都可以品摸出味道来的。河南戏剧界有一种以"乡土味""红薯味"自恋的作品，有的也标上"杨兰春风格"。然而，"画虎难画骨，临帖难临神"，初学者往往流于真正的简单白淡，乡土成了灰土，红薯味发酵过头，令人作呕。我还想拿胡辣汤作例来比较两者的区别：后者虽在用料方面一样不少，粉条、面筋、酱肉丁、十三香……然而，区别就在熬汤过程中，前者多入一个料布袋——"米壳"。如此一来，味道便迥然不同。

我以为，杨式唱词中的"米壳"类技巧，首先是感性地接近人物，运用心理分析法，动态地、情绪化地把握人物心理，用人物意识去说话，去咏唱。这就要求作者首先要把笔下人物的心态弄准确，设身处地地去体验你的人物。学会孙悟空钻进牛魔王肚子里的方法，观察、体验、把握人物"五脏六腑"的颜色、气质、秉性、欲

望,然后再扎笔写他。而且要“环境情绪化”“语言个性化”。熟悉杨兰春的人,都知道他有一个奇特的写作习惯,那就是作品尚在最初阶段的构思过程中,也就是刚刚在打腹稿,故事情节还不完整,结构还不定型,连个提纲也没有的情况下,突然之间,他竟会写出来剧中某个人物的一大段唱词。写戏先出唱段,这恐怕是绝无仅有的例子。事实证明,杨兰春在一出戏总体工程动工之前而首先写出的唱段,往往是这出戏中主要人物的重要唱段,甚至是核心唱段,其词其韵不但情绪饱满,生动感人,而且贴切准确,稳定牢固,不管以后剧本怎么返工修改,这段唱词会始终保留下来。这种创作现象说明两个问题,一是杨兰春最重视写唱词,最钟情写唱词,“一出戏要是没有两段好唱,啥也甭提”!“两段好唱”——是杨兰春首先追求的目标。二是杨兰春在整个创作过程中,酝酿最多最透最成熟的是他的人物,于“牛魔王”肚子里七进七出,把他要写的人物的心、肝、脾、肺、肾都摸个烂熟,秉性脾气了如指掌,于是乎人物的语言词汇自然流淌而出,抑扬顿挫,上韵成唱。但凡熟悉杨兰春创作生活的人,都会有缘碰到他拿出他那“前不着村,后不着店”的新唱段冲动异常地昭示于人的情景。杨兰春写作唱段的阶段,是他整个创作过程中最为冲动的阶段。他全身心地投入到他的人物情感生活和规定情境中去,使自己和人物融为一体。创作主体的冲动和主、客情感的叠印,使得杨式唱词充满了浓烈的感悟色彩,因而具有很强的剧场感染力和煽情效果。杨式唱词特别注意“景自情出,情为景根,情景交融,宣泄淋漓”的咏叹技巧,让人物情感紧扣环境,让环境刺激人物情感,这便是“环境情绪化”。随意翻看杨兰春的作品,便会发觉这技巧无处不在。《朝阳沟》中的银环在“上山”一折时的心情是新鲜、兴奋、激动,对新去处、新生活充满憧憬,高兴得头发辫老高老高地翘:

走一道岭来翻过一架山,

山沟里空气好实在新鲜。
这架山好像狮子滚绣球，
那道岭丹凤朝阳两翅扇。
清凌凌一股水春夏不断，
往上看通到跌水岩，
好像是珍珠倒卷帘！
满坡的野花一片又一片，
梯田层层把山腰缠。
小野兔东蹦西跑穿山跳涧，
这又是什么鸟点头叫唤？
东山头牛羊哞咩乱叫，
小牧童喊一声打了个响鞭！
桃树李树苹果树左右成行，
花红梨果像蒜瓣把树枝压弯。
油菜花随风摆蝴蝶飞舞，
庄稼苗绿油油好像绒毡。
朝阳沟好地方名不虚传，
王银环我也成了公社社员，
在这里一辈子我也住不烦！

空气新鲜，风景秀丽，都来自王银环好的心情，心情愉快了，山像狮子滚绣球，岭像丹凤朝阳，水像卷帘的珍珠，庄稼像绒毡，野兔、鸟、蝴蝶、牛羊、牧童都出来为王银环道喜，情景交融，物我互衬，情绪激活了环境，环境烘托了情绪，演绎出激荡人心的唱段。加上作曲家赋予其嘹亮激越而又婉转抒情的旋律，余音绕梁，使人听后如沐温汤，感受到强烈的审美移情愉悦，久久不能忘怀。

然而，同是这段山路，同是这个环境，也同是这个人物王银环，到了“下山”一折时，由于心情坏了，原来的新鲜、兴奋、激动，变成了灰心、沮丧、犹豫，恋人的埋怨，乡亲的误解，劳动的苦痛，母亲的病讯，纷乱交织地啮噬着王银环的心。此时的她不同于彼时的她，眼前的景物也就全变了。

景自情出，情为景根，这就是环境情绪化。掌握这种技巧的一个基本要求，就是创作主体与客体必须深层契合，准确对位，也就是说写作者和他所写的人物必须情感共通，情景交融，情绪频率时时发生共振、共鸣，也就是我们常说的“创作冲动”。作者都冲动不起来的作品，恐怕很难感动读者和观众，更难写出好的唱词了。

在生活中“拾”戏，在戏中“嫁接”生活。用作家的灵感发现，用观众的尺度量裁，用人物的嗓音咏唱……

评论家说，“一个作家，要无条件地热爱生活”。虽是平常话一句，真正做到，却不是那么容易。包括某些作家在内的不少人，广义上的热爱生活，似乎都好做到。但具体到自身的生活环境和情感百事，就不那么容易超脱了。杨兰春是位情感上的强人。尽管他也有苦恼，也有愤怒，生活中充满坎坷，但他对生活的热爱、迷恋与崇拜是压倒一切的。作为文学人的杨兰春，风趣、乐天、幽默、率直，只要他进入创作状态，便宠辱皆忘，回归单纯。拥有“老革命”资历的杨兰春，历史上险遭极“左”路线杀身之祸，差一点就被无缘无故枪毙掉。可是杨兰春每每谈起这段历史，总是面带微笑，轻松诙谐，如同谈一件事不关己的平常小事，时不时还抖点包袱，引人发笑。这种冷静，是一种体验后的超越，是对“自我”的客观而又从容的审视，是一个作家特有而可贵的素质。杨兰春声誉不可谓不高，头衔不可谓不大，曾干到中国剧协副主席、省文联副主席、全国著名编导，又是实实在在从枪林弹雨中拼杀过来的“老革命”，论说“端”起来派头够大的。然而，熟悉他的人都知道，他“端”不起来，也没见他“端”过。他最喜欢的姿势是蹲，最爱吃的东西是面条，最爱去的地方是山乡旮旯，最爱接触的人是基层老百姓。多少年的春节，他都是一竹篮年货提到山上过，和山上的“亲人”团聚。太行山的列江村，方城县的石窝村，登封县的曹村，是杨兰春的生活点，特别是后二者，比他的故乡还故乡，整日价魂牵梦绕……

我这样说，似乎与论述“杨式唱词”关系不大。然而值得我们注意的是，杨兰春这种深入生活的特殊感情和特殊方式，形成了杨式创作素材的特殊积累，包括杨式唱词要件的特殊构成。在杨兰春的作品中，不少唱段的宣叙格式、抒情方式、比兴样式都可以在生活的海洋里找到它的“原产地”，那或者是一首民谣，或者是半首民歌，或者是两句农谚，或者是老百姓的几句顺口溜……这些元素像酵母一样，被作者机敏而又恰当地引用于唱词写作中，糅合得体，发展流畅，铺陈自然，而更重要的是，这些元素产于民间，饱含着山野的清新，泥土的芳香，生动、质朴、自然、流畅，有着诱人的新鲜感和对观众的亲和力。这种唱词是闭坐书斋的人无论如何也想不出来的。打个比方，发酵的馒头与不发酵的馒头口感是绝对不一样的；有这种元素与无这种元素的唱词效果也是截然不同的。虽然有的作者写的唱词文采语法无可挑剔，甚至文学性远在杨兰春唱词之上，然而在舞台实践中，其审美效果却远不如杨式唱词理想。另有一种“死面馍”唱词，无“元素”，不讲“发酵”，缺生活，缺灵感，无灵气，勉力杜撰，费劲拼凑韵脚，有时也写得洋洋洒洒，然而唱起来，演员找不到“吃劲”的地方，观众听得耳满肚胀仍然不知所云，更别说让他记下来传唱流行了。所以说论写唱词，作者与作者之间不单是要比文字功底，比文采，比技巧，而且还要比生活，比灵感，比悟性，比“元素”积累，比“酵母”技巧运用。后者形成了杨式唱词的显著特点。下面试举几例。

在《小二黑结婚》头场戏中，作者拟用小荣之口交代小芹与二黑爱情的成熟，杨兰春竟然调动了他的“元素库”，从他记忆中的十几个民间唱段中选择了《站花墙》中如下“言爱无爱，踏花无花”的借喻格式：

小　荣　(唱)树上柿子圆又圆，
　　　　　好看好吃比蜜甜。
　　　　　压得树枝拖了地，
　　　　　枝头伸到你面前。
　　　　　要摘你就快点摘，
　　　　　迟一天不如早一天。
　　　　　过了白露寒霜降，
　　　　　打落了柿子后悔难。

小　芹　(唱)七月的桃，八月的梨，
　　　　　九月的柿子红了皮。
　　　　　谁家的柿子谁去摘，
　　　　　俺没有柿子心不急。

一个是调皮、戏谑、关爱地挑逗，一个是机变、伶俐、滴水不漏。两个人个性毕现。这段词虽借用了《站花墙》的格式，而情景、内容都作了大的转换，唱来既符合人物，又出新意，让观众耳目一新，顿生怜意。

浏览杨兰春的作品，随处可见浸润着民风乡韵、饱蘸着原汁原味的生活中的精言妙句：“棉花白，白生生；萝卜青，青凌凌。麦籽个个饱盈盈，白菜长得瓷丁丁”，“墙上画马不能骑，镜子里的烧饼不能充饥。……好牛不调不拉犁，杨柳树不括长不齐”，“除非鸭子能上树，除非鸡子长出牙。除非兔子变成马，除非鹌鹑长尾巴”，“喂个猪，养个羊，总比喂个老鼠强，你要不买我这老鼠药，老鼠在你家安个窝：生一窝，又一窝，一窝比一窝生得多。老鼠娘，老鼠爹，老鼠奶奶老鼠爷；老鼠妹妹老鼠姐，老鼠弟弟老鼠哥。啃你的柜，啃你的箱，然后啃你的花衣裳……”

20世纪80年代中期，郑州文化局交给我一个改编宋元南戏《王魁负桂英》的任务，并特聘杨兰春做顾问。这就是后来的《情断状元楼》。这是一次近距离授课，手把手传帮带，与杨老一起切磋、探讨、研究的合作过程，也是全方位了解和熟悉杨兰春创作习惯和创作个性的过程。在这个过程中，我得以全景式洞察作为全国著名编导的杨兰春对一部戏的推出那种宏观驾驭和细微把握的审慎态度，而感触尤深者，还是他对“一剧之本”那种严格的、挑剔的、甚而近乎苛刻的要求。这里，我想举出一个例子。

《情》剧中有这么个情节：敫桂英救活王魁，赎身归良，伴王魁铭志攻读，送寒迎暑，学业终成。二人也结成生死伉俪。当敫桂英送王魁赴京赶考长亭分手之时，有一段惜别之唱。原剧中是这样唱的：

敫桂英　（唱）依依惜别难分手，
两年恩爱蜜样稠。
春花雪月懒消受，
只愿王郎早出头。
倘若文章不顺手，
早日还家切莫愁。
王郎今年二十五，
桂英今年二十秋。
心心相印烟波走，
学昔日范蠡泛扁舟。

我在修改时，开始觉得这段词写得还可以，文字清顺，雅俗兼容，韵脚布局也很规范。所以在原词基础上我只小动了一下，便向杨老交了稿。哪知杨老看了之后久久不表态，只让我一遍又一遍地念给他听。他听的时候，一会儿蹲下去，一会儿站起来，一会儿又躺在沙发上，显得很烦躁。实际上，他已进入观众体验状态。(在日后的长期接触中,我才了解到,杨兰春无论听读剧本或是看戏,总是“从观众进入,从专家跳出”,而不是从专家到专家)一直到他把这段唱词感受透彻以后,才笑眯眯地从沙发上坐起来,发表他的看法。他认为,这段唱词写得很一般,敫桂英太冷静,无激情,“温不秃”。新婚之别要别得刻骨铭心,到后来才能恨得刻骨铭心。他终于启发性地说,你想想老戏里,或者唱鼓儿哼的,演到贤良妇女送亲人上路都唱些什么?他看我答不上来,便进一步点化:“比如说——‘黑天莫赶路,荒村莫投宿。’比如说——‘住店睡觉莫靠墙,防备着隔墙挖洞来强梁。’……”这种启发性的举例他谈了好多。后来,我的确花了一番功夫去搜集“老戏”“鼓儿哼”的有关唱词,然而毕竟“知情人”甚少,劳而无获。最后只得顺着杨老的思路,改写成如下一段唱词:

敫桂英 (唱)千里送君终分手,
万句叮咛噎咽喉。
此一去山高路远风雨陡,
凡事要谨慎小心思虑周。
日上三竿再赶路,
太阳不落把店投。
住店要住热闹处,
野坡孤店歹人稠。
睡觉莫睡靠墙铺,
谨提防:贼人凿洞把店偷。
用餐多用清、斋、素,
荤鱼腥肉藏污垢。
饮酒莫饮头一口,
头一口里多担忧。
陌生人,不知秉性莫交友,
花门赌场莫停留。

开考前，攻读熬夜切莫久，
保持个旺盛精力清醒的头。
交卷后，痛痛快快玩个够，
莫让那升榜落榜把心揪……

没想到，这样一改，得了个满分，杨老全盘肯定。后来的演出实践证实，这段唱的确有效果，演员唱到动情处，场内一片唏嘘之声。在杨老的指导下，原本翻改了百分之九十还多。此剧至今已演出千余场，成为郑州市豫剧团的保留剧目之一。通过杨老的这次直接指导，我多少悟到了杨式唱词的点滴诀窍，乃为有幸。

杨式唱词的另一特点，是正向抒情，反向宣叙，多向对比，宣泄人物心理矛盾冲突，紧扣观众情感归向，激发剧场共鸣。直白说，"张嘴有东西，百唱不跑题"。

空洞无物，不知所云，云遮雾罩，艰涩难懂——是唱词常见的四大通病。最容易讨好观众的是唱词，最容易得罪观众的也是唱词。剧场里常见一些观众或者昏昏欲睡，或者如坐针毡，那是对眼前唱词的一种评价：写得糟透了。

杨兰春的唱词，就特会讨好观众。"张嘴有东西，百唱不跑题"。演员一开口，就会引起观众的兴趣，吊起观众胃口，紧紧"咬"住观众，让观众津津有味地听下去。尤其是一些主要唱段，矛盾层层，冲突迭起，心理动作强烈，引发观众情感投入，并扣紧观众情感归向，激发观众共鸣。听这样的唱段，观众不仅不走神，而且情绪饱满，跟着作者意志化的"圈套"走，进入无意识创作最佳状态，产生最佳剧场效果。

我认为，关注一下杨兰春的唱段结构，应该是研究杨式唱词的另一个重要方面，或者说是杨式唱词的另一重要技巧。仔细研究杨兰春的唱段，你会发现，它很少有单纯的"抒情调式"，也很少有单纯的“宣叙调式”,大半都是宣叙、抒情混合并用。其中有一个明显规律,就是以人物意志化情感为出发点,宣叙则反向宣叙,抒情则正向抒情,而且在宣叙和抒情中间,相互铺衬,多向对比,把人物内心的矛盾冲突进行情绪化充胀,使之极具煽情力度,激发观众增强记忆,留下深刻印象,收到过耳不忘的效果。

就拿观众最熟悉的“银环下山”唱段做个例子。银环跟随拴保上山,决心扎根山区,做一个新时代的知识农民,这是负载作品主题思想的人物意志。而银环下山是一种反意志人物行为,作者采用反向宣叙,写下两句唱词,交代了动作指向:

银　环　(唱)我大步跑来小步走,
　　　　　　恨不能一步离开朝阳沟。

然后,转入大段的正向抒情。从“山水依旧气爽风柔……,挪一步心里头添一层愁”;到“强回头再看看拴保门口,忘不了你一家把我挽留……社员们奋发图强乘风破浪,我好比失舵的船顺水漂流”。尤其是唱段中运用大量情景对比:“……这是咱手拉手走过的路,那是我亲手锄过的早秋。这是你嫁接的苹果梨树,一转眼已变得枝肥叶稠。刚下乡庄稼苗才出土不久,到秋后大囤尖来小囤流……”这种对比溢自人物的情感波涛,又流归人物的意志河道,最后推往正向抒发的高潮,“……走一步看一眼我看也看不够,挪一步一滴泪气塞咽喉……走一步退两步不如不走,千层山遮不住我满面羞。我往哪里去?我往哪里走?好难舍好难忘的朝阳沟!……人也留来地也留。”

再如《好队长》中马二牛一段“谁人不知我马二牛”的唱段。《好队长》这出戏创作于什么年代,什么故事,什么人物,差不多被人们忘掉了,但唱段保留下来,活在万千民众的心中,依然你传我唱,脍炙人口。分析这个唱段的结构,也是在把握好人物意志化情感基础上起腔,首先反向宣叙,从“谁人不知我马二牛,十三岁上学剃头。解放前剃头难糊口,我挑着担子到处游……”一直到“俺大伯,俺二叔,俺姑姑,俺舅舅,都说是咱辈辈都是种地户,你不该学那下九流,我走到谁家谁不留。”这样把人物社会地位跌到最低,然后捋着人物意志正向抒发,层层递进,推向高潮。以至于用人物身份化的幽默语言唱出:“和省长一块照过相,还上过省委办公楼。……常言道车到山前必有路,上不去就用鞭子抽。”这种正反相衬,多向对比,使用人物典型化语言和“爽口秀”一般的韵脚,把人物情感抒发推向极致,产生绕梁三日的效果,是杨式唱词惯用之伎。

杨兰春还有一个写作特点,就是每写一段唱词的同时,他几乎把这段唱词应该配置的唱腔套式甚至音乐布局都想好了。我见过他扯着五音不全的嗓子严肃认真地给音乐设计作示范。尽管我一点也听不出名堂来, 但音乐设计者们都说杨兰春哼得相当有路数。像“马二牛”这段曲调,就是按照杨兰春的要求,以豫剧“二八板”为基础,吸收了越调的音乐素材和行腔技巧,收到了特殊的极具魅力的艺术效果。

(原载《杨兰春戏曲语言艺术论》,中国戏剧出版社,2002 年 5 月)

“凉壶蛋”的回答

由于我改编了个美国剧作《榆树古宅》，最近常接两种电话。一种是“戏外”的朋友和老熟人，他们无一例外地使用一个话头：“老孟吧？咋弄哩？你排了一个三级片？”……然后问长问短，最后要求一定得请他看看三级片是什么样子；另一种是“戏内”同行，排此戏演此戏的人，他们又无一例外地使用另一种语式：“孟先儿！跟着你干算倒霉了，你咋弄个‘三级片’叫俺排叫俺演呢？怪不得人家骂俺是‘凉壶蛋’呢！”……然后是唉声叹气，灰心丧气，憋一肚子气。

事儿的起因是《郑州晚报》某月某日发了一篇报道，文中提到对《榆》剧的反应时，有这么一段文字：“社会上甚至流传这么几句顺口溜，‘局里出了三十万，请了一拨凉壶蛋，排了一部三级片，要问排得怎么样？扯淡’！”剧组有人认为，报纸不加批驳地刊登这种谩骂话语，是一种诽谤行为，要求给以正名。

其实，这几句顺口溜是我向记者提供的。它产生在《榆》剧见观众之前的封闭排练期间。顺口溜也属于诗的范畴，撰此话者也算半个诗人。虽然我不知作者是谁，但他肯定是能看封闭排练的圈内行家。我向报纸提供此段顺口溜的初衷是：一可借圈内行家之口给我们敲一敲醒神之钟，令我们的自我感觉从飘飘忽忽转为实实在在；二可让这种尖刻的批评在报端显现，调一调文艺批评的气氛，改一改“评论一边倒，人人都说好，捧场捧到老”的庸俗文风。呜呼！安得眼前突兀见新风，吾戏独毙受批死亦足……

我感到愧疚的是我的戏连累了一帮剧组朋友，说他们是“凉壶蛋”未免有点太冤。导演是谢亢，山西省话剧院的一级导演，国际奥尼尔学术研究会会员，他的作品至今悬挂在美国加州奥尼尔故居“大道别墅”的展厅，为国际奥研权威所嘉许，不能说是“凉壶蛋”。音乐设计潘永长是省曲剧团一级作曲，三部《卷席筒》，外带《五福临门》《阿Q与孔乙己》等剧目的音乐唱腔为广大曲剧观众所喜爱，也不能说是“凉壶蛋”。几位演员也多是剧界新秀，各有各的招数和魅力，也不能说是“凉壶蛋”。我考虑这种称号只配扣在我的头上，是我对奥尼尔研究不透，把握不准，以至于出现种种缺憾。全国第九届奥尼尔学术研讨会后，吸纳了各方名士高人和广大观众的意见，正在做进一步加工修改，我相信会日臻完善，越来越好。说到“三级片”的批评，我不敢苟同。奥尼尔是严肃的戏剧作家，创作品格受尼采、叔本华人文哲学思想及弗洛伊德精神分析理论影响，作品蕴涵厚重，玄奥深邃，悲剧色彩浓重。《榆》剧是他六十余部作品中最为通俗的现实主义作品之一。然而，剧中所表现的情恋、性爱和“乱伦”，仍负载着严肃的、沉重的批判现实主义含量。它和低级下流淫秽的“三级片”不能同日而语。顺口溜作者也许只看过三级片，没读过奥尼尔，借助想象力为《榆》剧下了一个管窥式的定义。

时至今日，只见有人为影片分级，不见为戏剧分级。我希望有兴者关注一下《榆树古宅》，看它究竟属于几级戏剧？

（原载《半个集》，中国戏剧出版社，2005年5月）

奥氏剧作与中国戏曲的龃龉与磨合(两题)

——河南曲剧改编演出尤金·奥尼尔《榆树下的欲望》的体会

新世纪开始于2000，还是2001，中外说法不一。我喜欢2000。它像一只白天鹅带着一串饱满的蛋卵，转眼就会青雏出世,皎洁满天。中国人又喜欢讲“从0开始”,0象征着无包袱,少负担,不骄不馁,轻装上阵,骏马致远。中国第九届尤金·奥尼尔学术研讨会有幸开在2000年，又有幸开在中原文化名城郑州，作为郑州人,我感到十分荣耀。但愿借“2000”这串吉祥的数字，让我们留下“奥尼尔在郑州”的深刻记忆。

中国奥尼尔学术研讨会已经开了八届。据我所知,无论是专家学者参与的人数,还是发表论文专著的数量,都令国际同仁瞩目。这对于引导国人认识了解奥尼尔,观赏奥尼尔具有独特个性色彩的戏剧佳作,启发中国剧作家的创作灵感,借鉴奥尼尔式的创作方法与技巧以丰富我们自己,都具有很大的作用。这应当归功于中国奥尼尔学术研讨会首批发起者，归功于研讨会周围一批声誉卓著的欧美戏剧文学专家，归功于所有热衷奥尼尔研究的奥尼尔知音。

我是个写戏人。有幸参加过两届全国奥尼尔学术研讨会,受到感染,又受到有关专家的鼓励与“怂恿”,竟用河南地方戏的形式改编起奥尼尔来。起初很轻松,用河南人的习惯选戏,要故事,要情节,要冲突,要让观众一口气看下去不起堂,总之要有戏,要好看。于是,就选中了《榆树下的欲望》。选定之后,关了二十几天禁闭,本子就出来了。然而,这种轻松没持续多久,随着一批批读者的接触,一次次排练中的磨合,一个个审查者的反馈,一遍遍修改的深入,沉重感越来越强。尤其是同戏剧的上帝——观众陆续见面之后,越来越深刻地感受到:改编奥尼尔,不仅仅是一个从话剧到戏曲的样式转换问题,而且是一个解读奥尼尔、体验奥尼尔的过程,也是一个整理创作思想、比较中西创作方法的过程,更是一个用人性的共性全面测试人类社会泛伦理泛道德的过程。在这个过程中,我的体会是,越往前走,越多困惑,越多迷惘,越感到“奥尼尔式的痛苦”无处不在。

奥尼尔的悲剧观与现代人的休闲享乐倾向

用河南地方戏排演奥尼尔,本身就把审美主体局限于中原观众与江北观众群体之中。所以,选择改编《榆树下的欲望》,是认真参照了中原人的审美口味的。中原人看戏喜欢有情节,有冲突,有“戏”,好看。这些要求在《榆树下的欲望》中都可得到满足。然而,也有不投合之处,如悲剧。奥尼尔一生钟情悲剧,独爱悲剧,悲剧观几乎是奥尼尔戏剧观、艺术观乃至人生观的全部。奥尼尔说:“对我来说,只有悲剧性才具有那种富有意义的美,而这美就是真理。悲剧性使生活和希望具有意义。最高尚的永远是最具有悲剧性的。”他甚至说,“当灵魂进入躯体时,悲剧也随之进来了”。“我们本身就是悲剧,是已经写成的和尚未写成的悲剧中最令人震惊的悲剧”。奥尼尔执著于悲剧成因的探寻、集纳与开掘,营造蕴涵哲理的悲剧情势,把戏写得撼动心灵,催人泪下。《榆树下的欲望》浓郁的悲剧性结尾,充分体现了奥尼尔的戏剧理念。然而，中国中原观众长期因循流传下来的赏剧习惯，是喜欢“大团圆”结尾的戏剧，乐于接受线条单一、情节简单、正反面人物脸谱清晰、善恶分明的剧作。尤其是当代观众，称我们所处的时代为“喜剧时代”，在生活中崇尚休闲和享乐，贴靠快乐原则，回避悲观主义和沉重感情。因而反映在剧场审美取向上，十分喜欢观看喜剧。“笑一笑，十年少”，欢乐、嬉笑和开心被认为是剧场艺术最有价值的回报。所以，用河南曲剧改编演出《榆树下的欲望》，首先遇到的就是奥尼尔的悲剧观与中国中原观众观剧审美取向上的错位。随着一度、二度创作的步步深入，这种错位愈加显著。比如，中原观众习惯于舞台上的好人坏人一看便知；而奥尼尔的戏中好人坏人很难一眼看个“便知”，甚至看到底也看不出谁是好人坏人。中原观众爱把舞台上的人物区分为正面、反面；而奥尼尔的戏剧人物，正面也像反面，反面也像正面，常常正反不分。中原观众要求舞台上要“逮不住奸臣不煞戏”；而奥尼尔的戏中几乎没有“奸臣”，即使有“奸臣”也总是逮不住，闹到底也不知道“奸臣”是谁，弄不好奸臣就是我们“自己”……这种审美主客体之间的错位，如果从比较论出发进行审视和研究，倒是尽可以剥离它们之间的异质，拉开它们之间的距离，探求这种不同和错位的意义。然而，我们是在实践，是把美国戏剧搬到中国演出，是要让奥尼尔结识中国的观众、中原的观众，并且要中国观众和中原观众乐于接受奥尼尔。这实在是一项宏大的又掺不得一丝假的情感工程。理性的独处无济于事。因此，我们首先必须调整和矫正这种错位，消减两者之间的悖逆，隔江搭桥，寻找沟通。说白了，我们的演出不但要有观众，而且要抓住观众，征服观众，一切目的必须在与观众的现场交流中才能得以实现。

基于上述思考，我确定进行如下几点改编实践。一、西剧中国化，洋戏中原化，化得彻底，化去形式上的隔膜。从地点场景、服装道具、人物造型、话白语式以及人物的身份称谓等等，进行了彻底的“汉化”改造。就连剧中涉及的风土人情、生活习俗，甚至求爱方式，均处理为标准中原式。剧场里，观众几乎不相信眼前是一出“外国戏”，即使你把作者名字告诉他，他也认为是美国的奥尼尔写了一个中国故事。此处需要特别一提的是，郑州市市长陈义初先生为了使奥尼尔来到郑州能够入乡随俗，“落户”成功，特将《榆树下的欲望》改为中式剧名：《榆树古宅》。剧中人物老凯勃特改为柯泰，西米恩改为柯虎，彼得改为柯豹，伊本改为柯龙，也是依照市长先生的意见改定。二、话剧戏曲化，戏曲中原化。乡音俚曲，民歌村韵，拉近与观众的距离。河南曲剧是一个纯粹出自民间的剧种，拥有广大的观众群，不但中原观众喜爱它，就连湖北、安徽、山东、山西、陕西、河北、甘肃、内蒙古、新疆等地都有曲剧团和它的市场。曲剧曲调优美，善于抒情，长于咏叹，和《榆树古宅》剧情风格十分吻合。加上戏曲程式化的表演，观众浑然不觉面对的是西方“舶来品”，很快被其浓烈的亲和力所吸引，忘情地沉浸于审美愉悦之中。三、悲剧抒情化，结尾明亮化。上述第一、第二两点，都是形式上的转变，丝毫不改变《榆》剧内容上的悲剧性。而《榆》剧的悲剧性无疑是绝不能削弱和改变的，改变了悲剧性，就不是奥尼尔。但是，悲剧性是可以诗化的，诗化的悲剧性可以更感人，更动人，因而也会减弱和冲淡“喜剧时代”观众对悲剧的排斥心理，也便容易被中原观众所接受。《榆》剧中文译本有四万余字，改编成曲剧后，字数减少到 18000 字，而唱词却多达 400 句。400 句唱词的戏曲剧本是不多见的。从中可以看出咏唱量的宏大。戏曲的抒情性，主要体现于咏唱，咏唱的情感依托来自于唱词。中国古代常把诗词连体，“诗堪为词，词当为诗”。抒情化的《榆》剧，也是诗化的《榆》剧。中原老百姓爱把看戏叫做“听戏”，只要唱得好，唱得“美”，唱得足，听得过瘾，戏的其他欠缺都可以包容。说到《榆》剧的抒情化、诗化问题，我想起了奥尼尔的一段话。他说：“我认为人们都没有理解《榆树下的欲望》我感到重要的那种特殊性质，即试图给予新英格兰受到压抑的生活欲望以史诗色彩，使这种难以表现的欲望诗一般地表现出来，把它释放出来。这种诗一般的景象照亮了甚至是最卑鄙、最污秽的生活死胡同。”[1]《榆》剧中，爱碧和柯龙在他母亲房间勾搭成奸的戏，用中国观众的眼光看，怎么着也缺乏“美感”，甚至可指为“缺德”“丑恶”。然而运用大段的诗化语言进行咏唱，把“奥氏人物”的复杂心态化为诗，化为情，化为优美的旋律来咏叹，诱发观众的审美移情，获得审美愉悦，收到了很好的效果。由此看来，诗化《榆》剧的品格，既取悦了观众，也讨好了奥尼尔，我真高兴。

《榆》剧的结尾是“标悲”式的。婴儿被母亲杀死，爱碧和柯龙双双被投入监狱，老柯泰孤零零地守在农庄之上等死，一个殷实之家顷刻毁灭。在二度创作中，有人建议干脆加上“一把火”，让老柯泰把房产庄园烧掉，加强悲剧气氛的渲染。当然，这个意见并非没有根据，原著中的老凯勃特(改编本中的柯泰)，曾经多次说过“烧掉农庄”的话。然而，在戏的结尾，奥尼尔并没有让他烧掉农庄，相反地，当爱碧和柯龙两人披枷戴锁，并肩走上服刑路时，奥尼尔在此时的天幕上，抹上了一片红云。我认为，这片红云是极富感情色彩的，寄托着奥尼尔深沉的“情思”。爱碧和柯龙在欲望之海中，拼得丧魂落魄，筋疲力尽，而在走向“断头台”的最后时刻，才找到了一点点自我——彼此之真爱。这是毁灭时的一片佛光，沉沦时的一根浮木，尽管难挽厄运，却有一丝亮色，透着希望。正如奥尼尔说所：“一个人只有在达不到目的时，才会有值得为之生、为之死的理想，从而也才能找到自我。在绝望的境地里继续抱有希望的人，比别人更接近星光灿烂、彩虹高挂的天堂。”[2]我认为，奥尼尔这段话，可以拿来贴切地注释《榆》剧的结尾。我和我的导演谢亢先生有着十分默契的同样主张，在他的处理下，爱碧和柯龙缠着锁链登上高坡，橘黄色的灯光把二人镶得金光灿烂。爱碧深情地唱道：“只要我身边有条龙(柯龙)，我的小龙啊！舍田庄，弃楼宅，扔家产，丢骡马，无牵无挂四海家，笑对地陷迎天塌！”而柯龙也真挚地应道：“爱碧，饶恕我吧，我突然感到我是多么需要你，离不开你。什么田庄，什么家业，什么财产，这与你的爱相比，都是微不足道的——我只要你！”……这样一来，“标悲”变成了“轻悲”，绝望中燃着希望，压抑中含着轻松，捆绑中有解脱，精神得到升华。戏演到此，我看到不少观众眼里泪花闪闪，脸上现出温情的微笑……他们接受了悲剧，接受了奥尼尔，接受了《榆》剧给他们留下的有点“另类”的感染和启示。

对《榆》剧“乱伦”情节的评判与中原观众的接受容度

《榆》剧的主要情节是爱碧和柯龙的恋情，这是一条主线。从第一幕爱碧和柯龙见面的第一眼对视起，这条主线开始启动，恋情开始发展，戏剧性充分展现。其间有冷，有热，有火，有冰，有恨，有死……奥尼尔向其投注了大量笔墨，把二人的恋情写得有声有色、云诡波谲，耀出奇光异彩。当然，与这条主线并行的另一条主线是“争夺财产”，这也是一条贯穿始终的冲突线。“争夺财产”与“龙碧恋情”这两条主线相互映衬，相互扭结，相互冲撞，铺展出奥氏冲突律的独特个性。然而，造成戏剧悬念、推动剧情发展、并给观众留下深刻印象的，还是“龙碧恋情”这条线。换句话说，如果拿掉“龙碧恋情”这条线，整出戏将索然乏味，失去成章的价值。我之所以选择《榆》剧进行改编，也首先是对该剧中奇特的“龙碧恋情”发生兴趣。“龙碧恋情”之所以吸引人，富有强烈的剧场魅力，乃因其有三点原因：一是“奥氏特色”浓郁，它是发生在儿子与后母之间的恋情，具有悖谬性，迎合猎奇心。这种情节在其他剧作家作品中是不多见的。二是心理刻画准确而且生动，惟妙惟肖，入木三分。既有斯特林堡式“潜在生命力——精神冲突”的深刻而突出的体现，也有弗洛伊德“三我论”（本我、自我、超我)的精彩敷演,让人常看常新。三是双线并行,明暗相衬,营造“情感复调”结构,把爱欲与贪欲、性欲与物欲紧紧扭结在一起,展现激烈的心理外向冲突和内向冲突,紧张而刺激,使人不能不一口气看下去。这个戏还有一个特点,就是在柯泰、柯龙、爱碧三个主要人物身上,几乎看不出奥尼尔的“偏爱”所在,看不出他是怎么区分一号、二号、三号人物的(这种把人物标号的方法不知起于何时何地何人之天才发明?我至今对其科学性尚不甚了了)。也许奥尼尔的高明之处正在于此。他深深掩盖着他对他的人物的倾向性,他要他的读者和观众来认识,来区分,来鉴别他的人物,来确定他们爱谁?恨谁?同情谁?厌恶谁?肯定谁?否定谁?这样一来,也许会出现十个观众十个答案、十种评判的混乱情况;也许此观众与彼观众的看法截然相反,针锋相对,有的肯定柯泰,否定爱碧;有的肯定爱碧,否定柯泰;有的三个人物都肯定;有的三个人物都否定。我认为这都没关系,都很好,甚至都是作者有意追求的效果。作为改编者,我可能比一般读者和观众多一个理性认定的较长过程。但是,却无论如何跨越不了和观众相同的感性感知过程。在这个过程中,在柯泰、柯龙、爱碧三个人物身上,我是十分同情,甚至偏爱爱碧这个人物的。她是一个有缺点的女人,在一开始的戏中,她贪婪、任性、放纵甚而风骚、放荡,主动挑逗老三柯龙。然而,当她跟老三的关系由性欲的追逐到真爱的唤起的时候,她像变成了另一个人,除了“爱”以外的欲望统统甩掉了。楼宅、骡马、财产、田庄、包括孩子,都可以弃之不要,她只要爱!当她所爱的人柯龙要把她推向枷锁,推入监狱,推向断头台的时候,她仍是那么顽固而执著地守持她的温情和挚爱:“随你去吧,我不在乎,我只要你!……”这是何等撼动人心的女人!从她身上可以使你感到,爱欲一旦从贪欲、财欲、物欲等等黑色欲望的旋涡中凌空跃出的时候,它竟是那么样的金光耀眼和富有力量。它至高无上,无坚不摧,它可以把世界化掉。“玫瑰缘刺尤惑目,醪汁因浊更醉人”。用这两句诗来注解爱碧这个人物,似乎十分贴切。

然而,用中原人的道德评判标准来看待爱碧这个人物,她却似乎难逃“荡妇”之嫌。她和柯龙的恋情也难以避开“乱伦”的道德指责。进而言之,如果剧场演出效果留给观众的总印象中挥不去冲不淡“荡妇”“乱伦”的阴影,那么《榆》剧的艺术价值就该是质疑的对象了。戏剧之乡的中原,古代讲究“高台教化”,现代讲究“主旋律”。政府拿几十万元排出戏,总不该让你去在舞台上树一个“荡妇”形象,表演一段“乱伦”全过程的戏剧故事吧?认真说,对于《榆》剧“低道德”评判的敏感性,在我的头脑中,从阅读、挑选到改编剧本的整个过程中,未曾有一丝闪现。只是在成稿出手后的传阅时段,同事和朋友才陆陆续续反馈过来意见,他们有的认为“基调不高”“主题不亮”;有的认为“缺乏正面人物,更无英雄人物”;有的干脆直棒敲击“一场‘乱伦’有什么值得歌颂的?”……直到这时,一场关于《榆》剧的社会意义与艺术价值的争议才引起我的注意。这实际上是中西方伦理道德观念的一次碰撞,也是一场躲闪不开的遭遇,回避问题和含糊其词都不是解决问题的办法。有人更尖锐地认为,这不仅仅是中西方伦理道德观的碰撞, 而且还是奥尼尔反伦理道德观与全人类社会伦理道德观的碰撞, 奥尼尔艺术观念和思想品行有悖于整个人类的伦理道德。他们甚至举出 1925 年《榆》剧在美国洛杉矶演出时,全体演员曾遭到拘捕的例子,来证明美国人也对该剧的“反道德暗示”持否定态度。这种认识和评判上的众多歧异,迫使我更多地用“中氏道德眼光”回头来观照“龙碧恋情”,对改编本进行全面检索,寻找最大“逆点”,进行尽可能的“消减性”调整。比如,把老柯泰和柯龙的亲生父子关系 (通过一句台词) 改为非血缘关系(爱碧:“你别忘了,他是他妈带来的,不是你的骨血!”)。这样就大大消减了“龙碧恋情”中的“忤逆”指向,使柯龙为母报仇的“仇父情结”来得更清晰，更合理，因而缓解了观众对龙碧恋情的排斥心态，增加了理解与宽容。第二幕龙、碧隔墙相思，展现强烈“性焦虑”的戏，改为八句含蓄、蕴藉、抒情的唱词，运用优美的唱腔和高雅的身段，化为富有中国特色的男女渴慕的传统戏剧情景；同时，把爱碧主动跑到柯龙房间求爱的戏，改为柯龙主动跑到爱碧房间，冲淡“荡妇”的行为暗示。对于剧中多处接吻、拥抱和性渴望狂态，均进行了戏曲程式规范化处理，纳入“中国戏曲爱情板式”。……在不影响原著精神的原则下，类似这种“微调”进行了不下百处。这样一来，大大削减了道德审美差异，缓解了碰撞程度，贴近了中原观众的习惯心理审美定势。

话说回来，奥尼尔之所以成为世界性戏剧大师，他的作品之所以得到世界性反响和顶级荣誉，这与他作品的深刻的思想内涵和富有全人类共同的卓越价值是分不开的。《榆》剧中蕴涵的思想内容和主题立意同样具有先进性、深刻性和超验的人文性，这包括其中的伦理道德观念。他写欲望，是为了把欲望解剖给人看；写贪婪，是为了把贪婪撕毁给人看；写乱伦，是为了把乱伦“正伦”给人看。在《榆》中，七十五岁的老柯泰娶了个比他小四十岁的爱碧做妻子，年龄悬殊三辈之多，这才是真正意义上的乱伦，乱了天伦，乱了人伦。爱碧冲破“乱伦之网”，同柯龙走到一起，舍弃贪婪，唤回真情，复苏真爱，升华入精神纯净之境，达到天伦、人伦的回归，这才是真正意义上的正伦。

奥尼尔之所以持固执的悲剧观，那是生活给他的提醒，也是他清醒地对待生活所致。他从不被生活表面的浮光所迷惑而去添加作品中的所谓亮色，更不会用媚俗而廉价的“化妆”手段去粉饰生活。奥尼尔总是冷峻而严厉地让自己直面生活，投入生活，感受生活，在生活中“炼狱”，窥伺生活的渊底。有道是“察见渊鱼者不祥”，奥尼尔是生活的“渊鱼”的察见者，故曾经一度“不祥”，他对家庭失望，对生活失望，曾有过自杀的念头，只是一个偶然的机会,才使他走上创作之路。在奥尼尔的作品里,生活总是那么焦灼,那么沉重,那么逼真,那么赤裸,奥尼尔总是把生活的"内脏"剥给人看。上面提到的1925年在洛杉矶演出《榆》剧时演员遭拘捕的例子,足可看出奥尼尔的戏让人惊恐到何种程度。当然,那段故事的下一半是,当演员们被拘捕之后,洛杉矶的法官们命令演员当堂把戏又演了一遍,结果是法官们都被感动了,"理智重新占了上风",演员们无罪获释,而且《榆》剧因此而火爆数座城市。"这出戏之所以获得成功,一个重要原因就是外界对它充满恐惧感的攻击和恶意中伤的反宣传。"[3]

美国观众很快接受了奥尼尔,理解了奥尼尔,把他奉为"美国戏剧之父",无间断地从他的作品里汲取着不尽的精神启示。我相信,中国观众同样会接受奥尼尔,理解奥尼尔,受益于奥尼尔。我更高兴地看到,《榆树古宅》在演出中,我的家乡观众的情绪越来越高,他们聚精会神地观看,整个剧场寂静得能听见掉下一根针,看到动情处,从老年观众到青年观众,时时有人抹着眼泪。在演出后的走访座谈中,更多的是抑制不住的赞扬之声。这充分说明,中原观众看懂了奥尼尔,而且喜欢上了奥尼尔。也说明随着经济的发展、社会的开放和进步,人文道德观念也在发生变化,影响到观众的审美视野和心理定式都有新变化与新渴求,明显地伸展和放宽了接受容度。

在WTO的脚步声离我们越来越近的时刻,在国民经济全方位与世界接轨的绿灯频频闪亮的时刻,我在想,一个完全中国戏曲化了的奥尼尔,或者说,一个美国奥尼尔化了的河南曲剧,活灵灵出现在当代中原观众的面前,无论如何这是一件具有意义的事情。作为《榆树古宅》的改编者,我感到荣幸!

注释:

[1]《中美文化在戏剧中交流——奥尼尔与中国》,刘海平、朱栋霖著,南京

大学出版社,1998年。
[2]《奥尼尔戏剧理论选择》,裴粹民译。
[3]《尤金·奥尼尔的剧本——一种新的评价》,(美)弗吉尼亚·弗洛伊德。

(原载《尤金·奥尼尔戏剧研究论文集》,廖可兑主编,河南文艺出版社,2001年12月)

中西文化性情与艺术品格的深层交流

——河南曲剧《榆树古宅》应邀赴美演出纪行

曲剧与世界的联想

之前,我没有踏出过国门。看到那么多朋友纷纷出国观光、考察、旅游,沾尽风光,摆尽派头,我常以毛泽东做榜样安慰自己:作为一代国君的毛泽东,除了不得已飞过一趟莫斯科外,一辈子再没出过国,甚至连飞机也不愿坐。毛泽东不稀罕出国,照样当英明伟大领袖。出国有什么好羡慕的?中国就是世界,世界就是中国,居住于"天下之中"的中国子民,历来具备傲视天下四夷八荒的优越感。这传统美德难道今天就可以放弃了?

然而,由于一出美国戏的改编(美国尤金·奥尼尔《榆树下的欲望》改编为河南曲剧《榆树古宅》),把我的优越感撕扯得七零八落;由于第一个美国观众和一批又一批美国观众的到来,把我的出国欲望煽惹得如火如荼。

2000年春,曲剧《榆树古宅》的剧场里,迎来了第一位美国观众,他是美国依阿华州格林乃尔大学戏剧系主任教授山蒂·墨菲特先生。他只看了一场演出,便通过他的好朋友刘海平教授(南京大学外国语学院博士生导师)告诉我们,他要把这出戏接到美国去演出。双方洽谈期间,他不问我们改编奥尼尔的意图,也不问我们对奥尼尔的理解，也没向我们谈论奥尼尔作品的伟大现实意义，他仅只就戏剧样式的转换、舞台空间的处理、戏曲程式虚拟化表演等问题略作询问。而谈得最多的，却是河南曲剧这个话题。“河南曲剧有多久的历史”？“河南曲剧与中国戏曲的渊源关系”？“河南曲剧唱腔的民族性、地域性、流行性”？……他高兴地信口为河南曲剧下了一个定义：中国歌剧。在我们的印象中，这位执教于美国中部名牌大学三十余年的资深教授，一夕之间，与河南曲剧结下了解不开的跨国情缘。

三个月之后，山蒂·墨菲特先生再次来到中国，约上他的好友刘海平教授再次来到河南，他要亲自下排练场，按照美国观众的眼光和口味，同中国导演谢亢先生一起，对我们的曲剧《榆树古宅》进行加工。那是炎热的七月天气，他同他的夫人一起，每天乘坐郑州市曲剧团为他提供的那辆没有空调的旧面包，来回奔波数十公里，攀登数趟那令人望而生畏的七层楼顶的排练厅，为郑州市曲剧团的演员们排戏。在排练场里，他是那般地投入，时而指点，时而比画，时而扑跪在地上作示范，完全似一个谙熟的老朋友。按照他的意图，我与导演谢亢、作曲潘永长缜密合作，把原来两小时四十分的演出本压缩到一小时三十分，使情节更紧凑，冲突更集中，表演更加戏曲化、程式化、民族化。同时，按照他的提议，我们把伴奏乐队压缩至六人，而且全部民乐化。(事实证明这不仅仅是一个缩减名额的问题，更是一个突出民族特色的问题。当美国《洛杉矶时报》记者得知我们的司鼓乐手一人兼敲锣、镲、铴锣、牙板并担任指挥时，他惊奇得拊掌称道)。山蒂·墨菲特先生告诉我们，他在美国格林乃尔大学已经原汁原味地排出了一台奥尼尔的《榆树下的欲望》，那当然是一台话剧，而且是纯粹美国演员表演的话剧。等我们的曲剧《榆树古宅》到了美国之后，他将把两台戏放在一起演出，一美一中，作个鲜明对比。这种类似摆擂台的演出方式，并非是要美国观众在这一中一美两台戏中评出个孰优孰劣，而是运用比较文学的研究方法，把中西方戏剧艺术作一个近距离的、立体的、流动的、全方位的叠印展示，从而使学术研究与文化交流提升到一个全新层次。

继墨菲特先生之后，曲剧《榆树古宅》又接待了两起由美国人组成的访问团，他们看过戏后，均表现出极大的兴趣。其中由美国西亚斯集团公司总裁陈肖纯博士引领的美国访游团看过《榆》剧之后，也当即表示有意邀请该剧到美国的第二大城市洛杉矶演出。

一连串的烫人讯息，把个郑州市曲剧团《榆树古宅》剧组的演职员们烧灼得精神亢奋，坐卧不宁：曲剧真的能出国吗？美国的国门是容易进的吗？据说，除了京剧之外，中国百余种地方戏还没有一家进过美国，就连走红当代、“美不胜收”的那几家名牌地方戏剧种也还没有进过美国，这样说来，阵容不整、阵地狭窄、数度沉默的小小曲剧，能轮上这样的美差吗？历史的“第一个”能落到它的头上吗？……在登上飞机舷梯之前的每一个日日夜夜里，“曲剧人”都在充分怀疑它的真实性和可行性，都在随时随地冷言冷语嘲弄它的梦幻色彩，然而又都在遏止不住地把曲剧和世界搭配在一起联想着、欲望着、等待着……

洛杉矶的河南曲剧之夜

好多演员都是悄悄溜出家来的，尽管订上了飞机票，他们还是不敢把这要出国的消息告诉亲戚朋友，担心出国出不成了，狂捞亲戚朋友们一场恶涮。事实几乎印证了这种担心的百分之百正确，因为直到飞机起飞时间超过半个小时之后，我们这伙人还没有拿到护照签证。这当儿，哀叹曲剧背运和怒骂“古宅”妨主的声音充斥机场大厅……然而，谁也没想到的是，生活中的演剧人也遭遇着充满强烈震撼力的“突转”生活，当曲剧人彻底坠入绝望的谷底时，奇迹发生了：富有国际旅行经验的刘海平教授，硬是凭借三寸不烂之舌，说服了机场指挥，感动得班机等候我们近一个小时,直到我们拿到护照签证,办完安检手续,全部登机落座,飞机才飞向蓝天——超过飞机起飞时间一个小时之后才拿到签证的人还能乘上飞机,这大概又是一个世界第一。

盘踞西海岸的美国第二大都市洛杉矶,风景优美,文化发达。闻名世界的好莱坞影城就坐落在这里。刚刚开过的奥斯卡颁奖大典就在这座城市的音乐中心举办。而《榆树古宅》的演出场地便在紧邻音乐中心的文化中心。

这是一座露天舞台。头一场戏就在露天舞台演出,是不是对我们不重视?甚或是蔑视?露天舞台保证不了效果,是不是要砸锅……这对于终于出了国、昂奋得翘着尾巴的曲剧人来说,无异当头一盆冷水。当主办人拉我们去看场子时,无一人表现出热情。

心情在看场子中起了变化。当我们走进场子时,看到几个美国人在舞台上收拾电线杂物,其中有一个披头散发的女人尤其张扬。我们以为这些人是前一场的演出者,正在收拾家伙为我们腾场子,所以没在意他们,只注意看了看露天剧场的环境和设施:舞台是露天的,但后台的灯光音响效果装置是不可想象的一流。舞台前是一弯月牙水池,水池对岸才是一排排藤椅设置的观众席,把舞台三面环裹。剧场四周是高耸的摩天大厦,各种店铺应有尽有。

当我们要离开场子时,美国"女人"发话了,"她"通过翻译喊住了我们,而且点着"艾碧""柯龙""柯泰"这些剧中人物的名字逐一认识。原来他是音响师,而且是个披着满头金黄色长发的纯粹男人,声如洪钟。他一个一个叫着剧中人物的中国名,让他们逐个戴上被他编上号的无线话筒调试音响,不厌其烦地让演员或说或唱或窃语或吼叫,直到调得他认为理想为止。音响师一丝不苟的认真精神一下子感染了我。更让我惊讶的是,他不但叫得出剧本中主要人物的中国名字,而且连次要人物、配角甚至只说一句话的群众角色他都叫得出。要知道这都是中国式的人名呀！与奥尼尔原著中的人物名字彻底的不同。他如果不读中国剧本，不把中国剧本中的情节人物甚至独唱、合唱、伴唱的切换点烂熟于心，那是无论如何叫不出来和管不好音响的。可他要是通读中国的曲剧演出本，那得下多少功夫？他是一句中国话也不会说的，一个中国字也认不得的，找翻译，作译本，读剧情，背译音……这就是一个美国小小调音师在我们到来之前所做的工作，这就是我们第一眼看到的一个美国人与中国人的合作态度。

2002年8月24日夜晚，河南奥尼尔要和美国奥尼尔的家乡观众见面了。这是个令人喘不过气来的时刻，曲剧人各自紧张地做着各自的准备工作，每人心里都有最坏打算，就是只演一场演砸了回去也值，反正来过美国了。然而，美国观众第一面便让我感动。好多观众竟提前两个多小时进场，开演前十多分钟时，全场爆满。这时候我才发现，剧场四周还有宽阔的看台，看台上也坐满了人。人们衣着华丽，打扮讲究，有的还喝着咖啡，吃着闲点……后来才知道，洛杉矶是个四季如春的滨海城市，人们喜欢露天观看演出，视露天演出为惬意而崇高的事情。根本无"轻视""蔑视"之嫌。随着场灯压暗，观众席的喧哗声像刀切一般寂静下来。可是，开场效果并不理想，主要演员黄德华由于慌张，忘了开话筒，致使她的音量和其他演员的音量相比悬殊，甚至听不清楚。急得美国调音师箭一般地冲向舞台，但由于调音台设在剧场观众席后，当他穿过观众席绕过水池冲上舞台帮助黄德华开好话筒后，舞台上的柯泰老爷子已经亮了好一会儿场了。我心想，完了，砸了，挑剔的美国观众能原谅这种疏漏吗？如果是中国观众遇到这种情况，肯定会起哄拍倒掌。我躲在角落里，但依然紧张得满脸通红。然而，满池子的美国观众依然静静地坐着、候着，没出现一点异常的动作。当黄德华恢复了镇静，唱腔和表演发挥到最佳状态时，全场响起了雷鸣般的掌声。特别是演出结束时，全场观众起立，掌声如同层层叠加的涨潮之浪，越拍越响，并夹杂着此起彼伏的美国式的尖叫和喝彩。尽管演员们准备了复杂而又冗长的谢幕式，但也送不走观众，他们依然鼓掌，依然尖叫。不得已把幕后所有人物都请上舞台向观众一一致谢，才平息下来观众情绪。紧接着，许多观众拥上舞台，要求同演员一起合影留念，赠送纪念品。《榆树古宅》艺术指导、哈佛大学客座教授刘海平教授成了大忙人，造访的美国观众都需要通过他进行中西对话。一位驱车数百公里赶来看演出的观众激动地说：“我是尤金·奥尼尔的崇拜者，我看过无数美国人演的奥尼尔。但只有看了你们的演出，才发觉奥尼尔是世界人的精神财富。你们的演出新颖别致，美不胜收，我为你们的成功而赞美。”一位年轻的金发女郎一手拉住“艾碧”的手，一手指着自己的满脸泪痕说：“太感动人了！你的演唱使我泪流满面，谢谢东方艺术，谢谢中国曲剧。”中国驻洛杉矶领事馆副总领事蔡自先先生一边看演出，一边不断征求邻座美国观众的意见，俨然以演出团老板的姿态出现。看罢演出后，他带领几位美国朋友和领事馆一群工作人员上台接见演员，主动与大家合影留念。他兴奋异常地说：“你们到来的消息我知道得太晚，差点没看上演出，那将是我终生的遗憾。你们的演出非常成功，我边看边征求美国朋友的意见，问他们是不是看得懂？他们说不但看得懂，而且都说好，美国人不说假话，那掌声呼叫声最说明问题。你们超越了政治的局限和隔离，用优美的中西合璧的艺术作品搭建起中美人民友谊和文化交流的金桥梁，实在是功德无量。”说到这里，领事先生露了底：原来他也是河南人，而且是驻马店人。对河南地方戏不但非常熟悉，而且非常怀念。他补充说：“希望你们再次到美国来演出。不但曲剧来，而且豫剧、越调也可以来！”

“返祖式高台曲”尤为美国人喜欢

洛杉矶的演出成功鼓舞了曲剧人，使他们把刚出国的窃喜心态换成了骄喜心态。在以下五个州的演出中(加州、堪萨斯州、依阿华州、明尼苏达州、密苏里州),他们越来越真切地找到了中国曲剧徜徉美国的独特感觉。

不过,在美国中部的几场演出中,曲剧人又遇到了新的考验。在这里,剧场设备都是一流的,但没有音响器材,也没有字幕机。即使剧团带有这些设备,也不准你用。因为美国人认为,音响器材是噪音污染,打字幕是视觉干扰。演员们看看1200多个座位的大剧场,心里很怵,心想,这不又回到没音响、没字幕、干唱戏的高台曲时代了?想不到曲剧跑到美国来又“返祖”了?开始大家都不相信,单靠演员的本嗓,能把话白和演唱清晰地传送到各位置观众的耳朵里。再加上没有中英文字幕,观众会不会像鸭子听雷,一塌糊涂,闹个曲不终,人散尽呢?何况伴奏是个五人小乐队,平时每人面前都竖一支扩音话筒还嫌音量不足,现在无有扩音设备了,会不会变成秋虫之声,效果全失呢?尤其是剧中大量的幕后伴唱、合唱,离开音响设备,观众根本无法听到。

如果在国内,只有两个结果,要么就不演,要演就砸锅。但这是在国外,是肩负着郑州市政府和人民重托的访美演出,那两个结果都不能让它发生。严峻的形势逼迫我们想办法。演出团领队、河南省文化厅副厅长杨丽萍,郑州市文化局艺术总监郭国强,授权主创人员“努力适应,大胆调整,因地制宜,只要成功”。于是,我们对演出样式作了全方位适应性变更。首先,我们把乐队由幕内伴奏推到前台伴奏,面对观众;又把合唱队从幕后提到幕前,直面观众。把表演区由通台切割为三块,左边让给合唱队,右边让给乐队。这样一来,表演、合唱、伴唱都可以向观众推近镜头、大特写,拉近了与观众的距离,使舞台显得紧凑又亲切。同时,每个演员从形体到演唱均作了强化适应性排练。加上刘海平教授在每场演出开始和每幕之间又加入了风趣幽默的剧情介绍,他那流利的美式英语每每引起阵阵笑声,把观众带入剧情之中。我们的演员们也好似顿受神灵的点化，声音嘹亮，表演传神，分寸到位，一千多人的观众席中一片寂静，就是掉下一根针也听得见，就连演员的一声清吟、一句耳语式的轻唱或话白，也能清晰地传送到三层楼上的最后一排。美国观众完全看懂了，不管熟悉剧情的或是不熟悉剧情的，都被演出所深深打动，随着舞台上人物命运的变化，他们忽儿一齐惊叹，忽儿一齐发笑，动情和高潮之处，整个剧场爆发出经久不息的掌声。在海斯市州立大学演出刚刚结束，成群的美国观众立即拥上舞台，有的让演员在书本上、笔记本上、汗衫上签名，有的拿出随身携带的饰品、纪念币、木雕等物，与我们的演员交换。一群年轻人拿着演出说明书，按照上面的头像逐个寻找、合影。该大学戏剧系教授肯特·斯特瓦说："我和我的儿子、女儿都去过中国，看过很多中国戏曲，唯有你们的演出真正感动了我。很美，很精彩。奥尼尔的悲剧到了你们手里，变得如此抒情，如此凄婉，好像中国茶叶，苦中有甜，很耐咀嚼。"学生会主席梁良是位中国新疆姑娘，开始承担接待演出团任务时很不情愿，见我们冷冷的，头顿饭也没让我们吃饱。看罢《榆树古宅》演出的第二天，她课也不上，跑到演出团来张罗，一脸亢奋地说："真没想到戏演这么好！我们的东方艺术与西方奥尼尔巧妙结合，创造了'第三个'，美国人看着既熟悉，又新鲜，大大提高了中国戏曲在美国人眼中的地位。眼下整个学校都在议论《榆树古宅》。我走到哪里，都要告诉他们：'这是我祖国的戏剧！'我很骄傲，找着了中国人的感觉！"

一个令人挥之不去的疑问是，曲剧这种不要音响、不要字幕的"返祖式"演出，竟在美国获得成功，我的结论是：美国观众太好了。而刘海平教授的结论却是：中国观众叫我们惯坏了。我们生怕观众听不见，拼命造音响，拼命开扩大，演员没音响不唱，观众没音响不听，如此往复，演员喜欢噪音，观众也适应噪音了。

频登大雅之堂的曲剧人

美国人对曲剧音乐的喜爱出乎曲剧人的意料。曲剧清冽而又缠绵的抒情性,对应了美国观众的赏剧习惯与审美趣味,使他们听得如醉如痴。许多演出点没有弄清、也不来下功夫弄清演出团的确切名字,便不约而同地在演出海报上印上"中国歌剧"。而"中国歌剧"的演员们也受到国家级艺术家待遇。在数座大学演出后,校方都是热情邀请我们的演员或乐手到大学讲堂授课;我们的曲剧小子丫头们也着实过了一把"教授"瘾。当然,更重要的是曲剧音乐借助于奥尼尔作品的灵魂,得以无遮无碍地翱翔于美利坚的上空,而且处处享受上宾的待遇。演出团每到一地,除了例行的公宴接待之外,地方最高长官、大学校长、教授讲师乃至普通的观众,都设家宴盛情款待中国歌剧人。有时为了不却众多邀请者的盛情,演出团不得不分成数个小组,每个小组的一顿晚宴得吃三家。老朋友格林乃尔大学戏剧系主任教授山蒂·墨菲特竟在他的千亩庄园接待我们,亲自下厨,烹羊熏鸭,拿出窖藏红酿极尽铺排。山蒂·墨菲特先生的夫人也是艺术家,她亲手绘制了22块星草花漆牌,再由校长夫人亲笔签上祝福的话语,送给演出团每个成员。海斯大学、格林乃尔大学校长都把标志学校最珍贵友谊的物品(建校百年纪念品、纪念币等等)赠送演出团。最令人珍视和感动的是,依阿华州格林乃尔市市长为了表示该市的大门随时对演出团开放,送我们每人一把小巧玲珑的金钥匙。其中,特别备制了两把三百克重的巨型金钥匙,一把赠送给郑州市市长陈义初先生,"感谢他组建和派遣风情万种而又充满激情的艺术使团为格市送来友谊和欢乐";另一把赠送给谢亢导演,"感谢他用东方戏曲艺术同奥尼尔如此完美地链接,为中美文化性情与艺术品格的深层交流提供了卓越范例"。

(原载《东方艺术》2002年12月增刊)

追随桓公台湾行

此处说的桓公，是指齐桓公。两千多年前的齐桓公去没去过台湾且待另说，21 世纪的“齐桓公”已出现在台湾这是事实。2005 年 11 月 11——13 日连续三天，豫剧《少年齐桓公传奇》(又名《三杀小白》)在中国台湾地区台北国家戏剧院上演。作为该剧作者，我应邀赴台观摩。说实话，我是怀着忐忑之心登上飞机的。这部十多年前的老作品在台湾新观众面前会产生什么反应？它有点沉重的基调和相当多的文言古语道白，会不会引起习尚于轻松、休闲、娱乐的台湾观众的反感？它那时不时掺和一些理性思辨色调和鬼魅跳入跳出的行进样式会不会搅乱台湾观众的胃口……

与我同行的还有《东方艺术》的小才女李红艳和耿玉卿夫人王琦女士。二位也都是中国台湾地区方面的特邀嘉宾。李红艳为海峡两岸的豫剧文化交流做了大量工作，她发表于《中国戏剧》的文章《台湾国光剧团豫剧队推广营销引发的思考》，使台湾国光豫剧队的经验名扬祖国大陆，而且在台湾也产生极大反响。王琦女士的丈夫耿玉卿几乎是台湾豫剧团的常任作曲家，贡献卓越。由于“夫荣”而致“妻贵”，被特邀的王琦在台湾比谁都更加风光。

话说耿玉卿先生与导演李利宏先生已先我们三十余日辛苦工作在台湾国光剧团豫剧队。我们见面的日期，也是该剧临近上演的日期。想不到他二人的心情也和我一样忐忑。尽管他们一个是导演,一个是作曲,都是一出戏命运的主宰者与操纵者;尽管在二位的统领下,全体演职员高度敬业,配合默契,发挥出色。但毕竟是这么一个有点另类的戏,毕竟是由台湾的豫剧班子在台湾上演,换了地域,换了观众,而且也没争取得到河南同乡会的参与,再加上这个戏风格样式以及阵容规模均与该团先前所演剧目不同,而且数名主要男性角色都由女演员反串(如管仲、鲍叔牙、司命主簿等),这使得我提着的心怎么也放不下来。这种提心吊胆的疑虑在台湾专家方面得到了证实。原来早在排练阶段,台湾清华大学教授、国光剧团豫剧队艺术总监王安祈先生对此剧本就产生过犹豫,曾考虑过暂停排练或修改剧本的方案,只是因为时间太过紧迫与主创班子歧义而未能实施。

彩排及新闻发布会就在坐落于台北的戏剧院。那宫楼式的建筑与森严的场纪更加重了我阴郁的心情。可容1500人、共有四层看台的剧场里并没有放进满满的观众。虽然是新闻发布会兼彩排,但这里的彩排与内地不一样,内地的彩排可以邀请亲朋好友、关系单位,乃至学校部队闹哄哄坐满剧场,来为演出助兴造势。而这里,偌大的剧场里仅仅坐了十几位来宾,他们只是剧团邀请的各媒体的记者,纯粹的冷观众,而且行色匆匆,因为当天在台北同时有三台剧目彩排需要他们赶场报道,他们只准备看上两眼就去串别的场子的。大幕就是在这种清冷与促狭氛围中拉开的。

我很惊讶剧团的出场式,这台戏的出场式不在戏中,而在戏外,是一台地地道道的服装展。这台戏的服装设计出自台湾著名服装设计师康延龄之手。康延龄经常为著名影星林青霞、胡瓜、刘德华等大腕设计服装,在台声誉甚高。在本剧中,康大师依据春秋时代服饰特色,着墨不厌浓,勾勒不厌细,选料不厌精,从君王到宫女、从将宰到士兵,一丝不苟地炮制出一台时代特色独具、韵律厚重、色彩悦目、款式张扬的全套戏剧人物服装。在氛围色光的变照下，着装的演员们进入各自的角色，迈着帝王将相才人仕女的台步，又弄出宛如现代服装模特们的风姿，一台春秋战国宫廷礼仪检阅大典跃然眼前，碰爆观者的眼球，一下子便把人拖入戏剧的规定情境之中。我注意到，这样长长的一个开幕式之后，要赶场的记者们并没有走，他们接下来又饶有兴味地看完了《少年齐桓公传奇》第四场中长长一折戏。这场戏当然是全剧的精彩之处，冲突激烈，一波三折，悬念迭起，尤其是刚刚登基的齐桓公面对三杀自己的仇人管仲，是杀？是放？是弃？是用……？展开了一场激烈的内心冲突——一段酣畅淋漓的功夫大唱。齐桓公的饰演者——台湾豫剧皇后王海玲，对人物的把握精确独到，性格刻画入木三分，尤其对此段核心唱段的演唱功出三昧，情发九曲，荡气回肠，动人心魄，大有“毕其功于一役”的悲壮情势。“台湾豫剧皇后王海玲”——这一早已熟知的艺名雅号，直到此时，我才认识到它的真实含义，她唱得实在太好，实在太美，实在太动听了！堪称声情并茂，完美无缺，无愧于“皇后”称号，即使放在大陆豫剧窝里也毫不逊色。豫剧之神显灵了，在空荡荡冷场子里坐着的十几位冷观众也不自主地拍起了热烈的巴掌！——虽然他们仅仅只有十几位，但他们是台湾新观众的代表，是艺术效果温度计，可以灵敏地测出演出质量。他们的巴掌毫不做作，起自纯艺术的感知、纯自然的冲动。这时候，就连我这个被豫剧池水浸泡几十年的老戏筋也突然发现豫剧尚潜藏有如此劲俏的新魅力！

虽然仅以一场服饰表演和一折戏结束了彩排式的新闻发布，却有了“水暖知春”的预感。送走了记者们，我发现台湾豫剧队的韦队长长长地舒了一口气。韦队长姓韦名国泰，是位地道的台湾人，但他却和豫剧的命运绑在一起数十年。他关键时刻话语不多，沉着冷静，察微知著。我从他的脸上观察到演出效果不错，忐忑之心有所缓解。

全剧的彩排推到了晚上。晚上依然空落的场子里，我发现了一个熟悉的面孔——他是白天曾经出席新闻发布会的一位嘉宾，我们经过介绍握过手，他知道我是作者，我知道他是嘉宾。这时候，他主动递过来一张名片，我才知道他是台湾弘报出版社社长游余国先生。他表示白天只看了《少年齐桓公传奇》第四场，他要看全剧，所以晚上又来了。他要求交换名片，但我身上没有，我答应中场休息时到后台工作室去取。然而，尽管台湾的中场休息长达20分钟，我也未能进入后台工作室——这个剧场的舞台纪律太严格，让我这个不习惯装名片的懒散人吃尽了苦头。我向游余国先生表示歉意。但他却说没关系，他可以再来看场戏，到那时再交换名片也不晚。游先生是一个话语不多的人，但他那清癯面庞上的满脸盛笑，真挚得透心透肺。他的笑，就是一种表达，就是一种评价。彩排场中，我和他并排坐着，但极少说话，偶尔对望一眼，他也只传递过来他那满脸盛笑。我们约定的那场公演他准时到来。我这个该死的老糊涂又把名片的事忘掉了，又没带身上。一见游先生，我立马愧疚得满脸通红。但他一点也不急，还是那一脸熟悉的笑，并且安慰我说，等演出结束交给他也不迟。我见他拿的是三楼的票券，心想不能叫一个报社社长坐在三楼，便提出把我的优等席票换给他。然而游先生怎么也不同意，挣开我的推让，抢步登楼而去，而且边走边强调说，他历来看戏只坐三楼，图一个“一览无余”的快感。

我终于翻出一张老名片装在了身上。我无论如何也忘不了演出结束后，他向我走来、我向他迎去、我却突然被演员们拉住照相时那种内心不安，游先生远远站在一边，而我却被美女们包围着，在刺目的闪光灯下拍着照，这太慢待朋友了！然而，游先生却毫无不快，他依然堆起他那满脸盛笑，远远地看着我们，就像继续在看演出那样赏心悦目。——这怕是我在台湾无意中结交的印象最深的朋友之一，虽然我们还没来得及畅谈，没来得及互询身世，甚至没来得及聆听他对这部作品的批评，但我已经知足：他那灼人的热情，他那满脸盛笑，他那不厌奔波连续三场戏执著而投入的自费观赏，已使我收获多多——君是豫剧的知音，君是戏剧的上帝，君是我永久的思念！

一连三场的演出，并没有出现“场场爆满”的盛景。“爆满”二字，多是内地媒体上常见的字眼。就我这个惯串剧场的“老戏筋”来说，十数年间但凡内地的商业演出场子中，我几乎没见到过爆满，更多看到的倒是零落。有时剧场售票处高挂“客满”红牌，而门口打折1/10—1/30的退票比比皆是。我注意到《少年齐桓公传奇》在中国台湾地区国家戏剧院演出期间，从未发放过招待票，就连学生、军警、荣民及“身心障碍者”，也仅能享受5折票价优惠；剧团亲属、政府要员，也都是自费购票。这是纯粹意义上的商业演出。当然，剧场也从未“爆满”过。对于我这个满怀忐忑之心走进剧场的该剧始作俑者来说，原本就不敢期待爆满，倒是充分作足了“砸锅”的精神准备。然而出乎预料的是，三场演出下来，一场比一场人多，观众反响一场比一场热烈，演出效果一场比一场精彩。尤其此剧在大陆演出时从未出现的效果，却在台湾观众中激起阵阵热浪。像管仲说到“礼义廉耻，国之四维。四维不张，国乃灭亡”；像鲍叔牙说到“明君理应蠲弃一人之仇，搁置一家之怨，选士不避嫌，用人不忌仇，推行仁政，强国固邦，齐国振兴方才有望。”……诸如这些出自古人政论的枯燥台词，竟然也能引起台湾观众强烈的共鸣。有的观众甚至在演出结束后激动异常地说，此剧应该请我们政府执政大员们来看一看，台湾目前最缺的就是像姜小白(即齐桓公)这样的人物。我是个最怕拿作品靠政治、最怕观众在我的作品中“对号入座”的人，我为此受过伤。然而万万没有想到，我这部写于13年前的作品，竟然靠上了眼下台湾的政治，被台湾人用来对号入座。惶恐之余，更多想到的是命运中的冥冥玄机。

当然,更多的喝彩还是来自艺术。豫剧皇后王海玲的表演一场更比一场精致,喝彩声层层递进。全部演员的整体表演水平步步提升,使演出呈现超预期发挥和意外之理想效果。饰演管仲的朱海珊是位柔弱女子,她虽然与王海玲师出同代,工于生行,但扮演管仲这样文武兼具、个性复杂、情感大起大落的人物尚属首次。然而,在导演的引导下,她化解阴柔,生发阳刚,把管仲这个近乎狡诈的智仕、几似流痞的谋臣,刻画得惟妙惟肖。饰演鲍叔牙的连宏真是位新生代女演员,全剧无一句唱词,但形体动作沉稳端庄,缓疾适度,一段廷诤道白,铿锵有力,掷地有声,引得全场喝彩。饰演齐桓公少年恋人菁菁的谢文琪,是位不久前才从台湾戏曲专科学校毕业的小女生, 一下子承担如此新编宫廷大戏的女一号,她很紧张,也带来不少同仁的紧张。然而,上司给她信任,师长给她支持,师姐师兄师弟师妹给她鼓励,导演和作曲给她开小灶、做单飞,终使观众"眼前突兀见此女",而且承认了她,赐予她不少的掌声。虽然她的唱尚欠功力,但她的稚嫩与人物的稚嫩天然合一,使一个纯洁、单一、正义、美丽的春秋少女脱颖而出。我要特别提出的是司命主簿的扮演者张扬兰,这是一个单薄瘦弱的小女子,怎么能用来演鬼呢?而且是阴曹地府阎王殿前执掌生死大权的要鬼呢?初听说由一个女演员来演司命主簿,我便觉得是"胡闹";待到台湾看到张扬兰,我更觉得是"胡闹加胡闹"。我无论如何也不能把这位玲珑小女同魔鬼判官的形象联系到一起。这恐怕也是我对这台演出由提心吊胆发展到做好"彻底砸锅"精神准备的重要原因之一。然而,这时候,一点回旋余地也没有了,只能听天由命。料不到的是,三场戏下来,彻底改变了我的观点,这个张扬兰,用她小巧的形体、纤细的嗓音、富有挥发性的表演以及满场观众的热烈掌声, 向我宣告她创造的是完全不同于作者心目中所想象的另外一个司命主簿形象, 这个形象更鬼灵，更微妙，更谐谑，也更精彩。一个白发苍苍又女声女气的鬼魅在台上时隐时现、穿插迂回，点拨着关节，绞结着戏扣，把一个沉甸甸的主题撩拨得轻松朗利，观众成了她的俘虏，毫不吝惜地把喝彩向她抛洒。更大的意外是，司命主簿这个人物在我的剧本中本来排名非常靠后，几乎挨着龙套。然而戏演下来之后，从剧团到观众，都把司命主簿排为二号人物。这种提升不以作者意志为转移，纯属二度创作中的变化，但反过来教育了作者，让作者懂得："老实点，神秘的东西多着呢！"

原来我最担心的"一台女眷须眉"问题，反过来成了这台戏的一大亮点：这是一台南味十足的豫剧。它使我想到越剧，想到甬剧，想到吴侬软语……然而，它又不失厚重、深邃、恢宏、大气。这是一台全新版本的南派豫剧。我不得不说，作曲家耿玉卿清新、婉约、优美、抒情的豫剧唱腔设计，为国光剧团豫剧队《少年齐桓公传奇》崭新风格的打造提供了贴身的云锦绣衣——所以耿先生被台湾朋友称作"阳光男孩"；而新锐派导演李利宏先生富有个性的总体构思、微观把握以及对人物的突破性解释与创造，是这台满带新生代胞衣的台湾豫剧诞生的基础孕体——因而李利宏先生被台湾朋友唤为"帅哥导演"。

演出没有"砸锅"，而且相当成功，台湾观众接受了这台豫剧，肯定了这部作品。这种肯定，来自演出中那越来越多的掌声，来自同观众的交流中那热情洋溢的赞赏和高度评价。赴台之前，我已认识一位严厉的读者和观众，她是世新大学中文系教授、台湾大学中文系兼职教授丁肇琴女士。她读了剧本后，发给我一张长长的《勘误表》，挑出一堆错字，有的是简繁转换中产生的，有的是误用，有的干脆指出"似无此用法"。这种严格的挑剔使我汗颜。到台见面后看彩排，我也不敢挨近她坐，生怕她再提出让我无所适从的问题。哪知她看过一场演出后，又来看第二场，而且还带来了他的夫君。演出结束后，我们在过庭里狭路相逢，我等待着他们的批评。她夫君(恕我不恭,由于当时紧张,没顾上记她先生的名字)说道:“我在这个剧场里看过不少戏,但今天这出戏,是我看到的戏中最好的一部。”丁肇琴教授接着借剧中人的台词幽默地说:“演员谢幕时,我们两个在说,看了今晚的演出,我们也增寿20年!”

国光剧团艺术总监王安祈教授最后一天演出时才赶回来。这位“台湾诺贝尔”——第九届国家文艺奖获得者,是国光剧团名副其实的艺术权威,一言九鼎,握有艺术生杀之权。前边说过,她最不放心的就是这台戏。她千里之外匆匆赶回,就是要最后审查一遍《少年齐桓公传奇》,以行使她艺术总监的职责,决定这出戏的未来命运。我和她见面是中场休息之间。别人告诉我,她在洗手间,我就候在门外。这一等竟等了一刻钟,眼看又要开演,她还没出来。我就犯了嘀咕:她是怕和我见面有话不好说吧?……正在这时,一个坐着轮椅的老夫人从洗手间被推出来,推车的是位中年女子。小燕子指着中年女子向我介绍说:“这就是王安祈教授!”我略作打量,一身朴素的装束,一张朴素的面孔,一副无形于色的表情。她和我只道了个寒暄便匆匆推车进场看下半场戏去了。等到演出结束,也没再见到她的影子。为此我嘀咕了一晚上,心想你再大的腕儿、再高的权威,也不至于在我老头子面前卖派呀?第二天,别人捎话来,说王安祈教授一再向作者致歉,她只顾照顾高龄老母,未及细谈,祈望谅解。原来那轮椅上是她的瘫痪老母?而且她亲自侍母看戏,背母如厕,亲自驾车接送,这份辛苦非大孝不能付出。我闻之肃然起敬,有这样美德之人,何愁艺术良心无以沛然著春?

我随剧团返回高雄后的第二天,国光剧团豫剧队的林娟妃小姐转给我一封信,信是王安祈教授从网上写过来的,全文如下:

我该反省

读剧本竟然看走了眼
这么精彩的剧本我竟看走眼
直到上了台才发觉妙处
真是太不应该了
要向编剧致歉也致敬
这剧本真是妙不可言
惊险布局　险中求胜　胜得漂亮　胜得精彩

王安祈

读了这封信，我坐卧不安！我从来未曾读过关于一个剧本批评的道歉信，而且是关于对我的剧本的批评。我的剧本被打过毒草，被贴过封条，被批得一塌糊涂过。而且事后证明是打错了、批错了、封错了，然而，却没有一个人向我道过歉，更没有人为批判错了而反省。类似我这种受过误伤的作者比比皆是，而接受过道歉的作者又有几人？现在，我碰到了，我享受到了这种尊敬。而我更尊敬这种尊敬我的人。艺术学术上本没有明显的是非界限，一些诡辩家指鹿为马、粉黑为白的事司空见惯，又有谁肯为说几句道歉话而自损高低呢？然而我要说，虚怀是一种博大，正视更是崇高，我从安祈教授的信中获得的不是过了关的窃喜、受到赞扬的得意，而是心悦诚服的佩服、受到尊重的感动。在这样诚挚、坦荡、博学、虚心的艺术总监监理下的国光剧团，必将“心无二，志专一，内和外坚，众志成城”，绣出锦绣前程而获天下景仰！

有人把台湾豫剧队比作大中原文化大池塘中溅溢出去的一滴小水珠。这个比喻虽然有点损，却也道出了脉络传承关系。问题是有的人看不见那滴小水珠在发育，在扩大，在吸纳海川云水之气，在形成气候，在变成另一座池塘。未去台湾之前，我已被国光豫剧队那沸沸扬扬的活动消息鼓动得一愣一愣的，不由你不相信。我亲眼看到我的那些个大师级同行们走马灯似的被邀请到台湾，为豫剧队授课，排戏，教唱，练乐……我也注意到台湾豫剧队像挑娘娘选妃子一般在大陆筛选适合他们演出的剧本；我更领略过他们在大陆自信、勇敢、状态极佳的演出实景。他们毫不掩饰他们阵容不齐，水平悬殊，一边有一流的豫剧皇后，而另一边是稚嫩的豫剧学子。但他们在学习，在成长，在前进。他们从未停止。他们虽是一个四十人不到的小团，却从大陆搬演过近三十出新戏。他们的演出足迹达至河南、北京、上海乃至英国、法国等欧洲多个国家。尤其在台湾，在这个方言极多、语系交错、尤以闽南话占绝大比例的海上岛屿，河南豫剧得以植入深根，而且长得枝繁叶茂，稳固地占据戏剧市场份额，不能不说是一个奇迹。联想到大陆戏剧市场日渐萎缩、红灯频闪的现状，研究台湾国光剧团豫剧队的经验，未必不是一杯醒神之汤。

你大概没见到过“研推”二字可以组合成词吧？但台湾豫剧队有，这个不大的剧队里，就正儿八经地设有一个“研推课”。研推课的人，既不化妆演戏，也不置景检场，而是专门研究豫剧的推介、推广、推销工作，简称“研推”。此次到台湾，我走进的第一个办公室，就是豫剧队研推课的办公室。40平方米大小的房间里，摆放有三台电脑和各种电子办公文印设备。而更多的却是已经印制好的有关《少年齐桓公传奇》的宣传品——大海报、小海报、说明书以及印有全部演员剧照(而不是只印一个或几个主要演员)的整套便笺纸，更诱人者还有彩染着“少年齐桓公传奇”图案的T恤衫。我们当然优先领到了这一套套精美的纪念品，而且穿上T恤衫到处照相，不知不觉中已做了豫剧队的义务广告员。我惊奇他们手艺的高超，我佩服他们思路的活跃。他们利用一切介质搞推销，他们的推销主体是全体演员，他们的推销目标是整个豫剧。研推课林娟妃小姐和郑曜昌小哥哥是我们的老朋友，因为同我们这些外请人员最早打交道的，就是二位“老推”。我仅知道单和我这一个作者打交道就用去他们三年时光，从剧本谈意向、签合同、搞修改、作计划，以及写履历、作申报、办护照，还有其间信件往来、照片传递、剧讯通报……我的电脑邮箱常被打爆,两岸友情炙手可热,所以未曾见面便成莫逆之交。选剧本、选导演、选作曲、同我们这些人打交道仅仅是他们工作的极小部分,他们更大量的工作是战略性地研推,把河南豫剧变为台湾豫剧,融入本土文化,代代相传,广为普及。为此,他们把目光瞄准下一代、下下一代,他们组织豫剧折子戏、精彩唱段,甚至组织作家编写儿童豫剧,向大学、中学、小学乃至幼儿园输送演出,进行灌输,把豫剧的基因大把大把撒向春苗旺长的原野。

说到"研推"思维的创立,国光剧团豫剧队最高的领导不能不提。此人姓韦名国泰,习称"韦队"。别看韦队是一个小小的队长,台湾大陆两岸穿梭如履厅堂,海峡在他脚下变窄,两岸相招声唤声应。与高官打交道礼仪得体,尊抑有致;与百姓打交道平易随和,体贴入微,宛如邻里故友。豫剧队的红火场面与持久性的勃勃生气,与此人之英明、聪明、精明、开明绝对不无关系。韦队在大陆朋友如云,部长、厅长、诸级高官,往来习常,仪态端庄;然而,同我们这批老人妇女寻常百姓打起交道来,却也是如此尽心。我们在台湾 15 天时间里,韦队始终相陪,开着他的私家车,拉着我们山南海北跑,游览购票、吃饭买单、娱乐订座……统统一手包办。既无勤务,也无司机,他就是我们的勤务,他就是我们的"专职司机"。事后知道,台湾报销制度极严,所有开销项目均需提前数月甚或隔年造计划,不得临时随意列支。所以韦队为接待我们所用去的花销,全是掏自己的腰包。类似我等一行的来客每年都有,为此韦队每年花费的腰包接待费常达七八万台币之多——这难道不也是一种推介吗?他们在推介台湾豫剧队的人品、热情、事业心以及对朋友的诚信与期待,期待我们这些略具一技之长的人相信他们,留恋他们,把自己肚里那一点点小本事毫无保留地留下来,留给台湾豫剧。

由于队长的带头,豫剧队几乎所有人员都与韦队具有相同习性，他们争相以做东为荣，为我一行打摆宴席，自结车队组织我们旅游。前边说到那位扮演司命主簿的小女子张扬兰，她家住在台东农村，却无论如何要请我们到家做客。一进村庄，陡然烟花升空，门前鼓乐相迎。她那年轻的父母亲在门前支起烤肉架，烟熏火燎地为我们烤起肉来。我们吃到底，鼓乐响器演奏到底——这是台湾豫剧人款待大陆豫剧人的一次准台湾族盛宴，这也是台湾大陆同胞情意永无衰竭之日的象征。

（刊载于《东方艺术》2005 年第 11 期）

半个怀念

《半个娘娘》才是个正经玩意儿。当了几十年编剧，写了几十部戏，正儿八经的东西，还就是《半个娘娘》这部戏。其他的戏虽然也叫戏，但那里边或多或少都掺杂着一些杂拌儿，思想杂拌儿，时代杂拌儿，习惯杂拌儿，技巧杂拌儿……我承认只有《半个娘娘》是个纯状态作品。那状态令人着迷，令人忘情，令人失落自我。我清楚记得赶写后半部时是在信阳的鸡公山上，白天研讨别人的剧本，无暇顾及我的娘娘，只有到了晚上，别人都去消遣浪漫去了，我才捞到一点儿属于自己的时间，关在半间布满苔藓、潮湿发霉的地下室，门外草丛中响着蛇声，远处山谷间荡着狼嚎，我就蜷曲在半明半暗的灯光下，半睡半醒地写着《半个娘娘》。

那状态中，我忘掉了一切功利追逐，一切门规帮戒，一切风月浪季。我在写作。我陶醉于纯状态之中，七八天时间干了七八十天的活。

就像女人生了个孩子，不生时憋得慌，生下来轻松了，并没有顾着仔细端详孩子的长相。我发现孩子非同一般是在二度创作之后，她经过导演、作曲、舞美、灯光、服装设计师们的精心打扮之后，露出了靓丽的姿态。好漂亮啊！漂亮得使我惊奇。我坐在剧场里，看着她在光亮中飘逸翻飞啾唼鸣唱，有时还眨巴着既迷人又诡秘的眸子引诱观众不自觉地付给她过多的有价值的笑声，我真被她征服了。虽然那仅仅是短短的几场演出，她却比我其余全部戏的演出给予我的回报还要多。

但这部戏演出的短暂也是我没有想到的，几乎是个半半拉拉的演出。

可能是因为这部戏名字起得不好，一落地就不囫囵，就带着半拉子长相，半条腿走路，半山腰排练，半正规审查，半公演，半成活，半轰动，最后半伸半蜷半起半落地结束。因而最终成为半部作品。

虽说是半部作品，却给了我全部安慰。我一直以为我没有写戏的才能，误入戏剧界，愧对剧作家头衔。但自从有了《半个娘娘》，我才稍稍找回了半点感觉半点自信。虽然仅是一瞬间的演出，却给了我一生一世的怀念。我怀念那个创作集体，那个主创班子，那纯粹艺术境界的创作过程。我的老师、上海戏剧学院教授、《半》剧的导演项奇先生，我的老师、中国剧协副主席、著名剧作家兼导演、《半》剧的艺术指导杨兰春先生，我的亲密搭档、惺惺挚友、著名作曲家耿玉卿先生，还有充满灵性、身手不凡的副导石光武先生，初出茅庐、孜孜以求的舞美设计张韦先生……他们的精彩工作，他们的高标准的艺术追求，他们的振兴戏剧的使命感与开拓志向，使我久久处于享受再教育的感动与激动之中。它使我坚信，戏剧的真正希望，就藏身于这种创作状态之中。

从出生到现在，已过了 19 个年头。我真想时时看到她欢蹦乱跳的样子，但她却一直睡着，睡得好香甜。但我相信《半个娘娘》不是一颗流星，她至少是一颗行星，她还会走出云层，释放它自身所具有的光芒。

2004 年 7 月 12 日霞予斋

《半个娘娘》创作构想

创作背景：中国戏曲是国粹艺术，古老、博雅、精深，五彩纷呈，美妙无比。十数个世纪以来，人们都在戏曲中寻梦，那里边有快乐，有安慰，有警示，有教化，有知识，有希冀。而戏曲也因此独霸艺坛十数个世纪。它孕育出过无数文豪巨匠如关汉卿、王实甫、汤显祖者流，又留下彪炳千秋、汗牛充栋、为后人享用不完的戏曲佳作。然而20世纪80年代以来，它的贵族地位受到疯长起来的电子幻影艺术的致命冲击，市场萎缩了，观众流失了，地位动摇了。虽然戏曲仍有一大批于风华年代结交出来的情投意合的贞节观众，但这批观众的年龄结构渐趋老化，颇有无可奈何花落去之慨。所以，当代戏曲人所面临的严峻问题是：如何笼住中年观众，争取青年观众，培育戏曲当代的大观众群。这几乎是每一个当代戏曲人所肩负的使命。而实现目标的关键环节，是首先强化戏曲艺术本身的适应能力，即增加作品的时代意识、创新意识、探索意识与唯美意识，寻找古老的传统戏曲艺术与当代先锋戏剧潮流之间的契合点，拓展新时期戏曲的新出路，让戏曲艺术重现标致，再亮妩媚，稳住老观众，抓住新观众；令那些从来不进戏曲剧场的青年观众看上一眼，便有“似曾相识燕归来”之感，吸附为戏曲的知音。《半个娘娘》，便是基于这种思索的全方位实践。

创作动机：题材的新颖性，故事的趣味性，时空的宽广性，叙述的通俗性，意蕴的深邃性，内容的哲理性，包装的华美性，都是《半个娘娘》追求的目标。本剧故事的母体来源于中原大地的民间，写成的剧本，三分之一是故事的原汁，三分之一是时代的佐料，三分之一是提纯的滋补品。总体上打造出一个完整的意象。剧本并不追求外部形态的时髦与另类，依然朴实而传统，为老观众所熟悉，无接受上的阻隔。戏剧情节的发展、戏剧冲突的变化，亦遵循现实主义轨迹。然而，一袭惯常衣着包裹的，一副一般形式隐含的，却是极不惯常、极不一般、极抽象的核心意念。这犹如毕加索的画、庞德的诗，提供给读者与观者一个个性化解读的广阔无垠的自由空间。河南民间有一句俗语，叫作："粗看看热闹，细看看门道。"《半个娘娘》讨好的是粗看的、细看的这两方面的观众，追求的是既有热闹、又有门道这两方面的境界。

意象营造：一个村姑救了一个皇帝，皇帝就地封村姑为娘娘。她乐意，他高兴，照理说皆大欢喜，金合玉成，往下不应该有戏了。然而，大量的戏却在下边。请注意每个人物的思维走向：太后对于救了儿子命的人，当然视若圣灵，皇儿就是江山社稷，皇儿就是庙堂延续。挽救皇儿生命的人，功比天大，勋业盖世，岂是一般村姑所能为？即使是其为之，亦难当救主功业之重，亦难掩村姑薄名之轻。于是则认定救皇儿命者，必为神灵所为。太宰黄兆年孤将护主，以身替死，为引敌兵还摔断一条腿，其忠心不可怀疑。然而，他对于皇帝与太后的"人神之争"却有独特视角的判断。他不相信让他损兵折将、折骨断腿的险恶环境里会有神灵相助，也不相信会有那么温柔、美貌、智能惊人的村姑。那是魔鬼之域。即使有救助者显现，那也是魑魅魍魉所为，必然另有所图。于是乎他判定村姑是鬼。余者皇后及一班大臣们则各有各的心思，各有各的思路，各有各的判断，众说纷纭，宏论惊天。然而，却始终统一不到“接娘娘”这个大目标上。请留意这些人们的思维方式：他们的思维线的指向都不是纵向向前的，而是横向向左或向右的，甚至是向后的。靠这种思维指导他们的行动，什么时候才能企及目标呢？目标在前，目标就是娘娘，娘娘是美好的，是令人羡慕的、诱人的，然而实现目标的路径却是横七竖八的、南辕北辙的，沿着这种路径走下去，目标变成咫尺天涯，一个娘娘变成了半个。

后羿的妻子是嫦娥。嫦娥背叛丈夫逃到月亮上去了。日头都能射下来的英雄后羿为什么拿月亮没办法呢？为什么不把月亮也射下来呢？原来后羿的箭头都弯了。纵然英雄气长，无奈箭群横飞，只落得个望月长叹。一种陈旧的思维模式，害苦了我们久久而不自知。现在该和我们道别了。山北王给我们做出了道别的示范。

风格打量：不追求外部形态的时髦另类，也不掩饰新体例的与众不同。面具的运用即是有意挑亮观众察新审异的眼球。在人物表中，明白地标示女主角桑桑是一个理想，山北王是理想的追求者，而男主角山南王仅仅是理想的幸遇者，太宰黄兆年却是理想实现的屏障。皇后、太后、四大臣均为智能人群中经浓缩提纯后的准类型符号。由于故事的年代不易考证，所以剧中人物的服装头饰宜中和各朝服装之长，唯美是取。当然，舞台的空灵，舞美的玄妙，灯光的精彩，音乐的迷人，唱腔的醉人……是凝聚舞台魅力的更重要的侧面。尤其是演员的表演，既不拘一格，又别具一格；既体现程式美，又显露舞蹈美；既基本写实，又略见夸张（四大臣，法师者基本夸张，其他角色则基本写实）。在戏曲舞台上，我赞成表演中心论。一部新剧目的全部意义都体现在演员们的口中和身上。

2004 年 1 月 6 日霞予斋

老子不PK,老孟怕VS

标题用两个新词,英文缩写。而今时兴英汉混用,发文章,搞演说,就连日常谈话,不掺和几个英文字母,那是显得土气砟气又老气。在下已经老而朽了,写文章再不追两句时髦,显得更老,更令人讨厌,于是就用了。其实,PK也好,VS也好,我也弄不清来历,甚至说不清词意。只见各种媒体上PK、VS满天飞,什么小明星PK大明星,新商楼PK老商楼,超级女声终极PK;什么罗马VS国际米兰,布朗VS教育会议,两门炮VS六条枪……显而易见,PK是比赛、对决、争夺之意;VS也是对垒、对阵、抗争之意。为了弄准确,我扒了老半天英汉词典,仍然弄不出头绪。女儿嘲笑我,说我太菜鸟,说当下流行的一些新词儿,不管中文英文,词典上是基本找不到的,你得网上查。我于是上网,果然一点即出,一出一大堆。PK是Player Killing和penalty kick两个词的缩写,VS是Versus的缩写。英文的原意到了中国人手里都有点变, 主要变在两个词集中表达了中国人当今时时面临的最为火热的一种社会想象:竞争。是啊,升学靠竞争,就业靠竞争,评职称靠竞争,做生意靠竞争,拍卖艺术品靠竞争,甚至收集垃圾也要竞争。竞争满天下,PK、VS也就满天下了。

艺术圈里有更多的PK:艺术节,戏剧节,梅花奖,曹禺奖,田汉奖,白玉兰奖,“五个一工程”,精品工程……每一项赛事活动都是扎堆PK,集中VS,都意味着每个参与者面临躲不开、逃不掉的对垒、对阵、对决,争夺、争斗、争胜。

这种大PK对于发展戏剧事业究竟有多大作用,至今看它不出,但它在戏剧圈里引起的关注、掀起的狂热、招致的膜拜,却令人叹为观止。一场赛事过后剧团倾家荡产者有;一场对决下来同行挚友反目成仇者有;一块奖牌旁落而毁掉艺术前途者有;当然,一面金牌罩顶功成名就者也有。

圣人建言“为而不争”。那意思不是说:只管演你的戏,不要跟人去争高低嘛!

说这个话的圣人是老子。老子的《道德经》通篇贯穿着淡泊避趋、不与人争强斗胜的处世主张。然而富有戏剧性的是,我们的越调《老子》却把老子推上了大PK的角逐场。

这事儿老子知道吗?知道了会同意吗?这样一来我们写的老子还是老子吗?让“隐柔不争”的老子跳上现代大舞台去同天下诸强大PK,一比高下,这不是对老子的亵渎吗……?

作为《老子》的作者,我是诚惶诚恐的,回想起整个创作过程我都是处在一种对老子的敬畏中,提着心吊着胆。开始我是不敢接这活儿,朋友们也都劝我莫接这活儿,主要因为觉着老子本身没戏,也编排不出戏。戏剧讲矛盾,老子避矛盾;戏剧讲冲突,老子躲冲突;戏剧讲英雄行为,老子讲清静无为。何戏之有?勉强编戏,那就不是老子了。歪曲得罪了老子,那是要得报应的。于是我一推再推。可是,又耐不住剧团朋友三顾茅庐,加上老子家乡人的盛情款待与托付,不得已接过夹脖上了套。然而心中惴惴忐忐忧忧疑疑始终挥之不去。豪华宾馆换两家,伏案一个月,没写出一个字,其犹豫状态可以想见。后来,在这种难耐的煎熬中,我做了一个决定:推掉这差使,不干了,不写了,让剧团另请高明。就在我决心辞掉这个任务的前一天晚上,发生了一件很蹊跷的事:

我掉床了。虽然毫发未损，但毕竟是平生第一掉，况且是老年掉床，太没材料。对家人我也不好意思说，但还是都知道了，都觉着是个大事，于是就破解，就研究，研究之后都劝我写老子，都感觉不能推辞，而且怀疑是老子发的信号，写老子的任务认准你老孟了……

老孟也忽然觉得，写老子不应该是可怕的事，应该是好事，老子写不出戏，就写个没戏的老子嘛！老子应该比戏重要得多。满世界都在学老子，欧洲人、美洲人、高鼻子洋人对老子都崇拜得五体投地，就连当代美国总统的国情咨文仍在引用老子的语录。老子是和苏格拉底、柏拉图、亚里士多德齐名而且更早的世界先哲，老子是中国文化彪炳于世界的一颗最灿烂的明星。老子在世界上的知名度比河南在世界上的知名度高得多，写老子不单是写哲圣，写文明，也是写河南，弘扬河南。历代传统剧目中没有老子，说明历代文人都没从老子中找出戏；我们反着来，不去勉强找戏，只从戏中去找老子。用经验的眼光看，老子这个题材缺乏竞争力，入赛事、争大奖，都不看好；那我们就不让它去竞争，写一个不参赛、不夺奖、无任何荣誉奢望的老子。这不恰好挨近、凑近、逼近真实的老子了么？

问题想通了，思路理顺了，下笔也有词儿了，有史以来头一个《老子》舞台剧本出世了。圣人出世往往有霹雷火闪、满天红光的先兆，但《老子》没有，它生得平平淡淡，悄没声响，既没吃红蛋，也没喝喜酒，倒是不少朋友同行揭开襁褓一看，还是嫌它戏少，担心它的前途。而月子中的我，虽无力应付舆论，却和众友担心不同，我所担心的仍然是像不像老子。民间传说老子怀胎八十一载，生下来就是白胡子老头。我虽然只怀胎半年，但是在认真孕育，认真生产，左端右详，生怕走样。《剧本》月刊杨雪英主编听说我在写老子，便电话索看。我诚惶诚恐交了出去，等待挨批和嘲弄，没想到返回的信息是“决定发表”！《剧本》月刊给了我第一个鼓励,李利宏导演和越调剧团主创班子给了我连续的鼓励,舞台上的老子出现了,站起来了!

与我的初衷相悖的是,《老子》一剧从首演到现在的三年多时间里,共经历了三次大 PK。一次是河南省第十一届戏剧大赛,一次是文化部第三届全国地方戏优秀剧目展演,一次是今年广州刚刚举行过的第九届中国艺术节。我并不是反对拿《老子》去参加各种赛事,我只是心中没底,不愿让老子去冒险,尤其害怕让老子去为人家充填淘汰率。不登擂台者是老子,登上擂台被人击于台下或者挤于台下或暗算于台下者就不是老子了。《老子》最初的设计图就是照着没戏的老子写,照着"为而不争"的老子写,照着不与人 PK 的老子写,照着真实的老子写。这就好比本分人家打造了一把锄头,本意是种庄稼,不经意间却被拿去当戈矛搞拼杀,你能顺手吗?你能沾光吗?你能拼赢吗?

还真奇怪,每次 PK,还都没有惨败。河南省第十一届戏剧大赛上,拿了块金奖;文化部第三届全国地方戏优秀剧目展演上,得了个银奖,名次还相当靠前;今年的第九届中国艺术节上,竟然抱了一块文华大奖,名列第三。得到消息,我是惊讶再三,开始是不相信,接着是怀疑主持人误读,最后见到报纸,才知道是真,才思考这种大意外发生的原因。我想到剧团的努力,我想到主创班子协调一致的精彩创造,我想到评委团专家们对老子的厚爱,我想到领导层对老子文化的重视。我特别想的多的是令人感动的观众那出乎意料的理解力,他们用静静的专注与掌声告诉我,他们读懂了老子,知会了老子,接纳了老子,他们似乎一致同意看老子不必苛求戏剧性,不必硬性要戏,而是讲究看人物,看老子,看舞台上出现的是不是他们心目中想象的那个千古哲圣。只要有点像,只要有点神似,只要通过舞台能够感受到老子这位神秘哲人的人格风貌、言语谈吐、举止仰俯的神韵,哪怕是一丝一缕,哪怕是浮光掠影,他们也予以肯定。观众是天生的鉴赏家,他们容忍各种形态的艺术存在,戏说的,恶搞的,穷逗的,说教的,也接受肃穆厚重的。看老子如同品蟹,尽管味道平淡,尽管费劲儿,尽管剔不出多少内容,但仍称作高雅享受。

望着熠熠生辉的文华大奖奖牌，我们想到老子的两句话：“以其终不自为大，故能成其大”“夫唯不争，故天下莫能与之争”。噫吁！勿当咂而品之乎！

(原载《河南戏剧》2010 年第 3 期)

我胆敢写老子？

我这把年纪，早在儿子、孙子辈中间称起“老子”来了。但突然让我写老子，又忽然泛起了儿时的茫然和恐惧。老子是写得的吗？圈内朋友异口同声说老子没戏，司马迁在他的《史记》中满共写了老子三百来字，记他个出生籍贯，记他个收藏史身份，记他和孔子说过的那三句话，再就是在关令尹的逼迫下写出那五千言的《道德经》，别无他事。既无矛盾，又无冲突，连一点基本故事情节也挖掘不出。更要命的是老子没有对立面。你要写争斗，他说“圣人处无为之事，善利万物而不争”；你要写善恶，他反问你“善之与恶，相去若何”？你要写他诲人不倦，他说君子行不言之教，知者不言，言者不知；你要写乱世对他的迫害，他说“盖闻善摄生者，路行不遇兕虎，入军不被甲兵。兕无所投其角，虎无所措其爪，兵无所容其刃”；你要写他以“道”治天下的伟大作用，他说“道者，视之不见，听之不闻，搏之不得，其上不皎，其下不昧，绳绳不可名，复归于无物，是谓无状之状，无象之象，是谓恍惚……”总而言之，一切戏剧性都被老子化解个无影无踪。然而不止这些，更有写老子下场不好的可怕传闻令人不寒而栗。说是数年前，曾经有一部写老子的二三十集电视剧即将上马，就在将开机而未开之际，剧作者突遭车祸一命丧生；导演一病躺倒双目失明。舆论认为这是得罪了老子,老子不喜欢人们把他编成戏演来演去，老子拒绝戏剧。这舆论如同淫雨一般把我淋浇得心惊胆寒。然而,向我约稿的是植根于周口市的河南省越调剧团,周口的鹿邑是老子的故乡,那里有老子的太清宫、老子的登仙台,还有老子母亲的寝陵。那里一年四季香火繁盛，海内海外朝众云集。老子故乡民众多少年来都在殷切渴望用乡曲故韵来演绎一台歌唱老子的戏剧。当然他们只管渴望,只管要求,却并不研究老子对于戏剧的态度,也不在意写老子对编剧的生死威胁,只一个劲地催我写。我犹如站在起跳板上的蹦极者,进则惴惴,退则羞羞,进退两难,十分尴尬。还是一位道者的两句话鼓起了我的勇气。他说:“岂有颂扬老子而获罪老子之理?老子所恶者乃戏谑老子者也。”他开导我的道理是:纵然老子有灵,也不会怪罪颂扬他的人。老子所怪罪的,当是戏谑和歪曲老子的行为。

我终于正襟危坐敲起了落满神秘灰尘的键盘。果然是一出最难写的戏,再没有漾漾文思、哗哗流水的感觉。我写得很艰难,写得很苦,停停写写,写写停停,定了又否,否了又定,从序幕到结尾我几乎熬去了半年时光。写到后来,我似乎真格地进入了老子所说的“惚兮恍兮”之境,写不知在写,作不知在作,最初的构思、设想、情节、细节……一股脑忘得一干二净,竟如梦中神游,雾里徜徉,信马由缰,几乎在失忆状态下与这位两千五百年前的哲圣进行无意识式的对话。

剧本结稿后,我说不清楚我究竟都写了些什么内容,讲不明白我到底讲出了哪些故事,也回答不出我为什么要这样写,但却有一种清晰而且自信的感觉：我对得起老子。因为整个写作过程,我没有使用事先检点好的主题立意去量裁老子,也没有用我这老编剧匠使用了几十年的老编剧法去拆卸老子，更不敢用当代流行式的戏说手段去戏说老子。我仅仅面对老子睡了一觉,让我出窍的灵魂追随老子作了一次神游，游他的故乡，游他的宫室，游他的函谷著书之台，反复听着老子两千五百年前的世纪大讲堂……当我清醒过来时，我的感觉蛮好。当老子看到《老子》时，老人家也是满意的，因为他没惩罚我。

（原载《剧本》2007年第8期）

戏曲文本辨源

我不大在乎戏剧的源头起于何时,因为那是史学家的事情。虽然关于中国戏剧的起源争论起来也挺有趣,有先秦说、汉晋说、隋唐说、宋元说,甚或有追周溯商穷尧典诘远古之说。那原始部落的人群围着篝火烤着焦肉,呐喊之,咏歌之,手之舞之足之蹈之,或谓戏剧之始?那尧天舜地之下的葛天氏之乐,“三人操牛尾,投足以歌八阕”,“击石拊石,百兽率舞”,或谓戏剧之初?那周朝宫廷的《大舞》,先楚的《优孟衣冠》,汉代的《东海黄公》,大唐的《兰陵王》《踏摇娘》……更兼备了戏剧作为综合艺术的总体特征,那里边有歌、舞、诗,也有演员、角色和简单的情节,说它们是初始的戏剧更觉贴切。从尧舜禹汤到汉唐宋元,戏剧史学家们进行过成千上百次的地毯式扫描,找出过数不尽的中国戏剧源头,这种奇景令人眼花缭乱。然而这些论定,哪一种观点都有道理,又哪一种观点也不能“一统诸侯”。于是,关于戏剧的源头,至今还是一个充满魅力和诱使人激发探索精神的悬案。这种关于悬案的研究并不怎么理会戏剧发展整个实践过程中的兴衰荣枯宠辱贱贵,只是沉醉于那种对源头单路独径探幽发微的寻找之中。

对于我这个写剧本的人来说,戏剧的源头似乎离我很遥远,剧本的源头却时时在我眼前萦绕。最能挑起我的好奇心与浓厚兴趣的，乃是中国戏剧文学剧本的起源——第一部中国戏曲剧本究竟写于何时？它是用什么形式写的？它是用什么载体写的？它是什么人写的？它是什么样的格式？它有多少文字？它用的是文人的语言还是百姓的语言？中国戏曲剧本为什么写得如此与众不同？它与世界上任何国家的戏剧文本几无相似之处的根本原因是什么……当然,这恐怕同样是一桩无头案。我也并不指望有朝一日盼来一个肯定的回答。我之所以提出这问题,是因为我很久以来对于中国戏曲剧本的产生过程进行过一些思索，做过一些推测和联想。虽然这些思索、推测与联想是出自一个当代剧本写作者对于戏剧本体生命寿限梦魇般的预测、考问与担忧,虽然缺乏科学性,虽然缺乏史证性,但它既然能够在意识、潜意识中浮现,就应该有浮现的冥冥玄机。就像周公解梦、弗洛伊德《梦的解析》那样,抑或可以从梦魇中测卜中国戏剧的未来？

于是,有了这种对梦魇的善解,我才敢于谈论一些梦魇般的意见。

一

还是从剧本源头说起。

有人曾肯定地说:“剧、本同源”——戏剧产生的那一天,同时产生了剧本。而且是先有剧本后有戏剧。即使在文字产生之前的远古时代,人们也是先酝酿一个故事(腹稿),然后再去表演(戏剧)。那个腹稿即是剧本。这样说来,实在比“先有鸡蛋还是先有鸡”的千古争论还要清晰而且爽快很多。那尧舜时代的葛天氏之乐,那“三人操牛尾”的设计,那“投足”的动作安排,那“歌八阕”的歌词,不就是剧本么？那先楚的《优孟衣冠》,为了模仿楚孙叔敖的动作言行,优孟这位表演艺术家整整练习了一年多才“像孙叔敖”,才使楚王及满朝文武大臣“不能别”。还有那与楚王的对话,那“请归与妇计之”的情节设计,不就是剧本么？这样说来,剧本为“一剧之本”的定义是再确切不过的了。剧与本不但同源同寿，而且本子这玩意儿还是剧的先兄、先辈甚而是母体呢！这观点实在是令剧作家们高兴和引以为豪的事，因为这足以说明是剧作家们创造了戏剧，剧作家是戏剧的老祖宗。在那形态简陋、缺少分工的戏剧初创年代，剧作家不但要编剧本，而且要当设计，尤其要自导自演，集编、导、表、唱等诸多技艺于一身。他们是那时代十分了得的精英人物。那尧舜时代的葛天氏就是剧作家，那商周时代的《大舞》设计者周公就是剧作家，那先楚时代模仿孙叔敖的优孟就是剧作家，那汉代的《东海黄公》、唐代的《踏摇娘》《兰陵王》中的演员就是剧作家。那时候的剧作家不但要编剧本，还要当演员演戏；不但要娱乐大众，还要冒着生命危险讽谏君王(《优孟衣冠》)……那要比如今的剧作家难当多了。哪有如今的剧作家们如我者流这份潇洒与清闲？如今的剧作家越来越好当了，写得出有饭吃，写不出照样有饭吃；写出的剧本有人排心花怒放，无人排心安理得；有人排了，自己便退居幕后，让成堆成堆的高级艺术家诸如导演艺术家、表演艺术家、音乐作曲家、舞美设计家、灯光设计家、服装设计家、胡琴演奏家、鼓板敲击家……围着他编剧服务，诱使戏剧这门艺术越来越庞大，越来越复杂，越来越贵族，越来越不可捉摸，越来越花钱赔本，越来越远离戏剧。

话说回来，我列叙“剧、本同源”的观点，历数剧作家们的首尊地位与非凡业绩，并非为了获取作为同行业者的我的自慰式满足，更不是萌生了改写中国戏剧生成史的贼心，而恰恰是为了映衬心中别具一番逆向的潜意识涌动，为了对自己一种反叛式思维趋向进行一番对比式考问。或者干脆说，并非为认同寻求理证，而是为否定寻求反证。

说明白了，我不赞成“剧、本同源”论，我怀疑此论的科学性，我羞于持论者那种强拉硬凑的论据与捉襟见肘的辩辞。我不主张把剧本的辈分提得那么高，它不是老子，不是戏剧的母体，也不是戏剧的兄弟,它仅是戏剧的衍生部分。初创时期的戏剧是没有剧本的,腹稿称不上剧本,诗歌也称不上剧本,真正的剧本只能出现在戏剧的发展渐趋完备与日臻成熟的阶段。更具体地说,当这种“由演员当众表演故事”的艺术发展到不一而足的规模,当它的综合艺术特征越来越呈扩张趋势,当观众对戏剧的形态认可、接受并出现规范化、恒定化、文雅化要求的时候,剧本才得以应运而生——只有这个时候才是剧本的源头。

戏剧是艺人们的事,剧本是文人们的事。戏剧是由艺人们创造的,艺人们天赋的表演才能把“当众表演故事”这么个艺术形式用形体创造出来,于是戏剧便横空出世。艺人们创造戏剧的同时,也创造了戏剧观众。这观看初始戏剧的观众群中就包括了能写剧本的文人。但那时候他们还只会傻着脸看表演,欣赏天才演员们的演技,被他们惊诧,被他们逗乐,抑或被他们所不齿。这个时期的戏剧应称作稚幼期。但随着戏剧的不断成长、演进、发展,故事越来越详,情节越来越丰,人物越来越多,综合性越来越强,对表演技巧的要求越来越高,舞台上的分工便越来越细。我想说的是,这个时候的戏剧呈现才是最佳的生长状态,艺人们纯生态的艺术才能可以毫无束缚地发挥到极致。吹、拉、弹、唱、表演、技艺处于纯自然演进,舞台生机蓬勃,演出日新月异。这时候的戏剧才堪称“口传艺术”。但是,又恰恰在这时候,戏剧艺人们发现,他们在表演中的说也好,唱也好,词也好,曲也好,光凭口传心记已经感到力不从心,那样不但易出纰漏,而且还常常走样。不但观众不满意,而且还容易招致不期之灾(俳优口祸)。这时候的戏剧称作青春期。青春期戏剧有两个特点,一是生命力旺盛,血脉偾张,枝叶疯长,极富掠夺性与兼并性,毫无顾忌地吞食裹携着其他艺术门类的成就;一是游离性、随意性、不稳定性,缺乏规则制约与规范参照。这时候的戏剧犹如一头牙齿初齐却未上笼头的牛犊,就等一副牛鼻桊来使它就范了。而这副

“牛鼻桊”就是剧本。

二

剧本的出现,标志着戏剧已经进入成熟期。也就是说,戏剧的成熟期,才是剧本的源头。前面说过,剧本不是戏剧的母体、先辈,也不是平辈,而是晚辈,剧本是戏剧发展的衍生物。然而,正是这个衍生物的出现,使戏剧走向成熟,显露出端庄、典雅、雍容华贵,一副暴发户派头,成为七艺之首。但另一方面,因为有了这个衍生物,却使本来野性十足的戏剧扎上了牛鼻桊,戴上了牛笼头,收缩了原始的粗率、生动、奔放、即兴、恣意,而变得谨谨慎慎、规规矩矩、拿拿捏捏、文文气气又臃臃肿肿。之前的戏剧可不可以叫艺人戏剧?之后的戏剧可不可以叫文人戏剧?剧本的诞生,是因为文人的参加;文人的参加,促使了剧本的诞生。剧本诞生后的戏剧,应是当时的中国社会中一道最亮丽的艺术风景线。

目前能够见到的最早的完整的古代中国式戏剧剧本,也就是金元以后那一拨勾栏作家们的作品了。这一拨人的数量实在不少,单一部《录鬼簿》中就记录了七八十位有名有姓的剧本写作者。但真正留下作品并为后世频频翻印和乐于拜读的,也就是我们现代人耳熟能详的那几位:关、马、郑、白、王、纪、高、康……是元代人首创了戏剧文学剧本,于是戏剧文学剧本的源头就起源于元代。元代这拨勾栏文人应该说是真正的大师级人物,真正的剧作家,是功力深厚的鸿儒。他们是被金元骑兵的铁蹄驱赶到“八娼”“十丐”群中来的。他们本来都是学富五车、壮志凌云、“货于帝王家”的官场角斗士,是蒙古统治者的民族压迫粉碎了他们的做官梦,于是,失落之情、愤懑之气、绝望之怨,一股脑儿带到了勾栏瓦肆之中。“于是以其有用之才,而一寓之乎声歌之末,以舒其怫郁感慨之怀,概所谓不得其平而鸣者焉”(明·胡侍《珍珠船》)。戎马出身的蒙古贵族们又十分不在乎意识形态的斤斤计较,因而使戏剧作家们在身份低下、条件龌龊、环境破烂的勾栏瓦舍，找到一方释放压抑、宣泄郁闷、抒发襟怀、伸张德义、播扬文采的自由天地。他们“振鬣长鸣，万马皆喑”，“语言辩利扫千兵”，创下“纸上清名，万古难磨”(元·钟嗣成《录鬼簿》)。元代戏剧作家们的冒出与疯长，使戏剧文学一跃而雄居于文坛之首。令诗词歌赋诸正宗文样逊尽颜色。无怪乎直到明代万历年间，著名戏剧家王骥德提及元代戏剧爆炸性繁荣的奇景，尚且发出一通惊呼与感叹：“古之优人，第以谐谑滑稽供人主喜笑，未有并曲与白而歌舞登场如今之戏子者；又皆优人自造科套，非如今日习现成本子，俟主人拣择，而日日此伎俩也。……至元而始有剧戏，如今之搬演者是。此窍由天地开辟以来，不知越几百千万年，俟夷狄主中华，而于是诸词人一时林立，始称作者之圣，呜呼异哉！”(《曲律·杂论下》)

明代人王骥德的这番话，至少说明三个问题。其一是说元代之前，戏剧由优人做主，舞台上的所有“科套”，皆由优人创造；而从元代开始才兴起“习现成本子”，演出市场的推销也是把剧本罗列一起，然后“俟主人拣择”；其二是说元代之前的戏剧，乃以“谐谑滑稽供主人喜笑”，当是纯娱乐性质的玩艺儿，表演时带有很大的即兴随意成分。而元代之后的戏剧，便成了根据剧本排制出来的周周正正、规规矩矩的演出，而且天天不变，“日日此伎俩”了；其三是说元代之前基本没有专职写戏的文人，即便有也是隐名埋姓的“无名氏”，而到元代之后，“诸词人一时林立，始称作者之圣”，剧作家不但森林一般地冒出来，而且跃跃然跻身于文豪剧圣的行列，蔚为大观了。

闲话啰嗦到这里，有看客要提出问题了：你先生的文章前头说关于剧本的源头也是一个永远争论不清的悬案，却怎么又在这里武断地作出结论，说剧本的源头就搭在元代？这种说法的科学性在哪里？这种前后矛盾的自我否定又作何解释？那么，我的回答是，我的结论本身就是一种假设，因为我既不是史学家，也无心做考究家,仅是一个剧本作者职业性的推断。好像科学也不完全排除假设和推断。再说,我的假设和推断也不是空中取水,大变活人,而是有实物举证与条件要求的。我所谓的实物举证就是完整的元代剧本,我所谓的条件也是完整的文物剧本。元代人写的剧本我们看到了,而且流传下来了。而元代之前的宋代、唐代、汉代、先秦,为什么就没有剧本流传下来呢?尽管在那些朝代有关戏剧的记载颇多,却为什么片纸无存呢?宋人孟元老所撰《东京梦华录》曾记载一出巨型连台本戏剧,可为什么这么大的戏也没能流传下来呢?答案只有一个,它仅仅是艺人戏剧,它没有文学脚本,它是真正意义上的口传文化。元代之前关于戏剧的史料只有散记,没有专著,只有论述,没有作品,根本原因就在这里。

三

前面说过,戏曲剧本的面世,一方面标志戏剧艺术成熟期的到来,一方面又给戏剧扎上了“牛鼻桊”,束缚了它的野性、原始性,削弱了它的粗率、生动、奔放、即兴、恣意的原生形态,而变得谨谨慎慎、规规矩矩、拿拿捏捏、文文气气又臃臃肿肿。使演员们本来主动的生龙活虎的一度创造,变成了被动的谨小慎微的二度创作;使整个舞台艺术都被文学剧本牵着鼻子走。这对戏剧的发展是功是过、孰多功孰多过,留待将来史学家们去评定,于此不赘。但我要强调的是,这种文样别致的戏曲剧本一经面世,便以其奔放的文思、潇洒的文笔、绚丽的文采先声夺人,引爆了中国戏曲艺术新里程的庆典礼花。戏曲文学剧本的出现,使戏曲艺术与文学深度联姻,使大批书斋鸿儒走进勾栏瓦舍,走进舞台幕后,走入戏剧生产全过程。他们的创作,一方面把中国戏剧自古以来的口传文化形态文本化,把方言俚语规范化,尤其是使舞台上大量流行而又违反文法的水词泛语赘韵词无义词得到修正、修饰,上升为诗词歌赋同等品位的高度;一方面把中国丰厚的历史文明积淀故事化、戏剧化、民俗化，使人民群众以欢娱快乐的消遣方式广泛享受古老文明与理念知识的陶冶；而对于戏剧本身来讲，由于文学剧本的强势介入，使本来属于演员们的一度创作，退居为二度创作，使“谐谑滑稽供主人喜笑”的纯娱乐性质戏剧逐渐演变为饱含理性色彩、思想意义的戏剧。同时，也使习惯于表现自我、塑造自我的演员们学会了表现人物、塑造人物。从上述几方面看来，剧作家们的涌现与剧本的面世，对戏曲艺术的发展无疑起到了积极的功大于过的作用。

然则，我要申明的一个观点是，中国戏曲剧本的出现，标志中国戏曲案头化的开始。之前的戏剧只供观赏，之后的戏剧便可阅读了。但凡应运而生的新事物都有其生的道理，但戏曲剧本的产生并非为了或者说基本不是为了戏剧的排练演出，而是为了向世人提供崭新而另类的文学样本，强力证实自己就是文学，而且是兼备了诗之咏志、词之抒情、歌之浩叹、赋之美文、经书之晓义达理、传奇之曲折动人的全部文学。因而戏曲文学剧本一经诞生，便势不可挡地跃居七艺之首，成为文学园地里最耀眼的一朵奇葩。尽管封建时代戏剧的地位低下，尽管演艺人被列为“八娼”“十丐”之间的臭老九、下九流，但仍遮挡不住戏剧文本璀璨耀目的光彩，遏制不住戏剧文学地位的飙升，一扫当时“文翰晦盲，不能独振，淹于辞章”的学界晦气，而以令人耳目一新的美辞华章与挥洒自如的抒情个性以及愤世嫉俗的开放文风登上时代文化的巅峰。戏剧文人与他们的作品不仅得到平民百姓的青睐，而且也得到豪绅士大夫世家子弟们的追逐，尤其得到儒林墨商们的垂青，刻板付梓，著文推介，倍加赞赏，“豁然胸次，锦绣文章”，“珠玑篇什，词馨藻香”“发越新鲜”“名香天下”——这些关乎戏曲作品的评价饱含着令其他艺术难得遭遇到的热情。《红楼梦》中贾宝玉念给林妹妹听的那册从地下书市搞来的《西厢记》，一下子就把林黛玉给迷上了，“越看越爱看，不到一顿饭工夫，将十六出俱已看完，自觉辞藻惊人，余香满口”。而且看完之后“好一阵出神，心内还默默记诵”。林黛玉是她那个时代的青少年，他们的喜好绝对领潮流之先。林黛玉原本不爱看戏，不曾留心过戏文。但当她听到小演员们随便唱的几句《牡丹亭》中的唱词：“原来姹紫嫣红开遍，似这般都付与断井颓垣。良辰美景奈何天，赏心乐事谁家院……”她顿时感慨缠绵，点头自叹：“原来戏上也有好文章？可惜世人只知道看戏，未必能领略这其中的趣味。”当她继续听了“则为你如花美眷，似水流年，……你在幽闺自怜”，林黛玉竟然如醉如痴，站立不住，蹲身坐在山子石上，细嚼“如花美眷，似水流年”八个字的滋味。忽又想起古人诗中有“水流花谢两无情”之句，又想起古词中有“流水落花春去也，天上人间”之句，再联想到刚看过的《西厢记》中“花落水流红，闲愁万种”之句，都一时想起来，凑聚在一处，仔细忖度，不觉心痛神痴，眼中落泪，没个开交处……”曹雪芹的这段描写，历史地反映出四个问题：一，戏曲剧本一出现，便以璀璨夺目的文学色彩赢得世人的瞩目，它既综合融会了诗词歌赋的文学素质，又超越了它们外部形式的束缚，一时间跃居文学品类的头筹；二，它以全新的思想性和开放的抒情性吸引了广大读者，尤其是青少年读者，尽管元后期以至明清时期文字禁锢政策严厉，尽管戏剧场所常被斥为“仕庶放荡不羁之所，子弟流连破坏之门”而殃及戏剧文学的名声，然而并不能遏制戏剧文本的流传，甚至以私坊刻本、手抄本的形式流传；三，剧本诞生的价值几乎全在于阅读，它是为阅读而诞生，它的诞生全为适应阅读。“看戏”与“读戏”是两种品格完全不同的审美活动，其观众与读者也是两类人文素质与文化差异存在明显区别的人群。像林黛玉这种“原本不爱看戏，不曾留心戏文”的人，一旦接触戏剧文本便被迷上了。他们迷上了戏剧文本之后也未必就接着去迷恋看戏，即如去看戏也是为了寻找读了戏剧文本之后心目中留下的人物映像；四，剧场里的戏剧观众是社会大众，而戏曲剧本的读者却是文化人，尤其是知识青少年。前者是通过舞台博取欢娱，后者是通过文字接受文学陶冶。二者又为两立之群，并不兼容为一体。

——戏曲剧本的诞生是戏剧发展的衍生物——剧本的诞生，使戏剧从此以两种形式呈现(舞台与文字)——戏曲剧本是文人儒士的文学作品——戏曲剧本不是为舞台排练而写作，而是为读者阅读而写作——戏剧的观众与剧本的读者是两个不同的群体，前者是通过舞台博取欢娱，后者是通过文字接受文学陶冶——戏剧的舞台演出由戏剧性决定成败，剧本的写作由文学性决定成败——戏曲剧本既是戏剧发展的附着体，又是具有自身个性的独立体——戏曲剧本一旦失去文学性、阅读性，便失去了自身存在的价值——历史上铺天盖地的戏剧作品从舞台上爬过，转眼就消失了，为什么？因为它们只是戏，或者只是口传艺术；而仅仅留下了关汉卿、王实甫、汤显祖那几位，最多算上几十位写手的作品，这又是为什么？因为这些作品是文学，是可以阅读、诱人阅读的文学……

上述这段文字算不算是本文洋洋数千字之后略略显露的几条提要性昭示？

四

历史留给我们的戏剧，都是可以阅读的文学作品；只有文学品位很高的戏剧文本，才得以存在于我们的历史。可惜的是，历史留给我们这样的作品太少，在泱泱文学海洋里显得细流涓涓。进入现代社会以后，戏剧著作就更提不起精神了，除开舶来品话剧以外，近代的戏曲界作家既无巨匠大鳄，又无睨视宋元诸子的时代扛鼎之作。进入当代之后，戏曲表演团体如春笋勃发，遍布全国，戏曲作家无团不备，威武成阵。然而戏曲剧本却越写越远离传统格式，越写越缺少文学品位，越写越淡化诗词神韵。尤其是戏曲文本越来越失去独立品格，要么迁就演员，对剧本削足适履，以适应演员的特技条件；要么迁就导演，对剧本大卸八块或另类组装，以彰显导演的奇思异想；要么迁就世俗，把剧本写得粗俗不堪，庸话连篇，词章乱杂，令读者望而生厌。需要特别指出的是，我们的现代戏曲文本创作，出现了依附性、粗俗性、专业性、趋时性的逆祖倾向，蚕食了戏曲剧本的可读性，使得最后一批戏剧读者流失殆尽。所谓依附性，就是戏曲文本紧紧依附于舞台呈现，作者缺乏独立的著作意识，文本的写作仅仅是一度创作，是半拉品，舞台演出才算创作的完成。因此剧本面貌与舞台呈现差异极大，常常是舞台异彩纷呈，辉煌无比；而剧本文思贫乏，章法混乱，文字粗糙，不堪卒读。所谓粗俗性，就是片面强调大众化，曲解通俗性，以“人人看得懂”“不打字幕也能听得懂”要求和衡量剧本的语言唱词，以“农村观众”(绝不包括当代农村观众，而言者的意识框架基本停留在五六十年代的含50%文盲的农村观众，他们无视当代的农村观众已起码是中学文化程度的“小知”，是早被流行影视潮浸泡出来的一代“情调”文化消费者，他们也是厌恶粗俗的，尤其对把他们视为粗俗文化接受者十分反感)的欣赏标准划线，排斥剧本内容的思想性、哲理性和时代先锋人文色彩，使剧本创作流为大白话的堆砌、顺口溜的连缀、浅薄故事的图解。这样的剧本，不但读者消失，观众也在锐减。所谓专业性，就是戏曲文本格式越来越专业化，远离了古剧本那种大字号突出唱词，引导读者赏析唱词中诗情画意的排版格式，向舶来品话剧剧本格式靠拢，杜绝了描写、简化了提示，连人物性格特征、内心活动的点述都一概省略，只留下干巴巴的话剧加唱式编排，只堪提供演员阅读和排练时使用，让圈外人读起来索然无味。联想到与当前充斥书市那种卡通版式、豪华装帧、美图插页的种种图书作对比，戏剧作品读物陈旧了半个世纪。所谓趋时性，就是戏剧作品总有一种追逐时政的倾向，举着现代戏旗帜，曲解现代戏概念，降低现代戏艺术标准，图解时事人物，演绎时事政令,标榜为政治服务而令批评界噤若寒蝉。然而却在广大读者和观众心目中树起一块错觉性标示，使他们认为这就是现代戏,这就是现代戏剧;也迫使他们得出结论:只要有报纸看,就不必看戏剧类读物。

作为文学读物，剧本眼看就从书架上消失了。每每浏览书店,总令一个写戏人有临溪吊红之感。就连拥有相当规模的大书店,戏剧书架上也只能找出个英国的莎,偶尔扒出个中国的曹,除开这些话剧著作之外，再就是元明清时代的关马郑白王汤们组合的十喜十悲了。中国有这么多剧团,每个剧团几乎都拥有自己的编剧,每年评职称都有大批高级剧作家产生,每年的优秀剧本至少创作出成千上万部，而且有数不尽的优秀剧本获得大奖金奖,然而却为什么征服不了阅读者和出版商呢？小学生们、闹学童们，就连用身体写作的女娃子们写的书都能发行十万数十万份,而且狂热的读者还要要求书店组织写作者们签字售书,即便签出的字迹如同虫爬一般难辨,也能产生一字迷魂的效果;而我们泱泱戏剧作家群、佼佼梨园领袖们用秘笈真功创作出来的剧本,却要自掏腰包印刷、自买书号发行、自扛书捆推销,推销不出去白送朋友还徒增朋友负担,使朋友十分为难,弃之则于友不恭,存之则闲霸书架,遮拦读趣。就如今天鄙人这册书,便是此类物种。我敢断定它是不会有一个自由购书人来买它的。我也早已预料到能够拿到这本书的大半是我的朋友、同行以及圈内那帮以戏为职业的仁人贤士们。鄙人绝不勉强拿到书的诸君“驱倦容以临窗,皱枯眉以读章”,也不在乎让它解体于厕或再造为浆。我只想借助它的装订成册而凝固一下 20 世纪末期在戏剧大世界里孜孜以求的老兵所走过的一段毫不引人注意的历程，为后来的研究者提供戏曲文本的阅读性何以消失和而后的戏曲文本的阅读性何以再生之解剖标本。就像唐太宗老先生所说，以铜为镜,可以正衣冠;以古为镜,可以知兴替;以人为镜,可以明得失。

得以为新世纪中国戏曲界的后来者提供木乃伊式的戏曲文本以作镜鉴，也不失为一种光荣。说不定有朝一日哪位神童或哪位美女或哪位厌学公子瞟洒几眼这种陈旧过时的戏曲文本之后，灵机一动，挥笔写出与众不同，样式全新、令众剧作家为之瞠目、令读者大众幡然回归，甚至令新时代的贾宝玉林黛玉们纷纷涌向盗版书市寻找这种戏曲文本新品种以解阅读之渴，方才得见剧界返青之兆。也许我这番话纯属恶作剧式的自戕，或者叫作梦魇式呓语，但我认定戏曲文本的文学性与阅读性群体性流失的观点至今不悔，而这种流失的再回归需要一种脱胎再造、打烂重铸甚至是经历一场非驴非马的骡变过程的观念也深信不疑。

不具备文学性、阅读性的戏曲文本并非没有舞台演出价值，而只有具备文学性、阅读性的戏曲文本才具有史存意义。

2004 年 12 月　霞予斋

（此文系作者为自己的剧作选《半个集》所作代序，中国戏剧出版社，2005 年 5 月）

乐仙耿玉卿

原先我不知道音乐的乐与快乐的乐为什么要用一个字？后来认识了耿玉卿，就知道了。“快乐”即是“音乐”，“音乐”便是“快乐”。耿玉卿浑身散发着快乐的乐与音乐的乐的混合物，文字无法一目了然地表达。乐中取乐，陶然若仙，我命名为“乐仙精神”，简称“乐仙”吧！

认识耿玉卿。记得是在1972年间。那时候我的《山鹰》刚演红，批判《山鹰》的革命浪潮也刚刚抬头，我处于一种兴奋与萎靡、快乐与悲哀之合并状态。有一天在剧院门外碰见了耿玉卿，我不认识他，不知道他是怎么认识我的，老远就打招呼：“庆华！”那声音，那表情，就像故友重逢一般。我一看，好英俊一个小伙子（别忘了那时候他才三十来岁），面如满月，眉清目秀，浑身透着一种潇洒。我用“一种潇洒”来形容，是出于时代背景的考虑。那时候，“文化大革命”时代，风度仪态的讲究都被视为“资产阶级货色”，怎敢“潇洒”？连“飘逸”也得小心点！即便是这样，那时的耿玉卿也显得很潇洒，当然是那种受限制的潇洒——干部头，中山装，蓝灰色式的潇洒，无法和他现在真正开放式的潇洒相比。他同我侃侃而谈，大赞我的戏写得好，而且向我介绍他是我的老乡，方城县豫剧团的，而且说他们团已经把《山鹰》由曲剧移植为豫剧，由他谱曲，演出非常成功，观众非常踊跃。当然谈的更多的还是他的曲子。他谈起他的曲子，眉飞色舞，满面红光，极尽夸赞。这时候我发现他夸赞他的曲子比夸赞我的剧本要多得多。接着便当着大街上熙熙攘攘的行人，向我唱起他谱写的《山鹰》段子来。

有人说，玉卿谱写的段子，唱的最好听的人是他自己。第一次见面，他便毫无顾忌地当街演唱，一下子把我吸引住了。他的曲子好听，声音更好听，配上他那眯缝着的眼睛，专业的夸张的口型和一双微微翘起的富有表现力的鼻孔，使人马上激动起来。这时候我忽然发现，我的唱词写得竟是如此之好，好得把曲子衬得更好。当然，玉卿不会同意我的观点，他的意见肯定是因为曲子好，才衬得唱词更好。反正是认识的第一面，感情就撕搅不开了，注定以后还得长期撕搅下去。不过，当时他的快乐立即感染了我，使我从压抑悲哀中快乐起来。

耿玉卿的“乐仙”精神不仅表现在得意之时，尤其表现在失意之时，更表现在受苦受难之时。记得在那场充满误会和灾难的十年动乱中，耿玉卿运交华盖，曾遭牢狱之灾。然而，狱中的耿玉卿，依然笑声朗朗，歌声不断，在唱中学习，在唱中写作，在苦中作乐，其“乐仙”精神表现得更为充分。他没有和历史较劲儿，没有和冤情较真儿，泰然看待这场误会。据说走出铁窗后的耿玉卿，比平时吃得更胖，脸色更好看，显得更年轻。也许是经过一场炼狱，凤凰开始涅槃，耿玉卿的技艺显得更成熟，人显得更干练，似乎参透禅机，洞悟人生，坚定地修行他的音乐道行去了。

和耿玉卿正儿八经的合作。开始于正儿八经的寻找。

大约是 1984 年吧，郑州市豫剧团要排演《情断状元楼》，请来的艺术指导兼导演是我省著名的戏剧大师杨兰春老师。杨兰春老师指明剧本由我改，音乐设计由耿玉卿来做。杨兰春问我：“耿玉卿，你熟悉不熟悉？”我如实交代：“说不上熟悉，仅有一面之交。”杨老接着说:“那小子是个人才,有灵气儿,搞豫剧音乐的,除了王基笑,我就喜欢他了。”而且对我一再交代:“你要想在郑州真正搞戏,搞出像样的戏,就必须纠集和创建你们自己的强阵容的主创班子,耿玉卿这样的人才一定要抓来。”

想不到杨兰春对耿玉卿评价这么高。虽然我和耿玉卿有一面之交,虽然我听过耿玉卿的当街演唱,而且我觉得他唱得非常好听,但无论如何没想到过他的水平级别。经杨老这么一说,我吃了一惊,于是下决心要找到耿玉卿。

带着杨老的垂教,我开始了“抓”耿玉卿的漫长征途。首先是寻找。那时候的耿玉卿处于“半失踪状态”,遍寻不见。电话联系不上,方城打听不着,老单位不知他的去向。那时候也没手机,有手机也轮不上耿玉卿买，那正是耿玉卿落难的时候，工资也没有,五个孩子尚小,一家六口指望着他这个大老爷们儿挣钱养家呢!自然他要闯荡江湖,卖艺打工,云踪鹤迹了。多亏我的一位宛城老友范先生终于帮我找到了耿玉卿,带去了我的问候,转致了相邀之诚意,叙述了三顾之情,终于使我们在第一次相见十年之后,再次相见了。这次相见是我们长期合作的真正开始。

搞的是“状元楼”,却没住状元楼。我们哥儿俩就住在我的办公室——既简陋又阴暗不足八平方的两间斗室。硬板床老棉被打发了三九隆冬的日日夜夜。没有餐厅,没有食堂,没有厨师,一日三餐“自产自销”,自己做,自己吃。耿玉卿让他的贤惠媳妇儿养坏了,不会自己做饭,连先放油盐后下面条还是先下面条后放油盐都不知道。我无法让他做饭,让他做出来我也无法吃,所以“劳役”只有我来服。月余的日子,都是我领锅掌勺,在那台既可取暖又可做饭的旧式煤火炉上,烹饪出五光十色、十香八味的汤面条、捞面条、糊涂面条来。当然,我们不光吃面条,著名表演艺术家王希玲还给我们送来好吃的,像鸡蛋、白糖、挂面———不过挂面也是面条。

吃住条件是简陋的，创作是愉快的。这一段合作非常值得回忆。我们两人的斗室墙挨着墙，我在这边改本，他在那边谱曲；我这边出来一段唱词，他那边谱上一段唱腔。他在那边哼哼唧唧，我在这边听得清清楚楚。开始觉得有点儿干扰我的思路，后来习惯了，听不见他的哼唧我反而无思路了。我每改出一段唱词或者玉卿每谱出一段唱腔，我们都要送到杨兰春老师面前听意见。杨老也绝不放过任何一段唱词或者唱腔的"终审权"，他总是催着我们"送审"，严严格格"过堂"，认认真真给我俩提出高难度的修改意见，甚至彻底否定、推倒重来的工程也不在少数。待戏排出之后，我们以一个观众身份坐在观众席中，听着那唱腔，看着那唱词，真比大热天儿喝两杯冰镇葡萄酒还舒服。尽管《情断状元楼》上演之初挨过不少骂，尽管有人讥讽"情断"的唱腔"六个剧种都有，就是没豫剧"。然而，《情断状元楼》持久的、卓越的、不衰的舞台生命力，是回赠给我们的最大安慰。该剧已成为郑州市豫剧团的保留剧目，演出七百多场，同时被三十多家剧团移植搬演。《情断状元楼》曾参加过河南省第一届戏剧大赛，名落榜后，没有得奖。但同时参加那届大赛的十几台金银大奖剧目早就不演了，有的赛罢就不演了，寿终正寝了，就这个《情断》的"情"还在"断"着。这应了老百姓的一句口头话"好死不如赖活着"吧！

《情断》的音乐唱腔是耿玉卿认识郑州而又被郑州认识的唱腔，又是耿玉卿"情满郑州"而又"扎根郑州"的音乐唱腔。谱写《情断》之前，耿玉卿还不是郑州人。杨兰春老师只说让我把耿玉卿"抓"来为《情断》谱曲，并没有说把人也调过来。即使杨老说了把人也调来，那也只能是建议，愿不愿调来，能不能调来，还得看郑州的态度。也就是说，看郑州市认识不认识耿玉卿这个人才的价值。威虎山上的八大金刚认不认杨子荣，就看那份见面礼"联络图"了；郑州市认不认耿玉卿，也就看你炮制的《情断状元楼》了。这个例子似乎不恰当，我也无意把郑州市比作威虎山，仅仅是想借此说明一种现象，这就是每个地方每个行当都存在着一种环境圈子，一种对新入境者审视、挑剔、希望你露一手的“口岸检验”心理。当时的郑州市并非没有音乐设计，也并非没有产生影响的作品。如果耿玉卿的第一手露得不在既有水平之上，露得不能让“海关关长”动心，“老九”的位置是很难坐上的。

《情断状元楼》的唱腔写出了该剧历史上的最高水平，写出了最美的抒情意境，也写出了豫剧追赶时代的崭新姿态。《情断》的唱腔，一改过去豫剧那种一味高亢、拼命狂放、不震聋耳朵不收兵的习惯沿革，尊重现代人的艺术审美取向，继承和开掘豫剧固有的优美抒情成分，巧妙而合理地吸收兄弟剧种唱腔的精华成分，也不排斥借鉴南戏婉转、咏叹、轻吟的唱法与板式。全剧唱腔听起来浑然一体，完整统一，又特异独具，清新悦耳，熏风醉人。从上海戏剧学院学习归来的我，当时十分醉心话剧。不喜欢古装戏，更不愿沾手古装剧。之所以接受《情断状元楼》的改编任务，完全是碍于老领导的面子和杨兰春老师的托付。然而，当我坐在剧场里，完整看完《情》剧的彩排后，我被耿氏唱腔迷醉了！因而也从此爱上古装戏了。记得当该剧演出 30 场后，我还写了一首五言律诗，以作纪念。诗曰：

明明中州韵，
浑觉南国音。
绕梁三十日，
撩逗四万心。
既欲开新路，
自会换旧锛。
满池蛤蟆叫，
皆因春已深。

一个《情断》，显露了耿玉卿的才华。郑州市文化局和郑州市豫剧团果断拍板，决定调耿玉卿到郑州，而且立即发函至耿玉卿的原在单位。“人才成长,全靠争抢”。郑州一要人,耿玉卿原在单位反而觉得人才离得这么近,耿玉卿不能轻易放走。为了留住人才,耿玉卿在“文革”中的冤假错案很快得到了平反昭雪,未发放的工资也予以集中补发。然而。郑州要人决心已定,不惜疏通各种渠道,包括搬动杨老出面说合,终于把耿玉卿一家五口迁进了郑州。

和耿玉卿的不解之缘自此结下，艺海浪迹二十载，如影随形,棒打不散。除《情断状元楼》外,我和他还合作了《半个娘娘》《生儿子大奖赛》《春秋出个姜小白》,乃至于不久前的《新版·白蛇传》。剧本作者和音乐设计既是一对朋友,又是一对冤家。和谐的时候是朋友,不和谐的时候是冤家,既和谐又矛盾的时候,既是朋友又是冤家。我的朋友中,既有剧本作者,又有音乐设计。我常听到剧本作者朋友抱怨，因为音乐设计的曲子写得不好而影响了演出整体效果，又常听到音乐设计朋友抱怨因为剧本作者的本子写得不好而影响了演出整体效果。这是一种纯冤家状态。这种纯冤家状态在我和耿玉卿之间体验不出。我们之间体验的最多的还是那种十分默契甚至沆瀣一气、一个鼻孔出气的艺术和谐。即使也有争论,有冲突,有做冤家的时候,但那也是“不是冤家不聚头”的那种冤家,不管怎么冲撞,就是撕搅不开,而最终达到更高层次的和谐,而最终互相成为他是我的吹鼓手,我是他的吹鼓手。当然,我们之互为“吹鼓手”,绝非一般意义上的相互吹捧,相互抬高,而是一种由衷的认可和赞赏。说是惺惺相惜也未必过分。我和耿玉卿的每次合作,总是一次美好的回忆。玉卿的人缘好,又风趣幽默,不管什么场合,只要有了玉卿,气氛马上活跃起来,在轻松愉快中完成创作任务。我没有测验过玉卿的文学功底有多么深厚,但我赞赏他对词道的讲究。他有时候偶然在我的唱词中改上一两个字，让我佩服得心花怒放。远的记不清了,举个最近的例子。《新版·白蛇传》第三节许仙上场有六句唱,原稿是这样：

许　仙　(唱)娶了媳妇发了家，

许家药铺开俩仨。

娘子医术惊天下，

除瘴祛疾安千甲。

夫妻恩爱更无话，

天天归来献束花。

玉卿拿到唱词后，关着门琢磨了半晌，没有动笔，最后敲开我的门，向我提出，“夫妻恩爱更无话”这一句能不能改两个字？我问，改哪两个字？他说，“更无话改成不用话”，可不可以？我一听立即拍案叫绝，说“就这么定了”！当时我并没告诉他，这一段唱词就那么一句费功夫，这一句中就那么两个字费捉摸，它已经伤了我大半天的脑筋了，一直没有找到合适如意恰到好处的词，想不到耿才子帮我找到了。他不但是作曲家，而且是唱词考究家。

耿玉卿差一点儿丢失，我也一直担心耿玉卿要丢失。因为他的大女儿在美国，是美国人。女儿女婿一直想让父母到美国长期定居，颐养天年。而迁居国外享受现代化和高科技，又成为当今的时髦。耿玉卿也确实出国了。夫妇二人揣上长期护照乘上波音747飞跃大洋降落到美利坚合众国一个美丽的城市。那里的天是蓝的，云是白的，水和空气一级纯净，步行十里皮鞋上沾不上灰尘。女儿有两辆高级轿车供父亲随时兜风潇洒。然而，耿玉卿只住了一个月便回来了，回到他那方向正不正、斜不斜的第四层小楼上(注意：那时候美国的世贸大厦还没爆炸，恐怖事件还没发生，也绝不是耿玉卿有超强的未卜先知的预见功能)。问老耿为什么这么快就回来？他光说“不中，不中，咱生就的中国命，过不了洋日子”。我说，“是不是在国外找不到音乐家的自我”？他欣然大笑，十分赞同。

耿玉卿是中国的,耿玉卿是河南的,耿玉卿是豫剧的。

这就是耿玉卿。

2001年10月2日　郑州　霞予斋

(原载《耿玉卿戏曲音乐艺术》,中国戏剧出版社,2002年4月)

吾师真人杨兰春

杨兰春老师走完了属于他的89个春秋，静静地、悄悄地、毫无惊动地离我们而去了。听到消息时我正在太原，立马安排往回赶，心想一定要和老师见上最后一面。哪知道第二天便获知“翌日火化”，时不待人，我是无论如何赶不上了。亏憾之中心生抱怨：是谁对这位功勋卓著的老人缺乏感情，把追悼会安排得这么匆促？这么薄于人情？据闻北京的朋友，上海的同仁，全国各地的至交，乃至中宣部、文化部、国家剧协的代表们大多都因时间匆促而无法赶到，甚至无法通知到。当然，最亏憾者还属“杨氏三徒”——山东的孙月霞、江苏的薛明、河南的孟华——这三位当年被杨兰春当面认录的三弟子。孙月霞联系不上，薛明食物中毒，孟华羁旅太原。薛明在电话中泣不成声地说：“追悼会难道不能延缓两天吗？为什么如此仓促？连赶路的时间都不够，怎么为老师送行啊！”……我抓起电话，打给了杨兰春的儿子杨光，痛心而又愤懑地询问“仓促草殓”的原因。杨光悲伤有加地告诉我，不是晚辈们有意仓促，也不是主持者有意草殓，而完全是按照父亲的遗愿安排的。原来两年前的杨兰春对自己的后事就做了交代：一切从简，不要惊动人，不要给别人添麻烦。早点把骨灰送到两个故乡——河北武安的朝阳沟、河南登封的朝阳沟。

“一切从简，不要惊动人，不要给别人添麻烦。”

原来如此。原来这都是老师自己对自己的安排。“一切从简”，真简单得可以，灵堂就设在旧窗旧门旧桌旧凳自己住了一生身外无长物的简单住房里；“不要惊动人”，怨不得家人不敢广泛告知外界。20 世纪后半叶全国四大导演之一、中国戏剧家协会副主席的杨兰春称得上公众人物，应该有着四方亲朋八域好友，星宿陨落，大地颤抖，起码长明灯燃烧七日，等待亲友一聚隆重一奠吧？然而，一个“不要惊动人”的交代，便悄悄地、轻轻地、不知不觉地自己消失了；“不要给别人添麻烦”，怨不得家属不向任何单位任何上级任何人提任何条件，而且对吊唁者无论亲疏远近一概拒收所有各类礼单，就连一份讣告也是身为记者的儿子在请假时被报社总编辑追询问知而发出的。

这就是杨兰春。几句朴素淡泊的遗嘱，把自己一生的最后一幕戏写得完整而统一，也在当今社会这块大画布上存置下一块醒目的留白，这块“留白”，供人思索，引人反省。如今的社会，富裕了，讲究了，常见丧葬大礼日益攀比，日趋隆重。豪车长仪，十里白幡，鼓乐晦天，礼单如瀑，尤其讲究以出席者的身份名誉官职等级来考量死者的社会评价与追悼会的排场规格。但是，杨兰春不管这些，不在意这些，不理会这些，我行我素地安排自己的后事，本真地去做人做仙。这就是杨兰春。

回来晚了，没赶上遗体告别，憾甚。薛明电话嘱我到家之后无论如何要代表三弟子向老师补献花篮焚字祭悼告慰英灵。我没有做。不是不愿做，而是不敢做。面对杨兰春这样一个真人，一切不切实际的张罗都显得那么假。尤其害怕用矫情造作的假去亵渎老师的真。

虽然没去做，却时时躲避不开与老师的对视。那峭直的鼻梁，陡峭的脸颊，犀利的眼神，敏捷的思维，机趣的话语……人很瘦，但没人敢说他瘦。那叫铮铮傲骨。无骨不见其傲，倨傲尽显其骨。毛泽东主席曾赞“鲁迅的骨头是硬的”,也是赞骨头。肌肉再丰腴,表现不出傲气。这嶙嶙瘦骨似乎专为如杨兰春这类的傲人准备的。但杨兰春的傲是分场合的,看原则的。对老百姓、对观众、对同事、对朋友、对弟子们,从未见其要傲,相反尽见随和,甚至随和得有点“柞皮”。豪华的沙发不坐,他要蹲在地上;山珍海味不吃,四下寻找面条;逢年过节辞却高规格的团拜,谢绝大官员们的看望,一个小竹篮提上挂面鸡蛋酒精炉住进深山老乡家。这种随和谁能习及?然而,在大是大非上,在维护尊严上,在守护品节人格上,杨兰春的傲是出了名的,也是令许多不了解其个性的人们吃惊的。其犟其倔,堪称“倔倒南山,犟断牛绳”。追悼会上有副长联的下联是“生倔犟死倔犟难描难绘杨兰春”,写得何等知情何等识性何等惟妙惟肖啊!

初到杨兰春家的人，都对这位大家之家的简陋和清贫感到吃惊:地无瓷砖一片,墙无壁纸半张;50年代桌椅,70年代门窗。经济社会教人疯狂积累的财神爷似乎忘掉了杨兰春，连他的声誉、名望、头衔、身份都不照顾。按照市场经济的游戏规则,这些东西是可以赚钱的呀！一位搞文化市场的朋友说,“杨兰春”和“朝阳沟”名字本身就是一种无形资产,其品牌价值在数百万之间。如果留心包装,着意炒作,延伸经营,何愁财神转眼不来?然而,面对汹涌澎湃的经济大潮,面对以富为荣、以贫为耻的撩人社风,也有人心如止水,超然以笑,侧目以嘲,安贫乐道,静以守真。这就是杨兰春。

作为代表,带着三弟子的愧憾,到家看了看杨师母。师母告诉我,骨灰已被河南、河北两个朝阳沟的乡亲们接走了,连他平时的生活用具也一起带走了。特别是他逢年过节上山下乡提的那个竹篮子、酒精炉也拿走了。两地的朝阳沟都要办展览。但杨师母念叨最多的是担心那个酒精炉别人不会用,看不懂,讲解不清楚。那是一个戏迷钳工师傅精心为老杨做的,是老杨的心爱之物。师母反复向我比画述说那酒精炉的使用方法……

（原载《剧本》2009年第8期）

艺术与史龄同岁

屈指算来，海连池已经七十高龄了。然而，他依然不间断地登台，依然在唱小苍娃，依然还是小苍娃。只要小苍娃那派纯朴、浑圆、稚美、亮耳的唱腔在空中飘散荡漾的时候，观众心目中储存的小苍娃形象就立马活跃起来——那形象还是三十多年前的老样子，还是那个鼻子间涂着白色梅花瓣，头顶扎着冲天小辫，小辫上缀着小红花的传统美德化身的善良少年。这形象在观众心目中定格了。这形象也在海连池寿命中定格了——老海不老，老海永远活不老。秦始皇当年普天下寻找不到的不死药原来存在于艺术之中。艺术可以使人不老，艺术可以使寿命定格，艺术可以使人与史龄同岁。

中国戏剧的历史，有人说从汉代开头，有人说从宋代开头，有人说从元代开头，也有人说从更早的东周开头。我是赞成从东周开头的。东周时期的楚国有个“优孟衣冠”的记载，说的是当时楚国有个宰相叫孙叔敖，辅佐楚王，成就霸业，功高无量。但他死后，妻儿老小衣食无着，穷得无隔夜之炊，儿子只好捡柴为生。当时的宫廷乐人优孟看不惯朝廷中这种亏待功臣、寡情忘恩的宫习，便化妆成孙叔敖模样，穿上孙叔敖当年的朝服，混入朝班。楚庄王发现后，竟然以为孙叔敖又活了，满朝文武也以为孙叔敖死而复生。楚庄王忙置酒相待，并且重新任命为宰相。优孟说："请等等，我要回家和夫人商量商量。"两天后优孟又入朝，楚庄王赶忙问："你夫人什么意见？"优孟说："不行啊，夫人不叫干哪！她说你以前跟楚王干，又忠心，又廉洁，辅佐楚王成就霸业。可你死后，咱家无立锥之地，儿子穷得卖柴养家。你孙叔敖要再干宰相，还不如再去死一次。"接着唱道："本想做贪官，家财堆成山。子孙有福享，不愁吃和穿。可叹做廉吏，耿耿为社稷。死后妻儿苦，缺食又少衣。"楚庄王听后幡然醒悟，知道是优孟用谐谏的方式为功臣说好话，当即谢优孟，并且召来孙叔敖的儿子，封他个寝丘四百户爵位，十世不绝。

这个优孟应该是最早的表演艺术家，演技绝佳，把楚王和满朝臣宰都唬住了。他不但演得逼真，而且唱得出色，当廷一板唱，不但唤醒了君主的良知，而且改变了功臣待遇政策。这个优孟也应该是表演艺术的奠基人，至今演员仍然称作优人。

有意思的是，每每看海连池演出，我常常想到优孟。这念头我也说不清是怎么会顺影顺声油然而生的。我这把年纪的人，看的角色多得是，看的丑角多得是，看的《卷席筒》(旧名《碧玉簪》)的演出版本和演出班子也多得是，唯独看连池的演出感受不同。看了连池扮演的曹张苍，我才吃惊地发现这出传统戏这么优秀，这么精彩，这么感人，这么有价值，这才是真正意义上的精品。当年的中国剧协主席、著名剧作家曹禺先生看了连池的演出后，十分感慨地说：《卷席筒》是中国的莎士比亚！连池扮演的曹张苍，虽然也是丑角打扮，但你感觉不到他是丑角；虽然他演苍娃时已经三十五六岁了，但你感觉他才十五六岁；虽然连池的嗓音又粗壮又宽厚，你听起来却是那么的又柔弱又稚气；虽然观众明明知道他是在唱戏演戏，却又相信那人物个性的逼真、人性的逼真、生活的逼真、善良的逼真；虽然他的表演手段并不见得有多少"绝活""高招"，但观众不得不着迷地被他牵着走，随着他哭着笑、笑着哭……连池把人物演活了，演真了，演绝了！如同两千年前的优孟衣冠，让人分不清他是孙叔敖还是乐人优孟，舞台上的海连池，也让人分不清他是海连池还是小苍娃。这种角色与演员的融合与倒错感，以至于延伸到生活中，竟产生出一种品牌效应，被企业家的慧眼看中，“海连池”和“小苍娃”已经被注册为两种酒的牌子了，广销城乡，大受欢迎。

在荣誉面前，海连池是个弱者，不争，不抢，不捞，不斗。这赛那赛，这奖那奖，盖如过眼云烟，心淡如止水。艺术界流行的“塞一律”“潜规则”，与他无缘。然而，在艺术面前，他又是个强者，从来未被苦、累、难、病吓倒过，为了他的观众，为了他的戏迷，他可以赴汤蹈火。“上帝是世界的主宰，观众是艺术的主宰。咱一个唱戏的啥都不信，就信观众，观众就是上帝。只要把观众伺候好了，啥都有了。”海连池的观念虽然老旧，但极有个性，真情铁癖，言行统一。海连池爱说“十三块板”，他有个“十三块板”情结。所谓十三块板，是舞台的一种形象说法。过去农村唱戏，打麦场，荒草地，几根木桩，一堆木板，一撑一搭，就是舞台。那年代的戏剧，才叫真正的草根艺术。海连池至今忘不掉那十三块板，足见对传统怀念之深，对戏剧原始形态怀念之深，对草根艺术怀念之深。拥有十三块板情结的海连池，也拥有广大的草根观众，拥有最基本观众群。海派艺术就是扎根在这种基本泥土之中，这是戏剧最自然的生态，既绿色，又环保。具有这种生态环境的海派艺术，自能枝繁叶茂，绿树成荫。

老海活不老，海派艺术永远年轻。

（此文系为《海连池艺术评传》所写序言，河南人民出版社，2011 年 12 月）

海连池碑文

苍娃何在？闾巷尽闻尔唱。明星埋兹，此土习习生辉。海公连池，禹州生人。少小勤勉，童肩荷担养家；天资聪慧，无师自通丝竹。束发入科班，脱颖而出惊四座；弱冠已成角，生净末丑揽全行。一出《卷席筒》，令天下遍唱苍娃调；十万海派戏，叫百姓尽成曲子迷。引领郑州曲剧，辉辉煌煌半世纪；创下海派艺术，煊煊赫赫蔚成风。弟子莘莘壮壮，遗业璨璨璀璀。其妻张健，镇平县人。台下铁粉，幕后贤助。艺苑结发，一生伴侣。佐夫为任，旺夫为命。夫唱妇随，不离不弃。海公一二仙升，享年七十有二；张健一三鹤随，凌霄陪奉真主。呜呼！先人福德荫后辈，宗嗣才智绵子孙。

送老潘，念永长！

老潘走了。

人来世上，如居客店，终有一走。而老潘的走，多多少少还是有些意外。他是个个性特强的人，俗称“别倔头”，死不服输，在与病魔打交道的漫长过程中，他几乎是节节胜利者。远在1962年的自然灾害中，他就得过浮肿病加肝硬化。多少和他患同样病的小伙子相继倒下，投奔了马克思。而老潘坚持说他不姓马，阎王找不着他的事。肝硬化不让抽烟喝酒，他是又喝又抽，也不吃药，与病魔对着干。结果愣是浮肿病消退了，肝硬化消失了，胜利地挺过自然灾害。20世纪末他又因糖尿病、心脏病住院，报了病危。医生为被抢救过来的老潘开出禁忌一大堆。而出了院的老潘便不听约束，从不忌嘴，肥吃海喝，每天早上喝一大碗羊肉汤，羊肉汤里泡上一斤羊肉，长年累月，从不间断。结果身体转胖，健康日增。医生见他吓了一跳，以为他死而复生。十多年前他又患了食道癌，医生预言他的寿命多则年半，少则半年，做手术也许可以延长两年。而老潘坚决不做手术，依然我行我素，我快我乐。食道癌忌荤忌酒，而他逢肉必吃，遇酒必喝，隔三差五还要亲自下厨烹炸大盘鸡翅佐酒独酌。医生的预言在老潘身上是不灵的，他竟多活了十好几年！

不过这一次没能等来老潘的彻底胜利，最终被病魔夺走了生命。这对于熟知老潘的我来说,颇为失望。

我与潘永长既是老乡,又是少年同事,堪称“发小泥友”。潘永长脸黑,又一脸连鬓胡子,长相老,所以从少年时期我们就喊他“老潘”。从南阳专区歌舞团,到郑州市文工团,再到郑州市话剧团,我们哥儿俩都在一起。而后,他去了文化局,我去了晚报社,哥儿俩分开。而他的音乐天才,是我们分开后发挥出来的,所以令我吃了一惊。而照他的话说，我的文字功力又使他吃了一惊。这就是我与他的处女合作作品《山鹰》的话题。在“文化大革命”的文艺洪荒年代,他被文化局派到曲剧团指导工作。当时作为行政干部的他,竟然想到创作。他约我为曲剧团写一个剧本。而正处于《郑州晚报》停报其间的我,恰恰有时间写东西。仅仅七天时间,《山鹰》出笼。1972 年春节,外边放鞭炮闹大年,屋里我们哥儿俩切磋《山鹰》唱段。该剧由高桂枝、张新芳、王留柱担纲主演,一炮走红,轰开了文化专制的铁幕,开创了曲剧艺术的新天地。全省当时一百多个剧团,纷纷搬演《山鹰》。就连安徽、河北、山东、陕西、贵州、内蒙古、新疆等地的一些剧团,也来投奔曲剧团学戏搬戏。记得当时的兰州豫剧团一名女演员,带着介绍信,千里迢迢来拜潘永长为师，把曲剧唱腔原封不动地搬回兰州豫剧团，竟然使豫剧团改演曲剧。可见当时潘式曲剧音乐魅力之深,影响之广。初试刀笔,效果不错,我俩好一阵陶醉,他佩服我的唱词,我佩服他的音乐,互相吹捧个没完。哪知快乐刚到,祸事即来,此剧传到北京,被当时“四人帮”控制的中央文化小组扣上了四顶大帽子(中间人物论、战争恐怖论、阶级斗争熄灭论、反火药味论),打成“大毒草”。批判的大字报铺天盖地而来。我这个大毒草的炮制者面临“被打翻在地,再踏上一只脚”的险境。我吓得到处躲藏,不敢见人,悔恨不该掂笔写作误蹈泥潭。而老潘却挺身而出,和批判者辩论,与禁演者争吵,而且陪着我进京上访,申诉清白……直到粉碎“四人帮”,《人民日报》发文章为《山鹰》彻底平反之后,老潘携酒搁肴,登门与我痛饮,劝我重启久封之笔。

《卷席筒》的唱腔音乐应该是潘永长的金榜之作。接受此剧音乐唱腔设计任务的时候,改革开放的幕条刚刚拉开一道缝。“三突出”“高大全”的喊叫声犹在耳畔萦绕,曲剧多靡靡之音的极左论调尚且挟持着人们的思维。而老潘不顾这些,他兜底释放出他多年的曲剧唱腔素材积累,排除极“左”思潮干扰,完全按照艺术原则进行取舍,根据演员嗓音条件,以三百多个曲剧曲牌为基础,谱写出全新的《卷席筒》唱腔。该剧一经推出,即见爆棚,偌大的人民公园露天剧场拥有一万多个席位,场场座无虚席,连演数月而不衰。当年的常香玉大师见了潘永长也羡慕地说:“老潘哪,你们的戏名字应该改了:《卷席筒》不叫卷席筒,叫‘卷钱筒’。”《卷席筒》的确创造了那个时期的上座之最、票房之最、连演之最、轰动之最,创造了曲剧盛世。当然,人们看到的,是台上的演员,陶醉的是演员塑造的人物和海连池那美妙的富有魅力的嗓音,而很少去注意幕后谱写唱腔的作曲家。然而,那成堆的曲谱、密密麻麻的音符,会记住黑脸老潘的辛劳与功劳的。

永长兄写作不用电脑,所以那不大的书房全叫手稿占满了。我没有统计过他一生写了多少作品,单讲知名的(除《卷席筒》之外)就有《祥林嫂》《赵氏孤儿》《五福临门》《阿Q与孔乙己》《郑八怪娶亲》……几乎是着手成春,篇篇见佳。然而,最让我怀念的,还是我们老哥儿俩最后一部合作作品:《榆树孤宅》。

《榆树孤宅》的音乐唱腔,当是老潘的顶峰之作。这个“顶峰”之评,经得起国际的检验,它迷倒了大批大批高鼻子蓝眼睛的外国人,被美国人誉为“中国歌剧”。曲剧版《榆树孤宅》是根据美国著名剧作家尤金·奥尼尔的作品《榆树下的欲望》改编的。该剧由山西省话剧院国家一级导演谢亢执导。潘永长作曲。老潘在这部作品中倾注了足量心血,表现出纯熟的技巧,臻于艺术佳境。他把洛阳曲剧、南阳曲剧以及大调曲子完美地融合在一起，创造出既委婉又大气、既小巧又激越、既妩媚又狂浪的一台优美绝伦、独领风骚的唱腔。潘永长曾经得意地把出自他手的曲剧标称为郑州曲剧。《榆树孤宅》的推出，使郑州曲剧跃上一个新高度。

《榆树孤宅》最早是被美国格林奈尔大学戏剧系著名教授山蒂先生看上的。山蒂先生只看了一遍，立即与郑州市曲剧团签订了赴美演出协议。其间恰恰遇到了美国遭受“9·11”恐怖袭击。海关封闭了赴美的一切交流。曲剧团以为此事告吹。哪知道美方在第二年坚持继续履行协议。有史以来的曲剧旅美演出竟得实现。《榆》剧在美国演出其间，没有组织过华侨包场，更没有委托过同乡会或其他一些华人联谊机构帮助解决票务问题。场场观众几乎全部都是高鼻子蓝眼睛的美国人。但他们看得津津有味，听得痴迷入神。在既无字幕、也无音响、观众又爆满的剧场里，静得可闻银针落地，动情处又是经久不息的掌声。我曾经思考过这个问题：《榆剧》的剧本虽然是我改编的，但是在这种异国他乡演出，一无翻译，二无字幕，为什么演出效果如此之好？什么力量把美国观众感染得如痴如醉？我不否认原作者是美国人，故事是美国故事，这是一把打开两国艺术隔层的钥匙。但是，真正让河南曲剧沟通美国观众心灵的，乃是曲剧音乐。这种极富民族地方色彩、独具神州中原风情的、美妙无比的曲剧音乐，彻底打动了美国人，征服了美国人，使他们不顾考察这个剧种的来历，追究曲种的出处，盖以“中国歌剧”誉之。曲剧《榆树孤宅》在美演出近一个月时间里，所有海报及媒体均以“中国歌剧”标注该剧。“中国歌剧”四个字，是曲剧唱响国际、以高雅身份跻身国际音乐殿堂的最好证明。

鉴于本次合作的成功，美国方面一再要求继续第二、第三次合作。我也应邀改编出了下一部奥尼尔的作品：《马可与公主》。老潘宣誓般地把这部作品作为他的封笔戏。在一无稿酬、二无签约的情况下，他独自封闭了一个月，便谱完了全部唱腔曲谱。在接下来的日子里，他逢人便念叨该剧的催排。看见合适的演员就让他们学唱腔。他一本正经地对我说："《马》剧是老哥的封笔之作。我不是想再次出国，我的身体也不允许再次跨洋颠簸。但是，我仍然希望曲剧的跨国交流再次成功。只要我能看到《马》剧成功排出来演出来，我这双眼睛就会笑着闭上了。"

老潘走前的一个礼拜我去看了他。他脸上的确缺少笑容。他在挂念家，挂念妻子，挂念孩子、孙女，当然也在挂念曲剧，挂念他的最后一部曲剧作品。我对他说，我们都是退休老人，不可太痴情，痴情会夺走笑容。少些执着，多些笑吧。

追悼会上，我见老潘的遗容还是有了一点笑。

（原载《东方艺术》2012年12月增刊）

念光武

光武是个有才华的人。

光武是个有激情的人。

光武是个痴迷艺术的人。为了艺术,他可以丢掉一切。他总是先艺后家,先艺后我,先艺后友,先艺后利。

为了艺术,他很会拼命,很会折腾,很会谋划,很会燃烧。在燃烧过程中,他优点发挥无遗,缺点也暴露无遗。人都有优缺点,一般情况下,人们都是想尽办法张扬优点,掩盖缺点。但光武不掩盖。他不是不想掩盖,而是没办法掩盖。一下排练场,他就失控,全身心投入艺术创造的滚滚沸汤之中,痴迷、冲动、沉醉、失去常态。要说,艺术讲究痴迷、讲究冲动、讲究沉醉,尤其嘉誉失去常态的艺术创作为最佳情景。这就叫忘我吧。人在忘我的时候,一切都裸露了。优点裸露了,缺点也裸露了,一切都逼真地推成大镜头。在今天这个连"人"都能作假的社会大前提下,太裸露、太逼真,那是要吃亏的。得罪人吧?搞不好关系吧?傲气吧?翘摆吧?个性强吧?……尤其随着光武成绩做大、名声做响、荣誉做高,这种行间的评语不时可以听到。

我熟悉光武的成功,更熟悉光武的失败。因为许多失败是我们的共同。比如《半个娘娘》,我们本可以一起腾飞,却意外遭遇棒杀而一起跌落；我熟悉光武的富有才华的创造和贡献，更熟悉光武无数次的功亏一篑、荣誉旁落的遗憾与惋惜。比如《春秋出个姜小白》，比如《榆树孤宅》……基础打好，梁柱架齐，而产权却拱手送人。

我怀念成功的光武，更思念功败垂成的光武。这个时候反而能够留给我最多最多的回忆：他那活跃的思路，超常的胆识，不懈的韧劲，疯狂的精力，出色的创造，满头满身的汗水，大腔小调的争吵，童子般的喜悦与满足。尤其是他对挫折、对失败的无怨无悔、积极向前的乐观人格，令人永远难忘！

2009 年 6 月 28 日

你是一滴水

你是一滴水，晶莹透亮，
你是一缕烟，烟雾缭绕。
你是一口气，气贯长虹，
你是一线光，光彻宇宙。
你是一个谜，奥秘无解，
你是一片梦，瑰丽斑斓。
你是一驾仙，天宫永驻，
你是一尊神，万世香火。
本来，你只是一个人，一个真真实实的人，
你的成神之路，就是一篇短文——五千个字，百把句话，
人们就记住了你，把你奉为仙，举为圣，塑成神。
话不在多，珍言如玉，
文不在长，惜墨如金——
讲出至理，道出真谛，人便成仙，士便成神！
且看今朝的著作如山，书籍如海，辞章汹涌，大话倾盆，
有几句被人记住了？信服了？录存了？膜拜了？……
反倒是人心渐空，是非渐乱，信仰渐无，道德失根！
问问李耳吧，学学老子吧：

话不在多,珍言如玉,

文不在长,惜墨如金;

讲出至理,道出真谛——寻找当代的书山奇峦、文海精灵、当代老聃、人中真神!

寄言利宏

——写于“李利宏导演艺术研讨会”

春天徜徉花圃，夏天凉亭观棋，雨天空山远眺，旱天湿地呼吸——这感觉何似？看李利宏的戏。

没有哗众取宠的耍弄，没有似是而非的掘取，没有不惜重金的堆砌，没有刁钻古怪的绝技。但是，你慢慢看吧，总有让你眼睛一亮的新奇。

既不拒绝老套，也不排斥通俗。要幽默，他有大幽默；要严肃，他有大严肃。他做的活儿，乍一看，也很平常。但再一看，你会发现一点、又一点不平常；他摆弄的玩意儿，猛一瞅，也没啥出奇。但慢慢品，你会品出一道、又一道出奇。他上来的菜，有萝卜白菜，也有地瓜山芋。但那味道，蕴着十三香的盐泽、六必居的处理；他捧出来的糖果，也是寻常的包装，也多惯见的口味。但你认真嚼一嚼吧，你会发现，很耐咂摸，很有味道，因为那是酒心巧克力。

和利宏合作，会很痛快，很惬意，很少生闲气。他很活泛，也很谦虚；他很温柔，又很仗义。陌生不久留，很快成知己。责任出来了，他勇于自揽；成绩出来了，那是大家的。他导演的戏，总是兼收并蓄，那么浑然一体。常常分不清：哪是导演的，哪是编剧的，哪是演员的，哪是作曲的……突出的感觉是，这来自出成绩的集体，此乃是集体的成绩。

利宏还小，正当年纪。三月杨柳，六月芙蕖。前途无量，正前方是数不尽的阶梯。人才的成长，固然靠国家、靠领导、靠组织、靠单位的培养，但最根本的是靠自己。成绩是从前，荣誉是过去，赞扬是一阵风，捧场是两口气。建树飘扬全国的中原大旗杆，还靠你自己，鞭打自己的你！

2011年3月4日

（原载《李利宏：导演诗人》，河南人民出版社2013年10月）

百戏精英聚梨园

嵩岳东，黄河南，
百戏精英聚梨园。
金曲醉心魂欲断，
美韵绕梁人忘年。

中州地，中州天，
中州舞台几多宽？
夏商周秦大汇演，
汉唐宋明一弦翻。

世纪新风开新卷，
世纪擂台设三千。
风云际会唱时代，
海纳百川汇英贤。
放眼望：
京韵豫梆、秦腔汉调、南傩北转、西咏东叹、争艳斗奇翡翠战，
打造个中原梨园大观园！

2012 年 3 月 4 日

梨园春·内乡县衙专场

内乡县衙传佳话(开场)

天子威德布天下,
国运兴衰看县衙。
虽然说,七品县官芝麻大,
它却是:龙的脉,龙的甲,龙的汗毛龙尾巴……
龙吟龙叹龙叱咤,
县衙都有龙风飏!
自古来内乡县衙留佳话:
春耕扶犁百姓家!

张岫云、马金凤获得豫剧艺术终身成就奖颁奖词

张岫云：

七十年前，她就闪亮在戏剧星空。命运之神托付她天女散花般的使命，她把中州豫剧之花撒向缅甸，撒向越南[1]，撒向祖国宝岛台湾。在她的呵护下，豫剧在台湾生根，开花，结果，枝繁叶茂，蔚为大观。台湾豫剧皇后出现了，她是太后。

马金凤：

昵称剧坛寿星，美誉洛阳牡丹。她因豫剧而年轻，豫剧因她而璀璨。她拥有四代观众，她寄托着五大名旦的历史挂牵。马派艺术溪成河，河成江，江成海，她仍然在挂帅，她演绎着九十登台的梨园神话。她是不老仙。

注：[1]资料显示，张岫云和丈夫于抗日战争后期，随黄杰部队离开中国，进入缅甸，转驻越南，组织河南同乡，成立中州豫剧团，慰藉乡情。

泉州探友兼赏《陈仲子》

鲤城观梨园，
恍然入宋元。
管弦鸣瓦肆，
脚鼓[1]起勾栏。
慢头[2]闻仙度，
长寡现珠帘。
妙哉陈仲子，
杰作又一篇。
哲思嵌辞缝，
讽喻镶曲边。
贞廉若大愚，
窘苦似大贤。
别兄弃锦衣，
拒相灌瓜园。
半李宁三咽，
愧先碎水坛。
百人百眼看，
贤愚何茫然！

我道王三寡,[3]
又设一个圈。
入圈费品评,
耗汝茶酒烟。
世有陈仲子,
遍地发儒酸;
世无陈仲子,
天下尽奸贪。
宦场金如海,
唯缺劝善官。
亏君造虫圣,
长歌呼蚓仙!

仁杰大作观后不忘,遂录实感以念之。

白水散人孟华戊戌深秋

注:[1]脚鼓——鼓师放脚于鼓面,控制鼓音高低变化,妙极。

[2]慢头闻仙度,长寡现珠帘——慢头、长寡都是梨园戏曲牌,仙度朱帘是元明杂剧名伶。珠帘,珠帘秀。

[3]王三寡——对《陈仲子》编剧王仁杰先生的戏称,盖因王仁杰先生有三个寡妇戏闻名全国,故名。

[4]虫圣,蚓仙——陈仲子与蚯蚓比廉,看似荒唐,实寓极志劝善之心,堪为仙圣。

《咏桂》一律

掩映华窗若何载？
一身青翠终未改。
不希繁花争春茂，
但将素蕊向秋开。
爽爽落落送暑去，
孤孤傲傲迎寒来。
非经风霜刀剑苦，
哪得芳波溢九垓。

《咏桂》一律，写于二十庚。时居歌团群舍，吾铺临窗，窗外一树老桂，伴宿数载，常青不易，春来默默，秋寒香夺群芳，遂有一叹。乃平生第一诗咏也。

白水散人八十随录　己亥春

图书在版编目(CIP)数据

孟华戏剧文集 : 1–5 卷 / 孟华著.
— 北京 :中国戏剧出版社,2019.11
ISBN 978-7-104-04813-8

Ⅰ. ①孟… Ⅱ. ①孟… Ⅲ. ①戏剧文学–作品综合集–中国–当代
Ⅳ. ①I230

中国版本图书馆 CIP 数据核字(2019)第 119362 号

孟华戏剧文集

责任编辑:曹　静
特约编辑:李红艳　李小红
责任印制:冯志强

出版发行:中国戏剧出版社
出 版 人:樊国宾
社　　址:北京市西城区天宁寺前街 2 号国家音乐产业基地 L 座
邮　　编:100055
网　　址:www.theatrebook.cn
电　　话:010–63381560(发行部)　010–63385980(总编室)
传　　真:010–63383910(发行部)

读者服务:010–63387810
邮购地址:北京市西城区天宁寺前街 2 号国家音乐产业基地 L 座

印　　刷:河南瑞之光印刷股份有限公司
开　　本:710 毫米×1000 毫米　1/16
印　　张:108
字　　数:1357 千字
版　　次:2019 年 11 月北京第 1 版第 1 次印刷
书　　号:ISBN 978-7-104-04813-8
定　　价:598.00 元(全五卷)

项目单位：郑州市艺术创作研究院
项目主持：孟丛笑
书名题字：孟　华
装帧设计：韩　雪
排　　版：张东青

孟华戏剧文集

③

MENG HUA'S DRAMA COLLECTION

戏剧文集

孟华/著

中国戏剧出版社

目 录

卷 三

小剧场豫剧（根据鲁迅同名小说改编）

卷三／伤逝

Shang shi

人　物　史涓生　子君　鲶鱼须　小东西　房东太太

[身着长衫的史涓生走上舞台——他既是剧中人，有时候也是主持人。他大半时间生活在“五四”时代，偶尔跳进现代。他既可与剧中人物对话，也可间离开来与观众对话。

史涓生　(面向观众)欢迎朋友们！你们是怀着对鲁迅先生作品深切的关爱来看我们演出的，在此，我深表感谢！(深深一躬)《伤逝》是鲁迅中期的一篇名著，我们把它改编成了豫剧。用豫剧来解读名著，用名著来普及戏剧，是我们的双善期待。我叫盛红林，在剧中扮演史涓生。

[子君踏着高跟鞋声走上场来。

史涓生　哇，看到了吗？那就是子君。在小说中，鲁迅先生用令人痴迷的字眼来形容她那高跟鞋敲击石板路的声音——橐、橐、橐……我爱她，她也爱我。我们相识不到三个月，就谁也离不开谁了！

[又响起高跟鞋声。但出现的是一个油头粉面、搔首弄姿的男人。

史涓生　天哪！这一位也穿高跟鞋，但他是个男人。他叫小东西。他学女人走路，而且脸上每天要擦半瓶雪花膏。鲁迅先生就没写他真名真姓，直接称他叫“半瓶雪花膏”！

[一个留着八字胡、上下唇正中却是光板的老头也出现台侧。

鲶鱼须　史涓生，你的房费该续交了！

史涓生　瞧见吗，这又是鲁迅笔下的一个人物——鲶鱼须。

鲶鱼须　这个月是三百七十八。

史涓生　不是三百二吗？

鲶鱼须　涨价啦！

史涓生　局子里的会馆也涨价？

鲶鱼须　你在局子里当差，这话你去问局长啊？

史涓生　（向观众）他明知我是个新雇员，怎么和局长搭得上话呢？明着他是个账房先生，暗中却不知是谁放在会馆的一只眼睛。

[房东太太出现，她嘴里咕咕咕寻叫着鸡子。

史涓生　全亮相了：这位是房东太太，哦，是我搬离这个会馆、与子君结合之后，租了她的房屋。她丈夫在政府里做事，鲁迅先生便叫她小官太太。咳，不说了，再说您就会问了：到底是话剧还是豫剧？（换成河南话）为了显示正宗豫剧，我就用唱来开头——

[舞台显示场景：小屋，院子，石板甬道。一株老藤架上挂满紫藤花。

[史涓生在小屋内焦急地踱着步子，时不时企盼地望望窗外。

史涓生　（唱）一夜春风洗窗棂，
开门繁花缀紫藤。
藤花不是玉人面，
相思连串不断绳。
想去岁游行会两心相碰，
史涓生苗子君一见钟情。
数月来爱之火愈烧愈猛，
日不见晌不闻如隔三冬。
只可惜春料峭风寒露冷，
婚姻事无自由干预横行。

她堂叔频频下逐客之令，
苗家府不接受我史涓生！
难道说无果爱已经注定？
难道说刻骨恋好梦不成？
难道说只落个永久的痛？
难道说空余下长恨的情？（院外传来高跟鞋声音）
忽听得高跟鞋声敲响了石头径，
迎子君接吾爱再畅叙苦衷！

[史涓生冲出屋门，迎面来的却是那个半男半女的小东西。涓生一怔，不自主地瞪了瞪来人脚下的高跟鞋。小东西一见涓生，却用十分欣赏的眼光把他从头打量到脚，然后一个腻腻的甜笑，微微一躬。

[涓生厌恶地转身欲下。

小东西　先生留步！阁下姓史吧？

史涓生　什么事？

小东西　没什么事。同住一个会馆，抬头不见低头见，光碰面儿，不说话儿，你就不觉得闷得慌？

[史涓生无话可答，急欲走。

小东西　史先生，玩玩吧！

史涓生　怎么玩？

小东西　玩麻将呀！

史涓生　抱歉，不会！（再走）

小东西　骗谁哪！我亲眼看见你陪着她……在她同学家玩三缺一……

史涓生　（惊愕）你是谁？不得了啊！

小东西　不才秦魅，秦可卿的秦，魅力的魅。怎么样？玩八圈儿？

史涓生　对不起，我有公务。（欲退）

小东西　礼拜天，又说谎呢！

史涓生　有家务！

小东西　你还没成家！史先生，你知道今天谁来跟我玩牌吗？局长的大公子！你认识认识，有你的好处。

史涓生　我没工夫！

小东西　好多人想结交大公子还没那个机会呢！

史涓生　（烦透）巴结不上！（躲开）

［此时，那"橐、橐、橐"的高跟鞋声又响起来，由远至近，由弱到强。史涓生脱口喊着"子君！"而迎了下去。小东西隐下。

［幕后合唱《橐橐歌》：

高跟鞋，橐橐橐，
那是天边一首歌。
苍白脸，瘦臂膊，
嘴角一笑有酒窝。
不想吃，不想喝，
只想听那橐橐橐。
来吧——橐橐橐！
来吧——我的歌！

［在合唱声中涓生与子君一起上场。

［子君着"有条纹的衫子，玄色的裙"，绚丽生动。她的上场应该给舞台带来一片灿烂。尤其是她的步态与鞋声要和《橐橐歌》浑然一体，极富韵律感。二人翩然起舞。

子　君　（唱）我乘春风看哥来，

史涓生　（唱）我叫藤花迎妹开！

子　君　（唱）藤花朵朵惹人爱，

史涓生　（唱）春风柔柔漾情怀。

子　君　（唱）翠楼之外春如海，

史涓生　（唱）秋千架下溜金钗。

子　君　(唱)春宵千金不易买,

史涓生　(唱)青崖无路登三台!

二人合　(唱)来来,来来,(子君)我已来,

(涓生)你好难来!

史涓生　你终于来了。你让我等得好苦啊!

子　君　是晚了一会儿,我叔叔看我看得太紧。

史涓生　子君,我总觉得咱们的爱,不会有结果。

子　君　你要什么样的结果?

史涓生　当然是拥有你的结果!

子　君　你已经拥有了! 涓生。

史涓生　不,我总觉得你是一时冲动。你的家庭和我的家庭,门不当,户不对,你是千金小姐,我是寒门儒生,小职员一个。

子　君　可我爱你——这是最主要的,也是唯一的!

史涓生　我一想到你父亲、你叔叔,他们当面骂我"光面乞丐",我就羞愧难当,绝望得要死。

子　君　那是他们的不对,为了这个,我差点和我父亲叔叔闹翻。

史涓生　还有,我的周围,很多人好像都在拿眼睛盯着我,贼一样监视你和我的动静。

子　君　是不是你太敏感了? 这是会馆,不至于如此吧?

史涓生　绝对如此! 那穿高跟鞋的小东西, 故意模仿你的脚步声;脸上每天要涂半瓶雪花膏,模仿你身上的香味。

子　君　他不该是个相公吧? 爱上你了? 哈哈……

[小东西走上来。那女性化的高跟鞋声连子君也看得吃惊。他手中抡着一只香囊。

小东西　史先生,我可告诉你,局长大公子可是生气了。他早知道会馆住进了一个美男,早想见见你,搓一把,可你就

是不赏脸。哼!

史涓生　我有客人,请代我致歉。

小东西　客人?哦,客人!(冲子君嫣然一笑)对了,叫子君吧?刚才大公子还提到您哪!他让我捎给您一只香囊。(子君犹豫)别误会,今天三月三,他身上带着大把香囊,见人都送的。(贱声贱气地哼哼着下)

子　君　(翻看香囊)奇怪,他怎么认识我?

史涓生　(抓过香囊恨恨地摔下)在这群怪物面前,你就别想有秘密!

[“叭”地一声,另一间房的窗玻璃碎了,一张人的脸露出来——那是那位账房先生“鲶鱼须”,他显然是偷看时用力过大,以至于把窗玻璃顶碎,那“小平面”的鼻尖上还渗着血。

鲶鱼须　(一阵失措地慌乱咳嗽)对不起,对不起!(从窗口消失,瞬间又出现)史先生,局子里包电影,每人一张电影票,看的话,我这儿领。

[子君与史涓生对望。

鲶鱼须　但是,每人只一张。没有多余的!

史涓生　(愠怒地)不知道准不准许不看?!

鲶鱼须　那,那当然,当然。

史涓生　(忿忿地)谢谢!

[鲶鱼须隐没。

史涓生　看见了吗?这就是我们的环境,这就是我们的伊甸园!

子　君　环境岂奈我何?伊甸园不在外部,而在我们心里。

史涓生　你很会宽慰我,可是,子君哪子君,我已经预感到了,不定哪一天,他们就会像恶魔一样把你从我眼前抢走!

子　君　他们?他们是谁?

史涓生　你父亲,你堂叔,还有这群怪物:小东西、鲶鱼须、大公子……

子　君　(拉起涓生的手,深情地)我是我自己的,他们谁也没有干涉我的权利!

[史涓生显然被这句话感动了,他平静下来,四手相挽,感知着心的率动。

子　君　(唱)冬日的阳光夏日的风,
子君有幸遇涓生。
女儿多梦圆了梦,
青春多情定了情!
霹雳撼山山不动,
蜂蝶惹花花自红。
情爱不信父母命,
自由拒绝金丝笼。
与兄相交似为命,
莫言贫来莫言穷。
渡河纵有一根草,
小妹也会当船撑。
青春的岁月青春的梦,
青春的友爱青春的情。
青春的锦缎青春的料,
我自当家、我自做主、我自丈量、我自设定、
我自剪裁我自缝!

史涓生　(激动地)子君!
(唱)锦言绣语亮透心,
涓生无悔交子君。
相爱之路多荆榛,
得执子手即阳春。
原只道当红校花姿容俊,

却未识情挚意柔见地深。
想去夏嚷嚷学潮与君遇，
到金秋木瓜琼琚来往频。
严冬季冰封雪锁情汤滚，
春花开心心相印爱生根。
子君你牵我肝肠融我肺，
化我体魄销我魂！
血脉偾张情难禁，
跪向我爱求委身！

[涓生失态地扑向子君，如同西洋电影中人求婚的动作——单膝曲跪，两手平举地伸向子君——涓生的动作把子君吓了一跳，她慌张地向后退了很远，当她镇定下来后，又动情地迎上去，与涓生拥抱在一起。

[舞台两角同时出现两张脸——鲶鱼须和雪花膏，两张脸上眨巴着诡谲的眼睛。

[灯暗。

[幕后远远飘起《天涯歌女》的旋律：

天涯呀海角 觅呀觅知音，
小妹妹唱歌郎奏琴，
郎呀咱们俩是一条心。
爱呀爱呀 郎呀咱们俩是一条心……

史涓生　爱情是什么？爱情是一头脱缰的猛兽，你纵然有天罗地网，它也会冲出大窟窿，扶摇直上。涓生和子君勇敢地结合了。当然，后果可以想象，子君被逐出族门，赶出在外，断绝给养，成了无家的流浪者。但这不正好成就了她和涓生梦寐以求的愿望：构筑一个属于他们的新家么？

[灯光营造出一个新环境:这是吉兆胡同一处四合院中的两间小屋，也是涓生和子君租赁来的新家——他们同居了。子君正忙碌着屋里的家具安置、什物摆设。观众似乎看到她系完蚊帐最后的一道帐角，从很高处跳下来,累得汗流满面,却十分欣慰地欣赏着她的劳动成绩。

[透窗可见一株石榴树开满了鲜红的花。

子　君　(唱)别藤花迎榴花一忧一喜，
舍家庭离父母迁租新居。
爱之巢虽然小独成天地，
藏缱绻储温存更多甜蜜。
半月来忙筹建将家打理，
斗室内洒遍了劳累汗滴。
添箱柜置床铺又购桌椅，
染窗帘裁蚊帐补刷墙漆。
缸中水壶中茶煤火灶具，
锅碗瓢油盐醋宁无缺一。
支付账似流水哗哗逝去，
苗子君始感到钱囊空虚。
解项链褪钻戒卖了体己，
前门街当掉了獭领裘衣。
但换得与涓生相对欢喜，
亦便是:最大的幸福、最爽的满足、最美的生活、最高的福祺、最甜最甜的爱情曲!

[子君沉浸在幸福的遐想之中。

[一阵鸡雏的叫声把她唤醒,她扭头看到几只毛茸茸的鸡雏跑进屋来,便欣喜地跑过去,小心地捧起一只来,忘情地亲吻着。

［房东太太上。她一边追扑着鸡雏，一边嚷嚷着。

房　东　这些小东西，一眼看不着，它们就作孽！史太太，让您受惊了！

子　君　（恋恋不舍地递出手里的小鸡）不不，太可爱太可爱了！

房　东　史太太也喜欢小鸡儿？

子　君　能不能给我几只？

房　东　哟，这怕不行，燕山凤凰头，贵得很，掌柜的叫人特意从百把里外买来的。

子　君　我转买您的，多给您些钱好吗？

房　东　这……那你在哪儿养啊？

子　君　就在这儿养啊，您教我养呗！

房　东　我是说，不好分……

子　君　好分，小鸡儿头上打上色，分得清，长大了就各有各的家记。（塞一把钱给房东）给我三四只就行，求您了！

房　东　（见钱眼开）史太太既然喜欢，那就拣好的给你！

［子君端来脸盆，接过鸡崽——二人分头下。

［史涓生上，他手中捧着一盆盛开的君子兰。

史涓生　（唱）公事碌碌如重压，

所幸心头藏朵花。

归心似箭箭盼靶，

人生幸福就叫家！

子君！我回来了！本丈夫下班了！子君！（放下手里东西）哎，人呢？

［子君悄悄上，从背后猛地捂住涓生眼睛。

史涓生　哎哟！谁呀？

子　君　你猜我是谁？

史涓生　这还用猜，子君，我老婆！

子　君　不，用你的黑话说！

史涓生　黑话？

子　君　就是——去年给我写的第三张字条上的黑话！

史涓生　第三张？让我想想，嗯——哦："你是一棵豆秧秧，长在我的心肝上。有心把你熬汤汤，谁陪我度月光光！"

［子君亲了一下涓生的脖颈，涓生转身抱起子君，在屋子里打起旋子来。一阵疯狂后，二人停下来，静下来，面对面坐下来，坐得很近，相互欣赏着，却久久无话。

史涓生　喂，看我干吗？

子　君　是你在看我。

史涓生　说话呀。

子　君　你先说呀。

史涓生　我就想看着你，不说话。

子　君　我也是。

史涓生　从认识到现在，我还真没有像这样放心大胆、痛痛快快看过你，把你看个透，读个透，欣赏个透！

子　君　我也是。

史涓生　现在机会才来。

子　君　这是因为有了家的缘故。

史涓生　家真好。

子　君　是不是小了点，窄了点，家具简单了点？

史涓生　不，你就是家的全部，家就是爱的全部。

子　君　喂，我问你，你说这家是怎么来的？

史涓生　租来的嘛！

子　君　（摇头）不对。

史涓生　哦，主要是你辛苦劳累布置出来的。

子　君　（摇头）不对。

史涓生　那？哦，是咱们东拼西凑，特别是你卖首饰、当体己，置起来的。

子　君　(摇头)还不对。

史涓生　还不对呀？拉倒吧，本学生智力枯竭，还是你说答案吧！

子　君　你跪出来的！

史涓生　我跪？

子　君　没有你那一跪，我还真下不了决心呢！

史涓生　哦，你在讥笑我！

子　君　(异常认真地、憧憬地)最叫我感动的就是你那一跪。一条腿向前，一条腿在后，就像电影里王子向公主求婚那样真诚而又庄严地往那儿啪地一跪！

史涓生　(害臊地)嘘嘘嘘嘘——别提了，别提了，我也不知道怎么会弄出来那样个烂动作！

子　君　不许你那样说，那是最美的动作，我们要永远记住那个动作——那是我们冲破封建藩篱、迈向自由的起点，也是我们爱情路上最闪亮的里程碑。从这一刻起，我的身子归属已定，命运托付已定，我和家庭彻底决裂的主意已定，我无忧无虑、大胆地迈出这一步，迈进了咱们的新家！

史涓生　子君！

子　君　(唱)春上枝头花才红，

凤绕三匝凰才鸣。

宁信命中有注定：

天教子君属涓生。

子君原是孤僻性，

寒似霜来冷如冰。

与君相交换赋秉，

一腔爱水常沸腾。

我们有了家，

我们圆了梦；

梦中储满爱，
家中藏满情。
钟摆不要摆，
表针不要行；
时光不要动，
时间喊声停；
让你我的圆满成固定，
让你我的瞬间变永恒，
让爱凝晶莹吧！
涓生啊：
为什么快乐时总如梦境？
为什么陶醉中意识蒙眬？
为什么高兴来却像光影？
为什么拥有了幸福、获得了自由、实现了心愿、
建立了家庭——却反倒惶惶惴惴、战战兢兢、
心绪总难平平？

史涓生　（唱）寒鸦有巢鹊有窝，
春燕双飞又双落。
双人枕畔睡个我，
问丫头：你还担心怕什么？
从今后，不再隐藏不再躲，
大鬼小鬼都摆脱。
家屋虽小独天下，
放胆高唱关关歌！
谢却紫藤花万朵，
迎来石榴花更多。
我拥有你，你拥有我，
相思苦海息风波。

情生根啊爱结果，
成功二字有感觉。
头颅高昂迈步阔，
回家来：醉拥娇妻花一朵，
人生滋味谁堪说？

［二人偎依。忽起小鸡叫声。

史涓生 呀，房东家的鸡崽跑到咱家了！我去把它赶走！（寻去）

子 君 不，那是咱家的鸡崽。

史涓生 咱家的？

子 君 是呀！

史涓生 这，这地方能养鸡？

子 君 （撒娇地）能嘛，能嘛，你不知道它们有多可爱呀！

史涓生 好，好，那你就养它们、爱它们吧！子君，你看我给你带回来了什么？（捧起花盆）

子 君 哇，一盆花？这叫什么？

史涓生 君子兰！挺挺的叶，白白的花，多漂亮。你叫子君，它叫君子，你就是它，它就是你。

［突然，房东太太抱着一只小狗吆喝着上。

房 东 史太太，史太太……（看见二人在亲热）哟，不该打搅，不该打搅……（扭头回避，看见手中的狗，又折回）咳！还不能不打搅！我说史太太，你是不是买狗了？

子 君 是是，我交了定金了，他们说挑好了给我送来。

房 东 我替你代收了，谁叫我是你房东呢，给！（将狗递给子君，喷口香烟，扭身即下）

子 君 谢谢王太太！

房 东 （又走回来）谢与不谢是小事，但有句话我不能不说，你买狗狗就那么放心？把钱交给人家你就走了？狗贩子送来这狗保住就没病没疾儿？再说喽，养这京巴狗可不比七杂八柴,学问讲究着哪!
(唱)头贵红,毛贵花,
狗中珍品是京巴。
养狗有个三大忌,
乱吃乱睡随便拉。
养好了它是精灵鬼,
养不好它是豆腐渣。
喂狗讲究配食料,
荤素咸淡巧相搭。
鸡鸭鱼肉长皮肉,
五谷杂粮长毛发。
猪骨牛骨长筋腱,
要聪明,还得多喂竹节虾。
防止体虫你得勤洗澡,
时不时你还要剪剪它的长趾甲!(唱罢喷口烟下)

子　君　谢谢指教,谢谢房东太太!(向房东走去方向深鞠一躬,然后抱着狗狗亲昵)

史涓生　按她说的哪里是喂狗,分明是喂老爷。

子　君　她说的也有道理。你没注意她家的狗狗,喂得可好了!

史涓生　她家的狗狗喂得好,咱家的狗狗也叫她喂好了。

子　君　那人家会愿意?

史涓生　咱送给她!

子　君　送给她?这么贵的狗狗,你舍得呀?

史涓生　我舍得。

子　君　不,我可舍不得。为找一条好狗狗,我跑好几道街呢。这家卖狗的原是皇宫的犬师,他特意去恭亲王家抱的纯种京巴。

史涓生　为只狗狗,你就下这么大功夫?

子　君　(天真地)是为咱们的家嘛！我要把咱们家的氛围办得浓浓的,标标准准的,美美满满的!

史涓生　又是鸡又是狗的,子君,你会太劳累,我心疼你!

子　君　只要你喜欢,劳累是我的快乐!

史涓生　子君,养动物不如养植物,你只要把我买的花养好我就喜欢了。你看,前天买的花已经缺水了。

子　君　哟,我这就去浇！(下而复上)涓生,咱们的狗狗就叫阿随吧?

史涓生　阿随？阿随就阿随吧！(子君高兴地下)

[院外传来房东的叫声:“史先生有人找！”

[随着喊声,“鲶鱼须”出现在门口。

史涓生　(吃惊地望着鲶鱼须呆愣了半天)账房大人!

鲶鱼须　(谦卑地鞠躬)史先生打扰!

史涓生　我真佩服你的能耐,你是怎么找到这儿来的?

鲶鱼须　(再鞠躬)史先生打扰!

史涓生　有何贵干,说吧!

鲶鱼须　很抱歉,史先生打扰!

史涓生　会馆的账我可是结清了!

鲶鱼须　按照调整的房价,最后一个月,你还欠七元六毛三。

史涓生　(顺手掏出)这是八元,不用找了,走吧!

鲶鱼须　史先生不赏杯茶吗?

史涓生　岂敢岂敢,请进!

鲶鱼须　我还真不敢进。请叫出苗子君一见。

史涓生　她认识你吗?

鲶鱼须　她叔叔认识我,托我带给她一封信。(出信)

[史涓生接信展看。

鲶鱼须　其实我见不见她无关紧要，只用把信交给她就成。告辞！(下)

[史涓生读信，愤懑之色涌聚。

子　君　(边为花浇水边问)谁来啦？(发觉涓生神色不对，走上前看信，也渐起愠色，一把夺过信，读完，浑身颤抖)“违背祖训，败坏门风”——什么年代了，他们还这样侮辱我！他不是我叔叔，是诽谤者！断绝关系就断绝关系，我还求之不得呢！(愤然把信撕碎，扑于涓生怀中哭出声来)

史涓生　(搂着她拍着她)冷静，冷静，我们得商量商量了，我看，你是不是需要回去一趟？

子　君　(突然推开他) 你怎么说出这样的话？回去那是投降！(捶打着涓生)懦弱，懦弱！

史涓生　好好好，咱不懦弱，咱不懦弱，咱要坚强！(为她拭泪)那，往后你可就是只属于我的私有财产喽？

[子君在他怀中破涕为笑。

[灯暗。幕后隐隐飘起《四季歌》的旋律：

夏季到来柳丝长，
大姑娘漂泊到长江。
江南江北风光好，
怎及青纱起高粱……

[光柱下的史涓生。

史涓生　鲁迅先生说：“爱情必须时时更新、生长、创造。”如果停滞一隅，它也会生锈。迁居吉兆胡同三个月来，子君变化很大，书不看了，歌不唱了，连她那最好听的高跟鞋声也听不到了。她整天麻鞋布衣，汗流满面，忙她的家要。她的家要都是些什么呢？

[子君围着围裙，端着盘子正向桌上摆菜，突然一阵京巴儿狗挨了打的嚎叫声传来。子君急出，瞬间从外抱回

京巴儿狗,心疼地抚摸着,翻看着它的伤处。

子　君　喔喔,我的乖,谁打你啦?打哪儿啦?不怕,不怕,谁欺负你,谁就会得到报应。报应你知道吧?报应就是……

[突然从院子里又传来鸡子惊飞呱叫声,子君再次冲出,在院子里“咕咕咕”地叫喊了半天,然后拭着眼泪走回来。

[房东太太上。

子　君　王太太,你干吗欺负我们?

房　东　我欺负谁了?

子　君　俺阿随腿拐了,俺鸡子毛掉了!

房　东　史太太,我来给你解释解释鸡飞狗叫的原因!

(唱)一根骨头我刚刚剔,
你的狗叼去就充饥;
院子里刚刚撒把米,
扑棱棱飞来你的鸡。
我抢我的肉,我护我的米,
赶了你的狗,撵了你的鸡,
这便是案子经过的三二一!

我说史太太呀!

玩宠物玩的是大气,
舍得薅来舍得捋!
你家狗饿得走了相,
你家鸡饿得骨包皮。
一把谷糠能值几?
亏狗狗亏不出个家业大富裕。
你往日的大方哪里去?
你不怕为畜生能把人看低?!(喷着烟下)

[子君追上去,几欲争吵而终未争吵,她压抑地跺了一

脚,捂面垂泪。一旁的狗狗发出饥饿的呻吟,她心疼地抱起来,左寻右寻无东西可喂,索性掀开桌上的餐罩,拿出盘中的鸡腿,喂起狗狗来。

[涓生上。

史涓生　(扔下公文包,疲惫地坐下)可饿死我了!

[子君赶忙笑脸相迎,盛出米饭,端上热汤,递上筷子。

史涓生　你哭了?

子　君　(强颜为笑)没,没呀!

史涓生　泪珠还没干呢!

[子君忙背过身揩泪。

史涓生　叔叔又来找事了?

子　君　没,没嘛,他来我也不怕。

史涓生　那为什么哭?

子　君　没,没哭嘛,眼里进了个飞虫……吃,吃饭,快吃饭哪,你不是饿坏了吗?(夹起鸡腿放入涓生碗里)

史涓生　你为什么不吃?

子　君　我吃过了。

史涓生　说谎。我家贤妻什么时候不等丈夫回家单独开过饭?我知道你没吃。快吃!

子　君　我不饿,今儿个特没胃口。

史涓生　不是你没胃口,是桌上没菜了。你又拿人吃的份子喂狗了?

[子君无语。

史涓生　我说过多少次,不能为了畜生亏了人,丢个金碗保个盆。

子　君　我心疼阿随,人家都在笑话咱们狗狗鸡鸡瘦了。

史涓生　谁笑话?又是那位小官太太?我就猜着是老娘儿们又给你气受了!你就不敢骂骂她?大不了咱换地方住!

子　君　(急制止)别,别嘛,人家没有怎么我,就是说咱家鸡鸡狗狗瘦了,咱家鸡鸡狗狗就是瘦嘛!

史涓生　(掏出一叠钱拍在桌上)这个月的薪水提前开了。你立马去买狗食买鸡食!愣着干吗?我是说真的!当然,更重要是买人食儿。我不许你亏待自己。再买只大蛋糕!去呀!

子　君　涓生?(摸他的额头)你怎么了?

史涓生　(笑)我很正常。是你忘了今天是个什么日子!

子　君　什么日子?

史涓生　能想起来吗?

[子君费力地想,仍摇头……

史涓生　一年之前,我们就是今天这个日子认识的!学生大集会,有个女生跟着喊口号,她突然鞋掉了,摔倒了,我捡起她的高跟鞋,把她扶起来,她瞪着眼睛看了我半天……

子　君　(激动地扑过去,猴到他的脖颈上)涓生!(孩子似的左右亲吻他)

史涓生　快去,买蛋糕,买红酒,买卤菜,咱们好好庆祝庆祝!(子君应声下)——别忘了穿上你的高跟鞋!

[瞬间,她果然打扮一新,迈着初登场时那种步态,敲响那种高跟鞋声,橐橐橐地走下。

[伴随着高跟鞋声,《橐橐歌》再次响起——

高跟鞋,橐橐橐,
那是天边一首歌。
苍白脸,瘦臂膊,
嘴角一笑有酒窝。
不想吃,不想喝,
只想听那橐橐橐。
来吧——橐橐橐!

来吧——我的歌！

［史涓生目送子君远去，返身回屋，一边收拾餐桌，一边愉快地哼着小曲：

没有钱也得吃碗饭也得住间房，

哪怕老板娘作那怪模样，

朗里格朗里格朗里格朗……（《十字街头》插曲）

［高跟鞋声再度响起，由远至近，戛然停在门前。上来的是那个脸上涂半瓶雪花膏的小东西。

史涓生　（正背着脸擦桌子，以为是子君返回，便问）这么快就回来了？是不是忘带钱了？把我那月薪全带上，花光了也没关系，下月提前……（抬头发现是这么个异类，愕然半晌无语）

小东西　很抱歉史先生，没打招呼就闯了您的私宅。

史涓生　是你？

小东西　别老拿这种眼神看我好不好？你知道我多么期望你能用另一种眼神看看我！说心里话史哥哥，自从我见你第一面，我这心里就……

史涓生　（恶心得欲吐）说吧，你来有何贵干？

小东西　其实，这差使根本就不该我来，是局长硬性指派我来找你，让我给你送这么件东西——（取出一封信函，似乎很难为情地放在桌上）哥哥，凡事想开点，只要有用得着小弟的地方，您尽管吩咐，我特乐意为哥哥效力！其实，局长听大公子的，大公子听您小弟我的，只要咱们牌场里遛他几圈……

史涓生　（忍无可忍地发作）大公子，大公子，我讨厌他！

小东西　（吓得险些倒地）告辞了！（下）

［史涓生抓起桌上信件，撕开看。

［画外音："奉——局长谕：史涓生着毋庸到局办事　秘

书处启　十月九号”

史涓生　(一阵冷笑)哈哈,哈哈哈哈……解聘书,预料中的解聘书,你果然来了!你来得够迟了,够给面子了。特别是还派这么个异类扭扭摆摆地给我送来,真叫人开心呢!哈哈哈哈……

(唱)真好笑职场事无奇不有,
解聘书搭上个男人粉头。
污中污秽中秽丑上加丑,
似此类龌龊地何恋何留?
史涓生本有志写作之路,
少年时称神童名列榜头。
大学中我已是翻译能手,
尼采诗莎翁剧原文览浏。
悔不该一念差踏入歧路,
做一个刀笔吏混迹仕楼。
看尽了官场内污浊腐朽,
烦透了黑幕后吹拍舔溜。
见识了势力圈拉拢引诱,
险入了赌毒群随波逐流。
多亏这解聘书:及时雨,渡人舟,来得奇,来得妙,来得是时候,逼涓生重择职业,另开新路,调理心境,再迈征程,人生重开头!

[静场。

[高跟鞋声隐隐起,渐渐响,渐大,渐强。

子　君　涓生,快,接接我,接接我,看吧,我把店铺都买回来了!

(唱)白鳕鱼,红对虾,
王府井里大烤鸭。
大蛋糕,十支蜡,

十全十美驻咱家。
外加一瓶人头马，
我要你：
笑个开心，吃个高兴，喝个烂醉，唱个开怀，
再现当初狂热失态单膝跪地可笑的那一刹！

史涓生　(抓起酒瓶就拧)好，本丈夫服从命令，今天就给你喝个样子看看，我不但单膝跪地向你求婚，我还要把你举起来，把你抛向天空——

[原来，子君发现了那封解聘书，她顺手拿起来看，看，看——当她彻底看明白后，一下子软瘫在地上！

[涓生急忙扑过去搀扶、呼叫。

史涓生　子君，子君，你醒醒，你怎么了？

[子君清醒过来。

史涓生　子君，这么点儿小事，你何至于此？

子　君　不，我是头晕，没睡好，不关事儿。

史涓生　不就是一封解聘书嘛！此处不留爷，自有留爷处！

子　君　那当然算不了什么，哼，我们干新的，我们……

史涓生　我早就受不了一天到晚抄抄写写这份孙子活儿，这是鸟贩子笼里的鸟，可怜巴巴舍你一把小米，饿不死你，也肥不了你，时间长了让你飞也飞不动了。这倒好，解聘了，老子自由了，老子面前海阔天空！子君，我明天就找报纸登广告，寻求新的工作，我可以教书，帮人谋划，或者另找抄写活儿！

子　君　登报纸……得多少钱哪？

史涓生　没关系，我们节省着过，挤得出来那几个广告费。对了子君，你别忘了我在学校可是写作状元，外语全校第一。《自由之友》杂志总编辑早就约我翻译名著，我们挣稿费吃饭！

子　君　对，当作家，当翻译家……

史涓生　说干就干，我先草拟广告，然后给总编辑写信，然后我就动手翻译，先译雪莱、赫胥黎，再翻译易卜生、莎士比亚……

子　君　普希金的也可以翻译一些……

史涓生　快给我腾地方！

子　君　好，我这就腾！

[二人煞有介事地行动起来，史涓生从角落里抱出一堆尘封已久的书，拍打得飞尘满屋；子君收整着那张既是书桌又是饭桌反正是屋里仅有的一张桌子上的各类杂物：枯萎的花盆、烂了的鱼缸、梳妆的镜子、装狗食的盒子、盐罐、糖罐、油瓶、醋瓶、酱油瓶——她来来回回奔跑着、忙乱着。

[忽然，院子里又响起巴儿狗挨打的嚎叫声。

子　君　（触电似的）咱们的阿随！（她箭一般应声冲出去）

[院子里，那听不清词语的房东太太的谩骂喊叫声和子君喃喃孱孱的委屈解释声传来，使得正以庄严姿态进入写作状态的史涓生心烦意乱。有顷，子君抱着狗狗上，她偷偷拭着泪。

史涓生　（愠愤地）怎么了？

子　君　没，什么事也没有……

史涓生　到底是咱们阿随惹她，还是她惹咱们阿随？

子　君　都没……你好好写东西……

[突然，院子里又响起母鸡下蛋的鸣叫声。

子　君　（惊喜）下蛋了，咱们的二花！

[紧接着，鸡子惊飞的聒噪声又从院子里传来。子君再次箭一般冲出。那听不清词语的房东太太的嚎叫声与子君的隐隐忍忍的争辩声传来，更令涓生难以忍耐。有

顷，子君委屈地上。

史涓生　又怎么了？

子　君　没，没……

史涓生　（发作地）明明有事，你老没，没，没地瞒我干吗？她欺负了狗，又来欺负鸡，你吵也不敢吵，骂也不敢骂，你就这么窝囊！

子　君　明明是咱家鸡子下的蛋，她硬说是她家鸡子下的，慢一步她就收走，还倒打一耙，说咱家鸡偷吃她家鸡食，拉脏她家的鸡笼，染脏她家……

史涓生　（终于忍耐不住，大吼）给她！鸡蛋鸡子都给她！狗也给她！房子也还她！我就不信找不到一个安静的地方！

［子君吓呆了，半晌无语，索索发抖。

史涓生　（平静下来，走过去抱住子君）咱缠不过她，也惹不起她，咱总躲得起她吧？鸡子杀掉，阿随送人，总该行了吧？

［子君捂起脸呜呜哭起来……

［灯暗。

［幕后又闻子君的唱，似从远远飘来——那是从前的子君：

青春的岁月青春的梦，

青春的友爱青春的情。

青春的锦缎青春的料，

我自当家、我自做主、我自丈量、我自设定、

我自剪裁我自缝！

［柱光下的史涓生。

史涓生　听见吗？那是原来的子君。原来的子君多么坚强、多么无畏呀！可是现在的子君，却又是多么怯弱哟！人真是

可笑的动物，一点微细的小事情，就会引起巨大变化。冬天到了，我再也感受不到温暖，无穷无尽的冰冷包围着我，我尤其怕进这个曾令我着迷的家。

[远处，又隐隐飘起《四季歌》的旋律：

冬季到来雪茫茫，
寒衣做好送情郎。
血肉筑出长城长，
奴愿做当年小孟姜……

[史涓生提一盆微型冬青走上。

史涓生　(唱)漫漫大雪飕飕风，
身似裹霜怀抱冰。
广告久登无反应，
求职启事寂无声。
翻译文稿已寄送，
刊物迟迟不见登。
吉兆胡同困顿境，
不堪暮鼓与晨钟。

[涓生进屋。满屋烟雾呛鼻，子君正费劲地生着炉子。两个人都被呛得不住地咳嗽。

史涓生　我说过多少次，咱们这小屋子，只能烧木炭，不能烧煤，你怎么就不听哪？！

子　君　(揉着眼睛)木炭太贵……

史涓生　我不知道你烧煤就能把家业省出来？

子　君　省出来个房费，年底的房租总算交上了。

史涓生　这么说，过年的钱也没有了？

子　君　(回避地)炉子生着了，快过来暖暖吧！

史涓生　子君，你看我带回来什么了？(拿出微型冬青)

子　君　你又买花了？多少钱哪？

史涓生　大惊小怪！多少钱我也要买。我就喜欢花草。房间里没几片绿叶点缀，令人窒息。我奇怪你为什么就不喜欢养花呢？当初那么好一盆君子兰你硬叫它枯死！只知道整天鸡呀狗呀猫呀鸭呀……你就不觉得低级趣味吗？

子　君　（喃喃地）鸡，不全叫你杀吃完了吗？

史涓生　从今天起，你给我养花。

子　君　（喃喃地）这是冬天……

史涓生　冬天也有花，看，冬青！你也是大家闺秀，可我弄不懂你为什么对花草丝毫不感兴趣？

子　君　（喃喃地）投胎投错门户了，所以我不配做那个家里的人……（望着涓生，眼睛渐渐亮起来）但我不后悔，我只要拥有你就行。涓生，近来，我常常想起会馆那间小屋，虽然有鲶鱼须、小东西们的干扰，可那紫藤花、石板路叫人怀念，特别那矮凳，那矮床，那潮湿淡甜的味道……你说，你是在什么样的情况下跪下去的？跪下之后你又是怎么说的？你的手是怎么样伸向我的？

史涓生　（厌烦但又压抑地）好了好了好了，我饿了。

［子君赶忙端出饭菜。

史涓生　凉的？

子　君　哦，我这就去热！

史涓生　我不说凉你就不热了吗？

子　君　都怪我……（欲下）

史涓生　拉倒拉倒！糙米咸菜也没什么好吃的。（抓起桌头酒瓶）弄俩菜，我要喝酒。

［子君进厨间鼓捣半天，端上两个小碟。

史涓生　还是咸菜啊！？

子　君　我打算下午找同学借钱买肉呢。

史涓生　不是还有条咸鱼吗？拿出来。

子　君　咸鱼……

史涓生　怎么？

子　君　昨天，我喂了咱们阿随了。

史涓生　（啪地一掌砸在桌子上）胆大包天！我算看清你了：我在你心目中的位置还不如一条狗！

子　君　你听我说涓生，咱们阿随瘦得走了相，房东老笑话咱……

史涓生　不用解释。在咱们这个家，是有狗无我，有我无狗。

子　君　涓生，是我错了，我这就去找晓兰借钱买咸鱼。

史涓生　不用了。我们扯平了。那条咸鱼就算为它饯行了！

子　君　（警觉地）饯行？你这话什么意思？我的阿随呢？（慌乱地边找边叫）阿随！阿随！

史涓生　别叫了，它不会回来了，那条咸鱼是对它最后的补偿！

子　君　你把阿随放哪儿了？

史涓生　荒郊野外，让它自找归宿去了。

子　君　涓生！你好狠心，荒郊野外怎么有它的归宿？

史涓生　这是你答应过的，你同意放掉。

子　君　同意放掉，也不是同意如此残忍地放掉啊！

史涓生　你……

子　君　你……

史涓生　（唱）丈方斗室似有鬼，
　　　　　　烦心之事总成堆。

子　君　（唱）可怜荒野抛善类，
　　　　　　风刀雪剑哭阿随。

史涓生　（唱）人不走运风绊腿，
　　　　　　激情燃尽火化灰。

子　君　（唱）苦在心头疼在肺，
　　　　　　收留阿随知是谁？

史涓生　(唱)看起来,生计无着家成累,

子　君　(唱)难道说,欢乐赚尽怨来赔?

史涓生　(唱)实可叹,昔日影像已消退,

子　君　(唱)念旧景,望眼欲穿唤不回。

二人重　(唱)望子君(涓生)无言对,

陌生难辨谁是谁。

沸水竟然成冰水,

春意消尽冬发威。

爱巢屋檐万愁坠,

温暖家舍哀怨飞。

物未换,星未移,

人亦是,情已非。

愁怨堆双眉(愁怨下双眉),

出门不愿归(唤我郎君归)!

[涓生转身欲下。

子　君　(凄然呼叫)涓生!

史涓生　我去把阿随找回来。如果找不回来,我会再买一只还你!

子　君　不,涓生,我不要了,我只要你。我怕你出去就不回来了。入冬这些天来,你常常不在家,我不敢问你,可我一个人受不了这份孤独。

史涓生　你不必怀疑,我没去哪里,我仅仅在图书馆看书。那里有煤火,比在家里暖和。特别是……

子　君　特别是什么?涓生,你说,我想听你心里话!

史涓生　特别是躲在图书馆里清静,看不到你苦愁的面容、凄楚的假笑、压抑得要死的沉默。子君,我们蜷缩在这间屋子里会一同灭亡的!

子　君　可你说过:我是家的全部,家是爱的全部。

史涓生　家会灭亡,爱也会灭亡。你要我说心里话:子君,我,我已经不爱你了!

[子君如雷轰顶,险些垮下去。

史涓生　这其实对你倒好得多,离开我这个穷鬼对你的拖累,也可找回你父母叔叔的亲情,你这个大家闺秀也不再陪着我吃咸菜啃窝窝头,摆在你面前的路比我宽广得多!

子　君　(已经听不到涓生说些什么,脸色由灰黄变死灰,又由死灰变潮红,她苏醒过来,眼里泛起稚气的闪闪的光泽,却恐怖地回避着涓生的眼光)……对不起,您还没吃饭,酒也没喝成……我这就去给您弄……

史涓生　不用了。我到街口随便吃点儿。(欲下)

子　君　(岔声喊)等等!(取过一把铜钱)这是咱俩余剩的全部,您都带上,外边吃饭贵!

[史涓生拍了拍子君,没有接钱,扭头下。

子　君　(铜钱掉了一地,凄绝地)涓——生——!

[灯暗。

[一腔似曾相识的歌声隐隐飘起——那是涓生在唱。

子君你牵我肝肠融我肺,
化我体魄销我魂!
血脉偾张情难禁,
跪向我爱求委身!

[史涓生出现在柱光之中。

史涓生　没错,那是史涓生的声音。但那是过去的史涓生,向过去的苗子君求爱的表白。现在的史涓生,却完全失去了那份激情。你们会说我是“伪君子”“情场骗子”——而这话我早已在自己心里对自己责问过千百回:我是“伪君子”吗?我是“情场骗子”吗?我是真诚的,过去是真诚的，现在依然真诚。鲁迅先生没有引导读者去追究涓生的责任，却不断地提醒我们关注子君的变化：当年的子君面对讥笑、猥亵和轻蔑，镇静自若，昂扬前行，如入无人之境；而眼下的她，被小猫小狗、被油盐酱醋、被几个生活费所缠倒困倒压倒。你们不能原谅我的恐怕就是我对子君说的那句话："我已经不爱你了！"但这正是我的真诚。爱情是欺骗得的吗？我期望，在痛苦决裂之后，她会找回她原有的坚决无畏来，她会冲出去，会找到比我绚丽得多的前程！然而，她会吗？

[仍是那间小屋，一切依旧。不同的是那两个花盆摆得很显眼。盆中的花枯萎了，但子君却在频频浇水，那动作略略有些不正常。

[房东太太吆喝着上。

房　东　干吗干吗？龙王爷来你家了是咋的？有水没地放啊？你瞅瞅去，我晒的烟叶子全叫你给泡汤了！你赔我呀！

子　君　（非自然地笑着）我会赔你，哪一样我让你吃过亏？

房　东　（发觉对方的异常）就这两盆干花，死透了，你还浇什么浇？你疯了？

子　君　你才疯了呢！我才不信你的鬼话呢！

房　东　（被子君的反常态度吓住）好，好好，你浇，你浇……（怯怯地退下）

[子君深情地围着枯花爱抚、察看。

子　君　（唱）你叫君子兰哪，

你叫微冬青。

你是春天来呀，

你来已隆冬。

记不记得谁把你们请？

那可是我的先生史涓生，先生史涓生！

都怪我粗心哪，
冷落了二精英。
旱了忘浇水，
冷了不避风。
你们就不言不语、不吭不哼、不告不禀、不怒不惊、
悄没声声尽了终——好狠心的二精英！
您是他的爱呀，
您中他的情；
我把您慢待呀，
得罪了我先生！
求二位多多原谅，发发慈悲，打打精神，挺挺腰杆，
返也么返返青——我向您三鞠躬！
有道是世间万物有灵性，
普天下仁爱怜悯性相通。
您可知泪眼巴巴我在等？
等一个枯株起死再回生！
我要等雪住寒尽霜无影，
我要等冬去春来柳芽青。
我要等鹊鸣燕归蜂蝶动，
我要等万朵花开上紫藤。
我要用鞋声再敲石头径，
我要等含笑归来的史涓生！

[她果然又穿起高跟鞋，迈起那优美的步子。《橐橐歌》再度响起。

[灯暗。

[隐隐听得《四季歌》的旋律又起——

春季里来绿满窗，

大姑娘窗下绣鸳鸯。

忽然一阵无情棒,

打得鸳鸯两分张……

[仍是那间小屋。但与前场隔了些时间,春露头了,院中那株石榴树吐青了。就连那两盆枯死的花也发生了些变化:原来焦黄的冬青冒出青叶来;那盆君子兰虽然萎谢的枝体无变化,但从盆沿处意外地抽出一芽新叶。难道它们真有灵性,被子君的企求所唤醒?

[屋门轰然被推开,涓生兴奋地上。他手拿一份刊物,进门就喊。

史涓生　子君,子君!我的翻译作品都登出来啦!雪莱诗,莎翁剧,连后来写的两篇小品文也一起出版了,这期刊物简直是我的专集!子君,子君!(发现无回应,四下寻找)

[房东悄然出现。

房　东　史先生,上个礼拜,子君的父亲来到这里,把她接走了。

史涓生　(如脑后一击)她,她跟他去了吗?

房　东　跟他去了。

史涓生　她——她可说什么?

房　东　没说什么。只托我见你回来了告诉你,说她去了。(欲下又回身)哦,她交代橱中有条咸鱼,叫你配酒吃?咸鱼好下酒吗?(盯着涓生,眨巴着疑惑的眼神下)

[涓生拉开食橱,果然放着一盘切好而又整齐摆放的咸鱼,旁边还竖着两瓶酒。一个白布包被涓生不小心碰下来,哗啦一声,东西撒了一地——那是铜钱,那最后一把铜钱。涓生仔细地一个个地捡起来,包起来,他捧着那铜钱包,耳边又响起子君的声音——“等等!这是咱俩余剩的全部,您都带上,外边吃饭贵!”“涓……生……”这回忆刺激得他坐立不安,他受不了这种煎

熬，冲出门去。

［迎面走来的是鲶鱼须。

鲶鱼须　(鞠躬)史先生打扰！

史涓生　怎么又是你？

鲶鱼须　是的，史先生打扰！

史涓生　又是她叔叔托你来的？

鲶鱼须　是的，史先生打扰！

史涓生　可她走了，被她父亲接走了，难道她叔叔不知道？

鲶鱼须　她叔叔知道，还知道她死了。处理完后事，让我来找你。

史涓生　什么？什么什么？？？

鲶鱼须　她死了，子君死了。念起骨肉至亲，她家人不再计较她什么，托我找到你，了结子君最后的遗愿：喏，就是这份东西。(他把一封书信和一个戒指盒交给涓生，下)

史涓生　(呆了半天，突然歇斯底里喊)你胡扯！她怎么会死？她是怎么死的？她死在哪里？她在哪里？！不，你是魔鬼，你的话是魔鬼的咒语……(他终于想到他手里接下来的两样东西，他把它们打开来，先打开戒指盒，颤抖着拿起那枚戒指，他认出是她的，他痛苦地吻着它；他又打开信，他认出那是子君的笔迹)

［子君的画外音："涓生，收下你的戒指，我没资格戴它了。人生美好的真爱应该只有一次。我不在乎它的长短，哪怕只是一瞬间，我也满足了。余下的路，我不想单独走下去了。我要离开了，离开这个曾经给过我真爱的世界。我是笑着离开的。不要挂念我。——你的子君"

史涓生　(如雷击顶，仰天长啸)子君——

(唱)一纸遗书飞来剑，

　　刺我心，割我肝，扎我肺，裂我胆，

　　顿觉得：海倾山倒、陷地塌天！

活生生一个你竟寻短见，
鲜灵灵一株苗悄然自蔫。
明亮亮一颗珠瞬间投暗，
年轻轻一条命随风化烟。
我的子君哪！
你的去竟如同电光一闪，
你的去留下了迷雾一团。
你的去引我进良心法院，
你的去逼我入道义法栏！
想当初漂爱海忘情热恋，
风光好天空靓七彩斑斓。
建了家圆了梦欲望实现，
却为何从此后——
风常起，云常卷，昏昏天地少晴天？
恨自己心情坏转移恶怨，
伤子君冷爱妻出门不还。
痴情女难承受爱之骤变，
冰山倒玉柱碎立现瞬间！
引子君登歧路难道是俺？
破家庭毁爱巢自拆自掀？
良心账爱情债自审自判，
无休止地清，
无休止地算；
无休止地点，
无休止地盘！
且将我邈邈前路、漫漫人生、虞虞命运——
抵押偿还！
恍然间犹见子君云头站，

殷殷等我在离恨天！

[一声轻盈而又凄楚的狗叫把涓生惊醒。他回头一看，竟然是他抛扔的那条小狗回来了，长久的流浪和饥饿使它骨瘦如柴，浑身灰土，但它依然兴致勃勃，亲昵地偎依于涓生的脚下，丝毫不计较他对它的无情抛扔。涓生几乎像见了子君一样地惊诧，他一把把它抱在怀里，失声地连连叫着——

史涓生　阿随，阿随，可怜的阿随！（突然高叫）子君，我们的阿随回来了！你也回来吧！

[收光。

[全剧终。

故乡口传风情剧

卷三 / 牛郎织女

Niu lang zhi nv

DRAMA COLLECTION

人　物　牛郎　织女　老牛　大哥　大嫂　王母　托塔天王　天神甲　天神乙　乾侍官　坤侍官　一群仙女　一群放牛郎　一群村织女　一群喜鹊　南阳老人　歌队

天宫落仙

[一曲极富风情的南阳板头曲音乐把宛风宛韵抒发得动人又醉人。大幕拉开，背景是清澈空旷的玉宇，银河横贯天空，银河两岸的牛郎星和织女星隔岸相望，熠熠生辉。歌声动情之处，两星竟然徐徐扩亮，从它们的光环之中，分别露出牛郎织女那英俊、美丽的脸庞来，他们眨巴着眼睛，望穿秋水……

[地平线之上是起伏的远山、蜿蜒的白河、绿树掩映的村庄。在夜色的笼罩下，这一切的景象显得朦胧、神秘、富有诗意。

[一个老人在唱——他的嗓音初听起来有点沙哑，有点苍老，还稍稍有点走调，但越听越感觉得到老人的幽默、谐趣、豪迈、自信，让人想到当年南阳随处可遇的那些演唱艺人们的古朴风范——越听越上瘾，越品越有滋味。

[南阳老人之歌：(静场叫板)

伏牛山下汉江头，
一条白河朝东流。
白河连着天河水，
天河边，溜达着南阳老黄牛。
牛郎虽是天宫客，
织女可是南阳媳(音 xiu)。

七月七过了三千载，
鹊桥上踩光了多少喜鹊头。
我说这话您不信，
咱重叫九天仙女下琼楼！

[歌声中，舞台光影幻化着、流动着，先是天宫琼楼玉宇，云蒸霞蔚。仙女们从各自的花芯莲壳徐现芳容，芙蓉出水，极尽妩媚。她们的动作应由静到动，由缓到速，由塑态造型到翩然起舞……她们召唤着、呼应着，渐渐结成仙队，凌风飘飞——背景的霞光、彩云、雁阵、鹤队流动着，纷纷滑向她们的身后，愈加衬托出她们的飘渺、高雅与神秘。

[仙女们的歌声：

娇滴滴，轻盈盈，
女娃来自广寒宫。
肌如雪，肤如冰，
回眸一笑百媚生。
无比的高贵，
美丽的精灵。
我们是仙女，
我们是天星！

冷清清，孤零零，
女娃住在广寒宫。
情渐浓，爱渐生，
心曲百转无人听。
难耐的寂寞，
孤独的倩影；
荡漾的情澜，

逡巡的芳踪。

看人间，无限美景，
伏牛山，逶迤葱茏。
白河水，碧透如镜，
牛郎庄，牛铃叮咚！

[光收，仙队飘逝，余音萦绕。

牛郎分家

[叮咚的牛铃之声一直贯穿暗转前后，以至于成了牛郎音乐的一部分。牛铃声引导着场景的转换，也引出牛郎之家。

[牛郎之家：古桑一蓬，瓦舍数间。宅院的一旁，一排排栅栏牛屋异常显眼。

[这是太阳落山时分，晚霞如醉，炊烟摇曳，群雀归巢，乌鸦踅风……

[清脆的鞭声、欢快的牛叫声、牛郎的歌声，远远传来。

[牛郎的歌声：

炊烟缭缭饭香飞……

[群牛簇拥着牛郎上。牛郎肩插牧笛，手着彩鞭，一身洒脱的牧人打扮；欢快而又兴奋的牛群围着牛郎跳着奔放而热烈的牛儿舞……唯有牛群中那头高大却又显得孱弱的老牛另是一番舒缓的情调。

牛　郎　（唱）炊烟缭缭饭香飞，
牛蹄哒哒放牧归。
牛郎领着牛大队，
牛群牛郎紧相随。

睡地一张床，

盖天一双被。

暴雨一同淋，

寒风一同吹。

牛哥，牛弟，牛姐，牛妹，

济济一群，欢欢一家，谁也离不开谁！

[牛郎摇鞭一声呼哨，赶着牛群纷纷跳进栅栏隐入牛棚。只有那头老牛缓缓押后，步态沉稳地走到一旁卧下。

[大嫂上。她是一个风风火火的女人，但馋嘴又自私。此时，她拿着一只熟鸡腿，一边吃，一边舞，一边唱。

大　嫂　(唱)老二牛郎他不分家，

伴　唱　(帮腔)惹人讨厌，放心不下……

大　嫂　(唱)他一人的饭量顶俩仨。

伴　唱　(帮腔)肚子太大，养不起他……

大　嫂　(唱)趁着他放牛未回来，

伴　唱　(帮腔)盐煎油炸，想啥吃啥……

大　嫂　(唱)会吃偏食才能当家！

伴　唱　人说长嫂像亲妈呀！——

大　嫂　(唱)我才不当大傻瓜；

干脆利索快分家！

[嫂嫂大口大口啃着手里滴着油的鸡腿。

[牛郎上。

牛　郎　嫂嫂，我回来了！

大　嫂　(正吃得尽兴，听见牛郎的声音，顿时吓得噎住了喉咙)啊，啊，啊……

[牛郎赶忙上前为嫂嫂捶背。

[大哥闻声上。见状也急忙赶过去为妻子揉抚。

大　哥　你看你，啃鸡骨头得慢一点，又没人跟你抢。

大　嫂　（缓过来，突然眼一瞪）滚！谁啃鸡骨头啦？谁啃鸡骨头啦？！

大　哥　（指着妻子手里的鸡骨头）这，这不是……

大　嫂　这是绊住我脚的柴火棒！（甩臂扔了出去）老二，规定你七天一回家，今儿是第四天，你咋回来了？

牛　郎　大嫂，我带的干粮吃完了。

大　嫂　七天的干粮四天可吃完了？老二，这个家养活不起你了。

大　哥　老二饭量大，你每次叫他多带些干粮嘛……

大　嫂　多带些干粮？家里都米光面净了！

大　哥　胡说啥呀，麦三石，米九斗，黑豆八升，红薯不还有两窖哩！

大　嫂　（一巴掌打在丈夫嘴上，顺便捂住他的嘴）你大白天发癔症满嘴说胡话满口吐疯沫你哥弟俩合着欺负我我还有啥活头啊！哎——（说着坐地上哭闹起来）

大　哥　（打了自己一嘴巴）算我多嘴，算我多嘴！（吓得躲到一边）

大　嫂　（突然止住哭声站起来）老二，咱们分家吧！

牛　郎　（呆愣了半晌）嫂，牛郎刚过十八，还没来得及报答你和哥哥的养育之恩呢！

（唱）牛郎刚刚过十八，

弟（音 ding）俩自小失爹妈。

哥哥把我拉扯大，

长兄如父嫂如妈，

手足之恩待报答！

大　嫂　（唱）说什么报答不报答，

你甭想赖在这个家。

自古十八“一变俩”，
快去脱坯和泥巴，
另立门户把屋搭。

大　哥　(唱)分家就得分家业，
你舍得把啥分给他(音ra)?

大　嫂　(唱)南坡两亩黄土地——分给他，

大　哥　(唱)那块地，砾礓土就不长庄稼。

大　嫂　(唱)后院那间柴火屋——分给他，

大　哥　(唱)那间屋，摇摇晃晃就要塌。

大　嫂　(唱)祖传的红棕双人床——分给他，

大　哥　(唱)那张床，四条腿已经断了仨。

大　嫂　(唱)东墙下，留半窨红薯分给他，

大　哥　(唱)流浪山野的放牛娃，
红薯窨如何打进干粮褡?
说到底啥也没分啥，
就等于一脚踹出家!

[此时，那头偎依在牛郎身边的老牛，发出长长的叫声——这声音充满凄楚，充满怜惜，充满劝慰，尤其惊人的是，它听起来竟然是悠扬动人的旋律。

老　牛　哞——哞——哞——

牛　郎　(抱着老牛，头面相偎)老牛啊！我听懂你的话了：你是让我什么家业都不要，只要一个你，外加一辆破车，是吗?(老牛点头)

牛　郎　(唱)老牛破车，
全部家业。
想走就走，
想歇就歇。
铺天盖地，

万物不缺。
伸手摘星，
举臂揽月！
我分家喽！我自立喽！我走喽！

[貌似高兴的牛郎，终于掩饰不住内心的酸楚，趴在老牛身上哭了起来……

[大嫂照着老牛屁股猛抽一鞭子，老牛拉起早已套好了破车，拖着牛郎跑下。

[切光。

情定白河

[原生态的白河风光：独山远耸，林木葱茏，蜿蜒的白河碧波接天。视线近处是河岸的一方空地，四周灌木纵横，而爬满灌木的是无处不在的茶豆秧，形成了浑然一体的茶豆架。茶豆架上结满了密密麻麻的茶豆。

[白河在此处打了一个弯，形成一湾湖泊似的水面，在光线的投射下金光闪耀。

[老牛拉着破车缓缓而来。牛郎睡在牛车上，睡得很香。

[南阳老人的歌声：

东桐柏，西伏牛，
白河岸上信缰游。
失去老家找新家，
离开哥嫂有自由。

[拉车的老牛突然牛蹄打滑，险些摔倒。牛郎惊醒。

牛　郎　（翻身下车）哎呀老牛叔！（他慌忙去搀老牛，不想自己反倒一阵眩晕，栽倒在地）

[老牛用嘴拱了拱牛郎，向他喷出一口气，又叫了三声。

牛　郎　(苏醒)老牛叔,我明明听见你说人话了,你在喊我,在催我,是不是啊老牛叔?

老　牛　(突然开口说话)是啊孩子!你三天三夜没吃东西了,你饿晕了。

牛　郎　哦!我没家了。(伤心地)我真想吃嫂嫂给我做的窝窝头啊!

老　牛　牛郎,你往上看,那要比你嫂嫂的窝窝头养人多啦!

牛　郎　(惊喜)哇!茶豆,这么多!——可茶豆不能生吃啊!

老　牛　这里的茶豆能生吃,快吃吧!

[牛郎攀着茶豆架,揪着吃着。

牛　郎　真好吃啊!我咋不知道还有如此好吃的茶豆?!

老　牛　因为这茶豆是神仙种出来的。

牛　郎　神仙种出来的?

老　牛　牛郎,你听好了:这里——可是神仙们常来玩的地方!

牛　郎　神仙们会来这儿?这白河湾口?这茶豆架下?

老　牛　对呀,天上成群的仙女,常常来这白河湾洗澡哪!

牛　郎　啥?天上仙女……来这白河洗澡?你开玩笑吧?

老　牛　你听:她们来了!

[隐隐传来仙女们的歌声,歌声由小到大,由远到近。

[仙女们的歌:

天上有桫椤,
地上有白河。
人间天上水,
天上人间河。
洗凝脂,荡香波,
玉体翩跹浪花落。
白河凫游天仙女,
天仙浴塘是白河,是白河!

［在歌曲的反复吟唱中，成群的仙女飘然而下。牛郎先是吃惊，而后看得眼睛发呆……老牛赶紧拉起牛郎隐蔽起来。

［仙女们的舞：欢乐，飘逸，嬉闹，然后宽衣扑塘入浴……

［河湾里的水面上，雾气蒸腾。蒸腾水雾中，一个个窈窕的胴体，或深潜，或漂凫，或荡水，或激花，极尽仙浴之趣。

［仙女们的衣裳堆满草坪、花丛、枝头……

［这时候，老牛与牛郎从隐蔽处走出——牛郎是被老牛用嘴扯拽着衣襟拉出来的。牛郎一直不敢正眼看，羞得背着脸，双手捂住自己的眼睛。

老　牛　你羞什么！

牛　郎　老牛叔，咱们快逃吧！

老　牛　逃？哈哈哈哈……牛郎啊，你找媳妇的机会可是到了！

(唱)牛郎不必把眼埋，

人生转折已到来。

天上鲜花等你采，

地上花轿等你抬。

花花媳妇等你娶，

九天仙女来投怀！

牛　郎　你都说些什么呀！

老　牛　那里头有你的媳妇，快去挑一个出来！

牛　郎　人家是九天仙女，我是个凡间穷人，不可能！

老　牛　可能不可能，先扯衣裳绫。去，把她们的衣裳随便抓一套过来！

牛　郎　不不不，咱不能干那事……

老　牛　快去呀，人家马上要走啦！

牛　郎　走也不能干！……

[拉扯之中，牛铃叮当作响——

[众仙女闻声惊起，纷纷上岸寻衣、穿衣，陆续飞逃——

[老牛看牛郎执意不听，便急中生智，一声嗥叫，迅疾招来一头牛犊。牛犊冲上前去，用牛角飞快地挑起一件仙衣，左窜右蹦，满地抖耍。老牛哈哈笑着满意地隐去。

[这时候，所有仙女都已飞升消失，只余下一位抢夺不到衣裳的仙女，慌乱地寻找着——她就是织女。织女发现牛犊挑走了她的衣服，便追逐起牛犊子，她左蓟右扑，却始终抓不到，被牛犊折腾得气喘吁吁，无奈地蹲于水中暗暗饮泣……

[牛郎看到，顿起怜悯之心，他腾地蹿起，急追牛犊子，飞蓟腾挪，极见功夫，让人想到英雄救美。几个回合，终于把牛犊子撂翻，夺得了那套霓裳仙衣。

牛　郎　（背对着织女，恭敬地举起仙衣）仙姑，快把你的衣服取走，穿上！

[织女试探地、怯生生地走过来，抓过衣服，又慌忙跑回去，躲进树丛穿衣。

[牛郎推起破车转身欲下。

织　女　等等，还有我的鞋！

牛　郎　（尴尬地停下，仍不敢扭头看）你的鞋在哪里？

织　女　在河边儿！往东一点……哎呀，走过了，再往西……大青石背后……葛花树根儿！

牛　郎　（按照织女的口令找了半天，终于看到鞋子。取过来再次背着身子举给她）——你的鞋！

[织女接过鞋，她开始欣赏牛郎的老诚，她故意转到牛郎面前慢慢穿着鞋子；牛郎赶忙转身；织女再次转到牛郎面前，故意慢慢穿着……牛郎仍不敢看，他推起牛车跑下。

织　女　等等！还有，还有一支发簪呢，快帮我找回来！

牛　郎　（停下，更尴尬）这……这位仙姑，你衣服、鞋子都已穿好，至于发簪，你自己去找吧！（说罢跑下）

织　女　（飘然横拦）你……怎么知道我是仙姑呢？

牛　郎　难道你……你不是仙姑吗？

织　女　是又如何呢？

牛　郎　你是仙姑，我是凡人，井水不干河水，你我两别了！（又逃）

织　女　这位大哥，帮人帮到底嘛——请帮我把发簪找回来！

牛　郎　衣服、鞋子都好找，可是，发簪是小物件，我……（摇头）

织　女　（往河水里一指）那不那不那不——

［此时的河水里，果然出现一物闪闪发光。

牛　郎　（毅然跳下水去，捞起闪光的物件，果然是一枚金色的发簪）给你的发簪，接住呀！（牛郎往前走，织女却往后退；一走，一退；再走，再退……牛郎无奈，只好抛出）仙姑，请您接好！（牛郎抛过，随即推起破车逃跑）

［然而，令牛郎想不到的是，当他转身之间，织女已经坐在了牛车上，笑靥相对——牛郎吓得连连退缩，不好意思地闪在一边。

织　女　（唱）倚牛车，看牛郎，
英俊质朴又善良。
久居天宫织春梦，
春梦应在白河旁。

牛　郎　（唱）姿色艳，容貌靓，
天仙果然降南阳。
凡人俗胎见天相，
不知是祸是吉祥？
想来还是走为上……（再次推车欲下）

织　女　(再度阻拦)大哥!

(唱)稍事歇息当无妨!

叫牛郎,别慌张,

多谢为我找衣裳。

景色诱人白河岸,

最宜消闲赏风光。

牛　郎　(唱)仙姑在此赏风光,

牛郎要去打饥荒。

神仙凡人不一样,

一个清闲一个忙。

织　女　(唱)丢了爹,失了娘,

哥嫂不愿留牛郎。

忙天忙地一条汉,

孤燕单飞怎成行?

牛　郎　(唱)仙姑之话触痛档,

七尺之躯泪两行。

休笑穷汉多薄命,

此生孤独伴寒凉!

织　女　(唱)莫气馁,莫失望,

君有福气亮印堂。

时来运转好事降,

八方神仙来帮忙——你请看:

姜尚为你选宅第,

鲁班为你造新房。

祝融为你砌锅灶,

钟离为你送米粮。

张果老为你挂纱帐,

吕洞宾为你铺牙床。

蓝采和为你扯喜幛，

何仙姑为你贴花窗。

[随着织女所指，以上唱词中的景物逐步幻出——牛郎看得目瞪口呆。

牛　郎　（摩挲着眼前的房屋、家具、帘帐）这，这，这是不是在做梦？我在做梦吧？

[老牛上，边走边发出响亮的笑声……

老　牛　不是做梦，不是做梦，这可是真的哟！

（唱）别发呆，别傻样，

迎新居，入新房，

新郎官就是你放牛郎，

快迎接九天仙女做你新娘！

哈哈哈哈……

织　女　（惊喜地）金牛星君！

老　牛　老牛叩见织女星君！（施礼）

织　女　原来，这都是您的铺排呀？

老　牛　但不知可如仙姑之意？

织　女　（羞得捂起脸）当然……愿意！

老　牛　哈哈哈哈！（对牛郎）你知道你娶了个什么样的媳妇吗？你站好了：九天机杼宫彩帛院万霞织机首席织女星是也！满天空的云锦彩霞都是她和她的姐妹们织就的哟！——看哪：新房造好了，牙床支好了，罗帐挂好了，你还愣个什么？（狠狠撞了牛郎一角，大喝一声）拜天地！

[随着老牛一声吆喝，成群的牛蜂拥而至，它们嗥叫着，组成粗犷的牛的交响乐；它们狂跳着，跳出震天动地的牛的组舞。天上的仙女们又出现了，她们是来为织女的新婚贺喜。空中飘卷着飞花彩带，把牛郎与织女装裹出奇风异韵，美不胜收。

合　唱　　天降爱，地承恩，

天地合，万物孕。

神亦人，人亦神，

人神合，造乾坤。

牛郎织女会，

万古唱到今！

［收光。

织富人间

［牛郎织女家宅院——大写意的场景把舞台分隔成院里院外。院内夸张的景物几乎全是上下纵横悬挂的丝绸。丝绸掩映之下，隐隐露出老式织机上夸大了的部分结构。但环境氛围依然应该与前几场景格调一致，新雅、青翠、光影斑驳、河水如带。还应出现一个南阳小农家式的院门楼。

［南阳老人土味十足的唱段，导引着场景的转换：

天上媳妇娶进门，

织女成了南阳人。

宅子虽是农家院，

旮旯缝道都有神。

伏牛桑蚕织女手，

财源滚滚四海云。

都说憨人有憨福，

牛郎娃儿——怀里搂上了聚宝盆！

［大嫂蹑手蹑脚地走上。她走到院门前，扒着门缝张望，又把耳朵贴在门上向里边听着——院内传出织机之声和阵阵女儿们的笑声——大嫂赶紧跑下，接着她又扯

拽着大哥上。

大　嫂　看见没？这就是老二家，比咱家可阔气多了！

大　哥　多亏你把老二赶出来，要不，他还在咱家睡牛铺哩！

大　嫂　你瞅你瞅，老二家铺天盖地都是丝绸，你就不眼气？

大　哥　那是老二娶了个好媳妇，比我运气好！我眼气啥？

大　嫂　哦，你意思说我是个坏媳妇？你个窝囊废！我要不把老二撵出来，他早把咱家粮食吃光了！那阵子他也遇不上天仙了。

大　哥　所以啊，老二从来不埋怨你，你也别埋怨老二。穷富本天定，不得不认命。回家吧！

大　嫂　我不，我今天就得见老二！

大　哥　你又想闹事啊？

大　嫂　我要问问他，全村女人都会织丝绸了，他媳妇为啥不教我？

大　哥　你还有脸张嘴啊？

[此时，上房门开，轰然走出一群姑娘，他们簇拥着织女，欢快地跳起织锦舞——此段舞蹈的内容有二：一是表现织女教授众村姑学习纺织技术；二是丝绸纺织蔚然成风，南阳绸如五色瀑布，蔚为大观。

[大哥见众村女拥出，遂躲下；大嫂羡慕与好奇心切，她趴到一棵老桑树的虬枝间，偷偷窥伺着那热闹的场面。

[舞蹈时的幕后伴唱：

织女星，下尘凡，
撒落一把天上蚕。
天蚕纷纷落何处？
伏牛山上万桑园。
结不完的茧茧，
缫不完的丝线；

织不完的锦缎，
裁不完的灿烂。
啊……
我们的织女，我们的天仙！

织女星，下尘凡，
白河岸边建家园。
教我巧手织彩霞，
南阳丝绸仙女传。
织不尽的幸福，
纺不尽的爱恋；
采不尽的欢乐，
收不尽的美满。
啊……
我们的织女，我们的天仙！

[大嫂看得走神，一不小心，从虬枝上滑下，吊在了枝桠间。

大　嫂　(大呼小叫地)哎哟！哎哟！快救命啊……

[众人见状，急忙把大嫂从树上接下来。

村姑甲　哟，这不是牛郎他嫂子吗？

村姑乙　不是她是谁！她这是玩的哪门子把戏？

众　人　大嫂，大嫂，要紧不要紧？

织　女　是我的嫂嫂来了么？嫂嫂——

大　嫂　(不好意思，又求之不得地)妹，妹子！

织　女　你就是我的嫂嫂？

大　嫂　你就是我的妹子？

[两人扑抱在一起。

织　女　你来了怎么不事先告诉我？

大　嫂　我,怕你们不愿见我……

织　女　嫂嫂哪里话！牛郎早说要回去看你呢！

大　嫂　(忽然哭着像小孩子似地撒娇)那为啥还不回去看我？那为啥还不回去看我？

织　女　好嫂嫂,等牛郎回来,我一定陪着他去看你！

大　嫂　(忽又关切地)牛郎不在家？他去哪儿啦？

织　女　领着牛郎庄的小伙子们运送丝绸去了！

大　嫂　啥吔？牛郎也会跑生意啦？

[幕后传来牛郎的歌声:“南阳丝绸运远方——”

织　女　听,牛郎回来了！

[牛郎率领他的赶牛队上。赶牛队一色小伙,每人赶着一头牛,且唱且舞——(牛郎们的舞)

牛　郎　(上,领唱、合唱)

南阳丝绸运远方,
穿函谷,过凤翔,
出阳关,迈高昌;
经苏撒,越胡杨,
跨姑星,进若羌,
波斯海湾美名扬,
归来了赶牛郎！

大　嫂　(一见牛郎激动地扑上去)兄弟！

牛　郎　(亦激动地扑过来)大嫂！

大　嫂　兄弟,你有出息了,还认不认你嫂了？

牛　郎　(亲切地)认,认！不管走到哪儿,我心里总惦记着哥哥嫂嫂！你看——(从怀里取出一包)这是波斯湾的珍珠母项链,用三匹丝绸换来的,特意送给嫂嫂！

大　嫂　(又想接又不好意思)这……这么贵重的宝贝,我没资格要,还是送给你媳妇吧！

牛　郎　都有都有！（取出其他礼物分发着）

［大哥上，牛郎亲切地为大哥送礼物。

［牛郎把最后一件礼物给织女，那是一支簪花，他无限深情地把它插于她的头上。

［所有小牛郎们纷纷取出礼物，送给一个个小织女们——他们都模仿着牛郎织女二人的动作，场面整齐划一，煞是好看，这是一群牛郎与一群织女的集体双人舞，优美、抒情、宛味十足。大哥大嫂也加入舞蹈，但他二人是另一种动作，风趣滑稽，时隐时出。

［舞蹈中的歌唱：

哥哥妹妹两大群，
村挨村来邻挨邻。
哥哥都是光棍汉，
妹妹也是断炊人。
白日相见喊个苦，
夜晚相思抱个贫。

女　声　自从天门开，织女降凡尘。
教我织丝绸，双手捧金银。
日子节节高，爱情扎下根；
不知何时来花轿，
把妹抬出织女村？

合　唱　哥哥妹妹两大群，
村挨村来邻挨邻。
哥哥都是精壮汉，
妹妹也是待闺人。
只因家家锁穷困，
咫尺天涯不结亲。

男　声　自从天门开，织女降凡尘。

踩出丝绸路，海外驮金银。
日子节节高，爱情扎下根；
只等妹妹一声唤，
哥把妹抱进牛郎村！

合　唱　牛郎庄，织女村，
两群人，一家亲！一家亲！

[欢乐的高潮中切光。

神牛献皮

[景同前场。只是一切植物露出淡黄，预示着秋的临近。

[幕启时，牛郎趴在地上，他的脊背上骑着一个小女孩，另一个小男孩跟在后边，手里摇晃着一根树枝，把他当牛赶。三个人时不时逗得哈哈大笑……

[南阳老人之歌：

天上星星七眨眼，
地上人间过七年。
一双儿女长七岁，
桑树年轮添七环。
白河往南滚七丈，
伏牛山头多七峦。
交了七月又初七，
七七七七凑一团，
莫非天道设机关？

[幕后一个声音在喊——“牛犊子跑喽！”

牛　郎　(登高远望)哟，咱家牛犊子跑了，我得去追。乖，你俩快回屋找你妈去！(跑下)

琼　丽　哥，咱回屋吧。

如　意　(听到蛐蛐叫声)咦！黄金鞍儿！(四下寻找)

琼　丽　爹叫咱回屋哩！

如　意　你没听见吗？这可是个好蛐蛐！看，在那儿！

[两个孩子追，蛐蛐蹦；再追，再蹦；牛孩猛地一扑，扑倒在两个大汉的脚前——这是两尊天神。

天神甲　这就是织女的两个孩子！

天神乙　认准了吗？

天神甲　一点不错！

天神乙　动手！

[天神甲一挥手，落下一群天兵，他们架起两个孩子，旋风似地奔跑——两个孩子挣扎、呼叫——老牛急上。

老　牛　放开孩子！

[天兵挟持着俩孩子继续奔跑，老牛奋起盘角，左挑右抵，腾空追赶，把天兵天将挑落一地。二天神亦非老牛对手，他们只得把两个孩子放开。

[老牛驮着两个孩子，大摇大摆地走下。

[托塔天王上，他拦住老牛的去路。

托塔天王　金牛星君留步！

[老牛闻声一怔，停下脚步。

天神甲　(威慑地)托塔天王驾到！

天神乙　金牛见驾！

老　牛　(恭敬俯首)天王！

托塔天王　金牛星君，你应该悔罪才是！

老　牛　(摇头)天王所言何意？

天神甲　你偷将天上五谷撒播人间，触犯天条，被贬下界……

老　牛　天上案事已经了结。

天神乙　可是你不但不思悔改，反将天神织女诱嫁凡人牛郎……

天神甲　前罪未赎！

天神乙　后罪叠加！

甲乙合　罪在不赦，死期临头了！

托塔天王　如若你能击毙牛郎，劝归织女，毁掉这一双天人混血的儿女，或可保全金牛星君之命。舍此你便消亡在即了！

老　牛　（仰天大笑）哈哈哈哈哈……

（唱）吾本天界一牲畜，
曾向天下播五谷。
更喜荐得织女星，
嫁为南阳牛郎妇。
（伴）天人合一传千古，
天人和谐万代福。

老　牛　（唱）吾本天界一牲畜，
喜看人神后辈出。
仙灵血脉存人世，
人类智慧秉天赋。
（伴）天人合一传千古，
天人和谐万代福。

老　牛　（唱）吾愿已足！吾死亦足！
不惜粉身！何惧碎骨！

托塔天王　你是死心塌地了！来呀，把那两个孩子抢走！

［众天兵再度抢夺二子，老牛再度拼命相护……

托塔天王　玲珑宝塔伺候！

［二天兵抬来玲珑宝塔，托塔天王举起宝塔，一道闪电伴随一声霹雳，把老牛击倒在地，罩于火罩之下。

［织女奔上，凄厉地扑向老牛。

织　女　（抱住老牛痛哭）金牛星君！

托塔天王　织女星君别来无恙！

织　女　托塔天王！

托塔天王　金牛屡犯天条,不听劝告,才落得如此下场。织女星君,万望审时度势,从速抉择才是!

织　女　天王所言"抉择"究竟何意?

托塔天王　不要装糊涂了:留子舍母,留母舍子,你任选其一!

织　女　放过这两个孩子吧!

托塔天王　那你就速返天庭受审!

织　女　我这里还有一家人哪,我怎忍心弃亲而去呀?!

托塔天王　那就灭了这两个孩子!——来呀,将二子抛向太空!

众天兵　嗻!——(擒住二子)

织　女　(歇斯底里)放了孩子!放了孩子!我愿归天受审!(痛苦得伏地痛哭)

[俩孩子扑向母亲,母亲抚慰着孩子。

织　女　(强忍悲痛,对天王)你们且与我下去,我要作些交代!

托塔天王　嗯!……(挥了挥手,众神下)限你午时三刻,受押归天。若误时辰,雷劈二子!(下)

如　意　妈妈,那些人为啥恁凶?他们是哪个村的?

织　女　他们是天上的。

琼　丽　天上的都凶吗?

织　女　不,我和你老牛爷爷都是天上的,我们凶吗?

如　意　快救老牛爷爷呀!

琼　丽　我去端水!

如　意　我去抱草!

老　牛　(挣扎着抬起头来)孩子们,不用了,快去找你爹爹回来……快去!

[俩孩子跑下。

老　牛　织女星君,我的大限已到,不用管我。当前要紧的事有两件:一要保夫妻双全,二要保儿女双全。天人好合,自此为始,亘古相延哪!

织　女　可是,可是我就要回归天庭了啊!

老　牛　让牛郎追上天庭!

织　女　追上天庭? 可他是凡人哪!

老　牛　只要穿上登云之鞋,便可登天,便可与你比翼齐飞!

织　女　登云鞋? 他一个凡夫俗子,哪里去寻登云之鞋呀?

老　牛　剥下老牛之皮,便是登云之鞋。

织　女　剥下你的皮? 不,不不不……

老　牛　老牛要走了,快动手吧!

织　女　(痛楚地)金牛星君!

老　牛　让老牛……最后……再帮你们一把忙吧! (气绝)

织　女　老牛叔! (痛哭失声)

[牛郎急上。

牛　郎　老牛叔怎么了? 老牛叔怎么了?

织　女　他,走,了! ……

牛　郎　老牛叔! (抱住老牛痛哭)

织　女　(反倒冷静下来)快拿刀来,剥下他的皮……

牛　郎　(吃惊地)你——你说什么?

织　女　听清楚:拿刀来,剥下他的皮!

牛　郎　你——(扬起巴掌几乎要扇下去)你,你好狠的心哪!

织　女　(委屈地又急切地)没时间和你细说了,快剥下他的皮——

牛　郎　你疯了吗? (抱着织女摇晃着)你看着我——难道你忘了他是我的恩人,他是我的恩师,我怎么能忍心对他下刀呢!

织　女　夫君! 你一定要照着办:剥下老牛的皮,做出三双鞋,你和两个儿女都穿上这样的鞋, 才能上——天——追——我——!

牛　郎　上天追你? 你,你你你……你要上天了?

织　女　我的夫君啊！

(唱)天时紧，天令急，

天神威威严相逼。

逼我午时升天去，

天壤一别无归期，无归期！

牛　郎　你真要升天去吗？你，你忍心丢掉这个家吗？

织　女　(唱)为妻虽是天宫女，

难舍人间芳草萋。

难舍白河连天碧，

难舍伏牛景旖旎。

难舍蚕桑农家趣，

难舍丝绸绕织机。

难舍南村众姐妹，

难舍北庄众兄弟。

难舍我儿小如意，

难舍女儿小琼丽。

难舍难舍难舍我的夫君你呀——

真情如胶爱如漆；

身心早已合而一！

而今天命召织女，

天王连连响霹雳。

金牛星为护咱的儿和女，

塔光之下遭雷殛。

牛　郎　(唱)我的老牛叔！我的恩师！我的伴侣！

问天宫：神牛遭神算，相煎何太急？

织　女　(唱)妾身若不归天去，

全家性命不保夕。

牛　郎　(唱)我的儿子！我的女儿！我的爱妻！

问天官：天道既倡善，为何造分离？

织　女　(唱)金牛本自天宫来，

大限虽终留神皮。

神皮裹足风云起，

扶摇直上攀天梯！

牛　郎　(唱)神皮纵是上天梯，

我怎能忍心执刀向恩师？

织　女　(唱)牛叔临终切切语，

嘱子追天莫犹豫。

粉身碎骨为知己，

最后献上一张皮！

合　唱　牛叔临终切切语，

嘱子追天莫犹豫。

粉身碎骨为知己，

最后献上一张皮！

织　女　午时已到，你快快动手吧！

牛　郎　这，这这这……

[一声霹雳，托塔天王与众天兵天将上。托塔天王挥手，天兵天将驾起织女，旋风般消失于天空之中。只留下织女那凄厉的呼喊之声……

[牛郎歇斯底里追扑了一阵子，无力地倒在老牛身旁痛哭。而后，他慢慢抬起身，抱起老牛，人头并牛头，热泪奔涌地依偎着……

[切光。

天河七夕

[天宇。岚霭蒸腾，云雾缭绕。随着场景的移动，背景渐

渐缥缈，渐渐幽远，渐渐深邃……

［织女在托塔天王与众天神的挟持中上。

织　女　（唱）左臂缠，右臂拴，
左绑右架升云端；
颠沛落寞归长天——

帮　腔　我好心酸！

织　女　（唱）归天不敢回头看，
一望白河折心肝！

帮　腔　一望白河折心肝！

［织女在众天神挟持与吼叫声中下场。

［牛郎携一双儿女上。他们已经腿裹牛皮，脚底生风，驾云飘飞。

牛　郎　（唱）托神牛，献神皮，
牛皮裹足风云起，
风驰电掣追爱妻——

帮　腔　似驾天驹！

牛　郎　（唱）神牛一生耕仁义，
仁义丰碑人心立！

帮　腔　仁义丰碑人心立！

［牛郎和一双儿女穿云破雾下。

［托塔天王与众天神押织女上。

天神甲　禀天王：牛郎追来！

托塔天王　什么？

天神甲　牛郎追来！

托塔天王　他一个凡夫俗子如何能上天？！

天神甲　他腿上裹着金牛星的皮！

托塔天王　好你个金牛星！你临死还不忘制造麻烦。来呀，宝塔伺候！

[二天兵抬来玲珑宝塔。

[牛郎领儿女呼叫着奔上。

牛　郎　贤——妻——！

织　女　（急切地应声）夫——君——！

托塔天王　（凶狠地）牛郎！你返回尘世便罢，再走前一步，叫尔粉身碎骨！

牛　郎　那就请放回我的妻子！

托塔天王　（大笑）哈哈哈哈！凡尘蛤蟆，想吃天鹅。那就休怪本王无情——（举塔雷声隆隆）凡夫就死！

织　女　住手——！天王滥杀无辜，天道何存？

托塔天王　此处哪有你说的话？（再举塔）凡夫就死——！

织　女　（扑过去同牛郎及两个孩子抱在一起）要死，就让我一家四口一起死！

托塔天王　（凶神恶煞般高高举起宝塔）那就一起死吧！

[塔光爆溅，电闪雷鸣。

[幕内传来王母喝止之声："手下留情！"

[王母銮舆簇拥，飘然而至。

众天神　参见王母！

王　母　托塔天王，你又要擅开杀戒了？

托塔天王　王母容奏：牛郎乃凡俗之人，竟然腿裹金牛之皮，携带儿女，追上天庭，妄图——

王　母　他能追上天?！那他还真是个好样的！牛郎过来，（端详）嗯，倒是一表人才！我看比你们这一堆长得都强。

托塔天王　启奏王母：织女败坏天纪，下嫁凡人，并且与凡人生儿育女——

王　母　你不说我也注意到了——是这两个小家伙吧？（搂住孩子观察）啧啧，瞧这脸蛋儿，瞧这眼神，不愧是我天宫的血脉！

托塔天王　启奏王母：牛郎织女，一个犯天纪，一个凌天威，二犯又不思悔改，一起请死，为臣正要对其实施殛刑！

王　母　你就会血腥镇压那一套！你擅杀金牛星君，我还没和你说事儿呢！啥年光了，你就不兴改改样儿？

托塔天王　王母！为臣可是遵照您的懿旨，下凡查办二犯罪愆！

王　母　（鼻子发酸）那是我太想我的七闺女了！（搂起织女）乖女儿，你不该不吭声就住到南阳不回来，难道那地方比咱天上都好吗？

织　女　母后，你要去那地方，也会舍不得离开的！

［满天空隐隐响起“天上有桫椤，地上有白河”那优美旋律……

托塔天王　王母，织女她是眷恋风土，放任春情，天人淫乱……

王　母　不能那么说！咱天上神仙也不禁止成双配对。成家过日子，天上天下都属正当。我说天王啊！以我看，既然我的女儿女婿外孙孙都回来了，就留下他们吧？啊！

托塔天王　这？……牛郎他是凡人，怎能留在天上？

王　母　那就把他封成天神得了！你当年不也是由凡人封上来的吗？得，我看就封他个“牛郎星”好啦！

织　女　谢王母！（跪拜）

王　母　哟，我没封你，你谢的什么？

［织女狠狠拧了牛郎一下子……

牛　郎　（疼得直叫，看到织女使眼色，赶紧跪拜）谢王母！

王　母　（疼爱地笑着）起来吧，起来吧！嗯，还有件事要办：你们有今天，也多亏金牛星仁爱为本，大善为怀，我看得把金牛星招回来。

托塔天王　这……

坤侍官　金牛星见驾喽——！

［老牛上。

老　牛　粉身之畜死而后生，谢王母再造之恩！

王　母　金牛星，你为天宫争光了！天道倡仁爱，慈善和天人哪！你把仁爱与慈善播撒人间，你做得好啊！

［乾侍官内喊："玉帝圣旨到！"乾侍官上。

乾侍官　牛郎织女听旨！

兹察：织女私嫁凡世，有悖天规。幸遇牛郎，爱真意执。老牛献皮，成就天缘。美德堪彰，愆尤难恕。着尔——

隔河两相望，

承受相思罪。

年年七月七，

鹊桥一夕会——钦此！

众天神　（山呼）玉帝圣明！

［隐隐的、沉沉的合唱响起。

隔河两相望，

承受相思罪。

年年七月七，

鹊桥一夕会……

王　母　（鼻子发酸）乖女儿，别怪你父王心狠，犯了天规，不说点事不中啊！以我看来，这是你玉帝老子最轻的处罚了！

托塔天王　启奏王母：天上无河，怎能以"隔河相望"处罚？玉帝此言岂非空话？

王　母　哇！你怎能如此非议玉帝？难道你忘了哀家头上的万创神簪了吗？有它在手，何愁划不出滔天之浪！

［王母顿现魅姿，拔下头上熠熠生辉的神簪，舞动广袖，望空划去——登时雷声隆隆，云诡波谲，圣手挥处，波浪滔天，一条银河出现在广漠宇宙之间。

［幕后，声势浩大的合唱响起——南阳老人的领唱贯穿

其中。

[南阳老人领唱的合唱：

王母娘娘举神簪，
划道天河十里宽。
宽宽河水深千丈，
只有波浪无舟船。
牛郎织女隔岸望，
一年相思盼一天，
七月七盼来乌鹊聚成山！

[舞台场景变幻，成群的喜鹊翩翩而来，满天飞舞，凌空结成长虹一样的鹊桥。牛郎织女沿着鹊桥两头走上顶端，会聚桥中——

合　唱　乌鹊搭桥跨银汉，
牛郎织女登桥巅。
夫妻二人脸对脸，
笑颜之下泪涟涟。
这一夜呀——
只愿星星眨巴眼，
不愿日头露光圈……
这本是牛郎织女当年话，
一个情字万古传！万古传！

[在合唱声中转景——黑云白水、波涛汹涌的天河，变成霞光万道，五彩缤纷的广宇。光柱照射下的牛郎织女相拥相偎。此时满天羽毛翻飞，似雨似雪似纱似帐，织出动人的爱情画面。

[幕闭。

[全剧终。

新编历史人物剧

卷三／医圣传奇

Yi sheng chuan qi

DRAMA COLLECTION

人　物　张仲景　东汉名医。南阳人。曾举孝廉,官至长沙太守,终以岐黄之术名夺医坛之冠。所著《伤寒论》《金匮要略》炳耀后世,被誉为医学经典,世称“医圣”“亚圣”。

景　母　张仲景的母亲。

张伯祖　张仲景的叔父,当世名医。仲景启蒙之师。

芝　兰　张伯祖养女，后为仲景之妻兼医弟，改名卫讯。

白毛翁　伏牛山深坳古系老猿。识药知味,亲善异类,灵性通神。

嘟　嘟　白毛翁所拯救收养的难女,后随张仲景习医,成为张仲景另一女弟子,改名杜度。

驿　官　伏牛驿站小头目。

临湘令　长沙郡临湘县县令。

茶陵令　长沙郡茶陵县县令。

历阳侯　长沙郡历阳侯邑之爵。

王公公　宦官头目,汉宫侍中。

驿卒　医士　乡勇　病人　乡民……

一

[东汉末年 。荒春。

[驿站官道之间,张仲景上任的仪仗人马轧轧而来。旌幢、云轿、侍从、属眷,尤以那顶活跃的云轿撩目显眼。那是张仲景坐的云轿,轿夫们极尽张扬,频显身手。

[葱茏而苍茫的桐柏大复山遥遥在望。

[张仲景的母亲与未来的儿媳张芝兰乘云轿上。

景　母　(唱)仲景儿履任长沙做太守,

终熬个出人头地登琼楼。

芝　兰　(唱)仲景哥十年攀爬行医路,

面临个航向陡转怎掉头?

景　母　(唱)进贤冠金玉闪烁天子授,

芝　兰　(唱)缁安轿繁缨旒彩比公侯!

二人合　(唱)陡然间十里笙歌又闻奏——

[驿官带役卒上,他们迎着云轿恭敬拜揖。

驿　官　(唱)伏牛山守关吏给您叩头!

芝　兰　你是何人?

驿　官　伏牛驿站班头伍石斤。

芝　兰　为何拦轿?

驿　官　恭迎长沙太守张大老爷上任路过此地, 这是小驿百年荣耀,千年光彩。驿中酒宴已备,恳请太守大人赏光!

景　母　既然如此,芝兰,就请景儿下轿吧!

芝　兰　(向轿内)桐柏已到,请大人下轿吧!

[轿内无应。

芝　兰　(诧异,再唤)桐柏已到,请大人下轿啦!

[轿内仍无应。

芝　兰　(着急地)仲景哥,桐柏山到啦,人家来接你哪,你听见没有?你睡着了是咋的?

[芝兰猛地揭开轿帘子,轿内无人。只有官衣官帽。景母与芝兰大惊。

二　人　(同时)啊?人不见了?这还得了啊!(芝兰着急得要哭)

[四轿夫同时跪地。

四轿夫　夫人小姐赎罪!

景　母　这是怎么回事?

芝　兰　快讲!

轿夫长　太守老爷说伏牛山上草药天下闻名,难得一遇,一心上山,又怕夫人小姐不许,故而不告而辞。

景　母　他一人进山了?

芝　兰　你们为何不早讲?

四轿夫　太守老爷要我们保密,泄密者重责不饶!

轿夫长　这是太守老爷留下的字句!

[芝兰接过字帛。

芝　兰　(念)来到伏牛山,

不知身为官。

徒步登峰顶,

采药访草仙。

景　母　啊?他单独上山了?这可如何是好啊?

驿　官　老夫人且莫着急,待小的派人急速上山寻找,确保太守大人安全也就是了!我说小子们!

众　卒　在!

驿　官　带上钉耙、镰刀、桑叉、扫帚，见虎打虎，见蛇撵蛇，见了不穿官衣不戴官帽文绉绉的陌生人，尔等可得给我小心着点，那就是我们要找的张大太守啊，你们轮着背，合着抬，也要安安全全给我请回来，听见没有？

众　卒　是！

驿　官　愣着干啥？还不快行动！

众　卒　是！

[切光。暗转。

[伏牛山麓深处。峭壁耸立，古木参天，葛盘藤绕。

[张仲景腰束简带，腿脚紧扎，身裹褡裢，俨然一介村夫。他那褡裢里装满了他刚刚采集到的只有他才说得清楚名称与药性的各类罕见之药，他的手中拿着的与口中含着的是那些刚刚发现的，或者从未见过的草中新品，他边咀嚼、边尝试、边行走、边寻觅……

张仲景　（唱）攀岭崖穿林莽窥谷探洞，
嚼百花尝百草啃树咬藤。
张仲景生就个药人之命，
荡大山游药海浑似顽童！
三年前举孝廉身如负重，
不习政不知事愧忝虚名。
突然间汉天子又颁皇命：
册命我：赴长沙，当太守，赐五品，簪紫英，
跻身官场傍公卿，
八面威风！
可惜我习医人浑身药性，
入官场忙逢迎筋骨作疼。
着官衣戴官帽如染重病，
背药褡走药岭心爽神清。

赴长沙上任路绕道秦岭，
巴不得访遍这万顷葱茏。
一路来采新品数量多种，
一路采一路尝一路品评。
好一处飞瀑崖风清气静，
坐下来细检点半日收成！

[张仲景倚石打坐，抽出所采草木石样，把玩品尝。

[突然，一个披兽皮、裹麻衣、皓发披肩、毛脸毛鬓的白毛老人出现在张仲景身后，他见张仲景正要往自己口中递进一枝药草，便怪叫一声，猛扑上去，一把将张仲景手中的药草夺掉。张仲景被这突如其来吓了一跳。

张仲景　老人家，可是我采了你家的药材了？

[白毛翁无答，只瞪着眼睛“呜呜”着。

张仲景　如是这样，我会补偿给你银两的。（掏钱递过）

[白毛翁摇头，但仍“呜呜”无话。

张仲景　既不是你家药材，就该把药草还我才是。

[张仲景上前欲接过被对方夺走的药草，白毛翁反而把药远远抛开；张仲景走过去捡起，白毛翁又扑上来夺抢，口中发出更大的呜呜声。

张仲景　噢，你是个哑巴！可是，我来采药，关你什事？你就不要管我了！（张仲景上前捡药）

[白毛翁一脚踩紧药枝，“呜呜”声更大，同时双手急骤地比画着。

[张仲景渐渐看出名堂，那哑巴显然在警告他，吃了这种药会没命的。

张仲景　哦，你是说，这种药，有毒？

[哑巴点头。

张仲景　那，你是怎么知道的？

[哑巴比画。

张仲景　哦，原来你吃过？（张仲景突然大感兴趣起来）你快告诉我，你当时吃了多少？什么味道？吃下去多久药性发作？身体感觉如何？哦，我又忘了你是哑巴！

[哑巴更激烈地比画着，口中的“呜呜”渐渐变成“哇啦”“哇啦”……

张仲景　（忽然有所发现）——老人家，以我听来，你并非先天聋哑，而是半道失语的。是这样吗？

[白毛翁听了一怔，惊讶地点着头。

张仲景　你可愿意让我为你把把脉呀？我是个医生，也许我可以为你治上一治。你可愿意？请把手伸过来，伸过来！

[白毛翁犹豫地把手伸过去。

[张仲景为老人把脉，不断变换脉把，总觉有欠准确。

张仲景　（突然一惊，闪离老人，用无比奇异的眼神盯视老人）老人家，恕我不恭，你的脉象，可不是人的脉象啊？……你要我讲真话么？那好，请莫见怪，你的脉象，可是兽脉呀！

[白毛翁闻听此言，突然跪倒，向着张仲景拜揖——

张仲景　这么说，你果然为兽了？（继续把脉）嗯，虽为兽脉，却含智人脉象之“弦长自和”，难道，难道你是当年神农氏收养的八百古猿之后裔么？

[白毛翁哇哇乱叫，佩服得五体投地。

张仲景　天哪！若是古猿后裔，必然熟知药性，你，你能够开口讲话该有多好啊？（突然取出银针）老人家，你既非先天聋哑，我身带岐伯银针，可否为你治上一治？

[白毛翁犹豫。

张仲景　我治好过不少哑巴，你放心，不会伤害身体。

[张仲景扶老人坐于石上，取出银针，对老人施针。

(唱)岐伯银针握在手，

一阵感慨上心头。

久闻神农饲异兽，

却未料伏牛山岭遇人猴！

主针轻捻入头颅，

辅针五处荡激流。

接经连络哑门叩，

生死命关着针头——

[白毛翁随着张仲景拔出银针的动作颓然倒伏于石上。

[此刻，一群猿猴从林木中窜出，其中一个长发披肩，二目精亮，女性体征突出的人冲在最前边。她看到白毛翁倒下，尖叫一声扑过去，抱着老人呼喊着："婼，婼，婼！……"她见老人无应，扭过头来，眼睛发红，狂叫一声，率领众猿猴扑向张仲景……

[正当危机时刻，白毛翁苏醒过来。

白毛翁　嘟——嘟，停——手！

嘟　嘟　(被白毛翁的一喊惊住，万般狐疑地盯住老人)婼，是你喊的吗？

白毛翁　(口语虽含糊不清，但听得出是人语)是……婼……喊……的，嘟嘟，这是——救命——恩人！

嘟　嘟　(狂喜不已)?！你真能说话啦？

白毛翁　他——治——好——了——我，他就是——神农老祖千年祈盼的神医到了！嘟嘟，磕头！

嘟　嘟　(唱)婼婼开口讲人语，

神传古梦现真迹。

望着恩人拜倒地，

伏岭果然降神医！

伏牛山本是神农牧猿阈，

我的嗒身为古猿一后裔。
领养群猿共聚居，
猴猱世界相安娱。
七年前猿群突然传疫疠，
我的嗒他尝百草、吃百花、嚼木含石、
舔金舐毒、亲身自验试药力。
忽一日尝药不慎他失语，他失了语！
百治无效成痼疾。
神农卦签留谶语：
有朝一日，铁树花开、圣人出世、
哑巴开口逢神医！
神医神医就是你，就是你——
大恩大德报不及！

张仲景　我听出来了，你叫“嘟嘟”！

嘟　嘟　这是我古猿爷爷给我起的名字。

张仲景　可你却不像你古猿爷爷的子孙！

白毛翁　她——是——人。

嘟　嘟　我是人，是古猿爷爷从死人堆里救出来的一个逃难人。

张仲景　哦？说说你的身世。

白毛翁　收——下——她，叫——她——细——细——说。

张仲景　那就请您老先收下我这个徒弟！

白毛翁　不敢，你——是——恩——人。

张仲景　我虽治好你的哑病，你却是我幸遇的老师。一个智慧猿人，脉系神农远世，尝遍金石百草，年高魁岳，长生不老，你，你有太多太多的研究价值，张机要拜你为师了！

二　人　怎么？您就是张机？

张仲景　不才张机，张仲景。

嘟　嘟　“他年遇张机”，

白毛翁　“太守着布衣”。

嘟　嘟　“哑巴开口语”，

白毛翁　“伤寒敛踪迹”。

张仲景　这是……

白毛翁　这是神农老祖留下的谶语，今日应验了！

[驿官带众卒上，看见一群野人紧紧围着张仲景，便大呼一声扑上去。

驿　官　打野人！打野人！

[众卒一阵乱打，白毛翁逃掉；嘟嘟被张仲景护住。

张仲景　不得莽撞！

芝　兰　（上）仲景哥！你叫我们好找啊！

驿　官　拜见太守大人！伏牛驿小官伍石斤躬迎太守大驾！

芝　兰　（见张仲景护着的嘟嘟）啊？好可怕呀！

驿　官　大人，快离开她，她是野人！

张仲景　她不是野人，她是我新收的学生！

一驿卒　禀大人，那个白毛妖怪跑掉了！

驿　官　给我追！

张仲景　不能追！（忽然拿起官架子）尔等何其莽撞！嘟嘟，去把你嫔嫔请回来！

[嘟嘟望望众驿卒，怯生生地下。

张仲景　（派头十足地）尔等听了，本太守有命在先：伏牛山圣灵之地，神农遗迹满山普存。一草一木、一禽一兽，皆有灵性。只可保护，不可损毁，如有违犯，重罚不饶！刚才谁在大惊小怪？什么白毛妖怪？什么野人？那是我的老师！新拜的老师！

[嘟嘟抱着一块木头上。那木头质沉纹密，明光发亮。

张仲景　嘟嘟，你嫔嫔呢？

嘟　嘟　他说他怕人类，尤其怕现在的人类，他不来了。他让我把这段万年古木送给你,这段古木可有灵性了,雨天发紫,晴天发蓝,轻轻一敲,有万籁之音。

[张仲景接过,用手指轻轻一弹,果如石磬颤鸣。

张仲景　(无限感慨地)这可是上好的琴料啊!

[切光。

二

[长沙太守府后堂。屏壁上书:“太虚寥廓,肇基化元。万物资生,乃顺承天。”

[景母手捧一件破旧的衣衫,正在穿针缭线地缝织着。

景　母　(唱)虎巍巍太守府雕檐飞斗,
四面岗八面哨贵比王侯。
只可叹我的儿无命消受,
家少待衙少坐常串垄头。
粗粗茶淡淡饭习惯依旧,
贴身衣老棉布不换丝绸。
前针连后针脱衫袖已朽,
时时叫老娘心喜中泛愁!

[嘟嘟一路笑声跑上,芝兰在后追上,一手拿着书简,一手拿着板子。

嘟　嘟　老夫人救我,老夫人救我!

景　母　芝兰,你又欺负嘟嘟了?

芝　兰　不是我欺负她,是她不争气,又没完成学习任务!

景　母　嘟嘟,究竟为何?

嘟　嘟　那段《黄帝内经》,我只背错一个字,芝兰姐就要打我。

景　母　芝兰,你也太严了!

芝　兰　这可是你儿子大太守立的规矩,错一个字打一板子。

景　母　真要只错一个字,板子就免了。

芝　兰　她错三个!

嘟　嘟　只错一个!

芝　兰　三个!

嘟　嘟　一个!

景　母　我来当考官,嘟嘟背来我听!(夺过芝兰手中的书简)

嘟　嘟　(背诵)"天有四时五行，以生寒暑燥湿风。人有五藏(化)五气,以生喜怒悲忧恐。故喜怒伤气,悲忧(寒暑)伤形。暴怒伤阴,暴喜伤阳。"

芝　兰　停,停,停!已经错了三个了!快伸手来挨打!

[嘟嘟藏到景母背后,连连求饶。

景　母　以我说,嘟嘟这就不错了。人家一个老猿猴带出来的丫头，一年多来,学了八千文字,背会了黄帝《素问》《灵枢》,我给嘟嘟打满分!

芝　兰　妈,我不打她板子,仲景哥回来就要打我板子!

景　母　我给你们做主,他要打就打我的板子!

[嘟嘟高兴得羞芝兰,芝兰也笑起来。

景　母　嘟嘟,你想不想你那个老猿猴嫱嫱?

嘟　嘟　想,老想。

景　母　你是怎么遇上他的?

嘟　嘟　我爹妈带着我逃荒,碰上大瘟疫,都死了。是老古猿发现我还有一口气,就把我背到桐柏山。

景　母　他怎么救了你?

嘟　嘟　就那么一把草、一捧水、一粒果地把我救活了。

景　母　你们平时都吃什么?

嘟　嘟　什么都吃,山果、山禽、草木、石头,还吃百虫呢!

景　母　你怎么知道他的古猿家世?

嘟　嘟　他教会了我哑语，他用哑语告诉我好多好多远古时代的事！他送给太守大人的那块万年木，可神奇了！轻轻一敲，能听千里之外；光泽一变，能预知未来之事。有一次呀……

［家丞上。

家　丞　启禀太夫人：南阳老家有客来访。

景　母　客人姓甚名谁？

家　丞　他说他叫张伯祖。

芝　兰　（高兴得跳起来）爹爹！

景　母　那是你家四老爷，快快有请！（家丞下）

［张伯祖上。芝兰一边喊着爹爹，一边扑上去捶打着爹爹……

芝　兰　（唱）爹来看儿来好晚，
冬去春来整一年！
千里相隔音信断，
扔儿到边茅之地你老心安？

张伯祖　（唱）爹爹我既做郎中又开店，
药铺生意把身缠。
老心常把儿挂念，
无奈千里难往还。

景　母　（唱）女儿撒娇是习惯，
老爹跋涉多艰难。
行囊未卸尘未掸，
就不怕笑咱礼道不周全！

芝　兰　（唱）爹只管一门心思把钱赚，
就不怕女儿渐渐成老年？

张伯祖　（唱）我的儿话心之中藏话胆，
分明是抱怨婚姻不进前。

景　母　（唱）芝兰她见了爹爹真情现，

老身我何尝不急抱孙男？
怪只怪仲景是个晕头汉，
太守爷年高四十未配凤鸾！

景　母　芝兰，你老爹千里迢迢跑来看你，这是多大的情分，你却一直埋怨，快去打茶来！

嘟　嘟　茶早打好了，在这儿呢！

芝　兰　我爹他才不是来看我的。

张伯祖　照你说，爹来看谁的？

芝　兰　爹是来看太守大人的！

张伯祖　这……当，当然也是来看我太守大侄子的。嫂嫂，怎不见我仲景侄儿何在？

景　母　说是到湘西察看水情去了。唉！咱家这个太守，偏偏不守衙门，整天在乡下串悠。

张伯祖　他的医道丢了吧？

景　母　你说什么？你算枉当他四叔了！你那个太守侄子能忘爹忘娘忘天忘地，也忘不掉他的药褡子，就连他那八抬大轿里还横七竖八地摆放着药捆子呢！

张伯祖　(笑得直不起腰来)这才是我张伯祖的好徒弟呢！

景　母　老四，你还惯他呀？你既然千里迢迢跑来了，就要好好开导开导他，叫他把婚姻解决了……

张伯祖　(急使眼色)啃……

景　母　芝兰，嘟嘟，你们快去催促厨下备饭备酒，为你家爹爹洗尘接风才是！

[二人下。

张伯祖　嫂嫂，你叫嘟嘟的那个丫头她是什么人？

景　母　那是仲景新收的徒弟。

张伯祖　新收的徒弟？莫非仲景他？

景　母　仲景他怎么？

张伯祖　莫非仲景他——心思都在嘟嘟身上?

景　母　哎,哪里话来?嘟嘟那丫头早知道她芝兰姐姐是仲景的未婚妻子,而且她们平时还,还……(忽然一怔)啊?经你这么一提,我一回想,还,还真像有这回事哩……

张伯祖　我一进门就看出来了,要不我们的太守大人拖着婚期迟迟不办……

景　母　(自言自语地)这个仲景,竟敢如此打算?怪不得他对嘟嘟那么好!

张伯祖　大嫂啊!

(唱)对仲景我自小提携传授,
教岐黄讲秘籍毫无保留。
荐乡贤举孝廉我八方奔走,
他是我心肝脾肺常揣心头!
芝兰女虽是我收养之后,
继祖脉全仗她续灯添油。
两家婚约早签就,
不能半道分支流。
纵然仲景是太守,
牛不喝水也要强按头。
我不远千里迢迢黄尘路,
就为了搭建这座鸳鸯楼!

景　母　好好好,这也是我的一块心病,你来帮我了结,越快越好!

张伯祖　就在今日!

景　母　今日?

张伯祖　今日是芝兰的生日,你忘了不成?

景　母　哦——你不提我还真忘了,该打,该打!

张伯祖　生日轿子走,天长又地久。

景　母　这，这也太匆忙了点儿……

张伯祖　你从容吧，仲景他敢再给你从容十年。

景　母　连帖子也发不及呀！

张伯祖　仲景他就不喜欢张扬，你是他妈还不知道他的脾气？

景　母　那也得准备点东西。

张伯祖　太守府啥东西没有？

景　母　你也不知道你侄儿，年俸禄两千石全赈灾了，平常吃的穿的还是从老家带来那些东西，这不，一件贴身褂子补丁摞补丁还在穿哩！

［家丞上。

家　丞　太夫人，临湘县令官轿门外候招！

景　母　就说太守外出未归，让他改天再来。

家　丞　他不见太守，他是特来为芝兰贵媛送生日礼物的！

景　母　这？他怎么会知道芝兰的生日？

张伯祖　（惊喜地）那就赶快请吧？

景　母　请他进来。

［临湘县令上。

临湘令　（念）为官谁无护身衣？

两只眼睛盯上级。

亲属家眷婚丧娶，

都是攀高层层梯。

临湘令告进喽——哟，这不是太夫人吗？临湘令给您老叩头了！（瞥见张伯祖）哟，我来的可不是时候啊，这位贵人是？

景　母　他是芝兰的父亲。

临湘令　噢呀呀！原来是亲公大人到了，临湘县令给您老施礼了！

张伯祖　不敢，不敢！

临湘令　亲公大人千里赶来长沙，想必是为爱女操办生日华筵来了！

张伯祖　是是是……

景　母　请问大人你是如何知道芝兰生日的？

临湘令　太夫人可是小看人了！芝兰贵媛是太守大人的金屋阿娇，未来的一郡坤主，谁人不知，哪个不晓，连她的生日都不知道，我们还如何料世理民啊！

景　母　（向内）芝兰，临湘县令可是看你来了！

［芝兰上。

临湘令　（望着芝兰施礼）天何以辉？地何以煌？贵媛生日，万千吉祥。略备薄礼，祈福汪洋！（他向后一摆手，数衙役手捧礼品鱼贯上场——礼品摆了一片）

家　丞　（上禀）太夫人，茶陵县令门外候招！

景　母　又是一位县令？（与张伯祖交换眼神）

张伯祖　那就再请？

景　母　再请就再请。

临湘令　慢，本县是否一避？

［家丞以手示之，临湘县令躲入耳房。

家　丞　有请茶陵县令喽！

［茶陵县令脚底生风地上。

茶陵令　（念）为官常念保官经，

十四个字要记清：

百姓身上刮三斗，

送给上司六七升。

茶陵县令告进喽——哟，这不是太夫人吗？茶陵县令给您老叩头了！（瞥见张伯祖）哟，我来得可不是时候呀，这位贵人是……

景　母　他是芝兰的父亲。

茶陵令　噢呀呀！原来是亲公大人到了！

张伯祖　大人好！

茶陵令　茶陵县令给您老叩头！

张伯祖　不敢，不敢。

茶陵令　亲公大人千里赶来长沙，想必是为爱女操办生日华筵来了！

[茶陵县令向后一摆手，数衙役手秉礼品鱼贯上场。各色礼品摆了另一大片。

茶陵令　(望着芝兰祝福)天何以辉？地何以煌？贵媛生日，万千吉祥。略备薄礼，祈福汪洋！

家　丞　(上禀)太夫人，历阳侯门外候招！

景　母　(一惊)这来客的派头可是越来越大了。

张伯祖　那就再请？

景　母　再请就再请。

茶陵令　慢，慢，本县是否一避？

[家丞以手示之，临湘县令躲入耳房。

家　丞　有请历阳侯喽！

[历阳侯步履蹒跚地上。

历阳侯　(念)龙杖不抵四棱锏，
老蛇还怕新竹竿。
太守府里玩不转，
小小水沟敢翻船。

历阳侯　历阳侯告进喽——哟，这不是太夫人吗？太夫人，您好啊！我这里有礼了！

景　母　老侯爵，你怎么有空来了？

历阳侯　(瞥见张伯祖)哟，我来得可不是时候呀，这位贵人是？

景　母　他是芝兰的父亲。

茶陵令　噢呀呀！原来是亲公大人到了！

张伯祖　大人好!

茶陵令　亲公大人千里赶来长沙，想必是为爱女操办生日华筵来了!

［历阳侯向后一摆手,数衙役手秉礼品鱼贯上场。各色礼品层层叠叠,尤为显眼。

历阳侯　(望着芝兰祝颂)天何以辉?地何以煌?贵媛生日,万千吉祥。略备薄礼,祈福汪洋!

［忽然,幕后传呼声响起:“太守回府喽——”

［场上人等反应各异。

［张仲景上。

张仲景　(唱)巡四野一片片灾荒景象,

战乱年穷百姓逃难如羊。

视察回愁锁眉心如患恙,

为官人有几副忧民心肠?

众　人　迎接太守大人!

张仲景　(一眼便看到张伯祖)四叔!

张伯祖　(鞠躬)太守大人!

张仲景　四叔,您老怎么也这样称呼我?还叫仲景,还叫仲景!

张伯祖　仲景!

张仲景　嗳——!还是这听着亲切!四叔,您是刚到吧?走的水路还是旱路?跑了十多天吧?我四婶好吧?我六爷六奶好吧?咱老家收成好吧?

张伯祖　太守大人,先招呼客人,家里话等会儿说。

张仲景　(发现历阳侯)老侯爵!您老好啊?哪股风把您吹来了?

历阳侯　椒房香风,华诞熏风。今日是芝兰贵媛生日,我这里略备了几样贺品,替您这位大忙人分点操劳之苦,诚望笑纳!

张仲景　(这时才看到那些琳琅满目的礼品,他走过去,越看越吃惊)真叫开眼哪！——珍珠、玛瑙、翡翠、水晶，还有这么多绫罗绸缎、山珍海味……历阳侯！这都是你的手笔么？

[临湘县令与茶陵县令失急慌忙地窜出。

临湘令　不，这些是我送的！

茶陵令　不不不，这些是我送的！

张仲景　哦，还有这二位大人的作品存在其中哪！

临湘令　平时无缘孝敬，

茶陵令　恰逢芝兰生辰。

临湘令　些许微薄之礼，

茶陵令　聊表恭贺之情。

历阳侯　祝愿太守与芝兰早结伉俪。

三官员　(异口同声)敝县幸甚！敝邑幸甚！长沙幸甚！

景　母　(高兴得合不拢嘴)多谢诸位大人美意！芝兰，还不上前一一谢过！

[芝兰欲开口说话，又突然羞怯得捂起脸跑下。

[张伯祖兴奋地与景母耳语。

景　母　对对对，家丞！

家　丞　在！

景　母　速速吩咐厨下，准备宴席，款待各位大人！

张仲景　慢！母亲，四叔，我的俸禄两千石，早已赈济了湘北灾民。太守府中粗茶淡饭倒有吃的，可招待这几位豪门贵客，就捉襟见肘了。

景　母　(生气地)我老婆子还有几个体己钱，再不行我去给你借！

张伯祖　我所带银两足够，就请大胆操办！

景　母　芝兰从未正儿八经过个生日，我要多谢这几位大人，他们想得周到。你就给芝兰好好办一次吧，我的太守大人！

临湘令　宴席由我操办，太夫人请勿解囊！

茶陵令　这事不必你操心，我早就有所安排！

历阳侯　这样吧：全部人马开到富春楼，那是咱家的酒店！

张仲景　三位大人！你们每人所送礼品，办理十次生日华筵也用它不完，请不必额外费心。我要问的是，三位所在县邑，都是重灾之地，上欠国家库银，下无救灾之物，如此之多珍贵礼品从何而来？（出示讼折）……临湘令，我这里收到一封讼折，说你巧立名目，横征暴敛，逼得百姓四处躲逃。可有此事？

临湘令　（惶恐地）不，没——没有！

张仲景　茶陵令，大前天我的太守府门前七十余人击鼓喊冤，状告你侵吞百姓土地百亩，为自己建造阴宅，极尽奢靡，可有此事？

茶陵令　（矢口否认）纯，纯属造谣！

张仲景　我尊敬的历阳侯老前辈，我不想听到贬损您的话语，可这状告您侯门的状纸纷至沓来，说您儿子官盐私运，国库私支；说您孙子强抢豪夺，蹂躏良家妇女无数；还说您晚节不保，广设妓院，把个先王加封的领地搞得乌烟瘴气，儒风尽失，可为事实？

历阳侯　（气得哆嗦）胡，胡，胡说八道！

［景母与张伯祖不知何时已悄悄走下。

张仲景　对于百姓举报，仲景自会详查。但请诸位大人做好准备，仲景是医务出身，治病靠医术，治国靠王法，但有居官谋私、滥用职权、损毁百姓利益者，定要严惩不贷！今天所送礼物，敬请如数撤回。

［三人犹豫。

张仲景　但有不愿撤回者，以贿赂朝廷命官论处！

[三人慌忙召唤手下抬走所有礼品。

[三人欲溜下。

张仲景　等等,我请诸位会一会我请来的几位朋友!

[张仲景一个手势,府吏们背、抬着数名衣衫褴褛的危重病人上。

张仲景　三位大人,仲景乡间走访,一路所遇病倒路旁的逃荒者八十余众,我把他们请到了府堂候诊。这几位是其中的危重病人。他们的病因主要来自饥饿,一顿饱饭就是首要良药。不知三位大人哪个愿意操办今天这场宴席呢?

[三人尴尬地退缩着。

张仲景　你们刚才的豪爽哪里去了?(他一边为几位病人把脉轮诊,一边痛心地瞥视三官员)

(唱)治病容易治国难,

治国的医生是官员。

治病的技艺求精湛,

治国的才干凭清廉。

要想富民先瘦己,

要想安民先戒贪。

仁政起自心肠善,

清和来自自律严。

张仲景做太守一载未满,

惊起居焦寤寐似过百年。

面对着战乱祸如处冰炭,

眼瞅着灾荒年心似油煎。

每逢着饥馑人我感亏欠,

遭遇着逃荒队我脸如扇!

政无力治无策昌盛遥远,

张仲景,好孤单,郎中手,儒生肩,

绵薄无力难回天，

愧做百姓父母官，愧做父母官！

[仲景之语感动了在场所有人，短暂的停顿中，只听得见张仲景书写处方的沙沙声……

[三位官员也为之凄楚动容。

临湘令　太守大人，如不嫌弃，八十多位逃荒人的吃饭问题我全包了！

茶陵令　如蒙太守允许，这八十多位逃荒人的住宿问题我全部解决！

历阳侯　这几位危重病人立马抬到我的富春楼，只要你太守大人开药方，抓药、熬药、伺候病人我一包到底！

张仲景　(一躬到底)仲景代逃荒人谢谢诸位！仲景代长沙郡老百姓谢谢诸位！

[张仲景鞠躬中，场上人纷纷悄然撤下。

[景母悄然上。

景　母　都走了，你还给谁鞠躬呢？

[张仲景颓然坐下。

景　母　儿啊，为娘佩服你的清正廉明，不愧为国之忠良。可你也得为家想一想啊？年届不惑，尚未立室养子，你爹爹在天之灵怎得安生啊！

张仲景　母亲，古人云："业未立，婚无期……"

景　母　你既是名医，又是太守，怎么能说业未立呢？这正是芝兰跟你四叔不能原谅你的地方。特别是连芝兰生日你竟忘掉……

张仲景　不，妈，我能忘掉吗？芝兰的生日我能忘掉吗？我在两个月前就为芝兰的生日做准备了——(向内喊) 捧琴上来！

[四婢女分别抬出两副崭新的古琴。

张仲景　母亲,你绝不会想到,这是我用桐柏古猿送给我的那块万年神木定做成的两架古琴,我要在芝兰的生日献给她!

景　母　你拿出来晚了,芝兰她走了。

张仲景　走?哎呀呀,唤她过来不就行了嘛!(高兴地喊)嘟嘟,请你芝兰姐姐快过来,快来看我献给她的生日礼物!——万年古木做成的呀!多漂亮,多美妙,它们一个叫古猿,一个叫万年,它们一定会发出神奇之音!我要为芝兰演奏,我们俩一起合奏!她的琴是我教会的,可她后来弹得比我好。

[嘟嘟早已怔怔地站在一边,她满眼含着泪水。

[张仲景望琴数拜,恭谨坐于琴案,举手欲弹——但尚未落指,那古琴却发出一阵撼动心灵的震颤……张仲景吃惊地凝定在那里。

嘟　嘟　芝兰姐她回河南南阳了,跟四叔一起走了!

张仲景　(半天才愣过来)回河南南阳了?你,你们怎不拦住她?

嘟　嘟　我和太夫人一起劝,一起拦,拦不住,劝不回!

景　母　(取出一笺)这是你四叔留下的话!

张仲景　(喃喃地)她,她竟舍我而去……四叔竟把芝兰领走……我给她准备的礼物白费了……(爆发地)张芝兰,你好狠的心!(困兽般踱了半天才冷静下来,嗫嚅着)……我四叔信上说些什么?

嘟　嘟　(接笺读,可用张伯祖画外音)"仲景:四叔此来专为汝辈婚姻。南阳大疫,吾族染病死亡过半,张家香烟,后继堪忧。本望此行促办汝与芝兰养女合卺大事,以壮香火。岂料汝心深浅无底,为官清风两袖,眼中不见怜妹惜香之情。既然嫁女无望,何必孤守异乡?吾决意携女返家,助父行医,驱赶瘟疫,救死扶伤,纵然殒身瘴疠,亦慰祖宗德望。”

[张仲景颓然,呆然,又忽然取下头上进贤冠,披发挥袖,奋指弹起琴来……

[那琴音如呼如哮,如泣如诉,凄婉凌厉,摄人心魄……

[光渐收。

三

[南阳郡棘水河畔。临河一座草庐,门垂“张伯祖广济堂”。

[一桥横架。桥右岸是疫区,木栅高栏,森然可怖;桥左岸站着几位执杖乡勇与医士,他们口鼻之上都垂着黑巾,衬托出疫情的严重。

[昏暗之中,隐约可见出殡的担架沿河远去……

[幕后合唱:

战乱未平灾未已,
瘟神抖威降大疫。
可叹南郡膏腴地,
千村薜荔鬼哭泣!

[一壮汉背一子、一妇人搀一媪上场——所背所搀皆为重病之人。医士接过孩子与老媪,送过桥头;乡勇拦下送子的壮汉与送媪的妇人。

壮　汉　让我过去。让我过去!

医　士　你不能去,那边是疫区,危险!

壮　汉　我不怕,我得陪着我儿子!

医　士　你儿子由我们治疗,你放心。

壮　汉　我不放心!我送了两个儿子,都没回来,这个能回来吗?!

儿　子　(在桥那边哭喊)爹!我不治病,我在家里死!

壮　汉　(亦哭出声来)乖儿子！爹来陪你！

[壮汉冲过桥,抢抱儿子;妇人也呼喊着“妈妈”跑过桥去和老媪抱头痛哭。

[芝兰急急跑上。

芝　兰　(见状无奈,凄然劝说)大哥、大姐,病人交给我们,你们还是赶快离开吧,为了避免传染,为了多保留我们的人丁,请你们听医生的话吧！

[望着芝兰的诚恳, 在医士与乡勇的劝阻下, 壮汉、儿子、妇人、老媪相互呼喊着洒泪痛别,分别下。

[芝兰望着亲人们的生离死别,止不住掩面而泣。

[场上人众默然退下。

芝　兰　(唱)苍天爷降疫疠何急何猛？
村村荒户户敝十室九空。
老爹爹精岐黄医中总领,
面对着怪异病亦见手生。
疗效低治愈慢蔓延无境,
尤痛心我旺族频折人丁。
老爹爹串疫区身染重病,
老名医未逃脱病床灾星。
张芝兰好孤独备感惊恐,
惊恐中尤思念长沙长兄。
悔不该不辞而别无礼任性,
伤害了哥哥心我带回了心疼。
数夜来梦连梦频见仲景,
似听得千里外琴弦声声。

[张仲景衣衫不整,风尘仆仆急上。

张仲景　芝兰！

芝　兰　仲景哥！

[二人激动地相互扑去，扑向对方。然而，芝兰却半道突然停住。

芝　兰　(大呼一声)站住！不准往前走！往后退！再往后退！

张仲景　(愣过神来)……芝兰，是我，我不怕！

芝　兰　(惊慌地)来人！拦住他，快拦住他！

[医士和乡勇跑上，把张仲景拖住。

张仲景　松手，我是张仲景！

[众人闻言一惊。

众　人　太守大人！

张仲景　我不光是太守，我还是郎中，让我过去！

芝　兰　不行，拦住他，不能让他过来！

张仲景　芝兰，你怎么了？对我也外气了？

芝　兰　你不能过来，仲景哥，这是爹定的规矩。这边是疫区，集中了几百个重病人。爹已经被传染上了。很重。爹交代：咱们得保存点实力，不能都搭进去。有我在这儿就行。你快回你的长沙，快走！

张仲景　芝兰，你说的什么话？我跟爹学医的头一天，爹就跟我说：学医学医，追病撵疾。如今老家发生了疫情，我能躲着不成？(又挣扎着往前走)

芝　兰　(急喊)不行！你要再往前走，我就跳下河去！

张仲景　(无奈地)好，好好，我不过去，我就站在这儿跟你说说话还不行吗？

芝　兰　那……那行，你说吧。

张仲景　(尴尬地)我总不能就这样叫他们架住胳膊跟你说话呀！我保证不过去，说话算话还不行吗？

[芝兰摆了摆手，医士、乡勇放开张仲景，下。

张仲景　芝兰，你，想过我没有？

芝　兰　没有。

张仲景　梦见过我没有?

芝　兰　没有。

张仲景　你离开长沙,为啥不给我说一声?

芝　兰　不想。

张仲景　你不想我,我可想你呀!

芝　兰　(羞臊得捂起耳朵)不信,不听,呸!你走你走你走!

张仲景　既然如此,那我就走!

芝　兰　(急呼)哎——!你,再停一停!

张仲景　既然如此,还有何话说?

芝　兰　仲景哥,你啥时候回来的?

张仲景　刚刚到家。

芝　兰　怎么回来的?

张仲景　骑马回来的。

芝　兰　跑了几天?

张仲景　马不停蹄,三天两夜。

芝　兰　累不累?

张仲景　累坏了。

芝　兰　饿不饿?

张仲景　饿坏了,快给我弄点东西吃!

芝　兰　你等着!(扭身欲去,又转身折回)这儿,这儿的东西你不能吃!

张仲景　没事儿,我能吃!

芝　兰　不能吃!

张仲景　(发脾气)我饿,我能吃!

芝　兰　(也发火)不能吃,就是不能吃!(说着掩面而泣)

张仲景　(唱)芝兰她掩面哭哭声如线,

怎不教碌碌人满怀辛酸。

一年来堕繁政家如客栈,

冷落了好学妹亏欠百端。

芝　兰　(唱)归家人千里来尘裹土卷，

难得他滚烫心意恋情牵。

火遇水炭遇冰见面就撵，

张芝兰我成了冷面判官。

张仲景　(唱)芝兰她是四叔荒道所捡，

亲爹娘无所终命如黄连。

芝　兰　(唱)仲景哥他与我童幼相伴，

骑竹马逗粉蝶似我靠山。

张仲景　(唱)长辈人早把她当儿媳看，

仲景我也视芝兰是内贤。

芝　兰　(唱)亲人们都盼婚礼早早办，

唯有他只愿当哥不急着当夫男！

张仲景　芝兰！

(唱)我千里回归为抢险，

医人赴命责如天。

你与四叔在一线，

仲景我怎能袖手观？

芝　兰　(唱)此场大疫猛又险，

百医技穷难遮拦。

我与爹爹搭了算，

万不可拖你陷深潭！

张仲景　(唱)张仲景不是懦弱汉，

更不信捉蛇无铁钳。(欲过桥)

芝　兰　(喝止)站住！

(唱)你再挪步我就喊，

让乡勇把你关栅栏！

张仲景　(唱)疫区是我用武地，

医生岂怕近病员——生死无阻拦！

[张仲景不顾一切冲过桥去；芝兰一边呼喊着“不，不，不”，一边奋力推阻着。但芝兰终非仲景对手，却颓然倒在仲景怀里。

[重病中的张伯祖摇晃着身子上。

[二人发现张伯祖，急急分开。

张仲景　四叔，师傅！

张伯祖　（颤巍巍的声音）仲景，你又没听话。近来，你是越来越，越不听师傅的话了。我怕你回来，你还是回来了；我怕你进疫区，你还是进来了。我们张家族群最有指望的一棵强根壮苗也，也陷进大险之中了！（剧烈地咳嗽）

芝　兰　（一边为爹爹捶背，一边呵斥仲景）你快走！

张伯祖　（无力地摇摇手）他——不会走，你也赶他不走了。芝兰，你跟了他十多年还不了解他的脾气，你简直……（突然昏厥）

[张仲景抢步把张伯祖抱住。

芝　兰　（惊呼）爹，爹——！

张仲景　（切脉察色，亦惊）芝兰，爹爹脉如转索，手足厥冷，大危之象！速制薤汁还魂汤，并辅以艾绒火灸，救爹性命！

芝　兰　薤汁没有了，艾绒也没有了。为了救治百姓，爹爹早把这些良药用完了！

张仲景　不，为了抢救四叔，一定要找到这些药，我亲自去找！（欲下）

张伯祖　（睁开眼睛，勉力支撑）站下！我的病情我知道，不用费事了……

张仲景　不，一定能治好，我去找药！

张伯祖　（突发暴躁）张仲景！你什么时候才能听我一句话？

张仲景　师傅，我听，我现在就听！

张伯祖　那，那好，你与芝兰，现在就，拜天地！

［二人大愣……

张伯祖　没有别的事……比这件事……更要紧，更叫爹操心！此事不办，我死不瞑目！拜呀！……你到底听不听我的话？！

［突然传来一阵天外乐音。

张仲景　师傅，你听到了吗？那是我马背上的古木琴，它们是老猿人所送万年古木做成的，它们自动响了！

张伯祖　我信，那是古猿世代传下来的神物，它有灵性，预事而鸣。你跟芝兰的婚事该办了。

张仲景　取我的琴来！

［二医士捧琴上。那两张琴果然灵性非凡，通身金光闪耀，紫烟缭绕，所发之音一高一低，一刚一柔，一悲一壮，不断跳荡出怪异而优美的旋律……在这种古怪而又特异的旋律中，张仲景与芝兰履行着简陋而又隆重、酸楚而又甜蜜、奇异而又俗常的婚礼仪式。

张伯祖　（激动得满眼热泪，一把将两个孩子抱在一起）天在助我呀！……早听说桐柏古猿送你万年古木的事，想不到它们竟能自动作乐，如此神奇。这都是你贵人之命所应啊！仲景啊，你小时候你爹就为你拆过八字，说你是天上开阳星下凡，必为人间带来平安康宁。四叔我越来越信了！

（唱）早闻古猿送古木，
古木造琴成神物。
自奏仙乐钟灵秀，
借得霞光两岸铺。
生死疫区办婚庆，
消灾弭祸大祝福！

终身大事神灵补，

老心宿愿已偿足。

你二人快马南归太守府，

爹爹我独葬疫场也瞑目！(颓然倒下)

[仲景与芝兰扑向张伯祖。

[切光。呼叫“爹爹”的凄厉悲怆之声不绝于耳。

[幕后合唱：

孤舟沧海战疫风，

前辈倒下后辈撑。

万古伤寒是魔症，

遭遇仲景拼死生……

四

[疫区的空间。暗无视点。但闻时远时近的呻吟之声在黑暗中传播、游弋。

张仲景　(内唱)巡棚寮察灾舍疫区走遍——

[一束光柱下，张仲景与芝兰医褡简束，逡巡而上。他们的臂上都挽着黑纱。

张仲景　(唱)巡棚寮察灾舍疫区走遍，

生民哭病人叫瘴疠如磐。

疫情诡症状奇验方不验，

张仲景遭遇了乱世伤寒！

[灯亮。疫区棚寮。整个舞台都在棚寮之中。观众能够看到的是几张简陋的病床，每张病床上都躺卧着病人，痛苦的呻吟此起彼伏。有的病人身边有亲属陪护……

芝　兰　这是第十一病寮，都是重病人。这里昨天，昨天，又走了两个……(拭泪)

张仲景　(逐个察看)他们都用了些什么药?

芝　兰　(取过一叠药单)这些都是爹爹原来开的药方。

［张仲景对照着处方逐个把脉。当他为最后一位病人把脉时,那病人霍然跃起,呈现癫狂症状……

狂病人　不!我不叫你看,不叫你看!

芝　兰　赵嘉旺,你安静些!

赵嘉旺　我要张伯祖,我要张伯祖,张大夫,你在哪里?

芝　兰　(强忍悲伤)这也是张大夫,是张伯祖的徒弟,张仲景!

赵嘉旺　张仲景?你诓我!张仲景在长沙当官呢!

张仲景　张仲景回来了,为乡亲们看病要紧。

［众病人及陪护家属闻听张仲景,忽地都挣扎而起,趔趄的趔趄,踉跄的踉跄,蹒跚的蹒跚,口中呼喊着"张仲景""张亚圣",一齐向他扑来。张仲景、芝兰与闻声跑上来的医士们,急忙搀扶众病人。

张仲景　(搀扶、拜慰地)仲景不肖,回来晚了。灾荒、战乱加瘟疫,害苦了家乡父老乡亲。不过,只要大伙信得过仲景,仲景将不遗余力,与病魔抗争。仲景只有一个请求,就是请你们听仲景之话,与仲景配合。

众病人　亚圣之言,岂敢不听?只望亚圣救我们性命!

张仲景　此次大疫,性为伤寒。大疫流行之源,来自于天时不和、地时不利,风雨不调,战乱不息,人心不宁,亲情无依。人体千差万别,人心千思百虑,虽然同患伤寒,难以同药攻克。(对照处方)一床赵嘉旺,你正当年壮,却情陷大悲,风邪乘机入内,及成不治之灾。心中悲情不除,你的性命难保。

嘉旺妻　可叫你说对了,俺儿子叫人贩子拐走半年啦,他爹急疯了,光要跳河呀!

张仲景　赵嘉旺,我是太守,官高权大,你儿子由我担保给你找回，你安心治病，如何？

赵嘉旺　（扑通跪倒）救星爷，我给你磕头！

张仲景　（对芝兰）原处方中去黄芩、半夏，加麻黄、桂枝。以水九升，先煮麻黄，熬至三升，去浮沫，除渣，酉时温服一升，卯时报渣。

［芝兰即改处方。

张仲景　（对照处方）二床徐老根，你气色沉郁，脉象浮紧，发热微，心悸速，难道，难道你有亏心之事郁结于胸？

徐老根　（嗫嚅半天）我，我……

张仲景　体内伤寒好治，心头伤寒伤命啊！

徐老根　（扑通跪地）亚圣救我！

张仲景　说出你的心结。

徐老根　打扫战场之时，我在一具尸体上捡到十两银子，我夜夜梦见那具尸体在撵我呀！

张仲景　扔掉银子，或把银子捐给兵丁遗孤，保尔康复在即。（对芝兰）在原白通汤中加入人尿五合，猪胆汁一合，以水三升，煎取一升，子时温服，连服九剂。

［芝兰改原处方。

张仲景　（对照处方）九床石草皮，阴脉沉弱，阳脉弦紧，荣卫不行，脏腑不通，发热喘逆，昏睡不醒。虽为伤寒重症，实因饥饿而起。速制大承气汤引吻灌之，配之以水沟、神阙针刺。病人苏醒之后，立即赐以小米山药粥，连服七日，逐渐配加细作面食之量。

九床属　不瞒大人，我家已无隔夜之粮，还谈什么细作面食啊！

张仲景　（对芝兰）将我所带银两，全数购进米面，针对每个病人病情酌量发放，直至痊愈。

芝　兰　是。（下）

张仲景　医士们！以我吩咐速速施治！

［医士们围着九床病人，有的准备针具，有的为病人施针。

［张仲景次第为其他病人诊病下方。

［幕后合唱：

人间灾难苦苍生，
苍生望天降福星。
南阳出了张仲景，
疫区吹起花信风。

［幕后传来长吆之声："圣旨到——"

［众卫士拥传旨官王公公上。

王公公　张仲景听旨！

［张仲景跪地。

王公公　天子诏曰："兹查长沙太守张仲景，呈递辞呈之日，即返故里之时，此乃先斩后奏之举，毕见藐视朝廷之心。本当着即枷锁其身，发配边陲。念尔精于岐黄，公主染疴在身，命尔速返京城，为公主诊病疗疾。倘有贻误，加倍重责。钦此。"

张仲景　谢万岁！（接旨）

王公公　张仲景，你怎么拿你大太守的乌纱帽不当回事儿呢？那是级比王侯的职务啊！如今天下人都在争官，你倒接二连三地辞官，你犯的什么晕哪？

张仲景　仲景乃郎中出身，与石磺百草结下不解之缘，治病堪为良医，治政实为笨官。何况家乡瘴疠肆虐，伤寒流行，正是仲景效命之时，就请公公在圣上面前美言相递，成就吾愿，仲景这里拜谢恩公了！

王公公　罢了，罢了！老朽领教过你的医术，咱家老娘吃了你五年前开的那剂药方，噎食病就好了，而且满面红光，越活越壮啊！

张仲景　我正惦记此事。既然如此,(出一纸)就请太夫人再服此方三十剂,保入寿星之列。

王公公　(接方)好好好,我家老娘早叫你活菩萨了! 张大人,跟你说实话吧,圣上本来批准了你的辞呈,要调你进京干太医令呢,是长沙历阳侯那个老家伙告了你一状,说你目无皇亲,欺凌皇叔,圣上没办法才拿了你一个“先斩后奏、藐视朝廷”之罪。

张仲景　我知道我得罪了不少长沙官员……

王公公　可长沙百姓却呈递了万民折保你哪! 只是,只是圣上不让张扬就是了。

张仲景　我在圣上眼里还是一个罪人。

王公公　其实,圣上对你还是万般器重。太医院一群太医没治好圣上的头风病,叫你三下五除二把他治好了,他能忘掉吗? 你在圣上心中仍是重过太宰,贵比皇亲。此道圣旨的真实之意是——(私秘地)是叫你赶快进京为三公主看病,看好三公主之病么——可能,恐怕,没准,你就是公主的驸马爷了! 嘻嘻嘻……

[暗上的芝兰闻此一惊。

张仲景　(一怔)不,不不,仲景已是有家室之人了,再招驸马,岂不造次!

王公公　你甭瞒我,谁不知你张仲景的座右铭是“业未立,婚无期”。你在长沙太守任上,还是一条光棍汉哪!

张仲景　婚姻大事岂容儿戏? 恳求公公奏请圣上,万万不可强人所难!

王公公　什么? 你说圣上强人所难? 我看你是活得不耐烦了! 张仲景,圣旨你拿到了,该交的底我也给你交了,何去何从,你要当机立断。

张仲景　此处是疫区之中,瘟气弥漫,常人不敢久留,请侍中大人快快离开为好！(出一包)三公主之病我甚了解，此包当归芍药散带与公主服用，不看自好！

王公公　(收下药包)张仲景，公主是要见你人，不是要药包。你别拿疫区吓唬我，你们待得，我就待不得？告诉你，我带来的这几位巫祝大师可是四路神仙，有他们在，瘟神厉鬼就近不了我的边儿！张仲景，要走咱们就一道走，要不走我就陪这儿了。你要不进京，我拿什么跟圣上和公主交差呢！

芝　兰　仲景哥，你走吧，这儿有我守着。给公主看病，也关紧哪！

王公公　哎——这位女子挺识大体。我的张大人，难道你还不如这位女子见识深远么？

张仲景　公公说对了，仲景见识诚不如妻！

王公公　什么？她——她是你的妻子？

张仲景　正是我的医行内助、结发之妻。

王公公　这……

(唱)观此女涵养不俗心良善，
三公主欲招驸马挺犯难！

张仲景　(唱)生死场瘟神肆虐本够乱，
王侍中无中生有又添烦！

芝　兰　(唱)仲景哥久久不绾婚姻线，
却原来有个公主将心悬！

王公公　(唱)新弦接连旧弦断，
服从朝廷是当然。

张仲景　(唱)莲蓬从不随萍转，
婚姻岂能屈强权。

芝　兰　(唱)朝廷赐婚如天判，
孤苦伶仃是芝兰！

王公公　(唱)张仲景!

门外车马久久站,

先生速速上辔銮。

公主苦将名医盼,

须知圣命大如天!

(喝令众卫士)搀扶张大人上路!

[众卫士架起张仲景欲走。

[忽然一阵哭声陡起,从内抬出一尸。

[王公公及其随从、巫祝纷纷掩鼻躲闪。

张仲景　(急迎上)怎么了?十二床怎么了?

一医士　不行了,已咽气半个时辰了。

张仲景　(紧急诊视)不,要救,芝兰,快组织抢救!

[芝兰与众医士紧张地做准备。

[张仲景忽然对着病尸之口吹起气来。

[几位巫师竟被吓得一齐倒下。

[王公公被吓得蒙头逃跑。

[切光。暗转。

五

[疫区药庐——张仲景广济堂内。药架层层,药篓空空。

[可见寓角摆放着两台古琴,异常显眼。

[昏灯之下的张仲景裹衣伏案,奋腕走笔。但难以掩盖他神态萎惫,强力支撑之状。

[幕后合唱:

神医并非多奇方,

碾碎生命入药汤。

沥血写就《伤寒论》,

为教苍生读曙光！

[奋笔中的张仲景，一阵咳嗽，突然手中之笔滑落，栽于书案。端药走来的芝兰见状惊呼一声扑过去。

芝　兰　仲景，仲景！

张仲景　（挣扎醒来）小声点！别，别叫病人们听见，我，我这不是挺好吗？

芝　兰　你的额头烫手，发烧不退，咳嗽不止，症状并未减轻啊！

张仲景　好，我吃药，我吃药。（端药而饮）

芝　兰　（焦急地为张仲景把脉）脉象浮洪，环口黧黑，柔汗发黄，你，你为你自己开的药不行啊！

张仲景　你小声点好吗？那，那你说我该吃什么药呢？

芝　兰　三剂桂枝麻黄汤解表，六剂白虎人参汤主里！

张仲景　嘘！芝兰，你明明知道药柜虚空，好药断档，尤其是麻黄、人参奇缺，你怎么能叫我也服用这类药呢？我体壮能撑，十二、十六、三十三床可都是死过后又救过来的病人，他们才需要下这类好药！我是医生，怎么能与病人抢药用呢？

芝　兰　（含泪饮泣）可你也是病人哪！

张仲景　小声点，小声点。病人们知道我也病了，那要乱的！刚才这碗药吃下去感觉好多了。芝兰，你派出去那么多找药的人也该回来了吧？

芝　兰　四方都在流行伤寒，天下缺药，锱铢难求！你，你这样能挺到什么时候？（拭泪）

张仲景　再等等，再等等……（突然闻得琴声）你听到吗？那是古琴在响，它在安慰咱们：别着急，有希望。

芝　兰　仲景，你……进京吧，去当你的驸马吧！

张仲景　（嗔怪地）芝兰，你……

芝　兰　说不定琴声就是这个意思，只有去当驸马，才能保住你

的命！（哭着跑下）

张仲景　（几步踉跄，几声咳嗽，颓然坐下）

（唱）头何晕气何急身热如炭，
目光颤四肢疲咽含火团。
饮温风食瘴疠仨月征战，
张仲景染上了绝世伤寒！
捕蛇人遭蛇咬本亦常见，
却无奈有效药奇缺不全。
射猛虎已无有良弓利箭，
锁蛟龙独缺少长链铁环。
难道说天使我英雄气短？
难道说地令人时乖运蹇？
难道说岐黄路已到终站？
难道说张仲景已无凯旋？
望长沙想母亲恐难相见，
养育恩未得报忠孝不全。
小嘟嘟苦命女困境重陷，
业半习医半授空留遗憾。
回头来望书案一声长叹：
管笔下仅写就半部《伤寒》。
数十位危重病人均见好转，
但只是，药篓空，药档断，药工少，药源远，怕只怕，
药停汤绝出危险，旧病复发治愈难，危情万般哪！
恨不能生双翅飞高翔远——
履百岭，搜千山，采得良药十万担；
驱瘟逐魔生死一战，
夺回我平安大中原！

［激动中的张仲景支撑着病体，踉跄着脚步，踱于古琴

旁，挥手弹起琴来。

[芝兰闻声走来，琴音的感召使她激动，她坐在另一琴旁，和着丈夫的琴律，并肩演奏。

[琴声由小到大，由弱到强，渐渐汇成万籁齐鸣，恍如仙乐长天萦绕。

[奇迹出现了：先是不知从何处蹦出来个小猴子，随着音乐跳上跳下，四处查看；接着一个、两个、三个、无数个猿猴蹦了出来，它们手里都拿着大包小包，兴奋地翻滚雀跃，花样百出。

[最后登场的，却是老古猿白毛翁和打扮怪异的嘟嘟。

[在白毛翁的率领下，一齐向张仲景跪拜。

众　（齐声呼喊）拜见医圣！

[张仲景与芝兰被这番景象惊呆了。好一阵辨识，才认出嘟嘟和古猿白毛翁。

芝　兰　（惊喜地）嘟嘟？是你吗？

嘟　嘟　芝兰姐！（扑过去抱在一起）

张仲景　这不是嘟嘟的嬉嬉，古猿老寿星吗？

白毛翁　可——不——是——我——嘛！

芝　兰　你们怎么一起来了？

白毛翁　是——它——在——召——唤……（指古琴）

嘟　嘟　两把古琴的琴声随时报告老师和芝兰姐的情况，嬉嬉他听得见，听得懂！

白毛翁　你——们——缺——药——了！

嘟　嘟　把我召回，和他一起采药！

芝　兰　那，妈妈她老人家呢？

嘟　嘟　由家丞十人照料，已在归家途中，一切都好。

白毛翁　（取出一束药材）我——给——大——人——送——药——来——了。

张仲景　(接药在手)麻黄,人参……哎呀！真是雪中送炭哪！只可惜太少了。

白毛翁　还有哪！(往后一指)

嘟　嘟　(冲着猢狲们打个呼哨)嘟嘟,哈喇喂——！

[众猢狲一齐跃起。

白毛翁　大——人——休——怕,他——们——都——是——我——的——部——属——(给嘟嘟使个眼色)

嘟　嘟　(向猢狲们打呼哨)嘟嘟:啪啪啦喂——

[众猢狲闻口令上蹿下跳,蹦进蹦出,抬的抬,抱的抱,大捆小捆、大包小包的药材,霎时间堆满了张仲景广济堂。

[芝兰、嘟嘟、白毛翁接着、堆着那些药材,节庆般欢快。

张仲景　(站在高处恭敬施礼)多谢相助,仲景这里大礼！乡亲们有救了！仲景也有救了！

[幕后合唱:

信否头顶有神灵？
恩恩相报万物同。
古猿送药不是梦,
一代医圣乃天成！

尾声

[仲景堂外。锣鼓喧天。众百姓衣衫齐整、满面红光,抬着各式匾额,从四方涌来。

[景母站在门前阶上迎接着四方来宾。她的身边站着芝兰与嘟嘟。

[送匾人群中走出几个人来,朝着景母大礼叩拜——他们是原十二、十六、三十三床死而复生的病人及他们的

亲属。

中年人　张太夫人,请受我这个死而复生的人大礼一拜!

老　妇　是张大夫救了我儿,救了我们全家呀!

一老翁　(拉出一青年)狗子,快给活菩萨磕头!没有张大夫,我家就绝继了!

一老妪　是张大人从死人堆里把我这孙娃子抢救出来的呀!

众　人　"我们都是张大人救活的呀!""张大夫是神仙下凡哪!""世上出个张仲景,瘟神逃个无踪影!"

老　翁　张太夫人!快请出张大夫,我们要向他献礼呀!

众　人　(异口同声)请出张大夫!

景　母　诸位父老乡亲!我儿仲景,债务在身,他去还账去了!

众　人　(讶然)"还账?""张大人还会欠谁的账?"

景　母　他欠天下百姓的账,他要写一本书,这本书叫《伤寒论》,他说要能早写一天,天下百姓在这场瘟疫之中,就不会吃这么大的苦,失去这么多亲人!

老　者　张大人不在,往后有病了,我可找谁呀?

景　母　你们看,这是仲景的两位弟子,嫡系真传。往后的仲景堂,就由她俩坐堂主理!

中　年　这不是芝兰和嘟嘟吗?

景　母　仲景走前,特为二徒弟改了医名,嘟嘟改为"杜度";芝兰改为"卫讯"。由杜度与卫讯在此,张仲景离我们不远!

［突然,一声:"圣旨到!"卫士搀王公公上。

王公公　张仲景听旨!

［景母与卫讯、杜度跪迎。

王公公　(宣读)"前次违旨不朝,本当治罪,念尔所奉当归芍药散,公主服后,症状消失,精神极佳。着尔从速加制此药,并由汝亲携来朝,以蠲免前罪。钦此。"(抬眼寻找)

张仲景！张仲景呢？

景　母　启禀公公：圣上所要丸药由我等来制，仲景已不能奉诏进宫了。

王公公　这是为何？

景　母　吾儿已经远行，行踪无人知晓。这是他临行前留下的话，请公公带回便了！

王公公　（接笺读）：“治病容易治国难，仲景无才掌宦权。广济药堂留徒弟，吾隐深山著《伤寒》。”好你个张仲景，上一次你叫我完不成任务，扣了我仨月的俸禄；这一次你又叫我完不成任务，恐怕今年一年的薪水都没指望了哇！（哭）

［众人大笑。

［后台灯光区——张仲景布衣简从，信步于崇山峻岭之中。

［幕后合唱：

医圣神光照千年，
医圣奇事万民传。
可叹汉史不载志，
未知谁为解疑悬？

［幕闭。

［剧终。

新编历史人物剧

卷三 / 老子（初版）

Lao zi

DRAMA COLLECTION

人　物　老子　哑女(后为紫葺)　阳子居　耿桑楚　崔瞿
柏矩　司城(后为关令尹)　冉公　周王　王子满
王子朝　王子趸　王子昴　冢宰　司徒　朝臣甲
侍官　众臣　吏卒数人　关吏甲、乙、丙　大青牛
群鹿　蛊仙　惑仙　天帝　王母

序

[虚无缥缈间,隐隐响起节律鲜明的儿歌。

[九霄云头,一仙人踩歌起舞,蹁跹飘逸——她是惑仙。

儿　歌　道可道,非常道。

名可名,非常名。

心善渊,言善信。

曲则全,枉则直。

洼则盈,敝则新。

少则得,多则惑……

[惑仙跳得晕晕欲醉——蛊仙上。

蛊　仙　(喝止)停!我说惑仙大人,你可听清那人间都唱了些什么言语?

惑　仙　(气喘吁吁)没听太清楚,反正挺好听的!

蛊　仙　哇!冥顽不灵!(神秘地)尽是天机谶语!如让这些天机谶语广散人间,岂不乱我天地等级,混淆人神世界,我天宫尊严何存?

惑　仙　哟,您这一说,事情还挺严重的!

蛊　仙　你身为天神,不察隐变,反倒随歌起舞,岂非失职助乱?

惑　仙　大棒子又抡开了。你拉倒吧!(腾云欲去)

蛊　仙　(拦阻)站住!中天侯有命:命你我下凡寻觅传歌之人,施其蛊惑之术。

惑　仙　怎么样啊?

蛊　仙　蛊其心灵，惑其意志，灭其聪明，勾其杂念，充填势利之欲，灌输色财之贪！

惑　仙　这一弄，不就把人家弄成个常人了吗？是不是缺德呀？

蛊　仙　谁叫咱俩是蛊惑二仙呢！

惑　仙　那传歌之人查清了没有啊？

蛊　仙　俱已查清：陈国历乡曲仁里人，姓李名耳字老聃，人称老子！

惑　仙　老子？

蛊　仙　随我去者！

二　人　（唱）老子之语惊动天，

忙了蛊惑二大仙。

曲仁里内展才干，

迷心惑性耍老聃！

［灯暗。

一、金叹

［人间。旷野。仲春。冈峦起伏。涡河九曲。芩蒿连天。野花遍地。白云缭绕，莺飞鹤翔。

［空旷大野之中，一声质朴自然之律扬起：那是老子在唱。

老　子　（唱）茫茫宇宙无始终——

［在老子悠扬自在的咏唱声中，成群的野鹿应声抬头，纷纷窜起，迎着老子走来的方向欢蹦乱跳，夹杂着呦呦鹿鸣——这应是一章赏心悦目、美不胜收的奔鹿舞。

［老子坐于青牛之背，在鹿群的奔跳簇拥之中，蹒跚而上。哑女执鞭随上。

老　子　（唱）茫茫宇宙无始终，

无生有来有归空。
混沌过后一片净，
狂飙前头是清风。
荣华富贵挨着祸，
家财万贯邻着穷。
曲曲折折是完全，
湖糊涂涂是聪明。
矫矫躁躁起争战，
柔柔隐隐常太平。
群鹿儿不言语尽通人性，
大青牛虽无话浑身忠诚。
涡河水默默流润田万顷，
小茅屋一席地如卧琼宫。

[景随人移：老子的别居，一排茅屋出现。这是春秋时期的一种赤泥粉壁的连间草庐。屋侧有一口辘轳井。

[屋前站着一排垂手恭候的人——他们是老子的学生，其中有阳子居、庚桑楚、柏矩、崔瞿等。

众学生　迎接老师！

老　子　诸位晚辈，老愚已无课可授了，你们又来做甚？

阳子居　我们听到老师在对天放歌！

耿桑楚　那歌声既有天地大道，又有人生哲理，不是在授课吗？

老　子　哈哈，你们多心了，我是唱给大青牛和鹿群听呢。

柏　矩　老师取笑了！这一群哑巴畜生，怎么听得懂深奥哲理？

老　子　理无深浅，有灵则知，有心则解，有信则通。

柏　矩　我却不信！(说着走向大青牛)喂，你懂什么是宇宙？什么是富贵？什么是灾祸？(边说边挑逗大青牛)

老　子　柏矩，小心！

[柏矩仍然笑着挑逗大青牛。大青牛突然摆动牛头，把

柏矩挑了一个滚翻。众人大笑。

老　子　(拍了拍巴掌)哑儿,看你的!

[哑女咿呀一声,大青牛乖乖地趴下。哑女跃然跨上牛背,翩然骑牛而下。

老　子　柏矩,伤着了吗?

柏　矩　(揉着屁股)没事。这蠢货凭它一身牛劲欺负我!呸!

老　子　鹿儿们很柔弱,不会欺负你,你能帮我捉一只鹿吗?

柏　矩　这还不好捉,看我的!

[柏矩冲着一只鹿走去,虽然他蹑手蹑脚,那鹿儿却警惕地站起,随之群鹿惊起,扑蓢腾跳,窜躲奔突,把众学生吓得拢成一团儿。场上一片混乱。

老　子　(拍了拍巴掌)哑儿,看你的!

[哑女应声走出,又一声咿呀,群鹿应声伏地。哑女再声咿呀,群鹿一齐跃然腾起,欢蹦乱跳而又极有秩序地随哑女鱼贯而下。(排练提示:本剧的难点也许就在于大青牛和鹿群的处理。大青牛是老子形象的另一半;群鹿既是春秋时期老子故乡鹿邑的天赋物种,又是善良的象征。"中原逐鹿""鹿死谁手"等此类历史成语之根就植于此。这当然给二度创作带来相当大的难度,但也为本剧增加了特色。如果找到合适的表现方法,难点便变成了看点,既可以丰富舞台画面,又增添了可看性。群鹿的表现难度并不大,只用演员头着鹿角帽饰,身着鹿衣即可;而大青牛则要求既可以骑人,又要求形象逼真,动作协调,给人以美感。——此乃未知数,有待高人来创造)

阳子居　我知道了:这就是老师今天给我们上课的内容!

耿桑楚　老师,您是不是要告诉我们,世界上都是以强欺弱?

崔　瞿　不对,大青牛是强者,柏矩对付不了;可鹿儿们是弱者,为什么柏矩还对付不了呢?

耿桑楚　那是因为鹿儿们多，成群的弱者联合起来就变成了强者。

崔　瞿　可是,哑女是弱者,又是一个人,为什么她能征服群鹿呢?

柏　矩　这?

耿桑楚　难道它们真是冲着我们老师而来?

阳子居　对,这就是老师常给我们讲的“上善若水,万物趋之”;“大音希声,万类知之”。哑女无言,以善相待异类,所以取得青牛和鹿群的信任;老师“居善地,心善渊,与善仁,言善信”,故而成为万善汇聚的中心。

老　子　(开怀而笑)哈哈哈哈……今日本无课可授,方才子居之言,倒算作一课,也算作对本课的结语吧!

(老子唱、众学生帮腔)

上善若水水性柔,
避高就低行渠沟。
随方就圆不择路,
千曲百折不回头。
上善若水水性柔,
洗涤万物不停休。
带走污浊还清净,
趴过荒漠成绿洲。
上善若水水性柔,
柔水滴穿硬石头。
千重大山冲出路,
百丈岩井喷清流。
上善若水水性柔,
人品当依水品修。

我洗天下我成垢，
我养社稷我无酬。
我润万物我自化，
烟消云散无怨尤。(后四句重复形成合唱)

[蛊、惑二仙倏然出现。

蛊　仙　听见没有？“我润万物我自化，烟消云散无怨尤”。人们都这样做，人间岂非天堂？天地界限何存？

惑　仙　(围着老子细看)这就是李老聃？高高的额头，长长的下巴，红红的脸膛，挺帅挺帅一个老头呢！

蛊　仙　啥意思？

惑　仙　没意思。

蛊　仙　我听着你有点意思！

惑　仙　我，我的意思是说，他还真有天人之相嗳！

蛊　仙　拉倒拉倒！你别在那儿欣赏了。咱俩可是领有中天侯谕旨，你我趁早下手！

惑　仙　蛊兄，我心里还真没底儿呢！

蛊　仙　吔，刚领的旨意你可忘了：蛊其心灵！

惑　仙　惑其意志！

蛊　仙　灭其聪明！

惑　仙　勾其杂念！

蛊　仙　充填势利之欲！

惑　仙　灌输色财之贪？

蛊　仙　对了妹子，你我行动起来吧！

[蛊惑二仙隐起。

[哑女走出，对老子比比画画，咿咿呀呀。

老　子　噢，该午休了。子居，哑女在商沟果园采摘了一篮鲜桃子，你们拿出来吃吧！(在哑女搀扶下走进草屋)

柏　矩　(高兴得跳起来)哇！有桃子吃啦！阳兄，快去拿呀！

[哑女捧篮从室内走出,那篮子里堆着高高一篮鲜桃。

[柏矩跳过去接过篮子。他抱在怀里,馋涎欲滴。

[众弟子高兴地围过来。

[柏矩打掉他们伸过来的手,然后给他们每人发一个。

[当众人一齐张口咬向手里的桃子的时候,蛊惑二仙显现,实施魔法,众人手里的桃子瞬间变成了金光闪闪的硬物,把众人的牙齿硌得齐响,众人一片叫声。

柏　矩　(扔掉硬物,疼得捂起嘴)哎哟妈呀！什么东西?

[阳子居、耿桑楚、崔瞿也被硌得疼痛难忍,但没扔掉硬物,他们拿在手里细看,越看越诧异。

崔　瞿　(惊奇得叫起来)啊呀！这不是金子吗?

耿桑楚　这叫金元宝,只有侯爵家才有!

柏　矩　(一听说是金元宝,急抱起篮子大笑)金元宝?哈哈哈哈金元宝!

耿桑楚　这样可是价值连城啊!

崔　瞿　“半锭元宝一座楼,十锭元宝捐成侯”。

柏　矩　都拿过来吧!(夺过阳子居、耿桑楚手里的元宝,接着去夺崔瞿的)

崔　瞿　你干吗?为什么都给你?

柏　矩　有目共睹:哑女抱出来的是弥桃,到我手里它就变成了金元宝,我柏矩有天赐黄金之命。拿过来吧!

崔　瞿　你拉倒吧！这元宝是弥桃变的,弥桃是老师赏赐我们的,人人有份!

柏　矩　崔二歪,你讲不讲理?

崔　瞿　不讲理的是你!

柏　矩　你好贪心哪!

崔　瞿　最贪心的是你！子居师兄,不能让他独吞!

阳子居　崔瞿说得对,这属于大家的。

柏　矩　不,是我一人的!

[柏矩抱着篮子跑,三个师兄弟围追堵截,一片混乱。

[幕后合唱:

桃变黄金人不奇,
争夺抓抢开战局。
不顾打听鸡生蛋,
无人探究蛋生鸡。
万千世人同一性:
金钱耀眼个个迷!

[众人抓抢,金元宝散落一地。

[柏矩与崔瞿扭在一起,竟有几个回合的拳脚。

[老子上。哑女随上。

众弟子　老师!

老　子　(半晌不语)弟子们,你们让老师开了眼界:老师不懂拳脚,岂料弟子们的拳脚练得如此之好。

哑　女　(捡起地上的元宝递给老子)哇,哇……

老　子　(接在手里观看)嗯,好东西,千年穷乡僻壤,一朝遍地黄金。

哑　女　(对老子比比画画)哇,哇……

老　子　噢,你问这些东西的来头?他们都不问,你问又何必?

哑　女　(仍然执着地比画)哇,哇……

老　子　我知道你是说这些东西是你的弥桃所变。可柏矩说是在他怀中所变,人家怀中有金,大福大贵呀!

阳子居　老师,这黄金完全属于您,这是老师的福气!

老　子　哎!我可没有这份福气。柏矩快快拿走。要不,你们就再抢再争吧!

[柏矩果然向地上扑去,但被阳子居和耿桑楚拖住。

阳子居　住手!难道还听不出老师的话吗?老师生气了!

耿桑楚　老师，天赐黄金于我师生，说明老师的德行已感动上天。依弟子之见，此金老师一半，弟子们一半，分了吧！

崔　瞿　要不，我们每人只要一锭元宝，其余都归老师！

柏　矩　（威逼地）老师，你该答应了吧？

老　子　（仰天大笑）哈哈哈哈……这真是一道惟妙惟肖的考试题：天上掉馅饼，空中落黄金；不问真与假，专测世人心。

柏　矩　老师啊老师，弟子久积胸中之话，今天不得不说了：弟子追随老师七载有余，为的是仰仗老师高名，借助老师举荐，谋取一官半职，以改变世代贫穷之状。不想老师不但屡屡拒官不就，反倒力阻弟子应召。自安荒野，以贫为乐，以无为有，以贱为贵，以虚为实，以空为美。今日天降黄金，你仍不想叫沾取些许之利，你叫弟子们何时才能盼个时来运转哪？你知道吗？我的妈是当着乞丐为我挣路费叫我来跟你求学的呀！（说着哭起来了）

［老子缓缓走近柏矩，为其拭泪。然后向哑女做个手势。

［哑女进屋取出一包碎银，递给老子。

老　子　柏矩，这是老师所积为母修坟的碎银。先救活人要紧，拿去吧！

［柏矩接银，不解地望着老子。

［老子拿过篮子，躬身捡拾起地上的黄金来。

［众人见状，一齐过来捡拾。

［老子提着那满满一篮子金灿灿的元宝走向井台。只听嗯嗵一声，一篮子元宝全部倒进井内。

众　人　（大叫）老师！

老　子　祸兮福之所倚，福兮祸之所伏。看似大福，实藏大祸也！

（唱）飞来横财性不良，

蹊蹊跷跷有隐藏。

看似是福傍着祸，

不是欢乐是惆怅。

发财不能靠天降，

解饥不能吞浑羊。

求官不能赖师长，

贫智不能怨爹娘。

羽毛全靠自己养，

乘风展翅自飞翔！

大道若谷空又旷，

素朴清净淡寒凉。

无中来去贫中养，

茶水壶中日月长。

投师收徒两情愿，

退学罢教自主张。

罕见那：逐仕游说、慕荣羡贵、盼财望发莘莘子，

出自李耳茅草堂！

[静场。

众学子　（突然跪倒）老师！

[幕后突起喊声："司城大人与冉公到！"

[司城与冉公带数吏卒上。

司　城　老聃先生，叨扰了！

冉　公　李耳先生，真不好意思打扰您的清净！

老　子　不知有何见教？

冉　公　（恶狠狠地）我的黄金失窃了！

老　子　（心中一震）你的黄金失窃了，与我何干？

冉　公　（用眼瞟视余众）有干无干，现在还不好说吧？

司　城　老聃先生，恕晚辈无礼了。（对吏卒）搜！

[众吏卒屋里屋外一阵狂搜，而后又搜众学生，终于在柏矩身上搜出一锭黄金。

［众人皆惊。

冉　公　哈哈哈哈……苍天有眼,终于叫我抓到贼人了!

［蛊、惑二仙出现。

惑　仙　蛊兄,这个贼人可是你呀!

蛊　仙　那不错,除了我,谁有这种移花接木的本领?

惑　仙　你嫁祸于人,还把官兵往这儿引!

蛊　仙　要惑其性,先污其名嘛!

司　城　把贼子绑起来!(吏卒把柏矩扭起)

冉　公　(逼向柏矩)拿出来吧,我那另外四十九锭元宝藏在哪里?

柏　矩　不是我偷的,冤枉,冤枉啊!

司　城　(对柏矩)这位弟兄,你当懂条律:窃银八铢,斫其双手;偷金半两,断其双足。来呀,绑了!

［众吏卒欲用刑。

老　子　慢来!司城大人,你确实冤枉柏矩了!

冉　公　李耳先生,你自命清高,不践凡尘。嘿嘿!想不到你躲到这黄泥坡茅草屋,是在培训江洋大盗哩!

老　子　君不闻,诬人者口污,伤人者自伤。

冉　公　(恶狠狠地)这人证物证俱在,你还嘴硬!

老　子　(仰天大笑)哈哈哈哈!冉公,这里是出现过一篮黄金,而且铸造考究,金光闪耀。

冉　公　(急切地)它们在哪里?

老　子　它们是飞来之财,天赐富贵,我李耳师徒无缘享受,天地之神又把它们收走了!

冉　公　司城大人,他已承认有一篮黄金,就是昧着不想给,还说是飞来之财。

老　子　有缘财自来,无缘财自飞。奉劝敛财人,沾光是吃亏。

冉　公　司城大人,明明是他们偷了我的黄金,倒说我敛财吃亏，你要与我做主啊！

惑　仙　(旁叫)何以证明是他冉家的黄金？

众　人　对，何以证明是你冉家的黄金？

冉　公　问得好！我家黄金走遍天下，一眼便能认出：请看金锭底座，那里深深镌着一个“冉”字！

[众人一惊，议论纷纷。

[一直拿着金锭仔细翻看的司城，此时反倒动了怒。

司　城　我的冉公大人，你不提冉字倒还罢了，若提冉字，我要问你个诬陷好人之罪！

冉　公　司城大人此话何意？

司　城　(把金锭掷还冉)你自己看去吧！

冉　公　(看金锭底座，吃惊得打颤)“聃”？“聃”？“聃”！

司　城　聃，那明明是李聃先生家的嘛！

[众人诧异，连老子也为之恍惚。

惑　仙　嘻嘻嘻……

蛊　仙　这却是你的手脚吧？

惑　仙　冉字左边加一耳，不就成个聃字了？

蛊　仙　你还真用心护着老头哩！(二仙隐)

冉　公　(惶恐又恼怒)不不不！这是他们在这条金锭上做了手脚，其他绝非如此，让他们交出全部金锭当场验证！

司　城　我不相信这种手脚是容易做的！(对老子)李聃先生，你能不能提供其余金锭进行彻底验证，归还你师徒们的清白？

老　子　(望着井台摇头长叹)黄金天神赐，已归井神埋。冤屈处处有，何必讨清白？

司　城　啊？你把它们扔进井里去了？

阳子居　此井水深五丈，只怕永难打捞！

[哑女突然哇地一声跳起，奔向井台，快速摇动辘轳，瞬

间一个大箩筐提出井口,那里边都是落井的金锭。

哑　女　啊,啊,啊……

老　子　(惊异地叫出声)哑儿!

[众人大惊,奔过去围观箩筐里的金锭。

冉　公　(急急扑过去)这才是我的黄金,这才是我的黄金哪!

司　城　(拿起金锭一一验看)聃、聃、聃、聃……每锭之下俱有聃字,这分明是李聃家的黄金!我的冉公大人,按照律法,我要先问你个冒占他人财物之罪,后问你个诬陷名门良善之罪,你还有何话说?

冉　公　(惊恐地翻看)这?这?这?(失望痛绝地仰天长叹)天哪!你怎么会是这样对待我啊!?

[神秘的歌声:

天之道,损有余而补不足;

人之道,损不足而奉有余。

孰能有余以奉天下——唯有道者!

[幕降。

二、宦叹

[蛊、惑二仙出现。

蛊　仙　气煞本仙也!(喘着大气)

惑　仙　蛊兄这是何必?

蛊　仙　好不容易给李耳弄了一堆黄金,他却尽送他人!

惑　仙　不错,修了路,搭了桥,伏羲陵上捐金条。十万灾民有房住,八千病人有药讨!

蛊　仙　没办法,只好来下一手了。

惑　仙　下一手该啥了?

蛊　仙　吔,你好像是个打工的,啥也不知道啊?

惑　仙　蛊兄多指教嘛！

蛊　仙　官位锁其心，权力醉其心。

惑　仙　可那李耳拒不为宦，连周天子也数请不到啊！

蛊　仙　我们就不兴来点魔法，叫他自己送上门去！

惑　仙　你是说？

［蛊仙一口气吹去——灯暗。

［周朝太庙。香烟缭绕，牺牲陈列，钟乐轰鸣。

［周天子偕廷臣诸侯正在焚香叩拜，向天祭祷。

［幕后合唱：

年年有个三月三，
大周皇帝祭苍天。
诸侯纷争天下乱，
周王何以告祖先？

周　王　（唱）大周朝五百载辉煌无限，
至如今渐式微国弱民孱。
诸侯国废礼乐纷纷作乱，
射王肩问王鼎觊觎王权。
叹朝廊缺能人难驭高远，
更少闻治国策定邦金言。
愿上天发慈悲普降才干，
寡人我常斋戒向天求贤！

［周王率众臣再拜再祭。

［忽然一阵童谣远远传来——

童谣声　腌一腌，煎一煎，
治大国如烹小鲜。
至柔驰至坚，
无有入无间，
治大国如烹小鲜！

[周王与众臣侧耳倾听.

周　王　(闻谣而思)“治大国如烹小鲜”?(如梦初醒地一震)好一个“治大国如烹小鲜”哪!

朝臣甲　陛下,此乃误国之谣,不可举信。

周　王　何以见得?

朝臣甲　先帝常言,治国之策,经天纬地,岂可以庖厨小技喻之?

王子满　是啊,“治大国如烹小鲜”,岂不把陛下比作做小菜的厨子了?

朝臣乙　这是谤毁圣上之语,应当查办!

冢　宰　陛下,臣以为此童谣恰好道出了国情之匮。当今天下诸侯纷争,战乱不息。我大周正应该简政便民,罢役养民,息兵劝民,如同烹制小鲜一样简捷勿累地治理国家。千万不可政令多出,反复折腾,那样炒出的小鲜就糟了!

周　王　冢宰所见极是。此童谣真似神仙点化之音,朕要把立谣之人诏入宫廷,委以要职!司徒大人,尽快查出此童谣起自何处?

司　徒　启奏陛下,此童谣起自陈国苦县。

周　王　怎么?又是陈国苦县?

司　徒　厉乡曲仁里。

周　王　又是厉乡曲仁里?

司　徒　人称老子的李耳李老聃。

周　王　又是李耳李老聃!

王子朝　父王,李耳可是个难请之人哪!

周　王　为父明白,为父明白呀!

(唱)为请陈国李老聃,
寡人圣旨曾三颁。
头道圣旨他不见,
二道圣旨他家搬。

三道圣旨我派兵撵，
他他他，他躲入荒谷藏深山。
他把官场比笼槛，
宁做散人不做官。
普天下权势场你追我赶，
视官爵为祭牲只有老聃！

王子满　父王，李耳躲旨不见，圣召不就，不堪录用。

朝臣甲　陛下，李耳轻贱官场，蔑视朝廷，应予责罚。

周　王　汝等所言差矣！躲旨不见，不见得就蔑视朝廷；轻贱官场，不见得就不堪录用。而今游说之士蜂起，他们倒是趋附官场，不请自到，主动上门，给官就做，可他们哪一位讲得出李耳之见？悟得出李耳之道哪？

众朝臣　这……

王子朝　父王，李耳拒职不就，岂奈他何？

王子满　干脆让我带兵把他抓来！

朝臣甲　何用太子劳驾，就命陈国国君把李耳押送过来好了！

周　王　一派胡言！污口讲不出善语，脏手捡不得珍珠。寡人要亲幸陈国苦县，拜访老聃，请他入朝。整备法驾，陈国去者！

内　侍　万岁有旨：整备法驾，幸驾陈国苦县喽！

［一侍官急急跑上。

侍　官　启奏万岁：太庙禁地闯进一头青牛！

周　王　青牛？

侍　官　青牛背上坐着一位老人！

周　王　老人？

侍　官　老人长睡不醒，周围群鹿随护，百鸟飞掩，景象十分壮观！

冢　宰　是李耳，是老聃！

周　王　（大喜）李耳？老聃？他他他，他自己来了么？！

[大青牛蹒跚而上。老子坐于青牛之背，但双目紧闭，睡得非常香甜，甚至发出有节律的鼾声。群鹿在周围翩跹起舞，护卫着老子。这一切的动作与音乐都很轻柔、静谧、优美、神秘。

[幕后合唱：

周王三请形影杳，
渠料骑牛自应诏。
非是李耳改嗜好，
缘是梦里中神招！

[蛊惑二仙出现。

蛊　仙　怎么样？由不得他李老聃不入朝，我叫他不请自到！

惑　仙　梦中之事怎能算数？他醒来之后，不定什么样呢！

蛊　仙　官本位，权本欲，禄本望，荣本志——此为世人通性，谅他李老聃也逃不脱人性定律！

惑　仙　那就拭目以待吧！（二仙隐）

[青牛停于周王面前，老子从青牛背上滑下，滑得优雅而舒缓。周王扶老子坐于太庙前的石基之上。然而，老子仍在沉睡之中，鼾声仍然绵长不断。

周　王　（仔细端详）是李耳么？

冢　宰　耳大如轮，须发如银，牛背上人，追鹿成群——是李耳！

周　王　奇怪呀，李耳何恋牛背？

冢　宰　李耳小时曾遇水患，神牛相救，得以万全。故与青牛成为生死至交。

周　王　何以又有群鹿追逐？

冢　宰　李耳家乡水草丰美，景和人善，无猎捕之风，天下群鹿麋集于彼，与人亲善相处，故有鹿邑之称。

周　王　鹿邑，鹿邑，比苦县好听多了，何不改名鹿邑？

[群鹿闻言，跃然起舞，一片欢腾。

内　侍　来呀！把这些畜生赶走！

［众武士挥戈驱赶，场面大乱。

［哑女出现，极力护卫群鹿，一番翻翦颠扑。

老　子　（突然醒来）手下留情，手下留情！

内　侍　群兽作乱，惊扰圣驾，赶走！

老　子　不不，大人错怪它们了，鹿儿们是谢陛下赐名之恩呢！

内　侍　赐名之恩？

老　子　陛下把我老家改称鹿邑——多好的名字啊！

内　侍　这……

老　子　哑儿，快快领着鹿儿们感谢圣恩！

［哑女做手势，鹿儿们匍匐在地，呦呦鹿鸣——

［老子示意，哑女再做手势，青牛与群鹿一齐恭顺退下。

周　王　哎呀呀，老聃先生，你醒来了？

老　子　启奏陛下，老聃似睡未睡，似醒未醒，被我的大青牛送到了未知的地方。

周　王　你来得真是地方、真是时候啊！

老　子　看得出来，这是大周朝的太庙。陛下正率文武百官向天祭祷呢！

周　王　这文武百官之中只缺一个你呀！

（唱）寡人想来寡人盼，
寡人圣旨曾三颁。
三通圣旨你不见，
你叫寡人好无颜！

众大臣　（唱）你叫天子好无颜！

老　子　（唱）春耕秋种冬修圈，
四季农事忙不完。
苦乡之人福分浅，
粗石不堪磨玉盘。

周　王　(唱)社稷有福天有眼，
　　　　　　太庙门口见老聃。
　　　　　　快快快，相国府里缺人选，
　　　　　　盼望您速速领旨进朝班！
众大臣　(唱)盼望您速速领旨进朝班！
老　子　(唱)老聃命中四两线，
　　　　　　牵不动相国府这只大航船。
　　　　　　走进朝班出虚汗，
　　　　　　徜徉山野心闲宽。
周　王　(唱)您不做相国做军检，
　　　　　　百万大军您调遣。
　　　　　　戎狄时时起边患，
　　　　　　盼您来运筹帷幄靖狼烟。
众大臣　(唱)盼您来运筹帷幄靖狼烟！
老　子　(唱)老聃无才谋征战，
　　　　　　心如弱水意如绵。
　　　　　　率将领兵兵将散，
　　　　　　指挥打仗举降幡。
王子满　(唱)为相为将你都不干，
王子朝　(唱)违旨抗命你再而三。
王子满　(唱)论律量刑你当斩，
王子朝　(唱)你不怕天子震怒动龙颜！
众大臣　(唱)你不怕天子震怒动龙颜！
老　子　(唱)万物生灭法自然，
　　　　　　生死祸福抱一团。
　　　　　　心于形外身非我，
　　　　　　畏惧之外是超然。
老　子　圣上，老朽告辞了！

周　王　是寡人礼数不周，慢待先生么？

老　子　聃本山野之人，不懂礼数，岂敢奢望大礼？

周　王　是寡人朝阁狭窄，容不下先生么？

老　子　聃本大野一尘，无福忝居朝阁。

周　王　是朝臣骄横狂傲，轻慢先生了么？

老　子　聃本泥土之性，难入朱紫之群，恳请圣上放聃走吧！

周　王　难道我赫赫大周、辉辉朝廊，就无半点令先生留恋之处么？

众　臣　难道我赫赫大周、辉辉朝廊，就无半点令先生留恋之处么？

[突然一声长长的“有——”从哑女口中喊出。

[老子被哑女清晰的一声喊叫惊住了，他停住脚步，回头看着哑女。

老　子　哑儿，是你喊的吗？

哑　女　是我喊的。

老　子　你——会说话了？

哑　女　会说话了。

老　子　我的孩子，你怎么突然之间就会说话了？

哑　女　我也不知道我突然之间怎么就会说话了！

[蛊、惑二仙现身。

惑　仙　好你个蛊兄，你竟然叫哑巴也开口讲话了！

蛊　仙　没办法，这个时候，只有哑巴开口才能劝住老聃不走！

惑　仙　你不怕吓住老聃先生？

蛊　仙　他才不怕呢！他盼着哑巴女开口可是很久很久了！

[蛊惑二仙施术而隐。

老　子　我的孩子，你要对我讲说什么？

哑　女　我要说，请老师不要走，因为宫廷内有重大之事等你去做呢！

(唱)哑巴女猛开口急喊留步，

劝师傅慢回头暂停玉足。

朝廊上虽无有堪恋之处，

宫廷内却有你久念之物。

老师你虽读尽坟典史著，

却至今未亲见《河图》《洛书》。

大周朝囊天下万国书库，

书库中可览尽宇宙之初。

周天子挽留意热沁肺腑，

典籍山简牍洋正是归宿。

河之图洛之书等师解读，

天之玄地之奥待师理梳。

前三坟后五典盼师作注，

左八索右九丘望师纂录。

我的老师啊！

哑巴女开口讲话似有神助，

神灵示仙意，

哑巴代仙述：

青牛碌碌送，

百鹿重重护；

一觉睡千里，

碰了天子足。

如此的蹊跷事，

其中玄虚只有老师悟得出。

我的好师傅啊！

周　王　好，好，好！姑娘讲得太好了，见识卓绝，姿色出众，真是先生的好帮手啊！

冢　宰　久闻老聃先生得意门生是位哑女，可今天她突然讲话，难道不是石破天惊之喜兆吗？

周　王　哑女开口替寡人挽留先生，真乃天助我也！

众大臣　天助我主，社稷有福！

老　子　陛下，《河图》《洛书》仍藏我宫么？

周　王　仍藏我宫，完好如初，只是至今无人看得懂啊！

冢　宰　只等先生鉴认破解！

老　子　那好吧，那就请陛下恩准老聃做你一个书库之卒吧！

冢　宰　万岁，快快封吧！

周　王　老聃听封：上秉宗庙之托，下纳朝阁之望，封李耳先生为大周宫廷守藏史，兼为皇家太傅，官比一品太宰！

老　子　不不不，老聃只领守藏之职，勉为教习先生之任，品级权利，一概不要。否则老聃告辞了！

内　侍　（拦住老子）别别别，你这人咋动不动就要走？你是初来乍到，啥都没带，你起码要个基本待遇吧？

老　子　一张铺，三碗粥足矣！只是我的青牛和鹿儿们得有一个生养的地方。

内　侍　啊？宫廷还得开牛圈哪？

周　王　西苑三千亩，尽归牛鹿所用！

老　子　谢万岁！

周　王　另选百名精壮专事饲养之职！

老　子　不必了，只哑儿一人便可！

周　王　只哑儿一人便可？好好好，那就依你。只是哑儿已经开口讲话，再呼哑儿，有伤俊美，该起个芳名才好。

老　子　早有芳名，她叫紫茸。

周　王　紫茸？

众　人　（齐声喊出）紫茸！

［灯暗。

［幕后合唱：

哑儿原本有芳名，
紫葺二字含天灵。
失语并非真聋哑，
糊涂往往是聪明。

［暗转。

［清晨。皇宫守藏室披览厅。背景是鳞次栉比的书橱，简帛层层叠叠。正中两面广幅垂挂：左为《河图》，右为《洛书》。——(此处之《河图》《洛书》应与今世所传之《河图》《洛书》有异，尤其有大量古未知文字)

［台中一张书案，上置叠叠竹简。台前整齐地置放着四张矮几。哑女正在掸拂悬挂着的《河图》《洛书》。现在的哑女已改称紫葺。

紫　葺　(唱)河之图洛之书千年神鉴，
隐纵横藏造化玄机万千。
只可惜千年来世无慧眼，
储深宫束高阁蛛封尘淹。
多亏了师傅他有缘亲展，
解隐幽破真谛尽开密栓。
三年来出译文匹帛成卷，
三年来写注释简片成山。
三年来镂铭文刀笔频断，
三年来耗丹朱石砚磨穿。
三年来成就了《河图全典》，
三年来完成了《洛书·洪范》。
世有则民有依天下归善，
皇有循帝有守社稷泰安。
但愿得大道行行之弥远，
普染天下、惠及万民、蠲除纷争、规避凶险、成就华夏长长久久物阜民丰太平年！

[四位王子上。他们规规矩矩地排成一队，如同走进课堂的学生，各自走向自己的座位。

紫　茸　四位王子好！老师外出未归。他命大家首先复习《洛书·洪范》第七卷第五章，请开始！

四王子　（齐声背诵）——“无偏无陂，无有作恶，无偏无党，王道荡荡。是训是行，以近天子之光，以为天下王。”

紫　茸　大王子读错一个“陂”，二王子读错一个“训”，三王子读漏半句，四王子读得含糊不清。各位王子呀！你们是王位的继承人，你们之中一定有人要做未来的皇帝。《河图》《洛书》是老师亲自整译出来的神书。谁弄懂了神书，谁就是将来天下的主宰！

[蛊惑二仙出现。

蛊　仙　这还得了？这两本书我们都未读，人世间可学开了！

惑　仙　《河图》《洛书》本是天宫藏书，何以弄到人间？

蛊　仙　你不知道王母娘娘看书爱打盹？她捧着这两本书在天池阁打了个盹，一不小心，滑落人间了。

惑　仙　没关系，这些皇家子弟们是听不懂天书的。

蛊　仙　可这个小女子听得懂啊，你没听见她刚才说的话吗？

惑　仙　世人皆浊一人清，夜黑风高难亮灯——不信你就往下看吧！

[二仙在旁观察。

紫　茸　四位王子，我们接着往下背诵！

王子朝　等等！（站起，走近紫茸）你是谁？

紫　茸　我是紫茸呀！

王子朝　紫茸是谁？

紫　茸　老师的弟子，你们的伴读呀！

王子朝　既是我们的伴读，为何我们读，你不伴呢？

王子扈　对，为啥你不伴呢？

紫　茸　请问王子们，紫茸该怎么个伴法呢？

王子扈　伴读伴读，伴着我们读嘛！

王子满　伴着大爷！

王子朝　伴着二爷！

王子扈　伴着三爷！

王子昴　伴着四爷！

［四王子同拉紫茸，吓得紫茸频频躲闪。

紫　茸　（怒喝）四位王子！你们是国家未来的主宰，应当自重！

王子满　（背转身面对观众）国家未来的主宰？这一群主宰将来都当皇帝吗？不，皇储只有一个——就是我！

王子朝　（同样转身对观众）我是老二，有才有志。除掉老大，才能成事！

王子扈　（同样转身对观众）我是老三，位居中间。要想接班，步履维艰！

王子昴　（同样转身对观众）我是老四，位居劣势。抢班夺权，相当费事！

惑　仙　听见吗？这四位王子各怀一条篡位之心，哪还有工夫读李老聃的书啊！

蛊　仙　可他们都明白，天子让李老聃授课，就是培养接班人哩。

惑　仙　这四位王子中谁能做太子呢？

蛊　仙　就凭李老聃一句话！这叫一票否决！

王子满　（背）眼下父王只信一个人，这就是李老聃！

王子朝　（背）李老聃为谁说句话，谁就是太子！

王子扈　（背）谁能抓住李老聃，谁就抓住了太子之位！

王子昴　（背）谁能抓住伴读女，谁就抓住了李老聃！

四王子　（同时地）是向紫茸进攻的时候了！

四王子　(唱)凤鸟频频落天台，
为有紫茸宫中来。
杨柳细腰随风摆，
秀发如云溜金钗。
王子满　(唱)貌似天仙惹人爱，
王子朝　(唱)美目传情勾魂魄。
王子趸　(唱)满宫云鬓都惊呆，
王子昴　(唱)三千宫黛皆失色。
王子满　(唱)我愿为您守大戒，
王子朝　(唱)我愿为您吃素斋。
王子趸　(唱)我愿为您投大海，
王子昴　(唱)我愿为您跳悬崖。
四王子　(合)有朝一日成龙凤，
半壁江山为您裁！
[四人把紫茸围起，争相扯拽。
[周王上。冢宰及仪仗随上。
周　王　(见状怒喝)住手！成何体统！
四王子　(一齐跪倒)父王！
紫　茸　(涕泣)万岁！
周　王　(气得颤抖)寡人本意为汝等求师，紫茸聪颖敏慧，悟性深远，对老聃先生所授举一反三，阐发淋漓，是汝等不可多得的老师。汝等不恭敬请教，反而秽行亵渎，真真气煞寡人了！来呀！
众禁卫　啊！
周　王　把四孽障收进禁宫！
[禁卫把四王子绑起。
冢　宰　陛下息怒，臣有话讲。
[冢宰示意，周王挥手，紫茸、四王子及众人皆退下。

周　王　有何话讲?

冢　宰　老聃先生要走了!

周　王　是么?你说什么?

冢　宰　老聃先生已经整好库书,做好交接,十日之内就要起程了!

周　王　(着急起来)他,他竟然不告而辞,连寡人也不打招呼么?

冢　宰　招呼想必是要打的,但打了招呼您也休想留住他。李老聃的脾性您还不知道吗?

周　王　一定得留住他,一定得留住他!

冢　宰　眼下只有一个办法可以留住李老聃!

周　王　(急切地)什么办法?快讲!

冢　宰　陛下!

(唱)淡泊孤邈李老聃,
心如流水无挂牵。
不虑近,不虑远,
只将紫葺悬心尖。
八十老翁二十女,
情似螟蛉义无间。
老少厮守十五载,
师生情谊重如山。
相依为命如亲眷,
不弃不离守永年。
紫葺女,李老聃,
犹如双鸟一线拴。
只要留住紫葺女,
就能留住李老聃,留住李老聃!

周　王　嗯,寡人也知老聃先生最钟爱他的女弟子,但师徒二人不弃不离形影相随一个要走一个决不停留，谁人能为我留住紫茸小姐呢？

冢　宰　四位王子！

周　王　什么？你是说四位王子？

冢　宰　正是。陛下不见刚才已经开了个好头吗？

周　王　刚才？

冢　宰　刚才陛下所见：那是一出精彩的凤求凰哪！

周　王　凤求凰？

冢　宰　只要把紫茸收为太子妃，不怕李老聃不留住宫中！

周　王　收为太子妃？可是，寡人的太子——还未选定呢！

冢　宰　就让紫茸来为陛下选定太子，岂不正好？

周　王　爱卿之意？

冢　宰　陛下恕臣直言，四位王子心智相当，品位相近，虽无愚痴之障，却少经天之志。无论谁当太子，于国均无大望。但如能获得老聃先生辅佐，谁当太子都将是英君明主，大周江山必将朝阳似火强盛万代！

周　王　那就让紫茸随便在四王子中任选一人做她的郎君？

冢　宰　紫茸爱谁就选谁！

周　王　选中谁就立谁为太子？

冢　宰　接着就把紫茸册封太子妃！

周　王　老聃便为太子傅！

冢　宰　师徒二人扎根住！

周　王　身后忧虑一扫无！哈哈哈哈……

（唱）爱卿善言献妙策，
喜得寡人心花开。
事不宜迟快快快，
封妃选婿留人才！

冢　宰　此事需先给李耳打个招呼啊？

周　王　宣老聃见驾！

冢　宰　老聃见驾！老聃见驾！(走向内室)哎，无人？

［幕后传来老子的歌声："解河图译洛书三年事了——"

老　子　(唱)解河图译洛书三年事了，

整坟典理史沉著书山高。

想鹿邑思故乡肥了青草，

鹿儿鸣青牛叫归心似涛！

冢　宰　老聃见驾！

老　子　哎哟哟，不知圣上驾到，有失迎迓，罪过罪过！

周　王　李爱卿！又去看望你的青牛梅鹿了么？

老　子　正是。春风吹拂，鹿鸣呦呦，群类思归呀！

周　王　寡人三千亩御苑还养不熟你的梅鹿吗？

老　子　自从圣上赐臣故乡为鹿邑，百草日益茂盛，土地日益肥美。就连随我客居京洛的这群梅鹿，也闻得到故乡飘来的百谷之香。(取出辞呈)圣上，臣要告归了！

周　王　老爱卿，你身为守藏室之史，诸般大事，还没做完呢！

老　子　(指点满室文籍)《河图》《洛书》十万考释已毕；《三坟》《五典》整校编纂已竣；《八索》《九丘》检索补遗已妥。圣上，老臣该干的事都干完了。

周　王　这些姑且不论，可四位王子学未进，业未毕，质未显，智未开，你怎离得开呀？今天之事，甚为令朕寒心，你放下王子不教，却去关照你的青牛鹿群，老爱卿，你忍心吗？

老　子　圣上言重了！王子之授，严谨无遗；百典训诂，重复无止。该讲之课讲尽，该读之书读毕，老臣无愧了！

冢　宰　李大人，方才圣上亲眼所见四位王子不但不读书，反倒与你的爱徒紫茸在这儿打情骂俏呢！

老　子　绝无此事！紫茸是受老夫委托，陪伴四位王子背诵《洪范》大章呢！

周　王　紫茸小姐读得懂你的《洪范》大章吗？

老　子　（提起紫茸，声高言快）岂止读得懂啊！《三坟》《五典》《八索》《九丘》通读无碍；《河图》《洛书》倒背如流。四王子如能赶上紫茸小女，国家有望了！

（唱）小小紫茸人中精，
落地口哑两耳聪。
五岁刻得梅花篆，
六岁默写三皇经。
七岁昊庙辨钟鼎，
八岁袒轩赛棋枰。
九岁察微知地动，
十岁依盘识天星。
十一岁家境败沦孤为佣，
十二岁投敝人甘做书童。
九年来侍老聃牵牛执镫，
九年来牧群鹿结畜为朋。
九年来读简藏汗牛充栋，
九年来石变金学业大成。
昔日里哑巴女已成灵凤，
惊人的天才、骄人的聪明、厚厚的学问、
高高的品行、当信焉贱牝亦可超贵雄！

周　王　好一个"贱牝亦可超贵雄"！当今天下盛行贵男贱女之风，唯老聃先生之议令寡人耳目一新。

冢　宰　恭喜老大人，贺喜老大人！

老　子　但不知喜从何来？

冢　宰　圣上今天可是专为紫茸小姐而来！

老　子　（略见诧异）是么？

冢　宰　紫茸小姐被选做太子妃了！

老　子　老相国，你怎能当着圣上之面，开这种无根无秧的玩笑。圣上的太子尚未确立，何谈太子妃哟！

周　王　老爱卿，那就让紫茸小姐费费心，为寡人选定一位太子，有何不可啊？宣紫茸和四王子！

冢　宰　圣上有命：紫茸和四王子见驾！

[紫茸与四王子上。

五　人　参见圣上！

周　王　紫茸小姐听封！

紫　茸　（跪）臣在！

周　王　闻子天资聪慧，学问大成，辅读王子有功。封：紫茸为大周国太子妃！

[众人一齐讶然出声。

周　王　你眼前的四位王子中，有一人将成为你的夫君。今着尔用心挑选，凭爱确定，勿负朕望！

[场面哑顿片刻。醒过神来的四王子紧张地各自盘算着——

王子满　（背）老东西不立我老大为太子，却出如此损招！

王子朝　（背）这丫头挑着谁，谁就是太子，太玄了！

王子匄　（背）我要将计就计，拼力一争，我平时对她不错……

王子昴　（背）论长相派头，老子是第一！她应该看上我……

四王子　（同时地扑向紫茸）紫茸！

紫　茸　（吓得一声惊叫，扑向老子）老师！

冢　宰　哎！紫茸小姐，这可是天大的好事啊！

紫　茸　（哭诉）老师，咱们走吧！

冢　宰　哎！福天福地，缘何言走啊？

老　子　（仰天大笑）哈哈哈哈……

周　王　老爱卿笑从何来？

老　子　圣上看到了吗？雏燕难与天鹰为伍，羔羊难与神龙结

群。小小村女怎好与皇家结亲啊！圣上，告辞了！（挽起紫茸昂然走下）

［鼓惑二仙出现。一口仙气，众人定格。

蛊　仙　李老聃，你可不能走，你这一走，我们不前功尽弃了？

惑　仙　老兄啊，他就是不走，我们也劳而无功啊！

蛊　仙　何以见得？

惑　仙　你看哪：金钱他不迷，高官他不当，权力他不要。这人间三宝他都看成废品，咱还有啥戏唱？

蛊　仙　妹子，可用上你了！该显显你的身手了！

惑　仙　你是说？

蛊　仙　情惑其心，色乱其性。情色并用，把事搞定！

惑　仙　拉倒吧！李老聃是既不近色，也不动情。万岁爷派给他三十个漂亮侍女，他一个一个都辞走了。整天就领着他的哑巴妞……

蛊　仙　哑巴妞早会说话了！你就去用她的口。

惑　仙　不行不行！这妞太老实……

蛊　仙　（指紫茸）那你就去把她换下来！

惑　仙　你是说，叫我把她换下来，我上？

蛊　仙　不错，你上！

惑　仙　不，这有点太缺德！

蛊　仙　啥时候了，你给我上吧！（把惑仙推向紫茸，下）

［惑仙迟疑片刻，然后附身于紫茸。

［被惑仙附身的紫茸，神态大变，妩媚袅娜，楚楚动人。

紫　茸　（挽起老子的手臂，极尽媚态）老师，我们不走了好不好？

老　子　茸儿，你怎么了？

紫　茸　我不是好好的吗？老师，这么好的机遇，你怎么让我走呢？

老　子　茸儿，这是你吗？

紫　茸　不是你的茸儿——又是谁呢？我亲爱的老师呀！

(唱)天子封我太子妃,

天降洪福不容推。

四位王子四大贵,

个个都是金银堆。(逐个相看)

大王子雄而壮高大魁伟,

二王子纤而细美如玉圭。

三王子执吾手晕晕欲醉,

四王子牵吾衣似蝶双飞。

挑夫君四选一难坏女辈,

恨不能分身嫁一女四归。

掣出来金绣球登高抛坠——

[紫茸登上案台,举起绣球欲抛。

[四王子见紫茸欲抛球选婿,纷纷抢站位置。场上一片混乱。

周　王　(与冢宰相视而笑)哈哈哈哈……大事成矣!(二人躲下)

老　子　(摇首长叹)茸儿逝矣!大祸至矣!

紫　茸　(唱)绣球儿落谁手我就嫁谁!

[金绣球尚未抛下,王子满却一个箭步上前抢过金绣球,然后一把将紫茸抱起,狂放大笑。

王子满　(狂喊)我是太子!

[其他三位太子见状,欲抢不能,遂纷纷掣剑在手,各自指天作誓。

王子昴　我要抢回紫茸!

王子趸　抢不回紫茸,我就杀了紫茸!

王子朝　不但要杀了紫茸,还要烧毁李老聃的书!

[顿时,械斗之声、喊杀之声四起,宫廷书库火光熊熊,团团火焰哔噗燃烧。

紫　茸　不能烧书，不能烧书，这是老师的心血呀！

三王子　那你就随书去吧！

[三王子抬起紫茸，扔进火中。

老　子　（仰天长啸）还我茸儿，还我茸儿！

[切光。

三、情叹

[大青牛蹒跚而上。老子坐于青牛之背，却沉沉入睡——这使人想到第二幕的情景。所不同的是，大青牛步履更慢，鹿儿很少，也失却往昔的欢快。背景飘散着硝烟……

[惑仙一改仙家风韵，像一恭敬的书童伴随在大青牛左右护卫着老子。她时不时还拭着眼泪。

[幕后合唱：

等身文著毁无遗，
茸儿焚身化灰泥。
唯有青牛不相弃，
骑着睡来睡着骑。

惑　仙　（轻声轻气地）老人家，您醒醒吧，你就这样睡了三天三夜，一点东西没吃，我怕您饿坏了！（取出净瓶）老人家，你吃点东西吧！（凑近老子口边欲喂）

蛊　仙　（突然出现，一把夺过净瓶）停！我的大妹子，你要干什么？

惑　仙　我怕他饿坏了，喂他点东西。

蛊　仙　这是天宫神水，咱们的口粮，他一喝，不就成神了？

惑　仙　成神了有何不可？我看李老聃的为人和做派，比某些真神还强呢！

蛊　仙　某些真神？哪些神？

惑　仙　比如说:有些神播撒谜团,蛊惑人性,挑拨是非,造祸生灾……

蛊　仙　你这不是说我吗?

惑　仙　我也是说我自己。蛊兄,你看咱都干些啥事?李老聃安净的隐居生活叫咱搅黄了,多好多聪明的女徒弟叫咱折腾死了,特别是李耳三年来写的书被一把火烧毁了!作孽呀!

蛊　仙　惑妹,你也不能是错不是错,都算自己过;是疮不是疮,都怨自己脏。那四个王子你不教他们,他们也会抢班夺权一斗万年!李老聃的著作,这一朝不毁下一朝毁,到未来的秦朝还有个焚书坑儒呢!大妹子,我告诉你,对我启发最大的倒有一件事!

惑　仙　哪一件?

蛊　仙　李老聃的话,世人根本听不懂!

惑　仙　对对对,这叫世人皆浊,一人独醒。

蛊　仙　泄露了天机,也无人懂得是天机!

惑　仙　你是说,我们不必再忙咱们的差事了?

蛊　仙　是我们的差事完成了,该向中天侯交差了!惑妹,你我就此升腾则个!(牵起惑仙旋转)

惑　仙　蛊兄,你先走一步,我要再办一件事。

蛊　仙　还有何事要办?

惑　仙　李耳与紫茸师徒相亲相爱相依为命,是我把他们拆散,让紫茸成了四王子的俎上牲品,我痛悔不已呀!

蛊　仙　紫茸已死,芳魂西升,马上就成西王母驾前的神了,还有啥事?

惑　仙　可他们师徒二人却是心中结亲缘,相爱终无果。我得叫他们见上最后一面。(拍了一把青牛,青牛掉头而去)

[切光。暗转。

［幕后合唱：

本望东归隐鹿邑，
却向西崤迈牛蹄。
谁执奥秘玄关意？
竟叫逝者留卷帙。

［函谷关前。山峭楼耸，水声淙淙。

［青牛伫立于关下。老子仍然安详地坐于牛背，长睡不醒，鼾声可闻。老子的周围围满了守关士卒，关令尹（即第一幕的司城）恭敬而又热情地轻声呼唤着……

关令尹　先生，先生，你醒醒！

众关吏　先生，先生，你醒醒！

老　子　（醒来）这是什么地方？

关令尹　这是函谷关。

老　子　函谷关？函谷关！（滑下牛背，巡视）“东起崤岭，西至潼津，大山中裂，绝壁千仞。有路如槽，莫测险深。”这是当年弘农独步的地方，老愚竟有幸一瞻哪！

关令尹　先生，住下吧！

众关吏　先生，住下吧！

老　子　多谢众位美意！但老愚还是要回家的。（转身对牛）青牛儿，你走错方向了。我们家在东，应该往东走哇！

关令尹　先生的家回不得了！

老　子　关令何出此言？你知我家何处？

关令尹　梅鹿成群的地方，大周天子赐名鹿邑的陈国苦县。

老　子　关令说得不错，却为何又说我有家回不得呢？

关令尹　诸侯纷争，战火频仍，你们的陈国已被强楚所灭。就连先生的草庐篱圃，也被烧成灰烬了！

老　子　（吃惊地）你，你何以如此了解我的家乡？你是何人？

关令尹　先生,我曾做过你家乡的父母官呢!

老　子　(仔细端详)司城大人?

关令尹　正是鄙人。

老　子　你何以来此当差?

关令尹　为躲战火之累,权寻幽谷之安。

老　子　难得关令有此避趋之心!

关令尹　先生,住下吧。公馆扫净,书案支起,文房四宝备就,恭候先生在此著书立说呢!

老　子　怪了怪了,你早知我要来此一过么?

关令尹　当然早知。

老　子　我本来是要先回故乡追魂寻梦呢!

关令尹　先生要追寻的梦魂早已到此!

老　子　何以见得?

关令尹　漫山遍野,紫气东来!

众关吏　漫山遍野,紫气东来!

老　子　什么?我的紫茸来了么?我的紫茸来了么?

关令尹　紫气东来,十日不绝!

众关吏　紫气东来,十日不绝!

老　子　紫茸,紫茸,你在哪里?你在哪里?

关令尹　先生请看——

[关令指处,满山遍野紫气蒸腾,蔚为壮观。

[隐隐地、远远地响起紫茸的歌声,声音渐近渐大——

老师你出译文匹帛成卷,

老师你写注释简片成山。

老师你镂铭文刀笔频断,

老师你耗丹朱石砚磨穿。

老　子　(激动异常)是我的紫茸,是我的紫茸!茸儿,你在哪里?我怎么看不见你呀?!(四方寻找)

(唱)毕生放喉第一喊——紫茸!

惊醒了:千年的青松、万年的枯楝、沉睡的山岭、梦中的大涧——果然见紫气东来漫天飘红烟!

紫茸! 这是你吗?

见紫气蒸腾起美美奂奂,
见紫气浮地走袅袅姗姗。
见紫气缠我身绵绵软软,
见紫气沁我心甜甜甘甘!
见紫气想紫茸依近依远?
见紫气念紫茸在地在天?
为师我毕一生无欲无念,
唯有你紫茸儿悬我心尖。
晚年路十二载有你相伴,
犹如那霜中木又遇春天。
儿好像夕阳下一只锦燕,
儿好像草庐里一张玉盘。
儿好像冰雪中一盆红炭,
儿好像沙漠中一股甘泉。
儿好像黑夜中一腔箫管,
儿好像长梦中一声杜鹃。
儿教我空无心足足填满,
儿教我耄耋人常常忘年!
紫茸儿啊!

本指望,百年后,一抔土,一缕烟,靠儿殓,靠儿奠,靠儿执麻送长远;

却不料,春早逝,花早蔫,儿早走,爱早蠲,宁教白发悼红颜,老眼青泪流不干!

悲生云云生雾云雾漫卷,

思如水水成浪浪涛成川。

山鼓琴风吹号瀑布挂挽，

惊天雷滂沱雨为儿洗幡！

[灯暗。暗转。

[函谷关驿馆。老子一手握笔，一手支颐，闭目入定，状如凝塑。

[紫气蒸腾，幻光流泻，紫茸之魂曳纱扶羽，飘然而下。她旋至案台旁，围着老子，发出调皮的轻笑。

紫　茸　（拿起老子写就的简稿，柔声念）“道可道，非常道；名可名，非常名……”

老　子　（抬头醒来）茸儿，是你吗？

紫　茸　（拿起另外一简）“有物混成，先天地生。寂兮寥兮，独立不改……”

老　子　我的茸儿，想不到真的还能见到你哟！

紫　茸　（换简再读）“天下有始，以为天下母。既得其母，以知其子。既知其子，复守其母……”母，母，母，只有在先生的著作里，才能找回母性之尊哟！

老　子　我的孩子，你受苦了！

紫　茸　跟随先生，紫茸情愿吃苦；情愿吃苦，却不情愿长久当个孩子啊！

（唱）紫茸女与先生终生相伴，

本有情本有意本有亲缘。

却不料选妃事一场迷乱，

引宫斗作牺牲步入黄泉。

老　子　（唱）紫茸儿天窦聪悟性高远，

老少人两相交逸情忘年。

入周宫选皇妃似为天判，

勿言差勿言悔勿酿遗憾。

紫　茸　(唱)闹皇宫戏王子那不是俺，

神离体魂出壳身被鬼遣。

老　子　(唱)早察觉进宫路蹊跷连串，

多少事更显得鬼使神遣。

紫　茸　(唱)最可惜守藏史著述千卷，

蒙战火遭劫掠化灰成烟！

老　子　(唱)皇家院储典籍只藏不看，

存与毁写与焚本无二般。

人世间只注重输赢赔赚，

笑煞个刀笔吏碌碌三年！

紫　茸　(唱)离却那嘈嘈红尘如粥乱，

且来这幽幽仙境品峭函。

望师尊敞开襟怀撒开腕，

写真文，镂真典，著真经，刻真卷，

留下你惊世骇俗五千言！

老　子　(唱)茸儿说话好灵鉴，

你怎知为师欲写五千言？

是猜测？是想见？

还是茸儿已成仙？

[蛊惑二仙出现。

蛊　仙　(唱)老君果然具慧眼，

你的茸儿紫气铺地升仙班！

惑　仙　(唱)王母驾前管文案，

天帝封她宇牍官！

老　子　(唱)二位何方高人现？

口称老君因何缘？

惑　仙　(唱)俺本天宫二差办，

蛊　仙　(唱)蛊公惑女二大仙。

惑　仙　(唱)领命下界把世乱，

蛊　仙　(唱)迷你心来惑你肝。

惑　仙　(唱)千番较量无进展，

蛊　仙　(唱)治草反而荒了天。

惑　仙　(唱)多亏了玉皇大帝纠错案，

二仙合　(唱)封您为太上老君镇中天！

[天乐隆隆，云雾缭绕，天帝偕王母在众神簇拥中出现。

蛊　仙
惑　仙　(匍匐)迎接天帝！

品第神　李耳见驾！(老子无应)

西王母　茸儿——噢，宇牍官，唤你老师见驾！

紫　茸　遵命！老师，天帝亲临凡尘，专为谋您，您该接驾了！

老　子　天帝！

天　帝　李耳，朕近查得知，中天侯擅自派遣蛊惑二仙，对你极尽蛊惑之术。幸你心纯性真，颖悟超凡，非但不乱本性，反而促汝悟透道德玄机，实为人间大幸！

老　子　老愚心存《道德真经》五千余字，刻录过半，聊记平生之悟！

天　帝　甚善！《道德真经》完成之后，望你速升天庭，司理太上老君之职！

老　子　这……李耳只善悟道，无才任职。

[众天神议论纷纷。

西王母　陛下，李耳首倡无为，悟透道经，乃为大善之英。就着李耳司理寰宇之善，监察天地之和，调处人神之谐。兼理天宫丹炉，炼造普济金丹。陛下以为如何？

天　帝　就依梓童。

紫　茸　老师,太上老君大人,快快写你的书去哟!

[天帝与西王母笑声朗朗地下。众天神随下。

老　子　宇牍官,笔砚伺候!

紫　茸　(长长地、甜甜地一声)是!

[紫茸铺简于案,捧墨于侧。老子捉管于手,笔走龙蛇,口中念念有词。

老　子　福兮祸之所伏,祸兮福之所依。五色令人目盲,五音令人耳聋。人法地,地法天,天法道,道法自然。(随着老子读音,浑厚的合唱重复着这些警言)

[在老子的朗朗声中幻光暗转,梦境消失,现实呈现。

[函谷关驿馆中庭,老子独自凭案疾书,口中依然念念有词,然而他却处于一种梦态,而周围围着的却是关令尹和他的众关吏们。他们都吃惊而关切地看着老子。

老　子　(梦态中)信言不美,美言不信;善者不辩,辩者不善;知者不博,博者不知。圣人之道,为而不争。

关令尹　好一个“为而不争”,果能如此,天下就太平了!

众关吏　百姓就安宁了!

齐　社会就和谐了!

[老子在众人的呼叫声中苏醒。他发现眼前的情景,大为意外。然而,显然他精力透支,如释重负,管毫从手中滑下,身子颓然坐倒——众人一片呼叫……

老　子　(睁开眼睛)令尹大人,你们怎么了?

关令尹　哎呀,先生你可醒过来了,您整整睡了九九八十一天哪!

关吏甲　您老可是站着睡的呀!

关吏乙　八十一天站着睡,睡着写,写,写,写……

关吏丙　您老每天写一章,一共写了八十一章啊!

关令尹　老聃先生,您是不是要写上一百章哪?

老　子　九九八十一,天挂登云梯。东皋来紫气,乘云上太虚!

[登时紫气飞腾,祥光流泻,百鸟啾啭,仙乐盈耳。

[青牛瞬间出现,老子飘然骑于牛背,青牛发出悦耳的叫声。

[群鹿哗然围拢于老子前后左右。老子满面红光,登上牛背,青牛蹒跚举足……

[幕后合唱:

九九八十一,
天挂登云梯。
东皋来紫气,
乘云上太虚!

[幕闭。

[剧终。

新一编一历一史一人一物一剧

卷三 / 老 子(终版)

Lao zi

DRAMACOLLECTION

人　物　老子　哑女(后紫葺)　华狐　柏矩　阳子居　耿桑楚　崔瞿　孔子　子路　子由　子贡　子思　周王　宫正　大王子　二王子　三王子　四王子　内侍　蔡奶奶　勺儿　张世医　牛百群　尹喜　关吏甲、乙、丙　逃难群众　大青牛　群鹿

[合唱：万国诸侯惹烽烟，
　　　泱泱大周乱了天。
　　　诸子百家奇谋见，
　　　大道横空出老聃。

一

[春秋。仲春。旷野。老子别居—— 一排赤泥茅屋。庐前石几石礅。远处，冈峦起伏。涡河九曲。芩蒿连天。

[幕启时，老子的几个学生在盘膝诵读："道生之，德畜之，物形之，势成之……"

[华狐上，他避开学生们的视线，蹑手蹑脚走进草庐，有顷，华狐出，手拿竹简匆匆离去——

柏　矩　(发现华狐)哟，大师兄回来了！

崔　瞿　(发现华狐服饰异常)哇，紫衣绶带？

柏　矩　乖乖，当官了？

阳子居　进入周宫，傍上天子了？

耿桑楚　大师兄一夜之间官袍加身，你使的什么法儿？

华　狐　这，这……

哑　女　(从屋中追出，一把夺过华狐手中的竹简)哇啊，哇啊！

华　狐　(尴尬地)哦，哑女！我是想看看老师新写的章节。

哑　女　(忽然质问神色逼人)哇啊？哇啊？哇啊？

柏　矩　哦，哑女说以前老师写的书你借走还没还哪！

华　狐　还什么？她保存我保存不是一样？你们记着，我可是老师的大弟子！

哑　女　（扯着华狐衣服举起竹简嚷嚷）哇啊，哇啊，哇啊！

柏　矩　噢，哑女说你这身官袍是拿老师的著作换的，是也不是？

华　狐　不不不……

哑　女　哇啊哇啊哇啊！

柏　矩　哑女要你归还借走的书简，证明你的清白！拿出来呀？

华　狐　这这这……

阳子居　老师新写的章节我们还没看呢！

耿桑楚　你却拿去换官了！

崔　瞿　你真干得出来！

柏　矩　丢人哪！

阳子居　监守自盗！

耿桑楚　卖师求荣！

崔　瞿　沽名钓誉！

柏　矩　剽窃抄袭！

众　人　你是老师的叛逆！

华　狐　好好好，我认，我认，可是师弟们，你们告诉我，我们来求学，究竟要跟老师学什么？

阳子居　学知识。

耿桑楚　学学问。

崔　瞿　学道德。

柏　矩　学做人。

华　狐　说到底要学为官之道！听说四处高官厚禄邀请老师，我爹妈乞讨挣路费供我来跟老师求学，为的是想傍老师的光，随老师升达入仕。想不到老师不但屡屡拒官不就，反倒以荒为归，以贫为乐，以无为有，以空为美。这叫咱们当学生的何时才能盼个出头之日啊！

［忽然一阵呦呦鹿鸣，老子上。他坐于青牛之背，鹿群奔跳簇拥。

老　子　（唱）驾青牛牧群鹿野趣无限，

风常吹云常卷永恒在天。

众　人　老师！

哑　女　（比画）哇啊，哇啊……

老　子　唔，我也看出来了：华狐官袍加身，可喜可贺呀！

哑　女　（举着竹简比画）哇啊哇啊……

老　子　噢，他拿我的文章换官了？那也未必不好，我还担心王公贵族们看了我的书不高兴呢！

华　狐　（跪向老子）老师，弟子不恭，把老师的著作献于宫廷了！

老　子　献于宫廷，未必不恭。只是你太急了，我才写了三章，仅仅开了个头啊！

华　狐　虽然只三章，便轰动了宫廷。天子看到"上善若水"四个字，便拍案赞赏，即刻封我典同协律郎！

老　子　典同协律郎可讲得清"上善若水"四字的含义吗？

华　狐　这"上善若水"么？

柏　矩　哎，讲啊，讲啊？

阳子居　大师兄跟水无缘。水往低处流，他要往高处走哪！

耿桑楚　水在大师兄眼里是不值钱的玩意儿，他看不上！

崔　瞿　大师兄喜欢的水，是水性杨花的水！（众笑）

老　子　水孕生命，水育天下，水利万物而不争。上善懿行，莫若水也！

（唱）上善若水水性柔，

避高就低行渠沟。

随方就圆不择路，

千曲百折不回头。
上善若水水性柔，
洗涤万物不停休。
带走污浊留清净，
趴过荒漠成绿洲。
上善若水水性柔，
柔水滴穿硬石头。
千重大山冲出路，
百丈岩井喷清流。
上善若水水性柔，
人品当依水品修：
我洗天下我成垢，
我养社稷我无酬。
我润万物我自化，
烟消云散无怨尤。

[一群衣衫褴褛、扶老携幼的逃荒民众上。牛百群、张世医、蔡奶奶及孙子勺儿也在其中。

老　子　(发现了熟人)张世医，牛百群，蔡奶奶，你们这是……？

张世医　我们蔡国被强楚吞并了！

牛百群　楚兵见人就杀，见房就烧，见物就抢啊！

张世医　就连百群的千头牛也被楚兵杀得一头不剩了。

蔡奶奶　为了活命，我们只好来陈国投靠您老人家了！

老　子　同饮一河水，同吃一地粮，何况我当年遭难，多亏你们接济。你们的到来给了我报恩的机会！

[此时老子的青牛走上来，亲热地拱蹭牛百群。

牛百群　(抱住青牛)你看，它还认得我呀！

老　子　多谢你的青牛！它聪明得很，如今它已成老愚的一半生命了！

蔡奶奶　可我们无家可归了。

勺　儿　老子爷爷好！

老　子　(惊讶)你认得我？

勺　儿　我奶奶说你就是老子。俺村小孩都会唱你！

老　子　唱我什么？

勺　儿　“跟着老子学，乌鸦变天鹅。听听老子说，天天乐呵呵。随着老子干，人人都有饭。跟着老子走，上天摘北斗。”

老　子　哇！(高兴得又抱又亲)变天鹅？摘北斗？我可没那本事。不过，我身上这块玉佩，你还是摘得下的。(取出玉佩戴于勺儿项间)

蔡奶奶　勺儿，快磕头！(勺儿给老子磕头，老子大笑)

[青牛仰首嚎叫。

老　子　听见吗？青牛在说，住下吧，这里就是你们的家呀！

牛百群　这成群的难民，你怎么管得起呀？

老　子　老愚祖上所留旧宅尚有十数间，且请乡亲暂作落脚，生活之资，医药之费，容聃筹措。乡亲们，随我回家吧！(众人随老子下)

[场上只留华狐。他见众人走远，依然进屋取出那捆竹简，急欲溜下，恰与皇家仪卫碰头，宫正走上。

华　狐　(吃惊地)宫正大人！你怎么来了？

宫　正　想不到吧？你的马前边跑，我的人后边跟，就这样便跟来了！

华　狐　你在盯梢我？

宫　正　哪里话来？只不过让你带个路嘛。

华　狐　(递上竹简)宫正大人，这是我新写的文章。

宫　正　(接简略看，斜睨华狐)哈哈哈哈！看来天子猜对了。圣上说你献上的文章不像你本人所写，似乎出自高人手笔，便叫我查问一下。现在么……已经查问明白：这竹简不就出自这李耳先生的茅庐吗？(察望环境)好一个李老聃，竟然藏在这荒野幽谷呀！

华　狐　既然你知道了，我就实话相告。这里出的文章，都是我和老子合写。因为我是老子的大弟子！

宫　正　那就请你这位大弟子请出你老师一见吧！

华　狐　不不不，他正忙于难民安置，况且他生性避趋宫廷。

宫　正　他避趋宫廷，可宫廷需要他呀！——来呀！请华大人引路寻找老子去者！

[数禁卫逼架华狐拥众欲下，老子上。

华　狐　老师！

宫　正　(崇然一惊)哦，好好好，老聃先生！终于见到了。我这厢有礼了！

老　子　华狐，这位大人是……

华　狐　大周天子殿前内务总揽宫正大人！

老　子　(礼)宫正大人幸会！

宫　正　别别别，(还礼)折煞我了！天子多少次想幸会先生也无缘得见，要不是你这位大弟子的引路，谁会知道你躲在这荒僻之野呀！

老　子　哑儿，草堂置茶。(引宫正)请了！(下)

宫　正　请！(对华狐)华大人！你走得慌张，天子的赏赐你也没顾上带回来！——来呀，上礼！(与老子下)

[随从宫人捧上一盘东西，隆重地置于石几，揭开上边的红绸，露出耀眼的赤金。场上众人一齐惊讶失声——

众　人　啊！

阳子居　黄金？

耿桑楚　这么多黄金？

崔　瞿　这能置多少地、盖多少房啊！

柏　矩　足够咱们养爹养妈娶媳妇安家啦！

华　狐　(扑向金子,似欲抱,却又匐跪于金子前叩拜)谢圣上,谢圣上,谢圣上对微臣的赏赐!

阳子居　那是赏给他的么?

耿桑楚　至少不是赏给他一个人的!

崔　瞿　那是赏给老师的文章的!

柏　矩　说到底是赏给老师的!

华　狐　不,师弟们,是赏给我的,你们想想,老师的文章不拿出去,永远是几片竹板,一钱不值。是我冒险闯入宫廷,凭仗智慧和口才宣讲文章要义,打动了朝臣,说服了天子,才有这重金之赏!师弟们,而今天下游说之士四起,凭着三寸不烂之舌鼓风吹雨,竟混得出人头地,名利双收。就连鲁国大名士孔子也带着他的弟子们四处游说找官做。而我们守着渊博绝世的老师,却藏身荒野,默默无闻,个个清贫有加。照这样下去,我们何时才有个出头之日啊!

柏　矩　你别说,华狐这番话还有他的歪歪理呢!

华　狐　华狐无意与师争名,但所赏金钱,你们说,是放在我处好,还是放在老师处好呢?放在我处,我将与弟兄们平分;如果放在老师处……

阳子居　放在老师处,老师也不会动用它。

华　狐　但是,我们想动用可也就动用不了了!你们说是吧?

四弟子　这……

华　狐　所以说,这个家得要我来当!

[华狐俨然做主,认真地分起金锭来。

[宫正与老子上。

宫　正　住手!华大人,本官不在,你们就分了?你好没耐心。你不等本官,也该等等你的老师啊!

老　子　(看到黄金)唔——好东西,好成色,好及时啊!

宫　正　这可是天子所赐！

老　子　谢天子！

宫　正　天子赏赐，寄托着天子的厚望！

老　子　再谢天子！

宫　正　老聃先生，你可知天子寄托着何样的厚望？

老　子　事情紧急，还是分了再问！

宫　正　你也急于分金哪？请问先生：你是如何分法？

老　子　好分，好分，拿过来，统统拿过来！（把众学生手中的黄金一锭不剩地收回）哑儿，柏矩，速把黄金分给灾民，要他们仔细着用，买粮食，置药品，救人保命，安家立业。快去！

[哑女柏矩抬金下。老子欲跟下。

宫　正　（大笑）哈哈哈哈！（见老子要走，一把拖住老子）老聃先生，车辇备就，驷马套齐，快快随我进京去吧！

老　子　这是从何说起？

宫　正　方才那些黄金，就是天子聘你的等身财物。你已经收下了，再推辞可就无用了！

老　子　不不不，那分明是对华狐的赏赐……

宫　正　华狐无由获赏，反该责罚，他所献者，原是你的文章！

老　子　我的文章，我使黄金，买卖两清，还我自由之身吧！（欲下）

宫　正　（拦）老聃先生，这全是圣上的安排。你已经数请不到，再不应召，圣上就要怪罪了！来呀！搀扶先生上辇！

老　子　不不不，宫正大人……

宫　正　老聃先生，今天可要来干脆的：你要应召，立刻登车起程；你要拒召，哼哼，就把天子的千两黄金退回来！

老　子　这……

宫　正　你不归还，就别怪本官无情了。来呀！（一群武士上）去到难民营，把黄金全部收回，短一两，杀一个；少一锭，杀十人！

老　子　(急拦)且慢！

(唱)宫正大人抬贵手，

天子赏赐民已收。

老聃担责跟你走，

进宫去押上我这颗老人头！

走！

宫　正　(喜形于色)登程！

[灯暗。

二

[周朝宫门之外。周天子率文武百官出迎老子。

周　王　(唱)大周朝五百载辉煌无限，

至如今渐式微国弱民孱。

诸侯国废礼乐纷纷作乱，

射王肩问王鼎觊觎王权。

叹朝廊缺能人难驭高远，

更少闻治国策定邦金言。

昨闻报大贤士老子出现，

寡人我率百官迎出宫前！

[在宫正与侍卫的簇拥中，大青牛蹒跚而上。老子闭目趺坐于牛背，群鹿在周围护卫着老子。

宫　正　启奏圣上：李老聃他来了！

周　王　(仔细端详)是李耳么？

宫　正　耳大如轮，须发如银，牛背上人，追鹿成群——当然是李耳！

周　王　其身后何以有群鹿追逐？

宫　正　李耳家乡水草丰美，景和人善，无猎捕之风，天下群鹿麇集而聚，李耳又精于牧养，故有鹿邑之称。

周　王　鹿邑，鹿邑，比李耳家乡苦县好听多了，何不改名鹿邑？就赐名鹿邑！

［群鹿闻言，跃然起舞，一片欢腾。

内　侍　来呀！把这些畜生赶走！

［众武士挥戈驱赶，场面大乱。哑女出现，极力护卫群鹿。

老　子　（睁开眼睛）手下留情，手下留情！

内　侍　群兽作乱，惊扰圣驾，赶走！

老　子　不不，大人错怪它们了，鹿儿们是感谢圣上赐名之恩呢！

内　侍　赐名之恩？

老　子　圣上把我老家苦县改称鹿邑——多好的名字啊！

内　侍　这……

老　子　哑儿，快快领着鹿儿们感谢圣恩！

［哑女做手势，群鹿匍匐在地，呦呦鹿鸣——

［老子示意，哑女再做手势，青牛与群鹿一齐恭顺退下。

周　王　哎呀呀，老聃先生，你终于来了！

老　子　圣上，老愚不敢不来哟！

周　王　来了就好，来了就好啊！

（唱）寡人想来寡人盼，

寡人圣旨曾三颁。

三通圣旨你不见，

你叫寡人好无颜！

众大臣　（唱）你叫天子好无颜！

老　子　（唱）春耕秋种冬修圈，

四季农事忙不完。
苦乡之人福分浅，
粗石不堪磨玉盘。

周　王　(唱)社稷有福天有眼，
朝廊终于迎老聃。
快快快，相国府里缺人选，
盼望您速速受封进朝班！

众大臣　(唱)盼望您速速受封进朝班！

老　子　(唱)老聃命中四两线，
牵不动相国府这只大航船。
走进朝班出虚汗，
徜徉山野心闲宽。

周　王　(唱)你不做相国做军检，
百万大军您调遣。
戎狄时时起边患，
盼您来运筹帷幄靖狼烟。

众大臣　(唱)盼您来运筹帷幄靖狼烟！

老　子　(唱)老聃无才谋征战，
心如弱水意如绵。
帅将领兵兵将散，
指挥打仗举降幡。

大王子　(唱)为相为将你都不干，

二王子　(唱)违旨抗命你再而三。

大王子　(唱)忤逆朝廷是背叛，

二王子　(唱)你不怕天子震怒动龙颜！

众大臣　(唱)你不怕天子震怒动龙颜！

老　子　哈哈哈哈……

宫　正　老聃先生，你不是答应随我而来么？

老　子　不错，我是答应随你而来；可办完事情之后，我还是要回去的！

宫　正　办完事情？你要办什么事情？

老　子　还你的账啊！陛下，你着宫正大人奖给华狐千两黄金，可有此事？

周　王　对对对，有此事，有此事，那是奖他献书有功……

老　子　那千两黄金我使了。

周　王　那本来就是给你的。因为那书一看便知是你所写："道可道，非常道。名可名，非常名。无名天地之始，有名万物之母"……(众人重复)

周　王　真乃吞吐宇宙，一字千金哪！

老　子　一字千金么？

周　王　一字千金！

老　子　好好好，天子口中无戏言，老聃有了还账的本钱了。(招手，哑女捧过竹简递于老子；老子呈于周王)圣上，这是老聃新写道经三章。要按一字千金来算，我的账可是大大还清了！

周　王　(捧简读出声来)"治大国如烹小鲜"……好好好，好一个"治大国如烹小鲜"！千金难买，千金难买！

老　子　圣上，账已了结，老聃要告辞了！

周　王　怎么，这就走了么？

老　子　走了，走了。

周　王　是寡人礼数不周，慢待先生么？

老　子　聃本山野之人，不懂礼数，岂敢奢望大礼！

周　王　是寡人朝阁狭窄，容不下先生么？

老　子　聃本大野一尘，角隅堪栖，无福忝居朝阁。

周　王　是朝臣骄横狂傲，轻慢先生了么？

老　子　聃本泥土之性，难入朱紫之群。恳请圣上放聃走吧！哑儿,牵青牛,唤群鹿,返回鹿邑老家!

[哑女打手势,青牛摆首,群鹿雀跃……

宫　正　(附耳)圣上,臣有一法可使李耳不走。

周　王　讲。

宫　正　扣了李耳的青牛,拿下李耳的群鹿!

大王子　对,扣下青牛,拿下群鹿!

二王子　夺了青牛,捕了群鹿!

三王子　关了青牛,圈了群鹿!

四王子　杀了青牛,宰了群鹿!

众　人　杀了青牛!宰了群鹿!

[众武士执牛捕鹿,场面大乱;哑女左挡右护,口出急声——

哑　女　(突然喊出)住手!不能杀青牛!不能宰群鹿!它们是老师的伙伴,是老师的命啊!

[众人惊呆。老子也惊愕万分——

老　子　哑儿!你会说话了?

[哑女亦自吃惊地点头……

老　子　我的孩子,你怎么突然之间就会说话了?

哑　女　我也不知道我怎么突然之间就会说话了!

周　王　好好好,"哑巴开腔,弭难兴邦"。姑娘有什么话尽管讲来!

老　子　当着天子的面,讲吧,孩子!

哑　女　(唱)宫门外一片杀声起得陡,

惊得我身冷舌麻急火攻心气冲咽喉!

青牛儿一头撞开我的哑口,

群鹿儿流泪哀鸣都把我祈求:

可不能杀鹿和牛啊!

大青牛智通灵性世少有,

与我师拳拳相顾意相投。
群鹿儿伴师踏尽春秋路，
人与兽喁喁共语读自由。
有道是夺人夺命难夺志，
枷锁锁身心难收。
恳求放我老师走，
高抬贵手放鹿牛。
倘若真要动屠手，
来来来——我替牛鹿献人头！

老　子　我的好茸儿！(师徒相拥)圣上看到了吧？民不畏死，奈何以死惧之！

周　王　好一个“民不畏死，奈何以死惧之”！哑女开口讲话便动人恻隐。老聃先生，我替四位王子暴戾之言向你致歉！

老　子　这就是四位王子么？

周　王　正是四位王子。他们恶言相向，惊吓于你了。

老　子　老朽愚钝，无所惊吓。只是么——让国家受到惊吓就不好了！

周　王　国家受到惊吓？

老　子　王子乃王权之储，国之寄望，擅唾号令，恣意喊杀，如此少柔乏善，未来国情何堪？

周　王　还不向先生赔礼？

王子们　先生恕罪！

周　王　放青牛！(武士放牛)放鹿群！(武士放鹿)

王子们　送先生！

老　子　哦呀呀，难得王子们一送啊！

王子们　再送先生！

老　子　圣上，王子们可是要送老聃走了！

周　王　依你之见呢？

老　子　依我之见么——(瞩目四王子良久) 老聃反倒暂且不想走了。圣上！

(唱)蒙圣上赐重金拯救难民，

三番请五番留更动我心。

愧老愚缺官才难胜御任，

故而有一推再推不敢称臣。

今有幸与王子相识相认，

国之系王之储均在其身。

容老愚入庠宫逗留几旬，

与王子们熟一熟、混一混、闹一闹、亲一亲、

读读书、解解经、说说古、道道今；

喷上几天八卦阵，

论上一番天地人——我捧土培培根！

宫　正　(惊喜)噢，老聃先生是要留下来了！

周　王　(喜出望外)哎呀呀，太好了，太好了！

宫　正　先生要做王子们的老师呢，圣上，快快封啊！

周　王　老聃听封：上秉宗庙之托，下纳朝阁之望，封李耳先生为大周宫廷太傅，官比一品太宰！

老　子　不不不，老愚不敢擅为人师，更无品级之欲，聃之所愿逗留宫中几日，实为与王子们共习先圣之训。当初文王依凭《河图》《洛书》赋《周易》，演《八卦》，老愚却至今未曾亲睹《河图》《洛书》一面呢！

周　王　《河图》《洛书》尘封已久，静待先生解读！

老　子　那圣上就封我个书库之卒吧！

紫　茸　老师？

老　子　紫茸！

周　王　紫茸？好名字。你也留下吧！

众大臣　留下吧，紫茸！

［灯暗。

三

［皇宫太子学堂。庭置四张书案。三位王子在座，一张书案空着。老子正在授课。紫茸在侧。

老　子　何为德善？

王子们　善者吾善之，不善者吾亦善之，是谓德善。

老　子　何为德信？

王子们　信者吾信之，不信者吾亦信之，是谓德信。

老　子　何以寄托天下？

王子们　贵以身为天下，则可寄天下；爱以身为天下，则可托天下。

老　子　答对了。然而，学贵以思，思贵以行，行思成性，方为人主之材。

王子们　学贵以思，思贵以行，行思成性，方为人主之材。

老　子　默写下来吧！

［四王子醉酒醺醺奔上，踉跄坐下，三个王子见状大笑。老子下。

大王子　老四，课已讲完，你还来何干？

二王子　又喝晕了吧？

三王子　眼睛都睁不开了！哈哈哈哈……（捏他鼻子）

四王子　（挣脱）爬一边去！快给我补课！

大王子　你把先生气走了，谁给你补课？

四王子　不补课，你们又该到父王面前垫害我了。（喊）紫茸！

紫　茸　（上）四王子！

四王子　快把李老聃叫回来，给四爷补课！

紫　茸　老师讨厌酗酒闹事之人，他不会见你。

四王子　那，你来给我补课，好吧？（动手动脚）

紫　茸　四王子，放庄重些！

四王子　我够庄重了。你说，你是谁？

紫　茸　我是紫茸呀！

四王子　紫茸是谁？

紫　茸　老师的弟子，你们的伴读呀！

四王子　既是我们的伴读，为何叫我读，你不伴呢？

王子们　对，为啥你不伴呢？

紫　茸　请问王子们，紫茸该怎么个伴法呢？

王子们　伴读伴读，伴着我们读嘛！

四王子　伴着四爷！

三王子　伴着三爷！

二王子　伴着二爷！

大王子　伴着大爷！

紫　茸　（怒喝）四位王子！你们是国家未来的主宰，应当自重！

大王子　（背供）主宰？一群都当主宰吗？不，皇储只有一个：应当是我！

二王子　（背供）我是老二，有才有志。除掉老大，才能成事！

三王子　（背供）我是老三，位居中间。要想接班，步履维艰！

四王子　（背供）我是老四，位居劣势。抢班夺权，相当费事！

大王子　（背供）眼下父王只信李老聃……

二王子　（背供）李老聃为谁说句话，谁就是太子！

三王子　（背供）谁能抓住李老聃，谁就抓住了太子之位！

四王子　（背供）谁能抓住伴读女，谁就抓住了李老聃！

四　人　（同时地）是向紫茸进攻的时候了！

王子们　（唱）凤鸟频频落天台，

为有紫茸宫中来。

杨柳细腰随风摆，
秀发如云溜金钗。

大王子 (唱)貌似天仙惹人爱，

二王子 (唱)美目传情勾魂魄。

三王子 (唱)满宫云鬓都惊呆，

四王子 (唱)三千宫黛皆失色。

大王子 (唱)我愿为你守大戒，

二王子 (唱)我愿为你吃长斋。

三王子 (唱)我愿为你投大海，

四王子 (唱)我愿为你跳悬崖。

王子们 (合)有朝一日成龙凤，
半壁江山为您裁！

[四人把紫茸围起，争相扯拽。老子上，见状呆住。

紫　茸 (扑向老子痛哭)老师！

王子们 (尴尬地行礼)老师！

老　子 看起来，我当不起你们的老师了，你们才是我的老师。在你们身上，有我发现不完的东西。四位王子，请来为老朽上课吧！

[老子坐于学生之位，目视王子。王子们尴尬躲下。

紫　茸 (断断续续泣诉)老师，咱们走吧，你为什么不走呢？你留下来原只说陪四王子说上几天话，读上几天书，可这一陪一说就是半年，至今仍无离开之意，难道你，你不是我原来的老师吗？难道你迷恋上了荣华富贵吗？

紫　茸 (唱)进宫前老师您藏身岭坳，
避达官远权贵品节孤高。
青的山绿的水是您所好，
闲的云野的鹤是您至交。
卧草庐远天下世人难找，

李老聃大隐士人奇名高!
自从咱进宫来老师变了,
碌碌上碌碌下碌碌当朝。
四王子性顽劣不堪调教,
你却是:濡濡心,芹芹意,循循诱,谆谆导,
朽木当作玉石雕,
功夫白费心白操!
劝老师当断就断当了就了,
回鹿邑找回咱自在逍遥!

老　子　(唱)紫茸儿一番话劝中含怨,
返家乡回山林魂绕梦牵。
自从你殿门外开口一喊,
我便知有一留留意在天。
王子们虽顽劣身份关键,
四人中终有个继位接班。
接班者德性薄国家有险,
皇储儿缺调教民无宁安。
任辅导做教习当即一念,
为社稷何敢辞夕惕朝乾。
紫茸儿且忍耐眼光放远,
助为师作教习添瓦递砖。
讲一经授一课也是奉献,
多一劝添一嘱也利民间。
雕朽木虽然说器型难现,
功夫到也许有水滴石穿。
选皇储育英才万民寄愿,
贤人出大道归天下方安!

[王子们上。

王子们　老师恕罪！

老　子　你们何罪之有？

四王子　酗酒闹事。

三王子　喧嚣课堂。

二王子　中断作业。

大王子　猥亵学姐。

老　子　如此又待如何？

王子们　请求责罚！

老　子　老愚何敢责罚尔等？

王子们　您不责罚，父王就要责罚我们了！

老　子　原是圣上知道了。紫茸，你看？

紫　茸　（无所适从）老师……

老　子　（对王子们）也罢！知错者明，认错者善。那就坐下默写作业吧！

王子们　（入座）简帛没有了！

老　子　紫茸，拿简帛来！

紫　茸　简帛已用完了！

四王子　（向幕后喊叫）库府官，送上等简帛来！

老　子　不不，默写练习，不必用上等简帛，竹片即可。我这里有。茸儿，抱竹来！

［紫茸抱来竹筒，老子挥斤劈竹。

［众王子见状，纷纷尴尬地效仿。

老　子　（教唱、众和）我生帝王家，

自来享荣华。

我省一根线，

民间添匹纱。

我放一只鸟，

民间养群鸭。

我省一席酒，
民间盖座厦。
我惜一棵草，
民间遍地花。

［灯暗。

四

［皇宫守藏室披览厅。书橱栉比，简帛层叠，正中可见广幅《河图》《洛书》图案。老子伏案作书。内侍上。

内　侍　圣上有旨，命柱下史老聃先生上殿议事啦！

老　子　遵旨！（随内侍下）

紫　茸　（急急上）老师老师，鲁国孔子来访！

老　子　你待怎讲？

紫　茸　鲁国孔子来访！

老　子　孔子？敢是那孔仲尼孔丘吗？

紫　茸　正是孔仲尼！

老　子　（高兴地）有请！

内　侍　哎哎哎，圣上召见，先上殿为是！

老　子　大人，请代为老聃请假半日，事后告罪！

内　侍　不行不行，会个孔丘有什么要紧的？叫他在门口等着吧。咱们上殿！

老　子　孔丘可是饱学之士啊！

内　侍　没啥大用，我听说鲁国把他撵出来，跑到陈蔡又绝粮七日，成丧家犬了！

老　子　学子落难，更应大礼相待，快快有请！

紫　茸　是！（下）

内　侍　你？怪罪下来，看你怎么担待！（下）

[孔子上。弟子们随后。

孔　子　师翁哪里？

老　子　仲尼君哪里？

孔　子　师翁！

老　子　仲尼君！

[孔子跪，老子扶之。孔子带领四弟子礼拜三巡。

孔　子　师翁名范，高山仰止，今日得见，梦想成真也！

老　子　仲尼东鲁奇秀，名博文坛，老愚也企望一会呀！

孔　子　(介绍)此为相随弟子。

四弟子　师翁好！

老　子　好，好，好！茸儿，上等好茶伺候！

孔　子　不不，不必备茶。

老　子　那就吩咐厨下，酒菜伺候！

孔　子　不不，不敢叨酒。

老　子　君常言“有朋自远方来，不亦乐乎”，岂能不茶不酒，不渴不饥？

孔　子　孔丘颠沛流离，饥饿成习，早已浑然不觉。今日得见师翁，急盼以教诲充饥耳——师翁，孔丘落难了！

老　子　难有何怕？难如砺石，可砺意志也。

孔　子　孔丘意志落难了！

老　子　子言何指？

孔　子　七载寻觅，寻不到唐尧之岸；诸国游走，走不出迷惘之滨。

子　路　我家老师一腔抱负，何以难寻明主？

老　子　但有抱负就好。难寻明主么，那是还没寻到时候。

子　贡　我家老师满腹经纶，何以诸侯不识？

老　子　诸侯不识，百姓已识。孔门师生在百姓中可已是大名鼎鼎了！

子　由　我家老师治世良才,为何社稷不用?

老　子　社稷不用,良才无损。金埋于土,依然为金。

子　思　我家老师积极入世,为何世不纳贤?而先生你主张避世退隐,反而在朝做官?

老　子　噢呀呀!问到老愚头上来了。是啊是啊,天下事情就是如此奇怪,想做官者,就是做它不上;不想做官者,却又躲逃不开。难道这就是"曲则全,枉则直,洼则盈,少则得"乎?

子　路　我家老师主张发奋有为——

子　贡　而先生主张清静无为——

子　由　如果天下人人无为——

子　思　天下社稷将何以存?

老　子　天下神器,自然伟大,不可强为。圣人不自以为大,故能成其大;不自与人争,故天下莫能与之争;道常无为,而又无所不为也!

孔　子　徒儿言语不恭,多多原谅。师翁警言点破,令丘顿开茅塞。果然不虚此行也!

老　子　但问仲尼目下所务何事?

孔　丘　丘已罢尽国事,洗脱宦身,专程而来拜访先生!

老　子　专程而来么?

孔　丘　专程而来!

老　子　所为何事?

孔　丘　叩师问礼!

老　子　文王制礼八百,武王制礼三千,子问何礼?

孔　丘　既有先王三千八百礼,而今天下何以无礼?

老　子　好一个"而今天下无礼"!

孔　丘　先生明鉴!

(唱)周幽以来百序乱,

礼崩乐坏泛异端。
正人君子找不见，
追名逐利相争先。
丑陋成美美成丑，
忤逆成忠孝成奸。
蝇营狗苟成才干，
大仁大义被讥讪。
君不君，臣不臣，父不父，子不子——
兄弟阋墙父子篡，
叹天下病入膏肓危莫大焉！

老　子　仲尼所忧极是。子以为天下所患何症？

孔　丘　礼崩乐坏！

老　子　子可有治世良方？

孔　丘　克己复礼！

老　子　子忧天下，令聃钦敬！却为何又罢尽国事，洗脱宦身，抛失佐政之机？

孔　丘　非也，非也，罢尽国事，洗脱宦身，绝非孔丘自愿，皆因小人妒忌，妃子谄陷，使丘成为下野之人焉！

子　路　小人误国……

子　贡　女子误君……

子　由　唯小人与女子多祸也！

子　思　唯小人与女子难防也！

四弟子　唯小人与女子难养也！

老　子　哈哈！好一个唯小人与女子难养也！

［突然，孔子四弟子骚动起来——

子　思　（惊呼）老鼠？

子　由　大鼠！

子　贡　硕鼠！

子　路　打死它！

［四弟子有的尖叫，有的躲逃，有的追撵，场面大乱。

［孔子也战战兢兢地无所适从。

［紫茸从容走出，手持绢帕，轻手轻脚往地上徐徐一盖，缓缓捉起一只大鼠来。

［惊恐的弟子拖拽着紫茸的衣角，扒扶着紫茸躲在紫茸背后。

孔　丘　（看到弟子扶着女子，怒斥）如此失礼，成何体统！

［弟子们警觉，纷纷闪离紫茸。

紫　茸　（若无其事地看鼠）四王子养的宠物跑出来了。我帮他送回去！（笑下）

［四弟子仍愣在那里。

老　子　女子并不难养。还多亏我养了这个小女子，要不然，谁来替我捉老鼠哟！仲尼君哪！你看到了吗？老鼠不来，人人规矩，人人懂礼；老鼠一来，天下大乱，人人失礼。看来，要想“克己复礼”，先得制伏老鼠哟！

孔　丘　（恍然颔首）房中老鼠易伏，天下老鼠安在？

老　子　天下老鼠，广存于天下。

孔　丘　何以得见？

老　子　见之于人心。

孔　丘　人心有鼠？

老　子　鼠藏人心。

孔　丘　心鼠何谓？

老　子　心鼠谓之贪欲。

孔　丘　贪欲？

老　子　贪欲无形，“鼠”患无穷啊！

（唱）人心有鼠鼠为贪，

　　贪欲不止患无边。

礼崩乐坏天下乱，
克己复礼先敛贪。
万国诸侯若敛贪，
天下战火息烽烟。
朝中文武若敛贪，
太平盛世出好官。
世上贼盗若敛贪，
黎民百姓得平安。
人人心中知敛贪，
王道自兴礼当先、孝当先、爱当先、诚当先、
忠义自当先！

孔　丘　师翁之言，令丘醒神开窍也！

［阁栏外出现宫正陪伴周王旁听的画面。

老　子　（唱）劝仲尼且莫要太把心担，
天下事万万变总是朝前。
礼乐崩虽招致世序紊乱，
守王道法自然自出大贤。
圣贤人有所思唯思民愿，
圣贤人有所虑唯虑民权。
圣贤人有所忧唯忧民饭，
圣贤人有所期唯期民安。
圣贤人治天下居高望远：
民为本，政为简，事为和，令为宽，
治大国如同烹小鲜。
登东皋，举望眼，云外云，天外天，
道生一，一生二，二生三，三生万，
万万奇异布大千。
大道兴社稷振人心归善，

播熏风降甘霖自是尧天！

[老子余音绕梁，孔丘陷入沉思。老子迎着夕阳缓缓而去，群鹿簇拥老子与林苑。孔丘与其余四学生膜拜顶礼。

[灯暗。

五

[景如前场。紫茸行装整备，回头望着高高悬挂着的《河图》《洛书》，流连寄情——

紫　茸　(唱)河之图洛之书千年神鉴，

隐纵横藏造化玄机万千。

只可惜千年来世无慧眼，

储深宫束高阁蛛封尘淹。

多亏了师傅他有缘亲展，

解隐幽破真谛尽开密栓。

三年来出译文匹帛成卷，

三年来写注释简片成山。

三年来成就了《河图全典》，

三年来完成了《洛书·洪范》。

三年来呕心血终致圆满，

老师他已决定返归家园。

青牛叫，鹿群喊，云牵衣，风拽衫，

一片归心向青山！

[华狐与四王子上。二人左顾右盼，交头接耳，发现紫茸，四王子隐起。

华　狐　师妹，老师真要走么？

紫　茸　是啊，早就该走了。

华　狐　师兄忍不住要说你几句,老师留在宫中,对我们都有好处,偏偏是你缠着要老师离宫归隐,你究竟图个什么?

紫　茸　人各有志,何言究竟?(欲下)

华　狐　慢走。师妹,请借老师玉章一用。

紫　茸　要老师玉章何用?

华　狐　(取出锦帛)请在这上边盖个印。

紫　茸　(接过,读出)“四王子慧心善行,悟性高远,学业精进,堪当大任”——这?

华　狐　这是老师的手笔。

紫　茸　不,这是你的仿笔!

四王子　(出现)什么仿笔不仿笔,紫茸,帮帮四爷吧!只要有老师这几句推荐,四爷就能当上太子。只要四爷当上太子,就有你半壁江山。

[紫茸转身要走,四王子急拦,二人拖拽纠缠在一起,出现猥亵之状。

[周王上。宫正及仪仗随上。

周　王　(见状怒喝)住手!成何体统!

四王子　(跪倒)父王!

紫　茸　(涕泣)圣上!

周　王　来呀!

众禁卫　啊!

周　王　把孽障收进禁宫!

[禁卫把四王子绑起。

宫　正　圣上息怒,臣有话讲。

[宫正示意,周王挥手,紫茸、四王子及众人皆退下。

宫　正　陛下,老聃先生要走了!

周　王　(慌乱地)是么?

宫　正　他已经整好库书,做好交接,十日之内就要起程了!

周　王　他不是说好要留在宫中么？

宫　正　可他的爱徒不愿意，一直催逼老师离开宫廷，回归山林！

周　王　是紫茸么？

宫　正　正是紫茸。

周　王　这便如何是好？

宫　正　要留李老聃，首先要留住紫茸！

周　王　谁能为我留住紫茸呢？

宫　正　四位王子！

周　王　四位王子？

宫　正　只要把紫茸收为太子妃，不怕李老聃不留住宫中！

周　王　收为太子妃？可是，寡人的太子——还未选定和册立呢！

宫　正　就让紫茸来为圣上选定太子，岂不正好？

周　王　爱卿之意？

宫　正　陛下恕臣直言，四位王子，心智相当，才疏志低，均无大望。但若能得到紫茸辅佐，读懂老聃之书，悟透天机奥秘，谁就将是英君明主，大周江山必将朝阳似火强盛万代！

周　王　那就让紫茸随便在四王子中任选一人做她的郎君？

宫　正　照，照，照，紫茸爱谁就选谁！

周　王　选中谁就立谁为太子？

宫　正　紫茸自然就是太子妃！不愁李老聃不留在宫内！

周　王　好！宣老聃见驾！

宫　正　老聃见驾！

[老子从外走上 。

老　子　哎哟哟，不知圣上驾到，有失迎迓，罪过罪过！

周　王　李爱卿！你又去看望你的青牛梅鹿了么？

老　子　正是。春风吹拂，鹿鸣呦呦，群类思归。圣上，老臣要告归了！

周　王　老爱卿，你身为太傅兼任守藏室之史，诸般大事，还没做完呢！

老　子　(指点满室文籍)《河图》《洛书》考释已毕；《三坟》《五典》编纂已竣；《八索》《九丘》补遗已妥。

周　王　可四位王子业未毕，质未显，智未开，你怎离得开呀？

老　子　老聃不离王子，王子宜暂离宫廷。请圣上恩准王子们随老聃把课堂搬入乡野，一可清欲敛性，二可专心读经，三可习察民情。

宫　正　什么？你想叫王子们跟你一道下乡啊？开玩笑，开玩笑！

老　子　既然看作玩笑，老愚只好告辞了。

宫　正　慢慢慢，恭喜老大人，贺喜老大人！

老　子　但不知喜从何来？

宫　正　紫茸小姐被选做太子妃了！

老　子　宫正大人，你怎能当着圣上之面，开这种无根无秧的玩笑。圣上的太子尚未确立，何谈太子妃哟！

周　王　老爱卿，那就让紫茸小姐费费心，为寡人选定一位太子，有何不可啊？宣紫茸和四王子！

宫　正　圣上有命：紫茸和四王子见驾！

［紫茸与四王子上。

五　人　参见圣上！

周　王　紫茸小姐听封！

紫　茸　(跪)臣在！

周　王　闻子天资聪慧，学问大成，辅读王子有功。封：紫茸为大周国太子妃！

［众人一齐讶然出声。

周　王　你眼前的四位王子中，有一人将成为你的夫君。今着尔用心挑选，凭爱确定，勿负朕望！

老　子　这……

宫　正　老聃大人，这场面，我们还是避一避的好啊！

老　子　不不，使不得呀圣上，使不得！

周　王　(挽起老子)后宫香茶备就，陪朕饮茶去者！

[周王、宫正拖拽着老子同下。

[场面哑然片刻。醒过神来的四王子紧张地各自盘算着。

大王子　父王信口一声封，小小紫茸成了精，成了精！

二王子　村女当上太子妃，究竟是谁在捣鬼，在捣鬼！

三王子　太子没立妃子立，没有鸡蛋先有鸡，先有鸡！

四王子　堂堂爷们叫丫选，若选不中老丢脸，老丢脸！

大王子　幸亏大爷下手早，平时常讨妃子好，妃子好！

二王子　二爷英气贯满身，自信能博妃子心，妃子心！

三王子　风流倜傥我为魁，她不选我能选谁，能选谁？

四王子　拼命抢来拼命夺，必须夺她做老婆，做老婆！

[四人一齐扑向紫茸。

王子们　紫茸！

大王子　挑我吧！

二王子　挑我吧！

三王子　挑我吧！

四王子　挑我吧！

王子们　(掣拽)随爷走啊！

紫　茸　(吓得一声惊叫)老师！等等我呀！(哭叫着跑下)

大王子　(背)丢掉紫茸，就是丢掉太子之位！

二王子　(背)得不到紫茸，我全盘皆输！

三王子　(背)紫茸不到手，危机随时有啊！

四王子　(背)苍天助我，我该如何呀！

[此时华狐出现在四王子的侧旁。

华　狐　小王子！只有一个办法能把紫茸留你！

四王子　什么办法？

华　狐　抢！

四王子　抢？

华　狐　抢！

[暗转。在四王子指挥下，数禁军抬紫茸过场。紫茸呼叫着："老师！"

[老子出现在另一空间悲怆呼唤："茸儿哪里？还我紫茸！"

[三位王子各带禁军上。

大王子　好啊，四王子动手了，我就抢了李老聃的书！

二王子　人物两空，唯有一拼！

三王子　什么也没有了，给我烧！给我杀！

[一片格斗之声，剑戟铿锵，火光熊熊。

紫　茸　火，火，火！（大喊）救救老师的书呀！（冲向书库扑向烈火）

老　子　（呼叫）我的茸儿！（欲救紫茸，晕倒）

[切光。

六

[幕后合唱：

《河图》《洛书》毁无遗，

三年著述化赤炬。

唯有青牛不相弃，

骑着睡来睡着骑。

[函谷关前。山峭楼耸，水声淙淙。

[大青牛蹒跚而上。老子趺坐于青牛之背,双目紧闭,沉沉入睡。

[关令尹喜与守关士卒列队相迎,恭敬而又热情地轻声呼唤着——

尹　喜　先生醒来!

众关吏　先生醒来!

老　子　(苏醒)这是什么地方?

尹　喜　这是函谷关。

老　子　函谷关?(滑下牛背,巡视)"东起崤岭,西至潼津,大山中裂,绝壁千仞。有路如槽,莫测险深"——这是当年弘农独步的地方,老愚竟有幸一瞻哪!

尹　喜　紫气东来,三日不绝。早知贵人降临函谷!

众关吏　先生,住下吧!

老　子　多谢众位美意!但老愚还是要回家的。(转身对牛)青牛儿,你走错方向了。我们家在东,应该往东走哇!

尹　喜　先生的家回不得了!

老　子　关令何出此言?你知我家何处?

尹　喜　梅鹿成群的地方,大周天子赐名鹿邑的陈国苦县。

老　子　关令说得不错,却为何又说我有家回不得呢?

尹　喜　陈国已被强楚所灭。就连先生的草庐篱圃,也被烧成灰烬了!

老　子　(吃惊地)你,你是何人?

尹　喜　我乃函谷关关令尹喜是也。

老　子　何以如此了解我的家乡?

尹　喜　因为先生的家乡人都跑到我这里来了!先生你来看——

[尹喜手指处,群众拥上,多数人病态恹恹。蔡奶奶被一村妇搀上,怀中抱着勺儿戴过的玉佩。

张世医　先生！想不到在这里又见面了！

老　子　张世医，牛百群，蔡奶奶！你们这是怎么了？

张世医　逃离战乱，世无宁静之地；躲避灾荒，难躲瘟疫猖狂啊！

牛百群　难民之中一大半都染上瘟疫了！

老　子　(发现蔡奶奶手中的玉佩)蔡奶奶，勺儿呢？

蔡奶奶　他……他也叫瘟疫夺走了！(痛哭)

[勺儿声音："跟着老子学，乌鸦变天鹅。听听老子说，天天乐呵呵。随着老子干，人人都有饭。跟着老子走，上天摘北斗。"

老　子　张世医，你是祖传治瘟神医，竟也治不了这场瘟疫么？

张世医　主药断绝呀！

老　子　何样主药？

张世医　牛黄！

众　人　牛黄！

老　子　牛黄？牛百群，连你也找不到牛黄么？

牛百群　千村荒芜，耕牛绝迹，哪里还找得到牛黄啊！

蔡奶奶　先生，这瘟疫可是比兵患还厉害呀！

(唱)千炷香万道供瘟神不走，
凶如虎狠如豹猛如貔貅。
我的家失亲人一十三口，
蔡家寨尽白骨没人殓收。
九成死一成活逃命上路，
逃荒路纷纷倒尸满渠沟。
老蔡家绝了户断了继后，

(从村妇手中接过襁褓)

只留下这小孙女：
怀中发烧襁褓里抽，
气息奄奄命将休，

阎王立等把她收——又一个短命妞啊！

张世医治瘟疫本是高手，

却因为缺主药甩手犯愁。

千村荒六畜绝难见鸡狗，

找牛黄何处去寻找耕牛？

(众帮腔)何处去找牛！

[突然，青牛仰首哞哞，绕场半匝，牵起老子衣角，青泪潸潸……

老　子　天哪！怪不得我的青牛数天来不吃草不睡觉两眼含泪一直往西，它是要和我告别，要为家乡父老献身的呀！

尹　喜　早闻先生坐骑是头神牛。

牛百群　当然是神牛！

尹　喜　难道它自知腹含牛黄不成？

老　子　知道的，知道的，它天生癖性，舔石化金。

牛百群　它浑身散香，蚊蝇不咬，牛虻不叮，腹中牛黄起码十年之久了！

张世医　先生，使不得！本医也早看出先生的青牛腹含大块牛黄，但它是先生的坐骑，与先生形影不离，终生相伴。失去青牛，将何以堪？

老　子　朽身老命，有何惜哉？只要能救百姓于水火，吾与青牛同归于尽，也算莫大幸事！大青牛啊，你若有灵性，愿救乡亲性命，你，你就长鸣一声吧！

[大青牛抬起头，缓步走向右边，长叫一声，口吐赤物，倒地而亡。

乡亲们　(齐喊)大青牛！

老　子　(大痛)“贵以身为天下，可寄天下；爱以身为天下，可托天下”。我的青牛！你死得其所，重如泰山啊！

众　人　(同悲)青牛！

老　子　张世医，你们还愣着干吗？快抬走青牛，取黄制药，抢救乡亲啊！

张世医　（眼含热泪）是！（与众人抬牛下）

［老子悲痛难抑，颓然倒地。

［紫茸在群鹿的驮御之下奔上。她火迹遍身，衣衫褴褛，但手中紧紧抱着一匝竹简。

紫　茸　（唱）鹿作车鹿引路将师追赶，

见恩师心落地万苦一甜。

［紫茸扑向老子，昏厥过去。

老　子　茸儿，你还活着？你是怎么来的？

紫　茸　（苏醒过来）是，是宫女把我从火中救出，是鹿儿们驮着我赶到此地……老师！王子相杀，周宫大乱，守藏室的书全烧了（取出怀中书简）这是您所写道德之经手稿，我从火中抢出来这些……老师，您续着写下去吧，把它写完吧，弟子求您了！（死去）

老　子　（悲号）茸儿！我的孩子啊——我的紫茸儿，我的大青牛！

（唱）毕生放喉第一喊——

惊醒了：千年的青松、万年的苦楝、

沉睡的山岭、梦中的大涧——

果然见紫气东来漫天飘红烟！

见紫气蒸腾起美美奂奂，

见紫气浮地走袅袅姗姗。

见紫气缠我身绵绵软软，

见紫气沁我心甜甜甘甘！

见紫气想紫茸侬近侬远？

见紫气念青牛在地在天……

为师我毕一生无欲无念，

唯有儿与青牛悬我心尖。
紫茸儿处危境英勇果敢，
烈火中抢救出道德残篇。
青牛儿有灵性悲民苦难，
献牛黄救百姓甘赴黄泉。

紫茸儿，大青牛——

人世间都如我茸儿牛儿牛儿茸儿无私无我无我无私为民献身献身为民大义薄云汉，
普天下自迎来战乱平息平息战乱社稷安稳安稳社稷国壮民丰民丰国壮万众享泰安！
为师我耄耋之人唯悬一念：
阅遍地，读遍天，
胸中文章注如川。
海作墨，陆作砚，
只待铁笔书大千。
道德经虽被焚尚留残片，
著书人未曾逝仍存老聃。
为民写为民用还民期盼，
民是天民是地民是江山——我化身成篇！

[短暂停顿之后，老子身后隐隐响起诵经之声：

圣人无常心，以百姓心为心！
圣人无常心，以百姓心为心！
圣人无常心，以百姓心为心！

[张世医与牛百群出现在老子身后，关吏们出现在老子身后，一群群百姓出现在老子身后。

尹　喜　先生，你讲的警句，百姓们都会背了！

张世医　天下人若能照先生论述做人，便都会成为圣人！

牛百群　天下圣人若能按先生所说爱民，民众何愁无有太平！

尹　喜　先生,把圣人治国爱民的道理都写出来吧!

老　子　是该完完整整写出来了。笔砚伺候!

尹　喜　笔砚伺候!

众　人　笔砚伺候!

老　子　(举笔高诵)天之道,其犹张弓乎?高者抑之,下者举之。有余者损之,不足者补之。圣人常善救人,故无弃人;常善救物,故无弃物。爱民治国,天门开合,明白四达也!

[幕后合唱:

春秋一度函谷关,
紫气东来笼云烟。
道德真经垂人世,
孰知老子何方仙!

[合唱声中,紫气飞腾,祥光流泻,百鸟啾啭,仙乐盈耳。老子挥笔疾书。瀑布般的简帛从天而降,铺天盖地。群众背诵《道德经》的声浪此起彼伏……

[幕闭。

[全剧终。

新编历史人物剧

卷三 / 玄奘

Xuan zang

DRAMA COLLECTION

人　物　玄　奘　唐朝名僧。原名陈祎，河南缑氏县（今偃师）仙游乡凤凰谷人。风骨清奇，法相庄严，仪表瑰秀，品格俊雅，学识宏博，法道臻圣。《西游记》中唐僧的原型即取其人。但实在委屈了他。

丹　阳　大唐公主，太宗李世民之妹。

蔻　儿　印度公主，羯若鞠阇国戒日王之女。

麴文泰　西域高昌国国王。

戒　贤　印度高僧，释迦牟尼嫡传长老。玄奘入印后投门宗师。

戒日王　印度羯若鞠阇国国王。

外道长　印度顺世教教首。

石盘陀　玄奘弟子，居士。

慧　静　玄奘弟子，沙弥。

太监、酋领、刽子手、太医、牙将、侍官、维那、信僧、凶徒、外道、乐手、舞队

［唐朝。贞观元年。

［庄严寺院。场上放着玄奘整装待发的竹箧与行囊。小沙弥慧静和居士石盘陀在忙着最后的收整。

［幕后合唱：

大唐名僧天下传，
净土禅寺在河南。
洛阳陈河唐玄奘，
功高如塔耀佛坛。

［内喊："懿旨到——"传旨太监上。

太　监　玄奘听旨！

石盘陀　俺师父不在呀！

太　监　玄奘哪里而去？

慧　静　去南街牲口市买马去了。

太　监　摆驾牲口市——(咳嗽)真烦死人！难道叫我这老年人跑到牲口市传旨去？你二人过来！公主的懿旨很简单，你俩代为转达。

慧　静　公主懿旨？

太　监　让你师父速速进宫见驾。

慧　静　见皇上？

太　监　见公主！

石盘陀　吔，见公主也好啊！

太　监　当然好，要他担大任哪！

石盘陀　哇，是不是当官啊？

慧　静　不行,师父要走……

太　监　走?他别想走!(打量竹箧行囊)哦,行李都收拾好了;再买一匹马,愣是要上西天!上西天你们懂吗?没命了才叫上西天!告诉你师父,别把命丢在百里荒漠上。公主在等着他哪!(下)

石盘陀　(把玩懿旨)嗨嗨,公主通拿师父当回事哩!

慧　静　那当然,师父救过公主的命嘛!

石盘陀　我怎么不知道!

慧　静　你这个胡人,不知道的多着呢!想当年,隋炀帝剿杀唐王家族,公主只身逃到洛阳净土寺,被师父掩护着藏入双尼庵,躲过一大劫。

石盘陀　哦?这份私情够珍贵的!

慧　静　佛家不讲私情,讲究因缘。

[玄奘内唱:市南买得千里驹——

玄　奘　(唱)市南买得千里驹,

四蹄生风壮行旅。

但闻明晨佛钟响,

万里寻梦直往西!

二　徒　师父,你可回来了!

玄　奘　回来了,回来了,快看我买的好马:膘润骨壮,白毛赤鬃,听鞭起舞,驰骋如风……

慧　静　啊呀师父,先别说马,先说人,人走不了,马再好也白搭!

玄　奘　怎么了?

石盘陀　(呈上懿旨)你看!

玄　奘　(展看)懿旨?

慧　静　大内公公亲自送来,

石盘陀　公主命你即刻进宫。

慧　静　听口气没得商量，

石盘陀　要你入宫当官。

慧　静　西行取经之事，

石盘陀　恐怕难以成行。

玄　奘　（决断地）慧静，石盘陀，这么办：提前行期，连夜启程！

慧　静　那……你总得见趟公主呀？

玄　奘　不能见。

石盘陀　得罪公主可不得了啊！

玄　奘　不必多说，速做准备！

［内喊："丹阳公主驾到！"丹阳公主仪卫簇拥中上。她不顾行仪地冲到玄奘面前，四目相对有顷。

玄　奘　公主！

丹　阳　玄奘！

玄　奘　（礼）惊动公主銮驾，奘甚不安！

公　主　我知道懿旨请不到你，所以要亲自来瞧瞧。你真的要走？

玄　奘　奘意所决，不可变更。

丹　阳　你，你当年出手救人的怜悯心哪里去了？

玄　奘　救人于危难，佛心；远人于显达，亦佛心耳！

丹　阳　可我要你入宫佐政，我要你离我近一些，我要报恩！

玄　奘　善哉，善哉！

［内侍见状挥退侍卫，下。

丹　阳　（唱）自从丹阳蒙师救，

大恩时时存心头。

乾坤翻转十年后，

昔日逃犯成王侯。

相报恩情是时候，

师父你却要历险去西游。

都说是险恶万千西游路，
自古来但凡有去无回头。
怎忍心恩人送命我袖手，
劝恩师打消主意断念头！

玄　奘　（唱）谢公主尚记挂一缘之友，
莫言恩莫言谢事过水流。
悲悯心救人意佛旨皆有，
出家人行善事事去便休。
取真经证佛本此念已久，
奘此生唯此任定我去留。
西行路虽然说艰险难走，
天下路有几步容得悠游？
望公主允准我登程上路，
千般恩万般谢两清两酬！

丹　阳　玄奘师父！不要走，好吗？

玄　奘　公主！放行吧！

丹　阳　不，我不能没有你，你……你不能不给我报恩的机会。

玄　奘　实不得已，我只好向圣上上表陈情……

丹　阳　（取出表章）你上的表章在我这儿呢！

玄　奘　你……？

丹　阳　玄奘师父，我已呈递另一份奏章，请求皇兄擢拔你为御史大夫之职。

玄　奘　这？

丹　阳　兼做丹阳公主府秘书少监。

玄　奘　你？阿弥陀佛！

［内喊："圣上有旨：丹阳公主速速上殿哪！"

丹　阳　（高兴地）许是圣上恩准了我的本章。打道回宫！（欲下，又回过头来）你可要等着我呀！（下）

玄　奘　慧静，石盘陀！

［二人应声上。

玄　奘　即刻登程，潜行出关！

二　人　是！

［灯暗。

二

［沙漠。狂风肆虐，黄尘弥天。玄奘驱马，慧静与石盘陀随护，三人在沙丘间艰难地跋涉。

玄　奘　（唱）千里荒漠沙似海，

慧　静　（唱）狂风如墙脚难抬。

石盘陀　（唱）飞沙走石地摇摆，

慧　静　（唱）举目无路马徘徊。

慧　静　（唱）断水三日无处采，

石盘陀　（唱）口舌生火咽喉塞。

慧　静　（唱）果然沙漠似魔界，

石盘陀　（唱）鬼魂难寻望乡台！

［玄奘一阵晕眩，跌下马来。二徒慌忙搀扶。

二　徒　（惊呼）师父！

玄　奘　（勉强支撑）不要大惊小怪，我没事，我没事。

慧　静　师父，你今天晕过两次了，还说没事！

石盘陀　师父的手好烫啊，你发烧了！

玄　奘　也不知怎么了，我这么无用。

慧　静　师父把干粮都让给我俩吃了，又三天没喝水，能不病嘛！

石盘陀　再找不到水，我们仨都难活命。

玄　奘　都怪我把水囊打洒了。我去找水……（踉跄）

慧　静　(急扶)师父,你不能再动了,你得休息。石盘陀,你去找水。

石盘陀　这八百里沙漠,最难找的就是水。

慧　静　你不是说你走过这条路嘛!

石盘陀　走是走过,可上次走和这次走不一样。

慧　静　有什么不一样?

石盘陀　上次我是带官商,有度牒,光明正大;这次是偷渡,捉住没命。

慧　静　要你找水,和偷渡有什么关系?

石盘陀　看见了吗?前边就是烽火台,烽火台下就有水源,就是不敢去。

慧　静　为什么不敢去?

石盘陀　烽火台是边境的瞭望哨,发现偷渡的,不是毒箭射死,就是抓住打死。

慧　静　那,我们就趁天黑,悄悄地去——偷点水!

玄　奘　唉,明人不做暗事。我去,我去烽火台讨水,我看他们能把我一个出家之人如何处置?

慧　静　不,绝不能让师父去。我去!(抓起水囊奔下)

石盘陀　慧静,危险!(追下)

玄　奘　(担心地喊)慧静、石盘陀!(赶了几步,又无力地歪倒)马儿,(发现马儿不在)我的马呢?(呼喊)我的白马,你在哪里?

(唱)身边走失白龙马,
行旅水袋又打洒。
烽火台前遇关卡,
大漠困住师徒仨。
沉沉夕阳已西下,
转眼凌空飞雪花。

茫茫长夜黑幕挂，
幢幢鬼影啾喳喳。
果然是西行之路风障、沙障、火障、水障、人障、魔障、障碍多多闸连闸——
宁教征人埋黄沙！(颓然昏倒)

[幻觉出现：忽然间，丹阳公主飘然而至。

丹　阳　(托起玄奘的头放于自己怀中)玄奘呀玄奘，你这是何苦啊！

玄　奘　丹阳公主？(惊起)不不不！(挣脱)

丹　阳　我吓着你了么？

玄　奘　禅律有戒，僧不近妇。

丹　阳　难道你看不出我喜欢你吗？

玄　奘　(躲)公主请守仪规！

丹　阳　别这样好吗？我是来接你回家的。

玄　奘　回家？

丹　阳　回家。

玄　奘　何处是家？

丹　阳　公主府就是你家。

玄　奘　请公主佛前禁口。

丹　阳　我只知道你是我的恩人！随我走吧！(拉玄奘)

玄　奘　丹阳公主：莫辱佛礼！(挣脱)

丹　阳　哈哈哈哈哈……丹阳见过多少和尚僧尼，或还俗成家，或纳婿入赘，皆以怜香惜玉为乐。师傅何致拘谨于此？

玄　奘　人各有志，勿作类比。

丹　阳　你志何在？

玄　奘　玄奘志在西方。

丹　阳　一个大唐精英，何必膜拜于西方异国？

玄　奘　佛法无疆，不分东西，无论国界。佛祖临世，本就光照包括我大唐在内的宇宙万万亿众。

丹　阳　佛光既临大唐，唐僧何必往西？

玄　奘　大唐虽蒙佛光普照，可惜经幢不全，缺乏善本，前人流转翻译错讹甚多，致使歧义纷出，解释相抵，派别林立，佛界蒙羞。尤其难堪的是祖庭核心经文《瑜伽师地论》，至今缺失于大唐！

丹　阳　《瑜伽师地论》？

玄　奘　《瑜伽师地论》！老子若无《道德经》，世人不识道祖；孔子若无《论语》《春秋》，世人不知儒圣；佛门若无《瑜伽师地论》，四众怎知佛理至深、佛旨至圣、修行之道至坚至净至纯至真也！

丹　阳　此经书果真如此重要么？

玄　奘　果真最最重要，大唐不可或缺！

丹　阳　那就让别人去取经吧，你不可以。

玄　奘　公主何出此言？

丹　阳　你不知道这是一条死亡之路吗？你没看到荒沙埋白骨，鬼魂无归乡吗？

玄　奘　玄奘谨守佛法，法外不知死亡。

丹　阳　你，你何以如此固执啊！

玄　奘　此非固执，此为信仰！

丹　阳　信仰？

玄　奘　信仰！信仰引路，义无反顾也！

（唱）信仰如同生命灯，

光明熠熠照人生。

有光荒漠识路径，

无光坦途陷泥坑。

有光逢凶能化吉，

无光大吉化大凶。

有光白水化银锭，
无光黄金变青铜。
有光乞丐乘銮舆，
无光紫蟒换牢笼。
有光茅舍出尊贵，
无光广厦养蛀虫。
有光天下秀仙境，
无光世界变酆城。
开光就是开信仰，
信仰举头万象生！

丹　阳　玄奘啊玄奘，我说服不了你，可我抓得了你。来人！（数禁军汹汹然出现）此和尚潜行出关，私通西域，犯了我大唐新朝封疆靖边的律令，来呀！给我抓捕起来，押解回京！（众人将玄奘扭起）

玄　奘　（呼叫）不，放了我，放了我！

［梦境消失。玄奘仍然躺卧在沙丘之间。慧静、石盘陀上。慧静身负箭伤，步履踉跄，但手里紧紧抱着水囊。

慧　静　师，师父，水……

玄　奘　啊，终于找到水了，太好了！（接囊欲喝，突然发现慧静背上的箭）慧静，你这是怎么了？

慧　静　我中箭了……

石盘陀　烽火台楼把守很严，发现有人偷水就放箭。我说他不听，执意要去冒险。

玄　奘　石盘陀，快想办法救他！

石盘陀　没得救，这是毒箭。

玄　奘　不不，用净水冲洗，能够延缓毒性发作。快来！

［抱起水囊为要慧静冲洗，被石盘陀夺下。

石盘陀　不能啊师父，就这么一点点水，我，我们还要喝呀！

玄　奘　救人要紧,快为他冲洗!(倾囊倒水为慧静冲洗)

石盘陀　师父,我是胡人,知道塔楼这种毒箭的厉害,一旦射中,致死没救。留下一点水,我俩还能坚持一阵儿;冲伤口把水用掉,我们仨都得死。

玄　奘　你……

慧　静　师父,弟子无能,就取来这一点水。不能陪伴你到天竺,求取真经……你,可要保重啊!(死去)

玄　奘　(失声痛哭)慧静!

[幕后合唱:

流沙掩体不成坟,
一掬清泪悼逝人。
荒漠不留名与姓,
月下长夜飘游魂。

[暗转。沙丘间隆起一坟。玄奘悲伤不已,结跏趺坐,为亡灵祈祷。石盘陀却愈见焦躁,目光闪烁。

玄　奘　石盘陀!

石盘陀　弟子在。

玄　奘　随我为亡灵祈祷。

石盘陀　(迟疑地)是……

玄　奘　阿弥唎哆。毗迦兰帝。阿弥唎哆。毗迦兰多……

石盘陀　啊……师父!

玄　奘　什么事?

石盘陀　下一个亡灵会不会是我?

玄　奘　你,何有此念?

石盘陀　我不能没有此念。

玄　奘　菩萨会保佑你。

石盘陀　菩萨为何不保佑慧静?

玄　奘　诸行无常,是生灭法,生灭灭已,寂灭为乐。比丘慧净超度西天净土去了!

石盘陀　可我不是比丘,只是个居士,我不想死。我家还有妻儿老母靠我养活!

玄　奘　既然如此,你走吧!

石盘陀　师父,我们一起走吧!

玄　奘　一起往哪里去?

石盘陀　一起回长安,别往西边去了!

玄　奘　什么?你讲什么?

石盘陀　我们一起回长安!长安多好啊,丹阳公主又那么喜欢你,还封你那么大的官。我们做弟子的也可以帮帮光啊!

玄　奘　石盘陀!我看错你了。你心里好不清净啊!你,快快离开我吧!

石盘陀　你必须和我一起往回走。

玄　奘　你究竟想干什么?

石盘陀　师父,天罗地网,前途堪忧。

玄　奘　孺子何出此言?

石盘陀　(取出一纸)师父请看:这是边界哨卡到处张贴的布告。

玄　奘　(接布告展读)——

(画外音):“有僧玄奘,欲潜西番。兹命沿途州县关隘,严密查访,务必捉拿缉捕,解回京师。有协助逃亡者,严惩不贷。”

玄　奘　好笑,好笑,哈哈哈哈……

(唱)一个和尚刚迈腿,
　　缉捕牒令身后飞。
　　封疆锁关如临危,
　　千里沙疆把奘追。

一笑朝廊好无味，
竟向穷僧施官威。
二笑洛阳纸不贵，
封疆檄文撒成堆。
三笑公主心太累，
动用皇权拖奘回。
公主啊！你爱心做成拦路鬼，
情义酿就业障灰。
恩念捆住西行腿，
诚叫玄奘好悲催，好悲催！

玄　奘　石盘陀，看来你是对的，再和我一起走，是要连累你。你速速离开我吧！

石盘陀　你我已经分离不开！

玄　奘　此言怎讲？

石盘陀　我俩的命已经绑在一起！

玄　奘　请讲明白！

石盘陀　只要你坚持西行，就一定会被捉住。只要你被捉住，就一定会供出我。只要你供出我，我和我全家人都会没命！(突然拔刀在手)师父，随弟子往回走吧！如若不然……

玄　奘　如若不然，你便怎样？

石盘陀　我只有杀了你！

玄　奘　(冷笑)别说是杀了我，你便把我剁成齑粉，我的魂灵只会往西！(说罢，扭身西去)

石盘陀　(恶狠狠地)那就休怪弟子无情了！

[石盘陀举刀欲砍——此时，白马出现，跃然奋蹄，踢飞石盘陀手中之刀，并把他撞翻在地。

玄　奘　白马，我的白马！(发现白马口中衔着一把青草)青草？

我的马儿找到了青草！有青草的地方就有水，原来你是帮我找水去了。太好了！走，我们去，我们去！石盘陀，马儿找到水了，你去不去？哦，你要往回走了，那就再见了！

石盘陀　师父！

玄　奘　怎么，你还要怎样？

石盘陀　我一家人的命都在你手里呀！

玄　奘　我明白，你还是担心我一旦被捉住就会供出你，是吧？

石盘陀　我怎么能相信你？

玄　奘　你还相信什么？

石盘陀　你能不能对天起誓？

玄　奘　佛家本不擅誓。为了让你活得平安放心，我誓于汝：苍天为鉴，佛祖为证——倘若玄奘被捉，绝不提及徒儿。纵然把奘剁如齑粉，终不相攀！

石盘陀　（望着仪态凛然的玄奘，突然跪倒，失声痛哭）师父！我是个卑鄙的小人，我家有妻儿老母，我要养活他们，我得活着。我对不起师父。告辞了，告辞！

［石盘陀消失了。玄奘望着石盘陀的背影伫立良久，然后一声长叹，翻身上马，向西走去。

［幕后合唱：

身是伴侣影是朋，
千里荒漠孤独行。
生生死死心不动，
胸中有座舍卫城。

三

［流动的沙丘，孤独的行者。

［肆虐的风暴，匍匐的行者。

［漆黑的边塞，踽踽的行者。

［一声断喝："不准动！"潜伏士兵窜出，扭起玄奘。暗转。

［高昌国。国王坐于宫殿。台下干戈森森。

［边将押玄奘上。

边　将　禀大王：偷渡之人带到！

高昌王　（审视玄奘久久）何处来人？

玄　奘　东土大唐。

高昌王　欲作何往？

玄　奘　西域天竺。

高昌王　呈上度牒！

玄　奘　无牒可呈。

高昌王　哇！缘何私潜我高昌国境？

玄　奘　佛门本无私，一钵化天下。拳拳慈悲心，四海皆为家。今借贵国一线沙径西行，自会祈福相谢。

高昌王　通上名来！

玄　奘　大唐国东都洛阳净土寺僧人玄奘是也。

高昌王　哈哈哈哈！好你个唐玄奘，终于抓到你了：请你抬头，看看这是什么？（出示榜文）这是不是你国的追捕榜文？所画图像可否是你？看看我有没有抓错？嗯？

［内侍持榜文图像围着玄奘观察对照。

玄　奘　正是贫僧，无需核对。

内　侍　（比对着图像）就是他，就是他，一点不差，连脸上的瘊子都对头！

高昌王　唐玄奘，你可叫我如何发落你呀？

玄　奘　悉听尊便！

内　侍　重枷锁身，押回大唐！

边　将　干脆，就地砍了！

高昌王　(左右一人一嘴巴)都给我闭嘴！

　　　　[高昌王走下丹墀,亲为玄奘解缚。

高昌王　大师啊,可把您给盼来了啊！

玄　奘　(惶然不知所措)这……

高昌王　请上座:受孤一拜！

玄　奘　这,不不不……

　　　　[高昌王将玄奘扶于正位,行跪拜大礼。

玄　奘　经受不起,经受不起！

高昌王　(唱)久闻大师功德深,
　　　　　　久存结交大师心。
　　　　　　获知大师欲西进,
　　　　　　日日盘桓候国门。
　　　　　　果然佛祖多怜悯,
　　　　　　竟叫孤王见真人,见真人！

玄　奘　(唱)承蒙谬爱奘幸甚,
　　　　　　难得异国遇明君。
　　　　　　只是我身后缉捕追得紧,
　　　　　　连累贵邦不忍心。
　　　　　　揖别大王登禅道,
　　　　　　玄奘我永记借路过境恩！(合掌拜别欲下)

高昌王　慢！我说玄奘大师,你的性子也忒急了不是？你三言两语说罢就走,也忒瞧不起我们高昌国了吧？

玄　奘　不不不,玄奘不敢,玄奘绝无此意！我是一个正被追缉之人,我是怕……

高昌王　你怕什么？不就是缺一张过境文书吗？他们不给你签发,我们不要,事情不就两清了吗？

玄　奘　多谢国王体谅！

高昌王　大师不知,我家老太后一辈子吃斋念佛,本王倾力敬修禅事，我高昌国三代理佛兴国。好不容易碰上一个大唐高僧登门造访，我怎么能让你轻易走掉？哈哈哈哈！

(唱)好难得：大师悠悠西域来，

好有幸：高昌国门为君开。

好殷切：举国四众翘首待，

好巴望：佛寺候你登讲台。

好当紧：国师的交椅仍空摆，

好迫急：本王的官廷缺高才。

好及时：积案的经谶等你解，

唐玄奘啊：高昌国要你留下来！留下来！

众　人　(合)大师大师留下来，留下来，留下来！

高昌王　枢密官！

内　侍　在！

高昌王　拟旨！

高昌王　玄奘大师，禅养宏备，学深德韶。莅临吾国，无异神赐。封：玄奘大师为高昌国百寺总住持，统领全国佛事，兼做国家马儒长史，官列一品。王命此封。

玄　奘　这，不不不！

内　侍　马儒长史你懂吗？就和你们大唐朝的一品宰相一般高。往后啊，我都是你的下级了。还不叩头谢恩？

玄　奘　哎呀呀，越发离谱了！

内　侍　啥？你敢说大王离谱？

高昌王　大师怎讲？

玄　奘　请大王收回成命！

高昌王　笑话！高昌开国百载，位继三代，还没有国君收回成命之例！

玄　奘　那就从此例开始！

高昌王　玄奘大师，你不可过于固执。本王惜才心炙，求贤若渴，故有此命。高昌寺观百座,唯缺如大师般高僧大德统理佛事;高昌举佛治国,唯缺精通佛理,参透经华的禅事精英。大师自入国门,纯为菩萨安排!

玄　奘　菩萨要奘过境,非要奘驻足高昌。

内　侍　驻足高昌辱没大师了么?

玄　奘　岂敢言说辱没,实为愧不敢当。

高昌王　你敢当也得当,不敢当也得给我当,我高昌国号上你了!

[停顿,难耐的僵持。

玄　奘　大王放奘走吧!

高昌王　且请断去此念!

玄　奘　奘唯西行是命!

高昌王　高昌即是你家!

玄　奘　玄奘志在天竺,命在取经,半途无家,出路在西!

高昌王　不,出路只有两条……

玄　奘　哪两条?

高昌王　一条是:留于高昌。

玄　奘　另一条呢?

高昌王　送师东归!

玄　奘　(愕然)东归?

高昌王　依照你国追捕榜文送你归唐。

玄　奘　呵呵,取笑了!

高昌王　此有何笑?

玄　奘　大王候捉的是一个西行之僧,应该知道我是不会东归的。宁可西行一步死,不可东回一步生!

高昌王　那就留于高昌!

玄　奘　如若强留高昌,大王只会留下玄奘一堆尸骨。心,是留不住的。

高昌王　本王倒要看看！

玄　奘　看看，就请大王看看吧！

［暗转。玄奘起居宫室。玄奘结跏趺坐，状极虚弱。面前堆放着各式山珍海味，只箸未动。

［幕后合唱：

宏愿做径志做驹，
和尚宁死魂往西。
七日不进水与米，
奄奄杳杳无一息。

［二宫女送来新馔，撤去旧馔，垂手而侍，状极无奈。

一宫女　师父，你吃一点吧，你已经七天没吃东西了，这样下去……（害怕得捂起脸嘤嘤哭了起来）

内　侍　（上）他吃点饭没有？

［宫女摇头。

内　侍　喝点水没有？

［宫女摇头。

内　侍　（急）你俩也傻啦，光摇头不说话，都犯啥病啦？

宫　女　没，没，没嘛！（二人哭）

内　侍　给官不要，给福不享，顶撞国王，绝食毁命，天底下竟有这等不知好歹之人！奇怪，奇怪，真真好奇怪呀！（突然意识到什么，不禁一怔，赶忙跑至玄奘面前，用手在玄奘鼻子下试了试，接着惊叫起来）啊！叫太医，快叫太医！

［高昌王带人上。

内　侍　大王！玄奘他——他不行了！

高昌王　（近前观察，亦大惊慌）太医！快快施救！

［太医趋前查验。

太　医　绝食几日?

内　侍　整整七日。

太　医　七日不食不水,绝无成活之例。

内　侍　啊?!

太　医　(以手试鼻扪心,频频摇头)已无生命体征,似已坐化!

高昌王　啊?!(怒视内侍)

内　侍　哎哟妈呀!(惊吓蹲地)大王——这可不怪我,我天天来给他送饭,劝他吃饭,开导他遵从王命。可是他,他他他他他……

高昌王　(哭出声来)大师啊!您让我们面对菩萨可如何交代呀!本王对不起您,我本来今天就要向您认错,您的坚韧品德彻底折服了我,我要与您结拜成兄弟,放您西行,送行的队伍、马匹、物资都准备好了,我给西行的沿路各国国王都写了信,让他们关关让路,处处方便,护送大师平安到达佛祖故乡。可想不到您……

[突然,一丝微弱的声音发出,轻轻地飘逸在空中,但很清晰,满含快乐,犹如禅乐。人们四下寻觅——寻来寻去,发现声音却是从玄奘口中发出——

玄　奘　(唱)多谢国君放西行,
厚礼护送更盛情。
唐僧一泓佛国梦,
也未可知有望成?

众　人　是玄奘师父的声音,是大师在唱!大师活过来了!大师!

内　侍　(激动地叫)大师!

玄　奘　大人!

高昌王　(扑拥玄奘)兄长!

玄　奘　(对高昌王)兄弟!

众宫女　(喜极而泣)大师!

众　人　(膜拜)菩萨保佑!

[玄奘颓然倒入高昌王怀中。玄奘的声音在继续缭绕——

[灯暗。

四

[幕后合唱:

苦行三年寻佛陀,
血足终濯印度河。
那烂陀寺虚客座,
且待唐僧诵波罗。

[印度。那烂陀寺经堂。庄严肃穆,烟云缭绕。周饰鲜花寿幛。

[释迦牟尼生前讲法圣地那烂陀寺住持戒贤法师结跏趺坐。众僧人手持寿桃寿礼,齐声颂祝。

众　僧　寿席斋宴俱已齐备,恭请正法藏入位!

戒　贤　等等,昨日闻报:有僧玄奘,自大唐三年跋涉,苦绝履尽,进入印境,即日到达我寺。老衲已派人迎迓,正好双喜齐开呀!

信　僧　(急急奔上)报——!大事不好!

戒　贤　讲!

信　僧　大唐行僧落难了。

戒　贤　怎讲?

信　僧　唐僧恒河遭劫,被外道匪徒绑架,不知去向!

戒　贤　这这——(眩晕)

众　僧　(急扶)正法藏!正法藏!

戒　贤　搭救唐僧啊!——谁可有救助之法?

[内呼:“国王驾到！”

[戒日王上。

戒日王　戒贤大师哪里？戒贤大师哪里？

戒　贤　(率众迎拜)叩见国王！

戒日王　免了免了。戒贤大师,今天是您的百六大寿,我该拜您才是。

戒　贤　岂敢,折煞老衲了。

戒日王　(向后招手)戒贤大师,你看谁来了！

[印度公主蔻儿旋风般落到戒贤面前。

蔻　儿　大师万福！

[众僧均吃一惊。

戒　贤　这是……？

戒日王　她是蔻儿啊！

戒　贤　公主殿下么？

蔻　儿　正法藏认不得蔻儿了么？

戒　贤　相比之前,变化太大了！

蔻　儿　是啊,上次相见,是这样(学病态);这次相见,是这样(一脚扫飞一僧)

戒日王　(佯嗔地)不要淘气！正法藏,蔻儿当年重病缠身,在你的祈祷下,竟然奇迹般痊愈了,而且变得如此强健。为了报答您的法恩,她特意准备了一部《寿舞》,为你老祝寿！(挥手示意)

[蔻儿在一群宫女的陪伴下,跳起了美曼的印度舞,伴以悦耳的音乐与歌曲,飞韵萦空,令人陶醉。然而,戒贤法师却颓然坐倒。

[众人急扶。

戒日王　大师身体不适么？

[戒贤摇头。

蔻　儿　蔻儿跳得不好么？

戒　贤　不不不，甚好，甚好！

戒日王　那就是饿了。该开斋了。

侍　从　（高呼）斋宴开始喽——！

戒　贤　（急阻）不不不，撤去斋宴！

戒日王　撤去斋宴？为什么？

戒　贤　唐僧落难了！

戒日王　唐僧？

戒　贤　东土大唐的来僧。

戒日王　东土大唐的来僧？此人，你见过？

戒　贤　没有。

戒日王　了解过？

戒　贤　也没有。

戒日王　何以为此人如此膺心？

蔻　儿　何必为一外僧扰了寿诞之宴？

戒　贤　阿弥陀佛：这应该是佛祖的安排吧？

（唱）三年前老衲我身患重症，

肤抽搐肢痉挛周身痛风。

延百医吃百药一概无用，

百岁人已决定自绝此生。

恍惚间佛光闪菩萨入梦——

金身文殊、琉璃观音、银白弥勒，三佛俱至，

殷切规劝细细叮咛：

菩萨道：

虽然身体是苦本，

自绝并非是法行。

汝寄佛望担大道：

弘法授徒得超生。

菩萨道：

东土之国祥云动，

恳恳西来一高僧。

志叩佛乡拜佛祖，

求学佛门取真经……

戒日王　噢，菩萨报的信息？

蔻　儿　这也太神奇了！

戒　贤　(唱)菩萨道：汝为释祖嫡传徒，

唐僧靠汝传大乘——举道授经！

此梦后，不知不觉好了病，

三年间，搜候东讯待唐僧！

月前报：果有唐僧入印境，

那烂陀，高高兴兴把子迎。

未料到唐僧恒河遭毒手——

匪徒绑架、外道加害、生死未卜，

活活急煞我老僧——三界响警钟！

蔻　儿　哇！既是菩萨梦示，此僧必有来头！

戒　贤　公主所言极是。

蔻　儿　但不知唐僧被什么人绑架？困于何处？

戒　贤　失于河岸丛林，不知去向。这正是老衲愁急所在！

戒日王　无妨。孤王自有主张。来呀！

[牙将上。

戒日王　兵派四路，恒河两岸出巡，号令各邦，重金悬赏，解救唐僧！

牙　将　是！

蔻　儿　父王，我也去！

戒日王　你？

蔻　儿　我想见见这位中国和尚！

[灯暗。

五

[印度。恒河岸边丛林。河中可见数丛舟楫桅杆。

[一方高台,玄奘被绳捆索绑置其前。高台上方,挑挂着一幅突伽天神像。周围烛光高烧,烟雾缭绕。一群赤膊散发的凶徒在酋领的带领下跳着怪舞,口中叫着:“突伽”!

[幕后合唱:

五印多有外道神,
每年祭神要杀人。
捉个美男做祭品,
印度河岸演惊魂!

酋　领　(祈祷)启禀突伽天神:大祭之期将过,不得适品为苦。幸遇游方一僧,形貌淑美健魁。宰杀献祭,大吉大利!时辰已到,准备开刀!

[刽子手执刀架于玄奘脖颈,众凶徒一齐顿足喊杀:“宰杀献祭,大吉大利!献祭宰杀,壮我突伽!”

[玄奘泰然坐于祭坛,临危不动,面露微笑。

[刽子手举刀欲砍。

酋　领　慢!(盯视玄奘)往日宰杀献祭,祭者一概哭叫求饶;唯有此人泰然自若,面带微笑。岂非嘲笑我突伽天神?!(对玄奘吼)献祭之鬼,我要你哭叫求饶!

[玄奘微笑不语……

酋　领　(更加狂吼)我要你的眼泪!

[玄奘依然微笑……

酋　领　(持刀架于玄奘脖颈)我要亲手宰了你——你给我开口

说话！说！

玄　奘　此为何物？

刽子手　刀！

玄　奘　刀有何用？

刽子手　杀人！

玄　奘　何以杀人？

刽子手　祭我突伽天神！

玄　奘　杀人祭神，神心何仁？杀人非神，神不杀人。滥杀为恶，枉杀为魔！

酋　领　啊？你胆敢污我突伽为魔？！

玄　奘　魔性自恶，勿怪人说。神性自善，举目自见。汝等以杀生祀神，神之灵善何在？观汝等衣不蔽体，食不果腹，生计无着，以抢劫活命。无因无明，只知杀伐，外生杀尽，岂不就该自相残杀了么？汝等之命岂不自身难保了么？

酋　领　这，这这……

玄　奘　（唱）万物有灵善为根，

杀戮只慰魔鬼心。

恶教起自邪恶念，

凶俗发自凶恶人。

贫僧自来不惧死，

惜之惜汝辈积恶造业深。

造业累重难返贞，

恶业坠入报应门：

恶果自食永无尽，

轮回报应：无休无止、无遮无挡、无种无类、无始无终、毁汝族运、败汝族群、灭汝生灵根！阿弥陀佛！

［众凶徒听了玄奘之言，久久无语。

［突然间，天空骤暗，霹雷闪电骤至，河中的舟楫桅杆纷

纷折断、倾覆……众凶徒一片惊呼，纷纷奔逃躲藏。一阵混乱过后，众人都把目光集中在闭目趺坐、泰然安详的玄奘身上。

众凶徒　(纷纷议论)“我们的船桅杆折断了！”“刚抢到的货船也翻了！”“这天象怎么了？”“是和尚在作法吧？”

酋　领　这和尚哪里而来？

一老徒　听说来自东土大唐。

酋　领　叫什么名字？

一老徒　法号玄奘。

酋　领　啊？他，他就是玄奘？

一老徒　五印早闻此僧道行深厚，法力无边。

酋　领　难道真是他作法施威？

众凶徒　(一齐跪倒)法师原谅！法师赎罪！求法师解救我们！

玄　奘　阿弥陀佛！法师不会作法，天象来自偶然，风雷起自际会，警示发自人心。慈念在胸，山崩不惊；歹意藏心，恐惧晨昏。解救你们的只能是你们自己。你们人人心中都藏有醒世之光，只不过少了火种，没能点亮。

众凶徒　请大师赐我们火种吧！

玄　奘　放下屠刀，即见佛光。

众凶徒　佛光?!

[全副武装的蔻儿和牙将带兵上。

牙　将　来呀，抓了这伙匪徒！

[一番交手，众兵士把众凶徒纷纷扭起。只有酋领负隅顽抗。

蔻　儿　把他交给我！

[蔻儿亮出身段，巧设套路，便撂翻嚣张的酋领。

牙　将　众将官！

众兵士　哈！

牙　将　将他们统统杀掉！

玄　奘　慢来！放了他们！

牙　将　他们都是突伽匪徒，杀掉！

玄　奘　不，他们都是等待解救之人，放了吧！

牙　将　我认得他们，他们抢过皇家船队，恶贯满盈，杀！(众兵士对匪徒们举刀欲砍)

玄　奘　(横拦于刀前)实在要杀，请先杀了玄奘！

牙　将　这……

[众凶徒感动，痛向玄奘匍匐跪拜。

蔻　儿　还不快快放人！

牙　将　是。(对士兵)放了他们！

[众凶徒四散下。

蔻　儿　(盯视玄奘半天)你就是那位神奇的中国高僧吗？

玄　奘　不敢。唐僧玄奘。

蔻　儿　不要客气。正法藏大师说了你的事情，太神奇，太浪漫。

玄　奘　正法藏？

蔻　儿　哦，就是那烂陀寺一百零六岁高龄的住持戒贤长老呀！

玄　奘　阿弥陀佛！贫僧万里而来，投奔的就是那烂陀寺戒贤长老啊！

蔻　儿　为什么就不可以投奔投奔我呀？

玄　奘　这……

牙　将　这是五印度羯若鞠阇国公主殿下！

蔻　儿　叫我蔻儿就行了。

牙　将　国王闻知大师罹难，特派王师相救。想不到大师自释其危，真乃神人也！

玄　奘　君王怎知贫僧罹难？

牙　将　戒贤长老时时关注大师行踪。

玄　奘　快带我见长老，快带我见长老，我要拜师！

牙　将　坐骑伺候！

蔻　儿　（一把拉过玄奘）请上我的大象！

［一头大象应声而至。众人扶玄奘登象。蔻儿出其不意跳上象背，坐于玄奘身后。

［收光。

六

［那烂陀寺。

［拜师仪典：戒贤法师正中趺坐。众比丘两列肃立合十诵经。司乐维那敲击着楗椎，佛乐齐鸣。礼仪维那高呼："拜师喽——"玄奘一身释门袈裟，膝行肘步，吻足顶礼。

［幕后合唱：

舍生忘死奔西来，
就为此方莲花台。
沙门祖庭十万拜，
吻透真经释疑怀！

［戒贤弯腰扶起玄奘，二人对视良久……然后，戒贤突然把玄奘拥入怀中，放声大哭。

［玄奘亦激动万分，涕泣洒泪。

［戒贤把玄奘拉入身旁坐床，让玄奘与自己并肩坐下。

玄　奘　不，不，徒儿不能与师并坐。

戒　贤　你给我坐，你给我坐！（强拉玄奘并坐）

玄　奘　徒儿失礼了。

戒　贤　东西一家，平齐为礼。

玄　奘　谢正法藏抬爱！

戒　贤　（端详玄奘）完全是梦中的模样。

玄　奘　正法藏亦如我梦中所见。

戒　贤　我是五印梦。

玄　奘　我是大唐梦。

戒　贤　我梦中盼望你三年了!

戒　贤　我梦中整整走了三年!

戒　贤　(向众人)谁能替我讲一讲三年前菩萨为我托梦的情景么?

蔻　儿　正法藏,蔻儿已经向他讲过了。

戒　贤　三年前,我本来已是病灭之人……

玄　奘　正法藏身体如此健朗,百六高寿,诚佛门大福也。

戒　贤　是菩萨免除我周身痛疾,让我健健康康等着你这位大唐僧人的到来哟!

玄　奘　阿弥陀佛!

众　僧　阿弥陀佛!

戒　贤　(唱)早闻东土是龙乡,
龙的传人兴龙邦。
子带龙气似天降,
那烂陀寺添异香。

玄　奘　(唱)佛陀临世在西方,
那烂陀寺满佛光。
真经尽藏神向往,
拜师取经使命长。

合　唱　凌空高挂菩提帐,
八面点燃芙蕖香。
檀鼓金钟齐奏响,
迎接唐僧入释堂,
一梦更比一梦长!

[合唱声中,幢幡摇曳,钟鼓齐鸣,仪式庄严。戒贤与玄

奘挽臂相拥,款款走去。收光。

[幕后维那的声音:"那烂陀寺正法藏有命:玄奘法师住幼日王院北上房,日供担步罗果百二十枚,槟榔子二十颗,豆蔻二十粒,龙脑香一两,大人米一升,月供油三斗,酥乳五钵喽!"

[七年后。

[幕后合唱:

彼时五印教派乱,
数十外道斗教坛。
那烂陀寺如前线,
辩经斗法燃烈焰!

[一维那手持布告慌慌张张跑上。

守门维那　启禀正法藏:寺外有人挑战!

戒　贤　来者何人?

守门维那　一个婆罗门顺世外道。

戒　贤　所辩何题?

守门维那　(呈布告)辩题四十,题题诡谲难破。提出:"若有人驳倒一字,即刻以头相谢!"

众比丘　"以头相谢?""何等狂妄!""胆敢挑战我那烂陀寺!""他真不要命了!""可我们驳不倒他也得搭上性命啊!"

戒　贤　(手捧挑战书)这四十道辩题确实诡谲,谁能驳倒呢?

众比丘　(轮番传阅挑战书)"顺世为宗,万教归统!""一为一切,我兴众灭!""驳我一语,割头相取!"(众比丘个个面露难色)

守门维那　难道我们认输不成?

戒　贤　难道我佛祖故刹、万经之寺,竟无一人敢与此讻讻外道交手吗?

玄　奘　(突然从后闪出)我去!

[众人惊望玄奘,哑场片刻。

守门维那　正法藏!我寺比丘上万,终不至于让一个外邦僧员替我们迎战吧?

玄　奘　维那此言差矣!吾虽外邦,入寺已经七载,早归本门。印度语言也已纯熟。更蒙师父四时调教,尤为嫡传之徒。何况佛罩亿众,不分内邦外邦。请允准敝僧迎辩!

戒　贤　奘儿所言甚慰吾心。只是,你有操胜把握么?

玄　奘　恩师无虑:师教饱哺,谅可致胜;万一落败,可推到我东土国僧人身上,与那烂陀寺无关也!

戒　贤　这……

[众僧有欢喜,有议论,紧张气氛缓和……

[突然传来一声呼叫:“国王令下!”——蔻儿上。

蔻　儿　国王口谕,玄奘听命!

玄　奘　臣徒玄奘在!

蔻　儿　唐僧玄奘,速进王宫,伴王说法讲经也!

玄　奘　公主殿下,有人山门设擂,挑衅正急!

蔻　儿　他山门设擂,我们绕后门走,碍不着我们的事。

玄　奘　来者乃顺世外道,谬题四十……

蔻　儿　他谬题八十也不用理他。他是外道,你是佛徒,两不相干。

玄　奘　来者气势汹汹,挑战我那烂陀寺……

蔻　儿　他挑战那烂陀寺,那烂陀寺有这么多高僧大德,何必用你出马?快随蔻儿走吧!

玄　奘　我已立下令状。

蔻　儿　国王紧急召见!

玄　奘　决心迎战外道。

蔻　儿　国王等不耐烦!

玄　奘　辩经事急，辩罢再走。（转身奔下）

蔻　儿　（阻拦）哎哎哎——唐玄奘，你好倔呀！

［切光。暗转。

［寺外辩场。一张《四十则辩题》挑战布告悬于山门。一群顺世外道披头散发，岬岬于布告之下，眼神凌厉，不可一世。

外道长　哈哈哈哈……三天了，我等等了三天了，堂堂那烂陀寺竟然无一人敢出来和我等辩论。笑死我们了！

众外道　笑死我们了！哈哈哈哈哈！

（唱）那烂陀寺名是虚，
无人敢应四十题。
眼看期限已过去，
大获全胜我无敌！

［玄奘上。顺手扯下山门旁的布告，一下一下撕得粉碎。

外道长　你？你是何人？

玄　奘　摩轲耶那提婆奴！

外道长　为何撕我辩文？

玄　奘　山门庄严，外道杂语不宜张贴。

外道长　那你们认输了？

众外道　认输了！那就取头来！

玄　奘　论辩尚未开始，何以认输？

外　道　毁我辩文，即为认输！

众外道　对，毁我辩文，即为认输！！

玄　奘　辩文未毁，了然于心。

外道长　什么？我那四十题辩文你都记住了么？

玄　奘　然也！

外　道　第一辩题？

玄　奘　“天地空濛，有道乃成。顺世为宗，万教归统……”

外　道　第二辩题？

玄　奘　“唯我顺世，弃彼修持。玉宇如歌，当享其乐……”

外　道　第二十辩题？

玄　奘　“苦集灭道，惹人嗤笑。生灵无辜，自承其福……”

外　道　第四十辩题？

玄　奘　“顺世纲举，尽覆真理。驳我一字，割头相取！”

外　道　哈哈哈，果然好记性！我的辩题句句至理吧？

玄　奘　异说聱牙，不值一答。诸类外道，更更可笑！

外　道　啊？！

玄　奘　餔多外道、离系外道、髅鬘外道、殊徵伽外道，四种行服不同，所本尽谬；数论外道、胜论外道，二家立义有别，自冲自否；餔多之辈，以灰涂体，遍身艾白，犹如阴洞之猫狸；离系之徒，露质标奇，拔发为德，皮裂足皴，好似临河之朽木；髅鬘之类，释以骷髅，装头挂颈，状若坟冢之药叉；徵伽之流，披服粪衣，尿饮便饭，腥臊臭恶，活似溷中之狂豖。尔等以此为道，岂不愚哉，蠢哉，哀哉！

外　道　这这这……

玄　奘　况汝四十辩题，矫揉造作，浅薄无知，拉杂重复。四十辩题，仅为一意，一言以蔽之：一为一切。既然一为一切，就该一一万能：耳可饮水，鼻可吃饭，口可走路，眼可小便？既然一为一切，何来汝辈所言“自性”“神我”“我执”之别？既然一为一切，汝辈所言“三法”“五大”“五唯量”“六句义”“十一根”“二十五谛”从何而来？万众从何而来？天地从何而来？汝辈从何而来？！

外　道　(被玄奘连语排击得哑口无言)这，这，这……

[在玄奘犀利的辩责之中，群众暗自涌上。激烈之处，群众热烈欢呼。

玄　奘　(唱)外道畸形多邪说，
异论诡辩不值驳。
唯我佛法真经座，
字字句句如天歌。
道弘四谛证善果，
缘起缘灭定恒河。
五蕴无常识无我，
亘古智圣唯佛陀！
唤醒四众求普度——
守《净土》、咏《华严》、持《瑜伽》、诵《般若》、
十界天、六凡地、四圣喻、五智说，
万千羁绊全解脱——阿弥陀佛！

[众外道扑然跪地认输。

[人群响起更强烈的欢呼。

[蔻儿兴奋又激动地跑上，把一束鲜艳拖地的花练披于玄奘的脖颈。

外道长　我认输。任依先约：以头相谢！(拔剑欲刎)

玄　奘　(夺剑掷地，拥起外道)佛门净地，岂可溅血伤人？

外　道　赌言在先，无颜反悔！

玄　奘　经辩非赌，于法有益。

外　道　请问如何处置落败之人？

玄　奘　佛门洞开，何不弃异归真乎？

外　道　(吃惊地)尊驾敢要我吗？

玄　奘　殷切以待。

外　道　(扑跪大拜)师——父——！

[幕后合唱：

五印教界多辩经，
赌头赌命令人惊。

大唐来僧兴宽恕，
从此慈云布祥空。

七

[印度。那烂陀寺玄奘静室。明月当空。室内，行李、背箧、经书，罗列在旁。玄奘把最后一捆贝叶经捆扎整齐，无限感慨……

玄　奘　（唱）唐僧取经游西天——
访遍了：五印崇岭、恒河百川、千刹万寺、
名地伽蓝，梵音浩荡胸臆间！
瞿波洞谒圣迹佛影重现，
胁尊寺瞻圣果佛光灿烂。
菩提树吻圣座佛愿宏满，
咩伽河聆圣音佛歌经坛。
曲女城展圣德止恶扬善，
三宝阶千古孝大慈大贤。
佛乡山佛乡水佛乡读遍，
不觉间时光去一十七年！
十七年两万里飞鸿翅断，
十七年远祖国乡音失传。
十七年尝不到家乡茶饭，
十七年生疏了华夏语言。
十七年好想念中州寺院，
十七年好惦记七友八贤。
十七年忆故土热梦成串，
十七年思亲人归心高悬。
取经人入经海鲸吞鳄敛，

十七年集经书叠夹成山。

取经来负经归乃是本愿，

西天游为的是佛法东传。

数日来别师友行装打点，

意如火，心似箭，情如涛，愿如闪，恨不能足踏风轮、肋生双翅、一步跨进玉门关——两步到长安！

[门开处，一身行装的蔻儿夺门而进。

玄　奘　蔻儿！

蔻　儿　该叫我徒儿了！

玄　奘　哎，你是公主，怎能随便称呼？

蔻　儿　蔻儿早要做你徒儿，收下我吧！

玄　奘　不不不，玄奘已无机会做你师父，玄奘明天就要走了。

蔻　儿　蔻儿随师父一起走。

玄　奘　你往哪里走？

蔻　儿　师父往哪里走？

玄　奘　我是东归大唐啊！

蔻　儿　我随师父东赴大唐啊！

玄　奘　开什么玩笑，你是公主！

蔻　儿　公主就不能去大唐吗？

玄　奘　你是一国公主，当以王命是从。

蔻　儿　王命要玄奘留于印度参朝理政，玄奘为何不听？

玄　奘　哎，我是僧人，当以法愿为命。

蔻　儿　我要拜师做尼，也以法愿为命。

玄　奘　蔻儿既有法愿，就在那烂陀寺修持可也！

蔻　儿　不，蔻儿要去大唐，大唐是个神奇的国度，蔻儿要随师父把佛陀全部经藏输入大唐，筹建大唐国的那烂陀寺！

玄　奘　公主何有此念？

蔻　儿　奇怪吗？那还不是被一个大唐僧人教化所致？你常常在

我们宫廷宣讲老子、孔子、孟子、庄子……蔻儿从前可只知道桃子、梨子、金子、银子……(取出印度文本《老子·道德经》)特别是师父亲手翻译的这本印度文的《老子·道德经》,蔻儿无数遍地读,无数遍地想,东方竟有如此奇妙的文章!好生叫人向往啊!

(唱)大唐的诸子妙如仙,

大唐的美文注如川。

大唐的文明好璀璨,

大唐的江山是奇观。

大唐的神秘诱人探,

大唐与蔻儿似有缘。

我要随师父大唐去,

走走路,开开眼,游游水,玩玩山,问问道,化化缘,

读读书,访访仙,遁入一座东西合璧的尼姑庵——

帮师父抄书译经奉伽蓝!

[幕后高呼:"国王驾到!"戒日王上。

玄　奘　启禀国君:玄奘正要见驾参奏!

戒日王　先别说你的事,我可是来找人的。

玄　奘　国君可是寻找公主?

戒日王　正是她!她不但不帮我劝你留在印度,反倒要随你一起逃跑!

玄　奘　逃跑?这……

蔻　儿　父王,你不能粗语伤人哪!玄奘法师可以西游取经,女儿就不能东游修行吗?况且,你听了玄奘法师宣讲的三皇五帝诸子百家文韬武略不也是掩盖不住钦羡之意,向往着有朝一日向着大唐去走一遭吗?女儿先替你去探探路,有什么不好?有什么值得大惊小怪的?

戒日王　(对玄奘)听见没有?我的女儿已经成大唐国的崇拜者

了。哈哈哈哈……没有办法，玄奘法师，本王此来就是为我女儿签发度牒的。

戒　贤　另遣两名维那，陪你同赴大唐！

蔻　儿　(高兴地)父王，戒贤法师，你们真好！

戒日王　但是，我的玄奘法师，我留不下你，但也不会轻易放你走。你们东方寺院讲究打出山门。我要你打出我的国门！

玄　奘　(不解地)陛下？

戒　贤　(上)哈哈哈哈哈……国王要在曲女城举行全境辩论法会，敕令五印度所有沙门、婆罗门、各门外道名流大师齐集参辩。你若获胜，即可东归。如不获胜么……

玄　奘　任凭国王发落！

戒日王　好！

蔻　儿　(担心地)父王！

[鼓乐大作。收光。

尾　声

画外音　在戒日王为玄奘设立的辩论法会上，有二十二国国王亲自参加，十五万人围观，戒日王与鸠摩罗王牵舆护送，三百头彩舆大象开路簇拥玄奘登台。大乘、小乘、婆罗门和外道六千余众参与辩论。然而，这个以大唐僧人玄奘作唯一擂主的无遮辩论法会整整开了十八天，却无一人敢于登台挑战。第十九日头上，大会宣布玄奘法师全胜。五印佛界为玄奘奉赠尊号为“大乘天”和“解脱天”。戒日王当场奖给玄奘金钱一万，银钱三万，七宝之品数匣，上等法衣百套……然而，这些奖励均被玄奘一一谢绝。玄奘只要一种奖励：让我回国！

［盘鼓动地，唢呐啸天，中国式的欢迎阵势排开。

［幕后合唱：

西行慢慢东归疾，
四万里路眨眼毕。
长安满城毡铺地，
君王亲摇欢迎旗。

［唐王李世民亲率文武百官列队迎接玄奘归来。丹阳公主也在其中。玄奘带着蔻儿一例行者打扮，身背高高的书箧，跟随他的队伍也都背着书箧陆续上场。舞台正中，经书堆起一堆。

唐　王　（拉起玄奘）爱卿，你可回来了！

玄　奘　万岁，玄奘终于回来了！

唐　王　朕好担心你记恨大唐，永不东归了呢！

玄　奘　佛家无恨，命根在唐。

唐　王　朝廷对不起你，让你受惊了！（斜睨丹阳公主）

丹　阳　（急跪）敝宫有罪：是我背着万岁私下追捕师父之令。祈求责罚！

玄　奘　（亲切地扶起丹阳公主）不算什么！追捕令倒是加快了玄奘西行的步伐。只是公主这身打扮？

唐　王　丹阳痛悔其过，已经削发为尼。

蔻　儿　太好了，太好了，我有法界伴侣了！（挽起丹阳的手臂）

唐　王　（指蔻儿）这位是？

玄　奘　五印度羯若鞠阇国公主殿下！

唐　王　随来何干？

玄　奘　助臣翻译经书。

唐　王　（指书堆）玄奘大师，这么多佛经，何时才能译完哪！

玄　奘　奘之余生，尽付经幢；奘之身后，又有绵绵不断学子倾心译事，何愁不至善终之日！

唐　王　说得好,说得好,阿弥陀佛!

众　人　阿弥陀佛!

唐　王　入寺大典开始!

侍　官　(长吆)大唐高僧玄奘法师入住敕封慈恩寺大典现在开始!!

[彩绸如虹,天花齐坠,九部乐作,佛舞、佛诵、佛歌,凌空飘飞……

[唐王与玄奘牵手登上高台。

[画外音:贞观二十二年,遵照唐太宗李世民圣谕,三藏法师入主国立大慈恩寺。国事频诏,玄奘多次婉拒还俗入相、赐爵封侯的皇命,谢绝国师巨擘、佛界领袖的种种誉称,专心致志投入译经工作。归国十九年间,共翻译高难度佛经四十七部、一千三百三十五卷,开创了佛教史上的法相宗。玄奘晚年,数度上疏请求回探家乡洛阳缑氏县、移住入道故院少林寺,终因"皇上谬爱,不释纤暇"而作罢,乃为玄奘此生唯一憾事。

[剧终。

新编历史人物剧

卷三 王阳明

Wang yang ming

DRAMA COLLECTION

人　物　王阳明　娄妓　刘瑾　宁王　头嘎　孔子　老子
释迦　张川　李胜　锦衣卫甲、乙　土著甲、乙
探子　老翁　村妇　孙燧　许逵　侍女　众弟子

序

[明朝嘉靖四年(1525)。

[绍兴府西郭门内光相桥畔阳明书院。一方“阳明书院”的牌匾熠熠闪光。

[一曲清越而又辽远的歌凌空飞翔。

[歌:无善无恶心之体,有善有恶意之动。

知善知恶是良知,为善去恶是格物。

[灯提亮时,几位阳明子弟围在一起,共同欣赏老师的一篇诗作,有的念着,有的笑着。

弟子们　“忆与美人别,赠我云锦裳。锦裳不足贵,遗我冰雪肠……”

弟子乙　不可能吧?

弟子甲　什么不可能?

弟子乙　不可能是先生写的诗。

弟子甲　可……可这明明是先生的书啊!

[王阳明上(晚年)——众弟子躬身礼迎。

众弟子　先生!

王阳明　你们争论什么?

弟子甲　争论一首诗。

王阳明　哪一首诗?

弟子甲　先生请看——(递过书册)这一首:“忆与美人别……”

弟子乙　先生,这是你的诗作吗?

王阳明　当然是啊。

弟子丙　“云锦裳”“冰雪肠”“美人意”……嘻嘻，先生还有这样事体哪？

弟子丁　先生不是说过，“除却良知，无可言语”。先生怎么涉及这些儿女情事？

王阳明　儿女情事便可无关良知么？恰恰相反。诗三百，思无邪，发乎情，止乎礼，概为良知使然。情有私，私有知，知有良邪，不可不识也。

弟子甲　如此说来，先生还有思无邪的体验？

弟子乙　也有发乎情止乎礼的经历？

弟子丙
弟子丁　老师也有爱之体会吗？

王阳明　不必奇怪，关雎蒹葭，人心皆备也！

[暗转。

二

[幕后唱：

阳明婚期定三月，
融春流芳桃花节。
感念师恩寓答谢，
亲登师门下请帖。

[王阳明恩师娄谅宅苑。幕启时，一个活泼的少女正在院子里踢着毽子，她是娄婈。

老家院　（上）禀小姐：门外有人求见老爷！

娄　婈　（边踢毽子边说）老爷不在！

老家院　他带有请帖。

娄　婈　不接！

老家院　还带有礼物。

娄　婈　不要！

老家院　那怎么办？

娄　婈　让他走嘛！

老家院　这……他说他是老爷的学生。

娄　婈　学生？叫什么？

老家院　王阳明。

娄　婈　(惊喜)王阳明？这个学生我要见见，请！

老家院　是！(下)

[景转正堂。

[王阳明内唱："韦编三绝孔孟仿——"

王阳明　(上唱)韦编三绝孔孟仿，

探隐索幽觅老庄。

程朱阅尽尚迷惘，

启迪五溺是娄谅。

娄老师哪里？娄老师哪里？

娄　婈　(摆出架子)嗯吞！

王阳明　你是？

娄　婈　我就是娄老师啊！

老家院　小姐爱开玩笑(对王阳明)这是娄府令媛娄婈啊！

王阳明　哦！三年前还是个小丫头，认不出来了。师妹好！但问恩师何在？

娄　婈　你家恩师玉笥会友，三日不归，害你白跑一趟了。

王阳明　不妨事，不妨事，我的婚礼定在十日之后，跟得上的。

娄　婈　什么？你要结婚哪？

王阳明　小师妹见笑了。这是老酒一坛，这是喜帖一封。回来转告令尊：阳明期盼恩师出席弟子婚宴，雅面赏光乃尔——告辞了！

娄　娭　哎哎哎……等等，这请帖上只有娄谅的名字，可没有我娄娭的名字啊！

王阳明　这……

老家院　小姐，你还太小，不宜出席此类婚闹场合啊！

娄　娭　闭嘴！还不煮茶去！

老家院　是！（下）

王阳明　只要师妹愿往，师兄即下请帖！

娄　娭　（调皮地）王阳明，你知道我对你注意多久了？你是我父亲最偏爱的一个学生；可你知不知道，有一个对你最感兴趣、却又最多狐疑的人，她是谁呢？

王阳明　难道就是师妹？

娄　娭　你猜对了！

王阳明　愿闻师妹指教！

娄　娭　你们的娄老师常于学堂之上讲他的高徒王阳明从小就立志当圣人的故事，讲得是那么动人，那么邪乎……今天我终于见到圣人了。那就请师兄教教我：圣人该怎么当？圣人该怎么吃饭？怎么穿衣？怎么走路？还有，圣人怎么还要结婚哪？哈？

王阳明　（唱）小丫头五连问聪明有趣，
玩笑间却道出人生大题。
话虽浅意虽薄回答不易，
查五经搜百家难寻解析。
回头来望师妹深施一礼：
圣贤志仅仅是精神之依。
圣贤学方求索寻寻觅觅，
圣贤书寓大智也存阙疑。
圣贤路初涉足程远千里，
望师妹容师兄慢慢修习。

娄　婈　你倒是蛮谦虚哩！可我觉着师兄修习圣贤之志并不专注。

王阳明　师妹此话何指？

娄　婈　请看情诗两首：(手捧诗稿半吟半唱)

忆与美人别，
惠我云锦裳。
锦裳不足贵，
遗我冰雪肠。
寸肠亦何遗？
誓言终不渝。
珍重美人意，
深秋以为期。
忆……

王阳明　哈哈哈哈！不要念了，不要念了，此诗是我所写。师妹似要拿它问兄之罪吗？

娄　婈　师兄圣人之坯，竟有如此儿女情长之咏，岂非形神错位，品志不一么？

王阳明　一花一世界，一叶一菩提。人心皆有爱，遮掩又何必。

娄　婈　如此说来，师兄乃是发乎真情，意有所指了？

王阳明　那是自然。

娄　婈　请问：诗中美人她是哪个？

王阳明　你倒是替师兄猜上一猜嘛！

娄　婈　就是立马要娶来的这位新嫂子吧？

王阳明　非也。

娄　婈　那就是师兄还另有一位新相好喽？

王阳明　非也。

娄　婈　再就是那些与师兄有过交往的、被师兄忘了的、好多好多旧相识喽？

王阳明　哈哈哈哈！好吊诡的小师妹！可惜，都猜错了！

娄　嫒　难道，诗中的美人——她不存在么？

王阳明　花非花，雾非雾，来如春梦几多时？去似朝云无觅处……

娄　嫒　（撒娇地）不要不要，不要拿朦胧诗来搪塞我，我要你明白回答！

王阳明　心中有美，万物皆美。心中存爱，举目尽爱。爱美之心，人皆有之也！

（唱）读诗无须太较真，

入之有影出无因。

但凡人心存至爱，

云舒风香花缤纷。

至爱未必花前吟，

至爱未必床笫亲。

至爱未必厮耳鬓，

至爱未必娱美人。

至爱浴胸洗人眼：

满目皆美世皆春。

我道至爱是圣爱，

圣爱修自圣人心！

娄　嫒　好一个"圣爱修自圣人心"！听君一席话，胜读十年书。喂！师兄，你是我父亲的得意门生，娄嫒想成为你的得意门生，可与不可乎？

王阳明　这……

娄　嫒　收下我吧！

王阳明　休要调皮，愚兄告辞！

娄　嫒　哎哎，话还没完哪！

王阳明　后会有期！

［切光。

二

［明皇宫司理监大堂。站班锦衣卫气势汹汹，阴森可怖。掌印太监刘瑾上。

班　首　启禀公公：王阳明来了。

刘　瑾　谅他不敢不来。

班　首　是不是抓起来？

刘　瑾　急什么！(挥退站班众人)弄点茶来。

班　首　是。(下)

刘　瑾　(念)天子御印我执掌，铲除异己控朝纲。一手遮天非难事，谁不顺我谁遭殃。俺——大明朝廷司理监掌印太监刘瑾是也。且说前一阵子，一帮朝阁重臣联名上疏欲清君侧要取刘瑾性命。是我及时发现趁早下手一窝端掉这帮祸害，或杀杀或关关或贬贬灭他们个干干净净。今晨突然发现一个叫王阳明的前科进士，居然为那帮老家伙鸣冤叫屈上疏翻案，真真一个不识时务欠揍欠死的家伙！不过嘛，这小子文采不错，一手好字。如果拉过来，可是一个有用之才。来呀！请王阳明！

班　首　有请王阳明啰！

［刘瑾躺于茶椅品茗。王阳明上。

王阳明　(唱)披缁衣入兵部为民请命，

申正义保良臣本章三呈。

一月过金銮殿阒无动静，

却为何司理监传唤阳明？

早闻知刘瑾他专擅成性，

猜不透宦门内施何隐情？

［阳明看到榻椅上刘瑾的傲慢之态，扭头便走。

刘　瑾　站住！来者可是王阳明？

王阳明　然也。

刘　瑾　怎么又要走呢？

王阳明　我以为走错了地方……

刘　瑾　本公公司理监掌印太监刘瑾！你不认识吗？

王阳明　公公天子股肱，朝阁首辅，怎能不识？只是嘛，一个躺着的人，阳明就认不出来了。

刘　瑾　哦！你还有理呢！(起身)好，好，看坐，用茶。

王阳明　谢座。不知司理监召见阳明有何吩咐？

刘　瑾　请你来讲讲学问嘛！久闻阳明博学多才，四方授受，本公想见识见识。

王阳明　承蒙赏识。不知要讲何题？

刘　瑾　有题目，有题目——(取出一份奏折)这份奏疏你可认识？

王阳明　当然认识，这是我写的奏疏。可它怎么还在这里？！

刘　瑾　哈哈哈！奇怪吗？满朝文武的奏疏都在我这儿呢。

王阳明　我已奏呈一月之久，你怎么还没有转呈皇上？

刘　瑾　本公公还没弄懂啊！弄不懂的玩意递上去，万岁爷问起来，我咋个回答呢？所以要请你来讲讲啊！

王阳明　明所呈奏，句句实言，耿忠体过，大义秉天也！

(唱)良药苦口可除恙，

忠言逆耳疗政殇。

言路广开察民望，

谏议畅达国运祥。

而今我朝起雾障，

言官忠仕遭贬伤。

罢韩文，诛戴宪，囚蒋钦，黜东阳，

六部九卿、满朝将相、陷入惊悚、坠入慌张、

怖怖犹如鱼惊塘！

似这般朝阁抑郁隐异相，
金銮殿多忧多虑少吉祥。
鉴于此阳明斗胆谏今上，
召回忠臣，请回良相，兼听俯问，宽宏大量，
于政乃通，于臣乃慈，于民乃善，于国乃昌！

刘　瑾　哈哈哈哈！召回忠臣，请回良相——好一个忧国忧民的小主事。王阳明，我没记错的话，你入朝当官也有五六年了，该懂点事了。你要朝廷召回那帮结伙喧噪逼宫闹事的老阁僚，那不是要开销我吗？他们可都是要置我刘瑾于死地的对头啊！

王阳明　公公当以国是为重。

刘　瑾　（怒）我这里没有国是，只有我是。他们不要我活，我就让他们统统先死！王阳明，你知罪吗？

王阳明　罪从何来？

刘　瑾　皇上贬谪的廷臣你要召回，这是抗旨之罪；皇上钦定的案子你要翻案，这是忤逆之罪；朝廷和平宁静，你却危言上疏，这是蛊惑之罪……

王阳明　数罪并罚，该取阳明首级了！

刘　瑾　知罪就好！不过，尽管你的本章逆谬多多，可本公喜欢你的辞章文采，尤其是你这一笔字写得十分漂亮，大有你高祖王羲之的神韵。怎么样？跟着我来吧？你只用在你的奏折之上写上一字，本公便保你平安无事，节节荣升。

王阳明　哪一字？

刘　瑾　“悔”！

王阳明　“悔”？

刘　瑾　“悔”！悔不该听信流言，悔不该同情朋党，悔不该诽谤司理监掌印太监刘大公公……

王阳明　哈哈哈哈！好笑，真真好笑！

刘　瑾　你笑什么？

王阳明　我笑我王阳明今生今世还不懂悔是何意哪！

(唱)阳明之心天赋贵，
不识平生何为悔。
知行唯懂循大道，
岂怕天外飞来罪！

刘　瑾　(唱)倔强孺子倔强嘴，
莫怪自己找倒霉。
不嚼黄连不知味，
不挨榔头不识锤！

王阳明　(唱)我赤诚奏章呈天子，
你隐匿不报欲何为？

刘　瑾　(唱)我掌印太监天子授，
我想拿谁就拿谁。

王阳明　(唱)果然是一手遮天八虎辈，
独断专行，恣意妄为。

刘　瑾　(唱)小知事胆敢逐流拾牙慧，
今叫你领教领教我是谁！

王阳明　(唱)你欺君罔上当知愧，

刘　瑾　(唱)一根筋要叫你吃大亏。

王阳明　(唱)你祸乱朝纲国有危，

刘　瑾　(唱)酸儒生口舌嚼是非。

王阳明　(唱)社稷不安庙有鬼，
自古佞臣是国贼。

刘　瑾　(唱)大胆孺子口悬秽，
污刘瑾就是污圣威。
执御鉴草拟圣旨治尔罪：

廷杖四十——下大狱——贬边陲！

众廷卫　吵！（扭起王阳明押下）

［合唱：人道祸福一纸隔，

浑水潭里无碧波。

［幕后传来侍卫刑杖王阳明的呼叫声。

［刘瑾狞笑。

［灯暗。

三

［流放路上。江水滔滔，荒草连天。王阳明艰难地行走着。

［合唱：荒草连天迎孤雁，

寒江呜咽哭贬谪。

王阳明　（唱）四十棍打得我皮开肉绽，

酷刑狱关了我五十七天。

放逐地远天涯山高水险，

王阳明走进了生死大关！

回过头望来路一声长叹，

赤子心少年志化雾飘烟。

度寒窗求功名一场梦魇，

蹈官场搏清誉水中捞天。

听长空冷冷清清鸣孤雁，

望天际凄凄凉凉卧秋山。

闻江水呜呜咽咽似讽怨，

讽怨我荒草荆棘一贬官！

［王阳明疲惫地摔倒，复挣扎坐起，依靠着一块大石喘息。涛声传来。

王阳明　好威武的江水呀！惊涛拍岸，浪花堆雪——大江啊大江，你可知晓王阳明的归宿吗？

［背后忽然传来一声呼叫："王——阳——明——！"

王阳明　(诧异地)何人唤我？

［锦衣卫甲、乙上(以下简称锦衣甲、锦衣乙)。围着王阳明转了一圈。

锦衣甲　你就是王阳明？

王阳明　正是。

锦衣乙　王阳明是你？

王阳明　不错。

锦衣甲　不错就好。

王阳明　二位是？

锦衣乙　我们是来送王阳明回家的。

王阳明　送我回家？多谢二位美意。可惜阳明乃羁罪之身，不敢擅自回家。

锦衣甲　这里就是你的家。

王阳明　此话何意？

锦衣乙　听不懂？明年此时就是你的忌日。

王阳明　二位好汉怎能无故害人？

锦衣甲　别叫我们好汉，我们是锦衣卫！奉了司理监刘公公之命，来此结果你的性命。(抽刀在手)看刀！

王阳明　慢慢慢！司理监判我廷杖四十已经打过；罢我兵部主事已经罢过；贬我贵州龙场驿承已经贬过。王阳明认打认罢认贬，今又认罚，奔赴边荒，戴罪历任。他刘公公居然擅自变更原判，半道派人暗杀，恣意夺人性命，此行于法何据？于刑何典？于理何谬？于良心何在?!

锦衣乙　王阳明，你也太认真了，刘公公能让你活着去到边境吗？

锦衣甲　我们也知道你王阳明没有罪，你那奏章上忠天子，下善朝臣，都是金玉良言。可惜你叫错号了，你要把刘公公的对头都叫回来，那你不就也成了刘公公的对头了？

锦衣乙　刘公公是谁？万岁爷是他一手带大的，宫廷御印就搁在他手里，升谁降谁杀谁灭谁啪嗒盖个章就办完了，你那奏章皇上根本看不到你就变成屈死鬼了。想哭就哭两声，想骂就骂几句吧！我们赶着交差呢！

王阳明　（吟唱）啊，啊，我叹一声忠言获罪，怨一声良策遭诋，恨一声权奸当道，嗟一声报国无门。此情，此境，此时，此刻，命之囧囧，运之迫迫，死之厄厄，何恨何悔，何言何语呀！

锦衣甲　无语了吧？那你就上路吧！（抽刀欲砍）

王阳明　等等！话已说完，意犹未尽。阳明还有《绝命诗》一首，要对天呐喊！

二杀手　绝命诗？

王阳明　（唱）敢将世道一身担，

显被生刑万死甘。

满腹文章宁有用，

百年臣子独无惭。

锦衣乙　哥，你知道他说些啥？

锦衣甲　哥也听不懂。

王阳明　请帮我写下来。

锦衣乙　俺听都听不懂，咋着帮你写？

王阳明　我自己写。

锦衣甲　那，你写吧。

王阳明　纸笔伺候！

锦衣乙　吔！还伺候哪？你以为你还在九司十三部啊！这荒坡野地哪里弄纸笔呀？

王阳明　左厢村店就有,帮我买一些来。

锦衣甲　你拉倒吧,俺可没这项开支。

王阳明　我这里有十两银子,烦请代买纸笔。余下银两就买些酒肉菜肴权作答谢二位。

锦衣乙　十两银子,酒肉菜肴……哥,我不反对。

锦衣甲　你……?

锦衣乙　咋的哥?你刚才还抱怨三天没沾酒了!

锦衣甲　去吧,烧鸡牛肉多买点。

锦衣乙　是!(下)

王阳明　(唱)涓流裨海海生厌——

锦衣甲　怎么又唱起来了?

王阳明　还有半阕!

(唱)涓流裨海海生厌,
片雪填沟沟见烦。
历代忠坟少人祭,
唯留英名佐笑谈。

锦衣乙　(上)哎——三斤牛肉两只烧鸡一坛老酒全齐喽!

王阳明　怎么没得纸笔?

锦衣乙　急什么?急着死呀?真是的!喏,笔墨纸砚全在这儿了。我说王阳明啊,你也吃点喝点争取做个饱鬼。没听说吗?饱鬼早超生,饿鬼填阴坑。

王阳明　吃不下哟!我只配做个填阴坑的饿鬼。(取过纸笔)二位慢用。我要赶紧写遗书了!

锦衣乙　那边有块大石头,凑合着当桌子用吧。(王阳明下)

锦衣甲　这?(警惕地观望)

[锦衣乙抱起酒坛子痛饮。

锦衣甲　(抢过酒坛子)兔崽子!哥还没尝哩,你可干下去半缸了!

锦衣乙　该你来,该你来!(俩人一替一口又喝又唱)

锦衣甲　(唱)老酒开坛十里香，

锦衣乙　(唱)美味佳肴趁星光。

锦衣甲　(唱)月黑风高杀人夜，

锦衣乙　(唱)水浑浪大煮魂江。

锦衣甲　(唱)可笑孺子不识相，

锦衣乙　(唱)转眼成鬼好悲伤。

锦衣甲　你小子同情罪犯，是不是那十两银子把你买住了？

锦衣乙　兄弟不敢，除了买酒买肉，余下这八两七钱都交你。

锦衣甲　兄弟还是老实人。你先拿着。等宰，宰，宰了王阳明，他身上的钱，不——不都是咱弟兄的嘛？看，看，看他那绝命诗跟遗嘱写完了没有？嗯？咋不见动静？

锦衣乙　没事！他趴在江边那块石头上写……写着哪。

锦衣甲　(巡下)啊？不见人啦！是不是跑了？

锦衣乙　不可能！(四下寻找)

［幕后传来很响的投水之声——二杀手分头寻找追下。俄顷，锦衣乙拿着一双鞋子、一条丝巾与《绝命诗》上。

锦衣乙　王阳明跳水自尽了。这是他的鞋，这是他身上的丝巾，这是《绝命诗》，还留个纸条。

锦衣甲　(接过纸条念)——“免君动手，我做自裁，投江自尽，完尸归海”。

锦衣乙　他要一个完整的尸首啊！

锦衣甲　嗯，人之常情。

［收光。

四

［逃亡路上。又出现两个人，身着黑衣，寻寻觅觅，时现时隐。

[脱险后的王阳明,披发跣足,心力交瘁,但仍然不失沉着地迈着步子。

王阳明　(唱)任尔布下天罗网,

我假孔道度陈仓。

灾祸舟中荡双桨,

且与命运捉迷藏。

想我王阳明,本为天地立心,为生民立命,赍志上忠朝廷,下孚民望。不想权奸不容,迫害累至,廷杖、牢狱、贬谪、流放、追杀……恶运普天降,灾难一齐来,闹煞煞一出人生诡剧竟无收场之刻了么?

[两个黑衣人出现在王阳明身后。

[王阳明气力耗尽,瘫坐在地。

王阳明　来吧,请你们动手吧!

[二黑衣人凑近王阳明观察。

黑衣甲　是他吗?

黑衣乙　好像是他。

二　人　(叫)王——阳——明!!

王阳明　要杀便杀,要剐便剐,何用嚷嚷!我就是王阳明!

二　人　(倒头便拜)王大人!可找到您了!

王阳明　(诧异地)你们?

黑衣甲　我们是宁王府娄妃派来的仆人。

黑衣乙　娄妃命我们来做王大人的随身侍从。

王阳明　娄妃?

黑衣甲　就是南昌宁王府王妃娘娘啊!

黑衣乙　王妃怕你忘掉她,她让我们告诉你,她就是你当年的小师妹娄嫒!

王阳明　娄嫒?

黑衣甲　娄妃闻知王大人贬谪贵州龙场,心急如焚……

黑衣乙　特命我二人半路接应,全力相助。

王阳明　娄婈！娄婈！

黑衣甲　(示包裹)这是娄妃为大人准备的行李,这是盘缠……

黑衣乙　这是衣物用具。

黑衣甲　(出信函)这是王妃给你的亲笔书信。

［王阳明接过书信,颤抖着拆看。

［娄妃的声音:"师兄如面,娄婈再拜！我已不是当年你眼中的小丫头。早践媒妁言,嫁做宁王妇。但对师兄才华卓识哲言圣见仍无丝毫忘怀，尤记师兄后会有期之诺,数年翘盼,却盼来个贬谪流放的噩耗。天纵英才,何以遭此大难乎?！"

［娄婈显影出现——

娄　妃　(唱)闻知师兄遭冤狱,
　　　　娄婈无时不悲戚。
　　　　虽然相隔千百里,
　　　　恨不能捕捉飞鸟问消息。

王阳明　(唱)多谢婈妹记挂余,
　　　　阳明不尽是感激。
　　　　患难之刻见知己,
　　　　犹如黄夜迎晨旭。

娄　婈　(唱)龙场是个蛮荒地,
　　　　蛇虺成群虎狼密。

王阳明　(唱)环境险恶虽有虞,
　　　　倒可以磨砺意志健身体。

娄　婈　(唱)派两个亲信奴仆随你去,
　　　　帮助你落脚安身解难题。

王阳明　(唱)雪中送炭旱送雨,
　　　　躬身一拜长一揖！

[娄嫂消失。

王阳明　(信函贴胸,深情呼叫)我的好师妹!

二　仆　(同时跪拜)王大人!

王阳明　(扶起二人)请起!

二　仆　王妃命我二人终生服侍王大人!

王阳明　谢王妃!

仆　甲　我叫张川。

仆　乙　我叫李胜。

二　人　我们都是贵州人。

王阳明　太好了!贵州龙场一带的民风民俗都有哪些?

二　人　那可太多了。

王阳明　来,你们说给我听。

[灯暗。

五

[贵州龙场,峥嵘而苍茫。颓垣断壁的白虎庙。

[篝火熊熊。一群土著聚在一起,磨刀霍霍,杀气腾腾。

土著群　(念)活人祭神祖先传,
白虎庙前设祭坛。
单等中土命鬼到,
巴普大神开笑颜。

头　嘎　我的族民们!近年酷暑连连,大旱不雨,五谷歉收。皆因祖庙屡缺祭品,奉祀不继。今闻中土放逐罪人即将到达龙场,天赐贡物于我也!

[探子吹牛角号上。

探　子　酋长,放逐之徒已到龙场山下!

头　嘎　押上来!

[土著们押王阳明三人上。

头　嘎　(围着三人观察)巴普大神,年祭一人。神有悯心,不枉杀身。今日之供品乃是朝廷钦犯,以求天降甘霖,福泽部族。来！将他投火祭神！

[众土著抬起王阳明欲投入火坑。

张　川　(用土语大喊)喝落嚎蒙巴！

李　胜　头嘎留情！

头　嘎　喝落嚎蒙巴？你们懂得本族的话？

张　川　我们就是本地族民。

头　嘎　你们在替他求情？

李　胜　他就是大明朝兵部主事王阳明王大人！

头　嘎　不,他分明是朝廷钦犯！今日来到龙场,正好将他祭天祈雨,投火！

王阳明　巴普大神,巴普大神！(口中念念有词)戴九履一,左三右七，二四为肩，六八为足。相王——白虎——巴务——廪君—— 诸神归位,百仙现身——

[张川、李胜交换眼神,会意地一同唱念附和。

[众土著惊讶地观望着——

王阳明　客自中土来,投我土家亲。禳灾依白虎,祈福赖廪君……

[众人渐生敬畏而又亲近之情,趋而围拢。

王阳明　巴普显灵,巴普显灵……

[张川、李胜带着王阳明跳起土著舞蹈(摆手舞)。

[众土著奔入场内,围起王阳明跳起摆手舞,越跳越兴奋,越跳越狂放,随王阳明一起祭祀祈天。

[忽然天边响起阵阵雷声。

张　川
李　胜　大人,雷声！

王阳明　天助我也,真真天助我也！

探　子　酋长，你听雷声阵阵，莫非天降甘霖？

酋　长　哈哈哈！巴普显灵，巴普显灵！

[雨水倾盆而下。

头　嘎　天降甘霖，救我部落！

[众人欢呼舞动起来。

探　子　酋长，我看此人非同一般，万不可将他火焚祭天哪！

老　翁　酋长，此人如此礼敬我部族神灵，真乃通神上宾也！

老　妇　昨夜我做一梦，梦见中土圣人临山也！

头　嘎　中土圣人临山了？

老　翁　圣人临山，贵不可言。

众　人　圣人临山，贵不可言！！！

[众人一齐跪拜王阳明。

众　人　（唱）白虎显灵梦示言，

竟叫龙场来圣贤！

祈天求雨寄宿愿，

呈祥流瑞降福缘。

王阳明　见过酋长！

头　嘎　念你懂我部族规矩，敬我部族神灵，就饶你不死。

王阳明　谢酋长。

头　嘎　不过族规不容中土人存身此地。你们走吧！

王阳明　王阳明此来乃是奉旨驿站履任。

头　嘎　驿站早已毁弃，片瓦皆无。

王阳明　着我等何处安身？

头　嘎　天可盖，地可铺，洞可居。

老　翁　不可啊酋长！离开村寨，虎狼遍地，蛇虺成群，无处存身哪！

头　嘎　休得啰嗦，族规难违。王阳明，你等还是去往西岭山洞，生死由天吧！

王阳明　西岭山洞？

［雷声阵阵，暴雨倾盆。

王阳明　雷电啊！劈开那乌云重重；暴雨啊！涤荡这尘世污浊。天地之大，竟无我王阳明存身之地吗！？

［切光。

六

［龙场一石洞。显眼处一副棺材状的巨石，那是王阳明的卧榻。深夜，星光稀疏；石洞内滴水声声，石洞外狼嚎猿啼。王阳明睡在石棺之上。

王阳明　（唱）一副石棺天雕成，
接纳贬官王阳明。
死亡之穴清净境，
最适合盘点履历想人生。
看来路几步倾斜几步正？
几步陷阱几步坑？
望朝阁谁辨妖邪谁识佞？
谁掀雾障谁兴风？
休说那前车留辙史为镜，
凤凰浴火是修行。
大灾大难出贤圣，
沧海横流见蛟龙。
且喜我卧石棺兮守石洞，
听酷雨兮沐凄风。
邀虺群兮伴魅影，
品尝个置之死地造化功。

［梦境——孔子、老子、释迦相继飘然出现。

三　圣　人心惟危，道心惟微，惟精惟一，允执厥中……

王阳明　谁在诵读圣人之言？

孔　子　孔丘来矣！

老　子　老聃到矣！

释　迦　释迦临矣！

王阳明　哎呀呀三圣毕至，蓬荜生辉呀！

孔　子　无荆无草，何来蓬荜？

老　子　石隙藏身，倒具屈伸之志。

释　迦　石棺做床，颇有超度之望。

王阳明　但问三圣从何而来？

孔　子　我们从你心中来。

王阳明　我心有你？

孔　子　你心藏我。

王阳明　你把我弄糊涂了。

孔　子　你本来糊涂着。

老　子　是该明白的时候了。

王阳明　我从哪里明白？

老　子　想想你的少年——

王阳明　我十三岁便立志要做圣人，于是读五车书，行万里路，叩程朱，拜娄谅，登九华，攀武夷，遁四明，演孙子，问炉鼎，修伏藏……

三　圣　青年时期，人已称你饱学之士了！

王阳明　我拼命科考，发奋入仕，努力做官……

三　圣　终于掉进泥淖。

王阳明　我想出污泥而不染，故而独自上疏，孤掌单鸣；意欲修剪弊政，却致横祸上身。我遭廷杖，下牢狱，流边荒，逢追杀……

释　迦　地狱时时逼近你！

王阳明　我已经逃出来了！

三　圣　你的心没有逃出来。

王阳明　对，我时时看着他们，想着他们，防着他们……

［刘瑾出现——二杀手出现——朝阁嘈杂之声显现——头嘎出现——

王阳明　他们还在，我不得不看，不得不想，不得不防！

释　迦　他们可以不在。

王阳明　不，我无法让他们不在，无法消除他们。

释　迦　从你心中消除。

王阳明　从我心中消除？

老　子　来，随我往远看——看见什么了？

王阳明　权奸刘瑾。

老　子　再往远看——

王阳明　两个杀手。

老　子　再往远看——

王阳明　边寨头嘎。

老　子　再往远看——

王阳明　混乱的朝阁。

老　子　再往远看——

［刘瑾、杀手、头嘎、噪声逐渐消失。

王阳明　落霞、孤鹜、秋水、长天。

老　子　再往远看——

王阳明　万里净空——什么也没有了。

老　子　什么也没有了——这才是你的本心。

三　圣　空空我心，我心空空。

孔　子　道心惟微，惟精惟一，允执厥中，厥中乃空？

众弟子　（吟）道心执厥中，

厥中乃空空。

惟精惟惠识，
惟一惟善行。
我心即宇宙，
宇宙藏我胸。
我心无荣辱，
我心无死生，
我心有良知，
我心自光明。

王阳明　良知，良知，圣人之钥也！人人皆可做圣人，只看心头谁把门？若得良知一把锁，登踏圣坛步青云。（一声长吆）我开悟了！

王阳明　（唱）风雨叩门沉睡醒，
江云飞尽龙山青。
闲观物态皆生意，
静悟天机入窅冥。
道在险夷随地乐，
心忘鱼鸟自流形。
未须更觅恩怨事，
一曲沧浪击壤听。
人心皆可为贤圣，
唯须良知守于心。
我心无荣辱，
我心无死生。
我心有良知，
我心自光明，
我心自光明……

［收光。凌空一声长喝："圣旨下——王阳明接旨！"

［圣旨的声音：刘瑾已诛，卿冤已雪。朕闻江西匪患猖

獗，着尔巡抚赣南，剿匪除害，为民造福。钦此。

[收光。

七

[八年之后。宁王府邸。堂中寿幅高悬，寿乐高奏，贺客群僚济济。

众贺客　恭贺福如东海，寿比南山！

宁　王　哈哈哈哈！诸位爱卿！

[众人一愣——“爱卿”？

宁　王　本王寿诞，实为小事一桩。

[众人又愣。

宁　王　有一件比本王寿诞更大的大事就要发生！皇太后密旨：“当今天子为太监李广误抱民间养子。我祖宗不继血食香火已十四年矣。今命寡人发兵讨伐僭冒无道昏君，净我社稷，共申大义。汝等听清楚了吗？！”

一遗老　这，这不是要推翻当今皇上吗？

廷　尉　即日起宁王就是当今皇上！

[众人面面相觑。

孙　燧　下官有话要说，既有太后密旨，请王爷公示于众！

宁　王　都御史大人，你多嘴了！

许　逵　如此撼国易主大事，不见太后旨文，岂可妄信？

宁　王　按察使大人，你该闭嘴！

孙　燧　莫非宁王借贺寿之机，妄图兵变？

宁　王　大胆！来人哪！将这两个绑了！

许　逵　谁敢？都御史乃钦差大臣，擅予拘捕，岂非造反？

宁　王　捆起来！

臣　甲　天无二日，国无二主。

臣　乙　宁王如此僭越,国祸兴也!

宁　王　绑了绑了,拉下去,砍了这些人的脑袋!

[武士绑起数人。

[场上大小官员犹豫刹那，然后一齐伏地呼喊——“宁王万岁,万万岁!”

[突然,王阳明奔上。

王阳明　刀下留人!

宁　王　谁?

王阳明　王阳明!

宁　王　哈哈哈哈!提督大人,你终于出现了!

王阳明　恳请宁王立即放了二位朝廷命官。

[宁王置若罔闻。

宁　王　来呀!将不服本王号令的统统关押!尔等退下。

[王阳明对宁王所为目瞪口呆。

宁　王　提督大人,只要你说服他们忠于寡人,效忠寡人,寡人便立即放了他们……

王阳明　不!我要说服的就是请王爷快快丢掉称寡道孤之望……

宁　王　阳明兄!你可是当今朝廷的受害者啊!廷杖没把你打死,锦衣卫没把你杀死,流放没把你整死……

王阳明　阳明心中无死。

宁　王　可你早晚也逃不脱那无道昏君的手心!跟着我干吧,寡人决不会亏待于你!军师宰相之位给你留着哪!

(唱)先生悟道已成神,

呼得风雨唤得云。

随我起事做军师,

为寡人夺取乾坤称功臣!

王阳明　(唱)国出二主国厄运,

天生二日天灾深。

宫室杀伐民涂炭，

劝王爷莫做叛国毁邦人！

宁　王　(唱)箭在弓弦刀发刃，

违我号令必粉身。

王阳明　(唱)喻忠劝善大义凛，

粉身也做英雄魂。

宁　王　(唱)孺子赍仇却忘恨，

王阳明　(唱)阳明胸无仇恨心。

宁　王　(唱)传王妃，

王阳明　(唱)唤娄婈；

二人合　(唱)成败一举赖斯人！

宁　王　王阳明，寡人与你亲着哪，我家王妃跟你是同窗学友，你家师妹时时牵挂着你这位大师兄哪！本王原想你进王府的第一句话就应该是问你的师妹安好。可你没有，你却是叫我刀下留人。

王阳明　因为刀下不留人，我就没有了师妹，只留下一个叛藩的罪妃了。

宁　王　好，好，说得好。现在，我就把你的命交给你的师妹。她要劝得下你，你就留下效忠之书；她要劝不下你，就留下你的头来！来，有请王妃！(下)

侍　女　有请王妃！

[伏兵隐约可见。

[娄婈上。她手持酒杯，稍显醉态。

娄　婈　(唱)宁王反叛做寇首，

娄婈千劝不回头。

忤君逆国万年臭，

怎忍心逐污扬秽随波流。

闻知师兄来贺寿，

危上加急——更叫人担忧！

王阳明　师妹，阳明来了。

娄　妭　终于又见面了。

王阳明　想不到这样情景见面。师妹，宁王反了。

娄　妭　宁王不反，你还来不了呢！

王阳明　你该怎么办？

娄　妭　你该怎么办呢？

王阳明　反叛者可是你的夫君啊！

娄　妭　（苦笑）我马上就当皇后了，皇后，哈哈哈！

王阳明　你喝醉了。

［娄妭踉跄。侍女上前扶住娄妭。

侍　女　王妃！

娄　妭　你们，下去吧！（侍女下）

娄　妭　（四顾。借酒意试探王阳明）师兄，我领有宁王的圣命，命我来好好劝劝你这位钦命棋牌提督大人！

（唱）兄如明珠投暗仓，

落满灰尘难发光。

献策进谏成罪状，

耿耿忠心蒙冤枉。

秉公上疏遭廷杖，

锦文绣章换牢房。

谗言裹身远流放，

凶险暗杀命无常！

而今上苍示天象：

宁王举旗正朝纲。

招贤纳士寻臂膀，

更缺师兄大贤良。

虚左以待求将相，

师兄啊！还不快快投宁王！

王阳明 （唱）她言语险乱似着魔，

离弃纲常悖论多。

虽说阳明遭谗陷，

哪条江水无风波？

虽然遭逢杀身祸，

自有报应惩凶恶。

宁王举兵是反叛，

反叛之举是乱国。

国乱贼狂民不保，

华夏社稷堕汤锅。

你小然大谬休劝我，

我与叛贼两难和。

宁做尽忠守道死，

不做乱臣贼子活！

想不到你竟与叛贼沆瀣一气，阳明无话可说。告辞！

娄 婈 哪里去？

王阳明 我要离开这龌龊之地！

娄 婈 你离不开了，四面都是守兵。师兄，我是佯醉试你。宁王反心难回，久劝无改，我已心死。你再待下去，必有性命之忧。这是兵符一道，西角门有人放行。快走！

王阳明 师妹，你呢？

娄 婈 别管我，我自有去处。

王阳明 你放走我，宁王不会放过你的！

娄 婈 妹所忧心者，是眼前弃大义而抱恶名者太多了，宁王举反，一呼百应，祸殃社稷，涂炭百姓。眼下最缺少的是像阳明兄你这样的不受惑乱、堪当平叛大任的忠臣良将。

王阳明　师妹……

娄　婈　师兄是朝廷钦命佥都御史、四州棋牌提督。救国救民，就靠你了！

[内起群呼："宁王万岁万万岁！"

娄　婈　宁王反叛就在今天，师兄快逃。为大明社稷，拜托了！

[幕后合唱：

珍珍友谊，耿耿赤心。
危危国难，烈烈忠臣。
洒血靖难，何惜捐身？
天哭贤妃，雨落纷纷……

[王阳明决然脱身。

[娄婈目送王阳明安全离开，旋即消失。传来一声落井的响声。

娄　婈　(内声)师兄别过了！

王阳明　不好，娄婈投井了！(长空一呼)师妹！

[切光。

七

[光束下，王阳明旌旗帅服怒斥宁王。

王阳明　朱宸濠叛贼！我王阳明为大明江山，为黎民百姓，替天行道，讨伐逆贼。正义之师必胜，叛乱之匪必败也！

[鄱阳湖平叛大战合唱：

旌旗猎猎，白浪滚滚，
鄱阳湖上战云飞；
伐逆平叛，用兵惊寰尘。
忠臣赤子，报国效命，
替天行道致良知；

鞠躬尽瘁，天地鉴此心。

[鄱阳湖一战一举成功，捕获叛贼朱宸濠。

王阳明　宁王爷，你可知悔？

宁　王　无悔。

王阳明　十载谋反，一朝瓦解，怎免于悔？

宁　王　成王败寇，千古一律，何言于悔？本王以为真正悔愧的应当是你王阳明。

王阳明　怎讲？

宁　王　当今朝廷时时坑你，处处害你，你反倒忠心不贰，效死卖命。你这不是自掘坟墓吗？终有一天你会自己埋葬了自己。

王阳明　王爷说的不错，你我都在埋葬自己。不同之处是坟土之上留下的标记。

宁　王　你将留下什么标记？

王阳明　存天理，灭人欲，循大道，致良知，修心性，达圣行……

[宁王被押下。

王阳明　（唱）甲马秋惊鼓角风，

旌旗晓拂战云红。

勤王敢在汾淮后，

恋阙真随江汉东。

群丑漫劳同犬吠，

九重端合是飞龙。

涓尘未尽酬沧海，

夙志先须伴赤松。

噫吁嚱！杰士功成是隐退，

角逐场中无阳明。

披我旧时衣，居我山间洞；

操我伯牙琴，歌我苍黎声。

悼我贤妃魂,著我良知经……

[景转绍兴阳明书院:一排排阳明弟子恭坐听讲。

十万弟子叩门等,

共修心学筑心城。

知行合一善做径,

育圣德,赍圣爱,守圣心,履圣行,

我心光明,复何以言?

复何以言?我心光明!

[众弟子齐诵:

无善无恶心之体,

有善有恶心之动。

知善知恶是良知,

为善去恶是格物。

[诵声成歌,响彻寰宇……

[幕闭。

[全剧终。

新编历史故事剧

卷三 / 缇萦救父

Ti ying jiu fu

DRAMA COLLECTION

人　物　缇　萦　淳于意小女儿，聪慧颖悟。史称二十四孝之英。

淳于意　西汉名医，与华佗、张仲景并称汉代医学三圣。独因“六不治”原则得罪齐王，获肉刑。

县　令　齐地县令。

狱　令　京都狱令。

汉　帝　西汉文帝。

太　后　文帝之母。

内侍　解差甲、乙　班头　禁卫军、衙役　患者　数人

第一场

[汉代。

[淳于意家宅中堂。室中挂满民誉匾额与锦幛:“扁鹊再世”“著手成春”“起死回生”“救世神仙”“药到病除”“神针世家……”

[幕启,一幅古代医疗场面展现在我们面前: 左边一位患者背对观众而坐,头与脖颈上扎满明晃晃的银针;右边一位患者袒露背脊,背上扣满大小不一的火罐;正中诊案边坐着一位古稀老叟, 本剧的主角之一淳于意坐在老叟的对面,正闭目静思地为老者诊脉查病。一些候诊者静候其侧。

[幕后唱:

汉代名医淳于意,
医术高与扁鹊齐。
只因不善侍权贵,
一场大祸来得疾!

[一着官服者上,咄咄逼人地踱着方步四下察看。一些候诊者见状纷纷避让,唯淳于意视而不见,依然闭目为患者号着脉。来者是临淄县令。

县　令　淳于意!

[淳于意闭目无视。

县　令　淳于意!! 知道我是谁吗?

淳于意　(依然闭目)来我这儿的人,都是病人。

县　令　那好,那你就给我号号脉吧?

淳于意　排队,按序候诊。

县　令　(一把将座位上老者拎起,推向一边,自己坐下)本大人还没有排队的习惯!

淳于意　那就别怪本医不恭,汝在不治之列。

县　令　淳于意!你真的连本县太爷都不认识吗?

淳于意　(睁开眼睛)似曾相识。既是县令大人,难道不知本医有"六不治"么?

县　令　听说过。不过,今天本官要听你的详细解释:何为你的"六不治"?说!

淳于意　大人听好了:"六不治"么,就是恶霸不治,贪官不治,歹徒不治,强盗不治,巫觋不治,骗子不治!不知可曾听得明白?

(唱)世序紊乱百害生,
欺诈豪夺拐骗坑。
唯独公平是疾病,
不看势力不追风。
强梁恶霸也生病,
贼盗歹徒也病生。
天查善恶天代罚,
顺其自然应其工!
医生只医良民病,
原谅我治恶乏术治歹无能饶恕我不恭!

县　令　哈哈哈哈!果然是个又臭又硬的郎中!淳于意,你不给本官治病倒也罢了,你不给齐王治病,不是老虎头上蹭痒吗?

淳于意　齐王横征暴敛,荒淫无度,借着灾荒打劫,害得民不聊生。他的病太重了,神仙也治不好他乏善少德之病啊!

县　令　你说得不错,齐王死了。

淳于意　(一惊)什么? 死了么?

县　令　是死了。可新继位的小齐王是他的儿子。小齐王要拿你的双脚和双腿为老齐王祭灵哩! ——这才是本官的来意。来人!

[数衙役应声上 ,把淳于意扭起。场上众人大乱,纷纷过来保护淳于意。几个汉子竟与官兵对峙……

县　令　干什么,干什么?齐王有命在此——(抽出旨令展读)你们听好了:"天子封侯齐王诏曰:'郎中淳于意, 虽精医术,却乏医德,擅兴六不治,本宫数请不到,老王数求不治,致使龙体为恶疾所累,颓然驾崩。淳于意藐视皇亲,菲薄朝廷,依律当处肉刑。着即押送西京,递交刑部,斫其双手,剁其双足! 王命钦此。'"

[场上众人呼号此起彼伏。

众　人　"这可怎么办哪!""往后谁来给我们看病啊!""这么好的医生给判了酷刑,谁还敢再当医生啊! ""老天爷,有没有天理啦! "

淳于意　哈哈哈哈哈哈……

(唱)笑之笑欲加之罪何患无辞,
无辜人家中坐大祸到此。
老齐王多作恶荒淫自死,
行不正翻了车却怪路直。
淳于意剁手足一件小事,
欠天账还天账自有天时。
拜别了众乡亲好自为之,
前贤死后贤生不会来迟!

[淳于意咏叹中为患者除银针、收火罐、递处方……

［在衙役驱赶下，众人被迫退下。

县　令　淳于意！你对本县无情，本县对你还要讲点人情，明天你就要上路了，本地到长安两千里，你披枷戴锁要走两个月，恐怕走不到，你这个人就报销啦！就是不报销，回来也是个缺胳膊断腿的人。趁现在全乎着，跟你的家人告个别吧！

淳于意　本家无人。

县　令　什么？你家无人？孤老头子一个？！

淳于意　少啰嗦，快快上路！

县　令　吔嗨！我不急他急。这真是急着找死去哩！

淳于意　混沌浊世，早死是福！

县　令　那好，那就别怪我无情：（喊）重枷系身，押解西京！

众衙役　嗄！

［突然传来缇萦远远的呼叫——"爹"！

缇　萦　（唱）闻听爹爹遭捆绑——爹！（奔上扑向父亲）

天外飞来大祸殃！

一群官兵虎狼样，

问你们擅抓良民为哪桩！？

县　令　吔！这么俊个妞啊！我说淳于意呀淳于意，你说你家中无人，孤老头子一个，却怎么藏着这么漂亮一个女儿不给我介绍？咹？（色眯眯地看缇萦）好漂亮啊，真可惜了！（动脚动手）

淳于意　（怒喝）住手！

县　令　咋呼啥哩？我是心疼她可怜她。我说妞啊，你爹这一走，想再见可就不容易了。剩下你可咋办哩……（又动手动脚）

淳于意　（怒阻）呸，狗官！

县　令　你咋恁好咋呼！我是为你闺女操心，知道吧？我看这样，（对缇萦）你爹犯的是肉刑，肉刑你懂吗？就是砍掉双腿，剁掉双手！

缇　萦　（哭）呜呀！

县　令　别，别，通有你哭哩，等我说完你再哭。刑场还不在咱这儿，在长安城。长安你知道吧？天子住的地方，离这里两千多里，等把你爹押解到长安城，恐怕不砍他的脚，他的脚也没了！

缇　萦　（更痛）呜呀！

县　令　趁你爹脚手都在，让他给你交代交代后事吧！（对淳于意）好心当成驴肝肺！（挥手，众衙役随其下）

缇　萦　（看着枷锁披身的父亲，泪如泉涌）爹爹，爹爹，我可怜的爹爹呀！

淳于意　哭、哭、哭！爹爹最烦哭声。遇着事情，你们姐妹五个就只会哭！

缇　萦　爹爹，你为什么对官兵说你是个孤老头？说咱家中无人？

淳于意　唉！你母亲死了，你四个姐姐嫁了，只剩你一个又诸事不懂，我不是孤老头又是什么？

缇　萦　（掩面而泣）呜呀！

淳于意　看看，又哭了！

缇　萦　爹爹，他们为什么要抓你呀？

淳于意　因为爹爹得罪人了。

缇　萦　爹爹得罪什么人了呀？

淳于意　得罪齐王了。

缇　萦　爹爹行得正，立得直，治病救人，广积善缘，怎么会得罪齐王了？

淳于意　爹爹拒入齐宫，不为齐王治病。

缇　萦　爹爹为何不为齐王治病？

淳于意　难道你不知道爹爹有“六不治”吗？

缇　萦　爹爹有六不治，为何不治齐王？

淳于意　齐王横征暴敛，荒淫无度，借着灾荒打劫，害得民不聊生。能为他治病吗！

缇　萦　爹爹要是治好了齐王的病，不就不会得罪齐王了？爹爹不得罪齐王，齐王不就不会加害爹爹了么？

淳于意　那他照样祸害百姓。

缇　萦　百姓中少祸害咱们一家不也是好事吗！

淳于意　爹爹容不得天下坏人猖狂！

缇　萦　天下坏人也容不得爹爹的“六不治”啊！

淳于意　闭嘴！小孩子家懂得什么？

缇　萦　（委屈地哭）呜呀——

淳于意　哭，哭，又是哭！

缇　萦　爹爹找齐王去认个错吧！

淳于意　胡扯！爹爹岂是无脸无骨之人！

缇　萦　那让女儿代爹爹去给齐王认个错吧！

淳于意　呸！你竟能讲出这种话来！你还顾不顾脸面？

缇　萦　女儿不顾脸面，只要爹爹！

淳于意　（挥臂一掌）奴才！

（唱）女子志短见识浅，
　　竟向强权低眉颜。
　　淳于意仰天一声叹：
　　为什么枉养五女无一男？

缇　萦　（唱）祸事当头第一选，
　　只望爹爹身完全。
　　四个姐姐都嫁汉，
　　孝道就靠缇萦担。

淳于意　（唱）奴才速速嫁遥远，
　　少为淳家丢面颜。

为父一死了心愿，
魂飞魄散无挂牵！

缇　萦　(唱)横祸压头父心乱，
驱女唤死折心肝。
缇萦跪地求一愿：
愿替爹爹披枷栓！

县　令　(带衙役上)这这……这是干啥哩？

缇　萦　小女子请求替父受刑！

县　令　哟嗨，怪孝顺哩，可惜本县当不了这个家哟！好啦，时候不早，押解上路去者！

众衙役　嗄！

缇　萦　(扑向父亲)爹爹——

淳于意　我儿休要在此胡闹，人世险恶，况汝弱女，速速逃往你未婚夫婿之家，安身立命去吧！(被众衙役押下)

缇　萦　(追呼)爹爹——

县　令　小妞，我刚知道你爹光有闺女没有儿，他这一死，淳于家就绝户了。别怕，有我呢，明个我就派人来接你……

[县令又对缇萦动脚动手，缇萦狠狠扇了县令一个耳光，逃下。

县　令　(揉着脸颊)这小妞真不错。我得把她收了，连她家田产家宅一块收！

[灯暗。

第二场

[荒野古道。

[两个解差押解着淳于意赶路。老解差后催，年轻解差前吼，淳于意脚步蹒跚，身子踉跄，艰难跋涉……

淳于意　(唱)山好移河好挪秉性难改，

淳于意学不会溜马吹拍。

躲宫廷远权贵反被见怪，

六不治避恶人反遭恶灾。

披枷锁戴镣铐千里押解，

怒燃发火攻心肝胆欲裂。

恨齐王心肠黑施暴设歹，

可叹我：三代郎中、扁公传人、孜孜济世、碌碌行医、救死扶伤、积德行善，却要走上断头台！

苍天哪！你咋也不辨清白？！

小解差　淳于意，你不好好赶路，还指天骂地，欠收拾了你！(抡起棍子欲打，淳于意瘫卧在地)

老解差　住手！(夺下棍子)

小解差　你个老家伙，一路上你总护着他！

老解差　你想打死他咋的？

小解差　打死省事了！

老解差　你把他打死，咱俩也得死。

小解差　为啥？

老解差　送不到西京，交不上皇差，还有咱俩的命？

小解差　可急死我了！他就这样一步挪不了四指，猴年马月才能赶到西京？

老解差　你看不出来？他是饿得走不动了。

小解差　哪龟孙不饿。

老解差　给他个烧饼吃吧！

小解差　你老糊涂了？昨个黑只剩半拉烧饼，我一口，他一口，余下都照顾你了。哪里还有烧饼？

老解差　那咱真要一块饿死在这百里荒山了？

小解差　所以我催他走。再翻两座山，爬三道岗，就有饭店了。

老解差　还要翻两座山，爬三道岗？

淳于意　老哥哥，别送我上西京，干脆送我上西天好了！

小解差　想得倒美，你死了，俺俩也得陪着死，我还有七十老母等我这趟押解费养老呢。走！

淳于意　小哥哥，走不动了。

小解差　走不动也得走！

淳于意　饥肠辘辘，实在走不动了！

小解差　那就让它来帮助你走！（抡起棍子又一顿猛抽）

［小解差抽打淳于意，淳于意也不躲避，老解差左拦右护，最后淳于意倒地，老解差坐地，小解差累得躺地……

二解差　老娘啊，真要饿死在这儿啦！

［炊烟缭绕，一阵香气飘来——二解差被香气勾起，都抽着鼻子四下寻找——

二解差　好香啊！

［不远处的岭坳间，一个村姑正燃炊烧饭。

村　姑　（唱）高高山上一棵槐，

垒起石头当锅台。

香薯烧焦篮子扗，

眼泪巴巴等亲来！

［村姑轻纱敷面，提着热气腾腾的篮子走近。

小解差　好香的烧红薯啊！

老解差　真想不到荒山野岭能碰到卖吃的！

小解差　喂，卖红薯的，都拿过来，爷爷全买了！（伸手去抓）

村　姑　（一把打过他的手）这可不是卖的！

小解差　为啥不卖？

村　姑　这是救人命的！

小解差　我都快饿得没命了，拿来吧！（又去抓）

村　姑　（躲过）有人的命比你的命更要紧！

［蹲地抱起淳于意，将热薯喂于其口。淳于意恍惚中尝到薯香，大口咀嚼，有顷醒来，见状跪地。

淳于意　多谢女菩萨相救之恩！

村　姑　（急跪地相扶）女儿无能，让爹爹受委屈了！（遂揭去面纱，原是缇萦）

淳于意　孩子，怎么是你？！

缇　萦　可不是女儿嘛！呜呀——（赶紧掩口）

淳于意　又要哭了？

缇　萦　不不，女儿不是哭，是高兴，自从女儿知道爹爹不喜欢哭声，打从爹爹蒙冤离家那刻起，女儿就再也没有哭过了。

淳于意　嗯，有志气。

缇　萦　呜呀——（又急掩口）

淳于意　又要哭？

缇　萦　不，又是高兴。爹爹从来未夸过女儿有志气啊！

淳于意　孩子，你怎么会赶到爹爹前头来呀？

缇　萦　爹爹呀！

（唱）老爹爹……

小解差　哎哎，这是干啥哩？你不知道他是犯人吗？走开！

老解差　那是他闺女，你没听见人家在叫爹嘛！

淳于意　萦儿，把红薯给他们吃吧！

［缇萦把篮子递过，小解差一把抢走。二人大嚼，小解差边吃边嘟噜："这还差不多！哭吧，说吧！"

缇　萦　（唱）老爹爹披枷戴锁被押走，

淳于家百年老宅成空楼。

似这般冤枉大祸无人救，

小缇萦问天问地问心头：

难道说豪强加害该忍受？

难道说皇亲弄权不追究？
难道说良医济世无法佑？
难道说行善一生恶来酬？
难道说爹养五女算无后？
难道说女子遇事难出头？
难道说女子只管茶饭酒？
难道说女儿只配空泪流？
想昔日曾有女娲补天漏，
更有那妇好奇女战蚩尤。
钟离春计谋强国闺中秀，
欧冶子智铸龙泉鬼神愁。
缇萦我，年十六，学前贤，是时候，
家有灾，女绸缪，父有难，儿援手——
我不相救谁相救，
我不出头谁出头。
坛坛罐罐摔个够，
当了家业卖了楼。
雇匹快马奔西走，
赶上爹爹陪伴爹爹照看爹爹伺候爹爹——
与爹同走押解路，
千里京城问王侯！

淳于意　唉！难得我儿一片孝心。可是，听爹爹的话，为了儿的安全，还是快快回去，去到你夫婿之家躲起来吧！

缇　萦　不，我要陪爹，我要进京，我要见王侯，问王法！

淳于意　傻孩子，披枷戴锁的爹爹是你陪得的？京城是你去得的？那王侯又是你见得的？

缇　萦　不嘛！女儿就是要……

老解差　喂，别在这儿胡闹了，探监探狱只准说十句话，你说得够多了,离开吧,我们要赶路了。

缇　萦　解差大叔行行好,让我陪爹爹一起走吧!

老解差　不可以,不可以,哪有押解犯人后头跟个女的?

小解差　我看可以!犯人是人家爹哩,女儿跟着爹有啥不可以?——姑娘,跟着走吧!

缇　萦　谢谢小哥哥!

小解差　不用谢,不用谢!(色眯眯地看着缇萦)

缇　萦　(唱)搀爹爹陪爹爹往前赶路,

淳于意　(唱)儿还是快回家躲避风头。

老解差　(唱)押她爹跟他妞总觉别扭,

小解差　(唱)斯跟个花姑娘也算风流!

缇　萦　(唱)眼看看日落山天暗云皱,

淳于意　(唱)又一个荒凉夜无店可投。

缇　萦　(唱)望爹爹步踉跄心里难受,

淳于意　(唱)鞋磨破脚磨烂疼钻心头。

缇　萦　二位解差,歇歇吧!

老解差　刚走半个时辰,不能歇!

缇　萦　天色已晚,该歇了。

老解差　越晚越不能歇。此处叫狼窝沟,遇着狼群就麻烦了!

缇　萦　我爹走不动了。

老解差　走不动也得走。

缇　萦　我爹脚破了,我得为他治治。

老解差　不可以,不可以……

小解差　我看可以!人家脚破了,你还逼人家勉强走,还有没有人性?

[缇萦扶爹爹坐下,取出药包,为爹爹脱鞋敷药。

淳于意　萦儿,哪来的药啊?

缇　萦　还不是爹爹在家配制的成药,刀伤溃烂蝎蜇蛇咬我都

带来了！（为父亲施药）

淳于意　这就好了。这些药都是古方秘制，十分灵验。以往尽为别人使用，今天自己要体验一番了。——嗯，感觉很好，很好！

小解差　喂，我的脚也破了，姑娘，也该给我治治吧？

老解差　我说小单子，你是有名的铁脚板，啥时候你的脚破过？

小解差　现在就破了嘛！

老解差　鬼才相信！

小解差　不信你来验验！（把脚高高伸向老解差）

老解差　（干呕）哇！（远远躲开）

缇　萦　既然破了，治治无妨。

［小解差装着脚疼，把缇萦引过来，小解差紧张又兴奋地坐下。缇萦春风拂面，职业医生般地俯身托起他的脚，脱袜解带，查验伤情……小解差一把抓住缇萦的手，扑向缇萦。没有提防的缇萦奋力挣扎，淫心大起的小解差疯狂施暴。缇萦无奈之下，取出银针，出手掷向小解差的命穴，小解差应声定住——

［老解差见状大惊，走上前查看一动不动的小解差。

老解差　啊！？（拍着小解差脸颊）小单子？小单子？你死啦？老天爷，这可咋办哪！？

淳于意　萦儿，你对他下手了？

缇　萦　是他先对我下手！

淳于意　你用了定魂针？

缇　萦　是。

淳于意　这可是咱医家的大忌呀！

缇　萦　可我没办法，他太坏，要流氓！

淳于意　这就是我赶你回去躲避的原因。这个世界，爹爹这样的人就存在不了，何况你一个女孩子！你还是——走吧！

老解差　姑娘,救救他吧,救救他吧!

淳于意　萦儿,解了他!

缇　萦　这定魂针我只会扎,不会解。

淳于意　翳风下,天牖左,天容右,三穴交汇之点,下针吧。

[缇萦依父指点,在小解差脖颈处拔出前针,改穴送入后针,须臾工夫,小解差缓过气来,颓然坐地,渐渐复苏。

老解差　(盯看小解差)小单子,醒醒,醒醒啊,过来了吧?

小解差　(清醒,放声大哭)哇!

老解差　自作自受!还哭咧,谁叫你作恶犯贱哩?还不赶快赔罪!

小解差　(自扇嘴巴)我作恶!我犯贱!我不是人!

老解差　请求姑娘原谅!

小解差　姐姐原谅!

老解差　什么?是你叫得姐姐的吗?

小解差　我该死!姑姑原谅!奶奶原谅!

[缇萦忍俊不禁。

老解差　跪下磕头!

小解差　(磕头如捣蒜)姑奶奶不原谅,我就跪到天塌地陷,太阳不转,月亮摔烂,鸡不下蛋!

缇　萦　好了好了,起来吧。

小解差　真的原谅了?

缇　萦　原谅不原谅,就看你还犯不犯贱了?

小解差　再不敢犯贱了!

缇　萦　还打不打人了?

小解差　再不敢打人了!

缇　萦　一路上看你对我爹爹怎么样了!

小解差　你爹爹就是我爹爹,不,是我爷爷,老爷爷,老祖宗……

缇　萦　不听嘴上说,要看怎么做!

小解差　有吃他先吃，有喝他先喝，白天慢慢走，晚上泡泡脚……

缇　萦　这么沉的枷锁,爹爹受得了吗?

小解差　好办,解了,我俩拿着。(解枷)

缇　萦　这么冷的夜,爹爹冻坏了。

老解差　我这儿备有衣服。(为淳于意披衣)

缇　萦　爹爹,我雇好的马匹在前边等着,我们还是赶路吧!

淳于意　唉,爹爹走不动了。

小解差　好办,走不动,不用走,小人来背着你走。(背起淳于意走起来)

[幕后合唱:

只道针灸可施诊,
谁知银针能防身。
囹圄天地押解路,
亦见孝女一片心。

[灯暗。

第三场

[京都狱衙。厅堂森怖,役卒呼威。

[狱令捧药碗边喝边上。他的手脚都有点病态。

狱　令　(喝药)呸呸呸,苦死了!

(念)也许因我杀人多,
天天叫我吃碗药。
世上郎中尽饭桶,
皇宫御医也姓権——苦汁叫爷当饭喝!

我说衙役们！有事回禀,无事退班,这药把爷弄得嘴里没味儿浑身没劲儿眼皮子打摆一阵儿一阵儿……

（欲退）

班　头　禀老爷：齐王押送的案犯衙外等候！

狱　令　啥？齐王？那老齐王不是已经死了。

众衙役　（呼威）呜……

狱　令　（忙改口）老齐王不是驾崩了吗？

班　头　这是新齐王送来的。

狱　令　新齐王？明白了，新齐王，老齐王，俩人都像活阎王。我这京都大牢快让他们送来的犯人填满了。带上来！

班　头　（呼叫）济北府押解犯带上来！

［二解差押解淳于意上，缇萦跟上。二解差跪呈公文。

狱　令　（接公文）我这眼色不好，你念。

班　头　（展读公文）："天子封侯齐王诏曰：'郎中淳于意，藐视皇亲，菲薄朝廷，依律当处肉刑，着即押送西京，递交刑部，斫其双手、剁其双足！——王命钦此'。"

狱　令　哪个是淳于意？

淳于意　本医便是。

狱　令　见了本官为何不跪？

淳于意　本医无罪。

狱　令　有罪无罪，见官就跪。难道你不懂吗？

淳于意　本医不懂。

狱　令　哟嗨，本医，本医，一口一个本医，生怕不知道你是个医生是咋的？（怒）我讨厌死医生啦！我告你！包括皇宫太医院那一帮名医御医我都讨厌！我告你！这苦药汤生生叫我喝了三年，一点效果都没有，照犯病！我告你！看来不给你点颜色不行啦，来呀！

众衙役　嗄！

狱　令　拉下去先打一百杀威棒！

［众衙役拖起淳于意。

缇　萦　(冲上去护起爹爹)住手！我替爹爹受刑，请来打我！

狱　令　哟嗨，我咋没注意还有个妞哩？这是咋回事？咹？

老解差　禀老爷，她乃淳于意的女儿，一路随行而来。

狱　令　一路随行?还一起坐监哪！

缇　萦　正是！请大人恩准小女子陪父坐监吧！

狱　令　哇，你咋不说陪你爹一起砍胳膊砍腿哩！

缇　萦　正是，请大人恩准小女子替父受刑！

狱　令　哇！胡搅蛮缠！我说解差呀解差，这肉刑重犯，岂能随便携带家属？你们两个犯了同情罪犯、敌我不分、徇私枉法之罪。来呀！拉下去，每人重责四十！

[衙役扭下二解差，幕后传来拷打之声。

[被拷打的二解差瘸着腿走上来。

老解差　妞啊，我们帮不上你的忙了。

小解差　好自为之吧！(二解差下)

狱　令　来呀！淳于意收监，小女子赶走，退堂！

[淳于意被押下，众欲退堂。

缇　萦　(高呼)冤——枉——啊——！

狱　令　喂，你在这儿咋呼啥咋呼？

缇　萦　小女子有冤哪！

狱　令　没绑你，没扣你，你有啥冤？

缇　萦　小女子爹爹有冤哪！

狱　令　你爹有冤关你啥事？

缇　萦　我要为爹爹申冤！

狱　令　你管的太宽了，本官不听，退堂！

缇　萦　大人，请问你家可有儿女在堂？

狱　令　吔，她倒问我哩？

缇　萦　假如大人也有一个女儿……

狱　令　我有一堆儿，就缺一个妞。

缇　萦　假如大人的儿女对你也不管不问，冷不嘘寒，热不侍暖，渴不奉茶，饥不奉餐，有事躲远远，无事闹家产，有病不给你治，有难盼着你完，这般如此，如此这般，请问大人一口气怎般咽？儿女情何以堪？

狱　令　哎呀！可叫你说着了：我那一堆儿都是不管爹的浪荡子，吃喝嫖赌胡闹，从来不知尽孝……

缇　萦　可女儿要为爹爹尽孝，大人为何不许？

狱　令　谁说我不许尽孝啦？

缇　萦　女儿要为冤屈的爹爹申诉，大人为何不听？

狱　令　哦，申诉原是尽孝啊？

缇　萦　当然是了。

狱　令　照你这样说，我还得听听？

缇　萦　当然要听！

狱　令　听听就听听。讲！

缇　萦　大人哪！

(唱)老爹爹乐善好施不为己，
岐黄术齐鲁天下数第一。

狱　令　我这儿是长安天下，不知道你爹。

缇　萦　(唱)承祖传师从扁鹊与黄帝，
百姓间众口相传称神医。

狱　令　称神医的多啦，皇宫太医院那帮人都称神医，可都是冒牌货，没一个能治病。

缇　萦　(唱)爹也曾起死回生救王禹，
爹也曾殡葬棺中活刘毅。
爹也曾出奇制胜灭顽疾，
爹也曾手到病除绝瘟疫。
爹也曾以身试针演灸艺，
针灸术出神入化创神奇——人称齐鲁“神针意”！

狱　令　等等,“神针意”——这个称呼我听说过,有人还介绍我找找他哩。原来,就是你爹呀?

缇　萦　正是爹爹!

狱　令　往下说,往下说!

缇　萦　大人!

(唱)老爹爹天生有个怪脾气——

狱　令　什么怪脾气?

缇　萦　(唱)不收银不收铜无偿行医。

狱　令　那不算怪,行善嘛!

缇　萦　(唱)亲穷人远富人豪宅不去,

狱　令　这就有点怪了!

缇　萦　(唱)最憎恶依权仗势作威作福欺压百姓 横行乡里的——

皇亲国戚!

狱　令　明白了,我知道你爹为啥得罪老齐王了!

缇　萦　(唱)老齐王强征暴敛荒淫无道搜刮民财抢夺民女把齐郡变成了瘴疠地——民怨沸腾鬼叫屈!

狱　令　(小声嘟噜)早听说老齐王是个坏货,可他是天子的三叔,谁惹他谁倒霉!

缇　萦　(唱)老齐王命我爹进他宫里,

奉膏丹侍丸散豢做太医。

我的爹性情倔坚决不去,

三番躲五番避强推强拒。

老齐王一何怒:暴病突发自伴恶疾西天去,

齐王宫却把爹爹当牲牺。

说什么藐视皇亲菲薄朝廷,

欲加之罪铺天盖地,

锁其身判其刑押送京畿。

眼看看老爹爹手将断脚将锯身将残人将废

一代名医遭毁弃——

这行善遭灾积德恶报天地良心伦常公道俺冤不冤来屈不屈？我的大老爷呀！

狱　令　(抽搭着鼻子)别说了,别说了！你以为我心老硬？可我告诉你,你就是屈死,给我说也白搭。本狱令是个行刑官,只管斩头剁颅砍胳膊砍手,余别事都不归我管。

缇　萦　恳请大人代小女子转呈冤状！(出状纸)

狱　令　(看一眼赶快扔掉)我活腻了是咋的！你告的谁呀？那是老齐王！不光我管不了,我的上级、上上级、上上上级也管不了。你趁早走吧！

缇　萦　大人既知冤情,岂能见死不救？

狱　令　我不但救不了你,连我也得搭进去。快走吧！

缇　萦　难道大汉朝就无王法了吗？

狱　令　王法,王法,王就是法。齐王要你爹四肢断,谁也没法不照办。我说你走不走？你不走,我可要走了,退堂！(欲下)

缇　萦　(拦)大人且等——！

狱　令　你还要干什么？

缇　萦　请拿我的双腿双脚替爹爹受刑！

狱　令　啥——啊啊——你说啥？

缇　萦　请拿我的双腿双脚替爹爹受刑！

狱　令　胡说！

缇　萦　爹爹的腿要走千里行医,爹爹的手要为万人看病,齐鲁之地千家万户离不了爹爹为他们灭瘴除疾扫瘟驱疫,多少黎民百姓老弱病残鳏寡孤独倚门眺望等待着爹爹期盼着爹爹巴望着爹爹的身影出现哪！

狱　令　说得感人,办法不中,谁敢批准让你替你爹？就是真把你的胳膊腿砍下来,那齐王一看细皮嫩肉根本不像,到那时候,你爹的胳膊腿不仅仍然保不住,还得搭上我的胳膊腿。我说你别在这儿缠了好不好,你缠得我头疼舌头麻。

[幕后传来一阵呼叫。班头急上。

班　头　启禀老爷:淳于意撞墙寻死!

狱　令　怎么讲?

班　头　淳于意撞墙寻死!

狱　令　哎呀,你这父女俩真能闹腾呀!给我带上来!

[淳于意被押上,额头渗血,状似昏迷。缇萦见状扑上去抱住爹爹恸哭。

缇　萦　爹爹!你不能走绝路啊!

狱　令　淳于意,你不要寻死觅活。齐王要剁你的腿,可没有要你的命啊!再说啦,我方才得知你就是泰山脚下"神针意",不少人向我介绍过你,我还想叫你治治我的老毛病哩。喂,淳于意,我真想保保你,但不知道你配合不配合?

缇　萦　大人好意快快请讲!

狱　令　我想啊,那齐王宫无非是垄断高人想叫你爹去当太医听他们使唤。只要你爹能写一封亲笔信,本官负责前去传递。

缇　萦　此信怎写?

狱　令　上写《悔过书》:"诚心认罪,决不反悔。甘愿入宫,俯首效忠。不别不犟,侍奉齐王。"

淳于意　(突然愤起)你,你说什么?你说什么?!

狱　令　没听清啊?我说你只要写上"诚心认罪,决不反悔。甘愿入宫,俯首效忠。不别不犟,侍奉齐王"。那齐宫肯定赦免你!

淳于意　呸!狗官!

(唱)手指狗官破口骂:

　　脏言秽语辱医家。

　　本公脊柱如铁打,

　　不会弯曲不会爬。

　　不似尔等奴才相,

　　卑躬屈膝属青蛙。

　　齐官作恶罪无涯,

　　黎民百姓恨掉牙。

　　汝辈竟然说此话,

　　是非不分和泥沙。

　　看起来——官官相卫害百姓,

　　狼狈为奸把民压!

狱　令　啊,啊,啊!(突然抽搐起来)

班　头　不好,老爷羊羔疯病又犯了!

[场上衙役大乱。有人掐人中,有人扳脖子,有人喷水……

缇　萦　(长喝一声)闪开!让我来!

[缇萦走上前去,从容取出银针,找准穴位,徐徐捻送——

淳于意　(见女儿施治,喝止)萦儿,难道忘了为父的"六不治"吗?

缇　萦　(边治边答)女儿没忘。

淳于意　此官与齐王沆瀣一气,狼狈为奸,也在不治之列!

缇　萦　治病救人,不避善恶。

淳于意　你……?

[在缇萦救治下,俄顷,狱令苏醒,状态渐佳。

班　头　老爷,这都是贼犯人把你气坏了。来呀,重责罪犯!

狱　令　慢!(活动着四肢,感到从未有的爽落)这,这是怎么了?嗨嗨,这是怎么了?老爷每回犯病,都要两三天返不过来劲。今天这一过来,立马浑身轻松。(试着活动)吔,腿也不拐了;吔,下巴也不歪了,好得劲啊!这,这不是好了吗这这这!?(狂喜)

提　萦　别动!还有一根针没拔呢!(走过去欲为狱令拔针)

[班头横刀阻拦。

狱　令　干啥?没看见姑娘是为爷治病哩?都给我退下!

[众衙役下。缇萦为其拔下银针。

狱　令　喂呀!

(唱)羊羔疯害了几十年,

每次犯病要玩完。

骨头疼痛筋似断,

头脑里如同扎竹签。

胳膊就筋腿脚拐,

活像一个瘸八仙!

今天犯病有转变,

醒来浑身好舒坦。

舌头不僵眼不斜,

胳膊顺溜腿不弯。

筋筋骨骨好爽快,

肢肢节节好松散!

果然是神针大夫神功显,

千里迢迢来救本官!(手舞足蹈)

缇　萦　大人之病乃陈旧性癫痫,不可狂喜!

狱　令　请问女菩萨,此病能否根除?

缇　萦　小女子只会缓解,不会根除。

狱　令　(恐慌地)啊?那,那将如何是好?

缇　萦　要得根除,且请我父着手!

狱　令　什么?刚才是你给我扎的呀?

缇　萦　小女子手艺浅薄，要除根还得请我爹爹着手！

狱　令　（望着淳于意深深一躬）“神针意”救命！

［淳于意余愤未消，不睬。

狱　令　神医梗骨傲天，正气盖世，小官多有冒犯，望乞恕罪吧！

淳于意　哼！

狱　令　早有人给我说过泰山脚下有个“神针意”，那时候我还不信，心想无非像皇宫那帮御医有名无实不过如此。谁知道单单女儿就如此了得，真真是救命神仙到了。乞求神医施救！

淳于意　岂不闻本医有个“六不治”么？

狱　令　何为“六不治”？

淳于意　强权不治，贪官不治，歹徒不治，强盗不治，巫觋不治，骗子不治！

狱　令　我的妈呀！但不知神医把我列为哪一不治？

淳于意　恶霸帮凶、贪官之林、歹人之友！

狱　令　我的爷呀！冤枉死我啦！本官虽靠裙带关系当个小官，可是权不强，官不贪，恶也没作多少啊！行刑动刀都是上边指派，至多是个刽子手的角色。这都摊上你那“六不治”吗？

缇　萦　那就请大人为我们代呈诉状！（再出诉状）

狱　令　（哆嗦着接过来，为难得要哭）这状纸递给谁呀？谁能管住皇帝他叔啊？那齐王一人之下万人之上，谁敢管他呀！

缇　萦　那就递给他一人之上的皇帝！

狱　令　你是说——告御状？

缇　萦　正是告御状！

狱　令　谁去告御状？

缇　萦　请大人带小女子去告御状！

狱　令　那皇宫内外道道门座座岗百群虎贲千团警卫我怎么带进你一个小女子？

缇　萦　小女子进不得宫我就午门击鼓喊冤！

狱　令　拉倒吧！你那不叫击鼓喊冤，你那是喊人来割我脑袋的！我说妞啊！你要真有胆量，有个地方能让你见到皇帝老子。就看你敢去不敢去。

缇　萦　但叫小女子为父申冤，刀山敢上，火海敢下！

狱　令　（训斥左右）都给我退下！（班头衙众下）俯耳过来：老太后重病在身，万岁爷忧心如焚，御医院开下处方。需要白鹿一只，调制膏丹。然而白鹿乃罕世之物，至今未获，万岁爷急得发疯……

淳于意　哈哈哈……好一个白鹿处方！纯属欺骗，纯属欺骗！

狱　令　你别管欺骗不欺骗，万岁爷是信了，他每日亲带五千禁军，四山搜寻白鹿。明天该转到骊山猎场啦！

缇　萦　骊山猎场？

狱　令　骊山猎场！

缇　萦　搜寻白鹿？

狱　令　搜寻白鹿！你要有胆，敢闯骊山猎场，定能见到皇上。

缇　萦　好，我去闯，我去闯！

狱　令　可是妞啊，闯进猎场是死是活，我就说不了啦！

缇　萦　死活无怨，多谢指点！（转身欲下）

淳于意　萦儿？

缇　萦　我要见皇上，我要告御状！（决然急下）

淳于意　萦儿！

狱　令　（猛然想起一事，幡然急追）喂！回来！回来呀！糟糕，她要供出是我给她泄露的机密，我不就完了吗？（哭起来）哇！

淳于意　大人，你已在可治之列，放心，我给你治，我给你治！

[切光。

第四场

[骊山猎场。

[“嗖,嗖”——几声响箭过后,御林军追赶呼叫,穿插过场,最后抬上来几只黄鹿、花鹿、灰鹿。

[汉帝荷弓上。趋前一看,失望地掷落弓箭。

汉　帝　唉！又不是白鹿！白鹿何在,白鹿何在呀!?

(唱)老太后患沉疴百药不验,

唯指望捉白鹿调制灵丹。

半月来率三军张网打堰,

搜幽谷探密林围捕四山。

只可惜白鹿儿终不出现,

太后病频报危急煞朝班。

望上苍长揖手向天许愿:

求天帝:怜天子,显神灵,赐白鹿,除魔魇,

医母病,保国安,

十万香火还大愿,

千牺百牲祭苍天!

[一内侍急上。

内　侍　启奏万岁:发现白鹿!

汉　帝　你待怎讲?

内　侍　发现白鹿!

汉　帝　(惊喜)真乃天慰我愿,神赐白鹿也！它在哪里?

内　侍　(指)万岁请看——!

[果见一双白色鹿角移动于远远草丛。

汉　帝　拿弓来!

［内侍递上弓箭，汉帝张弓搭箭，向着草丛射去。远处传来一声女子的哭叫。

［侍从们有的欢呼，有的议论纷纷。

侍从甲　射中了，射中了！

侍从乙　万岁箭法如神哪！

侍从丙　可是，听起来，怎么像是人的声音？

侍从丁　啊呀，是人的声音，有人中箭了！

侍从丙　射中的恐怕不是鹿，是人！

侍从丁　还是个女子的声音哪！

内　侍　争什么！是人是鹿一看便知。还不快去抬上来！

［众禁卫抬白衣围裹的缇萦上。

［众人围看：内侍取下缇萦头上装饰的白色鹿角状物，露出红颜女妆。

众　人　啊？果然是个女子！

内　侍　呔！此女好生大胆，竟敢假扮白鹿，欺瞒圣上。来呀！把她就地正法，扔下山涧！

汉　帝　慢！(近前查看)她受伤了，快叫御医！

缇　萦　不，小女子怎敢惊动御医！

汉　帝　你中箭了！

缇　萦　不中箭怎进禁苑……

汉　帝　你在流血！

缇　萦　不流血怎见万岁……

汉　帝　你有箭伤！

缇　萦　箭伤不重，略敷即好。我随身带有箭药，已经敷过了。

汉　帝　姑娘，你是有备而来呀！

缇　萦　正是。专来承接万岁的御箭！

汉　帝　你要见朕何事？

缇　萦　为父行孝，代父申冤，救父逃离冤狱！

汉　帝　行孝倒是好事,申冤不必找朕。州有州府,县有县衙,京有京兆,自会理清案情。

缇　萦　家父之冤必得万岁亲理,方得昭雪!

汉　帝　朕为寻找白鹿,九日未朝,奏章罔批,哪有罅隙过问他事!

缇　萦　所谓白鹿处方,实为子虚乌有!

汉　帝　汝何以知?

缇　萦　《神农诊籍》所载:“鹿皆黄赤,世无白鹿。凡白鹿者,必为病态之鹿。”病态之鹿,何以得疗太后之病?

汉　帝　依你所言,朕的太医所开白鹿处方,实属枉作?

缇　萦　非为枉作,亦属无知。

汉　帝　难道太后之病无方可医了么?

缇　萦　能医太后之病者,谅有一人。

汉　帝　何人?

缇　萦　妾家尊父。

汉　帝　你父何人?

缇　萦　中齐太仓令公淳于意!

汉　帝　淳于意?淳于意?哦,敢是那齐王辖郡擅兴“六不治”的淳于意吗?

缇　萦　正是家父。

汉　帝　哇!早听齐王言讲,东医淳于意,仇视官府,菲薄皇亲,以“六不治”唆动医群,离间官民。那齐王宫久召不应,老齐王含恨而死。如此劣医,寡人岂敢轻信。你——走吧!

内　侍　来呀!把这一女子赶下山去!

缇　萦　啊呀可叹!可悲!可恨哪!

汉　帝　你叹的什么?悲的什么?恨的又是什么?

内　侍　讲!!

缇　萦　叹的是忠心难鉴，悲的是太后之病不治，恨的是齐王舆情颠倒，蛊惑圣聪，君颜蒙垢，国情危矣！

内　侍　你瞧，小小女子，她讲起话来，话里套话，无限上纲哩！

汉　帝　好，朕就听听，把你话中的套话讲说出来！

缇　萦　万岁呀！

（唱）万般事但凡有果就有因，
我的父并非天生厌皇亲。
“六不治”纯粹出自一时愤，
淳于意满怀普救济世心！
他曾与病愈的吴王相对饮，
他曾与善良的鲁侯拜仲昆。
他曾为御府的太翁常施诊，
他曾为郡丞的病母守三春。
淳郎中秉性耿直慕公允，
有一颗疾恶如仇义士心。
常哀叹治病难治世风堕，
更无奈良医难医万众贫。
面对着社会不公、官吏腐败、强权横行、贼盗蜂起、生灵涂炭——书生意气万般恨，
才逼出个“六不治”警悬医门——（念）
强权不治，贪官不治，恶人不治，贼盗不治，巫觋不治，骗子不治！
虽为偏激情，
当察良苦心：
治愈强盗病，
强盗更强身；
治愈贪官病，
贪官更贪心。

治愈骗子病，
骗子手更狠；
治愈巫觋病，
巫觋更愚民……
六不治，爱者爱来恨者恨，
能试铜来能试金。
万岁新政倡仁义，
反贪革腐除弊根。
回看郎中六不治，
岂不是弦同调来琴同音!?
老齐王作威作福独霸齐中郡，
制策行令如阎君。
他横征暴敛充仓廪，
搜刮民财聚私银。
强拆民房一片片，
抢夺民女一群群。
圈占民田作猎场，
修造陵墓毁山林……
老齐王百种恶行无人问——
我的老爹爹，看在眼，痛在心，憎恶行，悯黎民，
怎能够：低眉俯首卑躬屈膝应召齐宫甘做太医
精调岐黄养恶人?!
老爹爹坚决不把齐宫进，
老齐王天施惩罚自亡身。
齐王宫转怒嫁恨将父捆，
欲加之罪祸临门。
这便是：
“仇视官府，菲薄皇亲，煽唆医群，离间官民”

——漫天大罪的前果后因！

老爹爹千里解京大狱困，

将受肉刑成废人。

万岁为天悬明镜，

昭雪冤狱施天恩。

救淳于非是只救我的父，

万岁呀！你救的是齐中苍首万千民！

[汉帝半天无语，暗暗拭泪。

内　侍　（递上御帕）万岁！

汉　帝　你们说，我为什么没有这么孝顺的一个女儿？当年我受难之时，竟没有一个儿女为我出头谋事！

内　侍　万岁，她告的可是老齐王啊！

汉　帝　那你说，我该信谁的？

内　侍　当然该信齐王的！她这个小小女子……

汉　帝　不，我信天意！是朕为母后之病向天祈祷而出现了这位小女子。也许，她是真正能治病的白鹿。（对缇萦）姑娘，你叫什么？

缇　萦　我叫缇萦。

汉　帝　缇萦，你父若能治愈太后之病，我便保全他的双足双手。

缇　萦　万岁若能保全我父双足双手，他便能治愈太后之病。

汉　帝　你是说，赦免在先？

缇　萦　治病在后。

汉　帝　寡人一旦颁发赦令？

缇　萦　太后便痊愈有望！

汉　帝　未必呀！你父他有一个“六不治”，不知道太后在不在他的不治之列呀？

缇　萦　（俯身跪地）世上若有如此不领圣恩的父亲，可将他女儿性命押于圣上！

汉　帝　哈哈哈哈……

内　侍　圣上，这样一来，齐王处如何交代？

汉　帝　你老是齐王，齐王，你怎么不问太后处如何交代？都是你们袒护齐王，瞒报实情，致使齐中搞得那么糟糕！立即着令吏部监察齐地，整肃吏治，有恶必惩，决不手软！

内　侍　遵旨！

汉　帝　通知狱令：朕要见淳于意！

内　侍　遵旨！（向下传呼）万岁有旨：着刑部南衙狱令押送淳于意入宫啦！

汉　帝　什么押送？请！

内　侍　遵旨！（传呼）请淳于意入宫啦！

[灯暗。

尾声

[幕后次第传出呼叫之声："太后临朝啦！""太后临朝啦"！

[太后御驾上。

太　后　哈哈哈哈！

（唱）宫床上昏睡半年多，

不知道吃也不知道喝。

酆都殿前过几过，

只侥幸没碰上老阎罗。

死里还阳为哪个？

都只为吃了三服药！

一服药把我唤了个醒儿，

二服药欠身下地能挪脚。

三服药浑身筋骨来了劲，
想哼小曲儿想唱歌！
治病的大夫淳于意，
医术神得没法说！
这样的神医也遭祸，
差一点砍了胳膊剁了脚！
手指齐王骂老哥，
你戕害人才是误国。
你暴病而去不是祸，
为大汉留下个：高级人才、疑症克星、
救命神仙、人间医圣、也叫老妹得解脱！
本宫我九个疗程仨月过，
觉摸着与返老还童差不多！

[汉帝偕淳于意、缇萦上。

三　人　叩见太后！

太　后　淳于意，你坐这儿，叫我拜拜你！（欲拜）

淳于意　（急搀扶）折煞敝医了！

太　后　皇儿，赦免令下了么？

汉　帝　下了，下了！

太　后　赔偿令颁了么？

汉　帝　颁了，颁了！

太　后　老齐王惩罚了么？

汉　帝　这……老齐王不是已经驾崩了吗？

太　后　崩了也得说清他的事，那齐宫上下都得好好整整！

汉　帝　儿皇知道了！

太　后　（拉起缇萦的手亲切地端详）多水灵的姑娘，又聪明，又智慧，又有勇气。我说淳于意，不是天子救了你，而是你这位孝顺女儿救了你。没有你女儿的舍命陪伴拼命张罗，只怕你这个老犟筋的胳膊腿早都零散了！

汉　帝　母后，儿皇已经颁旨天下，从今往后废除肉刑！

太　后　好！这可是王法的一大改新呀！

淳于意　太后，九个疗程已过，贵体已经康复。已用不着吃药了。淳于意特来向太后辞行！

太　后　淳于先生，不走不行吗？

淳于意　太后放心，日后如有使唤，随召随到！

太　后　你就别说日后了，我现在就要你留在身边。老淳于，自从听说你执意要走，我觉摸着马上又该犯病了！

淳于意　不会的，不会的。

太　后　大汉朝偌大的太医院就盛不下你吗？

淳于意　淳于土石之性，草芥之刁，与官场格格不入。恳请圣上太后放了淳于吧！（拉起缇萦就走）告辞！

汉　帝　慢！缇萦姑娘不能走。

太　后　这就对了，不信咱就没法子留住他！

汉　帝　缇萦听封！

缇　萦　万岁！

汉　帝　淳于缇萦，聪慧贤淑，尤省孝悌。不避羞辱，千里囚路伴父；果敢执着，闯堂冒死伸张。终致腐案大白，冤情昭雪。神医得存，国粹获佑。赐封淳于缇萦"大汉孝女"之称，并任大汉"孝慈院"院主，教化天下。钦此！

淳于意　哎呀呀圣上，敝人愚昧，向未闻及何朝何代有过"孝慈院"哪！？

太　后　本朝就有！

汉　帝　即刻成立！

［突然鼓乐齐鸣。花团锦簇中，"大汉孝女"与"孝慈院"两块大匾左右凌空垂下。众人簇拥着缇萦登上高台。

［幕后合唱：

莫道生女不如男，
缇萦救父千古传。
二十四孝韦编断，
犹见史册耀灿烂！
[全剧终。

新编历史故事剧

卷三 / 岳母

Yue mu

DRAMA COLLECTION

人　物　岳母　岳飞　牛皋　张小乙　李小二　王小三
宋泽　王铎　张俊　张邦昌　小梁王　旗手
巡场官　四监官　蒙面人　丫鬟甲、乙

[宋代。宣和年间。春。

[内黄县麒麟村村野。

[歌：岳母刺字千古传，
　　恩育严教出奇男。
　　天下英雄回身看，
　　壮苗旺长靠良田。

[少年岳飞上。他衣衫破旧，身背柴篓，逡巡捡柴。

岳　飞　(唱)绿水青山树满坡，
　　朽木枯枝却不多。
　　日头偏西半日过，
　　柴篓不满可奈何！

[岳飞放下柴篓擦汗。随着一声“站住”！张小乙、李小二、王小三窜上，把岳飞围起。

张小乙　不认得爷们儿是不？爷们可认得你！

李小二　他就是岳飞。

王小三　知道，水缸里漂来的那个汤阴小子！

岳　飞　三位是？

王小三　你可听说过“麒麟三虎”？

[岳飞摇头。

张小乙　爷爷大虎。

李小二　爷爷二虎。

王小三　爷爷三虎。

张小乙　你愿不愿续上个四虎？

［岳飞扭身欲走。

王小三　哎哎哎！你往哪里去？

岳　飞　母亲让我捡柴，柴篓还没满哪！

王小三　拉倒吧！捡啥鳖孙柴哩。

岳　飞　我母亲还等着做饭哪！

王小三　有人管你饭。先听老大吩咐。

张小乙　岳飞，逍遥赌场现缺四员门将，咱弟兄加你正好四个。走吧！

岳　飞　母亲说过，赌场是是非之地。

李小二　赌场有酒喝，有肉吃，还有月银子。

岳　飞　母亲说过，不能因利败德。

李小二　总比你拾柴火熬稀粥喝着强吧！

岳　飞　母亲说过，君子固穷，小人穷斯滥也。

王小三　拉倒吧，口口声声母亲母亲，恶心人！

［岳飞怒目而视。

李小二　你只说去是不去？

岳　飞　不去！

李小二　（飞起一脚踢翻岳飞的柴篓）你不去赌场，就叫你回不了家！

岳　飞　（指着被踢翻的柴篓）捡起来！

李小二　什么什么？

岳　飞　把我的柴捡起来！

李小二　我想把你的腿卸下来！

张小乙　老二，说到做到，卸他的腿！

［李小二冲上去打岳飞，岳飞勉强应战把李小二打倒；王小三冲上来帮忙，也被岳飞击败。张小乙大吼一声冲上，三人合力围击岳飞，岳飞手脚并出，把三人打得哭

爹叫娘，狼狈逃窜。

岳　飞　唉！又违背母亲训诫了。

[灯暗。

二

[岳飞家。柴门蓬户，石桌简椅。岳母款款而出，她解下围裙，倚门而望。

岳　母　（唱）老身原籍居汤阴，
孝弟乡下永和村。
岳家庄里岳员外，
岳和先生是夫君。
夫妻半百得一子，
这一子，只生得，惊天地来泣鬼神。
儿生三天发大水，
滚滚洪水把房吞。
我的夫洪水之中丧了命，
我母子一口大缸暂存身。
洪水推着大缸走，
大缸如舟载惊魂。
漂漂摇摇荡百里，
内黄河口遇好人。
乡亲们捞起水缸把俺救，
暂时落脚麒麟村。
巴巴差差儿长大，
十四岁，个头就撵上他的老父亲。
清晨起，读罢诗书练罢武，
背起柴篓进山林。

眼看看日头将过午，

我的儿早餐汤水还未入唇——娘等儿回门！

[张小乙与王小三架着李小二上。李小二大哭着。

王小三　这就是岳飞的家。

李小二　(大声哭叫)哎哟喂！

张小乙　岳家人，出来！

岳　母　(走出)三位少爷，发生了什么事情？

王小三　你家岳飞欺负人！

岳　母　我家岳飞欺负谁了？

张小乙　欺负我。

李小二　欺负我。

王小三　欺负我。

岳　母　岳飞欺负你们三个呀？一人为单，三人为众。单人欺众，当心送命。我家岳飞能干出这样的傻事吗？

李小二　老虔婆，你还不信，看给二爷打的伤！

王小三　我也有伤！

张小乙　我也有伤！

岳　母　真的吗？让婶子看看，让婶子看看！

李小二　拉倒吧！你儿子把我们打成这样，你还配称婶子？

岳　母　那该称我什么呀？

张小乙　你儿子是凶手，你是帮凶！

岳　母　那就让帮凶验验你们的伤。

李小二　你验个鬼呀！我们是来找你赔钱养伤哩！

岳　母　但不知怎么个赔法？

张小乙　赔——十两黄金。

李、王　对，十两黄金！

岳　母　老身是穷人，哪里有黄金哪！

李小二　没黄金就赔罪，赔打，赔挨，赔我们一条腿！

岳　母　三位少爷是来找事来了。

张小乙　就是来找事。你儿子打我们,我们就打你!

[张小乙刚刚抬手,便被岳母捉住手臂,轻轻一扭,疼得张小乙嗷嗷乱叫地蹲在地上,其他两位吓得远远躲在一边。

岳　母　三位少爷,我知道你们是“麒麟三虎”,方圆一霸。但不能无事生非,祸害乡邻啊!我的儿我了解,他不会主动惹事。可有人硬要惹他他也不在乎。漫说是你们三个,就是十个八个到他那里也不是他的对手。

[三人大眼瞪小眼。

岳　母　梁山好汉豹子头林冲你们知道吗?

三　人　知,知道。

岳　母　林冲跟我儿岳飞可是同一个师傅教出来的。

三　人　(同时地)哎哟妈呀!

岳　母　(唱)好汉有勇不欺邻,

猛虎虽凶不伤群。

父母都盼儿上进,

儿郎要做上德人。

今朝结伙欺孤寡,

来日做歹害黎民。

是非善恶是人本,

谨教少年常思忖——正品常修身!

[岳飞上。他看到三少,陡然火起。

岳　飞　好小子们!欺负到门上来了,招打!(冲上前去即欲动手)

[张小乙等三人吓得缩成一团。

岳　母　住手!(岳飞停住)岳飞,你可认得三位少爷?

岳　飞　认得。

岳　母　何时认得？

岳　飞　刚刚认得。

岳　母　这么说，他们身上的伤是你打的了？

岳　飞　是孩儿打的。

岳　母　那就与我跪下。

岳　飞　母亲！

岳　母　跪下！（岳飞跪下）母亲常常教导于你：习武防身，勿伤人亲。你为何出手伤人哪？

岳　飞　母亲还有教导。

岳　母　讲。

岳　飞　习武保家安，防贼防盗奸。

岳　母　三个孩子，怎称贼盗？

岳　飞　他们要我进赌场做门将。

岳　母　门将之称实乃看门小工，虽在赌场，实为下人，怎就看作贼盗？

岳　飞　他们先行动手打我！

岳　母　你当先行晓之大义！

岳　飞　他们扬言卸掉我腿！

岳　母　扬言威吓不可当真！

岳　飞　你偏袒麒麟三虎……

岳　母　他们都是你未来弟兄——跪下！向他们赔礼！说声对不起了！

［岳飞委屈地欲向三少下跪，三少激动地抱住岳飞，扶起岳飞，一齐向岳飞下跪。

三　少　是我们对不起你呀！

［岳飞反过来一一搀起三少，四人相拥拭泪。

［幕后唱：

高风亮节岳大娘，

严以责子宽邻坊。
麒麟三虎受感化，
巴望长成好儿郎。
王小三　(唱)戳祸惹事都怪我，
李小二　(唱)俺仨数我作恶多。
张小乙　(唱)主意我出我全错，
三　少　(唱)低头认罪没的说。
岳　飞　(唱)出手伤人我有过，
忍让不够我德薄。
岳　母　(唱)且喜儿辈显善果，
自省互道虔敬歌。
孩子们哪！
同乡同俗同香火，
同吃同饮一条河。
乡土亲情不可破，
你们要：相亲相爱、相助相敬、同心同德同习学。
习文多读圣贤课，
修武操练正义戈。
在家勤谨孝父母，
出门行侠把善做。
北方金兵燃战火，
侵我大宋烧杀掠。
责无旁贷华夏子，
随时备征思报国。
望汝辈团结结成钢铁伙，
一任壮志酬山河！
三　少　妈妈，收下孩儿们吧！
岳　母　好，好，好！(扶起孩子们)

张小乙　我们要跟岳飞学武!

李、王　岳大哥,收下我们吧!

岳　母　从今以后,你们兄弟相称。

三　少　大哥!(拜)

岳　飞　贤弟!(搀扶)

[牛皋背柴捆上。

牛　皋　哈哈哈哈!我早知道这仨货要挨岳大哥一顿揍,今天轮上了吧?

岳　飞　牛皋,你认得他们?

牛　皋　认得,自称麒麟三虎,其实是狗窝三熊。不是大哥的对手。(对三人)趴下认输吧!

三　人　俺们已经拜了师傅啦!

牛　皋　妈!这捆木柴够烧一阵子了。以后别难为我哥,叫他好好练武。等到县城开武举,拿它个头名。

三　人　看大哥哩!

[灯暗。

三

[七年后。京城校场。

[幕后唱:

东京校场考武魁,
万千猛士争入围。
奸臣当道官场秽,
不知状元归于谁?

[四大主考官上。

宗　泽　(念)为国选将当荐贤,

王　铎　(念)趁机收受贿赂钱。

张　俊　(念)梁王送我十万贯，

张邦昌　(念)力保柴桂夺状元。

宗　泽　俺——大宋东京留守宗泽是也！

张邦昌　大宋丞相张邦昌是也！

王　铎　兵部大堂王铎是也！

张　俊　右军都督张俊是也！

宗　泽　诸位大人！你我俱是钦命校场主考官员，自当为国选能，忠心不贰，倡利除弊，秉公举才，勿使贤能漏取呀！

张邦昌　宗留守此话何意？校场比武已过数日，难道没有秉公举才么？

王　铎　如果没有秉公举才，那就是你宗留守的责任，因为你是第一主考官嘛！

张　俊　王大人说得对，要叫队不乱，就看领头雁。只要你带好头，一个贤能也不会漏掉。

张邦昌　今日是最后一场决赛，不知擂主是谁？

王　铎　周世宗嫡孙小梁王。

张　俊　小梁王连闯十八关，击败七十众，无人再敢应战。

张邦昌　我看，武状元非小梁王莫属。

王　铎　同意：武状元该授小梁王！

张　俊　赞成：小梁王该当武状元！

[小梁王狂笑登场。

小梁王　(唱)十八场较量无敌手，

本王武艺第一流。

单等授得状元后，

拥兵权夺社稷再斩宋王头。

[张邦昌、王铎、张俊纷纷离座鞠躬。

三　人　梁王千岁安好！

小梁王　罢了，罢了，不必拘礼。(见宗泽不动)嗯？宗留守看不见本王来了么？

宗　泽　当然看见了。

小梁王　既然看见本王，为何不予行礼呀？

宗　泽　此为考场，吾为考官，汝为考生，哪有考官向考生行礼之规呀？

小梁王　这……好，好，宗留守既是主考官，就该把武状元颁予本王才是啊！

宗　泽　为时尚早，为时尚早。

小梁王　（怒）为时不早！本王连战十八场，击败七十众，其余三千举子已无人敢于应战，状元非本王莫属。

宗　泽　但愿如此，且看最后。

小梁王　今天就是最后！你看三千举子都龟缩于看台，无人敢于应战，你还等待什么？

宗　泽　本公等待最后应战之人。

小梁王　无人大胆敢来送死！

宗　泽　却有一人场外候招！

小梁王　他是哪个？

宗　泽　岳鹏举。

小梁王　岳鹏举？

宗　泽　岳飞。

小梁王　岳飞？

宗　泽　来呀！传岳飞登擂！

［内呼："岳飞登擂入场喽！"

［岳飞内唱：奉母命赴京都校场应考——

岳　飞　（上，唱）奉母命赴京都校场应考，
比武艺论兵法较量枪刀。
临行前老母亲谆谆教导，
学伏波效马援为国争豪！

张邦昌　岳飞，你可知你的对手是谁吗？

岳　飞　武举柴桂。

王　铎　大胆！柴桂是你叫得的？他可是皇封藩王柴世宗嫡孙小梁王啊！

岳　飞　举子只知榜单姓名，余皆不晓。

张　俊　可笑，真真可笑！连尊卑贵贱都分不清，还来考状元哩！

岳　飞　临行家母言道，校场之中，不分尊卑贵贱，只比武艺高低。

张　俊　吔，他还背他妈的语录哩！

小梁王　岳飞，本王也曾听说你是一条好汉。今天，（近似耳语）你低个头，认个输，将来本王不会亏待于你，跟着本王干，有你的荣华富贵高官厚禄。

岳　飞　母亲言道，天子校场，是展示报国决心的机会，必须尽力拼搏，使出全副武艺。

小梁王　你我比武，碍你母亲啥事？

岳　飞　不忠父母，焉忠君上？

小梁王　你小子拽上了！

岳　飞　请恕岳飞直爽。

小梁王　那你就别怪本王手下无情了！

宗　泽　击鼓开赛！

旗　手　击鼓开赛喽！

［鼓声大作。岳飞手执沥泉枪，小梁王秉持金背刀，二人奔入校场交手比武。

小梁王　（唱）岳飞是个牛筋犟，
　　　　　　鱼不上钩就毁塘。

岳　飞　（唱）举枪犹疑先礼让，
　　　　　　皇亲为何下校场？

小梁王　（唱）杀心一起手发胀，

刀刀致命向顶梁！

岳　飞　(唱)不做出击只做挡，

对手毕竟是亲王。

小梁王　(唱)看岳飞渐渐露败相，

连刀教尔丧无常！(连刀猛砍)

岳　飞　(唱)凶神恶煞虎狼样，

杀心不得不提防。

小梁王　(唱)猛砍猛剁猛刺裆，

恨不能一刀送尔见无常！

张邦昌　岳飞只有招架之功，无有还手之力了。

王　铎　那就是败了。

张　俊　趁早举旗认输吧！

宗　泽　岳飞，你如此状态，何必前来应考？

岳　飞　启禀大人：岳飞心存忧虑。

宗　泽　有何忧虑？

岳　飞　武场对抗，毕力相较，伤创难免。岳飞草民，死无所惜；梁王权高势大，万一有所创伤，岳飞亲人家属性命就要受到连累了。

小梁王　哈哈哈哈！他在寻找托词掩盖心虚呀！

张邦昌　岳飞，你敢签下生死文书么？

岳　飞　这……

小梁王　怕了吧？主考官！让我同他签下生死文书，叫他放心去死。

宗　泽　纸笔过来！

[侍卫呈上纸笔。小梁王挥笔签就。

王　铎　岳飞，签哪！

张　俊　不敢签了吧？

张邦昌　你给我签！

宗　泽　众位大人，你我一同签章担保！

王　铎
张　俊　（三人一同催促）岳飞快快签字！
张邦昌

［岳飞犹豫片刻，遂俯下身去签字。

［此刻的小梁王，乘岳飞俯身签字、尚未抬头之际，挥刀砍向岳飞。岳飞机警躲过，来不及执枪还击，只得徒手招架。

岳　飞　偷袭非君子，暗杀是小人！……那就休怪岳飞无情！

［小梁王依仗手中武器的优势，频频出击，刀刀死穴，把岳飞逼向角落。岳飞被逼无奈，一个金猴腾空，跳出圈子，抓起沥泉银枪，回身刺向扑过来的小梁王。小梁王中枪倒下。

［场内一片惊呼。

巡场官　报——岳飞刺死小梁王！

张邦昌　这，这还得了，这还得了？

王　铎　岳飞刺死皇亲国戚，死罪难逃。

张　俊　快把岳飞抓起来！

［众侍卫把岳飞绑起。

张邦昌　即刻斩首示众！

宗　泽　且慢！待我等奏秉天子请求圣裁。

王　铎　什么？如此乱臣贼子，人人得而诛之，不必呈奏皇上。

张　俊　杀了岳飞，为梁王祭灵！

张邦昌　推下去，斩！

［侍卫押岳飞下。

［岳母内喊："刀下留人呐！"踉跄奔上。

岳　母　（唱）忽听我儿要问斩，

惊得我——

周身冰冷、牙齿打颤、半呆半傻、半跛半颠，
一腔怒火涌胸间！
斗胆我把考官见，
我要问王法天理还值几个钱?!

张邦昌　来者何人?

岳　母　一介民妇。

王　铎　哇！校场之内岂容妇人观看?

张　俊　来人,把个妇道人家轰了出去!

岳　母　慢！敢问大人,普天之下,哪一个人不是妇道人家所生?四位大人也有高堂老母，若是你们的母亲来此观看国家五年一度的校场大比,也要轰出去吗?

王、张　这……

岳　母　这是向天下人开放的武考校场,何拒天下人观看?

宗　泽　老人家有话请讲。

岳　母　请问四位考官,岳飞犯了何罪,竟要斩首示众?

张邦昌　岳飞刺死藩王,犯了以下欺上之罪。

王　铎　以下欺上,就是乱臣贼子。

张　俊　乱臣贼子,人人得而诛之。明白吗?

岳　母　不明白。

张　俊　何处不明白?

岳　母　岳飞在何处刺死藩王?

张邦昌　就在此地。

岳　母　此地为何处?

王　铎　此地为校场。

岳　母　各位大人来校场做甚?

张　俊　为国挑选将才呀?

岳　母　怎么样个挑法?

王　铎　招募天下豪杰,让他们在此比武啊?

岳　母　天下豪杰比武,可有尊贵上下之分?

张　俊　当然无有。

岳　母　既无尊贵上下之分,何来以下犯上?

张邦昌　这……

岳　母　既非以下犯上,何来乱臣贼子?

王　铎　这……

岳　母　既非乱臣贼子,怎好乱判死罪?

张　俊　这……

岳　母　何况,临战之前,岳飞一忍再忍,一让再让,循循相劝,毕恭有加。是你们逼着岳飞签下生死文书,约定伤不问责,死不抵命。四位大人均有大印在上,誓约铁成。交战之初,岳飞顾及梁王脸面,枪枪放空,刀刀不还。是那梁王一心要结果岳飞性命,心狠手辣,肝肠歹毒,举刀向命门,落刀点死穴。是岳飞无奈性起,义愤填膺,使出真本事,轻枪一挑,便教小梁王滚于马下。全场千百举子齐声欢呼,人人叫好,都夸岳飞我儿武艺超群,堪当状元。这难道不是天子皇榜期望选拔的真英雄吗!?

宗　泽　等等,老人家,你说岳飞我儿,岳飞是你儿子吗?

岳　母　岳飞是我儿,我儿是岳飞,我就是岳飞的母亲。

张邦昌　哦!原来你是岳飞的母亲!

王　铎　怪不得她如此替岳飞辩护开脱!

张　俊　那也没用。岳老太婆,准备为你儿子收尸吧!

岳　母　大人,死了儿子我不心疼,死了公平我心疼。大人们!我是来准备为公平收尸的!

四监官　为公平收尸?!

岳　母　我老婆子要为公平收尸了!

(唱)公平丧亡最可悲,

毁了法度乱了规。

正义泯灭良心昧，
暗了苍天无光辉。
宋天子设校场为国选粹，
普天下英雄聚众望所归。
监考官执重器系国之维，
仗大义秉公道执法必规。
倘若是徇私情良心有昧，
必招致：丢民心，失民意，惹民怨，落民恚，
王权失信，国誉受亏，官吏遭骂，天子失威——
到头来承担责任究竟你们谁?！良心亏不亏?！

宗　泽　老人家说得好！放了岳飞。

三　人　不能放。我们不同意，不能放！必须处死偿命！

[牛皋、张小乙、李小二、王小三等窜上，临场大呼“校场不公”“考官舞弊”“背信毁约”“砸了校场！反了吧”！

巡场官　启禀大人，举子们要闹事了！

宗　泽　我是第一考官，责任我担——放了岳飞！

巡场官　放岳飞！

[岳飞上。

岳　飞　(扑向母亲)母亲！你怎么来了?

岳　母　别气馁孩子，有宗大人这等忠臣良将在，报国还有指望！

宗　泽　你们母子还不快逃！

[牛皋四弟兄架起岳母岳飞拥下。

[灯暗。

四

[岳飞家。岳飞在伏案写字。

[幕后唱：

岳飞枪挑小梁王，
炸了校场惊庙堂。
奸臣要杀忠臣放，
命运前头雾茫茫。

[李小二、王小三急急上。王小三拔掉岳飞手中的笔掷在桌上，气咻咻地——

王小三　大哥，把人急死了，你还有心写字！

岳　飞　急什么？圣人曰：心在物外，意守厥中。

王小三　别文绉绉了。你明明是武状元，朝廷愣不颁布，还差点杀头，你就不急吗？

张小乙　听说小梁王的人马大闹朝廷，一帮奸臣扬言要替小梁王报仇、捉拿大哥哩！

王小三　大哥还是躲一躲的好！

李小二　干脆，占山头，当大王去！

[牛皋上。

牛　皋　说对了！我原先那个山头的弟兄听说大哥的不公待遇，个个义愤填膺，叫我赶快把大哥请上山，拉起大旗反它个鳖孙！

[张小乙上。

张小乙　大哥，村头发现行踪诡秘的人。

岳　飞　看看去！

[众人下。岳母腰系围裙从屋内出。

岳　母　饭好了，吃饭吧孩子们！哎，人都哪去了？

(唱)东京归来心难稳，
两耳杀声不绝音。
校场风波留伤痕，
我的儿比武夺魁成罪人。

这才是报国有志门难进，
武状元差点刀头做冤魂。
数日来饭懒得吃茶懒饮，
我的儿烦闷忧愁瘦了身——疼坏了老娘亲！
昨夜晚忽然一梦回故郡，
梦见了我的岳和老夫君。
他那里眼泪巴巴将我问，
他问我为何还不回汤阴？
他说道：
自古来奸臣当道误国运，
空辜负耿忠尽瘁臣子心。
既然是报国无门门难进，
就该劝儿子，安心做个门外人。
收起怨来藏起恨，
快快乐乐回汤阴。
故乡的山，故乡的水，故乡的邻，故乡的亲，
故乡的宅院念旧主，
故乡的黄土埋祖根。
东篱黄菊南山杏，
酒中暖秋花前春。
不能治国平天下，
便做田野垄中人；
桃花源里自修身。
听罢夫君一席话，
我跟他梦中争吵到头发昏，
醒来鸡叫头遍月发昏。

［一蒙面人迅速从厨房窜出。

岳　母　（拦住蒙面人）谁？！

蒙面人　(迅速控制住岳母,捂起岳母眼睛)告诉我:这里是不是岳飞之家?

岳　母　是!

蒙面人　你是不是岳飞的母亲?

岳　母　是!

蒙面人　这就对了。(推倒岳母,欲下)

岳　母　等等,你是何人?

蒙面人　我是贼人。

岳　母　你不像贼人,我家没有可偷的东西。

蒙面人　我是来偷命的,你家有命……

[岳飞等众弟兄上。

岳　飞　(扑向倒地的母亲)妈妈!

牛　皋　(见状大喝一声)好贼子,哪里逃!?

[众弟兄一齐动手,迅速制伏蒙面人,扯下他的蒙面。

张小乙　就是他,刚才在村头鬼鬼祟祟打听岳大哥住处的家伙!

李小二　你是哪来的恶棍?说!

王小三　谁叫你来的?说!

张小乙　你来干什么?说!

牛　皋　兔崽子装哑巴呀?大哥,像这一号敢对咱妈下手的恶棍,就得下地狱。看我不结果了他!(抡起斧头欲砍)

岳　母　住手!牛皋,放了他。

牛　皋　妈,他什么也没有交代,不能放。

岳　母　他刚才向我交代了,他是来偷命的。

众　人　偷命?!

岳　母　偷我母子二人的命。

众　人　啊?那还不杀了他?

岳　母　杀他何用?他只是个卖命的。(亲自为蒙面人解缚)孩子,我老婆子的命不值钱,真想要随时可以拿走。岳飞也是一个寻常百姓,命也很贱,也可以拿走,不用来偷。可是,你知道吗?有人想偷大宋江山,想卖大宋天下的命,那可是大事一桩啊!

(唱)岳家的命不值钱,

想取就取只等闲。

最可怕权势圈中藏贼眼,

正盯着杀人越货偷江山。

不顾疆土有边患,

不顾百姓缺平安。

朝廊之中排异己,

庙堂之外逐英贤。

直闹得英雄绝迹人才断,

该不该拍拍良心问问天?!

岳　飞　(对蒙面人)兄弟,我母亲不是说你,你走吧!

[蒙面人迟疑地走去,走了很远,又突然回身。

蒙面人　我是个卖命的,是杀手,是张丞相派来暗杀岳飞母子的,他知道在明处打不过岳飞,就派我来暗杀。我在你们饭锅里、水缸里、屋子里到处下了毒药,是剧毒。我断定我要死在这里,可你们不杀我,还放了我。我……(欲走,又回头)好自为之……(踟蹰下)

[众人看着蒙面人慢慢走去,静场半天。突然纷纷嚷叫起来:

——"就这样放他走了?"

——"他是凶手啊!"

——"张邦昌豢养的恶魔!"

——"他在饭锅里、水缸里下毒了啊!"

——"还是剧毒,往后吃饭咋办?"

——"满屋子都有毒啊!"

——“赶快想办法清理呀！”

岳　母　不用清理,该搬家了。

岳　飞　母亲准备把家搬到哪里？

岳　母　汤阴县永和村。

岳　飞　回老家呀!?

岳　母　你爹爹要咱们回老家呀,妈也想老家啊!

[内喊:“东京留守宗大人到！”

[众侍卫拥宗泽上。

宗　泽　老人家,别来无恙啊!

岳　飞　岳飞拜见宗留守!

众弟兄　拜见宗留守!

岳　母　宗大人,你怎么来了？

宗　泽　我是来召唤岳飞出山的。老人家呀!

(唱)金兵猖獗虎狼威,

铁蹄踏入黄河北。

形势严峻社稷危,

老夫我为国求将召岳飞!

宗　泽　岳飞！国家用人之际,吁请志士出山。本帅已经保举你为大宋三军总制将领。即请披挂历任!

[侍卫捧上将袍将帽,奉于岳飞面前——岳飞既激动又迟疑;众弟兄也面面相觑。

岳　飞　(目询母亲)妈妈？

岳　母　宗大人,没有东西招待你,既无饭吃,也无水喝,厨房有毒啊！(昏厥过去)

[众人一片惊呼。

[切光。

五

[汤阴县永和村新家。

[岳母睡卧于床。数名丫鬟侍奉于侧。

[幕后唱：

奸臣陷害忠臣保，
忠忠奸奸同一朝。
只见朝廊好热闹，
不顾江山多飘摇！

[岳母苏醒。

岳　母　这是哪里？

丫鬟甲　这是汤阴，老妇人您的老家。

岳　母　啊？我当真回来了？

丫鬟甲　是宗大人安排人接你搬回老家的。

丫鬟乙　还是八抬大轿呢！

岳　母　你们是？

丫鬟乙　我们也是宗大人派来照顾您的。

[一片"妈妈醒了"的欢呼声。岳飞及众弟兄上，一起扑向岳母床前。

牛　皋　妈，这几天您昏睡不醒，可吓死孩儿了！

张小乙　宗大人给妈妈请来了最好的医生。

岳　飞　医生说妈妈无大病，只是心绪不畅，操劳过度，养养就会好的。

岳　母　宗大人呢？

岳　飞　宗大人说前方战事吃紧，他先走了。

岳　母　战事吃紧，你为何不走？

岳　飞　我，妈妈还没醒来，我不放心妈妈。

岳　母　妈要是醒不过来,你就不走了么?

岳　飞　我等妈妈一句话。

岳　母　妈不说话,你就不知道干什么了么?

牛　皋　妈,您没说话,我们真不知道干什么好!

张小乙　虽然宗大人来请岳大哥出山,可朝廷不认怎么办?

李小二　万一奸臣使坏,上边点头,大哥又得给小梁王赔命。

王小三　如今朝里奸臣多忠臣少,一个宗大人撑不住啊!

牛　皋　依我说,除非皇帝老儿来请,答应除掉奸贼,要不咱啥也别干!

岳　母　都给我住口! 岳飞,我要听听你的。因为,你是他们的大哥,是他们的主心骨,你把弟兄们往哪领,就全在你了。

岳　飞　妈! 岳飞只听您的。

岳　母　妈说过,咱母子的命没那么主贵,舍了,丢了,天照晴,鸡照鸣,日头出来照样红。可是,你把这身战袍穿上,站在大宋三军的队伍里,你就主贵了,你就把天大的责任扛在了肩上。而今朝中虽有奸臣作乱,但幸有宗大人一帮忠臣良将置梁做栋支撑大厦于不倾。宗大人一声召唤,无异于国家之呼喊,百姓之呼叫,天地大义之托付,华夏热土铁血儿郎岂可犹疑徘徊举步不前羞作壁上之观吗!?

[岳母之话感动了众弟兄,一阵沉默过后,纷纷表态。

牛　皋　妈,您老说得对,俺们听您的。

张小乙　还是妈妈站得高,看得远。

李小二　大哥,你就带上弟兄们应征吧!

王小三　请大哥披挂起来!

牛　皋　(把将袍将盔捧到岳飞面前)来,我帮你穿!

[众弟兄一齐动手,为岳飞更衣披挂。

岳　母　慢！披挂战袍之前，娘要送儿一件贴身衬衣。

众弟兄　贴身衬衣？

岳　母　这件贴身衬衣要用钢针刺绣。

众弟兄　钢针刺绣？

岳　母　我儿怕疼吗？

岳　飞　孩儿明白了，母亲是要在儿身上文身刺字？

岳　母　妈要我儿把报国之志记个刻骨铭心！

岳　飞　来人，钢针伺候！

［丫鬟捧过钢针。岳飞露出背脊。众人退下。岳母举针在手。

岳　母　（唱）手执钢针心在抖，
止不住万千话语涌心头。
为娘我本不忍心刺儿肉，
唯恐怕我的儿胸怀不广、宅心不厚、顾了小家、舍了大家、记了私仇、丢了国仇——
可不能忘国仇啊！
西戎贼金兀术久兴边寇，
杀我民掠我土占我幽州。
狼子心野蛮性以邻为肉，
妄图要侵我中原灭我大宋役我为奴。
天有灾民有难壮士来救，
英雄血要洒在国难当头。
朝廊虽不净，
泥沙同一沟。
奸臣虽然有，
忠臣是主流。
莫因私怨损壮志，莫为地蛆不摇楼；
自古来忠臣热血为国流：

商比干剖心沥肝谏殷纣，
夏豢龙烈火焚身做忠侯。
楚屈原汨罗投江把忠守，
伍子胥城门悬目把忠留。
古圣贤都把忠字写呀写个透，
我的儿忠字路上莫回头。

岳　飞　母亲，请您老下针吧！

岳　母　（唱）钢针落下手颤抖，
笔笔点点鲜血流！
点点鲜血凝成字：
精忠报国扛肩头；
精忠报国刻上背，
精忠报国入血流。
精忠报国随身走，
愿我儿为国应召、为国受命、为国效力、为国献身、
壮志为国酬！

［众弟兄涌上，一齐跪向岳母。

众弟兄　妈妈，孩儿们都愿受妈妈刺字训诫！

［宗泽哈哈大笑上场。

宗　泽　哈哈哈哈……！岳元帅听宣！

［众人为之讶然，“岳元帅”？！

宗　泽　老人家，圣上已经恩准老夫奏呈，圣旨颁就，岳飞接旨！

岳　飞　万岁！（跪迎）

宗　泽　（宣旨）欣闻岳飞英武克当，勇冠三军，堪为大用。今金寇猖獗，犯我中原，敕命岳飞为大宋三军副帅，即刻练兵备战，指日开赴前线，抗金御敌！钦此。

岳　飞　遵旨！

岳　母　岳元帅：披挂起来！

众　人　(欢呼)岳元帅！岳元帅！岳元帅！

[合唱：雄关漫道真如铁，

　　　而今迈步从头越。

　　　三十功名尘与土，

　　　八千里路云和月，云和月！

[在众人一片欢呼声中，幕闭。

[全剧终。

图书在版编目(CIP)数据

孟华戏剧文集：1–5卷 / 孟华著.
— 北京：中国戏剧出版社，2019.11
ISBN 978-7-104-04813-8

Ⅰ. ①孟… Ⅱ. ①孟… Ⅲ. ①戏剧文学–作品综合集–中国–当代
Ⅳ. ①I230

中国版本图书馆 CIP 数据核字(2019)第 119362 号

孟华戏剧文集

责任编辑：曹　静
特约编辑：李红艳　李小红
责任印制：冯志强

出版发行：中国戏剧出版社
出 版 人：樊国宾
社　　址：北京市西城区天宁寺前街 2 号国家音乐产业基地 L 座
邮　　编：100055
网　　址：www.theatrebook.cn
电　　话：010–63381560(发行部)　010–63385980(总编室)
传　　真：010–63383910(发行部)

读者服务：010–63387810
邮购地址：北京市西城区天宁寺前街 2 号国家音乐产业基地 L 座

印　　刷：河南瑞之光印刷股份有限公司
开　　本：710 毫米×1000 毫米　1/16
印　　张：108
字　　数：1357 千字
版　　次：2019 年 11 月北京第 1 版第 1 次印刷
书　　号：ISBN 978-7-104-04813-8
定　　价：598.00 元(全五卷)

项目单位：郑州市艺术创作研究院
项目主持：孟丛笑
书名题字：孟　华
装帧设计：韩　雪
排　　版：张东青

孟华戏剧文集

②

MENG HUA'S
DRAMA COLLECTION

孟华／著

中国戏剧出版社

目 录

卷 二

新编神话剧

卷二 / 新版·白蛇传

Xin ban · bai she zhuan

DRAMA COLLECTION

A

[仙界之下,人界之上,众类修炼之境。

[诸类半仙之体苦修苦炼,百态纷呈。

[合唱:轻盈盈,苦修炼,
蝉蜕痛楚千万般。
寂寞孤清空无怨,
心诚意纯石壁穿。
功果累累摩星汉,
千年轮回兽成仙!

[一条蛇影凌空飘下,旋即幻化成一尊美女,光彩夺目。

[众类围观赏羡,眼红心热,语焉烁人。

众　　人……人……成人了啊!

[合唱:美人兮,美人兮!
美目盼兮,巧笑倩兮,
三千年功果今满贯兮;
筋骨断兮,蛇影散兮,
一个美人云头站兮!

白　蛇　白蛇今得正果,多亏众家弟子朝夕相伴,殷切鼓励。今日一别,不胜留恋!

动物3　你要走啊?

白　蛇　既然成人,当然要走!

动物1　姐姐这边走,这边通往天宫九阙!

动物 2　姐姐那边走，那边通往瑶池仙阁！

动物 3　姐姐再修千年，定是天神高仙哪！

白　蛇　我……

众　你？

白　蛇　我要——下去！

动物 5　你要下到哪里去？

白　蛇　下到人间。

动物 6　你本从人间来，好不容易修成正果，怎能再回人间去？

白　蛇　我虽从人间来，却没有尝过做人的——滋味！

(唱)当初你我混沌生，

七色十味难辨清。

只知腹内有饥饱，

不知人间有七情。

白蛇我，三千岁月付石洞，

换来个，美目巧笑一娉婷。

修来个人模样——不由得就生人性，

造化个人皮囊——止不住就装人情。

望人间，美景惹得心颤动，

拜别诸友落云层。

众　(劝止)姐姐！

动物 1　人类不好打交道，当心！

动物 2　玩一把就回来，人间危险！

动物 3　姐姐，你一个大美人，势单力薄，要是遇到坏人，玩你打你坑害你，那该如何是好？

白　蛇　妹妹千年修炼，已有多副体能，你们看——(变出白蛇 1、白蛇 2、白蛇 3)

白蛇 1　娇小玲珑，童趣天然。

白蛇 2　风流俏丽，妩媚妖艳。

白蛇 3　执着勇敢,誓死不变。

白　蛇　还有我:纯净善良,真情无限。

动物 1　有这么多面目,足以应付世态炎凉。

众　姐姐,你就大胆地下去吧!

[合唱:啊——啊——

带着你的善良,

带着你的天然;

带着你的妖艳,

带着你的勇敢。

啊——啊——

下到人间,下到人间,

寻找真情到永远!

[落幕。

B

[人间:山、水、风、云、花、木、禽、兽……

[万象裸然。

[合唱:六欲方,七情圆,

人间苦难年复年。

却有灵性化奇愿,

扑入红尘尝辛酸。

一江春水东流去,

生命之火燃明焰。

[白蛇乘云裹雾,翩然若飞。

白　蛇　(唱)飘过了,峨眉峰头巫山顶,

迎来了,九曲黄河跃飞龙。

呀——

看眼前，十里长街好繁盛，

原来是，阳春三月闹清明。

［柳岸、楼船、街市、人流，融入摇出。

［白蛇穿插其间，目不暇接，新奇万般。

俏丫头：脸儿如水，眉儿如梦，

翩少年：锦氅生霞，绣腿生风。

好可爱：小儿衣领，刺龙绣凤，

实堪怜：贵妇头盘，翡翠晶莹。

琵琶女：彩袖飞飞，纤指蹦蹦，

卖唱郎：锣儿铛铛，鼓儿咚咚。

楼船上：杯盘叮叮，酒气浓浓，

汴河岸：纤夫赤赤，号子声声。

好难舍：黄河两岸新春景，

踩一波：长江水浪追帆篷。

舟楫划水乱倩影，

夹岸桃花闹春情。

春情融融春心动，

桃花菲菲桃面红。

白　蛇　呀！这就是西湖？这就是人间？人间、西湖，西湖、人间……看这四下里的人儿，都是成双成对，唯独我白——唯有我独自一人，好不孤单哪！（新奇，迷离，逡巡）

［许仙风雨中撑伞上。

许　仙　（唱）清明扫墓南岭下，

一路烟雨桃杏花。

归来好景无心耍，

贫寒总以忙为家。

［白蛇与许仙碰面，二人眼睛相遇便戛然锁定，直直相视，出神地读着对方——

白　蛇　先生,这是什么地方?

许　仙　(举着雨伞,怔怔地答话——以下几句话白也是这种神态和语气)……这是断桥。

白　蛇　断桥为何不断呢?

许　仙　桥若真的断了,我们不就掉下湖了?

[雨声如叙——

白　蛇　先生,天上下的是什么?

许　仙　下的么——雨!

白　蛇　雨,会不会淋湿衣裳?

许　仙　不会……不湿……

白　蛇　你的不湿,我的衣服可是湿了呀!

许　仙　噢,那……那是因为你不打伞的缘故!你……为何不打伞呢?

白　蛇　小女子无有伞哪!先生能不能——借个方便?

许　仙　岂能言借!(把伞放于地上,慷慨借出)快快打上,小心着凉!

白　蛇　(自言自语)好一个"小心着凉"!先生,你不打伞……也会着凉的!

许　仙　不会。没事。

白　蛇　(吟唱)羞叹桥边多情汉——

许　仙　(吟唱)堪怜雨中美婵娟——

白　蛇　这雨——越下越大了!

许　仙　你该——回家了!

白　蛇　先生,你能不能送我回家?

许　仙　你家在哪里?

白　蛇　家在东……

许　仙　东在那边,往那边走!

白　蛇　家在西……

许　仙　西在这边,往这边走。

白　蛇　小女子我……无有家呀!

许　仙　奇怪了,既无有家,你来西湖做甚?淋雨乘凉呀?

白　蛇　我,是来西湖找家的。

许　仙　哎呀呀,找家?

[白蛇1、白蛇2、白蛇3出现。

白蛇1　可不是找家嘛!

白蛇2　家就是人,人就是家!

白蛇3　找着个好人,就找着个好家。

白蛇1　这个家,可不是童年过家家,是双双携手出入、避风躲雨的一蓬茅舍。

白蛇2　这个家,下铺一张鸳鸯戏水床,上盖一片龙凤呈祥紫锦帐,可与同床共枕。

白蛇3　这个家,彼此同甘苦,共冷暖,举案齐眉,相敬如宾,操持日月轮回好光景!

白蛇1　吔!瞧他那俊模样,怎不让人春心荡漾,生出一片羞死人的梦想。

白蛇2　我看他呀,一身书卷之气,定是一个知书达理的厚道人。

白蛇3　想不到刚入红尘,就邂逅这样好的官人,岂不是苏堤上美煞人的雨中姻缘!

许　仙　这位娘子,我送你回家!

(唱)西湖畔一场梦,梦中啥都有,

从天上掉下个,靓靓的丫头!

雨中言水中语,伞下逗不够,

眉中情眼中爱,浑身是温柔。

似这般大好事,是否来得陡?

许仙我一半是欢喜一半是愁。

喜的是花花媳妇送到大门口，
愁的是囊中无钱家中卖了宅楼。
许汉文仅仅是个药铺的打工友，
无房无地无家无业如何养女流？

白　蛇　（唱）尊官人且莫要忧前虑后，
奴跟你全当是跟个丫头。
不图金不图银图你个人就够，
穷日子粗茶饭不讲稀稠。
无家产无楼房，咱找个草庐，
无彩礼无花轿，就骑个牲口。
你独男我孤女，咱牵挂无有，
挣钱多挣钱少，我都能将就。
不打工开药店我帮你把钱凑，
本草经岐黄术我略知由头。
我处方你抓药，咱行医济世、驱瘟除瘴、
多多把人救，
胜似那追官求爵觅封侯。
望长空雨过天晴虹霓透，
莫不是老天为咱挂彩绸？
喜鹊儿催促许郎你快呀快开口：
面对着，眼前的——
单身女子独丫头，
天上掉下的花彩头，
你愿留不愿留？

许　仙　（兴奋得发疯似的）愿留、愿留、愿留啊！
（唱）放声感谢对天喊——
天赐良缘给许仙。

［合唱：

苏堤悠长断桥短，
人间断桥第一天！

[雨霁云散，霞光万道，景和日丽，百鸟谐鸣。

[许仙托扶起白蛇；白蛇袅娜娇羞，仪态万方。

[收光。

C

[法海上。

法　海　(唱)惜乎哉：千年修道，一朝惑性，
迷乎哉：艳艳妖妖，小小白虫！
法海我，为天护道，监视动静，
铁宇宙，千律万规，有法无情！

[许仙手捧鲜花上。

许　仙　(唱)娶了媳妇发了家，
许家药铺开俩仨。
娘子医术惊天下，
除瘴祛疾安千甲。
夫妻恩爱不用话，
天天归来献束花！

法　海　阿弥陀佛！

许　仙　噢，师父请了！

法　海　请了！你就是许施主么？

许　仙　正是。请问师父上下？

法　海　贫僧法海。

许　仙　噢呀呀，原是法海禅师，久仰久仰！法海禅师想是募化来了，卑人刚刚捐过香银十两。

法　海　谢施主。贫僧今日不是为募化而来。

许　仙　噢,那就是求我家娘子看病来了。随我来……

法　海　我是给你看病来了!

许　仙　开玩笑!我哪有什么病啊!(扭头欲下)

法　海　慢!你顶悬黑气,背罩幽影,已被妖孽所缠,大祸在即了!

许　仙　妖孽在哪里?

法　海　就在你的家中。

许　仙　在我家中?

法　海　贫僧查明,你那妻子乃是千年蛇妖所化。

许　仙　(略略一怔,突然大笑起来)哈哈哈哈!我说法海师父,你要是嫌我捐的银子少了,我还可以再捐。你少来糟扰我家娘子!

法　海　(怒喝)许仙!

(唱)冥顽不灵类业障,
妖邪攻心入膏肓。
执迷不悟无话讲,
唯有着尔待端阳。
端阳万家饮雄黄,
奉劝尔妻尝一尝。
你妻敢饮雄黄酒,
许官人,你再看:
红罗帐,象牙床,
一条白蛇三丈长——
那就是你的美娇娘!

你就等着好好欣赏吧!阿弥陀佛!(拂袖而下)

[许仙欲追,又迟疑地退回,怔怔地呆在那里。

[收光,暗转。

[保和堂后店起居室。

[街道上高高挑起一排排灯笼,灯笼上“端阳”二字尤为显眼。

[室内,白蛇与三个副白蛇均有气无力地或蜷曲或打坐在各自的位置。

[钟声陡起——三个副白蛇闻钟抬头,神情惊怖。

白蛇 1　(唱)光阴飞纵到端阳,

白蛇 2　(唱)端阳时辰好漫长。

白蛇 3　(唱)太阳莫非停天上?

白蛇 1　(唱)家家户户洒雄黄!

白蛇 2　(唱)酒味呛鼻气不畅,

白蛇 1　(唱)筋骨酥软手发凉。

[幕后传来许仙与店员酒令吆喝声。

白蛇 3　(唱)许郎许郎反狂放,
聚集店员倾酒浆!

三白蛇　(合)头发晕,气不畅,
浑身哆嗦脚手凉。
走了吧,逃了吧!
避开药酒躲祸殃!

白　蛇　(唱)不能走,不能逃,
不能无故离许郎,
留下他满腹狐疑更凄惶!
惆怅!

三白蛇　(重唱)凄凉!
荒唐!
好无措的白娘!
好可怜的白娘!
好窝囊的白娘!

［许仙上。手搦酒壶，略见踉跄。

许　仙　（唱）端阳佳节生意广，

店内雄黄全卖光。

壶中仅仅留三两，

慰劳我妻敬白娘。

（酒后醉态）法海曾说我家娘子是蛇妖，一饮雄黄酒必现原形……法海说的若是真话，那我不就一直跟蛇睡在一起吗？（哆嗦着望着酒壶）我，我才不信呢，哪有这么美丽善良的蛇妖？哪有这么恩爱知己的蛇妖？不过，试上一试又有何妨？娘子，酒来了！

白蛇1　他果然来啦！

白蛇2　他捧着酒壶！

白蛇3　壶中是药酒！

白　蛇　官人，为妻今日身染小恙，不能饮酒。

许　仙　娘子，平时你不饮酒，可今天是端阳节呀！

白　蛇　这端阳节么——就更不能饮酒了！

许　仙　（自语）更不能饮酒？难道她真怕这雄——黄——酒？哎娘子，这壶中是雄黄酒，只要是人，端阳节是必饮雄黄酒的！

白蛇1　啊？他在怀疑……

白蛇2　他想作祸！

白蛇3　掐死他，掐死他！（突然跃起，扑向许仙）

白　蛇　（阻拦）冷静，冷静！

许　仙　娘子，你在和谁说话呀？

白　蛇　我在和自己说话……

许　仙　娘子，请来饮酒！

白　蛇　官人哪！难道你不知道为妻我身怀有孕了吗？

许　仙　哎，你没听说：大孩子喝雄黄，小孩子抹雄黄，这肚里的胎儿么，闻雄黄。你就略略喝上一点，好让肚里的儿子闻闻呶！

白蛇1　要出事了！

白蛇2　躲不过了！

白蛇3　他铁了心了！

许　仙　娘子，你要再不喝，本丈夫就给你跪下了！

白　蛇　官人，你要再逼我喝，我也与你跪下了！

许　仙　娘子，你果真不敢喝这雄黄酒？

白　蛇　官人，为妻实在是……

许　仙　（突然发笑）呵呵，嗨嗨，哈哈……

白　蛇　许郎因何发笑？

许　仙　我想起一件可笑之事来了。

白　蛇　什么可笑之事？

许　仙　不说也罢。

白　蛇　但讲何妨？

许　仙　金山寺法海禅师曾对我讲，他说娘子你乃是……

白　蛇　是什么？

许　仙　是千年蛇妖所化，若饮雄黄酒，必现原形。

白　蛇　啊！？

三白蛇　（唱）啊！我的天！

好一个法海！

好一个许仙！

好一杯烈烈雄黄酒，

好一番狼狈相为奸，

直直等我在端阳天！

许　仙　（唱）看娘子脸红神态乱，

难道她果真与蛇有牵连？

举起酒杯作试探——

白蛇 1　(唱)急拂云袖挡许仙。
　　　　　冤家呀,百日恩爱如风卷,
　　　　　一句谗言就变心肝!

许　仙　(唱)娘子她往日从早笑到晚,
　　　　　却今日浓浓愁云锁眉尖。
　　　　　再举酒杯作试探——

白蛇 2　(唱)急挥团蕉把他扇!
　　　　　看起来:平日恩爱靠不住,
　　　　　风吹草动就生异端!

许　仙　(唱)娘子她看着酒壶身打颤,
　　　　　更叫许仙起疑团。
　　　　　三举酒杯作试探——

白蛇 3　(唱)劈面推开无义男!
　　　　　许仙你信邪信谄耳朵软,
　　　　　你是个坏事的祖宗作祸的源!

许　仙　(唱)手捧药酒把妻撵——

三白蛇　(唱)恨不得:驾起云头返仙班!

[许仙执酒追赶白蛇,白蛇 1、白蛇 2 架着白蛇飞奔躲逃;白蛇 3 起脚绊了许仙一个踉跄,顺手夺过许仙手中的酒壶。白蛇拂袪白蛇 1、白蛇 2 纠缠,把酒壶从白蛇 3 手中夺回。

许　仙　(从地上一骨碌爬起,惊呼)酒壶哪里?酒壶哪里?

白　蛇　酒壶么——它在这里!

三白蛇　扔掉它!扔掉它!

白　蛇　扔它不掉啊!扔得掉酒壶,扔不掉官人的猜疑,扔不掉法海的挑唆,扔不掉我夫妻间的裂痕啊!我要凭借三千年的道行,将这雄黄酒化解个无影无踪!

白蛇 3　(惊呼)不敢!危险!

白　蛇　(举杯一饮而尽)官人,我是蛇妖么?

许　仙　(疑虑又兴奋地观察着白蛇)不,敢喝雄黄酒,你就不是蛇妖!

白　蛇　(又喝一杯)官人,我是蛇妖么?

许　仙　(高兴地)不不不,你分明是我的娘子啊!

白　蛇　(倾壶而饮)官人,你我恩爱夫妻是拆不开、打不散的!(举杯又喝掉)

许　仙　娘子!

[白蛇抛飞酒壶,药酒攻头,步态踉跄。

白　蛇　(唱)依君愿饮雄黄勉强站定,
醉眼里看许郎格外多情。
只要是两颗心爱得纯净,
天大灾地大祸都像清风。
虽与郎结伉俪半年光景,
白素贞怀夙愿伴君一生。
交于郎一颗心清澈如镜,
托于郎一怀情真真诚诚。
投于郎一生爱完完整整,
委于郎一个身玉洁冰清。
有风吹有草动郎心莫动
有险情有变故信念莫扔。
不管禽不管兽都有善性,
或是鬼或是妖都怕忠诚。
人中不少奸、谗、佞,
鬼中亦有忠、义、诚。
勿为因妖断情种,
亦莫因人信奸雄。
说话间,酒力发作筋骨痛,

天旋地转人迷蒙!

[白蛇倒入帐中——三白蛇隐去。

许　仙　(下复上,手端汤碗,迟疑地)“勿为因妖断情种”,这话什么意思?她怎么也讲起“妖”来了?(忽然打个寒战)啊!莫非她真是蛇妖?!(又一想)哪有这么好的蛇妖啊!我的房子我的地,我的药铺我的家,哪一样不是娘子给咱挣来的?我,我还像个男子汉大丈夫么?(走了几步,又一激灵;一想,又释然一笑)娘子!醒酒汤来了!

[罗幔之内,一道白光闪过,出现一条蛇影。

[许仙恐怖地一叫,死去。

[切光。

D

[地狱。

[朦胧中,鬼在挣扎,鬼在游荡,鬼在受刑,鬼在哀号。

[合唱:夜沉沉,路漫漫,
苦海无涯悔无边。
生前作恶死作鬼,
层层炼狱受熬煎。
洗心革面心崇善,
企盼脱胎返人间。

[一束晕光中,许仙从自己的尸体上抬起头来。

[漆黑的四周寂静得恐怖。

[判官、小鬼、牛头、马面的惨烈形象陆续闪现在他的面前。

许　仙　(吓得大叫)这是哪里?这是哪里?

众鬼神　这——是——地——狱——！

[群鬼一阵哄笑。许仙吓得昏厥。

[牛头凑近许仙观察……

马　面　哥们，此鬼何来？

牛　头　我不正在搜查嘛！……麻烦喽！既无身份证，也无派遣证，又是一个盲流鬼！

马　面　启禀判官：捉住一个盲流鬼。

判　官　牛头马面听令！

牛　头
马　面　在！

判　官　打开档案，查查他的来历。

牛　头　是！（翻簿）此鬼姓许名仙，钱塘县珍珠乡许家村人。

马　面　先死爷奶，后死爹妈，孤单一人……

判　官　拉倒拉倒！身世从略，先说他是怎么死的？

牛　头
马　面　惊吓而死。

判　官　拿水喷过来。

[牛头、马面照许仙脸上喷水。

许　仙　（苏醒）啊！吓死我了！

判　官　许仙，你已经被吓死罢啦！我来问你，你是被谁吓死的？

许　仙　我家娘子。

判　官　你家娘子怎么会把你吓死？

许　仙　她是一条蛇！

判　官　蛇？蛇有什么好怕的？

许　仙　此蛇已经成精，一旦时机成熟，她会吃掉我的。

判　官　（怒拍惊堂木）一派胡言！在你们人间，只有人吃蛇，没听说过蛇吃人！不管大蛇小蛇青蛇绿蛇有毒蛇无毒蛇，都快被你们吃光了！来呀！

众　鬼　喳！

判　官　此鬼犯了诽谤罪，押了下去！

许　仙　（喊）冤枉啊！冤枉啊！

判　官　慢！犯人许仙，尔口喊冤枉，有何话说？

许　仙　我，我……

判　官　我问你，你怎知你妻是蛇？

许　仙　端阳节我让她喝了雄黄酒……

判　官　你大胆！雄黄乃是剧毒之物，尔竟敢化酒灌妻？尔犯了一级谋杀之罪！

许　仙　那都是法海指使的呀！

判　官　你听信教唆，罪加一等！来呀！将这个无情无义、忘恩负义、背信弃义的小知识分子下进油锅！

众　鬼　喳！

许　仙　天哪，冤枉啊！

（唱）判官判官我冤屈，
稀里糊涂下地狱。
我才活了二十几呀……

众鬼神　（唱）小子你是自作的！自作的！自作的！

许　仙　（唱）成家立业不容易，
哪知娶条蛇为妻？
命运如此捉弄余呀——

众鬼神　（唱）蛇妻比你好多哩！好多哩！好多哩！

判　官　（唱）听信教唆你缺道义，
知恩不报你品行低。
歧视异类你亏天理，
背叛爱情你啥东西！

众鬼神　（唱）啥东西！啥东西！啥东西！

判　官　(唱)小鬼们将他来捆起——

许　仙　(呼喊)天哪,我可指望谁呀?

(唱)万般无奈喊我妻!

娘子!素贞!快来救我呀!

[空中传来白蛇的应声:"许——郎——!"

[众鬼吃惊地聆听。

判　官　许仙,你家娘子是谁?

许　仙　姓白名素贞,人称白娘子的便是!

众鬼神　(一齐惊呼)白——仙——姑?(一齐立正敬礼)

小　鬼　(走近判官耳语)他是仙姑家属啊,放了他吧?

判　官　许仙,放你不放你,我要看白仙姑的态度!

[此区灯暗。彼区灯亮。

[蓬莱仙山。

[白蛇已和鹤、鹿、竹、梅四仙童对峙,剑拔弩张。

白　蛇　(唱)素贞开言泪如雨,
拜上仙童连三揖。
我夫许仙已断气,
求赐灵芝返生机!

四仙童　(唱)许仙作孽本当死,
无义就该下地狱。

白　蛇　(唱)郎下药酒虽不义,
对奴真情无怀疑。
再求仙童赐灵芝,
死亡线上救夫婿!

鹿　童　(唱)看守仙苑有铁纪,
灵芝不容沾凡泥。

白　蛇　(唱)救死还命破破例,

四仙恩德与天齐！

鹤　童　(唱)劝你不必巧言语，

若要灵芝交首级！

白　蛇　(唱)任凭首级滚下地，

甘换灵芝救夫婿！

[白蛇与四仙童开打，时而召出白蛇1、白蛇2、白蛇3助战。

[开打场面适时而隐。

[地狱。

[众鬼嚎啕大哭……

判　官　你们哭什么？

小　鬼　(哭着说着)你没听见白仙姑说吗？“任凭首级滚下地，甘换灵芝救夫婿”！

牛　头　(也哭着说着)人世间往哪儿找这份儿真情啊！

马　面　(哭着指责许仙)许仙你个没良心的东西，仙姑对你这么好，你还攻击她！

判　官　仙姑啊仙姑，你这个丈夫怕是指望不住啊！

(唱)许仙他，方才还在攻击你，

这类人，思想品行有问题！

[仙山。

白　蛇　(唱)也怪我，当初对他瞒底细，

难怪他，处处对我都怀疑。

[地狱。

判　官　(唱)许仙他，三心二意对待你，

恐怕是，风吹草动还投机。

[仙山。

白　蛇　(唱)世上人,真正君子无有几?

左右摇摆是共习。

[地狱。

许　仙　(唱)娘子啊!你在哪里藏仙体?

你可知,丈夫许仙在地狱?

白　蛇　(唱)闻郎呼叫我泪如雨,

不获灵芝我无归期!

[两个表演区同时呈现。

[白蛇与四仙童打得难分难解。白蛇体力渐渐不支。

[众鬼们似乎已感到白蛇的危险,齐声呐喊——

众鬼神　(高呼)白蛇怀着孕呢!高抬贵手吧!

[四仙略略迟疑,白蛇出手,摘走灵芝。

判　官　许仙,仙姑盗得灵芝,你有救了!

[幕后合唱:

天神无情地狱善,

鬼多仗义神多奸。

仙草得来未为晚,

甘露琼汁救许仙!

[灯暗。

E

[金山寺。

[小和尚上,不断向后打招呼。

小和尚　快点儿,快点儿,快点儿嘛!

(唱)许家庄上出新闻，
许仙死人变活人。
师父命我把他引，
哄哄劝劝进山门。

[许仙上，步态踯躅。

许　仙　小师父，到底何事？

小和尚　我师父找你呀！

许　仙　我不上山，我要回去！(返身欲下)

小和尚　回来！(拖回许仙，柔声地)你要是回去，叫我该如何交代呀？(向内)有请师父！

[法海上。

法　海　许大官人，你来得好迟啊！

许　仙　(怔怔地)不，我得回去……

法　海　回来！

许　仙　我听见我家娘子她在叫我……叫我吃饭，叫我换衣，……她还怀着孕哪！

法　海　(着手一拨，许仙几个旋转，晕眩而恍惚)她还叫你回去，急着喝你的血呢！我的许大官人，你知道你是谁吗？

许　仙　我是——许仙哪！

法　海　不！你是一条鬼！

许　仙　啊？(吓得蒙面颤抖)

法　海　你是一条被救活了的鬼。你那娇妻乃千年蛇妖所化，端阳节一杯雄黄药酒使她现了原形，把你吓死！你都不记得了？

许　仙　我……我好像做过一场噩梦！

法　海　蛇妖伴身，终有大祸，一旦吸干你的精血，她便离你而去了！

许　仙　啊？

法　海　施主也不必惊慌！只要你皈依山门，静心修炼，自会获得长生！

［许仙惶惑不语……

［小和尚急上。

小和尚　报——禀师父：白蛇在山门外求见！

法　海　不见！

小和尚　报——禀师父：白蛇在山门外叩门求见！

法　海　不见！

小和尚　报——禀师父：白蛇在山门外跪门求见！

法　海　叫她上来！

［白蛇上。

白　蛇　法海禅师！你好难见哪！

法　海　明知难见，何必见我？

白　蛇　你扣留了我的官人。恳求禅师还我人来！

法　海　汝本异类，何作人语？

白　蛇　奴虽出身异类，却早已修成仙体！

法　海　既已成仙，就当安守仙阁，何来人间混事？

白　蛇　三千年功果修得人身，特来感受人生。

法　海　人生有什么好感受的？“多欲多望，终生流放；有性有情，苦难无穷”——这就是人生。

白　蛇　人有真情挚爱，人有纯朴善良，人有粗茶淡饭——这是神们所没有的……

法　海　放肆！

（唱）好端端一个神仙坯，
何必要人间逐尘灰？
我劝你早早归神位，
仙班阁等你掌神圭。
驾云飞天飘如醉，

呼风唤雨显神威。

万寿无疆万民跪,

方显得千年功果无所亏——你快回归!

白　蛇　(唱)万人朝拜非吾愿,

万寿无疆不胜寒。

吾好羡:

花花草草一小院,

蓬门竹篱铺鹅卵。

夫妻相偎稚儿缠,

平平常常、自自然然、

生老病死自由天!

此乃素贞“人生恋”,

心甘情愿无遗憾!

法　海　罪过罪过!白素贞,如不幡然悔悟,三千年功果必将毁于一旦!

白　蛇　人形已获,人情已尝,人爱已领,心愿足矣!

法　海　天宫铁律法纪森严,速速毁去腹中胎儿,返归仙班阁,还为时不晚。如若不然,必受重罚!说吧,何去何从?

白　蛇　还我许郎!

法　海　你说什么?

白　蛇　还我许郎!

法　海　你——死心塌地了!

白　蛇　还——我——许——郎!

法　海　(唱)许仙他皈依我做了和尚,

要回归除非是日落东洋!

白　蛇　(唱)怜悯我七月胎即将临降,

放许仙放回个平安吉祥。

法　海　(唱)白素贞你休要痴心妄想,

见许仙除非是倒流长江！

白　蛇　(唱)有道是欺压人莫逼死巷，

小玉兔逼急了也会咬狼。

法　海　(唱)人世间岂容你妖孽放荡？

白　蛇　(唱)法海师蛮横残忍欺善良！

法　海　(唱)怒驱妖孽抡禅杖——

白　蛇　(唱)横心击响撼海梁——

法　海　(唱)空中招来护法将——

[天兵天将上。

天　兵　(唱)天兵天将，浩浩荡荡！

白　蛇　(唱)海中搬来水族王——

[鱼鳖虾蟹上。

水　师　(唱)鲸鲨龟蟒，熙熙攘攘！

众　(唱)天对地来神对鬼，

金山寺前摆战场！

天　兵　(唱)放开天王眼——

水　师　(唱)喷起乌贼烟——

天　兵　(唱)祭起斩妖剑——

水　师　(唱)抡起水蛇鞭——

众　(唱)拼拼拼，拼他个鱼死网烂，

杀杀杀，杀他个人仰马翻！

法　海　(唱)妖女果有反天胆，

禅杖击顶拔命闩！

天　兵　(唱)打那妖女，打那蛇精，胜在神，赢在天！

白　蛇　(唱)无力举剑强举剑，

不愿反击勉挡拦。

水　师　(唱)打那和尚，打那妖僧，惩邪恶，战凶顽！

许　仙　(唱)娘子啊！

能够不战就不战，

惹恼法海我玩完！

白　蛇　(唱)气喘喘只把官人喊，

许　仙　(唱)可怜怜许仙困金山！

法　海　(唱)许仙已作人质管，

蛇女不死不下山！

白　蛇　(唱)欺人太甚僧法海，

素贞以死换许仙！

水　师　(唱)以牙还牙，以眼还眼，夺我生权，夺我爱权！

[白蛇满面悲愤，摇动令旗。

[水族兵将与众神兵双方开打。

天　兵　(唱)我打雷霆霹雳闪——杀杀杀杀杀杀杀！

水　师　(唱)我掀狂风卷巨澜——杀杀杀杀杀杀杀！

天　兵　(唱)挥天铲，江堤三断——杀杀杀杀杀杀杀！

水　师　(唱)开龙闸，水漫金山——杀杀杀杀杀杀杀！

天　兵　(唱)打你个：天落地面——杀杀杀杀杀杀杀杀！

水　师　(唱)还你个：海底朝天——杀杀杀杀杀杀杀杀！

众　(唱)好一场神鬼宇宙战——

[突然一声婴儿啼鸣——一切戛然而止，大定格。

[婴儿哭声由小到大，由弱到强，渐渐灌满宇宙。

[幕后独唱：一个生命降人间！

[腹痛难耐的白蛇徐徐倒下——

[婴儿哭声愈显凄楚，催人泪下。

法　海　(沉重喝令)放——白素贞！

[众神兵与水师退去；白蛇挣扎坐起。

法　海　白素贞！天条不容母子共存：保子灭母，保母灭子，你自己了断吧！

[法海隐去。白蛇毅然挺身。

[三个白蛇共同托起那刚刚出世的婴儿,状极肃穆。

[女声独唱:

长空一声婴儿啼,
十万甲兵休干戚。
非是法海良心现,
生命破土便无敌。

[收光。

F

[山色。湖光。柳堤。断桥。

[白蛇孑然茕立,疲惫惨伤。

白　蛇　(唱)金山寺杀翻天小儿坠地——
扶伤和泪返故居。
肢体飘摇如踩絮,
神情恍惚到苏堤。

你们看:眼前可是断桥?

三白蛇　是断桥!

白　蛇　这可是与许郎初次相会的断桥啊!

白蛇1　诱人的断桥!

白蛇2　短命的断桥!

白蛇3　天杀的断桥!

白　蛇　(情不自禁地吟起)

苏堤悠长断桥短,
人间断桥第一天。

白蛇1　不是这座断桥,也不会碰见许仙。

白蛇2　不是碰见许仙,也不会生下这个孩子。

白蛇3　不是生下这个孩子,也不会断送我们的千年功果!

白蛇 1　孩子来了，我们到头了。

白蛇 2　我们该走了。

白蛇 3　我好恨！

白　蛇　但不知许郎吉凶如何？

三白蛇　事到如今，你还想他？！

［许仙上。一路呼唤着“娘子——”

许　仙　娘子！娘子——（见断桥，触景生情）断桥啊断桥！你今犹在，可我的娘子哪里去了啊！

白　蛇　（深情地吟唱）“羞叹桥边多情汉——”

许　仙　（狂喜地呼应）“堪怜雨中美婵娟——”

白　蛇　许郎！

许　仙　娘子！

白蛇 1　许仙？

白蛇 2　冤家！

白蛇 3　你还没有死啊！看剑！

［三白蛇轮扑许仙，许仙颠扑翻滚。

白蛇 1　许仙，你别来无恙啊！看剑！

白蛇 2　许仙，你还能想起我？看剑！

白蛇 3　许仙，你还敢来见我？看剑！

白　蛇　住手！

白蛇 1　你投靠法海，遁入空门，光荣啊光荣！

白蛇 2　你背叛爱情，毁灭信义，可爱呀可爱！

白蛇 3　你听信挑拨，不辨善恶，体面哪体面！

三白蛇　（举剑同刺）看剑！

［在三白蛇追刺下，许仙状极危险，他奔至白蛇身旁，白蛇以身相护……

白　蛇　（忽又泛起当年憧憬，吟唱）

苏堤悠长断桥短，

人间断桥第一天！

[闻此忆昔之音，三白蛇凄然住手。

[停顿。

白蛇1　天宫法钟响了！

白蛇2　惩罚就要来临！

白蛇3　三千年功德毁于一旦！

白蛇1　我们是蛇……

白蛇2　我们还要去做蛇……

白蛇3　我们要做雷峰塔下千年死蛇……

三白蛇　一切罪孽都来自于这个许仙哪！

白　蛇　不必埋怨，不必后悔，不必悲伤，不要在分别之时责怪许郎！

许　仙　娘子，你我夫妻历经磨难终于重逢，何以言别？

白　蛇　官人可听见天空的钟声么？那是在催促为妻上路的！

许　仙　上路？你要到哪里去?！

白　蛇　只因你那三杯雄黄酒惊动天庭，暴露玄机，天规不容我母子共存，保母灭子，保子灭母，眼下就要了断了！

许　仙　(大惊)什么？娘子讲说什么?！

白　蛇　为妻我必须变回蛇身，才能使咱的儿子幸免于难。

三白蛇　为了你的儿子，我们就要被压入雷峰塔下，重受千年苦修啊！

许　仙　(如雷轰顶)天哪！

(唱)刚出虎口又入魔掌，

逃离苦海又坠汪洋。

许仙三杯雄黄酒，

害妻重遭千年殃！

恨法海平安世界掀风浪，

怨苍天不惩恶神惩善良！

雷峰塔前用头撞，
我以我命换白娘！
[许仙欲冲下，被白蛇紧紧挽住。
白　蛇　(唱)几句话说得我热泪涌起，
白素贞嫁许仙此生足矣！
雷峰塔千吨石专为我砌，
金刚枷千年锁专供我披。
乱天规触天法无人可替，
救儿命换人生只有蛇妻。
[钟声再响。
眼看看日正午我就要去，
好留恋断桥边风光旖旎。
好留恋西湖岸热土热地，
好留恋东垄头花红柳绿。
好留恋清明节那场细雨，
好留恋那把伞：
遮住了我，遮不住你；遮住了你，又淋着为妻；
淋得高兴，淋得欢喜，淋出了情爱，淋出了甜蜜，
——却原来雨水不打情人衣！
低头来两行热泪泪水把儿洗——
洗儿的可怜，洗儿的孤独，洗儿的委屈！
最伤心小儿生下未喊妈一句，
娘要离儿儿要离娘一别无期。
怀抱着小娇儿舍不得放下去，
听着儿哭望着儿笑苦水变成蜜。
机灵灵乖巧巧活脱脱一个你，
一半是人一半是仙合起来是个奇迹。
儿是亲儿是爱儿是惦记，

儿是香儿是火儿是胞裔。
儿是家儿是业儿是天地，
儿是过去儿是将来儿是寰宇！
娘进塔千灾万难不在意，
只挂念我儿成长有出息。
官人哪——
你买上几件好乐器，
时时为我报信息。
琴声响，报我儿：南学读书习才艺，
筝声响，报我儿：桑田长成七尺躯。
笛声响，报我儿：江湖天下多义举，
磬声响，报我儿：书剑世界牵騠驹。
鼓声响，报我儿：文章蟾宫折金第，
锣声响，报我儿：抛却紫蟒返布衣。
喇叭响，报我儿：善名远扬千百里，
正气撼得天神泣。
等得个：天理、真理、人理、情理、万类之理归一体，
自有那万钧雷霆把塔劈！
诀别不尽万千语——

[三巡钟声骤起，山摇地动，电光曳空。

白　蛇　(唱)从此魔塔是绣居！
(白)官人，为妻我要去了！(下)

许　仙　(撕心裂肺地呼叫)娘——子！(追下)

[法海上，怅怅地望着白蛇消失的方向，又怅怅地摇摇头。

法　海　人……！(下)

[幕后合唱：

苏堤悠长断桥短，

人间断桥第一天。

享受苦难岂本愿？

雷峰塔光是留言。

［全剧终。

（本剧系与李六乙合作）

新编历史故事剧

卷二 我要驸马

Wo yao fu ma

DRAMA COLLECTION

人　物　武则天　唐高宗皇后。威严睿智，机变果断，既懂得爱的付出，又懂得掌管权力重要性的卓异女性。

太　平　大唐公主，武则天与唐高宗之爱女，一个心智丰富、烂漫任性、对爱情充满理想的少女。

薛　绍　先是惠娘之夫，后为皇上驸马。潇洒英俊，淡泊名利，对爱情至诚至信。

李　治　高宗皇帝。不谙朝政，心向自然，充满爱心，无为无求。但对于权力的旁落多少有些无奈。

惠　娘　薛绍之妻。温柔刚毅。

谨　娘　惠娘之妹。嫉恶如仇。

玄　真　女侠。身为僧尼，侠肝义胆，武艺超群，乐于助危。

武三思　武则天内侄，宫廷宠臣。狡诈险恶。

武攸嗣　武则天内侄，宫廷侍官。敦厚笨拙。

薛　父　薛绍父亲。唯权是从。

薛　母　薛绍母亲。温良忠恕。

韦　娘　太平公主伴读。心高烂漫。

大臣、太监、侍女、卫士、游艺者、长安百姓、僧尼若干。

（一）

时　间　唐开耀年间(约公元681年)上元灯节之夜。

地　点　京都长安。

布　景　天幕上现出大明宫庄严巍峨的剪影；远处，灯火摇曳，流光点点，不时传来隐隐约约的鼓乐声。

［太平公主与韦娘身着男装，欣喜若狂地上。

韦　娘　(唱)上元节公主她突发奇兴，

太　平　(唱)着男装迈男步溜出皇宫。

［此时，长街上的灯火由远及近依次推亮，观灯游艺的人群挑着各色花灯相继涌来，其间夹杂着卖冰糖葫芦的、卖元宵的叫卖声……

韦　娘　(唱)看长街灯如海人潮涌动，

太　平　(唱)我好比出笼鸟又喜又惊！

［薛绍与谨娘上。薛绍手持折扇，谨娘提陶罐。

薛　绍　(唱)上元夜妻临产无心观灯，

谨　娘　(唱)随姐夫忙采买奔西走东。

薛　绍　(唱)访名医寻良方调养保重，

谨　娘　(唱)买一碗小馄饨为姐催生。

［一卖面具的货郎迎面走来，肩头扛着的货架上，挂满了各色各样的面具。太平与韦娘正围着观看。薛绍与谨娘急急走过……

太　平　(好奇地)哇！这是什么呀？

韦　娘　这是面具。

太　平　面具？

货　郎　公子，买了吧！这面具叫“昆仑奴”，是眼下长安城最时髦的流行潮哇！

［太平抓起戴在脸上。

韦　娘　哇！戴上面具逛街，更不怕有人认出我们了！

太　平　好吧，我要这个。韦娘，这个给你。咱们走！

货　郎　哎——你们还没给钱呢！

太　平　这还要钱哪？

谨　娘　(在旁插话)买东西不给钱，让人家喝西北风啊！

韦　娘　(瞪一眼这个陌生人)你管得着吗？

谨　娘　不公平，就得管！

韦　娘　边儿待着吧你！

谨　娘　买不起就别买。两个小老爷儿们，不怕丢人哪！

韦　娘　你……

货　郎　哎——小姑娘，小老弟，别为在下伤和气。我看两位诚心想买，保本卖了：五折！

［围观众人起哄。

韦　娘　坏了……出门忘带钱了！

太　平　呃——(顺手捋下玉镯)拿这个换，行吗？

韦　娘　这怎么可以？这是大夏洲贡品——绿翡翠，贵重得很！

太　平　反正这物件儿宫里有的是，给他。

［韦娘嘘了一声，示意她漏嘴了。

货　郎　(只顾端详镯子，喜得眉开眼笑)哇——！

太　平　拿这个换你的面具，成吗？

货　郎　成，成，成！(接过玉镯)这面具全归你了，连货架也扛走吧！

太　平　这货架我们就不要了。你把剩下的面具都发给赏灯的人吧！

货　郎　好咧！都来拿面具呀！今晚碰上贵人啦！面具不要钱，大奉送喽！

［观灯的人蜂拥而上，争接面具。

薛　绍　（居高感叹地吟咏）“狂夫富贵在青春，不惜珊瑚持与人”！

谨　娘　（抓过两个面具）不要白不要！姐夫，给你一个！（把一个“昆仑奴”面具递给薛绍）

薛　绍　你呀！走，快去东市买馄饨吧！（与谨娘同下）

货　郎　（冲幕内高喊）栓儿！把锣鼓敲起来，让大伙唱吧跳吧！

［幕内一片呼应声，鼓乐齐鸣，歌声四起。

［众人狂欢，跳起昂奋热烈、诡奇多彩的“面具舞”。

［太平与韦娘也兴奋地随之狂舞。

［幕后伴唱：

大唐盛，大唐兴，
大唐公主叫太平。
五岁上朝背《论语》，
十六出水玉芙蓉。

太　平　（唱）看腻了宫中的骄奢恣纵，
独恋这市井的古朴民风。
宫墙里哪有这红尘美景？
凤阳阁锁住我青春激情！
喜今日终有缘脱缰圆梦，
与民乐共民欢身比燕轻！

［幕内突然传来厉声呼喊：“武大将军奉旨查市喽！”

［众人一片慌乱，四散躲逃。

[武三思、武攸嗣带众卫士上。

[太平拉下面具,躲向台口一侧。

武三思　(念)突厥小王子,

武攸嗣　(念)提亲上金殿。

武三思　(念)武后相女婿,

武攸嗣　(念)不见公主面。

武三思　(念)满街来寻找,

武攸嗣　(念)纯粹瞎胡乱!

武三思　卫士们听着!你们要瞪大眼睛,在人群中给我仔细辨认,要一个店铺一个店铺地找,一个酒楼一个酒楼地查!

众卫士　是!(四下搜寻)

武攸嗣　大哥,公主长得啥模样?戴的什么花?穿的什么裙儿呀?我刚到长安,你不跟我说清楚,我咋帮你找哇?

武三思　少废话!跟我屁股后头乖乖学着点儿!

武攸嗣　哎大哥,好赖咱是叔伯弟兄,态度好点嘛!

武三思　找人要紧,甭啰嗦!

一卫士　大人,请看——那灯下回头的像是韦娘!

武三思　(一挥手)追!(带卫士们追下)

[武攸嗣眨巴着眼茫然追下。

太　平　(从一边走出,拉下面具,狡黠地一笑)好悬哪,差一点叫他们碰上!呃,韦娘呢?(急呼)韦姐姐,韦姐姐!你在哪儿呀?

[来往的人群再现。太平在人群中穿插寻找,不时掀起人们的面具,总被陌生的面孔吓一跳,好不失望。

[薛绍手持折扇,戴着“昆仑奴”面具上。他跳着娃娃舞,一阵阵儿歌伴唱——

红罗帐,花枕头,

我问哥哥睡哪头？
哥哥朝东我朝西，
哥哥跟我翻跟头。

［太平被热烈的气氛所感染，情不自禁地戴上面具，加入人群，和薛绍对跳起来。跳了好一阵，太平扑向薛绍，一把抱住他。

太　平　韦姐姐！可找着你了！（撒娇地捶着薛绍）你叫我好找！你叫我好找！

薛　绍　（掀起面具）公子，你认错人了吧？

太　平　啊？你……（她盯着薛绍，被他英俊的面孔惊呆了）

薛　绍　小兄弟，你找谁呀？

太　平　哦，我，我在找……“昆仑奴”！

薛　绍　（笑了）“昆仑奴”只是一个面具，面具下的脸——可是大不相同啊！（说完莞尔一笑，转身离去）

太　平　（急步追上）大哥——！

薛　绍　（回身）小兄弟，你在叫我吗？

太　平　是。

薛　绍　有事吗？

太　平　有，没，啊不……

薛　绍　到底有没有事啊？

太　平　……有事没有事，我也不知道……

薛　绍　（又笑了）既然无事，我就走了。

太　平　哎——站住！

薛　绍　小兄弟，你好像还是有事。需要我帮助吗？

太　平　我也觉着有事，可想了半天，又想不起来什么事。

薛　绍　你真有意思！

太　平　你也真有意思！

［二人对视，互生缱绻之意。

太　平　(唱)忽然眼前起灿烂，
　　　　　始相信：天下果然有俊男！
薛　绍　(唱)小兄弟面善心柔生好感，
　　　　　美轮美奂一少年！
太　平　(唱)一见如故好依恋，
　　　　　莫非前生有姻缘？
薛　绍　(唱)风度飘逸意气现，
　　　　　与此君拜朋结友堪忘年！
太　平　(唱)恭敬一揖大哥唤，
薛　绍　(唱)贤弟有话尽可言。
太　平　(唱)敢问大哥名和姓？
薛　绍　(唱)姓薛名绍字敬岚。
太　平　(唱)贵庚几许做何干？
薛　绍　(唱)正月过罢二十三；
　　　　　一介书生守书坛。
太　平　(唱)小弟有心认哥哥，
　　　　　但不知哥哥——愿不愿？晚不晚？
薛　绍　(唱)愚兄我正想与弟结金兰！
二　人　(唱)望灯海并肩相拜立誓愿：
　　　　　富不怨来贫不嫌。
　　　　　福同当来祸同患，
　　　　　终生勿望斯上元！
　　　　[谨娘上。
谨　娘　哥，皇宫军马出来查市哩，快躲开！(拉上薛绍就走)
薛　绍　(依依不舍地)贤弟，这是愚兄一把折扇，上面有我亲笔写下的诗文，权作留念，后会有期！(与谨娘下)
太　平　(捧扇于手，深情呼唤)多——谢——了——！(打开折扇，放声吟咏《长相守》……呀！

(唱)万点灯火播爱种，
回眸一笑起春风。
你分明早进我梦境，
倒是你，没看清：
我姣姣女娥扮男童！
薛大哥啊！
我心头印下您的影，
肺腑酿起相思情。
从此寂寞不寂寞，
两心相爱意向明。
初恋的心“怦，怦，怦”，
初恋的脸，红，红，红！
初恋的滋味真好受，
飘飘忽忽带朦胧；
好一似驾上鹅毛上碧空！
薛绍啊！
你安心只在家中等，
公主我讨要驸马上龙廷！

[韦娘匆匆上。

韦　娘　公主，公主，你咋在这儿傻愣着？快回宫吧，听说皇后都发火了！……喂，喂！(用手在公主脸前晃晃，公主无动于衷)咋回事？前头有只鹅，篱笆隔着河。呆了？你神经了？(猛喊一声)哇！

太　平　(仍似没听见，自言自语地)我在想……我该出嫁了！

韦　娘　(一惊)啥？出嫁！？

[收光。

（二）

［是夜。大明宫正殿。

［灯火辉煌的大殿内，武则天凛然坐于龙榻之上。

［丹墀下，红毡两侧跪满了凤阳阁的宫女、小太监们。

武则天　（愤怒地拍案而起）

（唱）庸奴闲宦有何用？

千岗万哨尽无能！

铁壁宫廷飞了凤，

玉垒金屋失太平！

公主若有好和歹，

看尔等何颜面君夸忠诚？！

［唐高祖李治上。

李　治　太平回来了吗？

大太监　启奏皇上：公主……还没找到。

武则天　这都是你选拔来的精英之才，纯粹一群无用的东西！

众侍者　（慌忙匍匐叩首）奴才们该死，皇后赎罪！

武则天　你们就好好给我跪着，公主什么时候找回来，你们什么时候再起来吧！

内侍臣　启奏皇后：太子求见！

武则天　他来干什么？就说我没工夫，改日再来吧！

内侍臣　皇后，太子后头还跟着突厥国小王子，二人一起求见！

李　治　（恍然）噢！突厥国小王子是来求亲的，快让他进来！

武则天　太平又没在家，让他进来干吗？

李　治　女儿不在，当爹当娘的先替她相相女婿，不也很好吗？快传旨：让他们进来！

内侍臣　遵旨！

李　治　（对众侍者）你们这一堆换个地方跪，公主不回来，你们就别想起来！

［众宫女和小太监们齐应一声："是！"曲身退下。

内侍臣　（呼）圣上有旨：宣太子宾主上殿哪！

［太子贤与突厥小王子阿羯力上。

阿羯力　（念）突厥我为尊，

大唐来求亲。

太子贤　（念）有心嫁小妹，

为国搞联姻。

阿羯力　太子哥，我来长安三天了，愣不叫我见太平公主，不够意思喽！

太子贤　王子老弟，这儿是大唐天朝，可不是你们小突厥，你想干啥就干啥！

阿羯力　太子哥，你妹妹是不是不愿嫁我呀？

太子贤　愿不愿意，就看你给他留下什么印象。

阿羯力　啥意思？

太子贤　首先，二圣对你的印象是关键。

阿羯力　二圣？二圣是什么？

太子贤　就是我父皇母后啊！

阿羯力　哎呀，你说是你爹你妈不就结了嘛！

太子贤　嘘——我们大唐朝是最讲礼节的，见了二圣，你一定要小心，不然的话……

内侍臣　圣上有旨：宣太子宾主上殿呢！

太子贤　（一惊）儿臣领旨——！（拽阿羯力进殿，参拜）儿臣陪伴突厥国小王子阿羯力拜见二圣！

［阿羯力不知参拜，歪着头傻笑着。

李　治　罢了罢了，平身平身！哈哈哈哈……

阿羯力　（对太子贤）你老爹挺和气的嘛！

太子贤　（捅他一下）你为什么不拜？傻瓜，厉害的在后头呐！

武则天　下边可是太子？

太子贤　正是儿臣！

武则天　不知道是你的声音太小，还是我的耳朵不好使，你带来的人是哪当子人物来着？

太子贤　启奏母后：他是突厥国二王子阿羯力，特来我大唐朝向我妹妹太平公主求婚！

武则天　噢——那可是位贵客喽！我应该迎接迎接才是啊！（走下朝来，迎着阿羯力盯视）

阿羯力　（亲热地）甭客气，往后您就是丈母娘啦！（迎上去握手）

[太子贤拽住阿羯力，又狠狠捅了他一下子。

武则天　阿羯力，你父王身体可好？

阿羯力　好，好，老头子壮实得跟骡子似的！

武则天　阿羯力贵庚几何？

阿羯力　桂羹？咱们突厥国只有玉米羹，没桂羹。那玩意儿也不好喝，只喝羊奶牛奶马奶！

太子贤　母后问你多大年龄！

阿羯力　噢！到年底二十单三岁，腊月二十八下大雪生的我，要不我娘说我一落地就爱动手动脚。

（唱）胳膊粗，大腿肥，

征战骑射我无敌。

摔跤无人跟我比，

马球场上我老一。

千里迢迢来求婚，

快快叫咱当女婿！

李　治　啊？你会打马球？太棒啦！我最爱看那玩意儿喽！

阿羯力　要是我当了你的女婿，天天我打给你看！

李　治　听说突厥宫有一匹千里赤追风马，号称“马球神妖”？

阿羯力　那就是我的坐骑！

李　治　现在哪里?

阿羯力　就在宫门外拴着。

李　治　(一拍腿)嘿!做梦都想见见它。走,快带我去看看!(拉着阿羯力下,场上人随下)

武则天　(望着阿羯力下去的方向,一阵厌恶)

(唱)承平日久玩忽生,
　　紊繁杂事劳神形。
　　可叹太子好愚氓,
　　竟想联姻保安宁。
　　引来突厥小王子,
　　急急忙忙娶太平。
　　说什么:念太平,想太平,见太平,要太平,
　　嫁出去太平得太平。
　　难道说,大唐国威靠女色,
　　舍我太平换太平?
　　小王子粗鲁又蛮横,
　　多无知来少精明。
　　皇上他与其耍马对脾性,
　　媚娘我心中阵阵疼!
　　太平是我连心肉,
　　怎忍心,让女儿,仿昭君,出塞城,卧穹庐,食膻腥;
　　为媚胡马做牺牲。
　　揪心连肝独生女,
　　绝不能,明珠暗投伴鹰熊!
　　上元夜,多亏太平偷出宫,
　　避开纠缠躲锁绳。
　　眼望明烛滚红泪,
　　兆悲兆喜难断明。

耳听更漏沙沙响，

太平儿啊！

芳踪何处丽人行？

［众宫女、太监在武三思的驱赶下屈身走上，在殿前跪成一片。武攸嗣跟在武三思后边。

武三思　你们这一群，连个公主都看不住，等着死吧！

武攸嗣　（悄声地）大哥，你对群众态度好点嘛！

武三思　你懂个屁！（进殿）——启奏皇后：太平公主随韦娘上街观灯，现已回宫。她俩也真够胆大，一个人不带，穿着老百姓衣服，满大街跑！

武攸嗣　没事儿，社会秩序挺好，街上也热闹，她俩玩得那个痛快，笑得那个嘎嘣啷当脆！

武则天　传太平公主与韦娘上殿。

内侍臣　是！（向内）太平公主与韦娘上殿哪——

［太平拉着战战兢兢的韦娘上。

韦　娘　（唱）忽听皇后有诏见，

手脚冰凉五脏寒！

太　平　（唱）挺起胸膛放大胆，

自有太平保平安。

［二人进殿，太平大踏步登上丹墀。

太　平　母后，女儿回来了。

韦　娘　（跪于阶下）韦娘……参见皇后！

武则天　你们两个疯够了？玩得可高兴？

太　平　太高兴啦！长安大街上五彩缤纷，灯火通明，游艺的人群还戴着面具，我和韦姐姐也买了两个——你看，这面具叫“昆仑奴”，好看吗？

武则天　丑死了！怎么不买个好看的？

太　平　（嘻嘻一笑）谢母后恩准出宫！

武则天　我恩准你们出宫了吗？好大的胆子！你看到下边跪着的人了吗？

太　平　看到了。他们都是我凤阳阁的人。

武则天　今天晚上，他们与韦娘都得处死！

[众宫女、太监闻言一片惊恐喊叫。

太　平　母后，为什么？

武则天　因为他们没有看住你，韦娘还私自带你出宫，破坏了朝廷的规矩！

太　平　母后，你以为你把我关在宫中，就是对女儿最大的疼爱吗？就会使女儿懂得天下所有的规矩，所有的爱，所有的美吗？不！你应该问问我今晚的收获是什么？又感受到了什么？

(唱)年轻的季节，年轻的风，
年轻的心灵翱碧空！
女儿我，深藏宫中十六载，
唯觉尊前笑不成。
今夜初次游市井，
方感大唐荡雄风！
十里长街不夜景，
车水马龙载笑声。
我爱大唐爱二圣，
更爱世俗真风情。
与民同乐同欢庆，
胜过高阁读五经。
纵然女儿破规矩，
换得满怀民间情。
母后啊！
倘若是，为我你将他们斩，

我今生今世背骂名。
爱民反将民得罪，
悯怀反把祸事生。
可怜大唐一公主，
赐名太平不太平！

武则天　(唱)小女儿巧舌如簧嘴巴硬，
虽是谬理也动情！
三日不见儿长大。
刮目相看成精灵！
止不住心头欢喜爱波涌，
强压笑意端威风！

[李治在太平唱时即已在旁暗听，此时哈哈大笑，走近太平。

李　治　(唱)年轻的季节，年轻的风，
十六岁花季心智明。
博大胸怀见爱心，
天生才女已长成。
我问你——
可到西市观古井？
可曾饮水品泥腥？

太　平　没有呀，怎么啦？

李　治　(唱)当年父皇去私访，
喝口井水就肚疼。
回宫拉了三天肚，
不用减肥成猴精！

[太平与众人被逗得哈哈大笑。

[武则天也禁不住笑了。

李　治　媚娘，饶了他们吧！女儿长大了，这是头一次出宫，下不为例！

武则天　好吧，算你们今天走运。都下去吧！

众　人　（齐喏）谢万岁！谢皇后！

李　治　呃，不要谢俺俩，是你们公主的激情演讲感动了我和皇后，要谢，谢她！

众　人　（齐喏）谢公主！

太　平　罢了，罢了，我差一点叫你们丢了命，还谢什么谢？都下去吧！

［众宫女太监下。

武则天　（拉过太平）疯了一晚上，饿了吧？

太　平　不饿。

武则天　那就去歇着吧。

太　平　不歇。

武则天　你不歇我歇，我可困了。

太　平　父皇母后，女儿有一事相求！

二　圣　什么事啊？

太　平　请二圣赐女儿一个——驸马。

武则天　（一震）什么？你说什么？！

太　平　请父皇母后赐女儿一个驸马！

［武三思和武攸嗣闻听此言，为之一喜，各自背过脸去紧张地整衣掸冠，修饰自己。

武则天　（禁不住笑起来）太平，看见吗？你这两个表哥，一听说你要驸马，都想报名应征呢！

武三思　（不自然地笑着）姑妈，这……

武攸嗣　（傻乎乎地笑着）太平！

李　治　（哈哈大笑）让他俩靠边站吧！太平，父皇等了你一个晚上，就是为了赐你一个驸马。人家相亲的，早就到了！

太　平　相亲的？谁呀？

李　治　你二哥新交的朋友——突厥国的小王子阿羯力！

太　平　他来相谁的亲？

李　治　相你呀！人家看你漂亮，立马儿要娶你回去做媳妇呢！

太　平　什么？（大笑）就他那张驴脸，也想娶我做媳妇？

李　治　呃，俗话说，人不可貌相，阿羯力已继承了他父亲的王位，你和他结了婚，就是突厥国的王妃啦！

太　平　怎么，父皇，你也想把女儿变成深居宫廷的王妃吗？

李　治　难道你母亲不是你的榜样吗？

太　平　不！我只想做一个普普通通的女子，过一个女人真真正正的感情生活。

李　治　太平，你怎么能这样说！你怎么能忘掉你的皇家身份？

武则天　她说的对，你不能责怪她。"过一个女人真真正正的感情生活"——这是一个美好的梦。这个梦，我也曾做过。太平，你勇敢地去实现它。我支持你！

李　治　你要我赐给你一个驸马，可给你了，你又不要了！

武则天　好女儿，没准儿你是看上谁了吧？说吧，太平，天下没有你得不到的男人！

武三思　太平，有二圣给你做主，说吧！

武攸嗣　表妹，咱是姑表亲，虽然刚见面，别外气，只管说！

武三思　攸嗣，你少掺和！

武攸嗣　这是表妹招驸马的大事，我当表哥的当然得掺和！

［二人争执；武则天瞪二人一眼，二人敛声。

李　治　太平，你到底看上谁了？这个人在哪儿？

太　平　他嘛……他就在——

（唱）天盖之下大地上，

李　治　他在哪个藩邦属国？

太　平　（唱）不在属国在大唐。

李　治　既在大唐，他是哪州哪郡，离京城多远？

太　平　(唱)家住京城堪相望，

武三思　(自言自语)就在京城？还“堪相望”？难道她看上的是我?！(突然做起美梦来)

太　平　(唱)无官无职布衣郎。

武攸嗣　(对武三思)没你的份儿了！人家看上老百姓了！哎！我还无官无职啊！难道是我？

李　治　你们是在哪里认识的？

太　平　(唱)星月长街彩灯坊——

李　治　啊？刚刚认识的？灯市上？

太　平　(唱)他是我梦中追寻的“白马王”！

武则天　(来了兴趣)太平，你给我说说，这位白马王子长得什么样？

太　平　(唱)眼睛清澈又明亮，
鼻梁挺直又端庄。
口悬膏饴眉悬剑，
印堂绯绯耀灵光。
笑靥一点下巴上，
温柔体贴露刚强。
徘徊徐徐漾春风，
谈笑灿灿起朝阳！

武则天　他叫什么名字？

太　平　(唱)姓薛名绍字敬岚，
一扇丹青留墨香。(出示纸扇)
恳求二圣御旨降，
快快招来驸马郎！

[李治又嗔又爱地哼了一声。

[武攸嗣眼睛直直地盯着公主欣赏。

[武三思颓然蹲在一边。

[武则天轻轻笑出声来。

[落幕。

（三）

[数日后。

[追光中，薛绍飘然而上。

薛　绍　（唱）日落轩敞半下朝，
晚歌拾翠美人憔。
生性不恋宦海事，
愿效稚童任逍遥。
白昼竟有梦境事，
皇天倏然降紫袍。
天子宣诏赐三品，
薛绍一路犯蹊跷！（下）

[薛家庭院。

[谨娘与侠尼玄真在练武比剑，刀光闪耀，倩影翻飞。好一场令人眼花缭乱的格斗。

[惠娘匆匆赶来，焦急地喝止二人。

惠　娘　谨妹，玄真师父，你们停停吧！

谨　娘　（收住剑，赶忙跑过来）姐姐，你怎么跑到院子里来？

玄　真　惠姐姐，你可是双身子，当心哪！

谨　娘　眼看要生了，你还跑！

玄　真　我等着喝你的喜酒哪！

谨　娘　出家人喝什么酒？荤尼姑！

玄　真　我是个荤尼姑，你是个荤丫头！

[二人追打嬉闹。

惠　娘　好了好了，你们别闹了，我心里乱得很！谨妹，你姐夫被召入宫，至今未归，吉凶难料，你当去打听打听才是！

［薛父、薛母急急上。

薛　父　是啊，得去打听打听啊！

薛　母　天哪！该不会出了什么祸事？

谨　娘　怎么打听？皇宫高墙重门，壁垒森严，谁能近得？

玄　真　（旋身一跳）我去！

［薛绍上，与玄真撞个正面。

玄　真　地上寻不见，天上掉得来！

薛　母　哎呀，我的儿，你可回来了！

薛　父　回来就好，回来就好！

惠　娘　夫君，你——回来了！

谨　娘　姐夫，你再不回来，玄真师父就要飞檐走壁闯进宫廷找你哪！

薛　绍　多谢玄真师父挂牵！（礼）

玄　真　不必客气！

薛　父　绍儿，皇上宣你进宫为了何事？

薛　绍　我也莫名其妙，孩儿随着宣诏太监走进大殿，皇后就用一种奇异、炽热的目光盯着我，好半天不说话，一说话就封我个三品左近武卫大将军！

众　人　（惊异地）是吗？

薛　母　这可是天赐洪福啊！

薛　父　全托祖宗阴德呀！

惠　娘　哎哟——！（手捂腹部）

薛　绍　（吃惊地）惠娘，你这是怎么了？

谨　娘　傻姐夫，你的乖儿子在姐姐肚里为你欢呼哪！（众人哄笑）

薛　父　哈哈哈哈……

（唱）天上掉下正三品，

薛　母　(唱)胜似梦中拾黄金!

薛　父　(唱)皇恩浩荡天子近,

薛　母　(唱)转眼寒舍福满门!

薛　父　(唱)门庭冷落数十载,

薛　母　(唱)喜今日,我儿迎来玉麒麟!

谨　娘　(唱)听得见,儿在娘肚里打着滚,

惠　娘　(唱)祝贺薛郎封将军!

玄　真　(唱)双喜临门走鸿运,

转眼姐是贵夫人!

[幕内传来太监呼喊声:"圣旨到——"

[薛父闻声紧张地示意,惠娘、谨娘、玄真及薛母退下。

[薛绍、薛父跪迎。

[宣旨官带二太监上。

宣旨官　薛绍听旨!

薛　绍　臣在!

宣旨官　(展旨宣读)"奉天承运,皇帝诏曰:赐左近武卫大将军薛绍:土地一千顷,房屋三百间,绫绸五百匹,玉带一百条,骏马五十头,家奴一百丁。钦此!"

薛　父　(激动地)谢主隆恩!

薛　绍　(惶然地)谢主隆恩!

[宣旨官带二太监下。

[薛母与惠娘、谨娘上,一齐激动地捧旨观看,薛绍却茫然地望着亲人们,不知说什么才好。

薛　父　(高兴得疯呆呆地自言自语)土地一千顷,房屋三百间,绫绸五百匹,玉带一百条,骏马五十头,家奴一百丁……发啦,发啦,发啦!

薛　母　老爷子,家发啦,可别把人给搞疯啦!

薛　父　这这这么多土地、房屋、骏马、家奴、绫罗绸缎……怎么

分？怎么使？你们说，你们说呀？

薛　绍　我真像在做梦……

惠　娘　这皇恩……也来得太突然、太浩荡了？

谨　娘　是有点太猛了！

薛　父　你们都是没见过世面的庸人！这就叫“命中主大贵，一朝坐高位。时运财门开，黄金堆满阶”！

薛　母　老爷说的也在理。

薛　父　你们都给我高兴起来，都给我笑，都给我唱，都给我跳！喜乐高奏，彩灯高挂，鸿运大开啦！

［鼓乐齐鸣。亲人们在老爷子的引逗下，陆陆续续地跳起来，舞起来……

［幕后伴唱：

天上无雨不起虹，
地下无根不发藤。
梦里拾金终是梦，
福事总随祸事行。

［幕内传来喊声：“圣旨到——”

［武三思带四卫士上。

［众人慌乱中跪地一片。

武三思　（展旨宣读）圣上手谕：“故德彰大将军薛怀德之嫡孙薛绍，忠孝有加，礼义兼备，三代忠勇效国，有嘉风传世。且绍文采不凡，武略出众，萃成栖凤之才，甚得公主喜爱。特招为驸马，明日迎婚，不得有误！钦此。”

［众愕然……

薛　绍　什么？招我为驸马？！我是有妇之夫啊！

武三思　你小子就别卖乖了，这可是飞来的洪福！

薛　绍　那，我的惠娘呢，她怎么办？

武三思　（冷冷一笑）把密诏给他！

[二卫士将黄匣递上。

[薛绍打开一看，竟掣出三尺白绫，白绫上书朱砂红字："赐惠娘死——御挽。"

薛　绍　(大惊失色)啊！赐死？

武三思　这是皇后御旨，愿她成人之美，含笑九泉。此事你要守口如瓶，否则，满门抄斩！

[惠娘颓然晕倒。

薛　绍　(急上前托起惠娘)惠娘，惠娘，你醒醒，你醒醒啊！

武三思　薛绍接旨。

薛　绍　(摇着惠娘)惠娘，你醒醒，惠娘，惠娘！

武三思　薛绍接旨！

薛　绍　(哭喊)惠娘，我的惠娘——！

武三思　(怒喝)薛绍接旨！！

谨　娘　(愤极呐喊)天——理——何——在——呀！

武三思　什么人喧哗？

[四卫士"唰"地拔出剑来。

[薛母急忙护住谨娘。

薛　父　(骇然跪步趋上)在下薛伍能——代儿接旨了！

武三思　(嘿嘿一笑)老主事，好好劝劝他，想开点！今后，咱们就是皇亲了！走！(带四卫士欲下，复又回头盯视惠娘)记好了：明儿个一大早我要来验尸喽！(下)

薛　母　天哪！这是什么皇恩浩荡啊？

薛　父　嘘——(上前捂住她的嘴)别嚷！

薛　绍　(痛呼)惠娘！

谨　娘　姐姐——

惠　娘　(慢慢睁开双眼)天哪！

(唱)晴天霹雳一声响，

美梦未醒成黄粱！

三道圣旨下得急，
三尺白绫系惠娘。
可怜腹中我的儿啊，
未见父，便随为娘见无常！

薛　绍　不！惠娘，我决不能让你这样死去！

惠　娘　(唱)浩荡皇恩怎能抗？
满门抄斩更凄凉。
多谢大唐一公主，
爱上夫君赐荣光。
舍令为妻酆都往，
全当焚烧平安香。
今夕惠娘一人死，
明朝薛门福禄长！

薛　绍　不，惠娘！
(唱)驸马荣光我不想，
钦定姻缘更荒唐！
不恋锦帏恋布帐，
不要富贵要惠娘！
爱情就是长相守，
生生死死不分张！

薛　父　(拉过薛绍暗责)绍儿，可不敢胡来！
(唱)皇权在顶天在上，
千年铁律讲纲常。
君叫臣死臣必死，
可不敢拗拿鸡蛋碰铁墙！

薛　母　(唱)儿媳贤淑堪为榜，
似这般善行恶报悖天良！

［薛父急去捂薛母之口。

谨　娘　我好恨哪！

(唱)苍天无眼枉在上，

皇权夺命似虎狼！

安得天塌时日丧，

吾与权贵一统亡！

薛　父　(紧张地制止)疯了，疯了！——来人！把她拉回去！

[数家丁上，欲拉谨娘。

薛　绍　(怒喝)住手！我看谁敢碰她一指头！——父亲，你不要逼人太甚，否则，那三尺白绫，就先是孩儿的送葬之物！

[薛父呆住。薛母把薛父拽下。

惠　娘　(又是一阵肚疼)啊！

谨　娘　姐姐，姐姐！

惠　娘　妹妹，我多想生下这个孩子呀！即使我死了，也好让他成为我和你姐夫爱情的延续，生命的希望啊！

薛　绍　(悲声)惠娘——我的贤妻呀！

谨　娘　姐姐，你逃走吧！这里我来应付。

惠　娘　妹妹，别说傻话。

谨　娘　我长得很像你，你跑出去生孩子，我来糊弄他们。

惠　娘　皇宫的人可是不好糊弄的。别说了，谨妹，去把我的古琴拿来。去，拿来！

谨　娘　姐姐！(在姐姐执拗眼光的催逼下，为姐姐捧来古琴)

薛　绍　惠娘！

惠　娘　夫君，我现在倒有一种莫名的轻松，就像我要远行，你来送我，又让我想起咱们初恋时你写的那首诗来。让我……唱给你听。

[惠娘含泪抚琴吟唱，幕后伴唱：

月光袅袅兮，我思悠长，

呢喃知音兮，如凤求凰。

交情通体兮，和谐欢畅，
相濡以沫兮，共采芬芳。
你我同心兮，肢若连理，
岁岁相守兮，日久天长！

［合唱声中，惠娘抓起白绫，雪带摇曳，舞影凄绝。

［惠娘决然地引颈自缢；薛绍、谨娘扑上去制止。

［玄真旋上。长剑挑走白绫。

玄　真　惠姐，生孩子要紧，随我来！

［切光。

（四）

［黑暗中，远处传来喜庆的鼓乐声。

［幕内响起婚礼司仪的高喊声："拜天子！——拜皇后！——拜天地！——拜高堂！——夫妻对拜！——入洞房喽！"

［起光。薛绍洞房内。喜字高悬，红烛映照。两副"昆仑奴"面具悬挂床头。

［太平身着新娘晚装，头蒙红绸，孤零零地端坐在红帷罗帐前。

［远处传来清脆的儿歌声。

［幕后伴唱：

红罗帐，花枕头，
我问哥哥睡哪头？
哥哥朝东我朝西，
哥哥跟我翻跟头。

［太平自己慢慢掀起红盖头，她显然是受音乐感染，记忆再现，眼前又出现上元节踏儿歌、跳娃娃舞的场面……

她看到薛绍戴着昆仑奴面具出现在人群中。她迎上去，二人欢快地跳起来。情到极致，太平扑向薛绍——幻觉消失，她扑到的是衣架上的昆仑奴面具。

太　平　(推窗远眺，喟然一叹)呀！多熟悉的喜歌呀！他怎么还不回来呢！

(唱)殷切切急煎煎凭窗眺望，
甜蜜蜜喜滋滋等我薛郎。
胸口儿似小兔蹦蹦撞撞，
脚步儿颤索索慌慌忙忙！
我的薛郎啊！
适方才拜天地你好气壮，
不拉手不牵衣不拜高堂。
不揿起盖头儿看我模样，
不知道你结拜的兄弟——
我是女流，我是红妆，我是公主，我是妻房，
我让你惊喜，我让你疯狂，我是你的新娘！
耳畔更鼓三声响，
似听见薛郎走近窗。
挂起“昆仑奴”，打开“红娘扇”；
顶起红盖头，稳坐等薛郎。
闭起眼睛不搭话，
等着你薛大公子来认端详。
你若认出还则罢，
认不出罚你唱歌当伴郎。
先唱一曲《长相守》，
再唱一曲《凤求凰》。
直唱到你眉开眼笑认出我，
我扑进你怀里叫声郎：郎啊郎啊郎！

口对口，尝一尝，

手拉手，上婚床。

我不要你急急慌慌发誓言，

指天对地装激昂。

只求你呀，潇潇洒洒一挥膀，

怀抱柔女入梦乡！

[武三思醉醺醺地上。他踉踉跄跄闯进洞房，迎面撞见那副“昆仑奴”面具，抓过去戴在脸上，口中含混不清地嘟噜着……

武三思　娘子！太平！我好想你哟！（说着，向太平扑去）

太　平　（躲了几躲）夫君，你喝醉了吧？

武三思　你，叫我什么？好甜哪！“夫君”！——再叫一声！

太　平　（撩起盖头，偷眼一笑）“昆仑奴”，你来了？

武三思　来了，来了！可想死我了！

太　平　（打开折扇）夫君，你还认识它吗？

武三思　我认识你就行，认识它干吗？一把破扇子，还不扔得远远的！

太　平　（警觉）你是谁？

武三思　（面具脱落）我是你表哥，整天想你的表哥！

太　平　（气极，劈面一记耳光）武三思，你好大的胆子，竟敢冒充驸马！

武三思　（借酒发疯）我本来就该当……当驸马，都怨薛绍插……插一杠子！（说着，又朝太平扑过去）

[太平尖叫一声躲过。武攸嗣闻声赶来，抓住武三思猛抽巴掌，抽得武三思清醒过来。

[武三思扑通一声跪在地上。

武攸嗣　（继续抽巴掌）王八蛋！——龟儿子！——狗日的！——鬼崽子！（打得武三思趴在地上方才住手）武后看

你喝酒太多,神色不对,叫我看着你。果然你到这儿来发酒疯了!(又猛踢两脚)我打你这个恶棍!该死的畜生!(转脸对太平)公主,公主,看在武后的面子上,你就饶了你大表哥吧!他喝多了,他不是东西!他平常喜欢你,就是不敢说,今儿个借着酒劲儿,开玩笑冒顶了,不过,他还是喜欢你,没别的恶意。再说,咱并州老家也有个规矩,娶媳妇,闹洞房,三天是不分大小的。

太　平　(气急败坏地)滚!滚出去!

[武攸嗣慌忙把武三思拖下。

[太平气得满面通红,她撕扯着盖头,摔打着器物。

[幕后唱:

薛家公子等不来,
等来一个狗狼豺!
金枝玉叶心情坏,
怨气不打一处来。

太　平　(唱)等郎等了个大无奈,
星星等落月等歪。
红烛等到灯花败,
难道说,叫我等到头发白?
急上来,合抱大鼓摆门外,
擂鼓鸣金催郎来!

[太平欲冲出门去,乳娘春急急上。

[乳娘春用手势打着哑语。

太　平　(吃惊地)什么?!驸马出走了?他往哪里去了?

[乳娘春用手势回答公主。

太　平　你是说,好像去了寺院?

[乳娘春点头。继续用手势说话……

太　平　什么?驸马怀里……还抱着一个女人?

[乳娘春点头。

太　平　(气得颤抖,她抓起宝剑,愤怒地)走,追上他们!

[乳娘春带着太平欲下,薛父、薛母仓皇奔上,迎面跪下。

二　老　公主要到哪里去?

太　平　我,去找你们的儿子。

薛　父　薛绍在与朋友喝酒,马上就回!

太　平　(伤心地自语)但愿他是在喝酒……

薛　母　孽子薛绍慢待公主,老奴与公主赔罪!(顿首)

太　平　(扶起老人)婆母不必如此,如果夫君是在喝酒,我会陪着他多喝几杯的。(突然发作)我——想——喝——酒——!(拉起乳娘春急急下)

[薛父、薛母瘫坐于地。

薛　母　(抱脚嚎啕)天爷呀!这一露馅可咋办哪!

薛　父　别哭!哭管个屁用?咱们得赶快抢到前头!

薛　母　(不解地)啊?

薛　父　(指头点着老婆的头)闷瓜蛋!

[收光。

(五)

[慈恩寺斋房,夜。

[惠娘倚床挣扎,状极痛苦。

[谨娘在旁侍奉,拭汗递水。

[玄真指挥着数僧尼端盆捧剪,进进出出,以备助产接生。

惠　娘　谨妹,你姐夫还没来吗?

谨　娘　(摇头)我想,恐怕他不敢来了!

玄　真　我去找他！（欲下）

惠　娘　玄真师父！不能去呀，万一惊动官府，会给您姐夫招祸的！

谨　娘　姐姐，你好糊涂啊，人家已经是当朝驸马了，不再是我的姐夫！

玄　真　可这孩子是他的孩子呀！我去找他！

惠　娘　（再阻）千万不要！那样会把宫里人引来的！

玄　真　不怕，我在这慈恩寺外布置了三十棍僧，有人闯寺，一律赶跑！

惠　娘　不可，万万不可，那样暴露了我，会连累你姐夫一家的！

谨　娘　（气得跺脚）嘿！

惠　娘　（突然下跪）玄真妹妹，求你了！

玄　真　（扶起惠娘）我答应，我答应，我马上去把棍僧撤走。（下）

惠　娘　（唱）腹胎临盆阵阵紧，
疼得我气颤颤，汗涔涔，
肝肠寸断，身裂肢碎，炸魄惊魂！

谨　娘　（唱）大明宫选驸马手段残忍，
夺人夫杀人妻活造冤魂。

惠　娘　（唱）一道旨三尺绫逼我自尽，
可怜我怀揣着薛家的独根！

谨　娘　（唱）薛家子未出世已犯死罪，
薛家郎新洞房又吻新唇！

惠　娘　（唱）皇权重压不碎纯心挚爱，
薛绍夫对姐姐情笃义真。

谨　娘　（唱）是真金是黄铜火中辨认，
义烈汉懦弱鬼剑下区分。
儿将生娘将死大难压顶，

　　恐怕他薛驸马他他他他他——他早忘了旧人!

[薛绍上,紫衣朱袍,帽插金花,一身皇家新贵打扮。但神情紧张,扑门而入。

薛　绍　谨妹,惠娘!(奔向惠娘)惠娘!

惠　娘　公子!

薛　绍　我来晚了,你……受苦了!

惠　娘　来了就好,来了就好!

薛　绍　现在感觉如何?

惠　娘　阵阵疼痛越来越紧,怕是就要临产了!

薛　绍　苍天保佑我儿平安降生吧!

谨　娘　苍天保佑薛大驸马春风得意,青云直上吧!

惠　娘　谨妹!

谨　娘　姐姐,你眼前的薛绍可不是过去的薛绍,而是当朝太平公主的鳌头驸马左近武卫大将军,你我姐妹小心伺候了。

薛　绍　谨妹,你不要伤我的心,我薛绍一片赤心对天可表!我冒死抗旨,拒绝皇上那裹满残酷的恩宠,我撇开洞房公主,潜夜出城,为的是救我的惠娘,救我的儿子,还有我敬爱的玉谨妹妹你!这些,难道还不够剖见薛绍之心吗?

谨　娘　大祸罩顶,表白何用?三尺白绫高悬,你能救得了谁哟!

薛　绍　我——好——恨!

谨　娘　你恨哪个?

薛　绍　我恨公主,我恨皇权,我恨武则天!

惠　娘　(急捂薛绍口)薛郎!

谨　娘　说到底,你应当恨自己那副漂亮的脸蛋儿,就因为太平公主看上了你那张脸,才招致姐姐赐死,全家流放,用毁灭我们整整一个家族的方式,把你这位英俊郎君转让给罪恶的皇家。我的姐夫,难道不是如此么?

薛　绍　(颤抖地)谨妹,你说的对,就因为我这张脸,罪魁祸首就是我这张脸,我要毁了它!(他抓起一把剪刀欲自刺)

惠　娘　(扑上前劝阻)夫君,夫君!

谨　娘　(也去夺薛绍手中的剪刀)你撒手!

薛　绍　惠娘,谨妹,我对不起你们,我要毁掉这副面相,我要把自己变成丑陋的怪物,让那位挥舞皇权的公主死在恐怖的惊吓之中,冤冤相报!

[薛绍激愤之中几欲毁容,惠娘、谨娘力阻,三人扭在一起。

薛　绍　(唱)谨娘一语击碎心,
果然我眉眼口鼻是祸根。
毁了它!毁了它!

惠　娘　(唱)气微力羯拉夫君,
切莫要伤口撒盐自戕身。
撒手吧!撒手吧!

谨　娘　(唱)自毁自裁懦弱鬼,
是好汉,当拔长剑向仇人!
报仇去!报仇去!

三人合　(唱)灾祸相加,亲人相煎,冤冤相绞,仇仇相拼,
哭亦为风,恨亦为雷,叹亦为雨,哀亦为云。
人生路途已走尽,
息风偃波是鬼门!

[惠娘突发阵痛,昏厥倒下。谨娘、薛绍惊呼。

[数僧尼急上。谨娘与僧尼扶惠娘下。薛绍欲追下,被一老尼拦住。

老　尼　夫人要生了,施主留步。(下)

薛　绍　(听着惠娘凄楚的呻吟,焦急而痛苦地徘徊)

(唱)惠娘赐死又临产，

命何苦？运何厄？天地何窄？道义何绝？神灵何偏？！

童年侣，少年伴，青年成眷，

弄青梅，戏竹马，贴肺恋肝。

情相投，意相归，心相替换，

志相同，爱相守，血脉相掺。

天下泰山只一座，

人间真爱无二番。

纵使公主千般好，

替不了，换不来：薛绍惠娘真情初恋

年年月月高高垒起的爱情山！

既然是铁血圣旨把妻斩，

绍啊！尔有何颜留人间！？

[薛父、薛母急上。

薛　母　绍儿！你把公主一人留在洞房，圣上知道，怪罪下来，怎能担当得起呀！

薛　父　惠娘何在？（四处寻找，听到动静，拔剑欲闯内室）

薛　绍　（拦阻父亲）你不能进去，她快要生了！

薛　父　可是，她赐死的时限也到了，皇上卯时就要派人来验她的尸！

薛　绍　与其先验她的尸，不如先验我的尸！（夺父之剑欲自裁）

薛　母　（扑抱儿子）绍儿！

薛　父　（夺过宝剑）孽子，胡来！

薛　母　我的儿，你可不能轻生啊！

薛　父　你现在是当朝驸马，咱一家的荣华富贵、宗族大业，都系于你一人之身了！

薛　绍　我们一家上天，就得叫她一家入地吗？

薛　父　这是没法子的事！宁可我负人，不叫人负我！

[幕后传来婴儿呱呱坠地的哭声。

薛　母　生了,生了!(高兴地欲进内室)

薛　父　(拦阻薛母)高兴什么?那也是个祸根!倒不如连孩子一起……(做杀死手势)

薛　绍　(憎恨地)父亲,我为你感到羞耻!

薛　父　你不听我的,总该听皇上的!(取出三尺白绫,交给薛绍)你看着办吧!

[薛父说完,拉着薛母退下。薛母在被薛父扯拽中,频频回头顾盼,下。

[薛绍手捧白绫,痛苦万状地埋头其间。

[谨娘怀抱婴儿上。

[一声婴儿啼哭惊醒了薛绍,他猛地跳起,迎着婴儿扑过去——

薛　绍　生了吗?噢!生了,真的生了!(接襁褓在手)我的儿子,我的儿子!

谨　娘　是你的儿子,抱回去吧!我姐姐欠你薛家的债可算彻底还清了。你该放心地让——她——走——了!

薛　绍　(突然决绝地把婴儿递还谨娘)谨妹!我已经想好,我要陪伴你的姐姐、我的妻子一道,用二圣赐予的三尺白绫同时结束生命,我要让那位恣肆和骄纵的公主得到一具她想要得到的人的尸体,我要变做狰狞的厉鬼去搅乱他们宫廷甜蜜的春梦,让他们恐怖,让他们发疯,让他们懂得良心的惩罚是会超越一切权力界限的!

[惠娘不知何时已踉跄走上,她听得感动。

谨　娘　(亦为动心)姐夫!

薛　绍　好妹妹,薛绍唯一的愿望就是托妹妹把这个孩子养好,他负载着我和惠娘全部的爱,全部的情,也负载着我们全部的仇,全部的恨。任凭你走遍天涯海角,吃尽千辛

万苦,也求你把他抚养成人。薛绍此生心愿足矣!(向谨娘长长跪去)

惠　娘　(亦跪)这也是惠娘的心愿,拜托妹妹了!

谨　娘　(眼中满含热泪)

(唱)严冬一股温风吹,

冰封世界开红梅!

喜则喜,薛绍血气尚葳蕤,

见则见,双心紧连坚无摧。

姐姐、姐夫免一跪,(搀扶起兄姐)

救甥儿,舍却妹妹又有谁?

论长相,妹妹似姐姐似妹,

浑如那,双胞姐妹锁深闺。

年龄比姐小两岁,

志向比姐大三围。

妹曾想,东海扶桑取神水,

妹曾想,西天须弥修禅规。

妹曾想,剑侠孤身闯社会,

妹曾想,十万佳丽夺花魁。

小妹我,心比天高时运背,

羽丰翼满未腾飞。

久寄姐家心有愧,

大恩德,姐姐有来妹无回。

而今大难从天坠,

姐姐你,十万阎罗把命催!

眼看着,家破人亡儿难保,

这时节,我的姐姐呀:正好教玉谨当英魁!

三尺白绫属小妹,

姐姐,姐夫,你们看好孩子,多多保重了!小妹先走一步！

(接唱)待来日香火升腾再回归！

[谨娘白绫绕颈,触壁。

[惠娘、薛绍惊呼:“谨妹！”

[玄真上,见状惊叫:“玉谨姐姐——”

惠　娘　(抱起谨娘)妹妹,你不能死,你不能死啊！

薛　绍　谨妹,你怎么能这样?！谨妹！

玄　真　玉谨姐姐,你的一身武艺还没施展呢,这就走了?

谨　娘　(拉住惠娘手)我的好姐姐,不能死的,是你;有你在,儿子有奶吃,养得活;有你在,姐夫不会变心,报仇有望！姐夫,我姐妹面相酷似,我替我姐姐死,你也好去交差啦！玄真妹妹,往后,我姐姐她,活下去不容易,你要多——帮——助！(死去)

薛　绍
惠　娘　(痛哭失声)谨妹(谨姐)——
玄　真

[一老尼急上。

老　尼　禀施主:数起宫人闯入寺来！

薛　绍　惠娘,谨妹既已死去,请你带好儿子快离开这里,上天入地,赴汤蹈火,你要活下来！(对玄真)玄真师父,好妹妹,惠娘拜托您了！

玄　真　姐姐,随我来！(搀惠娘急下)

[薛绍痛心疾首地跪向谨娘,然后把她托在怀中,呆然不动,犹如木雕。

[武三思、武攸嗣上。二人窥伺一周。武攸嗣无意中撞上抱着谨娘的薛绍,吓了一跳。

武攸嗣　(吓得猛一转身)我的娘呃！(仔细盯着一看)啊?薛绍?

武三思　(飞快走近薛绍,盯视一圈,笑了笑,转身向后)有请公主！

[二随从引太平公主上。

武三思　启禀公主：薛驸马找到了，他正在这儿——和一个女人幽会呢！

武攸嗣　真恶心！幽会也不找个好地方，堂堂驸马爷，拱到这尼姑庵，搂住个破娘儿们！

太　平　（从随从手中抽出长剑，指向薛绍）我要杀了你们！（步步逼近薛绍。薛绍却背对太平木然呆坐，毫无反应。太平颤抖着喝叫）薛绍！你抬起头，看着我的剑，看着它怎样刺死你怀中那个卑鄙的女人，看着它怎样刺进你不懂得忠贞和爱情的丑恶的心！我要用你们污浊的血，溅灭我对你的痴迷的爱火！你，你转过身来，看着我！

[薛绍转身，愤怒地看着太平，怀中谨娘的肢体软软下垂，血迹斑斑——诸人为之一惊。

武攸嗣　哟！抱了个死家伙！

太　平　（倒抽一口气，手中长剑落地）啊！？

武三思　薛绍，你身为大唐驸马，却在新婚之夜，抛弃公主来到这荒山野寺，同一民妇鬼混。不管她是死人活人，你都犯了欺君罔上亵渎皇亲之罪，罪当处斩！（他捡起公主跌落的剑，恶狠狠地向薛绍刺去）

武攸嗣　（拖住武三思）哎——大哥，不能急呀，咱弄清咋回事了再说嘛！

武三思　捉奸捉双，人赃俱在，看剑！

武攸嗣　（猛拽武三思）去！他是驸马，要杀也轮不着你！太平，你说是不是？

武三思　太平，你说，这种人不杀还了得？

太　平　（烦躁地）我讨厌你们！你们给我滚开！

[武三思、武攸嗣及随从退下，场上只留太平和薛绍。

太　平　薛绍,告诉我,她是谁?怎么死的?你说呀!

薛　绍　她,是我妻子!

太　平　(愕然)不!不可能!你没有妻子!薛绍,只有我才是你的妻子!

薛　绍　她是我真心所爱的结发妻子,你是皇宫强加给我的妻子!

太　平　(更加吃惊)不,你胡说!我父亲、母亲从未说过你有妻子!

薛　绍　那是他们不愿说,也不敢对你说!

太　平　不!为什么?

薛　绍　因为你是他们的掌上明珠,你想要的东西,他们要无条件地赐予你!

太　平　他们为什么不告诉我真相,为什么要欺骗我?

薛　绍　因为他们不能把一个有妻子的我,送到你的面前做你的驸马,于是,我妻子就得死。

太　平　你是说……我父母杀死了她?

薛　绍　一道圣旨,三尺白绫!

太　平　(扯白绫在手,不能自持)竟然是这样!

薛　绍　公主大人,刚才你骂我不懂得忠贞和爱情,你懂吗?你的父亲母亲皇帝皇后懂吗?爱情是什么?是专一、独一、唯一!人生只有一次真爱,我爱过了,我的爱死掉了,幻灭了。我憎恨你!你杀了我吧,我渴望死,只有死才能逃离你们皇家的压迫和羁绊!

太　平　(唱)串串霹雳迎头击,

桩桩阴谋露真迹。

追鬼追进皇宫里,

捉凶捉住天子衣。

圣人做出贼人事,

大明宫竟似阎王狱！
新婚帐前卧怨鬼，
喜乐奏成断魂曲。
天子欠账谁作记？
皇后作孽谁追缉？
一腔怒火闯宫去，
金銮殿问一问大唐律！

太　平　(转向薛绍，大礼一拜)薛公子，对不起，我替我父皇母后——向你赔罪了！(跪)

[收光。

（五）

[紧接前场。

[寺外，十字路口。

[惠娘在数僧尼的掩护下夺路逃命。惠娘坐在独轮车上，一和尚推车飞驰。玄真紧跟在旁护卫照应。

惠　娘　(唱)谨妹为我舍条命——
谨妹为我舍条命，
我这死了的人儿又还生！
茫茫大千似黑洞，
天涯何处把我容？

玄　真　(唱)惠姐姐莫要太悲痛，
珍重身体为儿婴。
只要留得青山在，
熬过黑夜有天明！

[突然，武三思、武攸嗣带着一群侍卫拦住去路。

武三思　站住！夜半三更，什么人赶路？

玄　真　一群出家之人。

武三思　既是出家之人,不在禅房打坐,为何深夜漫游?

玄　真　山后发生丧事,赶点去做道场。

武三思　(举起灯笼仔细巡视,发现独轮车上有人,上前欲掀惠娘头上的禅巾)车上坐的什么人?

玄　真　(横身拦阻)是我家师父。

武三思　为何禅巾遮面?

玄　真　风寒侵扰,身体不适。

武三思　揭开我看!(上前欲抓头巾)

玄　真　(再挡)施主手下留情!

武三思　不行,我一定要看看!(再次欲揭)

武攸嗣　(拖住武三思)去吧!既然是小尼姑的师父,那不是个老尼姑嘛!有啥好看的?(对玄真一挥手)快走吧,快走吧!

[玄真一挥手,僧尼们簇拥着惠娘匆匆奔下。

[幕后突然传来婴儿的哭声。

武三思　(警惕地一怔)不对,有猫腻!追!

[众人追下。

(六)

[月下,山口处。

[玄真一行奔上。

大和尚　不好!身后有人追来!

玄　真　弘陀师父,你推上惠娘,速速赶路,前边泗水河畔等我!

大和尚　阿弥陀佛!(推车与惠娘急下)

玄　真　众位师兄姐妹,随我迎敌!

[众刀齐举,列阵以待。

玄　真　注意了:咱们意在阻挡,不在拼杀。教训教训他们可以,可不能伤人哪！

众　人　嗄！

［武三思领着侍卫追上。

［玄真与众僧尼出戈相迎。

［双方开打——打出精彩，打出绝招，打出威风，打出高潮——充分展示戏曲武功之美。传统戏曲艺术以武打收场的套数，本剧要全方位予以借鉴，但亦要打出新意。

［玄真一方威风尽显。武三思一方狼狈不堪。最后，数僧尼扭住武攸嗣，绑做人质。

玄　真　（刀剑架于武攸嗣脖颈，对着武三思喊话）你们再追赶，我就杀了他！

武攸嗣　哎呀大哥，救救我，赶快答应他，别追啦！本来就不该追嘛，一群和尚尼姑……不，一群修行的师父，有什么好追的？……哎，你龟孙愣着干吗？你发话呀！

武三思　（颓然勾头摆摆手）让他们走吧，我们不追了。

［玄真示意放了武攸嗣，率众急下。

武攸嗣　谢大哥！

武三思　谢个屁！你误了大事！

武攸嗣　放走几个和尚尼姑算啥大事？

武三思　你懂个屁！（走向观众）我已经觉察出这里头的猫腻，我定要查个水落石出，我要让他薛绍当不成驸马，我要让太平公主的眼睛瞄准我，我要当驸马！

［灯暗，幕闭。

（本剧系与杨守林、王明山合作）

新编历史故事剧

卷二 / 女皇投简

Nv huang tou jian

DRAMA COLLECTION

人　物

武则天　名“武曌”，中国历史上唯一的女皇帝。初为唐太宗才人，昵名媚娘。高宗时立为皇后，参与国政。中宗即位，以太后之身临朝称制。公元690年登基称帝，改元天授，改国号为“周”，在位十六年。本剧所写乃其称帝后的故事。

狄仁杰　字怀英。武则天亲自发现和擢拔的股肱之臣，官至凤阁鸾台平章事（宰相）。耿忠廉洁，颖悟怀义。武则天曾亲自在其紫袍上题写“敷政术，守清勤，升显位，励相臣”十二个金字。武则天阅人众多，唯在此人身上发生真感情。

太　平　公主，武则天的爱女。

婉　儿　宫廷昭容，武则天的贴身御侍。

丘神勣　大周时任左金吾大将军，清平道行军大总管，肃正台右丞。武则天时期著名酷吏之一。

苏味道　因处世圆滑，模棱两可，故称“苏模棱”。其诗与同乡李峤齐名，号“苏李”。但多应制之作，缺乏特色。

武承嗣　武则天之侄，被封为魏王，处心积虑谋求太子之位。

来俊臣　肃正台左丞，历史上有名的酷吏，大兴冤狱，滥杀无辜，前后被族杀者一千余家。

令狐忠　武则天的贴身太监。

韦团儿　庐陵王王妃。

嵩阳令　嵩阳县县令。

胡　超　白鹤山僧。

耄耋叟、老媪、村妇、少女、传令的将官、御侍、宫女、武士等人。

一、山访

[公元696年,武则天登基称帝之后的第六年。

[中岳嵩山,巉岩峥嵘,林木蓊郁。一条山道蜿蜒远来,又蜿蜒远去。山道旁盖有一座庙宇,额匾上书“狄公祠”三字。狄公祠正面墙上左方写有一个大大的“拆”字;而墙的右方却又写着“不准拆”三个字。左白右红,对比强烈而滑稽。不过幕启时,一片云蒸霞蔚,烟雾缭绕,看不清那面墙上的字迹,只听得见缥缈而又婉转的仙乐一般的歌声,醉人心脾。

[幕后唱词牌:《如意娘》

看朱成碧思纷纷,
憔悴支离为忆君。
不信比来长下泪,
开箱验取石榴裙。

[嵩阳令上。

嵩阳令　哈哈哈哈哈哈!诸位都听到了吧?“不信比来长下泪,开箱验取石榴裙”。这是多么优美而又抒情的艳诗啊!这纯粹是二八佳人闺房幽怨之作,哪里像出自武皇万岁之手……(急收口,打了自己一个嘴巴,左右望望)——我这漏风嘴又想给我惹祸哩!

(唱)大周女皇要封禅,
　　不封泰山封嵩山。

忙坏我平脚短腿嵩阳县，
半月来巡岭查坡爬嶂峦。
纰漏倘若出一点，那个出一点，
纱帽性命都玩完！

(吆喝)我说衙役们！

[数衙役应声跑上。

众衙役　叩见太爷！

嵩阳令　本太爷不叫，你们就不汇报啊！你们知道今天是啥日子了？

衙役甲　我妈的生日。

衙役乙　我奶的忌日。

衙役丙　我跟我媳妇结婚三周年。

嵩阳令　混蛋！今天是我们大周圣神皇帝万岁登山封禅大典筹备验收日！验收日啊我的祖奶奶！万一哪一点没做好不达标，别说过不成你妈的生日你奶的忌日还有你跟你媳妇的姘搭日，连你们的小命都得报销了！

衙役丙　禀太爷：东山南山俱已查清验定，万事齐备！

衙役乙　西山北山也已查清验定，万事齐备！

衙役甲　三十里盘山辇道眼看清理就绪，只有这一座小小的土庙——成了大大的钉子户！

嵩阳令　钉子户?！(观看墙上的字)小子们，你们知道这个“拆”是谁写的？

衙役甲　是封禅大典总督察魏国公写的。

嵩阳令　对呀，魏国公十天前就写上“拆”了！可这“不准拆”三个字又是谁写的呢？

衙役乙　那还不是老百姓！

嵩阳令　老百姓写个不准拆你们就不拆了？快给我拆！

衙役甲　我每次带人来拆，老百姓就聚众阻挡。

嵩阳令　多带些人来呀!

衙役甲　我带十人,老百姓来一百;我带百人,老百姓来一千!

嵩阳令　动手里家伙呀!

衙役甲　老百姓手里也有家伙呀!镰刀、斧头、铁锹、钉耙……

嵩阳令　住口!我不信胳膊能扭过大腿。来呀!

[应声上来一群官兵。

嵩阳令　给我拆!

[众官兵上前欲扒祠堂。

[只听一声呼哨,涌上来一群山民,手执各种农具与棍棒,挡在小庙周围,与官兵对峙,剑拔弩张……

[武承嗣、丘神勣、苏味道率皇家御林军上。

武承嗣　(旁若无人地巡视一圈)嵩阳县!你待在这儿是晒太阳呢还是吹清风呢!

嵩阳令　启禀魏国公!罪臣无能,辇道清障尚未完成,罪该万死!

武承嗣　车打在哪儿了?

嵩阳令　(用手一指)这个狄公祠,老百姓不叫拆呀!

武承嗣　哼哼,你叫我说你什么好呢?就这儿把镰刀斧头菜耙子可把你给吓住了。你怕他们伤你的身,就不怕我砍你的头吗?——羽林军!拆!

[众军士一拥而上。

众百姓　不能拆!

武承嗣　我看你们是不想活了。来呀!谁敢阻挡,就地正法!

[官兵进逼,百姓不让——更紧张的相持。

[一耄耋老者从百姓中走出。

耄耋叟　请问诸位大人,你们可知这座“狄公祠”的来历?

嵩阳令　不就是前任县令狄仁杰嘛,在这山旮旯里混了几年,就忙哩为自己盖座庙!本县太爷可不忙着干这事儿……

耄耋叟　不,狄公并不知晓此事,是我们嵩山脚下贫苦大众一把麦一捧米仨核桃俩枣自愿捐献盖起来的这座祠堂！狄公在任三年，走的时候一卷铺盖两袖清风，可他给我们留下了颍河桥、稻香湖、盘山水渠通天路，破了六十六起积压十几年的无头凶杀大案，为嵩山四方创下了太平。老百姓怀念他呀！

苏味道　为一个活人盖祠堂，你们也不怕折他的寿限？

耄耋叟　不，嵩岳古来有训：人杰立祠，生当其时。圣德在碑，民心望归。

丘神勣　一派胡言！别说狄仁杰还活着，就是他死了也不能立祠！一个破狄公祠挡在御道上，这是凌天大罪，你们知道吗？

武承嗣　老家伙，这墙上的"不准拆"三个字肯定也是你写的。本公写个"拆"，你就写"不准拆"，你这叫违抗皇命，唆众作乱。来呀！先把这个老家伙就地正法！

［众军士欲捉耄耋叟，众百姓护之。

武承嗣　再把这些刁民统统抓起来，押进监牢！（指着狄公祠大喊一声）给我拆——！

［太平公主、上官婉儿从百姓中间走出。二人均着便装，太平公主绣腿剑衫，背插青锋，一身侠女打扮。

太　平　住手！（略施拳脚，掀翻几个军士）

武承嗣　（一惊）你……太平？

婉　儿　你没认错，她正是太平公主！

武承嗣　上官昭容？你们怎么这身打扮？

太　平　奉圣上之命，下来当当老百姓。

武承嗣　圣上叫你们这样打扮？

婉　儿　不相信吗？圣上也这样打扮呢！你们看——

［武则天从百姓中款款走出。

［武承嗣、丘神勣、苏味道、嵩阳令及众军士官兵一齐下

跪——

众官兵　恭迎圣上！

武承嗣　姑母……圣上，你怎么来到这里？而且这样布衣简从？

武则天　没有布衣简从，我就来不到这里。一袭皇袍在身，是看不到嵩山真正的景致，听不到百姓真正的声音的。

武承嗣　可你的安全？

武则天　乡里民间可比宫廷里安全得多哟！

［众百姓大惑不解地围起武则天。

一老媪　你，你不是太平娘吗？

太　平　老人家，我叫太平，她是我妈，不就是太平娘吗？

婉　儿　这是太平公主，这是我大周朝圣神皇帝万岁幸驾嵩山！

耄耋叟　天哪！真的是皇上来到嵩山了？

一村妇　老天爷！皇上能到我家坐石板凳喝糊涂面还跟俺拉家常？

一少妇　我咋说这太平娘一脸福相，清是不一样！

耄耋叟　果是万岁驾临嵩山，嵩山幸甚！（跪）

众百姓　（齐跪）迎接万岁！嵩山幸甚！

武则天　怎么又都客气起来了？站起来，站起来，都站起来吧！乡亲们，多亏你们不知道我是皇上，才对我说了那么多我在皇宫里听不到的话。（对妇女）石磨嫂，谢谢您的糊涂面，真好吃。（对耄耋叟）老人家，乡亲们，你们如此敬重狄仁杰、怀念狄仁杰，我会把狄仁杰还给你们的。这座生祠不能拆，这座生祠立得好。我大周满朝官宦，如果都能叫老百姓为他们立一座生祠，那大周江山就固若金汤了。——承嗣，此处只能改辇道，不能动生祠。你不是问这“不准拆”三个字是谁写的吗？我告诉你，那是我写的。你怎么连我的字也认不出来了？

（唱）久居深宫锁宫门，

眼不远望耳不闻。
春花闹闹不知香，
秋果累累不觉沉。
微服进山天地近，
百姓瞬间成亲人。
促膝说喜我激奋，
顿足谈忧我断魂。
狄仁杰管汝嵩三年未尽，
留下了十分思念百种精神。
石碑土庙能推倒，
民心有碑久久存。
悔当初慵懒间偏听偏信，
对狄卿功当过削职为民。
似这般忠良臣一缺十损，
恨不能亲致歉三顾蓬门。
嘱门下草圣旨召回才俊，
大周朝百废举最缺忠臣！

婉　儿　启奏圣上：诏书早已草就。

武则天　速派人赶往并州，召回狄仁杰，我还要他再来嵩山筹办封禅大典呢！

婉　儿　遵旨！（下）

［众百姓欢呼。

［令狐忠手持一卷文告飞身而上。

令狐忠　报—— 陛下，臣有要事启奏！（示意百姓回避）

［众百姓退下。

武则天　什么事如此惊慌。

令狐忠　徐敬业于扬州聚集十万兵马，以恢复李唐基业为名，号召天下，起兵造反！

武则天　徐敬业起兵造反？

令狐忠　反叛大军已经下江阴，陷徐州，席卷淮阳！此乃徐敬业讨伐陛下的檄文。

［巨幅《讨武曌檄》自舞台正中垂下。

武则天　嗯，倒是有点派头。苏味道，将檄文念与朕听！

苏味道　（浏览了一下，为难地嗫嚅着）陛下，檄文信口雌黄，满纸秽语，不听也罢！

武则天　（不容置疑）不管写的什么，都要一字不差，念与朕听！

苏味道　（无奈地）臣遵旨！（小心地读檄文）“伪临朝武氏者，性非和顺，地实寒微……”

武则天　（不满地）大声念！

苏味道　（虽提高了声音，但仍有所顾忌）“……豺狼成性，残害忠良，人神之所同嫉，天地之所不容……”（哆嗦得站立不住）

武则天　太平，你来念！

太　平　（接过檄文朗读）“敬业乃皇唐旧臣，奉先君之成业，荷本朝之厚恩。是用气愤风云，志安社稷。爰举义旗，以清妖氛。……班声动而北风起，剑气冲而南斗平。喑呜则山岳崩颓，叱咤则风云变色……一抔之土未干，六尺之孤何托？请看今日之域中，竟是谁家之天下？”（愤怒地要撕毁檄文）

武则天　不能撕，不能撕！（接檄文在手，嘴角挂着微笑）

太　平　（不解）母皇何故发笑？

武则天　此檄文虽然对朕极尽诬蔑之能事，然而文采飞扬，语调铿锵，实乃天下第一奇文。写得好！苏味道，你可知此檄文出自何人之手？

苏味道　风闻乃骆宾王所写。

武则天　骆宾王？朕还读过他的诗呢。

苏味道　是是，国中四杰骆宾王，大诗人……哦不，大叛贼！

武则天　苏味道，你可能写出这样的文章？

苏味道　（指天矢日）臣对陛下一颗忠心，满腔赤诚，断不会写如此大逆不道的文章！

武则天　朕不是问你的忠心，而是问你可有如此的斑斓文采？

苏味道　臣、臣自愧不如。

武则天　你也是个诗人，又身为中书舍人、奉宸府令，这样的人才你不举荐于朕，反而让他为敌所用，这难道不是你的失职吗？

苏味道　（惶恐失措，战战兢兢）臣不胜惶恐之至！

武则天　（陡地）丘神勣！

丘神勣　臣在！

武则天　朕命你为清平道行军大总管，率军三十万，南下徐杭，讨伐徐敬业！

丘神勣　臣遵旨！（急下）

武承嗣　陛下，嵩山封禅之事是不是晚一晚？

武则天　不，小小一群反叛之徒，岂能阻止乾坤运转。天照晴，日照出，牡丹照开，神岳嵩山封禅大典照样进行！

令狐忠　是，封禅大典如期进行喽！！

［切光。

二、封禅

［嵩山巍峨，群峰竞峭，云缠雾绕，万紫千红。

［峻极峰上，新盖起的登封坛金碧辉煌。上书“大周圣神皇帝封禅祭天坛”。

［文武大臣，次第排列；武士秉戈，谷满岭溢。

［鼓乐如雷，飞花如雨。

［美女如云，翩跹飞舞；力士如怪，哑地吼天……祭祀歌舞，极尽张扬。

［幕后合唱：

三山十洞光玄箓，
玉峤金峦镇紫薇。
均露均霜标胜壤，
交风交雨列皇畿。
万仞高岩藏日色，
千寻幽涧浴云衣。
风雨交会钟灵地，
神岳嵩高藏天机。

［令狐忠一声长呼："大周圣神皇帝陛下驾幸神岳嵩高登山封禅喽——！"内次第传呼，山响谷应。

［武则天戴圆冕，披大裘，靡薜荔之席，陟嬗蜎之台，翩然而上。

武则天 （唱）登嵩高我踏进天心地胆，
舒玉袖揽得住四海云烟。
峻极峰不愧为玉帝驿站，
九龙潭果称起王母舟船。
凌四极总五岳社稷之冠，
宰中国宰天下必宰中原。
迈云步踩薜荔登坛封禅——
祭皇天祀后土武曌开元！

武则天 （虔诚祈祷）中岳嵩山之神，大周皇帝武媚娘祭告于太室之巅：媚娘以弱女之身，荷举国之任，深感干系之重，责任非轻！求神灵佑我大周，匡扶媚娘！媚娘定行善政，施教化，减赋税，省刑罚，视民如伤，治国以法。噫吁哉：千龄盛礼，一旦咸申！兹命：天册万岁改元万岁登封！

令狐忠　(长吆)金轮皇帝有命:即岁改元万岁登封!

武则天　改嵩阳县为登封县!

令狐忠　(长吆)改嵩阳县为登封县!

武则天　大赦天下,免税三载!

令狐忠　(长吆)大赦天下,免税三载!

[祥光流泻,钟鼓齐鸣,抃舞相趋,山呼万岁……

[幕后合唱:

泱泱华夏一女皇,
风流蕴藉武媚娘。
把玩乾坤于股掌,
至今天下说盛唐。

[忽然间,狂浪的哈哈大笑之声远远传来——丘神勣手提人头上。

丘神勣　臣丘神勣参见陛下!

武则天　哦,丘爱卿你回来了?

丘神勣　臣回来了。

武则天　平叛之事如何?

丘神勣　陛下请看——(呈上一包)这是徐敬业的人头!

武则天　众臣验过!

[令狐忠与数大臣验看——

令狐忠　正是徐敬业的人头!

武则天　正好祭我少室后土,掷于柴燎高焰!

令狐忠　是!(接人头下)

丘神勣　陛下,我还给你带回六千颗人头,叫嵩山之神好好品尝品尝陛下的盛宴!

武则天　(一惊)六千颗人头?

丘神勣　这些都是徐敬业手下的叛匪,已经押在嵩山脚下,即行开刀。请陛下去亲自欣赏这番盛景!

[幕内突然有人喊："陛下，且慢哪——！"

[场上人神情各异地一怔。

[狄仁杰内唱："丘神勣冒战功杀人行窃——"急上。

狄仁杰　（唱）来了我两升两贬、三起三落、

茅缸石头、沙滩刺猬狄仁杰！

三天前才返任免罪获赦，

今日里臭鸡蛋又要碰铁。

气昂昂我先把纱帽自谢，

见陛下先请罪后把丑揭！

罪臣狄仁杰参见吾皇万岁万万岁！

武则天　哦呀呀！狄爱卿你回来了？

狄仁杰　罪臣回来了。

武则天　哎，口口声声罪臣罪臣，你何罪之有哇？

狄仁杰　臣既无罪，因何连遭贬谪？

丘神勣　陛下，狄仁杰是在质问陛下，对陛下不满！

武则天　（对丘）你且住口。（对狄）我说狄爱卿，前两次贬谪我听的都是不实之辞，此次招你回来，我可是听的百姓之话呀！

狄仁杰　那就请陛下再听一次百姓之话，把山下六千叛军俘虏放归家乡。

武则天　怎么？你要我放掉叛军么？

狄仁杰　他们虽是叛军俘虏，却尽是被逼迫被裹胁的穷苦百姓，他们家中的老父老母哭干眼泪望子回家呢！

丘神勣　陛下，狄仁杰旧性未改，给他个好脸儿就忘了他是谁，他不思报效朝廷，一回来就替叛匪说话，理当再贬！

狄仁杰　陛下，丘神勣平叛之中贪生怕死畏缩不前，是监军魏元忠雄才大略挥师勇战，斩了贼首徐敬业的人头，却被丘神勣冒抢头功！

丘神勣　你胡说！陛下，狄仁杰诽谤功臣，袒护叛贼，理当斩首！

狄仁杰　丘神勣滥杀俘虏，摧残民意，孤立朝廷，才是最大的不忠！

丘神勣　狄仁杰当斩！

狄仁杰　丘神勣当拘！

武则天　住了住了，都给我住了！（挥了挥手，众人隐去，只有丘、狄站立未动）

（唱）丘神勣狄仁杰一刀一剑，
口对口牙还牙没了没完。
一时间难判定谁长谁短，
二人中必有个一忠一奸。

丘神勣　（唱）狄仁杰臭又硬犟筋拗蛋，
早已经恨得我牙根发酸。
前两次手不狠成了后患，
瞅时机下猛药一把撂翻！

狄仁杰　（唱）升与降不动我忠心赤胆，
对陛下更需要劝善防偏。
居江湖就做个绿林好汉，
居庙堂就做个良将清官。

武则天　（唱）狄仁杰为百姓赤心可见，
却未知对寡人几分心肝？

丘神勣　（唱）趁女皇对此人半信半厌，
借铜匦早下手把尔头掂。

狄仁杰　（唱）丘神勣残酷吏嗜血如饭，
常伴随君王侧误国伤贤。

武则天　（唱）忽想起有一法可做测验，

丘神勣　（唱）杀人心越汹涌越得包严。

狄仁杰　（唱）救百姓拯无辜危悬一线……

武则天　(唱)灵感来杰作出有趣好玩!

武则天　狄爱卿,你要救山下六千生灵,善心可嘉。但不知你对朕可有忠心么?

狄仁杰　陛下,善心即为忠心,于民则善,于君则忠。

武则天　丘爱卿,你为平定徐敬业之乱立下了汗马功劳,自当嘉奖。但不知你对朕可有忠心么?

丘神勣　陛下,平叛非为立功,平叛全为尽忠!

武则天　好好好,一个是善民尽忠,一个是平叛尽忠,可我怎么能看到你们的忠心呢?

二　人　只要陛下愿意,臣敢对天剖心!

武则天　你们看,这里是嵩山峻极峰巅,天地交会,百神灵佑。朕也不要你们对天剖心,朕只要你们从这里跳下去,不死者即是忠臣,有谁敢跳呢?

丘神勣　(吃惊得瑟瑟发抖)陛下,你不是开玩笑吧?

武则天　君无戏言。

丘神勣　这,这,这……

[丘神勣恐惧得浑身打摆,呻吟着软瘫在地上。

[只见狄仁杰甩掉衣冠,跃然腾起,纵身跳下山涧……

[丘神勣先是恐怖得捂起眼睛,后见狄仁杰消失,又神经质地惊笑着、怪叫着——

丘神勣　好……活该……应得的下场……

武则天　(鄙夷地盯视着丘)怕死鬼!

丘神勣　(仍在哆嗦)陛……陛下,狄仁杰颈有反骨,他袒护那、那、那六千叛军俘虏,就是想让叛贼东山再起,他,他死得好!这,这是不是陛下的一计?

武则天　他要是不死呢?你是不是就失望了?……丘神勣,我相信狄仁杰的话了,你是个口是心非的小人。

丘神勣　不,陛下,我才一片忠心哪!

武则天　那你就给我跳下去，跳啊！？

丘神勣　陛，陛下，我这么大的功劳，你咋叫我去死啊！？

［令狐忠、上官婉儿、太平公主搀扶着狄仁杰上。狄仁杰须发略见散乱。

［丘神勣见状又惊叫一声……

婉　儿　丘神勣，你只会想到死，怎么就不想为陛下尽忠呢？

武则天　狄爱卿，让你受惊了。你叫朕看清了你的心！

丘神勣　这是怎么回事？怎么回事？

令狐忠　丘大人，山谷四周布满了绳网，你怎么就不敢跳呢？

丘神勣　啊？！

太　平　你没想到吧？为保障封禅大典的安全，内侍省架起了三十三道绳网，跳下去比荡秋千还舒服呢！

婉　儿　太平公主已经试跳了三跳呢！

令狐忠　当然，这是个皇禁秘密。

武则天　(哈哈大笑)哈哈哈哈……狄仁杰听封！

狄仁杰　臣在！

武则天　朕命你为凤阁鸾台平章事，拜为丞相，佐理朝政！

狄仁杰　这……臣想请陛下收回成命。

武则天　怎么？出将入相，位极人臣，别人求之不得，你为何推阻？

狄仁杰　陛下，江南经过徐敬业之乱，焦土千里，民心浮动。臣请陛下任命臣为江南巡抚使，前去收拾残局，安抚民心。

武则天　那可是瘴疠之地，你……吃得消吗？

狄仁杰　为了大周江山稳固，赴汤蹈火，在所不辞。

武则天　好！朕就任命你以宰相之身，兼任江南巡抚使，巡抚江南！

狄仁杰　谢陛下！

［切光。

三、洗尘

[一束追光下，令狐忠高声宣旨。

令狐忠　陛下有旨，大周丞相、江南巡抚使狄仁杰今日还朝。陛下在万象神宫设下盛宴，亲自给狄相国接风洗尘，文武百官到万象神宫赴宴哪……

[鼓乐大作，灯光大亮。

[万象神宫旁殿。透过窗棂，可见宫女太监们捧果举壶来来往往，扛抬酒坛忙忙碌碌。

[令狐忠正在窗外指指划划监督布置。

[上官婉儿上。

婉　儿　(唱)琥珀美酒夜光杯，
山珍海味堆成堆。
文武百官大聚会，
迎接抚边宰相归。

[令狐忠走进。

婉　儿　令狐大人，圣上要在此处单独接见抚边荣归的狄仁杰，其他人等不许走进，你要好生布置守备了！

令狐忠　是！

[上官婉儿下。武承嗣从另侧上。

令狐忠　哎哟，不知魏王到此，老奴失迎了。

武承嗣　免礼！

令狐忠　那就请魏王快到万象神宫大殿恭候。

武承嗣　恭候谁？

令狐忠　恭候靖边安民、一年见效、功勋卓著的狄相国啊！

武承嗣　(忿忿地)没兴趣！

令狐忠　哎，可不能这样说呀！这可是圣上的旨意。

武承嗣　圣上现在哪里？

令狐忠　圣上要在此单独接见狄相国，可是不见别人哪！

武承嗣　我是别人吗？我见我姑妈也不叫见吗？

令狐忠　这……这可是奴才不敢做主的事情。

武承嗣　我敢做主，我就是要在这儿见圣上，出了问题老子承担！

令狐忠　好好好，你厉害，谁敢惹万岁爷的大侄子啊！我可是奉命执事，自重了！（退下）

武承嗣　（唱）武承嗣心急如火焚，

只为谋求当储君。

武李两姓唯有恨，

势如水火难共存。

倘若此时败下阵，

必为日后埋祸根。

找姑母多次做探问，

她俱是犹豫不决自沉吟。

确立太子不抓紧，

闲事杂差倒操心。

狄仁杰也算挺会混，

竟然叫女帝王为他洗尘举樽！

［韦团儿上。发现此处只有武承嗣，便赶忙退出。

武承嗣　那不是韦皇后吗？

韦团儿　（吓得扑通跪倒）折杀团儿了！魏王万万不可开这样的玩笑，这叫皇上听见，可是杀头之罪呀！

武承嗣　这有什么？本王我叫的是过去的称呼，有错吗？

韦团儿　千万别提过去，我们已经忘记一切。

武承嗣　忘记一切？你能忘记你们庐陵王曾是大唐皇帝吗？你能忘记他姓李吗？

韦团儿　我恨就恨在他姓李，庐陵王也说，如果有再生之机，决不生于李家。

武承嗣　（大笑）哈哈哈哈……（突然又收住笑声）我才不信呢，我可听说你们庐陵王时时都想复辟你们李唐江山呢！

韦团儿　（吓得哭出声来）魏王千岁，饶了我们吧，别开玩笑了！

武承嗣　（搀起韦团儿，捏起她的下颏，露出馋涎欲滴之态）你哭得挺像那回事呢！我问你，如果你有再嫁之机，你会嫁给谁呢？

韦团儿　（狡黠地）反正不嫁姓李的。

武承嗣　那你嫁给姓啥的？嗯？你说呀？

韦团儿　妃子不敢妄言。

武承嗣　你大胆地说。

韦团儿　嫁给……嫁给姓武的。

武承嗣　你在说谎。

韦团儿　妃子不敢。

［武承嗣欲火上升，几欲动手。

［内喊："圣上驾到——"

［二人急忙分开。武则天上。

二　人　迎接圣驾！

武则天　哦？你二人在此何干？

韦团儿　启奏陛下：庐陵王高烧不退，咳嗽不止，不能来出席宫宴了。

武则天　这么说，你是来为他请假的了？

韦团儿　是。

武则天　那么你呢？承嗣。

武承嗣　我是在问她：庐陵王是不是在装病？是不是对陛下为迎接狄相国而安排的圣宴不满？是不是……

武则天　罢了罢了，你怎么会有那么多恶狠狠的是不是呢？

武承嗣　因为侄儿以为……

武则天　你是我的侄儿，可庐陵王是我的亲儿子，你就忘了吗？

韦团儿　(哭跪)陛下明察！

武则天　好了好了，今天我没工夫听你们絮叨，狄相国马上返京了，你们去吧。

韦团儿　是。(退下)

武承嗣　姑母。

武则天　你还有什么话说？

武承嗣　狄仁杰以一个贬谪之吏骤然升为宰相，而且以如此规格的国宴迎接他，群臣颇有议论哪。

武则天　姑母用人向来不拘一格，怎么提升了一个狄仁杰，就有人议论了？

武承嗣　狄仁杰乃是因为给叛逆之人求情而得到提升，侄儿担心怀念拥戴李唐之人纷纷效尤，危害我家大周的基业。楚霸王不是亡于十万汉军的十面埋伏之中，而是丧命于韩信一人的股掌之上啊！

武则天　姑母经的风雨比你多上千倍万倍，还要你来提醒不成？

武承嗣　这？(迟疑片刻)姑母，至于册立太子之事……？

武则天　册立太子？

武承嗣　天下既然成了我们武家的天下，就理当立武家的子孙为太子。姑母一日不下决心，忠于李唐的旧臣就一天不会死心，天下也就一天难以安定，姑母，是该下决断的时候了。

武则天　是该撵你走的时候了！狄相国治边有功，富民有方，姑母高兴，你不要坏了我的心情。你快快离开这里！

[武承嗣退下。

令狐忠　(上)启奏陛下：狄仁杰已抵宫门，等待诏宣！

武则天　宣狄相国进宫！

令狐忠　是。（高声）圣上有旨：狄相国进宫哪！

［内递相传呼："狄相国进宫哪！"

武则天　（心情舒畅地大笑）哈哈哈哈……

（唱）狄仁杰果然有治国才干，

代朕躬，巡江南，

栉风沐雨一年满，

战乱地治理成锦绣山川。

为君者盼的是河清海晏，

更盼望万民拥戴社稷安。

年事长只觉得力疲神倦，

早盼望有人将重任分担。

果然是天赐英才遂人愿，

朕正好有闲暇颐养天年。

今日里万象神宫设盛宴，

为狄卿接风洗尘再加官。

［内有人传呼："狄丞相到——"狄仁杰风尘仆仆地上。

武则天　（急步迎了上去）狄卿！（细细打量）

狄仁杰　陛下！

武则天　狄卿辛苦了！

狄仁杰　多谢陛下垂问！

武则天　你可是瘦多了！

狄仁杰　这，多谢陛下眷顾！

武则天　你的身体撑得住吗？

狄仁杰　陛下放心，为陛下效忠，死而无憾。

［令狐忠上。

令狐忠　启奏陛下：满朝臣宰俱已到齐，恭候陛下与宰相幸临！

武则天　知道了。（挥退令狐忠，继续问）一年多来，只见捷报，不见卿面，实实令朕悬念。

狄仁杰　陛下万机待理，膺负社稷，不该挂心微臣。

武则天　什么？不该吗？不恋安逸，拒绝厚禄，自愿请命治理边荒，满朝臣宰有几个如我的狄爱卿呀？

[令狐忠又上。

令狐忠　启奏陛下：宫宴齐备，恭候陛下幸驾！

武则天　好好好，我们走吧，我们走吧！……（忽然又停住）等等——（眼睛上下打量狄仁杰）我说狄卿，你这身棉袍为何如此寒酸哪？

狄仁杰　奉诏还京，路途遥远，十三天鞍马奔波，未及换衣，请陛下恕臣不恭！

武则天　令狐忠！

令狐忠　奴才在。

武则天　取锦袍来！

令狐忠　是。（取过一件锦袍递给武则天）

武则天　你这人可是太不讲究了。（给狄仁杰披上锦袍）狄仁杰，你快快给我换上它！

[令狐忠帮狄仁杰换装。武则天在一边满意地端详着。

武则天　（唱）有道是人看衣裳马看鞍，
大周朝要配英武宰相官。
须眉中猥琐之辈寻常见，
狄仁杰高标卓立是伟男。
最爱他对大周忠心赤胆，
薄名利远党朋以民为天。
任刺史，做知县，
治豫州，管汝南，
短短一年大理寺，
审判积案一万三；

竟无一人鸣屈冤；

元元百姓呼青天！

令狐忠　相国锦袍换好，请陛下过目！

武则天　嗯，这才像我堂堂大周帝国的宰相！

令狐忠　时候不早，请陛下、相国赴宴吧！

武则天　再等等，再等等，让我再审察审察嘛！

［令狐忠摇头下。

武则天　（唱）悔当初信谗佞三弹两贬，

吞诽谤嚼诬陷凛然不弯。

似这等伟丈夫媚娘少见，

猛可间止不住意马翩跹！

狄仁杰　（唱）蒙圣上赐锦袍骤然身暖，

威如霹雳恩如阳春折人心肝。

女儿情怀菩萨心肠铁人手腕，

看起来周代李唐纯系天缘。

武则天　（唱）女帝王阅异性俗俗生厌，

独此人挥不去心线纠缠！

狄仁杰　（唱）虽说是伴君伴虎九分凶险，

却难逃无形缰绳眷恋流连。

武则天　（唱）每遇卿总觉得咫尺太远……

狄仁杰　（唱）望秋波常令警心闸上闩……

武则天　（唱）咫尺远……

狄仁杰　（唱）心上闩……

［令狐忠上。

令狐忠　（唱）国宴饭菜已风干！

启奏陛下：文武百官已经饿得站不住了。

武则天　狄爱卿，快快随朕赴宴去者！（挽衣走下）

［令狐忠笑跟下。

[幕后合唱：

看朱成碧思纷纷，

憔悴支离为忆君。

不信比来长下泪，

开箱验取石榴裙。

[武承嗣上。他郁闷地踱至衣架旁，抚摸着狄仁杰换下的旧袍，怅然若失。

[丘神勣悄悄上。

丘神勣　魏王殿下，那不是一件锦袍，那是狄仁杰换下的破棉袍，又脏又臭，不必羡慕。

武承嗣　（愤愤地）老子为什么就捞不到一件锦袍？为什么好事都叫狄仁杰赶上了？唼？

丘神勣　魏王殿下，锦袍不是你该要的东西。

武承嗣　（凶狠地瞪丘）嗯？

丘神勣　你该要的是龙袍。

武承嗣　（舒缓下来）嗯！（又愤懑起来）可是圣上就是不吐口。满朝文武都说我应该当太子，就是我姑妈迟迟疑疑，犹犹豫豫，当断不断，不肯定案，急得我浑身冒汗！

丘神勣　难道殿下还看不出来，如今满朝文武的话，还抵不上一人之语呀！

武承嗣　你是说……

二　人　狄仁杰？！

武承嗣　我也看出来点眉目。可狄仁杰那个老东西是块茅缸的石头，又臭又硬，软硬不吃，他怎能为我说话？

丘神勣　这就用上你们武家的看家本领了。

武承嗣　你是说？

丘神勣　你怎么就忘了您姑妈制伏烈马狮子骢的名言了——

二　人　唔——鞭子、锤子、刀子！

[丘神勣一摆手,来俊臣上。

来俊臣　魏王殿下,来俊臣有密情禀报:庐陵王妃子韦团儿,最近常深夜潜入狄府。

武承嗣　韦团儿?难道她也喜欢上了狄仁杰那个老家伙?

丘神勣　她喜欢不喜欢那个老家伙倒也无碍,只怕她用她的身子换得狄仁杰的厉口,支持庐陵王重新上台,那殿下您就全完了!

武承嗣　狄仁杰呀狄仁杰,你若是拥戴我武承嗣倒还罢了,如若不然,我们便将他……

来俊臣　置于死地!

丘神勣　魏王殿下,来大人就是你们武家的鞭子、锤子、刀子!

[三人相视而笑……

[收光。

四、廷争

[宫门铜匦台。

[一束追光下,来俊臣、丘神勣正在铜匦台前开箱验折。他们每抽出一份,扫上两眼,便发出各种不同的尖叫声……

[武承嗣在一侧心有所骛地徘徊着……

[幕后合唱:

武皇设立铜匦台,
下情上达出心裁。
只缘善设未善用,
台下冤鬼排成排。

丘神勣　(抽出一举报折,读)"正五品右赞善大夫李融与叛贼越王贞订立盟约……"

来俊臣　好，又一个李唐家族的成员该砍脑袋了！

丘神勣　（又抽出一折，读）“辰州别驾汝南王李炜阴谋反叛，秘密举兵……”

来俊臣　没说的，又一个李家死鬼！

丘神勣　（再抽读）——“济州刺史河东县侯薛凯与其弟薛绍谋反败露，杀人灭口……”哎，这薛绍可是太平公主的丈夫、陛下的女婿啊！

来俊臣　陛下女婿也不行，照杀不误！

丘神勣　那太平公主不成寡妇了？

来俊臣　说不定有人还盼着她当寡妇呢！

［二人拿眼斜睨武承嗣讪笑。

武承嗣　（急躁地）行了行了行了！狄仁杰的告密书找到没有？

［丘神勣、来俊臣加快翻看……

丘神勣　找到了，找到了……（捧折读）“狄仁杰忠臣良将，廉吏清官，豫州百姓怀念他，登封百姓想念他……”

武承嗣　（一把夺过撕碎）我叫你怀念，我叫你想念！

来俊臣　殿下何必着急，难道你忘了这铜匦是我来俊臣的魔术箱吗？任何密告何愁无有呢？

［向后一招手，立即上来一遮面人。来俊臣略作交代，遮面人会意疾下。

来俊臣　殿下，狄仁杰的罪行密告，马上就有了！

［三人恶笑……

［内呼：“圣上驾到！”

［仪仗簇拥中，武则天上。婉儿与太平伴随左右。

三　人　参见陛下！

武则天　（坐于匦台）让他们都过来。

婉　儿　（对令狐忠）传众臣！

令狐忠　圣上有旨：众位大臣近前哪！

[众臣纷纷走上。

武则天　众位爱卿，朕自从设立铜匦以来，天下百姓，拍手称快；叛臣佞戚，无处藏身。丑恶得以惩治，善良得以张扬。今日约来众卿，意在当面示范，着意推广，着令各州县遍置铜匦，花开神州，众卿意下如何？

武承嗣　陛下英明！

丘神勣　伟大决策！

来俊臣　此乃亘古创举，早该全国推广！

附和者　——“正确，正确！”

——“拥护，拥护！”

——“各州各县、乡乡镇镇都该设置铜匦！”

[一片颂扬之声中，狄仁杰倏然出列。

狄仁杰　启奏陛下：臣，请求撤除铜匦！

武则天　什么什么？！

狄仁杰　臣，请求撤除铜匦！

[场上一片哑然。只听得衮冕御服窸窣之声——武则天从匦台缓缓走下，走到狄仁杰面前。

武则天　狄相国，铜匦碍你何事，你竟要朕把它拆除？

狄仁杰　正因为它不碍臣事，臣才得向陛下进言；它若碍了臣的事，臣只怕早做了断头之鬼了。

武则天　此话何意？

狄仁杰　陛下设立铜匦，原为下情上达，沟通民意，检举叛逆之徒，惩治祸国之吏。可是到了后来，却被奸小利用，一些邪恶之辈纷纷以告密为业，不惜捕风捉影，栽赃陷害。致使冤狱之门大开，忠良之臣人人自危。凡被铜匦牵涉之人，差不多都遭遇灭顶之灾。尔下竟有民谣相传：“铜匦铜匦，血肉横飞。佞人相庆，冤魂成堆。”故而臣请陛下撤去铜匦，以安良众之心！

武则天　(突然放声大笑)众位爱卿,狄相国之言当作何解?

丘神勣　他是全盘否定陛下伟大创举!

武承嗣　他是妄图袒护反叛武周江山的黑恶势力代表!

来俊臣　狄仁杰要挟陛下撤除铜匦,就是把矛头直指陛下,这是十恶不赦之罪!

狄仁杰　(冷冷一笑)十恶不赦的不是我赤诚进谏的狄仁杰,而是那些阳奉阴违、欺上瞒下、大肆制造冤狱的邪恶之辈。就连来大人你这身红袍,恐怕也是无数冤魂的鲜血染红的吧?

来俊臣　你?(气急败坏,他忽然从袖中抽出一份密折,呈于武则天)陛下请看!

武则天　(略作浏览,轻轻一笑)我的狄相国,你终于也有了罪行密告了。

狄仁杰　那就请陛下依罪惩办!

武则天　你不想看看吗?

狄仁杰　臣不想看。

武则天　你不想知道是谁在揭发你吗?

狄仁杰　臣不想知道。

武则天　为何?

狄仁杰　臣不知道是谁,仍可坦然与他在朝辅政;如果知道是谁诬告于臣,臣与他就会产生芥蒂,难以共事,岂不伤及朝廷?

武则天　(怦然心动,一阵徘徊)……狄相国,你以为朕会轻易相信这些告密之信吗?

狄仁杰　一封两封不信,三封四封怀疑,五封六封之后,臣就是审查对象了。满朝恐怖之气 不就是这样形成的吗?故而,臣恳请撤去铜匦,以安众臣之心!

武承嗣
来俊臣　陛下,不能撤铜匦!不能撤呀!

狄仁杰　倘若不撤铜匦，臣恳请陛下恩准臣辞官避祸！

［一些大臣竟与狄一起跪倒相求："请陛下撤去铜匦！"

［武承嗣、来俊臣等人也跪倒相求："陛下，不能撤去铜匦呀！"

武则天　太平，你为何不说话？

太　平　儿臣不敢。

武则天　怎么，我的亲生女儿也不如一个狄仁杰的胆量大么？

太　平　儿臣自愧不如。

武则天　我要你讲，而且给我讲真话！

太　平　母皇！

（唱）狄仁杰冒死进谏为民请命，
铜匦箱早已成了陷阱冤城。
百姓的好建议不得呈送，
奸佞人诬陷信层出不穷。
君不见群小辈弹冠相庆，
皆只为忠良臣比比入笼！
铜匦高悬人心冷，
撤除铜匦是民情！

武则天　（怒）住口！你这个"群小辈"指的谁人？你那个"忠良臣"又指谁人？朕为了体察民情，广开言路，苦心孤诣设置铜匦，又怎么成了"陷阱冤城"？你给我说，你给我讲！

太　平　（委屈地）儿臣本不愿讲，是母皇逼着儿臣讲实话；儿臣讲了实话，母皇又怪罪起来，这叫儿臣如何是好啊！（捂着脸哭起来）呜……

武则天　好了好了好了！铜匦之事待朕详察之后再作定夺！

狄仁杰　（仍然心有不甘）陛下！

武则天　（厌烦地）此事毋庸再议！众卿还有什么话要讲吗？

［武承嗣用目光示意苏味道。

苏味道　(胆怯地)臣、臣苏味道……

武则天　有何话讲?

苏味道　为臣、为臣……

武则天　你这位大诗人,怎么也吞吞吐吐?

苏味道　为臣收到百姓呈递上来的《万民请愿书》,请求陛下册封魏王武承嗣为大周太子!(呈上《万民请愿书》)

[众大臣不由一惊,纷纷交头接耳。

武则天　(翻看《请愿书》高兴起来)诸位爱卿,苏味道带头呈上万民请愿表,请立武承嗣为大周太子,众卿以为如何?

来俊臣　陛下,既然万民上书,说明魏王殿下深得民心,请陛下恩准万民所请,立魏王为大周太子!

丘神勣　陛下姓武,魏王也姓武,将社稷传给魏王,顺理成章!

附和者　(逢迎地)请陛下立魏王为太子!

[狄仁杰面色严峻,冷眼旁观。

武则天　狄爱卿,以你看来,此事当不当办理?何时办理为好?

狄仁杰　此事干系重大,臣不敢妄言!

武则天　朕恕你无罪,你就妄言一二。

狄仁杰　天下岂有帝王鼓励臣子妄言之理?

武则天　你?你真有点不识抬举了!

狄仁杰　臣不盼抬举,只盼陛下能容逆耳之言。

武则天　你的逆耳之言快把我的耳朵撑炸了!

[武则天愤然拂袖而去;然而又远远地突然停住,背对观众,伫立半天又转回身来,向群臣摆了摆手。

[众臣退下。

[武承嗣、来俊臣等人亦各怀心思地下。

武则天　狄仁杰留步。

[狄仁杰站住,目光对地。

武则天　狄仁杰,你在想什么?

狄仁杰　什么也没想,恭候陛下垂训。

武则天　我哪里敢垂训你呀,你可是处处在垂训我你知道吗?

狄仁杰　臣罪该万死!

武则天　可我为什么就对你下不了手呢?

狄仁杰　那就请陛下放臣一马,容臣远避山林,布衣瓦灶,永不打扰陛下清净。

武则天　我还真舍不得你这个处处顶撞我的人呢!狄仁杰,别在我面前说那些远避山林之类的话了,我是决不会放你走的。狄相国,这里只有你我二人,你就对朕真情实讲,立何人为太子最为合适?

狄仁杰　看来陛下之意,是要立魏王武承嗣为太子了?

武则天　朕果有此意。

狄仁杰　那就请陛下敛心收意,改弦易辙,断勿铸就大错。

武则天　朕就是立了武承嗣,又错在哪里?

狄仁杰　有道是江山易姓易,子孙易姓难。陛下的儿孙姓李,并非姓武,古今中外,只有儿子祭祀亲生母亲,从未见过侄儿祭祀姑母啊!

武则天　这?

狄仁杰　百年社稷,万载庙堂,于情于理,陛下都不该舍弃儿子庐陵王,而立侄儿武承嗣!

武则天　(有些悲凉)子言颇有道理,但朕最为关心的是大周的江山社稷能否一代一代地传下去。狄卿啊!

(唱)狄相国且听朕的肺腑语,

满腹的隐衷诉与爱卿知。

朕并非只爱侄儿不爱子,

皆只为重不过大周社稷。

大周朝出自刀丛沐血雨,

哪一步不是陷阱与荆棘?

为大周拼争搏杀近半世，
失去了一个女儿两个儿。
武媚娘终成就千古女帝，
刷新了铁册青史、改变个男尊女卑、平了阴阳、
正了规矩、解了乾坤不等题！
新江山新民风来之不易，
靠的是，
泪水铺路，血肉作梯，刀枪平叛，铁腕创基，
收起柔肠换剑戟；
女儿裹上魔鬼衣；
血水洗出新社稷！
每想起当年事心有余悸。
实可叹风华去年暮日西。
不忍心大周朝仅此一世，
不忍心十年血泪化烟飞。
富庶国太平世需要延续，
承江山继遗志全在册立。
因此上我决定立武舍李，
保武周代代相传、世世嫡裔、千载隆昌、
万世稳固大业基。
这就是媚娘我的心腹事，
还望你狄相国相助鼎力！

苏味道仅是一个中书舍人，分量有些轻了，若是狄相国你来领衔请愿，登高一呼，朝野上下必然纷纷响应！武承嗣也会对你感激不尽……

狄仁杰　陛下不要说了，臣断不会领衔请愿！

武则天　狄仁杰，你为何如此固执，全不体谅朕的苦心呢？

狄仁杰　臣问陛下：你仅仅是武姓一家的陛下，还是天下百姓的

陛下？

武则天　朕当然是天下人的陛下！

狄仁杰　臣正是为了天下，才不惜身家性命冒死进谏！臣并非执意反对立武姓的后代为太子，实乃武承嗣缺乏一国之君的气度！

武则天　哦？

狄仁杰　武承嗣为了讨好陛下，作为亲王，竟然给薛怀义、张昌宗等人牵马坠镫；为了排除异己，不惜制造冤狱，滥杀无辜。陛下将天下交与这样的人，能放心得下吗？

武则天　武承嗣虽然缺些帝王之才，但只要有你等这样的忠臣良将辅佐，也可承继大周基业！

狄仁杰　（恳切地）陛下！臣此次巡抚江南，深感人心仍然向往李唐，臣担心陛下千秋万岁之后，真让武承嗣君临天下，天下必然大乱，社稷终归不保，到那时候岂不完全葬送了陛下用血泪拼争来的皇皇业绩吗？

武则天　狄仁杰，你好硬的舌头啊！难道你忘记了狮子骢的故事吗？

狄仁杰　言犹在耳，不敢忘却！

武则天　既然如此，你为何顽固抗旨？你就不怕朕雷霆一怒？

狄仁杰　直言对昏君实难，对明君则不难，陛下并非桀纣之君！

武则天　（有些伤感和无奈）狄仁杰呀狄仁杰，他人在朕面前，都是俯首帖耳，唯命是从，唯有你……

狄仁杰　难道陛下喜欢满朝的文武都成为望风承旨的庸臣吗？陛下！

（唱）非是臣故意不肯顺从你，
臣同样为的是江山社稷。
陛下呀计利当计天下利，
莫怪臣违圣意慷慨陈词！

陛下你倘若册立武承嗣，

怕的是：悖常理，违众意，

天下扰攘干戈起，

误了自己，误了社稷。

万人唾骂千夫指，

陛下你即使后悔也噬脐莫及！

再相逼为臣我唯有一死，

绝不肯望风承旨去附逆！

武则天　好你个狄仁杰，朕说服不了你，可你也说服不了朕。既然你不愿带头劝进，朕只盼你不要带头阻拦，装聋作哑。

狄仁杰　与其装聋作哑，不如悬头国门。

武则天　你？

狄仁杰　为臣告退！（下）

武则天　（有些疲惫地跌坐到凳子上，一声长叹）唉——！

[幕后唱：

密陈独对真懊丧，

怨恨交集满胸膛。

庸臣忠顺无才干，

能臣有才太强梁。

满怀纷忧对谁讲？

谁解最难是君王？

[收光。

五、祸探

[狄仁杰府邸。

[狄仁杰思虑重重，绕室徘徊。

[管家上。

管　家　禀丞相,庐陵王王妃韦娘娘求见。

狄仁杰　韦娘娘?她怎么又来了?

[韦团儿上。

韦团儿　狄相国,看起来您是对我这个不速之客还是不欢迎了?

狄仁杰　娘娘又是为了庐陵王而来吧?

韦团儿　狄相国,庐陵王听说你在朝堂之上面折廷争,反对陛下册封武承嗣为太子,庐陵王特命我前来感谢相国。

狄仁杰　臣是为了天下、为了社稷而争,何谈感谢二字?况且臣意发端全为圣上皇权稳固、江山平安传延,并非受他人之托,请庐陵王万勿曲想妄猜,你快快走去的好!

韦团儿　哟!我韦团儿就这么不受狄相国的待见吗?

狄仁杰　娘娘恕臣不恭,为避奸小之嫌,娘娘还是快快离开为是!

韦团儿　我的狄丞相啊!

(唱)我曾经几次秘密来造访,
你都是讳莫如深不接腔。
今夜晚我又亲自来探望,
谢丞相面折廷争在朝堂。
狄相你在朝野颇有人望,
庐陵王盼望你鼎力相帮。
这一件赤玉琮远古宝藏,
夏传商商传周周传汉唐。
汉高祖爱周勃忠臣良将,
赐玉琮寄圣意视为栋梁。
岁月辗转舟换桨,
赤玉琮有缘归属庐陵王。
庐陵王他命我呈献宰相,

相国府储此宝荣昌吉祥。

薄薄礼寄托着厚厚悬望：

盼望你砥柱中流匡扶李唐！

狄仁杰　韦妃娘娘，你不是给我送玉琮，你是给我送灾祸来了！

韦团儿　狄相国何出此言？

狄仁杰　韦妃娘娘啊！

(唱)有几句肺腑语为臣呈上，

要认清至如今时事非常。

你当知旋涡中忌引潮浪，

怕只怕瓜田中诽谤难防。

劝娘娘，慎来往，

携宝归，原处藏；

贤德懿行助夫君，

大义晓于庐陵王：

奉以孝，忠皇上，

信于君，做忠良。

审其时，度其势，

养其晦，韬其光，

忠孝节义人长久，

大任藏胸勿张扬；

当自信天命将托庐陵王！

[内忽然有人喊："抓窃贼呀！抓窃贼呀！"

[管家急上。

管　家　(慌张地)大人！

狄仁杰　怎么回事？

管　家　有一窃贼贴在大人的窗户之上，被家丁们发现，正要擒拿，窃贼飞奔而去。

狄仁杰　只怕他不是窃贼。

韦团儿　不是窃贼又是何人？

狄仁杰　他们恐怕是为你而来！

韦团儿　(大为震惊)为我而来？

[切光。暗转。

六、拘狄

[魏王府。武承嗣密室。

[武承嗣和来俊臣正在询问一个黑衣人。

武承嗣　韦团儿送给狄仁杰的是什么东西？

黑衣人　是件玉器。

武承嗣　什么玉器？

黑衣人　好像叫什么……赤玉琮？

武承嗣　赤玉琮？那可是汉代周勃家的传世之宝。

来俊臣　(一拍桌子)他们是要狄仁杰学周勃！

黑衣人　狄仁杰拒绝收下，赤玉琮由韦妃带回。

武承嗣　好，你速速把韦团儿秘密抓来，交给来大人。

黑衣人　遵命。(欲下)

武承嗣　慢！

黑衣人　魏王殿下还有什么吩咐？

武承嗣　务必将赤玉琮搞到手！

黑衣人　殿下尽可放心！(急下)

武承嗣　(阴险地笑着)来大人，韦团儿交给你之后，至于你从她那里问出什么口供，那就是你的事了！

来俊臣　(心领神会)殿下放心，就是铁狮子，下官也能叫它说什么它就得说什么。

武承嗣　来大人，要想坐实狄仁杰串通庐陵王，有谋反之罪，还缺少他写给庐陵王的一封密信！

来俊臣　请魏王放心,下官那里有的是铁笔圣手,照着狄仁杰的笔迹这么一仿,不就有了吗?

[武承嗣和来俊臣得意地笑起来。

[收光。暗转。

[武则天寝宫。

[武则天烦躁地徘徊。

[来俊臣面对武则天,躬身奏禀。

来俊臣　陛下,臣有密情禀奏。狄仁杰勾结庐陵王,企图谋反!

武则天　(直盯着来俊臣的眼睛)不可捕风捉影,栽赃陷害!

来俊臣　自从狄仁杰拜相一来,庐陵王之妃韦团儿多次出入狄仁杰之府,近日更是来往频繁。

武则天　狄仁杰德高望重,庐陵王想结交于他,也在情理之中。

来俊臣　昨天夜里,韦团儿竟然将汉侯周勃家传赤玉琮亲手送给狄仁杰,并且特别嘱托:这是庐陵王的圣意。(递上赤玉琮)陛下请看!

武则天　(一惊)赤玉琮?我的亲生儿子是在暗示,要狄仁杰学周勃呢!(仍有所怀疑)来俊臣,这赤玉琮怎么会到了你的手里?

来俊臣　狄仁杰老奸巨猾,不肯收下,故而被臣截获。

武则天　韦团儿现在哪里?

来俊臣　在臣的掌控之中。

武则天　可有什么交代?

来俊臣　韦团儿乃是王妃,没有陛下的旨意,臣不敢动刑!

武则天　(恨恨地)严加审问,速报朕知!

来俊臣　(正中下怀)臣遵旨!(急下)

[武承嗣和丘神勣急匆匆地上。

丘神勣　启奏陛下,突厥可汗率领四十万铁骑,假借匡扶庐陵王复位为名，进犯大周。已经攻陷赵州、定州，占我疆土三千余里！

武则天　匡扶庐陵王复位？

武承嗣　没有家贼，引不来外盗，只怕是我们大周出了勾结突厥的家贼！

武则天　不可穿凿猜忌！

武承嗣　请姑母想上一想，大周是李家的天下还是武家的天下，与突厥何干？他们为何要大动干戈，匡扶庐陵王复位？分明是有人暗中勾结突厥，妄图里应外合，夺取我大周的江山！

武则天　这内贼又是哪个？

武承嗣　是谁身在周武，心在李唐？是谁羯力反对陛下在武氏家族选立太子？又是谁不遗余力拥立庐陵王为太子？

武则天　狄仁杰？（思虑有顷）传文武百官进宫！

令狐忠　文武百官进宫哪！

［众大臣鱼贯而入。

武则天　突厥以匡扶庐陵王复位为名，大举南犯，已经攻占了赵、定二州，诸位爱卿以为如何是好？

丘神勣　臣请陛下任命魏王殿下为河北行军大总管，臣为副总管，辅助魏王殿下，率军出征！

武则天　讨伐突厥既要扬之以威，更要怀之以柔，非有勇有谋者统率不可，承嗣从未率领人马，驱驰过疆场，怎可担此重任？而丘爱卿你勇则有余，韬略不足，亦非最佳人选。

丘神勣　以陛下之见，哪个最为合适？

武则天　狄相国！

武承嗣　狄仁杰？

武则天　狄相国，你看如何？

狄仁杰　陛下，以臣看来，有一人比臣更为合适。

武则天　他是哪个？

狄仁杰　陛下之子，庐陵王！

群　臣　（大出意外）庐陵王？

武则天　庐陵王也从未领过兵，打过仗，怎可率军出征？

狄仁杰　突厥进犯大周，打的乃是匡扶庐陵王复位的旗号，如果陛下让庐陵王率军出征，他们便失去了进犯的口实，我们再晓之以情理，示之以天威，保管突厥不攻自退！

武则天　狄卿竟有如此的把握，突厥若硬是不退呢？

狄仁杰　臣愿以副帅之身，辅助庐陵王率军出征，倘如突厥仍不退兵，为臣定兴兵讨伐！

武则天　这么说主帅非庐陵王莫属了？

狄仁杰　非庐陵王莫属。

武则天　朕若是不准呢？

狄仁杰　副帅之任，臣也不敢担当！

武则天　（勃然变色）只怕你兵权在手，未出国门一步，朕就成为你们的阶下之囚了！

狄仁杰　陛下何出此言？

武则天　你自己心里明白！

[来俊臣兴冲冲地上。

来俊臣　陛下，韦团儿招供了！狄仁杰与庐陵王密谋，借突厥进犯之机，力推庐陵王挂帅出征，一旦兵权在手，他们便可借机行事，恢复李唐王朝！

武则天　狄仁杰，这是韦团儿送给你的赤玉琮，这是韦团儿招供的供状，人证物证俱在，你还有何话要说？

狄仁杰　谁不知道来俊臣是有名的酷吏，刑讯的手段名目繁多？什么定百脉、死猪怨、突地吼……那是无所不用其极。重刑之下，什么供词得不到呢？

来俊臣　你、你竟敢说我是刑讯逼供？

狄仁杰　难道被你刑讯逼供而死的人还少吗？

武则天　不要吵了，按律行事！（拂袖而去）

来俊臣　来人，将狄仁杰押下去严加审讯！

［如狼似虎的武士凶狠地抓起狄仁杰。

来俊臣　（嬉笑着）狄相国，我的十八般武艺这次可要让你好好地品尝了！（脸色陡地一变）带走！

［切光。

七、推心

［令狐忠唠叨着上。

令狐忠　南天晴，北天阴，谁能猜着天子心？俺陛下的心思真难捉摸，她既然把狄仁杰逮进了监狱，自个儿却又一夜一夜地睡不着觉，还叫咱家颠儿颠儿颠儿，颠儿颠儿颠儿……三番五次地去打探狄仁杰的情况。你这个狄仁杰也怪，好不容易见了我这陛下身边的亲信，应该求咱家给陛下捎个话儿，求个情什么的，可他愣是什么话都不说，更上脸的是，竟然让咱家把陛下赐给他的这件锦袍还给陛下。你说他作孽不作孽？这锦袍是什么？是御赐圣品，护身法宝，挡箭金牌呀！眼下正是用得着的时候，可他为啥偏偏要还给陛下呢？唉，这个狄大人，狄相国，人倒是好人，就是叫人摸不着，猜不透，猜不透哟！（下）

［永明宫。上官婉儿捧羹盘从内退出。她放下羹盘，一声长叹。

［太平公主上。

婉　儿　迎公主！

太　平　母皇怎么样了？

婉　儿　还是茶饭不思,夙夜不宁,这碗人参羹动也没动。(密语)陛下还暗暗掉泪呢!

太　平　这样下去她会病的。我再去劝劝她!(欲进内)

婉　儿　(拦住太平)不行公主,陛下情绪很不好,见谁都会发脾气的。除了你向她说狄仁杰!

太　平　我也发现了母亲的心病,她满心想的是狄仁杰呀!

(唱)母皇心头一块铁,
顶心糙心狄仁杰。

婉　儿　(唱)陛下心头一团热,
烧心燎心狄仁杰。

太　平　(唱)既然囹圄锁狂野,
何必深宫饮幽咽?

婉　儿　(唱)恨其强项犟又别,
惜其忠勇满朝缺。

太　平　(唱)寝难安,思不绝,
无眠冷对下弦月。

婉　儿　(唱)用则疑,弃不舍,
贬杀陟黜意难决。

二　人　(唱)思生忧忧生疾乱了昼夜,
爱生疑疑生恨往复无歇……

[令狐忠上。

令狐忠　公主,昭容,请问陛下醒了吗?

太　平　本来就没睡着。

令狐忠　老臣有事奏请皇上。(欲进内)

婉　儿　(拦)哎哎哎——你找没趣吃呀!圣上有谕,谁也不见!

令狐忠　谁也不见,也得见我呀!(又欲进)

婉　儿　你吵什么吵啊?你惊扰了圣上,我们都得受罚!

令狐忠　我这领锦袍必须立呈陛下……

太　平　我当啥了不起的事呢,一领旧袍子,先放一边好了。

令狐忠　这可不是一般的袍子!

太　平　一领破袍子,还有什么二般三般不成?

令狐忠　它是陛下当年赏赐狄仁杰的锦袍。

二　人　狄仁杰!

[内宫突然响起武则天的声音——“令狐忠, 狄仁杰怎么样了? ”

[武则天神情疲惫地走上。

令狐忠　叩见陛下!

武则天　你刚刚在说狄仁杰他怎么样啊?

令狐忠　狄仁杰他还是那个模样,长长的胡须,大大的眼睛,身披枷锁,还挺着腰杆。

武则天　他可曾要求见朕?

令狐忠　不曾。

武则天　他可曾托你向朕求情?

令狐忠　不曾。

武则天　他他他,他问起朕来无有?

令狐忠　也不曾。

武则天　(有些失望)这个狄仁杰,死到临头还要当一个强项令不成?

令狐忠　不过,陛下,狄仁杰倒是让奴才将陛下赐给他的锦袍还给陛下。(递上锦袍)

武则天　什么?将朕赐给他的锦袍……退还于朕?

令狐忠　(呈上锦袍)陛下请看。锦袍上面不但多处破烂,还有血迹呢!

武则天　(认真审视锦袍)血,血,血,这么多的血……

令狐忠　是啊,不知道怎么回事,袍子上都成血了!

武则天　(忽然悟出什么,脸上显现出笑意)朕明白了。

令狐忠　陛下明白什么？

武则天　(含而不露)令狐忠，速将狄仁杰带来见朕！

令狐忠　奴才遵旨！(下)

武则天　我饿了！

[上官婉儿与太平公主一齐高兴地惊呼……

婉　儿　我马上叫御厨准备御膳！

武则天　一个人准备太慢，太平，你也去！

太　平　遵旨！

[太平与婉儿诡诈地对视一笑，跑下。

武则天　(哑然失笑)好一个聪明狡猾的狄仁杰！

[令狐忠搀扶着狄仁杰，镣铐锒铛地上。

武则天　(情不自禁地向前迎了一步)狄……

[狄仁杰仍是不卑不亢……

令狐忠　狄相国，还不快向陛下谢罪求情！

狄仁杰　本就无罪，何须求情？

武则天　(微微一笑)你不要倔强嘴硬，其实你已经向朕求情了！令狐忠，你说是也不是？

令狐忠　这……老奴愚钝，看，看不出来！

武则天　狄相国是用这件锦袍向朕求情的！

令狐忠　用这件锦袍向陛下求情？

武则天　狄仁杰是用锦袍上的伤痕与血迹，向朕昭示他在狱中受的刑讯逼供和严刑拷打！可惜来俊臣这个蠢材竟然不明所以，让你将这样一件重要的东西带了出来。

令狐忠　这么说，狄大人是把来俊臣给耍了？

武则天　(大笑起来)哈哈……可笑武承嗣、来俊臣这些酒囊饭袋，竟然没有看出狄相国的用心。

狄仁杰　臣曾对陛下讲过，严刑之下什么口供都可得到。来俊臣对当朝宰相尚且如此，对他人又是怎样，岂不昭然若揭了吗？

武则天　这？

狄仁杰　陛下再仔细想上一想，臣如今已经位极人臣，即使庐陵王将来继位为君，臣也不过是出将入相而已，若是仅为臣的自身着想，臣为何要反叛陛下呢？

武则天　这？

狄仁杰　陛下，臣正是想用这片片血迹累累伤痕唤醒陛下。陛下，撤掉铜匦，严惩酷吏吧！

［一个将军急上。

将　军　启奏陛下，突厥前锋已经进抵黄河北岸，距神都洛阳只有五百里之遥了！

狄仁杰　陛下，突厥一旦过了黄河，便会长驱直入，震动京畿，后果不堪设想，快让臣辅佐庐陵王出征吧！

武则天　你刚刚受了牢狱之苦，还能率军出征吗？

狄仁杰　臣为了大周，赴汤蹈火，在所不辞！（一阵疼痛，踉跄欲倒）

武则天　（急忙搀扶）狄卿！

狄仁杰　陛下，快快让臣辅佐庐陵王出征吧！

武则天　狄卿，你这个样子，朕怎忍心让你再受军旅之苦啊？

狄仁杰　臣的伤痛事小，大周的江山社稷要紧哪！

武则天　取针线来！

狄仁杰　陛下，取针线何用？

武则天　朕将狄卿打进监牢，让狄卿饱受摧残，锦袍破败如此之甚，朕要亲自将它缝补得完好如初。

狄仁杰　陛下，这万万不可！

武则天　狄卿，不给你缝补好这件锦袍，朕心难安哪！

令狐忠　狄相国，您就别推辞了。陛下几十年都没有拿过针线了，亲自给你缝补锦袍，这是多么大的恩惠呀？快把锦袍脱下来吧！

狄仁杰　(推辞)不不，臣伤痛在身，脱它不下。

令狐忠　不行，一定得脱，不脱下来，陛下如何给你补呢？

狄仁杰　那就不用补。

武则天　不，朕就在狄卿的身上缝补！

狄仁杰　(用异样的目光打量着武则天)就在身上缝补？

武则天　(火辣辣地盯着狄仁杰的眼睛)就在身上缝补！

宫　女　(呈上针线盒奁)陛下，针线到！

[令狐忠给宫女们使个眼色，一同退下。

武则天　狄相国，不要推辞了，请安坐吧！(一针一嗟叹，一线一沉吟)

(唱)进宫后忘记女红与针奁，
蓦回首恍如隔世几十年。
今日里重操旧业绗针线，
胸臆间百感杂陈欲潸然。
我曾是女儿身多愁善感，
我曾是袅娜娉婷一婵娟；
我也曾触景伤情柔肠断，
我也曾小鸟依人态娇憨；
我渴盼女爱男欢长相伴，
我渴盼儿女绕膝天伦欢。
恨苍天把我送进深宫苑，
儿时的五彩幻梦化云烟。
只留下石榴红裙留想念，

[一条红胜火、艳如霞、美轮美奂的石榴裙飘然而至。

武则天　(深情地捧起石榴裙，紧紧贴在脸上)

(唱)我让它朝夕相伴在身边。
至如今，

石榴裙如霞胜火仍娇艳，
实可叹，
武媚娘已无当年旧容颜。
倘若是时光轮回可倒转，
我甘愿，抛权势，舍金钱，
换回我豆蔻年华若许年。
狄爱卿千万莫把媚娘怨，
你应知女人理朝何其难？
不是我性残忍杀伐决断，
实担心强梁臣跋扈刁蛮。
因此我才使用霹雳手段，
误伤你狄相国盖世英贤。
我给你亲自缝衣今夜晚，
也向你敞开我良苦心田。
缝一针，一阵酸，
走一线，一阵咸，
手儿抖，心儿颤，
心颤手抖不服管，
针与线，君与臣，君与臣，针与线，君君臣臣、
针针线线紧牵连。
盼望你抛开个人恩与怨，
盼望你一如既往释前嫌。
与媚娘同舟共济长相伴，
将大周千斤的重任与朕分着担！

狄仁杰　（唱）难得见陛下她披肝沥胆，
借缝衣倾诉了肺腑之言。
女帝王如常人意浓情酽，
顿使我死灰心重燃火焰。

有道是烈汉堪为知己死，
狄仁杰为君碎身无遗憾！
陛下呀！
狄仁杰自小啸誓立宏愿，
守庙堂辅明主将社稷安。
效诸葛鞠躬尽瘁抱负展，
学周公吐哺推食忧黎元。
可叹这时光不予人方便，
我已是花甲身风烛残年。
满怀的报效心志大时短，
空留下许多遗憾与惘然。
征突厥是为臣最后请战，
倾余勇燃余威平靖狼烟。
或将热血溅突厥，
马革裹尸葬边关；
或举旌旗唱凯旋，
老马识途班师还。
到那时，我的陛下呀！
不请功，莫加官，不求封，禄不添，
只求故乡一宅庵；
十亩耕地、一片林园、半湖藕荷、妻小膝前、
盼一个狐死首丘安度晚年！

武则天　怎么，狄卿征讨突厥得胜之后，要辞官归隐？

狄仁杰　臣已是风烛残年，早该辞官了。

武则天　狄卿贵庚几何？

狄仁杰　臣六十有八。

武则天　朕七十有三，比狄相国还大上五岁，你又怎敢说老呢？

狄仁杰　陛下驻颜有术，看起来倒是较臣年轻许多。

武则天　你是为大周所累，为媚娘所累呀！

狄仁杰　陛下……

武则天　狄卿，脱下锦袍看上一看，朕在上面绣了些什么？

［狄仁杰赶忙脱下锦袍审视。锦袍上十二个金色大字赫然醒目，“敷政术，守清勤，升显位，励相臣”。

狄仁杰　“敷政术，守清勤，升显位，励相臣”，陛下，这……？

武则天　朕不仅不准你辞官归隐，还要将你升为首席宰相，摄理朝政！

狄仁杰　陛下，老臣确实感到年迈体衰，精神不济，还是将这样的高位授予年富力强、德才兼备之人吧！

武则天　朕赐给你这十二个金字，不仅是对爱卿一人的表彰，也是为了让你做文武百官的表率呀！狄卿，辞官之事再莫要提起，朕也是来日无多，你就陪伴着朕走完这最后一程吧！

狄仁杰　陛下……

武则天　狄卿，朕曾经写过一首《如意娘》，你可曾读过？

狄仁杰　陛下说的可是宫内宫外广为传诵的《如意娘》么？

武则天　“看朱成碧思纷纷，憔悴支离为忆君……”

狄仁杰　“不信比来长下泪，开箱验取石榴裙”。

武则天　看来你读过了，感谢你还背了下来。

狄仁杰　可我一直不敢相信它是陛下所写。

武则天　为什么？

狄仁杰　因为……

武则天　因为它缠绵悱恻，柔情似水……

狄仁杰　活脱脱一个小儿女、情种丫头……（忽觉失口，掩口）

武则天　我就是想叫你把我当成个小儿女、情种丫头！狄卿啊！你可知诗中“憔悴支离为忆君”的“君”所指何人？

狄仁杰　为臣不知。

武则天　朕这一生杀掉的男人无数,喜欢的男人无数,阅历过的男人更是无数。然而,在朕的内心深处,真正的男人只有两个。

狄仁杰　这一?

武则天　乃是先帝太宗皇帝。太宗皇帝胡须上挂得住弓箭,肩膀上担得起日月，开创了贞观盛世，让天下百姓广受恩泽。因而对他的杀兄害弟之举,后人并未呶呶不休,说短道长。

狄仁杰　陛下你视民如伤,恩泽天下,深得百姓拥戴。因而,陛下虽然杀了一些王公大臣,平定了一些反叛,并未动摇大周的根本,其功其业,毫不逊色于太宗皇帝!

武则天　狄卿不想知道第二人是哪个吗?

狄仁杰　(有所预感)陛下不讲也罢!

武则天　看来这第二人你早已猜到了?别的男人因为心内有私,狗苟蝇营，图财谋利，因而在朕的面前一味地望风承旨,唯唯诺诺;唯有狄卿你心存社稷,公而忘私,这才处世坦荡,不卑不亢,数次顶撞于朕。越是如此,朕越是敬重于你呀!

狄仁杰　陛下,庙堂之臣,理应如此!

武则天　狄卿,莫再叫朕陛下好也不好?

狄仁杰　不叫陛下,让臣怎样称呼?

武则天　你敢不敢叫我一声媚娘?

狄仁杰　这?

武则天　我也叫你一声怀英?

狄仁杰　(失口而出)不,媚娘……啊不,陛下,臣慌急之中,失口了!

武则天　朕最爱听的,还是儿时的名字——“媚娘”!你就多叫上几声吧!

狄仁杰　人越是上了年纪，越是怀念儿时的光景！

武则天　怀英，你倒是叫啊！

狄仁杰　（惶恐无状）陛下，臣实在叫不出口，还是称呼陛下的好！

武则天　怀英啊！

（唱）叫声陛下太冰冷，
称呼圣上太乏情。
我也是女儿之身多情种，
也渴盼世间真情共死生。
我盼哪，有一人终身可托祸福共，
我盼哪，有一个坚实臂膀作支撑。
惊噩梦孤衾难耐五更冷，
听到那猫儿叫春也心惊。
莫笑我年迈轻狂仍任性，
噩梦醒多次唤你狄怀英。
你与我已无多少好光景，
莫辜负自己真性情。
善自珍摄多保重，
生命之舟共扶撑，
度完这来日无多的余年残生。

狄仁杰　陛下！

［一将官上。

将　官　启奏陛下，突厥赶造舟船，准备强渡黄河！

狄仁杰　陛下，快让臣辅助庐陵王率军出征吧！

武则天　（精神一振，又恢复了刚毅果敢的神态）令狐忠传旨，封狄仁杰为河北行军大总管，节制所有兵马，讨伐突厥！

令狐忠　奴才遵旨！（匆匆下）

狄仁杰　谢陛下！

武则天　（深情地）走，朕亲自送怀英你上马出征！（搀扶起狄仁

杰)

狄仁杰　(诚惶诚恐)陛下!

[收光。

八、投简

[雷霆万钧的鼓乐中，展现出盛大的歌舞场面——力士、舞女与乐手们正在演练盛大的欢迎仪式,准备迎接平定突厥的王者之师凯旋归来。

[幕后合唱:

十万王师显天威,
哓哓突厥退漠北。
捷报连三悦万岁,
隆典喜迎狄公归。

婉　儿　启禀公主:迎师大典操演完毕,请总指挥指令!

太　平　好! 暂时休息!

婉　儿　(向众人)休息待命!

[众下。

太　平　(唱)狄仁杰果然是文才武俊,
领王师荡漠北挥戈如神。
驱突厥七百里偃旗熄烬,
收降表纳岁贡归附称臣。
捷报飞快马传满朝振奋,
喜坏了万岁爷我的母亲!
母皇她捧捷报喜泪难禁,
失口连连唤狄君;
七十颜面返红晕;
翻箱验取石榴裙!

看起来：花枯并非蕊不嫩，
人老并非无少心。
母皇数月不安枕，
唯唯牵念靖边人。
牵念他不避凶险临军阵，
牵念他晓风夜露寒霜侵。
牵念他胜败吉凶难测问，
牵念他年高体衰多病身。
终盼到胜利班师大功竣，
母皇她三千彩带遮宫门。
罢朝五日备庆典，
亲拄龙拐迎归人。
笙磬弦管十方阵，
漫天放歌石榴裙！

［幕后合唱：

看朱成碧思纷纷，
憔悴支离为忆君。
不信比来长下泪，
开箱验取石榴裙。

［武则天一路笑声上。令狐忠、婉儿随上。

武则天　哈哈哈哈……她们唱得是越来越好听了！

太　平　那还不是因为母皇的诗写得好嘛！

婉　儿　为唱好这首《如意娘》，她们整整练了七天了！

武则天　就是要唱好，迎接仪式上，我要叫狄相国听到他最爱听的歌曲！

［二人交换眼神，笑。

［一将官飞身而上。

将　官　启奏陛下，班师大军滞留太行，难以行进！

武则天　却是为何？

将　官　狄相国日夜操劳，积劳成疾，班师途中，身染重病！

武则天　你待怎讲！？

将　官　狄相国身染重病，危在旦夕！

武则天　你你你，你再探！（将官下）

武则天　预料中的事，终——终于发生了……令狐忠，速命太医院派最好的御医赶往军中为狄相国诊治，挑选最快的快马，时时向朕禀报狄相国的病情！

令狐忠　遵旨！（急下）

武则天　宣：白鹤山神僧胡超进宫！

众内侍　圣上有旨：胡超进宫哪！

［一身高僧打扮的胡超上。

胡　超　白鹤山僧胡超参见陛下！

武则天　神僧胡超，快快帮我！

胡　超　陛下何事惊慌？

武则天　是朕听信奸佞谗言，加害忠臣狄仁杰，使他病危凯旋之途。你快为朕告天赎罪，保佑我的栋梁之臣吧！

胡　超　既然如此，陛下速制除罪金简一袭，投献嵩山天中王，敬乞保佑！

武则天　就委神僧速办此事！

胡　超　领旨！（下）

武则天　令狐忠，速速整饬仪仗，摆驾神岳嵩山！

众　人　（不解）摆驾嵩山？

武则天　朕要亲登嵩山，求神灵为狄相国禳灾降福，益寿延年！

［切光。暗转。

［雷声隆隆，大雨倾盆。

［嵩山驿道。皇家仪仗浩荡，军乐阵阵，直奔嵩山。辇车

周围男女侍卫跌爬翻滚,极尽壮美。

[一个穿着红色衣盔的将官飞身来报。

将　官　启奏陛下,狄相国病情加重,水米难进!(匆匆下)

[骤然间,《如意娘》的歌声在山间回响,空谷传音。

[仪仗行进如旧。

[又一个穿着白色衣盔的将官飞身来报。

将　官　启奏陛下,狄相国病情加重,昏迷不醒!(匆匆下)

[武则天辇车内唱:“车如水,马如龙,犹嫌太慢——”

武则天　(唱)朕率领满朝文武众百官,

浩浩荡荡登嵩山,

为的是求地告天,

为狄卿除病降福,益寿延年。

武媚娘满腹悔恨满腹怨,

悔与恨麻麻杂杂难排遣。

怨自己糊涂昏瞶信谄陷,

竟然让社稷之臣受摧残。

怕的是噬脐莫及悔已晚,

怕的是栋梁摧折难回天。

来到了嵩山巅祷告祝愿,

求神灵佑狄卿转危为安。

亲手笔写下了《除罪金简》,

求神灵降罪媚娘武则天!

[白鹤山僧胡超捧上《除罪金简》。

武则天　(接过金简,肃穆诵读)“上言大周国国主武曌,好乐真道长生神仙,谨诣中岳嵩山高门,投金简一通,乞三宫九府除武曌罪名! 中岳嵩山诸位神灵,狄仁杰乃我大周栋梁,卫国干城,即使折损武媚娘十年寿命,也要挽救狄相国的性命啊!”

［武则天投简于谷，群山发出神秘的轰鸣之声……

武承嗣　(跪倒)陛下乃九五之尊，万不可求神灵降罪于自身哪！

群　臣　(跪倒相求)万不可求神灵降罪于陛下呀！

［“报——”一个蓝盔将官飞身而报。

将　官　启奏陛下，狄相国病情加重，已经处于弥留之际！

［众人大惊失色：“啊！”

武则天　(痛心疾首地)苍天哪，神灵！你难道真的要摧毁我大周的栋梁柱石吗？

群　臣　陛下保重！

武则天　拿剪刀来！

令狐忠　陛下要剪刀何用？

武则天　朕要割发代首，祈求神灵保佑狄相国！

武承嗣　身体发肤，受之父母，即使是凡夫俗子，轻易毁伤，便是不孝。何况陛下乃九五之尊，一国之主，万万不可毁伤啊！

武则天　只要能挽回狄相国的性命，莫说是一缕头发，就是折掉朕的十年阳寿，朕也在所不惜！(不容置疑地)拿剪刀来！

［令狐忠极不情愿地递过剪刀。

群　臣　(再次请求)陛下，万万不可呀！

武则天　(毅然决然地剪下一缕头发)将头发放到祭坛之上。

［来俊臣急匆匆地上。

来俊臣　启奏陛下，据密探探知，狄仁杰暗中勾结突厥谋反！

武则天　你说什么？

来俊臣　自从狄仁杰率军出征那一天起，臣就派人暗中监视，他的一举一动俱在臣的掌握之中！

武则天　可有真凭实据？

来俊臣　突厥不战自退，便是证据！

武则天　不战而屈人之兵，这正是狄仁杰恩威并用的过人之处！

来俊臣　这？

武则天　狄仁杰如果真的想谋反，为何不与突厥和兵一处，杀回神都？

来俊臣　这？

武则天　他为何又让突厥撤兵漠北？世上难道有这样的谋反之人吗？

来俊臣　这？这？这？

武则天　朕让你执掌刑狱，是让你搜捕真正的谋反之人。谁知你竟然大兴告密之门，制造冤狱，残害忠良。狄相国若不是受你所害，怎会带病出征，身染重病？你坏我长城，摧我栋梁，朕岂能容你？来人哪，将来俊臣关进大牢，重重治罪！

来俊臣　（慌忙奔到武承嗣面前哀求）魏王救我！魏王救我！

［“报——”一个身穿白色盔甲的将官飞身而报。

将　官　启奏陛下，狄相国他、他……

武则天　（急不可耐地追问）狄相国怎么样了？

将　官　（泣不成声）狄相国他——他病逝了！

武则天　（悲痛难支，摇摇欲倒）狄——卿——

众　人　陛下节哀保重！

将　官　（捧上锦袍）狄相国让臣将陛下赐予的锦袍还给陛下！

［幕后伴唱：

赐锦袍，还锦袍，
袍上泪痕一条条。
着袍之人今去了，
万物戴孝悲寂寥。

武则天　狄相国临死之前可有遗言？

将　官　狄相国临死之前言道，即使到阴间作千秋雄鬼，仍然魂系大周，忠于陛下！

武则天　(手捧锦袍，如睹故人，声泪俱下)狄卿啊！

(唱)着袍之人今去了，

悲泪如潮声嚎啕。

捧锦袍，如睹狄卿旧容貌，

欲断肠，不见故人空余袍。

捧锦袍，阴阳悬隔云路杳，

再相见，除非幽梦将魂招。

捧锦袍，匡世之才哪里找？

狄卿啊，你将媚娘中途抛。

捧锦袍，轻抚慢抹紧紧抱，

似闻到，狄卿英气尚未消。

征尘弥漫仍缠绕，

见证狄卿勤与劳。

金色大字仍完好，

可惜无人披将袍。

狄卿你中道捐弃别武曌，

从此后安国大计向谁讨？

将　官　狄相国还有遗言奏于陛下！

武则天　讲！

将　官　一、请赐庐陵王为武姓，立为太子，以安天下臣民之心！

二、撤去铜匦，严惩酷吏，以恩德治天下！

武则天　好，狄相国鞠躬尽瘁，死而后已，至死不忘大周的江山社稷，准其所奏！

群　臣　(山呼)陛下圣明，万岁！万岁！万万岁！

[山响谷应。

武则天　追赠狄仁杰为梁国公，罢朝三日，隆重祭奠！

群　臣　(又呼)万岁！

武则天　(手捧锦袍,柔肠寸断,情不自禁地轻呼)怀英啊——

[幕后合唱:

看朱成碧思纷纷,
憔悴支离为忆君。
不信比来长下泪,
开箱验取石榴裙。

[幕徐徐闭。

[剧终。

(本剧系与贾璐合作)

历史神话故事剧

卷二 / 美兮洛神

Mei xi luo shen

DRAMA COLLECTION

人　物　洛　神　传说中人祖伏羲的女儿,“淹于洛水，为洛神”。居伊洛水府(今河南巩义洛口衔接黄河之处),理天下水韵。

宓　妃　洛神的前身。伏羲(亦称宓羲)与女娲的女儿,昵称宓儿。为平河伯之肆虐,佑先民之社稷,投身狂涛,感地动天,西王母赐封河洛水神。

甄　妃　洛神的化身。人生情缘历三千年尘封时阻而终难割舍,一念之引,再蹈人世,寻寻觅觅,喜喜悲悲,品真爱之苦,嚼痴情之痛,前生今世孽缘相类足醒世人堪劝醉人。

曹　植　曹子建,曹操第四子,昵称植。洛神的发现者,《洛神赋》的作者。东汉建安才人,“言出为论,出口成章”。封号陈王,后贬为安乡侯。与甄妃发生一段震惊朝野的生死恋情。

魏　王　曹丕。曹子建之兄,曹操次子,字子桓,被立为世子。继操袭位为魏王,后代汉称帝,都洛阳,国号魏,建元黄初。魏王内宠如云,却独钟甄妃,与弟曹植共演争艳宫史。

伏　羲　上古人祖,盘古开天时代的部落首领,宓妃的父亲。

根　郎　上古壮士、乐圣,宓儿的恋人。

河　伯　传说中的伊洛魔圣，狂放奢色，擅兴洪水为赌,掠美为乐。

司仪长、令官、六笛手、幼嫔、老嫱、幼鳝、老蟹、部落群众、众女神、众部勇、众水魅

编导者的话

美神者谁？人们多会想到古希腊神话中的阿芙洛狄特，想到维纳斯。但是，中国的美神要比前者早出千年之久，美出万分之艳。那就是汉代文学家曹植眼中看到的、笔下写出的、在伊洛黄三河交汇之处的洛口发现的那尊水面游弋的洛神。

曹子建在《洛神赋》中只顾激动地写她的美，写他的爱，写他的恋，没来得及交代洛神的身份来历、秉性气质、宗裔家世，也没透露洛神何以与他当年的恋人甄妃酷似！曹子建的遗憾，便是本剧为之打造的趣旨。

本剧的叙述方法是"复式"的：远古的伏羲时代与汉末的三国时代将同时出现在舞台上，交错进行，叠合分拆，为的是向您讲清洛神的亘古私秘，纵览这位东方美神奇妙而又深邃的演化过程——七千年前的伏羲与女娲生了一个女儿叫宓妃。宓妃的美，直令根郎与河伯俩兄弟演绎了一场惊天动地的夺美之战；三千年后的曹魏之宫，又出现了一个甄妃，甄妃之美，又令曹植与曹丕俩兄弟演绎了一场手足反目的夺美之争。这种前因后缘、折转轮回，使我们看到了一种异彩纷呈的宿命之美。剧中的双双兄弟战也好，争也好，其实都与美相悖，都与美相抵。在美的洇濡下，战和了，争平了，一切归于和谐美好。这就是本剧呈现给大家的三位一体的洛神的纯美之象。

感言：

《洛神赋》写过两千年了，但洛神一直沉睡着。我们刚刚把她唤醒。从赋到戏，是美与美的转换：前是沉睡的美，后是醒来的美。

我们探索着。我们也聆听着您的观剧后回音。

[汉末。魏地。洛口——伊洛二河在此交汇注入黄河。这是大河最为温润神秘之处,如同女性孕育生命的腹脐,大地玄牝之门——波浪,水雾,云霞,天水一色,古木参天,岸芷汀兰, 郁郁青青。

[临江岭崖之上,曹植席地而坐,怀抱一支精美的骨笛,痴痴地望着远方……

[幕外合唱:

天下美神驻伊洛,
香裾玉趾凌碧波。
何以唤得仙影现?
子建骨笛相思歌!

[曹植动情地举起那支晶莹闪亮的骨笛,他将嘴凑近吹孔,如同吻一纯情少女般地小心谨慎——笛声响起,那美妙的旋律荡漾升空,缭绕不绝,直令万类入醉。

[笛声中,水汽蒸腾,浪花涌溅,一群风姿绰约的仙女瞬间出现,他们凫涛踩浪,凌波起舞。笛声如诉,一面巨大的旋涡绽开,众仙女涌向旋涡中心,一尊美丽的女神芙蓉出水,冉冉上升。她就是我们的洛神,她的身体在水波之中如珍珠般温润而炫目, 窈窕腰肢如水流般起伏跌宕,她站起身,融进五色光海之中,她的扬手举足都是天色绚烂的光漪,都是水流中动人的旋涡。

曹　植　(唱)美! 美! 美! ——芙蓉出水,
艳! 艳! 艳! ——晶莹灿烂。

翩然若惊鸿，宛然若游龙。
娇然云蔽月，飘然风回雪。
悠然如梦幻，嫣然荡情澜！
美神啊！
候塌河岸又一见，
可否屈尊稍留连？

洛　神　（唱）天地人神相隔远，
万种风情已了缘。
澎湃激情藏水府，
无尽思念储广寒。
伊乃一声唤子建，
水陆如邻两相安！

曹　植　（激动万分）是我的耳朵听错，还是你的朱唇误启，你在唤我子建？

洛　神　君临伊洛的常仙，知天察地的水神，还会出错吗？子建呐子建！

曹　植　天哪！是她在唤我，确定无疑！我的名字只用滑过她的香舌，吐自她的皓齿，我便死而无憾了！可是，我的美神，你怎么会认得我？

洛　神　因为你的骨笛！你不觉得你是在吹奏一支世间最古老的神器，播扬一曲催醒三界万物灵性的旋律吗？

曹　植　这么说，你就是我的甄妃了？我的萧萧，我的爱，我生命的极地！我竟然还能见到你！

洛　神　（笑出声来）难得您痴情一片，可是你——认错人了！

曹　植　不，你就是我的甄妃，只有我的甄妃，才听得懂我的笛声，知道我这支骨笛的神秘来历！我明白你是美神，你从天上来，你从水中来，你有主宰万物的能力。可是你和我的甄妃浑然相似，你的眼睛，你的睫毛，你的酒靥，你的美人痣……你为什么这样像她？我乞求你一定要告诉我！天神的慈爱悲悯之心一定会促使您轻启秀口，燕语嘤嘤，用温柔甘甜的回答滋润我枯竭皴裂的心田！

洛　神　(嫣然一笑，从曹植手中取过骨笛，临风而舞，飒然而赋，美韵飘扬，万籁俱和)

[伴唱：伊洛河水浪成排，
神女乘兴敞情怀。
骨笛一声越百代，
千古往事入梦来！

[收光。

[上古。伏羲时代。洛水岸边，部落社场。舞台中央高高石台上，站立着一位银须飘洒的长者，慈祥而威严，他是伏羲。社场中间站满人群，一些年轻人手中拿着各式各样的笛子，兴奋而又紧张地等待着什么。……这是上古时代的一次选婿仪式，伏羲帝要为他的女儿宓妃挑选一位如意郎君。只不过选婿方式有点特别，采用的是"笛声选婿"。

伏　羲　(唱)鸿蒙一算，
混沌一滤；
开天辟地，

众　人　伟哉伏羲！

伏　羲　(唱)荡蒿莱，斩荆棘，
筑家园，创社稷。
笛声选婿破天举，
当为爱女披嫁衣——宓儿走来！

[羽帕遮面、轻革裹身、袅袅婷婷、美不胜收的宓妃，手捧骨笛，出现于众人之中。那支神秘的骨笛置于一张荆

盘之上,上以锦羽覆盖。二侍女拂落锦羽,一支晶莹灿亮的骨笛露了出来。宓妃珍爱万般地托起骨笛,光芒四射——众人一片唏嘘。

众　人　骨笛?骨笛!骨笛……

宓　妃　(唱)这支笛女娲之手留印记,

这支笛钟灵毓秀秉天密。

这支笛清音抑扬通神语,

这支笛七孔张合寓玄机。

这支笛母铸父传传于宓,

这支笛高邈成孤无相匹。

伏　羲　皎洁的月亮依仗太阳相伴才能光源不尽,大鹏的身躯凭借双翅的托举才能翱翔万里。我喜爱音乐的女儿,希望有音乐才人相傍,这支神奇的骨笛应该有它更神奇的伴侣。我相信,他就在你们中间,她和他就是华夏族群最玄妙而又最神奇的一段旋律!你们吹吧!你们比吧!你们各显身手吧!

司仪长　(放声长吆)宓——妃——选——婿,决——胜——于——笛,开——奏——喽——!

[执笛乐手们情绪激奋,一齐围向宓妃。宓妃向乐手们微微颔首,玉腕轻举,吹起骨笛。乐手们几乎同时举起各式各样的竹笛,紧步其后,互不相让,奋力吹奏应和——结果形成一片不谐和之音——宓妃听不下去,她停了吹奏,趋避前行。而身后的应和者仍然紧追不放,更加卖力地吹着赶着……

[突然,人群中一个黑衣人跳了出来,他是河伯。他半脸面具,暴怒异常,旋身拨退了宓妃身后追随着的乐手们,然后举起竹笛,向着宓妃动情地吹奏,倾情讨取宓妃的好感与欢心。然而那乐曲一出,却如芒刺伏身,又

如狂蜂扑面，令听者坐立不安，甚至连树木花草也抖动不已。人们纷纷躲避。宓妃亦捂起耳朵欲逃……

[恰此时，一曲婉转而飘逸的笛声响起，犹如一支陡发的穿透力极强的光箭，射碎了河伯笛声的聒噪，瞬间熨平了听众心头的不安与焦灼。人们扭头寻望——只见一个翩翩少年赋笛而来，他是根郎。根郎的吹奏立刻吸引了众人，尤其引起了宓妃的注意，她眼光闪动，注视着根郎的到来。二人走在一处，一吹一舞，一舞一吹，而后二人合奏，天籁之音谐鸣，万物生机勃发，万众陶醉其中，花草树木亦翩跹起舞。天地一派和谐。

[宓妃与根郎的对唱：

宓　妃　(唱)久盼的韵，久盼的音，
清洌婉转摄人心。
技法精妙旋律美，
笛声可爱人可亲。

根　郎　(唱)高贵的人，高贵的心，
伏羲帝家名千金。
梦中仰望亦非分，
岂料笛声动佳人！

宓　妃　(唱)魁梧健壮显英俊，
托付终身当此人！

根　郎　(唱)若获美人一眷顾，
结草衔环报天恩！

宓　妃　(唱)举笛邀君调双韵，

二人合　(唱)双人一笛结同心！

[二人相携，宓妃着唇，根郎赋孔，一支骨笛在二人的合奏下，和谐而悠扬的笛声响遏行云，萦绕宇宙，直令日月屏息驻足……

众　人　(唱)哇！哇！哇！哇！

同心同笛奏神韵，

宓妃根郎成大婚！

[突然间，暗中的河伯窜出，扑向宓妃。宓妃急躲，根郎护佑。

伏　羲　他是何人？

众　人　(齐声质问河伯)你是何人？

河　伯　执掌伊洛江河的神灵、拥有无边魔力的河伯！

根　郎　哥哥！

曹　植　(从第三空间走出，愤愤不平地参与质问)他是你哥哥？蒙面人，你的笛声令大地颤抖，你的为人使族亲羞愧，你的嫉妒之火使明净的天空顿时乌烟滚滚，你应该远远让开！

[在曹植的激奋话语中，远古场面逐渐消失。洛神出现在他的面前。

洛　神　(轻轻吟唱)

自古完美不久留，

并蒂花开霜盖头。

甜甜葡萄酿苦酒，

快乐稀少烦恼稠。

曹　植　你是不是在向我暗示，宓妃和根郎的完美结合遭遇了令人惋惜的挫折？

洛　神　我是说，他与你的亲哥哥、那位贪婪而又嫉妒的弄权者曹丕十分相像！

曹　植　你说得真对！啊，他来了！

[时空跳接——后汉军营。五官中郎将曹丕出现。

曹　丕　(唱)金鞍银镫千连驹，

烽火沙场任驰驱。

汉祚凋零大魏替，

三国英雄属曹丕！

曹　植　哥哥，父王有令，请放甄氏！(呈上曹操手谕)

曹　丕　(展手谕)“放甄氏”？(问令官)有个甄氏吗？

令　官　不错，有个叫甄氏的小媳妇。

曹　丕　带上来！

令　官　(向后喊)带甄氏！

［侍卫押甄妃上。甄妃一挂轻纱蒙面，手托骨笛，使人想起宓妃初登场的造型。

曹　丕　三弟，她就是你要的人吗？

甄　妃　(径直走向曹植，敛衽相拜)多谢陈王二次救命之恩！

曹　植　(急搀扶)快快请起，又让您受惊了！

甄　妃　洛口神祠相救，已如再生；今又刀下还命，大恩三生难偿！

曹　植　洛口分别，我一直担心您的路途安危呢！

甄　妃　(呈上骨笛)多亏了千岁的笛子！有您的御笛在手，所到之处，礼迎礼送，畅通无阻。(跪还)请收回您的宝笛吧！

曹　植　你若喜爱，就留在身边吧！

甄　妃　我真真舍不得让它离开我半时半刻呢！

(唱)玉质骨笛握妾手，

暖意裹身春潮流。

绝望罩顶堪得救，

悲苦萦心遣得愁。

悬崖当前觅得路，

灾星临头脱得忧。

最喜玉笛和风奏，

心如静海泛爱舟！

[宓妃吹起笛子,清音腾空而起。

曹　植　(惊喜不已)她,她竟然也会吹笛子? 太美妙了!

曹　丕　(怦然心动)好一个妖冶诱人的美夫人!

曹　植　(唱)红酥手,樱桃口,

玉指飞舞美韵流。

心中情意曲中有,

旋律相合意相投。

曹　丕　(唱)红酥手,樱桃口,

玉指佻挞如鱼游。

美音钻心入骨肉,

浪浪欲火荡心头。

甄　妃　陈王千岁!

(唱)洛口遇难君相救,

今又囚牢把命留。

浑是有缘频聚首,

千岁呀! 恳求您收下奴婢做丫头!

曹　植　不不不!

(唱)君为名门闺中秀,

岂能屈身做婢奴?

门外车马已备就,

速速归家了乡愁!

曹　丕　(唱)停停停! 不做奴婢做贵妃,

魏王宫自有金屋藏娇楼。

企望丽人随我走,

保你富贵无尽头!

甄　妃　(唱)愧愧愧! 甄娘命薄属苦柳,

富贵沾身一旦休。

恳求子建送我走——

[甄妃拉起曹植往外走去；曹丕使眼色，禁卫横戈拦道。

曹　丕　(唱)大军帐岂可容尔信步游？

你有来无回头！

曹　植　(唱)哥哥呀！甄娘不愿勿强求，

曹　丕　(唱)她本是叛臣家属该杀头！

甄　妃　(唱)万般风雨经受够，

笑不惧死，岂怕杀头！

请动手！

曹　植　(唱)尊兄啊！您当念父王赦令施宽厚——你要宽厚！

(再示旨令)

曹　丕　(唱)将在外，君命有不受，孺子该罢休！

甄　妃　(唱)久闻知曹丕寡情似殷纣……

曹　植　(唱)看起来他要施暴夺娇柔！

曹　丕　(唱)甄氏女——不愿做妃，你就再做囚！

带下去！

曹　植　(唱)莫莫莫——你何必凶狠对女流？

求兄高抬手！

曹　丕　(唱)快闭你的口！

曹　植　(唱)我去报父王！

曹　丕　(唱)此处无自由！

曹　植　(唱)你好狠毒！

曹　丕　(唱)你迂腐透！

曹　植　(唱)你似暴君！

曹　丕　(唱)你是妖树！

曹　植　夺！

曹　丕　抢！

曹　植　争！

曹　丕　扣！

曹　植　(唱)拼死要把甄娘佑——

曹　丕　(唱)笑煞老三枉风流！

带走！

[侍卫押甄妃下。

合　唱　演一场沙场夺美、军帐争艳、兄弟阋墙、装点了汉宫秋！

[切光。

[一团晕光簸荡,似有似无,似形非形,其中有歌。

声　音　(唱)我是莲藕君是泥,

泥裹莲藕两不弃。

泥沉塘底埋污垢,

莲出碧波擎芙蕖。

藕白如雪洁如玉,

丝丝线线连着泥！

[观众渐渐看清了:那是洛神在唱。而曹植就在他的对面。

曹　植　你唱的完全是甄娘的诗句,我的美神！你是从哪里得知的？

洛　神　你应该知道,我是无所不知的。

曹　植　我哥哥曾经咒骂我这支笛子是妖笛！无所不知的美神,它真是妖笛吗？

洛　神　妖吹则成妖,神吹则成神。神妖之间,一善一恶之分,一爱一恨之别。仅此而已。

曹　植　我哥哥还说我是妖树所变！我太苦恼了,他怎么能如此诬我？

洛　神　不必在意。你倒应该先告诉你哥哥另一个故事,一个妖魔把人变成树的故事……

[洛口坪岸。远处可见开阔的河面。

［一个古老的婚庆场面在此举行：鲜花铺地盖天，人们吹着画角，奏着筚篥，手之舞之足之蹈之。根郎和宓儿被围在中间，羞涩而甜蜜。

［幕后合唱：

花开如潮连彩棚，
根郎宓妃大婚成。
拜天拜地拜人圣，
双连酒壶立誓盟。

司仪长　(喊)拜天喽！——拜地喽！——夫妻互拜喽！

［随着喊声，宓妃与根郎在众人簇拥下行拜祝之礼。

司仪长　(喊)共进连心酒喽！

［伴郎伴娘捧过一尊双连壶(此壶应模拟郑州大河村出土的那尊五至六千年前的文物双连壶)，宓妃与阿根耳鬓相并，共同捧起双连壶幸福地饮酒……

司仪长　(喊)同吹长久笛喽！

［根郎双臂环抱着宓妃，执笛在手，掌控着笛孔；宓妃着唇于吹孔，轻舒气息，一线美妙的旋律绵延缭绕……

［被笛音沁润得如痴如醉的人们纷纷跳起原始而勃情的舞蹈，缠绵而美妙……

［突然，闪电划过，霹雳响起，江河顿涌浪涛，洪水暴涨，一片山呼海啸的恐怖之声。

［幕后有人大呼："河伯发威啦！快逃啊！"逃难的人们奔突而上，冲撞着、奔逃着、呼叫着，婚庆场面在大乱中压光隐没。

［河伯出现于汹涌的浪涛之中，众水魅簇拥着河伯，挥蛇袖以兴风，舞鳄衫而作浪，蟮齿蟹爪，推波助澜；蚌身鲵影，穿梭翻剪。

合　唱　　乌云如墨，闪电如梭；

滚雷如歌，来了河伯！

河　伯　（唱）驾驭洪峰盘伊洛，

滔天之浪我兴波。

闲时做仙忙做怪，

静时为神怒为魔。

合　唱　漫了堤坡，淹了村落；

冲了田禾，来了河伯！

河　伯　（唱）选婿赛场败了我，

嫉妒煎心难摆脱。

恶浪叩门唤美宓，

狂风恣肆认泰岳！

［伏羲带部勇出现于皋丘。

伏　羲　河伯！你我相约，平安相处，况我年年祭河，待尔不薄，何故擅兴洪灾，淹我华夏？

河　伯　羲皇万岁！令女妙龄初成，美绝仙界，当享仙班洪福，你就把她嫁于我吧！

伏　羲　这么说来，前次选婿赛场黑衣蒙面之人就是你了？

河　伯　正是小婿——岳父大人，我登门求亲来了！

伏　羲　我儿婚姻承蒙仙笛设局，以乐为媒，我的宓妃儿已经找到夫婿根郎了！

河　伯　那是一个草民俗子，你怎忍心让鲜花插于牛粪！？

伏　羲　河伯，根郎曾是你的亲兄弟，你如此恶言相贬，手足之情安在？（根郎上）

根　郎　哥哥……

河　伯　把骨笛交给我！

根　郎　哥哥……

河　伯　把宓妃让给我！听到了吗？！

根　郎　哥哥，请你息了洪水，息了洪水再说话——弟弟求你了！

宓　妃　根郎，是你哥哥到了吗？如此说来，我也该喊声哥哥了——哥哥！

敛衽一鞠叫声哥，
兄弟门前涌洪波。
哥来探亲无处坐，
踏涛踩浪拉家常——咱将就着把话说！

［河伯望着宓妃那灼人的眼睛，尴尬地挥旋鳞鳖，洪水暂落。

［伏羲与部众隐退。

根　郎　哥哥，你已经是神灵了，你应当记住：你是咱家祖宗九世香火、百年功德修来的一尊神位。你要对得起祖宗哪！

河　伯　井蛙安知大鹏之志；俗子怎解上神之愿？拿过来！（夺骨笛，根郎把笛交于宓妃）

宓　妃　尊敬的哥哥，不知你是否知道——当你靠近这支笛子时，它便颤抖不已！它不愿被你吹奏，你也吹不好这支笛子！

根　郎　哥哥！你乖戾、暴虐、淫逸的脾性，使你与笛无缘，与情无缘，与爱无缘哪！

［宓妃与根郎的重唱：

神笛最识良莠音，
吹笛其实是吹心。
善心吹得和谐韵，
善心吹得福临门。
善心吹得风雨顺，
善心吹得满天春。
天地相隔虽无垠，

做人做神都凭心。

劝兄心肠放平稳，

去妒除恶植善根。

保佑万民造福晋，

坦荡自有大爱心！

河　伯　(半晌无语)嗯，你们说得很好！可我不相信我吹不好一支笛子，我不相信我堂堂一尊大河之神会令一支笛子生畏。拿过来，让我吹！

根　郎　不！

河　伯　拿过来，我一定要吹！

根　郎　不，不不不！

河　伯　(欲发作)怎么？难道你还没有看够浊浪滔天、浮尸遍地、万亩田庄被毁的景象吗？你若不交骨笛，我将让它重新上演。

根　郎　宓儿！

宓　妃　根郎！(二人依偎)根郎，让他一试，又有何妨！

[河伯趁二人犹豫时一把夺过骨笛，那骨笛果然凄厉一颤。

根　郎　哥哥，你要善待它呀哥哥！

河　伯　(紧握骨笛狂笑)哈哈哈哈……善待，善待，我恨死它了，我终于捉到它了！宓妃呀宓妃，你降生之初我就发现，你将成长为天下第一美人！我守望在伊洛河畔，盼着你长大，等着你长大，耐着性子等了你一十七载呀！我备好了水晶宫阙，待到成人大礼举行之时，我便雷鸣电闪山呼海啸把你迎进宫来！岂料由于它——由于这支骨笛，它隐含谶语，暗藏玄机，偏又笛声选婿，使我与你音声不通、律动相悖、情望相阻，使我错过了佳期；更想不到掠我之爱、夺我之美、击败于我的，竟然是我的亲兄弟！我好恨哪好恨！

河　伯　(唱)手握骨笛怒火涌，

宓　妃　(唱)河伯恐将祸事生。

根　郎　(唱)悔将神笛拱手送，

河　伯　(唱)此物是我眼中钉！

宓　妃　(唱)为神何以多魔性？

根　郎　(唱)但愿亲情动尊兄！

河　伯　(唱)根郎不灭笛不碎，

宓妃难进水晶宫。

宓　妃　(唱)凶神心中存狰狞，

恶煞腹内无亲情。

根　郎　(唱)求哥还笛守信用，

宝物当存伏羲宫。

河　伯　哈哈哈哈！

(唱)此物圆尔美人梦，

我毁了它——却是孺子大灾星！

断笛定然断汝命，

管教你变木化树灭魂灵！

[伏羲内喊“危险”！急上。

伏　羲　(唱)河伯之言非戏弄，

一旦毁笛祸无穷。

河　伯　(唱)恨上来挥笛石上碰——

根　郎
宓　妃　不！(二人扑上夺笛——相持)

伏　羲　(怒斥)河伯！

(唱)你借笛不还失德行！

宓　妃　(唱)骨笛是我爱，

河　伯　(唱)毁了你的爱;

根　郎　(唱)骨笛是我命;

河　伯　(唱)断了你的命!

伏　羲　(大喊)夺回骨笛,夺回骨笛!

[三人相持中,河伯奋力一崴,骨笛一断两截。随着一声惊天动地的断裂声,根郎惨叫着化做一株树木。

伏　羲　(愤恨已极)水魔冯夷!你善事不理,坏事做绝,已到人神共诛之境。我要把你上谕天庭了!(愤然下)

河　伯　哈哈哈哈……随你便吧,肉身皮囊,竟言天事,好笑,好笑,哈哈哈哈!

宓　妃　(凄楚地扑向树木)根郎,我的根郎!你落得好惨哪!

合　唱　　啊!根郎成树,哑木是夫,
　　　　　风吹树头声呜呜!声呜呜!

河　伯　宓儿,我朝思夜想的宓儿,他消失了,永远消失了,你——随我走吧!

宓　妃　(愤起一掌)魔王!

(唱)骂河伯,心狠毒,
　　灭亲情,断手足。
　　魔掌毁笛施残酷,
　　害了你亲兄弟,戕杀了我的夫。
　　天良丧尽你奸、凶、妒,
　　宓儿岂与贼合污?!
　　仰望树头一声叫——根郎!
　　化物殒命同归宿!(扑河)

河　伯　(追上崖头)哈哈哈哈!(狂笑着于宓妃扑水之处扑进洪涛)

曹　植　(亦追至宓妃扑水之处,痛心地呼喊)宓妃!河伯追你去了,当心!

[时空跳切——洛神出现。

洛　神　子建君，你怎么也喊起宓妃来了？

曹　植　我被你的故事感动了！世间的事竟然如此相似：宓妃从这里扑水，我的甄妃也从这里跳河！两个美丽绝伦的女性就这样香消玉殒了！

洛　神　香魂化水水可觅，英灵成树树何寻？

曹　植　是啊是啊，这又是一个出奇的相同：我是由树变成人的，想不到也有人变成了树！

洛　神　（唱）人变树，树变人，
前因后果妙绝伦。
花期苦短香早殒，
天狭地窄妒美人。
骨笛一吹播神韵，
神韵唤得心上人。（洛神隐去）

[追至宓妃跳水之处，感慨万千。

曹　植　（唱）美人扑水千里香，
伊洛芳魂竟成双。
骨笛断处人变树，
泪水洒时河成江！
往事回首不敢想，
举目无处不情殇！
依稀魏宫深千丈，
恍惚甄妃泣轩窗。
仿佛魏王淫威降，
隐约丽人呼植郎！
相思最盼笛声响，
十万情话在笛腔。

《花信风》中寄想望，

《柳溅泪》里诉柔肠。

《彩云遮月》叩罗帐，

《秋雨入夜》探甄娘！

［曹植吹起骨笛——甄妃闯来。二人扑在一起。

甄　妃　子建！

曹　植　甄妃！

甄　妃　是思念的幻觉还是梦境的假象，眼前真的是你吗？我的子建？可这笛子是真的，这旋律只有你才吹奏得出来！你吹得太晚了，我的子建！

曹　植　如果不担心你的安全，我会从早到晚地吹奏，成年累月地吹奏，这笛子就是你，笛身上下留满了你的泪痕，你的唇吻，你的体暖，当我绝望而至于想死的时候，我千遍万遍地抚摸着笛子，才留下了我的命。可我不敢吹，因为他最恨这支笛子！

甄　妃　让他恨吧，你只管吹！没有笛声，我没有活下去的勇气，没有再见到你的寄托，甚至没有呼吸的力量。我不怕死去，只怕听不到你的笛声！

［曹植痴然吹笛……

甄　妃　（唱）笛声低，笛声高，

笛声在侬心宇飘。

笛声之中有郎爱，

笛声之中有春宵。

执君手，依君腰；

泪水无声湿眉梢。

十万相思化一笑，

问妾画眉低与高？

曹　植　（唱）天下泪眼君最俏，

世上哭声君最娇。
与君相携无晚早,
春宵一刻是永朝!

甄　妃　(唱)早在闺中读诗稿,
羡君才华起春潮。
寄望苍天悯人愿:
此生妾身属文豪。

曹　植　(唱)久传天仙人间跳,
飘落蔡邑化甄萧。
痴梦寻卿千百度,
终于刀从拥阿娇!

二人合　人生在世何为宝?
非金非银非皇袍。
真心真情真相爱,
千古不死、天地永存、铁笔镂铭、浩史炳耀、
千秋万代磨不消!

[曹丕上。已废汉立魏自称天子的他,皇服皇冠,飘逸而威严。而此时,他却剑眉倒竖,怒气冲天,随着仪仗的拥呼,肃杀之气逼人。

[此时的曹植与甄妃,却旁若无人,继续诉说着,似未发现曹丕的到来。

曹　丕　可恼!
(念)骂声老三胆包天,
光天化日来偷奸!
宫苑禁地戏皇妃,
孺子该做断头鬼!

曹　植　(念)我与甄娘素有盟,
不是奸情是真情!

得与甄娘一相会，
断头做鬼死无悔！

曹　丕　好啊！
(念)大逆不道无羞耻，
分明孺子想作死！
诏令法场设伊阙，
碎尸万段喂鱼鳖！

甄　妃　不！
(念)子建入宫是我召，
万死之罪我一人挑。
恳求陛下赦子建，
妃子情愿尸万段！

曹　植　不！
(念)擅闯宫禁我独行，
甄娘事先不知情。
皇妃无辜受我累，
该杀该剐我一人罪！

甄　妃　我之罪！

曹　植　我之罪！

甄　妃　该我死！

曹　植　该我死！

二　人　(同求，念)
请君一刀杀两人，
甄妃子建共一坟！
乞求陛下多成全，
无怨无悔无遗憾！

曹　丕　哈哈！
(念)可笑尔等想入非，

我要鸳鸯单只飞；

杀一雄，留一雌，

阴阳相隔无宁时！

一人死，一人存，

荒郊孤冢哭惊魂，哭惊魂！

曹　植　（念）何其狠，何其毒，

残忍暴虐世所无！

甄　妃　（念）丧天良，灭天心，

诛杀手足枉为君！

情断义绝类病狂，

问君何颜对先王，对先王！？

曹　丕　（有所触动，盯视甄妃，念）

鹦鹉舌，玫瑰唇，

妃子泪眼仍动人。

（转盯曹植）也罢！

死罪可恕活难饶，

念尔子建是文豪。

朕要你：七步之内一首诗，

有诗则生无诗死！

曹　植　七步诗？！

甄　妃　七步诗？！

曹　丕　七步诗！　一、二、三、四、五、六……

曹　植　（放声朗诵）

煮豆燃豆萁，

豆在釜中泣。

本是同根生，

相煎何太急？

甄　妃　（激动而又深情地嘉许）子建！三弟！（又回视曹丕，更动

情地复咏曹植七步诗）

煮豆燃豆萁，
豆在釜中泣。
本是同根生，
相煎何太急？（随之合唱陡起）

合　唱　煮豆燃豆萁，
豆在釜中泣。
本是同根生，
相煎何太急？

曹　丕　（突然掩面而泣）“本是同根生，相煎何太急”！……不，这不是诗，这是良心滚动的雷声，这是血脉喷溅的箭雨。你射得我好痛，你惊得我好愧呀！三弟！子建！（痛悔地）为争一个来路蹊跷似有似无的女子，险些伤害了我的骨肉同胞、我的生死与共的亲兄弟、我大魏朝的文苑君主旷世奇才！（对甄妃）甄妃呀，我现在恨起你来了！当然我更恨我自己，后宫佳丽三千，我却独钟于你，你的狐媚妖影如同魅力无穷的魔窟，使我迷恋与深陷其中而无力自拔。我好恨你的出现，我好恨你与我同生于世，我但愿你从我眼前消失啊！

甄　妃　我的陛下，我的魏王！你终于苏醒了，是子建的七步诗让你找回了良心，点燃了人性慈善、炙热而又灿亮的光芒！我是多么快乐地看到你们骨肉亲情的回归，我又是多么高兴地走向我的消失啊！

（唱）原本天地无高低，
同裹一袈混沌衣。
狂飙生自一口气，
雷霆源于一太息。
虚空已久出万象，

万象爆满复归虚。

煮豆燃豆萁，豆在釜中泣。

本是同根生，相煎何太急？

[甄妃在似有似无地吟唱中飘然消失。

曹　丕　甄妃，我的甄妃呢？

[传来一声扑水的声音。

曹　植　她，她投河了！（呼叫）等等我！（追下）

曹　丕　（喊）拦住他们！

[一群卫士追过——切光。

曹　植　（唱）美人扑水兮，千里荡香波；

溘然永逝兮，何处寻绰约？

我心破碎兮，谁奏招魂歌！？

[洛神赋笛飘然而至。

洛　神　（唱）上有天河兮，下有伊洛，

银沙如珠兮，故事多多。

岸木葱茏兮，枝叶婆娑。

玄迷无尽兮，几许堪说？

[水晶宫：玲珑碧透的水晶世界。水草摇曳，锦鳞穿梭，水花飘浮，水声汩汩……然而，躺卧在水宫御床上的宓妃却如堕囹圄，神情凄楚。

宓　妃　（唱）碧波楼台水晶梯，

琉璃宫殿玛瑙车。

珍馐玉馔奇福地，

难挡宓儿日夜泣！

投河反投水宫里，

寻死反披摄生衣。

鱼拥蟹护送水底，

河伯逼我做魔妻。

宓儿生命昊天予，

慈悲做肠善做肌。

承家教、习大礼、秉仁爱、扬信义、和谐人伦、

善化社稷、三皇训谕毕生举，

怎能够与魔同流合污居！?

［此时，一阵笛声传来。

宓　妃　（唱）忽闻笛声隐隐起，笛声隐隐起。

［显影：树与伏羲部族人众的对唱与合唱。

众　人　（唱）宓儿啊，那是亲人们在叹息！

宓　妃　（唱）亲人中可有根郎你？可有根郎你？

树　（唱）根郎我仍是苦楝岸边立。

宓　妃　（唱）但问笛声起何地？

树　（唱）那是风——代郎吹奏想妹曲！

宓　妃　（唱）茫茫洪水可退去？

众　人　（唱）浊浪滔天漫无际。

宓　妃　（唱）部族弟兄哪里去？

众　人　（唱）颠沛流浪无定居。

田毁粮断绝生计，

族群面临大危机！

宓　妃　（唱）羲皇老父在何地？作何虑？可有回天计？

伏　羲　（唱）登昆仑，叩天门，呈奏章，拜玉帝，天宫请愿：

铲除魑魅，惩治河伯彰天律！（众和唱）

宓　妃　（唱）昆仑崔巍险无比，

伏　羲　（唱）心诚自有上天梯！

盼我儿设法先救己，

根郎变树最危急。

断笛之谶仍可续，

系铃解铃都靠笛！

宓　妃　(唱)多谢父皇授谶意，

好一个“系铃解铃都靠笛”！

[内喊：“大王到！”

[宓妃佯作颓状躺于红帐。

[河伯带侍从怒气冲冲上。二嫔绕床察看。

老　蟹　一口汤没喝！

幼　鳝　一口饭没吃！

老　蟹　绝食哩！连皇后衣冠也扔了一地！

幼　鳝　娘娘，珍惜身体呀——吃一点吧！

河　伯　(怒喝)不必劝了！(对宓妃)既然你不识抬举，那就休怪我手下无情。你听着：你若答应做我的水宫皇妃，半个时辰之后，水宾毕至，大宴贺婚；你若不答应，十万水怪倒海翻江，我将把你的家乡吞没，树木淹死，让你的根郎也去当陪葬之鬼吧！(说罢，转身欲下)

宓　妃　衣冠伺候！

河　伯　什么？

二　嫔　好像是说“衣冠伺候”？啊呀！皇后要穿后衣戴后帽呢！(喜颠颠地为宓妃穿衣戴帽)

宓　妃　拿酒来！

河　伯　(问二嫔)她，她又说什么？！

二　嫔　娘娘叫拿酒哪！

河　伯　乖乖儿想陪我饮酒？

[宓妃颔首。

河　伯　(喜出望外)哇！这可正对本大王的脾气呀！(疑惑地)可是，你饭都不吃，会真心陪我饮酒吗？

宓　妃　宓儿天生怪癖，必饮薄酒，方能吃饭。

河　伯　(狂喜)噢——原来这样!(怒喝侍从)笨蛋一群!险些叫老子出了大错!酒宴伺候!

[众侍从一片忙乱,酒坛摆了一地,酒宴上齐,河伯挥退侍众,亲与宓妃斟酒。

河　伯　(唱)一杯美酒献美人儿,

喝,喝,你喝呀!

宓　妃　(唱)暗倾酒盏濡衣裙儿。

大王,宓儿可是陪您喝的呀!

河　伯　(唱)美人美酒美对味儿——

本王不客气了!(猛喝)

宓　妃　(唱)但愿借酒醉凶魂儿。

大王真真海量啊!

河　伯　(唱)口灌美酒眼观宓儿,

真真一个俏佳人儿!

看上一眼心就醉儿,

再看一眼掉了魂儿。

看上三眼就想死儿,

恨不得鸳鸯枕上驾青云儿!

伸手搂起我的宓儿。

[河伯搂宓妃,宓妃趁势捉取河伯腰间骨笛,断笛坠落。

宓　妃　(佯装不知)何物落地?

河　伯　(急捡起,醉眼惺忪地)唔?——哦!

(唱)这东西儿,你熟悉儿,神仙棍儿,半拉笛儿,

治死根郎的索命锤儿!

河　伯　(醉态扭捏喋喋不休地嘟囔着把笛锁于石匣)这支笛子,合一起是你们的大福;断两截是你们的大祸,人变树、心变石、婚姻断、人情绝!……这是女娲当年造笛时灌注的玄机谶隐,那根郎凡俗之辈怎可得知?这东西可

不能再到你们手里！

宓　妃　你好歹毒！

河　伯　这不叫歹毒，这是为了咱们永久的恩爱哟……(猛扑宓妃，宓妃躲闪，河伯醉倒)

［宓妃从河伯身上取钥，开匣，取出断笛，急急奔下。

［切光。

［洛口坪岸，皋丘之下。这里已是一片林海。风过树头，凄声阵阵。远远传来宓妃的声音："乘飞浪驾奔涛出水登岸——"

［宓妃上。

宓　妃　(唱)穿伊阙，过嵩山，越汜水，临洛川，丘丘岭岭、
沟沟坎坎、草草木木、溪溪涧涧热土故园！
羲皇岭依然是艳阳一片，
却不闻犬儿吠鸡鸣桑颠。
黍稷田禾苗萎荒草深掩，
部落寨门户颓断了炊烟。
果木林陷沼泽枯萎一片，
风中泣雨中哭呜呜咽咽。
望皋丘部族民零落出现——

乡亲们，我回来了！

［一群族民出现于皋丘。宓妃惊喜地奔上前搭话，但族民们神情落寞，满面怅惘，听不见宓妃的召唤，看不到宓妃的身影，只是哼哼着充满期待的无字歌。

宓　妃　(唱)亲人们却为何不相招不闻喊声不相应手不相牵？
目对目面对面视而不见，
咫尺地却如同隔了重山？
想是我魔窟人身隐形变，
匿了魂消了影不在人间。

不在人间的宓儿——咫尺天涯远，
不在人间的回归——回来一股烟！
望亲人想亲人最把根郎念，
猛看见苦楝树泪雨凝成斑！
根郎，我的根郎！
妹妹我声声叫你可听得见？
妹妹我面前站你可识得颜？
妹妹我贴郎身郎可知温暖？
妹妹我泪成河郎可觉得寒？
妹与郎郎与妹相聚何其短！
郎与妹妹与郎相爱何其难！
久盼的音久盼的韵为何只能昙花现？
久望的人久等的哥相会却在一瞬间！
女娲的笛神灵的器惨遭恶魔断，
郎成了树妹成了妖相隔三重天！
聆父示我盗得骨笛一半，
一半音一半韵律伤曲残。
谁教我何处寻找骨笛那一半？
谁知晓失落的断笛可存人间？
牵树枝伏树身放声呼唤——
我的郎啊郎！
哑木头浇泪水你也该出言?!

(取出断笛，深情地望树而吹)

[奇迹出现——苦楝树干开裂，树膛内露出断笛的另一半。宓妃激动地取出，她将两截断笛依缝相合，登时光焰四射，宇宙颤响，雾岚卷裹，苦楝树倏然化为人形，根郎复活。

宓　妃　根郎！

根　郎　宓妃！（二人扑在一起）

族　众　宓妃！根郎！宓妃回来了——根郎复活了！

合　唱　　看见了！看见了！

神笛复原了！神力如前了！

魔力消隐了！福祉返还了！

宓儿回来了！根郎复活了！

情爱复苏了！情人团圆了！

［在众人欢呼声中，河伯突然出现，一把夺过宓妃手中骨笛，举笛欲摔。

族　众　（怒吼）住手！拦住他！捉住他！抢回骨笛！

［众人愤怒地把河伯团团围住。势欲相拼；河伯却幡然另态。

河　伯　不必害怕！我不会摔断它，也不会再抢走它，我还要交还于他！可是，我的兄弟，我不会放弃同你的争夺，我一定要得到她！他爱你，可我爱她！！！我从来没有像爱她一样爱过一个女人，虽然千里大河年年献祭的美女无数，可是只有她，才会让我的心弦震颤心灵激荡心宇灿亮而欢乐！我原以为你草民俗子凡体肉身岂是我堂堂大河水神的对手？可是我错了，这一仗我败给了你！我虽然掳走了她的玉身胴体娇颜媚态，可她的心还在你手里！……但是，我要你记住的是，一个法力无边的大河之神是决不会认输的！我有洪水作注、神力作赌，我要把这场争夺延续下去，直到你拱手相让主动退出乃至于彻底消失，直到我日思夜想的宓儿向我捧出她真正的心！（血誓般地）我等着这一天！

［他把骨笛掷于二人面前，怒气冲冲扑向河面，挥旋鳞鳖，顿时洪水暴发，浊浪滔天。人们呼叫着四散奔逃……

[一块高地上，只余下根郎和宓妃呆然伫立。那支骨笛在他们脚下灿灿发光。和着风声、雨声、浪涛声的无子歌声，犹如一股洪流灌进二人的心灵；又像二人心灵中涌出的一股洪流击打长空……

[两人同时注视那支骨笛，同时去捡拾那支骨笛，但又同时把手缩回。

[终于，两人一起捡起骨笛，托起骨笛，吻起骨笛，两人拥抱在一起。

合　唱　（唱）啊！啊！

万民生死系笛管，
河伯赌注大如天。
笛断？人断？社稷断？
生死存亡在指间！

[根郎手举骨笛，似从沉重中挣脱，顿然显得轻松而爽落。他挽起宓妃，深情地望着她，天地置之度外地欣赏着她的美……

根　郎　（唱）望河伯汹汹去冲天一笑，

劝宓儿大不必苦泪轻抛。
根郎我俗凡人山中一草，
借笛音凭笛韵与君相交。
一日情抵得上千日之好，
半日爱甜得过百年酒醪。
娶公主招驸马羲皇是泰佬，
国留名史有载千古不消——根郎知足了！
采凤仙染指甲是妹的爱好，（采花为宓涂甲）
揉紫桑涂青眉为仙姝添娇。（为宓妃涂眉）
赏不够看不厌宓儿倾国貌，
河伯他钟情您顺情顺理、可解可谅、并不蹊跷！

我兄长从小乖戾、性情粗暴——得到的爱太少，
捐成神堕为魔他的心仍似枯槁。
且将良心换魔心以心换心、以爱换爱——
我该让开道，
求宓妃原谅我毁身自消！(根郎举笛欲断)

宓　妃　(拦阻，握笛)根郎，我的夫君哪！
(唱)闻郎语明郎意知郎要去，
伤我心痛我肺摧折肝脾！
郎虽为救万民捐身取义，
留下个寒天雁孤身何栖？
恨恶煞欺良善夺媳逼弟，
骨肉亲兄弟情相煎何急！
郎既然粉身碎已成决意，
宓儿我随郎走决不犹豫。
一旦根郎再变树，
宓儿投水变为泥。
青泥和水绕树转，
耳鬓厮磨伴朝夕。
春来宓儿化细雨，
夏来宓儿化露滴。
秋化甘霖把郎洗，
冬化瑞雪作郎衣。
天长地久两不弃，
万古不灭断笛曲！

[二人同握骨笛，高高举起，一道闪光划过，骨笛戛然折断——根郎随之变为树木；宓妃走向树，深情一抱，从树旁跃然扑进河流……

[宇宙登时发出轰鸣——那是笛声的洪流——成群的

民众吹着笛子拥上河岸，他们含着泪水，向着树，向着宓妃投水的堤阙，动情地吹奏——这笛声汇成灌满天地的交响，化为无比悲壮的嚎啕……

［洪水退去，河伯出现在阴暗之处，他吃惊地看着这宏大的吹奏场面，瑟瑟发抖。

河　伯　可怕，可怕，这是良心的洪流！这是灵魂的洪流！我的洪流不抵他们的洪流，失败者是我呀！（他萎缩下去，最后颓然倒地）

［全场灯光陡切，一片漆黑。天神传呼之声响起："新封昊天太阳神伏羲驾到！"

［伏羲凌空出现。

众　人　（欢呼）伏羲！太阳神！

伏　羲　（展旨宣读）"玉帝诏曰：伊洛泛滥，责归河伯，贬河伯为东海鲸鲨；其弟为靖洪难，舍身化木，赐三千年圣树之寿。册封宓妃为伊、洛、黄三河御龙仙子，理三河水韵，护三河水貌，佑三河黎民，赐名洛神！并允与圣树酌续三千年后轮回情缘。钦此！"

［众山呼："玉皇大帝！"

［幕后合唱：

天帝诰命封洛神，
水有韵致河有魂。
伊洛入黄三江口，
至今时时见美人。

［收光。

［时空跳接。

曹　植　我的美神！我完全明白了：我就是你的根郎，你就是我的宓妃！

洛　神　别忘了你的身份,你是汉代人,你叫曹植!

曹　植　你不也有过汉代身份吗?你就是我的甄妃,我可以向世人宣告:我的爱回来了!

洛　神　回来就是失去,相会就是永别。人神相异,天地相隔,奈何不得呀!

曹　植　不!你不能离我而去,我不能没有你!

洛　神　子建君呀!就让我们在你的诗中相会,在你的笛声中倾诉吧!

[登时群仙毕至,七彩炫目。

[曹植登高赋笛,群仙起舞。

[幕后合唱:

翩若惊鸿,婉若游龙。
转眄流精,气若幽兰。
瑰姿艳逸,令我忘餐。

洛　神　(唱)大爱绵延三千春,
美情自古说到今。
宓妃甄妃一轮回,
二美合一成洛神。
根郎哥,子建君,
往来痴男同一身。
大爱开花不结果,
无果之花根最深。
伊洛水,嵩岳云,
侬在云头盼君临。
君来喁喁说恩爱,
君去洒泪降甘霖。
喜看山河春潮滚,
一片和谐度乾坤。

应叫老笛赋新韵，

今古情爱共一音！

[幕闭。

[剧终。

（本剧系与王明山、孟丛笑合作）

根据尤金·奥尼尔《榆树下的欲望》改编

卷二／榆树孤宅

Yu shu gu zhai

DRAMA COLLECTION

人　物　艾　碧　柯家庄庄园主柯泰的续弦夫人,三十五岁

柯　泰　柯家庄庄园主,七十五岁

柯　虎　柯家大儿子,三十九岁

柯　豹　柯家二儿子,三十七岁

柯　龙　柯家三儿子,三十岁

老翁、老媪、妇人、青年、姑娘、地保、二仆役、四舞者

章前碎语

奥尼尔曾经让我着过魔。那是二十多年前国门刚刚打开一条缝的时候,奥尼尔剧作出现在戏剧学院的教材中,一读,愣了!济济一堂剧作家研修班的半老学子们都瞪着呆愣愣的眼睛互致惊问:“乖乖!剧本还有这种写法?家丑还有这种扬法……?”

当然,国门大开以后,看到的这种写法和那种写法越来越多,包括成百上千的这主义、那流派,就连根本不打算让人看懂的荒诞戏剧与同戏剧性对着干的反戏剧都一股脑地涌进了国门,在封闭了多年的中国人面前抛头露面忸怩作态极尽炫耀,使人眼花缭乱无所适从不辨南北。然而,冷静下来之后再来个回味品评,却发现奥尼尔的剧作总是以对人性张扬得酣畅淋漓和对人心解剖得精微独到而始终跃居群雄之上。“平望似涛,纵看似潭,细处撼情,大处惊心”——这种奥氏剧作的特性,使人读后有一种“不知有汉,无论魏晋”的陶醉。

诺贝尔文学奖《授奖辞》中,简约地表达了对这位美国剧坛大师个性的敬意:“本奖授予他,以表彰他的富有生命力的、诚挚的、感情强烈的、烙有原始悲剧概念印记的戏剧作品。”

奥尼尔是一个用生命写作的人。“他的一生和他的作品,都是从同一块料子剪裁而成的。”(美·弗吉尼亚·弗洛伊德)他了解自己,了解家庭,因而了解人类的心理,了解其卑鄙和崇高。在他的剧本里对那些男女人物刻画的深度广度上,没有人能够超过他。美国人从他的剧本里,看到了放大了的自己:也就是统治着早期美国的清教主义那种表面上的刻苦和精神上的贪婪所造成的灾难性后果——迷恋金钱、道德沦丧、心理自私、品质颓唐。他如同屈子般地问道:“人如果赚得全世界,却赔了自己的灵魂,益处何在?”这样的发问,无论对于今天或是明天、中国或是世界、穷人或是富人,都是一副宁神剂。

奥尼尔的戏,具有包罗万象的深度。他用人类心灵的共同语言来讲述不同人群特异无类的故事,表达一切人类要爱,要被爱,要有所归宿,要呈现为什么生存的渴望。因而为所有阶级、所有种族所理解,成为国际性的剧作家,受到各国人士的尊敬与爱戴,到处都在上演他的戏。

中国人也曾把奥尼尔的不少剧作搬上舞台,当然那都是以话剧的演出形式原本炮制。真正用中国传统戏曲艺术搬演奥尼尔尚无先例。

在1997年广州召开的全国第七届奥尼尔学术研讨会上,中央戏剧学院廖可兑教授给我设下一道命题:把奥尼尔研究中国戏曲化。廖可兑先生是奥学宿帅,高牙大纛,具有国际声誉的欧美戏剧文学理论家,且兼任中央戏剧学院奥尼尔学术研究中心主席,先生之托,无异于委任赐誉,宁不为乎?然而辟径之恐,触圣之怵,惴惴然贯穿起笔落张之中。堪慰的是,曲剧《榆树古宅》草毕晋审,意外得到先生的首肯与赞誉,并花整周时间同我一起研究修改方案。另一可喜之事,乃时任郑州市市长的陈义初先生赋兴亲读草稿手本,并写下十分专业又到位的学术性意见,为此戏的舞台成活奠定根基。尤其难忘的是,在此戏的排练中,在一片“异类”“黄货”“三级片”的质疑和指责声中,一个“咬定青山不放松”的二度创作班子令人感动。深得廖先生信赖的奥尼尔学术专家谢亢导演的警辟与执着,河南曲剧首席作曲家潘永长先生的任性与唯美,文化官员李霞、彭长胜、郭国强的坚毅与自信,都为此剧的成活育就了魂灵。特别值得一提的是南京大学外国语学院著名教授、国际奥尼尔学术研究会亚洲分会主席刘海平先生,不远千里,数莅郑州,指导此剧的加工排练,并承担起国际间的频繁联络,为这台占尽河南本土文化之风的曲剧奥尼尔打入世界铺平了道路。

河南曲剧熔融了奥尼尔,奥尼尔的故乡迎来了河南曲剧。当我看到济济满堂的高鼻子蓝眼睛的美国观众被河南曲剧陶醉得如痴如迷的时候,我验证并认可了民族文化的世界性魅力。

河南曲剧进入美国,是继梅兰芳剧团入美巡演之后的第二例,也是中国地方戏入美巡演的第一例。为了这个特殊的纪念,我写下这段文字,以备忘事。

第一幕

[故事发生在距离现代相当不近、但也不很遥远的时代。

[初夏。正午。没有风,蓝天白云,赤日当空。

[柯家庄园宅楼内外。宅舍的两侧各有一棵硕大无朋的榆树。那弯曲伸展的树枝覆盖着屋顶,就像两个精疲力竭的女人,将她们松垂的乳房、双手和头发都耷拉在屋顶上。遇到下雨的日子,她们的眼泪便单调地噗噗往下掉,顺着瓦片流失。

[幕启。合唱起:

老榆树下春梦稠,
梦中故事不断头。
黄粱枕上数金豆,
迷魂阵里自在游。
金银财宝烟一绺,
豪宅广厦海中楼。

[柯虎、柯豹推独轮车子上。一人推车,一人拉纤。

柯　虎　(唱)气盖世来力拔山,

柯　豹　(唱)常年只把石头搬。

柯　虎　(唱)垒起三进大宅院,

柯　豹　(唱)圈起十顷大庄园。

柯　虎　(唱)治家咱是英雄汉,

柯　豹　(唱)当家咱是大闲员。

柯　虎　(唱)论财产——

柯　豹　(唱)靠边站!

二　人　(合)落的是臭汗一身肉两摊!

[柯豹累得瘫坐于地。

柯　虎　老二,快卸车呀!

柯　豹　(喘着气)没劲儿了!

柯　虎　干活要一鼓作气!

柯　豹　没气儿了!

柯　虎　哎呀! 爹回来了!

[柯豹吓得从地上爬起,抱起石头疯狂搬运……

柯　虎　(哈哈大笑)哈哈哈哈! 诓你哪! ……老二,你是闻“爹”丧胆哪!

柯　豹　好啊哥,你看我笑话,其实你比我还怕爹哪!

柯　虎　你说,爹爹出走仨月不归,音信皆无,这到底咋回事?

柯　豹　死了。

柯　虎　好不孝敬!

柯　豹　你老孝敬! 可你成天恨咱爹,说咱妈是叫咱爹害死的。

柯　虎　不是害死的,也是妨死的。

(唱)老爹爹,犯凶煞,

生生妨死咱亲妈。

柯　豹　(唱)坟土未干他捺不下,

又把后娘娶到家。

柯　虎　(唱)五年新鲜十年旧,

转眼又妨死咱后妈。

柯　豹　(唱)更可怜我的嫂子你的妻,

柯　虎　(唱)年轻轻就撒手人寰卧棺椁,

他真妨到家!

柯　豹　(唱)妨罢老,再妨小,

柯　虎　(唱)老老小小妨死仨,

柯　豹　(唱)老东西偏偏妨女不妨男,

　　　　留下咱三个光棍把套拉!

柯　虎　三个光棍?别忘了,他也是光棍,四个。

柯　豹　不知道往后该妨死谁喽!

　　　　[突然从远处传来群马嘶鸣狂奔之声。

柯　豹　(登高远眺)不好,马群炸栏了!

柯　虎　老二,快去围马!(欲下)

柯　豹　哟!老三赶到了!好小子,他拢住了马群,过来啦!

　　　　[柯龙骑马奔上,鞭鸣,马嘶,翻转腾跃——充分展示戏曲马鞭功、身段功。

　　　　[三人制伏烈马。

　　　　[柯龙颓然坐下,面布阴云。

　　　　[柯豹捧出茶水。

柯　虎　(发现异常)老三,你哪儿不好?

柯　豹　是不是病了?

二　人　老三?老三?

柯　龙　(撑起身,颤抖着)他又结婚了……

二　人　什么?你讲什么?

柯　龙　(大吼)他——又——结——婚——啦!

二　人　你说谁?谁又结婚了?

柯　龙　咱爹!咱爹又结婚啦!给咱找了个三十岁的后妈!

　　　　[柯虎、柯豹惊呆,半晌无话。

柯　虎　开玩笑吧?咱爹都七十五岁了,会不会传错?

柯　豹　怕是有人故意糟闹咱家吧!

柯　龙　城西张媒婆亲口所讲,分毫不差呀!

　　　　(唱)今早起我进县城去运货,

碰见了油头粉面张媒婆。
迎面来嬉皮笑脸就道贺，
祝贺我：添了个新妈，续了个后娘，是一个小娇娥！
她说道，新娘子三十岁人才挺不错，
夸咱爹，艳福不浅，壮心不已，桃花运好蓬勃。
还说道，新郎新娘天地都拜过，
老的爹，新的妈，
吃过喜宴，入过洞房，配过了丝罗。
听此话我浑身齐冒火，
两眼发昏手哆嗦。
牙齿咬碎唇咬破，
恨不能跳进耻辱河。
我狂奔回家找俩哥，
大哥二哥你们快说：
七十老翁，三十娇娥，败坏门风，蹉跎苟合，
这叫咱怎么有脸活？有脸活？！

柯　豹　完啦！咱哥仨彻底完啦！

柯　虎　老头子对咱哥仨是一个也信不过呀！

柯　豹　他是要这个小娘们儿顶咱哥仨继承家业哩！

柯　虎　事已至此，我只好一走了之！

柯　豹　大哥，我也跟你走！

柯　虎　老三，你也走吧！

柯　豹　对，咱仨一齐走，离开这个鬼家，叫老头子一个人垒他的石头房吧！

柯　虎　走出家宅，海阔天空！

柯　豹　西部有金矿，听说是黄金遍地！

柯　虎　说走就走！

柯　豹　马上出发！

柯　龙　(执拗地)不！我不能走,我妈死得屈,她的灵魂要我陪伴,要我安慰,要我替她申冤！

柯　虎　继母是个好继母。

柯　豹　不偏不向,有恩有情。

柯　龙　(大受感动,向柯虎、柯豹笨拙地鞠一躬)多谢二位长兄！我母亲听到你俩的话,定会含笑九泉！

柯　虎　既然三弟执意留下,柯豹,你我从速收拾行李,即刻起程！

柯　豹　两个穷光蛋,有啥好收整的？

柯　龙　大哥二哥果真要到西部去么？

柯　虎　主意已定。

柯　龙　那就请稍等。(返身急下,取出一条装满银币的绣袋上)这是三百两银子,大哥二哥每人一半,快快乘船西上,安家立业去吧！

[柯虎、柯豹解袋看银,惊喜得瞠目结舌。

柯　龙　这是老头子藏的体已钱,我妈临死前告诉我这个秘密。

柯　虎　三弟,这么多银两,你该留下一份才是！

柯　豹　对,咱弟兄三一三剩一！

柯　龙　“出门难,多带钱”。能带走的都带走,带不走的——都归我。

柯　虎　三弟说的可是家业田产？

柯　龙　对,我就要家业田产！

柯　豹　都归你？田庄、宅楼、骡马？

柯　龙　都归我。看着办吧！(欲收回银袋)

[柯豹不放手,二人相持。

柯　豹　老三,只要你能把家业夺到手,全归你！

柯　龙　一言为定！

柯　虎　一言为定！(三兄弟结掌)

[突然,远处传来花轿唢呐之声,由远而近……

[三兄弟吃一惊,登坡远望。

柯　龙　花轿,是咱爹!

柯　虎　果然把小娘们儿抬回来了!

柯　豹　美死老头子了!

柯　虎　二弟,快快收拾,马上起程!

柯　豹　你算说对了,慢一点儿咱又得认个新妈!

[三兄弟分头下。

[幕后响起野腔野调的歌,歌声中夹杂着女人的笑声。

[幕后合唱:

哎……!
榆芽青,榆絮白,
新娘子,进庄来;
一道虹霓亮古宅。
娇俏粉黛,
莲步登台,
脚下是海,
欲涛成排。
舟船无舵随风摆,
凌波踩浪好戏来!

[合唱声中,三兄弟匆匆进屋。老大柯虎和老二柯豹夹着行李又匆匆奔出,正要跑下,瞥见花枝招展的新娘子,忽然呆住,成了两座僵硬的木雕。

[柯泰带着他新娶的妻子兴致勃勃地走进宅院。柯泰七十五岁了,但一副钢筋铁骨,很有气力。脸上有一种踌躇满志的神气。他眼睛高度近视,当他集中眼力看东西时,老是不停地眨巴着。他新娶的妻子叫艾碧,三十五岁,丰满,充满活力。她圆圆的脸蛋很美,但这美却被一

种遮掩不住的风骚添加了异彩。她的嘴角有力、执拗，眼睛里有一种坚决的、毫不退缩的神气。

［二人一登场，艾碧就像脱笼之鸟，甩开老柯泰满台飞翔，兴奋地查看着柯家宅院里里外外的一切，如入无人之境。

［老柯泰紧赶慢赶在后相随。

艾　碧　（唱）这个家里里外外基本不错，

老柯泰　当然！

艾　碧　（唱）和你说的比我想的差不了许多。

柯　泰　没骗你吧！

艾　碧　（唱）一栋抱月楼，
两座读书阁。

柯　泰　（矫正地）纺纱阁！

艾　碧　（唱）三进大宅院，
四面青松坡。

柯　泰　（矫正地）红松坡！

艾　碧　（唱）五间粮食库，
六辆大马车。

柯　泰　还有牛车三辆！

艾　碧　（唱）十顷黑土地，
百头牛马骡。

柯　泰　还有一群羊、两圈猪呢！

艾　碧　（唱）尤其是门旁榆树两大棵，
和我梦见的活脱脱！

柯　泰　这就叫缘法！哈哈哈哈……

艾　碧　（唱）榆树下树荫好适合打坐，
文房宝琴房瑟宜书宜乐。
从今后这个家就属于我……

柯　泰　(厉声)什么？属于你？……是属于我的！

[艾碧以不屈、执拗的眼神回敬柯泰……

柯　泰　(缓和地)应该说，是属于咱们的，你我夫妻共同所有！(讨好地)对吧？

艾　碧　(不理会老柯泰的献媚)

(唱)细瞧瞧装饰摆设究竟如何！

柯　泰　你先歇歇，房子有时间瞧。(喊)谁去搬把椅子？屋里谁在？

艾　碧　(走近柯虎、柯豹)这儿——干吗竖着两座泥胎呀！

柯　泰　两个儿子。可我看不清他们是哪两个？(凑近)

柯　虎　柯虎。

柯　泰　(对艾碧)老大。

柯　豹　柯豹。

柯　泰　(对艾碧)老二。哎，为何不见老三？可是又去荒唐？(转对老大、老二)你二人游手好闲，不事劳作，于心何忍？(怒斥)干活去！

柯　虎　爹！孩儿们在恭敬相迎爹爹回归、新娘子进家呀！

柯　泰　(一时不知所措)噢？

柯　豹　爹爹第三次结婚，也不事先言一声。孩儿们好准备三盘唢呐两台戏，五里红毡不挨地……

柯　泰　(尴尬地)噢噢。乖儿子们算有孝心！过来，这是你们的新妈！

柯　虎　看见喽！

柯　豹　(怪声怪气地)认识喽！

柯　虎　嘿嘿！

柯　豹　哼哼！

艾　碧　倒像两条汉子！要不要来份见面礼呀？(向每人扔过去一枚钱币)

［柯虎伸手接币，一尊金光闪闪的香炉从腋下坠落。

［柯豹伸手接币，一柄玉如意从怀中滑落。

柯　泰　（惊异）何物落地？

艾　碧　（经心瞥了一眼）小物件：一只金香炉，一把玉如意。

柯　泰　啊？！那是我的两件镇宅之宝啊！岂容尔等随便取拿？

艾　碧　我说老柯呀，怕是你太抠唆，闹得孩子们缺钱儿花，偷出个金香炉、玉如意去换两瓶老酒喝有何不好呢！哈哈哈哈！（笑下）

柯　泰　（怒）好小子们！竟敢偷我的镇宅之宝，岂能容汝！（追赶抢夺）

［二兄弟护着宝物，左闪右躲。

柯　虎　（唱）你说偷，就算偷，

　　儿子偷爹犯哪头？

柯　豹　（唱）偷你个天翻和地漏，

　　然后告别守财奴！

柯　泰　（唱）龟孙们说话疯狂透，

　　难道都喝了迷魂粥？

柯　虎　（唱）牛马畜生已当够，

　　哥俩要四海去漂流！

柯　泰　（唱）兔崽子要走放你走，

　　留下那如意金香炉！

柯　豹　（唱）留下个娘们就够你受，

　　如意香炉决不留！

柯　泰　（唱）恨上来浑身都发抖，

　　我一斧砍下尔的头！（掂斧追撵）

［二人蹦跳躲避，越过篱栅，各捡起一块石头。

二弟兄　（唱）告别爹爹摆摆手，

（夹白）一！二！三——（手中石块扔出，咣当一声，窗子

粉碎)

(唱)逃出宅院找自由!(下)

柯　泰　我剥了你们的皮!(欲追下)

[艾碧上,拦住了柯泰。

艾　碧　甭追啦!两个家伙一跑,分家争东西的事不就结了嘛!

柯　泰　(眼睛一转)说的也是。(又一想)不行,两个杂种会把牲口放跑,麦垛点着,我得把他们赶走!(冲下)

[柯龙上。他只顾盯着老头跑下的方向呆呆地望着,没注意到艾碧。

[艾碧发现了他,走过去,上下打量着他,欣赏着他那强壮有力的身材。突然,柯龙意识到她的在场,转过身来,两人的目光相遇了。他跳了起来,怒目而视。

艾　碧　(用颇有诱惑力的语调说话,在这一场中,用的都是这种语调)你就是——老三吧!老大柯虎,老二柯豹,老三叫柯龙,不错吧?认识一下,我叫艾碧,(笑)我是说,我是你的新妈!

柯　龙　(恨恨地)见鬼!

艾　碧　(没听见似的——神秘地一笑)我不想装腔作势当你的妈。小龙,(爱怜地)你当我儿子太大了。我想和你做个朋友。也许多个朋友,不知你意下如何?

柯　龙　(轻蔑)哼!(两人又对视一阵。他有点动摇惑乱,但装出生硬的口气)你趁早给我滚开吧!

艾　碧　(平静地)老三喜欢骂娘,你就骂吧。你已经没亲妈,我很小就死了亲娘,要是有个陌生人来当我的妈,我也会骂,也会咒。如此看来,你我何等相似呀!

(唱)你的妈我的娘都和咱早撒手,

　　你成单我成孤都是那可怜猴。

　　你的爹我的父都像那汪汪狗,

你失宠我失爱都摇着无舵舟。
论家境论遭际咱感同身受，
论秉性论脾气咱也许相投。
论生庚论年龄我长你个四五六，
论感觉论缘法我见你话就稠！

［柯龙啐一口，欲走。艾碧拦。

艾　碧　(唱)小柯龙既想骂你就骂够，
你新妈我不会跟你记仇。
艾碧我头上既插再醮柳，
少不得骂声如水泼满头！
我的老三儿啊！
论贤惠后娘我不敢夸大口，
论品节俺艾碧基本居中游。
好女人坏女人我都不大够，
我是个：
不好不坏、不贤不恶、不老不小、不精不傻、中不溜溜溜溜、半不丢丢丢丢的善良女流！
说出身我似那瘠土苦柚，
讲命运我又像荒海孤舟。
我先死母后死父坎坷独走，
打短工干长活都是人奴。
嫁个男人男人死，
生个儿子儿子没。
男人、儿子都留不住，
只留下：
穷光光的一双手，
凄凉凉的两眼愁；
还有那：

酸溜溜的、苦涩涩的、来之不易的一份自由！
想自由盼自由自由到了手，
只可叹缺份田庄缺座楼。
想家产想得我面黄肌瘦，
这时候，多亏了，你的爹爹、我的丈夫、
柯老爷子——他来到了我的床头！

柯　龙　（和内心渐渐产生的对她的好感和同情作着斗争——粗鲁地）他来到你的床头，他就买了你，像买个娼妓一样？是也不是？

艾　碧　（忍耐地）是又如何？

柯　龙　（粗暴地）你值吗？

艾　碧　（挑战地）当然值啦！我卖了个大价钱——这整个田庄家业都归我啦！

柯　龙　（刺到痛处，火冒三丈）胡说！田庄家业原归我妈，如今归我！

艾　碧　（自信地冷笑）归你？真好笑！连你也归你爹，可你爹他归我。我嫁给他这么个老东西，不图个家业图个什么？

柯　龙　（恶意地）好！你这话我去告诉老头！

艾　碧　我会说你造谣——他会把你赶走！

柯　龙　你你你，你滚开！

艾　碧　（绵里藏针）这是我的田庄——这是我的家——该滚开的是你，柯家三少爷！

柯　龙　（盛怒，似乎想打她）住口，我撕破你的嘴！

艾　碧　（向他逼近——脸上和整个身子都流露出一种奇特的猥亵的神态——慢慢地）楼上楼下，宅里宅外，我的抱月楼，我的纺纱阁，我的林场，我的骡马……（他盯住她的眼睛，心慌意乱，手足无措。她柔和地说下去）我可没有恶意，我不愿跟你为敌，可我得保护我的利益啊！（拍拍他的膀子）让咱们做朋友吧，柯龙！

柯　龙　（傻了眼，像被施了催眠术）也是，也好！（然后又狂暴地把她的手推开）不，你这个妖精，我和你势不两立！（奔上楼去）

艾　碧　（看着他的背影，满意地笑了——自言自语地）老三真不错！（傲然下）

［柯泰气势汹汹地上。

柯　泰　（唱）斑鸠多了会炸窝，

儿子多了把爹捉。

砸窗扒墙偷银锞，

不啻土匪进村落。

真应了——

不是冤家不聚伙，

不是对头不对桌。

赶走了老大老二俩坏货——

［柯龙抱首饰盒出。

柯　泰　（唱）还余下一个小恶魔！

（一把夺过柯龙手中的首饰盒）

柯　龙　那是我妈的金银首饰，我要把它放在我妈的卧房！

柯　泰　你妈何在？孤坟一座，荒草一堆！

柯　龙　（愤怒地去夺首饰盒）不！还给我！

柯　泰　（一把扭住柯龙的胳膊，痛得他直叫，龇牙笑着）奴才！叫你尝尝你家爹爹的厉害！老子虽然七十五岁，还能一个顶十个！哈哈哈……

［柯龙揉着胳膊欲下。

柯　泰　站住！你往哪里去？

柯　龙　回房歇息。

柯　泰　这是干活时间，快去搬运石头！

柯　龙　你的两个亲生儿子都叫你逼走了,还来逼我呀？我干不了!

柯　泰　奴才！那两个畜生不在,从今往后,他们的活都由你一人承担。

柯　龙　(反抗地)你要累死我呀?!

柯　泰　累死一个杂种,少一个搅家祸害!

柯　龙　我偏不干!

柯　泰　我偏叫你干!

[柯龙忿然回屋,柯泰追上,一把拖回,由于用力过猛,把柯龙连拉几个滚身。

柯　泰　笨蛋!让老子再给你干个样子看看,你永远只能算半个人,窝囊废!

[幕闭。

[幕间曲起:

(唱)人间万象好辉煌,
可惜有道无形墙。
墙虽无形啥都挡,
挡得万物不正常。
直直花草弯弯长,
明明魏紫却姚黄。

第二幕

[柯家客厅。两个月后一个炎热下午。

[柯龙心不在焉地捧着一本书,焦躁不安。

柯　龙　(唱)两顿干饭一顿汤,
长年累月守农庄。
三十年来不变样,

为什么这几日常常心发慌？
看见她我恨得牙根胀，
不见她两眼发呆腿发僵。
看书本，书里全是她的像，
听鸟叫，鸟声变成她的腔。
方才午休做个梦，
梦见她来拉家常。
喊儿子，叫三郎，
问罢短，再问长，
满面春风流麝香，
慌得我一躬到地叫亲娘：
"我的亲亲娘啊！"
梦醒来悔恨交加冷汗淌，
脆崩崩抽了自己两巴掌！

[柯龙欲出门，艾碧走上拦住。

艾　碧　三公子，今天打扮得好漂亮啊！脸蛋净光，头发喷香！（盯住他转圈看，突然发出嘲弄的笑声）

[柯龙啐一口，往外走……

艾　碧　（娇媚地）小龙！

柯　龙　别碰我，让开！

艾　碧　（命令地）柯龙，老三！

柯　龙　（停步——怨恨地）你要怎的？

艾　碧　你到哪里去？

柯　龙　（恶狠狠地，故意冷笑地）我到东边去。

艾　碧　村东柳屋？

柯　龙　正是。

艾　碧　姚家翠花？

柯　龙　正是。

艾　碧　(嫉妒地)姚翠花她值得你爱吗?

柯　龙　你管得着吗?

艾　碧　她是个丑八怪!

柯　龙　(故意气她)她比你漂亮!

艾　碧　(柔和地)不,这话可不是你心里话。你的眼睛告诉我,你,很喜欢我。

柯　龙　呸!恶心!

艾　碧　看,你又在难为自己了,你在骂我的时候,眼神多么虚弱。这人哪,是不能违背大自然的本性的,柯龙!

(唱)自从我跟着你爹进了这柯家村,

宇宙神时时提醒这里头有原因。

第一眼看见你,

问题就有了根。

六十天共相处,

答案就步步深。

却原来一颗孤心等着另颗心!

月亮等黄昏!(帮腔)

有道是天赋秉性人之本,

人世间活个潇洒图个真。

该爱你就爱,

该亲你就亲;

扭捏非好汉,

痛快是真君。

何必要朗朗晴天你偏来道个"阴"?

半吐又半吞!(帮腔)

柯　龙　(竭力从她的魅力中挣出来,慌乱地)你,你这话要是叫老爹听到了,他他……

艾　碧　怕什么,那咱们就一起对付他。

柯　龙　不,我知道你的诡计,你想把一切都吞下,也包括我。可是你听着:你甭想吞得下我!(欲下)

艾　碧　(挡住去路)站住!

柯　龙　让开!

艾　碧　我不准你去找姚翠花!

柯　龙　我偏去找她!

艾　碧　她是个婊子!

柯　龙　我就需要婊子!(报复地对她笑着)这人哪,可不能违背大自然的本性。

艾　碧　她一文不值。随便哪个酒鬼都可以跟她睡觉!

柯　龙　可她比你好,她至少不会偷走我的东西。

艾　碧　(狂怒地)你的?你是指——我的田庄?

柯　龙　我是指你像老娼妇卖了自己赚来的田庄——我的田庄!

艾　碧　呸!奴才!

(唱)骂一声柯老三痴心妄想,
做梦事说梦话好不荒唐。
这家业全由我当家理账,
一根草半块砖难归你三郎!

柯　龙　(唱)你三十嫁七十巧夺暗抢,
拿肉体换家产淫妓邪娼。
普天下难找你如此混账,
姚翠花虽破烂也比你强!

艾　碧　(唱)听此言恨得我牙根咬,

柯　龙　(唱)但愿你早气死还我家当。

艾　碧　(唱)从今后永不见奴才丑样!

柯　龙　(唱)再见你我也会呕翻肝肠!

[柯龙冲下。艾碧气得浑身打颤,捂起脸欲泣。

[柯泰上。他脸上严峻冷酷的表情起了变化,显得温柔、

随和。他眼里有一种奇特的、梦一般的神气。他看上去比以前更健壮、更年轻些。

[艾碧见到他,便很快地扭过头去,毫不掩饰内心的厌恶。

柯　泰　你和柯龙吵架了?

艾　碧　没。

柯　泰　好大的嗓门?

艾　碧　(没好气地)既然听到,何必再问。

柯　泰　可我听不清你们吵些啥哟!

艾　碧　(松了口气)那就别听。

柯　泰　柯龙这小子,原来软绵绵的,活像他妈。现在老想顶嘴犯上。

艾　碧　可你现在反倒是越来越软蛋了,像一桶猪食,糟突突,稀糊糊,臭气熏倒三间屋!——柯龙就这么说你!

柯　泰　(脸立刻沉下来)什么?他敢说我?那是我近来没揍他!(又缓和下来)老了,人一过七十,老天就通知你早做准备啦。最近我常常想起他妈。

艾　碧　他还说这家业,将来都是他的!

柯　泰　(笑)这小王八蛋!这话应该由我说,他不该说。

艾　碧　这么说,你是打算把家业留给柯龙啦?

柯　泰　……那是临死前才办的事,现在谁也不给,我要活下去,无尽期地活下去!

艾　碧　可你终究要死哩!

柯　泰　(一愣)……我是要死的。可是,这个话,谁也没敢当我面说过,只有你。

艾　碧　那是你那宝贝老三在这样说你,他整天恨你不死!

柯　泰　那是我对他太凶了。这个小可怜!往后啊,我得……

艾　碧　(盛怒)拉倒吧!既然你对柯龙这样仁慈,你跟他过嘛!娶我来干吗?!(愤下)

柯　泰　(急拦)这……这是两回事嘛！艾碧,我可不能没有你呀!

(唱)小艾碧,小乖乖儿,

你是我的心肝肝儿。

晚上你是甜梦串儿,

白天你是葡萄干儿。

我为找个贴心伴儿,

八乡十镇转百圈儿。

老天叫咱碰一块儿,

一碰碰出亮火花儿。

你的声音像笛管儿,

你的容貌像鲜花儿。

你的身影像云片儿,

娶来你我年轻了三十年儿!

(激动地抓住她的手,用一种奇特的眼神看她)

艾　碧　(急把手缩回,厌恶地)好吧,好吧,你对我好我知道,可你得管管你那不成器的儿子,他在外面疯!

柯　泰　唉!年轻人都是这个德性!

艾　碧　他还拈花惹草,胡搞乱搞!

柯　泰　人到三十,放浪之时。

艾　碧　他还去找那个娼妓姚翠花!

柯　泰　鬼迷心窍,作孽伤身。是得给他找个老婆了!

艾　碧　(忍无可忍,疯狂地)他还想调戏我呢!欺负后妈!

柯　泰　(望着她,死一般地沉默)调戏——你?

艾　碧　(挑战地)他向我求爱,对我动手——你刚才听到吵架就是为了这个。

柯　泰　(望着她,一阵可怕的怒气冲上脸颊,肌肉跳着,浑身发抖)苍天在上——我要杀死他!

艾　碧　(这才吓坏了)不,你别这样!

柯　泰　(狂暴地)我要用杀猪刀砍下他的头!

艾　碧　(搂住他)老柯,老柯!

柯　泰　(猛地将她推开)血溅榆树顶,尸骨点天灯!

艾　碧　听我说呀老柯!事情不太糟,闹得不太大,半真又半假,说些玩笑话,就像小孩子淘气顶嘴,嬉笑怒骂,清风过耳,啥也没啥!

柯　泰　那你干吗说——调戏你?

艾　碧　我说过头了,加上——我也气疯了,我一想起——他想把田产家业都夺走……

柯　泰　(平静下来,但仍阴沉冷酷)那好,我会用马鞭子抽他,把他赶走,叫你快活!

艾　碧　(急切地抓住他的手)不,可不能赶他走,这不合情理!

柯　泰　嗯?

艾　碧　(突来灵机)要把他赶走了,谁来帮你干活?他可是个不花钱的长工啊!

柯　泰　唔!(气愤地)好吧,那就先让他呆着。这些兔崽子们,真把我气死了!

(唱)老大歹,老二奸,

刁钻乖戾属老三。

不肖之子连成串,

盯着家业抬着棺;

立等我早日上西天!

艾　碧　(唱)走了老大去了歹,

走了老二除了奸。

剩个老三好拾掇,

犁耧锄耙镰刀锨,

长年累月把他拴!

柯　泰　(唱)可叹老夫七十五,

西沉的太阳碰着山，
后继无人好心酸！

艾　碧　(唱)为妻只有三十五，
继家守业我承担，
何愁无人续香烟！

柯　泰　(唱)女人并非亲骨肉，
繁衍家族要血缘！

艾　碧　(唱)您家的血缘都背叛，
活该你孤坟烧纸船！

柯　泰　(唱)恨上来，一把大火将房点，
寸草不留惩贪婪！

艾　碧　(唱)有道是：拨开青灰有红炭，
吹走乌黑是碧蓝！

柯　泰　你是说……？

艾　碧　也许上天会给咱们一个儿子。

柯　泰　(热切地盯着她)一个儿子？我和你的？

艾　碧　你虽然七十五岁，可还是身强力壮啊！

柯　泰　对对对！我壮得很，我壮得很！

艾　碧　我一直在祈祷：让老天爷赐给咱们一个儿子。

柯　泰　(脸上出现快乐、骄傲及宗教般的狂热)你一直祈祷？我的好艾碧！

艾　碧　嗯。(冷酷而决断地)我现在就要！

柯　泰　(激动地抓住她的两手)愿天神赐福！在我这把年纪，在我孤苦伶仃的时候，你要是真能够给我生个儿子，艾碧，你让我干什么我都心甘情愿哪！

艾　碧　(打断地)到那时候，你可要把田产家业都给我——给我和咱们的儿子！

柯　泰　随你要什么我都答应，我发誓！(说着拥向她)

[灯暗。

[灯亮。晚间。楼上两个卧室的内景。

[左边房间,柯龙倚床呆坐,脸上有一股不顾一切的神情。

[右边房里,柯泰躺在床上,发出鼾声。艾碧披衣而坐,心有所骛。

[柯龙猛地站起,心烦意乱地来回踱着。艾碧听到他的走动声,两眼死死盯着那堵隔开他们的墙。柯龙站住,也凝视墙壁。两人热烈的眼神似乎透过墙壁相遇了。柯龙下意识向她伸出两臂,艾碧随之站了起来。柯龙意识到自己失态,捶着自己,扑到床上,将脸埋到枕头里。艾碧轻轻叹口气,两眼仍留在墙上。

[在以上交流动作中,切入以下合唱:

[幕后伴唱:

人生如梦梦不圆,
做梦容易解梦难。
聪明到头是糊涂,
清楚到底成谜团。
想往东时却往西,
本来朝北倒转南。
咫尺天涯同等远,
仁士强梁一脉传……

柯　泰　(忽地从床上坐起)你在何干?

艾　碧　(依旧望着朝向柯龙的墙)什么也没干。

柯　泰　那你何故对着墙壁愣神发呆?

艾　碧　为了你的儿子呗!

柯　泰　(高兴起来)哦!为儿子,你在祈祷?

艾　碧　我祈祷多遍了。

柯　泰　好,永远祈祷下去,直到……把孩子给我生下来!

艾　碧　这事儿,可不是我一个人的事情。

柯　泰　我这边你别担心,你那边——你得保证!

艾　碧　保证?能保证吗?

柯　泰　能不能——全看你!

(唱)我这里雄赳赳来蓬勃勃,
精神充足力气多。
心中燃起一团火,
为儿子我敢把老命豁!
可就是:种子发芽凭土沃,
金蝉脱皮靠老壳。
受孕怀胎全在母,
肚子有瓜蒂自落。
艾碧呀!
只要你为我生下子,
插玉簪,戴金镯,披云锦,穿丝罗,
千亩良田、成群骡马、三进宅楼、全部家业,
统统都属你艾娇娥!
倘若是只见花蕊不结果,
那就对不起了:
临死前一把大火我把它们带天国!

艾　碧　你可真叫绝呀!

柯　泰　没法不叫绝,这就是我柯老太爷的禀性!

艾　碧　(发狠而决断地)好!我保证!明年这时候,我就叫你抱儿子!

柯　泰　(神经质激动地抓起艾碧)这才是我的好妻子!这两个月来,我已经感到事儿成了!比如刚才在床上……(亲昵抱她)

艾　碧　(厌恶地推开他)去去去!

柯　泰　(嬉皮笑脸地)好,今晚让你睡个好觉。(扭头欲下)

艾　碧　(浑身一颤)老柯!你别离开我……

柯　泰　(回头,莫名其妙)艾碧,你不舒服吗?

艾　碧　不,我一个人呆着,有点儿害怕……

柯　泰　怕什么!我让你一个人做个好梦。你没听说:送子娘娘都是趁女人们单独睡觉的时候,给悄悄送来的?哈哈哈!(扭头欲下)

艾　碧　(失声冷叫)站住!(又柔声地)你上哪里去?

柯　泰　到饲养场去,有头牛病了,我去看看,跟牛们在一起,我也睡得安宁。(下)

[艾碧追上几步,又迟疑地退回,呆呆地坐下,思潮汹涌。

[隔壁柯龙猛起,向艾碧伸出双手。艾碧像发觉似地回头望柯龙……

[情涛激荡的音乐。

艾　碧　(唱)满湖春水风陡起,

柯　龙　(唱)云裹雾罩层浪击。

艾　碧　(唱)空中似谁唤艾碧?

柯　龙　(唱)身后如人扯襟衣。

艾　碧　(唱)腿脚无主抬无序,

柯　龙　(唱)心潮澎湃水漫堤。

二　人　(合)撒脱意马随心去,

今夕不答明朝题。

[柯龙疯狂般地跳起,冲出房门,推开艾碧的房间。

[柯龙迷乱地冲向艾碧,跪了下去,伸出求救的手。

[艾碧似乎被柯龙感动,报以接纳的期待。

[两人对视良久。她轻轻喊了一声。柯龙张开双臂,一把把她搂在自己的怀里。可是,柯龙终于意识到自己的仇

恨，猛地把艾碧推开。

柯　龙　(像动物一般喘着气)滚，滚出去！

艾　碧　(温柔地)这，这是我的房间，是你找我的呀！柯龙！

柯　龙　(违心地)不，不对，没有，胡说！

艾　碧　我感觉得到，你在盼我，你在叫我，你看不见我就六神无主，就活不下去……

柯　龙　(被揭了疮疤，凶狠地)你？

艾　碧　我也一样，只有看见你我才快乐。

柯　龙　(粗暴地)我不要你，我一看见你就恨！

艾　碧　可你刚才抱我是真心的，我感觉得到。

柯　龙　那……那是我想起另一个人。

艾　碧　(猛地颤抖)姚翠花！

柯　龙　也许正是。

艾　碧　(大怒)那，你是个畜生！

柯　龙　(威胁地)你不能这样对我说话！

艾　碧　(尖笑)你以为我爱上你——这样一个窝窝囊囊的东西？

柯　龙　(恼羞)我知道这都是你的诡计，你迷惑我，引诱我，是要吞掉这儿的一切！

艾　碧　(挖苦地)也许正是！

柯　龙　(盛怒)你给我滚！

艾　碧　这是我的房间，你算什么东西？你只是我出钱雇的一个佣人！

柯　龙　(威吓)滚出这座庄园！要不然我杀死你！

艾　碧　(自信地)我可一点不怕，你需要我，你离不开我，你会让我牵着鼻子走的。来，我领你去一个地方，那是一个没有打开的房间，这个家里只有那一个房间还不是我的。

柯　龙　(火烧着一般)那个房间是我妈的！

艾　碧　今晚我就要它属于我！

柯　龙　你敢！那个房间是我妈的住室，她死后还没有人敢去打开！

艾　碧　我这就去打开它！

柯　龙　你作死！我妈的东西谁也不许动！

艾　碧　我这就去动动，开开锁，点上灯，收拾收拾，清点清点。

柯　龙　（疯狂地）不，我妈……她会掐死你！

艾　碧　（平静地）我想不会，因为女人还是同情女人。我待她不错呀！

柯　龙　你这个贪婪精，你连她的东西也要抢走！

艾　碧　她可不会那样想，咱们走着瞧。三少爷，你不跟着我，能放心吗？

（唱）随着来跟着走不必迟疑，

新主人去新房点点东西。（开锁）

大铜锁久不用一身锈气，（进屋）

蜘蛛网满屋挂层层密密。

星星火燃蜡烛点点亮起，（盏盏灯亮）

阴森森冷飕飕寒气侵衣。

柯　龙　（突然恐怖地喊）妈！夺你家产的人来啦！

［音乐起，冷栗寒战……

艾　碧　（唱）此间屋果非是等闲之地，

艾碧我向亡灵躬身一鞠。

你在阴我在阳咱都是女，

你在先我在后都为人妻。

你的去我的来皆是天意，

你管家我管家同做奴婢。

论身份你为姐我为小妹，

论年龄我做侄你做娘姨。

［幻觉中母魂飘忽游弋，时隐时现……

［幕后合唱：

闻道鬼魂是口气，
气凝不散成灵异。
人心想处随形现，
知天察地达幽秘，
小心冥冥不可欺。

艾　碧　(唱)忽听得窸窣窣似脚踩地——

柯　龙　那就是我妈！她来啦！

艾　碧　(唱)灯影里雾氤氤流香扑鼻。

柯　龙　她迎着你去了……

艾　碧　(唱)双肩头摩挲挲似手抚臂——

柯　龙　好啊，她抓住你啦！她要掐你！

艾　碧　(唱)温柔柔暖乎乎热沁心脾。
看起来她对我还挺客气——

柯　龙　(疑惑地)我想她该恨你，恨死你！

艾　碧　(唱)命运同身世似惺惺相惜。

柯　龙　她恨你占了她的位置！

艾　碧　(唱)她去世空位置要人代理，

柯　龙　是我爹那个老东西把她活活折磨死了！

艾　碧　(唱)老东西是咱的共同仇敌！

柯　龙　你不知道妈是多么爱我呀！妈妈！妈！

艾　碧　(唱)你妈妈让我来替她爱你——

柯　龙　替她？……替她？

艾　碧　(唱)看起来全是她安排的迷局。
望窗外风清月朗星斗稀，
榆影疏淡绣帘低。
红烛摇曳离人泪，
灯花爆溅告归期。
失落的母爱再捡起，

沸腾的情爱如汤炙。

人间真心得不易，

天下纯情闪即失。

两条孤命绑一起，

心同跳，血同飞，爱同向，意同律，

生死由之、荣辱随之、忘我无我入太极！

［两人对望着，柯龙情不自禁地向对方走去。

［突然，柯龙又像刚才一样从她怀里挣脱。

柯　龙　（对着空洞的房间）妈！你要什么？你要跟我说些什么？

艾　碧　她要你承认我，她要你放心我，柯龙！

柯　龙　我感觉到了。可是，我弄不清，你占了她的位置，她还这样宽宏？

艾　碧　她才不这样想呢。她知道我是你的同辈，是她的晚辈，派我来向你付出真心，帮你化解孤独……

柯　龙　（脸上突然有了神采。露出一种恶狠狠的、胜利的笑容）哦！我知道了：这是我母亲有意对老东西的报复，报复！哈哈哈哈……

（唱）妈妈阴魂设暗关，

清算孽债在今天。

向老鬼射出复仇箭，

让我来夺走他的心肝肝！

母亲指路明灯燃，

情闸一开浪滔天！

跪向艾碧袒心愿：

我爱你爱得成疯癫。

自从见你第一面，

如鱼吞钩被线拴。

天天神志将你撵，

夜夜梦魂被你牵。
想你想死多少遍,
恨你恨塌十层天。
而今终得双心见,
下火海,上刀山,变虫蝶,化灰烟,
心甘情愿无遗憾！无遗憾！

[柯龙向艾碧跪下去。

[艾碧爱怜地捧着他的头。

[灯暗。幕闭。

[幕间合唱:

榆树蓬蓬夜笼烟,
榆树底下一层天。
春梦总比恶梦好,
欲海胜过苦海宽。
人恋家业马恋圈,
鸟贪谷米人贪钱。
唯有光阴不谙世,
只把春色布人间。

第三幕

[第二年暮春。柯家正堂门外。

[两株老榆树树干上,贴着大红“喜”字,满院喜庆气氛。

[唢呐高奏。孩子们戴着大头面具,跳着“娘娘送子”民间舞戏。

[几个壮汉装扮成神怪,吐着火焰,耍着变脸,驱赶邪祟,保子太平。

[一个姑娘推着五彩缤纷的摇篮车,穿过人群走来。送

喜帖的人们纷纷赶来呈贺，往摇篮车上扔红包。老柯泰容光焕发，倍显精神，兴致极高地迎接着宾客，不断地打着招呼，收着礼品。

[几位宾客把柯泰围了起来。

一女人　(唱)麒麟送子到你家，

一老翁　(唱)七十六岁又开花。

一老媪　(唱)奇迹都出贵门下，

一青年　(唱)老爷枪法真不差！

[众哄笑。柯泰一把抓住青年的衣领，就地拎了一圈。

一青年　(吆喝)哎哟！柯老爷手下留情！手下留情！

柯　泰　狗嘴里吐不出象牙！

一老翁　老哥，你真行，七十六岁还能生孩子，我才五十八，就蔫儿啦！

[众人窃笑。

柯　泰　我也真为你可怜，像你这么个乖孩子，竟会如此无用！

一老翁　我呀，我也不信你会如此中用！

[众人一阵哄笑。

女　人　咋不见柯龙三公子啊？

一青年　(扯扯女人衣角，窃语地)问啥问，柯龙正在忙着照顾他的——小弟弟呐！(诡笑)

柯　泰　(走向青年)你个小兔崽子又讲什么怪话了？(出手便把青年扔了一个滚翻，然后揪住耳朵拎了一个大圈)

[众人鼓掌叫好。

一青年　柯老爷饶命！柯老爷饶命！我知道你会天门拳，你要是一出手，小的就没命了！

柯　泰　(兴致越来越高)好，今天爷爷高兴，我就练上一把！(他甩开外衫，挥拳抡腿，飞跃腾挪，极见威风)

(唱)进如大鹏击苍天，

退似猛虎下山巅。
百弦弓开不流汗。
千斤鼎举腰不弯，
七十六岁少壮汉，
爷爷阳寿二百年！(此唱段可加伴唱和合唱)

[众人看得眼花缭乱，纷纷喝彩。

司　仪　(高喊)众位父老乡亲！柯老爷老年得子，天赐洪福。今日喜庆百日，华筵宴宾，恭祝柯老爷寿康永驻！

众来宾　寿康永驻！

司　仪　祝贵子长命百岁！

众来宾　长命百岁！

司　仪　众来宾入席喽！

[众人喜笑着走进大客厅。场上只留老柯泰。

[柯龙上。他脸上现出痛苦和迷惘交加的神情。

柯　泰　三儿，你在此何干？

柯　龙　(一惊，仇视地盯住他)无事可干。

柯　泰　(嘲弄地察看他)四乡亲朋都已来到，纷纷问及于你。

柯　龙　让他们问呗！

柯　泰　来了好多漂亮的妞儿呢！

柯　龙　你好好欣赏吧！

柯　泰　你应该挑上一个赶快结婚。

柯　龙　我不要！

柯　泰　结了婚，你就可以分到她们一份田庄。

柯　龙　(讥诮地)就像你霸占我妈的田庄一样？

柯　泰　(恼怒)混蛋！你他妈造谣！那是你妈娘家人偷走我的田庄！

柯　龙　亲戚们可不这样认为。

柯　泰　那他们统统造谣！我会一个一个和他们算账！

柯　龙　(挑衅地)不管怎样,我已经有了田庄!

柯　泰　(反击)你的田庄何在?

柯　龙　就在脚下!

柯　泰　脚下归谁?

柯　龙　脚下归我!

柯　泰　你在做梦?

柯　龙　我很清醒!

柯　泰　清醒?(嘲弄地大笑)哈哈哈哈!……这是你的田庄?你的眼睛瞎了?脑袋傻了?只要老子健在,田庄里的一根木头、一块石头,都没你的份喽!

(唱)小崽子天生顽劣与爹作对,
不听话不敬父时时作祟。
夺家产抢财产处心积虑,
你是个闹家恶魔败家贼。
自从我有了这个小宝贝,
老子的全部家产有所归。
任凭你想掉肝子盼掉肺,
也难落一根檩条两块坯。
这几日不喝老酒心就醉,
身轻如燕直想飞。
老天爷准定让我活百岁,
气死你不孝的小乌龟!
这家产也属你后娘好艾碧,
她为我设计献策防家贼。
她说你曾经把她来调戏,
妄图要欺母奸亲谋不轨!
我本想乱斧把你来剁碎,
她说道杀了畜生咱吃亏:

田地要种牛要喂，
不留个长工指靠谁？
你后妈心眼比你多百倍，
她把你，当猴耍，当猫喂，当牛使，当马催，
——哄着儿顺缰驾辕把套背。
小艾碧贴我肝来润我肺，
她是我甜心的蜜桃开心的梅。
至如今琴有续弦弓有坠，
你成了茅厕屎一堆！

柯　龙　（一直听着，因痛苦和愤怒而变得木然。突然，他粗野地、断断续续地笑了）哈——哈——哈！婆娘，原来这都是她的诡计——她一直欺骗我！她要把一切都吞下，也包括我……（疯狂）我要杀死她！我要杀死她！（跳起来，向屋内冲去）

柯　泰　（拦住）不，你不能去！

柯　龙　你滚开！

［柯龙想把柯泰推开，两人立即扭作一团，打了起来。

［柯泰使出蛮力，柯龙终究不是他的对手，被父亲卡住喉咙，逼到墙根。

［艾碧上，她见状惊叫一声，向两人奔来……

艾　碧　柯龙！柯泰！（拖住柯泰卡柯龙的手）放手！

［柯泰放开手，将柯龙猛地甩倒在地。

［柯龙趴在地上喘着气，呼吸困难。

［艾碧哭叫一声，跪在柯龙身旁，揽起他的头，放在自己腿上。

［柯龙挣扎着把艾碧推开。

柯　泰　（站在一旁，咧着嘴，得意地望着他们）我的小夫人！不用担心，我不想杀死他，他的死期还没到哪！（越发得

意)他以为爹好欺负,这就是他的下场!楼上那孩子,将来定会和我一样!(转身离开)我要与乡亲们喝酒去了,好好庆祝庆祝儿子百天!哈哈哈哈!(一路笑声下)

艾　碧　(柔和地)龙,伤着了吗?(蹲下想抱他)

柯　龙　(狠狠地推开艾碧,挣扎坐起,气喘吁吁)你给我滚开!

艾　碧　(不相信自己的耳朵)是我呀,我是艾碧,不认得了?

柯　龙　(仇恨地怒视)嗯哼——我总算认得你了!(突然失声痛哭,继而无力地抽泣)

艾　碧　(吓坏了)小龙——出了何事?——为何这样?

柯　龙　(激烈地,抽抽噎噎)我恨你!你这个婊子——你这个诡计多端的婊子!

艾　碧　(吃惊地往后退)龙!你你你你,你知道你在说些什么!

柯　龙　(从地上爬起——谴责地)你是个造谣骗人的恶鬼!你说的每一句话都是假的!

艾　碧　不不不,我不是那样的人!

柯　龙　你口口声声说你爱我……

艾　碧　(狂乱地)我是爱你的,真心地爱!(抓住他的手,但被他甩开)

柯　龙　不,你不爱我!你是为了我跟你生个孩子,然后独吞家业!你背过脸却跟他说我调戏你,让他把我赶走!

艾　碧　(感到头懵——迟钝地)他跟你说的?

柯　龙　难道不是真话吗?(欲走)

艾　碧　(恳求地)柯龙!听我说,一定得听:那是很久以前,咱们之间什么事还没发生,你那天对我挖苦谩骂,还要去找姚翠花。我既爱着你,又恨着你,为了报复,便随口跟他说你想调戏我!

柯　龙　我但愿你死了!但愿这一切暴露之前我和你一起死了!(怒气冲冲地)可是,我要报复,我要报复!我要叫我妈来诅咒你们——妈，妈，你从坟墓回来吧！

艾　碧　(心碎地)不要这样，柯龙！你不要！(刷地跪在他面前，泪流不止)我不是那个意思，饶恕我吧！

柯　龙　(只顾发泄)我要把那个宝贝儿子的真相告诉他，让他们互相残杀——然后我上西部，找大哥二哥去。

艾　碧　(吓呆了)你不会——离开我吧？我不能让你离开！

柯　龙　(恶狠狠地下决心)我这就走！我去赚大钱回来，再和你们算账，我先把那个儿子赶出去！(说到最后歇斯底里大叫起来)

艾　碧　(战栗着——低声下气地)他可是你的儿子，龙！

柯　龙　(内心受着折磨)我恨死他了！但愿他没生出来！但愿他现在就死！

艾　碧　(怔怔地、缓缓地)要是这样，我也恨他。

柯　龙　(痛苦地)撒谎！你爱他！他能帮你把田庄偷到手！(心碎地)可是田庄算什么——你要了我——让我爱上你——而且骗我——说你也爱我——骗了我整整一年……

艾　碧　(失态地)我真心爱你，我发誓。

柯　龙　呸！

(唱)狐狸成精扮人相，

好一副：

漂亮的脸，温柔的样，动听的话，迷人的腔；

却原来：鬼蜮伎俩、蛇蝎计谋、虎狼心肠！

骗我情诱我爱引我迷惘，

勾我魂摄我志夺我刚强。

一年来我尽在梦境荡漾，

一年来我爱你爱得发狂。

一年来我忘了前仇旧账，

一年来把骗局错当天堂。
一年来我丢掉奋斗志向，
一年我辜负冤死的老娘！
一年来我上了一个大当：
我和你生下个罪孽的儿郎。
小崽子，望风长，
刚满百天二尺长。
转眼就是一条汉，
能和我真刀对真枪。
到那时争夺家产两条虎，
亲生骨肉溅血浆！
呼苍天，天在上，
后悔药能否赊两筐？
再赊一条回头路，
重举当初复仇枪。
长枪铮铮挑祸首，
一枪送你见无常！

(愤怒地冲向艾碧)

[艾碧并不躲闪，相反地闭着眼睛引颈就范。二人逼近相持有顷。最后，柯龙收起战栗的手，夺路而走。

艾　碧　(拦住柯龙)柯龙，求求你，杀了我，在你出走之前，杀死我吧！(柯龙扭头朝另一方向走，艾碧再度追拦)如果你恨我是真，就请动手！

柯　龙　(咆哮)我嫌脏了我的手！(掉头再次走开)

艾　碧　(苦追苦截)你不杀我，就答应一条：不要离家，不要出走，不要离开艾碧。没有了你，我活不下去。

柯　龙　呸！我明天一早就走！如若不走，让炸雷当头劈我！(再逃)

艾　碧　(再堵)倘若因为孩子而失去你,那么,要儿何用?

柯　龙　(嘲弄地)有用得很:他会帮你把我的田庄家业统统夺走!

艾　碧　(错乱地)他夺不走,我会先把他杀了!

柯　龙　(粗暴地)你的谎话说了一年了,再说也没用了!(转身)请别让我再看见你,闪开!

艾　碧　(不顾一切地抱住他)龙哪,要是这孩子没有出生,你你你,你会留下吗?你还会爱我如初吗?

柯　龙　(动情地脱口而出)那当然!(突然又意识到仇恨)滚开!我要去喝酒、跳舞,喝个烂醉,跳个痛快,明天就走!一大早就走!哈哈哈哈……(下)

艾　碧　(喊)可你要记住你答应过的事儿,君子一言,驷马难追!……(自言自语地)……柯龙他答应了,他也可以不走,他也可以不走!

[幕后传出鼓乐声、鞭炮声、划拳行令声。

[艾碧焦灼、惶遽、失态。

艾　碧　(唱)香才燃,宴才开,酒杯才举,
儿才生,娘才当,瓜才熟,果才摘,
百日才临,喜幛才挂,钟鼓才击……
却为何陡然一阵暴风雨,
转眼间好情好景似遗迹?
望人间好欢好乐不常聚,
叹人生好恩好爱不并蒂。
嗟百鸟啾啭声中掺鹤唳,
悲物种与生俱来存天敌……

[姑娘推摇篮车上,车中婴儿啼哭。

姑　娘　(掬起摇篮中的红纸包)夫人!快看哪,光收的小红包就有一大堆,把孩子压哭啦!老爷子叫你喂奶哪!(笑下)

艾　碧　（出神地望着摇篮车）

（唱）拭泪眼垂粉颈朝儿望去，

天庭满地阁圆福相奕奕。

眼像龙鼻像龙处处堪比，

貌似他神似他血脉连裔。

手托着小娇儿满目回忆：

榆树下杨柳岸西圃东篱。

春风里卷裹着情话喁喁，

夏雨中掺和着热泪滴滴。

秋叶上写满了誓言句句，

东窗下留住了两情依依。

实指望岁月如斯常延续，

怎料到娇儿落地就树敌！

［幕后伴唱：

哎哟哟！好稀奇，

刚落地的婴儿有天敌。

敌人就是亲生父，

父父子子不两立。

艾　碧　（唱）苍天哪！

你为何骨肉之间孕敌意？

［幕后伴唱：

苍天有问无答语……

艾　碧　（唱）又为何常教家亲动剑戟？

［幕后伴唱：

又是一道费解题……

艾　碧　（唱）儿啊儿！你来何必赶爹去？

［幕后伴唱：

儿不赶爹不由己……

艾　碧　(唱)龙啊龙！你留下何必动杀机？

[幕后伴唱：

不杀不解人之谜。

艾　碧　(唱)有道是人之初，性本善，

老天造人爱为基。

[幕后伴唱：

闻说道：老天半道改主意，

人肚里填满："欲、欲、欲"，

只留个皮囊好美丽。

艾　碧　(唱)揪心事难得我喘不过气——

[幕后突然传来柯龙的吼叫声和酒杯破碎之声……

艾　碧　(唱)忽听得酒席宴间疯言醉语杯破瓶碎飞玻璃！

柯龙他转眼之间就要去，

艾碧我全部欢乐顿消逸。

失却柯龙失却爱，

茫茫大千成废墟。

撇开天来扔下地，

绝不放心上人儿舍我而去弃我而飞扬长西！

[艾碧果决地走向婴儿摇篮车，神经质地推车漫游，不断地把红包撒向空中，而后停伫，目光颤抖地注视摇篮车。

[摇篮车中婴儿大哭。

[艾碧突然抓起一方小褥子，向摇篮车中的婴儿捂去——

[场灯突暗。黑暗中，婴儿的哭声突然暗哑、纤弱、消失。

[暗转。

[清晨。景如前，空落的场上只有一把摇篮车。

［柯龙提行李上。他走向摇篮车，深情地向摇篮车注视。

柯　龙　（唱）人逢别离万气消，

难舍我儿连心娇。

此去千里忘不掉，

爹爹我时时为儿把香烧！

柯　龙　（扒在摇篮车上，充满爱意地）乖！你爹想通了，现在一切不讲，免得让那老家伙拿你发泄。我不能让你吃亏，这不能怪你。（古怪地骄傲）你跟我很像！你是我的！你爹我总有一天还会再回来！（决然离去）

［艾碧早已出现在柯龙背后。见柯龙要走，才木然搭话。

艾　碧　人已杀死。

柯　龙　（愕怔）人已杀死？

［艾碧呆呆地点头。

柯　龙　（从惊愕中清醒——残忍地）杀死也好，他活该！不过咱们得快快动手，把他弄成酒后自杀。你我出来作证，说他喝了半夜，醉得失去理智……

艾　碧　（愣瘢瘢地望着他）不是他。可是经你提醒，倒应该把他杀死！

柯　龙　（震惊）你，你，此话何意？（望着她可怕的眼神，脸色骤变）总不至于……杀了孩子？

艾　碧　（呆呆地）是孩子。

柯　龙　（仿佛挨了一击，蓦地跌在地上，又挣扎着爬向摇篮车，翻看着，摇晃着，声音颤抖，充满恐怖）天哪！苍天哪！妈！妈！你在哪儿？你为何不拦住她呀？！

柯　龙　（唱）一声霹雳当头炸，

［幕后伴唱：

当头炸，当头炸！

柯　龙　（唱）天旋地转山崩塌。

[幕后伴唱：

山崩塌，山崩塌！

柯　龙　(唱)魂魄惊飞人惊傻，

[幕后伴唱：

人惊傻，人惊傻！

柯　龙　(唱)筋骨被抽心被挖，

[幕后伴唱：

心被挖，心被挖。

乖呀乖，娃呀娃，

刚到人间就走啦……

艾　碧　(唱)娇儿脸蛋美如画，

[幕后伴唱：

好漂亮，好清雅！

艾　碧　(唱)娇儿体态似凝蜡。

[幕后伴唱：

好娇嫩，好光滑！

艾　碧　(唱)娇儿沉睡不答话，

[幕后伴唱：

死一般的静，死一般的哑！

艾　碧　(唱)娇儿阴司去告妈妈。

[幕后伴唱：

好狠心的娘，好歹毒的妈！

柯　龙　(唱)魔鬼之胆没你大，

强盗之心没你辣！

艾　碧　(唱)要骂你就狠狠骂，

只要你不离开家。

柯　龙　(唱)你鬼迷心窍犯狂傻，

亲娘亲手把亲儿杀！

艾　碧　(唱)你亲爹亲口讲利害，

亲父亲子是冤家。

为了留住你，我就舍了他，

丝绵枕头把儿压——

儿就断了气！

儿就闭了眼！

儿就离开妈！

我不哭，我不怕，

我有大爱在胸胛。

人生真情只一现，

犹如铁树难开花。

苍天令碧遇上你，

真情真爱结奇葩。

只要我身边有条龙，

我的小龙啊！

舍田庄，弃楼宅，扔家产，丢骡马，

无牵无挂四海家。

笑对地陷迎天塌！

[柯龙、艾碧重唱：

好为难的我，

好坦然的我，

好顽固的她。

好紧张的他。

放声哭娇儿，

悲怆悼幼芽。

举头呼苍天，

俯首泪如麻。

还我骨血还我子，

还我真情还我爱，
一任上苍施惩罚！

柯　龙　（由哀绝转为狂怒）艾碧，你真该死，你看他长得像我，害怕将来认我，你就杀了他。你是条毒蛇，毒蛇！（他冲出门口，转身来疯狂地）我要报仇！我要去找地保！告发你！捉拿你！（冲下）

艾　碧　（从地上挣扎起来，无力地喊）柯龙，你去吧，我不在乎，我——只——要——你！（踉跄倒地）

［柯泰冲上。

柯　泰　（歇斯底里）我的儿子啊！我可怜的儿子啊！（他拎起艾碧，疯狂地扯住她的肩膀摇晃）你为何杀害儿子？为何杀他?!

艾　碧　（猛地将他一推，他一个踉跄后退，她满目仇恨地）我恨你！那是柯龙的儿子！我爱柯龙！

柯　泰　（昏眩地望着她，摇摇欲坠，迟钝地）原来这样——当初我就奇怪——老躲着我——死了死了罢！——可怜的小东西！（噙着眼泪，用袖子拭鼻）

艾　碧　（歇斯底里）不许你哭！不许你哭！（自己忍不住涕泣）

柯　泰　（挺直身子，冷酷地）既然是柯龙之子，我为其死感到高兴。我要去报案，送你进监狱，我要亲眼看着砍下你的头！（欲下）

艾　碧　不必劳驾，柯龙已经去了。

柯　泰　（惊异）柯龙？他慌慌张张原来是去报案的？（奇怪地一笑）艾碧，要是你真心跟我过，我决不告发你。我才是真正的男子汉！

艾　碧　（冷冷地、缓缓地）宁死利刃下，不活钝刀头。

［地保带二捕役手提锁链上。

地　保　谁是艾碧？

[艾碧挺身上前。

地　保　带走！

[捕役锁上艾碧。

[柯龙踉跄冲上。

柯　龙　(动情地扑向艾碧)艾碧！饶恕我吧！我对不起你，我真心实意地——爱着你！

艾　碧　(本来背着他，突然一个转身，惊喜地)小龙，有了这几句话，我原谅你！

柯　龙　我后悔了，我突然感到我是多么需要你，离不开你呀！我如梦初醒，好像刚刚从一张网里挣出来——什么田产，什么家业，只有你——才是我心中的整个世界！

艾　碧　(抚摸他，温柔地)我的孩子，我的柯龙！

柯　龙　地保大人！是我教唆她干的，是我叫他杀死孩子！把我带走！

艾　碧　不！是我一人干的！把我带走！

柯　龙　不！我干的！

艾　碧　不！我干的！

二　人　(二人深情对视，然后果决地)是我和她一起干的！求求你，把我二人一起带走！

柯　泰　(自言自语)嗯，这倒像是一对不错的鸳鸯！(下)

地　保　带走！

[二捕役将柯龙和艾碧套上绳索。

[艾碧和柯龙并肩走向纵深高处。

[幕后合唱：

老榆树下好梦多，
榆钱当做金钱落。
金钱落地堆成垛，
大风一吹是草末，

不如趁嫩泡茶喝！

[幕落。

[剧终。

根据好莱坞同名电影改编

卷二 魂断蓝桥

Hun duan lan qiao

DRAMA COLLECTION

人　物

白秋岚　燕城剧社女演员，青春妩媚，纯洁笃信。她很早失去了双亲，习惯于过苦日子。她投奔燕城剧社学戏，在老师的殷切辅导下，刻苦早成，出类拔萃，成为剧社的台柱子。她是那种一心扑在事业上的痴迷型演员，从不分心他顾。然而，当她一旦被丘比特的神箭射中，却又直扑爱情旋涡而决不回头。

单英飞　青年军人，抗日战争时期 29 军独立团团长，后升为师长。他是发生在中国土地上的日俄战争中抗击日本侵略军的爱国将领单公敖的儿子，具有将门风度，高大英武，血气方刚，忧国守志，远离异性。然而一旦真爱从天上掉下来，却是一把抱死，决不松手。

单夫人　单英飞的母亲，抗日将领单公敖的遗孀。大家闺秀，穿戴讲究，挺有派头。后半生就是活儿子，儿子比她的命还重要，所以她对儿子的婚姻一直是呕心沥血地打造，然而却又得不到儿子的响应。令她意外的是儿子一夜之间却为她捡来个儿媳妇，她自然要用十分怀疑和挑剔的眼光来审视。

赵　婕　燕城剧社的长辈艺人，读过书，爱诗歌，懂音乐，有过舞台生涯，而后常做辅导学员的工作。对晚辈一片慈爱之心，对国情一片忧患衷肠，崇敬爱国志士，憎恨东洋寇行，常常愤笔谱歌，走街哨众，宣传抗日，抒发民族之恨。

孙班主　孙举，燕城剧社老板，慌乱年月仍然领班卖艺，惨淡经营，实属不易。是梨园里顽强的根须。但人毕竟是老板，具有老板的通病，工算计，惯应变，爱投机取巧。他对白秋岚的爱当然也是真爱,但带着浓重的商人味。

萧　快　燕城剧社的女演员,一个天真、活泼、可爱的小丫头。富有正义感、同情心,好朋友,乐于助人。是白秋岚的闺群知己。

军　长　29 军首领之一。抗战时期的 29 军史称抗日英雄军旅,名将宋哲元、张自忠时任军长,当然我们不能真名真姓写入以虚构为主的剧中,但又避不开这个大背景,所以笼而统之呼之以军长,好在戏不多,昙花一现而已。

演员甲、乙、丙,军人数名,群众数名

一

[故事发生在20世纪30年代之初的中国某城市。

[一座古色古香的拱桥拔地而起——这是一座有着多孔拱门与厚实的桥墩组成的那种类似于赵州桥的中国式建筑物。它也是一种象征：端庄、持重、特异、自尊。由于它是用蓝山青石建造，远远望去闪耀着青蓝之色，人们便称它为“蓝桥”。占据大半舞台的是一段引桥和引桥下的一块坡地，坡地上方有一座碑亭，上书“后勇亭”三字。舞台左前方露出一孔桥涵，既显眼，又隐秘，它正对着观众，有一段男女主人公的戏就要发生在这孔桥涵里头。

[这是一座城市中的桥梁，两岸的点缀显示着昔日的文明。然而，好端端的一座文明古桥折了几处栏杆，剥落了几处墩石，告诉着人们战争就在眼前。

[一辆军用汽车驶来，刹车声之后，车上下来一位军人及一位老夫人。老夫人仪态万方，服饰华贵，但神色肃穆，面带郁忿。她在军人的搀扶下，缓缓而上。军人是她的儿子，叫单英飞，英武健壮。他手捧一束鲜花，随同妈妈登上碑亭，把鲜花放在石碑前，然后深深三鞠躬。

[幕后合唱：

日寇掠土把人杀，

壮士饮恨不回家。

英魂驻守蓝桥下，

没齿不忘九·一八！

单夫人　公敫，今天是清明祭日，我和儿子来看你了，你听得见吗？

单英飞　爸爸，儿子已经接到命令：明早就要出发，开往关外，抗击日寇！

单夫人　英飞是踩着你的脚印走的，不把日寇赶出国土，他是不准备……再回来的！（哭）

单英飞　放心吧妈妈，日寇一定会被打败，儿子也一定会回来。

［忽然，幕后传来《松花江上》的歌声，一群演艺青年举着“抗日救国”的横幅，边唱边走上。他们都是燕城剧院的演员。

［群众从四面涌来围观。

［领头演唱的是位五十年纪的妇女，她叫赵婕，她头挽白纱，登高一呼，激昂慷慨。

赵　婕　同胞们！九·一八事变后，日本人的侵略不断扩张，鬼子的铁蹄眼看就要踏进我们的城市。我们能坐以待毙吗？

众　不能！！

赵　婕　我们要奋起！我们要抗日！

众　我们要奋起！我们要抗日！

赵　婕　先烈就是我们的榜样：这座后勇亭下就埋着一位抗击侵略者的英雄！二十七年前，日俄战争爆发，日本兵妄图把我们这座城市变成碉堡。是这位囤军将领单公敫，率领一千义勇军，苦战四天四夜，打退七千日本兵数十次进攻，保住了这座城市。可是他，却壮烈牺牲在这座桥头……

［众默哀。

赵　婕　古人云“知耻而后勇”。“后勇亭”即取其意。这篇碑文便是英雄生前写的一首诗……

(诵诗)“秦皇雪剑汉武弓,霹雳华夏处不惊。”

单英飞　(接念)“列强麻麻似蚁动,倭寇嚣嚣如狗疯。”

[众人被朗诵声吸引,回首注目这位亭上军人。

[此时,演艺队员中走出一位姑娘,一袭白衣,雪纱飘舞——她叫白秋岚。她接过朗诵诗句,遂化为幻绕长空的激越唱腔——赵婕为她操琴伴奏。

白秋岚　(唱)秦皇雪剑汉武弓,
霹雳华夏处不惊。
列强麻麻似蚁动,
倭寇嚣嚣如狗疯。
热血溅贼作枪用,
头颅掷敌当弹轰。
唯余咚咚是心跳,
权做战鼓催后生。

[众人被诗的内容所感动,一片喝彩之声。

[最为感动的还是单英飞母子,老夫人感动得热泪盈眶,走上前拉住白秋岚的手,连连地摇晃。

单夫人　谢谢,谢谢,您唱得太好了!

单英飞　您的歌声使这首诗长上了翅膀,让诗的精神凌空翱翔!

单夫人　英魂有知,也会夸你的!

单英飞　我真想让我的战士们也能听到你的歌声!

赵　婕　长官的话说到我们心里了。我们就是想要抗战将士们听到抗战烈士的歌!

单英飞　能不能留下你们的联系方式?

赵　婕　我们也正这样想,请问你们是?

[突然,一阵警报声响起。人群骚动。

众　“警报?”——“是警报!”——“有空袭?”

单英飞　同胞们,这是空袭警报,日本人又来袭击我们了。听我的指挥！桥西有防空洞,可容纳一百多人;桥东有掩蔽部,可躲三十多人;余下的可以躲到桥堡地下室。行动！

[众人按照单英飞的指挥,有秩序地隐蔽撤离。

[勤护兵急上。

单英飞　勤护兵,迅速把夫人送往安全处！

勤护兵　你呢团长?

单英飞　不要管我,这里有群众。执行命令！

勤护兵　是！

[勤护兵掩护单夫人下——急骤的汽车声远去。

[场上只余下单英飞。他紧张地观察着天空,向群众远远打着手势……

[这时,白秋岚又退了回来,她不断向后观望着……她与单英飞撞在了一起。

单英飞　是你?……你怎么不躲起来?

白秋岚　防空洞满了……

单英飞　去东边掩蔽部！

白秋岚　掩蔽部也满了,好不容易才把我师父挤进去。

单英飞　那就下地下室,快！

[他拉起白秋岚朝前方跑去——然而,飞机声迎面响起,越来越近——他们再次退回。

单英飞　来不及了,就躲在桥墩下,快！

[他们两个躲进那孔仅仅可容两个人的桥涵。

[日寇的飞机在头顶盘旋,时近时远——间或有机枪扫射声及炸弹爆炸声传来。

白秋岚　日本鬼子太可恶了。

单英飞　仅仅是可恶?

白秋岚　可恨！可杀！

单英飞　你敢杀鬼子吗？

白秋岚　有什么不敢？(唱)“大刀向——鬼子们的头上砍去”！

[突然，一阵疯狂的机枪扫射声从头顶响过——白秋岚下意识地尖叫一声把头埋进单英飞怀里——静下来之后，白秋岚急忙推开单英飞，飞跑开去……

单英飞　(追上拉住她)你往哪里去？

白秋岚　找我们团里人！

单英飞　这时候不行，太危险！

白秋岚　没什么了不起，我倒要看他小日本有多厉害！

单英飞　不是逞英雄的时候，你一身白衣，容易暴露目标！

白秋岚　我不，你撒手！

单英飞　(大喊一声)卧倒——！

[一颗尖哨而来的炸弹在附近爆炸。

[单英飞以宽大的身躯掩护住白秋岚。

[爆炸掀起浓浓尘浪。尘浪过后，二人挣扎站起，紧张地相互望着。

单英飞　伤着了吗？

白秋岚　(摇了摇头)问题是伤着你了吗？

单英飞　(也摇摇头)可该听话了吧？(边说边把她扶回涵洞)

白秋岚　(她看到他满身尘土，便用双手为他掸尘，忽然发现他背部的衣服被炸开一个大口子)哎呀！你受伤了！

单英飞　没有！

白秋岚　衣服都炸烂了啊！

单英飞　衣服不是身体。我是军人，不是好炸的。

白秋岚　都怪我不好，叫你遭遇这么大的危险！

单英飞　军人吃的就是危险饭，没危险就不要军人！

[白秋岚竟然掏出一个荷包，找出针线，在单英飞的背上飞针走线缝起来。

白秋岚　(唱)瞬间似过二十年，
一场经历不平凡。
顶机枪来迎炸弹，
踩了一回死亡谷的大边沿！
移目眼前心神乱，
迷迷茫茫似梦幻。
头一次靠近个男子大汉，
头一次体验个铁肩靠山。
头一次经历个浪漫危险，
头一次遭遇个心跳目眩。
头一次男儿背上飞针走线……

[她有点走神，一不小心，手里的针扎了一下他的脊背。他抖了一下。

白秋岚　哎呀！扎住了吗？

单英飞　没有，没有……

(唱)这一针扎得我脊背发寒！
强忍着钻心之疼不埋怨，
切莫要惊飞凤凰吓走鸾。
英飞我漂亮姑娘不少见，
却为何独独见她起波澜？
好一副婉转歌喉惊云汉，
好一个窈窕淑女面相贤。
难道说家父有意牵红线？
安排我碑亭之下绾情缘。

小姐，不用连了！

衣服破了有得换，
人不相识后悔难。
敢问小姐名和姓？

白秋岚　(唱)小女名叫白秋岚。

单英飞　(唱)宝邸贵宅有多远?

白秋岚　(唱)燕城剧社做演员。

单英飞　你是演员?

白秋岚　演员。

(唱)哎哟哟! 一声演员惊傻眼,

吓得长官脸变蓝!

单英飞　哪里哪里,不不不!

(唱)从小我爱串戏院,

做梦就想进剧团——可惜我五音不全!

[幕后有人喊:“警报解除喽!”

白秋岚　警报解除了,我得回去了! (扭身欲下)

单英飞　等等,这就走了?

白秋岚　哦,谢谢救命之恩——(深深鞠躬)再见了!

单英飞　哎呀! 谁要你谢呀,我是说……

[幕后传来演员们的喊声:“秋岚——”

白秋岚　哎——马上就来! 好了,真的再见了! (伸手握别)

单英飞　(握住她的手不丢)这么说,刚才是假再见?

白秋岚　你要觉得是,就算是呗! 再说一遍:真的再见了!

单英飞　你就不问问我的名字?

白秋岚　有这个必要吗?

单英飞　你必须问——我要你记住我——我也记住你,一辈子!

[幕后喊声:“秋岚——”

白秋岚　大家都在等我,再见! (决然下)

单英飞　(激动地喊出)没有再见,是永别——

白秋岚　(已走出好远,又停下,又走回)怎么能这样说呢?

单英飞　我是二十九军独立师三团团长, 每次冲锋陷阵都是我们,明天就走了,九死一生啊!

白秋岚　愿上帝保佑你,你会平安回来的。

单英飞　如果我回不来,我父亲就拜托你了,常来为他烧烧纸,唱唱歌。

白秋岚　你是说,那是你父亲?(指碑亭)

单英飞　是的,单公敖是我父亲,我叫单英飞,我明天就去走他的路,同日本人作战!

白秋岚　那你也是英雄!

单英飞　只要你能记住我,我就有杀敌的勇气!

白秋岚　我会的,一定记住你,单英飞!

[幕后群声齐喊:“秋岚——”

[白秋岚踯躅退下。

[单英飞呆呆地望着她渐渐远去。

[幕闭。

[幕后合唱:

燕河之滨蓝桥头,
战火硝烟把人留。
短短一瞬是邂逅,
长长日子是恋愁。

二

[燕城剧社排练厅。

[简衣短扎、一色灯笼裤的演员们正在练功。

[赵婕在辅导演员们捏腿、下腰。

演员们　(唱)腿踢高,膀拉圆,
兰花指头环套环。
旋子落地轻翩翩,
小翻飞空柔绵绵。

台上一招三分短，

台下功夫练十年！

[在演员们的唱声中，一个便装打扮、脸戴墨镜的不速之客上，他在练功的演员群中穿插着、寻找着——一个叫萧快的演员上前，把他撵到一边，他一边后退一边解释着什么。

赵　婕　同学们！今天的练功课是圆场步。圆场步讲究三稳，大家说是哪三稳？

演员们　步稳、身稳、心稳！

赵　婕　对。步似滑冰，身似穿风，心似悬星。你们中间只有秋岚走得标准，现在由她来给同学们作示范。

[秋岚走圆场步，她短夹长裙，一身绯红，走得满台生风。众人喝彩——不速之客的喝彩声最大。

赵　婕　（发现不速客）是谁带外人进来了？

萧　快　他说他是秋岚的朋友。

赵　婕　秋岚，你不该把朋友带进排练场！

白秋岚　（望着不速之客）我没有，我不认识……

[不速之客取下墨镜，他是单英飞。

单英飞　秋岚！

白秋岚　你？

单英飞　我是单英飞！

[白秋岚不知道该怎么回答。

单英飞　昨天，蓝桥，一个当兵的，你可忘了？

白秋岚　英飞……怎么能忘呢！可你怎么这身打扮？

单英飞　为了见你方便，我换了便衣。

白秋岚　你们部队不是走了吗？

单英飞　接到新命令，休假三天！

白秋岚　休假三天？真的？

单英飞　我敢对你说假吗？

[二人忘情地向对方走去。

白秋岚　(唱)英飞英飞鹰未飞，

单英飞　(唱)上天有意赐假期。

白秋岚　(唱)何故衣衫似淋雨？

单英飞　(唱)门外风暴搞突袭。

白秋岚　(唱)此处难找好座椅，

单英飞　(唱)站着说话是军习。

白秋岚　(唱)有茶无杯不成礼，(捧着自己的茶杯无所适从)

单英飞　(唱)过分讲究可不必！(夺过白秋岚手里的茶杯便喝)

白秋岚　(唱)原想到，一面相见不再遇，

单英飞　(唱)差一点，当了逃兵追芳迹！

[幕后合唱：

军官小子演艺女，

萍水相逢电花击。

昨日初识今如故，

一见钟情言不虚。

[演员们被单英飞和白秋岚的异常相识所吸引，她们惊讶——惊喜——嬉笑——祝福……掀起一片欢欣的浪潮。

萧　快　哦——！我咋看着恁面熟，昨天桥头那个穿军装的是你吧？

众演员　(附和)就是他，就是他！

萧　快　你有点太性急了吧？

[众演员笑。

赵　婕　(突然吹了一声哨子)练功结束，都离开排练厅！

萧　快　赵老师，还不到点呢！

赵　婕　提前休息也有意见？

众演员　不不，没意见！

[演员们纷纷高兴地退下。场上只留下赵婕、白秋岚和单英飞。

白秋岚　(尴尬地)赵老师,我……

赵　婕　你过来!——你有点犯浑!当着这么多学员,你们俩的表现有点出格!

[二人同时伸了伸舌头。

赵　婕　多亏你脱了军装,要不然你可损尽了军官大人的派头!

白秋岚　你也认识他?

赵　婕　昨天蓝桥碑亭之下朗诵英雄诗的那位军人不就是他吗?

单英飞　赵老师好眼力。赵老师,我想替秋岚请半天假,请您批准。

赵　婕　不成,批不准,我批准了,老板回来拿我是问,我可没法交代!马上给她排戏呢!

单英飞　赵老师,我只有三天假期,三天之后就要上前线,请多关照!

赵　婕　我弄不明白,要秋岚请假和你上前线有什么关系?

单英飞　太有关系了,上前线之前,我只剩下这一桩心事,就是跟秋岚谈……

赵　婕　谈什么?

单英飞　谈……

赵　婕　到底谈什么?

单英飞　谈……谈谈终身大事!

赵　婕　好嘛,昨天才萍水相逢,今天可要谈谈终身大事。我的学生由我做主,可不能全听你的!——我说秋岚,你真的愿意和他谈谈终身大事吗?

[白秋岚羞得捂起脸。

赵　婕　我真弄不明白,现在年轻人竟然这么随便,三分钟就敢定终身大事!

白秋岚　不不，我们决不随便！

赵　婕　噢？这么说，你们都很认真喽？

［二人一同点头。

赵　婕　（故意地）认真也不行，我说秋岚，你跟一个当兵的有什么好谈的？

白秋岚　（着急地）不不，他他……

赵　婕　他怎么着，你说呀？

白秋岚　他不是一般的兵，他是抗日英雄单公敖的儿子！你不是常给我们讲单公敖的英雄事迹嘛？单公敖的那首诗，不是你谱的曲吗？不是你教我唱会的吗？昨天在蓝桥桥头的演唱不也是你安排的吗？你整天教我们唱英雄、爱英雄，现在英雄的儿子来找我们，我们不应该接待吗？

赵　婕　（笑起来）好你个厉害的丫头，专拣老师软处捏。好！我看还有点谈的基础。昨天你俩的表现，老师我在一旁看了个清楚。回来我在想，莫非是抗日英雄单公敖在蓝桥之上为他儿子精心安排了一场炮火掩盖之下的美丽邂逅吗？

单英飞
白秋岚　（同时地、各自甜蜜地回想着、自语着）也真是的，太奇妙了，就这样相遇了！

赵　婕　瞧瞧你俩刚才的表现，谁看得出你们昨天才萍水相逢？你们倒像是相交十年的一对恋人！

单英飞　赵老师，我只有三天假期，我真想带秋岚回商镇见见我母亲，请您成全！

赵　婕　秋岚，去把我的水杯拿来。

［秋岚下。

赵　婕　你母亲昨天不是见到她了吗？

单英飞　不，昨天还不相识，今天我要她承认，这就是她将要娶回家的儿媳妇！

赵　婕　英飞，你太急了吧？

单英飞　赵老师，我相信缘分！我拒绝了我母亲为我物色过的众多姑娘，独独面对秋岚的一刹那，我对自己说：我终于找到了我的爱！

赵　婕　你要知道，她可是个演员，你母亲不嫌弃她吗？

单英飞　我母亲也曾经当过演员，她很会跳舞。我唯一担心的是——秋岚她是否已有所属？

赵　婕　这句问话显出团长的水平来了。我们的秋岚哪，梨园新秀，燕城金凤，名气不小，来晚了可是要赶背集的。

单英飞　(紧张地)我来晚了吗？

赵　婕　应该说，你来得正好。可是你究竟是一个什么样的人——我们心里还没数哪！

单英飞　报告老师：我是29军独立师三团团长，年龄27，属虎。家有土地三顷，楼宅一座，只我母子二人……

赵　婕　我不是问你这个，我是说，你不至于是个儿女情长、英雄气短的纨绔子弟吧？

单英飞　老师信不过我？

赵　婕　英雄爱美，虽是常理；浪蝶逐花，误人终身哟！

(唱)富家子弟承名门，
常见轻佻年少人。
追逐新鲜喜艳遇，
寻找刺激逗佳人。
海誓山盟当茶饮，
惊天冲动热三分。
一阵狂风瞬间过，
只留下残花败柳伤老春！

秋岚姑娘苦苗嫩，
父母双亡一独身。
幼入棚场习演艺，
情感洁白性纯真。
玉在奁中求善价，
不图那千两白银、万两黄金，
只图个铁血硬汉侠骨柔肠一片真心！

单英飞　(唱)长辈坦诚示训诫，
英飞我热血澎湃荡胸怀。
金章为凭天作证，
明日花轿把妹抬！

赵老师，这是我父亲被授予的英雄勋章，请您转交秋岚，由它作证，我明天就和她举行婚礼，我会实心实意爱她一辈子！

[秋岚上。

白秋岚　赵老师，找不到你的水杯。

赵　婕　就是叫你找不到，我才能和英飞说说心里话呀！

白秋岚　(恍然，撒娇地捶老师)你……

赵　婕　秋岚，英飞来向你求婚了！

白秋岚　(继续捶)你……

赵　婕　英飞要和你结婚了！

[白秋岚吃惊地瞪大眼睛。

单英飞　(真情地跪下)秋岚，嫁给我吧！我会真心实意地爱你一辈子！

[白秋岚一下子惊呆了，她想去搀扶单英飞，又羞怯得满面通红，节节后退……她突然捂起自己的脸，无所适从……

单英飞　秋岚，咱们后天就结婚！如果你同意，我现在就去找师长，找军长，军长是我表叔，他会同意的。还要回家见妈妈，她肯定既高兴又满意，还得通知亲戚朋友，筹办婚礼，虽然时间短，一切要从简，但是一定要隆重……

白秋岚　(激动得上气不接下气)

(滚白)我-的-上-帝-呀-事-情-如-此-紧-如-此-急-没-有-回-旋-不-容-考-虑-天-上-金-马-驹-转-眼-落-下-地-做-梦-不-像-做-梦-儿-戏-不-像-儿-戏-难-道-爱-神-福-神-喜-神-美-神-都-来-找-我-这-个-傻-丫-头-了-么?!

单英飞　秋岚，答应我，你不答应，我就不起来了！你答应吗？你答应吗？

白秋岚　(深情地搀英飞，望着他，点着头)嗯、嗯、嗯、嗯……

[幕后合唱：

半日恋爱半日成，
烽烟之下结婚盟。
莫道儿女太罗曼，
点石成金靠真情。

赵　婕　(把勋章系在白秋岚项间)这可是块比金子还珍贵的订婚礼物！……孩子们，假我准了，老板怪罪下来我承担。快去准备结婚！

[单英飞跳过来拉起秋岚，秋岚羞娇地后撤着……

[赵婕走过去推了秋岚一把，二人旋下。

[赵婕望着远去的二人，舒心地笑着。

[收光。

三

[景同前场。

[一阵凄厉的哨声响起——灯光提亮时,孙班主怒气冲冲地站在舞台中央憋足两腮吹着哨子。演员们失急慌忙地奔跑而上,在孙班主面前自觉排好队……

[赵婕也出现在一侧。

孙班主　喂!我是饿着你们了,还是撑着你们了,你们给我集体罢工啊!功也不练了,戏也不排了,都去修仙成道去了吗?!

赵　婕　不怪孩子们,是我让他们提前休息的。

孙班主　你先别插话,你的事待会儿说。我是要问一问,喂,你们是听我的,还是听她的?你们说话呀?

赵　婕　当然听你的,你是大老板,我只是个打工的。

孙班主　我没问你,我问的他们。萧快,你说?

萧　快　听……听你的。

孙班主　花莲翠,你说?

演员甲　听你的。

孙班主　牛恋草,你说?

演员乙　当然听你的!

孙班主　那好,既然都说听我的,昨天我安排你们在家排戏,你们为什么都跑到蓝桥迎风卖唱飞眼吊蚌冒着炸弹犯浪……

赵　婕　不许你侮辱大家!那是大家怀着一腔爱国之心,借着纪念抗日英雄,走上街头,宣传抗日,发动民众,是正义浩然之举!那都是我组织的,有事找我说,与孩子们无关。

孙班主　我就是要找你说了!你说你是正义浩然之举,我丝毫不感兴趣。我的剧团要挣钱,演员们要吃饭,要穿衣,我得给他们发薪水,你耽误剧团排戏,就是挖我墙脚,拆我的台!还有,你明明知道白秋岚是我的台柱子,你却支持她谈朋友、搞恋爱,还要她嫁给一个大兵!你要和我作死对呀你!?

赵　婕　孙班主,那不是个一般的兵,他是抗日英雄的后代,支持他们的婚姻就是支持抗日战争……

孙班主　(粗暴地)算啦算啦!我再说一遍,你那道理我统统不感兴趣。既然你不仁,休怪我无义,待会儿你就去结算薪水,从明天起,你就不用上班了!

赵　婕　可以,那就再见了!(扭身下)

众演员　(惊呼、扑拦赵婕)赵老师!

孙班主　请你也转告白秋岚,我这儿只养姑娘,不养媳妇,他要想嫁人,也请她另谋高就!

[赵婕愤然欲下,演员们眷恋地围住赵婕,无言地拭泪。赵婕笑慰着演员们,作离别的叮嘱……

[此时,忽然走上一队士兵,士兵们披挂红彩带,抬着礼品,步伐整齐,军风威严。各色礼品盒子上都贴有大红喜字。

[幕后合唱:

爱情起跑军情飞,
三天假期一风吹。
合卺决心击不溃,
婚礼插翅紧紧追!

[合唱声中,单英飞跟在士兵之后上。他一身笔挺的呢子军官服装,骤添威武之相。

士兵甲　报告团长:三十箱红酒购齐!

士兵乙　报告团长:二十条彩挂购齐!

士兵丙　报告团长:一百五十束鲜花购齐!

单英飞　好,你们下去吧!

[众士兵下。

孙班主　请问,这位贵人是……

赵　婕　这就是你说的大兵！

孙班主　这，这……

赵　婕　英飞，你这是要干什么？

单英飞　赵老师！

（唱）一道军令如山倒，
　　三天假期被取消。
　　明晨一早上征道，
　　婚礼只好定今宵！

赵　婕　你是说，你们今天晚上就结婚？

单英飞　是！举行了婚礼，秋岚就名正言顺地成为我家的人，就可以和我母亲住在一起了。

赵　婕　还来得及吗？

单英飞　来得及，军部首长我们都见了，一切手续都办了——（出示大红婚书）——我表叔，噢，我们军长还要亲自出席我们的婚礼酒会，为我们祝贺呢！

孙班主　噢，军长还是您表叔呢！

赵　婕　英飞，你在哪里结婚？

单英飞　就在这里。

赵　婕　这里？

单英飞　这里。

赵　婕　你知道这是哪里？

单英飞　这是哪里？这不是你的排练厅吗？

赵　婕　这是排练厅，但不是我的，我当不了家。

单英飞　赵老师，你不支持我们了？

赵　婕　我支持，我怕有人不支持。

孙班主　谁不支持？有我在，我看谁敢不支持？

单英飞　这位是……？

赵　婕　这才是这座排练厅的当家人、燕城剧社的大老板孙举！

孙班主　孙举，孙悟空的孙，举手表决的举。看来这位就是……

赵　婕　大兵单英飞！

孙班主　不，不能这样称呼，是单大团长，单大团长！

单英飞　孙老板，战争时期，灯火管制，各大饭庄晚间都不营业，只好借贵团一角，点个蜡烛，举行个简单婚礼，喝杯红酒，唱首歌曲，望多多支持！

孙班主　单旅长哪里话？拥军支前是我们的光荣，这差事我揽还揽不到呢！——哎，秋岚哪里去了？赵老师，快去找秋岚！

单英飞　不用找，秋岚在做婚纱，马上就到。

孙班主　那还愣什么？快动手布置场子，快！

[在欢快的音乐声中，众人纷纷行动，扯起了喜幛，挂起了灯笼，摆上了鲜花，一片喜庆景象顿然升起。

[勤护兵上。

勤护兵　报告旅长，军部临时会议，请您出席！

单英飞　我给军长请过假了！

勤护兵　是军长亲自通知！

单英飞　（对孙班主）那就拜托孙老板转告秋岚，军部有个短会，我马上就来，同时接我们军长来出席婚礼！

孙班主　单大团长只管开会，这里有我，尽管放心！

[单英飞下。

[孙班主指手画脚地指挥众人忙活一通，然后挥退众人，端详一番，下。

[白秋岚上。她一身精致的婚纱更见妩媚，怯怯的步态反衬出仪态万方、楚楚动人。她左右看了一眼，发现无人，洒脱地满台兜转，飘飘欲飞。

白秋岚　（唱）石缝长草也开花，
苦藤苦蔓结香瓜。
小鸭学步爬上架，

孤苦女儿要成家！
只说是人间灾难漫天涯，
没承想好运来自一刹那。
单英飞犹如王子骑白马，
白秋岚好似公主披婚纱！
天成就蓝桥桥头硝烟下，
孕出个并蒂莲枝结奇葩。
两天来眼前事难辨真假，
迷糊糊晕悠悠似梦飘滑。
情感事我本来四面设闸，
遇英飞却怎就如洪奔发？
难道说人能够瞬间长大？
难道说女怀春一夜发芽？
难道说丘比特一箭中靶？
难道说白秋岚已成情侠？
猛抬头见喜幛满厅悬挂，
顿然间脸发烧羞云横爬！

［众人齐上。演员们一阵欢呼，拥上前围起白秋岚七嘴八舌地祝福——

萧　快　秋岚姐，好漂亮啊！

演员甲　婚纱好美呀！

演员乙　这不是下凡的仙女嘛！

众演员　（唱）月亮头，明晃晃，
我为姐姐添添箱：
我送银耳坠，
我送荷包香。
我送花生枣，
我送玫瑰糖。

我送婴儿鞋，
我送小衣裳。
我送姐姐上花轿，
好似千里送京娘，
路多长来福多长！

[一阵急骤的电话铃声切断众人欢乐的声浪。

萧　快　喂，哪里？你是谁？单英飞？你还打什么电话？你还不快过来结婚？什么？（把话筒递给白秋岚）秋岚姐！

白秋岚　（有一种不祥的预感，慢慢走过去，接过话筒）是我。我听着呢英飞。咱们的婚礼都齐备了，就等你呢！……什么？你们部队马上出发？天哪！不能再等半个小时吗？求求首长，你晚半个小时再走好吗？不行？军令如山……（绝望地）那么，英飞，能不能让我再送送你？你已经上了火车？（歇斯底里）我——去——追——火——车！（撂下电话跑下）

众演员　秋岚姐！

赵　婕　（上，望着远去的秋岚）苦命的丫头！

孙班主　（上，讥讽地）追火车？快追她，看她是不是神经了？

[收光。

[幕后合唱：

一场婚礼败垂成，
留下堆堆苦愁情。
短短相识长长梦，
从此闺房不天明！

四

[一间低矮的阁楼储藏间，溜墙摆了两张床铺，白秋岚

与赵婕师徒就住在这里。

[灯亮时，赵婕病卧在床，人显得很憔悴，但仍然支撑着身子读着报纸。

赵　婕　(看着看着，拿报纸的手哆嗦起来，佛然扔下报纸，一声长叹)唉——！

(唱)关外战事揪人心，
日本鬼子频寻衅。
虽有我铁血男儿布战阵，
不忍看条条挽单报亡魂！

[她挣扎着去拿水瓶倒水，一个踉跄，险些滑倒……

[白秋岚上。见状急跑上去搀扶。

白秋岚　赵老师，我回来晚了！(把赵婕扶于床，又捧来水)

赵　婕　我看了报纸上那些阵亡报道，心情很不好。

白秋岚　你也应该多看消灭日本鬼子的报道，你就高兴了。

赵　婕　秋岚，你去找孙老板了吗？

[白秋岚摇摇头……

赵　婕　你又不听话。他开除的是我，不是你，他很需要你。

白秋岚　她不让你回去，我也不回去。

赵　婕　别犯傻，你需要事业，需要生活。

白秋岚　(从手袋里拿出新药)赵老师，你看，这种特效药我买来了，快吃吧！

赵　婕　(有点吃惊)这个药得多少钱？

白秋岚　很便宜。

赵　婕　很贵，丫头，你瞒不住我。你，你又卖了什么东西？(观察她)你的项链呢？你把项链卖了？那可也是英飞给你的定情之物啊！

白秋岚　治病要紧，英飞知道也会同意的。

赵　婕　我这病我心里有数，一时半刻好不了。现在吃饭要紧，交了这个月房租，咱们的饭钱都是问题。

白秋岚　你别操心，我有的是办法。

赵　婕　你什么办法？除了卖英飞给你的东西！我想，咱们的状况，是不是得告诉英飞呀？

白秋岚　怎么告诉？连个地址都没有，渺无音息。

[门外敲门声——

赵　婕　又来催要房租的吧？

[秋岚打开门，进来的是萧快，她脸上带着几分诡秘。

白秋岚　是快快呀，吓我一跳！

萧　快　（首先递上一叠报纸）赵老师，你的报纸！

赵　婕　多谢快快。

萧　快　你这算什么，该谢的还在这呢！（她从背后拿出一个精致的礼盒，盒上面贴着一张醒目的红笺，上书“战地鲜花”字样）

白秋岚　（接过礼盒）“战地鲜花”？

赵　婕　（高兴地）噢！是英飞吧？肯定是英飞！快看看里边是什么？

[白秋岚兴奋地打开盒子，首先取出一束鲜花，被萧快一把抢过。

萧　快　哇！好香啊！这是野玫瑰，这是野百合，这个是——？

赵　婕　野杜鹃！

萧　快　野味十足啊！可惜都有点蔫儿了。

赵　婕　恐怕是路上耽搁的时间太长吧！

白秋岚　信！英飞的信！是他的，是英飞！

赵　婕　敢不敢念念，让我们也听听？

白秋岚　（打开信，欲念又止）这……

萧　快　（一把夺过信，念）“亲爱亲爱亲爱的岚……”哇！麻，麻！

[萧快继续读信，灯暗，出现时空交错显影，英飞、秋岚

对唱——

单英飞 (唱)婚礼未办就分手,
英飞满心是愧疚。

白秋岚 (唱)追你追上火车路,
喊你喊哑我咽喉!

单英飞 (唱)军人服从是职守,
军令如山难停留。

白秋岚 (唱)抗战大业兴亡事,
自当捐弃儿女愁。

单英飞 (唱)战地想君黄花瘦,
枪炮声中恨无头。

白秋岚 (唱)梦中硝烟拦归路,
醒来枕畔是泪流!
线香频燃求保佑,
保君平安磕响头!

单英飞 (唱)战友回家恰顺路,
捎束野花当信投。
母亲想见儿媳面,
七日后,她去剧团看丫头!

[读至此,三人同时惊叫起来——

白秋岚 天哪,她妈妈要来看我!

萧　快 当婆子的就稀罕儿媳妇!

赵　婕 信上说七日之后,信是哪天写的?

白秋岚 九月九号!

萧　快 今天是十五号,我的妈呀!就是今天!

赵　婕 她要到剧团找你,你就赶快回剧团吧!

白秋岚 那,那你也回去。

赵　婕 我是开除的人,孙举不会要我的。

萧　快　哎，孙举是个势利小人，他一见单家老太太那阔派头，你说啥他答应啥，趁此机会要他把赵老师请回去！

赵　婕　先不要考虑我，让秋岚赶快回去要紧！

白秋岚　不，我自个儿不想回去！

赵　婕　你不回去，我就生气了！

白秋岚　我就不！

赵　婕　（真的很生气地喊）回去！（她推了一把秋岚，然后拿起报纸埋过脸去看报）

［白秋岚无奈，在萧快的扯拽下，迟迟疑疑地走去……

［但当白秋岚与萧快刚刚走出门，赵婕又神经质地喊了一声。

赵　婕　回来！

［秋岚与萧快闻声返回，她们看到赵婕蝎蜇一般地把手里的报纸扔到地上，两眼恐怖地盯着地上的报纸。

赵　婕　（哆嗦着、嗫嚅着）这不是真的！这不是真的！

白秋岚　（安抚地）赵老师，你怎么了？

萧　快　（捡起地上的报纸看，念出声来）阵亡将士名单……有单英飞？（也恐怖地扔掉，又急快捡起）单英飞？真的有单英飞！

［白秋岚一把抢过报纸，定睛一看，突然晕倒。

萧　快　（急忙把白秋岚扶到床上）秋岚，秋岚！

白秋岚　（苏醒，挣扎坐起，又抓起报纸再看，突然凄厉地叫喊）英——飞——

（滚白）哭了声英飞叫了声英飞英飞英飞你走得可是好匆忙好无情啊！婚礼不成送别不见短短相会就是永别我们的命竟是如此可怜又可悲呀！

（唱）一张报纸凶讯传，

阵亡名单有英男。

适方才读来信春风拂面，
转眼间收噩耗身坠冰川！
恨苍天少怜悯常闭善眼，
不恤情不佑爱拆双留单。
恨日寇多挑衅战火频燃，
侵略心杀人性万恶之源。
恨命运多乖戾铺尽凶险，
先失亲后失爱苦似黄连。
恨不能做孟姜哭上前线，
以血作祭以身陪葬生不相合死相圆！

[白秋岚踉跄着要冲出门去，萧快和赵婕慌忙拖住白秋岚，一番扯拽、劝解、狂躁的吵嚷……

[突然，一个珠光宝气的妇人出现在门口，她就是单英飞的母亲，她的打扮比在第一场见到时更加华贵无比。

[双方相遇，哑然半晌，相视无语，双方都显出惊疑……

单夫人　打搅了，能不能跟你们打听个人？

赵　婕　不用客气，您找谁？

单夫人　我们好像见过面，两个月前，蓝桥桥头，你领着一群姑娘唱着我丈夫的那首诗……

赵　婕　您是……单夫人，单英飞的母亲？

单夫人　（上前一把抓住白秋岚）如果没认错，你就是白秋岚？我儿子信上向我描述得非常详细——那天桥头领唱的那位女子，一身素雅的白衣，歌喉婉转嘹亮，最漂亮，最出众——那天就是你，我未来的儿媳妇！不错吧？

白秋岚　（眼含热泪，频频点头）……夫人，真难为您，您怎么能找到这里？

单夫人　我打听的呀！黄包车夫拉着我跑了十多个地方才找到这里。

赵　婕　快请夫人坐下,快泡茶……

单夫人　你们怎么住这么个简陋的地方,是剧团的房子吗?(她顺手拿起凳子上的报纸)

白秋岚　(发疯般地一把抢过报纸)快快,快泡茶呀!

单夫人　(发现白秋岚的异常)你怎么了孩子?不欢迎我来吗?

赵　婕　她,她有点不舒服,我看,夫人先由我陪着,快快,你是不是带秋岚去医院看看……

单夫人　不,由我带她去,医院有我的熟人,把她交给我吧,你们不用去。——走吧孩子!

白秋岚　不不不,我没病!

单夫人　那,那我们就在这儿单独聊聊,请你们给我们这未来的婆媳二人一个单独说话的机会。

[赵婕与萧快交换一下眼神,迟迟疑疑地退下。

单夫人　秋岚,我该向你道歉,本来我早该来看你,可因为我太忙,我在组建抗战伤兵疗养所,还组建了个军需被服厂,一直抽不开身。英飞要我来和你一起住,他太喜欢你!……你好像在发抖?

白秋岚　不,我是太高兴,因为见到您……(强颜为笑)哈哈,哈哈哈!

单夫人　你在流泪?你很紧张?你浑身都在打战?你到底怎么了?你有什么了不起的事在回避我?你是不是不想认我这个未来的婆婆?

白秋岚　不不不,完全不是,我……我是有点不舒服……我能见到您,我真高兴!……可是,可是您为什么拿这种眼神看着我?别这样看我!(捂住脸哭泣起来)

单夫人　(唱)奇怪怪的哭来糊涂涂的笑,

这孩子一举一动好蹊跷!

英飞儿爱她爱得了不得,不得了,

以我看这样的脾气犯心焦！
闪电恋爱未必好，可是未必好，
怕是个不露刺的玫瑰藏爪的猫！
儿子催我把她找，
还要我婆媳当作朋友交。
我本想城里宅院买一套，
替我儿储之金屋藏娇娇。
看眼前着手尚显有点早，
凭颜色很难断定是蜜桃！

白秋岚　(唱)凶讯刚闻婆母到，
这真是油锅炸罢汤锅熬！
本该大哭却要笑，
痛不欲生装逍遥。
泪涌血流口中咬，
肝肠寸断肚里嚼。
消息如叫她知道，
老年人怎能经受这噩耗！？
强打精神把娘叫，
多谢娘亲把儿瞧。
您老身体可安好？
饮食起居可谐调？
别睡太晚别起早，
烦闷了进城找儿把戏瞧！

单夫人　(唱)你脸上总带勉强笑，
眉宇间藏着伤心潮。
说喜不喜恼不恼，
难道你讨厌我这年迈高？！

白秋岚　(唱)儿的脸生来笑不好，

眉毛苦楚把嫌讨。
倘使夫人您烦恼,
权当是,看见个:烦人的鸡狗讨厌的猫!

单夫人　(唱)你的话越说越走调,
心里事,遮不严来盖不牢。

白秋岚　(唱)我的心事娘知道,
想英飞日日夜夜飘思潮!

单夫人　(唱)英飞儿抗日前线把国保,
你不能离开春树想秋苗。

白秋岚　(唱)夫人话好似刀把我心搅,
白秋岚敢剖贞心对年高!

单夫人　(唱)恨之恨战争毁儿鸳鸯帐,

白秋岚　(唱)慰英灵秋岚愿进双坟包!

单夫人　(唱)你语中带咒叫人恼,

白秋岚　(唱)我言出失口求娘饶!

单夫人　(唱)这不祥之人离开好…… (拂袖而去,下)

白秋岚　(饮泣而追喊)母亲! 夫人! 秋岚给您老赔罪了!
(唱)天在旋地在转山川在摇……(晕倒)

[孙班主上。他敲了敲门,见无应,遂走进。发觉倒在地上的秋岚,先吃一惊,后看四下无人,便轻唤了两声,见秋岚无反应, 他一把将秋岚从地上托起, 紧紧抱在怀里,脸上闪着兴奋的光,向门外走去……

[灯暗。

[幕后合唱:

噩耗噎心话不通,
婆媳见面两受惊。
老少龃龉成鹤蚌,
鹤蚌之后有渔翁。

五

[一处幽雅的起居间。烛光明灭,罗幔低垂,留声机里漾着乐曲。

[雕饰华丽的卧榻上躺卧着昏睡中的白秋岚,她身裹一袭翡翠睡衣,秀发略显凌乱。榻旁的桌几上,几件酒具和药品十分显眼。

[白秋岚从音乐声中渐渐苏醒,当她发觉身处异常环境时,猛然起身,惊讶地观察着身旁的一切,包括她自己的这身打扮——她又返回卧榻查看床铺——她似乎发现了惊人的异常,她大叫一声,踉跄欲倒……

[孙班主手端汤锅跑上,他见状急忙放下手里的汤锅,抢步上前扶住白秋岚,把她偎在怀里。

孙班主　秋岚,你醒了?

白秋岚　(渐渐睁开眼,看见了孙,猛地推开他)——这是哪里?这是哪里?

孙班主　这是我的家呀!

白秋岚　我怎么会到这里?

孙班主　你病了,秋岚。

白秋岚　站住,别过来!你怎么把我弄到这里来?!

孙班主　你在这儿已经住了三天了。你不知道你的病有多严重,人事不省啊!我请来了和平医院的乔·钮斯大夫,花了三根金条,才把你救过来。来,喝点参汤吧!

白秋岚　孙举,你对我做了什么?

孙班主　我,什么也没做啊!

白秋岚　是谁给我换的这身衣服?是谁?你说?!

孙班主　这身衣服不是很好吗!我很早就做好了,就等着你来穿呢！（越说越近）秋岚，往后，这儿就是你的家了。

白秋岚　（朝他凑上来的脸上狠狠扇了一耳光）无耻之徒！

孙班主　（并不回避）打吧，我是该打。秋岚，你发觉了吗，你已经是我的人了！

白秋岚　（听了这句话，发疯似的扑上去痛打孙班主）你这个强盗！无赖！强奸犯！……我，我要报警，叫警察抓了你，杀了你！（她抓起壁挂式电话便拨）

孙班主　（一把扯断话筒线）杀了我可以，你来杀，别叫警察。

白秋岚　好，我来杀——（她顺手从桌几上抓起一把水果刀，猛地向孙班主刺去）

孙班主　（从容地应对）秋岚，杀了我，你将依靠谁？单英飞死了，是我看到阵亡名单才去找你的。她妈妈又不喜欢你，不会收留你这个没同她儿子结过婚的儿媳妇。当然，你还有个赵老师，她把你当成亲闺女，你和她可以相依为命。可是你知道吗？赵老师的病是白血病，没钱治疗的结果可想而知。是我看在你的面子上替她交了七万元的住院费。看，这是我刚为她办的手续。对于她，你也不能依靠了。剩下唯一关心你的人就是我了！

（唱）剧社收徒十年前，
　　济济一堂新学员。
　　独我孙某具慧眼，
　　一眼认定白秋岚！
　　你父去世我盛殓，
　　你家债务我代还。
　　你拜名师我设宴，
　　你灌唱片我出钱。
　　万般事都叫你吃小锅饭，
　　为的是打造我的巡洋船。

秋岚你恋上军人我肠断，
肠断肝碎——我还不敢阻拦！
至如今你未嫁成寡是天算，
天保全咱梨园新秀燕城团。
孙举我长一智来吃一堑，
再不能情闸禁闭爱上闩。
情场上我是奴才你是老板——(向秋岚虔然下跪)
想杀杀想剐剐听凭你白秋岚！

[白秋岚依然满脸切齿恨色，她真的向着跪在她面前的这个男人举起了手中的刀——然而，刀子悬空并没落下，她一直颤抖着，最后却决然回手，把刀子朝着自己狠心刺下——

孙班主　(惊呼)秋岚！(一把夺过白秋岚手中的刀子，把她紧紧抱住)

白秋岚　(殷红的血渗透轻纱)……该死的是我，我要去找英飞！

[灯暗。

六

[景同第一场——蓝桥桥头，那后勇亭大理石方碑上多了一道黑纱；那黑纱上写了四个醒目的白字“魂兮归来”！

[那面供白秋岚与单英飞藏身的桥涵口，堆满了鲜花，在鲜花的遮掩下，几乎让人忘掉那曾经是一面涵洞。

[合唱声中，孙班主领着萧快和一群演员跑上跑下地在呼喊着、寻找着……

[幕后合唱：

风剪梨花雨打桃，

清明再度到蓝桥。
墓前仪奠添新荟，
父幡招展子幡摇。

孙班主　(四下呼叫)秋岚！秋岚！

萧　快　(登高喊叫)秋岚姐！秋岚姐！

众演员　(齐喊)秋岚姐——！

孙班主　我说萧快，我叫你寸步不离跟着她，你怎么把她跟丢了呢？

萧　快　往常好说，今个是清明，秋岚姐一早就失魂落魄的样子，转眼工夫可不见了，我也没办法！

孙班主　她肯定是来这儿了。你们继续找，桥前桥后沿河两岸都给我仔细去找！

[众演员下。

孙班主　萧快！你过来！(萧快走回来)

孙班主　你可看清了，我完全是按照秋岚的意图布置的：那鲜花，那幡幛，还有那洞口的打扮……你见了秋岚可得给我证明啊！

萧　快　好，好，我证明！

孙班主　我回团有急事，你快去领大家找秋岚！(下)

[萧快冲孙班主下的方向狠狠撇了撇嘴，从另一方向下。

[一个停顿后，那遮挡桥涵口的花簇微微摇动，渐渐分开隙缝，幽灵一般缓缓走出一个白衣白纱白花满头的女子，那就是白秋岚。她神态怔忡，神情恍惚，但当她眼光触碰到那碑亭、那碑文、那幡幛、那涵洞……又立即闪亮起来，她旋风般地兜转着，又痴痴地抚摩着那留下记忆的一切，最后，她把脸埋在那幅写着“魂兮归来”的幡幛之中。

白秋岚　(唱)访蓝桥探蓝桥蓝桥不入梦，

呼英飞叫英飞英飞不回声。
寻幽灵觅幽灵幽灵无踪影，
叩阴司寻地府路路都不通！
看桥头依然是青石路径，
却不见健儿身军姿威容。
望方碑如往昔岿然站定，
老坟台却添个年轻魂灵。
最怕看最想看这桥下涵洞，
这才是：
伤心的地，揪心的梦，刻骨的思，断肠的情；
生死相爱在此成，
漫天炮火作山盟；
瞬间一聚变永恒——永恒的痛痛痛！
恨日寇东洋贼侵略成性，
造事端燃战火制造战争。
钢铁旅虎狼群霸我三省，
灭天理绝人寰屠杀生灵。
铁蹄过一片片房倒尸横，
枪炮间一阵阵血雨腥风。
国难当头睡狮醒，
亡国之危志士惊。
单公敖、单英飞、老少将、父子兵——
前赴后继，号角连营，
血肉之躯筑长城。
铁马冰河斩东瀛，
人杰粉身成鬼雄！

[幕后合唱：

热血溅寇做枪用，

头颅掷敌当弹轰。

唯余咚咚是心跳，

权做战鼓催后生。

白秋岚 (唱)烈士身死泰山重，

烈士诗言贯长虹。

烈士捐躯亦捐爱，

烈士身后恨无穷。

自惭形秽秋岚女，

秋叶薄薄鸿毛轻。

风雨河心扁叶舟，

污浊泥沼断羽鸿。

看桥下粼粼碧波十万顷，

清冽洁白又晶莹。

莫非英飞水下等？

等我洗身理春容？

展翅扑江归洁净，

水晶宫里寻再生！

[秋岚的脸色忽现红晕，她真的旋身向江水扑去——

[萧快带赵婕上，萧快见秋岚异常，急忙冲上去一把抱住秋岚。

萧　快　秋岚姐！

赵　婕　秋岚，你这是要干什么呀？

白秋岚　(惊讶赵婕的来到，失声地扑向赵婕)赵老师！

赵　婕　孩子，你可别再想不开呀！英飞已经阵亡一年了，人死不能复生，你应该从悲哀中跳出来才对。

萧　快　秋岚姐也够意思了，没成为单家媳妇，事事为单家操心，你看这扫墓仪式多隆重，光这 360 朵鲜花布置的场面就能叫神鬼动容。

白秋岚　赵老师,你怎么从医院跑出来了？病好点吗？

赵　婕　我这病跟判死刑差不多，能好得了吗？我就是不放心你！今天是清明节,我知道你要来这里,怕你出事儿,我就跑来盯你的梢。你果然就……

白秋岚　(不能自持)妈——妈！

赵　婕　(亦潸然泪下)哎——我的乖女儿！

萧　快　赵老师,秋岚姐长得就像你,连孙班主都怀疑你俩是亲母女。

赵　婕　是我沾了女儿的光了,孙班主为了笼络住秋岚,才舍得为我支付巨额住院费。

萧　快　他对秋岚姐更是百般体贴,今天扫墓现场的布置,就是孙班主按秋岚姐的意思亲自指挥完成的。

赵　婕　秋岚,你们俩的事,到底咋办呢？

萧　快　要我说,孙班主这个人虽然心眼子多一些,可他是真心喜欢秋岚姐！

赵　婕　你们住在一起了？

萧　快　孙举那死乞白赖样,秋岚姐拗得过他？

赵　婕　孩子,要说这慌乱年月,将就着办了吧！

萧　快　姐妹们也都说，这样不真不假地住在一起也不是个长事儿！

赵　婕　我是个于世不久的人，我唯一的希望就是活着的时候能够看到你成个家,孩子！

［一辆黄包车驰上,车上下来一位缁衣夫人,她手捧鲜花,径直走向碑前,低头默哀。有顷,她抬头观望,被眼前的布置所惊疑——她是单夫人，她发现了眼前的熟人——

单夫人　(惊喜地)秋岚？哦,你们二位也在。这,这都是秋岚的布置吧？真难得你一片孝心！

三　人　(惊诧)夫人!

单夫人　(亲切地拉起白秋岚)您大概也不会知道吧?我的好媳妇,快让我告诉你个大好消息:英飞回来了!

[白秋岚抖动了一下,而赵婕与萧快用异样的眼神盯视着单夫人,她们怀疑她的神经出了毛病……

单夫人　哦,你们用这样的眼神看着我,说明你们不相信,也难怪,昨天我刚听说也不相信来着。一年前,从你那儿回去,我也看到了那份报纸,我也以为我的儿子死掉了……(拭泪)

(唱)部队上特殊使命派英飞,
秘密侦察潜东北。
阵亡名单一年鬼,
忽见来使报儿归——他今天就回!
先来桥头把父跪,
再娶秋岚举喜杯!

赵　婕　天哪!这是真的?

单夫人　可不是真的嘛!

萧　快　(顿足)咦!他咋不早点打打招呼哩?

单夫人　军纪森严,连他妈我也蒙在鼓里啊!秋岚,你该高兴起来呀?

白秋岚　(无所适从、煎心地)夫人,您——是不是又在戏弄秋岚呢?

单夫人　好媳妇,我哪敢呢?噢,上次见面我误解了你,我很后悔,向你道歉。

白秋岚　人世间,会有这样的奇迹发生吗?

单夫人　它还真的就发生了!——你瞧,这是昨天英飞捎回来的短信!

萧　快　(接信,读)"妈妈:孩儿埋名东北,侦缉日寇罪行,断绝家函,苦了亲人。清明将至,军令准归,儿将飞跪父亲墓前祭扫,再省萱堂。最念秋岚孤苦,定行完婚之仪。匆匆不尽,余言面禀。——儿英飞。”

白秋岚　(一把抢过信,双目直视,颤抖不已)……这,这不是真的,我不相信……

单夫人　我的好媳妇,娘知道这一年来是太苦了你了!

白秋岚　(她推开单夫人,怔怔地后退着)我不信,我不信,我就是不信!

[此时,数士兵簇拥着巨大的花圈,迈着军步走上,单英飞亦在其中。

[白秋岚仍在后退着、逡巡着,错乱地念叨着“我不信,我不信”!

单夫人　英飞!

白秋岚　妈妈!

[白秋岚猛然回头,几乎与单英飞耳鬓相触。

[单英飞一把抱起白秋岚。

[白秋岚大叫一声捂起眼睛。

[一个停顿之后,单英飞柔声轻唤。

单英飞　秋岚,秋岚,秋岚……

白秋岚　(缓缓睁开眼睛)你究竟是谁?

单英飞　我是英飞呀!

白秋岚　英飞?活着的英飞?

单英飞　是,我是活着的英飞!

白秋岚　英飞还活着?我的英飞还活着?

单英飞　活着,完完整整地活着!

[白秋岚摩挲着他的手,摩挲着他的脸……突然间,她放声大哭着捶打起单英飞来……

白秋岚　你你你你你——你为什么连个信儿都给我捎不起呀?!

[秋岚的哭声摧心折肺……

[众人为之落泪……

[幕后合唱：

清明时节雨纷纷，

人到蓝桥就断魂。

几个魂儿是新鬼？

几个新鬼成活人？

[合唱声中，单英飞跪于父亲坟前长长祈祷；白秋岚陪跪在单英飞身旁掩面涕泣。

[单夫人秉香三炷，默默告慰。

[众人均陷于凄楚难言之中，默然致哀。

[收光。

七

[单家客厅。婚礼舞会正在举行。节奏鲜明的舞曲音乐撩人兴味，满台男女嘉宾翩翩起舞。嘉宾中有不少军人，也有我们熟悉的燕城剧社的演员们，孙班主亦在其中。

[热烈、喜庆、欢腾……

[不知谁喊了一句："新郎新娘鸳鸯舞谢宾喽——"

[单英飞、白秋岚旋然舞上。白秋岚一身婚纱，宛如荷漾清塘，袅娜妩媚。只是笑容间难藏郁结。单英飞依然一身军装，唇间浅浅的胡须，使他更显成熟和练达。两人默契的舞蹈与优美的舞姿博得阵阵掌声和喝彩声。

[一位军容端庄、仪态尊贵、颜面慈祥的军官笑声朗朗地走上来，他就是单英飞的表叔、上司、29军军长。

军　长　松手松手！我说英飞，在进洞房之前，漂亮的新娘子应该是大家的舞伴，不能成为你一个人的专利。

单英飞　是，表叔！（一个军人敬礼）

［军长一把拉过白秋岚，优雅地跳起慢四步舞来。

［众人围观、喝彩。

军　长　（边跳边问秋岚）你知道我是谁吗？

白秋岚　你是表叔。

单夫人　他还是29军军长！

单英飞　专程从关外赶回来参加我们的婚礼！

军　长　你们的婚姻，是我批准的。感谢我吧？

白秋岚　谢谢军长。

军　长　我把你的单英飞藏匿了一年，连报纸都说他死掉了。你不恨我吧？

［白秋岚隐忍地摇头。

军　长　他可是为我们立了大功，他查清了日本人制造事端的罪行，为把日本侵略军送上国际军事法庭准备了铁证。他升了师长了！你知道吧？

［白秋岚眼含泪花地点头。

［众人一片祝贺之声——“为单师长干杯”！

军　长　你们俩的爱情是天下奇迹，你天生为等他，他天生为找你。单英飞对我说过，没有你，他就活不下去。有人劝他说，军人不能找演员，说演员靠不住。我反对这种说法，我相信单英飞的眼睛，他说他一眼就看出你是一个纯洁无瑕的姑娘。爱情珍贵在哪里？就珍贵在相互守节，始终如一。

［白秋岚一阵眩晕，险些歪倒。

［萧快等演员急来相扶。

军　长　哦，闹腾太久了，新娘子也太累了，我们撤！

［众士兵掂衣执帽递手杖，簇拥着军长齐下。

单夫人　志忠，再跳几圈呗！我来陪你跳！

白秋岚　军长，我没事……（挣扎着拉起军长）

军　长　（爱抚地）孩子，等赶走了日本鬼子，我们跳它个三天三夜！（下）

［单夫人与英飞送军长下。

［演员们关爱地围起白秋岚。

萧　快　秋岚姐，你怎么样啊？

演员甲　要不要请个医生？

白秋岚　不，我没事。

演员乙　你脸色很不好。

萧　快　要不我送你上医院？

白秋岚　不，不，你们别管我！

［一直站在远处观察的孙班主此时走上前来。

孙班主　你们都该为你们秋岚姐高兴才对，她什么事也没有，她是高兴成这样了。

［白秋岚抬起头，恨恨地看着他……

孙班主　来，咱们祝贺秋岚成为幸福的军官太太！祝秋岚洞房花烛夜，将军荣归时！咱们也撤吧！（下）

［萧快与演员们也迟迟疑疑、恋恋不舍地下。

［后台传来热闹的猜拳行令声——在本场中，这种声音时起时伏，贯穿至终。

［孙班主复上，他左右看了看，走近秋岚。

孙班主　秋岚，过去的就让它过去吧！别想它了。单英飞死而复生，你的白马王子又回来了，你应该高高兴兴走进你的幸福殿堂……

白秋岚　（怒目而视）我走不进去！

孙班主　你不要再想你我之间的事，我甘愿退出。

白秋岚　你退不出，你占有了我的纯洁，你是我全部的恨！

孙班主　我也是无辜的，那时候我们都相信单英飞死掉了，我之所以占有你,完全是处于同情你……

白秋岚　(一巴掌掴向孙举,掴得很响)无耻!

孙班主　我无耻,你不幸,我们都是日本鬼子侵略战争的受害者……

白秋岚　可我又是你这个受害者的受害者!

孙班主　你不至于把我们之间的事情说出去吧?那样会毁了我,也毁了你,更要命的是也会毁了英飞,我知道你爱他胜于爱你自己。

白秋岚　你要我也像你一样去做一个欺骗他的小人吗?

孙班主　如果欺骗是一种关怀、是一种爱情的时候,就应该去欺骗。

[白秋岚又一掌掴到孙班主脸上。

[后台猜拳行令声又起。

[单英飞复上。

单英飞　(兴致极高)哇!孙班主,我可该招待招待您了!

孙班主　单师长!下边的时间该留给你和秋岚了。

单英飞　不,您是娘家人的总代表啊!没有你,燕城剧社坚持不到今天,秋岚也不会等我到今天。

孙班主　我该告辞了,演员们在外边等我。

单英飞　我已经派车把他们送回去了,专门留下你,我要跟你好好喝两杯!

[幕后酒令声再起。

[单英飞拉起孙班主就走。

白秋岚　(撕心裂肺一声喊)英飞——!

[单、孙二人惊住。

[白秋岚不顾一切地扑过去,把头埋在单英飞怀里。

孙班主　单师长,我该走了。(扭头欲下)

单英飞　等等!孙老板,再说走就不够意思了。(回身对秋岚)亲爱的，你不能刚到婆家就忘了娘家，你应该替我挽留你的顶头上司才对。

孙班主　不不，是我自己要走的，是演员们催着要我走的……

单英飞　（摸了摸秋岚的额头）这样吧，你先在这儿休息，我和孙老板猜几圈，你休息好了再来为你的老板敬酒好吧？（哄小孩似的）秋岚，不要孩子气。（怜爱地抱起白秋岚）听话，啊！（在白秋岚脸上猛亲一口，拉起孙班主下）

［一直处在压抑和煎熬之中的白秋岚终于爆发了，她冲着单英飞走去的方向大声疾呼——“英飞！你不可以招待他！他是个不值得交往的人哪”！

［然而，他的喊声被淹没在幕后那此起彼伏的猜拳行令声中。

［冲动、绝望、恚怨、歇斯底里的旋涡中，白秋岚难以自拔……

白秋岚　（唱）英飞盛情款孙举，
人间事：黑搅白，黄掺绿，水作油，泥作漆，
真真假假，吵吵闹闹，纷纷乱乱一场恶作剧！
人生如同无规棋，
步步阱窖步步谜。
本出日头却下雨，
纤尘不染淖污泥。
风筝飘天忽坠地，
凤凰断翅成山鸡。
秋岚我初涉情爱红日晨曦，
转瞬间背负沉重残阳落西。
纯真离我远远去，
笃信与我生间隙。
坦白与我隔千里，

圣洁与我不相匹。
爱神之箭断一地，
天使一去无归期。
单英飞死而复生惊寰宇，
原本是用兵之术未足奇。
我自当为君守身匣藏玉，
却败在强梁行窃、伪君打劫、蒙汗药下失身体……
爱情最讲贞、纯、一，
失身何颜对英飞？
恨上来和盘托出揭孙举，
又害怕一筒火药炸开皮。
炸塌天，炸烂地，伤了他也伤了飞，
惊了高堂、败了门风、红烛喜宴遭血洗，
剧社分崩又离析，毁了英雄毁大局！
白秋岚，受伤女，
受伤女儿何足惜？
天下少了一个你，
依然花红叶子绿。
舞台少了一个你，
自有新秀唱《羽衣》。
英飞少了一个你，
不缺美娘做娇妻。
壮士少了一个你，
无牵无挂杀日敌。
天算人算我该去，
蓝桥碧水是归宿！

[**幕后合唱：**

天下少了一个你，

依然花红叶子绿。
舞台少了一个你，
自有新秀唱《羽衣》。
英飞少了一个你，
不缺美娘做娇妻。
壮士少了一个你，
无牵无挂杀日敌。

[在合唱声中，白秋岚从容梳理，整容更衣，她脱下大红婚服，换上在第一场中所穿的那身皓洁的白色裙衣，佩戴上那块金色勋章，面含微笑，镇定而又果决地从夜色中消失……

[在合唱声中暗转。

八

[景同第一场。

[桥的栏杆上挂着一条白色飘带，迎风招展，异常醒目。那显然是白秋岚衣服上那条曾给观众留下深刻印象的饰物。

[成群的人们奔上桥头，他们已经知道发生了什么，但又盲无目的地寻找着什么……那些演员们，那些兵们，还有单夫人、赵老师、孙班主们……他们各自按照各自的心态和方式慌乱着……

[单英飞冲上桥的最高处，用颤抖的双手捧起那条白色飘带上，那块闪闪发光的金色勋章更见耀眼，单英飞把它们捂在心口，冲着滔滔江面大喊大叫——

单英飞　秋岚，你在哪里？

演员们　秋岚姐，你在哪里？

众　人　(齐声呼唤)秋岚,你在哪里?

[白秋岚领唱、伴唱、合唱——

[幕后合唱:

我在南,我在北,
我伴雨落清风吹。
愿君寄仇东瀛鬼,
纸钱应抵捷报飞!

[幕闭。

[剧终。

根据尤金·奥尼尔
《马可百万》改编

卷二 / 马可与公主

Ma ke yu gong zhu

DRAMA COLLECTION

人　物　阔阔贞　元朝公主，忽必烈大帝孙女。

马可·波罗　罗马威尼斯商人，戏中简称马可。

忽必烈　元朝皇帝。

朱　英　元朝大臣、国师。

尼可罗　马可波罗之父，威尼斯商人。

卡　赞　波斯可汗、国王。

禁卫官　宫廷护从吏。

关　令　长城守门吏

大臣甲、乙、丙　关卒数人　红衣黑人侍者　波斯王随从数人　众水手　众侍女

一

[一曲悠扬而又哀怨的胡笳缭绕于夜……一个不确定空间里,出现老年马可·波罗。他静静地坐在一寓,手执胡笳,低头沉思。

马　可　如同星辰永远闪亮在夜空,我马可·波罗的名字在中国人的心目中已是不灭的记忆。他们把我作为中西文化交流使者的形象,打造得异常完美。可是,他们不知道,我心中却充满了缺憾。这种缺憾尤其到了垂垂暮年的时候,更加煎心烧肺,后悔莫名……(吹胡笳)多少多少个不眠之夜,我乞求上帝让时间倒转,历史回流,再让我走一趟中国,听一段胡笳,见一面我最想见的那些人和——那个人!(灯暗)

[13 世纪大元帝国的中国长城脚下。巍峨的关楼高耸,关门紧闭。与之不相称的是关门外边,有一低矮的西式帐篷趴在与关门相对的谷口。晨钟荡过,关门在隆隆声中打开,走出一队执帚关卒。

关卒甲　公主祭祖台,

关卒乙　今日归关来。

关卒丙　关门扫不净,

关卒丁　准有板子挨!(众关卒清扫介)

关　令　(上)我说弟兄们!公主御驾辰时入关,速速检门清障!

关卒甲　禀关令:别的路障都好清理,就是这俩老外——(指帐篷)太难缠了!

关　令　咋着哩?他俩还没走?

关卒乙　不光赖这儿不走,还天天找茬闹事呢!

关　令　(对着帐篷喊)老波罗?老波罗?……那就别怪我不客气了!(命令关卒)扯去帐篷,把他们赶走!

[关卒们掀翻帐篷,露出波罗父子二人。秃顶络腮的尼可罗,正双手抱拳做着祷告,口中念念有词;金发碧目、英俊强壮的马可,正伏在地上写着东西……

尼可罗　(受到意外侵扰,欲发作,又转而闭目向天吁祷)上帝啊!您的仆人波罗父子受教皇之托秉持圣谕履时四载来到长城脚下冻饿数日进不得关门,今又受这帮无礼之徒的骚扰驱赶,万能之神哪,请您降罪他们吧!惩罚他们吧!

[关卒们一阵哄笑。

关　令　老波罗,你进不得关门可怨不着我呀!我大元皇帝命你带来一百名西方智者到我皇宫议事,你却只带来这一个人(指马可),还是个烧不透的二半吊子!我要放你进关,皇上砍你头不说,怕连我这脑袋也保不住啰!

尼可罗　什……什么叫二半吊子?

关　令　哦,不懂啊!七毛子,给他俩讲讲什么叫二半吊子。

关卒丁　二半吊子就是——(用手比划损人动作)

马　可　(看到对方的动作,登时火起,扔下纸笔,冲上去与关卒较量)你们这些猪猡!

[马可与关卒扭打在一起——马可的西方蹦跳与关卒们的中式拳路,形成混乱而又滑稽的场面……

[一声悠扬的胡笳传来,由远到近,由弱到强。

关　令　(紧张地大喊)肃静!公——主——驾——到!

［场上人定格一样凝固在两旁。

［公主仪仗上。禁卫官率众武士开路。阔阔贞公主乘坐御辇，垂帘遮面，手执胡笳，徐徐吹奏。

［合唱：莺飞草长四月天，

春风遍度玉门关。

胡笳唤醒塞外柳，

长城趴绿万里山。

尼可罗　（冲出）我要见公主！

禁卫官　嘟！哪来狂徒闯驾？绑了！（众武士将尼可罗绑起）关令何在？（关令应声伏地）尔为关楼守备，明知公主驾经关楼，不清不察不防不备，致使狂徒混入关门，尔该当何罪！

关　令　大人，这俩人虽已在此混关三天，但却从未混入我的关门。

禁卫官　为何不将其赶走？

关　令　赶他不走，难缠得很……

禁卫官　那就押入关牢！

关　令　也不敢押，他们有点来头……

禁卫官　何样来头？

关　令　你没仔细瞧瞧：都是黄头发、高鼻子、蓝眼睛……

禁卫官　哈哈哈哈！我大元疆土广袤，外商云集，几个异邦人有何稀罕？

尼可罗　大人，我是罗马帝国的使臣！

禁卫官　罗马？

尼可罗　我乃罗马教皇派来的特使！

禁卫官　教皇？

尼可罗　是你们忽必烈大帝请我而来！

［众呼威——

禁卫官　(审视二人)唔,倒是有这回事——我主万岁等着罗马教皇派来一百名智者说事呢！请问,你的一百个智者何在?

关　令　是啊!我奉万岁旨意接待一百个智者入关,可他只带着一个人来……

关卒甲　还是个二半吊子!

关卒乙　一连三天叫关不断!

关卒丙　搭着帐篷静坐怄气!

关卒丁　动不动还要动拳头!

禁卫官　莫非他们是——

众关卒　洋骗子!

马　可　不!我就是智者,我是一个顶一百个智者的智者!盲鸟不见金光,瞎马不辨玉辕,你们这一群愚人怎识我马可·波罗的惊天才华!

(唱)一铢黄金顶百铜,

一缕银线顶百绳。

一尊洪钟响楼顶,

百只檐挂成哑铃。

我本教皇亲派定,

天才一个价连城。

汝等不识金镶玉,

俗眼望金成黄铜!

[众大笑:“这小子真能吹呀!”“十足洋骗子!”“俩人一路货!”

禁卫官　把他们远远轰走,保护公主御驾过关!

[众禁卫拖起二人。

阔阔贞　慢!(挑帘走下御辇,始露出光可照人的玉容,款步走近马可,细细打量)好一个“俗眼望金成黄铜”呀!

长城脚下看洋人，
一老一少裹旅尘。
老者灰灰显疲顿，
少者颓颓却有神。
警言一句醒春困，
傲傲风度尤可人。
西域迢迢万里路，
莫教俗眼误远宾。

尼可罗　公主！我是罗马国的尼可罗·波罗，我进过宫，见过公主，那时候你还很小，扎着小辫儿，喏，您头上戴的威尼斯五彩琉璃珠还是我送的呢！

阔阔贞　哦，是吗？

尼可罗　当然。这是我的儿子马可·波罗。

阔阔贞　马可先生好！

马　可　公主好！

阔阔贞　阁下来过中国么？

马　可　这是第一次。

阔阔贞　欢迎阁下如您父亲一样常来常往。

马　可　如果中国都如公主这么友善，我就住下不走了！

尼可罗　我可是再也不敢来了，长城巍峨，关门难进，你的关吏们成心要把我这把老骨头沤烂在长城脚下！

关　令　启奏公主：圣上敕令下官在此迎接罗马教皇派遣的一百名西方智者，此二人却冒充教皇特使，妄图蒙混过关！

尼可罗　绝非冒充，我们是罗马教皇陛下派遣的特使。

关　令　但问一百名智者何在？

马　可　鄙人就是！（众人哄笑）

禁卫官　似此等亵渎圣命，欺瞒皇上，当有杀头之罪！

关　令　若放此人进关，我等也难免其咎！

禁卫官　请公主允臣驱逐二徒，免生后患！

马　可
尼可罗　公主为我做主！

众官吏　公主速速决断！

众　人　公主！

阔阔贞　（若无其事地走动着）也许——俗眼看金，真能把金子看成黄铜？也许——一个天才，真能抵得上一百个智者？（对禁卫官）别难为他们了，放他们进关吧！

禁卫官
关　令　公主！圣上怪罪下来，奴才们可担待不起呀！

阔阔贞　我来担待，没你们的事儿。

禁卫官
关　令　这……

阔阔贞　快给他们弄点饭，我看他们饿坏了。

马　可
尼可罗　谢公主！

阔阔贞　再给他们弄两匹大马，让他们快点进京吧！

马　可
尼可罗　谢公主！

阔阔贞　（说罢，走进御辇）起驾！

[收光。

二

[全套蒙古式中国乐队奏响震耳欲聋的乐曲；灯光慢慢照亮，直到亮得人睁不开眼。灯光和音响达到顶点时，

突然一片沉寂——这是中国帝宫大正殿，金碧辉煌。年届六十的忽必烈坐在皇座之上。武士们手执长枪盾牌，面容阴沉、残忍、凶猛。国师朱英与其他三大臣肃立两旁。

［马可·波罗父子一前一后上。尼可罗走到殿前，面向忽必烈大帝，一头扑在地上，行叩拜大礼，并频频向马可摆手让他依样行礼；而马可却东张西望，摸过来瞧过去，对什么都感兴趣，甚至廊柱的雕饰、武士的鞋帽都细细观察。一武士向他做出激烈的手势让他跪下。

马　可　（误解武士的示意，竟在一旁坐了下来。当他忽然看到忽必烈那金光闪耀的龙椅龙袍时，又奔过去细看，同时高声发出惊叹）上帝呀！这简直是金子的世界！

［武士怒冲冲地上前把马可推成跪着的姿态。

马　可　这，我……我这又怎么啦？

忽必烈　尼可罗，那是你吗？

尼可罗　罗马国使臣尼可罗参见陛下！

忽必烈　你终于让我又看到你了。

尼可罗　陛下，仁慈的陛下！自从我离开您那一刻起，我无时无刻不在思念再次见到陛下！

忽必烈　可你一去就是九年！是九年了吗？

尼可罗　是九年。陛下！罗马离中国太远了，走一趟就要四年半。上次来中国时，我们的公主还是六七岁的小女孩儿，可前天见到她时，天哪！她出落得犹如美丽而又娇艳的月亮女神阿尔忒弥斯，比美神维纳斯还美过十倍！

忽必烈　哦！我也得感谢我的孙女，不是她在长城关前遇到你，我还见不到我的罗马国大使哪！

尼可罗　吔吔吔！不是公主相救，恐怕你的罗马国大使已经被你的守关官吏们埋在长城脚下的泥土中了！

忽必烈　你在告他们的状,你想要我处置我的守关官吏,是也不是?

尼可罗　英明的陛下,他们的确可恨,应该处置!

忽必烈　唔!他们都来了,朕要听听他们怎么说——

关　令　万岁,臣奉万岁之命迎接百名来使,可他只带来一个人!

忽必烈　你听到吗?朕一直在等你为朕带来的一百名智者,整整等你九年。你却忘掉了朕的托付!

尼可罗　这……

禁卫官　万岁,他带来的这一个人也不是别人,乃是他的儿子!

大臣甲　万岁,尼可罗曲解圣旨,违背圣意,犯了欺君之罪!

大臣乙　万岁,尼可罗以子代使,以私代公,犯了欺国之罪!

大臣丙　万岁,满朝文武殷切期待罗马国所遣百名智者来使我朝叩拜万岁,并当朝辩论儒、释、道与基督教圣训,这是万岁英明伟大之举。尼可罗胆敢以一愚顶百智,以一子顶百臣,实为欺君罔国蔑视天朝,罪当处死!

众朝臣　罪当处死!

忽必烈　听到了吗?尼可罗,你还有何话讲?

[尼可罗吓得索索颤抖……

马　可　(放声大笑)哈哈哈哈……这就是天朝吗?这就是你们趾高气扬不厌其烦地向世界宣称的天下之中礼仪之邦的天朝吗?我可一点也看不出礼仪。父亲,我亲爱的父亲,我受了你的骗了!

(唱)你说道遥遥东方有天朝,
黄金做屋玉做桥。
物阜民丰倡礼貌,
厚德载物是信条。
你说道大元帝国遍地宝,
万国商贾趋如潮。

民有礼节君有道，
自由天地任扶摇。
马可听信你的话，
舍家弃业披旅袍。
风餐露宿四年半，
过三洋、渡千岛、漂死海、绕百礁、
登雪山、爬绝岭、闯狼窝、躲群雕、
穿萨莱、病丁堡、困楼兰、阻莫高、
茫茫沙漠死几死，
羌区险被误为妖。
千难万险都过了，
想不到：
金銮殿上、帝王脚下、盘龙柱边触了礁！

忽必烈　(唱)洋仔开口讲中文，
一路艰险倒动人。
东西往来实不易，
闯天涯少不得狂放勇敢人。
朕有意汇集东西大辩论，
儒释道外加基督共展神。
各显其能竞奥妙，
破解神秘悟玄真。
老洋商九年之前请御命：
回罗马为朕班师智囊军。
惜之惜智囊大军未盼到，
却迎来老商儿子小商人。
愤然间欲拿汝曹把罪问，
老波罗索索颤抖已掉魂。
看起来老儿纯系夸海口，

生意鬼邀宠卖乖是性根。
回眼望洋仔临危倒沉稳，
徜徉宫廊装闲宾。
神情诡谲又机敏，
倒不妨留尔试叩西方门！

忽必烈　你叫何名？

马　可　问我吗？

尼可罗　陛下，他叫马可·波罗。

忽必烈　马可·波罗，近前来。

［马可……

尼可罗　陛下叫你哪！

［马可向前蹭了几步……

忽必烈　再近前来。

马　可　（突然现出狂热，欲拥抱）哈噜！

［众武士刀剑相逼。

尼可罗　（大声，怒冲冲地）跪下，跪下，你这蠢驴！

［马可跪下。

忽必烈　马可·波罗！请问贵庚几何？

尼可罗　陛下问你几岁了，傻瓜！——启奏陛下，他才十九岁，他还是个孩子！

马　可　启，启奏陛下，您能不能用通俗点的语言和我讲话，你知道我的中国话是从我父亲那儿学来的，他只是个蹩脚的中文老师。

［众人哄笑。

忽必烈　乖乖儿，我接受你的意见。你父亲说你还是个孩子，“孩子口中掏实话”，你告诉我：你们来之前，见没见到罗马教皇？你们是不是罗马教皇派来的特使？教皇为什么只派你一个人来？我向他索要的一百名智者现在哪里？

众大臣　说！说……

马　可　诸位客气点儿好不好？启奏陛下，我向基督起誓：我就是罗马教皇亲派的特使。你向教皇索要的一百名智者就是我，我一个人完全可以顶替一百名智者！(众又笑)请不要笑，这是我罗马教皇亲口所讲。我父亲尼可罗是最好的证人。哦，差点忘了，教皇为此还写下带给陛下的亲笔信哪！

忽必烈　信在哪里？

众大臣　(齐问)信在哪里？

马　可　态度好点儿不行吗？……信嘛，遗憾透了，让我在横渡黑海途中翻船落水弄丢了！

众大臣　(哗然)谎言！谎言！

忽必烈　谎言吗？(扭头问朱英)国师以为如何？

朱　英　陛下，宁可信其有，不可信其无。

忽必烈　唔！

尼可罗　陛下，犬子的话一点也不假。罗马新选出的教皇亲自接见我父子二人，亲笔致函陛下问候大元皇帝龙体圣安！

忽必烈　嗯，宁可信其有，不可信其无吧！请问，你们的教皇在信上是如何介绍他这位一个顶一百个智者的小神儿呢？

尼可罗　教皇意思是说，如果马可遇到明主，受到赏识，得到重用，就会表现出基督教文明的神奇智慧。

马　可　你不是一直在寻找智者吗？教皇陛下说，对于你来讲，我就抵得上一百万个智者。

忽必烈　一百万，一百万，看来我得叫你马可百万喽！马可百万先生，你知不知道我对你们基督教文明最感兴趣的是什么？

马　可　是创世纪？是伊甸园？是亚当、夏娃？

忽必烈　(摇摇头)是灵魂！是你们西方人梦想的在死后还活着

的那种东西。马可百万先生,你有不死的灵魂么?

马　可　当然,傻瓜都知道!

忽必烈　可我不是傻瓜。你能向我证明你有灵魂么?

马　可　当然能。你要是没有灵魂,死后会怎么着呢?

忽必烈　正是,死后会怎么着呢?

马　可　怎么着?什么都没有了,你死就死了,像畜生一样!

忽必烈　唔!你的逻辑无可辩驳。

马　可　可我不是畜生,我是万能的上帝为了他的荣耀,按照他的形象造出来的人,具有不死的灵魂!

忽必烈　(久久看着他)——那就让我们来验证一下!

[忽必烈拍拍手,指指马可。武士们拔剑跃上去绑起马可。

尼可罗　(跪趴下)饶了他吧!他还是个孩子!

忽必烈　住口!既然汝子灵魂不死,可以永生,砍了他的脑袋,应该无所妨碍!(对着举剑的武士做出砍头的手势)

马　可　(掩饰自己的恐惧,用颤抖的、开玩笑的声调说)……那样一来,也许我会着凉!

忽必烈　你想开玩笑,可你在颤抖。怎么?你怕死吗,永生的小伙子?那好,只要你坦白承认你说的灵魂不死只是因为怕死而胡乱编造出来的鬼话,并且坦白你死去时无异于一条死狗。

马　可　(突然怒不可遏)不,你是个异教徒喜欢撒谎的狗!

[众人一声齐吼,然后全场哑然。尼可罗发出恐惧的呻吟……

[一个令人窒息的停顿。

忽必烈　(忽然笑了,拍了拍手,武士们松开了马可。可汗蛮有兴味地看着马可紧绷着的脸)马可,抱歉!朕以为你难逃贪生怕死之病,可你称得上完美,生来像个英雄。朕要把你留下来，你要告诉朕关于灵魂的一切。朕要像听一百个智者谈话那样听你谈话，你可愿意？

尼可罗　（激动地跪拜）谢主隆恩！

马　可　我当然知道这是极大的荣耀，可是陛下，我三天三夜没吃饭，饿坏了，能不能先弄点什么玩意儿填填肚子啊！

阔阔贞　（上）来了！

（唱）闻知二洋已进宫，
祖父无暇虑接风。
远旅之人饿成病，
点心一匣捎龙廷。

马可父子　（无比欣喜激动）公主殿下！

阔阔贞　二位先生，一路辛苦！这是点心两匣，请尝尝我大元宫廷的厨艺吧！

马　可　哇噻！……（捧过点心匣，打开，二人大嚼）

［众大臣发出一片嘘声。

忽必烈　（无可奈何地）多亏我有这么一个好孙女，要不然，饿坏了西方贵人，朕将何以担待！

阔阔贞　陛下，孙女有个请求，不知能否答应？

忽必烈　说吧！

阔阔贞　臣想拜马可先生为师，学习西方语言文字，恳求陛下恩准！

忽必烈　这个……

阔阔贞　这可是位送上门的洋教师啊！

尼可罗　（兴奋地与马可窃语）上帝呀！她竟然要你做她的教师啦！

马　可　不！爸爸，我不当教师，我不愿被拴在宫廷里！

尼可罗　留宫廷有什么不好？

马　可　耽误我做生意！

尼可罗　我做生意,你在宫廷。宫廷有权,权可变钱,咱们的生意就会做大!

马　可　那说好了:到时候,你公司的股份就得分给我一半!

尼可罗　兔崽子!只要你爹赚了,能少了你的吗?

忽必烈　(爱抚地挽起阔阔贞,对朱英)国师啊!朕在公主面前,没有主意了啊!

(唱)公主儿一声请求也在理,
　　皇家人博学求知亦必须。

尼可罗　(唱)傍皇门自古经商是惯例,
　　串宦场犹如商虎添羽翼。

阔阔贞　(唱)曾闻道神圣罗马逸邦地,
　　自古来英雄辈出多传奇。

马　可　(唱)临行前尼娜嘱托怎忘记?
　　赚一个百万财产是目的!

忽必烈　(唱)望马可脾气秉性不知底,

尼可罗　(唱)小公主似对马可有所期。

阔阔贞　(唱)读一读洋人洋书添异趣,

马　可　(唱)留皇宫不知待遇高与低!

[幕后合唱:

可汗尚在察二异,
公主出个不小题。
除却异趣是异虑,
宫墙拒度洋马蹄!

忽必烈　国师,公主之愿,你以为如何?

朱　英　(唱)雏凤出巢宜添羽,
　　异鸟之鸣忌久啼。
　　公主求知当鼓励,
　　唯循朝乾与夕惕。

忽必烈　唔，朕明白了。——马可·波罗听旨！

尼可罗　小子，可汗大帝要封你哪！（把马可按跪在地）

马　可　万岁万万岁！

忽必烈　朕封你为七品之职，出任扬州知县，你可愿意？

阔阔贞　爷爷——陛下！

忽必烈　朕要你每年回京两次，短暂停留，为我阔阔贞公主传授西洋学业，讲解基督理论。

阔阔贞　（高兴得拍手）太好太好太好……

忽必烈　同时向朕回禀：你的灵魂对我大元中国的观察评价，比较东西，举辨异同，审鉴优劣，勿负朕望。

马　可　（疑惑地与尼可罗窃语）公主要我留皇宫，可陛下要我去扬州，这要的什么把戏？

尼可罗　这样也好，去扬州毕竟是当官哪！

马　可　一个七品小官，太没意思了吧？

尼可罗　有意思！在下边当官，可以到处旅行，可以随便花钱，可以同各种商人结交，吓唬他们，可以到处插手，名正言顺地收下他们送上门来的东西！

马　可　这都是些小钱儿……

尼可罗　不！你可以参与各种机密大事，把商业情报及时报告给我，我们便能够抓住各种赚大钱的机会！

马　可　你说干得？

尼可罗　当然干得！

马　可　扬州去得？

尼可罗　当然去得！

马　可　那我走了……（欲下）

尼可罗　回来！兔崽子，你要磕头，还要说“谢主隆恩”。

二　人　（跪拜，高呼）谢主隆恩！

［切光。

三

[距前场七年之后。上都帝宫小正殿。一统竹制陈列。庄严超脱、质朴无华。晚年的忽必烈常在这里休憩养心。

[六月的一天。忽必烈靠在垫着软垫的竹制皇座上闭目养神。他苍老了许多,脸上充满哲学家的宁静与偶像般的超脱。

[阔阔贞坐在爷爷身旁，习惯性地吹着胡笳为帝王催眠。那低沉、婉约、柔美的旋律如同梦的翅膀,扇抚得人昏昏欲眠。连为可汗打扇的宫女也倦意醺醺……阔阔贞看到爷爷睡着了,挥退侍女,为爷爷搭锦。

阔阔贞　(唱)山外青山楼外楼，
云自飘逸水自流。
竹影凌乱花影瘦，
胡笳独鸣人独愁。
锦绣氍毹懒踩走，
缤纷阆苑失兴游。
冰屑瑞脑消永昼，
无名幽怨不断头。
梦中曾与君携手，
一汪碧泓漾双舟。
朗朗笑声漫江陬，
醒来孤蝉鸣半秋。

忽必烈　(醒来)你在唱些什么?

阔阔贞　一首古人的诗。

忽必烈　你的情绪过于悲凉。我的小花,你快要当波斯王后了,应当高兴起来!

阔阔贞　尊贵的陛下，你孙女的心中缺少快乐。

忽必烈　难道你不愿嫁往波斯？

阔阔贞　陛下的意志就是孙女行动的准则。

忽必烈　波斯王阿鲁汗是个了不起的英雄，他是成吉思汗的血亲后代。嫁给他，你会有坚强的儿子，足以担负起我们家族伟大的使命。

阔阔贞　鸠占鹊巢，忝沾荣耀。

忽必烈　不，你是我忽必烈大帝的嫡亲孙女，龙凤相配。波斯宫廷欢乐无比，宴会、庆典、游艺、消遣，而你，是他们尊贵而又美丽的皇后。

阔阔贞　也许只是郁郁寡欢的怨妇。

忽必烈　太泄气！讲起话来真像杂剧中失恋的情人！

［阔阔贞大惊，身子激烈地一震，脸上充满痛苦。

忽必烈　不要紧，波斯王阿鲁汗是个真英雄，没有女人不爱他。

阔阔贞　（蓦地站起，不顾一切地发作）不！我可以为他生儿育女，但你无法逼着我去喜欢他……（掩面失声痛哭）

忽必烈　（惊讶地——搜索似的凝视着她）我的小花，难道爷爷强迫你干过什么事吗？

（唱）阔阔贞一声哭把朕惊傻，
难道说联姻事出了偏差？
公主儿不想嫁你就不嫁，
违心事皇帝爷决不施压。
你的父你的母早把手撒，
祖父我既当君又当爹妈。
晚年来祖孙情更丢不下，
你成了朕心头一朵金花。
爷一生弄风云霹雳战马，
夺九州征四海天抢地杀。

唯缺少天伦乐温暖膝下，

更难舍濡沫情呢喃小丫。

急上来遣使臣退婚罢嫁——

来人！

[内臣上。

忽必烈　立即起草退婚文书，送往波斯国，说我公主不嫁了！

阔阔贞　慢！不能这样！（挥退内臣）

阔阔贞　（接唱）家国事玩不得随意戏狎！

阔阔贞　陛下，不可如此随意。波斯王是个强悍之人，退了婚姻，他会感到受了侮辱，那要引起战争。

忽必烈　小花儿，你这个号称“大地之主”“马背帝王”的爷爷，还怕战争吗？

阔阔贞　我是说，嫁与不嫁，对孙女来说并无两样。只不过……我会想你，想家，想念这里的一切——

忽必烈　我的宝贝！（若有所思）告诉我，难道你有了心上人不成？

阔阔贞　（颤抖地）陛下！如果你不想伤害孙女的自尊，就不必如此发问！

[外边忽然传来鼓乐吹打之声。

[朱英匆匆上。

朱　英　朱英告进！

忽必烈　国师，有何事奏？

朱　英　陛下可曾听到鼓乐吹打之声？

忽必烈　听到了。何部何司张扬如此？

朱　英　此乃扬州府台马可·波罗大人前来参拜陛下。

[阔阔贞听到马可·波罗的名字为之一颤。

忽必烈　马可回来了？可朕并无召他回宫啊！

朱　英　真真可笑：吏部刚刚收到扬州十万百姓的上书，这边他便回京了！

忽必烈　扬州百姓的上书？

朱　英　陛下请看！

[忽必烈接过万民奏折看。

朱　英　（唱）十万居民告马可，

列举事例何其多：

物价不稳船失舵，

扩展税收刮贫弱。

发行纸币敛财货，

倾泻库银娱声歌。

扬州折腾七八载，

古老民风逐逝波！

忽必烈　（看过万民折，忿忿地掷过）

（唱）随心所欲类痞顽，

精神畸形惹人烦。

少有同情少有善，

精通占有性贪婪。

治理扬州七年半，

老城文明化灰烟。

基督灵魂无半点，

浑似一艇海盗船！

忽必烈　国师，早早打发马可回老家去吧！

[阔阔贞又为之一颤……

朱　英　以臣之见，留着这个小丑儿做点研究，于国于政不无裨益。

阔阔贞　（一直听着，越来越难忍受，突然爆发）放肆！你凭什么叫他小丑？就因为他不是你想象的那种哲学家酸儒不成？

忽必烈　（惊讶地）公主！

阔阔贞　(转向忽必烈,几乎要哭,反抗地)你们君臣为何如此不公道?你让他做的事,他不都做成了吗?他不是凭着自己的意志和毅力,在你手下连升多级,当上知府了吗?(怒气稍有平息)也许,对于不理解的人来说,他有些怪,但那只是因为他与众不同,比别人更坚强!

(唱)马可·波罗人聪明,

秉职施政有热情。

善解天子意,

圆满都执行。

社会变气象,

市场大繁荣。

艳了东夷地,

富了扬州城。

他是咱不可多得的洋贡生;

理当记大功!

为人难免被诟病,

圣上应当主公平。

离家十万里,

老外变老中。

教儿学西文,

为儿讲《圣经》。

对儿一何敬,

对君一何忠。

且莫要一面之辞偏信又偏听,

误了洋爱卿!

忽必烈　(眼光不停地搜索着她的面部,惊讶万分)阔阔贞!好,好,好!错就错在我给了这个傻瓜一个弄臣的自由,错在我同意他教你外语,错中之错是我让他每年扬州回来时同你谈天说地过从甚密！(粗率地)我将通知来使，你十天之内必须出嫁波斯！退下吧！

[阔阔贞恭敬而又不失自傲地行了一个屈身礼，缓缓退下。

[忽必烈坐着沉思起来，愁眉锁眼，牙齿紧咬……

朱　英　天真自有误蹈，宽容岂非明智？臣早已觉察公主对他的柔情。

忽必烈　你为何不早早提醒朕呢？

朱　英　理智对于爱情就像爱情对于理智，都是隔膜迟钝互不相通的。陛下知道又有何法？爱之到来，如同狂风卷浪；风过之后，湖面自会平整如镜。以臣观察得知，那位马可·波罗先生是无论如何也不会觉察公主的铭心之爱，因为马可的心已被金钱和贪欲占得严严实实。

忽必烈　可怜了我的金枝玉叶！真难想象，朕仅仅允诺他们每年两次短暂接触，竟然使我孙女踏入魔境。

朱　英　事情正出于此。短暂接触，新鲜不退；偶然相聚，难察其心。陌生使其神秘；异乡带来梦幻。他每次进京，都像得胜还朝，多多少少像个英雄——

[此时，马可·波罗刺耳的军乐声越来越近，显然走进了宫中庭院。

朱　英　(走近窗台，往下看去)瞧！就像眼下这副模样！

你看他高头大马座下骑，
神武会孔教服装更离奇。
光灿灿宝石戒指手上戴，
下马去拥抱仆人装亲昵。
搀扶个伤残老兵问名姓，
抱过个吃奶婴儿吻双颐。
亲切切朝向民众三挥手，

委婉婉假心假意把话提。

[楼下传来马可·波罗的声音:“诸位朋友!你们的马可又回来了!我是何等地想念你们呀!”

朱　英　(大声命令)波罗先生!皇上命令你停止演讲,遣散随员,即刻进宫听候召见!

[马可的声音:“是,马上就来!”

阔阔贞　(上)为何召见马可?我的事就是我的事,他自己并不知道。要惩罚就惩罚我,不要伤害马可!

忽必烈　(低头看着她,悲伤地)惩罚?伤害?这难道是我的习惯?——别哭了,镇静,别忘了,你是公主!

[阔阔贞霍地站起,侧身片刻,待回过身时,脸上已十分平静,毫无感情流露,端庄而高贵。

忽必烈　好,能当王后。

[尼可罗礼数讲究地走上。他在富商的长袍之外罩了件孔教神武会的制服——活像儿童剧中的老儿——但他颇为自豪。忽必烈和朱英看着他,既惊讶又好笑。阔阔贞也控制不住,露出了笑容。尼可罗跪拜于皇座脚下。

[马可·波罗故意咳嗽一声走了进来。他边走边摘下顶上镀着金边、插着羽翎的帽子,然后,机械而又自尊地向四周打躬施礼——他的打扮是为了让人一眼就能认出他。他那修饰整齐、俊秀漂亮的脸蛋上一副严肃认真的表情。他一本正经地走向皇座,拜倒在大汗面前。

[阔阔贞无比钦慕地注视着他,希望能引起他的注意……

[忽必烈看看马可·波罗,又看看阔阔贞,脸色严肃。

忽必烈　起来吧!

[马可、尼可罗站起。

忽必烈　(冷冰冰地)不知府台大人突然进京有何贵干?

马　可　(慌忙,但信心十足地)启奏圣上:我是来向国库上交本年度扬州的财政税收!

忽必烈　噢!

马　可　这是一个与往年相比翻了一番的大数目！你一定会感到惊讶,一定想知道我是怎么成功的。这就是我回来向你汇报的原因。

[忽必烈那冷冷凝视的目光使马可好不自在。他环顾四周,看到了公主。很高兴有个机会转移视线,谦卑、尊重地向公主鞠了一躬。

马　可　恕我有罪,公主,我没认出您,你越来越漂亮了！(恭维地)你看来真像个王后!

阔阔贞　(急急巴巴地)欢迎您,阁下!

忽必烈　(为提醒阔阔贞控制自己的感情)公主很快就是波斯王后了!

马　可　(慌张、敬畏地、又一次向公主行礼,奉承地)那么,公主,不,王后殿下,臣向您表示祝贺！汇报之前,臣愿奉上一份小小的礼物略表臣下的敬意——如果王后殿下愿意赏脸收下的话!

[马可拍了一下手，一位红衣绿帽绿鞋绿袜的非洲奴仆，手提大红漆篮上场，跪于马可面前，双手举起竹篮——马可打开盖子，捧出一只脖子上系着粉红丝带的黑鼻子小狗。马可跨步上前,把狗献给公主。

马　可　(像孩子一般笑得露出牙齿)您最恭顺的仆人把它献给您！巴望为您的宠物王国增添新丁!

阔阔贞　(捧起小狗,高兴得红了脸)啊!多可爱的小宝贝呀!(她把小狗搂在怀里)

马　可　我敢保证:这是一条真正的纯种小狗,我出了大钱买来它！——我是说，它是条优良高贵的种狗！

阔阔贞　噢！非常、非常感谢，马可·波罗！——我是说，马可阁下！

忽必烈　(警告地)公主，马可阁下想谈正经事儿了！

阔阔贞　(控制自己)请恕罪！(行礼，退后，一边抚弄着小狗，一边看着马可)

马　可　(傲然而自信)陛下，扬州税收制度取得如此奇妙的成果，其实简单不过，我只是把旧有制度颠了个个儿。首先，旧有制度对超额利润征收过多。请想一下：利润有什么超额不超额，岂不背离人性，打击积累？我就断然取消。与此同时，我也取消了奢侈品税收。因为扬州大部分人买不起奢侈品。为鼓励奢侈品消费，税额全免。旧法废，新法立，我规定对每一件生活必需品进行收税，不管他是银行家还是乞丐，人人跑不掉，新法令机会均等地伸进社会上每个人的口袋，我们坐收红利！

朱　英　鼓励奢侈，于国何利？搜刮乞丐，亦称英雄？

忽必烈　府台大人，朕收到一份扬州百姓的请愿书，列举了你三十条滥用职权之罪！

马　可　(仅仅红了一下脸)原来如此。他们向你告刁状了，是吗？陛下明鉴：那只是一小撮无赖干的勾当！

忽必烈　十万百姓签名上书，共同指控你企图消灭他们的古老文化传统！

马　可　岂有此理！我的新法规定：任何干扰文化传统的人都得处以罚金。

忽必烈　他们抱怨你废除了各种言论自由！

马　可　问题正在于此：这些刁民到处散布攻击新政的叛国言论，不予限制，何以保护陛下的威望？

[忽必烈听了马可这番厚颜无耻的言论，惊异得怔怔地望着马可。

马　可　（注意到皇帝的表情，似乎尊严受到了伤害，遂转之以赖）——陛下！我真痛心！您会因为一小撮不满分子的挑唆而改变对你的耿耿忠臣马可·波罗长期、高度的评价！

忽必烈　（完全服了）没有，没有，你是人类的奇迹！失去你我会不知所措！

马　可　（高兴但有些莫名其妙地）谢谢你！谢谢我英明伟大的陛下！——但是，我不能再干了，我想得辞职。能干的，我都为您干完了。

忽必烈　我代表扬州六十万居民接受您的辞呈。并为失去您这位独特的父母官感到遗憾。（接着，用一种陌生的语调问）马可·波罗，你仍然还有不朽的灵魂吗？

马　可　当然！如果说灵魂的不朽是我独具的天赋，那么，灵魂的创造更是我赫世的奇迹。陛下，在我离开贵国之前，我将向您献上我价值连城的两项发明！（没等回答，便从口袋里抽出一张印着字的纸片）陛下请看：这里有一张纸。它有何价值？毫无价值。错了！回答完全错误！

（唱）一张薄纸轻如烟，
无限商机藏里边。
只需可汗一道令：
薄纸就能变成钱。
印十便值十元币，
印仟便值银一千。
方便携带好买卖，
国库充盈财富添。
此发明准能让人惊傻眼——

不！别忙着夸赞，还有比这更伟大的发明呢！(他做了个手势，尼可罗从箱子里取出一个笨拙的大炮模型放在地上，并在对面用积木堆起一排城墙)陛下再看！

(唱)此物是维和武器镇中天。

威力强大射程远，

刀枪剑戟都靠边。

攻城略地利征战，

炮口指处举降幡。

倘若有人不服软——

(如演双簧)大炮在此，快快投降！

尼可罗　(演剧口吻)是何怪物来此耍蛮？

马　可　新式武器，威力无穷！

尼可罗　小儿玩物，纯属欺诈！

马　可　尔不投降，死在眼前！

尼可罗　不获胜，毋宁死！

马　可　那就怪不着本帅了！开火！

[果然嘭的一声，马可射出一个球弹把积木城墙摧倒。马可眉开眼笑。阔阔贞惧怕地叫出了声，接着又高兴地拍起手来。马可感激地对她鞠了一躬。忽必烈与朱英用一种奇怪、惊讶的眼神注视着他。尽管马可无法想象他们对他除了赞赏，还能有什么态度，但那种眼神使得他捉摸不透。

马　可　(唱)所向披靡威力大，

血肉横飞城墙翻。

新式武器握在手，

独霸世界不费难。

这发明出自聪明、来自灵感、价值连城、

不可估算、一旦拥有、前景无限——

我这里单等出售发明专利权！

忽必烈　噢，出售专利？你要多少？

马　可　起码一百万元。

忽必烈　纸币？

马　可　不，金币。

忽必烈　一百万元金币？

马　可　当然，我不勉强陛下接受这个价格。我深信拿到国际市场绝对抢手。

忽必烈　（狞笑）我明白，为了国家安全，一定得买。要不，就得把你杀了！

马　可　（一惊，转而故作洒脱）那就谈妥了？陛下，结算之后我们就起程回家。我太想家了！

忽必烈　最后还有一个不让你离开的理由：你至今还没证明你具有不死的灵魂！

马　可　这——何需证明！

忽必烈　不能证明，就得砍头！

马　可　这，这……

忽必烈　你至少得举出一个可靠的证人。

马　可　我父亲，他可以为我起誓作证。

尼可罗　我证明！

忽必烈　你当然会。但你的证据有偏见，不可信。

马　可　那，那……

忽必烈　没有等待，说砍就砍！来呀！

［数武士应声出列。

马　可　慢！朱英先生可以证明，国师最聪明，最了解我……

朱　英　老臣俗眼凡目，岂能窥得精灵。

马　可　这，这，这……（紧张得要死，不知所措，满脸涨红，惊慌、固执、恼火，四处张望，最后眼光落在阔阔贞身上）

阔阔贞　(突然跨前一步,涨红了脸,但骄傲地)——我愿证明他有灵魂!

[忽必烈看着她,既悲伤又惊叹;朱英也看着她,脸上挂着微笑;马可充满了感激,与父亲交换了一下庆幸的目光。

忽必烈　公主,你何曾知道他有灵魂?

阔阔贞　臣下亲眼目睹!

(唱)马可·波罗有灵魂,
臣女亲眼看得真。
他在扬州千里外,
魂灵时时返京门。
我见他:金銮殿上常奏本,
我见他:太子宫里授经文。
我见他:百官群中议时政,
我见他:虔诚祷告求天神。
我见他:宠物园里喂白狗,
我见他:御厨间中帮佣人。
我见他:迎着晨曦唱盛世,
我见他:浴着月光弹瑶琴。
马可·波罗眼前站,
莫名玄影绕其身。
奇异流光一阵阵,
足证明:
体内有,身上存,随意志,俯精神,
确确切切是灵魂!灵魂魂!

忽必烈　(辛酸地自语)她看到的,完全是她自己!

朱　英　然而,女人却能在未知中感受生命。

忽必烈　我孙女的勇敢仗义我无法抗争,处女的神秘之心逼我退让。(对马可)你回家吧！不朽的马可,愿你长命百岁！

阔阔贞 (壮起胆子)陛下,臣子有个要求！

忽必烈 嗯?!

阔阔贞 既然马可和他父亲都是经验丰富的航海家，为了孙女的安全,何不任命他们伺候我,指挥船队,护送孙女前往波斯?

忽必烈 (对她的大胆十分惊讶,责备地)公主！

阔阔贞 (回了他一眼——率直地)陛下,这将是我对你的最后一个请求！

忽必烈 (酸楚地)出嫁去吧,我无法拒绝你——尽管你的要求实际是你自己的不幸！(转对马可)你们就陪伴公主去波斯吧！

马　可 无比荣幸！

[切光。

四

[距前场两年之后。护送中国公主的船队主舰甲板上。大元帝国旌旗高挂,龙凤雕饰醒目,但已显破旧。

[水手们各司其位。风撕浪涌,帆簸桨飞,众水手与大海的又一场较量在眼前上演——勇猛、艰难、疲累、惊险的水手舞——成群的女仆穿插其中……

[水手长领唱,众水手伴唱、合唱:

众水手 (唱)海天苍茫,
浪大风狂;
鲸鲨龟蟒,
伴我身旁;
骄阳似火我摇桨,

冰雪裹身我执航！

两年时光，
漂泊海洋；
想念家乡，
想念爹娘；
泱泱大海无归路，
深深海底藏死亡！

众女仆　(唱)中国公主，
波斯新娘；
天涯花轿，
海角新房；
无边荣华不愿想，
一曲胡笳吹断肠！

[阔阔贞出现在皇船桅楼上。她身穿金光闪烁的长礼袍，她的美变得越发强烈。但她情绪低沉，抑郁，低头吹奏着胡笳。众人平息下来，胡笳声孤零零飘迤海空，哀怨悲戚，催人泪下。众人缓缓地、悄悄地退出。(女仆们转为伴舞伴唱)

阔阔贞　(唱)浩荡船队皇家军，
越海跨洋来送亲。
千人喏喏护公主，
谁怜孤独阔阔贞？

众女仆　(唱)阔阔贞，阔阔贞，
何事愁了公主心？

阔阔贞　(唱)熬过枯夏来枯夏，
送走冬春又冬春。
酷暑严寒千万变，

唯独不变冰冷心！

众女仆　(唱)冰冷心，冰冷心，

太阳似火不添温！

阔阔贞　(唱)朝吹胡笳唤恻隐，

夜吹胡笳抒吾心。

可叹雎鸠空鸣叫，

西禽不识河洲音。

众女仆　(唱)河洲音，河洲音，

关关唱和有几人？

阔阔贞　(唱)无爱之恋是郁闷，

耳聋之乐是哑琴。

琼琚不报是悔恨，

海岸尽头是归坟！

众女仆　(唱)哎呀呀，阔阔贞，

公主悲伤愁煞人！

阔阔贞　(唱)激情烧过是灰烬，

宁静海底最诱人。

万顷碧波成我爱，

不做王后做水魂！

众女仆　(唱)做水魂，吓煞人，

我为公主求天神！

珍重玉体，怜惜金身！

众水手　(唱)海天苍茫，

浪大风狂；

两年时光，

漂泊海洋；

泱泱大海无归路，

深深海底藏死亡！

想念家乡，

想念爹娘！

[切光，暗转。

[寂静中，缭绕着凄凉的胡笳声……灯光升亮，前景仍同前场。不同的是空中出现了一轮圆月，远景是波斯的霍尔木兹港。阔阔贞坐在银色的皇椅上一边吹奏，一边沉思。

[一声清脆的金属落地和滚动声音打断了公主的胡笳吹奏，一枚小东西滚到了她的脚下。她捡起来，那是一枚金币。她顺手扔进大海。

尼可罗　(失急慌忙跑出，手里提着一个大钱袋，哭腔嚷嚷着)我的金币呀，我的金币呀！公主，你让我蒙受了极大损失啊！

阔阔贞　抱歉，真不知道那是你的金币。

尼可罗　我正数着呢，突然有一枚滚落在甲板上，我尊敬的殿下，您怎么能随便把金币投进大海呢！

阔阔贞　(指他手里的钱袋子)你赚的金币还少吗？

尼可罗　天哪！你怎么能这样提问题，对于金币来说，永远也不能嫌多！

阔阔贞　我来赔你。来人！

[一女仆走上。

阔阔贞　带尼可罗先生去库房，让他在金柜里拣回他的损失。

女　仆　是。尼可罗先生，请问阁下损失多少？

尼可罗　一枚金币。

阔阔贞　那就还他十枚。

尼可罗　(倒头跪拜)谢殿下！(尾随女仆下)

[突然，幕后传来马可的喊声："放锚！下尾帆！——"众人呼应着，伴随着巨大的溅水声和一长串铁链撞击

声——接着，响起众人的欢呼声——“哦！波斯到了！波斯到了！”

［马可步伐轻盈地登场。他一身制服，精巧整洁。他向公主礼节性地打躬作揖，态度随便却又夹杂着一种无法说清的敬畏。

马　可　公主殿下！世祖圣德神功文武皇帝特遣送亲护卫官马可·波罗向您禀报：经过两年零三个月的海上航行，冲破千险万阻，克服重重困难，终于大元中统二十一年抵达公主下嫁之地波斯国！

［阔阔贞无动于衷，木然地点了一下头。

马　可　公主，您该高兴起来！您爷爷——不，伟大的忽必烈陛下对您的寄托和厚望终于可以实现了！

阔阔贞　是该平静地终结了！

马　可　不过，有个不同寻常的消息要告诉你——刚才从岸上划来一条小船，正式通知我们：你要嫁的丈夫波斯国王阿鲁汗已经驾崩……

阔阔贞　（突然兴奋起来）是吗？你是说，阿鲁汗国王已经死了吗？

马　可　是，啊鲁汗国王死了……

阔阔贞　（眉宇间流露出希望，热切地看着马可）那，……那我们可怎么办？……我不可能再回去了……不过，这里距离罗马很近了吧？我是说，离你的家乡……

马　可　公主，请等我把话说完：阿鲁汗的儿子卡赞继承了王位，他要娶你！（呈上一具封口公文）这是他们送来的公文，请公主过目！

阔阔贞　（又收敛了笑容，恢复了木然神情，公文从手中滑落）不用看了……

马　可　（捡起公文，敬佩地）你真能泰然处之。当然，仔细想想，嫁给老子或嫁给儿子不都是一样？你总归是要当皇后，无限的荣华富贵！

阔阔贞　(辛辣、讽刺地)这就是你心目中的幸福喽？(马可不解其意地看着她；她叹息一声，转身向海上望去，停顿一会儿后)——亮着灯火的地方就是霍尔木兹了？

马　可　是的，瞧我给忘了，信使说，卡赞国王今天晚上就要来接你入宫。

阔阔贞　什么？如此紧急？今天晚上？(反抗地)不，难道忽必烈大帝的孙女真成了奴隶不成？不去，我不去！何时想去，我才下船！

马　可　(脱口而出)好！要的就是这种精神！

阔阔贞　(激动地)马可！

马　可　(立即又为自己的鲁莽感到惊讶，匆忙改口)但不要轻率行事！大汗也许是心疼你，让你早早入宫休息调养。

阔阔贞　(寄望地、柔声地)说过了，为什么又要害怕呢？

马　可　关键时刻，我什么也不怕！

阔阔贞　何时才是关键时刻？

马　可　比如说，当我感到有人要抢走属于我的东西时！

阔阔贞　此时此刻你就没有这种感觉？

马　可　(以为她在开玩笑)哈！这——(没把握地)不过，有件事我倒想问问你：你祖父忽必烈大帝把你交托给我，让我完成把你平平安安交给你丈夫的任务。现在我想坦率地问，你愿不愿首先承认，尽管我们遇到台风、海盗、撞船等等天灾人祸，我还是把你完好如初地带到了波斯？

阔阔贞　(近于歇斯底里地讽刺)我比世界上任何人都更欣赏你忠于职守！你是个奇迹般的奴才英雄！

马　可　哈！

(唱)可曾记印度洋面遇台风，

霎时间主船危危大斜倾。

颤惊惊仆从纷纷落下水，

贵公主坠入洋面也失踪……

阔阔贞　(唱)我入大海我庆幸，

碧波掩体了此生。

想不到鲨鱼群中冲出你——

罗马国马可·波罗大英雄！

马　可　(唱)自古来威尼斯人善游泳，

救公主义无反顾是职能！

阔阔贞　(唱)敝公主白白捡条命，

真亏了威尼斯的大英雄！

马　可　(唱)可曾记博萨索湾大惊恐，

漆黑夜一群海盗把船登。

凶煞煞七把匕首对公主，

眼看要杀人越货掳娉婷……

阔阔贞　(唱)面对恶徒坦然笑，

愿饮屠刀染海红。

又亏了马可·波罗青锋剑，

杀强盗履尽职责献耿忠！

马　可　(唱)少年时罗马击剑我夺冠，

论剑术波罗家族天下名！

阔阔贞　(唱)险些有眼不相识，

斯巴达克又显灵！

马　可　(唱)可曾记公主红海患热病，

滚烫烫高烧不退惊全营。

昏迷不醒三天整，

随船御医都技穷。

阔阔贞　(唱)多亏你西洋药品无私送，

恳切切值更守夜到天明。

温柔柔煎汤熬药亲手奉，

殷勤相羞得女仆都脸红！

马　可　(唱)为公主我祖传方药全用罄，

保公主我一片丹心大经营！

阔阔贞　(唱)嗟乎哉马可波罗功绝顶——

论价值，论本钱，论市场，论行情，

我得还你一座城！

马　可　谢谢公主！如果我的表现真的使你满意，那就请你在给忽必烈大帝的第一封信中，把刚才的话都写上；当然，也请告诉你的丈夫——波斯卡赞新国王！

阔阔贞　(积怨、痛苦地)我一定会这么做的！我要告诉他们，你把我一次次从死亡中救出，既是功勋，也是罪恶；既是勇敢，也是残忍——你为什么不让我去死呢！

马　可　(慌乱地)你在开玩笑！那时候你并不想死，你的眼神告诉我！

阔阔贞　不，你不懂眼神，你是个有眼无珠的商人！

马　可　(迷惑不解、严肃地)哼！你不该这样说话！

阔阔贞　要不是你一次次地解救，我早已长眠在绿色的海洋之中！

马　可　(担忧地，忽然握住阔阔贞的手)听着，年轻的姑娘，别讲这些病态的话！

阔阔贞　(一阵爱情的激动)马可！

马　可　我想你在发烧，让我号号你的脉！

阔阔贞　(激烈地)不！(她针刺般地把手抽回来，但又不自主地把手递出去)

马　可　(担忧地)别任性。上次我花九牛二虎之力才治好你的热病，如果重犯的话，那代价可就大了。你感到发烧吗？

阔阔贞　(任性地)不！是的！有火在烧！

马　可　脚凉吗？

阔阔贞　不！是的！我不知道！

[马可一本正经地跪下,脱下她的鞋子,摸摸她的脚心,然后哄孩子般地拍拍她的脚。

马　可　没事儿,脚没问题。(起身——专家似地)腿肚疼吗？抽筋吗？

阔阔贞　你这个傻瓜！不！是的！我的心要爆炸！

马　可　就像燃烧的感觉吗？

阔阔贞　是的！就像红玛瑙在冷却成灰之前的最后一次燃烧！

马　可　那还是有病,我能看看你的舌苔吗？

阔阔贞　(处于一种失控的歇斯底里,以自辱为乐)可以！可以！看哪里都可以！我是成吉思汗的嫡血公主,你是条狗！看吧！(她伸出舌头,脸上淌满了泪水)

马　可　看不出有什么胆汁病,没大问题,只要想办法多睡一会儿……

阔阔贞　喔,苍天哪！我做错什么事,你要如此折磨我！(对马可,激烈地)我死在海里多好,你为什么要把我唤醒！

马　可　(又担心起来)是不是大脑的问题？你头疼吗？

阔阔贞　你不朽的灵魂怎么样？你根本没有灵魂！你真该被可汗杀掉！

马　可　天哪！镇静些,公主！卡赞国王要是看到你现在这个样子,可怎么办哪？！

阔阔贞　(尽力挑动他的嫉妒)想想看,我马上就是卡赞的妻子了,以后我生病,将是卡赞来保护我,照料我,爱我。是的！他将透过我的眼睛,看到我是个温柔多情的女子,而且是个美丽出众的女子！

马　可　那是当丈夫的特权……

阔阔贞　不，是有灵魂男人的特权，只有勇敢的男人才配享有这种特权！你不配！你还是个玩忽职守的家伙！

马　可　玩忽职守？没人能说我——

阔阔贞　你说过，国师向你传达我祖父的命令，让你每天都要仔细看看我的眼睛！（激烈地）可你从来没看过，你是个睁眼瞎子！

马　可　（知错地）好吧，还不算太晚，是不是？（对她的怪念头无奈地叹息一声，向她走过去）

阔阔贞　我要向他们汇禀，你的这份职责从来没有很好地完成！

马　可　（伤心地）我可是尽了力的。不过，就那么看看，我总发现不了什么名堂。

阔阔贞　祖父一定希望你从中看到什么东西，我自己也感到有一种我无法理解的东西！需要你来发现和向我解释！记住，这是最后一次机会！生活中没有一样东西我是不能给的！没有一件我是不能办的！即便现在也为时不晚！看着我的眼睛，别把它当作公主的眼睛，而是一双女人的眼睛！看得深一些！如果你真看不到里面的东西，我会死的！（她歇斯底里、恳求地说完这些话）

马　可　（担心——劝慰地）是，是是，那当然，公主！我当然要看。可是，你能向我保证看过以后你就躺下睡觉吗？

阔阔贞　看！仔细地看！（她头一仰，并伸开双臂）

［马可俯身低头看她的眼睛。她缓缓地把手举过他的头部，似乎要把他的头跟自己的头拉在一起。她嘴唇分开，并向他挺着身子。马可检查似地看了一会儿，变得有些激动。他的脸像着了魔似的向她的脸移去——两人的嘴唇似乎很快就要接吻——

阔阔贞　（低声叫道）马可！

马　可　（激情之下忘了一切，语音有些颤抖）阔阔贞！

［突然，哐啷一声，一堆金币倒进了箱子——尼可罗抱着箱子出现在船舱窗口。

尼可罗　(兴奋地大喊)一百万！

马　可　(吃惊，从迷魔中醒来，恐惧地退回身子)什么？爸爸，你叫我吗？

尼可罗　够数！一百万上帝的金币！一个不差！忽必烈够意思！

阔阔贞　(绝望地)马可！

马　可　(手足无措)是，公主，我看到了某种奇怪的东西，它使我也发起烧来！(恢复了些常态——无力地笑了笑)毛病是我太疲劳，对，恐怕是呓狂症！——还是去睡觉吧！

阔阔贞　(失望至极，从胸口衣裙里拔出一把小刀)遵命！我要长眠了！我要永远离开这个世界！

马　可　(一个箭步冲上，夺下她手中的小刀，抛向海中；阔阔贞蔑视地冲他站着，满眼极度悲伤与愤怒；马可注视着她，惊慌得半晌说不出话来)我从来不相信——神志清醒的人——真的会去寻——

阔阔贞　我竟要求一头牛来看我的灵魂！我再也无法忍受这奇耻大辱！

马　可　你是说我刚才对你直呼姓名？

阔阔贞　(歇斯底里狂笑)是的！你好大的胆子！

马　可　(慌忙地)公主，请原谅！饶恕我吧！当时，我忘了自己，我那是过度操劳而引起的神经错乱。我觉得自己像是木偶戏里一个角色，有人在牵线操纵着我。你明白，那不是我。我嘴唇分开讲话都是身不由己。我眼前看到的，跟她讲话的，不是你，根本不是公主——

阔阔贞　(好像又一次抓到了希望)不是公主？你看到了什么？

马　可　你完全变成了另外一个人！

阔阔贞　一个平平常常的人？

马　可　对，一个平平常常的女子。

阔阔贞　一个鲜活的女人？

马　可　对，极具吸引力的女人！

阔阔贞　（动情地）马可！

马　可　是的，就是她！（从衬衣口袋里取出一个装有照片的小金盒，自豪地递给阔阔贞）她叫多尼娜，未来的马可·波罗夫人！

阔阔贞　（挣扎地）可你叫的是我的名字！

马　可　完全是错觉，在那一刹那，她站在你的位置，我就跟她，而不是跟你，谈起话来。（见她凝视相片）很漂亮，不是吗？

阔阔贞　也许她已经嫁人了。

马　可　（自信地）不，她家需要跟我家联营做生意。

阔阔贞　也许她早有了意中人。

马　可　不，她不是那种人。

阔阔贞　她已经成了中年妇女，又胖又蠢！

马　可　老婆长得丰满些，我不在乎——没必要在家里养位思想家。懂些家务，把家料理得顺顺当当的，那就是我理想中追求的老婆。

阔阔贞　你连谈情说爱也没有灵魂！那跟猪们的交配有什么两样？可是我，竟然对你——（脸上一阵痛苦，然后仇恨、蔑视地）你这头亚得里亚海的猪！（愤怒地）我向卡赞国王要的第一件结婚礼物是不是应该让他派人剥了你的皮，再扔到街上喂狗！

尼可罗　（突然蹿出，冲到公主身边，匍匐在公主脚下）公主饶命！公主饶命！

［阔阔贞似乎没有看到听到，只呆呆地凝视着前方……

马　可　(向他父亲弯弯手指,让他走近)别害怕。她这些话,没有一句算数。她有些歇斯底里。注意,你还是去看好咱们的金币。我去迎接大汗!(二人分头下)

阔阔贞　(唱)两载梦境两载船,
船到码头路走完。
梦破梦碎梦全断,
情差情错情绝缘!
海水作镜连声叹,
俯首顾影影自怜。
自怜公主无真爱,
金枝玉叶成孤鸾。
皓月当空又生幻,
幻然跳归十年前。
西来之人惹好感,
注目马可兴情澜。
一举一动风翩翩,
一言一语侃侃谈。
一呵一护引依恋,
一颦一笑把情煽
深宫促膝教西语,
御园把手调西弦。
畅述基督创世纪,
更讲风情伊甸园。
罗马文化迷花眼,
罗马文明耀斑斓。
罗马生活勾情梦,
罗马哥哥把情牵。
罗马诱我赤心盼,盼,盼——

却盼来:
苦涩无花果,
稀苞大糤圆;
无骨花花伞,
缺心淡汤团。
他是个——无比冥顽、荒了心田、真爱不见、真情绝缘,满心、满肚、满肺、满肝、五脏六腑填金钱,铜锈漫顶一尸官!
罢,罢,罢!
休,休,休!
舍,舍,舍!
断,断,断!
抬望眼——
灯火亮处是彼岸,
人声闹处是西蛮。
残余人生到终站,
愿化云鹤入云烟——魂逝长天!

[一阵长吆之声——波斯王卡赞大汗在马可陪同下登场,后随威风凛凛的仪卫阵容。卡赞长得并不漂亮,但举止高贵,富有男子气派。他走上前向公主深鞠一躬,他的随员们也深躬膜拜。卡赞抬头打量阔阔贞的脸,顿时为她的美丽所折服。而阔阔贞一副听天由命的神情,毫不在意地回看着他。

卡　赞　如果一个爱他高贵父亲的儿子能够为他父亲的死而庆幸的话,那么我就是那应受良心谴责的儿子!

[阔阔贞并不回答……

卡　赞　不知公主听到没有:伟大的波斯阿鲁汗国王已经死去。你必须忍辱接受他的儿子做你的丈夫——乌鸦取代了雄鹰！请原谅。但在你绝世美丽的驾临下，我也许最后能够接近他的伟大！

阔阔贞　我不知道我是什么。我只知道命运之神不可抗拒，我将听从它的摆布。

卡　赞　(冲动地)你比我大胆想象中的美人更美！统治天下的将不是我，而是你！我将是你的奴仆！波斯将是你的征地，任何地方的歌声都将歌颂你的美丽！你将是爱的皇后！

阔阔贞　(深感痛苦地)不！(把马可给她看的那面画像金盒扔在地上，用脚踩碾)

马　可　(激动地)公主，小心！你踩着——

[阔阔贞一脚踢开盒子；马可蹲在她膝边把金盒碎片捡在手帕里。

阔阔贞　(转身指着马可对卡赞说)夫君，我对你的第一个请求是重赏这位平安护送我到这里的基督徒。我请求你为他摆设一顿丰盛的宴席。这将是投其所爱。饭菜要特别多、特别多！他最善于评判数量。(她有点激动，动作更为放肆)你要劝他多吃点，多喝点，直到灌不下为止，那样他就成了他自己理想中的人物，一个塞足填满的偶像！你愿意那么做吗？

卡　赞　当然，你的愿望就是我的意志！

阔阔贞　(指着卡赞胸前一个宝石做成的雄狮像)这闪闪发光的是什么？

卡　赞　这是狮子勋位的象征，只有伟大的英雄和一国之主才能佩戴。

阔阔贞　(强烈讽刺地大笑一阵)伟大的英雄——！一国之主——！(然后急切地)你能给我吗？我恳求你！

[卡赞给迷住了，用疑惑的眼光看了一下勋章，解下别

针，一语未发地交给了公主。

阔阔贞　(用脚捅了捅仍然在地上捡金盒碎片的马可)起来！让我来授予你这高贵的狮子勋位！(她把闪闪发光的宝石狮子别在目瞪口呆的马可胸前，并发出一阵阵尖刻讽刺的笑声)——别在一头绵羊的胸脯上多相称！(更无拘无束地笑着)——再跪下！(马可应声而跪。她又请求卡赞)再给我一箱金子！

[卡赞做做手势，两个奴仆抬来一箱金币放在公主面前。尼可罗看见金子，也急忙陪马可跪在一起。

阔阔贞　(抓了一把金币，朝着下跪的波罗父子头顶撒去，大笑)给！咕噜咕噜地吃去吧！喝去吧！打个滚儿给大家乐乐！

[尼可罗旁若无人地抢拾金币，马可满脸通红地跳起身子。

马　可　(受了伤害的语调)我不明白你为什么要侮辱我——而且就在我们分手的最后时刻？我做什么错事了？(突然强作笑容)不过，我知道你有病，不太正常。

卡　赞　(有所觉察地)这家伙是不是得罪你了？要不要杀了他？

[尼可罗、马可大恐。

阔阔贞　(厌倦地)不，他可以为我逗乐。让他吃。用饭菜、金子，把他塞足了，送他回家。还有，我的夫君，请你同意这第一个夜晚让我独自留在船上，跟我的侍女一起度过。你看如何？

卡　赞　你的愿望永远是我的意志！

(唱)公主之话是天命，

波斯灯火为君红。

宫廷鼓乐为君静，

本王等你到天明！(率众人下，马可殷勤陪下)

[阔阔贞低首哀泣。有顷，她又取出胡笳。更加凄楚的旋

律荡漾夜空。马可与尼可罗吃力地搬着金币箱子过场。阔阔贞似未看见，专注地吹奏。马可下场后，又空手走回来。

马　可　（深深一躬）公主，您太疲劳了，你要好好休息！

阔阔贞　（顿然发作）你走开，走开！

马　可　（怯怯后退）是，我走开，我会远远走开。如果你同意，我想和我父亲今晚就走。那边正好有艘开往罗马的船只，马上起航。

［阔阔贞一惊，很快又平静下来，不与马可搭话，继续吹奏胡笳。

马　可　那就再见了，尊敬的公主！马可·波罗将会永远怀念我的中国之行！（与尼可罗同下）

阔阔贞　（突然撑起身，奔向更高一层的甲板上，把胡笳向下掷去）带上它——记住我！（然后，伸出双臂——用最终放弃一切的语气喊道——）别了！马可·波罗！

［远处传来马可·波罗的回声——“再见！王后陛下！祝你幸福长寿！”

［阔阔贞把头和手臂依靠着舷墙，颓然无力地跪倒在甲板上。

［灯暗。灯光再亮时，舞台上孤独独地出现开幕时我们见到的老年马可。他手里拿着那管胡笳，似吹似吻。

马　可　我不忍心把故事再详细讲下去，我只能告诉你们一个更为悲戚的结果：当我马可·波罗回到罗马结婚的时候，阔阔贞公主已经死了，她是抑郁而死！……我知道你们会恨我，说我对爱的迟钝毁了阔阔贞。我愿承担这份罪名。老年的马可·波罗只想对我尊敬的观众说一句我醒悟之后的话：如果当年我少一份金钱敏感，多一份爱情敏感；舍弃一份金币之恋，拾起一份公主之恋；减少一份商场冒险，多出一份求爱冒险——那样一来，阔阔贞公主就会是我马可·波罗的妻子了，我的《游记》就会增添中西文化交流记载中最富人情味的一章！……想念你呀——我的阔阔贞！我的中国公主！（吻吹胡笳）

［幕后合唱：

一曲胡笳忆前朝，
十年奇恋无鹊桥。
不是马可风流少，
美人不抵淘金潮。

［幕闭。

［剧终。

（根据刘海平、漆园译本改编，特此致谢）

（本文系与孟丛笑合作）

根据尤金·奥尼尔《安娜·克里斯蒂》改编

卷二 / 安娣

An di

DRAMA COLLECTION

人　物　安娣　郁安家　赵大刚　梅香　店掌柜　二水手

第一幕

[20世纪三四十年代的一个秋日黄昏。上海吴淞口附近一家酒馆。门有“醉杯轩”招牌。吧台，独酌椅，对酌席，协调摆布。临窗一方露台直面大海，点点帆影，声声轮笛。偶见海鸥从窗前划过。

[酒店掌柜送走一拨客人后收拾着酒杯菜碟。

掌　柜　(唱)码头酒馆海对门，
　　铺面不大酒香醇。
　　进门都是杯中友，
　　出门还做海上人。

[郁安家与梅香上。郁安家有点醉态，梅香半推半就地搀着他，他搂着梅香的肩膀，不时有些猥琐动作。

老　郁　(嗫着女人腔哼哼着小曲)
　　嫁郎不嫁探海郎，
　　青春一世赴汪洋。
　　万家灯火都点亮，
　　只有小奴守空房——
　　枕头冰冰凉，想郎想断肠！
　　哎呀呀，哎呀呀，哎呀呀呀哎……

梅　香　醉鬼，待会儿看怎么收拾你！

老　郁　梅香，我巴不得现在你就收拾我……

掌　柜　哎哟郁老大！好一阵子没来上海港了，船靠岸了？

老　郁　尚掌柜,上酒！要最好的酒！

掌　柜　来瓶洋酒怎么样？人头马？刚进的？

老　郁　就要人头马,咱俩一起喝,我请客。我有钱,(拍腰包)全他妈是钱！

掌　柜　你喝得差不多了,在哪喝的？

老　郁　船上一个老广,他有一瓶破烧酒,俺俩一口气喝完。不过,上岸了还是喝好酒,人头马。来,干杯！(与掌柜碰杯喝酒)

梅　香　当心,喝死没人埋。

老　郁　哟,忘了心肝儿了。尚掌柜,给我的梅香来点什么？

梅　香　玛姆香槟！(坐在一边)

老　郁　得,我怎么就没想到玛姆香槟呢？快上！

掌　柜　老大,这有你一封信,前天来的。

[老郁看信。掌柜上酒。梅香看到老郁异常。

梅　香　哪来的信？什么人的信？是男是女？

掌　柜　郁老大的朋友有几个不是女的？

梅　香　(看信封)啊？安娣？真是个娘们！我说郁老大呀,你是饿疯了吧,搂一个抱一个怀里还得揣一个……(一把夺过信要撕)

老　郁　哎哎哎——可不敢撕。这是我女儿的来信！

梅　香　撒谎！你从未说过你有女儿。

老　郁　那是我没脸说我有女儿,我对不起她。她在江西农村。她要来看我了,这信是半个月前写来的,信上说她立马动身,这十多天怎么着也该赶到了……

梅　香　我不相信,你向来鬼得很。

老　郁　这事我可不敢鬼。梅香！

(唱)郁安家二十年前得一女,

取名就叫郁安娣。

聪明活泼又伶俐，
随母亲投奔娘家住江西。
五岁头上相别离，
十五载我从未归家看闺女。
水手脚下无陆地，
涛上奔波浪上息。
冷铁甲板度四季，
丢了儿女荒了妻。
七年前老妻一病撒手去，
只留下安娣女儿寄东篱。
手捧来信涌愧意，
亏欠如火烧面皮。
生而不养如遗弃，
郁安家有何面目见闺女！

梅　香　听你这一说，还真像有那么个女儿呢！

老　郁　这事哪敢说谎？

梅　香　那你就别假惺惺地惭愧了，你们船老大，有几个不是“不养孩子不养妈，花天酒地不要家”的？见女儿认个错不就结了。

老　郁　我更对不起她妈，没准她是来替她妈复仇的。

梅　香　那你就把我这个妈介绍给她，我来替你摆平。哈哈哈哈……(坐于一边品酒)

老　郁　(耳语)尚掌柜，安娣来之前，你得帮我把梅香打发走。要不我女儿饶不过我。

掌　柜　你是自作自受。刚上岸就搞女人！

老　郁　(挠头)你快编个瞎话哄哄她，好叫她赶快离开我。

掌　柜　你女儿会找到这儿来吗？

老　郁　肯定会。我只告诉过她这一个通信地址。

掌　柜　那你就直接告诉梅香，说你女儿要来，叫她赶快滚蛋！

老　郁　不，我不想让她难受。

掌　柜　要不你就别让你女儿上船，叫她住岸上。

老　郁　那不行，瞒不住！

梅　香　（走过来）喂！你两个在这嘀咕什么？

老　郁　没，没什么，说你长得好看，喝了酒更漂亮。

梅　香　你葫芦里卖什么药，我明白。她要来了，你就要把我撵走，是不是？我可告诉你，老娘我可不是好哄骗的。我在水边混了二十多年，你们这些水鬼玩什么花招我不知道啊！郁老大，我不但要见你女儿，还要告诉她，海边每个码头上都有像我这样的女人在等着你爹，他养家的钱就是这样花掉的！

老　郁　姑奶奶！我没有对不起你，你，你要是想要钱，我会……

梅　香　（看到老郁的囧样忍不住哈哈大笑）哈哈哈哈！收起你那鬼把戏吧！

（唱）郁老大，鬼东西，
　　把人想得没出息。
　　梅香岂止缺个你？
　　码头何处无生意。
　　你甩了我，我甩了你，
　　两不吃亏成平局。
　　多少水鬼等我去，
　　咱好离好散不相弃，
　　啥时候都是老关系！

老　郁　哎哟！好梅香，你真体谅人！让我亲亲……

梅　香　爬一边去！这杯香槟喝完我就走。不过你这副醉醺醺的样子，真叫你闺女看见，她会立马不认你。

老　郁　（一惊）那，那咋办？

梅　香　快去吃点东西。

掌　柜　要想快醒酒，来碗炖蹄肘。

老　郁　哪儿有？

掌　柜　出门左拐老街口。

老　郁　梅香，我马上就回来，你要喝好。（下）

［掌柜给梅香添酒，然后走回柜台坐下看报。梅香默默想着什么，呷着杯中的酒。安娣上。她发育丰满、秀美。但眼前健康状况不佳。她提着个行李包边走边看——

安　娣　（唱）火车挤，汽车颠，

毛驴背上蹾几天。

旱路水路轮番换，

好不容易来到上海滩。

上海滩，楼如山，

十里洋场流金钱。

找遍大街找里弄，

大小码头挨着窜。

猛然眼前有发现：

吴淞门号二百三，

这不就是我要找的醉杯轩？——真真好艰难！

［安娣走进酒店，颓然倒在一把座椅之中。

安　娣　来扎啤酒！（当掌柜打酒时她补充一句）别太小气了，掌柜的。

掌　柜　我巴不得用水桶给你打酒。

安　娣　那太好了。（接过满满啤酒杯一饮而尽）渴死我了！

［梅香仔细地打量着这个刚刚进来的女人。

梅　香　你看上去很疲劳。

安　娣　说对了。几天几夜没合眼。

梅　香　做什么活如此劳累？

安　娣　我在旅行。汽车、火车、还要走路，差点没瘫下来！我在想，上海滩这辈子我是赶不到啦！

梅　香　（一惊，仔细地打量她）你打哪儿来？

安　娣　江西。

梅　香　（惊愕地盯着她，慢慢地）那么，你是来——找人？

安　娣　不错……（也打量起对方）

梅　香　找一个男人？

安　娣　是找一个男人。但不是你想象的那种人。

梅　香　是你的父亲。

安　娣　（高兴地）对呀！

梅　香　他姓郁，叫郁安家。

安　娣　哇，就是他。那么——（审视地）你们认识？

梅　香　不怎么认识，酒店老板认识。他刚才还在说他。

掌　柜　（正好走来）二位，再添点儿什么？

梅　香　尚老板，这就是郁老大的女儿。

掌　柜　哦，你就是——安娣？

安　娣　是我。

掌　柜　哎呀！你父亲刚刚收到你的信你可到了，人和信还走得一样快！

安　娣　那是信走得慢。半个月前我就发信了。我老爹呢？

掌　柜　吃饭去了，马上就来。

安　娣　他长什么样，我还真不知道呢。

梅　香　女儿不认识老爹？

安　娣　可不嘛！

（唱）我这个爹，不相称，
比一个生人还陌生。
我从小到大没见过面，
一年半载信一封。

不养老妻不养女，

长年累月在外疯。

安娣今年二十整，

爸爸不曾喊一声。

二位看到莫见笑……

掌　柜
梅　香　不见笑，这就是大海之上的老船工——都是这德行！

［老郁上。

老　郁　（兴奋地）伙计们！炖肘子的滋味可真不错！（对梅香）我还给你带一碗回来哪！

梅　香　（遮掩地）你就是老郁吧？瞧瞧谁来啦？

［老郁和安娣对视。

老　郁　（吃惊、颤抖地）安娣？

安　娣　（冷静、审视地）你就是老爹了？

［老郁站在那儿，用不安的躲避的眼神看着安娣；而安娣盯视老子的目光，仿佛是评头品脚，疑问重重。掌柜、梅香退下。

安　娣　（唱）好生疏的爹，好生疏的脸，

老　郁　（唱）不认识的女儿站眼前。

安　娣　（唱）不要家的父亲终见面，

老　郁　（唱）没养过的女儿长成仙。

安　娣　（唱）爱挥霍的神情爱酗酒的眼，

老　郁　（唱）她为何对爹直把白眼翻？

安　娣　（唱）莫不是他不乐意我出现？

老　郁　（唱）难道她找爹算账扯麻缠？

二　人　（唱）有道是血缘亲情无恚怨，

父女俩谁搭话头先开言？

安　娣　爸！

(唱)勉强开口叫老爸，
喉咙僵硬舌尖麻。
安娣从小长到大，
这两个字眼没碰过牙。

老　郁　(唱)眼望女儿泪水下，
做梦都盼一声爸。
海上漂泊苦无涯，
幸落女儿一朵花。

安　娣　(唱)孤独安娣寄篱下，
一十九载不见爸。
疆场也有回头马，
哪有爹爹不养家！

老　郁　(唱)老爸常把儿牵挂，
无时无刻不想家。
怎奈我被海绑架，
海之魔终生将父来羁押！

安　娣　(唱)料你又将大海骂，
无厘头的理由谁信它！

老　郁　(唱)真实原因真情话，
我的儿细听为父说根芽！

安　娣　(唱)说吧说吧快说吧，
女儿听你把天说塌！

老　郁　(唱)此处不是说话地，
快随爹爹去老家……

安　娣　啊？你这里还有老家呀？

老　郁　爹的老家不就是船嘛！——掌柜的，钱！(往柜台上拍了一把钱，然后抓起安娣的行李)咱们走。

[灯暗。

第二幕

［十天后。停泊在舟山海港的货船上。夜，周围浓雾缭绕。一大卷粗缆绳上放着一盏提灯。提灯照射着安娣站在雾中的身影：她变了，显得健康，脸上出现了白里透红的气色。她望着雾，目光中充满迷恋。

安　娣　（唱）氤氤氲氲雾蒙蒙，
袅袅绕绕轻盈盈。
卷卷裹裹一垄垄，
荡荡漾漾一层层。
海洋的雾色如仙境，
海洋的雾光妙不赢。
海洋的雾中万念净，
海洋的雾下思无穷……
厌倦透陆地生活多泥泞，
幸来到海船之上识新颖。
半月来雾中徜徉雾中梦，
恰便似全新世界结新朋。
忘掉了人生来路多陷阱，
忘掉了横扯竖挂荆棘丛。
忘掉了左缠右绕鬼魅影，
忘掉了精神之伤心之疼……
安娣我愿拥浓雾睡不醒，
水波浩渺泊此生！

［老郁上。

老　郁　安娣！（没人应，再喊）安娣！

安　娣　（从沉思中醒来）干嘛？

老　郁　你怎么不回舱里去？太晚了，站在雾里对身体可不好啊。

安　娣　有什么不好？我喜欢雾！

老　郁　(厌恶地)傻话！老爸最讨厌雾，雾是它最狠毒的一招，啐！

安　娣　你又要诅咒大海了吧？可这十多天来我倒越来越喜欢它了。

老　郁　(阴郁地望着她)安娣，你要是见多了，就不会这么说了。(见她不高兴了，急忙换了一种快乐的调子)不过你身体明显好起来了。(慰藉地笑着)你喜欢就这么着跟爸爸这个老头一块待下去吗，嗯？

安　娣　喜欢。这儿跟陆地上就是不一样。喏，就说这雾吧，我就舍不得它散了。

老　郁　(粗野地)又是雾！我看是雾这鬼东西把你弄迷瞪了。

安　娣　(固执地)一点儿不。好像我以前丢了什么东西，一直在找，突然找见了。好像我就该待在这地方。我头一回觉着快活，我从来也没有这么快活过！

老　郁　(静静地听着、沉重地叹着气)唉！

安　娣　你在想什么？

老　郁　我在想，把你带到海上来，糟透了！

安　娣　你是怕我喜欢上大海？

老　郁　因为大海是世界上头号恶魔！

安　娣　可你一直留恋它，二十年来一天家也不回！

老　郁　这正是这个恶魔的鬼蜮伎俩！它把咱家几代人害苦了！

(唱)提起大海切齿恨——

　　它貌似美丽、魔力深沉、刁钻古怪、暴虐残忍、

　　坑苦了咱郁家老少几代人！

　　你爷爷志在大海跑海运，

五十岁印度洋上葬了身。
接下来二叔三叔双才俊，
十年前出海打鱼无了音。
还有你大哥二哥我的儿，
先后在沉船浪底埋青春。
活着的郁家男人仍在海上混，
挣不脱的身子逃不掉的魂。
拼命下苦力，甲板成命根。
穷时念妻女，钱来忘亲人。
醉生梦死挥霍尽，
光棍一条再卖身。
这都是海魔照顶控时运，
一辈子逃不出它的手掌心！

安　娣　大海是有魅力，但不是恶魔。是美丽的水神。我已经爱上它了。老爸，我现在理解你一直不回家的原因了。

老　郁　(吃惊地)安娣？

安　娣　你的家在海上。

老　郁　糟透了！你爷爷给我起名安家，就是想叫咱郁家改变命运，把家安在陆地上。

安　娣　所以你要把我扔到江西偏僻的村子里，让我远离大海？

老　郁　乖乖儿，你算说对了。我甚至不愿让你知道你有个海上的父亲。这就是我很少给你写信的原因。

安　娣　可你错了。只有见到海，才使我发现自己的生命！

老　郁　(声音中有一种不祥的预感)天哪！难道大海这个恶魔要在我女儿身上施展它的魔法吗？

安　娣　(他的调子引起了她的注意)你怎么这么说——你好像被什么吓着了，像是要出什么事？

老　郁　天知道。(钟声)五遍钟了。其他伙计们都睡了。

休息吧。

[老郁扶起女儿走向船舱。从静寂的海面，忽然传来一个男人嘶哑、疲竭的喊声——“喂——救人啊！”

老　郁　(惊叫了一声)啊？

安　娣　怎么了？

老　郁　有人在喊！……声音是从海上传过来的！(双手做喇叭状向海上喊)啊嗬——出什么事了？

声　音　问什么问，我们快死了，快放舢板下来！

老　郁　坚持住，我马上来！

[切光。

[暗转。海面：三个落海男人在水面挣扎——其中两个已经处于濒死状态，双臂架在救生圈上，垂着脑袋任其漂流；只有一个男人尚有力气，一边自己划水，一边推着两个伙伴往前游，不时还吆喝两声……

[老郁划着舢板过来，分别救起三人。(此节应充分发挥戏曲划水、划船、潜游等程式化舞蹈动作，展现戏曲身段魅力。但是，如果考虑篇幅，此节也可以省略掉)

[暗转。景归前场。安娣单独站在甲板上，她仿佛想要尽可能不受干扰地想心事，她背对船头，向雾中望去。老郁架着两个落水者走上。两个落水者都用手臂勾着老郁的脖子，耷拉着湿漉漉的脑袋。

老　郁　安娣！拿点烧酒来。这些伙计们得喝点儿定定神。他们差点儿送了命。

安　娣　他们是干嘛的？出了什么事？

老　郁　都是水手，他们的轮船沉了。这三个伙计在海面上游了两天两夜。你看，和死了差不多。只有后头那个家伙还能站得住。

[安娣推开机舱门,老郁把两个落水者扶进去,安娣也走进去掩上舱门。

[水手赵大刚踉踉跄跄地走上。他走得很慢,不太稳当地摸索着路,手抓舷墙以稳定身体。他是个壮汉子,大约三十岁,一脸坚毅、粗率、无畏、轻蔑的神情。此时却筋疲力尽,他走到缆绳卷边瘫坐下去,把头埋在手里。

赵大刚 (呓语般地喊)游呀! 你们这两个家伙! 游呀! (稍稍清醒,抬起头,向四周望望)这是个什么鬼船哪? 啊?(自言自语地)不管怎么说,我们得救了,多亏菩萨保佑。

[安娣从舱中走出,手里拿着酒瓶和杯子自斟饮。当她发现赵大刚离她这么近时,惊退了两步,然后用嫌恶的眼神看着他——

安　娣 喂,活的吧?……要不要喝一杯?

赵大刚 (慢慢抬起头)我是在做梦吧?

安　娣 喝一口吧,喝了酒你就明白不是做梦了。

赵大刚 酒?好东西!(他接过杯子一口气灌了下去,然后抬起头望着她,眼光中充满了赞美)我真在做梦,是海龙王的公主,来欢迎我了?(趁递酒杯碰了一下她的手)哇,有血有肉,妈的,真是个小姐呀!

安　娣 (冷冷地从他身边走开)闭上你的嘴。

赵大刚 这是条货船,是不是?

安　娣 不错。

赵大刚 那么,像你这么一个漂亮的姐儿们,在这种船上干什么呢?

安　娣 (冷淡地)你甭管。(不由得引起一些兴趣)小子,可真有你的,刚缓过劲来,马上又开逗了。

赵大刚 这算不了什么——船沉之后,老子愣是游了两天两夜,还拖着那两个软蛋！噢，真他妈的险哪，要不是我有力气，这阵子我们就喂了王八啦！

安　娣　(轻蔑地)王八都不一定要吃你。你最好进舱去躺一会儿。

赵大刚　躺？你他妈把我看得和那两个软蛋一样？

安　娣　那你就在这儿坐死吧，我才不管呢。告诉你，我一点儿也不喜欢你这副腔调，好一点的男人在姑娘面前从不撒野。

赵大刚　(又摇摇晃晃地站了起来)姑娘？哈，哈！见鬼喽！

(唱)别把我哄，别把我骗，

好姑娘谁上这种船？

打我看见你第一眼，

就知道：你是老大的一小三！

好可惜，好可叹，

鲜花插在了牛粪滩。

那么大年纪的跑船汉，

你居然乐意睡他的胳膊弯！

大好青春被他占，

好遗憾呀好可怜！

[安娣一巴掌扇在赵大刚脸上。赵大刚并不恼怒，反而嬉皮笑脸地纠缠着扑捉安娣，安娣躲闪；赵大刚踉跄而又猥亵，安娣奋力反抗，用尽气力推开赵大刚——赵大刚由于困乏已极，毫无防范能力，收脚不住倒下去，脑袋重重地撞在舷墙上，发出咕咚的响声——他躺在那儿，一时失去了知觉，安娣站在一旁望着他。有顷，她担心地蹲下去，把他的头搬到自己的膝上，察看他的脸，想知道他是否还活着……

赵大刚　(动了一下，咕哝着)天打雷劈的！(睁开眼，纳闷地朝她

眨了眨)

安　娣　(放开他的脑袋,让他仍落在甲板上,站起来,舒了一口气)你醒过来了,我以为真把你弄死了呢!

赵大刚　(艰难地撑起身,坐着,嘲弄地)弄死我? 你那双小手打上一千下也打不破我这个厚脑壳。(以一种十分艳羡的眼光定神地望着她)真是个美人呀! 躺在你怀里,就是死了也甘心!

安　娣　(有点懊悔地)得了,别没完没了的了! 你也放明白,别打错了主意，我在船上是跟我爹在一块儿，老头是我爹,听清了吧?

赵大刚　那个老头是你爹啊?

安　娣　是啊!

赵大刚　亲爹吗?

安　娣　可不是嘛! 亲爹还有假吗?

赵大刚　啊唷,(捶自己脑袋) 我真是个傻瓜，我怎么没想到这呢? 可你比你爹好看多了。你的头发怎么那么黑啊?

安　娣　(忍俊不禁地)我说,你就不会闭上你的臭嘴吗? 你不该给我赔个不是吗?

赵大刚　是得给你赔不是。要是你高兴,我就给你跪下!

(唱)我没肝,我没肺,

我是一只瞎眼龟。

唐突姑娘多得罪,

该打就打该捶捶。

赵大刚是一水鬼,

闯荡四海走南北。

遇到的全是野玫瑰,

码头上母牛聚成堆。

谁给金钱跟谁睡,

把水手全当成:没有烧的骨头灰!

赵大刚天生头回遇纯妹,

闯下大祸好伤悲!(真的一跪)

安　娣　(走过一边,也斜着望望他,显然有了好感)

(唱)莽撞汉,野蛮生,

风风火火愣冲冲。

口无遮拦率直性,

坦坦荡荡挺真诚。

刚与死亡擦肩过,

转脸谈笑又风生。

体魄健壮见余勇,

彪悍洒脱显雄风。

忍不住开口一声叫:

起来吧——何必在甲板之上练跪功!

安　娣　我原谅你,(向赵大刚伸出手)欢迎你死里逃生!

赵大刚　(孩子气似地欣喜)谢谢你爹救命之恩!(激动地握紧她的手)

安　娣　啊哟!

赵大刚　(赶紧放开她的手,悔恨地)对不起!我是个笨手笨脚的畜生!

安　娣　(揉着被捏痛的手,却没生气)嗬!你真有劲。

赵大刚　(兴奋地)不吹牛,我一口气能往轮船的锅炉里铲上十吨煤!(他拍拍缆绳卷)你坐吧,我给你说说我的事,你也说说你的。

安　娣　(半笑着)好吧——(她坐下)可咱们不谈我,就说说你的,成吗?

赵大刚　(受宠)当然我要说。可要是我心里憋得慌,我能不能先问你一件事?

安　娣　(防卫地)嗯,什么事?

赵大刚　你上你爹这条船之前,你在干什么?像你这么个好姑娘总不能老是待在船上吧?

安　娣　(不自在地)当然不是。我给一个人家当保姆,明白吗?给人家看小孩。

赵大刚　哦——保姆。(放心地)那可不容易。

安　娣　好了,别再谈我了。说你吧。

赵大刚　你听好了!

(唱)家住山东滨海邑,
自小登船烧锅炉。
铁铲使断无其数,
膀臂随着煤堆粗。
父亲母亲早亡故,
人过三十身仍孤。
此次东洋运铝土,
狂风巨浪起得突。
轮船打旋又颠覆,
一船弟兄浪里没。
我三人救生圈中漂百里,
舟山港外遇乃父。
死里逃生算命大,
更可喜认识姑娘添份福!

[安娣望着赵大刚,下意识似地又为他斟上一杯酒。赵大刚接过,感激地回望安娣。安娣躲开他的目光……

安　娣　(唱)雾蒙蒙,夜深深,
港湾寂寂阒无音。
神秘的大海是何意?
突然送来个眼前人!

眼前人,海上人,
火火辣辣又单纯。
落水三日无惧怕,
调调侃侃逗死神。
洒洒脱脱一帅哥,
热热乎乎如故人。
孤独的安娣无朋友,
面对此人好舒心。
往日的遭际多尘垢,
面对此人好清新。
海上的生活刚走进,
谜一般的感觉好爽身。
睁眼闭眼都似梦,
难道说张网布阵是海神?

赵大刚　喂,你在想什么?

安　娣　我在想——你落了水,沉了船,好倒霉呀!

赵大刚　不倒霉,这是菩萨的安排。

安　娣　菩萨的安排?

赵大刚　菩萨想叫我换个轮船干活,还想叫我找个像样的姑娘,建一个小小的家。

安　娣　噢?那你就快去找啊?

赵大刚　我已经找着了!

安　娣　(半是惊慌地、企图以笑来掩饰)是吗?什么时候找着的?

赵大刚　(大胆而有力地)就是今天晚上。(谦恭地垂下头)可不知道人家愿意不愿意要我?(抬起眼睛望着她)我说的就是你啊!

安　娣　(被他的目光吸引好一阵子,躲开他的注视,发出一阵奇怪、沙哑的笑声)哈哈！——你疯了？你想开我的玩笑？向我——求婚——天哪！才认识这么一会儿功夫？

[老郁走出机舱，当他看到安娣和这个陌生的水手如此亲近时，不由得怒火中烧。

赵大刚　(紧跟着安娣，强烈固执地恳求着)告诉你，这都是天意！菩萨让我从深海死里逃生，又让我在雾里找 到你，你想一想，这怪不怪?!

老　郁　安娣！(他走了过来，紧握双拳，愤怒地)安娣，进舱去，听见了吗？

安　娣　(听见父亲凶狠的喊声，全部情绪一下变成了厌恶)你在跟谁说话？——是跟使唤丫头？跟看门的？

老　郁　(感情受挫，声调嘶哑，恳求地)你得休息，安娣，你得去睡一会儿。(安娣没有动。他转向赵大刚，狂暴地)你在这儿干什么，你这个水手不像他俩那么虚弱，你到舵房去，那儿有你的地方。(威胁地)快去！

安　娣　(冲动地)他怎么不虚弱？ 他都站不住了！

赵大刚　(直起腰挺出胸脯，狂笑了一声)你在给我下命令吗？你好好看看我是谁！就我现在这个样子，一只手也能把你劈两半，扔进海里去！(突然打住)我忘了，你是救命恩人，还是她爹，我决不能碰你一根毫毛！(膝盖一松，摇晃着要摔倒，安娣惊呼了一声，立即跑到他身旁)

安　娣　(把他的一只胳膊架在自己肩头)到舱里去。要是没地方，就睡我的床。

赵大刚　(充满幸福感)阿弥陀佛！这里离普陀山近，菩萨特灵，给了我这么一个安娣！安娣，安娣，只有你能把我安在地上！

安　娣　(小心地扶着他)别说了！

赵大刚　我要说！我要喊！我要吹号！大海啊！我赵大刚找到姑

娘了！

[安娣与赵大刚进舱看不见了。老郁一直在听着赵大刚方才讲的那些话。他吃惊得张大了嘴巴。

老　郁　（转身向海，咬牙切齿地挥动着拳头，暴跳如雷地）大海，你这个老妖精，你又要跟我耍什么鬼点子呀？！

[幕闭。

第三幕

[货船舱房。天花板很低。有一张简式床椅。时间大约是一周后一个阳光明媚的下午。外面港口码头传来轮船汽笛声。老郁在舱内来回踱着，不时又朝窗外望望。他无论怎样努力都掩饰不住那种使他坐立不安的阴郁焦灼情绪。

老　郁　（唱）船到宁波十多天，

两个人天天往外窜。

刚见面的女儿又不见，

刚救下的水鬼成仇冤。

哪见过相识相恋到热恋，

眨眼功夫一瞬间——热成炭火烧一团！

纯粹是大海又要我难看，

布下个鬼蜮魔阵让我钻。

老郁我偃蹇命运何时转？

郁安家何时才能把家安？

[外面甲板上传来一个男子沉重的脚步声。老郁动了动，好像要去开门，但想了想，又坐了回去。门一下打开，赵大刚出现在门外。老郁瞪着这个闯入者，手本能地放到屁股上挂着的那把刀鞘上。而赵大刚衣着整洁，

皮鞋锃亮,喜气洋洋。

赵大刚　(快活地打招呼)阿弥陀佛!愿菩萨保佑您!

老　郁　(冷冷地)我不信佛。

赵大刚　你这个宁波人,来到宁波也不回老家,闷在船上干吗?

老　郁　老家没人了。(恨恨地瞪着他)船长要我看船——防偷防盗。

赵大刚　(哧哧地笑起来)老头,你不是看船,是看女儿,怕人把她拐跑了。

老　郁　贼不打自招!

赵大刚　别那么横,老叔!

老　郁　谁是你老叔!

赵大刚　马上就该叫你岳父大人了!

老　郁　(盛怒)你给我滚蛋!

赵大刚　滚不了。难道你就看不出来?安娣爱我,我也爱她,到宁波这十多天下来,我们谁也离不开谁了。

老　郁　我会叫你们分开!

赵大刚　你没办法分开我们。今天晚上,我就要和她结婚。我正式通知你!

老　郁　(怒极,紧抓刀鞘的手一阵颤抖,又突然狠狠地狂笑起来)哈哈哈哈……兔崽子,做梦去吧,安娣才不会嫁像你这样的人!

赵大刚　不,你从小不养她,不了解你女儿的脾气……

老　郁　她必须照我的话办事,我是她亲爹!

赵大刚　老头,你要是捣鬼,在他面前说我坏话,那可就有热闹瞧了!别逼我走那一步。我哪点不好?你干吗这么不喜欢我?干吗?

老　郁　我不同意她嫁水手。

赵大刚　水手怎么了?你也是水手……

老　郁　(狂暴地向桌子猛砸一拳)说对了！我也是水手，水手都在大海这个老妖精的控制之下，安娣她妈叫我给毁了，我不能再叫你把我女儿给毁了！懂吗?!

赵大刚　你是个熊包，你叫大海给吓掉魂了。亏你还是个水手长呢！安娣不像你，她喜欢海，她是大海的种！

(唱)烟波浩渺水苍茫，
人间壮阔是海洋。
陶情悦目砥砺志，
清心敛欲洁肝肠。
海上水手皆硬汉，
勇敢正直又坚强。
为人处世坦荡荡，
交朋结友爽朗朗。
坑蒙拐骗人间丑，
大海之上一扫光。
安娣应是海上女——
她爱海雾、爱海浪、爱海天、爱海阳……
海上生活她陶醉，
她认海洋是家乡！

老　郁　既然如此，我不该救你，应该叫你沉到海底，和大海爱个够去。

赵大刚　我知道我不会死，我这浑身力气，能够游到天边。是菩萨安排你来救我，让我做你的女婿。

老　郁　算我求你了，小子！找条船走开，离开安娣。海上像你这样的棒小伙子根本用不着老婆，哪个港口都不愁找不着女人，这你清楚。

赵大刚　(一时性起)你个老不死的！(克制着怒气，冷静地)我不打算哄你，不管是海上，还是岸上，只要不是个天生的傻瓜，每个人都会有这种时候，我腻透了码头上的那些母牛，一心一意要找个体面的好姑娘，弄一个自己的小家庭，生儿育女，好好过日子。你叫我离开安娣，没门儿！她是我的，我活着不能没有她！

老　郁　那我活着就不能叫她嫁给你！

赵大刚　那你就去死吧！

老　郁　（拔刀）那咱们就看看谁先死！

［老郁扑向赵大刚，一脚将他的座椅踢倒，手里挥舞着刀子。赵大刚敏捷地跳起，应付他的进攻。他纯然出于对打架的爱好，高兴地笑着。老头在他手里就像小孩子，（单对程式）赵大刚并没有揍他，只是把他的右手拧到背后，夺下他的刀子，把刀子扔到屋中的角落。但是，喘息不已的老郁不知从什么地方摸出一把枪。但没等他推上枪膛，便被赵大刚一把夺过，又给撂得远远的。

赵大刚　老头子了玩什么刀啊枪啊！（紧抓着挣扎的老郁）我真想给你一拳头，好叫你清醒清醒！

［赵大刚把老郁一推，老头站脚不住，跌跌撞撞冲向后墙，他靠墙立定，沉重地喘着气，仇恨地瞪着赵大刚，仿佛在聚集力量，准备再次扑向他。

赵大刚　喂，别再过来，要不我就揍扁你。我可不耐烦了！（高兴地笑着）不过，你还算有点胆子，敢跟我动手！

［此时，窗户上掠过一个人影，两人都吃一惊，马上显得规矩起来。安娣出现在门口。

安　娣　（看见赵大刚，又惊又喜）大刚！你这么快就回来了？我到那边——（突然收住，看看他们俩人，发觉出了什么事）怎么回事？（发现翻倒的椅子）椅子也倒了？（又发现手枪，吃惊）天哪，还玩手枪呢！（捡起手枪藏起，转向赵大刚，责备地）你跟他打起来了？大刚，你不是答应过我不动手吗？

赵大刚　我一个指头都没动他。（走过去扶起椅子，转向疑虑重重的安娣，向她保证似地笑着）别担心，我们俩闲着没事，斗了斗嘴。等你回来。

安　娣　斗嘴斗到扔椅子玩枪了？（转向父亲）你怎么不吭声？到底出了什么事？

老　郁　（避开她的目光，腼腆地）我们在谈轮船啊，水手啊，什么的……

安　娣　（撇嘴）那至于拉这么大的场面？

赵大刚　（仿佛突然做出大胆的决定，挑战似地冲着老郁）他说的不完全，我们大部分时间在为你争吵。

安　娣　（皱起眉）为我？

赵大刚　我们得把事儿说清楚，当着你的面。

安　娣　（看看赵，又看看父亲）好，你们说吧。

老　郁　（抗议地）不，安娣，不要听他的！

安　娣　我要听。我要把事情搞清楚。

赵大刚　其实很简单，几句话就够了。他想撵我走，可我当面告诉他，我爱你。（冲动地）安娣，你知道我的心！

老　郁　（狠狠地）他到哪个码头，跟娘儿们说的都是这一套！

安　娣　你就闭嘴吧！（从父亲身边反感地走开，对赵大刚充满感情地）我相信你，大刚，你说，后来呢？

赵大刚　后来，我就说——（恳求地望着他）你也是有那么点爱我的。（激情地）告诉你父亲，你是爱我的，安娣！千万别把我毁了啊，看在菩萨面上！（他紧紧抓住她的两只手）

安　娣　（深深地感动了，十分为难地，勉强、颤声地笑着）哦，也许，是这样的。（以一种兴奋的、挑衅式的语调）干吗要骗自己呢？我就是爱你啊，真心地爱，大刚！

老　郁　（痛苦地呼叫）安娣！（颓然倒在椅子里）

赵大刚　(幸福万分地喊)救苦救难的观世音菩萨啊!

安　娣　(推开他,强作欢笑)大刚,话都说了,你走吧!(她走向后门口,背对他们站着,向外望去。她的肩头抽动着,好像在竭力压制着抽泣)

［老郁注意到他女儿的“你走吧”,突然又兴奋起来。

赵大刚　怎么样?老头,你可亲耳听到你女儿说的话了。我赢了,你输了!

老　郁　我没输!

赵大刚　安娣说真心爱我,你没听见?

老　郁　她又说让你走,你没听见?

赵大刚　好,走!(拉起安娣)咱们上岸去教堂,结婚。你爹是个死不认输的老头!

安　娣　(温柔她)大刚,他没说错,我是让你走。(声音颤抖着)你走吧!

赵大刚　(跳起来)安娣!你开什么玩笑啊?

安　娣　不是开玩笑,是真的。

赵大刚　那你就是疯了!

安　娣　我没有疯。

赵大刚　那,(害怕地)难道你在江西嫁人了?

安　娣　我没有。

赵大刚　(恢复勇气)那还有什么呢?再有什么,我也不在乎。安娣,听我的!

(唱)梳梳洗,换换衣,

随我登岸过婚期。

找座教堂行婚礼,

转眼就是我的妻。(把安娣拉过自己一边)

老　郁　(唱)混账小子算老几,

死鬼复活把人欺。

快快滚蛋远远去，

知恩不报你啥东西！(又把安娣拉过来)

赵大刚　(唱)从小到大不养女，

你没资格管安娣！(再把安娣拉过去)

老　郁　(唱)家事由爹拿主意，

老子当家选女婿！(又把安娣拉过来)

赵大刚　(唱)如今安娣听我的！

老　郁　(唱)老爹全权管闺女！

赵大刚　(唱)走走走！听我号令结婚去——

老　郁　(唱)滚滚滚！再纠缠我扒了你的皮！

[二人各抓一只胳膊，把安娣拽来拽去。

安　娣　(再也忍不住，爆发出来)你们俩都见鬼去吧！(她的语调中有一种奇特的力量使他们两人忘记了争吵，直愣愣地望着她。狂笑着)——你们俩全是一路货！跟岸上那些鬼男人没有两样！天啊，你们都把我看成一件家具了，想往哪儿搬就往哪儿搬。我得归你管？我得听你的号令？哈哈哈！你们知道我是谁吗？——都给我坐下！我要一五一十地全告诉你们。(他们迟疑不决，她气愤地命令)坐下！规规矩矩坐下！(二人怔怔地坐下)听我说，你们都错了，大错特错！听着！我跟你们说点儿事——说完我就真的走了，一走不回头。(对赵大刚，粗鲁地笑笑)我给你说点有趣的事，你听着。(指着父亲)每回他一说把我撂在乡下是为了我好，我就想把什么都讲给他听。可是，我忍着一直没讲。我本来也不想告诉你，是你逼的。反正一个样！你就听着吧。(冷笑着)你可别忘了你刚才说过的话，你说除非我已经结过婚，别的你什么也不在乎？

赵大刚　(一副大丈夫气概)我说话算话，决不反悔！

安　娣　(痛苦地笑着)那咱们就等着瞧吧！(见父亲坐在那儿，缩着肩，耷拉着头，便使劲地摇他)老头儿，别睡觉，我他妈要讲给你听呢！

老　郁　(朝四下里望望，仿佛想找个地方逃跑似的)我不想听，安娣，你疯了。

安　娣　(暴烈地)说对了！憋在肚子里这些话，只有疯才讲得出口啊！

(唱)为人父只管生来不管养，
亲生女弃如敝屣抛荒庄。
你道是投亲靠友堪指望，
岂不知寄人篱下、遭人待监、仰人鼻息、
看人眼色、不比奴隶牛马强！
做不完烧锅燎灶三顿饭，
洗不完一家九口脏衣裳。
扫不完鸡舍猪圈粪与土，
放不完东坡西岭牛马羊。
干不完一年四季奴才事，
稍不慎挨打挨骂是家常。
囚笼中日月轮回岁月长，
苦水中小丫泡成大姑娘。
我只说吃苦受累到极限，
哪料到更大罪恶起萧墙。
表亲家三个兄弟个个似牛壮，
三小子，胡金堂，人歹毒，性流氓，他他他，他他他……他凶狠施暴淫邪放浪强奸糟蹋了我的身
——他是条大色狼！

赵大刚　(跳起来，紧握双拳)该死！(吼叫)我要宰了他！(又倒入椅中)

老　郁　(在恐惧和苦痛中呼喊)安娣!

安　娣　(唱)我哭天无应叩地无门空把血泪淌,

恐惧中只身脱逃萍踪走四方。

我行过乞讨过饭赊过还不上的账,

流落到南昌城打工当佣娘。

哪知道人世间黑白都一样,

弱小者都是羊羔强者都是狼。

体面雇主高宅大户没有公平讲,

富贵人家显耀门第有钱没善良。

孩子欺大人骂女主人还抡手掌,

男人们围住你骚扰总想沾你的光!

偌大的世界偌大的天地找不到安全港,

我轮换着东家改串着豪门浑似大逃荒。

我躲狼遇着虎,避风遇倒墙;

绕坑又遇井,逃难逢强梁。

躲难躲,藏难藏,死难死,亡难亡,

却原来安娣身陷一张网,

千般洗刷难免脏。

我求生又入恶魔掌,

老鸨儿把我关进烟花房;

把我变成换钱换物顶金顶银的烟花女郎

——我淹死在污泥塘!

[安娣禁不住神经质地抽泣起来,无力地倒入椅中,两手蒙住脸。那两个男人一跃而起。

老　郁　(像孩子一样地呜咽着)安娣!你说,这都是假的!都是假的!(站在那儿,扭着两手,痛哭起来)

赵大刚　(全身绷紧不知所措地)原来是这样!

安　娣　(听到他的话,抬起头)赵大刚?你不是说,除了我结过婚,别的什么你都不在乎吗？怎么样？还要不要我跟你上岸去教堂？

赵大刚　(怒火迸发)——你这个臭婊子,我宰了你！

［赵大刚抓过一把椅子,高高举起。老郁惊叫一声,冲过来保护女儿。安娣以一种绝望的无畏的目光迎着他——赵大刚的椅子高举在空中……

老　郁　(狂怒地)放下！你这个疯子！你要打死她怎么的？

安　娣　(把父亲推开,依然看定赵大刚的目光)打啊,怎么,没胆子了？打死我才感谢你哪,我都活腻了。

赵大刚　(把椅子扔下,无助地、充满悲悼的情绪,活像一首挽歌)我赵大刚整个儿叫你给毁了！上帝啊！救救我吧,我从小就在大海上晃荡,我见过多少娘儿们,可就爱上了一个,可这一个跟那些码头上的窑姐儿们是一路货,她们穿红戴绿,涂脂抹粉,为一两个小钱,跟什么男都能睡觉！……世上还有比你们更肮脏的女人吗？！

安　娣　(怒极,以拳击桌)你给我滚！滚！滚！

赵大刚　(又复震怒)我是要滚！我要去喝个稀巴烂,只有酒才干净,才能洗掉你沾在我身上的脏！我要上船出海,再也看不见你这个臭窑姐儿！(下)

［老郁片刻之后,扭头追去……

安　娣　甭追他,叫他走！

老　郁　(忧郁地)我也要去喝点酒。

安　娣　(嘶哑地笑笑)我把你也逼去喝酒了？

老　郁　(怒火爆发)对了,我也要！你以为我愿意听你说这些吗？(控制不住,哭泣)我没有想到你是这种女人。

安　娣　(讥讽地)你要撵我走了,是吧？怕我在这儿弄坏了你的名声,是不是？

老　郁　(走过去,拍拍她的肩.两行眼泪流下面颊)这不是你的错，安娣，我知道 。（她抬头看着他，感动。他的怒火又爆发）这都是大海这个老妖精在坑我！（他用拳砸门）全是它！！（痴呆地走到门边，转身）你爹也要喝酒去！（下）

安　娣　（呆呆地）也许，我也得去喝个烂醉，只有酒可使我忘掉一切！

［幕闭。

第四幕

［景同第三幕。三天后，一个雾气浓重的晚上，大约九点钟。港口轮船的鸣笛声清晰可闻。场上无人。地上放着一只行李箱。桌上放着几个东倒西歪的空酒瓶。门外有人进来——

梅　香　（探头进屋，悄声地）——老郁，老郁？（扶桌上酒瓶）这老鬼，喝了多少酒？不要命了？……老郁，老郁！

安　娣　（醉眼惺忪地从暗中走出，拿着酒瓶端着酒杯）老郁不在，小郁在！

梅　香　（吃惊）哟，这闺女，你还没走？

安　娣　我没走也——也不妨碍你找老郁呀？

梅　香　看你说的？……你喝了多少酒？

安　娣　不多，三瓶。你来了，咱们喝第四瓶——来，干！

梅　香　乖乖儿，你不能再喝了！

安　娣　什么叫不能？你叫——梅香，是吧？船到上海，是你接老郁；船到宁波，也是你接老郁。看来，你是他码头上的老主顾啊！

梅　香　（来了气）小东西！既然你明白，就给老娘让着点！

安　娣　我让，我马上走，你看，行李打好了，车票也买好了……我仅仅想等你的老郁见上最后一面，可就是等不着，三天三夜不见他的人影！

梅　香　是吗？这个老东西，鬼到哪儿去了？

安　娣　我原以为他——鬼到你那儿去了，你这一来，说明他另有女人。

梅　香　我早知道他另有女人，哪个码头没有你爹的女人哪？！

安　娣　可我爹的家里，偏偏就没有他的女人。

梅　香　跑码头的男人都是不要家的！

安　娣　跑码头的女人都是成不了家的。

梅　香　哎哟，你说的太对了！

安　娣　梅香姐，老郁不在，小郁招待你。（递酒）话有冒犯，姐姐原谅。可我没有看不起姐姐。知道吗？咱们是……一路货。

梅　香　（尖笑）你挺诚实。上次见面，我已经看出来咱们像是一路货。

安　娣　可这不怪咱们。

梅　香　当然，女人是无辜的。

安　娣　是男人们把我们变成这个样子的！

梅　香　对，先有坏男人，后有坏女人。

安　娣　先有脏男人，后有脏女人。

梅　香　先有码头公牛，后有码头母牛。

安　娣　先有采花大盗，后有青楼浪女。

梅　香　闺女！认识你太晚了。来，干杯！

［二人碰杯对饮。

梅　香　（唱）一二三，三二一，

男人没有好东西。

玩弄发泄需要你，

发泄之后忘掉你。

信誓旦旦追求你，

追求到手冷落你。
一见钟情爱死你，
爱过之后烦死你。
千方百计占有你，
玩弄腻了抛弃你。
可怜咱粉香脂浓烟花地，
男人踩就一滩泥。
无可奈何青楼女，
一身骂名泪淅淅——清泪洒无期！

[梅香唱时，安娣边帮腔边酗酒，此时重醉倒下。梅香把安娣扶在床椅上，安置睡下，搭上衣巾。此时门开处，老郁出现，一副醉后恍惚的神气。手里也拿着酒瓶。

老　郁　(进门就喊)安娣，安娣！

梅　香　嘘——

老　郁　(惊诧)梅香？是你呀！

梅　香　是我，看看你还是你吗？

老　郁　安娣怎么了？

梅　香　先看看你怎么了？醉生梦死！三天三夜不回家，你买了多少女人？

老　郁　一个没买。我烦，我在自个喝酒，醉到酒馆里三天三夜没醒过来……

梅　香　你爷俩到底怎么啦？喝酒大赛呀？

老　郁　海魔在惩罚我。我造多少孽，要受多少罪。

梅　香　可女儿是无辜的呀！

老　郁　它就是通过我女儿来惩罚我的！她……

梅　香　她怎么了？

老　郁　她，她遇到个人，喜欢上了，那是个水手……

梅　香　水手？

老　郁　不错。可水手又嫌弃她……

梅　香　于是就溜掉了？

老　郁　不错。水手溜掉了，闺女就——

梅　香　闺女就受不了啦！女人哪，就怕真心喜欢上男人。

老　郁　偏偏闺女就喜欢上那个男人。

梅　香　行了。你闺女的人生折磨开始了。

老　郁　我，我对不起闺女！（拭泪）

梅　香　哟，哭了？郁老大什么时候学会哭了？

老　郁　头一次！头一次感到在我妻子和女儿面前我是罪人！

梅　香　好啊！良心发现，回头是岸哪！

老　郁　不行，我得去把他找回来！

梅　香　把谁找回来？

老　郁　那个水手——赵大刚。

梅　香　那种王八羔子值得找吗？说不定怀里已经换了三五个女人了！

[“哐当”一声酒杯破碎的声音，二人吓了一跳，扭身发现安娣挣扎坐起，二人大惊，急去相扶。

老　郁　安娣，你醒了？乖女儿，你喝的太多了！

安　娣　大惊小怪！别以为喝酒是你们男人的事。爷们儿，咱俩比试比试！

老　郁　安娣！我是你爹！

安　娣　（怪笑）你有资格当爹吗？你整天只知道骂大海。你和大海热乎了一辈子，丢掉妻子，丢掉女儿，就是丢不掉大海，你却骂它——你是个十足的伪君子！……大海太妙了！太干净了！大海是一个崭新世界！……你要是早一天把我接来，让我见见大海，我也干净了。（抽泣）

老　郁　爹对不起你，对不起你妈，爹是个老糊涂！

安　娣　梅香姐，咱俩再碰一杯！

[梅香接酒喝完……

安　娣　谢谢你刚才的开导。但我不愿听你骂赵大刚。那是条汉子,他比我爹强。他差点被大海淹死,也无怨无悔,照样爱大海。

梅　香　可他不是走了吗?离开你了吗?

安　娣　那也不怨他。这是我的命。

老　郁　孩子,我去把他找回来!

安　娣　不用了。遇着了,爱过了,满足了。余下的是我自己的路。我知道怎么走。你们谁也别管我。这是个秘密!

[安娣自言自语地向门外走去,探身船舷之外,似乎要跳海。老郁梅香惊呼着冲过去阻拦——安娣却若无其事地笑笑,以长辈似的动作拍拍父亲,拍拍梅香,踉踉跄跄地边舞边唱起来——

安　娣　(唱)酒逢知己喝不醉,
话不投机莫贪杯。
我与君子相对饮,
一喝喝到月西垂。
人生真爱只一回,
黄花女儿等着谁?
可怜篱头初春蕾,
迎来霜打暴风摧!
人生真爱只一回,
流落四方遇着谁?
为人做佣苦又累,
轻挨责骂重挨捶。
人生真爱只一回,
污泥潭中指望谁?
迎来送往皆是鬼,

咬苦嚼恨饮伤悲。
人生真爱只一回,
大海为我送来谁?
送来空,送来雾,送来净,送来美,
送来深夜人落水,
死亡线上送人归。
海中捞出个冤家鬼,
冤家就把冤家追。
冤家哥,冤家妹,
冤家情话说成堆。
冤家相爱好纯粹,
却原来真爱只有这一回,
只有这一回呀!
一回相爱如梦寐,
梦醒来——欢乐美好顿成灰!

梅　香　这么说,安娣是遇上了个值得一爱的小伙子。可是——(拉安娣到一旁小声地)我说丫头,再好的男人,只要知道你从花柳巷边走过一趟,你就别想活了!所以呀,甭留恋,趁早离开他。

老　郁　安娣,跟爹住下,爹岸上买房,有钱养你。你看,我跟一条英国大船尼克尔森号签了合同,去欧洲,去非洲,还干我的老行当——水手长。预付金就是一大笔钱,足够你过上贵族生活!

安　娣　你这份热情来得太迟了。(拉起行李箱欲下)

[舱外风雨之声……

梅　香　外边下雨了。

安　娣　梅香姐,帮我叫辆车。

梅　香　孩子,真要走?

安　娣　我要去上海！

梅　香　好的！我带你去。

安　娣　你不陪我爹了？

梅　香　陪他的女人多得是。咱们走.

老　郁　(阻拦)不行,你不能跟她走！

安　娣　我就要走！

老　郁　她会毁了你,安娣！

梅　香　毁了女人的是男人！懂吗？

[争执拉扯中,一把手枪跌落在地。

老　郁　(惊)枪！？

[安娣急忙将枪捡起。

老　郁　那是爸爸的枪,还给我。

[安娣藏起枪。

老　郁　孩子！你拿它没用……

安　娣　你怎么知道我没用？

老　郁　安娣！你？可不能走绝路啊！

安　娣　(大笑)哈哈……哈哈哈哈！我看哪,男人都是胆小鬼！哈哈哈哈……

[突然,门被撞开,赵大刚出现在门口。他衣服又脏又破,浑身湿透,醉酒踉跄。他前额和颊上有青紫伤痕,表明他醉后撒过酒疯,打过架。他双眼充血,眼皮下垂,脸部浮肿。眼中还流露出极度混乱的表情。安娣看见赵大刚的瞬间,差点冲过去,但接着又退回,用又喜又恨疑虑重重的眼光盯着他。老郁也呆在那里,不知如何是好……

[合唱:风啸啸,雨涟涟,

催命冤家又回还。

莫非余恨未剪断？

还是伤口缺把盐？

安　娣　(唱)眼前人盼再见又怕再见，

赵大刚　(唱)赵大刚恨透此船又登船。

老　郁　(唱)野小子血迹斑斑头发乱，

安　娣　(唱)想必他借酒发疯生事端。

赵大刚　(唱)沦落女近在咫尺却遥远，

安　娣　(唱)落水鬼三日不见如隔年。

老　郁　(唱)谨防他癫狂失态酿凶险，

赵大刚　(唱)恨上来杀了冤家砸了船！

安　娣　(唱)笑他个血腥模样却气短，

合　唱　(唱)小船舱怒气滚滚燃硝烟！

赵大刚　我要杀了你！甭管谁在这儿——我想杀就杀了你！(踉跄着逼近安娣)

老　郁　住手！你个醉鬼！(冲上去护女儿)

[赵大刚与老郁又交手，犹如醉拳博弈，怪态毕见。毕竟赵大刚处于重醉之中，脚步不稳，头重脚轻，被老郁逼在墙角。

安　娣　放开他。你走开！(歇斯底里)你们都走开！！(老郁与梅香下)

[安娣与赵大刚远远地对视着——

安　娣　想不到还能见到你……

赵大刚　我也想不到我会回来……

安　娣　你回来就是为了杀我吗？

赵大刚　是的！

安　娣　那就动手好了。

赵大刚　我想让你自己去死。不想脏了我的手。

安　娣　(掏出枪来)我本来已经准备自己去死的，可是你来了，那就先杀了你，赚一个也好！(把枪口指向他)

赵大刚　(向她走近,走近,胸膛几乎触到手枪枪口)打啊!(突然以一种激烈的悲哀的调子)你打呀,开枪呀!我他妈真希望你打死我算了。打吧!

安　娣　你到底回来要干什么?

赵大刚　我也不知道我要回来干什么!我是这个世界上最软的软蛋,我想把你忘掉,我灌了那么多酒,可就是忘不掉你,你把我害苦了,害惨了。不知道你的事以前,这些天我过得有多美,可现在我不想活了,真不想活了!开枪啊你!

安　娣　(被感动——手中的枪不自觉地落到地板上)你又跟人打架了?

赵大刚　打了,路上碰着谁,跟谁打。

安　娣　为什么要这样?

赵大刚　问你呀!

安　娣　我怎么知道?

赵大刚　我打的都是那些沾过你的臭男人!我一个个把他们揍死,叫他们下地狱,下油锅,连你也跟他们一起去,因为你跟他们一样坏!

安　娣　你说够了吗?那你就滚吧!

赵大刚　那你怎么办?

安　娣　管我怎么办!

赵大刚　我在问你!

安　娣　喏,行李收拾好了,马上就走。

赵大刚　(无望地)你是说——你还要去干那种老行当吗?

安　娣　(冷冷地)对。

赵大刚　(痛苦地)你别去,别再折磨我了。你是个女妖精,非把我逼疯不可!

安　娣　(伤心已极)各走各的道,不就完了吗?为什么还要拐回来折磨我？

赵大刚　(愤怒地)你活该！

安　娣　你说得对，我活该！那你为什么不乘船下海远走高飞，到那再也看不见我的地方去呢？

赵大刚　我已经这么办了。

安　娣　(一惊)你真的要走了？

赵大刚　我已经签了合同——船后天就开航。

安　娣　去哪儿？

赵大刚　去欧洲、非洲——是一条英国大商船……

安　娣　尼克尔森号吗？

赵大刚　对呀，你怎么知道？

安　娣　(大笑起来)哈，哈，哈！……有意思，真要笑死我了！

赵大刚　(生气地)你笑什么？

安　娣　这是秘密，你很快会明白。

赵大刚　可是，我一想到你，想到我走后你立马就把我忘光，就会像以前那样去爱别的男人……

安　娣　(勃然大怒)住口！你这个混蛋，你是在糟蹋我！(痛苦地)爱——天哪！(狂怒地)我恨他们！恨死那些臭男人们了！我说的要不是实话，让雷劈了我！现在就劈！

赵大刚　(被她炽烈的感情打动，脸上露出欣喜)要是我能信你的话就好了！

安　娣　赵大刚，我这个人已经死了，你又让我活了。难道你看不出来吗？

赵大刚　要是我相信——你从来没有爱过谁，就爱我——我兴许能忘了那些事。

安　娣　(惊喜地呼喊)大刚！

赵大刚　(缓慢地)要是我能把你变好，变得跟过去完全不一样——

安　娣　(渴求地听他讲——上气不接下气地)你能！大刚，我该怎么办？怎么才能让你相信我？

赵大刚　你肯发誓吗——要是你说了假话，就会叫你的灵魂下地狱？

安　娣　(急迫地)我发誓——发什么誓都行！

赵大刚　(从口袋里拿出一个又旧又小的观音锁，举起给她看)你拿着这个！

安　娣　(伸手要拿)我拿。

赵大刚　(又拿开)这个观音锁是我妈给我的，她告诉我它来自菩萨的身边，十分灵验。从小到大，它没离开过我，保佑我周游四海，上次船沉的时候，我紧紧地把它挂在脖子上，那些人都淹死了，可它把我送回来了。(非常真诚地)你拿着它发誓，我妈就在天上看着你，你要是说半句假话，她就要求菩萨降灾到你的头上，收拾了你！

安　娣　(他的神气使她肃然敬畏——迷信地)我不怕发誓。给我！

赵大刚　你发誓，在这世上你就爱过我这么一个人。

安　娣　(镇定地看着他的眼)我发誓。

赵大刚　从今以后你要忘记过去的一切丑事，再不那样。

安　娣　(有力地)我发誓！

赵大刚　要是你撒谎，让菩萨把大灾大难降到你的头上。说！

安　娣　我发誓：要是我撒谎，让菩萨把大灾大难降到我的头上！

二　人　(一起托起观音锁) 愿菩萨鉴证吧！

(唱)铮铮誓言重似金，

我求菩萨鉴我心：

安娣大刚两相爱，

爱贵纯粹爱贵真。

一别往日重重恨，
迈向前程步步新。
身外世界物欲滚，
我为我爱净自心。
天下处处金钱阵，
我为我爱守清贫。
人间龌龊涌混沌，
我为我爱洁自身。
挚子手，挽子臂，贴子鬓，牵子襟——
狼冲虎夺不离分。
纵有世界颠覆日，
甘愿伴君化海魂——双双登天门！

[他把她拉过来紧紧拥抱。

[老郁出现在他们背后，手里拿着酒瓶和酒杯。见状扭身欲退——恰与上来的梅香撞在一起。

老　郁　梅香，干杯！

梅　香　没工夫。安娣要我找的黄包车在岸上等着呢！

老　郁　退了吧，安娣不走了。

梅　香　怎么回事？

老　郁　我儿子回来了。小刚，你也干一杯！（递酒）

安　娣　这么说话就好了！（笑着）往后你们都要在一条船上干活了，知道吗？

赵大刚　（惊愕）什么？一条船——他也要上英国船？

老　郁　（同样意外）——不错，英国尼克尔森号，我是水手长。怎么？你也……

赵大刚　见鬼！（生气地）你又把她一个人扔下？

安　娣　这没什么，大刚。他该去，我也愿意他去。你也得去，咱们得有点儿钱。我一个人留下，照管家。我爹叫郁安家，从现在起，咱们就安家了！

梅　香　（观察半天，这时接过酒杯）安娣，这杯酒，我替你敬敬海神！（庄重地洒酒）老郁呀！你老爱说大海操纵人的命运。往日我不信，今天我真有点信了。你可不敢再骂它。

老　郁　（掉过脸去，独自喃喃）是啊，对头成朋友，冤家成一家，两个男人上了一条船……大海这个老妖精不知道又该怎么要弄我了！（自己掌嘴）不敢骂，不敢骂——好大的雾啊！

［幕后合唱：

雾锁大海故事稠，
周折奇妙不断头。
个中玄秘谁猜透？
恰似海市与蜃楼。

［幕落。

［剧终。

（此剧系与孟丛笑合作。在改编过程中参考了黄宗江先生的话剧改编本《安娣》，特此致谢！）

图书在版编目(CIP)数据

孟华戏剧文集：1–5卷 / 孟华著.
— 北京 ：中国戏剧出版社，2019.11
ISBN 978-7-104-04813-8

Ⅰ. ①孟… Ⅱ. ①孟… Ⅲ. ①戏剧文学–作品综合集–中国–当代
Ⅳ. ①I230

中国版本图书馆 CIP 数据核字(2019)第 119362 号

孟华戏剧文集

责任编辑：曹　静
特约编辑：李红艳　李小红
责任印制：冯志强

出版发行：中国戏剧出版社
出 版 人：樊国宾
社　　址：北京市西城区天宁寺前街 2 号国家音乐产业基地 L 座
邮　　编：100055
网　　址：www.theatrebook.cn
电　　话：010–63381560(发行部)　010–63385980(总编室)
传　　真：010–63383910(发行部)

读者服务：010–63387810
邮购地址：北京市西城区天宁寺前街 2 号国家音乐产业基地 L 座

印　　刷：河南瑞之光印刷股份有限公司
开　　本：710 毫米×1000 毫米　1/16
印　　张：108
字　　数：1357 千字
版　　次：2019 年 11 月北京第 1 版第 1 次印刷
书　　号：ISBN 978-7-104-04813-8
定　　价：598.00 元(全五卷)

项目单位：郑州市艺术创作研究院
项目主持：孟丛笑
书名题字：孟　华
装帧设计：韩　雪
排　　版：张东青

孟华戏剧文集 1

MENG HUA'S
DRAMA COLLECTION

戏剧文集

孟华／著

中国戏剧出版社

孟华

孟华，剧作家。出身书香门第，少时就读于南阳书院。1958 年进入南阳歌舞团任作曲兼指挥。后转入新闻界，先后在《郑州晚报》《河南日报》任记者和编辑。1979 年考入上海戏剧学院戏剧文学系编剧研修班，毕业后守志剧苑，著作丰盈。代表作品有《山鹰》《劳资科长》《情断状元楼》《半个娘娘》《春秋出个姜小白》《生儿子大奖赛》《新版·白蛇传》《美兮洛神》等。新世纪以来，以圣哲人物剧和改编外国作品构成题材特色和创作优势，前者如《老子》《玄奘》《王阳明》《医圣传奇》，后者如《榆树孤宅》《安娣》《马可与公主》《魂断蓝桥》等，以诗化风格和异质色彩构成显性标识。

孟华剧作的阅读感受丨(代序)

刘景亮

孟华先生要出版五卷本的戏剧文集，给了我先睹为快的荣幸,并希望我写点文字。近些年来,不管是阅读剧本还是观看戏剧演出,能让我进入审美心境的戏少之又少。而孟华先生的戏正是这少之又少中的少之又少。他的不少戏,我不仅读过文本,也看过演出,这次本想粗略阅读,可是不行,那一行行文字似乎有一种魔力,一经入目,就不愿放弃一句宾白或唱词。在阅读大半之后,我想找一个概念来概括他剧作的特征或风格,也不行,搜肠刮肚找不到。说是洒脱,却又严谨;说是放达,却又婉约;说是华丽,却又平实……我忽然想到了庄子的话:“可以言论者,物之粗也;可以意致者,物之精也……”找不到准确的语言概括,定是精华,就以“奇妙”言之吧。奇妙者,不同寻常、出人意料而又契合人情物理,精细巧妙之谓也,是一种十分难得的美学品格。这一整体品格,由奇妙的人物性格、奇妙的情节、奇妙的场景细节,还有奇妙的语言共同构成。

一

首先说人物性格的奇妙。孟华剧作中的人物多种多样,可以综合为这样几个类型：神人或仙人，如织女、白素贞等；圣人或贤人，如老子、王阳明、张仲景、玄奘、齐桓公等；世俗常人，如《山鹰》中的高黎，《情断状元楼》中的敫桂英、王魁，《生儿子大奖赛》中的杨富康、张瞎子，等等；一些根据外国名著改编的剧目，其中的一些人物，既有外域风情，又免不了作者打在其身上的华夏文明烙印，可以称为为中西合璧人；还有一部作者命名为意象剧的《半个娘娘》，剧中一群很有浪漫气息的人物，李桑桑、山南王、山北王等，应该称为神秘人。神人或仙人、圣人或贤人、中西合璧人、意象剧中的神秘人，都与我们这些世俗人不同，都要有一些非常的心理和行为，必然会给人新奇的感觉。五个人物类型中，有四个类型的人物本身就与众不同，可见作者与众不同的创作出发点和关注点。

当然，还不能据此断言剧中人物的奇妙。人物形象的“奇妙”，应该是通过多种艺术手段塑造出完整的、不同一般而又真实可信、令人称奇的性格。对于神人或仙人，如织女、白素贞等，作者设置了浪漫的情节、超越现实的人物行为，以显示其神性、仙性。与此同时，又特别细腻逼真地描摹她们通常的人性，特别描摹她们的柔弱处下，在非凡和柔弱这种高度对立中实现统一。《牛郎织女》中，老牛叫牛郎去拿仙女的衣服，牛郎不听，老牛招来一头牛犊抢去织女的衣服，织女追逐牛犊，左抓右扑抢不回，蹲在水中暗自抽泣，牛郎于心不忍，英雄救美，撂翻牛犊，把衣服还给织女。这时的织女完全成了一个民间女孩儿，一个小可怜，缠着牛郎给她找鞋子，捞发簪……一个很有神威的九天仙女一下子转化为人世间粘人的小姑娘，这就使人物不仅奇，而且妙，奇在非凡和柔弱的强烈对比，妙在在强烈对比中实现高度统一。《新版·白蛇传》中，白素贞见许仙有一番表白：“尊官人且莫要忧前虑后，奴跟你权当是跟个丫头。不图金不图银图你个人就够，穷日子粗茶饭不讲稀稠。无家产无楼房咱找个草庐，无彩礼无花轿就骑个牲口……”真的是很家常、很诗意、很贴切的表白，与她的仙人身份相结合，就有了奇妙感。

我曾参加过多次孟华先生的剧作座谈会，对于他写的圣贤人物，总有专家反复强调要完全按照现实中的真人来写。孟华先生也确实舍弃了一些圣贤人物身上的奇异成分。但是，神秘浪漫似乎是他与生俱来的思维定势，奇特的意象、虚幻的情境根本无法全部抹去。老子身边那群神奇的梅花鹿以及老子的非凡思考和行动；姜小白以自己不同凡响的行为改变神意，感动得司命主簿私改生死簿；张仲景为灵性通神的老猿治愈顽疾，并在困难时得到老猿的倾力相助；玄奘在即将被凶徒杀死祭天的时候，恒河中波涛翻滚，樯倾楫摧，吓得凶徒对玄奘顶礼膜拜；王阳明在龙场，能够说当地土话，跳当地舞蹈，以当地礼仪祭拜当地大神，而且博得喜雨立降……恰恰是这些人物的非常之思、奇异之行在作者艺术的演绎下转化成为真实可信、感召人心的戏剧动作，实现了人物的神奇与真实的微妙统一。

《半个娘娘》，作者标为“意象剧”，剧中人物形象也就更虚幻，更加难以与现实对照。但是，这并不意味它无法唤起人们审美接受的真实感。这种虚幻感和真实感的和谐统一，化成了奇妙的美感。剧中的李桑桑，不知出身来历，空降深山老林，漂亮如天仙，清纯如赤子，还能从千军万马中救出山南王。面对山北王的仗剑威逼，她能跳上崖头，高喊“天光，电火，雷块”！抛出沙丸火弹，在一阵清脆的笑声中不知去向，够神奇的吧。当山南王奔跑不动让她搀扶时，她初始不愿，山南王晓之以理，她不得不扶，既觉得新奇，又有点害羞。这情感与普通村姑别无二致。当山南王忘情地看她时，她羞得捂住脸，“别看了，别看了，谁看谁是——小狗”。俨然一个天真可爱的小姑娘，人人见过，人人身边都有。这种新奇和通常的统一，让观众感到陌生，如梦如幻，又觉得司空见惯，熟悉亲切，这也就是奇妙之美。《半个娘娘》中的山南王、山北王，还有山南王身边那些固执、多疑、成事不足败事有余，又不能说不是忠心耿耿的朝臣们，也都是既陌生又熟悉的奇妙人物。

即使是孟华先生剧中的世俗常人，也往往让人有奇妙感。这类人物给人的奇妙感来自性格和戏剧动作的不一般，甚至不同凡响。《生儿子大奖赛》中的那个张瞎子，在人物表上排在最后一名，就是一个农村失明人，平常得不能再平常。但他的不平常又着实惊人，虽不能眼观六路，绝对是耳听八方，消息灵通，头脑灵活，揣摩人心，十拿九稳，能说会道，应对敏捷。杨家老太太喊他一声，他就知道杨家的儿媳怀孕。作者在人物表中这样介绍他：“侧耳一听，知西辨东；脑袋一摇，明察秋毫……”他在剧中出场三次，总能让锁定的对象有一种“黄蜂叮住老虎头，甩也甩不掉，啃也啃不住”的感觉，他让人感到好气、好烦、好笑、好玩，一出场就风生水起，浪花飞溅，不论是性格本身还是他在剧中的作用，都给人一种奇妙的美感。新编古代戏《缇萦救父》中的缇萦，也是现实生活中的小女孩儿，不谙世事，不懂人情，遇见难事只会哭，但是她爱他的父亲。爱心、孝心让她生出非凡志向：搭救暴政加身、将受“肉刑”的父亲。她居然说服了极少同情心的解差同意她陪伴父亲一同进京。当小解差有不轨行为时，她还能掷针刺穴，定住小解差。她要求替父受刑的孝行让狱令折服；义正辞严的指责，让狱令屈服；高明的医术让狱令信服。威严、暴躁又有几分残酷的狱令居然成了她的“粉丝”和帮手，帮她见到了汉武帝，完成了救父心愿。缇萦性格前后虽有少许变化，但一直都是一个天真、幼稚、柔弱的小女孩。“柔弱胜刚强”，胜得奇特，近于荒诞，却又全在情理之中。寄情理于奇特和荒诞，就是缇萦性格的奇妙所在。

不管是神人仙人，还是市井凡人，在孟华先生笔下都呈现了艺术的奇妙美，给人的感觉是新奇的，陌生的，出乎意料的，又是真实的，熟悉的，可以体验的。这样的人物，让观者兴味盎然，赏心悦目，甚至欣欣然欲亲近之，拥抱之，具有独特的审美价值。

二

情节是人物的足迹，奇妙的人物性格必然形成奇妙的情节。而奇妙的情节又是表现奇妙性格的手段。

孟华剧作情节的奇妙，第一是妙在情节的起点至终点具有巨大距离，情节流程显得大起大落，起伏跌宕。《春秋出个姜小白》，情节的起点就是管仲辅佐公子纠要杀掉姜小白，前期的情节展开，一直是管仲为达目的不择手段，姜小白对管仲也是恨之入骨：“(恨得咬牙)管仲啊管仲！昔日你刺我三剑，今日又送毒一包，此仇此恨，何时得消啊！”小白继承国君大位，管仲被擒，现场摆放着管仲刺君的剑、毒君的壶、射君的箭，朝臣们同仇敌忾皆曰杀……情节发展到此，却来了个“突转”，姜小白不仅没杀管仲，反而委以重任，落差够大！如果仅仅是出人意料地突然转折，奇则奇矣，未必妙也。之所以既奇且妙，因为此前的情节进程中，作者既埋下了伏笔，又安排了显笔。伏笔者，即反复表现姜小白仁慈、包容、顾全大局、从谏如流；显笔者，即先有鲍叔牙入情入理的劝谏，后有姜小白爱妃菁菁的求情，再加管仲和鲍叔牙智慧的点化，使得突如其来的大转折合情入理，既奇且妙。这种大反差、大转折、出人意料又在情理之中的戏剧结构，在孟华先生的剧作中可以说是一种常态。《半个娘娘》李桑桑由热烈地爱着山南王，拒斥山北王，甚至向山北王投掷沙丸火弹，但最后居然没有成为山南王的终生伴侣，倒是投入了山北王的怀抱；《生儿子大奖赛》杨富康为了能抱上孙子，可以说是挖空心思，机关算尽，后来居然自动放弃初心；《玄奘》《王阳明》两部戏都是由不止一个大起大落的事件构成，作者把一个个的“不可能”自然而然地、入情入理地变成了“可能”，这是孟华剧作情节奇妙的第一层含义。

孟华剧作情节的奇妙，其次是妙在“书筋式”人物的巧妙穿插。包括戏曲在内的中国叙事艺术在很大程度上都受长篇大书的影响。长篇大书如何在说书场上吸引观众？其情节营构具有独门绝技。例如，说书人讲究“四梁八柱”，“四梁”即书根、书领、书胆、书筋，其中的书筋，就是滑稽幽默、插科打诨的人物，穿插在情节中，显得风趣活络，灵动洒脱。《西游记》中的猪八戒，《三国演义》中的张飞，《说岳》中的牛皋，都是此等人物。在戏剧中，“书筋式”人物是丑行或具有丑行性质的人物。他们能够使剧情妙趣横生，李渔称之为让观众提精益神的“看戏之人参汤”。孟华先生深得戏曲、曲艺传统之三昧，“书筋式”人物的穿插做得极其精到。

《春秋出个姜小白》中的司命主薄就是这样的人物，作者在人物介绍中说：“这是一个浪漫出来的人物。”面部造型多变，话语深刻有趣，行动诡异。是个能够给观众带来乐趣又很有内涵的人物。他还兼任“书领”的部分任务——一定程度地控制情节走向。这一人物的穿插，使得原本有几分生硬的春秋争霸题材显出了飘逸、洒脱、灵动，也使这出戏有了戏曲本来应有而通常的新编历史剧中难得一见的游戏味道。《医圣传奇》中的白毛翁也是一个“书筋式”人物。他(也可以是“牠”)虽然没有滑稽性，却有传奇性，是个千年古猿，却已成人形，为人语，有人性。作者把他拉入剧中，有民间传说的依据，也是作者对神秘感的特殊追求。虽然白毛翁在剧中只出现两次，但他（牠）从死神手中救出的小女孩儿嘟嘟倒是多次出现，嘟嘟就是白毛翁的影子。或许一些死板地遵循现实主义的评论家不大喜欢这种浪漫的情节设置。但我总以为，戏曲的情节，特别是很容易枯燥的圣人题材，应该在情节中加入浪漫的、有情趣的成分，才能使观者产生观赏的兴趣。在这出戏演出时，我特别注意观者的反应。这样的穿插确实调动了普通观众的欣赏热情。《生儿子大奖赛》中的张瞎子也是这样的穿插人物，总在关键时刻出场，一出场，就搅得满台风起云涌，满场的观众笑声，让人拍手称奇，合掌称妙。

孟华的一些改编剧目，原剧的情节或许很平常，往往因为作者添加了一个情节元素，一下子就变平常为奇妙。《老包打滚》，是根据豫剧传统剧目《下陈州》改编。就情节构成来说，原作并无过人之处：陈州遭灾，以四国舅为首的贪官污吏乘机搜刮民财，草菅人命，民女张桂英进京告状，十家朝臣保举包拯陈州放粮，包拯不负众望，铡了国舅，开仓放粮。《打銮驾》是常演的折子戏，应该是此剧最精彩的情节段落，李斯忠在这一折中演唱的“十保官”广为流传。然而，审视文本，其情节不仅平直，还有些违情背理。在包拯奉王命，携圣旨，带尚方宝剑奔赴陈州的时候，西宫娘娘居然可以借来半副銮驾，大街阻拦，还要喝问包拯哪家官员保举你去陈州？于是包拯就老老实实唱出“十保官”。尽管普通观众不大追究这里的合理性，但要从更高的要求、发展的理念审视，这一情节段落是极不合理的。后宫娘娘傻呀？她的行为是胆大包天、毫无遮拦地后宫干政，是欺君，那是找死！不疯不傻就做不到这一步！还有，包拯下陈州奉有王命，四国舅的百般阻拦，也是欺君谋反的大罪，神经没有错乱的四国舅也是做不到的。

孟华先生的改编把准了脉搏,开出了奇方。添加了一条情节支脉:让曹贵妃利用感情优势说服了宋王,宋王命包拯去开挖河道,自己带着曹贵妃到陈州查看实情。包拯因为张桂英、陈三成告状,激起了为民做主的冲动,加上寇准、范仲淹的激将与忽悠,躲避了命他挖河的圣旨,私自出京。包拯出京缺乏合法性,曹贵妃为了家族利益极力阻拦,也就有了合理性。不过这一次的冲突并没有酿成“打銮驾”。曹贵妃只是希望利用收买和威胁的双重手段让包拯停止插手。但包黑子并不买账,为民请命心切,毅然去了陈州。宋王在陈州被四国舅曹虎精心布置的假象蒙蔽得一塌糊涂,准备返回东京,嘉奖曹家。微服私访的包拯却把真相看得清清楚楚,追赶宋王,要拉他重回陈州看真相。曹娘娘自然极力阻止包拯见圣驾,她驱使銮驾前行,要把包拯撞死,才有了“老包打滚”,才有了“打銮驾”。宋王自然要问罪包拯,包拯拿出十大保官保举他暗辅君王查案的本章,还有八贤王的王命。于是又有了“十保官”的唱段。

很显然,这一改动,使剧情更加合乎情理了,包拯去陈州查访的不合法,让曹贵妃觉得有理在手,自可以居高临下地打压他,而包拯呢,本来就刚正不阿,痛恨贪官横行,现有十大朝臣保举和八千岁王命在握,当然无所畏惧,敢于闯陈州、掀銮驾。

这一改动,还妙在既保留了“打銮驾”“十保官”这些民众爱看爱听的场面和唱段,又使整个情节大起大落、离奇曲折。包拯的冲突对象不仅有曹虎、曹贵妃,还有被蒙蔽的宋王。包拯到达目标的难度加大,压力增强,情节更有张力。包拯与曹贵妃的冲突,原来只有一次打銮驾,改本增加为两次:一次是曹贵妃阻止包拯出城,一次是阻止查明真相后的包拯要见宋王,第一次冲突双方相对克制,但已是剑拔弩张;第二次冲突就相当于原来的

“打銮驾”,不同的是比原来的更壮观,更紧张,更惊心动魄,形成了全剧的高潮。一边是銮驾前行,仪仗威严,后边坐着宋天子,曹贵妃前面指挥下令;一边是包拯拦驾,毫不退让,先是打滚躲避,后又掀翻銮驾……这场面真的够奇特,够刺激!

这一改动,设置了曹虎应付检查的弄虚作假以及视察者被蒙蔽的场景,这既是历史上可能出现的,也是当今司空见惯的,拉近了与观众距离,能够让观众产生既熟悉又陌生的审美效应。

不管是新创作的作品,还是改编的作品,孟华先生都在追求情节的奇妙,使情节的发展想象丰富,跌宕起伏,出人意料,妙趣横生,时时闪烁着创作主体的智慧,让观者如入山阴道上,山川奇景,应接不暇。

三

接下来,我想说说孟华剧作细节和场景的奇妙。按理说,细节和场景应该属于情节构件,是整个情节中的回旋或浪花,似乎没有必要单独来说。但是,由于孟华剧作的一些场景、细节十分精妙,让人激动,发人深思,忍不住作为一个问题多说几句。

如果说作品的主题思想和情节构架是人物形象的根和主干,那么,场景和细节则是人物形象的枝叶与花朵。好的场景、细节,让人物生动鲜活,血肉丰满,有时候,一个生动的细节就像人物身上的一道闪光,使性格清晰可见,观者难以忘怀。由于孟华剧作的人物和情节散发着“奇妙”的美学品格,自然少不了奇妙的场景、细节。

孟华剧作有许多让人联想丰富、品味不尽的细节、场景,已经进入或接近“意境”范畴。《榆树古宅》中,艾碧与柯龙冲破各自的心理障碍进入爱情顶峰的场景,写得扑朔迷离,令人浮想联翩。两个人本来已经爱得如干柴烈火,但又不同程度地不愿承认，相互放狠话。他们神使鬼差地来到柯龙母亲生前住过的房间。房间里蛛网层层,鬼魂游弋,寒气侵衣,烛光如豆,可以听到奇怪的挲挲声,可以感到似有若无的抚摸感,这神秘而又恐怖的房间里,一对年轻的男女,怀着强烈而复杂的欲望,有财富占有的欲望,有渴求情爱的欲望,也有因欲望生发的憎恨,终于,他们暂时超越了物质占有欲望，进入单纯情爱……这里营构的空间是神秘的,亦真亦幻,有实在的物体,有飘忽的声响,有虚无的黑暗,有可怖的鬼魂……它让人联想到我们所处的这个花花世界,既是真实的,又是虚幻的,有引起各种欲望的美好,有令人颤栗的恐怖。身处房间的两个人物,他们有恨也有爱,有相互算计,也有相互合作,这也同样让我们想起身边的饮食男女,芸芸众生,想起我们自己，是不是也是如此？这个场景给人的感觉是奇特的,给人的联想是丰富的,可以说就是全剧的缩影。

《春秋出个姜小白》中,有这样一个细节:姜小白客居莒国,晨睡不起,宫女叫不起,其母莒妃也叫不应。宫女们说,只有菁菁叫得起,于是喊来了菁菁。菁菁像别人一样轻叩门环,喊公子起来,同样无人答应。于是她用山东小调轻声哼唱:“小小蜻蜓嘤嘤嘤,篱笆门外寻长兄。千呼万唤无人应,闪断翅儿谁心疼?”于是,小白在房内急喊:“菁菁等我,我来了……”门外的几个人不同表情地面面相觑，小白轰然开门……菁菁叫醒小白的这一戏剧动作是少见的,是奇思妙想,加之前面又有其他人,特别是莒妃也叫不醒小白作铺垫,这种叫醒动作就越发奇特。金圣叹曾经评点《西厢记》中的一个细节,就是张君瑞见过并爱上崔莺莺后,找法聪和尚借房子,唱了一曲【中吕·粉蝶儿】,开口就是一腔怨气:“不做周方,埋怨杀你个法聪和尚……”金圣叹很是赞赏剧中张君瑞这莫名其妙的埋怨:“使低手为之,当云:来此借房,敬求你个法聪和尚，你与我用心儿做个周方，云云，亦谁云不是【粉蝶儿】？然只是今朝张生，不复有昨夜张生。圣叹每云：不会用笔者，一笔只作一笔用，会用笔者，一笔作百十来笔用，正谓此也。”意思是说，张君瑞已经翻来覆去想了一夜，唯恐法聪不行方便，开口的埋怨看似无理却有理。由此来看《春秋出个姜小白》中的叫醒细节，不仅很奇特，很乖巧，也是内藏玄机。它让人看到了姜小白与菁菁非同一般的关系，菁菁开始同别人一样叫，是在隐藏心中的秘密。这一叫醒方式，不仅让观者看到了当下的菁菁和姜小白，也看到了往日的菁菁和姜小白。似乎能够听到他们的窃窃私语、信誓旦旦；似乎能够看到他们携手望着天上的星星，憧憬着美好的未来。这就是金圣叹所说的“会用笔者”，以神来之笔指引观者的无限想象。

在孟华先生的不少戏剧作品中存在着不少这样既奇巧又让人回味不尽的场面或细节，这些都是当代戏曲创作中的稀缺珍品。还有一些场面和细节，未必具有那么丰厚的意蕴，但能够以它的奇特让观者眼前一亮，心头一震。

例如《牛郎织女》中，随着老牛“一拜天地”的喊声，成群的黄牛蜂拥而至，嗥叫着，组成粗犷的牛群交响乐；狂跳着，跳出震天动地的牛群组舞，天上的仙女们出现了，飘卷着飞花彩带……粗犷和秀美的结合，很有视觉效果！

例如《新版·白蛇传》中，白素贞饮雄黄，现原形，吓死许仙。白素贞不顾生死盗灵芝，与仙童大战。许仙灵魂下了地狱，判官审问时，许仙说是被妻子吓死的，并且说妻子是条蛇，时机一旦成熟会吃掉自己。判官怒拍惊堂木：“一派胡言！在你们人间，只有人吃蛇，没听说过蛇吃人！不管大蛇小蛇青蛇绿蛇有毒蛇无毒蛇，都快被你们吃光了……”判官认为许仙犯有诽谤罪。这场面有趣好玩,似乎是作者的忽发奇想,但它引起了观者对现实的联想,也表现了许仙那软弱动摇的性格,与白素贞的性格形成了鲜明对比。

例如《华佗与曹操》中,华佗治病的场景:荒村,蓬门,敝庐,堂屋正中棺木一口,翁妪痛哭,巫师跳神驱鬼,盖棺两天的死人准备起灵埋葬,华佗突然闯进,声称死者是假死,要为死者医病,死者父亲以为是奚落,愤怒拒绝,跳神巫师说是冲了神坛,破了灵气……此情此景之下,华佗硬是救活了死过两天的尸体,加上作者奇思妙想了许多穴位、丹药,把治疗过程表现得极其神奇,华佗这个人物也一下子神了起来。

孟华先生剧本中的奇特场景和细节,尽管具有不同层次,有高低之分,但都服务于人物性格的塑造和情感的传达,是作品"奇妙"风格的构成部分,而每一个场景和细节又具有独立的审美价值。

四

就语言来说,我所看到的剧本,无出孟华之右者。孟华剧作,不论是阅读剧本还是观看演出,人物的对白、唱词,时时让人惊奇赞叹:作者如何想出了这样的句子!我不止一次冒出这样的念头:如果把孟华的唱词选编一册单独出版,可以当作具有唐诗宋词韵味儿的新诗欣赏,销售一定不错!孟华的语言具有奇妙的魅力,仅仅是剧前的人物简介,就能令人赏心悦目,把玩不舍。《春秋出个姜小白》中的管仲:"只要读历史,都知道这人挺有名的,是个人物。春秋时代能找到的书大概他都读过,上知天文,下知地理,尤其知道政治。他讲起政治头头是道,富有鼓动性,让姜小白一连听了三天三夜也没瞌睡。还心甘情愿叫他'仲父'。但他起初可是反姜小白的,三次刺杀姜小白的就是他……"《玄奘》中对玄奘的介绍:“风骨清奇,法相庄严,仪表瑰秀,品格俊雅,学识宏博,法道臻圣。《西游记》中唐僧的原型即取其人,但实在委屈了他。”《“老转”俱乐部》介绍主人公:“一个公务员,一个母亲,一个进修归来的研究生。她的工作安排,是全家人关注的焦点,而安排的结果,又叫全家意外,故事就从此处开始。”这些简短的介绍,勾画了人物形象,也勾起了受众的审美期待。

孟华先生的戏剧语言生动,形象,性格化。所谓生动,就是有声有色,富于变化,情感饱满,具有生命的活力。《半个娘娘》中,山南王有一段向众人描述李桑桑的唱:“人衣人帽人模样, 人言人语人心肠。人间野花戴头上,人间情爱满胸膛。爱南朝,爱山乡,爱勤劳,爱蚕桑。爱东爱西爱天爱地是小事,最大的爱呀——她爱孤王!荒山野岭作情场,三根荆草作灶香,月作媒红风牵线,我和她对着青天拜了花堂!”这段文字写得激情澎湃,有花有草,把李桑桑写得活灵活现,把二人的情感写得情真意切,连风月天地都扯上了。荒山作场、荆草作香、对着青天拜花堂,等等,让这段文字描写的人物和场景有了色彩, 有了温度, 有了生命的律动。

语言的形象性与生动性紧密相连,指的是具体可感性。上边所引的一段文字,说是生动的,也可以说是形象的,让受众如见其形,如闻其声。形象、生动,是孟华先生戏剧语言达到的艺术高度,例证俯拾皆是。李桑桑搀扶山南王唱:“自古道天高皇帝远,谁料想皇帝挎住我的胳膊弯。”“头一次搀上一个男子汉,手儿颤心儿跳腮染红胭。”敫桂英第一次出场时唱:“雪花肥梅花瘦雪多枝细,恰一似红颜薄命被世欺……我好比空中月乌云遮蔽,我好比一叶舟风打浪击。我好比红梅花饱经风雨,我好比白莲藕深埋污泥。春花开开不展眉头愁意,夏雨淋淋不净心上悲戚……”以上这些唱词把人物说话的神态、心中所想,都具体可感地描绘出来了。

语言的性格化,是每一个人物的语言都符合人物个性。艺术作品中的人物个性是作者在生活基础上的想象。写一个农民不能远离生活中的农民群体,但又不是生活中的农民;写一个帝王,要有生活中的帝王特点,又要进行通俗化的变形处理。因此,艺术语言的个性化,应该是既有生活基础,又有想象的成分,与作品中所塑造的性格相统一。我们依据这一原则来比较孟华剧作中的几个人物:老子、玄奘、王阳明。《老子》中的老子,不愿周朝为官,有这样几句唱词:"老聃命中四两线,牵不动相国府这只大船。走进朝班出虚汗,徜徉山野心闲宽。"《玄奘》中,玄奘不愿留在高昌国,辞别高昌王时唱:"承蒙谬爱玄奘甚,难得异国遇明君。只是我身后缉捕追得紧,连累贵邦不忍心。揖别大王登禅道,玄奘我永记借路过境恩。"《王阳明》中,王阳明拒绝宁王封官许愿:"国出二主国厄运,天生二日天灾深。宫室杀伐民涂炭,劝王爷莫做叛国毁邦人。"这三位,都是圣人,有相同相似处。他们的处境,亦有相同相似处,都是在拒绝国君或王爷封赏的高官厚禄。但语言差异很大:老子,道家,语调语气和语义中充满闲适和处下;玄奘,佛家,语义语气中饱含着慈悲与感恩;王阳明,儒释道三家都有些,以儒为主,语言中满满的有为意识、家国情怀。他们说出的话语清晰地体现了他们的"同中之异",表现了他们的思想和性格,显示了孟华先生的语言功力。

如果艺术语言仅仅是生动、形象、个性化,未必能以"奇妙"论之,但却是奇妙的根基。之所以说孟华先生的语言具有奇妙的品格,因为在生动形象个性化的基础上,还有以下过人之处:

有些用语往往让人意想不到,一经看到,顿生新奇而又恰切的感觉。《生儿子大奖赛》中，杨富康唱："杨富康一辈子烧香许愿，到老来财神爷才拨门闩"；杨母唱："闻知巧巧又怀孕，喜得我脚脖子轻了八九斤。"……像这样的唱词，就是在生动形象性格化基础上让人想不到，猜不着，又是这个人物的心声。

有些语言，突然加进土语，突兀又和谐，还是《生儿子大奖赛》，张瞎子唱："算命本是瞎日冒，谁能够隔着肚皮搞承包？"杨富康训斥女儿时唱，"小干部才当了两三天，烧躁得头发梢上都冒烟"……"瞎日冒""烧躁"都是土语，嵌入句子，不仅俏皮活泼，有奇巧之感，而且能够突显性格。

有些语言，以其生动精巧的语言形式，表达深刻的情感、思想。《情断状元楼》中敫桂英在海神像前控诉王魁："手捧着无情休书请神看，您看他休多疾休多猛休多突然！猛得我来不及问卜占算，猛得我弄不清前因后缘，猛得我难见他最后一面，猛得我找不到上吊的绳索投水的潭！……他穿我烟花衣，吃我烟花饭，住我烟花楼，花我烟花钱，迎着烟花跪当面，'恩人''菩萨'叫不完……没有当年的烟花女，哪有如今的王状元？！"《春秋出个姜小白》中，司命主簿唱："当初阎君造黄人，先造一颗嫉妒心。造双眼睛仇同类，造对耳朵信谗音。造副五脏酿怨恨，造颗头颅算计人。造身力气窝里斗，造张大口亲吃亲……"奇妙的语言形式与深刻的思想情感相得益彰。

唱词爱用窄韵、险韵，又爱一韵到底，是孟华先生戏曲语言的一个追求。窄、险则奇，不换韵则是险中之险，奇中之奇。加上唱词文采飞扬，雅俗兼得，更容易产生奇妙的审美效应。李渔在《闲情偶寄·意取尖新》中，把"纤巧"叫做"尖新"。他认为，一般文章忌讳纤巧，独戏剧需要。"白有'尖新'之文，文有'尖新'之句，句有'尖新'之字，则列之案头，不观则已，观则欲罢不能；奏之场上，不听则已，听之求归不得……”窄韵、险韵可以说是“尖新”的一种样式，按李渔之言：“文中之尤物也”。

五

以上是我阅读孟华先生剧作之所感，所悟。分别说了人物奇妙、情节奇妙、场景细节奇妙、语言奇妙。把人物、情节等区分开来，只是谈论的需要，在作品中，这几个层面的奇妙是一体的，不可分割的。它们互为一体地构成了孟华剧作的奇妙品格。

当然，任何一个作家，哪怕是很成熟、很著名的作家，其作品也不可能篇篇上品，都会有上中下之分。孟华先生的剧作，也不会篇篇都达到了奇妙的审美品格，也有上中下之分。其上品，人物、情节、语言、场景和细节都进入了奇妙境界。其中品和下品，也能让接收者时时看到或感到奇妙的闪光。

戏剧作品“奇妙”品格，在当今极为少见，极其难得。孟华先生的作品之所以具有这种品格，一是李渔所讲的“性中带来”，天赋如此；二是他出生河南南阳，这是荆楚文化与中原文化的交汇地，他既受中原文化磅礴大气的影响，又得荆楚文化神秘浪漫气息的熏陶；三是本人对圣贤文化的爱好和积累，他已经写了老子、玄奘、张仲景、王阳明多个圣贤人物的剧目，凡圣贤，必有超越一般、进入奇异的地方，这对孟华先生的思维方式不能没有影响。孟华先生的剧作追求奇妙，既是天赋如此，又得后天积累。

阅读孟华先生的剧作，或许学不到他的创作方法和艺术风格，但是，我们可以从中领略许多戏曲创作的原则，如传奇性在戏曲中的价值，个性化对性格塑造的重要，语言锤炼对叙事的作用，等等。而且，不管是艺术爱好者，还是戏曲创作者，阅读孟华先生的剧作，都是难得的审美享受。

2019 年 9 月 9 日

目 录

卷 一

卷一 / 劳资科长

Lao zi ke zhang

DRAMACOLLECTION

人　物　南宫九　一个小城市的劳动局的劳资科长。

南　母　南宫九的母。

罗　云　南宫九的妻。

山老爹　南宫九的叔。

宋大毛　南宫九的内表弟。

关小青　南宫九的老首长的女儿。

董如涛　南宫九的上级。

王司机　一家卧车驾驶员。

夏　亮　一个申请调动的人。

文玉博　夏亮的爱人。

丹　丹　夏亮的孩子。

这个故事是发生在一座小城市的小劳资科长身边的几件小事情。越是小地方，事情越显得有点格外。

——原始题记

第一幕

[1980 年。秋，黄昏。

[一所覆盖在泡桐树林中的小房间。室内陈设毫无特点，既不像家庭，也不像办公室，又不像招待所。但仔细看起来，三种味道又都有一点。桌子、椅子、三人沙发、电话。右有一门通套间。如果在白天，房间周围的葱茏的树木与弯弯的小河会给人的视觉濡染足够的诗意，而现在却被黄昏的羽纱遮上一层朦胧……

[幕启，窗帘低垂，室内一片暗淡。电话铃响着。

[有人用钥匙转动门上的锁孔，门开处，南宫九蹒跚走进。他一边用两手的十指狠狠地拧着耳朵眼儿，一边奔向电话机——他四十三四年纪，体态微胖，行动蛮有派头。他是这座小城市的劳动局的劳资科长。不知道是不是由于职业的关系，他那副宽大的脸，常常显得过分严肃，难得露出一个笑容，厌烦肌发达，喜悦肌萎缩。他说话时除了嘴唇不得不勉强做些闭合动作之外，整个面部很像一幅柿子木的雕刻品。

[他是一个社会造福者，从他手里，多少无职业的青年男女获得了社会主义的“铁饭碗”，多少两地分居的“牛郎织女”调在一起而得以享受天伦之乐……他手里的权力牵动着很多人的幸福线、命运线。照理说，他应该是自豪的、踌躇满志的。然而有谁相信，他还有他的苦

恼和焦虑呢？他感到他手中的权力既珍贵千金，又沉重千斤。他缺少闲适，缺少睡眠，尤其缺少的是支配自己的力气。他常常感到束缚，常常盼望解脱，但究竟束缚他的是什么？盼望解脱的又是什么？连他自己也弄不清楚。

南宫九　(抓起电话，听了一下，不答话便挂上。他疲乏地甩掉外衣，揉着坐骨神经。电话铃又响，他不得不再次抓起来，听了听，又想挂上，但显然这一次电话里是位熟人，于是不得不搭腔)……噢！牛经理，还是你呀！上班你缠我，下班还来缠我，你到底叫不叫我活了？(生硬地)不行！要谈，明天上午到办公室，你不能把人领到这里！……我可告诉你，这个地点你可不能给我暴露了，要不然我跟你算不完的账……(说完，啪地挂上电话，拧出一条毛巾搭在额头上，点上一支香烟。电话又响。他又不得不烦躁地抓起来——)我说你有完没完？我就是不接见！有意见你去上边告我！我要休息！(渐转笑颜)噢！董局长啊！你从省里回来啦？……总结？我正在赶写哪！不疲劳，不疲劳！……好好，我抓紧，我抓紧！(赔笑)嘿嘿嘿……(疲惫地放下电话，关掉室灯，倒进沙发，拉起条毛巾被蒙头欲睡)

[门外有人叩门。略停，门被轻轻推开，慢慢地探进一个头来，是个三十岁左右的男子。他叫夏亮。

夏　亮　南宫科长在吗？南宫科长！(无应声。他轻手轻脚走过去，手里提着五颜六色的礼品，一不小心，从网包里掉下一瓶罐头，摔得很响)

南宫九　谁？

夏　亮　南，南宫科长，是我！

南宫九　(打开室灯)你要干吗？

夏　亮　来瞧瞧您，顺便——（把礼物提得高高的）

南宫九　拿走拿走拿走。

夏　亮　（寻找放礼物的合适地方）很薄气，不成敬意，主要是点地方特产。

南宫九　我这儿没地儿放，你拿走！

夏　亮　科长好说，您要是嫌弃，那我可就没有能耐了……

南宫九　（强硬地）你——拿——走！！

［夏亮被喝住，好一会儿僵持——

南宫九　（突转习惯性地来了缓调子，拖着长腔）哦，你找我什么事……请坐……你是哪里的？站着干吗？贵姓？

夏　亮　夏亮，北山县门头沟制药厂工人，找你，还是为我调动的事，打从前年……

南宫九　你应该先写个材料嘛！

夏　亮　写过……

南宫九　让组织签个意见，盖个章。

夏　亮　签过，盖过……

南宫九　然后报到劳动局。

夏　亮　报过！打从前年起，报过三次，一年一报，而且每次都见了您。

南宫九　是么？唉！我这脑筋不好使喽！

夏　亮　主要是您太忙，而且……

南宫九　这样吧，你再报一次，然后到办公室找我谈谈情况。

夏　亮　我正要说呢，办公室找您的人太多，一围就是一大堆，话都说不上，哪能记得住我？所以我来家见见您，顺便给您带点东西，您千万别嫌弃！（把礼品又提起来，递上去）

南宫九　（又触动那根神经）快拿走！

夏　亮　几瓶灵芝蜜酒，一点猴头，几斤木耳，都是山里出的。

南宫九　拿走！我请你拿走！

夏　亮　这上边是几斤马山口的水晶葡萄,要赶快吃,不能放。

南宫九　讨厌！我叫你把它拿走！

夏　亮　(再次怔住)你?

南宫九　我就是这么个人,态度生硬,作风恶劣,下班时间不接待！ 谈事情办公室找我;有意见,去上边告我。我要休息！(走向套间,又扭头盯视他)我真奇怪,你怎么知道我这个地点?……还有,你怎么把我门搞开的?

夏　亮　这门,没锁。

南宫九　锁了！

夏　亮　是没锁。

南宫九　(大声)锁了！

夏　亮　它真的没……

南宫九　(更大声)锁了！(气咻咻地走进套间)

夏　亮　(愣了半晌,实在忍不住——)南宫科长！你侮辱人格啊！你这样对待一个公民你睡得着觉吗?我的调进申请递了三年,三年还没排上号。我急着工作,急着卖命,可你偏偏不给条件,你心里到底是被什么东西塞满了?我不会送礼走后门,可朋友们劝我学着点儿,说没有几块敲门砖,大门小门不好开。好！这不,我学着来了,可还是敲不开,你到底想什么?要什么你告诉我呀！你这样软硬都不进,叫我怎么办?怎么办?难道要我和你拼命吗?

[南宫九拉开套房门闩走出,并不发怒,反而异常安详,欲重搭话,而盛怒中的夏亮却跨步出门,砰然把门砸得很响。下。

[南宫九徘徊几步,找出几片药吞下,关掉室灯,向套间走去。而门外,又响起了叩门声,连连地叩。南宫九渐渐

上火，他烦躁地走过去，猛地拉开门，又要发作——门外，一位老太太慢悠悠地走进来，满脸的慈祥喜悦。这是南宫九的七十老母。

南宫九　……妈，是你老人家！

南　母　可不是我嘛！瞧你那个呆样子，倒像不认识似的。眼泡子也淤赤着，这地方人们可找不到了，还是休息不好？

南宫九　这个时候，你怎么来了？

南　母　傻话！妈来瞧瞧你，还得翻翻历头拣个时辰？

南宫九　我是说，快十一点了，你得注意休息。

南　母　只要管好你的休息我就放心了，瞧瞧你那眼泡子！

南宫九　你乘车来的？

南　母　小卧车！

南宫九　小卧车？

南　母　怎么，就兴你坐呀？

南宫九　我是说——你又麻烦人家谁了？

南　母　妈的脾气你还不知道，一辈子不爱麻烦谁。可话说回来，谁求到咱门上，妈也不好回绝不是？今天一大早，王师傅把你托人从上海捎回来的电褥子送到家，我试着躺一躺，满脊梁骨都是热乎乎的！

南宫九　王师傅？

南　母　食品公司王司机！瞧你，托人家买东西，反倒把人家给忘了。

南宫九　电褥子？

南　母　就是条毯子，带根电尾巴，往电口里一插，就像有麦秸火在下面烘着似的暖和。我这身子板儿一入秋就串寒气，亏你给妈买这个“高科技”！

南宫九　王司机，了不起呀！

南　母　是啊，人是又诚实，又能干。

南宫九　替我妈买电褥子,还不能干?

南　母　可他好像有点怕你。

南宫九　我也怕他呀!

南　母　你怕人家个鬼!记都记不清人家,还说怕呢?九子,咱可别学那官不大,臭架子不小的人。有些人大小当个官,就六亲不认。

南宫九　我认就是,你老……

南　母　我叫他进来,你俩认个兄弟,好好叙叙。

南宫九　妈,改日再认。今晚,我太累了,连着两个通宵会,我受不了。

南　母　谁说不是!瞧见你那眼泡子我就心疼。还是小时候的老毛病,不会照料自己。这不,我都猜着了,给——我给你带的奶粉;这是一缸子糯米酒,你最爱喝的。世上什么都便宜,就身子金贵,是不是有病了?(摸儿子额头)干脆我叫王师傅来,拉你到医院看看去!

南宫九　(慌忙挺起身)不不!我什么病都没有,只是疲乏,想休息,你赶忙……

南　母　好,我赶忙走,你赶忙休息。(门外汽车喇叭声)听,王师傅催我走呢!

南宫九　不,他在催你为他说话呢!

南　母　啊?

南宫九　快说王师傅的事吧!要不然,你走了还得回来。

南　母　哎哟!可不是,你瞧我这记性。这么说,那个汽车喇叭哼哼,你也听得懂?

南宫九　懂一点,不全懂。

南　母　九子,可真有出息了!

南宫九　"方向盘"厉害着呢!

南　母　厉害倒没什么厉害,不过蛮灵活,开起来爱朝哪儿拐就朝哪儿拐。

南宫九　说吧,他叫你来干什么?

南　母　小事一桩:他有个妹子,在伏牛山一个“路线”工厂工作……哦,不对劲儿,是叫“三线”工厂吧?

南宫九　……我知道了！他前天找过我。

南　母　嘿！他写了个条子。(拿出条子)情况都在上边呢！瞧我这记性！

南宫九　前天他来缠了半晌,非要留下个包,换他的小姨子！

南　母　包?就是包的那条电褥子！你托人家买的倒往外推！

南宫九　(掏出钱)这是五十块钱,先给王司机,不够,我明天再补！

南　母　傻不傻！他说你早给过他钱了！

南宫九　给他——！

南　母　九子,你怎么啦?

南宫九　妈,怪你儿成年累月穷忙,孝敬妈少,家里事考虑不周,只要你喜欢,我再给你买条电被子都成,可这电褥子,是他白送的,我没托他捎！

南　母　白送的……?这就更见得人家人好心好比你强！

南宫九　比我强不错,可他托我的事不好办！

南　母　有什么不好办的?不就是把他的妹子从乡里调到城里吗?

南宫九　那就那么容易调吗?

南　母　你天天不是在调吗?

南宫九　事情哪能我一个人说了算?

南　母　那你就多向几个人说说,说点好话也成,只当替妈求人家！

南宫九　妈,你……你怎么就不体谅我?

南　母　你体谅你老妈了吗?我儿子是科长,我连个指标都要不来，老脸朝哪儿搁？

南宫九　哎呀！咱们这是小城市，全年总共才五十个进人指标……

南　母　五十个？妈只向你要一个，你都舍不得！我的孝子！

南宫九　（暴躁地）可眼下，只余一个了。我的妈！

南　母　余一个了？（停顿）……年没过到头，指标可到头了？只余一个？那四十九个你都给谁了？那些人都比你妈强多少？

南宫九　（随手翻出本本，流利地翻念）——都是合乎政策的。呶，平反昭雪落实政策调进占额二十一，科研机构特需技术人员调进占额一十三，驻城部队迁进家属调进占额一十二，退休老红军、老干部携眷调进占额……

南　母　行了行了行了！我不听你那"沾鹅""沾鸭子"的！我就要你一个指标。你不是说还余一个么？谢天谢地，我就要这一个，今儿个咱娘儿俩就定下了！

南宫九　妈，等明年吧。明年我想办法，今年不好办。

南　母　人家闺女立等着回来生孩子报户口，明年管个鬼用！

南宫九　事情总得分个政策界线、轻重缓急。根据中央文件精神和省劳资会议规定，他妹子的情况够不上……

南　母　算了！少给你妈来文件！你只说，这一个你给不给？

南宫九　妈，不好办。

［门外汽车喇叭声。

南宫九　你对王师傅说，明年……

［门外汽车喇叭又响。

南宫九　要不，我去告诉他，让他走！你住这儿好了，别坐他的车！（欲下）

南　母　（愤愤地）南宫九！

［南宫九站住。母亲半晌无语，微微颤抖。

南　母　……你是存心把我朝绝路上逼呀！（指门外）我就遇着

那么一个贴己人，你还要把人家得罪了，良心在哪？王师傅是我邻居，也是我儿子，比你这个亲儿子还好，你知道吗？我亲儿子十天半月不见我一面，王师傅三天两头奉汤进水问寒问暖，搬煤买面，哪一样不是人家？我生你的时候落下的这一身病，前一阵路都走不动，要不是王师傅从二十里铺打听着一位好大夫，一连三十天小车拉我去扎针吃药拔火罐，我现在能走着来瞧你吗？我做梦都想让你俩亲亲热热坐在一起拉拉家常，不当结拜弟兄，也做个生死之交。可你每次见我总是连听话的工夫都没有，好像脊梁后有个拎刀的，赶上要吃你似的！你不要家，不要妈，也不要你爹，你爹死的时候你偏偏出差在外，还不是王师傅借个十轮卡，把你爹的尸首拉回三百里外的老家埋到东岗槐树下，亲孝子该怎么着？南宫九！我要不起你这个儿子，我要得起王师傅这个儿子！你可以昧良心甩你妈，可你爹的灵魂饶不了你！有朝一日……

南宫九　(痛决地)妈！我给王师傅办了就是，这个指标给他，给他！妈，给他，这该行了吧？

南　母　(愣愣地——忽然用衣襟搌了搌眼睛)和你小时候一个样，糊涂起来糊涂个要命，明白起来也明白个要命！往常对妈多孝顺，自打干上这个劳资科长……

[汽车喇叭又响。

南　母　九子，这一声喇叭说什么？

南宫九　叫你快回去休息呢！

南　母　是该休息了，瞧瞧你那眼泡子！(向门外走去)那包奶粉可记住喝了！世上什么都便宜，就身子金贵。(下)

[南宫九送走母亲，心绪紊烦，疲惫地关掉室灯，走去闩门。但门却被什么顶住，很难关上。南宫九一松手，门

被弹开。门口站着一个女人,他是南宫九的妻子罗云。约四十岁年纪,既不好看,也不难看,衣着讲究,声音尖脆。

罗　云　怎么样?打扰您了吧?不知道能不能让我进来,参观参观你的新"据点"?

[南宫九扶额靠于沙发,闭目昏沉着,甚至下边和罗云的对话都是一种处于昏沉状态的腔调,当然除了个别激动的瞬间。罗云把室灯打开,然后四下里转悠。

罗　云　这真是个好地方:三面环水,一面靠坡,几十棵梧桐树遮盖着这套小房子,天上望不见,地下寻不着,谁也不会来打扰啦!……科长休息得很好吧?养得很棒吧?我听说外国兴起个"独身主义",科长是不是也打算起个模范带头作用呢?要是你真想那么着,你说明白了,俺娘儿几个可以搬回娘家去,腾出来让你彻底脆崩利亮!

南宫九　罗云!我只是临时休息一下,借个地方。在家不行,找的人太多睡不成觉。

罗　云　你躲出来人们就不找了,你回去看看,什么时候门里门外断过人?你跑出来躲清闲,让我替你支应门面,三更半夜敲门呐喊的,我们还睡不睡觉了?

南宫九　现在这种风气很不好,无论办什么事情,总要趁下班时间,找到你家里不可!

罗　云　家?你也配说家?你还承认你有家呀?你要是十天半月踢踢你老婆的门槛,也算你为我装了面子,叫外人不敢说我是个活寡妇了!

南宫九　都怪我穷忙,事情总干不完,工作起来喘口气都……

罗　云　不用对我表功,那留着去禀告你的上司,我要问问你,你整天忙死忙活,有几件事你忙到了点子上?解决了几个正经问题?

南宫九　不错，没解决几个正经问题，很多事忙不到点子上，空忙，瞎忙！

罗　云　那要你拿那个权力、坐那个位置白吃的？

南宫九　你说得对，我干得很不好，我不准备再干了。希望你理解我，支持我！

罗　云　哟！越说你脚小，你越扶着墙走。你不干不干罢，吓得着我呀？你上次不是递过辞呈了？那是谁先来找你算账的？是你妈！她舍不得让儿子丢掉“一鸟吃，百鸟看”的好差使；接着是你的上级来跟你算账，人家批你的“畏难情绪”，打你的“意志衰退”，说到底是舍不得你这条忠心耿耿服服帖帖的老黄牛。可实际上谁也不了解你那胳膊肘子往外拐到什么程度！给别人办事你鞠躬尽瘁，每逢我的事，你不是推，就是拖，甚至十天半月不回家躲着我。老南宫！我嫁给你十七个年头了，你还是没把我当作自家人哪！甚至连外人都不如，外边人托你办个事，你赶忙记到你那个白本上，可我表弟的事托到你这儿三个月，你不哼不哈纹丝不动，你……你到底心里还有没有我？

南宫九　我知道你是为表弟的事向我撒气。可是，你知道吗？有多少申请多年的老“牛郎”、老“织女”，还没排上号呢！表弟仅仅是转正三个月的单身工，我忍心下手吗？

罗　云　我的菩萨！计委焦主任的儿子没转正你就调回来了，你不是也忍心下手吗？

南宫九　（触动痛处，激动起来）那是董局长的责任！他下命令我执行！我是傀儡，傀儡！

罗　云　当傀儡还那么气粗，难道还有革命英雄傀儡不成！

南宫九　（声音低下）不，懦弱可耻的傀儡！

罗　云　这时候你怎么不想到那些老“牛郎”、老“织女”了？你糊涂了？

南宫九　有时候，真是“难得糊涂”呢！

罗　云　你的革命大道理哪里去了？

南宫九　很多事情，大道理不得不让小道理；新规矩常常败给老规矩；“高明手”很难抗过“高抬手”，我这“十品官”，有时候不得不当当“肉开关”……唉！让我休息吧罗云！我搬这儿来，就是想休息，属于我的时间太可怜了。（瘫在沙发上）

罗　云　（把南宫九从沙发上拽起）你少给我装蒜啊！我的事你还没定个盘子呢！今晚你不咬个牙印子，我和你没个完！

南宫九　明天再说吧，我太累了！

罗　云　不行！现在就定！

南宫九　明年再说，睡吧！

罗　云　什么？明年？人家结婚证都领了，你存心把人家拆散哪？

南宫九　实在没法子，新指标没下来，老指标没有了，一个也没有了。

罗　云　哼哼！我早料到你会要弄这一招。我摸了底，还有一个机动指标在你手里控制着，没占用！

南宫九　（愕然）你……听谁说的？

罗　云　你有你的闭门锁，我有我的开门法！

南宫九　（火起）简直——胡来！（拍案）

罗　云　哟嗨！揭了秃痂子，跳起脚丫子！怎么？难道不是事实？

南宫九　（又垮下来）是，事实。你，是天才。可是，你得走，我得休息！

罗　云　那，表弟的事？

南宫九　（硬起来）没门儿！

罗　云　你想门儿！

南宫九　想不来!

罗　云　你直劲想!

南宫九　(又软下来)罗云,体谅体谅我,饶了我吧! 要不,我走!(装样子欲下)

罗　云　(突然哭闹起来)哎哟!你个没良心的!我给你生儿育女料家理业十七载,你给我什么好处啊! 人家说“夫荣妻贵”,我这是“夫荣妻离”哟! 外人看,我是管家的;实际上,我是垫脚的。眼看我就成糟糠秦氏女了! 对别人你是“肉开关”,对我你偏偏是“铁开关”哟!我连一个小表弟都解决不了,还有什么脸面活在……

南宫九　(高声宣誓般地)我解决!明天就解决!你有多少表兄表弟都叫来,我统统都解决!

罗　云　(突收哭声)你……你不是只有一个指标吗?

南宫九　给你,总该行了吧?

罗　云　(转悲为喜)你……说话算话?

南宫九　(为难地)嘿! (转回身去,烦躁地踱步)

罗　云　(心疼地)哎呀!什么时候了,你还愣穷溜达不休息!(拉南宫)傻瓜!

南宫九　(赌气似地)不休息,休息还算能为你服好务的丈夫?!

罗　云　(再拉南宫)你非得休息不可! (拖向沙发拿出毛毯)这种硬板沙发怎么能睡觉?你就爱这么凑合!(铺好毛毯,把丈夫摁在沙发上) 给我好好休息着! (然后,从衣兜里抓出一把五香豆往丈夫嘴里填) 瞧你现在的脾气,简直变得像另外一个人了。像刚才答应我的那句话,早说出来不就早结了? 好啦好啦, 看你的眼睛红灯笼似的,你就是不注意休息,干起来不要命! 我真担心你累坏哟!(她关掉室灯,拿出件衣服披在丈夫身上,摇着丈夫)睡吧! 睡吧!

[门外突然响起一个大嗓门的叫喊声。

[门外声:“九子!南宫九!……九娃子!”

[南宫九挣扎着要去开门,被罗云挡住。

门外声　(边打门边叫喊)九娃子!……南宫九住在里头吗?小九子!

[罗云把南宫九推进套间,打开室灯,然后去开门。一位须发皆白、肩上搭着一副褡裢、山区人打扮的老头闯进来。他叫南宫长山,人称山老爹。

山老爹　我问问同志,这是南宫九的屋不是?

[罗云摇摇头。

山老爹　(失望地)又不是?他住云彩眼儿、神仙洞去了?唉,这城里头找个人可真难哪!(一跺脚,回头欲下)

罗　云　(望见他背着一只大西瓜)你找他有什么事?

山老爹　大事!急事!

罗　云　你是哪里的?

山老爹　青山县茶河公社牛头湾大队蒜苔村生产队……

罗　云　有事明天到他的办公室。

山老爹　可我有事要在家里说呀!

罗　云　家里哪有工夫和你聊!

山老爹　我就是他家里人:他是我侄子,我是他三叔!

[南宫九从套间出。

南宫九　三叔!

山老爹　九子!哎呀!到底找着你啦!

南宫九　这是三叔,快倒茶!

罗　云　(倒水)不认识,真对不起。

山老爹　你不认识我,我可有点认出你了。二十年前,九子带回老家那个百货商店的营业员,不就是你嘛!

罗　云　三叔记性好。喝茶!

山老爹　那阵子多会亲热人，跟着我喊："三叔！三叔！"我还正儿八经招待了你一桌豹子肉呢！记得不？

罗　云　记得记得。抽烟三叔！

山老爹　这会儿你忘了！

罗　云　我眼不好使，已经花了。

山老爹　你花了？那我该瞎了！

南宫九　给三叔赔个不是。

罗　云　三叔原谅。

山老爹　算啦算啦！不是三叔计较，我是心急偏偏不出汗，尽让我碰上些……

罗　云　哎呀三叔啊！你不知道孩儿他奶奶有多想你哟！那是三晌念叨两晌盼的。

山老爹　赶明儿个我就去瞧她。(对南宫)你这个家分三下住，从下火车到现在，找得我是晕头转向。

罗　云　她奶奶最好找啦，旱船街三十号，一路车终点站下车就到。

山老爹　(对南宫)多亏你们劳动局王秘书领着我……

罗　云　他奶奶刚刚离开这儿！

山老爹　(对南宫)要不，谁也料不到你住到这树林子里头！

罗　云　走，三叔，我领着你去见孩儿他奶！

山老爹　不不，我有话跟九子说。

罗　云　说话到家里说。

山老爹　这不就是家吗？

罗　云　这不是个正经家。

山老爹　凑乎一夜算啦！

罗　云　这儿没人给你做饭！

山老爹　我不吃饭，跟九子说话要紧！

罗　云　不行，受不了！

山老爹　我受得了！

罗　云　你受得了，九子可受不了。他是科长，时间可赔不起呀！

山老爹　（动了气）他是省长也得陪我，他当皇帝我也是他三叔！那上古朝代，老百姓敲敲堂鼓，当官的还蹬上裤子赶忙升堂呢！他就不能耽误点瞌睡听我诉说诉说？

南宫九　三叔，别和她一般见识，我知道你千里迢迢跑来找我，一定有大事，你就平平气，慢慢对我说吧！

山老爹　九娃子，你这话才像人话！刚进门看看你俩的黑丧脸，我真以为走错门了呢！

南宫九　到底什么事？三叔。

山老爹　你二兄弟那双瞎眼睛……

罗　云　看眼去找五官科，和劳资科搭什么杠？

山老爹　你咋尽找那烧不熟的捏呀？

南宫九　三叔，要住好医院，找好大夫，我都负责联系，你放心！

山老爹　是这么回事：有个能人发明一种眼药水……

南宫九　是搞药吗？眼药水叫什么名字？不论国产的进口的，都包给我，由我来买！

山老爹　不是！我是说，人家正在试验。真搞成功了，你二兄弟的瞎眼睛就会睁开看天下啦！

南宫九　试制品咱也能搞，我想办法去要一点，哪出的？

山老爹　嗨！不是叫你向人家要东西，是叫你给人家一样东西！

南宫九　什么东西？

山老爹　指标！

罗　云　指标？

南宫九　指标？

山老爹　就这档子事：指标。

罗　云　（冷笑）嘿嘿嘿！三叔也要指标。劳资科长大人，你不单管工人叔叔，也得管农民伯伯啦！

南宫九　三叔啊！你怎么替人家揽起闲事来啦？

山老爹　闲事？这是三叔替你揽的一件本分事。你要不办这个事，劳资科长就白做了。那是个人才！

罗　云　领教吧？可得跟着三叔提再高提高水平儿！

南宫九　三叔！

山老爹　罗姑娘！你少在那儿拉拉刮刮的，明说，我介绍这个人，那是非进城不可，一合党的政策；二合百姓心愿；三是科研主力；四是家庭困难；五……

罗　云　你就是说上五百个理由，没有指标也是白搭！

山老爹　九子手里管的不都是指标？

罗　云　那也不是他一个人说了算哪！拨个指标调个人，就像“三堂会审”“六卿批案”一样难，一百个指标能挤给他一个就算福气。

山老爹　我就要挤下来这一个指标，往后我再也不要啦！

罗　云　可你知道前头有多少人在候着挨着排着队呢！况且今年特殊情况多，还没到年底，一个指标也没有了。事情到这一步，抓挠熬煎坐萝卜的就只剩他一个！他坐吧，我还得陪他坐；他累病，我还得陪他受罪。知道的，会说几句体谅话；不知道的，还以为你熊摆架子，无情无义，点着脊梁骨骂你。有的人上门来还得立时三刻，稍慢一点他就拿你当仇人。不知道老天爷为什么要生出这些不通情理的缺德货！

山老爹　姓罗的！你这是指着南山骂北坡啊！我可不是傻瓜！我来是求我侄儿，不是求你的，你少在这儿骂大街！明白告诉你：没有我老长山，就没有他南宫九，也就没有你这个烧不透的劳资科家属！当年他爹拉兵在外……

罗　云　有口水你省两口自己吞，我不听！

山老爹　我偏叫你听！——他生下来才四斤六两半，只有出的气，没有进的气，是我当了被子换升小米，喂了四十四天，才保住他母子俩！

罗　云　扁嘴鸭子呱呱呱，别人不夸自己夸！

山老爹　我有得夸，你还没有！你这号不调教，就不知天高地厚！刚一进门，你就给我黑脸看，就想撵我走，这口气我还噎着呢！你算老几？你不是给我侄儿当媳妇，站八百里我还嫌你讨厌呢！这个指标我今天要定了！

罗　云　想瞎你的眼也轮不着你！

山老爹　瞎你的眼！我是他亲叔！

罗　云　瞎你的眼！我是他爱人！瞎你的眼，瞎你的眼！

南宫九　闭嘴！（他抓住罗云，推了一下，罗云趁势哭闹起来。她掂起山老爹的褡裢扔出门外）

山老爹　好，我走！我走！

南宫九　（捡起褡裢，拦住山老爹）三叔！你不能走啊！（把三叔拖回）罗云！你也别闹了！这是下班时间，应该亲人团聚，叙叙天伦之乐，和和气气的（突然大吼一声）好吗？！（罗云被镇住，南宫又低下嗓音）和和气气的，就像我没有当劳资科长以前那样，你们和和气气地说说话，亲亲热热，好不好？三叔，说点……家乡风景，庄稼收成，芝麻叶打了多少……罗云，说点东河边上的月亮，头发梢上的露水珠，或者说说砂锅炖豆腐也行啊！说吧！说吧！（咆哮般地）说吧！

［罗云和山老爹反倒无语地各守一处。

［停顿。

［忽然，门外由远而近飘来一个女孩子的歌声，那声音既滑稽又调皮："不要问我从哪里来，我的故乡记不得……"大门倏然推开，门外站着一个姑娘，既活泼又诡秘。她二十多岁，叫关小青，风风火火，潇潇洒洒。但

落拓中见稳重,顾盼中透沉思。

[同时出现在门口的是南宫九的顶头上司董如涛局长,这是一位乐观的老头,不管什么时候,脸上总带三分笑意。虽然年逾花甲,头发却刚刚花白,嘴巴里老像藏着永远也剔不尽的有滋味的东西而时不时地啧啧作响。

关小青　(站在门口,朗声一叫)嚯——这地方使我想起了世外桃源的一副对联:"红树青山斜阳古道,桃花流水福地洞天。"可惜缺点桃花!

罗　云　(忙起身迎上)董局长!

董如涛　嘘!(指了指歪在沙发上的南宫九)睡得好香啊!我给他找的这个地方不错吧?最主要是排除干扰,避开不必要的纠缠,搞点劳逸结合。罗云,这地方要保密,干他这个工作,下班没有躲藏的地方,活不成噢!现在社会上有一种坏风气,人们办事情不相信办公室,而是千方百计打入你的家庭,闹得你是……哎,那是谁?

罗　云　(斜睨山老爹)一个亲戚。

董如涛　(微嗔地)你怎么领到这儿来?

罗　云　怪得着我呀?那是他自个摸来……

南宫九　(撑起身)那是我叫他来的。罗云,给董局长泡茶。

董如涛　(对罗云)我去开会,这阵子让他更忙了,回来我就听说,为搞上半年总结,他两天两夜没睡觉了。

罗　云　董局长,请喝茶!

南宫九　这么晚了,你应该让我去,反倒你跑来。

董如涛　我还心疼呢!小罗啊,为了工作,你得牺牲点夫妻情分,多让他自个儿……

罗　云　哟!这还用你交代呀局长?我经常性地给他说:只要你一个心眼扑到那革命上,我就永远做你的坚强后盾!

南宫九　唔！后盾，后盾……不过，后盾啊，你是不是带上三叔回家去？（罗云瞪眼）

董如涛　舍不得喽？

罗　云　董局长就爱开玩笑。（抱上山老爹带来的大西瓜，甜蜜地）三叔啊！走，咱们回家！

山老爹　（余怒未消）我去看个朋友！

［俩人分头下。关小青随后踱进踱出四下浏览。

南宫九　（摊开总结稿，拿出汇报姿态）董局长，根据你走前的指示，我们已把上半年劳资工作总结报告写出，同志们对前三部分很满意，只是对后一部分，即“工作中存在的问题”一部分……

董如涛　这个提法要搞准。存在什么“问题”？多大“问题”？我看“有待改进的几点意见”就行了嘛！

南宫九　（忙拿笔改过）同志们对那几封群众来信议论很大，认为切中我们的……

董如涛　首先要闹清楚我们总结的侧重点，几封群众来信怎么能随随便便写进总结中去呢？

南宫九　（为难地停笔）不管怎么说，可以看到群众对“不正之风”痛恨到何种程度！

董如涛　那个当然喽！“不正之风”是个很可恨的东西，不反不得了。但是这里边有个界限问题：要区分“不正之风”与一般缺点的界限，与工作中合理灵活性的界限，与革命事业前进中不可避免的小偏小差的界限，唔？

关小青　也就是说，只有抽象的不正之风，没有具体的不正之风！因为风是看不见的，看见者，非风也！

南宫九　这是谁？

董如涛　你早该问了！你那个汇报就改日再谈，今天我是专程来引见贵客的！

关小青　董伯伯！如果我没有弄错，那么这位就应该是我爸爸的另一位仅次于你的亲密老下级南宫九叔叔了？

董如涛　（点头）南宫，你知道她是谁？

南宫九　（盯住关小青，摇头）没见过。

董如涛　不，你见过！

南宫九　不可能，不认识。

董如涛　刚才她已经说你是她爸爸的亲密下级！想想看？

南宫九　（想，摇头）想不出。

董如涛　她姓关！

南宫九　（思索）姓关……？（恍然）姓关……？（激动）姓关！关县长的女儿，关小青？！

董如涛　到底让他猜着了！

关小青　能被劳动力的调配者和人的命运主宰者南宫科长认识，非常荣幸！

南宫九　（扑过去，抓住小青的臂膀）小——青——青！哎呀你这个毛丫头啊！我给你爸当通讯员那阵儿，你才这么一丁点，躺在摇篮里哇哇哭哪，转眼可成大姑娘啦！真快呀！关县长呢？

董如涛　（对小青）你看，保守思想，还是老称呼，早就是西南区一个地委书记喽！还“县长”呢！

南宫九　还是老称呼叫着亲哪！小青，你怎么会到这儿来了呢？

关小青　萍踪浪迹，四海为家，哪儿都可以走走。

董如涛　告诉你，老关回来了！

南宫九　什么什么？你是说……？

董如涛　我说小青她爸调到我市当市委书记了！听清了吗？

南宫九　（一蹦站起）真的？！

董如涛　调令都到三天了！

南宫九　（高兴得欲跳，但又怀疑）我不信，你们俩在骗我？

关小青　如果不是骗呢？如果我向你证明这是个百分之百的事实又该怎样呢？

南宫九　(骤生孩童之狂)嘿！那还坐着干吗？带我去看看,看看老关哪！快走！鬼丫头！

董如涛　你看,我说他会高兴疯的！

关小青　尊敬的南宫叔叔,从你身上,使我看到一股力量,一股情感的力量,关系的力量。它可以调节神经,振聋发聩,创造奇迹！你不困了吗？

南宫九　调皮鬼！快走！

董如涛　疯子！老关后天才到任哪！眼下还在省里。

南宫九　后天到任？那么,你是单独来的？

关小青　单独来去，是一个人的自由精神和独立能力的正当表现。

董如涛　你南宫叔叔问的意思是:你来你爸知道不知道？

关小青　知道不知道又有什么关系？他有他的官务,我有我的民事,很难忙到一块。我不理解你们为什么要把我和我爸联系在一起？

董如涛　你瞧！这丫头也学得怪腔怪调的。刚才我问了半天 ,她也没讲出个名堂！

关小青　你也没讲清楚要什么名堂啊？

董如涛　比如说,你提前来要办什么事情？有什么困难和要求？

关小青　事情嘛,有一件:就是来找找劳动局,串串劳资科,了解了解一个人的命运到了你们手里怎样被摆来摆去,访问访问一个指标在你们的运筹下如何发生千变万化的奇迹。困难嘛,有一点,劳动局一个人也不认识,只好依靠二位叔伯多多关照详细介绍才是。

南宫九　你究竟想了解一些什么？

关小青　想了解的很多。首先就想了解一下,劳动局的人,为什么躲到这不是劳动局的地方不露头？管劳动调配的人，为什么很难被劳动者找到？这个地方到底是个什么地方？

董如涛　小青！是个好地方！

关小青　地方是不错！（溜溜达达地踱下）

董如涛　（悄声地）南宫啊！你说，这丫头到底为什么一个人提前跑来？

南宫九　说不了。

董如涛　你再说，她有没有工作？

南宫九　大概？

董如涛　大概什么！肯定没有！前年她还在插队嘛！有工作她就不来了。要来也不会提前来。

南宫九　这提前还有讲究？

董如涛　提前的意思，就是交给我们办，照顾影响的意思！所以，多亏我们留了一个机动指标……

南宫九　（触动了敏感处）不不不，那个指标……

董如涛　那个指标怎么啦？

南宫九　那……是个调进指标，不是招工指标！

董如涛　特殊情况，挪过来算了。

南宫九　这合适吗？

董如涛　机动指标，说得过去。

南宫九　老关不会这样做吧？

董如涛　同志啊，你就爱翻老皇历！

[此时，门外一个女人，手提一大兜礼物，歪歪斜斜地走进。女人是陌生的，观众没见过；而那兜礼物是熟悉的，因为在开幕时夏亮提来的时候，给人印象很深。她显然力气不支，好不容易把礼物放于桌上，那些硕大的水晶葡萄从网包上层滑散开来。

[关小青踱上。

关小青　(绕着礼物欣赏)好棒啊！你这是……

女　人　给南科长送点礼物。

南宫九　你……？拿走，拿走！(发火)同志！少来这一套嘛！

[女人好像要说话，却盯了南宫九半天，扭身欲下。

关小青　等等！我来打个抱不平，人家来送礼，反落你的埋怨，于理不公嘛！我看这位同志好像有话要说，请问你来干什么？

女　人　替我丈夫送点人情，你看，还是送不出去。看来，我并不比我丈夫更高明。很抱歉 。(欲下)

南宫九　(抬头)你……？大夫……

[她是个大夫，叫文玉博，一个孤僻独处、性格内向的女人。三十一二岁，平时不爱讲话，但讲起话来往往收刹不住；平时很少发表见解，而一旦发表就与众不同。她是夏亮的妻子，今天来替丈夫干一件违背心意的事情。

南宫九　大夫，你请坐。

文玉博　不敢当！只要你给一分钟听我说说，就是福分。这点礼物是我丈夫的一月工资换来的。刚才他给你送来，你把他赶走了。

南宫九　刚才，那……是你的丈夫？

文玉博　可不是嘛！我的丈夫，一个县办制药厂的小工人，很不讨人喜欢，他的事托了你三年，你还没记住他。我呢？为这个事也找了你不下十次。当然，你总算还记得我是个"大夫"！这大概是"听诊器"起的作用，至于我姓什么？叫什么？你们是不大喜欢记的。因为"听诊器"比"人"要有意思得多。

关小青　(忍不住笑了)你的话比听诊器还有意思得多！

文玉博　我很快就走，不敢耽误你们的谈话。我只是说，这点礼物请你收下，意义重大，这是我丈夫总结三年来的失败经验教训而决定采取的一项经典性措施。你怎么忍心不接收呢？要知道，你在他眼里比救世菩萨还要厉害呢！救世菩萨对待他的上供人都是来者不拒，尽量收纳，你收下了，他就高兴了，充满着希望，不管你们菩萨显灵不显灵！

关小青　(极感兴趣)新鲜得很！那么，他在你眼里是什么？

文玉博　这是另外一回事了。不敢多叨扰。需要说明的是，这点东西是要换取一点小小的代价。

关小青　什么代价？

文玉博　请科长打个电话给我丈夫，骗骗他。就像每次骗我那样地骗骗他："事情知道了，记住了。可目前没有指标，一旦有了就解决，等等吧！"这个话也蛮动人的。我信了这个话，就安安生生地等了三年。你亲口对他再说一遍，他就会安安生生、充满希望地等待一辈子的！

董如涛　你是哪个单位的？

文玉博　很抱歉，惹你们烦了，我这就走。不过，请千万记住打个电话来，我们等着你骗呢！(欲下)

南宫九　(抓起网兜追到门口)等一等，请留个地址！

文玉博　那上边有个条子！(下)

关小青　(捡起礼品上的一张条子，念)"一包山珍呈上，恭请科长下账，吃到口满肚儿胀，莫忘有个夏亮。"——夏亮！

董如涛　你瞧瞧，你瞧瞧，这叫什么态度！

关小青　不管怎么说，总算有个态度。

[南宫九忽然提起礼品向门外奔去……

董如涛　南宫！你要干什么？

南宫九　(站住，茫然回头)你说呢？

董如涛　我说，你给我休息！

[落幕。

第二幕

[翌日下午。

[药物研究所的一间小试验室。这是文玉博医生工作兼休息的地方。室内既有药品医械,也有生活用具。正面一扇落地大窗,窗外是敞阔的晒台,晒台上架着一个兔笼,可以看到里边的兔子。靠前一架玻璃药橱里,放着三瓶非常显眼的药液,左有一门通内室。

[室外是空旷的诊所大院,几株桂花树开满了金黄金黄的花蓬,分外鲜艳。

[幕启。夏亮蹲在兔笼旁,用验光镜聚精会神地观察兔子。文玉博在另一边做记录。

夏　亮　哎呀!这只兔子的情况不妙啊!眼球里的玻璃体浑浊了!

文玉博　前五次都很好,为什么偏偏这一次出现异常现象?你蹲了两个钟头了,让我替替你!

夏　亮　不行,(指兔子)它们不服你管教,还是我来。对了,给兔子增加点营养。(继续观察)

文玉博　(往兔子笼递进一把菜叶,同时把一个馒头递向夏亮嘴边)你也该增加点营养了。(夏亮边咬馒头边观察)还有两个鸡蛋,我去给你煎煎。

夏　亮　不不,这就挺好!鸡蛋留给妈妈吃。

文玉博　你老这样凑乎怎么行?

夏　亮　你呢?不也一样吗?好了好了,愣着干吗?快去查查记录,去年的记录!

[文玉博走去查记录,她打开一个本子,一张电报纸飘

落在地上。她拾起来看。

夏　亮　我记得在第三本第七十五页上，那次试验也出现过类似情况，开始玻璃体也浑浊。可是二十分钟以后，就……(突然兴奋起来)嗨！玉博,你快来看！云翳状现象在慢慢消失！太好了！闯过了这一关,就可以进入人体试验了！不错,是在消失！快看！(抬头看见文玉博手里拿着电报)噢！我说怎么不理我呢,原来是在欣赏我的电报啊！

文玉博　人家就要停发工资了！

夏　亮　不就是那么回事吗？我本来不想让你知道,谁知道你……

文玉博　而且只给你三天的期限！

夏　亮　管它呢！不要想它！搞我们的试验。

文玉博　这些人也真做得出来呀！

夏　亮　(烦乱地)不要说了,不要说了！

文玉博　这让我们一家四口可怎么活呀！

夏　亮　(暴躁地大叫)你闭嘴——！

[文玉博吃惊地丢下电报纸,一旁暗暗拭泪。

夏　亮　玉博,原谅我！我发现我的精神有点不正常,有时候发过脾气自己都吃惊,可吃惊以后照样发脾气。好吧,我走。咱们一家四口指望你那五百六十毛,养活不起呀！其实,我也知道我该走,可就是不愿别人提,一提起调动、工资、户口,我心里就烦躁、窝火、发脾气！

文玉博　试验有了进展,你应该高兴。

夏　亮　要高兴都高兴,好吗？知道吗玉博,你已经有了白发！

文玉博　“世间公道属白发,贵人头上不曾饶”,它能饶我吗？人们倒应该学学它的铁面无私呢！看什么？不认识了？

夏　亮　我——舍不得你那双眼睛。

文玉博　六年了,还没看够?

夏　亮　不,我担心它们会出危险。咱们要订个君子协定:谁也不准单独在自己眼睛上搞试验!

文玉博　好!

夏　亮　我什么时候调回来,试验再开始。

文玉博　要不就永远不试!

夏　亮　好!(提起行李包)还能赶上末班火车!

[小丹丹上。这是他们的孩子,聪明伶俐,有点调皮,模仿能力强,说话偶尔带几句大人腔。

丹　丹　(模仿开车)注意注意,前边一站乌鲁木齐!嘀嘀!

文玉博　丹丹!你怎么来了?怎么弄了一身土?

丹　丹　隔壁小狗子,要我拿姥姥的钱买香烟,我不干,他就冲进来,甩我一身泥巴!

文玉博　你姥姥呢?怎么能看着小狗子欺负你不管?

丹　丹　姥姥住医院啦!

文玉博　怎么?为什么住医院?

丹　丹　姥姥倒水喝,一伸手,"嘭"——暖水瓶撞倒爆炸啦!把姥姥烫伤了!

文玉博　天哪!(欲奔下)

夏　亮　玉博!妈妈住在卧龙医院烧伤科三三零房间,四号病床。呶!带上探视证,要不不叫进呢!(掏出个证件递过去)

文玉博　这么说,你知道了?

丹　丹　是爸爸把姥姥背进医院的,姥姥骂妈妈坏,说爸爸好!

夏　亮　已经三天了,不太严重。今天上午睡得很好——去吧,看看吧!

[文玉博拭泪下。

夏　亮　丹丹,姥姥住院了,爸也要走了,要听妈妈话,啊!

丹　丹　哎！爸，给点钱买点葡萄，像昨天你提的那些葡萄！

夏　亮　（掏钱）先买根棒冰吃，好吗？

［丹丹摇头……

夏　亮　这个月，爸没钱了，等下月发工资，给你买多多的！（提起行李袋）丹丹，再见！

丹　丹　不走不好吗？

夏　亮　不走，就没工资买葡萄了！（下）

［丹丹去逗兔子。

［南宫九上。他手里提着夏亮和文玉博提过的那兜礼品走进来。他略略环视一下，走向丹丹。

南宫九　小朋友，这儿有没有住个姓夏的？

丹　丹　（眼睛不离兔笼）有！我就是。

南宫九　你？噢对，夏亮是你什么？

丹　丹　爸爸。

南宫九　你叫什么？

丹　丹　丹丹！

南宫九　噢！丹丹，来，看，我给你带的什么？

丹　丹　（高兴地）哎呀！大葡萄！我正想吃呢！（伸手就去抓，可是忽然又停下，瞪大眼睛看着那兜礼物）

南宫九　喂！丹丹，快吃呀！你看，多好的葡萄。怎么？你不喜欢吃？

丹　丹　这兜东西是俺家的，我认识！

南宫九　噢——对对对！不错，是你家的，那你更应该吃了，快来！

丹　丹　爸爸不让吃！

南宫九　那为什么？

丹　丹　他说这是送人情的，要不他就调不回来了。

南宫九　（触动地）……丹丹！吃吧，吃吧！

丹　丹　不,我不吃!(跑到一边)

南宫九　丹丹,你家人呢?

丹　丹　我不是吗?

南宫九　噢对,忘了你了。(在屋内观察)这是什么?

丹　丹　验光镜!

南宫九　干什么用?

丹　丹　验光呗!就是给兔子看眼睛。

南宫九　给兔子看眼睛?这又是什么?(摸药瓶子)

丹　丹　不许动!举起手来!(南宫九果然举起手。丹丹拿起一条毛巾)擦擦手!擦呀!(南宫九擦手。丹丹模仿大人口气)那是毒药!懂吗?傻东西!

南宫九　毒药?要毒药干吗?

丹　丹　科学试验!这种毒药,可以把瞎眼睛点亮,也可以把亮眼睛点瞎!

南宫九　嘀?蛮奇怪呢!

丹　丹　这有什么好奇怪的?好比坏孩子挨打可以变好,好孩子挨打可以变坏,懂吗?傻东西!

南宫九　这是你养的兔子?

丹　丹　哎!看看吧!两只瞎兔子。可现在它们睁开眼睛了!

南宫九　(逗着兔子)丹丹,你爸是个科学家呀?

丹　丹　还是工人,还是农民。

南宫九　上过大学吧?

丹　丹　当然上过。要不人家说他是"大学生的工人的农民的科学家"!

南宫九　丹丹,你将来也当科学家吧?

丹　丹　不干不干不干!

南宫九　不干?你才不懂呢,傻东西!科学家最好!

丹　丹　你的腔调和我们老师一个样!

南宫九　那说明我说对了。

丹　丹　不,老师也骗人。

南宫九　那我可要听听老师怎么骗你的！你说?

丹　丹　(模仿老师的腔调)“同学们哪！你们都是祖国的花朵,要好好学习,富有理想,我希望这个班里将来能出一个科学家！”

南宫九　(插话)说得很好嘛!

丹　丹　(模仿老师训人口气)“不准说话!坐好!手放在膝盖上!——科学是社会前进的杠杆，科学家是四个现代化的灵魂……”

南宫九　不错不错!

丹　丹　(用手里竹棍当教鞭敲了一下南宫九的头)“不准说话!谁在交头接耳?发言先举手！宋小狗你那个屁股怎么歪到凳子外头?”

南宫九　(憋不住笑了)嘿嘿!

丹　丹　(拿“教鞭”又敲了一下南宫九的头)“笑是不认真听课的表现！——同学们,‘四化’建设迫切需要科学,今后嘛,条件越来越好,待遇越来越高……”

南宫九　丹丹,你这个老师态度坏一点,可是讲得很对头嘛！为什么说骗你?

丹　丹　不对头!

南宫九　为什么?

丹　丹　因为我爸爸搞科研,条件一点也不好,要调调不回来,要试试验不成,马上就不给工资了,我连葡萄也吃不上!

南宫九　是么?

丹　丹　可不是么！(跑下)

南宫九　丹丹！丹丹……(追下)

［山老爹提着夏亮的行李包上，夏亮随上。

山老爹　真悬乎！我晚来一步，咱俩就碰不上面了！你走这么急干吗？

夏　亮　(抖出电报)人家催得急哟！

山老爹　那封电报我知道。听说以后，我跑到你那个制药厂，跟他们摊了牌！我说，你们不准夏亮的科研假，俺生产队就不供应你们药材！后来你们孙厂长给我打了保票："山老头子！夏亮交给你啦。不出研究成果，跟你算总账！"哈哈……(见夏亮仍不高兴)你也别愁那个工资。(从怀中掏出皮夹子，抽出一沓钞票)这是七十块钱你先拿住，老支书说了：只要夏亮能安心搞试验，把村里这几个盲人治好，那个试验费咱村包了！——拿着呗！

夏　亮　不，山老爹！你叫我难受！

山老爹　有啥难受的？我现在挣钱比你容易，豆腐挑子挑上两个月，就足足够你吃半年。嗨！说个心里话，要不是你搞这个试验主贵，我早叫你跟我去磨豆腐了，比你吃知识分子饭强得多！(从褡裢里往外拿东西)呶！这是你婶子托人从道口捎的两只烧鸡，老卤锅上地道货！呶！还有一瓶好酒！

夏　亮　酒？你知道我是不会喝酒的呀？

山老爹　算你运气好！本来我是给我那个劳资科长侄儿捎的，可他，没那份福气！……哟，这条烟可不能给你，这是给刘石头办喜事捎的！

夏　亮　怎么！你见南科长了？

山老爹　见了。

夏　亮　怎么说？

山老爹　没怎么说。刚开个头，就被他媳妇挡住了。我没料到这个女人变得那么胡搅蛮缠，横行霸道！

夏　亮　……该是这样的。

山老爹　还有他的上司，外带个洋丫头……当了科长，人们都把他当宝贝藏，生怕吹着晾着露了世面。唉！不是跟着我讨饭的南宫九了！

夏　亮　身份变了，价值也变了。

山老爹　兴许是这个理儿？过去有句俗话说："坑边一棵柳，过来过去没人瞅；雕成奶奶仙，磕头作揖敬上天。"

夏　亮　山老爹，你不该去找他。

山老爹　不，我还要找他！

夏　亮　我和他闹翻了，吵了一通！

山老爹　吵就吵呗！吵完了，还去找！

夏　亮　他们这号人，顺着捋着还嫌你手涩，捧着抬着还嫌你个儿低呢，何况我当面骂了他，他会记恨我的。

山老爹　这么着！赶明儿个我带你一块去见他！

［夏亮摇头……

山老爹　咱就和他摊牌！他要办了算罢，他要不办，我就……

夏　亮　山老爹，我真想快点躲开这地方，离得远远的！

山老爹　夏亮？

夏　亮　让我回乡吧！让玉博也下乡！如果能在乡里建起个试验室，我就可以永远不求人了！试验，试验！

山老爹　那可不是短时间能办到的事！

夏　亮　可我实在等不下去了！时间长了我会发疯的！

山老爹　夏亮，你沉住气！

夏　亮　我沉不住气！我实在不愿看有人恣意糟蹋党的传统！

山老爹　你是说？

夏　亮　昨天，朋友告诉我，说有一个劳资干部，把党的"调查研究"，变成"倒茶烟酒"。他说"调查调查"，就是要你给他"倒茶倒茶"；他说"研究研究"，就是要你"上烟摆酒"。

茶要好茶，烟要好烟，酒要喝个痛快，喝不痛快不算数。群众给他编个顺口溜，说是：一分醉，没有效；三分醉，挂上号；七分醉，有门道；十分醉，想啥要啥伸手到。

山老爹　(气愤地)丢人败兴！

夏　亮　所以我……

山老爹　所以我要看看，他南宫九要是变成了这号人，我就敲断他的手指头！

[南宫九上。

南宫九　这不是三叔吗？

山老爹　哟？这地方还真有点灵气儿呢，说谁谁就到。

南宫九　说我什么来着三叔？你怎么到这儿啦？

山老爹　瞧朋友！来认识认识：夏亮！

夏　亮　不用介绍，我们是老不认识的熟人了。

南宫九　夏亮，你应该给我介绍的事情还多着呢！小丹丹替你给我上了一课。刚才你们研究所的领导我也见了……

山老爹　你是光爱见领导，不爱见群众。你为什么不看看夏亮搞的什么研究？(指着药瓶子)你看看，咱们老家的大毒药“毛眼茎”，硬是叫他研究成了化瘴除翳的良药，治好了几只瞎兔子呢！要是人体试验也成功，你二兄弟小拴子的瞽盲眼就有睁开的希望啦！

夏　亮　山老爹，说这个，没意思。

山老爹　他敢说没意思！告诉你九娃子，这次我来就是为的他！你那个劳资科长，不关照这种人，你就趁早关门好了！

南宫九　三叔！

山老爹　我还没问你哪！这会儿你怎么跑这儿来啦？

南宫九　凡事总有个起头。我是来调查调查。

山老爹　调查调查？噢，这么说，好！

南宫九　再认真研究研究。

山老爹　对,研究研究,这才是正道。如果你早下来调查调查,研究研…… (惊悟)啊? 你也要调查调查? 研究研究?!

南宫九　是啊! 怎么啦? 三叔!

山老爹　"倒茶"?!

南宫九　调查呀?

山老爹　"烟酒"?!

南宫九　研究啊?

山老爹　难道……你也干这个?

南宫九　这也不对么?

[山老爹看看夏亮,夏亮无可奈何地摇头;山老爹瞪着眼睛望南宫,南宫越发茫然……

山老爹　好啊(猛一跺脚)倒茶——!

南宫九　(吓一跳)三叔?

山老爹　(喝叫)烟酒!

南宫九　你这是……? (以下的表演,南宫九从思索、惶惑,到渐渐地会意)

[山老爹给夏亮使眼色,夏亮拙笨地上茶。

山老爹　这是进口的西湖龙井茶,最好的茶!

[山老爹给夏亮使眼色,夏亮递烟。

山老爹　这是美国高级橡皮头香烟,一吐五个圈!

[夏亮倒拿一支烟,怎么也点不着。

南宫九　(打着火,对夏亮)你的香烟拿颠倒了!

山老爹　不颠倒!这是有学问人的吸法!(摆上鸡摆上酒)科长同志,道口烧鸡,贵州茅台,都是夏亮准备好你来调查研究的! 你今天要是不赏脸,拿出点本色来叫我看看,我南宫长山可不依你!

南宫九　(坦然起来)假中华,假茅台,只有这两只道口烧鸡才像真的。

山老爹　(端过来三杯酒)来！今天咱一不猜拳,二不行令,来个英雄敬好汉,大杯碰大杯！南宫九！今天我要你一个十成醉！(端起杯来一饮而尽)夏亮！你接着来,让科长看看,你也不是个不懂“调查研究”的人！

[夏亮吃惊地摆手,躲闪;山老爹暗中示意喝了没事儿。夏亮将信将疑地闭着眼睛呷了一口，然后放心地灌下肚去。

山老爹　南科长,轮到你了！

南宫九　(从容地端杯闻了闻)三叔啊！这是咱家乡老槽坊的高粱烧,好喝得很,何必充茅台？(举杯一饮而尽)嗯,好酒！可惜只有一分醉。(拿过酒瓶子,重倒上三杯酒,递到二人手里)刚才,我喝的是酒,你俩喝的都是白开水。情分我领了,意思过不去。现在我来敬酒,请千万赏光,拿出本色！

[山老爹举杯喝下。

夏　亮　(吃力地把酒举到口边,又痛苦地倒掉)南科长！我没有这方面的能耐,那个指标……我不要啦！(奔下)

南宫九　这才是夏亮的本色！三叔啊,那个调查研究十分醉的传闻我早就知道,可你怎么能和侄儿联系在一起,相信我也是那种人呢？树上会有毛毛虫,党内会有不正之风,可树还是树,党还是党！

山老爹　你这几句话不像醉话。

南宫九　侄儿如今酒量大着呢,你带这点酒不够我喝。真想喝酒我也不用跑到这儿来，外边到处有人请,排着队,挂着号,而且美酒佳肴,质量第一。何必跑这里来看冷眼、听冷话,还受三叔猜疑呢？

山老爹　那……你到底来干啥？

南宫九　调查研究。就是你刚当上农会主席那阵子教我念的那四个字："调查研究"。

山老爹　喔！好小子，这么说，行！你还没有怎么变。那夏亮的事……？

南宫九　你先管管夏亮的人，他情绪很不好！

山老爹　我只这一件操心事，你总该给我交个底啊！

南宫九　交个底？那么，就交个底：办坏一件事，很容易；办好一件事，（停顿）难哪！——这就是底。

山老爹　咳！（下）

[南宫九略带酒意，欲下。文玉博上。

南宫九　文医生……

[文玉博盯视南宫九。

南宫九　不认识了？

文玉博　哦！怎么敢呢？你……来了？

南宫九　来了。你母亲好些吗？夏亮也回来了。丹丹正在后边玩跳棋呢！

文玉博　谢谢，谢谢从你口中出现的奇迹：我"母亲"？"夏亮"？"丹丹"？——奇迹！

南宫九　你们搞这么重要的研究项目，为什么不早点告诉我呢？

文玉博　区区小事，不足对科长挂齿。

南宫九　不，很高尚。你们夫妇两个争相为事业献身。为什么不早点对我讲？

文玉博　讲给你，你听吗？

南宫九　当然要听！这个不听听什么？

文玉博　不一定吧？

南宫九　你不告诉我是不对的。

文玉博　三年前递给你的头一份申请上，就告诉你了，科长！夏亮写的，我抄的，科研所老所长签的意见盖的章。科长！

[南宫九……

文玉博　听夏亮说大概还在你们那个文牍柜的最下层。找找看。有兴趣了,翻翻;没兴趣了,还让它放着。不过,还是少埋怨一点好。“大旱三年天有理,反怪世人不求雨”。这事很不公平。

南宫九　是这样?

文玉博　没法子,就是这样!

南宫九　能原谅吗?

文玉博　怎么敢呢?对于科长来说,这是正常的。

南宫九　你这样看吗?

文玉博　是的,正常的。反过来,要是递上来的申请你很快就看完记住了,找上门来的人你个个热情接待了,能够办的事情你件件都办了,那你就显得不正常了,格外了。人们就会议论你,研究你,好像你是个外星人,与他们的生活习惯格格不入似的。

南宫九　这,又是为什么?

文玉博　很难讲。这大概是一种适应能力的表现吧?好比生活中的人头朝上走路看惯了,适应了,觉得很正常;杂技舞台上的人头朝下走路也看惯了,适应了,也觉得很正常。要是颠倒一下,两下都显得不正常。

南宫九　你本身就是个不正常的人……

文玉博　谢谢夸奖。不过,你该走了。

南宫九　照正常习惯,我这样的人送上门来,你应该说好话,热情招待,为你丈夫的事求我。可是你,反倒冷腔冷调赶我走。

文玉博　车走车路,马走马路。小民还有小民的事情——请吧!科长。

[关小青出现在窗外。伫立静听。

南宫九　你知道外边有多少人在找我等我,我一露面,马上就会围个水泄不通……

文玉博　那是正常的。

南宫九　可你为什么连一点情况都不谈，一点困难都不讲，一句好话都不说？

文玉博　不会。

南宫九　那就学学？

文玉博　我这人笨，学也不会。比如说，明明是一件应该这样办的事，人们却喜欢那样办，学不会。明明是前门大开着，人们却偏偏喜欢走后门，学不会。明明他是一位同志，人们却偏偏喜欢把他当老爷恭敬，学不会……

南宫九　（隐忍不住，激动地接上话茬）明明不合政策、不该办的事情，却叫你优先办理，绿灯大开。明明符合政策，应该办理的事情，却叫你钻卡过关，排不上队。明明社会主义大公无私之风应该香起来，却为何那些"关系学""裙带风"之类的东西臭不了？明明是"四个现代化"可以早点看一眼，却叫你拖得望穿秋水，死不瞑目！（停顿）……我这个正常人，也说了几句不正常的话。对不起，打扰太久，我该走了！

文玉博　现在，我倒想再请你坐坐。会抽烟吗？

南宫九　你疏忽了，喏，我抽了一堆烟头，而且还吃了烧鸡喝了酒。夏亮也陪着我呢！

文玉博　你们……？

南宫九　我到哪里，哪里都吃得很好。可是，你看，你们两口子给我提了这么一大兜山珍海味，好酒好果，可是小丹丹她……吃不上一串葡萄！

文玉博　倒没看出，你还能说几句良心话。

南宫九　良心话吗？可是朋友说我这是不符实际的傻话，形而上学的老话！人家说，社会发展了，生活富裕了，礼节讲究了。而我却停留在土八路思想水平上。

文玉博　这就叫“穿双袜子没有底,反反正正都是里(理)”。

[汽车刹车声。董如涛上。

南宫九　董局长!

董如涛　哎呀你瞧你瞧!我无论如何也估计不到你跑到这个地方来!怎么事先也不打个招呼?小青呢?

南宫九　我……我不知道。

董如涛　哎呀你瞧你瞧,你真糟糕!我说你的脑筋都用到哪个地方去了嘛?社会治安挺乱的,你让她一个女孩子人生地不熟地随便跑成吗?昨天我不是向你反复讲,你近一段的任务就是照顾好关小青这个丫头,摸一摸她的来意,了解了解她有什么困难和要求 ,特别是她提出的那个“找找劳动局,串串劳资科”,了解了解“人的命运”“一个指标”什么什么的……她到底要干啥?

南宫九　她不张口,我怎么会知道她干啥!

董如涛　她不张口我们可以替她张口嘛!有些事情本人就是不好张口,照顾影响嘛!但是我们得替她想到。她爸爸那么忙!难道要她爸爸……好了好了,快跟我走,马上找她回来!

南宫九　文医生!让夏亮明天中午一定到我那里去一趟!(二人下)

[略静。关小青上。

关小青　文医生,真对不起!这个时候不应该再来打搅可又不得不来打搅。很抱歉!

文玉博　想起来了,你是我昨天在南宫科长家见到的那位贵客!

关小青　你的话里总带点刺。不是贵客,是个毛丫头。

文玉博　习惯了,刺总收不干净,为此常常吃亏。

关小青　带点刺并不是坏事,你们医生用的银针也是刺儿,可以治大病呢！

文玉博　你的名字？

关小青　关小青。

文玉博　他们正在找你，劳动局的人。

关小青　（潇洒地踱步）经常被人找的人找起人来可是蛮受罪的！

文玉博　他们为什么那么宠你？

关小青　因为本丫头是一个名门千金——这个城市即将上任的市委书记的女儿！害怕吗？

文玉博　没什么了不起！

关小青　好！冲你这句话我就不走了。（亲热地拉起手）那么，谈谈吧？

文玉博　你要听什么？

关小青　生活！

［落幕。

第三幕

［翌日上午。

［南宫九的起居间，景同第一幕，只是比前略显凌乱，一扇窗帘没关。窗外，飘着蒙蒙细雨。

［幕启：场上一个人也不见。桌上的电话一直响着。伴着电话铃声，夹进来一阵阵打门声……

［电话声和打门声中，又夹着罗云急切的呼叫声："老南宫！老南宫！老南宫！"

［透过那扇大窗，可以看到窗外两个人影撞来撞去，那是罗云和他的表弟宋大毛。好一阵子折腾后，宋大毛终于用一个什么东西撬开了窗子的闩扣，翻窗跳入室内。

这是一个二十四五岁的青年小伙子，身上颇带几分流行世风。

罗　云　(在窗外摆手)冒失鬼！你把窗子撬坏还了得！

宋大毛　窗子撬坏事小,人淋坏了事大。

罗　云　你总是条犟牛筋！快看你表姐夫他在不在？

宋大毛　(挑窗帘看看内间)鬼在,人不在！

罗　云　那你快给我出来！

宋大毛　我还没和“享受”结下仇呢！(躺在沙发上)。

[电话铃又响,宋大毛走过去抓起电话。

宋大毛　(对着话筒)喂！哪里？嗯？你不会大声点！……科长不在！……不在就是不在！……你着急？我比你还要着急呢！……鬼知道他上哪去了！(挂上电话)

罗　云　(在窗外)哪儿来的电话？

宋大毛　电影公司。

罗　云　那是送票的！你怎么会挂上了？

宋大毛　我这事办不成,你还有心看电影？我看你根本没操我的心！

罗　云　好好,不看。你先出来,跟我回家,待会儿再来找你表姐夫。——这个没尾巴鹰哪去了？

宋大毛　不行,我就在这儿老等！你也进来！(他去拉闩开门)

罗　云　傻瓜！这种门锁叫进口三保险,没有钥匙,在屋里也开不开！快给我出来。

宋大毛　(走到窗口)把我的行李递进来！

罗　云　你还是先跟我一块儿把行李拿回家,待会儿再来……

宋大毛　回家？这是他家,不是你家？你和他不一家呀？

罗　云　这是组织上照顾他个人休息的地点！还保着密呢！

宋大毛　噢,对你也保密呀！你到底算他什么人！

罗　云　少废话,你快给我出来！

宋大毛　今天拿不到调令,我就死在这儿了!

罗　云　他人不在这儿,你要赖给谁看?

宋大毛　给你看!

罗　云　给我看?表姐哪点对不住你?

宋大毛　你窝囊,无能,丢人!

罗　云　好你个小东西,今儿个我倒要问问,我什么地方丢你的人了?你说!

宋大毛　你不敢进来就丢人!

罗　云　好,我进给你看看!(她首先把宋大毛的行李、提包及一些显然是结婚用的物品由窗外一件件递进来,然后也像宋大毛那样翻窗进来)说!还有哪些地方丢你的人?

宋大毛　你是我表姐,他是我表姐夫,我表姐没有表姐夫门上的钥匙,要进进不来,要找找不见,你还老排场哩?

罗　云　还有没有?

宋大毛　我看你不像他爱人,倒像是他的佣人,奴隶!

罗　云　还有没有?

宋大毛　社会上说,“裙带关系,原子武器,吹上一口气,上天都容易”。可你呢?守着个劳资科长,许了半年愿,跑了一个月,连你表弟都没调来,还有脸……

罗　云　我知道你为你的调动窝火发脾气,可现今的事能是好办的?即便调动个七品知县,也得拐弯抹角三道大章五道关呢!何况你这个刚转正的小工人!

宋大毛　刚转正咋的?刚转正我也是国家正式职工!可那些没户口没工作的,调进城来的多着呢!外贸局牛局长的儿子赵二顺,组织部刘部长的侄女金茅花、知青办孙主任的外甥……

罗　云　你咋尽拣粗的比呀?

宋大毛　那好,我再给你说几个细的比他官小的:王巧莲,她舅是烟酒公司劳资科一个小干事；蔡成海，他妈是电扇厂劳资科一个办事员。他们都和我一块儿插队，可人家比我早回来半年到一年半了！

罗　云　人比人，气死人。你表姐命不好，嫁了个窝囊糊涂人！

宋大毛　糊涂？他一点也不糊涂，心里很清楚。他要真糊涂，就当不上劳资科长了。像他这号干部，表面上都是装得挺老实，闷唧巴呆的，可全在心里办事，肚子里要点子，眼窝里有两部电子计算机，谁高谁低谁近谁远给谁办不给谁办，全计算得准准确确分毫不差！所以这号人不管哪朝哪代，早晚都是官运亨通！

罗　云　闭住你的嘴！难道说让你表姐夫官运倒霉你才舒服？

宋大毛　哼！他升官我沾不上光，他倒霉我也吃不了亏！我的朋友们谁见我谁讽刺我，说我表姐不是亲的，表姐夫不是真的。要不然，只要沾沾劳资科长的裙带边儿，我十个宋大毛也调回城来了。

罗　云　你是吃馒头长大的，还是吃调唆长大的？给你个棒槌当根针！

宋大毛　人家说的是事实。他姓南的根本就没有把我当成他的表舅子。

罗　云　你说这话就不嫌牙碜！

宋大毛　你别护他了，他根本也没把你放在眼里。他的房间不让你进，他的行踪不让你知道，我看你在他心里早就没位置了，说不定早有外心了！他那办公室，一天到晚围着那么多男男女女，冲着他笑，朝着他挤眉弄眼，谁能保证他……

罗　云　（一巴掌打在桌子上）闭住你的烂嘴！

宋大毛　和我发脾气管什么用？你除了朝我使厉害，还有啥能耐？一个月前你就给我许愿："哟！大毛呀，你只管领结婚证吧,我保证让你表姐夫一个月之内把你调回来!”这可好,结婚证领了,结婚喜糖也快化成糖稀了,还是杳无音讯!你骗天骗地拐过头来骗你表兄弟!

罗　云　(气愤已极)宋大毛啊宋大毛,我今天非拿事实塞住你的嘴不可!(说完,她跑去抓起电话机拨号)劳动局吗?南宫九哪去了?……他没有回家!……没回家就是没回家!……我当然能证明, 我是他老婆!……你笑什么笑!?(学对方)嘿嘿!(按断电话,重新拨号)刘总吗?……南宫九去你那里了吗?……你也没见?真没见还是假没见?……这个鬼东西!(按断电话,再拨号)董局长吗?我是罗云。……不找他南宫九还能找谁?……他现在心眼里哪还有我?……他有权有势,我配不上他了,你批准让我们离了算了,叫他再找个年轻漂亮的!(说着,鼻子一酸,流下泪来。她再次按断电话,改换号码再拨)……我找南——宫——九!

[南母和王司机出现在窗外。

南　母　云姑娘!哟,大毛也在这儿!啥时候回来的?

宋大毛　细雨蒙蒙,十二点钟。

[罗云没好气地继续拨着电话盘……

南　母　快开开门让我进去呀!云姑娘!

罗　云　开不开,没钥匙!

南　母　九子呢?

罗　云　我要知道他在哪儿,我倒算个人了!

南　母　怎么?九子不在屋里?

罗　云　他要在屋里,我还敢朝这站呀?早被人家赶出去喝西北风了!

南　母　瞧你说这话!我不信他不在屋里,你把门开开,我要进去!

宋大毛　老人家，这把锁是最新式进口防偷防盗“三保险”，它六亲不认，不认爹，不认妈，只认钥匙串。没有钥匙，谁来也不开！

南　母　那你姐弟俩是咋个进去的？

宋大毛　很简单，越窗而过。

南　母　什么？你们把窗子给撬坏了？活造孽！九子好不容易找了这么个休息的僻静地方，你们又来这般折腾他，真要命！哎！总不能老让我站到这雨地儿里说话呀！

宋大毛　如果你老人家想进来，说清楚，我可以帮忙。（他搬把椅子递出窗外）喂！请老人家站上去。站哪！

［南母一边嘟噜着，一边在王司机的托举下踏上椅子。

宋大毛　请老人家站在窗台上。站哪！

［南母颤颤巍巍地站上窗台。

宋大毛　请老人家扶着我的手抬步。扶手！……抬步！……弯腰！……落地！……好，好，这不解决问题啦！

南　母　（边翻窗边责怪着）真不像话！这么好的窗子，谁让你们把它搞成这个样子？开了这个头，往后九子还有个安生啊？真作孽！

［随着老太太之后，王司机也爬上了窗子，这是个既有股傲气，又善于应变的壮实汉子。

王司机　吔！这种窗子是个新设计，搞坏了还不容易配零件呢！可不敢多跳！不敢多跳！（说着，跳窗而入，然后眼珠一转，指着罗云问南母）这位嫂子咋这么眼熟？这不就是这个这个这个……？

南　母　九子他媳妇！

王司机　哦——这就对了！（献媚地）我搭眼一看就知道是南宫大嫂子！你往那一站，清是不一样嘛。

南　母　他是你嫂子的表弟！（指宋大毛）

王司机　哦呀！巧极了！我早说让咱妈领着我认识认识你，弟兄们不说拜个八字，也该论个排行。好！我今天想见的全都见到了，往后嘛，你就别管了，兄弟！（上前亲热地握手，掏出中华牌香烟递上来）兄弟，抽一支！

宋大毛　（假推辞）不不不，我这有。

王司机　咋的？嫌你老哥这烟赖不是？就是毒药，你也得接着！你老哥就是这个脾气，递出去的东西我不会收回来！你要不接着，就是打我的嘴巴子喽？

南　母　大毛抽吧，这不是外人，食品公司的王司机。大好人哪，常帮我的忙。

王司机　嫂子、兄弟！咱们一回生，两回熟，我这个人没别的能耐，就爱交个朋友，就爱给朋友帮个忙，跑个腿，办个事。以后要有用着我的时候……

南　母　王师傅勤快着呢！我就喜欢这号人，浑身上下都是江湖义气！

王司机　咱没别的本事，就会开个"丰田"牌小卧车……

南　母　这"丰田"牌就是好，小小的，低低的，开起来，就像在油玻璃上打出溜似的！

王司机　往后嫂子兄弟有什么事，接个朋友送个客，上个医院看个戏，用得着汽车，只管给我拨个电话就行了：七七八八零。好记，念起来就像敲锣鼓家什，"嘁嘁啪嘁啪咚"！保证话到车到。

宋大毛　老哥贵姓？

王司机　不敢，王聚才。

南　母　算啦算啦，你可别答应让他们再去麻烦你，我一个人麻烦你就够你忙活的了。

王司机　麻烦？妈你老人家好说，我盼还盼不来这份麻烦呢！

南　母　再说你那食品公司五个经理、十个科长不是？多少人要坐你的车哟！

王司机　没关系。方向盘掌握在我手里，公司——公私，公和私可以兼顾嘛！为人在世，离不开个互相帮助，发扬作风，助人为乐，两肋插刀嘛，是不？

罗　云　王司机，街上那些肉食商店，是不是都归你们食品公司管？

王司机　不错不错，全归我们管。食品公司，就是管肉管吃。嫂子你的意思是不是这个这个这个……？

罗　云　我是想……给你们提个意见！

王司机　欢迎欢迎，嫂子只管说。

罗　云　你们出那些猪肉排骨，可是剔得越来越瘦了。

王司机　(笑了)哎呀，你这么一说，我才知道嫂子你是喜欢吃排骨，对不对？(一拍大腿)咳！你咋不叫妈早打一声招呼哩！别人吃瘦的，能叫嫂子您吃瘦的不成？你要是和妈住在一起，我早叫你把那肥排骨吃腻了！

罗　云　不不不，我不过是随便提个意见。

王司机　当然，我也不过是平常随便给你捎几块肥一点的就行了。只要是我给你捎的排骨，你要能摸着骨头，就砸到我脸上好了！

宋大毛　老哥是个痛快人，来，抽我一支烟！

王司机　好！我领兄弟情。另外，最近公司还准备处理一批鲜鸡蛋、鲜牛肉，还有一些积压的嫩蹄筋儿、海蜇头，要是嫂子兄弟喜欢，我晚上给您送上十斤八斤！

南　母　罢了罢了，光我老婆子一个叨扰你就够你受的了，还让他们也来沾光？我用着你的时候，样样方便；可你就托我这一件事，到现在还没有办成，我心里实在过意不去呀！

王司机　妈把话说到这儿，我不得不插几句嘴了。我这个人帮人家办了一辈子的事，可就这一件事求到你们门上了。我的那个小妹妹，孤孤单单一个人窝在山旮旯里的三线工厂。她姐一天念叨几遍。我这当姐夫的一想到这儿，我这脸脸脸，就就就……

南　母　王师傅，你妻妹的事，就全当是我亲闺女的事，我不求儿子开后门，可他总该给我开这个家门吧？你放心，这个事今天他不办，我就不当娘了！

王司机　为我这事，真叫妈费心了。不过，最好请嫂子、兄弟，都在南科长面前帮帮腔，多多美言几句。这个事办成了，往后你们别管了，我开的这个车，就是你家的这个这个这个……

罗　云　噢，王司机来，原来为了这事呀？

王司机　可不是嘛，这事在你看来是个小事，可在我，腿都跑短了，急得心焦火燎！对口单位早就找好了，一套住房也定好了，你妹子还等着回来生孩子落户口……可南科长这一关，一直没过去，我头发都急白了！

罗　云　唉！别的事都好说，只这个事不好办。

王司机　所以别的事我都能办，就这个事得托您了。

罗　云　不好办！

宋大毛　没有门！

南　母　你们别吓他，只要九子同意，盖个木头疙瘩就行了，有什么不好办没有门的？

罗　云　上面有精神，人事调动冻结了。

南　母　有冻就有化的，再大的冰凌块也有孔孔。

罗　云　今年没有指标了。

南　母　这你瞒不住我，还有一个！

罗　云　那个指标给大毛了。

南　母　什么？

宋大毛　给我了！

王司机　嫂子兄弟，你们别逗了，要说你们还缺这号东西，那黄河里头也缺沙子了！

宋大毛　老兄，谁和你逗了，谁有闲心跟你逗？

南　母　哦！我说你姐弟俩把门锁得紧紧的，怕我进来，你这是要和我抢指标啊！

罗　云　我和你抢指标？我倒说是你来抢我的指标了！

南　母　你免了这条心吧！两天前我就在九子那儿挂上号了！

罗　云　我是两个月前挂的号，明白吗？！

南　母　告你说：昨个黑儿，九子许下我了！

罗　云　先许下的是我！

南　母　不对！我从九子那儿出来你才进去！

罗　云　你进去以前我找过两次哩！

南　母　不论天不论地也得论个老少长幼。我是他妈咧！

罗　云　最主要我是他爱人！你翻翻文件规定，只听说照顾夫妻关系的，没听说有照顾娘老子关系的。

王司机　这个不见得！宪法规定子女有赡养父母的义务！

宋大毛　社会学上说，夫妻关系是家庭的枢纽！

南　母　罗云！你非得告诉我不可：你把九子藏到哪里去了？

罗　云　我倒要说是你把他藏起来了！

南　母　你别以为你今天不让他和我见面，你就会把那个指标抢走，他就是重去投娘胎，我也得把他找回来！

罗　云　你朝我撒什么赖？我就是把他藏起来了，你能把我咋的？他是我男人，我是他老婆，藏藏躲躲是我们的本分，别人气死活该！活该……

南　母　你，你这没老没少的东西！我当初怎么没看透你，让我儿子娶了你这个不孝的人，算我瞎了眼！

罗　云　你真瞎了倒好，免得大睁着眼睛光说缺德话！

南　母　(气得哆嗦)你,你,你个没良心的东西！我把你……

[南母抓起个大苹果砸过去,大毛闪身躲过,苹果飞出窗外。

[窗外,站着文玉博医生,她惶惑地向室内看着。

[室内人发现有外人,便拿起体面姿态,各归各的合适之处。

文玉博　请问,南宫科长在吗？(多数人没反应,只有罗云注意地站起来)如果我没记错,这是南科长的住处吗？(没人回答)同志们,他在吗？

南　母　(摇了摇头)不在！

文玉博　那就麻烦老人家转告他,一个姓文的女同志来过了,如果需要,另约再来。我走了！(转身欲下)

[突然,响起南宫九的声音:“文医生！请不要走！”

[众人吃惊地四下寻望。

[出人意外地,南宫科长从靠墙的床式沙发背后缓缓站起,他轻轻地捏了捏鬓角,揉了揉耳朵,然后走去开门。

南　母　九子！你……？

罗　云　南宫！你……？

众　人　(呆愣了一刹,然后齐声呼叫)南宫科长！你……？

宋大毛　表姐夫！你……？

南宫九　等一等。我迎接一个人，一个外人。——自己人先请坐。因为她不会跳窗,所以需要开门(用钥匙打开门锁)请进来！

[文玉博走进。南宫九的亲人们都盯着她。但没有人起身让座。

南宫九　你看,地方太窄了,椅子也少,实在是……不过,如果坐久了,站一站也蛮好。……坐车来的吗？还是骑车来的？我还以为你不一定能来了。

文玉博　有约在先,不敢不来。不过,你的客人太多……

南宫九　不,都是自己人。

文玉博　太忙……

南宫九　不,我……刚起床。夏亮为什么不来?

文玉博　他在准备第二阶段的试验。

南宫九　人体试验吗?这一步可要当心,防止出危险,最好是等到……

南　母　九子啊!藏起来不见你妈,可是你打从地下爬长到现在第一次!

王司机　妈,九哥多忙啊!那是"革命重担一人挑,疼了胳膊累断腰"——抽烟九哥!烟不好。

南宫九　嗬!中华牌,还凑合。

宋大毛　表姐夫!(唰地扔去一袋糖)

南宫九　(接过糖)嗬!喜糖?

宋大毛　喜床喜被喜酒喜宴都齐了,可我调动申请还被你压着呢,压了整整一个月!

南宫九　一个月零三天。

罗　云　要不是这位大妹子有脸面,把你请出来,恐怕还要压过一个月零四天呢!

文玉博　南宫科长,这种时刻,你是不该让我来的。

南宫九　我这儿差不多都是这种时刻。对我来说,这还是比较好的时刻。如果在办公室或老住处,场面要热闹好多倍呢!——请吃喜糖!

文玉博　不敢打扰,能不能简单说明一下让我来的意思?

南宫九　可以简单。不过,你瞧,有时候,简单的事情也挺复杂。你是不是首先劝劝夏亮不必过多考虑……

南　母　九子——!

南宫九　哎——来了!

南　母　你还想起想不起你妈在这儿坐着哪！

南宫九　想得起，想得起！

南　母　我来这儿干什么？你说？

南宫九　办食品公司小车司机王聚才同志的事情。

王司机　妈！九哥他心里清楚，明白人不用细说。

南宫九　王师傅，你托我妈转的条子我都背过来了（念得像绕口令般流利）“二十五岁刘秀英九O七厂修理工怀孕八月燃眉急调不回来孩子户口是问题。”

王司机　哎呀！记性真棒！

南　母　这孩子，他要往心里记不是，那脑筋比电子武器还准头哩！

王司机　妈，那叫电子计算机！

南　母　噢噢！电子计算机。

南宫九　（抽机会关照文玉博）文医生，你还是首先劝劝夏亮不必过多考虑……

罗　云　南宫九——

南宫九　哎——来了！

罗　云　请问科长：我是谁？

南宫九　罗云，你这……

罗　云　你还知道我叫罗云哪？你那个电子计算机脑袋瓜怎么就想不起来昨天对我说的话？

宋大毛　姐夫，眼看咱们都是生人了！

南宫九　大毛，忘不了啊！虽然咱俩谈得少，可你表姐天天对我唠叨呢！

宋大毛　再唠叨你也不会放在心上！

南宫九　都记着哪！我知道你谈了个高级朋友，很漂亮，歌舞团的演员，很像电影上那个那个……

宋大毛　“叶塞尼亚”！

南宫九　对,“叶塞尼亚”。可是,对方提的条件是:你必须先调进城,然后再结婚。否则,叶塞尼亚就要飞掉。对么?

宋大毛　对!所以把我急死了!结婚证领了,喜糖化成糖稀了。造成极大的浪费!

南宫九　最可担心的是别把叶塞尼亚浪费掉!

宋大毛　哎呀!真乃生我者父母,知我者姐夫!

南宫九　(抓机会关照文玉博)文医生!你还是首先劝劝夏亮不必过多考虑电报、假期和工资,让他再耐着性子等待三……

罗　云　老南宫!老南宫!

南宫九　哎——来了!

罗　云　今晚跟我回家住。

南　母　九子!九子!

南宫九　哎——来了!

南　母　今个黑儿来陪陪妈。

罗　云　南宫九!

南宫九　哎——来了!

罗　云　小三咳嗽,老二发烧,老大要路费,甩手掌柜倒好当!

南　母　九子!

南宫九　哎——来了!

南　母　明儿个是你爹的周年,你一定得给我回家做白花儿!

罗　云　现在就走!

宋大毛　走!

南　母　立时三刻!

王司机　走!

罗　云　跟我走!

南　母　跟我走!

文玉博　南宫科长!真抱歉!(欲下)

南宫九　再等等文医生！抱歉的是我！老半天，连一句话也没有说完。其实他们并不是真心要我走，光走我一个空人没用，他们要的是指标。所以只有我带上指标走，才是个有用之才。可指标还在抽屉里上着锁！

文玉博　行了，谢谢！你让我开开眼界长长见识就够满足了，我回去告诉夏亮，他也会满足的，以便今后聪明一点，少干些蠢事。告辞！

南宫九　再稍等。可惜他们对你夫妇两个干的“蠢事”还一无所知，趁此机会作个简单介绍：文玉博，爱人夏亮。大学生，小工人，现在农村。上有老，下有小，经济困难，却偏偏要搞科学研究。很“蠢”！这项研究将给世上瞽盲病人带来重见光明的希望。但试验者担着风险，弄不好会把自己眼睛搞瞎。很“蠢”！特别是夫妻一城一乡，搞瞎眼睛怎么照顾？谁来照顾？很“蠢”！

南　母　九子，人家蠢不蠢你少管，先看看你蠢不蠢？

罗　云　依我看他是个头号蠢货！

南宫九　说得很好。“头号蠢货”接着就要说几句头号蠢话了：王师傅，电褥子我妈收下了，我承情。这是三十块钱，务必收下。(硬塞给王)大毛，喜糖化了，肉放坏了，我和你姐负责赔偿。惟独“叶塞尼亚”因为你一时调不回来就飞掉了，不值得留恋。没调进城的青年多的是，不见得都打光棍。王师傅妻妹孩子未生先考虑户口，理由不当；人未进城先分好住房，做法欠妥。为此，我要拒绝了！

王司机　(咚地一拳击案)南宫九！今天我才算认得你！算我姓王的瞎了眼！

宋大毛　(怒气冲冲)呸！你狐狸上神台，真充起大仙来了！

罗　云　你这个吃里爬外没良心的，你给你们那董局长办了多少后门子事，可你给他讲了几句政策？

王司机　天不转地转，我不信你这一辈子就不求人！姓南的，后会有期！(怒冲冲欲下)

南　母　(拼命拉着王司机)聚才呀！等我死了你再走！现在，你替我……抓住他，只管给我狠狠地揍他！揍啊！(涕泣)

宋大毛　(奔上去抓住南宫九的前襟) 老人家！我来替你揍他！(扬臂欲打)

文玉博　(突然喊出)住手！(然后略顿，复扭头奔去)无论如何，指标我们不要了！(下)

南宫九　文医生！文医生！(追下)

[南母、罗云、宋大毛、王司机陆续奔下。

[静场。

[汽车刹车声。董如涛携关小青上。关小青挂个小型录音机，录音机里放播放着《毛毛雨》。

董如涛　南宫！南宫……把你那个录音机关掉，什么“毛毛雨”“豆豆风”的！(兴奋地一摔帽子)事情都耽误到你身上了，我说小青青！你既是来要指标的，为什么不早告诉我呢？直到十分钟前你才开口，几乎误了大事啦！

关小青　凡事都有个斗争过程。

董如涛　要个指标还斗争斗争哪？

关小青　本来没有这项计划，临时决策。

董如涛　我才不信呢！你一来我就猜出八八九九。

关小青　你凭什么？

董如涛　三年前你带头插的队，不错吧？为这事我给你爸写过信，让你来投奔我，可他硬撑着不给我回信。

关小青　三年内就不会发生一点变化吗？

董如涛　你指什么？

关小青　我有了工作。

董如涛　(摇摇头)你爸是个不管女儿的书记。我了解他！

关小青　不让他管,我自个儿找的工作!

董如涛　真的?(更见机敏)那,你就是对现在的工作不满意?想换换新鲜?

关小青　不,董伯伯!

董如涛　那么刚才为什么向我要指标?你说呀?

关小青　那是为了……

董如涛　好了好了。不说了!不管你有没有工作,你都到这儿来,跟着我。这个小城市有山有水,有工厂,有学校,工作随你挑!再不然,干脆就到劳动局来,管个劳动工资人事调动什么的,跟你南宫叔叔当个徒弟,怎么样?

关小青　像这样的事,你干过多少?我的局长伯伯!

董如涛　瞧你的问题!难道我还记个数儿呢?

关小青　你不怕人家揭发你吗?

董如涛　揭发?嗨!(点着指头)小孩子,小孩子!一不上纲,二不上线,三不受贿,四不损公,揭发个啥内容?定个啥性质?说不定那收状纸的人还是我帮过忙儿的人呢!

关小青　我的局长大人,你真叫我长了见识!

董如涛　好了好了,闲话少叙,你还是——(拉开南宫的抽屉,取出一张表)赶快给我填个表,待会儿让南宫盖个章就齐了!免得夜长梦多。

关小青　不!

董如涛　怎么?你不要?

关小青　要!

董如涛　要就快填!

关小青　我要……我要一张盖了公章的空白表!

董如涛　丫头,没那么办的!

关小青　那么多没那么办的事,你不都办出来了吗?

董如涛　你?……真淘气!

[南宫九上。

董如涛　南宫！你转悠哪儿去了！你呀，就不敢给你点闲工夫！

关小青　南宫叔叔！你……怎么了？

董如涛　他这个人就是一阵晴天一阵黄昏的。南宫啊！（喜洋洋地）我正式通知你：关书记已经来到七个钟头了，在组织部开了半晌会哪！你说他妙不妙？

南宫九　（倏地站起）走，我得见他！

董如涛　别急！走之前，还得带上一样东西。

南宫九　什么东西？

董如涛　指标。

南宫九　（条件反射）指标？！

董如涛　给小青的工作安排了。

南宫九　（猛地回头瞪着关小青）小青！你……真要指标？

[关小青似点头非点头……

南宫九　（哭丧着脸）你真要指标？

关小青　我不要指标，过不了关哪！（指董局长）

南宫九　（神经质地）你真要指标？

董如涛　怎么了你？别吓着孩子！她要就是要嘛！父亲来了，孩子也该安排。老关不好讲，我们得替他讲，那个机动指标就给小青吧！

南宫九　不行！

董如涛　南宫！

南宫九　这个机动指标不能动！

董如涛　南宫！

南宫九　动，也不能给小青！

关小青　你给谁？

董如涛　南宫！为动用一个指标，我从来没有说过这么多的话。第一次。而且是和你！你的组织观念到哪儿去了？！

南宫九　董局长！

董如涛　要不要我向你递个申请呢?!

南宫九　我的老上级！

董如涛　老上级算老几?老上级越来越难指挥老下级！我看我得听你的指挥啰！

南宫九　你……体谅体谅我！过去办这样的事,你一说,我就办了。可是,办着容易了着难。每回过去,群众有意见,同志们有反映,我心里更难受！处理指标,是点金蘸钢的工作,好钢要使在刀刃上。可我们却老是使到刀背上。处理完了,你一甩手就不管了,留下我在后面擦呀,抹呀,有时候还得哄啊,骗呀,自欺欺人呀！我……我对得起党吗?对得起人民吗?对得起这份职业吗?我是劳资科长,可不是你一个人的劳资科长！

董如涛　吁！委屈你了！

南宫九　委屈我事小,委屈了政策事大！

董如涛　(暴火骤升)你知道你在跟谁说话?!

南宫九　跟我的上级。这样下去,我这下级不好当！

董如涛　(更怒)很好——！但愿如此——！(抓起南宫桌上一把钥匙)小青,跟我走(对南)我等着你来辞职！

南宫九　(大喝)小青——！这真是你爸的意思吗?

董如涛　你不要把这和她爸连在一起！

南宫九　(怒目对董)要连在一起！没有她当书记的老子,你就不会给她安排工作！有更大一级领导的孩子到来,这个指标也轮不到关小青！

董如涛　你放肆——！

[山老爹上,一步闯进。

山老爹　九子啊！你,你知道吗?夏亮的眼睛……

关小青　夏亮眼睛怎么了?

南宫九　怎么了?

山老爹　他,他点了试验液,要瞎了!

南宫九
关小青　啊?!

南宫九　三叔!走!(二人下)

[关小青提上录音机,追去。

董如涛　小青!咱们到局里去!

关小青　不,我要先走一步,用用你的汽车!(奔下,又回头)你应该去看看那位医生,一定得去!(下)

董如涛　小青,你到哪里去?这丫头!(略作徘徊,随下)

[罗云推宋大毛、南母拉王司机相继上。见室内无人,四下寻找。罗云从窗口发现踪迹,遂大喊一声:“那边儿!追!”王司机、宋大毛不情愿地随南母、罗云陆续追下。

[暗转。

[药物研究所试验室。景与二幕同。

[夏亮半躺在一张靠背椅上。眼睛上搭着一条湿纱布,神态安详。文玉博手拿仪器,在一旁提心吊胆地观察和照料。

文玉博　夏亮!……夏亮!(一声高似一声)夏亮!?

夏　亮　怎么了大丫头?

文玉博　你……你怎么不理我!

夏　亮　(笑了)看把你紧张成什么样子!我想睡觉了!

文玉博　这会儿感觉怎么样?

夏　亮　疼痛基本消失……微微发热……热有扩散感……眼球转动涩滞感也有减弱……

[夏亮说时,文玉博做记录。

夏　亮　时间多久了?

文玉博　四十八分钟。

夏　亮　六十分钟时，拿掉纱布，验验视力可以吗？

文玉博　嗯。

夏　亮　玉博，现在，我感到了从未有的舒畅、轻快、惬意！——原来我也有这样的时候，你说妙不妙？三年来我都干了些什么呢？学着求人，寻门路，托人情，就像一个傻乎乎的孩子跟在别人后头晕头晕脑地跑啊，跑啊！（自己笑了）我能够跑过人家吗？傻瓜！我犯了不了解自己的错误。犯了三年！我读过这样几句诗："贵族的幸福在罗帐里，勇士的幸福在剑鞘里，小丑的幸福在哄笑里，书呆子的幸福在灯罩里。"玉博，我的幸福就在眼药水里！（又笑，笑出声来）你怎么不笑，玉博？

文玉博　笑，我笑了！

［南宫九和山老爹上。

南宫九　文医生！情况怎么样？有危险吗？

夏　亮　是南宫科长吗？谢谢你又跑一趟。

山老爹　夏亮！疼吗？

夏　亮　山老爹！

［南母、王司机、罗云、宋大毛先后上。

山老爹　嫂子，罗云！你们既然来了，就当回事仔细看看，再拍着心口说一说评一评，看这个指标该给谁？

文玉博　山老爹！你就听我一句话，别再提那回事！让南宫科长……走吧！

南宫九　文医生！还是称同志吧！大概从明天起，我就不是科长了。（众人一齐吃惊）其实眼下，我已经没有一点科长的权力了。钥匙收了，办公室进不去了。人们最关心的那个木头疙瘩和我没有一点缘分了。也许明天，就会由另一位科长上班，诸位有事可以去找新科长！

罗　云　哟！你装得多像啊！你就是缩成个肉蛋蛋，也别想滚过我这方孔孔。

南宫九　罗同志，谁骗你，叫谁变成哑巴！

南　母　（制止地）九子！随随便便赌什么大咒？

南宫九　妈，我不是科长了，罗云，瞧，（翻口袋）钥匙串让人家收了，什么权力都没有了！

南　母　什么？这是真的？

罗　云　南宫！你，你胡说什么？

南宫九　刚才我和董局长彻底闹翻了。所以，他也当机立断，下了决心。他的脾气和为人，我是了解的。

山老爹　九子啊！这是真的啦？

南宫九　真的！三叔。我真该回老家歇歇了。

宋大毛　哼，我本打算和你大干一场呢！现在，也免了。

王司机　不是我事后诸葛亮，你老兄那个干法，那是青石板上打踢脚，早晚得摔个崩儿脆！

南　母　你闭嘴！我儿子哪不好？从十六岁当上兵，立功喜报一年给我寄三张！这个没良心的董局长哟！

罗　云　转业到煤矿当劳模，调到纱厂当先进。结婚假放十天，他九天都守到办公室！他姓董的不是不知道！

南　母　自打他干上这个劳资科长，谁不说他为官清正六亲不认哪！

宋大毛　六亲认了，办两件好事，说不定还有点纪念意义呢！

王司机　这就叫“有权不用，过期作废”。

山老爹　作废也不能搞那种缺德事！九子，这号领导，不跟也好！

夏　亮　南宫同志，往后我倒希望你多来坐坐，交个朋友！

罗　云　（一蹿而起）不行！我实在咽不下这口气！他董如涛干了多少缺德事，都是老南宫替他背黑锅，拐过头来又把人一脚踢开。我去告他去！当了家业我也要掀他个底朝天！

南宫九　罗云,你消消气。这种事,告状告不出名堂,告不好还得不偿失。最好——拉倒。叫我高兴的是,我看到一旦我丢掉了权力,亲人们便恢复了亲人的本来面目,复苏了一个正常人的主持公道、伸张正义、嫉恶如仇之心。这多好啊!这要比一百顶劳资科长的帽子都有价值!如果此刻摆在面前一个指标,你们说:给谁?给谁?

[董如涛上。

董如涛　(款款踱至)哪位是——点眼睛的病人啊?哟!看情况还挺严重呢!是不是搞个车送到大医院哪?

王司机　董局长!(扔一下钥匙)车,现成的!

董如涛　噢?

王司机　丰田牌!

文玉博　谢谢领导的关心!这是试验,不是病人。

南宫九　董局长!你来了我很高兴。这位就是我给你汇报过的"启明星"眼药液的创试者夏亮,为了给瞽盲病人夺取光明,他在迎接黑暗。

董如涛　南宫同志,现在不谈别的事。

南宫九　这个地方除了这事,没有别的事!我要再陈述一遍关于那个指标的处理意见。

董如涛　怎么了你?分分场合嘛!

南宫九　这事他们都关心,正是场合!

董如涛　南宫啊!(亲切地)我知道你这一段是累坏了,都怪我关心不够哇!这么着吧:咱们那个青年农场的带队干部大前天都该换班了。上边儿要求要派中层领导或者党员骨干和有提拔前途的苗子去带队。我考虑过来考虑过去,这个事只有你去合适。主要是去做思想工作,余外的事情你动动嘴,让那个青年们随便干去好了,不用管他们!你给我趁机休息休息。唔!我看明天洗个澡,理个发，后天就动身。经济上有什么困难写个申请，我批一家伙好了。

罗　云　（强忍不住）董局长，你真绝呀！你放火不冒烟，杀人不见血呀！

南　母　我哪辈子没积阴德，叫我儿子犯到你手里……

董如涛　什么什么？莫名其妙狼腿狗扯的！（转对王司机）我看你是不是？

王司机　（笑迎）董局长！车闲着呢！

董如涛　那么能不能送……

王司机　我这个人不爱听“能不能”，有事只管吩咐。

董如涛　好，我们走。（欲下）

南宫九　董局长，我走以前，还有一件事要办！

董如涛　什么事？

南宫九　处理那个指标！

董如涛　（骤然来火）你？！顽固！（慌忙找衣袋钥匙，拿出之后，恢复从容得意之态，欲下）

南宫九　请允许我站完最后一班岗，尽完我的职责！

董如涛　（扔了一下钥匙，轻蔑地笑了）好吧，那你就尽你的职责去吧！（欲下）

南宫九　好！那就请你再等半分钟，我要下达最后一个指标！（刷地抽出一份封文）

董如涛　（吃惊地）那是什么？！

南宫九　一份签了意见盖了章的调动表！情况特殊，先斩后奏。我等着你的惩罚！

董如涛　（气极）你？你你你你！

［汽车急刹车声，关小青奔上。“高抬贵手，求你让南宫叔叔留下来。”

关小青　天哪！剑拔弩张！

董如涛　小青！

关小青　怎么了？

董如涛　他！……把你需要的东西给了别人！

关小青　指标吗？给了谁？

南宫九　夏亮！

关小青　夏亮？(奔上去夺调动表，夏亮急躲)南宫叔叔，交给我吧！我会安安全全转给夏亮的！(南宫怀疑地递过，小青捧过)夏亮！(一跃奔向夏亮)夏亮！好难哪！(高兴地)终于解决啦！

董如涛　(愕然)你？！

夏　亮　(茫然)你……？

关小青　董伯伯！我是记者。省报收到很多群众来信，批评你市你局的不正之风。调查的任务交给了我。几天来的明访暗察，我深切感受到了董伯伯的专横作风、南宫叔叔的痛苦处境以及这位理当照顾者夏亮同志在这场竞争中所处的软弱无能的地位。(对董)为了对付你这种抗拒不了的官僚主义，我不得不以我这市委书记女儿的名义替夏亮要一个指标！

山老爹　好！好啊！

董如涛　(气愤难耐，指头点着小青)你……！我要让你爸好好教训教训你！(欲下)

关小青　我爸爸差不多都知道了。

董如涛　(粗暴地)……他是什么态度？

关小青　你很快就会明白，他马上就到这儿来看望你！

董如涛　我去找他！(欲下)

关小青　不！他还要看望看望这位毫无能耐满腹学问的小工人夏亮同志呢！他特别要来求你一件事——

董如涛　求我？什么事？

关小青　求你高抬贵手，让南宫叔叔留下来。他说：劳动局离不开这样的干部呢！你要是真的不要了，就借给他，他要！而且越多越好！

南　母　啊！（惊喜地）谁要他？

罗　云　市委书记要他呀？

王司机　九哥！（亲热地上前握手，南宫躲过）妈呀！我早看九哥有水平！

山老爹　你刚才还说他作废了，敢不是捡废品来了？

[众笑。

夏　亮　（激动地扑上来）南宫同志，祝贺你！

南宫九　不！别这样说。

关小青　应该这样说！

山老爹　但愿能这样！

董如涛　哼哼！我倒要看看呢！（欲下）

夏　亮　（解开纱布）我看见了！

众　夏亮？！

文玉博　亮！你的眼睛？

夏　亮　视力正常，什么都能看清（远望）——但是，走过来的这个人不认识，那是谁呢？

南　宫　（望）老关！关书记！

关小青　（喊）爸爸！夏亮在这儿哪！

夏　亮　（望）我的眼比以前亮多了！

[夏亮、南宫九在前，众人各具异态，迎接新任市委书记的到来……

[剧终。

卷后赘语

说心里话，我很看不起我这篇作品，总觉得是一篇学生习作，题材小毛毫兮，故事平平淡淡，又是我不爱触碰的话剧形式。当时写它，纯粹是应付答卷考试。然而，带给我过多荣誉的却正是这篇作品。它首先被我的母校上海戏剧学院看中，选为35周年院庆献礼唯一一台剧目，而后又获得上海第二届戏剧节优秀剧目奖。与此同时，中央实验话剧院、郑州市话剧团、黑龙江话剧院相继排演此剧。仅中央实验话剧院在京先期演出就达百余场。尤其值得庆幸的是，我从小就崇拜得死去活来的曹禺先生在北京看了此剧后，竟然亲自提笔撰文，在《人民日报》发表点评《劳》剧的文章，先生以《一面镜子》为题目，褒赞此剧“在笑声中给人以震惊”，把此剧的价值上升到纯化社风以此为镜的高度。汗颜之余，又迎来了全国优秀剧本奖(后改为曹禺奖)的桂冠，而后又连续获得河南省第二届优秀剧本一等奖、河南省政府文学艺术优秀成果奖……

这种小投入与大收获之间的反差曾使我羞颜半遮，常有一种信手捡个大便宜、甚至是无功受禄的感觉。这种感觉让我持续了好久好久而相当不自在。当然，不自在之后，便自然地迎来了感觉的大转折，在以后的创作中，我常常碰到的不是小投入大收获的尴尬，而是大投入小收获、或是无收获、或是收获一堆误解曲解费解的茫然。于是我越来越不自信，越来越怀疑自己，怀疑自己的荣誉都是撞来的，无能补天、无才写戏，才是自己的真实面貌。尤其对于家乡戏剧,我绝对是个大外行,老混混,有悖先人之望。

我很羡慕姜子牙的直钩钓鱼。尽管是传说,不妨信着。信念能帮人撑劲儿。要没有撑着劲儿,怎么能在古老的中原剧界混到今天?

传统戏新编

卷一 老包打滚

Lao bao da gun

DRAMA COLLECTION

人　物　包　拯　曹贵妃　宋　王　张桂英　陈三成　曹　虎
阴半仙　曹太师　疤瘌眼　罗圈腿　张　父　范尚书
寇天官　串场人　王　朝　马　汉　老　媪　姑　娘
老乞丐　门　官　瞎老人　门卒甲、乙　禁军　宦官
探子　嫔女、内侍、家丁、舞女各若干

题　记

如同海蜇头只堪凉调，不宜红烧一样，本剧的布景只宜大减化，不宜大堆砌，减化到近乎“无”为最好。

我佩服旧舞台上那“一桌两椅”的运用，它们的功能达到了万能。我佩服旧程式中“以鞭代马”的创造，这位发明者第一次抡着“马鞭”上舞台的时候，不知曾被人嘲笑和斥骂到什么程度。

然而它们都成功了，它们统治舞台几个世纪。

我希望此剧的布景回头一顾，走简练的路。

然而，与之相反，此剧的灯光倒应该往前一看，走现代化的路，复杂化、电脑化、科学化，让先进的光学技术为“宋仁宗时代”服务。

请君一试！

一九八六年七月　大板楼东潮居

[敞开大幕的舞台上晕光朦胧,七彩交织。一位演员侧身端坐,手捧书卷,静如一尊雕塑。

[开演铃声响过，灯光尽收，只有演员身上留下余光——他便是此剧的串场人。此时,他缓缓转过身来,面向观众。

串场人 (念)云头高来水头低,
饱汉不知饿汉饥。
肥是忧愁胖是病,
嚼片饥荒消消疾。

圣人曰:“民以食为天。”随着太平日子和丰收年景带来的越来越多的肥美和安逸，人们渐渐淡漠了圣人之言的警示,乃至于万千年少子弟竟不知“饥荒”为何物。今天,我要介绍一篇有关“饥荒”的故事给诸位。卧冰而知暖,茹苦方识甘。在下特别提醒诸位看官注意:万岁爷的朝阁上下,各派势力,围绕着一场大灾荒,各做各的文章,各兜各的生意,真显真的威风,假卖假的精彩,定会让你大开眼界的。这正是:

(唱)大旱三年天未云,
陈州七县成火盆。
荒田垄头喊饿鬼,
旋风堆里鸣饥魂。(下)

[陈州城隍仓内外。

[一个老媪领着一个头插草标的姑娘摇着手里的破饭碗,向路人乞讨。小姑娘:“大爷大奶行行好!我妈快饿死了!救救吧!饿死了!救救吧!”

[一个赤臂瞎老人,抡着响刀,没命地拍打自己的胸脯和额头，边打边扯着沙哑的喉咙唱着:“有钱的，把钱掏;没钱的,给一刀!”

［张桂英、陈三成站在仓外等候着。

［众饥民嗷嗷待哺。

疤瘌眼　(执斗秤吆喝)开仓!

［饥民们拿着布袋,争相买粮。

罗圈腿　(吆喝着)排好队,排好队!

陈三成　(递上银子)籴米!

疤瘌眼　(接过银子放进秤盘,高念)碎银一两四钱!

罗圈腿　买米一斗四升!

陈三成　不对,银子足足二两,你称错了吧?

疤瘌眼　胡说!这是国舅爷从皇宫带来的皇秤,还会错?

张桂英　官榜上写五钱银,一斗米。转眼怎么疯涨一倍?

疤瘌眼　老子的话就是官榜,不信你看!(改官榜牌价。下)

瞎老人　(对陈三成)三成,为了活命,买吧!

［陈三成无可奈何地拎布袋随斗把式下。

［张父上。

［陈三成被仓促推上,跌倒在地,半袋粮食从内仓扔出来,撒了一地。

陈三成　(爬起,气得咬牙)我和狗日的拼了!

张　父　三成,怎么了?

陈三成　大叔!

(唱)官家卖米不公平,

秤大斗小把人坑。

咱三家凑银二两整,

只换得灰沙糠秕八九升。

你看!

［姑娘捧起一把米就往嘴里填……

乞　丐　我也吃!(突然呛着,猛烈咳嗽,喷出满嘴灰尘)

老　媪　(捧米看)老天爷,全是灰沙呀!

张　父　(气愤异常地)阎王爷不嫌鬼瘦哇!

罗圈腿　老头子,你吵什么?

张　父　你们欺人太甚了!

疤癞眼　那我就再欺负你一下!(从张父的粮袋里又舀出一瓢米来倒在地上)

罗圈腿　看你能给老子蛋咬了!(也舀走老汉一瓢粮食)

张　父　强盗!

(唱)掂刀截路当强盗,

比不过你们胆量高。

九尾狐狸成精豹,

想不出你们的鬼花招。

口说是赈灾救民把命保,

却原来抽筋喝血把骨敲。

走,随我见官!

[张父抓二把式论理,二把式恶狠狠地把张父推倒;老汉爬起,抓起秤盘,扔了过去。

秤把式　老头疯啦,打人啦……

[四国舅曹虎带着阴半仙、疤癞眼和一帮打手拥出。

四国舅　哪来的刁民扰乱粮仓?

张　父　你是何人?

阴半仙　老东西,不认识吗?——钦差命官陈州放赈总督监,天子龙眷慈圣光献皇后之兄,四——国——舅!

张　父　(单膝扑跪,秉拳直视)既是国舅,就该救民济世,怜贫惜苦,恪守王命。

曹　虎　嘿嘿,听你的口气,倒想来教训教训老子呢?国舅怎么啦,你往下说?

张　父　不该涨粮价!

曹　虎　嗯!

张　父　掺沙土！

曹　虎　嗯？

张　父　换大秤！

曹　虎　嗯？

张　父　改小斗！坑害百姓，辱没皇命，吸干百姓血，大发国难财！

曹　虎　（勃然大怒，喝命役卒）把这个疯家伙拖下去！

张　父　（挣扎，怒斥曹虎）四国舅，你敲骨吸髓，残害百姓，你你你，你好狠毒的心哪！

（唱）四国舅四国舅你不把民救，

俺本是断气的鬼你还来榨油。

吃活人啃死人你壮膘延寿，

你本是一只虎来到陈州！

曹　虎　（目眦皆裂，示意将张父放开）老人家，你骂得真好啊，我得奖赏奖赏你，来来来，走近点，再走近点！

［他乘老人不备，抽出短剑，一剑刺进张父的胸膛。

［张桂英惊叫着扑向爹爹。

［陈三成呼号着扑向舅舅。

［群众呼唤着围拢张父的尸体。

张桂英　（唱）爹爹惨遭歹人手，

尸卧长街血横流。

灾荒要命没要走，

国舅一来断咽喉！

（撞头，被众拦住）

陈三成　（唱）掉头不过碗大个口，

血溅曹贼报冤仇！

［陈三成抓起粮袋向曹国舅砸去，曹闪过，粮袋散开，满天灰糠飘飞，役卒们被呛得猛咳，他们扭起陈三成猛

打。

[张桂英冲向曹虎,抓起一只秤砣,狠狠地砸去,曹虎闪过。几个禁军扭起张桂英,国舅抽刀猛地扬起,忽又停下。

曹　虎　(望着张桂英的脸,眼里燃起邪火,笑了笑)看在你这个脸蛋上,饶你不死。(说着欲动手,被张桂英抽了一巴掌)

[众禁军威叫械逼,疤瘌眼挥鞭乱抽。众饥民护起张桂英、陈三成,节节退下。

曹　虎　来!把刚才那一帮人统统宰了!

阴半仙　国舅爷不可!

[曹虎忿忿地瞪着阴半仙……

阴半仙　都宰了,皇粮卖给谁呢?

曹　虎　那就由着他们到处骂我吗?万一告到京城……

阴半仙　那你就不会先把捷报报到京城……

曹　虎　捷报?

阴半仙　搞个《万民颂折》,奏于龙廷。

曹　虎　《万民颂折》?

阴半仙　正是,用万民之口,为国舅报功。

曹　虎　一万个说我好话的老百姓,那是好找的?

阴半仙　一个馒头换一个指头印,十万个也能找到。

曹　虎　(高兴起来)阴师爷,阴半仙,你真不愧是半仙之体呀!哈哈哈……

[灯暗。

(二)

[灯亮,皇宫,祈年殿。

[范尚书、寇天官、曹太师恭侍阶下,宋王高坐。

宋　王　(手捧《万民奏折》,喜不自禁)哈哈哈哈!众爱卿!今召尔等进宫,可知为着何事?

众纷议　“我等不知”。“可是为着陈州灾情”?“闻说陈州饥荒越来越可怕了”!

宋　王　非也!陈州传来佳音了!(举示《万民颂折》)十万百姓联名奏章,齐颂国舅曹虎赈灾降福,功高无量啊!

[众大臣听罢,神态各异。

[曹太师掩藏不住心中欣喜,咧开了嘴巴……

宋　王　有道是民为重,君为轻。但凡汝等都能像曹爱卿一样,一心为民谋福,则国无兵自稳,民无治自安。黎民百姓亦自会顶礼感戴。这《万民颂折》即是范榜。(他举起《万民颂折》向曹太师挥了挥)国丈大人,这也多亏你教子有方啊!

曹太师　不不不,全仗万岁盛德感化、提耳垂教之功!

宋　王　先圣有训“功懋懋则赏”。孤欲遵民之愿,即行封赏。众卿以为依何赏格赐赏为好?

范尚书　(出班叩奏)启奏万岁,臣却收到陈州百姓呈送来的另一种奏章!

宋　王　哦?哪一种奏章?

范尚书　一片啼哭之声!

宋　王　哭?哭的什么?

范尚书　(唱)哭的是,天灾之上添人祸,

饥荒州里添恐慌。

苦水河里添血水,

饿殍道上添冤枉!

宋　王　是何缘故?

范尚书　(唱)皆只为国舅曹虎把粮放,

大秤进银,小秤出粮。

粮价涨过十倍上,

爪牙个个似虎狼。

欺压打杀坑蒙骗，

饿鬼冤魂恨上苍。

“万民折”背后是罪状，

请看这血泪状纸一张张！

宋　王　(接过侍臣转递上来的状纸,略略翻过,不胜惊诧)……《状告四国舅》?……《状告四国舅》?……《状告四国舅》?!曹太师(突然放声大笑)哈哈哈哈!范尚书,圣上未闻之事你闻,圣上所誉之士你毁,真不愧“先天下忧”之圣人也!

范尚书　难道我不该向圣上奏禀民声社情么?

曹太师　真正的民声社情在这《万民颂折》之中,你为何视而不见,充耳不闻?

范尚书　你是宁肯损伤社稷,不肯责一孽子哟!

曹太师　你是仇恨皇亲,嫉贤妒能,心怀叵测!

寇天官　奖功罚罪,兴国之策,法治律行,安民之本。万岁!速派人陈州辨查,功者大奖,罪者明罚!

众大臣　“对,对,对,寇天官所言极是,速派人陈州查辨为是!”

宋　王　众卿之见,派谁为好?

曹太师　既然如此,老夫愿往!

[诸大臣有的惊疑,有的讪笑,有的频频摇头。

曹太师　(推出身旁潘大人)再不然,潘人美大人最宜此任!

[诸臣唏嘘者多,附和者少。

寇天官　(重语举荐)启奏万岁,龙图阁待制、开封府尹包拯出使此任最好!

[满殿附和赞同之声。

[宋王为之一怔。

曹太师　万岁!包拯一府之尹,无权监察皇亲。况包拯刚愎自用,就连你的话，他也常常不听。你仅仅说了他几句不是，他便推病数日不朝！万岁三思啊！

[宋王紧蹙眉头。

[灯暗。

（三）

[串场人出。

串场人　众位看官，有道是"当事者迷，旁观者清"。曹国舅搞的那个《万民颂折》是假的，你我看得很清楚，可它到了宋王爷手里就不那么容易搞清楚了。宋天子搞不清楚，那就弄假成真了。

（唱）假作真时真亦假，
　　真到假时假成真。
　　真真假假混一处，
　　凑出个花花世界美乾坤！

[灯亮。燕宁宫。

[数名宫娥在为曹贵妃整修晚妆。

[执事太监上。

太　监　启奏娘娘，万岁即将临幸。

曹贵妃　知道了！

（唱）天生丽质盖妃嫔，
　　满宫宠幸在一身。
　　玉手日日携天子，
　　柳眉夜夜对龙君。
　　紫绡帐内参国事，
　　红绫枕畔管乾坤。
　　人道江山赵家坐，

暗属曹家有五分。

[一宫女上。

宫　女　启奏娘娘！太师爷驾到！

[曹太师急急上。

曹太师　(跪拜)娘娘！

曹贵妃　(跪扶)父亲免礼！

曹太师　女儿，大事不……

曹贵妃　(急制止太师，挥退两旁侍从)父亲，何事惊慌？

曹太师　有人告发你四哥啦！

曹贵妃　哦？……不用担心，陈州百姓送来了《万民颂折》，皇上正要加封四哥呢！

曹太师　可也正是陈州百姓，又告发你四哥改圣谕、涨粮价，大斗进、小斗出，而且杀人霸女……

曹贵妃　难道四哥的毛病又犯了？

曹太师　眼下关紧的是要保你四哥呀！

曹贵妃　这个请父亲放心，就是四哥把天翻个个儿，我也得叫圣上说他翻得好哇！

曹太师　圣上这一关好过，可包黑子这一关……

曹贵妃　(吃一惊)怎么？包拯出来插手了么？

太　师　众臣举荐，恐难阻挡！

曹贵妃　这可就有点费事了！

太　师　为父倒有一条妙计，拦挡得住包拯的腿脚，这全靠你来对圣上——(与曹贵妃密语)

太　监　(长吆)万岁驾到！

[曹太师从后门匆匆溜下。

[曹贵妃目送太师走后，佯散云鬓，扑地跪迎皇驾。

[宋王上。

宋　王　(望见曹贵妃，顿然舒眉)梓童！今日为何行此大礼？

[曹贵妃……

宋　王　快快平身！

[曹贵妃……

宋　王　快请起，快快请起！

[曹贵妃云鬓垂得更低，微闻抽泣之声……

[宋王示意宫娥把贵妃搀起。

[曹贵妃勉强站立，泪花闪闪。

宋　王　（亲切地上前抚慰）这是怎么了？怎么了？是谁伤了你的心了？

曹贵妃　万岁，你还是把贱妃贬出宫去为好！

宋　王　这是为何？

曹贵妃　免得贱妃在你身边，连累君王清名，损伤天子龙威。

宋　王　这又从何说起？

曹贵妃　我的万岁呀！

（唱）今日里大辩论金殿之上，
满朝人有几人为王帮腔？
曹虎兄秉圣旨去把粮放，
吞瘟风喝瘴气尽忠效王！
掏力的卖命的招惹诽谤，
闭目的养神的反是栋梁。
"万民折"万民心万民颂扬，
到王手反被人怀疑讽凉。
似这样喧龙廷轻慢天子，
长此往难免得祸起宫墙，你仔细掂量，
我的王啊王啊王！

宋　王　（不悦地叹了口气）唉！我本不想对你讲起今日金殿之事，你倒先知道了。

曹贵妃　万岁，还有你不知道的事，不知你想不想知道？

宋　王　什么事情？

曹贵妃　我的万岁啊！

(唱)风不刮树不摇星稀夜静，

开封府暗聚起一群党朋。

宋　王　他们要干什么？

曹贵妃　(唱)妒贤人忌功臣诽谤萌动，

诬皇亲陷戚侯毁王股肱。

宋　王　哎！梓童讲得严重了！开封府尹包拯，虽有固执、任性、不近人情之短，却也有铁面无私、清廉尽职之长，谅他不会聚众干那些阴谋篡越之事！

曹贵妃　我好心的万岁呀！

(唱)恻隐心怜悯情属王最浓，

怎挡得君臣间明戈暗兵。

汉平王信王莽丢了头颈，

刘协王恋曹操朝代更名。

现时下黑脸汉受你重用，

以我看他是一条勒你脖子、扼你喉咙的上吊绳！

宋　王　你这个"黑脸汉"指的谁？

曹贵妃　就是指的包拯！

宋　王　我知道你讨厌包拯。可是，众意难违，就叫他包拯走趟陈州，你四兄行端立正，百姓拥戴，怕他何来？

曹贵妃　万岁！你真以为他是去查国舅的么？

宋　王　不查国舅，又查何人？

曹贵妃　他是去查你皇家，查你皇亲，查你皇帝呢！

[宋王心头一颤，目盯贵妃……

曹贵妃　我的好心的万岁呀！

(唱)请万岁静静心回头一看，

看包拯是你的何种官员？

初入选他就把皇考来反，
坐开封又来个法代皇权。
青苗案杀了咱皇马一串，
断民讼拆了咱皇家花园。
黑脸汉不能把“皇”字见，
一见“皇”字就刁难。
杀了鲁郎皇表舅，
关了葛霸皇甥男。
铡了新科皇驸马，
把你的皇王圣旨撂一边。
他俩手都把鲜血染，
他杀的杀，砍的砍，铡的铡，监的监，
用咱们皇家声誉、皇亲性命、
换来一个黑清官。
万岁呀！
他偷偷把你的江山换，
你还在宰相肚里行舟船。
劝万岁，访一访，走一走，听一听，看一看，
现时下谁还提你宋天子，
普天下都在呼喊“包青天”！

[宋王如锤叩心，疑妒丛生……

宋　王　（唱）几句话说得我心头打颤，
提今事想往事火往上翻！
包拯他对孤王历来不善，
软着顶硬着碰手揽太宽。
天想管地想管无事不管，
多少回管到寡人头上边。
岂是我有眼睛视而不见，

我我我活活忍了好多年。

怒上来赏他一挂铁锁链——

(喊)抓包拯!

[数禁军拥上。

[曹贵妃挥退禁军。

曹贵妃　(紧忙制止)万岁,不能,眼下还不能抓呀!

(唱)他还有亲王重臣在后边。

锁链一动朝野乱,

能把你社稷翻几翻!

宋　王　用又用不得, 抓又抓不得, 那你叫孤怎么办哟?!

曹贵妃　锁链拴不得他,差事倒是拴得他的!

宋　王　(不解地)梓童之意是……?

曹贵妃　城西六塔河可是该修了!

宋　王　(恍然大悟)你是说让他去挖六塔河……? 那么陈州之事?

曹贵妃　汉王鞍马亲征,赢得三军拥戴;唐王布衣下访,留得青史美名,难道万岁就不能亲自下一趟陈州么?

宋　王　你是说让寡人亲下陈州?

曹贵妃　亲自到前线慰问灾区民众,亲眼看看曹虎是好是坏!

宋　王　(悟然)哦! 你个机灵鬼!

[曹贵妃娇媚地偎依于宋王怀中。

[灯暗。

(四)

[串场人出。

串场人　“人在家中坐,祸从天上来。”我们的“黑包子”还未出场,就被娘娘又射箭,又垫砖,骂了个狗血喷头,还给他准备好了一个劳动改造的差使。好人难当啊！包黑子，你得防着点啊！

[灯暗，转场。开封府偏堂。

包　拯　(放下手里几份状纸，扶轩望月，喟然长叹)

(唱)王法好造不好用，
　　律条好颁不好行；
　　江山好打不好坐，
　　官司好问不好评。
　　自从我坐开封府，
　　天子脚下管京城。
　　文臣武将都得碰，
　　皇亲国戚过交情。
　　一点不对伤和气，
　　两点不对伤感情。
　　三点不对得罪了，
　　他恨我恨得牙根痛。
　　骂我包拯老祖宗！
　　为此事，夫人劝我装点病，
　　该糊涂时莫聪明！

[门官上。

门　官　禀大人，范大人、寇大人到。

包　拯　(诧然)哦！这般时候了，二位大人竟然来访，想来必有大事。有请！(整衣正冠，匆忙出迎)

[诸大人上。

包　拯　诸位大人深夜屈就敝府，有何赐教？

范尚书　包大人，陈州七县危困，敬请府尹出援！

包　拯　皇粮万担不是送去了么？

寇天官　皇粮万担，只堪望梅止渴！

包　拯　四国舅赈灾有功，陈州百姓不是上了《万民颂折》了么？

范尚书　包大人，陈州百姓还送来了封封冤状，你可曾见到？（把一叠状纸递于包拯）

包　拯　（示状纸）我这儿收的还没看完呢！一边请功，一边告罪，事情就是如此蹊跷！

寇天官　事不蹊跷，何必找你老包！

包　拯　（喟然长叹）我管得了么？国舅非同一般权豪，朝内有曹娘娘撑腰，朝外有曹太师袒护，天子又立册表彰，纵然犯法杀人，岂奈他何！

寇天官　包大人，你今天是怎么了？

［门官急上。

门　官　禀老爷，门外倒卧两人，昏迷之中，连连呼喊"包大人"，"下陈州"，"下陈州"，"包大人"！

寇天官　抬进府来！

［众衙役抬张桂英、陈三成上。

［一个布包和一卷纸从陈三成怀中滑出。王朝拾起，呈递于包拯。

［陈三成醒来，发觉怀中东西丢失，疯魔似地跳起，扑向包拯抢夺。王朝、马汉等驾戟拦住。

［包拯挥退众侍卫，把布包、纸卷还与陈三成。

王　朝　壮士，这就是包大人。

陈三成　（一惊，眼前一亮，仰头长呼）包大人！陈州百姓想你呀！

［包拯搀扶陈三成；陈三成跪地不起。

陈三成　（把布包举过头顶）包大人，请收下四国舅的皇粮一碗！

［包拯打开布包，众围看，寇天官抓起一把轻轻吹了吹，灰糠飘飞……

陈三成　（把纸举过头顶）包大人，请收下四国舅的牌价一张！

［八贤王与范尚书展卷，众观看……

寇天官　(望着纸张,读出声来)“一两银一斗米,农田换米女人换米！”

[众人一片唏嘘之声。

陈三成　(把一封状纸举过头顶)请收下这份冤枉大状！(摇晃桂英)桂英！快醒醒！包大人收下咱的状纸了！

张桂英　(昏迷中听见“包大人”三字,猛然惊醒)包大人？……包大人……？(大呼)包——青——天！

包　拯　这一女子,有话请讲！

张桂英　(唱)我是陈州一良民,

虎口里逃出来个半死人。

我走不动了爬,

爬不动了滚,

滚滚爬爬把京进,

千里来寻包大人！

包青天哪！

陈州事你若再不管不问,

饥荒州俱都是:

饮恨的鬼来喊冤的魂！

我的包大人哪！

包　拯　录事官！开宗立案,录下口供！

张桂英　(唱)陈州三年遭大旱,

干了地来焦了天。

五谷百苗绝了种,

草根树皮当参餐。

针穿黑豆长街卖,

河里杂草上戥盘。

多亏天子睁龙眼,

十万皇粮送颍南。

活着的等，死了的盼，
盼来个曹虎放粮官。
国舅国舅不救命，
他喝血敲骨榨民钱。
先改皇榜涨粮价，
再把等级翻三番。
米中沙土掺对半，
斗改八升秤加三。
我的老爹爹，
心不服，气难咽，走上前，把理辩，
四国舅他蛇蝎心、虎狼性，
刺死我父，长街暴尸绝人寰！
我可怜的老爹爹呀！
我喊冤告状走府县，
县衙不管府衙关。
我再喊冤枉进州衙，
州官吓得犯疯癫。
我舍命进京闯金殿，
宫门重重上铁栓。
我曾握剪刀对喉管，
我曾挂丝绳梁上悬。
我曾想头颅触石碾，
我曾想跳井葬冷泉。
我死死死，死死死，
死几死没把阎王见，
念只念人间还有个包青天！包青天！

包　拯　（义愤填膺）啊呀好恼！
（唱）听冤情不由得火冒三丈，

四国舅毁王法践踏刑章。

寇天官　哎呀呀！四国舅权高势大,可不是好惹的哟！

包　拯　(唱)二大人求万岁快把我放,

二大人　放你哪里前去?

包　拯　(唱)下陈州尝一尝国舅的皇粮！

二大人　你我立刻进宫！

[突然,传来宦群吆喝声:“圣旨下！”

包　拯　接旨！

寇天官　慢！半夜三更,圣旨来得好紧急！

范尚书　好蹊跷！

寇天官　何人传旨?

门　官　曹太师！

寇天官　哎呀包大人,此旨万万接不得！

包　拯　圣旨到来,焉有不接之理?

寇天官　这道圣旨,恐非天子的圣旨,而是曹家父女的圣旨！

范仲淹　以你之见?

寇天官　躲旨！

包　拯　躲旨怠命,非我所为,接旨！

寇天官　为了陈州百姓,我看必须这样——(三人耳语)

[灯暗。转景。

[京城街道。

[包拯带人马悄悄潜行。

包　拯　(唱)钟鼓楼上敲四更,

隐星退月停了风。

万籁俱入南柯梦,

独有我开封府,

人未眠,马不宁,轻传令,暗点兵,

不声不响,不吹不打,

偷偷摸摸离汴京。
大臣托付心事重，
八千岁口谕更恳情。
张桂英冤案催心痛，
都盼我下陈州：
理民讼，察民情，悬民镜，动法绳，
摸摸老虎，捅捅马蜂，拧拧瘟神的血喉咙！
策马拥过南门洞……

王　朝　(急禀)大人！前边出现娘娘的巡卫仪仗！

包　拯　哦！
(唱)拨转马头走北城！
[包拯率部下。
[曹贵妃在仪卫簇拥中上。

曹贵妃　(唱)钟鼓楼上敲四更，
爹爹进宫又报警。
包拯逃出开封府，
拴包圣旨落了空。
这真是铁锅盖他也给你钻个洞，
你说他成精不成精！
既然他金蝉脱壳诡计用，
我就得撒出一把捆仙绳。
七十二街都把定，
四方城门都加封。
百道暗岗千道哨，
苍蝇蚊子也不放行。
稳坐御辇候动静，
天罗地网等包拯。
[一侍卫匆上。

侍　卫　(跪禀)包拯潜行而来!

曹贵妃　埋伏了!

［众禁卫军四面埋伏下。

［包拯一行上,迎面一群禁军执戟拦道;包拯欲回头躲避,数执戟侍卫冲出再拦。如此反复折回,反复被拦,最后曹娘娘迎面走出。

包　拯　参见娘娘!

曹贵妃　下跪何人?

包　拯　龙图阁待制、开封府尹包拯。

曹贵妃　包拯!怎么这么巧。一出宫门就碰上包龙图!请起,快快请起!

包　拯　谢娘娘!

曹贵妃　包大人,你起得好早啊!

包　拯　彼此,娘娘起得也不晚哪!

曹贵妃　你起这么早做什么去?

包　拯　溜达溜达!请问娘娘起早有何大事?

曹贵妃　我么……我也溜达溜达!

包　拯　好好好,既然如此,你朝这边溜达,我朝那边溜达!

曹贵妃　不不不!咱们一起溜达溜达!

包　拯　这个……?

(背唱)看起来曹家人并未睡觉,
咬着牙瞪着眼盯着老包。

曹贵妃　(背唱)不睡觉不合眼事情小小,
放走了黑老包定把祸招!

包　拯　(唱)皇贵妃起五更逛街溜道,
恐怕是宫廷规矩头一遭!

曹贵妃　(唱)包龙图偷偷摸摸暗溜号,
这才是正人君子露钻刁。

包　拯　(背唱)前是兵后是马来势不小，
曹贵妃　(背唱)我还得慢拉弓先礼后刀。
哟！我的包大人哪！
(唱)你为国为民太操劳，
比着往日可瘦多了！
包　拯　(唱)包拯生来福分小，
大鱼大肉不上膘。
曹贵妃　(唱)是不是身体不太好？
要不要：我派个太医把你瞧！
包　拯　(唱)多亏娘娘多关照，
俺包家世代不会把药熬。
告辞了！(欲下)
曹贵妃　(拦阻)包大人，多聊一会儿嘛！
(唱)听说你乡间还有老和小，
在家种地把耧摇。
你早该接他们来京住，
官职级别我全包！
包　拯　娘娘！
(唱)包家的命是陈年枣，
又干又皱又苦焦。
富贵荣华享不了，
越种庄稼越寿高！
告辞了！(率众欲下)
曹贵妃　(拦阻)再等等，再聊聊嘛！
(唱)听说你家有个嫂，
养育之恩传满朝。
我奏本封她诰命老，
你说好不好？好不好？

戴凤冠来穿紫袍。

包　拯　(唱)嫂嫂更是贫贱命,

离不了绳床瓦灶稀饭瓢。

她一戴凤冠头发掉,

一穿紫袍就疼腰!

曹贵妃　包爱卿,哪里话来……

包　拯　(唱)求娘娘快快放我走了好,

我满头急火要燃烧!

曹贵妃　你……还是不走为好,

包　拯　(唱)劝娘娘不要拦臣道,

曹贵妃　(唱)你夜离京城为哪条?

包　拯　(唱)陈州百姓把曹虎告,

曹贵妃　胡说!

(唱)万民折齐赞曹虎有功劳!

包　拯　(唱)是真是假查了才知道,

快快放我出城过吊桥!

[两部人马几闯几拦,曹贵妃突然抽出圣旨,打开宣读——

曹贵妃　包拯听旨!

包　拯　(跪)臣在!

曹贵妃　(读旨)"奉天承运,皇帝诏曰:城西六塔河年久失修,淤泥塞道。即命包拯任挖河督办,率民修治,克日完工,不得延宕,钦此。"

包　拯　遵旨!(接旨在手,展看,颤抖,突然长喝一声)王朝马汉——出城了!

曹贵妃　哪里去?

包　拯　下陈州!

曹贵妃　这圣旨?

包　拯　照办！

曹贵妃　六塔河？

包　拯　照挖！

曹贵妃　陈州？

包　拯　照下！

曹贵妃　难道你有分身之术？

包　拯　先下陈州，后挖西河，天患人患，一并清除，不误工时，又赈灾区，圣上惠知，定会首肯！

曹贵妃　哈哈哈！你……压根打错算盘了！陈州之任，已经有人承担了！

包　拯　（一惊）何人承担？

曹贵妃　万岁爷！

［宋王上。

包　拯　（大礼）罪臣包拯参见万岁！

宋　王　包拯！

包　拯　罪臣在！

宋　王　挖河去！

包　拯　这……

宋　王　怎么，寡人的话你也不听吗？

包　拯　遵旨！万岁，您真下陈州么？

宋　王　怎么？只兴你下陈州，就不兴我下陈州么？！（拂袖）梓童！起驾陈州！

［两部人马穿场，一派混乱。灯暗。

（五）

［串场人出。

串场人　诸位看官，这曹贵妃可不是一般的贵妃，她跟包拯过招，是避其锋芒，敲其脊梁，以假为真，抽其麻筋。你包黑子不是厉害吗？我不缠你，我叫宋王爷缠你。你包黑子和一把手较上劲儿，我看能有你的好果子吃吗？我就等着收你的尸哩！不过话说回来，那包黑子也不是一般官员，他是把头别在腰里才当官的，这就有好戏看了！

(唱)一道圣旨往下颁，
　　包拯成了挖泥官。
　　枕头风儿果神验，
　　搬动天子出了山！
　　哎嗨呀，出了山！
　　这才是，你走你的当头炮，
　　我走我的卒拱边，
　　各有各的十八般！
　　有胆量的咱陈州见，
　　看一看，是天盖地，还是地盖天！

[陈州，新落成的国舅府门前。

[开场时我们见到的那位讨饭的小姑娘和开刀行乞的瞎老人分别蹲在舞台两角，面向观众乞讨。

小姑娘　(敲着手里的破碗，含混不清地念着)“五十四、四十五，山上下来一只虎，喝人血，吃人肉，嚼着骨头不嫌瘦”……

瞎老人　(用响刀吃力地拍着胸膛，扯着沙哑喉咙)有钱的，把钱掏；无钱的，给一刀！

[疤瘌眼和罗圈腿醉上，疤瘌眼边啃着烧饼边打饱嗝，二恶奴的饕餮之相，引得饥民们围拢来。突然，一蓬头垢面的小乞丐扑上去，夺过疤瘌眼手里的烧饼，没命地往自己嘴里填……二恶奴追了过去，疯狂地抽鞭子。

[一老媪扑了上来，抓住疤瘌眼的鞭子。

老　媪　(哀告地)饶了我女儿！我是带她来……换米的呀！

疤瘌眼　哦！换米的？我还没看出她是个女人呢！

罗圈腿　（走过来托住下巴一看）噢！倒是个娘儿们！（喊价）三等人材一个——！半斗米——！

［姑娘哇地一声，扑到母亲怀里哭起来……

疤瘌眼　（走过去又搬起姑娘的脸一看）别哭别哭，他说的不算，我再给你提一级。（喊价）二级人材，一斗米喽！

［数役卒抓起小姑娘，往国舅府里拖拽，转眼从门内扔出半袋粮食。

［老媪扑上去，进紧紧搂住粮食布袋，一边拍着袋子，一边呆愣愣地咕哝着："娘的乖，别哭！娘的乖，别哭！"

［曹虎上，挥鞭赶走老媪。

［探子奔上。

探　子　国舅爷！天子銮驾已过温泽驿！

曹　虎　再探！

［探子下。疤瘌眼、罗圈腿及役卒上。

疤瘌眼　国舅爷！按您的吩咐，一切安排就绪。

阴半仙　饭桶！这段街道还没就绪呢！

［阴半仙使个眼色，疤瘌眼、罗圈腿挥鞭把饥民赶走。那位瞎乞丐躺卧在地，驱赶不动……

疤瘌眼　国舅爷，这个老儿赖这不走了！

［曹虎刷地抽出宝剑来，阴半仙忙拦住。

阴半仙　脏了这块地皮，万岁看见岂不扫兴？（对役卒）来，抬到郊外，好好埋了他吧！

［役卒抬着呻吟的瞎老人下。

［静场。静到可以听到老鼠的"唧唧"叫声。

曹　虎　这才像个天下太平的景象！

阴半仙　这才像个迎接天子的环境！

［二人舒心地笑起来。

［探子奔上。

探　子　报！天子圣驾已过黄树坡，明晨卯时可到陈州！

曹　虎　再探！

［探子下。

［曹虎示意，阴半仙指挥部下。

阴半仙　（喊）两厢戒严，四方封锁！

［众亲兵执戟穿插过场。

阴半仙　（喊）洒水！

［亲兵撒水过场。

阴半仙　（喊）扫街！

［亲兵扫街过场。

阴半仙　枯树开花！

［众兵向枯树枝上粘贴纸叶纸花。

［串场人上。

串场人　天子来检查，忙坏了曹东家。茅厕里洒麝香，驴马要刷牙。早死的芙蓉树，转眼就开花。

（唱）曹国舅的哥们儿了不得，

扮假造假是奇才。

霎时三下五去二，

另一个世界造出来，造出来！

疤瘌眼　（朝串场人扬起鞭子）滚！连你也不能在这儿待！

［灯暗。

（六）

［在锣鼓鞭炮声中灯渐明。

［次日，陈州街道焕然一新。横幛、彩旗、绿树鲜花……众"百姓"夹道欢迎天子入城。

[御林军上。齐声喊威:“天……子……驾……临!”

[亲兵装扮的“灾民”虔诚跪迎。

[国舅曹虎跪在“灾民”中间,频频叩首。

[宋王走下銮舆,眼中含泪,抚慰“灾民”。

宋　王　(唱)三日车马未歇鞍,
　　　　北离龙廷下颍南。

曹贵妃　(唱)一路灾象好凄惨,
　　　　万顷良田成火田!

宋　王　(唱)不料想陈州景象得另眼看,
　　　　差似那风调雨顺太平年。
　　　　这壁厢树木葱茏连成片,
　　　　那壁厢红花绿叶水鲜鲜。
　　　　干旱年哪来这等好景观?
　　　　真道是人杰地灵出奇观。
　　　　进城来丝竹盈耳笑迎面,
　　　　鞭花铺地旗遮天。
　　　　街道洁净店铺整,
　　　　彬彬礼仪在规范。
　　　　众百姓面不黄来肌不瘦,
　　　　鞋袜不破衣不单。
　　　(逐个看,疤瘌眼、罗圈腿——)
　　　　这样的眉,这样的脸,
　　　　哪里像是无吃穿?
　　　(逐个看舞女装扮的“百姓”——)
　　　　这样的神态这样的笑,
　　　　哪里像是有仇冤?
　　　　回想起月前龙廷大争辩,
　　　　险些儿众口铄金误英贤!

曹贵妃　(挑起竹帘,怒锁蛾眉)命曹虎来见!

　　[众太监传呼:“曹虎见驾!”

曹　虎　(上前扑跪)曹虎拜见娘娘!

曹贵妃　哇!

(唱)曹虎曹虎你不正干,
　　跑到陈州惹麻烦。
　　在家我曾把你劝,
　　这是非之地岂能沾?
　　大臣们躲之唯恐躲不远,
　　你却是救民唯恐救不完。
　　你在这瘴疠之地流血汗,
　　人家在爽阁凤楼享清闲。
　　你功劳建了一件件,
　　骂名招了一大摊!
　　恨上来,当街打你四十板——

来!打曹虎!

宋　王　(拦阻)哎呀梓童,不能打!

曹贵妃　打!

宋　王　不能打!

曹贵妃　打!

宋　王　(唱)孤王我取消你的打人权!

休得莽撞!虎爱卿是罪人,是功臣,要等到孤王访察之后再讲!梓童,你休要给我莽撞哟!(说着,兴冲冲向前走去)

　　[“灾民”呼着“万岁”随下。

曹　虎　(急趋前小声问曹贵妃)妹儿!包黑子来了吗?

曹贵妃　(撇嘴一笑)哼,他来不了啦!正在汴京城外当泥巴匠挖泥巴沟哩!

[兄妹二人会心地笑起来，收光。

[突然，包拯便装打扮，出现在观众席中。

包　拯　(唱)泥巴匠来了！

(七)

[包拯带着王朝、马汉及张桂英、陈三成，敲着泥铲瓦刀，穿过观众席，走至台前——

包　拯　(面向观众)诸位明公：包拯这里有礼了！(抱拳一揖)四国舅作恶多端，蒙蔽天子，祸害百姓，曹娘娘骗得一道圣旨，把我拴在挖河工地，不得为民做主，我岂能善罢甘休？所以我违了圣旨，私潜陈州而来，只是万岁怪罪时节，敬请诸位在圣上面前替我说上几句好话。哦，有同志问我，你这样徒步行走，何时才到？我们并非徒步行走，而是骑马而来，骑的是观众心中之马，一鞭就到。

[众人拥包拯登台，赶路。

包　拯　(唱)心急如火跑个猛，

张桂英　(唱)眼前就是陈州城！

[两个执戟门卒出现在城门口。

[众人隐避。包拯领着张桂英进城。

门卒甲　站住！哪里去？

包　拯　进城去。

门卒甲　咦！这城是随便进得的？

包　拯　城是百姓的城，有何进不得？

门卒甲　如今是国舅爷的城了，进不得。

包　拯　国舅爷的城，就不让老百姓进了么？

门卒乙　咦！你这老客咋像刚从闷葫芦里拱出来，啥事也不知道？

包　拯　我是外地人。

门卒乙　你是外地人也该知道大宋天子真龙皇帝来到了陈州正在视察民情！

包　拯　视察民情，就该让民觐见。

门卒乙　（笑得弯腰）咦……！你这老客也不撒泡尿照照自己，你合乎见皇帝的条件吗？

包　拯　不知见皇帝要什么条件？

门卒乙　那是筛三遍罗三遍，扒扒拣拣又三遍，专拣那吃得胖胖的、长得壮壮的，男的走起路一晃一晃的，女的走起路一浪一浪的。那些豪绅大富、高门大户、肥头大肚……往皇帝面前一站，方显得四国舅救灾有功啊！像你这黑不溜秋、光秃髅髅、穷不抽抽，进了城只能给国舅爷脸上抹黑了！站远点！再站远点！再站远点！

张桂英　门卒大哥，行个方便，让我……让我爹爹进去吧！

门卒乙　不行，站远点！站……（忽然发现是位姑娘，脸上顿时开花）站……站近点，再……再站近点嘛！（欲挑逗）

门卒甲　赖毛子，规矩点！

张桂英　这位伯伯，让我们进去吧！

门卒甲　他（指包拯）你是什么人？

张桂英　爹爹。

门卒甲　你真是个孝顺闺女呀！

门卒乙　不像！他黑，你白！不像你亲爹！

张桂英　我，我……我惨死的爹爹呀！（大哭）

门卒乙　看看，我说不是你亲爹吧？他是什么人？说！

包　拯　桂英，你怎么了！（制止）

张桂英　（警觉）他，他是我亲爹。

门卒乙　刚才你明明哭道（模仿）："我惨死的爹爹呀！"

张桂英　那是，那是……

包　拯　那是她看到饥荒年月,老朽寿命难久,先哭上几声……试上一试。

门卒乙　人没死,还兴先哭上几声试一试……?我再问你,你们进城要干什么?

张桂英　要报杀父之仇!

二门卒　(大惊)啊?(刀枪出鞘)要报什么杀父之仇?说!

包　拯　老父我健在,哪里报什么杀父之仇。我女儿是说进城下布店,去抱"纱布丝绸"!

门卒甲　"抱纱布丝绸",不是"报杀父之仇"?

门卒乙　饥荒年月还买丝绸?干啥用?

包　拯　作戏箱用的。

门卒乙　作戏箱?嗨嗨!这么说,你这个妞儿还是个唱曲的?那好,你对大哥唱上两段我就放你们进去。

[桂英为难,包拯使眼色鼓动。

门卒乙　唱嘛?还愣啥愣!

[包拯拿起泥瓦刀,桂英勉为其难地唱起来。

张桂英　(唱)高高山上一棵蒿,

王母娘娘担水浇。

一浇两浇浇活了,

做不成柱子做檩条。

门卒乙　换个快活一点的!

张桂英　(唱)东花园来西花园,

东西花园紧相连。

千金姑娘去观花,

后个跟两个小丫环。

大丫环,叫秋菊,

二丫环,叫瑞莲。

人都说秋菊长得好,

我看秋菊不如瑞莲。

门卒乙　换个悲哀一点的!

张桂英　(唱)天苍茫,地苍茫,

苍茫天地生饥荒。

饥荒来了犹可度,

虎狼来了难提防。

虎狼心肠扮人相,

说着人话是魍魉。

喝着人血戴乌纱,

嚼着人肉坐高堂。

枉杀无辜穿紫蟒,

盘剥百姓立牌坊。

虎作恶,虎逞狂,虎占山,虎为王,

千虎万虎万虎千虎比不上曹虎一只虎,

但愿得刮骨熬油点天灯,剥他的肚肠!

[罗圈腿闻声冲出。

罗圈腿　哈哈!张桂英,你可露面啦!你胆大包天,竟敢跑到开封府告了四国舅,我找了你一个月啦!来呀!把她捆起来!

[包拯打了个手势,王朝、马汉等冲出,杀死罗圈腿。门卒甲、乙见状,跪地求饶。

王　朝　谁敢透露俺进城的消息,和他(罗圈腿)一个下场!

[王朝等人拥护包拯、张桂英进城。下。

门卒甲　(从地上爬起,摸摸脖子,点点头)一帮好汉!(他照仍趴在地上的门卒乙踢了一脚)滚起来!我说赖毛子,咱要去报告,脑袋一块儿掉;咱要不报告,谁也不知道。你看咋办?门卒乙　(突然跳起来,喊)天下太平哦——!

[灯暗。

（八）

［串场人出。

串场人　常言说，法律比天大，不如皇帝一句话。你包黑子要整皇亲国戚，那是坟地里刨红薯——弄不好把自己的坑就挖好了！你说呢？

（唱）疼处敲，痒处挠，

老虎头上来拔毛。

灯蛾扑火猫入套，

自有好戏往下瞧

［一柱光线照于曹虎脸上，他面向观众，恭敬训话。

曹　虎　诸位！大宋天子真龙皇帝将于今晨开始视察陈州。此乃是对我陈州之无限关心，无限爱护，无限钟情，无限信赖。你们都是经过精心挑选的"灾民"，该说什么，不该说什么，本国舅早有训谕在前，敬希照办！功者重赏，错者重罚，无谓言之不预也！

［国舅隐去。台中出现"皇仓御店"大匾额。店中一片忙乱，进进出出，斗秤手们正在换斗秤，改牌价……

［一瞎饥民摸索着走近柜台。

瞎老人　掌柜的，买米！

斗把式　真见鬼！谁把这个老瞎子放进来了？

瞎老人　掌柜的！米价多高？

斗把式　（粗暴地）二两银，一斗米！

瞎老人　天说皇粮是五钱银，一斗米呀？

斗把式　（不耐烦地）要买就买，不买滚蛋！老子还有急事呢！（忙着准备）

［瞎老人递上银子。

秤把式　（草草称过）白银四两，买米二斗！

瞎老人　我的银子足够六两,你再称称!

秤把式　放屁!老子还能啃掉你一块银子?

[“瞎老人”突然拉下“胡子”“眉毛”,原来是疤瘌眼。

疤瘌眼　(抡臂狠狠地扇了斗把式两巴掌)浑蛋东西!教你们的全忘光了?

二把式　疤爷饶命!俺只当又是老百姓哩!

疤瘌眼　米价?

斗把式　是!五钱银,一斗米;没有钱可赊账;困难户,不要钱;残疾人,送到家!

疤瘌眼　称银子!

秤把式　是!六两七钱三分五厘足足有余!

疤瘌眼　客气一点!

二把式　是!(马上笑容满面)

疤瘌眼　恭敬一点!

二把式　是!(马上摇头摆尾)

疤瘌眼　(又每人赏一巴掌)准备去!

二把式　是!

[探子上。

探　子　快,快,来了!来了!

[疤瘌眼赶忙贴上胡子眉毛,穿上破衣烂衫,排在“购粮队伍”的最前头。

[二把式和其他人等,各就各位,规规矩矩站在柜台两侧。举公平斗,执公平秤,满面春风,笑容可掬……

[天子和贵妃同乘銮舆悠悠而来。

[宋王跳下銮舆,挥退侍从,徒步走到前头。

宋　王　(唱)访民苦,走民路,

与民同喜与民忧。

前面来到皇仓口,

这可是赈灾救民的总咽喉，

我要详察细究！

[宋王察看牌价，异常兴奋。

宋　王　(唱)高等皇粮低价售，

与孤之意尽相投。

困顿人家可赊账，

比孤想得更详周。

鳏寡孤独免收费，

更见慈善在当头。

牌价项项合民意，

先天下之忧而忧。

[宋王认真地察看斗、秤，几个斗把式轮番提起满满的大斗。雪白的大米，瀑布似地流入“饥民”的口袋。

[宋王走到买粮的“饥民”当中，躬亲相问。

宋　王　斗可足？

瞎老人　足得拉拉流！

宋　王　秤可够？

瞎老人　皇秤哪有不够的！够得打不住砣！

宋　王　米可好？

瞎老人　好得吃一粒米能顶半晌！

宋　王　四国舅有无欺骗百姓之处？

瞎老人　(勃然大怒)你这是什么话?！陈州七县谁不知道国舅爷高举天子伟大赈灾红旗，处处按天子指示办事，那是清如水，明如镜，累倒床上不看病。你疑心国舅就是疑心天子，诽谤国舅就是诽谤天子，我与你拼……

阴半仙　(大喝一声)不得无礼！你面前站的正是天子！

瞎老人　(扑地跪倒)我的妈呀！万岁饶命！我是个瞎子呀！

宋　王　(急忙扶起“瞎子”)瞎子好，好瞎子啊！哈哈哈哈……

［宋王笑着走下，其他人各用各的心理和方式赔笑着随下。

［包拯等上。

包　拯　好一个瞎子！（向王朝使个眼色，）盯上他！

［包拯率众尾随瞎子走去。

［灯暗。

［转景：卖女儿的老媪家，村郊茅舍。

［疤癞眼指挥着几个役卒，向屋内抬桌椅、米面，一盘白蒸馍摆在显眼处。

［中堂两旁贴着对联“真龙再世，社稷有福”。横批“我主万万岁”。

［几个使女正忙着给这家母女梳洗打扮，向她们那挂满泪痕的脸上涂抹胭脂。

老　媪　女儿！

姑　娘　妈！我回来了！

老　媪　乖！

姑　娘　妈呀！（扑向母亲怀中大哭）

疤癞眼　（把二人拉开）行了行了，哭一遍都行啦，咋连着趟哭哩？

老　媪　你们真把我女儿还给我了？

疤癞眼　国舅爷的命令，还能有假！快打扮，快打扮！

［使女继续朝老媪、姑娘脸上抹粉。

老　媪　这米面白馍，你们不拿走了？

疤癞眼　国舅爷说的话，还能不算数！快打扮，快打扮！

［使女继续拉着母女俩涂抹。

老　媪　这桌椅板凳你们也不要了？

疤癞眼　（厌烦地）不要了，不要了！（厉声）你不要动了！

［使女把二人打扮完毕，站在远处端详。

疤瘌眼　算你母女俩福分大,待会儿国舅爷来看你们,只准你们说:“托国舅的福哇!”其余任何话不准说,明白吗?

母　女　(呆愣愣的)明白,明白。

疤瘌眼　演习一下,说!

母　女　托国舅的福哇!

疤瘌眼　再说!

母　女　托国舅的福哇!

疤瘌眼　笑一点!

母　女　托国舅的福哇!

疤瘌眼　再笑一点!

母　女　托国舅的福哇!

疤瘌眼　你娘俩那脸是刷皮胶啦咋的就笑不开?笑,笑一笑一斗米。笑,再笑!狠笑!

[母女俩傻呆呆地笑着,笑着……

[探子奔上。

探　子　快!天子来啦,来啦!

[疤瘌眼一挥手,人丁尽散,场上只留下母女二人。

[宋王在众人簇拥中缓缓而上。

宋　王　(唱)串罢饭场串农家,
农家更叫孤惊诧。
田地有灾家无灾,
荒野无花脸有花。
米多面足无所怕,
饥荒不打百姓牙。
窥豹一斑知全貌,
看了一家知万家。

宋　王　此类家庭,陈州共有多少?

阴半仙　启奏万岁:陈州七县三千四百五十三户,放赈前,都是饥荒人家;放赈后,十之八九一概变成这样的户头。

[宋王注视老媪母女,母女呆呆地笑着。

宋　王　(唱)老人家,你年纪多大?

老　媪　(唱)托国舅的福哇!

宋　王　(唱)小姑娘,你姓啥?

姑　娘　(唱)托国舅的福哇!

宋　王　(唱)三载大旱怕不怕?

母　女　(唱)托国舅的福哇!

宋　王　(唱)他母女为何如此答话?

母　女　(唱)托国舅的福哇!

阴半仙　(唱)皆因国舅恩德大,

深入民心把根扎。

心里想啥口说啥,

直来直去俩傻瓜!

万岁驾到,还不跪下!

母　女　(跪倒)托国舅的福哇!

宋　王　(搀扶母女)请起,快快请起!虎爱卿,你是个有功之臣哪!哈哈哈哈……

曹贵妃　万岁呀!

(唱)事情大白见真相,

为妃不禁更悲伤。

功臣险些遭毁谤,

庸辈苟安却荣昌。

(拿出一叠状纸)

这一封封控告诬陷状,

人世间怎能容忠良!?

宋　王　虎爱卿听封!

曹　虎　万岁!(跪地)

宋　王　(唱)孤封你食邑三万户，

世代承袭“东贤王”。

兼除大宋救灾侯，

天下放赈总督粮！

曹　虎　谢主隆恩！

宋　王　待孤回京之后，宣谕朝廷，彰扬全国，重重嘉奖。内侍臣！

众　在！

宋　王　即刻回京！

曹　虎　(跪)送万岁！送娘娘！

[宋王下，众随下。

曹贵妃　四哥，(把一叠状纸，交于曹虎)这一把告你的状纸，就留给你作个礼物罢了。珍重了！(会心地笑下)

曹　虎　送妹妹！(翻看状纸，咬牙切齿地笑了)哈哈哈哈……

[灯暗，曹隐。

(九)

[灯亮，包拯率众上。

王　朝　大人！现已查明：四国舅杀害人命四十七条，抬高粮价盘剥渔利白银五万两，霸占田产七十顷！

马　汉　天子刚刚返京，四国舅便撤了舍饭场，粮价暴涨如初！

张　龙　天子名誉毁于一旦！

陈三成　难道陈州永劫不复了吗？

王　朝　大人！以奴才之见，签捉曹虎，提京治罪！

众　人　对，捉曹虎，捉曹虎！

包　拯　曹虎兵丁众多，防守严密，倘捉他不到，反毁了我们。况且天子不明真相，你我将有欺君之罪。

众　人　这如何是好？

包　拯　解铃还须系铃人，追赶圣驾，劝万岁返回陈州！

王　朝　什么？追赶皇帝？

包　拯　备马！

[灯暗。

[急骤的马蹄声此起彼伏，灌满整个剧场。

[转景：野道上。

[皇家仪卫拥宋王、曹贵妃上，匆匆赶路。

曹贵妃　（唱）陈州出巡大成功，

轻车快马返汴京。

回朝高悬嘉奖令，

活活气死小包公！（走圆场下）

[包拯带众随从策马上。

包　拯　（唱）陈州私访案查清，

罪人曹虎反受封。

快马追赶宋天子，

系铃还需他解铃。（走圆场下）

[皇家仪卫拥上。

曹贵妃　（唱）燕飞鹰旋似欢庆，

祝我曹家勋业成。（走圆场下）

[包拯一行策马上。

包　拯　（唱）燕飞鹰旋走捷径，

隆隆銮驾在望中。（追下）

[皇家仪卫在前，包拯一行在后，齐上。

曹贵妃　（唱）驷马高车入栈道——

包　拯　（唱）拦住道口把驾迎！

包　拯　（望銮驾躬身一揖）娘娘万福！

曹贵妃　何人挡驾？

包　拯　开封府尹包拯。

曹贵妃　包拯?(吃了一惊,继而镇静下来,嫣然一笑)包爱卿,你如何跑到这个地方来了?

包　拯　特来迎接圣驾!

曹贵妃　难得爱卿一片真心!那就随驾回京吧!

包　拯　臣有要事启奏,等不得回京,烦劳娘娘慨允。

曹贵妃　那好,你就说吧!

包　拯　臣要面见圣上。

曹贵妃　圣上舟车劳顿,龙体欠适,概不接见臣属。

包　拯　就让臣驾前探望探望也好。

曹贵妃　大可不必!(怫然敛眉,拉下珠帘)起驾!

众太监　(应声呼叫)起驾!

[禁、军执戟开路,銮舆隆隆前驶。

[包拯和他的随从们步步后退。

[包拯突然拦道跪下,随从随之齐跪。

包　拯　娘娘!万岁早有圣旨:"军情紧变,日夜准奏;民情火急,随时报闻。"伏叩娘娘恩准见驾!

曹贵妃　但不知你有何"紧急"之事?

包　拯　陈州七十万黎民濒临绝境,国威君誉将毁于一旦!

曹贵妃　哼哼……!我早猜着你是来纠缠陈州之事。

包　拯　娘娘!请准参拜圣上!

曹贵妃　起驾!

[銮驾隆隆前驶,包拯跪地后退。

包　拯　(连呼不应,突然仰身横卧路面,抱拳向天一揖)娘娘!恩准为臣参拜圣上!

曹贵妃　包拯!你这样惊闹皇家仪卫,可知有断头之罪。

包　拯　断一人之头,救七十万黎民,大大合算!

曹贵妃　我……我曹家哪一点得罪了你,你这样和俺过不去?

包　拯　得罪包拯,何用一提?得罪黎民百姓,王法不饶!四国舅欺瞒皇上,掩盖罪恶,隐蔽灾象,粉饰太平,连娘娘你这亲妹妹他也未对你尽讲真话,我岂能饶他?娘娘!

(唱)臣吃皇粮戴官帽,

为国管民秉律条。

我饶国舅容易了,

谁把国家王法饶?

曹贵妃　(唱)你心狠手毒性残暴,

诬陷皇亲害同僚。

陈州之案王定了,

你翻案就是反当朝!

——起驾!

[銮驾再次往前推进,包拯滚了几个翻身。

包　拯　(唱)四国舅弄虚作假罪加罪,

包拯我奏明真情是功劳!

曹贵妃　(唱)包拯他决心要把曹家倒,

既如此他出剑来我对刀!

——起驾,起驾!

[銮驾猛往前进,包拯急滚急躲。

包　拯　(唱)看起来曹娘娘的怜悯心求告不到,

曹贵妃　(唱)轧翻你小包拯解我心焦!

——起驾,起驾,起驾!

[銮驾连连猛推,包拯躲闪不及,眼看辗住身子,王朝、马汉抵住车轮,包拯纵身跳起,大吼一声:“闯了銮驾!”

[王朝率人护住包拯,马汉率人掀翻銮驾。

[曹娘娘拼命哭喊。

[宋王上,见状大怒,命禁军出击。

[包拯来到宋王驾前扑地跪倒。

包　拯　罪臣包拯参见圣上！

[宋王并不答话，示意禁军把包拯扭起。

[曹贵妃奔来，伏在宋王驾前痛哭。

宋　王　包拯，你翻天了！

包　拯　正是有人翻天，毁王社稷，臣才闯了娘娘銮驾，冒死进谏，四国舅他……

宋　王　住口！（紧握剑柄，在包拯面前急骤徘徊，好半天，才冷静下来）包拯，你藐视皇仪，冲撞銮驾罪当斩首！念你耿忠在朝，小有功劳，免尔不死。（宋王背过身去，挥了一下手）你……回乡去吧！

[常侍太监取掉包拯纱帽，脱掉包拯蟒袍。

包　拯　（眼含热泪，大礼一拜，扭头便走。走了几步，又转身走回，从怀中取出两封奏折，呈于宋王）这是十大朝臣举荐包拯陈州助王巡察的本章；这是八千岁指令包拯陈州助王私访的命旨，请万岁代转包拯歉意，我有负众望，未尽余力，惭愧！（说罢，掉头走下）

宋　王　（拿着两封奏折，微微发颤，突然叫道）传包拯回来！

内　侍　包拯转回！

包　拯　（复走上）万岁！

[二人相视无语，一片人众，静静无声。

包　拯　（唱）解甲胄归桑田是臣夙望，

想侄儿思舅舅更念嫂娘。

进京时门前桃刚刚栽上，

宅子后橘子苗不知青黄。

赦臣罪放臣归皇恩浩荡，

回家去做黎民依然是个忠良。

[包拯一揖，扭头又走。

宋　王　站住！你……（他举着两个奏折）你把这个说清楚！

包　拯　(唱)提起来这件事心火又旺，

腿又颤头又麻手又冰凉。

圣上你既然问容臣一讲，

陈州灾七县旱危及庙堂。

文武臣收多少冤枉大状，

惊心事人命案件件桩桩。

自从王幸陈州亲察亲访，

八千岁代朝政聚议商量。

他说道：

太白神尚需要龙头拐杖，

一国君怎能离文辅武帮。

十大臣写奏章同把本上，

保为臣下陈州暗辅君王。

一保官王恩师延龄丞相，

二保官赵汝愚吏部侍郎。

三保官扫殿侯呼延上将，

四保官杨招讨忠义廷郎。

五保官刘太师皇亲国丈，

六保官寇天官枢密栋梁。

七保官吕蒙正国公贤相，

八保官吕夷简中书平章。

九保官文彦博功臣宿将，

十保官范户部九路督粮。

八千岁亲草就皇家令状，

一日三劝、三日九催，催臣南下，辅弼君王

——定让我把国舅曹虎查个端详！

宋　王　嗯，贤王之心，十位大臣之德，孤深为感铭。只是曹国舅之事，孤王已经查清，你等就不要多问了。

包　拯　国舅面目，陛下并未真识。

宋　王　我自己还有自己的眼睛！

包　拯　圣上只以自己的眼睛去看陈州，故难见陈州真面目；若以黎民百姓的眼睛去看陈州，定会大吃一惊！

［宋王怒视包拯……

包　拯　你看到的皇仓、舍饭场、灾民家，俱是曹国舅弄虚作假、铺设圈套的骗局！

宋　王　有何证据？

包　拯　（又从怀中取出沙粮和粮价告示），这才是国舅老爷卖的皇粮，这才是国舅老爷定的皇粮价钱！（说罢，向后一挥手，王朝、马汉把疤瘌眼押上）万岁一定认识这位“好灾民”（突然拉下疤瘌眼的假胡子假眉毛）这才是他的真面目！

曹贵妃　（撒起泼来，哭着喊着）万岁呀！有包拯在朝，实无我曹家的活路了哇！

包　拯　（抱拳一揖）万岁，话已说完，我该还乡了！（说罢，扬长而去）

宋　王　站住！（他咬着牙说）我一定要处置了你！不过，要等到你让我亲眼看到陈州真相之后！

包　拯　（喜上眉梢，倒头便拜）谢万岁！只是依臣一件，送走娘娘，换上民装，潜进陈州……

宋　王　你你你……你要让我私访不成？

包　拯　天子私访，社稷万福！

［灯暗。

（十）

［串场人出。

串场人　忠臣难当，当忠臣太花力气；忠言难听，听忠言大伤肝火。且说包拯滚三滚，爬三爬，劝得宋王走了一次回头路，这趟回头路，难哪！

(唱)脱掉龙袍摘龙帽，
　　回头路上从头瞧。
　　昨日条条阳关道，
　　今日处处奈何桥。

[转景：国舅府。

[珠光宝气，灯火辉煌，丝竹悠扬。

[曹虎酩酊而卧，观赏歌舞。

[阴半仙走来在国舅耳边咕哝几句。国舅一挥手，疤瘌眼诸打手从门外带进一群被绳索捆绑的饥民。

曹　虎　(走过去挨个看看，狞笑)你们写给万岁爷的状纸，我都收到了！万岁爷让我亲自见见诸位。……你们不是嫌日子不好过么？待一会儿我就送你们到极乐世界。眼下，先请诸位听听音乐，看看跳舞，尝尝告状的滋味。

[他抡起鞭子，没命地抽打告状人。

[此时，宋王突然闯进殿堂！

宋　王　(喊道)住手！

曹　虎　(一见宋王，吓傻了眼，扑地跪倒)参见圣上！

[满堂人众闻听“圣上”二字，一起跪倒。

[宋王愤懑难抑地扫视着……

宋　王　曹虎！看来你的龙廷已经准备好了！

曹　虎　(急促转动着眼珠子，慢慢抬起头)圣上，你……怎么又……回来了？

宋　王　我回来看看，看看四国舅如何从草庐搬进小金殿？看看国舅爷如何改的大秤小斗皇粮牌价？看看国舅爷如何欺民行奸残杀无辜！！

阴半仙　(碰了碰曹虎，暗示地)万岁爷不是早已回京了？

曹　虎　(抬去头来，目露凶光，咬牙切齿地)哼哼！哪来的歹徒冒充皇上？来呀，把这个骗子抓起来！

[众人闻之，纷纷犹疑地从地上站起。

[几个曹家亲信扭起宋王。

[曹虎抽过来一把剑，凶恶地逼过去……

包　拯　曹国舅！住手！(一声长喝，出现在丹墀之上)

[曹虎自知陷入绝境，举剑向宋王、包拯刺去，被王朝、马汉打掉凶器，牢牢扭起。

[一群被捆绑的饥民恸声呼叫："包大人！包青天！你可来了！"

包　拯　(面向百姓，热泪盈眶)众位父老！万岁在此，有话请讲！

[民众尽皆伏地，高呼："万岁！万岁！万万岁！"

[宋王热泪纵横，频频搀扶着百姓，而百姓伏地不起。

宋　王　(长喝一声)包爱卿，抬铡！

[闪着寒光的虎头铡在人群中举出，穿行。

[曹虎泥一般瘫倒。

[幕后合唱：

　　恶人作恶终有头，
　　苦泪淌尽甜泪流。
　　九百年前包黑子，
　　至今依然在戏楼！

[剧终。

古—戏—新—编

卷一 / 情断状元楼

Qing duan zhuang yuan lou

DRAMA COLLECTION

人　物　敫桂英　王魁　王忠　秋菊　翠云　彩萍

玉凤　谢妈　金璧　韩丞相　丫鬟　家丁若干

东海龙母　海月　水母　风雷闪电四神

本剧故事大约在宋代就流传开了。但作者不详，只有称作无名氏。宋元时期演出的剧名叫做《王魁》。据《侍儿小名录拾遗》引《摭遗》："王魁，名俊民，字康侯。莱州掖县人。嘉祐中状元。"看来当时还真有这么一个人，而且是位官员。但不知当时得罪了哪位先生，竟被勾栏文人编进剧本之中，而且把他写成一个忘恩负义的货。宋人夏噩写有《王魁传》，宋官本杂剧亦有《王魁三乡题》。故事说的是，王魁应试落第，来到山东莱州，漂游于北市深巷妓馆，与妓女敫桂英相遇。桂英对此时的王魁十分爱慕，无偿接纳，恭裕奉养，并对王魁说："君但为学，四时所需我为办之。"并赎身从良，与王魁结为夫妻。一年后科举之期来临，敫桂英为王魁筹足盘缠，送其进京应试。二人恰于海神庙前分手，王魁面对海神盟誓："吾与桂英誓不相负，若生离异，神当殛之。"王魁应试及第，得中状元，由是发迹，便忘掉了以前的盟誓，遗弃了敫桂英，另娶崔氏为妻。敫桂英获知王魁应试及第并授徐州佥判的消息后，便派人持书去见王魁。王魁见桂英之书，漠视拒读，掷书于地，逐走信人。信人归告桂英，桂英愤极悲绝，嚎曰："魁如此负心，吾当以死报其怨！"遂拔刀自刎而死。后，王魁行于南都试院，入夜，有一女子自烛光中走出，王魁见是敫桂英，悚然噤语。桂英怒斥道："君轻恩负义，背誓渝盟，使吾至此！"王魁恐极，连连讨饶。桂英勿允，对魁云："得君之命即止，不知其他。"数日后，王魁暴亡。上述杂剧全剧已佚，唯《南九宫十三调曲谱》《南词新谱》《南曲九宫正始》《寒山堂南九宫十三摄曲谱》《九宫大成》《南词定律》等作中，引录遗曲十八支。本剧参照宋官本杂剧故事，落基于中原音韵，翻拆移灶，重新改写。

第一场　庙遇

［隆冬，风雪。海神庙遥遥在望。

［近处一片梅林，大白世界，新红点点。

［翠云、秋菊、彩萍、玉凤上。

众　女　（唱）雪遮天冰盖地冰雪世界，

青春院走出来烟花一排。

翠　云　（唱）腊月八海神庙年年朝拜，

彩　萍　（唱）龙母神显灵期慧眼打开。

秋　菊　（唱）求龙母搭救咱早出苦海，

玉　凤　（唱）求龙母除邪恶还我清白。

众　女　（唱）求龙母赐俺个良家恩爱，

青楼女盼一个苦尽甜来！

秋　菊　（向内）姐姐快来呀！（与众姐妹下）

［敫桂英上。

敫桂英　来了！

（唱）雪花肥梅花瘦雪多枝细，

恰一似红颜薄命被世欺。

敫桂英诗书女沦伎卖艺，

琴声中柔肠断暗把泪滴。

我好比空中月乌云遮蔽，

我好比一叶舟风打浪击。

我好比红梅花饱经风雨，

我好比白莲藕身埋污泥。
春花开开不展眉头愁意,
夏雨淋淋不净心上悲戚。
秋风扫扫不走唉声叹气,
冬霜打打不谢哀伤悲啼。
问何时才能逃出苦海去,
觅知音从良善寄我归宿!

[翠云等手捧梅花上。

翠　云　姐姐,你看这梅花多鲜哪!

彩　萍　(唱)红梅花献姐姐吉祥如意,

秋　菊　(唱)盼新春时运转还良归俗。

玉　凤　(唱)出门欢进门乐多福多喜,

众　女　(唱)但愿得遇知音一展鸾翼。

敫桂英　众姐妹,海神庙焚香去也!(与众姐妹下)

[风雪大作。

[王忠背王魁上。王魁气息奄奄。

[王忠步履踉跄,一步踩空,滑倒。

[王魁从王忠背上摔下,主仆挣扎相扶,相慰,相哭……

[幕后唱:

雪似利剑风似刀,
江海顿失千顷涛。
哪来的穷秀才,
哪来个小乞讨,
为何此时到荒郊?

王　魁　(唱)京城大比落了考,
盘缠用尽麻缠腰。
四处访友访不到,
卖画鬻字无人瞧。

一天到晚三不饱，
浑身好似冷水浇。
三不饱，冷水浇，
冻饿成疾无药熬。
更可恨店家老板缺人道，
剥下我衣帽蓝衫赶荒郊。
可叹我贫病交加难活了，
阎王爷朝我王魁把手招！

(一步一跌，随风旋转)

王　忠　(唱)劝少爷再打精神挺挺腰，
奴不死就有少爷命一条。
来来来要倒朝奴身上倒……

[王忠挣扎欲再背王魁；狂风大作，王魁脱手滑入谷中；王忠拼命相救，结果陷入雪窟。

王　忠　少爷，少爷……

(唱)难道说主仆了结在今宵？！

[王魁、王忠二人昏去。

[暗转。风停雪止。

[秋菊、玉凤、翠云、彩萍上。

秋　菊　哎！风也停了，雪也住了，咱们好运气！

玉　凤　咱给海神磕了头，许了愿嘛。

翠　云　回家碰上个英雄汉，带着你赎身从良善。

彩　萍　那才叫运气哪！(四姐妹嬉笑打闹，被尸体绊倒，惊呼)哎呀我的妈呀！死人！死人！

秋　菊　天爷呀！那边还有一个，可吓死我了！

玉　凤　快跑！快跑！

敫桂英　凤妹！(玉凤等停下。敫桂英试探趋前，细心察看)尚未绝气。你二人快去端碗热粥姜汤来！

玉　凤　怕是已经去阎王爷那儿报过到了吧？

敖桂英　（急切地）快去！

二　人　是！（下）

敖桂英　（轮番掸拂二人身上的积雪，发现画卷，展视）呀！好字画，好文采啊！（脱斗篷盖在王魁身上）

彩　萍　姐姐，咱这是替谁家收尸哩？

敖桂英　这二人乃冻饿昏倒，如果救一救，说不定还会活过来的！

翠　云　桂英，叫谢妈知道，又少不得抽你鞭子！

敖桂英　救人要紧，顾不得许多！

［秋菊、玉凤捧汤上。

秋　菊　姐姐！姜汤，热粥。

敖桂英　快快喂下。

［四姐妹扶起二人，分别喂汤。

敖桂英　公子醒来！老伯醒来！

王　魁　（渐渐苏醒，目光环视，发现身上斗篷，感激涕零，挣扎跪拜）多多多……多谢救命之恩！

王　忠　（躬身下拜）俺主仆遇着好人了！

敖桂英　（搀扶）患难相助，理当为之。请问公子，家住哪里，为何落得这般光景？

王　魁　小生王魁，山东济宁人氏。不幸父母双亡，多蒙亲友相助，赴京应试。实指望魁名高中，不料落第而归。到此莱阳，流落街头，偏又遇狂风大雪，旧病复发。如若不是恩人相救，只怕就一命呜呼了啊！

王　忠　我家少爷流落异乡，求告无门，举目无亲哪！

彩　萍　我家姐姐可是个软心肠的施主，专爱救那些路上倒的，活不了的，寒酸秀才落了考的。可我得提醒着你，俺姐妹可是流落风尘卖艺的丫头，你要怕玷污了你的清名，就趁早离远些！

王　魁　(连连长揖)哎呀女菩萨哪里话来？今日得活一命，纵做犬马，亦当报答！

敫桂英　公子啊！如不嫌门第低下，就请暂住我处，求医调治，病好之后，再作道理，不知意下如何？

王　魁　恩姐在上，请受小生大礼参拜！(跪地)

敫桂英　公子请起，折煞奴家了。

谢　妈　(内喊)呔——！(急上，气汹汹盯绕王魁一周)他们是什么人？

敫桂英　落难之人。

谢　妈　你与他有亲？

敫桂英　无亲。

谢　妈　有故？

敫桂英　无故。

谢　妈　既然一无亲，二无故，你……你和他拉拉扯扯，眉来眼去，干啥哩？！

敫桂英　同是天涯沦落人，岂能见死不救！

谢　妈　只怕由不得你！

敫桂英　妈妈！

谢　妈　(回指)你——来——看！

[金璧带众家丁气喘吁吁地跑上。

金　璧　(一见桂英，色相毕露)可找到你啦，我的美人！(伸手摸桂英脸蛋，被桂英拂袖躲过)

谢　妈　桂英！这位是胶州府太平庄金员外，家财万贯，骡马成群。人家那碎金子、散银子，都是垫牛圈用哩！家中还养着那大妻小妾……(忽觉失口)

金　璧　大妻小妾不假，可是大妻不会生，小妾不会养，全靠你敫桂英来替我当家理业，延续香烟啦！

谢　妈　跟着他，有你享不尽的荣华富贵。

金　璧　光享富贵算个啥？你想上天摘星星，我也要给你掮上去！

谢　妈　快随金员外去吧！

敫桂英　妈妈，你看这主仆二人，冻馁荒郊，危在旦夕……

众姐妹　还是搭救他们才是！

谢　妈　你们有那份善心，我还没那份开销哩！

王　魁　好妈妈，你可怜可怜我吧！

王　忠　我家少爷可是个好人哪！

众姐妹　行行好吧！救救他们吧！

金　璧　到底为了个啥人，吵吵嚷嚷，我看看，我看看！（见王魁，一盯一愣）哟嗨！

（唱）小白脸红容面越看越耐看，

怪不得小美人死恋活缠。

王　魁　（唱）我本是死过的人阴回阳转，

员外爷多慈悲把我可怜！

众姐妹　（唱）好妈妈，妈妈好积德行善，

敫桂英　（唱）求妈妈发善心美名流传。

谢　妈　（唱）好生意不能被穷鬼搅乱，

金　璧　（唱）敫桂英插双翅别想逃窜！

（一挥手）小子们，抢！

［众人护敫桂英。

众姐妹　光天化日，拦路抢人，王法何在？

金　璧　我这不叫抢人，我是拿钱买人！

敫桂英　拿来！

金　璧　什么？

敫桂英　卖身契约！

金　璧　（拍拍银箱子）这就是！

谢　妈　白银三千两，抵过纸万张！

敫桂英　（痛切地）妈妈！难道女儿就值这三千两纹银？

谢　妈　怎么，你嫌少，我可不嫌少，谁有钱我就卖给谁！

金　璧　谁要不服气，也拿出三千两叫金老爷看看！

敫桂英　金璧！睁开你的眼睛！（取出一轴丹画，打开）

金　璧　这是什么？

翠　云　（念前题款）“黄金千百两，桂英一枝梅”！

秋　菊　这是胶州知府魏大人拿四千两银子也没买走的一幅丹梅！

谢　妈　（急趋前捧起，念后题款）“胶州知府魏德昌”！（高兴地把画卷起）那…… 我给知府大人送去，我给知府大人送去！哦，金员外，你看孩子不愿意，我也没办法。多包涵，多包涵！（下）

金　璧　（一蹦大高）哎——老乞婆！这山望着那山高，我，我饶不了你！（被家丁扶下）

［王魁、王忠扑地感谢，被众姐妹扶起。

［幕后合唱：

风雪牵线死作媒，
无价丹青换王魁。
怜贫惜苦是商女，
怜商女者知是谁？

［幕徐徐闭。

第二幕　伴读

［二幕外。翠云等众姐妹上。

翠　云　（唱）笼中鸟破樊笼展哪展翅飞，

玉　凤　（唱）桂英姐赎身从良嫁王魁。

彩　萍　(唱)半年来有喜有笑也有泪,

众姐妹　(唱)趁仲秋赏明月为姐暖杯。(下)

[启二幕。

[敫桂英住室,内通书房。

[敫桂英捧稿阅读,凭窗遐思。

敫桂英　(唱)仲秋到桂花开风香扑面,

望明月想人生心绪连绵。

建家业创学业半年筹算,

为王郎历尽了苦辣酸甜。

[秋菊端着汤碗悄悄向帐后走去。

敫桂英　菊妹!(赶过去把碗接过,用匙略挑)菊妹,这人参放得可是太少了!

秋　菊　(遮掩地)莲子汤不放人参也挺好喝,你尝尝!

敫桂英　再放一些人参熬一熬。

秋　菊　不用放了。

敫桂英　再放一些!

秋　菊　不放了。

敫桂英　再放一些!!

秋　菊　不!

敫桂英　(略有忿意)菊妹,今天你怎么如此不帮我的忙啊!好,我自己来!(端碗欲下)

秋　菊　(急得顿足)人参没有啦!(急得拭泪)

敫桂英　(歉意地)怎么?人参没有了?

秋　菊　你光顾叫他吃人参,喝人参,可看看你自己!

敫桂英　菊妹!你还记得姐姐那件云锦衣吗?

秋　菊　(高兴起来)怎么不记得?是那件最漂亮最值钱,逢年过节才舍得穿穿的大夏国进贡品吧?

敫桂英　快快取来!

秋　菊　是！(下，复上。披着云锦衣，学着敫桂英的雍容姿态，捏着怪腔调)“恩吞！本皇后驾临贵舍，快快接驾！”

敫桂英　哎呀，倒真有点皇后的派头！

秋　菊　(脱下云锦衣，披在敫桂英肩上)今天是八月十五，快穿上让姐夫高兴高兴，他最喜欢这件宝贝啦！

敫桂英　(脱下云锦衣，隐忍地)秋菊，卖——了——它！

秋　菊　(吃惊地)姐姐！这可是你最后一件值钱的东西！

敫桂英　多多换些人参来！

秋　菊　不不不！

敫桂英　(果决地)快去！

秋　菊　姐姐！

(唱)对姐夫，你有天卖天有地卖地，

对自己，你省吃省喝节用节衣。

你只顾养胖姐夫，可瘦了你自己，

劝姐姐留下这云锦衣！

[二人正在推劝，后边传出王魁的声音：“好明的月亮啊！”敫桂英闻声，示意秋菊快走。秋菊被迫下。

王　魁　(上，唱)

桃花谢菊花现春秋轮换，

我王魁从阴间回到阳间。

普天下谁能比桂英良善，

至如今月圆家圆心更圆！

王　魁　贤妻，本丈夫正在读书，你和菊妹吵吵嚷嚷说些什么呀？

敫桂英　未曾说些什么。

王　魁　不不不，分明说了些什么嘛！

敫桂英　哦，是了，说王郎你学业长进，这诗赋文章大非一般了。

王　魁　那还不是你教导有方，指点在路嘛！

敫桂英　照这样勤恳用功，锲而不舍，明年开选，定夺鳌头！

王　魁　贤妻，今日中秋佳节，咱上街去玩玩吧？

敫桂英　王郎，学如逆水行舟，不进则退。时间尚早，还是用功去吧！

王　魁　（撒娇地）不嘛不嘛！好不容易盼来个团圆节，你就放我一会儿假吧？答应嘛！放我一会儿假吧？

敫桂英　也好，你我夫妻约上众家姐妹赏月去。（携王魁欲下）

王　魁　慢慢慢！你要打扮打扮，穿上那件云锦衣，也好让本丈夫陪着风光风光，排场排场啊！

敫桂英　不换也罢……

王　魁　要换要换，往日我都依你，今日你得依我！

敫桂英　换它作甚？

［秋菊暗上。

王　魁　一定要换，你穿这身衣服，在众姐妹面前赏月，也太寒酸了！

敫桂英　寒酸就让它寒酸去罢！

王　魁　一定要换！不能不换！我去取来！（欲下）

秋　菊　（迎头拦住，举纸包）这就是姐姐的云——锦——衣！

王　魁　（展看）人参！这？（悟然）桂英！你把云锦衣卖了不成？

秋　菊　不光卖了云锦衣，金宝银宝、珍珠玛瑙都卖了。都是为了你！你反倒嫌姐姐“寒酸”，还要“风光风光，排场排场”！

王　魁　（惭愧地）菊妹！我对不起……

秋　菊　待会儿再道歉，我得赶紧去给姐夫熬人参汤去咧！（下）

王　魁　桂英！桂英！

（唱）你这样好心人天下少有，

娘子的深情厚意、大恩大德——永记心头！

倘若是此一生无缘相报，

等来世结草衔环——

我给你当马做牛！（扑地跪下）

敫桂英　（慌忙热切地搀扶）

（唱）咱心贴心肺贴肺心肺亮透，

你一跪我两眼热泪直流。

怪只怪为妻手头不富有，

不能够让郎体面出人头。

人世间贫富悬殊妻看够，

就好像高高低低和沟沟。

常言说富大方来穷将就，

咱有几篓芝麻就打几桶油。

三十颗翡翠珠儿出了手，

赎来个自由身妾才出头。

五千两散碎金银出了手，

买来这四合大院住宅楼。

十七对玉镯戒指出了手，

打发了四季棉单柴米油。

头上的金钗玉簪出了手，

治好了你的病除了我忧愁。

两箱柜绫罗绸缎出了手，

郎才有檀桌玉案、文房四宝、

诸子百家、礼易春秋、诗书千册画百轴。

虽说咱眼前家业不丰厚，

依我看一卷诗书就是一层楼。

只要郎十年寒窗伟业就，

到那时，蹬朝靴，穿虎裘，临紫阁，披红绸，

咱夫妻才称得真风流！

王　魁　（唱）桂英妻交家底振聋发聩，

大积蓄消耗尽全为王魁。
抗谢妈拒金璧抛却富贵，
反收留我这又穷又病的大累赘！
眼见得贤妻你日渐憔悴，
我王魁蛋、奶、参越养越肥。
云锦衣换人参我再吃有愧，
有道是大苦寒中见松梅。
从今后立下凌云志，
当效法那凿壁偷光，刺股悬梁，
饿其体肤，劳其筋骨的先圣作为！
倘若是有一日帽插桂蕊，
到那时，你乘船，我拉纤；你坐车，我驾辕；
驷马八抬搬贤妻，
为妻立座贤良碑！

敫桂英　不敢当了！王郎，快找众姐妹赏月去吧！

王　魁　不不不，学如逆水行舟，不进则退。时间尚早，我要抓紧用功！（捧书疾下）

［敫桂英满意地颔首，再度走回桌案批改文章。

［众姐妹上。玉凤蹑手蹑脚走到敫桂英背后，猛地把文稿抽出来。

玉　凤　（倒拿着文稿）叫我看看这是啥……？哟，柯叉朝上，明年收枣。

翠　云　这是秀才写的文章，你拿颠倒了。

玉　凤　算啦算啦，少说些文章武章。俺可是来约姐姐赏月哩！他人哩？

敫桂英　正在读书。

翠　云　可别把他给闷坏了。

彩　萍　要是把秀才闷坏了，那秀才夫人也就心疼坏了！

敫桂英　贫嘴丫头！

玉　凤　我来问你：你对他这样好，他对你又如何呢？

敫桂英　彼此无二。

玉　凤　我才不信哩！他们读书人，受难的时候，说的比唱的都好听；一旦及了第，拐过头就骂咱们“烟花女子下九流”！

敫桂英　你姐夫不是那样无义之人。

翠　云　倒难得他一片真心！

玉　凤　是不是真心，我倒要试他一试！（命令地）姐姐回避！

敫桂英　凤妹不可胡闹！

［众姐妹硬把敫桂英藏起。

玉　凤　王魁快来！王魁快来！

［王魁上。

王　魁　原来是玉凤妹妹到了，请坐！

玉　凤　大事不好！

王　魁　何事惊慌？

玉　凤　适才金璧老贼带领五名家丁、七个打手，闯进门来，偷偷摸摸，利利索索，一把绳索捆起桂英姐姐，撂于马背，直奔胶州而去！

王　魁　（大惊）你你你……你待怎讲？

玉　凤　没听清？那就简单说吧：桂英姐叫金璧抢走了！

王　魁　（悲怆呼号）桂英！贤妻——！

玉　凤　不过你别太伤心，金员外给你留下三千两鱼鳞龙甲雪花银权作抵押。你就收下吧！

王　魁　呀呀呸！慢说三千两，就是三万两，也难抵我桂英贤妻一根毫发！桂英！贤妻！等等我……

玉　凤　（拦阻）姐夫！

王　魁　（唱）桂英被抢天穹坠，

夺贤妻就该先杀我王魁！

拼了拼了拼了去，(左冲右突)

做鬼也要夺妻回！

敫桂英　(突然出现)王郎！

王　魁　(呆愣半晌)桂——英——！(不顾一切地扑上去，抱住桂英哭泣)

敫桂英　凤妹和你开了个玩笑，王郎受惊了！

王　魁　(抽抽搭搭地笑着)我也估摸是个玩笑，可是……万一你被抢走，我王魁还怎么(突然放声哭叫)活——在——人——世——哟！

敫桂英　(也忍不住扑上去，二人又哭又笑)王郎！

玉　凤　我只说开个玩笑，谁知道姐夫就恁当真，早知道是这，我也，我也……(也抽抽搭搭地哭起来)

[幕后合唱：

人在难处戚惨凄，

情真意切恸寰宇。

一朝飞黄腾达去，

常教真爱变垃圾。

第三场　誓别

[春天。

[二幕外。王忠担行李箱子上。

王　忠　(唱)送少爷二次进京考皇榜，

[秋菊手拿砂锅追上。

秋　菊　老管家！老管家！炖人参的砂锅忘带了！

王　忠　带这个干啥？路上哪家客店找不来一口锅！

秋　菊　桂英姐说，别人的锅使着不放心，她一定叫带上，你说咋办？

王　忠　那就带上。(放锅入箱。秋菊下)

王　忠　(唱)正赶上九九归尽春艳阳。

[秋菊抱着棉兜肚追上。

秋　菊　老管家！老管家！棉兜肚忘带了！

王　忠　带这个干啥？少爷恁大人了还带兜肚？

秋　菊　桂英姐说，姐夫有个寒气病，一犯病小肚子上就起疙瘩，戴上这一暖就好！

王　忠　咦！我咋不知道？

秋　菊　你不知道的事还多着哩！带上。

王　忠　那就带上。(放兜肚入箱。秋菊下)

王　忠　(唱)但愿得写一篇漂亮文章，

[秋菊拿着一只皮老虎追上。

秋　菊　老管家！老管家！这个忘带了！(举皮老虎)

王　忠　带这个干啥？二三十的人了，还玩皮老虎？

秋　菊　你不知道，姐夫读书爱打瞌睡，他一打瞌睡，桂英姐就在他耳朵边(捏皮老虎)“吱吱”捏两下，姐夫马上头脑清醒，聪明到顶。

王　忠　那往后少夫人不在身边，谁给他捏？

秋　菊　你给他捏呗！

王　忠　我给他捏？(捏了两下，难为情地)好，我捏我捏。(放皮老虎入箱。秋菊下)

王　忠　(唱)盼鲤鱼跳龙门衣锦还乡。(下)

[启二幕。海神庙门前，王魁偕敫桂英上。

敫桂英　(唱)送王郎赴春闱寸步难走，

王　魁　(唱)怎忍得别娇妻一步三留。

敫桂英　(唱)离别话昨晚说到三更后，

王　魁　(唱)你不眠我不寐泪湿枕头。

敫桂英　王郎呀！

(唱)千里送君终分手，
万句叮咛噎咽喉。
此一去山高路远风雨陡，
凡事要谨慎小心思虑周。
日上三竿再赶路，
太阳不落你就把店投。
住店要住热闹处，
荒坡孤店歹人稠。
睡觉莫睡靠墙铺，
谨提防贼人凿洞把店偷。
用餐多用清斋素，
腐鱼荤肉藏污垢。
喝酒莫喝头一口，
头口酒里多担忧。
陌生人不知秉性莫交友，
花门赌场莫停留。
开考前攻读熬夜且莫久，
保持个旺盛的精力清醒的头。
交卷后痛痛快快你要玩个够，
莫让那升榜落榜把心揪。
中与不中是小事，
安与不安妾担忧。
得中自然多福禄，
不中照样有乐悠。
东篱菊花西篱豆，
小康宅子小康楼。
自掘山泉胜美酒，

学一个范少伯醉卧扁舟。

王　魁　(唱)金玉良言甘露语，
知王魁者是贤妻。
一声离别添愁绪，
两行热泪湿蓝衣。
离不了知冷知热桂英女，
离不了端吃喂药结发妻。
离不了清晨一碗荷包蛋，
离不了临睡一盆暖脚液。
离不了天天书案掸尘絮，
离不了夜夜风寒披夹衣。
离不了为我遣愁莺莺语，
离不了为我寻乐琴瑟棋。
离不了两年恩爱盈天地，
此一去生聚死还未有期。
一担心胶州城里有金璧，
二担心鸨儿谢妈把妹逼。
三担心豪绅权贵怀歹意，
四担心狂徒恶棍把你欺。
伶仃一个妙龄女，
混沌世上怎生息？

敫桂英　王郎啊！
(唱)妾身今生属于你，
山搬海迁情不移。
生做人来死做鬼，
都是你王门的看家媳！

[海神庙钟声贯耳，殿堂渐显。龙母、海月、水母神像隐约可见。

敫桂英　王郎！海神庙到了。

王　魁　你我一同对神盟誓！

二　人　(起誓)皇天啊,鉴赫难欺！

海神啊,正真无私！(二人肃然跪地)

皇天在上,海神监察：

王魁与桂英患难成婚,祸福同当,相守白头。

男不再娶,女不再嫁！

王　魁　(壮誓)若违誓言,身坠刀山火海！身坠刀山火海！！

敫桂英　言重了！(盟誓后,两人扑抱一起)

[秋菊、王忠上。

秋　菊　姐夫,马已备好。

王　忠　少爷,请上马！

[敫桂英、王魁惊起。马嘶阵阵……

[幕后合唱：

阵阵马嘶催离人,

离人信誓托海神。

海神管否人间事？

唯见案前香氤氲。

[幕闭。

第四场　背誓

[深秋。敫桂英闺房。

[桂英寅夜挑灯,飞针走线,为郎织衣。

敫桂英　(唱)秋风起黄叶落夜深人静,

寒星下传来了谯鼓三更。

想王郎进京城考场比胜,

春日去秋未归音信不明。

眼看看严冬近衣薄人冷，
止不住手中线翻飞不停。
昨夜晚桂英我做了个梦，
梦见了王郎夫金榜题名。
寒毡帽换乌纱：金翅子——闪动闪动，
破蓝衫换蟒袍：那颜色——鲜红鲜红。
朽麻绳换玉带：玛瑙珠——明净明净，
稻草鞋换朝靴：走起来——威风威风！
他辞别了金銮殿，
回家来接桂英。
远远望见我，
深深打一躬。
开口喊贤妻，
伸手拉袖笼。
摇得我胳膊酸，
捏得我两手疼。
姐妹们一旁抿嘴笑，
只羞得我的脸通红通红通红！啊呀呀呀——
一阵笑笑醒了南柯一梦，
(那个)阳光铺地上窗棂！

[秋菊、玉凤边喊"桂英姐！桂英姐！"边气喘吁吁地跑上。

二　人　(勉强透出一口气来)王忠回来啦！

敫桂英　王忠？老管家？

秋　菊　正是，老管家回来啦！

敫桂英　那——你姐夫呢？！

秋　菊　中了状元啦！

敫桂英　(突发狂喜，却窃然自语)我的梦……好灵验哪！

[王忠新冠华服背银秉信，随翠云、彩萍上。

王　忠　见过少夫人！

敫桂英　（惊喜已极）王忠！老伯！你……你可回来了！（搀扶王忠）

王　忠　恭喜少夫人！贺喜少夫人！我家少爷金榜高中，特命老奴回来，接少夫人进京团圆哪！

敫桂英　（高兴得颤栗）团圆，团圆！（和众姐妹抱在一起）

王　忠　这是纹银三百两，还有书信一封，少夫人请看！

秋　菊　姐姐，快念念，好让我们也高兴高兴。

敫桂英　（将信贴于胸口）菊妹，快去准备宴席，酬谢老管家和众位姐妹。

秋　菊　是！

[众下。

敫桂英　千里泪眼望，一朝喜信来！（拆信，念）"王魁具柬寄恩姐妆次！"这个——（愕然）怎么能这样称呼？（复看信，再念）——"蒙丞相招赘，已为贵婿。既有新婚，难践旧约。"呀！（颓然呆住）

[谢妈跑上。

谢　妈　（迎面跪地）拜见状元夫人！老奴是有眼不识真凤凰，女儿福大命大，贵不可及，过去的事，你可别跟老奴我一般见识呀！

[秋菊、玉凤、翠云、彩萍、王忠上。

秋　菊　姐姐怎么了？

玉　凤　信上说些什么？

敫桂英　（强支身体，接念）——"你是烟花章台柳，怎伴状元栽琼楼。押书白银三百两，恩爱夫妻一笔勾！"啊！天哪——（昏厥）

[秋菊、翠云扑前搀扶。

谢　妈　(赶忙从地上爬起) 哼哼,我早就说过,生就的笤帚疙瘩命,别去充那个龙头拐。当初就是不听老娘劝。这不:人家中了状元,大笔一抹,什么如漆似胶的“恩爱夫妻”就一刀两断了。也好,金员外宽宏大量,能忍能让,并不计较。他一直在等着,待我去通禀一声。

秋菊等　妈妈你就少说几句吧!

谢　妈　谁叫她当初认给我当女儿哪!人在难处不能不管,你们当心伺候,明天就把她送到金府。(下)

王　忠　王魁,贼子!

(唱)呕心血割心肉救活一命,
想不到救了个人皮畜生!
把休书当请柬将我欺哄,
替贼子害贤妻愧杀王忠!
苍天爷若有眼快快显圣,
拿王魁下油锅才算公平!

众姐妹　姐姐醒来,桂英醒来!

敫桂英　(渐醒)哈,哈!

众姐妹　姐姐!……四妹!……少夫人!

敫桂英　哈哈哈……(精神失常,疯癫而下)

众姐妹　姐姐!四妹!少夫人!(追下)

[幕后伴唱:

日日想来夜夜盼,
一纸休书似冰寒。
昨日王魁今何在,
丞相府里嗅牡丹。

[幕闭。

第五场　打神

［紧接前场。

［海神庙前和海神庙内。

敫桂英　(内唱)人心难测天心晦——

(步履踉跄,神态木然上)

(接唱)寸寸相思化成灰。

只望将心托明月,

谁知明月照沟渠!

(自言自语地)沟渠,沟渠!(似乎发现什么)沟,就是这条沟!……渠,就是这条渠!(突然兴奋地呼喊)秋菊——!玉凤——!这这这,这不就是你姐夫他躺卧的地方么?(出现幻觉)是他,王郎!(扑过去)

(唱)头朝东脚朝西冰雪盖面,

直挺挺凉冰冰僵尸一般。

声声喊他不睁眼,

我左手抱来右手搀。

眼看他离死近来离活远,

秋菊妹快快把姜汤端……

［幕后伴唱:

哎呀呀!雪里王郎早不见,

他正在状元府拥锦被来踏红毡。

成群的仆人和丫鬟,

山珍海味吃得烦,

你这个烟花女他怎稀罕?

敫桂英　(唱)这条路我和王郎走千遍,

脚跟脚手拉手肩并着肩。

这是他踩下的脚印一串串,

这是他恩爱誓辞一篇篇！(举出休书)

[幕后伴唱：

唉呀呀！那不是誓辞是休书，

王魁他患难恩爱早忘完，

扔了旧人逐新欢；

他正在丞相府里拥婵娟！

敫桂英　(神经质地一怔)休书？休书！(狂笑)哈哈哈……王魁，我要告你！告你！！(跌跌撞撞走向海神庙，呼号)海神、大仙，我来了！

敫桂英　(唱)掸掸土搌搌泪大礼拜见，

龙母神原谅我礼欠周全。

脸未洗眉未画脂粉未点，

香未秉纸未带供品未端。

只带来满腔悲愤满腔怨，

头一次不恭敬你要包涵。

手捧着无情休书请神看：

你看他，休多疾休多猛休多突然！

猛得我来不及问卜占算，

猛得我弄不清前因后缘。

猛得我难见他最后一面，

猛得我找不到自尽的深潭！

无情休书请神看：

他骂我青楼女难伴状元。

既然是嫌俺烟花丢他脸，

为什么，想当年——

他穿我烟花衣，

吃我烟花饭；

住我烟花楼，

花我烟花钱。
迎着烟花跪当面，
“恩人”“菩萨”叫不完……
没有当年的烟花女，
哪来他如今的王状元？
无情休书请神看：
神哪神，为什么，
光看不判不开言？
莫不是你也怕硬又欺软？
单压百姓媚高官？
莫不是你专向权贵发慈善？
反向弱小施刁钻？
既如此：
早该刺瞎我双眼，
免得认识王状元。
早该剁掉我双手，
免得救活无义男。
早该震聋我双耳，
免得听王魁假誓言。
早该把我喉咙断，
免得我对贼倾心对鬼交谈滔滔恩爱说两年！
神啊神！你睁睁眼，看看俺，大展圣威显灵验，
烧焦王魁负心汉，
好叫我瞑目下九泉！

东海龙母！王魁进京时节，在你面前盟誓，他说道：若违誓言，身坠刀山火海！如今他违了誓言，你怎样处罚于他？……我的话你都听见了吗？你说呀！你答呀！……怎么？我哭了半天，你一点也不动心吗？（对海月神）海

月大仙，那日王魁在此盟誓，你看得真切，听得分明，求你在东海龙母面前与我讲个人情吧！……怎么？你也不理睬我？（对水母神）水母娘娘！那日王魁在此盟誓，你可作一见证！求你在东海龙母面前与我做主！……哦！你也不理睬我？为什么？为什么？！啊！我明白了，如今的王魁比不得以前，他中了状元，是天子的门生，又作了丞相的女婿，权高势大，你们都怕他，不敢惹他！啊哈……你们都看不起我敫桂英！我一无钱，二无势，是个烟花女子！可这难道就该受人欺骗侮辱吗？天理何在？！道义何在？！（指东画西）你装聋！你作哑！你徇私！你枉法！我要打，打、打、打、打！！！（一跃跳上神案）王魁，我要与你对质！

［桂英怒极成疯，疯极而狂，头触神案，扑地而死。

［音乐骤断，哑场。

［海月、水母二神破龛而出，就尸察看。

海　月　（突然怪哭三声）呜！……哇！……咦！（然后突然收住哭声，若无其事地走回原地）

水　母　（阻拦）这一女子冤屈而死，怎好不管？

海　月　谁说我不管？你没听见我连哭三声？

水　母　还要为她申冤报仇啊！

海　月　你是谁？

水　母　海神庙左位神水母。

海　月　我是谁？

水　母　海神庙右位神海月。

海　月　（抡起手中木槌，敲击水母的头，发出木头声；再敲击自己的头，泥皮、灰屑纷纷脱落）你是木头刻的，我是泥巴捏的。刚才敫桂英几巴掌就把咱打得快零散了，咋好管别人！

水　母　有道是:精诚所至,金石为开;烧香冒烟,泥巴成仙!

海　月　泥巴成仙?

水　母　对。你受人家的香火,如今已是神仙啦!

海　月　咦!你这样一说,我还真有点儿飘哩!——哎别急别急,我说水妹,这人命大事,咱一把手还没有管呢,轮得着咱吗?

海　神　(睁开金眼)海月、水母听真:善女敫桂英被欺骗遗弃而死,我欲赐她云翼雾翅,着你二人陪伴,检点旧事,了却前案,汝以为如何?

水　母　谨遵圣命。

海　月　启禀龙母,敫桂英虽被欺骗遗弃,可她态度有问题,又打神又告庙,还照我脸上打了三个清脆响亮的耳刮子!

海　神　恨极而癫,情有可谅。冤屈而死,汝等有责!

海　月　那……脸打肿了?

海　神　(一挥拂尘)消了。(海月变脸)

海　月　腿踢弯了?

海　神　(再挥拂尘)直了。(海月直腿)

海　月　帽打飞了?

海　神　(三挥拂尘)回来了!(一顶帽子飞于海月之头)

水　母　海哥!

海　月　水妹!

二人合　救起来也!

[龙母连挥拂尘——

[灯光怪丽,音乐奇幻。

[桂英苏醒。

[龙母猛挥拂尘。海月、水母驾起桂英飘下。

[幕后伴唱:

人间神鬼不可信,

台上神鬼帮好人。
多亏水母海月到，
桂英魂叩状元门。

第六场　情探

[丞相府中状元书楼。

[王魁上，金冠紫袍，微带酒意。

王　魁　（唱）灯红酒绿高朋密，
华宴未散先退席。
自从休了敫氏女，
精神恍惚为怎的？

俺王魁自从状元及第，犹如一步登天；入赘相府，更似进了琼楼仙阁。岳父权高势大，小姐年轻貌美，真可谓春风得意！可是不知是何原因，我这心中好似绳挂线牵一般，终日惶惶不安。（举头望月）啊！又是八月仲秋，但不知莱阳城里我那——（忽觉失言，环顾无人）我那敫桂英前妻，眼下在干些什么？

[丫鬟春香（由扮秋菊者饰）提旧箱上。

王　魁　（动情地）哎呀秋菊……！

春　香　状元爷！我是丫鬟春香啊。

王　魁　哦？春香……

春　香　状元爷说的“秋菊”，她是什么人？

王　魁　我的……妹妹。

春　香　俺小姐说状元爷可是个孤儿呀？

王　魁　啊？对对，孤儿，孤儿！这秋菊么，是个烟花……

春　香　什么？烟花？你认识烟花女？

王　魁　不不不！我是说……我眼花了，没有认出春香来！

春　香　那“秋菊”……？

王　魁　秋菊者，秋天的菊花也！

春　香　深更半夜别赏菊花了，小姐请您休息呢！（欲下）

王　魁　（忽发现旧箱，一怔）站住！

春　香　（吃一惊）状元爷，你怎么啦？

王　魁　你要把我的箱子提到哪里去？

春　香　小姐叫我扔到垃圾堆里去。

王　魁　使不得，使不得呀！（一把夺过箱子）

春　香　小姐说这破玩意儿，里边尽是破物件烂套子，闻着呛鼻子，看着恶心人，非叫扔了不可！

王　魁　扔了么……？就扔了它！不过，我要检点检点，你且下去！（春香下）

王　魁　（四顾无人，打开箱盖，逐样拿出）炖参砂锅、棉兜肚、皮老虎……呀！（睹见旧物，触景伤情）

（唱）见旧物想旧人旧情难忘，
　　挥不去剪不断梦系莱阳。
　　似看见桂英女倚门翘望，
　　夜当昼日当年盼着王郎。

（逐样抚弄旧物）
　　人参锅为我烹促我健壮，
　　棉兜肚为我裹驱我寒凉。
　　皮老虎为我唱唤我清爽，
　　善善心蜜蜜爱绵绵长长。
　　可叹她毕竟流落烟花巷，
　　我王魁如今荣登龙虎堂。
　　再看这一高一低夫与妻，
　　就好像金銮殿配座茅草房。
　　更有缘结交当朝韩丞相，

他正愁金屋藏娇缺东床。
万岁爷亲作大媒点鸾谱，
你说说这事谁不动心肠？
休桂英非是无奈不敢想，
赘相府不照此办无他方。
人世间难免不欠负心账，
倒应该少生些痴情的姑娘！

[韩丞相上。

韩丞相　贤婿！

王　魁　(慌忙把旧物藏入箱内)岳父大人！深夜劳驾垂望，儿甚不安！

韩丞相　贤婿不知，今有一喜一忧大事两件，燃眉而来！

王　魁　这一喜？

韩丞相　圣上为了你我两家联姻，龙颜大喜，定于明日亲临我府，为儿举杯，并当面授以重职高位！

王　魁　(激动无比)谢万岁！谢岳丈！

韩丞相　慢！还有一忧！

王　魁　忧的什么？

韩丞相　外有传闻：说你早有妻室，且是烟花妓女！

王　魁　(大惊)啊？！

韩丞相　如果确有此事，你将万事皆休，且落个欺君之罪，成为阶下囚徒！

王　魁　(如雷轰顶)不！不不不！！！……绝无此事！绝无此事！！

韩丞相　既无此事，贤婿不必惊慌。早早安歇，待明早迎接圣驾！(欲下)

王　魁　送……岳父！

韩丞相　免。(走至台口，复回头)今夜风大，小心灯火！(下)

[风啸声。

[王魁回头看见旧箱，惊恐地扑过去，抓起旧物，一件件抛向窗外。

[王魁刚转身，旧物又从窗外飞回来。

[王魁大惊。复捡起旧物，塞进旧箱。然后，双手托箱，抛向窗外。

[窗外，箱子悬空。王魁大惊！

[悬空之箱慢慢落下，露出敫桂英的面容。

[王魁惊恐万状，倒退几步，跌倒在地。

王　魁　(念)你是鬼？你是怪？

敫桂英　(念)呼鬼叫怪绝情怀。

王　魁　(念)难道你是桂英妻？

敫桂英　(念)多谢王郎认出来！

王　魁　桂英！

敫桂英　王郎！

[二人几乎扑在一起，但王魁忽又警觉，闪避。

王　魁　(念)相府朱门未曾开，
　　　　戒备森严怎进来？

敫桂英　(念)纵然侯门深似海，
　　　　有心自能上天台。

王　魁　我问你到此做甚？

敫桂英　给状元公请安来了！

王　魁　我有何不安？

敫桂英　状元公，曾记得你落魄漂流之时，得了一个寒症，是奴家跑遍全城，得遇名医，求一单方，郎君病体就霍然而愈了。状元公你还记得吗？

王　魁　(随之回忆)记得！记得呀！(欲走近桂英，忽又警觉。退回、转念)记得又怎么样？！

敫桂英　记得就好啊！奴怕状元公旧病复发，特地送此药方而

来。(递药方)

王　魁　(唱)还是我知冷知热桂英女，

还是我真贤真德结发妻。

恨不能一把扶她正房去……

敫桂英　王郎！

王　魁　(唱)老岳父知道了前程休矣！

这药方，现在我不要了！(扔药方)

敫桂英　(指箱子)那么，这口箱子里装的救你命、治你病、护你身的终身伴物，你也不要了吗？

王　魁　不要了，不要了，统统不要了！(抓起旧箱，远远掷去)

敫桂英　请问状元公，你在莱阳的终身伴侣，你还记不记得？

王　魁　我的终身伴侣只有一个，那就是当朝一品丞相韩老大人的千金小姐！

敫桂英　哦——(痛楚地)恭喜了！我倒想见见这位千金小姐，问问她为什么要嫁一个有妇之夫？

王　魁　(惶恐地)你、你、你……你住嘴了！休书一封，纹银三百两，已送到莱阳，情丝已断，你给我滚！

敫桂英　王郎，你好狠的心哪！

(唱)千里来得不到你迎面一笑，

救命恩换不来你冷水一瓢。

万两银买不来你一声问好，

两年伴哪伴哪——

两年伴读，换来你休妻文书大笔描；

你明白，我知道，

咱曾一度把心交，

谁知你怀揣杀人刀！

王　魁　(唱)她的话似钢针刺我心窍，

答无言对无语汗如水浇。

坏良心说到底少干为好，

桂英！（欲上前，突又一惊）啊——

老丞相知道此事定不饶，

我丢了官职、丢了厚禄、丢了我的新娇娇！

敫桂英　（唱）千条路你都堵绝，

留我一条羊肠道。

收下我作偏房，

我为你铺床叠被把茶烧。

王　魁　（唱）作偏房也瞒不住内中蹊跷，

金字顶状元盔恐戴不牢。

敫桂英　（唱）不作偏房作奴婢我烧锅燎灶！

王　魁　（唱）作奴婢？蛛丝马迹也会把祸招。

敫桂英　（唱）再不然作牛马我推磨拉套？！

王　魁　（唱）状元府容不得你烟花招摇！

敫桂英　（唱）既如此，

王　魁　（唱）一切了！

敫桂英　（唱）两分道？

王　魁　（唱）各扬镳！

二　人　（唱）永断情丝在今朝！

敫桂英　哈哈！

（唱）你这样好心人天下太少，

走五湖访四海难选难挑！

上有天下有地前有海神庙，

你是人？你是鬼？你是魔？你是妖？

看你还有啥花招——

我今天要把你黑心掏！

王　魁　住口！我要不念你当初薄薄一点恩情，今晚定要问你一个私闯相府、冒认官亲之罪，你给我快滚！

敫桂英　毒如蛇蝎,狠如豺狼!

[更鼓连响。

王　魁　天色将亮,万岁就要来临。你你你,与我滚!滚!滚!!

敫桂英　我正要面见天子,告你个欺君罔上之罪!

王　魁　贱人!你要我丢官,我要你丢命!

[拔剑向敫桂英猛刺,敫桂英飘然躲过;王魁左寻右找,胡乱砍杀,敫桂英轻拂云袖,王魁手中剑迸然落地。

[海月、水母上,击落王魁头上乌纱帽。

[王魁如失魂魄,拼命捕捉纱帽。

[风、雨、雷、电四神上,变幻出无数纱帽,忽去忽来,晶光耀目,使王魁眼花缭乱,狂奔穷追地捕捉。突然,凌空一顶大纱帽飘然而至,王魁跃起捕捉;纱帽却猛然化作一声霹雳,把王魁击倒。漫天火起,风、雨、雷、电四神,把王魁扔入火海。

[云蒸霞蔚,祥光旖旎,敫桂英随着海月、水母,带领四姐妹、五烟花女一色素洁装束,胸挂一点红梅,相继与观众挥别,向虚无缥缈处飞去。

[幕后合唱:

回头岸边头不回,
无名大火送王魁。
回看十里丞相府,
红颜依旧笑青梅。

[剧终。

新编古装意象剧

卷一 / 半个娘娘

Ban ge niang niang

DRAMA COLLECTION

人　物　桑　桑　一个聪明、善良、美丽的山姑娘，一个理想。

黄兆年　一个南朝的忠耿老臣，一个理想的屏障。

山南王　南朝之君，一个理想的幸遇者、获得者，可最终获得了什么？

山北王　北朝之君，一个理想的执着追求者。可他的追求，总令人觉得不大合乎规范。

妈　妈　桑桑之母。她的身世不曾细究。

太　后　山南王之母，坤宫至尊。仅属一种类型中的一个型号。

皇　后　山南王之后，坤宫之尚。但也仅仅是另一种型号。

孔宰相　南朝大臣，面具型。

李太师　南朝大臣，面具型。

孙太监　南朝大臣，面具型。

梁宗正　南朝大臣，面具型。

司兵、内侍、法师、梧桐、豹子、山南兵、山北兵话说本剧作者所为之服务的中原地区观众，虽居“文化摇篮”之乡，却有个颇难对付的习惯：根本不把开演前十分钟的戏放在眼里。有的忙于同朋友们打招呼话冷暖，有的忙于买冰棒递瓜子，有的干脆姗姗来迟。据长辈人说，这也是一种绅士风度，传统文明。为了使演出适应这种文明，戏一开始，我们的演员不得不走到观众中去牵引他们的注意力。此法虽拙，却勉强奏效。

[在人声嘈杂的剧场里，四隅同时响起筚篥声，由远至近，由弱到强。接着由几处进场门同时奔进一些金甲银戈的士兵，在人丛中穿行搜索。

[忽有人前指：“抓住他！追……！”所有的士兵闻声一齐奔向前台。司兵翻身跃上舞台，喝道：“肃静！”

[台前的士兵应声定格。

司　兵　（脱下帽子，向观众彬彬然三鞠躬）诸位受惊了！我们的戏已经开始。这几位士兵（指定格演员）正在追赶一个逃犯，求功心切，扰乱了我们的秩序，抱歉！（鞠躬）为了叫您听得清楚，看得明白，我宁愿透露个高级秘密：这个逃犯是个皇帝！（他戴上将帽，拿出戏中人的仪态，向士兵发号施令）末哈！（众士兵举枪）巴哈！（众士兵旋身）……加古达！（众士兵奔下）

司　兵　（摘下帽子，取出片纸）有朋友问道：此戏几出几折，起于何时，了于何地？您请坐好，还是让我们用歌声告诉吧！（戴上将帽，隐下）

[朦胧的微光中，似见原始洪荒之貌。

[一支舞队跳起古朴、粗放的舞蹈。

[幕后唱：

年前走访万古寨，
碰个故事捡回来。
丢了朝来忘了代，
土布粗麻未剪裁。
连连缀缀编成戏，
将将就就搬上台。
清风朗月几段唱，
供君一笑乐开怀，
一觉睡到东方白！

序　幕

[荒野草长，远山林密。

[号角阵阵，马嘶声声。

[数追兵穿插、搜索过场。

[喊声渐隐，舞台归于寂静。

[两个脑袋从草丛中慢慢钻出：年轻的是山南王，长相英俊和善，此时却瑟瑟发抖；年长的是廷臣黄兆年，精眉聪目，高大魁梧，此刻却惶惶如鼬。

黄兆年　大王，这边走……

[左边喊杀声紧。

黄兆年　大王，那边走……

[右边喊杀声紧。

[二人左折右拐，终无逃处。

山南王　黄爱卿，随王冲杀！（他奋力拔出长剑，长剑却只剩半截）

(唱)真龙天子成逃犯，
狼奔豖突活命难。
身后追兵千千万，
寡人只剩将一员，
将一员，我的黄兆年——

黄兆年　(唱)但愿万岁保平安！

山南王　(唱)爱卿休再道平安，
眼看咱，就成了：
一堆肉泥，两条鬼魂，
明年今天，今天明年，
就是咱君臣的一周年！

黄兆年　(唱)大王且莫龙心乱，
珍重玉体为江山。
来来来，老臣背王把路赶，(跪地)
愿为陛下做雕鞍！

山南王　不不不！(哭)寡人的忠臣良将啊！

[号角又起，马又嘶鸣，喊声逼近。

山南王　天哪！祖宗的江山社稷，今日就完了不成？

黄兆年　(跪地)大王，请把龙冠借臣一戴。

山南王　这……

黄兆年　只有引走敌兵，才能使大王脱险。(摘下山南王的帽子高高举起)我替你去死！(招摇奔下)

[山南王隐入草丛。

[追兵上，向黄兆年所去方向追下。

[山南王复出，进退两难。

山南王　我是天子，天子当救啊！

[灯暗。

第一场

［一个人迹罕至的山坳。山山水水，草草木木，均赋原始洪荒之貌。只有一片森林，尚见修植之迹。

［一个水灵灵的姑娘，轻飘飘地走来。她叫桑桑。

桑　桑　（唱）独冷河水十道弯，
弯弯绕过孤凤山。
山上来了一个俺，
十八春秋一婵娟。
捧把露水洗洗脸，
掐朵牵花把鬓簪。
挽起春风作舞伴，
扯片云霞当裙衫。
岭上红梅红上脸，
帐里春梦时时翻。
自从俺懂得月老牵红线，
羞得我夜夜不敢望青天。

（从桑林中提出背篓，采起桑来）

［山南王踉跄奔上，惊慌失措。

山南王　菩萨救命！

桑　桑　你……你是从哪里来的？

山南王　我是从山下逃来的。

桑　桑　你是逃犯？

山南王　不，我是你们的——君王！

桑　桑　君王？哪有如此偷偷摸摸的君王？

山南王　我……我就是个偷偷摸摸的君王。

桑　桑　哪有一个兵也不带的君王？

山南王　我的三千兵马全叫山北王打死了啊！

桑　桑　你的龙袍龙冠呢？

山南王　龙袍龙冠……躲追兵扔掉了！（从自己项上取下帝王佩）姑娘，你看这个！

桑　桑　（接佩观看，念）"真——龙——天——子"！（突然高兴得跳起来向山上呼喊）妈！皇帝来啦！

山南王　哎呀！我的妈呀！漫山都是追兵，你这一喊，我活不了啦！

［山下一片呐喊声："抓住他，抓住他！"

桑　桑　（灵机一动，把山南王拉到大树下）蹲下，快蹲下！（翻过背篓，把山南王扣在下面）不准出声！（翻身坐在背篓上）

［山北兵蜂拥而上，四下搜寻。

司　兵　（盯视桑桑）姑娘！

桑　桑　干吗？

司　兵　看见一个人吗？

桑　桑　看见了。

司　兵　（紧张地抽刀）他在哪里？

桑　桑　看不见吗？我。

司　兵　我指的是个逃犯！

桑　桑　"讨饭"？这是桑树林，养蚕场，哪里有饭可讨啊！

司　兵　你坐的是什么？

桑　桑　背篓。

司　兵　翻开背篓！

［众兵把桑桑架到一边，司兵执刀欲挑背篓。

桑　桑　（突然大声呼叫）蟒蛇！妈！这伙强盗要放咱们的大蟒蛇啦！

［桑桑和司兵对峙。

［内喊："大王驾到！"

[山北朝最高首领山北王出现在桑桑面前。他虬髯猿臂,星眼剑眉。他咄咄逼人地走向桑桑。

山北王　姑娘,背篓下到底是什么?

桑　桑　蟒蛇!

山北王　能不能让孤看一看?

桑　桑　不不不,看不得!

山北王　(大笑)越是看不得,孤王我越要看它一看!

[山北王说着举剑欲挑背篓。桑桑从怀中取出一粒沙丸,掷向山北王面前的树干,沙丸訇然爆开,火花飞溅。

众北兵　(忽惊)妖物,妖物!

司　兵　大王,妖物在她手里!

山北王　(回逼桑桑)姑娘,这是何物?

桑　桑　天光,电火,雷块!哈哈哈……

山北王　(急追)拿来我看!

桑　桑　(跳上崖头)天光,电火,雷块!哈哈哈……

[桑桑随手投掷着沙丸火弹在山间爆炸,一路笑声奔下。

[山北王大为惊讶,率山北兵紧追而下。

[山南王从背篓下钻出,躲入草丛。

[山北王又把桑桑逼回。

[司兵用刀挑开背篓,空无一物。

司　兵　大蟒蛇在哪里?你竟敢欺骗大王!(说着逼近桑桑)

[桑桑向司兵挥了一拳。

司　兵　我宰了你!

山北王　住手!(挥退士兵)姑娘,你的天光、电火、雷块,能否让孤一观?(恳求地)请赏赐孤王一颗吧?孤王早听说此山有能人善造沙丸火弹,只是久访不遇。今日得见,实为侥幸!请姑娘千万赏孤一颗!

桑　桑　(向山北王突起巴掌)杀人强盗!

[众北兵齐声呐喊,欲刺桑桑。

山北王　(举臂制止,徘徊良久,尔后突然抱拳一揖)得遇仙姑尊颜,三生有幸。但愿后会有期!(率众下)

桑　桑　(望望追兵去远,四寻山南王)君王!君王!

山南王　(从草丛中钻出)敌……敌人呢?

桑　桑　走远了。你快走吧!

山南王　救命之恩,日后定当重报。告辞!

[忽闻风声鹤唳,虎啸猿啼,一片凄怖。

山南王　(惊退)哎呀!我,我寻不到路了……

桑　桑　这是荒山野岭,本来就没有路的。

山南王　我我,我迷了方向啊!

桑　桑　这是北,那是南,左是东,右是西。

山南王　我,我怕……

桑　桑　追兵已走,你还怕什么?

山南王　虎豹、豺狼、毒蛇、山怪……

桑　桑　堂堂国君,还怕这些东西呀?

山南王　姑娘,你,你送送我吧!

桑　桑　我还要采桑呢!

山南王　好姑娘,送送我吧,送送我吧!

桑　桑　你还是自己走吧!(欲下)

山南王　(忽然厉声)圣旨下!——采桑女子听宣!

桑　桑　哎呀!我听长辈人说,一下圣旨,就得下跪不是?

山南王　不错,就得下跪!

桑　桑　万岁!(跪下)

山南王　采桑女子听真:今有你们的当朝天子山南王同异国交兵,吃了败仗,孤单一人,逃进深山,站在你的面前。前有虎,后有豹,左有狼,右有猿,真叫圣上进也进不得,退也退不得，睡也睡不得，哭也哭不得……（见桑桑发笑）你，你还有一点爱国同情之心么？（禁不住抽泣起来）……今日你若不送你们的万岁，只怕你们的万岁想再多活一岁，也，也不可能了哇！（孩子似的哭起来）

桑　桑　呀！

（唱）皇天子真龙位又圣又神，
却原来哭哭笑笑也像人。
劝圣上息惆怅威风重振，
山虽荒林虽猛是我家门。
座座岭面面坡无不熟稔，
条条水道道湾了如指纹。
棵棵树根根草日访月问，
林中兽空中鸟似我亲人。
且冷落绿桑林一片青嫩，
且扔下采桑篓闲卧半辰。
且耽误蚕姑娘少吃一顿，
李桑桑恭领圣旨送国君！

山南王　李桑桑，李桑桑，多么好听的名字啊！

（唱）桑桑答应送孤王，
孤王大礼谢桑桑。
有你带路胆气壮，
死里逃生有指望。

桑　桑　圣上，随我来！

（唱）穿过了葛条蓬来荆棘巷，

山南王　（唱）好难穿的荆棘巷！

桑　桑　（唱）绕过了蚂蟥潭来钉螺塘；

山南王　（唱）好可怕的大蚂蟥！

桑　桑　（唱）小心了：独木桥下水正涨；

山南王　(唱)我腿儿哆嗦牙骨响!

桑　桑　(唱)有望了:翻过大岭是平阳;

山南王　(唱)爬岭好似爬天梁!

[桑桑在前引导,山南王力气不支,颓然滑倒。

山南王　(痛苦地呻吟)哎哟!

桑　桑　皇上,再打打精神,走吧!

山南王　走不动了!

桑　桑　过了前面的河滩路就好走了。

山南王　不过河滩,我已经瘫了哇!

桑　桑　(佯吓)哎呀! 草头动,山鸡飞,难道追兵又来了?

山南王　(一跃而起,奔跑一阵,却再次滑倒)哎哟……

桑　桑　加把劲,咬咬牙就到了!

山南王　这一回,连牙也咬不动了。

桑　桑　万岁!

山南王　别叫我万岁,我活不了啦! 我今年三十一,就叫我三十一岁好了!

桑　桑　皇上,你是万民之首,一国之君,君在国在,君亡国亡。为了国家,为了百姓,你应当走哇!

山南王　那好,那你就……搀着我。

桑　桑　这……不不!

山南王　你刚才还在说,我是万民之首,一国之君,君在国在,君亡国亡。为了国家百姓,快,搀搀我!

桑　桑　这……

山南王　搀我就是搀国家,扶我就是扶社稷!

桑　桑　如此说来,我搀得你?

山南王　搀得搀得!

桑　桑　我扶得你?

山南王　扶得扶得!

桑　桑　(翩然上前,稳稳搀扶)皇上!

山南王　桑桑!

桑　桑　走得了么?

山南王　走得了,走得了!

桑　桑　(唱)慢悠悠地扶来稳当当地搀,
　　　　　　搀起来皇帝真龙一层天。

山南王　(唱)这层天摇摇晃晃要塌陷,
　　　　　　万岁爷我脚疼腿拐骨头酸。

桑　桑　(唱)自古道天高皇帝远,
　　　　　　谁料想皇帝挎住我的胳膊弯。

山南王　(唱)寡人我损兵折将千千万,
　　　　　　却赚来个黄毛丫头把我搀。

桑　桑　(唱)头一次搀上一个男子汉,
　　　　　　手儿颤心儿跳腮染红胭。

山南王　(唱)止不住将村姑偷眼观看,
　　　　　　呀!好一个清灵灵的女婵娟,
　　　　　　莫不是遇着下凡一天仙!?

　　　　[幕后伴唱:
　　　　　　哎呀呀,哎呀呀!
　　　　　　清灵灵的一婵娟,
　　　　　　活脱脱的一天仙!

山南王　(唱)红艳艳似海棠带露初绽,
　　　　　　翠生生如绿荷才露尖尖。
　　　　　　明晶晶像紫玉光彩流泛,
　　　　　　嫩娇娇赛新柳三月初三!

　　　　[幕后伴唱:
　　　　　　哎呀呀,哎呀呀!
　　　　　　娇娇新柳三月初三,

撩乱了万岁爷的心坎坎！

桑　桑　皇上，为何不走？

山南王　我我，我要看上一看。

桑　桑　你要看什么？

山南王　我看天……

桑　桑　天色不早了！

山南王　我看地……

桑　桑　地处险境啊！

山南王　我看人……

桑　桑　人，只有你我，有什么好看的？

山南王　好看好看，你太好看了！

桑　桑　（突然羞得捂起脸）别看了，别看了，谁看谁是——小狗！

山南王　桑桑，我要娶你！

桑　桑　（惊讶地）你，你说什么？

山南王　我要娶你！

桑　桑　你你你……

山南王　桑桑，你是我的救命恩人，又是这般天姿国色，待寡人回京之后，一道圣旨传到这里，山封救王山，水封救王水，窈窕淑女李桑桑封为救驾娘娘，接进京都，储之金屋，让你光宗耀祖，富贵满门，你可愿意？

桑　桑　（凝视良久，天真而羞涩地）你若真心，那就……

山南王　梓童，随王三拜！

（唱）三根荆草当香举，

摇下露珠当酒滴。

月老临空当司仪——

拜天地，

拜高堂，

夫妻交拜！

从今后你就是我娘娘妻！

桑　桑　羞死我了！

山南王　(取下项上帝王佩)爱妃！这是孤王登基以来随身佩带之物，收下它，权作来日相认之信物。

桑　桑　(取出几粒沙丸)皇上，这是我家用祖传之方制造的沙丸火弹，请带上，路上遇到猛兽，摔上几颗，它们会吓跑的。

山南王　火弹？刚才惊吓敌人的就是它？倘若把它制成武器，岂不可以威震天下么？

桑　桑　圣上所言，乃是我祖辈的夙愿。

山南王　你可要早日进宫啊！

桑　桑　你可要早日来接我啊！(取出一条汗巾，系于山南王之项)你可早早来啊！

山南王　我会早早来的，你等着！(下)

[桑桑登高目送。

[幕后合唱：

送君容易迎君难，

十个月亮九不圆。

青麻出土一条秆，

扯来扯去成麻团。

第二场

[山南朝皇宫，泰安殿前。香烟缭绕，鼓乐喧天。文臣跳神，武臣黩力，满朝文武叩拜上苍，庆贺皇上奇迹般地脱险。

太　后　传旨官！

内　侍　在！

太　后　揭彩！

内　侍　(长吆)揭彩喽——！

[鼓乐声中，神龛垂幔徐徐打开，露出一尊美女神像(可用人扮)，婀娜妩媚，流光泛彩。众人一片唏嘘。

太　后　众位爱卿！这是万岁在孤凤山遇到的那位救驾大仙。从今后普天之下设坛供奉，万世铭感救我天朝之德。叩拜了！

内　侍　(长吆)一叩头！再叩头！三叩头！

[众臣虔诚伏拜。

太　后　哈哈哈哈！

(唱)皇儿命大福不浅，

皇　后　(唱)孤凤山上遇神仙。

太　后　(唱)三千兵马全罹难，

皇　后　(唱)独保陛下得平安。

太　后　(唱)黄金千两塑真面，

皇　后　(唱)白玉雕龛供圣颜。

众大臣　(唱)代代香火续不断，

(唱)南朝敬你万万年！

[山南王兴致勃勃上。

众大臣　参见万岁！

太　后　儿啊，头晕见轻了吗？

山南王　早好了，早好了，多谢母后挂心。

太　后　这就好了。来呀！

内　侍　在！

太　后　请圣上一瞻仙容。

[内侍引山南王瞻仰神女像。山南王望着塑像，惊喜不已。

太　后　皇上,这和你在孤凤山遇到的女子像也不像?

山南王　太像了,太像了！母后如何相像得如此逼真?

太　后　还不是依据我儿的讲述,命宫中巧匠揣度而塑么!

山南王　(失态地扑到塑像前)太像了!

皇　后　真乃天姿国色,世上少有。

太　后　皇上速速叩拜救驾大仙,感谢救命之恩!(说罢,倒头便拜)

[众大臣一起随跪叩拜。

山南王　母后,你弄错了！她不是神仙,她是一个人啊!

太　后　哎,儿啊,是你弄错了!想那孤凤山乃是荒山野岭,哪有如此妙人?必是神仙无疑。

皇　后　太后所言极是。边疆瘴疠之地,土民丑陋不堪,绝无这般漂亮的人女!

孔宰相　孤凤山从我老祖爷那辈儿记事起,便就是凶山怪岭,狼巢虎穴,人迹罕至。

李太师　不可能有真人!

梁宗正　不可能是真人!

孙太监　不可能真有人、真是人!

众大臣　陛下,你遇到的是救驾大仙哪!

山南王　不不不,她是人！你们来看——(取出沙丸、汗巾)

(唱)绣花汗巾方又长,

朱砂弹丸红晶琅。

一件信物一件宝,

姑娘亲手送孤王。

她本是实实在在人一个,

名字就叫李桑桑。

皇　后　(唱)李桑桑,李桑桑,

太　后　(唱)难道她真是一个人姑娘?

（与皇后相视又相互摇头）

山南王　(唱)人衣人帽人模样，
人言人语人心肠。
人间野花戴头上，
人间情爱满胸膛。
爱南朝，爱山乡，
爱勤劳，爱蚕桑。
爱东爱西爱天爱地是小事，
最大的爱呀——她爱孤王！
荒山野岭作情场，
三根荆草作炷香。
月做媒红风牵线，
我和她对着青天拜了花堂！

[众人一片惊呼。

皇　后　你，你真真喜新厌旧……眼里就没有咱母后！

太　后　你你你，你成何体统！

山南王　母后！

太　后　我说诸位大臣！

众大臣　太后！

太　后　孤凤山圣上脱险之事汝等尽知，我说是遇到了神仙，圣上说遇到的是凡人。汝等来论上一论，评上一评，看是我对，还是他对！

[群臣僚紧张地交头接耳，窃语声灌满剧场各个角落。

太　后　你们倒是说话啊？

皇　后　(拉太师到一旁，急切地悄语)哎呀爹爹，宁肯把她当神敬，也不能真弄个山丫头进宫啊！要不，咱李家的天下就完了。(遂大喊一声)她——是——神！

太　后　好好，还是皇后有见识。

李太师　(拉皇后到一旁)儿啊,你怎么不想想那山丫头也姓李呢?既和咱同姓,就有希望攀上亲戚,挂上关系。爹养两个李娘娘,强似为父当皇上。(戴上面具,大喊一声)她——是——人!

山南王　好好,还是李太师有眼力。

梁宗正　(面向观众)看来不说两句是不行了!既然要说说,那么……多一个娘娘,多一份是非,不能让她当娘娘。(戴上面具,大喊一声)她——是——神!

太　后　好好好,还是梁宗正有眼力!

孙太监　(面向观众)说说就说说。俺太监当了几十年,哪一次升迁不是娘娘说的话?故而曰:多一个娘娘,多一个靠山。(戴上面具,高喊一声)她——是——人!

山南王　好好好,还是孙太监有见识!

孔宰相　(面向观众)说是人,太后不高兴;说是神,陛下不高兴。不能让谁不高兴,也不能让谁太高兴。皇帝和他妈,打烂脑袋是一家,谁都得罪不起。我看,老臣还是不管这些淡闲事。(欲喊)她——是——(猛烈咳嗽)

太　后　孔宰相,你讲啊?

山南王　孔宰相,你说啊?

孔宰相　(戴上面具)她是……阿嚏!她是……阿嚏!万岁,太后,我可是大伤风了!

太　后　我的皇上,你太任性了!

山南王　我说母后,你也太固执了!

太　后　你气煞为娘了!

山南王　你也太不为儿着想了!

左边臣　她是神!

右边臣　她是人!

[两厢分庭相争,孔宰相两边相助。

［内侍高呼："黄国公到！"

山南王　有请！

内　侍　（喊）宣——黄国公上殿！

［黄兆年跛脚上。

黄兆年　（念）日日常觉眼皮跳，

事事总感不放心。

太　后　黄国公，你老好啊！

黄兆年　哎哟，折煞微臣了！

山南王　救命恩人，受孤一拜！

黄兆年　（跪陪）不敢当，实不敢当！

太　后　不是国公调换龙冠，把敌引走，只怕万岁爷早成了山北王的笼中之囚了。

黄兆年　不值一提，不值一提。

众大臣　黄国公劳苦功高，举国师表！

黄兆年　言过其实，言过其实，言……（突然打噎，太监忙捧来小茶壶，他呷了一口）我总觉着这喉咙里长个啥东西……

太　后　国公，你来得正好……

山南王　我和母后正在为了……

黄兆年　（摆摆手）我都知道了！我都知道了！

太　后　皇上实在任性！

山南王　母后实在固执！

黄兆年　母子不和，殃及宗亲；宫廷不和，累及社稷！（围这神像看了一圈）样子倒是怪俊俏！看来，太后认定是——

太　后　救驾大仙。

黄兆年　可陛下又认定是——

山南王　山村姑娘。

黄兆年　既然如此，我是不讲不行了！

太　后　你快讲，是我对，还是他对？

山南王　你快说,是她对,还是我对?

黄兆年　我以为,我以为……(突然嗓子打噎,内侍捧茶壶,被他挥去)我以为万岁在山上遇到的姑娘,既不是神……

山南王　国公高见!

黄兆年　也不是人!

太　后　国公卓识!

黄兆年　而是一个鬼!

众　人　(大惊)啊!?

黄兆年　(唱)孤凤山,邪又凶,
一仗折我三千兵。
万岁险些遭不幸,
老臣跌进石头坑。
呼天叫地都不应,
哪里还会有神灵?
孤凤山,邪又凶,
出个美人——更不可能!
除了石头是老树,
除了老树是怪藤。
豺狼虎豹遍地走,
蜘蛛蚂蚁都成精。
万岁遇到的桑桑女,
说不定就是——桑树精!

[众人更惊,悚悚然搂成几团儿。

黄兆年　(唱)匆匆忙忙当神敬,
她借着神台兴妖风。
匆匆忙忙封娘娘,
她巧言令色乱宫廷。

山南王　不,她不是鬼怪,哪里有如此有智有谋有才有德的鬼怪呀！

黄兆年　(唱)无奈何只好王前再请命……

山南王　你要干什么？

黄兆年　(唱)派老臣：带法师，登山岭，

找桑姑，审女红；

是人是鬼，查个分明；

然后才能决定她，她她她……

众　(接唱)才能决定她她她进宫不进宫！

[收光。

[幕后合唱：

听说天下本无风，

静到极时狂飙生。

不知静为风之祖，

还是风为静之宗？

第三场

[孤风山上，李桑桑家门前。桑藤枝蔓下，藏着一棚茅屋，幽深静谧。屋前有石桌石凳，均未加雕琢，一派原始古状。唯石桌上一尊青铜鼎鼐，格调雅致，偶泛光彩。

[李桑桑手把青铜鼎研磨着什么，但显然心不在焉。

桑　桑　(唱)山南王桑桑女拜过天地，

磕罢头作罢揖一别无期。

桑树叶青变黄黄叶落地，

箔上蚕结成茧茧丝缫毕。

嫩春去老秋来雁声又起，

过一天像一年真叫着急！

离别时他的话真情实意，

早进山早迎亲早会佳期。
我看他是君子胸怀仁义,
不至于轻许诺戏语相欺。
手把着桑树枝山下望去,
太阳出直望到月儿偏西。
日日望夜夜望路都望细,
时时望刻刻望树也望稀。
望得云彩落一地,
望得石头褪层皮!
望来望去空叹气,
山底下始终不见君王旗。
妈妈她常笑我中了邪气,
说胡话打呓语陷入了玄虚。
难道说半年来我全在梦里?
哎呀我啊我!这种事才真叫当事者迷!

[妈妈奔上。

妈　妈　桑桑——快,来啦,来啦!

桑　桑　妈,谁来了?

妈　妈　朝廷接你的人马来了!

桑　桑　妈,你又拿我开心。

妈　妈　这回可是真来了!乖乖儿!

桑　桑　我才不信呢!

妈　妈　(拉桑桑登上高坡)你朝那边看,你看那呼啦啦的大旗!

桑　桑　(眺望)呀!南朝的大旗!

妈　妈　一溜一行的人马!

桑　桑　(高兴地)南朝的人马!

妈　妈　驷马高辕的大车!

桑　桑　(更高兴)南朝的大车!是来接我的大车!(抱着妈妈跳

起来)妈,你真好!

妈　妈　傻闺女,还不快快收拾去?

桑　桑　(唱)万籁齐鸣祥云开,

金光一片照石台。

千枝百叶摇呀摇,摆呀摆,

摆摆遥遥,摇摇摆摆,

摆得快呀摇得快,

快迎我的郎君来!

妈　妈　(唱)傻丫头!

快打轩窗调脂彩,

梳头洗脸上妆台。(推桑桑进屋)

上妆台,上妆台,

转眼就打扮出个娘娘来。

老婆我眼看就是老国太,

你说开怀不开怀!

哟,你看我——

门前路,还未扫,

鹅黄梨,还未摘。

老公鸡,还未逮,

陈坛酒,还未筛。

扫地,摘梨,逮鸡,筛酒,

筛酒,逮鸡,摘梨,扫地,

恨不能长出十条胳膊来!(下)

[众兵拥黄兆年上,二位法师紧伴左右。法师战战兢兢,军卒们哆哆嗦嗦。

黄兆年　(唱)人困马乏到边陲,

心惊肉跳登崔嵬。

挺不起腰,伸不直腿,

浑身哆嗦脸发灰。

处处觉着都有鬼……

[众兵丁闻声趴下。

黄兆年　你们这是干啥？干啥？都给我站起来！大白天有啥好怕……怕哩？

(唱)处处觉着都有鬼，

这差使真叫人受亏！

若不是我忠心赤胆保万岁，

我何必揽这麻烦一大堆！

侍从甲　禀国公，前面发现一处茅屋。

黄兆年　噢！总算碰到一户人家。上前叩门！

[二侍从走向茅屋。

黄兆年　(突然喝止)慢！究竟是不是人住的，还需要弄清楚。二位法师，上前验过！

二法师　遵命！

[二法师运气作法，喷水舞剑，从房上抽出几片草叶，纵鼻闻嗅……

左法师　(绕口令似的)启禀国公：据贫道所验，上下各有二阴而处厥中，剥道漫长稍近于床，剥道漫长以及人身，剥道漫长……

右法师　不！启禀国公：据贫道所验，泰小往大来吉享，天地交而万物通，上下金交，左右水交，前后土交……

黄兆年　说明白点儿！

左法师　此茅屋有七分人味儿，三分鬼味儿。

右法师　不，应是三分人味儿，七分鬼味儿。

左法师　七三！

右法师　三七！

黄兆年　好了好了，尔等要求大同，存小异，火眼识怪，共同辨异。否则,否则……(突然嗓子又打噎)我总觉着我这喉咙里长个啥东西……

[妈妈兴冲冲地从茅屋走出。

妈　妈　(大礼一拜)大人万福!

黄兆年　(一怔)你……你可是个人?

妈　妈　(笑了)这位大人问得奇怪。老身不是人,难道是鬼?

黄兆年　(吓一跳)啊?鬼!

妈　妈　大人,像俺这小百姓,山里人,在大人眼里,看着像人,就是人;看着像鬼,就是鬼。

黄兆年　我问你,这山?

妈　妈　孤凤山。

黄兆年　这河?

妈　妈　独冷河。

黄兆年　那边?

妈　妈　山北王的天下。

黄兆年　这边?

妈　妈　山南王的天下。

黄兆年　你……?

妈　妈　我就住在这两王交界之地。

黄兆年　你是哪家天下的庶民?

妈　妈　祖辈侍奉南朝,日夜盼望山南王!

黄兆年　这座山上有家人家你可知晓?

妈　妈　姓甚名谁?

黄兆年　李桑桑!

妈　妈　(突然狂喜)哎呀!果然是来接桑桑啦!

黄兆年　李桑桑——她在哪里?

妈　妈　哈哈哈哈!(畅唤一声)女儿快来呀——!

[桑桑上,鲜艳之色耀目,妩媚之态动人。场上人忘了骇

怕，一片唏嘘，傻愣愣地看呆了眼睛——

桑　桑　(唱)天子说话果算话，

迎亲人马到了家。

施一礼感谢苍天恩浩大！

再一礼感谢诸位苦涉跋！

三一礼望着大人拜大驾！

请请请，请坐喝杯蜂蜜茶！

这一盘鹅黄梨刚刚摘下，

这一盘红柿子甜中带麻。

这一盘山栗子个头最大，

这不是海棠果乃是山楂。

猛想起房边水帘石洞下，

还藏个八月中秋大西瓜！

妈妈，帮我来抱西瓜呀！（拖妈妈下）

黄兆年　(呵斥)住手！贪吃的东西们，尚未弄清是人物是鬼物，尔等便如此下作！

侍从甲　国公，哪有如此美貌的鬼怪？我看是人。

黄兆年　你懂什么？自古但凡美貌者，多为鬼怪哉！

侍从乙　国公，我看这姑娘挺聪明的，肯定是人！

黄兆年　浅薄之至！自古但凡鬼怪者，大多比人聪明！

[桑桑捧西瓜上。

桑　桑　大人，请吃瓜。

黄兆年　你就是李桑桑？

桑　桑　对呀！你就是南王派来的人？

黄兆年　正是南王派来的使臣。

桑　桑　可把你们给盼来了！

黄兆年　终于见到你了……

桑　桑　大人，请吃瓜，解解渴！

黄兆年　(骇怕地后退)不不不……

桑　桑　这是孤凤山的太君瓜,沙凉甘甜,吃吧!(几乎举到黄兆年嘴边)

黄兆年　(恐怖地大叫)啊! 法师,法师!

[二法师冲上前,举剑挥锏逼向桑桑;众军卒执戟挑戈,一齐吼叫——

[妈妈闻声奔出,护住桑桑。

妈　妈　这是干啥哩? 吓着俺闺女你们吃罪得起呀?

(唱)不识礼法无轻重,

　　你何必动枪动刀要威风!

　　论国法这是娘娘府,

　　你就该三叩九拜进坤宫。

　　你不恭来俺不敬,

　　行船不缺你这股风。

　　皇辇就在山下等,

　　桑桑儿,只管登车进京城!

(举起桑桑项间帝王佩,向众军卒下令)娘娘有令:众侍臣,保护娘娘登辇!

众军卒　(不知如何是好)这……是!

黄兆年　慢!

(唱)虽然你有娘娘令,

　　我这里万岁圣旨在袖中!

李桑桑听旨! (从袖中抽圣旨在手)

[桑桑怏怏跪下。

黄兆年　(捧旨宣读)"李桑桑听旨:寡人孤凤罹难,幸而遇汝,智退凶敌,惠付爱心。恩高情厚,孤常眷念。然而事之行进,非孤所料……"

[黄兆年之声渐换为山南王之音。灯光变换,山南王出

现在桑桑面前。其余人众悉数隐去。

山南王　(唱)自从凤岭两别离，

桑　桑　(唱)我心眷眷盼卺期。

山南王　(唱)归京即命置聘礼，

桑　桑　(唱)桑桑天天织嫁衣。

山南王　(唱)本欲登山亲迎娶，

桑　桑　(唱)凤岭日日盼王旗。

山南王　(唱)奈何百官多异议，

说你桑桑大可疑！

桑　桑　(唱)痴忠痴义采桑女，

有何可疑不可疑？

山南王　(唱)都说你：救驾救得越常理，

都道你：护驾护得出规矩。

“越理”“出轨”人犯忌，

以为你是山魅幻化、鬼赋人行、桑树成精把王迷！

桑　桑　(如雷击顶)天哪！

(唱)一言惊得魂飞去——

犹如晴空响霹雳！

王啊王！

知桑桑者只有你，

你是怎般拿主意？

山南王　(唱)虽然说百官之言太玄虚，

亦难免危言耸心犯猜疑。

今派遣黄老国公考察你，

还望你遵言从命担委屈，

来日感激！来日感激！

[灯光复原，南王隐去，原场面再现。

桑　桑　(仰天长叹)我好糊涂的南王啊！

黄兆年　司录官,记下此言!

妈　妈　算了算了,我看这门亲事咱就不高攀啦!

[桑桑掩面哭泣。

妈　妈　哭啥哭?人家不把咱当人看,有啥留恋的?万岁爷这个命,咱算救倒霉了!他没成刀下鬼,咱倒成山上鬼了!你们走吧!走吧!(驱赶军卒)

桑　桑　妈妈,等等……

妈　妈　桑桑,你?

桑　桑　当娘娘事小,还人清白事大。(饮悲咽泪,向着圣旨跪拜)小女子桑桑领旨,就请国公拷问吧!

[妈妈顿足下。

[黄兆年战战兢兢地围着桑桑审视。

黄兆年　(唱)为什么你住在深山藏岭岫?

桑　桑　(唱)皆因为祖先家宅代代留。

黄兆年　(唱)为什么你不怕猛禽和野兽?

桑　桑　(唱)山里人禽兽为友度春秋。

黄兆年　(唱)为什么偏偏你把皇帝救?

桑　桑　(唱)纯粹是偶然机会碰了头。

黄兆年　(唱)为什么你相貌过分美俊秀?

桑　桑　(唱)这来由小女子实在答不周。

桑　桑　(唱)为什么你睫毛肥来眉毛瘦?

两鬓疏来头发稠?

桑　桑　(唱)都怪我粗心大意管不够,

从今后我要认真管好自己的头!

黄兆年　(唱)为什么你一坐一站一走路,

总觉得与众不同流?

桑　桑　(唱)小女子土生野长缺传授,

想学规矩无师投。

黄兆年　(唱)答有理？答无理？似无非有，

人乎哉？鬼乎哉？颇费考究。

看起来终得用最后一手，

照妖镜雄黄酒当面验收！

[黄兆年挥手所指,二法师向桑桑喷水念咒,抡刀舞棒,举镜照射。灯光随审视者主观意念的变换而变换。桑桑的形象亦随每个审视者主观意念的变换而改变形象,(可用替身演员表演)一会儿仙影俊美,一会儿鬼影可怖;一会儿高髻云鬓,一会儿披头散发……

左法师　是人,是人!

右法师　是鬼,是鬼!

侍从甲　是人,是人!

侍从乙　是鬼,是鬼!

二法师　(扶起桑桑,百般施术)转,转,再转!

[桑桑在众人推拥下拼命打旋,突然一巴掌抡在黄兆年的脸颊上,打得爆竹般地脆响,余音绕梁。

众军卒　(枪戟齐逼桑桑)胆大妖女,竟敢打我国公,看刀!

黄兆年　不得放肆!

[众人停下。

黄兆年　(揉了半天脸颊,渐渐露出大喜之色,激动已极地)啊!打得好,打得好,打得好哇!这一掌打清了你的身份:你不是鬼,而是人!

众　人　(惊讶地)大人?

黄兆年　鬼掌击面,冷入心耳;人掌击面,热贯身耳。她一掌在脸,吾周身发热,且大有柔软、滑腻、舒适之感。人掌,人掌啊!哈哈哈哈……二位法师,你们也来验过。娘娘,你照他们脸上打几下,让他们也感受感受。打呀!

二法师　(难为情地跪在桑桑面前)请娘娘高抬凤掌!

[桑桑突然失声痛哭,掩面奔进屋去。

黄兆年　(训斥法师)汝等蠢笨不堪,法术不灵,几乎误了圣命,还不快快焚香谢罪!

[二法师燃香,向石案上青鼎里插去。突然,鼎中轰然火起,浓烟冲空。众人大惊失色,尽皆伏地。

黄兆年　(颤抖不已)何来毒火暗器?(发现铜鼎,观察,闻嗅,吃惊)这太危险了!要是今天圣驾亲临,岂不是遭受不测!啊?难道,难道她要暗设机关,伤害圣上……?来呀!

侍　从　在!

黄兆年　抓出李桑桑,重新拷问!

[众军卒持枪逼向茅屋。

[突然,山北王率兵将上。

山北王　住手!

黄兆年　哪来狂匪如此撒野!

山北王　请问尊部何属?

侍从甲　山南朝一品宰相黄国公在此,还不跪下!

山北王　哈哈哈哈!原来是我手下败将到了,还不受死?

黄兆年　你是何人?

山北王　山北王!

黄兆年　啊!?(闻风丧胆,瘫倒在地,被侍从抬下)

[众北兵溃散奔下。妈妈扶桑桑上。

山北王　姑娘别来无恙!

妈　妈　你又是何人?

山北王　山北王!

桑　桑　敌人!何以又侵我土?

山北王　自从遇到姑娘之后,从未敢再犯边境。

妈　妈　到此做甚?

山北王　登门求婚!

妈　妈　登谁家门？向何人求婚？

山北王　登你家门，向姑娘求婚！

妈　妈　（猛抽一掌）贼子！

桑　桑　（举起铜鼎）你我不共戴天！

［众北兵护起山北王，逼向桑桑。

山北王　尔等退下！（众北兵后撤，山北王引颈下拜）妈妈！桑桑！

（唱）箭离弓弦不回收，

涧水出谷难倒流。

自从相见孤凤口，

我便铁了心：

此生唯你是皇后！

妈　妈　（唱）这才是种花种出个水曲柳，

孵鸡孵出个铁斑鸠。

桑　桑　（唱）再掷铜鼎砸敌首，

为我山南报前仇！

［山北兵再护主，夺下桑桑手中铜鼎。

山北王　（唱）前仇前边有前仇，

冤冤相报不到头。

山南山北皆为汉，

都是炎黄血脉流。

恳求桑桑随我走，

山北也有新春秋！

（向众北兵）尔等还不下跪！

［众北兵齐跪。

山北王　向国母叩拜！

众北兵　叩拜国母！（大礼）

山北王　向皇后叩拜！

众北兵　叩拜皇后！（大礼）

山北王　向国母皇后告辞！

众北兵　国母皇后告辞！(众下)

山北王　(走上高坡，回身一拜)桑桑，我等你一生一世！(下)

桑　桑　(反身扑向妈妈)这到底是怎么一回事啊！

【幕后合唱：

老鼠洞，弯又长，

穿过院子绕过房。

本来要通玉米岗，

抬头一看是高粱。

第四场

［五年后，巡幸路上。

［大雪纷纷扬扬，旷野路断人稀。

［南朝皇驾仪卫拥上。

山南王　(唱)“是人是鬼”大调查……

内　侍　(仰望天象，跪禀)启奏万岁！

山南王　讲！

内　侍　今天是黑道日，北有鬼气，出师不利。

山南王　又是鬼、鬼，鬼就鬼去。起驾！

(唱)“是人是鬼”大调查，

查来查去一团麻。

查了五冬并五夏，

查得双鬓生华发。

查得朝野鬼打架，

查得鬼风满天刮。

查得寡人真成寡，

拜了堂的娘娘接不到家。

百种相思丢不下，
拼上与鬼合婚纱。
亲带三千将兵马，
重登孤凤寻恩家！

[灯暗，复明。桑桑家门前。

[景同三场。只是金秋换成了隆冬。满目银白。

[大空场。

[幕后合唱：

有心栽花花不开，
无意惹蝶蝶自来。
红杏出墙君不采，
荷未露尖浪来抬。
五度相思难排解，
五度纠缠躲不开。
南王不到北王到，
爱不常来恨常来。

[合唱声中，桑桑缓缓踱上，凭高眺望，怅然伫立。

[妈妈奔上，梧桐、豹子二山民上。

妈　妈　来了，来了！

桑　桑　什么？北兵又来了不成？

妈　妈　不是北兵，是南朝人马！

桑　桑　南朝人马来了……妈，就说我死了。

妈　妈　不不，这一回来的可不是那个老头，是山南王！

桑　桑　山南王？他……他亲自来了吗？

妈　妈　你梧桐叔、豹子哥亲眼看见了。

豹　子　山下十里八寨都在迎接万岁哩！

梧　桐　四山众乡亲都为孤凤山出个了娘娘烧香拜佛呢！

桑　桑　（跳上崖头张望）这是真的么？

豹　子　一点不假。我亲眼看见万岁爷骑在马上,口喊桑桑,登山而来!

梧　桐　我看得更清楚,万岁爷还是一表人才呢!

妈　妈　可该信了吧?乖女儿!

[桑桑高兴起来,奔进屋里。

妈　妈　哎哟!来了那么一大帮子人马,吃饭可咋办?

梧　桐　我回东山给你借两口大锅!

豹　子　我上西山给你打一条野猪!

妈　妈　那可多谢二位了!

[梧桐、豹子下。

妈　妈　嘻嘻嘻嘻嘻嘻!人家保准会说,瞧这个老婆子多没耳性,上回朝廷派来那帮子人马,把你娘俩折腾得人不人鬼不鬼的,你就忘了?你发誓赌咒不让女儿再进宫廷,你就忘了?唉,咋能忘呢?可是,这事就是不由人哪!

(唱)打一棒子疼,

喂个枣儿香。

好了疮疤口,

忘了挂过的伤。

世上事就是这个样,

认真了肚子天天胀得慌。

那个糊涂就比明白强!(自嘲地笑)

何况是万岁爷亲来认女婿,

金銮殿眼看就是俺家大瓦房!

这事不管谁碰上,

恐怕是都会比我更慌张!(下)

[山南王在皇家仪卫簇拥中上。

山南王　(唱)翻山越岭穿林莽,

恨不得一步见桑桑!

内　侍　启禀万岁,到了!

山南王　(惊喜)到了?

［妈妈迎上。

妈　妈　到了,到了,迎接万岁!

山南王　你是何人?

妈　妈　桑桑的妈妈。

山南王　(倒头便拜)妈妈!

妈　妈　(激动得手足无所措)哎!

山南王　(激动地高喊)桑——桑——!

［桑桑内应:"哎——!"

［茅屋蓬门骤开,桑桑出现在门口。

［她春颜复归,仪态万方。

［四目相望,草木动情。

山南王　你好难见哪……

桑　桑　你好难等啊……

［妈妈含着热泪退下。

［山南王和桑桑发狂似地相扑过去,但是好难啊——很近很近的距离,却变得很远很远,二人的动作被夸张地放慢。

［幕后合唱:

相见难啊相见难,
相思江边无舟船。
泅水又无泅水胆,
跨越又怕落深潭。
相思江边叹三叹,
叹走光阴三百年。

［山南王与桑桑好不容易触到了手指,突然追上来一群大臣,黄国公一个踉跄,跌在二人中间。

黄兆年　陛下,且慢拉手!

众大臣　陛下,且慢拉手!

［黄兆年、孔宰相、孙太监、李太师、梁宗正共同切入山南王和桑桑之间,形成一道人墙。“人墙”共同跪倒上奏。

山南王　何事?

众大臣　要事启奏。

山南王　讲!

众大臣　请娘娘回避。

山南王　大可不必!

众大臣　(齐齐顿首)请娘娘回避!

［桑桑含泪顿足被侍卫逼下。

山南王　(向内喊)桑桑!待会儿我去接你……

众大臣　陛下,接不得!

山南王　有何接不得!她纵然是鬼,我也要把她接回宫去,封为恩鬼娘娘!

黄兆年　不,她她她……

山南王　她是什么?

黄兆年　她是奸细!

山南王　哪里的奸细?

黄兆年　山北朝派来的奸细!

山南王　蠢材!既是奸细,还能救我么?

黄兆年　昔日救你,正是为了今日害你;昔日送你回朝,正是为了来日吞我南朝!

山南王　黄国公,你不要再捉弄寡人了!

黄兆年　老臣可以当众剖心,以示忠肝赤胆!(说着抽出一把剑就要自剖)

山南王　(急制止)黄国公,你有何证据这般怀疑?

黄兆年　岂是老臣我一人怀疑？自皇上悄然离京，满朝焦虑，文臣武将，纷纷聚议，朝考究，夕琢磨，历经三司六部九次聚议，统统认定：她是奸细！

山南王　众爱卿，你们都这样认为么？孔宰相，你意如何？

孔宰相　（向观众）每次聚议我老打瞌睡。瞌睡一来，不明不白，谁是谁非，顺势一推。（戴上面具，正襟表决）陛下，她是奸细！

山南王　梁宗正，你意如何？

梁宗正　（向观众）黄兆年是我的恩师，我是他的门徒，我之能有今天，全靠他一手提携。他说是奸细，我还能说不是奸细？（戴上面具，正襟表决）陛下，她是奸细！

山南王　孙太监，你的意思？

孙太监　（向观众）水灵灵的黄花闺女，竟说人家是奸细，纯粹是狗尾巴扯到狼腿上，乱得匀！不过，随着黄兆年趁机会来趟孤凤山，看看有无皮毛生意可做也算好事！所以我得说——（戴上面具，正襟表决）陛下，她是奸细！

山南王　哦——天哪！她怎么会是奸细哪！（痛苦得欲发疯）你们有何证据？

黄兆年　万岁容禀！

（唱）她一家无丁无壮有房住，
不耕不种有食衣。
无师无教懂礼仪，
一面就能把君迷。
她她她，她和北贼常来往，
她她她，地形路线全熟悉。
她她她，会造沙丸火弹器，
她她她，边境线上窃军机。
疑点重重莫麻痹，

宁错一千不放一。

倘若是糊里糊涂接宫里，

怕只怕，有朝一日金銮玉宫龙楼凤阁要化废墟！

万岁请看！(说着手执一炷香，向石桌上鼎鼐中一燃，訇然升起一股浓烟)

[山南王惊骇。

山南王　依，依……依卿之见？

黄兆年　立审李桑桑！

[侍卫把李桑桑带出。

桑　桑　(哀求地)皇上……

[众军卒围定桑桑，如临大敌。

黄兆年　李桑桑听真！

(念)既然你是天朝民，

为何敌人常登门？

桑　桑　(念)边无守将敌自进，

孤民怎拦虎狼群？

黄兆年　(唱)既遇虎狼就该拼，

不做忠女做忠魂。

忠女忠魂都不做，

分明与南朝有二心！

众大臣　(帮腔)分明与南朝有二心！

黄兆年　(唱)既与南朝有二心，

分明是投敌卖国人。

众大臣　(帮腔)分明是投敌卖国人！

黄兆年　(唱)既是投敌卖国女，

必是奸细潜国门。

众大臣　(帮腔)必是奸细潜国门！

黄兆年　(唱)既是奸细潜国门，

必施巧计惑圣君。

众大臣　(帮腔)必施巧计惑圣君！

黄兆年　(唱)你伺机打进天子宫，

众大臣　对！

黄兆年　(唱)挖心战术乱乾坤。

众大臣　对！

黄兆年　(唱)有朝一日时机到，
扶乱党，陷忠良，杀我主，迎贼君，
妖鼎烟火烧殿林，
成就你这敌国的大功臣！

众大臣　(齐吼)对，对，对！

桑　桑　我的天哪！
(唱)疑心好起不好放，
妒意好生不好亡。
才脱开“鬼怪”中伤语，
又赐我“奸细”皮一张。
诽谤前边是诽谤，
冤枉后头跟冤枉。
娘把我生，爹把我养，
为什么不让我生出口千张？
生出千张伶俐口，
劝说君臣信桑桑！
娘把我生，爹把我养，
为什么不让我心肝露胸膛？
心肝露在胸膛外，
对国公，对众将，对青天，对太阳——
看一看这颗心：
是红？是黑？是青？是白？是歹？是良?!

我的众大人，我的山南王！

众　人　(齐吼)你是奸细！

桑　桑　哦……(昏厥过去)

[山北王率兵冲上，山南兵仓皇应战，双方格斗几个回合，南朝兵马败下。

[黄兆年隐起窥伺。

[山北王伏身，托起昏迷中的桑桑。

[黄兆年见状惊住，复急下。

山北王　(轻唤)桑桑，桑桑！

桑　桑　(渐醒，发觉是山北王，猛地挣扎起来，推开山北王)你，又来了！

山北王　我又来了！

桑　桑　你来得好，来得真是时候……

[山北王再扶桑桑，桑桑顺势抽出山北王佩戴的长剑，向山北王逼去。

桑　桑　我要与你拼！我要做忠魂！我要用一腔热血作证，我是南朝的忠民哪！(说着一剑刺向山北王)

山北王　(并不躲闪，惨重地倒地，艰难地挣扎着，继续乞求)你……来……呀！桑桑！(再次倒下)

[幕后合唱：

闻说黄河本向北，
碧波千顷养蕤葳。
只因弯弯多无数，
掉头东海再不归。

第五场

[银山如浪，雪林似海。

[桑桑云鬓散乱,情绪激动,手执山北王宝剑奔上。

桑　桑　(唱)千嶂万壑一路奔,

腿儿生风足生云。

剑头鲜血淋雪海,

万里雪海一线春。

春红一线血千点,

点点出自北王身。

横流竖淌任抛洒,

一衬桑桑青白身!

青锋剑头血淋淋,

茫茫雪海走游魂。

游魂一缕来何处?

何处有门收游魂?

误入人世留人世,

不谙红尘踏红尘。

不是娘娘当娘娘,

不会杀人却杀人!

我叩天庭向天问,

苍天哪!

愿你告我怎做人?

愿你劈开猜疑山,

愿你扫尽嫉妒云。

愿你砍破诽谤阵,

愿你斩绝造谣军。

愿你救人出混沌,

来自纯真归纯真!

[风呜雪卷,血剑翻舞……

[暗转。

［灯复明。孤凤山下，山南王行宫。

［夜，风诉雪泣，烛光明灭。

［山南王背向观众，呆呆地站着。一班僚臣垂立两旁，恳切劝驾。

孔宰相　陛下，边陲之地，不宜久留，还是尽快返京为好。

梁宗正　此处离贼甚近，不大安全，望早起驾！

孙太监　陛下离京已久，宫闱悬念，南归吧！

众　臣　祈求陛下回京吧！

山南王　（缓缓转过身来，怔怔地问）你们，说些什么？

众　臣　祈求陛下回京！

山南王　我，走不动了！

众　臣　陛下何出此言？

山南王　难道你们没有看到……我在网中么？（比比画画）网，网，网……手也抬不动，脚也挪不动，天也推不动，地也转不动……

众　臣　（吃惊地）陛下？

山南王　（抽出宝剑）众爱卿，随我破网来！（挥剑左刺右剁）

［众臣悚然。

［内侍引太后、皇后上。

内　侍　太后皇后到！

众　臣　迎接皇后太后！

皇　后　参见圣上。

山南王　你是何人？

皇　后　怎么连臣妾也不认识了？

山南王　臣妾……哈哈！

皇　后　圣上保重！

山南王　该保重的是山上那位李桑桑，她救了我的命，你去向她问安吧！

太　后　见过圣上！

山南王　你是何人？

太　后　怎么连母亲也不认得了？

山南王　母亲……哈哈！

太　后　我来接儿回京啊！

山南王　你该接山上那位李桑桑回京，她是我的救命恩人，我接不来她呀！

众　臣　万岁保重！

山南王　（勃然翻脸）应当说李桑桑保重！没有她，哪有我？没有我，哪有国？没有国，哪有汝辈？

（唱）李桑桑，桑桑李，桑桑李李，

桑桑李，李桑桑，李李桑桑。

桑桑李，桑桑李，桑桑李李，

李桑桑，李桑桑，李李桑桑。（踉跄下）

皇　后　圣上他怎么了？

太　后　是啊，他是怎么了？

李太师　难道他是疯了？

众　臣　是疯了！

皇　后　（大惊）啊？这怎么得了啊！

太　后　（更惊）天哪！圣上要是疯了，江山何托啊！

皇　后　这可如何是好啊？

太　后　而今，只有李桑桑救得了圣上！

孔宰相　对，只有李桑桑救得了圣上！

梁宗正　只有李桑桑救得了江山！

李太师　只有李桑桑救得了社稷！

孙太监　只有李桑桑救得了朝廷！

皇　后　只有李桑桑救得了我这……皇后地位！

太　后　一个娘娘，接了如此长久还未接入宫来，汝等尽是无能之辈！

皇　后　事情全坏在迎亲大臣黄老国公身上了！

李太师　对，他不该怀疑李桑桑是鬼！

孔宰相　更不该怀疑人家是奸细！

孙太监　纯粹无事生非，捕风捉影！

梁宗正　我早就想奏他一本！

孔宰相　李桑桑是鬼咋的？只要忠于陛下，鬼也是好鬼！

孙太监　李桑桑是奸细又该咋的？只要钟情陛下，奸细也会弃暗投明！

李太师　我早就看出黄老国公成事不足，败事有余！

梁宗正　我早就知道他不学无术，我虽是他学生，可他讲课我一句也听不进去！

皇　后　老太后，该罢黜他了！

太　后　是该罢黜他了！

［山南王半痴半呆地走回来，口里仍唱着“桑桑”歌。

山南王　（唱）李桑桑，桑桑李，桑桑李李……

皇　后　圣上！

山南王　你是……李桑桑？

皇　后　我是圣上的皇后。

山南王　你应该是李桑桑！

太　后　圣上！

山南王　你是……李桑桑？

太　后　我是圣上的母亲。

山南王　你应该是李桑桑！

众　臣　陛下！

山南王　你们都是李桑桑！

众　臣　不，我们都是陛下的臣子！

山南王　（大吼）不！我不要臣子，我要李桑桑！我要李桑桑！！

[突然,李桑桑手举血剑,闯进宫来。

[众惊,数禁军出长戟把李桑桑围住。

桑　桑　皇上!

山南王　桑桑!

桑　桑　你来接接我呀!

山南王　我一直在接你呀!

桑　桑　(左扑右撞,总穿不过戟丛)皇上!

(唱)你身旁有条万丈渊,
想你望你走不到边。
你身旁围着千仞山,
苦登苦攀攀不到巅。
你我有约没有缘,
相会还得一万年!
我的万岁呀……

[山南王突然愤起,挥剑砍翻几个禁军,冲至桑桑面前。桑桑昏倒,被山南王托住。

山南王　桑桑,桑桑……

太　后　(惊魂甫定)这就是李桑桑?

众　臣　这就是李桑桑!

太　后　啊!多出众的人才!

皇　后　好漂亮啊!真要倾国倾城了!

孙太监　万岁有眼!社稷增福!

孔宰相　选为娘娘,于国增辉!

梁宗正　立为国母,光耀社稷!

李太师　陛下,应当立即册封才是!

山南王　桑桑,你醒醒,你醒醒!

桑　桑　(苏醒,偎在山南王怀里)万岁……!我不是鬼,我是人哪!鬼的手哪有这么柔软?鬼的心哪会这样跳动?

众　臣　(一起肯定)你是好人！

桑　桑　我也不是奸细,我是良民。(托起血剑)山北王被我刺杀了,这是他的剑,这是他的血,哪有刺杀主子的奸细啊！

众　臣　(一起肯定)你是良民！

桑　桑　谢万岁……(恬然昏去)

[山南王一阵呼唤:“桑桑！桑桑！”

[突然,黄兆年气喘吁吁地闯进。

黄兆年　(恐怖地一吼)陛下！快撒手！推开她！

山南王　黄兆年！你又来干什么?

太　后　你还嫌没把皇上折腾够吗?

黄兆年　李桑桑面目并没查清。

太　后　既不是鬼,又不是奸细,还有什么可查?

黄兆年　可她并不一定是贞女！

[太后、山南王猛地怔住。

黄兆年　倘若宫中混进一个不贞不洁之妇,我朝龙种将是谁家之后?

山南王　住口！

黄兆年　老臣亲眼所见,也是这个李桑桑,也是这个姿势,可她,她却躺在山北王的怀抱之中！

山南王　(如蝎蜇一般把桑桑从怀中猛地推出,突然拔剑在手,向黄兆年逼去)我杀了你！

黄兆年　多谢万岁！万岁能亲手杀了老臣,老臣倒是真正得了正果。我祖宗十代忠臣,苍天可鉴。(说着自己打起嘴巴来,说一句,打一个嘴巴)老朽一颗头颅,只要换得万岁警悟,宫闱纯洁,嫔妃贞节,真脉相传,便是福也！(继续打脸)

太　后　万岁不可唐突,国公之言有理！

皇　后　老国公见多识广呀！

黄兆年　(唱)头可断血可流忠心难泯，
坐江山守皇朝陈陈相因。
制国策理国事必依先训，
衡量男度量女惟古是遵。
走三步退三步也是前进，
瞻瞻前顾顾后也是忠心。
明疑神暗疑鬼乃是谨慎，
指鹿头为马脸亦有功勋。
宁可十次断不准，
不可一时犯粗心。
倘若娘娘身不贞，
到那时，万岁呀，你想想：
毁王国誉、坏王庙堂、换王血脉、断王后代，
轻而易举绝了我王南朝根！

山南王　(发狂一吼)住口！

[众人一时惊呆。黄兆年又自己打起脸来。

[山南王愣愣地望着昏迷中的桑桑，突然举起长剑，欲朝桑桑劈去；突然又停下，剑滑落在地。他疯狂地笑着哭起来，哭着笑起来。下。

皇　后　哎呀母后，陛下他又发疯了么？

太　后　我可怜的皇儿啊！

黄兆年　无妨！疯上十天半月，换得江山平安，大大合算。

太　后　国公之言有理。

皇　后　国公真乃国之栋梁。

孔宰相　国公胆大心细，高瞻远瞩！

孙太监　国公运筹帷幄，砥柱中流！

李太师　国公明察秋毫，见微知著！

梁宗正　国公讲学，音准调美，字字入耳！

孔宰相　国公是我们的楷模！

李太师　国公是我们的表率！

梁宗正　以我说,干脆封疆赐邑！

孙太监　太好了,我看可以,十分赞成！

众　臣　可——以——可以！赞——成——赞成！

[内侍急上。

内　侍　报——！启奏太后:北兵已把行宫团团包围！

太　后　你说什么?

内　侍　北兵又杀来啦！

众　臣　(大惊)啊！?

尾声

[古战场。

[鼙鼓咚咚,刀矛铿锵,山南王与山北王一场大战。突然,一个大土雷当空爆炸,山南兵将死伤一片。喊杀声中,山南王的兵将纷纷投降,南朝君臣被联绳捆绑。

山北王　(居高临下,呵呵大笑)南王陛下,我早料到你会有今天的！

山南王　番邦鬼蜮,竟以妖物伤人,不仁不义！

山北王　哈哈哈！你又错了！那爆炸的土雷并非妖物,乃是李氏家传沙丸火弹,被我研制成功了！

山南王　李氏沙丸火弹?那不是李桑桑家的吗?

山北王　正是李桑桑家的祖传。

山南王　你抢走了我朝的东西！

山北王　不仅仅是东西,还有人哪！——请娘娘。

司　兵　服侍娘娘喽——！

[北朝仪卫拥戴桑桑走上。桑桑金冠紫蟒,赤帔如霞,但

神情抑郁。

众北兵　参见娘娘！

山南王　桑桑？桑桑！——她是我的皇后，她是我的娘娘啊！

山北王　她曾经是你的，可她仅仅是你的一个希望。这个希望，又被你们生生毁掉了。（走向黄老国公及众臣）我感谢你们，是你们帮助我得到了桑桑！

山南王　不！还我皇后，还我娘娘！

山北王　（大笑）哈哈哈哈！没有国，哪有后？丢了帝位，何谈娘娘？统统斩首！

众北兵　喳！（押俘欲下）

桑　桑　慢！（拔出山北王腰中之剑，走向黄兆年等众俘）

［众俘闭目背身等死。

［桑桑出剑逐个挑断太后、皇后、黄兆年、李太师、孙太监、孔宰相、梁宗正身上的绳索，最后走向山南王，为其解缚。

山南王　桑桑，你杀了我吧！

桑　桑　这个结果，比杀了你还惨呢！（取下项间帝王佩）这是你的信物，是你失信了，我已无缘于它，还你吧！（奉还给山南王，为他戴于项间）陛下，保重了！（向山北王）请答应我：放掉他们！

山北王　（走向山南王及众臣）你们已经是我的庶民了！看在娘娘的面子上，我会善待你们的！哈哈哈哈……（搀起桑桑，扬长而去）

山南王　桑桑！（痛倒）

四大臣　（无动于衷，恭敬拜送桑桑）送娘娘！

［幕后合唱：

半个娘娘一台戏，
说不囫囵唱不齐。

为救戏曲不景气，
出新出个“意象剧”。
非驴非马惹人笑，
但愿它长成个骡子奋高蹄！

[剧终。

新编历史演义剧

卷一 春秋出个姜小白

Chun qiu chu ge jiang xiao bai

DRAMA COLLECTION

人　物

小　白　东周时期齐国君主,号齐桓公,春秋五霸之首。不过本剧从他不是君主时写起,这时候一点儿也看不出他霸气,更想不到后来他能成为一代霸主。故事发生这阵子,他倒是处处受欺负,活得挺憋气。他大概有十七八岁的样子,长得精明、帅气,眉目英爽,但又敛情内向,少有潇洒。因为他是老二,老大把他看成竞争对象,常常怀疑他想抢班夺权,处处防着他,时时想除掉他。所以他活得挺艰难的。

管　仲　只要读历史,都知道这人挺有名的,是个人物。春秋时代能找到的书大概他都读过,上知天文,下知地理,尤其知道政治。他讲起政治头头是道,富有鼓动性,让姜小白一连听了三天三夜也没瞌睡,还心甘情愿叫他"仲父"。但他起初可是反姜小白的,三次刺杀姜小白的就是他,称得上是死对头。闹到了却又拜倒在姜小白的脚下忠心为仆,戏剧性就在这里。

菁　菁　齐桓公的一房妃子,史书里写作"箐箐",但现代字盘上无"箐"字,只好写做菁菁。对她的身世履历也做了些推测和虚构性调整,本剧中是从她和小白恋爱时候写起。她长得很美,很朴实又很机灵,深得小白喜爱。但她又是管仲的表妹。政治对手摆成了爱情三角,戏也就来了。

鲍叔牙　小白的幕僚兼保镖,铁杆保主,也有雄才大略。他和管仲是"换帖弟兄",两个人一块儿当过兵,一块儿打过仗,一块儿做过生意。他为人既厚道,又大度,在生活交情上处处让着管仲。但在政治形态上他俩是针尖对麦芒,决不相让,毫不含糊,鲍叔牙与管仲在齐宫各保其主,两个人一度是生死对头。

公子纠　齐国大公子，小白的哥。他是鲁妃所生，可能是鲁妃经常给他上“阶级斗争”课，所以他很早就懂得“老大是一国之君当之无愧的接班人；而兄弟间是最可怕的竞争对手”这种道理，所以他一直把小白视为争夺君位的死对头。他性格鲁莽，脾气暴躁，读不进去经，背不进去书，只想着把小白干掉。

莒　妃　小白的亲妈，娘家在莒，就称作莒妃。其实她脾气挺好，大家闺秀，知书达理，很有教养。但她当了妃子，长年累月在宫廷里窜来窜去，听到的都是谁篡权谁夺位你杀我我杀你的故事，久而久之，她也就学会了与人奋斗的道理，学会了严厉，学会了狠毒，学会了吵架，学会了搞“你死我活”。她搞得不错，后来当了太妃。

鲁　妃　公子纠的亲妈，娘家在鲁，就称作鲁妃。脾气比莒妃厉害。由于她是第一个给齐君生儿子，便以第一夫人自居，做事霸道，颐指气使，仗着自己儿子是老大，便以为将来齐国的天下就是他们的。就是这种错觉使她带坏了儿子，丢失了江山。

齐　君　前半场戏中的当权派，齐国之君。身体不好，老气横秋，但发起脾气来蛮凶。他总想叫宫廷里和和睦睦，但宫廷里总是吵吵闹闹，甚至打打斗斗、拼拼杀杀。老头一怒，便把所有儿子都赶出宫廷，赶出京都，宁可不要接班人，也不叫篡弑发生在宫廷。然而，篡弑毕竟在他身后发生。

司命主簿　这是浪漫出来的一个人物。如今不兴浪漫了，兴各种主义。譬如荒诞主义、达达主义、现代主义、后现代主义……但这个人物确实够不上那些主义，他只是在现实主义的基础上稍稍浪漫了一下，起一点儿陪衬和托底作用，让作品的立意显得更清晰一些。仅此而已，别无他意。

竖貂、老少文武四臣、仪官、报子、宫娥数人、甲士剑客数人——习惯上讲，这是一群龙套人物。然而，“龙套”二字，已被人们用滥、用旧。一说龙套，便极含弃贬之意。可是对戏剧而言，龙套角色是“美发之簪，锦裘之穗”，诸戏不可或缺。只有小角色，没有小演员。没有龙套，无法写戏矣。

一楔

本剧准备多写几个楔子。

楔子者，木匠夹入榫眼之木片也。其作用是使家具紧固完整,浑然一体。自从宋元杂剧把“楔子”盗用到剧本中以来,几乎使人们忘掉它始自木匠之手,似为梨园专品,可见盗窃者也能成为创造者。

当代舞台上流行的序幕,就相当古剧中的楔子,而地方戏常用的二道幕外的戏,实际上就是多头楔子。

下边要写的这个剧本中,之所以不把“楔子戏”叫作“二道幕外的戏”,并不只为想当“创造者”,倒主要是想给导演和舞美设计师留点儿无例可循的空白之地，避开那种被人用滥了的俗不可耐的套子化的二道幕处理，让他们的聪明才智得以无遮挡地发挥,在“二度创造”中充分创造。

写了这么一段戏外话,内行一看会说太不像剧本了。这我倒高兴！说实话,我们的剧本不适合阅读,很大一个原因就是剧本写得太像“剧本”。

书归正传,戏归正楔,人物该登场了。

先登场的一个角色叫司命主簿。他是阴曹府阎王爷身边的官吏,相当个机要秘书的角色,主管人间生死的登记造册,阳世间每生一个人每死一个人,怎么生怎么死,怎么荣显富贵,或怎么七灾八难,都得经过他的手预先安排并登记造册。你瞧,他来了！

[司命主簿上——有导演让司命主簿身后跟着四个小鬼，腾越翻跳，极尽张扬，蛮好。但有的导演却擅自把我的司命主簿拿掉，这叫“温先儿看病——隔脉”。

司命主簿　（执笔携卷登场，踩云拨雾，飘山滑水……）

（唱）阎王殿下当主簿，

职衔不大管事多。

人命从我笔下过，

生死祸福我造册。

阴阳档案都归我，

五千年未来之事都在我笔下落！

我乃阴曹地府阎王殿前司命主簿是也！（身段，变脸）现在的时间是……东周列国诸侯纷争的年代，（翻簿）这不，老天爷和阎王爷早就安排好了，从周平王东迁到秦始皇上台，还得整整乱上五百四十九年。百姓涂炭哪！……不过，小神只管生死档案，管不了世间七情。今有——齐国大公子将要登基，可这生死簿里——（翻卷宗）还缺他一幅肖像。这是上届主簿的失误。现在只好亲登阳世，面见齐国大公子，补画一幅人头像也就是了！

（唱）公子子纠要抢班，

杀亲弑弟夺皇冠。

篡弑成风实堪叹，

人间史书血斑斑！（下）

第一幕

[春秋时代，齐国的太子书斋。

[大公子子纠,二公子小白,分别拥案攻读。

[这大概是公元前七百年前的岁月,那时候,既无纸,也少帛,大凡文字都书写在竹板木片上,再以韦绳穿编,谓之书简。两位公子此时案头堆放的便是这等玩艺儿。还有一件憾事,就是中国第一位编书巨匠孔老夫子此时尚未出世,两位公子所读之书,差不多都是无名书官的手笔,难免章句不规,典志不一了。

[大公子子纠约比二公子小白大上两三岁,相魁梧,性粗莽,好酒而暴虐,厌烦文牍。虽守在书案,但已经睡熟。手边放着酒斝酒壶,显然是醉酒入梦。

[二公子小白俊逸清秀,腼腆善思。此时手托竹简,潜心阅诵。

[然而,伏案睡觉的公子纠发出鼾声,越打越响……

小　白　(走近公子纠,轻轻地摇了摇)哥哥,哥哥!看你醉成什么样子?快读书啊!

公子纠　(翻了个身)读个鬼!(抓起酒壶猛灌两口,又倒头睡去)

小　白　(无奈地笑了笑,给哥哥披件衣服,走回自己的书案,捧简继续潜读)

(唱)盘古开天十万秋,
兽牙禽爪斗不休。
君攻臣伐人为肉,
父杀弟篡亲成仇。
自从出了尧与舜,
人间才漂和平舟。
荐贤举才兴禅让,
祥云始缠苍生头。
可叹夏桀并商纣,
连带周厉到周幽;

崇奸敬邪好祸事，
养就天下尚斧钩。
从此来，升平短命乱长寿，
人心缺善恶念稠。
史书刀笔不轻镂，
字字行行是血流！

[司命主簿上，就地一滚，幻化为一老者。他远远望见公子小白正聚精会神地读书，便取出阴曹卷宗翻出纸笔，对着二公子画起像来……

司命主簿　这大太子好面相啊！
(唱)眉儿清，脸儿白，
额头不低鼻不歪。
耳边一颗慈善痣，
阳世间少有的好人才。
一张画像入宗卷，(画完收起卷宗)
三年的江山归他来！归他来！

小　白　(发现老者，恭敬地)这一老伯，您好啊！老伯伯请坐！(沏茶)老伯伯请用茶！

[司命主簿端着小白递来的茶盏发怔……

小　白　老伯伯，你可是身体不适么？来来来，请到我寝宫一歇便了！(欲搀扶)

司命主簿　你不怕我这老朽脏了你的床铺？

[小白笑着摇头。

司命主簿　你不怕我这穷鬼偷了你的东西？

小　白　哪里话来！

司命主簿　你不怕一个陌生人在宫中干出越轨之事？

小　白　不会，你是一个好人，一看便知。

司命主簿　好一个“一看便知”！公子啊，你可不是一个正常人哪！我也一看便知。

小　白　老伯伯，这话就不对了，我怎么不是正常人呢？

司命主簿　正常人见了我，一不嘘寒；二不问暖；三不倒茶递水。他两眼一瞪，脑袋瓜就会想到："啊？这个老家伙从何而来？宫廷禁地，深院高墙，他？莫非他是刺客？定是宫中有人暗通关节，引他进来，里应外合，刺杀本宫，抢夺我未来的江山君位——来人哪！把这个老东西拿下，查出同谋，枭首示众，砍了！"

小　白　言重了，言重了！

司命主簿　不言重，这才上常人之思，常人之语呀！

(唱)当初阎君造黄人，
先造一颗嫉妒心。
造双眼睛仇同类，
造对耳朵信谗音。
造副五脏酿怨恨，
造颗头颅算计人。
造身力气窝里斗，
造张大口亲吃亲。
人之性，性残忍，
不防不备，不争不斗，不杀不抢，
不篡不弑，不算正常人！
公子既生宫廷地，
宫廷血史案头陈。
先祖教化古王训，
难道你逃得出你的祖先群？
我的大公子啊！

小　白　老伯，你弄错了，我是二公子，不是大公子！

司命主簿　(愕然)什么？你是二公子？……那么，我这像画错了？

小　白　(走近公子纠)你看,这才是大公子!

司命主簿　(急掏出纸张画具,对着公子纠画像。但公子纠仍昏睡不醒,无法落笔)二公子,请把大公子叫醒!

小　白　(轻轻地叫)哥哥,哥哥!

[司命主簿上前扶起公子纠的脑袋端详,公子纠一个拧身,推倒老人,打碎桌上的玉斝。

公子纠　(突然醒来,发现了老者,凶狠地)啊?这个老家伙他是从何而来?(逼向老者)宫廷禁地,深院高墙,你……你莫非是刺客?定是宫中有人引你进来,里应外合,刺杀本宫,抢夺我未来的江山君位!(刷地抽出剑来)来人哪!来人哪!

[数名甲士奔上,一齐围向老者。

公子纠　把这个老东西拿下,查出同谋,枭首示众,砍了!

小　白　(拦阻甲士)慢来!哥哥,你弄错了!

公子纠　什么错了?众甲士,拿下这个老东西!

司命主簿　(一挥拂尘,众人入定)你看,不该画的像倒画了;该画的像反倒画它不成。干脆,错处就打错处来,大公子的名下,贴上二公子的画像,我叫他江山换换坐,君主换换当!(突然消失)

[众人一片混乱。

[子纠四处挥剑,寻不着老翁,怒目转向小白。

公子纠　你把老东西藏哪里了?

小　白　我也正奇怪呢!怎么一下子就不见了!

公子纠　装蒜,我看准是你勾结妖人,潜伏宫廷,伺机行刺,妄图篡夺君位!

小　白　不不不……

公子纠　跪下!

小　白　哥哥!

公子纠　长兄如父,长子为储,我就是未来的国君,跪下!

［小白缓缓下跪。

［子纠举剑突然刺向小白,小白连连躲过。正在危机之刻,莒妃带宫卫上。

莒　妃　(一声断喝)住手!

［子纠略怔,见是莒妃,继续挥剑猛刺。

莒　妃　(指挥甲士)拿下子纠!

［众甲士把子纠扭起。

［鲁妃亦带宫卫上。

鲁　妃　(大喝)休得无礼!

［鲁妃甲士把子纠救出。

鲁　妃　众甲士!把小白捆了!

［鲁妃甲士欲捉小白,被莒妃甲士挡住。

莒　妃　我看哪个敢动手!

(唱)子纠子纠好猖狂,
擅动刀剑把人伤。
今朝敢杀亲兄弟,
明日准弑老君王。

［子纠向鲁妃急急表白……

鲁　妃　(唱)小白小白白眼狼,
生就一副鬼心肠。
杀兄篡父早有意,
齐宫潜伏的大祸殃。

莒　妃　(唱)你纵子行凶良心丧,
与子合谋乱宫墙。

鲁　妃　(唱)你为虎作伥养虎患,
兴妖作怪败齐邦!

莒　妃　(唱)你娘家鲁国多贼盗,

鲁　妃　(唱)你娘家莒国出强梁！

莒　妃　(唱)你嘴硬，

鲁　妃　(唱)你嘴强，

二妃合　(唱)豁上命今日拼一场！

[二妃指挥各自的甲士，双方剑拔弩张，两厢几发火并……

[内喊："国——君——到——！"

[齐君带鲍叔牙、管仲及禁卫急上。

[鲁、莒双方戈矛相向，对峙。

齐　君　(气得哆嗦)翻天了，翻天了，翻——天——了！

[相持双方一齐朝齐君下跪。

齐　君　你们骂呀！你们打呀！你们杀呀！

鲍叔牙　国君且息雷霆之怒！

管　仲　珍重御体要紧！

齐　君　二位爱卿，你们都看到了，他们……喧嚣宫闱，叛乱宫禁，该当何罪？

[下跪双方闻声同时顿首匍匐。

齐　君　(老泪纵横地)败国之象，败国之象啊！

(唱)人心不古世风下，

宫廷代来多杀伐。

宗亲姻戚互倾轧，

父子兄弟成冤家。

鸡毛蒜皮都打架，

尺长寸短动犬牙！

贵人府里纯贱事，

皇家圈里多贼家！

[匍匐双方跃起，争向齐君申诉，指控对方。唯小白跪地不动。

齐　君　(捂起耳朵)住口！我猜得出你们说天道地罪在别人功在自己巧舌如簧拨弄是非，我恨不得把你们统统一刀斩……(忽然发现小白依然跪地不动，拨开众人，扶起小白)白儿，你为何不向我申诉？

小　白　孩儿并无委屈。

齐　君　如此说来，这场纠纷是你挑起的了？

小　白　因白而起。

齐　君　既然如此，该当何罪？

鲁　妃　打入禁宫！

公子纠　流放边陲！

小　白　只有斩儿头颅，方可换得齐国宫廷平安。

莒　妃　白儿？

鲁　妃　推出午门！

公子纠　砍了！

鲍叔牙　慢！启奏主公，国有国规，宫有宫律，小公子罪犯何条，问清才是！

齐　君　让他讲来！

小　白　儿无话可讲。

齐　君　你因何请死？

小　白　理当该死。

齐　君　其理何在？

小　白　其理在天！

齐　君　天理何见？

小　白　天理昭然！

齐　君　你你你，你给我讲清楚！

小　白　讲是讲不清楚，倒可以看个清楚：君不见上下数千年，横竖一代代，几家宫廷存得信义，几家朝阁容得仁爱？有的是父杀子，兄杀弟；有的是亲为仇，友为敌；君弑臣篡,杀杀砍砍,争争夺夺,造就了朝朝代代的宫廷史,造就了传继江山的老规矩。“天无二日,国无二主”,强者继位,弱者垫俎。此非天意使然者,作何解耳?

(唱)虎性善蛇性柔龙性残忍,
农家乐商家爱皇家无亲。
尊是危权是祸宫廷是魔阵,
卷卷书笔笔字触目惊心:
虢石父陷忠良周京火焚,
卫桓公被其弟暗刀穿心。
宋殇公遭臣算死于乱阵,
鲁桓公受妻祸折骨断筋。
郑庄公争君位杀弟囚母,
陈子佗溅血夺位又被血吞。
楚熊通斩子侄称王僭位,
卫宣公弑二子讨妾欢心……
几家王座不血洗?
几家朝廊无冤魂?
小白甘愿垫廊柱,
以免却一场恩怨一场暗算一场火并一场杀戮
劳力伤神!

[齐君听得触动恻隐,黯然神伤……

鲍叔牙 小太子博古通今,见解不凡!君有此子,齐国之大幸!

管　仲 奇人之思,哲人之见,了不得,了不得!

公子纠 我说你俩少在这儿掺和!启禀父君,我是老大,理当继承你的君位,这是祖上的规矩。小白不死,早晚要和我争夺,故而非杀不可。他刚才也有这个请求,请父君尽快执行,这样一来,你死着也放心了!

齐　君 (一掌击于子纠脸上)孽障!(转身果决地)小白听命!

［小白跪。

齐　君　今命你即日离开齐宫，迁居莒国舅家，着莒国衣，做莒国民，无君命不得回归！

［莒妃愕然，鲁妃及子纠得意万分。

齐　君　子纠听命！

［子纠跪。

齐　君　今命你即日离开齐宫，迁居鲁国舅家，着鲁国衣，做鲁国民。无君命不得回归！

［子纠愕然，鲁妃戚然。

齐　君　鲍叔牙、管仲听命！

［鲍、管二人跪地。

齐　君　你二人各辅一子，分赴鲁、莒二国，终身为师，朝夕相教，荣则同荣，枯则同枯，陟黜祸福，皆随其主，去吧！

二　人　（惶惑地抬头）谨遵圣命！

［鲍叔牙、管仲同时站向小白一边。

［紧接着二人互相把对方推向子纠一边。

［紧接着二人互相争吵……

鲍叔牙　我先到这边！

管　仲　我先到这边！

鲍叔牙　你到那边去！

管　仲　你到那边去！

鲍叔牙　你岂有此理！

管　仲　你岂有此理！

齐　君　不要争了！管仲去鲁，鲍叔去莒！——回驾！

［禁卫军拥齐君下。

［管仲呆住。

鲍叔牙　（洋洋得意地）贤弟，就此一别，珍重了！（伴小白、莒妃欲下）

管　仲　兄弟一场，十年交情，就这样分手了？

鲍叔牙　(掏出一包)这一件珍玉，赠给兄弟权作留念。

管　仲　(摇头)你知道，我最喜欢的，是你那把家传宝剑。

鲍叔牙　(略略犹豫，然后取剑相赠)就送给贤弟！

[管仲接过宝剑，突然向小白刺去，几个凶猛回合，被小白躲过。鲍叔牙抓住管仲之臂，莒妃惊拉小白急下。

管　仲　别误会，我试试小公子功夫如何！

鲍叔牙　哼！若不念以往交情，我非捅了你不可！(拂袖而下)

[鲁妃、子纠过来搀扶管仲。

管　仲　(仰天长啸)不杀小白，大公子君位难得呀！

[鲁妃、子纠点头。

[管仲宝剑当啷坠地。

[幕闭。

二楔

[司命主簿上。

[他的特点是服饰的格外、脸谱的多变，以显示他阴曹地府的身份。当然，这种“格外”和“多变”要围绕着一个基本造型，那就是老者的形象。如同孙悟空的七十二变，总离不开尖嘴猴腮一身毛的基本造型一般。

司命主簿　想来诸位看官都会怪我不慎，在齐王宫里搅和了一通，差点送了小公子的命。其实——(翻开生死簿出示)小公子原来命里注定，要死在大公子手里。多亏我把小公子的画像来了个偷梁换柱，往大公子名下这么一贴，他算又捡条命，而且还能弄三年君王当当哩！不过，只要沾个君王边儿，七灾八难就不到边儿啊！

(唱)常言道：龙椅好坐台难上，

皇家院不生庄稼生祸殃。
不遭明夺遭暗抢，
躲过响箭挨冷枪。（下）

第二幕

［莒国宫苑一角。被逐回舅家的小白偕其母就住在这里。

［这个比齐国小得多的诸侯国，一切建筑都缺乏“大气”。但麻雀虽小，五脏俱全，尽管是宫苑角落之处，仍然看得出宫苑构造的繁复之象。

［花丛石草之中，一扇上书“咏春殿”的门紧闭着。

［莒妃连连叩击门环，无应。

莒　妃　唉！

（唱）携子回莒住娘门，
老小都是篱下人。
惟盼小白勤发愤，
莫教怠惰误良辰！

［再叩门环，连连地叩。

莒　妃　白儿！白儿！时候不早，快快起来攻读吧！

［二宫女上，置香茗、果点于石案。

莒　妃　玉儿，唤你家小公子起床！

宫女甲　（叩门）小公子！……小公子！

［无应。

莒　妃　川儿，你去叫！

宫女乙　（猛叩）小公子！小公子！你要真不起来，我……我也没办法！

［二宫女相视窃笑。

莒　妃　你二人为何发笑？

宫女甲　禀夫人，怕是我俩都叫他不起！

宫女乙　只有一人一叫他就起！

莒　妃　此人是谁？

二宫女　菁菁。

莒　妃　菁菁？就是新来的菁菁么？

二宫女　正是。

莒　妃　她来不过三个月，你二人伴随公子数载，难道熟悉不过她么？

工女甲　这事可不能论跟随时间长短……

宫女乙　菁菁眼皮子眨两下，小公子就跟着她跑了！

莒　妃　贫嘴！

宫女甲　夫人不相信，请唤来菁菁一试。

莒　妃　唤菁菁！

宫女乙　夫人有令：菁菁走来！

[菁菁内应："来了！"——菁菁上。

菁　菁　（唱）冬霜去春露来宫墙探杏，

入宫苑侍太子百日挂零。

望夫人长揖拜春辰康宁，

小婢儿菁菁女听候责成。

莒　妃　（打量菁菁，惊讶地）呀！

（唱）莒宫苑齐宫院千鸾百凤，

挑不出选不到这样的精灵！

长以往伴太子朝侍晚奉，

究是福究是祸谁能断明？

菁　菁　婢儿菁菁叩请夫人万福！

莒　妃　罢了。菁菁，速速叫起你家小公子清晨攻读才是。

菁　菁　是！（走向咏春殿门，轻叩门环）小公子，起来吧！小公子，起来吧！

[内仍无应。菁菁难为情地看了看莒妃，哼起了一支小调。

(唱)小小蜻蜓嘤嘤嘤，
　　篱笆墙外寻长兄。
　　千呼万唤无人应，
　　闪断翅儿谁心疼？

[突然，门内传出小白的叫声："菁菁等我，我来了！"

[莒妃闻之讶然与二宫女对视，三人隐起。

[小白轰然开门，热切地扑上来挽起菁菁，菁菁娇羞地躲闪。

菁　菁　(唱)钟楼五鼓鹊鸣槐，
　　　　　　公子为何不起来？

小　白　(唱)漏壶缺水滴不快，
　　　　　　菁娘不来天不白！

菁　菁　(唱)日透窗棂光成排，
　　　　　　何故背床不下来？

小　白　(唱)春浓人懒筋骨怠，
　　　　　　菁娘不叫头难抬。

菁　菁　(唱)春光千金不易买，
　　　　　　今日苦功来日才。

小　白　(唱)与其苦功孤独老，
　　　　　　不如伴侬到头白。(欲依菁菁，菁菁躲)

菁　菁　(唱)身为国子当自爱，
　　　　　　莫分心思恋裙钗。

小　白　(唱)宁求菁菁裙钗女，
　　　　　　不恋官门丹墀台。
　　　　　　桑间河上是仙界，

蓬门茅舍胜神斋。

此生但求菁娘爱，

但愿得：菁女怀中把名埋！

（陶然拥起菁菁）

［莒妃愤然走出。

莒　妃　成何体统！

［小白、菁菁慌忙叩迎莒妃。

莒　妃　菁儿，你……走了吧！

小　白　母亲！你要菁菁到哪里去？

莒　妃　不必多问。菁儿，（挥手）出宫去吧！

小　白　不，菁菁不能离我！

莒　妃　（怒）菁菁！走开！

［菁菁含泪欲下。

小　白　（急扑过去，拦住菁菁，向莒妃）母亲！实言相告：儿可以离开宫廷，离开国门，忘掉江山，忘掉社稷，唯独离不开忘不掉你要赶走的菁菁。自从孩儿被父逐出齐国到舅家避难，凉透了心，寒透了意，前边等待孩儿的，无非是一场杀伐，一场火并，一场骨肉同胞的血肉相残！可自儿遇见菁菁之后，觉着天也亮了，云也开了，心也暖了，活着也有意思了！母亲，你要真爱儿子，你就让菁菁在我面前多待一阵子，求你啦！

［莒妃半晌无语，忽然举杖欲打小白，小白闭上眼睛，甘愿接受杖责。然而，莒妃举起的宫杖又轻轻落下，长叹一声，哀然走下……

［菁菁慌忙过去搀扶莒妃。

莒　妃　（拂袖斥之）哪个要你多事！

菁　菁　（跪地一拜，决然离去）婢子遵从夫人旨意，离宫去了！（欲下）

莒　妃　(拦着菁菁,猛地一跺脚)哪个要你离宫?

[菁菁惊跪。

莒　妃　好生照顾你家小公子！从今以后，你就是他的贴身伴读！(扭身而下)

小　白　(半天才弄明白,高兴地一拜)谢母后！(返身激动而深情地搀起菁菁)我的贴身伴读,快快起来呀!

[二人手拉手站起,相视有顷,突然旋风般地转了起来,欢笑之声朗朗。之后,小白晕眩地倒入菁菁怀里。

菁　菁　(推开小白)既为贴身伴读,便只能伴读时贴身。公子,陶然亭书案已经备好,请你读书才是!

小　白　遵——命——了!

[二人相挽而下。

[菁菁复上,端起石案上的香茗果点复欲下。

[忽然,两个蒙面人自暗处钻出,挡住菁菁的去路。菁菁惊叫一声,果点撒了一地。

[蒙面人拉下遮布,望着菁菁嘘了一声。

菁　菁　(认出来人是管仲)表哥!?

管　仲　(四下瞭望)这是大公子,齐国未来的君主!

菁　菁　(跪拜)叩见大公子!

公子纠　该叫我大太子了！(扶菁菁)起来起来……(盯视菁菁,笑)管师傅,你这个内应可是派对了,小公子最喜欢的就是迷人的美女呀！(垂涎三尺)

菁　菁　见过表哥!

公子纠　管仲,你有这么好一个表妹,舍得了么?

管　仲　为保大太子承继君位,生命在所不惜,岂有他顾?!

公子纠　好！好！好!

管　仲　表妹,你可知道表哥为何要把你送入莒国宫苑?

菁　菁　侍奉齐国小公子。

管　仲　为何要侍奉齐国小公子？

菁　菁　为保齐国官脉旺盛，太子平安。

管　仲　不！为了杀掉小公子！

菁　菁　（惊呆）这？！

管　仲　齐国的江山靠大公子继承，齐国的社稷靠大公子主宰。这是祖规所定，宗法所依。你眼前的大太子，才是未来的一国之君。

公子纠　给她讲讲“天无二日，国无二主”的道理！

管　仲　表妹博通坟典，淹贯古今，自能领会大太子的训诫。小公子存在一天，对大太子的威胁就存在一天，小公子就是国家之祸，内乱之源，必须早早铲除，以保国家平安！

［远处传来小白的呼唤：“菁娘！快打茶来！”

管　仲　（袖中取出一包）这是鸩毒一包，立即放于茶中，让他喝下！

公子纠　祝我弟弟一路平安。

管　仲　毒死小公子，你马上逃出宫苑，北尚桥有马车等你！

公子纠　事成之后，你就是朕的第一宫妃！

［远处再次传来小白的呼唤：“菁娘，快快打茶来呀！”

［管仲递药与菁菁，菁菁抖索难接；管仲抢过茶壶，倒药入内，然后把茶壶塞入菁菁手中。

［管仲与子纠翻身隐去。

［菁菁捧着茶壶浑身打战，几乎晕倒。

［小白上，急忙扶着菁菁。

小　白　菁菁，你怎么了？

菁　菁　我……我不怎么……

小　白　既然无事，为何迟迟不送茶来，真把我渴坏了！

［夺过菁菁手中的茶壶，就往嘴里灌……

菁　菁　（一把打掉小白手中的茶壶）不能喝！

小　白　你……？

菁　菁　壶中有毒！

小　白　毒？

菁　菁　大太子送来的毒药！

小　白　大太子？！

菁　菁　还有管仲，管夷吾！

小　白　管仲？！又是他！他们在哪里？

菁　菁　刚刚离开此地！

小　白　众甲兵！

［数甲士应声上。

小　白　封锁宫苑，搜索刺客！

众甲士　是！（穿场而下）

小　白　（恨得咬牙）管仲啊管仲！昔日你刺我三剑，今日又送毒一包，此仇此恨，何时得消啊！

菁　菁　公子，我可是管仲的表妹！

小　白　什么什么？

菁　菁　管仲是我的表哥！

小　白　菁菁，你胡说什么？

菁　菁　是管仲买通关节，送我入宫，冲你而来！

小　白　（惊呆）不不不不！你？

菁　菁　公子呀！

（唱）公子切齿骂管仲，

管仲是我大表兄。

弑逆之罪连九族，

菁菁合当上法绳！

小　白　这，这到底是怎么一回事啊？

菁　菁　（唱）管夷吾与我家宅田相碰，

左沾亲右带故内外连宗。

他的妈我叫大姑母，
我的母叫他大外甥。
长辈们亲来晚辈们敬，
前辈们富来晚辈们穷。
五年前我家衰落财帛告罄，
父亡故母病危女似哀鸿。
管夷吾见难相助仁义重，
倾家业荡家产拯救伶仃。
姑表情救命恩母女感动，
从此后视知己言听计从。
百日之前他指令：
命我离家到诸城。
千金贿赂买门径，
送我菁菁入莒宫。
要我应侍咏春殿，
要我讨取公子情。
要我在公子身边待天命，
天哪天！
哪料得："天命"要我扮鬼扮妖兴灾兴祸壶中投毒
刺杀公子当元凶！
忤逆之罪不容赦，
我与管仲当凌刑。(拔剑)
拜别公子我先走，
死变厉鬼捉管仲！(举剑欲自刎)

小　白　(扑上去夺过宝剑)不！你不能……死！

菁　菁　公子……

小　白　可你——你为什么是管仲的表妹呀！

菁　菁　管仲既当斩，菁菁自当杀！(再夺剑自刎)

小　白　本宫赦你不死!

菁　菁　罪不容赦!(再刎)

小　白　(一把抱住菁菁)你真要死,就让我陪你去死吧!……菁菁,我可以没有宫廷,可以没有爵位,不可以没有你呀!

[甲士们上。

甲士长　禀公子:刺客逃出宫去!

小　白　与我追!

众甲士　是!(众欲追下)

[鲍叔牙急上。

鲍叔牙　(阻止)慢!(向甲士们挥手)整顿辎重,严阵待命!

众甲士　是!(分散下)

小　白　师傅,为何不让追拿刺客?

鲍叔牙　小事一桩,不值一追。

小　白　你可知刺客是谁?

鲍叔牙　管仲管夷吾!公子的生死对头。

小　白　既知是生死对头,为何不让追杀?

鲍叔牙　让他陪着大公子慢慢走,走得越慢越好。

小　白　你……?

鲍叔牙　公子,我们回国的时候到了!

小　白　回国?回何国?

鲍叔牙　回齐国,承君位,当国君!

小　白　怎么?难道父王他……

鲍叔牙　他……子时驾崩,亡灵升天了!

小　白　怎讲?!

鲍叔牙　齐君驾崩,亡灵升天了!

小　白　啊呀父王!国君!爹爹呀!

鲍叔牙　(喝止)住了!此刻岂是哭的时候?国不可一日无主。公子要立即率众返京,抢在大公子前头,入主社稷,继承王位！

小　白　不不不！

鲍叔牙　（喊）甲士们！

［众甲士齐应。

鲍叔牙　保护公子，日夜兼程，兵发齐国！

众甲士　是！

［幕闭。

三楔

［司命主簿上。

司命主簿　（翻簿）依照“生死簿”规定：齐国老侯王已经晏驾，分毫不差。（勾掉名字）我得去收他的亡魂。接他君位的是——（窃笑）本来是大公子，只因为我把兄弟俩的画像来了个颠倒，二公子就该上台了。——这也怨不着我，谁叫大公子态度那么不好哩？态度不好，王位吓跑！不过，大公子不会叫二公子顺顺当当上台的，二公子今天有一大灾呀！

（唱）老王驾崩儿子替，

一个位置俩兄弟。

争到头来抢到底，

不争不抢——可是不合春秋老规矩！（隐下）

第三幕

［荒野道，林莽间。

［数甲士拥小白、莒妃、鲍叔牙、菁菁上。快马轻车，迅疾前进。

莒　妃　(唱)噩耗陡来君命尽，

小　白　(唱)奔丧返齐悼亡魂。

菁　菁　(唱)星夜兼程国门近，

鲍叔牙　(唱)谨防身后有追人！

[小白歪倒，众急扶。

众　公子，公子！

小　白　公子实在走不动了！

莒　妃　儿啊！国君驾崩，宫廷无主，满朝文武，期待新君，快走啊！

小　白　走不动了！

鲍叔牙　先入朝，就是君；后回国，就是贼。快走吧！

小　白　既不想当君，也不想当贼，就想睡觉！(说着就要往下躺)

菁　菁　(乍惊)哎呀！老虎来啦！快跑！

[小白猛地惊起，被菁菁和鲍叔牙驾于马上。菁菁策鞭，马嘶鸣，驮小白奔下。众随奔下。

[众甲士拥公子纠、鲁妃、管仲上。疾马狂车，风驰电掣。

鲁　妃　(唱)噩耗陡来君驾崩，

公子纠　(唱)宫中王座已腾空。

登基华筵把我等……

管　仲　(唱)只怕大功败垂成！

公子纠　师傅何出此言？

管　仲　大公子怎知登基华筵等的就是你呢？

公子纠　我是齐宫长子，君王的当然继承人，不是我，能是谁？

管　仲　小公子可并没被你除掉啊！

公子纠　他活着也不行，他是老小！

管　仲　宫廷史上以小替大，兄弟代哥者不乏其例！要知道，莒国近齐，鲁国远齐，一旦小公子捷足先登入朝主祭，那我们就是阶下囚了!

[探马疾上。

探　子　报!

管　仲　讲!

探　子　小公子已过高密,明日即达京都!

公子纠　(惊)什么什么?!

探　子　小公子已过高密,明日即达京都!

公子纠　放屁!他插翅膀飞哩?

探　子　禀大公子:小公子并没翅膀,而是车轮滚滚,马蹄嗒嗒,雄赳赳,气昂昂……

公子纠　(一脚踢去)滚你娘的去罢!

[探子滚下。

公子纠　小白果然跑到了前头,这如何是好啊这这这这……?

管　仲　眼下只有孤注一掷了!

公子纠　(跳起)快说,怎么个掷法?

[管仲挽弓搭箭,嗖地射去,一只山鸡应声落地;再一箭射去,一只猕猴中箭垂枝;三一箭射去,一段石峰崩折,火花四溅。

[众人连呼:“好箭法!好箭法!”

公子纠　再好的箭法,也射不中百里之外的姜小白呀!

管　仲　(跪地)请赐为臣良马一匹,抄小道奔赴荆山关口,拦截小白,暗箭伏击,定取他的性命!

公子纠　(一蹦大高,抱起管仲)我的管师傅,这可全拜托你啦!

鲁　妃　大公子的成败,齐国的江山社稷,都交给你啦!

公子纠　我能不能当国君,就看你这一箭了!

鲁　妃　只有小公子早死,才能保大公子久安哪!

[鲁妃跪谢,管仲跪扶。

公子纠　快拉我的追风马来!(甲士备马)管师傅,请上马!

管　仲　(唱)臣是公子胯下骑，
　　　　　　　闯关夺隘当试蹄。
　　　　　　　臣是公子手中戟，
　　　　　　　折刃沉沙赢社稷。
　　　　　　　拜别主母荆山去，
　　　　　　　不杀小白无归期！(跨马疾下)

众　送师傅！

[灯暗。

[灯复亮。荆山天堑，峭壁悬崖。

[管仲飞马上，滑倒，牵马，策马，隐马。马嘶声。管仲隐于关隘要塞之上。

[众甲士引鲍叔牙、莒妃、菁菁、小白上。众汗水淋漓，疲惫不堪。小白欲蹲坐，被鲍叔牙喝止。

鲍叔牙　不能坐！

小　白　那就站一站……

鲍叔牙　不能站！

小　白　你……

鲍叔牙　此处是荆山关口，地势险恶，多出强梁，当心了！(向众)甲士们！小心护驾，快马越过！

[甲士分别引莒妃、菁菁翻山下。鲍叔扶小白，小白推开鲍叔牙，负气地自走。

[管仲出现在崖头，举箭射向小白。

[小白中箭，大叫……

管　仲　(大笑)哈哈哈……小公子，别来无恙！

小　白　(双手抱腹握箭，痛呼)管——仲——贼！

管　仲　鲍兄见谅！各为其主，顾不得八拜之交的情分了！

鲍叔牙　管仲！你暗箭伤人，何其歹毒！

管　仲　兵不厌诈，包涵了！(再举箭欲射小白)

［小白忽然口吐鲜血，倒地而亡。

管　仲　（仰天大笑）大公子有福，合当为君哪！

［切光。

四楔

［司命主簿上。

司命主簿　管仲箭法，天下闻名：远射虎喉，近射蜂睛。刚才这一箭，正中姜小白胸口，还有不死的道理？可是且慢，他要一死，倒腾给他的这三年江山谁坐？我这刚调整好的生死簿不就又乱套了？

（唱）生日子，死日子，阎王爷定，
当侯王，当响马，照本执行。
齐小白还有三年帝王命，
他提前报销乱规程，
阎君追查谁担承？
不敢不敢，不能不能！（收起生死簿，下）

第四幕

［齐都临淄。宫廷正殿前。小白登基仪式正在举行。太妃（即莒妃）、鲍叔牙及四大世卿分列两厢。小白身着君主服，面位而立（背对观众）。

［宫臣竖貂手捧金冠肃立丹墀。

［仪官一声长吆："新君即位喽——"

［小白徐步登阶，太妃从竖貂手中接过侯冠，戴于小白头上——从此时起，小白改称齐桓公。

［齐桓公转身面众，仪态威洒，容光焕发。

［众臣跪拜，山呼“万岁”。

［鼓乐震地，笙歌萦天，壮舞磅礴。

［幕后合唱：

昨日中箭作亡灵，
今朝登基成桓公。
从来古今奇观事，
看似玄虚却真情。

太　妃　祭坛拜钩！

仪　官　（长喝）太妃有命：祭坛拜钩喽——！

［二宫娥抬着托盘，菁菁居间相持，三人凝重而上。托盘上置放着金钩玉带，红绫覆盖。

［众臣惑然视托盘。

太　妃　众位爱卿！桓公得脱七灾八难，入主社稷，若非上天见怜，众神护佑，哪有今日？你们看——（指向托盘）

［菁菁揭开托盘覆盖的红绫，露出金钩玉带。众人探身注目。

太　妃　这是天神幻化的金钩大仙，随驾护主，奇妙无比。昨日主公荆山关前遇刺，一支猛箭，迎面射来，不偏不倚不斜不歪，正中主公胸口，霎时间，大祸从天降，恶鬼索命来，但见那——

菁　菁　（唱）七寸步蛇丈八虎，
杀机森森锁厄途。
荆山关前设埋伏，
刺客凶凶箭滴毒。
毒箭重重射君腹，
天星摇摇欲坠没！

太　妃　（唱）儿君他——口吐鲜血血如注，
天地号啕山河哭！

齐桓公　哈哈哈哈！（走向托盘，从中捧起金钩玉带）

（唱）多亏了玉带金钩把朕护，

带钩挡箭箭不入。

菁　菁　（唱）主公他咬破舌尖血水吐，

假装倒地作抽搐。

骗得刺客手停住，

自为得计收弓弩。

回马报捷去寻他的主，

咱的主公，落得个：

平安安，顺当当，利索索，疾速速，

快马轻蹄回京都；

——齐天有主，臣民洪福！

众　（唱）齐天有主，臣民洪福！

[齐桓公双手高擎金钩玉带，跪拜。

[众臣随之跪拜，频频顿首。

太　妃　（唱）带钩神，

众　（唱）带钩神；

太　妃　（唱）带钩仙，

众　（唱）带钩仙；

齐桓公　（唱）带钩保朕过难关，

众　（唱）带钩保君过难关　。

带钩功高盖社稷，

带钩勋大托江山。

带钩是神神恩满，

起庙设坛敬带仙；

千年万代佑我齐天！

一老臣　太妃！刺杀主公的凶手可曾看清？

太　妃　看得清楚。

一少卿　他是哪个？

太　妃　贼子管仲！

众　（同仇敌忾）贼子管仲！

［三巫师上，一人手执剑，一人手执壶，一人手执箭，三人同向凶器作咒施法，锁魔驱邪，然后把三件凶器举于太妃面前。

太　妃　（逐样示众）这是管仲刺君的剑！这是管仲毒君的壶！这是管仲射君的箭！剑刺，药毒，箭射，哪一样少了管夷吾，哪一次缺得了管仲贼！？

一老臣　一反当死罪，三反灭九族！

文　臣　立捉管仲！

武　将　碎尸万段！

众　（向齐桓公请战）主公！

齐桓公　（无限激动地扶起众卿，愤慨地走向凶器逐一察看，触物伤情，颤抖不已）

（唱）三件凶物眼前摆，
件件都曾杀小白！
望冷剑——惊魂犹飘云天外，
见毒壶——心肺打颤咽喉塞！
看血箭——恍然尸留鬼门寨，
管夷吾逼我三登望乡台！
纵然我家仇蠲免——还有国仇在，
私愤勾去公愤来，何以遣怒怀？！

［司命主簿上，抖拂尘，众人定格。

司命主簿　众位看官！想必你们知道：新君上台，先杀仇人，后除异己，再固权柄——这是历代君王登基立下的老规矩。（指小白）这位齐桓公头三年肯定也要办这三件事。等到第四年嘛……（翻生死簿）哦，他的江山也就这三年

寿命:头三年杀仇人,第四年仇人杀他。那咱就先来看看他如何处置这个头号仇人—— 管夷吾!(下)

[众复原。

太　妃　(把三件凶器挂于特制屏架)主公!管仲三刺国君,国之大仇,民之大敌。当倾全国之兵,立捉管仲!

老　臣　灭其九族,碎尸万段!

众　(请命)愿为先行,追杀管仲!

[鲍叔牙急上。

鲍叔牙　禀主公:管仲捉到!

齐桓公　怎讲?

鲍叔牙　管仲,捉到了!哈哈哈哈……

齐桓公　师父,你要戏弄寡人不成?

鲍叔牙　叔牙岂敢!身锁槛笼,脚系麻练,罪臣管仲正在朝门之外候审!

[众臣哗然。

齐桓公　(扑向鲍叔牙)当真捉到了?

鲍叔牙　当真捉到了!

齐桓公　果然捉到了?

鲍叔牙　果然捉到了!

齐桓公　(愤然一呼)押上来!

众　(齐呼)押——管——仲——!

[内应:“押管仲喽——”

[甲士推槛车上——槛笼里锁着管仲。

齐桓公　请问:笼中装的真是管仲?

鲍叔牙　真是管仲。

众　臣　真是管仲!

齐桓公　(咬牙)请问:枷上锁的果是管仲?

鲍叔牙　果是管仲。

众　臣　果是管仲！

齐桓公　(突然仰天大笑)哈哈哈哈……管仲,管夷吾！

太　妃　正以此头祭我新君之位！

老　臣　反贼逆竖,立正刑律！

众　杀了他！杀了他！

齐桓公　(举着毒箭)管仲,你还认识它吗？

管　仲　那是管仲刺杀小白的毒箭。

齐桓公　而今小白再还给管仲！(他发疯似的奔上丹墀,挽弓搭箭,奋力欲射)

[司命主簿上,一抖拂尘,众人定格。

司命主簿　仇人相见,分外眼红;以牙还牙,以眼还眼。这是黄界的坟典命律,谁也难逃劫数。你们看——(翻簿)按生死簿的规定,这个管夷吾,马上就要脑袋开花了,我等着收他的魂灵哩！

[司命主簿抖尘隐去,众人复原。

齐桓公　(奋力张弓)管仲看箭！

鲍叔牙　(急冲上前,推起桓公之手)手下留情！

[箭已脱弦,直插殿穹,众人愕然。

齐桓公　(大意外)师傅！这是何意？

鲍叔牙　手下留情！

齐桓公　怎么？难道我的师傅不让杀我的仇人！？

鲍叔牙　因为这个仇人他是管仲！

齐桓公　(怒)管仲又该怎样！难道他是铜头铁臂,我砍他不下吗？

鲍叔牙　头倒是砍得下,可是杀了管仲如同断君之臂,杀了管仲等于摧国之城,杀了管仲……

齐桓公　住口！我知道你又要讲“管仲是个奇才,管仲必有大用！”你,你对我念叨得够多了。(突然怒向鲍叔牙)可他是我小白的仇人、冤家、对头，你……你难道就记不得了？

鲍叔牙　小白的仇人，未必就是齐国的仇人；小白的冤家，未必就是百姓的冤家；小白的对头，未必就是江山社稷的对头。

齐桓公　依你说来，我小白倒应该是国家百姓江山社稷的对头不成？

鲍叔牙　臣言并非此意。今日小白已成桓公，昔日平人已成国主。桓公，非一家之桓公。明君理应蠲弃一人之怨，搁置一家之仇，选士不避嫌，用人不忌仇，遍访贤士，广罗人才，推行仁政，强国固邦，齐国振兴方才有望。如果登基伊始即开杀戒，绝非兴国之兆！

齐桓公　哈哈哈哈！众位爱卿！叔牙之议，当作何解？

竖　貂　一派胡言！哪有把人君与国家分开之理？

太　妃　小白即社稷，社稷即小白！

大臣甲　反小白就是反齐国！

大臣乙　刺主公就是刺江山！

大臣丙　小白之仇就是国仇！

大臣丁　主公之恨就是国恨！

老　臣　依据祖训，管仲当斩！史书有证：州吁刺君，偿一头颅；公孙于刺考叔，鬼魂代索其命；长万刺君，剁为齑粉……

太　妃　管仲三刺主公，当以乱斧剁其头颅。甲士们——

[众甲士执斧相应。

太　妃　将管仲乱斧劈死！

众甲士　喳！（举斧相向）

鲍叔牙　（大吼）住手——！（以身护管仲）欲杀管仲，先杀叔牙！

太　妃　鲍师傅，鲍叔牙！我差点忘了你和管仲是八拜之交，真可谓生死与共啊！

老　臣　吕刑有典：袒护逆贼，罪当连坐；同情叛臣凶犯，罪在同杀之列。

众　臣　君当依律决断，同处鲍叔牙！

齐桓公　绑了他！

太　妃　打入刑枷，依律同斩！

［甲士枷鲍叔牙。

菁　菁　主公且慢！

齐桓公　菁菁？

菁　菁　臣闻立国首于明政，立刑首于明律。有罪者，杀之以扬善；无罪者，杀之以扬恶。鲍叔牙乃主公之恩师，立国之功臣，今当廷进谏，忠心可鉴，即有谬言，亦当谅释。怎可凭一时火性，便动大刑，如此这般，与无道昏君有何不同！

太　妃　什么？小小妃子，竟敢骂主公无道？

老　臣　擅预朝政，冒犯君颜，理当责罪！

太　妃　主公！仇人不得杀，犯君不得责，喧廷不得止，你你你你，你还当的什么君主啊！

众　臣　请主公明正典刑！

菁　菁　主公，昔日纣王先杀仇人，后杀功臣；你难道仇人功臣一齐杀么？（凄然跑下）

管　仲　（突然纵情大笑）哈哈哈哈……！鲍叔牙，鲍老兄，当年你笑我保了个暴虐无道的公子纠，原来你保的是个鼠目寸光的憨小白！也是个短命鬼！好笑，好笑啊，哈哈哈哈……！

鲍叔牙　（仰天长啸）齐桓公，姜小白！你不怕自己短命，难道也不怕江山短命吗？！

［齐桓公如重锤叩心，六神无主……

太　妃　推出朝门,长街凌迟!

[众甲士挥戈呼应。

齐桓公　(大喝)住手!

[众臣呆住。一个大停顿。

[齐桓公挥手。满朝臣众尽皆退去,只留下两架槛笼和孤零零的齐桓公。

[灯光收尽,只留束光罩于齐桓公之顶。

[齐桓公陷于苦思……

[远处传来菁菁的歌声:

列国江山多短命,
短命缘由谁分明?
只知逐权争富贵,
不理穷根扯贫藤。
只顾你我恩仇斗,
不管社稷缺升平。
只信君主宰天下,
不察宫阙少贤能。
只会从明走到黑,
不懂从黑走到明!

齐桓公　菁菁?这是菁菁在唱,菁菁!

[一束光束下,菁菁出现在幻空。

菁　菁　陛下!

齐桓公　菁菁,刚才是你在唱吧?

菁　菁　不,没有,不是。

齐桓公　明明是你的声音,为什么说不!你说是又何妨?

菁　菁　明明鲍叔牙没有罪,不是判了死刑么?

齐桓公　你……你是对处决你的表哥持有异议?

菁　菁　我只想到鲍叔牙,他不是我的表哥,他是你的恩师和功臣,他就要被你杀了,他的今天,岂不就是我的明天么?

齐桓公 为什么?

菁 菁 说不清楚。历朝历代都是如此,我害怕呀!(隐去)

齐桓公 菁菁,菁菁!(惶然若失,备感孤独)

(唱)风不吹树不动处处不静,
天未阴云未聚阵阵雷声。
白白昼昊昊日似在做梦,
森森殿巍巍宫幻如魔城。
分明是贺登基满朝喜庆,
却为何转瞬间聚霜凝冰?
同舟人患难友结心连命,
怎么会顷刻间敌语仇睛。
想以往在野时智足谋勇,
点江山评社稷理辟辞警。
至如今为人主反坠懵懂,
火爆肝鸡肠肚神智不清。
难道说半日君主心就横?
难道说一声万岁耳就聋?
难道说龙凤椅中传魔怔,
难道说孤独宫里闹鬼情?
难道说骂罢昏君当昏君?
难道说恨透禄虫成禄虫?
管夷吾天下奇才才未用,
为保子纠效死忠。
细想来:除却三杀小白恨,
为辅齐嗣是三功!
鲍叔牙为国荐才忠心耿,
倒落个无端株连受枷刑。

真应了：

“祸患能共福难共，

飞鸟尽时断良弓。

臣宰伴君如伴虎，

忠良末日是功成！”

[幕后合唱：

春秋江山多短命，

短命缘由谁分明？

问桓公：

你盼个，人长命还是国长命？

你留个，骂声平还是天下平？

你要个，仇人净还是江山净？

你落个，杀贤能还是用贤能？

齐桓公　(唱)清水激面猛一醒，

所幸大错未铸成。

举剑哮誓讨昏庸，

险夷度外破槛笼！

[齐桓公一剑劈开管仲的囚笼，管仲脱身，但望着齐桓公手中的利剑，不知吉凶，悚然后退……

齐桓公　管师傅！注意后身有物！

[管仲急转身，看到屏架上悬挂着的三件凶器，瞠目……

齐桓公　那是你刺杀寡人的三件器物，完好无损，可以继续使用。不过它们并不顺手。你来看！(举起自己手中的剑)这是我祖姜太公辅佐武王伐纣时所用的昆仑宝剑！请你试上一试，用它杀小白，想来定能奏效。(说罢，把剑掷于管仲，泰然转身，授仲以背)

[管仲颤抖着捧起剑，愧赧不已，突然握剑自刎……

鲍叔牙　(大喝一声)住手!

[管仲刀停于颈。

鲍叔牙　贤弟何以轻生?虽不可杀小白,却可为小白杀天下嘛!哈哈哈哈!

齐桓公　知我者,鲍叔牙也!(举斧破笼)

[鲍叔牙、管仲扑向齐桓公,匍匐于齐桓公脚下。

齐桓公　(急忙跪挽二人)二位师傅请起!

[司命主簿上,挥尘,定格。

司命主簿　管夷吾啊管夷吾,按寿命年限(指簿)你这颗人头今天就该掉了,可姜小白一发善心,我还得给你留着!(翻簿,摇头)唉!这万一阎王爷查着,小官可就吃罪不起了!我说姜小白啊姜小白,三杀之仇不但不报,反要把仇人留在身边。这在东周列国可是找不出先例呀!不知到底是你们的祸还是你们的福哟!(挥拂尘隐去。众复原)

[幕后合唱:

　　三杀仇,三杀仇,
　　管仲三杀齐国侯。
　　三仇不报又封胄,
　　桓公霸业开了头!

报子甲　(急上)报——!禀主公!

齐桓公　讲!

报子甲　鲁兵战车百乘,扰我干地!

报子乙　(急上)报!——禀主公!

齐桓公　讲!

报子乙　宋兵侵我西土,掳杀百姓五千!

报子丙　(急上)报!——禀主公!

齐桓公　讲!!!

报子丙　楚兵夺我南陲，焚我禾稼千顷！

齐桓公　再探！

［报子下。

齐桓公　众文武！

［众臣应声出。

齐桓公　楚、鲁、宋国欺我新立，兴兵作乱，寡人命尔等征召举国百姓，不分男女，无论老小，立结义军，四路迎敌！

管　仲　不可！主公新立，不可轻易兴师；国力未稳，不可仓促应战。

齐桓公　依你之见？

管　仲　安抚百姓，助其兴业，固守城池，卫我射稷。修好鲁、宋，劝其敛行；集我大军，单击楚匪。

齐桓公　管师傅，听你的！

管　仲　成父听令！命你携酒百担、牛羊百匹，出使鲁国，不使鲁国君臣长醉不醒不得回归！

［成父犹豫出列。

管　仲　宁越听令！命你挑选美女十名，送进宋国宫廷，不缠得宋君魂销后宫不理朝政不得回归！

［宁越犹豫接牌。

管　仲　东郭牙、仲孙秋、雍林听令！命你三人为左、右、中三路副将，各领兵三千，战车百乘，跟随本帅，四路夹击，包剿楚匪！

［众将互视无措。

齐桓公　（斥之）愣什么？快拜军帅！

众　将　（向仲拜之）拜军帅！

齐桓公　快执军令！

众　将　（齐呼）遵令！

［幕闭。

五楔

[司命主簿跛着腿、扶着拐上。

司命主簿　哎哟！哎哟！齐桓公啊姜小白，你算把我害苦了！

(数)阎王爷，召见我，

查看我的生死簿。

查到别国都无错，

查到齐国错误多：

不少活人都该死，

很多死人还在活。

特别是——查到管仲管夷吾，

两年前就该把头割。

阎君他，追究责任动肝火，

打我四十棍，蹬我六十脚；

责令我：

立即纠正马上行动千方百计找着管仲把魂捉！

可是，咋忍心哩！

(唱)列国都在窝里乱，

齐国却在擢英贤。

列国都在仇相斩，

齐国却在仇相蠲。

列国寿命按时断，

惟齐国：

内不讧，外不乱，

妒不生，恨不见；

明不诬，暗不陷，

君不杀，臣不篡——

寿命超限一年又一年!
他们超限我担险,
他们延寿我作难。
阴曹规矩不好变,
照章办事我去解麻缠!(下)

第五幕

[宫内寝殿门外花园剑场。四面葱茏如云,红紫如雨。一方空地上,置着兵器架。另一方浓荫下,置着石桌石椅。

[数宫娥在忙着布置剑场:清扫收整,挂械于架。

宫　娥　有请菁妃娘娘!

[菁菁在数宫娥拥侍下款步走上。

宫　娥　剑场收整妥当,请菁妃娘娘过目!

菁　菁　(巡看,满意)辛苦你们了!

宫　娥　练武时间已到,请主公起床吧?(欲唤)

菁　菁　(制止)主公千里会盟,百日鞍马,昨日刚刚回归,让他多歇一会儿。你们暂且退下。

[众宫娥下。

[菁菁理容于水,沐发于风……

菁　菁　(唱)豆蔻青菊英黄青黄三绽,
鸿雁去紫燕来鸿紫三迁。
着宫棉披宫纱寒暑三换,
奉太子侍桓公伴君三年。
三年来朝政肃河清海晏,
百废举六业兴国泰民安。
雨露润五谷丰仓饱廪满,
万国和四夷服齐称尧天。

昌盛朝太平世千载一现，
谢上苍拜福星恩归齐桓。
齐桓公英明主功堪舜典，
胸臆阔智识广含海容山。
开言路奖谏诤倡廉恤俭，
网智士罗才人惜能爱贤。
最难得不忌仇恨不衔怨，
一腔光明对大千。
宽容熔得冰山涣，
大度渡得千江船。
求贤感得顽石烂，
礼士折得泰峰弯。
从谏羞得冤家散，
坦诚聚得忠义团。
幸得见：
诸侯皆乱我独免，
列国篡弑我独安。
尊周朝王我举宪，
十国盟主我霸坛！
喜得见：
万民香火为君燃，
四时笙歌颂君贤。
菁菁合掌许一愿：
但愿得侍奉桓君一万年！

［二宫娥上。分别捧香茗、弈盘于桌。

宫娥甲　时辰已过，该唤主公了！

［菁菁颔首。

宫娥甲　（走向寝殿门）启奏主公！卯时已过，请主公练器健身！

［内无应。

宫娥乙　(走近寝殿门)启奏主公！卯时已过，请主公练器健身！

［内仍无应。

菁　菁　(走近寝殿门，哼起了那支小调)

(唱)小小蜻蜓嘤嘤嘤，

篱笆墙外寻长兄。

千呼万唤无人应，

闪断翅儿谁心疼。

［殿门轰然打开，齐桓公高兴地奔了出来。

齐桓公　(兴奋地失态地扑过去)菁菁！(忽发现有宫娥在旁，又忙拿起君主的威严，摇摆踱步，哼哈作态)

菁　菁　(挥退众宫娥，却模仿宫娥语调)菁妃娘娘已去，请主公练剑了！

齐桓公　(复失态)什么？谁让她走的？快唤回来，(喊)菁菁！(发现被骗)又见宫娥已去，猛地把菁菁抱起，发疯地胳肢她)我叫你鬼！我叫你鬼！

菁　菁　(好不容易求饶让齐桓公住了手)主公，该练剑了！

齐桓公　今天不练剑。

菁　菁　那就下下棋。

齐桓公　今天不下棋。

菁　菁　那就品品茶也好。

齐桓公　今天也不品茶。

菁　菁　那……你到底想做什么？

齐桓公　我想嘛……好好看看你！(挽着菁菁的肩膀，深情地)三年了，可是，三年来，几乎没顾得近近你的身，听听你的唱，望望你的眼睛、鼻子、嘴唇……

(唱)三载戎马不着地，

三载国政无闲隙。

三载帏幄连千里，
三载刚写半个“齐”。
三载镜前未照己，
三载母侧未绕膝。
三载未及细看我的菁菁妃，
三载未暇聆听你的枕畔曲……

［宫人竖貂上。

竖　貂　启禀主公：王子成父求见！

齐桓公　等会儿见！

［竖貂下。

齐桓公　（接唱）误了三年清明雨；

竖　貂　（上）启禀主公：宁越求见！

齐桓公　没工夫！

［竖貂下。

齐桓公　（接唱）荒了三年杨柳堤。

竖　貂　（上）启禀主公！国母太妃召见陛下！

齐桓公　眼下没空儿，明日见！

［竖貂下。

齐桓公　（接唱）忘了三载杜鹃语，
丢了三载花港鱼。
菁菁呀！
何时盼来个身由己，
到那时：摘龙帽，锁龙车，弃战马，抛征衣，
扶桑树下荡舟楫，
只带着一个小东西：我的菁菁妻！

竖　貂　（上）启禀主公：大夫管仲求见！

齐桓公　管仲？

竖　貂　是不是也叫他明日见？

齐桓公　不,马上见,请!

竖　貂　(呼)管仲觐见!

[管仲上。

齐桓公　大夫有何事奏?

管　仲　无有事奏。

齐桓公　既无事奏,进宫为何?

管　仲　臣正要问主公:为何无事的能进宫,有事的反倒进它不来,岂不怪哉?

齐桓公　这……

管　仲　王子成父急向主公呈奏军机情报,被你挡在门外;边臣宁越押运十万仓米待报进宫入库,被你拦在门外……

齐桓公　(歉然)寡人不知……

管　仲　你大事不知,却知儿女小情,陶醉花容月貌,岂不闻妲己亡纣、褒姒亡幽之祸吗?!

菁　菁　(愤然拂袖)胡言乱语!(下)

竖　貂　(斥管仲)大胆放肆!

齐桓公　孤与大夫说话,哪有你插的言?退下!

[竖貂下。

齐桓公　寡人知错了!不知还有他错无有呀?

管　仲　方才国母太妃召见主公,必有重事相托,却被你冷言回绝,何其无情!

齐桓公　啊呀!我只顾与菁菁说话,没听清内臣的禀报!

管　仲　充耳不闻,谓之无礼;恋妾慢母,谓之无义;失礼无知,谓之无廉;失义无省,谓之无耻。礼义廉耻,国之四维。四维不张,国乃灭亡!

齐桓公　慢慢慢!请大夫再说一遍!(提笔录记)

管　仲　礼义廉耻,国之四维,四维不张,国乃灭亡。

齐桓公　何以张四维?

管　仲　恭行王道，上行下效，严以律己，爱民如子，四维即张。

齐桓公　爱民之道如何？

管　仲　公修公族，家修家族，相连以事，相及以禄，则民相亲矣。赦旧罪，修旧宗，立无后，则民殖矣。省刑罚，薄税敛，则民富矣。卿荐贤士，使教于国，则民有礼矣。出令不改，则民正矣。此尽爱民之道也。

［管仲语重心长，字字千钧；桓公心领神会，字字录写。他走下丹墀，偎于仲旁，如弟子聆师训般恭听勤记。

齐桓公　（越听越兴奋，激动地）仲父！

（唱）字字珠玑传神彩，

尽教寡人开茅塞。

一声仲父倒头拜，

齐国盼你登相台！

管　仲　（唱）管仲尽职为赎罪，

忝居相位大不该。

放眼三丈有五杰，

封官当提栋梁才！

齐桓公　枢密官！

［菁菁应声上。

菁　菁　在！

齐桓公　录下旨文！（对管仲）仲父请讲！

管　仲　升降楫逊，进退闲习，辩辞刚柔，臣不如隰朋。请立隰朋为大司行。

齐桓公　封——隰朋为大司行！

［菁菁书旨。

管　仲　垦草莱，辟土地，聚粟众多，尽地之利，臣不如宁越。请立宁越为大司田。

齐桓公　封——宁越为大司田！

[菁菁书旨。

管　仲　平原广牧，车不结辙，士不旋踵，鼓之而三军之士视死如归，臣不如王子成父。请立王子成父为大司马。

齐桓公　封——王子成父为大司马！

[菁菁书旨。

管　仲　决狱执中，不杀无辜，不诬无罪，臣不如宾须无。请立宾须无为大司理。

齐桓公　封——宾须无为大司理！

[菁菁书旨。

管　仲　犯君颜色，进谏必忠，不避死亡，不挠富贵，臣不如东郭牙，请立东郭牙为大谏官。

齐桓公　封——东郭牙为大谏官！

[菁菁书旨。

管　仲　（激动万分）臣为国谢主！（跪拜）为民谢主！（再跪拜）为良臣得遇明君谢主！（再跪拜）——告辞！

齐桓公　慢！寡人还有一封呢！（高声宣授）封——管仲为大齐相国！书旨！

[菁菁住笔。

齐桓公　书旨！！

菁　菁　此旨不可下，此相不可封！（掷笔）

齐桓公　何故？

菁　菁　刺君之臣，不可封相，此其一；叛降之人，不可封相，此其二；一臣侍二主者不可封相，此其三！

管　仲　臣本不愿入相，但闻妃子之言，又觉入相方好。好叫天下偏见人知道：刺君之臣也可忠君，叛降之人也可益国，事二主之臣亦可钦服效忠一主！

菁　菁　狡辩之辞，当视其诈！

管　仲　毁才误国，多因妒妇！

菁　菁　你攻讦！

管　仲　你诽谤！

菁　菁　你放肆！

管　仲　你大胆！

齐桓公　哈哈哈哈！

（唱）表兄表妹开了战，

一根扁担各一端；

一辆战车各一半，

一条战船各一帆。

打来打去一个命，

输家赢家都是咱。

寡人我不听仇，不听怨，

只听谁贤谁不贤。

贤人官司打到底，

打出来治国大计成串儿穿！

竖　貂　（上）启禀主公：国母太妃再次召见！

齐桓公　哎呀呀！母命如天，寡人不敢再怠。（欲下，复返，对菁菁）别忘了为寡人书写圣旨："封——管仲为大齐相国！"（下）

［竖貂随下。

［冷场，难挨的冷场。

［菁菁欲勉强落笔写旨，又愤然掷笔，下。

［管仲欲抬头与表妹搭话，又愤然扭头下。

［司命主簿上。挥拂尘，二人定格。

司命主簿　慢点走，慢点走！我说管仲，管大夫，马上你就是管相国了！今天你再不被齐桓公杀掉，我可就要被阎王革职免官充军发配了！这个机会不能丢！（挥拂尘）往后退！……再往后退……恢复原位！好。姜小白呀齐桓公，我

就不信你不错发一次怒，错杀一个人！吃着黄界水土，总有黄界习性！（向管仲、菁菁挥拂尘）

［二人动，重复原来动作。

［菁菁欲勉强落笔写旨，又愤然掷笔下。

［管仲欲抬头与表妹搭话，又愤然扭头下。

司命主簿　（挥尘定格）不行不行不行！不说话不行，重来！（再挥拂尘）

［二人动，接刚才对话片段——

菁　菁　狡辩之词，当视其诈！

管　仲　毁才误国，多因妒妇！

菁　菁　你攻讦！

管　仲　你诽谤！

菁　菁　你放肆！

管　仲　你大胆！

司命主簿　（再挥拂尘定格）还不行，还不行！刚才已经证明，这激不起桓公恼怒，更不至于让他杀人哪！（思索）……这得想点儿办法呀？（忽然一亮）对，常言说道："邪生祸，淫入魔，淫邪攻心不得活。"好！管仲啊管仲，没办法，对不起，为了执行生死簿的规定，我只好来这最后一手了！（向管仲作法输入魔念）

管　仲　（就地旋转数周，忽然目盯菁菁）菁菁！表妹！我来了！（扑向菁菁）

菁　菁　（挥手狠狠劈了管仲一掌）孽障！

管　仲　孽障？孽障——也是你表兄呀！

［司命主簿满意地隐下。

管　仲　（唱）一掌打回七年前，

姑母门前一条船。

我撑篙，你解缆，

漂漂摇摇到柳湾……
太阳跑，月亮撵，
满天星斗船不还。
我指一棵连理树，
你掐一朵并蒂莲。
你心我心心相见，
互递信物定姻缘。
我说道：非是菁菁不娶女，
你说道：不遇管仲不嫁男。
两家聘礼来回换，
媒妁之言来回传。
约定了柳花飘紫喜烛燃，
哪料到：你进了宫廷，遇到了国君，
一见钟情，忘了表兄，
你一去再不还——我的小汤圆！

［在以上唱段中，管仲失态的表白吓坏了菁菁，她几次要跑开，都被司命主簿使魔力阻挡住。同时司命主簿又引来竖貂，竖貂又引来鲍叔牙、太妃，最后引来齐桓公。

［齐桓公惊呆了！

［管仲唱完，再扑向菁菁，菁菁躲过，抽出架上的利剑，狠刺管仲。由于用力过猛，人倒剑落。管仲急上前把菁菁托抱于怀里。

［看的人都惊呆了！

鲍叔牙　（走近管仲，狠命抽了管仲一掌）无耻败类！

［管仲被打了几个翻身，清醒过来。

管　仲　（如梦脱身）……我，我这是怎么了？我……主公！（望着桓公，匍匐在地）

太　妃　这就是你选中的相国，这就是你赏识的人才。昨日刺主,今日夺妃,不知明日敢不敢夺国呀?!

竖　貂　淫乱宫廷,罪不容诛!

司命主簿　杀了他!

竖　貂　对,杀了他!

鲍叔牙　是该杀了他!

太　妃　死有余辜!

菁　菁　(咬牙求齐桓公)杀了他吧!杀了他!也杀了我!!

齐桓公　(扶起菁菁,浑身颤抖。耳边却响起那支小曲)

(画外音):小小蜻蜓嘤嘤嘤,

篱笆墙外寻长兄。

千呼万唤无人应,

闪断翅儿谁心疼!

齐桓公　(嘴角挂起莫名的微笑,缓缓走向菁菁落剑的地方,拾起剑来。那寒光闪闪的剑锋更显逼人。他拿在手中擦拭、把玩……忽然,他眼含泪水,举剑向天,一个腾跃,刺向空中,刺向花丛,刺向树干,刺向怪石。剑锋落处,火花四溅,土石崩飞,一片披靡。终于,他颓然倒下)

众　人　(惊呼)主公!

太　妃　白儿……你怎么了?你醒醒!你可不能……!(哭泣)

齐桓公　(慢慢睁开眼,恢复过来)怎么了?你们怎么了?母亲,你是国母,国母不能掉眼泪。今天,今天是齐国……大喜的日子:菁菁与相国——要结婚了!

众　人　(大惊)啊?!

太　妃　你疯了!!菁菁是你的妃子啊!

齐桓公　菁菁是我的妃子,管仲是我的相国,一妃配一相,门当户对。

管　仲　(抢剑在手)主公!管仲当是万死的罪人,今又被鬼迷心窍,做出玷污宫廷、败坏纲纪之事,罪当凌迟。(跪)主

公！请赐罪臣一死吧！（说罢举剑自刎）

［齐桓公拦住管仲握剑之手，相持……

菁　菁　（亦举剑）主公，你太好了，有人要你的心，你也会掏给人家的！可是，今日管仲不杀，菁菁便无颜在世。就请允许我以死效君！（举剑欲自刎）

齐桓公　（一手又抓住菁菁举剑之手）寡人要的是相国，要的是才女，我不是要两条鬼魂呀！（打落二人之剑，振作国君气概）诸位爱卿听旨！

众　臣　主公！

齐桓公　管仲与菁娘两小无猜，早有婚约，寡人不知，几误大事。兹钦定今夜完婚，举国同贺。寡人就是今天的主婚人！

众　人　主公！？

［司命主簿挥拂尘，众定格。

司命主簿　哇呀嗨——！我算没辙了！齐桓公啊齐桓公，你是软的硬的都不吃，苦的辣的都能嚼；长寿短寿都不死，该杀该剐都能活。我算真没辙了！不过，他这三年江山可是到期啦，他不杀人，有人杀他！

［司命主簿一挥拂尘，大公子子纠率数刺客从天而降，两厢相逢交手。

齐桓公　哥哥？！

公子纠　不错，还算认得老子！

齐桓公　哥哥何时回来的？

公子纠　老子早就该回来了！

齐桓公　哥哥回来何干？

公子纠　这还用问：要老子的江山！

齐桓公　小白甘愿让哥！

公子纠　光让不行，你活着老子能放心吗？！

［公子纠说着一剑刺去，菁菁拦过，两厢甲士开打。

[在开打中，齐桓公的甲兵对公子纠的剑手各显身手，互递绝招。

[菁菁的英武亦得到充分施展与表现。

[最后的高潮,应是桓公的徒手对公子纠的长剑的一番慢动作相搏……

[在以上搏斗中，幕后复见司命主簿在第一幕中的歌唱：

[幕后合唱：

当初阎君造黄人，
先造一颗嫉妒心。
造双眼睛仇同类，
造对耳朵信谗音。
造副五脏酿怨恨，
造颗头颅算计人。
造身力气窝里斗，
造张大口亲吃亲！

[菁菁终于击落公子纠的长剑,众甲士一拥而上,扭起公子纠。

齐桓公　放了他！放了他！

[众茫然,为公子纠松绑。

齐桓公　喜乐高奏,婚宴开始！

[齐桓公背身欲走,公子纠捡起长剑,向齐桓公后心刺去,然而锋未及背,公子纠反被长戟从后刺倒——执长戟者乃相国管仲。

[幕后合唱：

齐国出个姜小白，
偏和阎君唱对台。
心无嫉妒多仁爱，

胸不记仇含宽怀。

耳不信谗听诤谏，

眼不疑鬼瞄人才。

君贤臣信民英慨，

跃上五强头一排！

司命主簿　（跑上）阎王圣旨到！

[场上人物造型定格。随着司命主簿展簿，灯光切去，只留一束追光随阎王宣旨逐人介绍。

[阎君画外音：

——“东周诸侯齐君小白，号桓公，善施仁政，消怨化恨，从谏如流，用人不忌仇，举贤不拘格。经阴司特许，兹将原定三年国号寿限，延长为四十三年。姜小白享年七十又三岁。”

——“管仲，名夷吾。桓公之相，忠勇多才。改旧制，举人才，尚礼义，创郡县，富国强兵，功绩卓著。兹追加寿命二十五年。享年六十九岁。”

——“女菁，桓公枢秘官，管仲之妻，齐国才女。多学博识，德行慧心，深为桓公敬爱。赐寿与管仲同终。”

——“鲍叔牙，桓公大夫，品性旷达，慧眼识贤，荐举管仲，为齐添举栋梁。敢为义冒死，不为爵营逐。赐寿长管仲一岁，享年七十。”

——“太妃，桓公之母，莒国侯女。养子有功，教子惟德。秉性正直，爱憎爽明，入高寿红册，享年八十。”

[全场灯明，群体塑型。阎君画外音：“齐国廷臣，心无二，志专一，内和外坚，众志成城，为齐争得五强之首，天下景仰。特许全体增寿二十载。”

[喜乐鸣奏，红幔飘卷。

[落幕。

[剧终。

现代戏（根据姚剧《传孙楼》改编）

卷一 / 生儿子大奖赛

Sheng er zi da jiang sai

DRAMA COLLECTION

人　物

杨富康　虽然年过花甲,但人精性强,智谋过人,是杨家村有名的能人。加上近几年搞多种经营左右逢源,"风调雨顺",得到财神爷的处处关照,便当上了万元户,盖起了小洋楼,成了一方瞻仰的人物。但百样顺心,一样别扭:养了三个儿子,却没生出一个孙子。因此对"送子娘娘"意见大极了！咱们的戏就从这个地方开头。

杨　母　他的老伴。贤妻良母,忠心保夫。大半时间和老头子一个鼻孔出气,偶尔也敢顶顶老东西;对儿子、媳妇关怀备至,但在"生不生孙子"这战略问题上,绝对和老头站在一边,寸步不让。

翠　翠　他的女儿。唯一的千金。两个哥,一个弟,她排行老三。但家里人要喊"老三",那是喊她的弟弟。因为在杨家排行是按兄弟数,女儿不在其列。她是个管计划生育的干部,人聪明,心眼多,既庄重,又调皮。在贯彻计划生育政策中,敢于迎着困难上,有韧性;对父母也善于要点小手腕,搞点小计谋,迂回前进。

张巧巧　他的大儿媳妇。和名字一样,人巧心巧嘴也巧,"猴精",也比较嘴馋,比较爱占小便宜,当然大便宜要是来了,那就勇于舍弃小便宜,为大便宜而拼搏。但一旦发现难以实现,转舵快,回头也快。再就是爱打扮,讲漂亮,注意体形的保持,尤其对生孩子破坏体形和影响美容是深有体会的。

李多多　他的二儿媳。上学比较多一点，文化教养比较高一点，观念新一点，挺有正义感，对计划生育政策很拥护，对翠翠的工作很支持。但由于是乡长的女儿，在农村来说，也算“高干子女”了，优越感、娇骄二气还是有的，脾气上来挺凶，脾气过后又挺好，挺孝顺。

杨万通　他的二儿子。由于是乡长的女婿，虽是农村人，却一直跑大城市，出外差，见过大世面，新名词比较多，话说出来不一样，带点“老广味”，夹些四方杂音。对爹妈的政策不满意，但不硬顶；支持妹妹的工作，积极配合对爹妈来点“恶作剧”，但含着一片孝心。

杨小三　他的三儿子。年龄十六七。读书嫌费脑筋，干活嫌费力气，结婚不够年龄，在家属于“无业游民”。聪明机灵，孬点子多。由于经常处于“老大让老小”的指导思想之下，家里一切好事首先得有他的份，否则就敢给你来个“大闹五台山”。尤其对于捉弄捉弄爹妈他最感兴趣。

李乡长　一乡之长，一方父母官。但随着时代发展，从前“乡长”那种神气味儿没有了，有时遇着个财大气粗的个体户，那还得看着眼色说话呢！何况他的“工作对象”还是他的亲家，只能旁敲侧击，不能正面开火；只能暗驳，不能明批。考虑到女儿又在人家手里，还得留点后路。难着呢！

张瞎子　谓“半仙之体”。眼上的功夫都跑到耳朵上了。侧耳一听，知西辨东；脑袋一摇，明察秋毫。别人靠手发家，人家靠嘴聚财。端上一张嘴，喝遍三江水。摇响算卦筒，干鱼能说肿。老婆贤惠，女儿孝顺。唯一的遗憾是他也缺个儿子，虽然上有政策，他也得下找对策。

第一场　谁生孙子得大奖

[当代,群山环抱的村落。远处清晰地显出一栋式样别致的三层楼房,从那崭新的油漆、紧闭的门窗可以看出它是刚刚落成。

[近处是杨富康的老家院。从墙上不拣地方地胡乱贴着瓷砖彩片和马赛克包裹着的大花池来看，便知这是一家富足人家。

[当院摆着两只现代式的大摇篮,摇篮里传出婴儿的哭叫声。

[杨母正用两只手分别摇着两只摇篮,但哭声仍不止。

[杨母无奈地一手抱起一个婴儿,嗷嗷地哄着。

杨　母　别哭别哭,长大杀猪。别闹别闹,长大坐轿!

[哭声渐止。杨母又把两婴儿放入摇篮,轻轻摇着。

杨　母　(念)摇啊摇,摇啊摇,

　　一摇摇到外婆桥。

　　外婆笑,外爷瞧,

　　一瞧瞧成大白桃。

[翠翠上。

翠　翠　妈!

杨　母　嘘！翠翠,你回来啦!

翠　翠　妈,那新楼房已经盖好,为啥还不搬进去?

杨　母　都是你爹！谁知道他肚里栽的啥谷谷苗！“等一等”“等

一等”,就不让搬。翠儿,你一大早回来干啥?

翠　翠　叫我大嫂二嫂填个表。

杨　母　填啥表?

翠　翠　独生子女登记表。

杨　母　独生子女登记表?不能填!

翠　翠　为啥不能填?

杨　母　一填表,不就不能生了?

翠　翠　还生啊?这不两个孙女啦?还不嫌累呀?(拿表欲下)

杨　母　(阻拦)不行,你爹叫他们生孙子哩!

翠　翠　孙子孙女一个样!(下)

杨　母　(急追)不一样!翠翠,小心你爹回来拧你!(追下)

[杨富康上,得意洋洋地哼着遂心小调。

杨富康　(唱)杨富康一辈子烧香许愿,
到老来财神爷才拨门闩。
磨豆腐赶上了讲究早点,
炸麻花正碰上名吃展览。
贩兔毛遇着个香港老板,
贩药材又赶上药价翻番。
卖香表逢上了寺庙发展,
卖草帽看巧碰上八个旅游团!
几年来,钱袋子没撑破倒也装个满,
港台式三层楼:铺了地板、贴了壁纸、做了吸顶、装了吊灯……刚刚盖完。
九十九件顺心事一件不满:
俩媳妇生俩妞没有生孙男!

[摇篮里婴儿啼哭。杨富康伸手想抱,又停住手,背起手。

杨富康　你看你看,女孩子家,应该老实、安生。“唧哇、唧哇”像个啥！

(唱)你两个要都是胖小胖男，

爷爷我早把你俩捧上天！

背一个抱一个赶集进县，

再不然北京去逛颐和园。

大城市高级商场随便转，

见啥吃啥抓啥买啥你随便去扔钱！

爷盖的三层楼一人一半，

为杨家传宗接代续香烟。

唉——(一声长叹)

谁叫你俩是一对“女娃片片”！

哭，哭，再哭我打你！

[杨母上。

杨　母　(慌张地)哎呀老头子，你可回来啦！

杨富康　咋？出啥事啦？

杨　母　俩媳妇在填表哩！

杨富康　填表？填表是好事吗！我领营业执照那阵儿，填过二十三张表呢！

杨　母　这是“独生子女登记表”！

杨富康　“独生子女登记表”?!

杨　母　让她们填吧？

杨富康　不准填！最坏的就是这种表，一填就不能生了。哪儿来的这种表？

杨　母　三丫头送来的！

杨富康　翠翠回来了？这个吃里爬外的东西，当了三天计划生育干部，就拿自家人开刀。看我不扇她的脸！(怒气冲冲欲进后院)

[翠翠手拿表上，与杨富康碰个照面。

翠　翠　爹!

杨富康　(马上又喜笑颜开)哟,翠翠,你……回来了?

翠　翠　爹,妈,我又该走啦!(欲下)

杨富康　(急拦)翠翠,(盯着翠翠手中的表)先别走,婆子家……生活好吗?

翠　翠　好,不错。我走啦!(欲下)

杨富康　哎……等等!待中午叫你妈包饺子!

翠　翠　我有事,改日再回来吃。(欲下)

杨富康　翠翠,你手里拿的啥?

翠　翠　表。

杨富康　啥表?

翠　翠　独生子女登记表。

杨富康　做啥用?

翠　翠　叫我大嫂二嫂填填呗!

杨富康　填那个做啥?

翠　翠　只生一个好嘛!填个表,领个独生子女证,享受优待。咋啦爹,你不同意?

杨富康　我……我咋不同意哩,计划生育是国策,步步紧跟不能歪;独生子女好处多,身体健康不吃药……(欲夺表)

翠　翠　(躲)妈,我爹思想越来越进步啦。

杨　母　进步个鳖孙!(看到杨富康在瞪她)噢……进步,进步!

翠　翠　我走啦!

杨富康　翠,表——叫爹看看。

翠　翠　表有啥好看哩。我急着去乡里开会,再见!

杨富康　(一把夺过登记表)再见,叫它跟我再见吧!(狠狠地把表揉成一团)

翠　翠　爹,你……

杨富康　我咋?我白养活你一二十年,当了几天干部,就打算叫你爹绝孙断代哩！

(唱)小干部才当了两三天，

烧躁得头发梢上都冒烟。

早知道你要把杨家香火断，

一落地就把你扔到黄河滩！

翠　翠　(唱)爹妈恩情女儿念，

执行政策不打弯。

要正人来先正己，

树条条不直当不了椽。

杨　母　(唱)世上百官千官好，

为什么偏当个计划生育官？

你挡子绝继断香火，

谁不骂你老祖先？

你趁早不要管恁宽！

翠　翠　(唱)有人骂，有人干，

开山总有断头锨。

百年大计看长远，

眼前误解放一边。

祖国命运是大“家继”，

人类前途是大“香烟”。

超生不止国有患，

大船倾斜小船翻。

为了国家为人类，

献身事业志弥坚。

争得个人口稳定日，

翠翠我一身骂名风吹烟！

杨富康　好好好，你不怕骂，我怕骂。你反正不是杨家的人了，杨家的事，往后你少管！

翠　翠　该管还得管，独生子女表还得报！

杨富康　报个屁！报一堆烂纸去吧！（撕碎报表，撒向空中）

翠　翠　（从怀中又取出两张表）你撕碎的是空白表，填好的在这儿呢！

杨富康　（一见自己上当，气急败坏地）你个鬼丫头，看我不打死你！（追翠翠夺表）

［翠翠笑着跑入后院去。

［杨富康抓起笤帚欲打翠翠，被杨母拽住，夺下；杨富康又抓起舀面瓢欲打翠翠，被杨母一挡，撒了一头白面；杨富康脱下鞋子朝后院追去，刚走两步，一声惊叫，脚被什么东西刺破了，他抱住脚坐下来呻吟……

杨富康　哎哟，哎哟！（忽然从脚上拔下个亮闪闪的东西，大叫——）哎哟我的娘啊！这保准是有人看我挣钱多，想暗害我，扔这些刺杀暗器，有敌情啊！哎哟！

杨　母　（接过来一看，拍了老头子一巴掌）咋呼啥哩咋呼？这是你早上吃人参蜂王浆敲碎的玻璃瓶，怪着谁？！

［杨富康接过来仔细看了看，没趣地扔到一边，坐着发呆……

［杨母拿一瓶红药水，给老头子擦着。

［愣着的杨富康突然一拍腿，把老婆吓了一跳。

杨　母　老东西你神经啦？

杨富康　（自言自语地）好主意！好办法！老婆子，快去叫儿子媳妇们都过来！

杨　母　啥事？

杨富康　叫她们给我生孙子！

杨　母　独生子女表都填了，生个鬼！

杨富康　只要儿媳妇们愿意生，谁也挡不了！

杨　母　谁也不会愿意！如今这些年轻人，光讲究体形啦，线条啦,美容啦!让她生孩子,就像让她上刀山一样难!

杨富康　重赏之下,必有勇夫!

杨　母　“重赏”?你想要啥把戏?

[杨富康手指远处新楼,对杨母耳语……

杨　母　(连连点头)哟嗨,老东西肚里就是多几张牛百叶儿!(对内喊)巧巧、多多、小三,快来呀!

[张巧巧一手拿镜子,一手拿眉笔,边画眉边照镜子上。

[杨小三耳朵上戴着航空驾驶员式的大耳机,腰插收录机,口叼香烟上。

杨小三　(边听边学唱边舞)“……我的心在偷偷哭泣,我的脸装作不在意,看着你来去,从没有留你……”(手臂一抡把张巧巧的眉笔打飞)。

巧　巧　哎哟!杨老三,五爪猪,你把我眉笔打哪去了?

杨小三　(继续唱)“你的眉笔被打飞,我也确实不在意。看着你来又去,从没有留你……”

巧　巧　(跺脚)杨老三,你赔我眉笔!

杨小三　(取下耳机)咋呼啥!没有眉笔,多抹点口红,不也一样?

巧　巧　不行,那支笔是三百七十块钱买的。

杨小三　大嫂先垫上,等三弟成家立业了还你。

巧　巧　不行,现在就要!

杨小三　好(掏出打火机)价值四百八十元,权作抵押!

[张巧巧伸手去接,杨小三突然打着火,燎了巧巧的眉毛……张巧巧骂着“小瘪三”,追打着……

杨富康　(大喊一声)都听着!

[巧巧、小三猛一愣;李多多闻声从屋里出。

杨　母　大家注意啦!现在,由你爹宣布重大挫折!

杨富康　去去去去!啥重大挫折?是重大举措!孩子们哪!经你爹与你妈认真研究分析探讨策划,根据形势发展需要,兹决定杨老大、杨老二、杨老三等杨家三兄弟，自即日起，开始分家！

杨小三　好！我拥护这个英明决定。这种大锅饭，早就该打破了！

多　多　我也同意，分开家有利于自食其力。

巧　巧　那就分吧！三层新楼房，说说怎么分？

杨小三　那还用说，三兄弟各得三分之一，每人一层。

巧　巧　那好，老大住三楼！

杨小三　大嫂，这你说错了，树根低，树梢高，住三楼的应该是我杨小三！

巧　巧　你去城里看看，住三楼的都是大干部、大字辈、大身份，那小字辈都在下面住。

杨小三　这是农村，农村那大墙根、大树根、大蒜根都在底下。

杨　母　别嚷嚷了，这家咋分，你爹早就想好了！让你爹批讲批讲！老头子，说！

杨富康　（庄严地清清喉咙）好！我说说！

（唱）港台式别墅洋楼你爹盖，
　　分配方案已出台。
　　三层楼全部设大奖，
　　你弟兄三人夺金牌。
　　谁为我生出小孙子，
　　就气气派派搬进来。
　　独家享受独家住，
　　独占鳌头理家财。
　　生不出孙子的你别怪，
　　继续在茅草屋里养女孩。
　　此楼定名传孙楼，
　　号召你们快拿主意、及早下手、拼搏进取，
　　捷足先登把胎怀。

杨小三　哟嗨,生儿子大奖赛呀!

杨富康　对,就是生儿子大奖赛!要想住新楼,就快点参赛呀!

[杨小三气愤地削着萝卜,牢骚地摆弄着萝卜……

巧　巧　住房子和生孩子挂钩,弟兄分家引进竞争机制,鲜招!

杨富康　市场经济家庭化,家庭经济市场化。

多　多　这可是又一大发明啊!

杨　母　想住新楼,就赶紧参赛吧!

巧　巧　要参赛还得怀孕,再受一回罪不说,脸上还要起斑,体形也要变,不干!

多　多　今年果木嫁接任务很大,一怀孕,啥也干不成了,我也不能生!

杨小三　嗨,你们有条件参赛的不想参赛,我这想参赛的又没有条件!我反对!

杨富康　你反对个啥呀!现在就兴这,中头奖发财,不中奖倒霉,这就叫竞争!竞争懂吗?这是现代管理学。

杨小三　那中,给,现在就给你个儿子!(把一个用红白萝卜扎兑的小人扔给杨富康,那小人两腿中间还扎着一只小小红辣椒)

杨　母　(欲打小三)我叫你没老没少!

杨富康　别别别!(看着萝卜人,喜出望外地指着红辣椒)……哎嗨,我就喜欢这个!

[杨富康像供神一般地把小萝卜人摆在桌子上,同时把新楼的一串钥匙挂在小萝卜人的脖子上。那钥匙金光闪耀。

杨　母　巧巧,那你是咋想的?你不是早就念叨新楼吗?

[巧巧走过去,眼馋地抚弄着小萝卜人脖子上的钥匙串。

巧　巧　(吧唧一声吻了一下萝卜人)唉,为了杨家传宗接代,只好再受一回罪,我参赛!

杨　母　好,站过来一个啦!

巧　巧　哎,我一个人咋生啊?

杨　母　咦,可不,老大在江西放蜂还没回来呢!

杨富康　巧,明天你就坐软卧去江西。

杨　母　到老大那儿住上两个月。

巧　巧　那路费呢?

杨富康　一切开支我报销!

杨　母　每天再补助你二百块零花钱!多多,你呢?

多　多　妈,今年的果树嫁接可是离不开人呀,要是误了季节,损失可就大了!

杨富康　没关系,只要你参赛,一切损失爹给你补!

杨小三　(一蹦大高)咋补偿我的损失?

杨　母　哟,老三还没结婚,看糊涂哩!

杨小三　生儿子大奖赛必须是双人混合赛,我一个人咋创造纪录啊!

杨　母　老头子,你忘了,小三还没有结婚!

杨富康　你妈糊涂,你爹可不糊涂。我早就想过了,对小三实行优惠政策,优惠小三三个月,找对象结婚生孩子完全来得及!

杨小三　我不理解!

杨富康　理解的要执行,不理解的也要执行,在执行中加深理解!

(唱)要孙子本是咱家总纲领,

　　一个儿价值等于楼三层。

　　愿你们积极投标快行动,

　　为国家多做贡献把儿子生。

[内传来翠翠的喊声“爹——”

杨　母　(紧张地)老头子,翠翠回来了。

杨富康　(指挥众人)隐蔽!

[切光。

第二场　大嫂半道怀儿郎

[次日。

[追光区。

翠　翠　(唱)娘家爹思想太糟糕,
生孙子来个比赶超。
偏有个想占新楼的我大嫂,
自告奋勇应号召。
张巧巧人巧嘴巧心眼儿巧,
不知她要的啥花招?

嘘,她来了——

[景同一场。

[杨母仍摇着摇篮车,哼着催眠曲,自己也打着盹。

[张巧巧提行李上。见四下无人,

巧　巧　(唱)公公爹催我去江西,
差旅费送我五千七。
路上想出个好主意,
这笔钱可以省兜里。
腹中无孕装有喜,(取出一橡皮枕)
买来个橡皮枕头裹肚皮。
一天多吹一口气,
一直吹到分娩期;
十个月吹得大大的!
到医院托着表姐使巧计,

找个男婴抱家里。

代人家养来代人家喂，

只瞒着公公婆婆两个老东西。

只要把三层楼房弄到手，

就不怕揭破包子皮。

反过来再批判他：

对抗政策、对抗领导、无视国策，

存心破坏计划生育……！

(喊)妈，妈！

杨　母　(瞌睡被惊醒)哟！巧，你不是去江西啦？

巧　巧　(佯装羞于启唇)……妈，我看江西……就不用去啦！

杨　母　那为啥？你不去找老大，咋能生……

巧　巧　妈，我嘴里没味儿，路也懒得走……

杨　母　嘴里没味儿，去后院摘个桃子清清口。

巧　巧　桃子我不想吃。

杨　母　冰箱里还有块西瓜。

巧　巧　西瓜也不想吃。

杨　母　那你想吃啥？

巧　巧　想吃萝卜干、大蒜头，好想喝醋。

杨　母　(惊喜)噢！巧巧，是有喜了吧？你咋不早说，多少日子了？

巧　巧　两个多月了。

杨　母　噢！正对正对，两个月前，老大从江西放蜂回来，住了三天。你看多准头！

巧　巧　(作羞地)哎呀妈，你看你说那话！

杨　母　(唱)闻知巧巧又怀孕，

喜得我脚脖子轻了八九斤！

“酸小辣女”看征兆，

“想喝醋”说不定真是个小孙孙！

急忙去东坡鱼塘买鱼肉，

还得往西岭禽场捉鹌鹑。

鹌鹑红烧鱼清炖，

把胎儿养成个胖墩墩！

掂起来菜篮子把山进……

(门外传来一阵竹板梆子响声)

忽看见算命瞎子登上门！

杨　母　巧巧，正好算命瞎子来了，妈想请他来算一算，看看是男是女。

巧　巧　(担心地)妈，弄那干啥，算不算都一样……

杨　母　还是算算吧！(向外喊)算命的——！到这来一下！

[巧巧紧张地入内室。

[张瞎子上。

杨　母　张半仙，好久不来俺村算卦了！

张瞎子　嘘！小声点，眼下正扫六害，算卦就像搞地下工作一样危险！

杨　母　张半仙，你的卦可真灵。去年你算俺家要大兴土木，今年房子可盖起来了。你往那边看！(指新房)

张瞎子　老嫂子，我看和不看一个样。见笑，见笑！

杨　母　今天，就再给俺算一卦。

张瞎子　可不敢，可不敢。

杨　母　在俺杨家院里算卦，你就放心吧！巧巧，给先生倒杯茶！

[张巧巧端茶上。

巧　巧　先生喝茶！

张瞎子　(端起杯子呷一口)这茶叶是……？

巧　巧　这不是茶叶，是咖啡！

张瞎子　咖啡？！

巧　巧　雀巢咖啡！外国来的。

张瞎子　“醋炒”咖啡？不管“醋炒”还是“油炸”，我只喝中国茶叶，不喝外国杂牌！（举杯咕咚一口灌下肚子）下不为例！

巧　巧　敬杯咖啡，是想叫先生把“命”算好点。

张瞎子　算好算坏都不敢算！

杨　母　你就行行好，积积德呗！

张瞎子　不是我不积德！你家跟乡长是亲家，小女儿又在乡里当计划生育干部。给你家算命，不是在老虎头上蹭痒么？

杨　母　他当官，俺当民，各家走的各家门，谁也管不住谁。你只管算，他要敢找你的事，我去顶！

张瞎子　咦！你既说到这里，那叫讲义气，够交情，两肋插刀对神明，卦筒一响就显灵……（从怀里掏出竹签筒，哗啦一摇）抽吧！

［巧巧要去抽，杨母拦住巧巧，自己先抽出一根签，递给张瞎子。

张瞎子　（接签在手，上下一摸，念道）“你这个签，是闲签，你与算卦无有关；讲的少了闲打缠，讲的多了伤金钱。”老嫂子，从签上看，今天算卦的不是你，神灵不可戏耍，你就别抽了。

杨　母　（信服得只咂嘴）啧啧，你看多灵！（推巧巧去抽）

［巧巧抽了一支递过。

张瞎子　（接签一摸念道）“你这个签，抽得急，事关身孕和肚皮。说明白了露了底，不说明白全家急。”

巧　巧　（心虚地）那就别说了！

杨　母　不行，说明白！

巧　巧　不说了，不说了！

杨　母　算卦就得说明白，算到底。

张瞎子　“抽签算命不到底，一生艰难贫如洗；本来有福变成祸，该生男来变生女。”

杨　母　（又惊又信服得五体投地）看看，我说得算到底吧！

巧　巧　（半信半疑）那就算吧……（正欲再抽签）

张瞎子　（呼啦收起签筒）“抽签要心诚，先得敬神明；烧上三炷香，才能问真情。”

杨　母　哎哟，没有供香，蚊香中不中？

张瞎子　是香都中。

杨　母　（高兴地）那我这就烧去！（下）

巧　巧　张半仙，咱们都姓张，你可得把我“命”算好点！

张瞎子　我是照签直念，照命直算；要神留情面，管神一顿饭。

巧　巧　管顿饭？只要算好，管十顿饭也可以，你说吃啥吧？

张瞎子　实打实，现兑现，先来一碗荷包蛋。

巧　巧　好办，我去给你做去！

张瞎子　命算罢，凭自愿，鸡鸭鱼肉都随便。

巧　巧　（背）乖逮！还真是个老馋嘴哩！（笑）

张瞎子　（侧耳向两侧一听）老馋嘴？不馋我能活到今天哩！

（唱）杨富康金钱万贯缠在腰，

美得他从头到脚都发烧！

港台式三层楼房已盖好，

养鸡场换下他的豆腐挑。

二小子娶了乡长千金女，

小女儿计划生育管指标。

事上好事咋都会跟着他龟孙跑？

哼哼！就只剩，一件事，

他提不起、放不下，挂着心、伤着脑，

老祖宗坟头上难把差交。

媳妇们光生妮子不生小，

缺一个虎头孙子压后梢。
为此事“杨万元”鞋里长草，
钻窟窿打歪洞要把生超。
地头蛇暴发户敢蹦敢闹，
乡政府有亲戚为他撑腰。
这信息我抓得又准又早，
大葫芦抱在手单等开瓢。
昨夜晚三更天得到情报，
今日里来杨村搜寻目标。
杨家婆卦筒一响就喊叫，
想必是媳妇肚里怀“杨羔”！
稳喝茶慢点饭兜个小圈套，
张半仙要一个一箭双雕！

[巧巧端饭上。

巧　巧　鸡蛋打好了！

[杨母捧香上。

杨　母　香也点好了！

[张瞎子合掌运气，念念有词。取出签筒要了几要，然后向巧巧伸去。巧巧正要去抽，张瞎子忽又把签筒收回。

张瞎子　要得神灵验，先喂一口饭。荷包蛋！

[杨母忙端碗送向瞎子嘴边，瞎子呼噜喝了一口，送出签筒。

[巧巧抽出一支，递给瞎子。

张瞎子　（用手一摸）
（唱）这支签犯刑冲真中有假，
无中有有中无阴错阳差。

巧　巧　（唱）莫非他算中了我的谋划？
看时机得把他话头来掐！

杨　母　(唱)难道说巧巧她说了假话，

没怀孕说有子诓骗爹妈？

求先生明白讲解这一卦——

[巧巧急忙掏出一张人民币暗中在张瞎子手心里碰了碰，又赶忙收起。

巧　巧　(唱)算好了有赏有谢有报答！

张瞎子　(唱)不求赏不求谢……(摸过碗呼噜喝口荷包蛋)

我廉政算卦——

阴阳相和、真假相并、无中生有、虚中生实，

你已经身怀六甲——向你道喜啦！

杨　母　(唱)老婆我千等万盼这句话，

巧巧儿劳苦功高盖全家！

巧　巧　(唱)张半仙却原来坑蒙拐诈，

倒使我假戏真做顺竿爬！

杨　母　(唱)问先生胎儿是男还是女？

张瞎子　(唱)是女……

杨　母　(大惊)啊?！是女胎?！

[巧巧赶忙掏出人民币暗中塞到张瞎子手里。

张瞎子　(唱)是女的——怀着的、揣着的、养着的、带小鸡儿的胖男娃！

[杨母、巧巧大喜，但各有各的喜法。

张瞎子　(唱)合“黄道”，逢“天马”，

天时吉，地时佳；

到将来生得平安长得壮，

承家还能把财发。

三十头上有官运，

人头像还能上电视台的发射塔——

光荣罩杨家！

杨　母　(喜不自禁)张半仙,巧巧这第二胎果真是儿子?

张瞎子　果真是儿子!

杨　母　保证是儿子?

张瞎子　保证是儿子!要不是儿子,我就不是瞎子!

巧　巧　不是瞎子,你还能是什么?

张瞎子　是聋子,是瘸子,是拐子!

杨　母　(兴奋地)先生,算命钱要多少?

张瞎子　老嫂子,为杨家算命,本来服务服务也就算了,不过算白命,不吉利。就是亲爹妈也必须收费。你家不比别家,我按牌价打七折,就收二十块钱。

杨　母　咦!便宜便宜!(欲掏钱)

张瞎子　大吉大利签,外加奖金八十八元。

巧　巧　张半仙,亏你想得到,算命也要拿奖金!

杨　母　巧,先生只要算准生儿子,拿点奖金小意思。等一歇儿我还要留下先生喝杯喜酒,我去收拾菜。(下)

张瞎子　不客气,别费事,越简单越好,一般三荤三素就中啦!

巧　巧　(唱)张半仙吹牛不怕肚子胀,

坑蒙哄骗太荒唐。

婆婆竟然买他账,

相信了橡皮枕头是儿郎。

张半仙!

你既然算我腹中有儿子,

咱两个签上合同盖上章。

现兴承包责任制,

该奖该罚按规章。

我若果然生男孩,

送给你百元头钞票一提箱。

十月后若无男孩降,

你赔我三间新瓦房！

可不可以，你好好思量……

[杨母内喊："巧！请先生上席——"

巧　巧　走吧先生，你的算命钱，咱到酒桌上签了合同再给你！（下）

张瞎子　（唱）杨家媳妇刁，刁，刁，

朝我瞎子也开刀。

算命本是瞎"日冒"，

谁敢去隔着肚皮搞承包！

看起来今天收入要减少，

她杀鸡还舍不得多拔毛！

恨上来我去找她婆子吵——

[他摸过碗，一下喝个底朝天，要狠狠地把碗摔下，可举到空中，慢慢又停下。

张瞎子　（白）算啦，算啦！忍忍，忍忍吧！

（唱）差点把大事忘到脑后梢。

张半仙我有女无男连年打报告，

报告纸打了两三刀。

杨家女儿杨翠翠，

指标卡得牢又牢。

三年不给我批计划，

急得我头上不住地长白毛！

如今她娘家生育无计划，

知法犯法不能饶。

抓住辫子跟着干，

乡政府我大闹公堂要指标！

[急行，跌倒。

[切光。

第三场　百子宴上战乡长

[杨家客堂。一派农村式的富有阔绰之气。

[李多多挂牛津包从门外上。

多　多　(唱)公公爹设奖定标“传孙楼”，
紧逼着儿子媳妇把标投。
我的爹当乡长一乡之首，
他要我计划生育带好头。
一为公一为私一新一旧，
一头重一头轻一喜一愁。
李多多心中自有明朗路，
唯恐怕家庭关系起浪头。
前天我回娘家走，
情报及时作交流。
幸喜得翠翠小妹早绸缪，
安排了乡长来瞧杨老头。
明敬公爹一杯酒，
暗帮女儿摇渡舟。

[杨母上。

杨　母　多多，你回来啦！

多　多　回来啦！

杨　母　多多，妈报告你个喜讯！

多　多　妈这么高兴，啥喜讯？

杨　母　你巧巧嫂子已经有了！看巧张瞎子来为她算了个命，一定是男孩子！多多，你打算啥时候生呀？

多　多　(不知如何回答)妈，生不生……我还没拿主意。今天我爹要来，听听他的意见再说。(欲下，又回头)依我看，巧巧违反计划生育，即使有了，也得刮掉！

杨　母　咦——看你说那话，这事可由不着你们！

多　多　我的话也不是个人意见，是国家规定！(下)

杨　母　(急向外喊)老头子，老头子——

[杨富康上。

杨富康　啥事？

杨　母　待会儿李乡长要来！

杨富康　啊？李乡长？他平时请都请不动，今儿个主动上门，绝不是好事！

杨　母　他既是乡长，又是亲家，吵又不能吵，闹又不能闹，可咋办？

杨富康　哼！我给他来个獐子对山羊，针尖对麦芒！

杨　母　鳖孙，能哩不轻！

杨富康　你快去准备一桌特别的酒菜！

杨　母　特别的酒菜？啥酒菜？

杨富康　今儿个请李乡长吃的所有菜都带一个“子”！就叫“百子宴”！

杨　母　都带一个“子”？这“子”……噢！我试试！(下)

杨富康　李乡长，李亲家，今天我叫你吃得噎喉咙，非给我批指标不可！我写报告去(下)

[翠翠上。

翠　翠　(唱)今日搬来李乡长，
　　请到娘家过端阳。
　　两个亲家面对面，
　　看老爹切开西瓜露啥瓤。

[李乡长手提礼品上。

翠　翠　乡长，俺爹在家哩，去吧！(下)

[杨富康上。

李乡长　亲家!

杨富康　李乡长!啥风给你吹来啦?

李乡长　端阳节,特来瞧瞧亲家!

杨富康　热烈欢迎李乡长亲临我家基层视察工作!

李乡长　老杨,你喊我乡长,就外气了。今天到女儿家里,是自己人。你就喊我一声亲家,既家常,又亲热。

杨富康　亲家!

李乡长　嗳!

杨富康　亲家坐!

李乡长　亲家请!

杨富康　(向内喊)老婆子,亲家来啦,上菜!

[杨母端菜盘子上。

杨　母　李乡长,你老人家来啦不是?

李乡长　亲家母,不用客气,身体好吗?

杨　母　你瞅瞅,结实着哩!

李乡长　你看,我一到,你就忙上啦!

杨　母　忙个啥!你看看也没啥招待你!

李乡长　这菜别有风味嘛!

杨　母　亲家!

(唱)鲜桃子,青梅子,

晒柿子,炒栗子。

葱花芫荽拌肚子,

姜末蒜汁调肝子。

巧巧正在包饺子,

面发开了蒸包子。

杨富康　(唱)冰箱上下五格子,

存着几只酱鸭子。

还有三只卤鸡子，

俱都是观音堂的老牌子。

煎一盘二郎庙的嫩茄子，

炸一盘娘娘山的尖辣子……

杨　母　(唱)快快快，亲家赶快吃粽子，

杨富康　(唱)慢慢慢，要吃粽子少叉子。

二人合　(唱)对对对，杨家就是差个“子”！

李乡长　(唱)杨富康，动脑子，

桩桩件件带个子。

一菜一肴在点子，

他要我安排计划生孙子！

杨　母　(唱)老头子，有法子，

乡长果然变哑子。

感动乡长开口子，

才有希望抱孙子！

李乡长　亲家！

(唱)没关系，别费事，

没有叉子用筷子，

没有筷子用爪子！(说着，伸手就去抓粽子)

杨富康　哎哎哎……亲家，你这一方父母官，用手抓着吃，多不体面！

李乡长　那……咱就不吃粽子了。

杨富康　粽子得吃，叉(差)子问题也要解决。

李乡长　没有叉子，照吃不误。

杨富康　误完了！明说了吧亲家，再给我批两个生孙子的指标！(递上报告)

杨　母　不多，就两个。

李乡长　你不是有两个了吗？

杨富康　那是孙女,不是孙子!

李乡长　孙女孙子一个样嘛!

杨富康　不一样!那咋会一样。李亲家,李乡长,明说,当初跟你家结亲,就是图个方便,占个小便宜,开个小后门,打个小关节。你今天不给老哥批指标,是想叫老哥绝继断代哩!

李乡长　亲家,男女都能继家,孙子孙女都能接代。何况老亲家老三还没娶亲哩。放心吧,将来有盼头!

(唱)计划生育是大政,
基本国策要遵从。
生男生女都传代,
何必男女分重轻。
杨家孙女花两朵,
承家继业有保证。
优生优育好培养,
巾帼历代多英雄。
元朝有个黄道婆,
纺车是她大发明;
民族英雄花木兰,
育才多亏老花荣。
宋代才女李清照,
胜过丈夫赵明诚。
洛阳有个马金凤,
郑州出个邓亚萍。
金凤金嗓醉观众,
亚萍挥拍国沸腾。
巴塞罗那捧金奖,
祖国光荣父母更光荣!

十大影星刘晓庆，
普天之下扬孝名。
赚得金银敬父母，
盖得别墅养媪翁。
更有那：
巩俐、杨澜、毛阿敏，
女儿们发紫父母也发红。
由此看哪，
继家何必分男女，
我的老哥呀！
老观念，该换就换，该更快点更；
你就叽里咣当扔吧！

杨富康　讲得正确，讲得伟大，讲得光荣！不过，我杨家情况特殊，你必须照顾！

李乡长　亲家，没办法，照章办事儿，不骂八辈儿。带"子"的菜我开不了口，批指标我下不了手啊！一开后门儿，魔鬼成群儿。拜拜啦！

［李乡长下。

杨富康　亲家，你跑恁快干啥！怕夹住你尾巴是咋的啦？

杨　母　这可好，小秃头撵炸雷——没有沾上光，反浇了一脖子雨。

杨富康　我说老婆子，李乡长绝情绝义不讲仁义，那咱就在他女儿身上下功夫！

杨　母　你是说……多多？

杨富康　可不就是多多！(抱住杨母的头耳语)

［杨母眨巴眨巴眼，频频点着头……

［李多多上。

多　多　妈，我爸哩？

杨富康　走了。

多　多　走了?

杨富康　多多,你立时三刻追回娘家,向你爸要两个生育指标!

多　多　这……我爸是不会答应的!

杨富康　要是不答应,你就和万通离婚!

多　多　爸,你……

杨富康　你这个乡长闺女,俺杨家高攀不起!(下,杨母随下)

多　多　爸,妈!

[多多欲追下,与翠翠碰头。

多　多　(委屈地)小妹!(扑向翠翠)

翠　翠　二嫂,你别听信他们那一套。他打他的,咱打咱的。他是一计不成又一计,咱是正反两招对两招。

多　多　你是说……?

[翠翠与多多耳语,多多听着听着破涕为笑……

[灯暗。

第四场　二嫂一夜鼓肚膛

[追光区。

翠　翠　(唱)传孙楼下兵对兵,

爹爹步步搞进攻。

千方百计讨计划,

横着心肠要超生。

既然我胳膊难把大腿拧,

便来个顺着脚印乱刨坑。

硬着不顶软着碰,

辩着不胜乱着赢!

[李乡长家。陈设简洁朴素,有时代感。

[李乡长正看送上来的报告。

李乡长　(念报告)……《关于要求安排第二胎的报告》……《关于要求保住第三胎的报告》……《关于要求安排计划外生育指标的报告》……关于……(猛地一摔)嗨!

(唱)办公桌上响风涛,
　　四处都来要指标。
　　潜力大来劲不小,
　　生孩子好一派比学赶帮超!
　　实可叹风俗旧来观念老,
　　都把那"多子多福"当信条。
　　岂不知洪水猛兽是小祸,
　　生育失控要把大祸遭!
　　原子弹爆炸躲得了,
　　人口爆炸世界人类大劫大难难躲逃!
　　面对着计划生育攻坚战,
　　我累弯了骨头累白了毛。
　　宣传政策舌磨烂,
　　发动群众脚跑焦;
　　吃饭分不出甜咸味,
　　喝酒尝不出一毛烧!
　　计划生育如何才能搞得好?
　　恨不能请上帝下凡把我教!

[张瞎子上。

张瞎子　李乡长!……李乡长!

李乡长　张半仙,你来得正好,上边扫"六害"查得很紧,你最近搞什么封建迷信活动没有?

张瞎子　咦!那些封建迷信老把戏,我扔几十年都没干过了。我这人,过去是"紧跟照办,养成习惯";后来是"四项原则，听话学乖”；现在是“改革开放，胡榷乱撞”……

李乡长　啊？！

张瞎子　(忙改口)不不不，是“改革开放，决不走样”！

李乡长　好吧，我是给你打个招呼，再搞那一套，弄住不得了！你回吧。

张瞎子　乡长，我的公务还没办完哩！

李乡长　你来办公务？

张瞎子　办公务。

李乡长　那好，请坐，喝茶。

张瞎子　(背)从来没这么客气过，一定是心虚了。

李乡长　啥公务？

张瞎子　关于我的——革命接班人问题。

李乡长　啥？！

张瞎子　我打上来的第十三封要求生儿子的申请报告，你还没批哩！喏，(又掏出一份报告)这是第十四封！

［李乡长接报告在手。

张瞎子　乡长，还是早点批，免得我打搅你的革命工作和宝贵休息！

李乡长　张半仙！

(唱)你家中已有两千金，

大女儿招来女婿已结婚。

你再让老婆怀大孕，

难道让母女同穿大肚裙？

娘儿俩同孕同生子，

你不怕讨嫌八方笑四邻？

张瞎子　(唱)农村是广阔大天地，

稀奇事多了不为奇。

母女同孕经常见，

婆媳同生也入俗。
小娘舅跟着大外甥，
男子汉托儿所里接小姨。
我瞎子传宗要接代，
贵乡长为啥还不批？

李乡长 (唱)瞎老哥！叫你照镜是难为你，
不照镜看不见满脸枯皱皮。
你头上白发已过半，
哪来那份好精力？
我劝你注意老年养身体！

张瞎子 (唱)谢谢乡长好心意，
谁说我老俺不依！
一顿三盘扣碗肉，
外加半只老母鸡；
吃得香来睡得好，
年龄刚刚六十一。
百里奚六十七岁得贵子，
姜子牙七十八岁娶娇妻。
乡长啊！
国家纪律千百条，
哪一条限制老年搞生育？
我劝你快点批！

李乡长 张半仙，你这张嘴，不愧是算命赚钱的！

张瞎子 有理走遍天下，无理寸步难行。李乡长，你赶快给我批了吧？

李乡长 决不能批！

张瞎子 为啥不能批？

李乡长 虽然计划生育没有年龄限制，但决不允许超生！

张瞎子　那为啥别人可以超生，就我不能超生？

李乡长　你说说，谁超生了？

张瞎子　杨家村杨富康，他大儿媳妇生孩不到半年，二媳妇生孩只仨月，现在都已怀了孕。你们两家是亲家，干部亲戚可以超生，我瞎子就不能超生?！人民政府为人民办事，要大公无私。若是欺负我瞎子，我拿上竹板就是路费，进城找市长告状去！

李乡长　张半仙，你不要瞎说，别家的事我不清楚，难道我女儿的事也不知道吗？绝无此事！

张瞎子　李乡长，你不要装糊涂。刚才我去找计划生育干部杨翠翠，亲自听见她说你女儿李多多已怀孕两个月。还说是啥“科学怀孕”，“包生男孩”！

李乡长　你说什么？

张瞎子　还有杨富康的大儿媳张巧巧，更是怀孕无疑，整天要吃酸辣萝卜干，喝醋汁！

李乡长　有这种事？

张瞎子　乡长，你认也好，不认也好，今天我就给你约法一章：要是杨家生了，我瞎子一定也要生！

李乡长　杨家不生呢？

张瞎子　那我也不生。干部站得直，我也走不歪。还要给你做义务宣传员！

李乡长　好，一言为定！

张瞎子　雷劈不动！（和乡长钩了大拇指，沾沾自喜地边说边下）这一下叫“黄蜂叮住老虎头——甩也甩不掉，啃也啃不住”。杨家生定了，我也定生啦！（下）

李乡长　（自语地）难道多多真又怀孕了？

［翠翠与多多同上。

翠　翠　乡长！

多　多　爸！

李乡长　(注视多多隆起的腹部，怒)多多，你？

翠　翠　(见乡长误会，捧着肚子笑)哈哈哈！

李乡长　(挥起巴掌向多多扇去，被翠翠扑过去挡住，巴掌打在翠翠身上)多多，你丢死我的人！

多　多　你发什么火？谁丢谁的人？一乡之长管不住乡民，李亲家管不住杨亲家，你才丢人呢！你做不了工作，还不兴我们来做工作？

李乡长　你为谁做工作？

多　多　为你做工作？

李乡长　为我做什么工作？

多　多　(哧拉撕开衣衫，露出肚皮上裹的绣花枕头)看吧！看吧！就是这工作！

[李乡长一见恍然大悟，退坐在屋角。多多扭头跑进内屋。

翠　翠　乡长，不怪多多，这是我的主意，不这样对付不了我爹呀！

(唱)我的爹上年纪倚老卖老，

又靠着几个钱壮胆撑腰。

顶检查任罚款破罐破摞，

拿一栋三层楼传孙招标。

重赏下引动了我的大嫂，

一夜间怀上了仨月的胎苗。

此是真此是假无人查调，

爹又逼多多嫂紧跟照办响应号召！

派任务回娘家找你大闹，

用离婚押赌注要换指标！

李乡长　小翠呀，你的娘家，我的亲家，如今成了开展计划生育的桥头堡了！

翠　翠　(唱)桥头堡，桥头堡，

铁墙难破械难缴。

强攻硬夺无成效，

倒不如顺着火头添柴烧，

烟幕弹当作彩球抛！

先煽动巧巧大嫂把楼要，

闹他个骑虎难下鼓难敲。

再扎起多多二嫂枕头肚，

名之曰“科学怀子”生宝宝。

再赶着弟弟老三也上阵，

来一个空中抱子夺大标！

父母门前喊又叫，

你争我夺乱糟糟。

杨家院中阵脚乱，

传孙楼下涌波涛。

直闹得他二老——头大眼昏肝火冒，

捂着耳朵盼出逃；

一个要进和尚庙，

一个想渡斋公桥。

到那时抽出钥匙开锈锁，

系铃人自会把绳疙瘩瘩！

李乡长　翠翠，你真会动脑筋。不过，要真正解决老年人的思想问题，还必须解除他们的后顾之忧。现在保险公司提倡养老保险，你可以发动全乡妇女，积极参加老年人的养老保险。

翠　翠　好，发动妇女参加保险，对计划生育更有促进作用。

［杨万通旅差行装，风尘仆仆上。

杨万通　爸！

李乡长　万通，你回来啦！

翠　翠　二哥！

杨万通　小翠也在这儿！

[李多多上。

多　多　万通，啥时候到的？

杨万通　天亮火车到洛阳，转汽车一直跑到现在。

李乡长　万通，这次去广州，情况怎么样？

杨万通　山区土特产，到广州都是抢手货。外贸公司合同签了很多，乡镇企业前途光明！

李乡长　好，经济大发展，生育大减产。翠翠，还有些工作，到乡政府商量一下吧！

翠　翠　好！二哥，你们夫妻俩久别重逢，快说说心里话吧！（边笑边同乡长下）

杨万通　多多，好想你呀！（扑过来）

多　多　滚一边去！想我连封信都不写？

杨万通　（委屈地）写啦！写一封退一封。

多　多　为啥？

杨万通　我老记不住写邮政编码！

多　多　你咋不记不住你姓杨哩！

杨万通　多多，你看我给你带的啥？（逐样取东西）这是你最喜欢的嫁接技术书籍，这是最流行的国际英语六百句，这是一把特制果木嫁接刀……

多　多　（接刀在手）真漂亮啊！

杨万通　（继续往外拿）这是一套港式连衣裙。

[多多接裙放在腰间比试……

杨万通　（取物）……看，这是一条金利来窈窕淑女腰带，来，试试！（用腰带搂住多多比试。当腰带的两端在多多的肚子上搭不到一起时，他才注意到多多隆起的肚子）这？

多　多　（故意挺高肚子）怎么样啊？

［杨万通手中的腰带掉在地上，他盯住多多的肚子，直往后退。

［多多把连衣裙缠在脖子上，悠悠然晃着一条腿。

［杨万通绕着多多转圈盯看。

多　多　（用脚把腰带从地上钩起来，拿在手里漫不经心地把玩）……这鳖孙腰带，做得多缺德，连一圈都转不过来！

杨万通　（疑妒煎心）你……？

多　多　我咋？

杨万通　（唱）我半年在外出长差，
　　她肚子咋会鼓起来？

多　多　（唱）万通他聪明有能耐，
　　可就是酸不溜溜好疑怀！

杨万通　（唱）看高度仅有三个月，
　　是谁在家填空白？

多　多　（唱）晾起酒壶不上菜，
　　急一急不想家的杨二乖！

杨万通　（唱）平日里讲贞操来道恩爱，
　　却原来水性杨花假吃斋！

多　多　（唱）万通他脾气像个软面袋，
　　倒看他吃起醋来啥神态！

杨万通　（唱）恨上来一把将她头发拽，

多　多　（唱）李多多打打口红搽搽白！

［杨万通愤怒地冲向李多多。

［李多多举着镜子从容地整理着面容。

杨万通　你！

多　多　啥事？咋啦你？嗯？！

杨万通　(唱)我……

我出差在外半年多，

辛苦劳累又颠簸。

为了家庭拼命干，

多多呀，在家你可对起我？

多　多　(唱)我在家中很不错，

首先孝敬二公婆。

精心喂养独生女，

游子应该谢多多。

杨万通　(唱)敬老养小都除外，

你可还有私生活？

多　多　(唱)私生活，经常过，

每夜睡觉门关着。

杨万通　(唱)我问你何时怀的孕？

多　多　(唱)这件事该问二公婆！

杨万通　(唱)要怀孕你也该等着我！

多　多　(唱)等不及我只好就地张罗。

杨万通　(唱)恨不得拿刀将你剁！(气得咬牙切齿，到处寻找刀子，几次冲向多多)

多　多　(强忍着笑，看够了杨万通的洋相，从容地取出万通赠给她的那把果木嫁接刀)刀在这儿呢！

(唱)你不剁我也要自己割！

[多多突然一刀向自己腹部刺去——

[杨万通见状大吃一惊，拼命向多多扑去，夺过刀子，猛地拔出来，不但刀上无血，而且还冒着白烟，愕然呆住……

[多多挥手扇了杨万通一个耳光，腰带脱落，绣花枕头从腹部滑落地上，真相大白。

杨万通　(惊喜得变态,拾起枕头)多多！你咋塞个这？你咋塞个这呀？

多　多　这都是你爹逼出来的主意!

[杨万通揉着被打疼的脸扑向多多。

[多多搂着杨万通的头说着悄悄话。

[灯暗。

第五场　老三有儿没老婆

[追光区。

翠　翠　(唱)马走日,象走田,

车走直路炮翻山。

老大抱柴老二点,

要煽大火找老三。

前晌后晌没碰面,

上岭下岭黑了天。

回到家来已夜半——

[景随人出,换灯光,走圆场,到家,进屋——哟!

杨老三正在灯下抽闷烟!

杨小三　姐,你可回来啦!

翠　翠　三弟,你啥时候来的?

杨小三　五点一刻,现在整十二点。

翠　翠　姐也去找你啦!

杨小三　吔！裤裆里放屁——两叉。

翠　翠　你找我有啥要紧事?

杨小三　你找我有啥要紧事?

翠　翠　我……

杨小三　(着急地)咦！刚当个干部就学着吞吞吐吐！我先说!

(唱)传孙楼,不合理,
爹的政策有问题。
谁先得子谁夺标,
岂不是明明把我老三欺!
大嫂肚子已鼓起,
二嫂肚子也不低。
人家竞争有条件,
我老三无产阶级干着急!
即便立刻找对象,
也无法缩小这个大差距!
今夜三弟来找你,
为的是统一思想、统一意志、联合起来、齐心协力——砸烂咱爹自由化的非法规矩!

翠　翠　小三,你别太激动。我来找你也为这个事,姐是同情你的。

杨小三　(感激得掉泪)姐,我在家太孤立了!

翠　翠　你放心,姐坚决站在三弟一边!

杨小三　姐——(扑上去抽泣)

翠　翠　(抚慰地)斗是要跟爹斗。不过,想砸烂他定的规矩不容易。钱是他挣的,楼是他盖的,钥匙他拿着,他是一家之长,胳膊拗不过大腿呀!

杨小三　那你说咋办?

翠　翠　参加竞争,奋起直追,缩减程序,一举夺魁!

杨小三　(不解地)“参加竞争?奋起直追?缩……减程序?一举夺魁?”哎呀姐,你越说我越糊涂,我有啥条件参加竞争?

翠　翠　你是杨家三兄弟之一,这就是条件。

杨小三　可我没媳妇呀!

翠　翠　所以要“奋起直追”。

杨小三　噢——你是叫我马上找媳妇？那也不中，再快也赶不上大嫂二嫂，人家（比肚子）都有了！

翠　翠　所以要“缩减程序”！

杨小三　“缩减程序”？

翠　翠　“缩减程序”。

杨小三　你是说……？

翠　翠　“缩减程序”嘛！

杨小三　姐，你太深奥了！虽然我高中毕业，又懂生物基因学，可你这“缩短程序”……？

翠　翠　三弟！

（唱）叫三弟，你别急，
窍门全靠人想的。
有了渡船能过河，
有了钓钩能逮鱼；
有了火箭发射架，
人间就有上天梯。

杨小三　（唱）说别的，全是虚，
三弟年龄才十七。
恋爱、结婚、生孩子，
整整比老大老二差三级！

翠　翠　（唱）差三级是老程序，
科学时代讲破立。
当务之急减程序，
必须来个“三合一”。

杨小三　（唱）“三合一”？

翠　翠　（唱）“三合一”！

杨小三　（唱）这可是现代化的高科技！

翠　翠　(唱)只要你打开思路辟蹊径，

不愁不创新奇迹！

杨小三　(唱)姐是说……不谈恋爱先结婚？

翠　翠　(唱)路通了，可惜还差一大级。

杨小三　(唱)噢！不找对象先生子？

翠　翠　(唱)及格了，分数线只差零点一！

杨小三　(唱)噢！途径最短最有利，

莫过于：找一个——刚过月子、才生儿子、

鼓着奶子、死了男子、单人独子的寡妇妻！

翠　翠　(唱)不愧老三有才气，

一点即破通灵犀！

杨小三　(一蹦大高)

(唱)这真是山穷水尽疑无路，

姐叫我一步跨到洛杉矶！

翠　翠　(唱)姐叫你一步跨到洛杉矶！

杨小三　姐！你快说你给我找的小寡妇住在什么村？叫什么名字？多大年龄？孩子几个月？赶忙叫我见见！

翠　翠　小三，姐替你一手包办，难道还不放心？

杨小三　姐办事，我放心！不过这终身大事……

翠　翠　终身大事，无非是对付咱爹的土政策，赶上并超过大嫂二嫂，让你第一个抱上儿子住进传孙楼不就结了？其余事你就别讲究啦！

杨小三　可是……小寡妇要是年龄太大，总归不妥吧？

翠　翠　哎小三子！你再要啰唆，姐可不管你了！

杨小三　(赶忙又求)好好好！不说了。姐，在这场战役中，你就是……巴顿将军。你指哪儿，我打哪儿！

翠　翠　杨小三！

杨小三　有！(立正)

翠　翠　明天早上七点四十五分,你跟姐去正式领取儿子,向爹交差!

杨小三　到哪儿领取?

翠　翠　少废话!姐到哪儿,你到哪儿!

杨小三　(大声应答)是!遵命!

[收光。

第六场　各显神通要楼房

[追光区。

翠　翠　(唱)调兵遣将摆方阵,
祭旗拜坛养精神。
单等午时三刻到,
传孙楼下起风云。
十八般兵器敲一处,
我的爹爹呀!
看看你醒不醒顽固脑筋?

[景同一场。

[杨母依然摇摇篮,逗着孩子打着盹。

[巧巧上。

巧　巧　妈!

杨　母　(吓醒)啥事起恁高的腔?

巧　巧　这事!那事!(拍拍肚子指指楼)你跟我爹说了没有?

杨　母　噢!说了。

巧　巧　那咋还是迟迟不动?

杨　母　你爹说,你还没生下儿子就搬进新楼住,老二老三会有意见。

巧　巧　意见?有意见就不要原则啦?有意见就不兑现革命合同

啦?

(唱)瞎子算卦你在场听,

文王金签说得清。

百分之百生儿子,

青石板上钉钢钉!

新楼就该我去住,

意见永远摆不平。

谁要生了真儿子,

我情愿主动把楼腾!

杨　母　啊?生“真儿子”?还有假儿子哩?

巧　巧　(忙改口)不不不,说错了!

(唱)我是说:谁要比我早生子,

我情愿主动把楼腾!

妈呀妈!

现在讲集体领导民主性,

一言堂作风不时兴。

你好比家庭人大常委会,

监督着政策兑现早执行。

妈不见随着社会大变革,

到处是婆婆管公公!

杨　母　好,等你爹来了,我再跟他说说。

巧　巧　要坚持原则,立场坚定,口气强硬!

杨　母　妈心里有数。

巧　巧　那我……(忽然打个酸嗝)哎哟,光想吃酸的!

杨　母　快去歇着去,中午给你做酸浆面!

[巧巧下。

[杨富康上。闷头抽烟,把打火机摔得当啷响。

杨　母　谁惹生气啦,又憋鼓啥哩?

杨富康　(一跺脚)咳!

(唱)蛋禽场办了仨月多,

鸡鸭孵了十几窝。

出笼的鸡崽尽公鸡,

出笼的鸭崽成公鹅,

气得老子没法说!

媳妇们要都像蛋禽场,

公儿公孙早成拨,

那还用老子们大动干戈!

杨　母　也真是的,孵鸡娃儿尽是公鸡,生孩子都成妞了,邪门!

杨富康　不行,我得去后山。

杨　母　干啥?

杨富康　听说后山鸡场用科学仪器验蛋,是公是母,一验一个准。

杨　母　你走前,把老大媳妇的事安排了!

杨富康　安排啥?

杨　母　钥匙给人家,楼叫人家住呗!

杨富康　还没生下来,谁知道是儿是妞!

杨　母　张半仙不是算过是男孩子,人家包百分之百准头。

杨富康　现在是科学时代,瞎子算命靠不住!

杨　母　哎,你说你批准批不准?

杨富康　批不准!

杨　母　好啊!现在社会大开放,讲究……"领导集体",反对……"爷爷堂",我是家里的……"大人委员会",重大事情,我也要做主!

杨富康　(大笑)老婆子!我叫你参加文化学习班,交了千把块学费你也不学习。到现在连个"现代话"也说不囫囵。那是"集体领导",不叫"领导集体";"一言堂"不是"爷爷堂”;“人大委员会”也不是“大人委员会”……

杨　母　反正你恶道、霸道、不讲公道!

杨富康　好好好,扣啥帽子都行,就是批不准!

杨　母　你要批不准,我就不客气!

杨富康　不客气?不客气还能咋的?大不了你跟我离婚!撑着你!

杨　母　我离婚不离家,大权归我抓,孩子叫我妈,你是外二瓜!

杨富康　哟嗨!做梦长个歪鼻子——打哪来的这股邪气!

杨　母　(抱起被惊醒哭叫着的婴儿,塞到老头怀中)饭你去做,孩子你去抱,我不管了!

[杨母扭头下。

杨富康　(急追)他妈,他妈!

[杨富康欲追下,正和走上来的老二两口撞个满怀。多多接过孩子走下。

杨万通　爹,啥事跟妈吵?

杨富康　万通,你说你妈多可笑,瞎子算命说你大嫂要生个男孩,她就信了,非要让巧巧提前搬进传孙楼不可!

杨万通　爹,幸亏你头脑清醒,不相信迷信。

杨富康　啥时代了,光说。

杨万通　爹的思想、能力、现代化管理水平,干个县长没问题!

[李多多上。

多　多　爹最能坚持原则,大公无私,那检察院里的检察长也无非就这水平。

杨富康　(被吹捧得飘飘然)一个家庭,就是一个国家呀!矛盾纵横,错综复杂。都说清官难断家务事,可我琢磨,这个家我管得不错。

杨万通　咱爹堪称英明伟大的家长!

多　多　刚才万通还在说,现在啥都有评比大奖赛,就缺“优秀父亲评比大奖赛”。

杨万通　如果有的话,爹非得第一名不可! 爹,请抽烟,请抽烟!(殷勤点火)

杨富康　真看不出,跑了两年供销,人也聪明了,说出话来水平蛮高。

杨万通　向爹学习,为人民服务!(并腿立正)

多　多　万通知道爹相信科学致富,特地从广州订购了照蛋机,是公是母,机器一照就知道了,再孵小鸡保证个个是母鸡。

杨富康　哎呀! 真想到我心窝里啦,我正要到后山去学习哩!

多　多　不光是这,对于国内外最新科技信息,万通最注意收集了。

杨万通　科技是第一生产力,科技是财富,科技是未来,科技……

杨富康　万通,有没有生男生女……照蛋机? 噢不,这个……男胎女胎化验机? 不不,这个这个……隔着肚皮考察机?(自己也觉着不中听)哎呀,反正是那个意思,我咋也说不明白!

杨万通　我听明白了。爹,这一点你可太落后了。

(唱)世界科技大发展,

天下不断冒尖端。

放卫星如同扔弹弹儿,

发火箭当作旅游船!

月亮上已经有旅店,

火星上开办了幼儿园!

多　多　(唱)尤其是生物工程更罕见,

研究成果大超前。

这些书,爹请看:

“打不流 K,爱克司 Y”……

讲的是:特技怀孕、科学生殖、要女生女、
要男生男。
小胎儿制成了注射剂,
玻璃管能养受精卵。
只要对基因作调节,
生男女如同点菜单;
要啥点啥很方便!

杨万通　(唱)俩月前,我寄回一支进口针,
多多她,打针之后就怀男。
只不过,定向怀孕药太贵,
在深圳,一支就要七八千!

杨富康　(激动地)只管买,钱我出!多多,你为啥不早给爹说清楚,叫爹早点高兴高兴!

多　多　我和万通商量,仅仅是搞点科学探索,不想早声张!

杨富康　好!
(唱)你两个放心大胆去探索,
你爹我坚定不移信科学。
从今后营养标准得超过我,
咱禽场既有鸡来又有鹅。
如果想吃牛羊肉,
叫你妈搭车进城给你割;
报销条都在我的账上落!
可就是有条纪律要牢记:
绝对要做好保密这工作。
万一这事传出去,
“科学生子”都掌握。
全国都生男孩子,
咱家的孩儿,长大后,可去何处讨老婆?

严重后果没法说！

传孙楼钥匙交给你，

明天你俩就把家挪！

[杨富康取出钥匙串子，刚要交到万通、多多手里，冷不防突然蹿出巧巧，扑上来就抢钥匙。杨富康吓得满院子转，巧巧紧追不舍。

杨富康　(气喘吁吁地)巧巧，你干啥？

巧　巧　干啥？我倒要问，你究竟要干啥？

杨富康　我干啥还得通过你？我兑现政策，实行奖励，放钥匙，交新楼！

巧　巧　我问你：老大是你捡的孩儿不是？你那心尖子为啥歪恁很？(拍肚子)同样怀孕，同是男胎，我在前，她在后，为啥钥匙不交给我，反而交给她？

杨富康　你要有自知之明，瞎子算算卦，就断定是男孩？生翠翠那阵也算过卦，也说是男孩，可生下来是个丫头片子，还尽和我作对！

巧　巧　多多肚里你就断定是男孩啦？

杨富康　这是科学怀孕，当然值得相信。不服气，叫老二领你到深圳作个科学鉴定！

巧　巧　我不去！

杨富康　不去就得服气。

巧　巧　我不服气！

杨富康　不服气就是不讲理！

巧　巧　不讲理的是你！

(唱)天下奇闻五万五，

没听说死科学能替活丈夫！

各自心里都有数，

杨老二半年在外跑江湖。

难道你身上长着遥控器?

广州按电钮,

家里腰就粗?

不沾杨家身,

就是杨家骨?

这种事外人糊涂咱自家得清楚!

多　多　你说这话啥意思?

巧　巧　(唱)啥意思意思啥嘴巴实难堵,

说不定真和尚遇着个假道姑!

多　多　(火起)你……你污人清白!四邻八舍谁不知我李多多站得正立得直!

巧　巧　既然清白,肚里的货是哪来的?

杨万通　大嫂,你这就不懂了,这是现代科学发展的结晶,懂吗?

巧　巧　去骗三岁小孩去吧!爹可是杨村乡有名的能人,你骗得了吗?爹,说不定这事传出去,连你这老公公也说不清楚了!

杨万通　张巧巧!你自己孤陋寡闻,还要血口喷人?!告诉你,这叫生物工程超科技,打一针马上能怀孕!

巧　巧　你这个杨二万,到这种时候还说这种话,我看你不戴上绿帽子背上王八锅盖才怪哩!

杨富康　(火冒三丈)闭住你的嘴,统统给我滚!滚!!

[多多气得欲撩开衣襟,拽出枕头,被杨万通捺住……

[此时,杨小三抱着个哇哇乱叫的婴儿上。

杨小三　(高声地)爹!妈!

[杨母闻声上。

杨小三　大嫂二嫂二哥都在,正好!现在我郑重宣布:杨老三也有娃子啦!

众　人　(大惊)啊?!

杨富康　你……你抱那谁家孩儿？

杨小三　咱家的呀！

杨　母　小三子，可不敢打这缠，如今的孩儿，家长都金贵得不得了，你抱来抱去的，万一……

杨小三　妈，说是咱家的就是咱家的嘛！

杨富康　胡扯！你快给人家送回去！

杨小三　送到哪？送给谁？我就是他爹，他就是我儿，你嘛：当然是他爷啦！

［多多、巧巧、万通边笑边嘀咕。

杨富康　（气得哆嗦）你，你，你……

杨　母　（责备地）你，你，你……

杨小三　我，我，我咋？（气气派派地抱着孩子晃悠着）

（唱）叫一声小乖乖听爹讲话，

一泡屎半泡尿咱就到家啦！

这个叫奶奶，

这个叫大妈；

这是你二娘，

这个喊二大。

这是你的亲亲爷爷总呀么总当家，

——大权全在他手里抓！

大嫂好，二嫂贤，都比我老三大，

娘亲我，爹疼我，就是不给我成家。

老三已觉醒，

认识提高啦；

决不辜负爹，

坚决保杨家。

比、学、赶、帮，力争上游，

超额完成十年总规划——提前献出我的娃！

杨小三　(把开小孩的两腿)看,带茶壶嘴的,货真价实。(说着,小孩尿起尿来)爹,传孙楼钥匙得拿来!

[杨富康气得喘不上气,杨母为他捶背……

巧　巧　杨老三,你这儿子来路不明,不能承认!

杨小三　谁说来路不明?他妈是小寡妇,我爱他妈,俺俩半晌恋爱,半晌登记。(突然掏出一张纸)喏!结婚证!合法手续,谁敢反对?(赶忙又把纸收起)

杨万通　小三还真有点开拓精神哩!

多　多　平常看不见,偶尔露峥嵘!

巧　巧　不行,抱来的儿子,不是杨家的正宗!

杨小三　什么正宗不正宗!改革开放,讲究引进,我把儿子引进来,是立下一大功!爹!钥匙!

杨　母　小三子,闭住你的嘴不行?

巧　巧　厚颜无耻!

杨小三　我厚颜无耻?大嫂,你那肚里是真正宗假正宗还难说哩!大哥不在家,你那货哪来的?

杨富康　(咬牙)你这个小畜生!

巧　巧　爹,这都怪你当初不实行计划生育,要不,咋会有这个三龟孙惹您生气?

杨小三　你听你听,爹,我大嫂可是在教训你不搞计划生育哩!

杨富康　你个小杂种!

杨小三　杂种?杂交优势,还是优良品种哩!

杨富康　(气得翻白眼)你!——他妈,快……快去……

杨　母　干啥?

杨富康　快去拿敌敌畏!

杨　母　啊?——你要干啥?

杨富康　再活一分钟我就受不了啦!!

杨小三　(抱起孩子)乖!快看,爷爷要找高级饮料喝哩!

[杨富康挥起扫帚猛抡一圈，众人一见，轰然散开；杨富康没抡住别人，自己栽倒了。

众　人　爹！

[切光。

第七场　惆怅过后是欢畅

[追光区。

翠　翠　(唱)传孙楼前一台戏，
　　演出效果差不离。
　　真中藏假多情趣，
　　假戏真演更出奇。
　　紧锣密鼓搅一起，
　　爹娘受了点小委屈。
　　冷风吹过送棉被，
　　热汗流罢送凉席！

[景现：杨家的葡萄架下。

[杨母依旧摇着一架摇篮车，然而，摇篮车里躺着的不是孩子，而是杨富康那个老头子。

杨　母　(正摇着摇篮，忽然发现老头子神态不对)他爹？……他爹？！(老头子无反应，她惊慌地推摇杨富康，并拍打他的脸)他爹！他爹！！你咋啦？你咋啦是？

[杨富康忽然瞪大眼睛，冲着杨母凑过来的脸，狠狠地打了一个大喷嚏，哼了两声，又睡着了……

杨　母　(放下心来，拭拭泪)他爹，想开点。你这样不吃不喝，叫我……(抽泣)

(唱)人活在世只一回，
　　养儿养女为了谁？

百年之后眼一闭，
人家也只收咱一捧灰。
你盖新楼人家住，
分不公还冲你来耍威！
古来孝子有几个？
忘爹忘娘的倒成堆。
想到这儿，该喝就喝茅台酒，
千万莫喝敌敌畏。
你喝了还能吓着谁？
吓不住人家吓住我，
人家高兴我倒霉。
你生气，我受罪，
你发火，我挨捶。
你不吃饭我封嘴，
你睡不着我干陪。
你住医院我跑腿，
你一伸腿我靠谁？
哭你的，想你的，只有你的老秀梅！

杨富康　(听着听着，“哇”一声哭出声来)哇！

(唱)风刮日晒六十冬，
脊梁板子累成弓。
拼死拼活把钱挣，
积攒家业养后生。
哪料到，养来养去不成景，
养了一窝小祖宗！
一窝祖宗一窝虎，
一帮强盗一团兵。
不积德，不行善，

正事不干话不听。
七十二行都不会，
只会“五鼠闹东京”。
把爹娘当成炒肉丁，
啃光咬净当汤冲；
把老子活活要气崩！
再莫说养儿防老图孝敬，
到头来竹篮打水一场空。
成群的儿女靠不住，
靠得住，还是咱，棒打不散的老爱情！

[伏在老伴肩上哭起来……

杨　母　老头子，有人来了！

[内李多多声：万通，快点！

杨富康　是多多跟老二！

杨　母　（张望）夫妻俩提着大包小包，不知道往哪去？是不是见你生气，来慰问哩？

杨富康　狗屁！依我说，试试他鳖儿们！（向杨母耳语）

[二人躲起。

[杨万通、多多提礼物，偷偷摸摸上。

多　多　万通，你快点！

万　通　嘘！小点声！

多　多　检查检查，别叫漏掉礼物！

杨万通　全在这儿呐，你看！

（唱）这是深圳枸杞子，
这是广州鲜桂圆。

多　多　（唱）枸杞桂圆送俺妈，
将补身子度晚年。

杨万通　（唱）这是东北野山参，

一只就值千把元！

多　多　(唱)人参正好送俺奶，

病后体虚早康痊。

杨万通　(唱)喏喏喏：凯乐特、果珍、果酱罐，

多　多　(唱)俺嫂子产后口苦想吃甜。

万杨通　(唱)三整套被面、床罩和毛毯，

多　多　(唱)恰好把妹妹嫁妆凑齐全。

杨万通　(唱)这一包，特别满：

美国酒，香港烟，

麦氏、雀巢、咖啡伴，

高档奶粉出锡兰。

配上两瓶茅台酒，

岳父面前请请安！

多　多　(唱)爸爸常夸杨二万，

人好心善嘴头甜。

亲爹亲妈都背叛，

一心孝敬老泰山！

［杨富康、杨母怒出。

杨富康　二万通，你……你个不孝敬亲爹的畜生！

杨　母　(伤心地)真想不到，你杨老二也这么黑心！

杨万通　爸，没办法，当代社会，岳父都比亲爹排得高，这可能是阴盛阳衰的原因吧？

杨富康　你个鳖儿！

［多多急拉万通跑下。

杨　母　(大哭)哎——养儿有啥用啊！

杨富康　(呵斥)哭啥哭！刀靠磨出来，人靠试出来，干脆再试试那俩东西！

杨　母　中！

杨富康　你就说我得急性黄疸肝炎住院了,看他们着急不着急!

杨　母　不吉利,不吉利!

杨富康　(粗暴地)你就说我快死了!

[杨母……

[杨富康藏起。

杨　母　(急喊)巧巧!小三!你们快来!

[巧巧、小三上。

巧　巧　妈,啥事那么急,是不是房子钥匙要发下来啦?

小　三　那得先给我!

巧　巧　给我!

小　三　给我!

杨　母　别吵了!你爹得了急性黄疸肝炎病,住院了。你俩,谁去医院陪你爹?

巧　巧　哎哟!急性黄疸?

小　三　那玩意儿还传染哩!

杨　母　快说,你俩谁去?

小　三　当然大嫂去!女士们善于关怀体贴人。

巧　巧　应该小三去!他身体健康,不怕传染。

小　三　叫大嫂去!

巧　巧　叫小三去!

小　三　那咱按顺序!

(唱)捉鸡都拣大的逮,

果子先挑熟的摘。

大房媳妇称老大,

理所当然从上排。

你当积极把头带,

推三拖四不应该!

巧　巧　(唱)登楼梯从下往上爬,

煮玉米专拣嫩的掰。
人越年轻越勤快，
心眼灵活有眼色。
你去陪爹住医院，
保证关系打得开。

小　三　(唱)你这是花言巧语搞陷害，
想让我染上肝炎床上歪。
丧失竞争战斗力，
你独自抢占新楼台！

巧　巧　(唱)小瘪三抢房本领属你大，
未结婚先抱小乖乖！
你爹被你气下病，
忤逆之罪推不开，
必须去护理老头还冤债！

杨　母　(伤心得号啕大哭)他爹呀！儿子媳妇都靠不住啊！

[翠翠提礼品上。

翠　翠　妈，怎么啦？

杨　母　你爹得了黄疸肝炎，咱家都没人去看哪！

翠　翠　(着急地)妈，爹住哪个医院？我去看！(说着就往外跑)

[杨富康出。

杨富康　我在这儿！

[小三、巧巧欲逃下。

杨富康　都给我站住！都给我滚过来！

[万通、多多上。

翠　翠　爹，我陪你上医院！

杨富康　翠翠，爹没病。可爹快叫他们气成神经病了！
(唱)葡萄架下醒一梦，
瞅清了黑心肠的小畜牲！

看起来养儿也得讲品种，
质量第一要先行。
西瓜若无好品种，
半边白来半边红。
梨子若无好品种，
皮肉酸得牙根疼。
萝卜若无好品种，
黑心烂肚生蛆虫！
子孙若无好品种，
越多越辱老祖宗！
抡起板凳打孽子，
恨不能重新回炉再加工！

[杨富康抡着板凳追打杨小三，小三、巧巧躲闪……

[张瞎子上。杨富康与张瞎子撞个满怀。

杨小三　(躲到张瞎子身后大喊)打人啦！打人啦！

张瞎子　啊？谁敢打我？

[张瞎子一边说着，一边抡起手里的竹竿棍，和杨富康对打起来。瞎子凭着听力辨别着对手的方向和招路，打得有板有眼，龙飞凤舞；而杨富康却愤怒得出现神经质模样，闭着眼睛，龇着牙，胡乱抡着一把扫帚，发泄着胸中的块垒。

[最后，张瞎子的探路棍，结结实实夹在了杨富康的扫帚中间，二人相持。

张瞎子　咦！这小子的瞎子棍法还挺熟哩。呔！请问你是哪路瞎子？

杨富康　(捶胸顿足地)我是分不清好男好女的睁眼瞎呀！

张瞎子　咦！是杨富康啊！这才好，瞎子堆里又添一个杨瞎子。

[李乡长上。

李乡长　哟，剑拔弩张，这都在干啥哩？张瞎子也在这儿？亲家，为啥事发这么大火？

杨富康　（讥讽地）李乡长，你福气好，生个好女儿，招个好女婿！

李乡长　这是啥意思？

杨富康　哑巴吃饺子，你心里有数！（旁白）茅台酒、美国烟，味道总可以吧？

李乡长　亲家母，这次上门做客，好像和上次气氛大不相同啊！

杨　母　乡长，你心里明白！

李乡长　两位亲家，有一件事，想跟你们商量一下。

杨　母　还有啥好商量的！

李乡长　喏，张半仙还想生儿子，他说，只要杨家生，他也要生。

杨富康　张半仙，要生你自家生，别攀扯我！我不但不想生，阎王爷要同意，再收回俩儿子也中！

张瞎子　当初你不是要生吗？

杨富康　当初是当初，现在是现在。

巧　巧　那好，我本来就不想生，我马上流产！

多　多　好，向大嫂学习，我也流产！

［二人同时取出裹在肚子上的枕头。

杨　母　啊呀！原来肚子里都是塞的枕头啊！

多　多　我这是翠翠安排的。

小　三　我那个孩子，也是俺姐给我借来的。

杨万通　爹，妈，这些礼物，本来是要送给你二老的。为了说服你执行计划生育政策，翠翠费大劲给我们导演了这场戏呀！

杨富康　（一把抓住翠翠）翠翠！

翠　翠　爹，叫你受委屈了！

杨富康　你……你是半心半意保杨家，全心全意保国家呀！我服了！

张瞎子　说得好，说得妙，思想工作不落套。干部家庭走直路，群众不会走歪道。

李乡长　张半仙，你儿子还生吗？

张瞎子　叫乡长，你是听，张瞎子，不敢生。不光不超生，还跟你当兵；政府往哪指，瞎子往哪冲。冲上杨家小洋楼，换换牌号改改名：传孙楼改成幸福楼，老头老婆住正厅。大奖赛改成小康赛，小洋楼，该奖给——奔小康的有功之臣杨令公！

[众鼓掌叫好。

杨　母　今天老头子高兴，都别走，我去做点菜，都在这喝点儿酒！

张瞎子　咦！那可只有恭敬不如从命了。

李乡长　这一回还吃百子宴不是？

杨富康　不吃百子宴，只要一个好！

众　只要一个好，只生一个好！

[众笑。

[幕后合唱：

大奖赛，奖洋楼，
奖来奖去奖老头。
计划生育千场戏，
场场都飞新彩球！

[闭幕。剧终。

曲剧现代戏

卷一 / 山鹰

Shan ying

DRAMA COLLECTION

人　物　高　黎　医科大学毕业的女学生，响应号召，走了上山下乡的路，选择到山区落户，当了一名赤脚医生[1]，二十二岁。

闪大妈　豹头沟大队党支部副书记，六十一岁。

高山恩　某城市医院外科大夫，高黎的哥哥，三十一岁。

高志豪　某城市医院院长，高黎的爸爸，六十岁。

白小甲　豹头沟大队医务所司药员，赤脚医生，男。

爆破手　数名。

医疗队员两名。

初次写戏便写了这么个玩意儿。社会习惯称作处女作，而男人写的东西是不是称作童子作更合适？那时候我还是个报纸的记者，但“文化大革命”封了这家报纸，记者不记了，无事可干了，我被遣送到引黄工程劳动改造了，反而有了闲情逸趣，遂拿起笔写起戏来。这个戏写于1972年，时逢文艺洪荒年代，所以虽然丑陋不堪，却占尽独苗破土的优势，一下子便演红河南，而且被全国23个省市数百家剧团移植搬演，就连北京当时最时髦的“五一”游园节目也选中了它。这一下坏事了，它被当时“四人帮”控制的文化小组的头目们看到了，劈头盖脸给它来了四条罪状：阶级斗争熄灭论、中间人物论、反火药味论、战争恐怖论。于是乎一夜之间我便成了大毒草炮制者，革命的批判“大字报”铺天盖地地压向这个童子和处女……

此后，我这个人才算生长成熟，从童子作作者成长为老油条作作者。数年间基本不写戏，写戏就只写给自己看，对别人就只说自己无戏。这种精神状态一直持续到粉碎“四人帮”。而这种一碰戏剧便碰出“大毒草”的情景记忆将是我终生反刍的营养。

之所以写下上述几行字，意在托出童子作的特殊背景，以减轻读者诸君读了此等浅陋稚拙和口号味儿十足的作品后所产生的恶心感和隔代感。

——孟华

[一九七〇年隆冬。

[伏牛山脉深处一个生产大队卫生所。

[石壁茅屋。中药柜、西药架、诊断桌、木条凳协调放置。靠前放有一张床铺,简朴整洁,挂有活动遮帘。壁间挂有白求恩图片和毛泽东语录:“救死扶伤,实行革命的人道主义。”茅屋与大队办公室相邻,可共用一部电话。旁有一门通套间。远处,奇峰峥嵘,青松苍劲,梅枝盈蕾。

[幕后合唱:

鹰峦山高险峰好,
鸥爱大海惊浪拍。
雨打翎翅翅更健,
风梳羽毛毛增色。
冰雪临头眼不闭,
迷雾障目向不歪。
笑看红旗遍地舞,
喜迎山花烂漫开。

[在歌声中徐徐启幕。下午,门外狂风呼啸,大雪纷扬。

[闪大妈一边收整着药械,一边焦急地向外瞭望。

闪大妈 (唱)屋檐冰凌一排排,
雪花飘飘满山白。
风摇树头枝枝摆,
转眼之间山路埋。

高黎出诊上山崖，
一去两晌未回来。
雪大岭滑路难走，
实在叫人挂心怀。
风打屋门门自开，
红梅傲霜站石台。
青青的松，翠翠的柏，
偏偏爱挂陡陡崖。
高黎爱走山间路，
千磨百炼能成材！

[白小甲背药箱上。

白小甲　闪大妈！

闪大妈　小甲，你去进药可回来啦！

白小甲　回来啦！（放下药箱）大妈，你看：
（唱）土霉素、胃舒平，
磺胺嘧啶、保泰松，
活络丸、脑立清，
风湿膏药加鼻通。
山区越来药越全，
乐得我心里好像熨斗熥！

闪大妈　这不是灰黄霉素吗？快给二娃送一瓶，他出了头癣！

白小甲　我顺路已经送去啦！咳，大妈，你这老支书在俺这儿蹲点，眼看蹲成个老医生了。能打针、会换药，还学着听诊把脉摸……

闪大妈　活到老，学到老嘛！哎！小甲，你嗓门大，去摇个电话！

白小甲　往哪儿摇？

闪大妈　八个生产队挨着儿摇！

白小甲　挨着摇？你到底是要……？噢——

闪大妈
白小甲　(同时地)找闺女!

闪大妈　昨天晚上她练了一夜针灸，清早起被子一推，药箱一挎,又上了山。眼看这雪越下越大,过个沟爬个坡我放心不下。今儿个得叫她早点回来,快去!

白小甲　电话好摇,高黎难找。她现在成了一个“满天飞”啦!

闪大妈　那咱就来个“满天追”!

白小甲　(拿起电话)先往哪儿摇?

闪大妈　先摇东山狮子岭——

白小甲　(摇电话)喂,接一队,一队……

(唱)他们说,清早高黎就过了坪!

闪大妈　再摇北岭清石洼——

白小甲　(摇电话)接三队,三队!

(唱)他们说,晌午就串完了社员家,
她背起药箱就走啦!

闪大妈　(唱)问问刘家店,
何时见的闺女面?
问问险石滩,
她何时进的山?
告诉七队长,
雪天好照管,
编双踏雪鞋,
叫闺女脚上穿。
砍根沉木棍,
要直不要弯,
上削圆,下削尖,
中间疙瘩削光捻,
闺女拄上好爬山!

白小甲　(摇着喊着)五队！六队……找高黎！高黎！高黎！

［呼喊“高黎”之声荡漾山谷。

［高黎内唱:“乘风穿雪跨丛山——”上。

高　黎　(唱)访疾医病冒严寒，

“六·二六”指示明灯照，

哪怕千险与万难！

闪大妈　(惊喜地)高黎,我的好闺女！

(唱)满脸是水还是汗？

白小甲　(唱)老人家该把心放宽！

嗨！真是一日不见,如隔三年半哪！高黎,你再晚会儿回来,非把闪大妈膺记出病不可。(抱药箱进里屋)

闪大妈　(为高黎掸雪)闺女！

(唱)昨夜晚你瞌睡没睡成，

练针练到鸡打鸣。

巡回又转大半天，

你就是铁打的金刚汉，

眼皮子也得搭朦几搭朦！

高　黎　大妈,我还得出去！

闪大妈　(唱)你没看溜冰铺地风雪狂，

高　黎　(唱)风雪狂正需医生送医忙！

闪大妈　(唱)巡回路山山岭岭不隔晌，

高　黎　(唱)再教育家家户户是课堂。

闪大妈　(唱)大冷天吃不上顿热乎饭，

高　黎　(唱)东坡王大伯，

西沟李大娘，

捧着荷包蛋，

端着胡辣汤，

追我追到藕池旁！

闪大妈　(唱)追上茶饭也放凉。

高　黎　(唱)茶不凉饭不凉，

阶级情谊暖心肠！

大妈，今天的巡回任务还没完成，我是回来取药哩！小甲，风湿膏、活络丸进来了吗？

[小甲应声上。

白小甲　进来啦！刚刚入柜，要多少，有多少！

高　黎　好！给我多带些！

闪大妈　到底还有哪里没去？

高　黎　鹰嘴崖！

白小甲　鹰嘴崖？

闪大妈　哦！鹰嘴崖！

高　黎　鹰嘴崖上……

闪大妈　双腿瘫痪的李小秋等待针灸？

高　黎　是呀，不能隔天。

白小甲　鹰嘴崖是个难攀登的危险地方。

闪大妈　险山上的一座险峰！

白小甲　鹰嘴崖，鹰嘴崖，坡陡路窄石头滑。脚下潭无底，头上鹰咯嘎，遇上大风雪，山羊不敢爬！

闪大妈　眼下大雪封山，可更难上了！

高　黎　治病要紧，再难也得上！

闪大妈　好，再难也得上，今天老婆子我去！(拿药箱欲下)

白小甲　有小甲在，用不着老将出马(夺过药箱)，这一趟是下雨不戴帽——可轮(淋)着我啦！(夺箱欲下)

高　黎　(挡住去路)小甲，你能替我上山出诊，可不能替我去锻炼改造，这一趟鹰嘴崖我一定得去！

闪大妈　好，我就喜欢这个脾气！

白小甲　(担心地)闪大妈！

闪大妈　放心吧，敢放鹰就断不了翅，敢撒马就失不了蹄！

(唱)游泳还是长江好，

打猎就学打虎豹。

路途险恶练骏马，

猛火蘸钢出好刀。

栽出好树做栋梁，

磨出铁肩把重担挑。

高黎！

稳步小心顶风上，

悬崖峻岭步步高！

高　黎　大妈我走啦！

闪大妈　高黎，把你最爱念的那句白求恩同志的话，再念给大妈听！

高　黎　白求恩同志说："医生等待病人叩门的时代已经过去了！"

闪大妈　"医生等待病人叩门的时代已经过去了！"

(唱)昔日病人叩医门，

今日医生找病人。

白求恩同志前边走，

白衣战士随后跟。

"毫不利己，专门利人"，

完全彻底为人民。

皎皎白衣映日月，

赤赤红心染彤云。

[幕后合唱：

昔日病人叩医门，

今日医生找病人。

白求恩同志前边走，

白衣战士随后跟！

［歌声中，高黎旋即下场。

闪大妈　闺女！放开胆子走！

闪大妈　（想起一事，拿起木杖，追上山坡）高黎！给你个“帮手”！（扔向幕内，回过头来）小甲，给鹰嘴崖摇个电话，告诉八队长，叫他派人接一接，好好照顾着些！

白小甲　好咧！（下）

闪大妈　（目送高黎远去，深情地）真成一只山鹰了！

［小甲上。

白小甲　闪大妈，高黎的信！

闪大妈　哪儿来的？

白小甲　下边端端正正缀着她哥那个医院！

闪大妈　压到我闺女枕头底下！

白小甲　闪大妈，我看这“闺女”你叫不长啦！

闪大妈　咋啦？

白小甲　咋啦，说一百圈儿，人家高黎到底是大城市、大医院、大医生的闺女，大医学院的毕业生，四个大字缀头上，明光光，响当当，能常在这山沟里？这是天上的风筝地上的线，终究不是空中燕，到时候人家那边儿的“线把子”一收，你留也留不住！

闪大妈　是去是留由党安排，用不着你操心！

白小甲　你舍得让她走？

闪大妈　只要是走正路我老婆子——舍得！

白小甲　要是有人叫她走岔路呢？

闪大妈　那就别想！

白小甲　有阵秋前风，就有阵毛毛雨呀！

闪大妈　不要归拐弯抹角！

白小甲　那就直讲直说。（举信）你看高黎她哥把信一封接一封地往这儿扔，这是啥名堂？

闪大妈　兄妹亲情，膺记惦念，当然有说不完的话！

白小甲　我看其中有名堂。

闪大妈　啥名堂？

白小甲　八成是她哥在给她下“毛毛雨”，想叫她离开茅草棚，翅膀一奓飞回城！

闪大妈　哥有哥的打算，妹有妹的主意。

白小甲　我担心高黎经不起她哥这几阵“毛毛雨”！

闪大妈　（笑）放心吧！高黎可不是一块刚脱模的泥巴坯！她成了千烧百炼的“耐火砖”，风吹她不酥，雨打她不散！

白小甲　那就火车上放电影——走着瞧！

闪大妈　小甲，天一下雪，砚凹坡孙木匠的关节炎又该犯了，你去给他送盒活络丸，顺便到鹰嘴崖接接高黎。

白小甲　好咧！（下）

闪大妈　（凝望重山，银波厚被）好一场鹅毛大雪！

（唱）鹅毛大雪裹山峦，
麦盖厚被兆丰年。
下，下，使个劲下，
越下老婆子越喜欢。
鹅毛大雪裹山峦，
闺女下崖走着难。
停，停，停个会下，
越下老婆子我越把心担。
到底是担心还是喜欢，
弄得我左右无主见。
猛想起，
吴嫂还有一支青霉素，
揣起针管下前川。（下）

［静场。风吼雪卷。门口出现一个“雪人”，大围巾里露出鼻子眼睛，一手拄棍，一手提包，这是高山恩。

高山恩　（向屋内）请问，高黎是在这里吗？（无应。进屋，目寻四处）有人吗？（走近墙边，忽见高黎奖状，高兴地）是她，就是她，鬼丫头！好难找啊！（放下东西，掩上屋门，解下围巾掸雪，然后疲惫地坐下）

高山恩　噫吁！山道难，难于上青天哪。

（唱）石头路，似狼牙，

啃得我脚破两腿麻。

一年的汗水一天洒，

损失大；

十年的楼梯一天爬，

累坏啦！

山风掠耳像刀刮，

山雪扑面赛冰碴，

此风此雪此环境，

哎呀呀，

就是我妹妹安的家！

啥办法！

不来看，倒还罢，

越看越怨我的爸。

你送女下乡固然好，

为什么偏让她来到这：

四面深涧、八面老林、村稀人少、

雪大风狂的山疙瘩！

［屋门轰然打开，裹进满屋雪花。山恩忙去掩上，门又开，山恩拖起拄棍欲顶——闪大妈上。

闪大妈　哟，你，你咋着啦！

高山恩　我，我……(尴尬地拄棍无措)

闪大妈　噢—— 快，快坐！(忙拉过凳子)

(唱)叫同志，快坐定，

火盆里有火你先熥熥。

是感冒，是肚痛，

解开扣子我听听。

高山恩　不，我没有病，我是找高黎的，她是在这里吗？

闪大妈　找高黎？你是……

高山恩　我也姓高，叫高山恩。

闪大妈　(惊喜地)噢，你是高黎的哥哥，山恩哪！

高山恩　是，是我。

闪大妈　哎呀！真想不到你能爬上俺这深山老沟哇！啥时候到的？

高山恩　刚到。你是……

闪大妈　我姓闪。

高山恩　噢——知道了，高黎每次写信都提到你呀！你就是豹头沟大队党支部副书记，医务所的老管家闪大妈呀！

闪大妈　闪老婆子！呵呵呵……(抓住山恩肩膀)孩子，来，让我细细地端详端详。嗯，倒是和你妹妹一副相貌。山恩哪，来一趟不容易吧？

高山恩　是不容易，特别是下车一段山路……

闪大妈　是啊，山路比不上马路平，可走多了脚底板硬呀！

高山恩　对，对！大妈，高黎呢？

闪大妈　上鹰嘴崖巡回出诊还没回来。

高山恩　这样的天气还巡回？

闪大妈　越是这样的天气，你那妹妹越是拦不住，拖不回，风雪越大，她越跑得欢！

高山恩　那丫头从小就有个疯劲儿！

闪大妈　嗨,不叫疯劲,叫朝气嘛!

(唱)高黎闺女恋山鹰,
本事满身志满胸。
毛主席指的路,
高黎她走得正。
毛主席说的话,
你妹妹记得清。
上山下乡投师工农兵,
广阔天地翱长风!
豹头沟落户两年整,
小松苗长成大松蓬。
时操万家心,
常爬万仞峰。
汗洒山路湿,
脚破荆棘红。
问山史,访农情,
老老少少都知名。
十字药箱肩头挎,
世界风云装一胸。
鞠躬尽瘁为人民,
革命青春似火红。

高山恩　闪大妈,高黎能取得一点成绩,都是你教育的结果呀!

闪大妈　石头蛋儿再暖暖不出个鸡儿。内因主要嘛!

高山恩　内因?对,内因!大妈挺有哲学思想呢,说得好!说得好!哎,高黎怎么还不回来?鹰嘴崖离这里有多远?

闪大妈　一漫上坡八里半,比豹头沟还高出二百丈!(拉山恩)你来看,就是那座山头!

高山恩　啊呀!竟有这样的奇峰,简直看不出路来!

闪大妈　哈哈哈哈……高黎好说一句话:“路是人闯出来的嘛!”

高山恩　大妈,高黎出去多久?

闪大妈　两三个钟头。

高山恩　几人做伴?

闪大妈　单独一人。

高山恩　是么?!(担惊地在门口徘徊)闪大妈,你过于放纵她了,让她一个人……天又这么晚……唉!

闪大妈　(禁不住呵呵大笑)高黎可不是两年前的高黎了。才来那阵,她出门过沟,我还得搀上搀下,寸步不离。可如今,她成了一只冲云破雾的山鹰啦。(起音乐)她会平安飞回来的……你听啊!那不是她飞回来了吗?

[二人依门眺望,群山朦胧,林涛壮鸣。

[幕后合唱起:

鹰恋高山险峰好,
鸥爱大海惊浪拍。
雨打翎翅翅更健,
风梳羽毛毛增色。
冰雪临头眼不闭,
迷雾障目向不歪。
笑看红旗遍地舞,
喜迎山花烂漫开。

[高黎、小甲上。小甲背木炭复下。

高　黎　(兴奋异常地)闪大妈,报告你个好消息,双腿瘫痪的李小秋,今天又多走两丈远!

闪大妈　高黎,这有个好消息!你看这是谁——

高　黎　(看到山恩,喜出望外地)哥哥!(扑上去抓住山恩的胳膊)你怎么来啦!?

(唱)哥哥,哥哥你从天降,

喜得高黎心花放。

爸爸身体好不好？

哥哥工作忙不忙？

高山恩　(唱)爸爸身体好加好，

哥哥工作忙加忙。

哥哥不是从天降，

一天山路跑断肠。

高　黎　(唱)松木板凳歇歇脚，

喝杯热茶驱寒凉。

饿了现成的油烙馍——

闪大妈　(唱)咋舍不得放下你这荆条筐。

(帮高黎取下身上的背篓)

高　黎　我来介绍一下：(指闪大妈)这是闪大妈！

闪大妈　正月十五贴对联——晚半月啦！

[小甲上。

高　黎　(指小甲)这是司药员白小甲！

白小甲　(正在往花盆里放炭，听到介绍，忙过来)白头翁的白，小茴香的小，穿山甲的甲！

高　黎　这是我哥哥！

白小甲　噢！高大夫啊(欲握手，才发现手里拿块黑木炭)哟！

[众笑。

高　黎　(兴奋地拉过背篓，逐样地拿出里边的药材)哥哥，你快看哪！这是贫下中农帮我们采收的药材！

(唱)巍巍伏牛高万丈，

漫山遍野出宝藏。

杏仁、紫花治咳嗽，

补血滋阴有地黄。

茜草、牛膝活气血，

酸枣、远志除心慌。

补肝强筋绵杜仲，

半夏止呕效力强。

山药自古补脾胃，

黄栌柴治高血压是个新方。

高山恩　小黎呀，你这一天得跑多少路程？

闪大妈　是呀，给你哥说说，你一天得跑多少路程，是咋个跑下来的！

高　黎　（念）早上狮子岭，午串青石洼，晚攀鹰嘴崖——

白小甲　拢共六十八！

高山恩　累坏了吧！

高　黎　（唱）常抡斧头膀不困，

常踩溜冰脚不滑。

常翻山崖身不累，

常蹚冰水腿不麻。

妹妹不爱红装裹，

愿入熔炉放火花。

抽成钢筋支大厦，

煅成刺刀把敌杀。

高山恩　小黎，你真有点入痴入迷了！

高　黎　哥哥，你如果在这里住久了，也会入迷的！你来看（拉山恩走向窗边门口，无限深情地）

（唱）银镶玉裹层层山，

清澈碧透道道川。

百丈冰崖梅花俏，

千仞石峰松擎天。

山区风光似画卷，

山区人民意志坚。

一颗汗珠摔八瓣，
巧把山河来装点。
劈山引水造银汉，
岭岭峦峦缠梯田。
春花开时层林染，
秋果结后枝压弯。
山景秀丽看不厌，
山水入口分外甜。
山风扑身身矫健，
山路越走情越酣！
伏牛逶迤长三千，
草草木木连心肝。
青山是我用武地，
我把青春献青山。

闪大妈　你听听，张嘴山，闭嘴山，高黎她哥，回去给你爸爸递个信，就说高黎姓山叫山，成了我闪老婆子的闺女啦！

高　黎　好！(亲昵地)妈妈！

闪大妈　哎！调皮丫头！行啦！该你们兄妹俩好好说说话啦！山恩来一趟不容易，这回可该把那信上没说完的话当面点清！小甲，你去洗点菜，咱给山恩做饭。

白小甲　好咧！鸡蛋皮，金针丝，捞面条里浇蒜汁，这饭中不中？

闪大妈　中！调皮鬼！(二人下)

高　黎　(高兴地)哥哥，我做一百个梦，也想不到你能登上这座山！

高山恩　因为这山上有我的妹妹嘛！

高　黎　你累了吧？

高山恩　应该说，累坏了！

(唱)火车坐半日，

汽车坐两天。

翻了一山又一山，

走进了大山的包围圈。

下车三十里，

实在难登攀。

累得我腿沉腰又酸，

酸似醋来沉似铅。

高　黎　(笑)哈……

高山恩　傻丫头，你还笑呢！可把我吓坏了！

(唱)走到摩天岭，

雪大风又狂。

四下一看白茫茫，

分不出哪是沟来哪是梁。

一不小心脚蹬空，

出溜溜溜溜……

一下子滑下去八九丈，

雪堆埋到我十二指肠。

我喊也喊不出，

叫也叫不响，

冻得我下肢冰冰凉！遭了大饥荒！

忽然头上一声喊，

一个大汉站山岗。

唰地扔下一根绳，

我拦腰捆得紧绑绑。

他呵呵大笑往上拔，

我晃晃悠悠上了岗。

他撣净我身上雪，

问我伤没伤。

搀我几里路，
给我指方向。
问他名和姓，
他总也不肯讲。
只说是：摩天岭水库的建筑工，
他回头一笑去扬长！

高　黎　山里人都是这个脾气，办了好事总不肯留下姓名！

高山恩　不过你一定得想办法打听出这个同志来，咱得好好谢谢人家！

高　黎　是应该好好谢谢！这位同志太好了！

高山恩　是啊！山里人太好了！可这山里路太难走了！

高　黎　哥哥，你……

（背躬唱）望望哥哥的难受相，
真叫人又好笑来又心伤。
眷恋安逸害了他，
温室植物怕风霜。

高山恩　（背躬唱）望望妹妹粗又犷，
变化之大出想象。
两年风刮日头晒，
白丫头变成了黑姑娘。

高　黎　（背躬唱）哥哥他有一手好医术，
只缺吃苦的好思想。

高山恩　（背躬唱）妹妹她聪明伶俐有希望，
只怨环境不适当。

高　黎　（背躬唱）哥哥他若经风浪千百炼，
革命重担能承当。

高山恩　（背躬唱）妹妹她若能回城进医院，
我包她三年五载响四方。

高　黎　(背躬唱)哥哥他匆匆来此有何意？

高山恩　(背躬唱)我定要劝妹妹离山乡。

高　黎　哥哥！

高山恩　妹妹！

高　黎　你冷吗？

高山恩　(忽然觉得冷)嗯！太冷了。要在我们医院里，这时正放着暖气呢！

高　黎　你是特意来看我的吧？

高山恩　当然是特意，哥只有你这一个妹妹嘛！

高　黎　你给我带来爸爸的什么嘱托？

高山恩　爸爸……？两个医院离老远，两下工作两下住，他那个院长又不爱蹲在办公室，我没去找他！

高　黎　哥哥，咱们干事应该多听爸爸的意见。

高山恩　小黎，都这么大了，得有自己的主见。就说这上山下乡问题，是青年的必由之路，按哥的意见，你下到附近的农村，锻炼一番，未尝不好。可一征求爸爸的意见，他就上请求，下说合，坚持把你放到这深山老林石头沟，我当哥的看着……

高　黎　哥哥！

(唱)知识青年嫩嫩苗，
根扎不正长不牢。
不经风雨不葳茂，
不渡霜雪难含苞。
爸爸送女上山好，
爱子就该浪尖抛。
苦磨炼，勤改造，
思想筑起防修壕。
滚身泥巴健肌肤，

蹚脚泥巴除骄娇。
阶级风浪千百渡，
心明眼亮知路遥。
石头路，革命道，
连着四海大风涛。
小茅屋，盖得高，
望见五洲红旗飘。
风景独数这边好，
革命青年竞折腰。
大山峥嵘志峥嵘，
江山妖娆情妖娆。

高山恩　啊哈哈！小黎，你又作诗了。哥很佩服你这种精神。你能在这样艰苦的环境里踢出一个场面来，实在难得！不过……你应该有个更高的理想才对。

高　黎　做个白求恩式的医生，这就是我的最高理想！

高山恩　好！白求恩同志对技术精益求精，医术非常高明，你该知道！

高　黎　我要努力向他学习！

高山恩　对！要努力学习。可是学习要有条件。在这里学吗？除了认认草根，捡捡树皮，最多挤个脓包，割个鸡眼了不起了，还能学什么呢？什么时候才能达到一个"精"字？

高　黎　条件是人创造的。三十四年前，白求恩同志在炮火纷飞的山沟里，土台上，做了脑颅手术；先进卫生科在简陋的卫生所，开创了摘除九十斤大肿瘤的奇迹，还有……

高山恩　这哥都知道，都佩服。可是，十年难碰个闰腊月，在这样简陋的条件下，你真正钻出点名堂，不知要等到什么时候！小黎，论天资条件，你是出类拔萃的，如果你能进像我们那样的医院，用不了三年五载，哥断定你会成为一个相当有名的外科医生！

高　黎　叫妹妹离开农村去当“有名”的医生吗？哥哥，我国七亿人口，五亿农民，人们只能听到你名字响，见不到你医生来，这不是远水不解近渴吗？照你这样说，农村缺医少药的状况什么时候才能得到解决呀！

高山恩　名医千里有人求。只要你有本事，有名望，病人就会千里迢迢挤破门庭来找你，还发愁没有病人看？

高　黎　“名望”，“名望”，你只想自己的名望，不想群众的期望，不想党对人民医生的希望。毛主席指示我们：“把医疗卫生工作的重点放到农村去！”这是当前无产阶级卫生事业的大方向。作为一个人民医生，应该时时想一想，问一问：“我为毛主席的卫生路线做了些什么贡献？”

高山恩　小黎，何必这样动感情呢，你别错领会了哥的好意！你不是为山区人民服务两年了嘛！（近前）实话告诉你吧，最近，我们医院要添一批人，我给何书记写了封信，让他千方百计把你要回去。这是个好机会！

高　黎　噢！哥哥专程上山，原来为了这个？

高山恩　（恳切地）是啊，小黎，回去吧！你一直扎在山窝里，连……连贾大夫也替你可惜！

高　黎　（一惊）贾大夫？

高山恩　忘了？就是贾德清，老牌心术专家，他可关心你啦。

高　黎　（自语般地）原来是他！？

高山恩　是啊，他见我经常问到你，说你有才，为你惋惜，替你打点出路，特地让我……

高　黎　让你，上当受骗！（欲怒又止）哥哥！贾德清是个什么人，满脑子资产阶级思想，爱病例不爱病人，生活堕落，向组织讨价还价，你听信他的主意，我真替你脸红！

高山恩　你不回去，人家才替你脸红呢？革命家庭，老干部子女，我的妹妹，现在还在深山沟里抓石头，钻刺蓬，一年半载可以，一年两年可以，三年四年还不回去，别人问起来，我就脸红！是犯了什么错误？有什么短处？没法回答！

高　黎　我给你回答，走毛主席指的路，执行毛主席的医疗卫生路线，光荣得很！骄傲得很！那些看不起下放，以为丢人的人，是眼珠子里长上了资产阶级的“白内障”，这种人真叫人替他们脸红。

高山恩　小黎，你……

高　黎　（唱）一阵风一层浪风吹浪跟，
一个人一句话句句有因。
且不可人云黄昏你云黑，
更不可只敲锣鼓不听音。
下乡上山光明路是党指引，
送医送药为人民深得民心。
卫生路线生命线为民是本，
社会医疗大天地就在农村。
两年来山道千条已熟稔，
两年来山民万家俱成亲。
两年来艰苦嚼透出甜韵，
两年来弱女练出矫健身。
两年来风中浪中始站稳，
两年来山上岭上刚扎根。
教本领，贫下中农手把手，
讲革命，前辈后辈心贴心。
勤改造，挖掉修根立场稳，
学斗争，越斗越知阶级亲。
禾苗壮，一代青年在成长，

举红旗,革命自有接班人。
面对此,谁高兴来谁憎恨,
看一看,是光荣啊是丢人?
哥哥你认真想一想,
擦亮眼睛拨迷尘。
切不可:
不分析,不鉴别,不辨优劣,不明真假,
忘掉阶级,忘掉路线,害怕艰苦,贪图安逸,
变成一个政治上的“酒后晕”!
忠言逆耳良药苦,
劝哥哥——勒转马头省省身!

高山恩　少见,少见!我高山恩年长这么大,也从没有人这样尖刻地数落我。既然如此,咱就两便!(拿起包,又放下,指高黎)给!(转身欲走)

高　黎　等等!你高山恩怎么会长这么大,为什么叫山恩,你却忘光了!

高山恩　你有资格说这个吗?要知道那时候你还没有出世,你无非是跟爸爸学来的!

高　黎　跟革命前辈学是光荣的,阶级教育不分长幼,人人都有资格。(高山恩再次欲走,高黎愤然挡住去路,逼视地、沉痛地)哥哥,高山恩同志!你麻木了!你是革命的后代,是山区人民从虎口里使你获得了新生,是党把你培养成一名医生,可是现在你却变成这样,你怎么对得起拯救你的先烈?(陷入深思缅怀)

(唱)大别山啊崔巍巍,
三十年前乌云飞。
爹妈参加游击队,
生下你就在襁褓里背。

那时候爸妈是新四军的医生。有一天，爸爸背着你去执行任务，半路上遇到了几十个日本鬼子，他们发现爸爸，掉过头来拼命追赶，爸爸背着药箱背着你，翻过牛头岭，走进柿树沟一个老乡家，这家有三口人，一个叔叔，一个婶婶，还有一个不满周岁的小弟弟。他们看见爸爸胳膊上的新四军袖章，那位婶婶拉起爸爸就藏进里屋。可是你哇哇哇地哭个不止。鬼子兵闻声赶来，情况十分紧急，这时候，那位叔叔他，他扯过爸爸的袖章，戴在他的胳膊上，抱起他不满周岁的儿子，大步冲出门外，跑上山头，引走了鬼子兵，救了爸爸和你！可是，那位叔叔他，他……再也没有回来，那位小弟弟也被鬼子扔下了山涧！

[幕后合唱：

啊……
大别山啊崖巍巍，
烈士血溅红霞飞。
生死情啊革命谊，
青史永放万丈辉！

高　黎　爸爸脱险之后，胜利完成了任务，队伍回过头来，又消灭了这股鬼子兵，当爸爸背着你又去找那位婶婶的时候，柿树沟已成了一片火海！

[静场。

高　黎　你在山上生，山上长，山区人民用鲜血和生命救了你，为了永远不忘，爸爸才把你改名叫“山恩”。

高山恩　(有动于心)这份感情我一辈子也不会忘掉！

高　黎　现在你已经忘掉了！害怕艰苦，追求名利，鄙薄山区，党的召唤你无动于心，贾德清的话，你反倒津然入迷，哥哥，危险啊！警惕啊！！

(唱)树被虫蛀叶子黄，
人若丧志两眼盲。
堤决常先决穴洞，
人变总先变思想。
贪图安逸遭灾祸，
追求名利患毒疮。
阶级斗争风浪紧，
哥哥呀，
还需抬头看方向！

[闪大妈上。

闪大妈　看方向？别急嘛！你哥哥刚刚进山，眼下雪大雾重，他看不清楚，等到天晴日出，他就会辨清方向的！走，快吃饭去！

[小甲上。

白小甲　大妈，高黎，摩天岭水库工地，抬来一位重伤病人。

[众人甲乙急上。

甲　(气喘吁吁地)哪位是高大夫？

高　黎　(急应)我！

甲　高大夫！俺们是摩天岭水库工地爆破班，我们班长刚，刚，刚……

闪大妈　同志，慢慢说清楚！

甲　(数)刚才我们正打洞，

乙　(数)突然洞底裂了缝。

甲　(数)咯咯叭叭几声响，

乙　(数)几块大石往下崩。

甲　(数)眼看十位同志要遇险，

乙　(数)呼一声，冲过来班长刘大松。

甲　(数)双手举，肩膀顶，

乙　(数)千斤大石一人撑。

甲　(数)让同志们脱险出了洞,

齐　(数)巨石坠地把俺班长挤当中。

闪大妈
高　黎　(敬佩地)舍己救人的英雄!

［内喊:“高大夫,高大夫——”众人拥一副担架上。

高　黎　快!(扶担架进屋)

闪大妈　山恩!正用上你了!

［山恩急进里屋,片刻与高黎同出。

高　黎　哥哥,你的意见?

高山恩　我先听听你的。

高　黎　外部出血不多,但是病人面色苍白,呼吸急促,血压降低,右下侧肋骨骨折一根,处于半昏迷状态,很可能是肝脏破裂!

高山恩　你的诊断很使我满意,正是肝脏破裂。

高　黎　必须剖腹查看……

高山恩　做肝脏缝合手术!

高　黎　情况很危急,时间就是生命……

众　人　是啊,时间就是生命,快、快抢救班长啊!

高山恩　对,快送往县城医院!

高　黎　什么?

众　人　送往县城?

高　黎　哥哥,不行啊,豹头沟到县城这条路你走过——

闪大妈　山路总共一百八十里!

高　黎　三十里小路得走半夜!

闪大妈　天明才能搭上汽车!

白小甲　赶到县城就到明天天黑啦!

高　黎　这样长途颠簸,长时间拖延,病人性命肯定难保!

闪大妈　(对山恩)你一个身大膀粗的健康人都颠弄得受不了，你怎么不替病人想想，山恩？

高山恩　闪大妈，这正是替病人着想。在这样的地方、这样的环境，遇到这样的病例，只有送走，才有一线希望！

众　人　“要是赶不上汽车，还不把人给耽误了？”“赶上汽车，蹽搭一天也要命！”“这可咋办哪？”

闪大妈　山恩，不能就地想想办法吗？

高山恩　医疗条件不具备，巧手难绣无线花。人命关天，耽搁不得！只要是一个医生，只要他慎重地考虑后果，就应该果断地做出决定——送走！

高　黎　我是医生，我慎重地考虑了后果，所以才果断地推翻你的决定——就地抢救，马上准备做手术！

[小甲等应声准备起来，众人进进出出……

高山恩　(紧接)在哪里做手术？

高　黎　在这里！

高山恩　这里？你昏了，这是什么地方？哪里有做这样大手术的条件？

高　黎　什么条件？

高山恩　手术台？

闪大妈　硬板床！

高山恩　无影灯？

闪大妈　手电筒！

高山恩　消毒设备？

闪大妈　开水改良高压锅！

高山恩　全麻药械？

闪大妈　全麻？

高　黎　是要全麻！

高山恩　没有全麻，病人将会加深休克，加速死亡。没有全麻药械来做这样的手术,那简直是玩忽生命!

众　人　高大夫,想想办法抢救班长,抢救英雄啊!高大夫!高大夫!

闪大妈　闺女,既有斑斓虎,就没有武松拳吗?

高　黎　(沉着地)闪大妈,我想起毛主席的一句话:“……人们不能超越客观条件许可的限度企求战争的胜利，然而可以而且必须在客观条件的限度内，能动地争取战争的胜利。”

高山恩　没有全麻药械——这就把我们限制在客观条件之外!

高　黎　但是，针刺麻醉完全可以收到全麻效果——这又使我们进入了客观条件限度之内!

闪大妈　(喜出望外,字字千钧)闺女！党在看着你！人民在看着你！好钢你就给我往刀刃上使!!

高山恩　小黎子,你别胡来。你没有详细可靠的资料,这样乱搞一气,万一出了问题谁负责!

闪大妈　闺女！风大不怕,有我给你挡着!

白小甲　高黎！局部针麻你不是已经试扎过很多次了吗?

高　黎　(点头)但是采用针麻做这样的大手术还是第一次!

闪大妈　有把握吗?

高　黎　一定要取得把握!

高山恩　(着慌地)小——黎——！针灸穴位万一扎不准,就等于没有麻醉,病人就会迎刃而亡!(奔近高黎紧张地耳语)你要知道:一个医生最怕的是病人死在他的手术刀下,那将名誉扫地!

高　黎　你要个人的名誉,我要英雄的生命!

众　人　高大夫！你说得对!

闪大妈　(对大伙)同志们,爆破班长刘大松同志,为了抢救十位同志的生命,受了重伤,英雄的生命就是我们的生命,英雄的痛苦就是我们的痛苦，我们要发扬英雄这种舍己救人的革命精神，抢救英雄！

众　对！要血有血，要皮有皮！（纷纷伸出臂膊）

闪大妈　干吧闺女，听你的！看你的！

高　黎　好！时间紧急，现在采取两个措施：第一，赶快向县城挂电话，请求县委立即组织抢救医疗队，用最快速度赶到这里，施行抢救。

闪大妈　小甲！挂电话！快！！

高　黎　第二，再进行一次针麻深度试验，取得可靠的把握，进行手术！——闪大妈，拿针来！

闪大妈　（取针，挽起袖子）高黎！在我这儿试！

高　黎　大妈，手术要我做，麻醉深度必须由我亲自尝试！为了取得脾脏手术的可靠把握，大妈！扎上穴位，请用刀子在我身上划上一刀，快！！（挽袖）

闪大妈　不行呀！你还要做手术……还是在我身上试！

众　人　高大夫，请在我们身上试吧！高大夫！

［闪大妈执刀欲划自身。

高　黎　让我来！快！（夺过刀子，深深地划进自己臂膀肌肉……）

众　人　（疼爱地，敬佩地）高大夫！

［幕后合唱起：

啊……
天上云啊停停飘，
山上峰啊低低腰！
看看高黎好闺女，
情多壮啊志多高！
青春火焰燎云霄，
青春热血滚浪涛。

肝胆赤赤献人民，

生命烈烈向党交。

[歌声中，闪大妈热泪滚滚，手拿银针，颤抖着扎入高黎身上的麻醉穴位。

高　黎　(兴奋异常)效果很好，太好了！完全失去了疼觉，这是理想的全麻效果！闪大妈，给我包扎一下，准备手术器械，投入战斗！

[山恩猛地上前拉起高黎胳膊，眼里闪着泪花。

[闪大妈给高黎包扎伤口。

[小甲端来洗手消毒水，高黎容光焕发，充满信心地走近手术台。

高山恩　(抢过高黎手中的手术衣，万分激动地)妹妹！让我来帮助你做！

高　黎　(激动地抓住山恩)哥哥！——闪大妈！

闪大妈　山恩！好！手术开始！

[灯暗。

[幕后合唱起：

鹰恋高山险峰好，

鸥爱大海惊浪拍。

雨打翎翅翅更健，

风梳羽毛毛增色。

冰雪临头眼不闭，

迷雾障目向不歪。

笑看红旗遍地舞，

喜迎山花烂漫开。

[灯光复明。

[早晨，风罢雪住，晨曦熹微。远山银披素裹，树林纱罩玉镶。

[羊群咩咩，喜鹊喳喳。

[手术成功，病人脱险。

[闪大妈手拿体温表，从屋里走出，看过。山恩坐在另一边无语深思。

闪大妈　(唱)一夜手术有成绩，

英雄脱离了危险期。

铁打铜铸的壮实汉，

睁开俩眼就笑眯眯。

望东方彩霞红绯绯，

[幕后合唱：

东方彩霞红绯绯，

闪大妈　(唱)听四邻声声报晓鸡，

[幕后合唱：

四邻声声报晓鸡。

闪大妈　(唱)喜鹊儿翘着尾巴喳喳叫，

[幕后合唱：

喜鹊儿翘着尾巴喳喳叫，

闪大妈　(唱)分明是口连口地夸高黎。

[幕后合唱：

哎嗨哎！咿呀哎嗨咿……

分明是口连口地夸高黎。

闪大妈　(唱)夸奖她迎着困难上，

为救英雄忘自己。

以身试刀抢时间，

小银针代替了麻醉机。

高山恩果有一身好手艺，

[幕后合唱：

高山恩果有一身好手艺，

闪大妈　(唱)手术做得真麻利。

兄妹两个配合得好，

妙手回春创奇迹。

看山恩此时低头闷不语，

［幕后合唱：

他为何闷不语？

闪大妈　(唱)想必是思想斗争浪花激……

高山恩　(唱)思想浪花如潮汐，

左浪撞来右浪击。

术后我尚有愧意，

回头来还需诊诊我自己。

望来路几步正来几步歪？

［幕后合唱：

需要你平心静气想一想，

高山恩　(唱)几件是来几件非？

［幕后合唱：

且将这头绪理一理！

高山恩　(唱)昨日？前日？和过去？

问号越来越稠密。

［幕后合唱：

问一问比一比你会开窍，

天窗一打就亮晰晰。

高山恩　(唱)高黎妹今朝好像初相识，

往日印象渐依稀。

妹妹哥哥站一起，

她那般高来我这般低！

闪大妈　(走向山恩)山恩，该去休息休息啦！

高山恩　(一怔)大妈，我得观察照顾病人！

闪大妈　孩子，有我哩！病人早就醒过来了，温度三十六度九，血压正常，脸色发红，面带笑容，你俩的手术做得好！去，给我休息去！

高山恩　大妈，我睡不着！

闪大妈　（领悟地）睡不着？那就到门口转一转，清亮清亮！（拉起山恩）来，你来看！（二人走向门口）

（唱）山恩哪，昨晚上你弄不清方向，
你要是住久了越看越清亮。
你看咱这小茅屋，
就盖在这山坡上。
坐北朝南，左东右西，
端端正正，明明朗朗。
天晴日出，满屋子金灿灿的太阳光！

高山恩　（唱）谢谢大妈指方向，

闪大妈　（唱）云雾一退就豁朗。

［高黎上。

高　黎　（唱）鸡蛋面花打一碗，
病人喝了能养伤。

［闪大妈接过碗。

闪大妈　（佯嗔）你怎么也不睡觉，都是关不住的羊羔子！

高山恩　大妈，让我来吧！（接碗进里屋）

［闪大妈、高黎相视一笑，进屋。

高山恩　（激动地从屋里跑出）妹妹！你，你知道病人是谁？

高　黎　刘大松同志嘛！

高山恩　不，你知道刘大松是谁？

高　黎　舍己救人的英雄嘛！

高山恩　不！你知道英雄是谁？

高　黎　（感到奇妙）哥哥，你怎么啦！

高山恩　哥太高兴啦！真想不到，妹妹——（指里屋）他就是昨天从深涧雪窝里把我拉上来的那位同志啊！刘大松——英雄！

高　黎　（惊喜地）哦！原来就是大松同志救的你啊？太好啦！（高兴地跑进里屋）

高山恩　（思绪万千，自言自语）大松同志……处处、时时、事事，他心里没有自己，总是想着别人。关键时刻，不惜冒着生命危险抢救同志……可我——（悔恨地）我都干了些什么呀！

［小甲跑上。

白小甲　高黎、闪大妈！县委抢救的医疗队赶到啦！

［高志豪和两位医生携带抢救医疗器械上。

高志豪　受伤的同志在哪里？

高山恩　（吃惊地）爸爸！

高志豪　我知道你来了！

高　黎　爸爸！你怎么来啦？

高志豪　好闺女，先管病人！

［闪大妈、高黎带高志豪等进屋检查病人。场上只留下小甲和医疗队员乙。

［医疗队员乙忙着收拾器械，小甲提来开水。

白小甲　同志，辛苦了，喝杯水！

队员乙　谢谢！（捧起就喝）

白小甲　你们跟高黎是一个城市的？

队员乙　是啊，带队的就是高黎的爸爸，我们的老院长！

白小甲　你们咋会到这儿来啦？

队员乙　我们医院组织了巡回医疗队，巡回到你县城，刚好你们的告急电话打到县里，高院长抢了这个任务，领着我们连夜赶来。

白小甲　嗨,好哇,豹子沟来了三个高大夫啦,真是高、高、高啊!

[高志豪等人从屋里走出。

高志豪　(对医疗队员乙)刘医生,已经做过手术,他们处理得很好,只用输点干血浆就行了!(对高黎)原来伤势怎么样?

高　黎　左下侧肋骨骨折一根,肝脏破裂,做了肝脏缝合术,手术顺利!

高志豪　(惊喜地)你们这里能做这样的手术?也搞全麻设备了?

高　黎　采用针刺麻醉!

高志豪　你在哪里学的针刺麻醉?

白小甲　在自己身上学的!

高志豪　(激动地拉起高黎带伤的胳膊)好闺女,爸爸向你学习!更要向大松同志学习,他是舍己救人的英雄!(转对山恩)山恩,这些你都看到了吗?!

高山恩　(惭无答话)……爸爸!

高　黎　爸爸,我哥哥他……

高志豪　他已经走上了岔道!(对山恩)你说,你来干什么你?

闪大妈　老同志,你平平气,孩子长处多的是。

高志豪　老嫂子,不敢护他了,我就吃了这个亏。平常忙于工作,管不勤,教不严,这是个教训哪,教训!(对山恩)你来,你过来!(百感交集、语重心长地)我一看见你,总想翻翻你的老账!三十年啦……你,你怎么就不想想你的生命是谁给的?你做的事,对得起拯救你的先烈吗?!

闪大妈　(忽然有所触动)老同志,你……

高　黎　爸爸,这就是党支部副书记闪大妈,这是我爸爸高志豪。

高志豪　噢……(握手。这时才细看大妈,忽然好像发现了什么)你?……大嫂,你好像……

闪大妈　老同志，有话就说！

高志豪　（激动地）三十年前大别山上有过一个家，可被日本鬼子烧啦！大嫂！

闪大妈　志豪同志，看见你，也叫我想起一个人来。

高志豪　什么人？

闪大妈　一个背着儿子闹革命的八路军医生！

高志豪　（异常激动地）你，什么时候见过他？

闪大妈　三十年前，大别山上！

高志豪　一家老乡为了掩护他牺牲了两——位——亲——人！

闪大妈　他们应该这样做！

高志豪　剩下那位大嫂，她……

闪大妈　她离开了大别山，来到了伏牛山！

高志豪　她、她是不是就是你？

闪大妈　这么说，你就是他——那位背着儿子闹革命的八路军医生？

高志豪　大——嫂！

闪大妈　老同志！

［两位老人满眼热泪，心潮澎湃，四只手紧紧相握。

高　黎　（扑向闪大妈）大妈，原来就是您呀！

［幕后合唱：

啊……

疆场挥别三十年，

而今沧海成桑田。

踏遍青山人未老，

转战南北豪情添。

怀先烈，心浪翻，

向征途，志更坚。

却看儿辈已茁壮，

革命重担有人担！

闪大妈　孩子们，过来！（亲昵地抚摸高黎、山恩）我是越看越高兴啊！

高　黎　好妈妈，你怎么不早给我说说这段历史呢？

闪大妈　给党做一定点事情，不能老挂在嘴上，党给自己的恩情，倒要永远不忘！

高山恩　大妈，你还记得我吗？

闪大妈　这么说，你就是大妈当年见过的那个娃娃啦！

高志豪　正是他，不争气呀！

闪大妈　不能这么说，他的手术做得很出色嘛！

［高山恩痛心地哭起来。

高志豪　你问他来干什么来啦！

闪大妈　（对山恩）照直说，孩子！

高山恩　大妈！爸爸！

高志豪　他是来拉妹妹下山的！

闪大妈　那是昨天的事，今天归今天。

高志豪　他还要给何书记写信，要他"照顾老干部子女"，把高黎调出深山哩！吶，你的信在这里！（掏出信件）拿去！当着你妹妹的面读一读，让她回答回答你！

高山恩　爸爸！（接过信撕个粉碎）大妈！我错啦，我对不起你们，对不起党，对不起拯救我的先烈，是妹妹、大妈向我开了一刀，他们抢救了英雄，也救了我！

高志豪　嗯，听这几句话，倒像是个男子汉！

高山恩　我回去以后，一定请求组织上给我机会上山下乡为人民服务，一辈子走与工农兵相结合的道路！

高山恩　好！只要有这个决心，爸爸我支持你！

闪大妈　儿子底子好，只要多经几回火，还是块好钢！

高　黎　大妈，该巡回出诊了！

高山恩　(决心地)妹妹,带着我走走你走过的山路,登登你登过的山峰!

高志豪　好!“无限风光在险峰”,领着你哥哥去开眼界!

闪大妈　山恩!沿着毛主席指引的路,加把劲攀上去!

众　人　对,加把劲攀上去!

[幕后合唱起:

鹰恋高山险峰好,
鸥爱大海惊浪拍。
雨打翎翅翅不断,
风梳羽毛毛增色。

[高黎、山恩整装待发……

冰雪临头眼不闭,
迷雾障目向不歪。
笑看红旗遍地舞,
喜迎山花烂漫开!

[高黎、山恩登上高坡,众人挥手塑像。

[闭幕。

注[1]:赤脚医生是毛泽东时代所倡导的服务于工农兵第一线的基层医生。赤脚医生名称本身便涵尽彻底革命的意味,是当时最流行的时髦身份。

图书在版编目(CIP)数据

孟华戏剧文集：1–5 卷 / 孟华著.
— 北京 ：中国戏剧出版社，2019.11
ISBN 978–7–104–04813–8

Ⅰ. ①孟… Ⅱ. ①孟… Ⅲ. ①戏剧文学–作品综合集–中国–当代
Ⅳ. ①I230

中国版本图书馆 CIP 数据核字(2019)第 119362 号

孟华戏剧文集

责任编辑：曹　静
特约编辑：李红艳　李小红
责任印制：冯志强

出版发行：中国戏剧出版社
出 版 人：樊国宾
社　　址：北京市西城区天宁寺前街 2 号国家音乐产业基地 L 座
邮　　编：100055
网　　址：www.theatrebook.cn
电　　话：010–63381560(发行部)　010–63385980(总编室)
传　　真：010–63383910(发行部)

读者服务：010–63387810
邮购地址：北京市西城区天宁寺前街 2 号国家音乐产业基地 L 座

印　　刷：河南瑞之光印刷股份有限公司
开　　本：710 毫米×1000 毫米　1/16
印　　张：108
字　　数：1357 千字
版　　次：2019 年 11 月北京第 1 版第 1 次印刷
书　　号：ISBN 978–7–104–04813–8
定　　价：598.00 元(全五卷)

项目单位：郑州市艺术创作研究院
项目主持：孟丛笑
书名题字：孟　华
装帧设计：韩　雪
排　　版：张东青